ZODIAC ACADEMY

SCHMERZ UND STERNENLICHT

CAROLINE PECKHAM

SUSANNE VALENTI

BÜCHER VON CAROLINE PECKHAM & SUSANNE VALENTI

Ruthless Boys of the Zodiac

Dark Fae

Savage Fae

Vicious Fae

Broken Fae

Warrior Fae

Zodiac Academy

Origins (Novella)

The Awakening

Ruthless Fae

The Reckoning

Shadow Princess

Cursed Fates

The Big A.S.S. Party (Novella)

Fated Throne

Heartless Sky

Sorrow and Starlight

Beyond The Veil (Novella)

Restless Stars

The Awakening: As Told by The Boys (Alternate POV)

Live and Let Lionel (Alternate POV)

Darkmore Penitentiary

Caged Wolf

Alpha Wolf

Feral Wolf

Wild Wolf

Sins of the Zodiac

Never Keep
Echo Fort

A Game of Malice and Greed

A Kingdom of Gods and Ruin
A Game of Malice and Greed

Age of Vampires

Eternal Reign
Immortal Prince
Infernal Creatures
Wrathful Mortals
Forsaken Relic
Ravaged Souls
Devious Gods

Schmerz und Sternenlicht
Zodiac Academy #8
Copyright © 2022 Caroline Peckham & Susanne Valenti

Satz & Design: Wild Elegance Formatting
Deutsche Übersetzung: Tatjana Becijos für Literary Queens
Stock art von Depositphotos

Zodiac-Academy-Karte von Fred Kroner

Schmerz und Sternenlicht/Caroline Peckham & Susanne Valenti – erste Ausgabe.
ISBN-13 – 978-1-916926-79-0

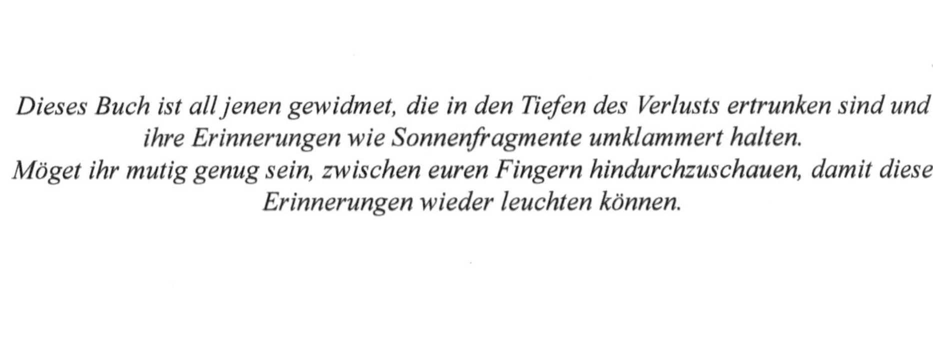

Dieses Buch ist all jenen gewidmet, die in den Tiefen des Verlusts ertrunken sind und ihre Erinnerungen wie Sonnenfragmente umklammert halten.
Möget ihr mutig genug sein, zwischen euren Fingern hindurchzuschauen, damit diese Erinnerungen wieder leuchten können.

WILLKOMMEN IN SOLARIA

HINWEIS AN ALLE FAE:

Mitglieder niederer Formgebungen werden an die Nebula-Inquisitionszentren überstellt, sollten sie ihre Fähigkeiten aggressiv einsetzen. Alle Verräter der Krone werden im Amphitheater des Palastes zum Tode verurteilt. Ihre Hinrichtungen werden im Fernsehen übertragen, um Aufständische abzuschrecken.

König Lionel Acrux hat versprochen, Solaria wieder zu alter Macht zu verhelfen, und bei den Sternen geschworen, die loyalen, ehrenhaften Fae der Nation um jeden Preis zu beschützen.

Die Majestätische Oberherrschaft für Elitäre Sonder-Einsätze in der Nation wird ein wachsames Auge haben.

Lang lebe der Drachenkönig!

Zodiac Academy
Erd-Höhle
Pitball-Stadion
Saturn-Auditorium
Uranus-Krankenstation
Haus Aqua
Lunar-Lounge
Neptun-Turm
Wasser-Lagune
Pluto-Büros
Schwelende Quellen

STADT
NORI
FALLINGTON
WACKERTON
SEE VON MULTUSH
MARESH
TUCANA
DER MMNIS
ZODIAC ACADEMY
CELESTIA
DRACO ISLAND
NA
PALAST DER SEELEN
Höhlen von Mulakai
AIRVALE-ANWESEN
A
EMY
Gerichtshof von Solaria
SKYBOUR BAY
BERMANISCHE BERGE
RKMORE
FLUSS MEUL
MALLAKIN
CARONIS
KALIA
LASSAFIELD
GRAGORIA
KAHINTI-INSELN

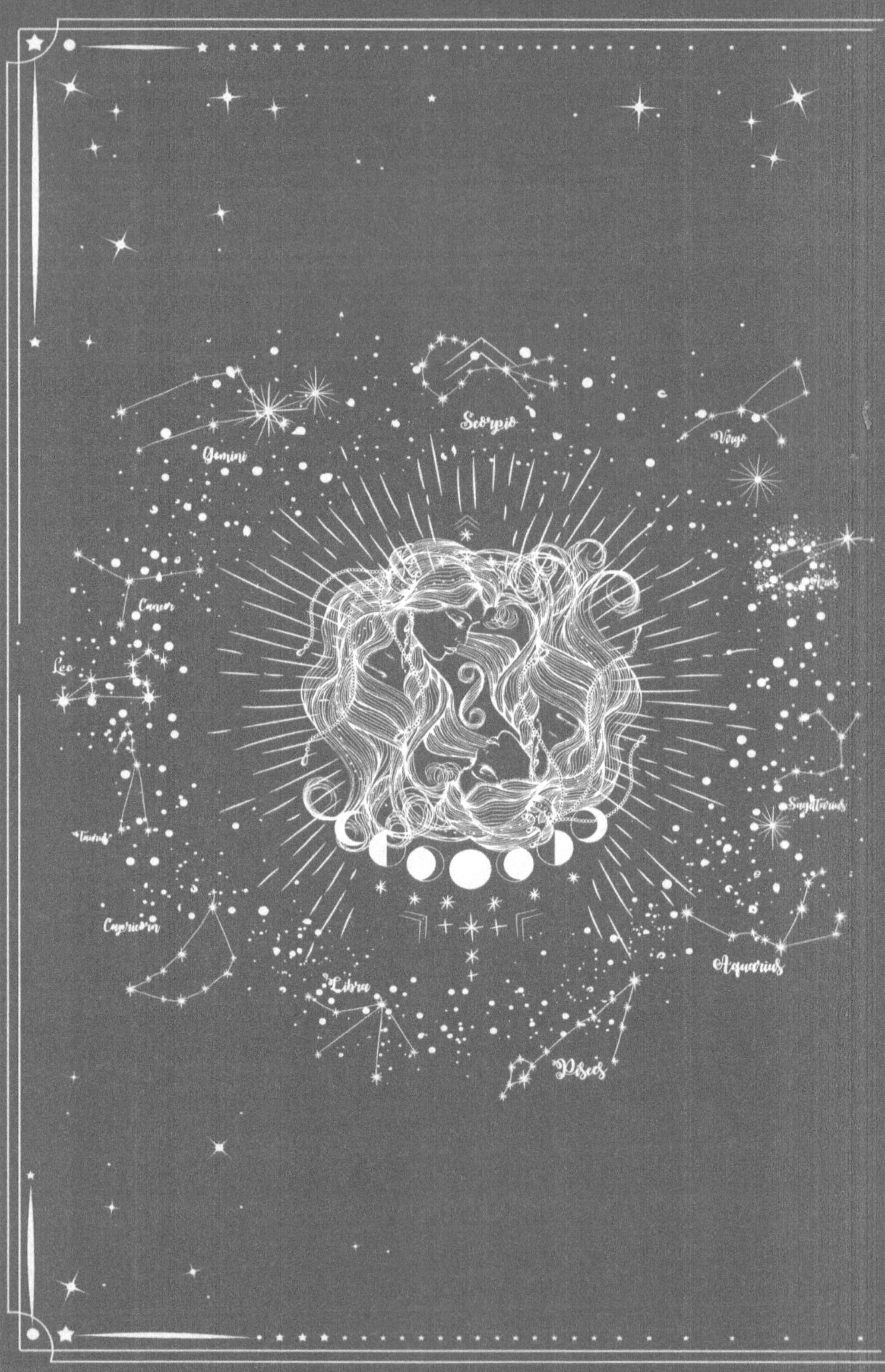

Scorpio
Gemini
Virgo
Cancer
Aries
Leo
Taurus
Sagittarius
Capricorn
Aquarius
Libra
Pisces

DARCY

KAPITEL 1

Ein enormer Schmerz durchzuckte meine Brust, während ich den felsigen Berg erklomm – mein Körper noch immer in der Gestalt der monströsen Bestie, an die mich Lavinias Fluch gefesselt hatte.

Ich klammerte mich mit aller Kraft an meinen eigenen Verstand, aber die Begierden der Schattenbestie durchdrangen jeden meiner Gedanken und löschten sie aus wie ein wütender Sturm eine flackernde Flamme. Die Gegenwart der Bestie war erdrückend, erstickend und so mächtig, dass es sich anfühlte, als würde sie Risse in die Tiefen dessen schneiden, was *mich* ausmachte.

Ein Schrei entrang sich meiner Kehle, während ich meine Kraft beschwor, um die Kontrolle über diese Kreatur zu erlangen, die sich meines Körpers bemächtigt hatte. Aber es war kein Schrei, der ertönte, sondern ein gewaltiges Brüllen, das den gesamten Berghang erschütterte. Meine Magie schlummerte reglos in mir und reagierte nicht auf mein Bitten. Geradezu so, als würde sie mir nicht länger gehören.

Ich konnte das Verlangen der Bestie spüren, zum Kampf zurückzukehren und die Blutgier zu stillen, die in meiner Kehle tobte und nach mehr Grausamkeit verlangte. Ich war Lavinias Geisel, und ihr Befehl entsprach der schlimmsten und heftigsten Form von Manipulation überhaupt. Aber trotzdem kämpfte ich weiter, dachte an meine Schwester und an den Mann, den ich liebte – und das mit jedem rasenden Schlag meines Herzens. Ich würde ihnen nicht wehtun. Niemals.

Irgendwie gelang es mir, den Abstand zwischen dem Schlachtfeld und mir weiter zu vergrößern. Ich hasste es, alle im Stich zu lassen, wusste aber, dass meine Anwesenheit alles nur noch schlimmer machen würde.

Blut befleckte meine Schnauze; der Geruch des Todes war abscheulich und berauschend zugleich. In meinem Körper standen sich zwei gegensätzliche Wesen gegenüber, und ich fürchtete, nicht stark genug zu sein, um das eine zu unterwerfen, das nicht dorthin gehörte.

Was, wenn ich mit diesem Wesen verschmelzen und selbst zum Monster werden würde? Und wenn diese Bestie mit mir fertig war, würde sie sich aus mir zurückziehen? Mich leer, ja ausgehöhlt zurücklassen? Würde Darcy Vega schließlich kaum mehr als eine Erinnerung im Wind sein?

Das Loch im Inneren meiner Brust, in dem normalerweise meine Magie lebte, gab ein dumpfes Echo von sich, als ich versuchte, auch nur einen winzigen Magie-Rest dazu zu bewegen, mir zu Hilfe zu kommen.

Aber da war nichts. Ich war leer. Und die Angst, sterblich zu werden, vermischte sich mit jedem anderen Schrecken in mir, bis es mich fast zerriss. Schlimmer hätte mich Lavinia nicht bestrafen können. Sie nahm meine Seele, riss sie aus meiner Brust und verbrannte sie zu Asche. Die Schattenbestie wurde von ihren Wünschen angetrieben – und Lavinias Wunsch war es, mich zu zerstören.

Die Erschöpfung zerrte an meinen Gliedern und bat mich, stehen zu bleiben und meine schmerzenden Muskeln auszuruhen. Ich war mittlerweile hoch in die Berge geklettert, wo mich kalte Luft umwehte; die schneebedeckten Gipfel über mir waren fast zum Greifen nah.

Der nächstgelegene Gebirgskamm war dort beschädigt, wo der gefallene Stern vom Himmel gekommen und eingeschlagen war. Felsbrocken und Steine bedeckten den Abhang, der irgendwo vor mir in einer Schlucht verschwand.

Ich wusste nicht, warum ich dem gefallenen Stern hierher – in die Tiefen des Nirgendwo –gefolgt war, aber er war wie ein Leuchtfeuer gewesen, das meinen Namen gerufen hatte. Er hatte mich angetrieben und mir geholfen, zumindest einen Hauch von Kontrolle über mein eigenes Schicksal zu behalten. Er war ein Ziel gewesen, auf das ich hatte hinarbeiten können.

Mein Herz pochte gefährlich schnell, und das Atmen fiel mir so schwer, dass es sich anfühlte, als wäre meine Lunge im Begriff, zu platzen. Aber ich weigerte mich, anzuhalten, um meinem Willen nicht einmal die Chance zu geben, schwächer zu werden. Denn dann würde es der Schattenbestie gelingen, mich zum Umdrehen zu bringen – zurück in Richtung Schlachtfeld.

Ich rannte in eine dichte Gruppe von Kiefern und kletterte einen steilen Berghang hinauf, der nicht enden zu wollen schien. Die glitzernden Sterne blitzten durch das dunkle Blätterdach über mir, als wollten sie mich genauer unter die Lupe nehmen.

Endlich erreichte ich den Gipfel des Berges, trat aus dem Wald und stellte fest, dass ich in einer Sackgasse gelandet war. Meine Pfoten kamen auf den schwarzen Steinen am Rand eines unheilvoll dunklen Sees zum Stehen.

Das große Gewässer war von metallgrauen Felswänden umgeben, die sich halbmondförmig – fast wie eine riesige Schüssel – um den See herum auftürmten. Eine Seite jedoch war durch den Einschlag des gefallenen Sterns zerstört worden. Der See hätte ruhig sein müssen, da kein Wasserfluss in ihn mündete, der für Bewegung gesorgt hätte, aber die Oberfläche kräuselte sich, als hätte etwas sie in Bewegung versetzt, und in der Luft hing ein seltsamer metallischer Geruch.

Der Boden unter meinen Pfoten war nass, und ich spürte eine Energie in der Atmosphäre, die meinem Geist eine Schärfe verlieh, die ich verzweifelt zurückzugewinnen versucht hatte. Doch es war eine bittere, quälende Erfahrung, denn mit dieser Klarheit kam auch Trauer, die mein Herz bluten ließ.

Geraldine.

Unzählige waren den Zähnen und Klauen der Schattenbestie zum Opfer gefallen. Dieses Monsters. Mir. Darunter eine meiner besten Freundinnen überhaupt.

Während mich meine Emotionen überwältigten, spürte ich, wie ich mich verwandelte, wie das schwarze Fell der Schattenbestie verschwand und ich plötzlich in meiner Fae-Gestalt auf den Knien auf dem Boden aufschlug.

Mein Spiegelbild schimmerte auf der Wasseroberfläche des Sees und zeigte die Schatten, die an meinen Haaren hafteten. Sie schwebten in meiner Nähe, wie sie es auch bei Lavinia taten – schwarz wie der Nachthimmel. Ein Kleid aus tiefsten Schatten umhüllte meinen Körper, bewegte und veränderte sich aber ständig. Es war, als würden feuchte Finger nach mir greifen und meine Haut streicheln. Das Gefühl war sowohl abscheulich als auch angenehm, der Ruf der Schatten konstant an meinem Ohr. Aber das war noch nicht das Schlimmste. Viel schlimmer war die Tatsache, dass mir meine Augen nicht länger gehörten. Sie waren pechschwarz, ohne einen Hauch von Grün, und noch schrecklicher, ohne die silbernen Ringe. Das Siegel meines Gefährtenbandes mit Orion war ausgelöscht.

Ich sackte vornüber und schmetterte eine Hand durch mein Spiegelbild, während ich laut aufschluchzte, als mich die Trauer verzehrte. Ich war eine Monstrosität.

Ich hatte so viele Leute getötet. Gute Leute. Leute, die es verdient hatten, zu ihren Familien zurückzukehren, nachdem sie auf dem Schlachtfeld gesiegt und das Böse besiegt hatten, das gekommen war, um unsere Freiheit zu fordern. Es war nicht richtig, dass sie dieser Welt so gewaltsam entrissen worden waren.

»Es tut mir leid«, krächzte ich, obwohl ich wusste, dass es sinnlos war. Es waren nur Worte im Wind. Und Worte hatten noch nie die Macht besessen, die Zeit zurückzudrehen.

Die Tatsache, dass wir Geraldine verloren hatten, brach mir das Herz. Und ich dachte an meinen brutalen Angriff auf sie zurück und daran, wie ihr Blut in meinem Mund geschmeckt hatte. Ich erschauderte, während ein verzweifelter Schrei aus mir herausbrach, und ich presste meine Hände an meine Brust. Mein Herz schien sich einen Weg nach draußen bahnen und mir entkommen zu wollen. Ich wollte mir auch entkommen.

Ich saß so lange voller Verzweiflung da, dass die Tränen auf meinen Wangen kalt wurden. Die eisige Luft schlug mir entgegen, strömte durch die Schatten, die meinen Körper umhüllten, und kaltes Wasser umspülte meine Knie.

Trotz der Zeit, die vergangen war, kräuselte sich der See noch immer und bewegte sich auf diese unnatürliche Weise, die darauf hindeutete, dass etwas seine Ruhe gestört hatte. Es war mir egal, was es war – selbst wenn ein weiteres Monster in seinen Tiefen lauern sollte. Es gab kein größeres Monster als das, zu dem ich heute Nacht auf diesem Schlachtfeld geworden war. Das Monster, das jetzt in mir schlief und nur darauf wartete, zurückzukehren. Die Angst davor, mich erneut darin zu verlieren, war eine Qual für sich. Hatte ich irgendeine Kontrolle über die Bestie oder wartete sie nur darauf, dass Lavinia ihr erneut den Befehl zum Handeln gab?

Schatten tanzten um mich herum und züngelten über meine Haut, wie sie es auch bei der Schattenprinzessin taten, und ich schrak vor ihrer Berührung zurück, als sie versuchten, mich anzulocken. Das Flüstern der verlorenen

Seelen in ihnen wollte mich beruhigen, mich ködern, indem es mir Trost für meinen Schmerz versprach. Aber ich würde nicht zulassen, dass man mir meinen Schmerz stahl. Denn er war das Einzige, was mich im Moment an mich selbst fesselte, und ich war mir sicher, dass die Schattenbestie mich wieder in Beschlag nehmen würde, sollte ich der Dunkelheit ihren Willen lassen.

Ich hob die Hände und versuchte, Magie an meine Fingerspitzen zu bringen, um die stärksten Eisenketten zu schmieden, die meine Erdmagie beschwören konnte. Damit würde ich mich hier festbinden, damit ich nie wieder zurückkehren und meinen Freunden wehtun konnte.

Aber kein einziger Funken meiner Kraft entfachte sich in mir, kein Hauch von Magie war zu sehen. Mein Phönix blieb ebenfalls stumm, aber nicht so, als würde er schlafen, nein, er war … fort. Entführt von der Schattenbestie, die mich gefangen hielt, und vielleicht sogar vollständig seiner Existenz beraubt.

Ich hatte keine Tränen mehr. Sie waren von einer Trauer ersetzt worden, die so stark war, dass sie weit über Tränen hinausging. Es war die Art von Trauer, von der ich nicht sicher war, ob ich sie überwinden könnte. Ich betrauerte den Verlust der Welt, wie ich sie gekannt hatte, und an mir nagte die hoffnungslose Angst, dass diejenigen, die ich liebte, irgendwo leblos dalagen, ihre Seelen jenseits des Schleiers. Die Angst davor, allein zurückgelassen worden zu sein. Und ich konnte nicht einmal zurückkehren, um zu überprüfen, ob sie in Sicherheit waren, denn ich war die Gefahr, vor der ich sie schützen musste.

Es gab nur eine Sache, die ich tun konnte, und ich hatte Zweifel an der Sinnhaftigkeit dahinter. Aber ich würde es versuchen.

»Bitte.« Ich wandte meinen Blick den Sternen zu, wissend, dass sie die Macht hatten, all dies zu verändern, wenn sie nur wollten. Ich hatte sie noch nie um etwas gebeten, aber jetzt war ich auf den Knien und hoffte verzweifelt, dass sie mir zuhörten, dass ich ihr Interesse wecken konnte, und sei es nur für einen Moment. Vielleicht brauchte ich nur einen Moment, um die Welt zu verändern. »Lasst sie leben! Lasst sie dem Tod entkommen! Gebt ihnen einen Morgen! Gebt uns noch eine Chance!«

Die Sterne glitzerten friedlich, und ich hätte schwören können, dass sie mich ansahen, aber was sie sahen, wusste ich nicht. Wahrscheinlich nicht mehr als ein gebrochenes Mädchen, das für sie so bedeutungslos wie Staub war. Aber dieser Staub konnte denken und fühlen und lieben, und ich hatte es satt, in den Gezeiten des Schicksals herumgeworfen zu werden. Ich wollte gehört werden, und vor allem wollte ich die Zügel aus ihren allmächtigen Händen reißen und unser aller Schicksal dem Licht entgegensteuern.

»Befreit mich von diesem Fluch!«, schrie ich so laut, dass es mir in der Kehle wehtat. »Gebt mir meine Kräfte zurück! Gebt mir die Chance, zu kämpfen! Denn dann werde ich euch eine Show bieten! Ich werde euch Blut, Rache und ein Ende des falschen Königs und seiner Schattenkönigin schenken und damit hoffentlich euren Bedarf an Unterhaltung stillen«, rief ich voller Wut, während die Sterne mit gedämpfter Gleichgültigkeit zusahen.

Amüsierten sie sich über mich? War ich nichts weiter als eine Marionette in einem Stück, von dem ich nicht wusste, dass ich eine Rolle darin spielte? War das alles nur ein Zeitvertreib, dem sie dort oben gern frönten? Ein Spiel zu ihrem kranken Vergnügen? Folgten sämtliche Fae lediglich einem Drehbuch, sobald sie geboren wurden?

Vielleicht war es nie vorgesehen gewesen, dass wir gewinnen würden. Vielleicht war dies eine Tragödie, und ich befand mich im letzten Akt und steuerte auf ein unvermeidliches Ende zu – zusammen mit allen, die ich liebte. Vielleicht hatte ich nie wirklich einen Einfluss darauf, wie sich die Dinge entwickeln würden.

Ich ließ den Kopf hängen, die Stille der Sterne war gleichbedeutend mit einer Abfuhr, die mir alles sagte, was ich über ihr Mitgefühl für meine missliche Lage wissen musste. Verzweiflung war alles, was mir blieb, ein unheilvoller Begleiter, der jeden Atemzug schmerzhaft machte. Je verzweifelter ich wurde, desto enger schlangen sich die Schatten um mich und zogen ihre Ketten fest. Sie flüsterten mir leise Versprechen auf eine Flucht zu, die mir jetzt, da die Hoffnungslosigkeit einsetzte, viel zu verlockend erschien. Ich musste doch nur loslassen, dann würde die Dunkelheit diesen Schmerz von mir nehmen. In ihren Armen erwartete mich Glückseligkeit, ich musste nur nachgeben …

Die Schattenbestie in mir erwachte, und mit jeder Sekunde wurde es schwieriger, sie in Schach zu halten. Ihr Blutdurst war unstillbar, eine unendliche Leere, die jeden Tropfen, den sie finden konnte, in sich aufsaugen würde – egal, wem das Blut gehörte.

Irgendwo in den Tiefen meines Geistes hörte ich Lavinia leise zu mir sprechen: *»Es ist vorbei, Prinzessin. Gib dich den Schatten hin, sie haben bereits gewonnen.«*

Ich krümmte die Finger, als sich die Schatten um mich legten, um mich wie eine alte Freundin zu umarmen. Sie waren jetzt überall – unter meiner Haut und auf ihr. Vielleicht hatte Lavinia recht. Vielleicht waren alle, die ich liebte, fort. Und ich war dafür verantwortlich. Ich hatte das Blatt zugunsten von Lionels Armee gewendet und alles verursacht, was danach geschehen war. Es war alles meine Schuld.

Der Tod hatte mich gebrandmarkt, meine Hände waren gegen meinen Willen zu Mordinstrumenten geworden. Aber ich hätte stark genug sein sollen, um mich zu wehren, ich hätte einen Weg finden sollen, das zu stoppen, ich hätte die Zeichen sehen sollen. Ich war ein Phönix, gehörte der seltensten und mächtigsten Formgebung überhaupt an. Und mehr noch, ich war die Tochter des Grausamen Königs. Wie war es möglich, dass ich im entscheidenden Moment so nutzlos gewesen war? Wie hatte mir all diese Macht so leicht entgleiten können? Hätte ich nicht stark genug sein müssen, um die Schattenbestie zu besiegen, bevor sie ihre Krallen so tief in mich geschlagen hatte?

Nein, letztlich war ich zu schwach gewesen, um sie aufzuhalten.

Ich hatte meine Eltern enttäuscht. Ich hatte Tory enttäuscht, Lance … und *Geraldine.*

Ein Zittern durchlief mich, als ich das Blut an meinen Fingern sah, das sich unter meinen Nägeln verkrustet hatte. Unter Schmerzen versuchte ich, es abzuschrubben. Als das nicht funktionierte, tauchte ich meine Hände in den eisigen See und versuchte, das Blut abzuwaschen. Die Schatten lösten ihren Griff ein wenig, als der Schmerz in Strömen zu mir zurückkehrte. *Es tut mir so leid, Geraldine.*

Tränen trübten meine Sicht und tropften schließlich ins Wasser, während ich verzweifelt versuchte, das Blut von meinen Händen zu waschen, obwohl ich wusste, dass ich es nie wirklich loswerden würde.

Tief im Wasser schien ein silbriges Licht zu erstrahlen, und ich blinzelte, um meine Sicht zu klären, während sich meine Lippen teilten, als das Licht in den obsidianschwarzen Tiefen des Sees heller wurde.

Ich erstarrte, als ein riesiger Fels am Grund des tiefen Wassers angestrahlt wurde, und dachte an den gefallenen Stern – den Meteor –, der während der Schlacht am Himmel entlang geschossen war und den ich bis in diese einsame Ecke der Welt verfolgt hatte.

Mein Atem stockte, und obwohl ich logisch gesehen wusste, dass ich meine Hände aus dem Wasser nehmen sollte, sagte mir mein Instinkt das Gegenteil. Dieses silberne Licht und die Art und Weise, wie es durch den See pulsierte, hatte etwas so Vertrautes, dass sich meine Nackenhärchen aufstellten.

Das Wasser veränderte sich, bis ich den gefallenen Stern nicht mehr sehen konnte. Aber das silberne Leuchten breitete sich aus, bis das Wasser direkt unter meinen Fingerspitzen schimmerte. Ich bewegte meine Hände, griff bereits danach, als sich die Schatten zurückzogen und ich die Präsenz spürte, die für diese Magie verantwortlich war. Mein Herz schlug vor Hoffnung – ich brauchte dringend eine Pause von all diesem Kummer, der mich verzehrte. Und als meine Haut zu kribbeln begann, atmete ich zitternd ein.

»Mom?«, flüsterte ich mit einem Anflug von Sehnsucht in der Stimme.

Meine Finger trafen auf das silbrige Leuchten, und als ich es berührte, verwandelte es sich in zwei wunderschöne silberne Flügel. Sie war es, da war ich mir sicher. Mittlerweile würde ich sie überall erkennen.

Sie betrachtete mich durch dieses Licht, und mein Herz zerbrach, weil ich mir so sehr wünschte, ihr näher zu sein. Natürlich wusste ich, dass sie nicht wirklich hier und dies nur eine Vision oder eine Erinnerung war, die ich enthüllen musste. Aber sie schien mir näher zu sein als je zuvor, als ich im See nach ihr griff.

»Das wird doch sicher nicht funktionieren«, sagte eine tiefe männliche Stimme in der Ferne, und die Flügel bewegten sich erneut, bis sie zu einem vollkommen klaren Spiegel unter Wasser wurden. Oder vielleicht war es eine Art Fenster? Denn ich sah meine Mutter auf mich zurückblicken, ihre vollen Lippen zu einem traurigen Lächeln verzogen.

Sie trug ein marineblaues Kleid, das ihren Körper umschmeichelte und an der Taille mit Juwelen besetzt war. Ihre dunklen Haare waren zu einem eleganten Dutt hochgesteckt. Sie sah königlich aus, atemberaubend, so weise und doch noch so jung. Sie hätte noch viele Jahre vor sich haben sollen, aber nicht einmal die Hälfte davon erleben dürfen. Es schmerzte mich, sie anzusehen, die Liebe in ihrem Blick zu spüren. Eine Liebe, die ich nie wirklich gespürt hatte, vor allem nicht dann, als ich sie am meisten gebraucht hätte. Uns allen war so viel gestohlen worden. Man hatte unsere Familie auseinandergerissen und das Leben, das wir gemeinsam hätten führen sollen, zerstört, bevor es überhaupt richtig hatte beginnen können.

Jetzt, in diesem Fenster, stand meine Mutter in einem Raum, der wie ein Schlafzimmer aussah, mit einem riesigen Himmelbett hinter ihr und einem Bogenfenster, durch das man den Nachthimmel sehen konnte.

Ich runzelte die Stirn und wartete darauf, dass die Erinnerung – wie immer – in der Vergangenheit ablaufen würde, aber meine Mutter starrte mich weiterhin direkt an. Es musste eine Illusion sein, aber ich sehnte mich so sehr danach, ihr nahe zu sein, dass ich mir einredete, sie könnte mich wirklich sehen. Trotz der Scham, die mich überkam, als sich meine Sünden wie ein Mantel um mich legten. Das Blut, das meinen Körper befleckte, war ein deutliches Eingeständnis meiner Verbrechen.

»Hallo, Liebling«, sagte sie leise, und ich erstarrte. Das war doch unmöglich.

»Kannst du mich sehen?«, hauchte ich ungläubig. Am liebsten hätte ich mich versteckt, mich zurückgezogen, damit sie die Wahrheit über mich nicht würde sehen können.

»Ja, das können wir beide.« Sie winkte jemanden zu sich, und mein Vater trat etwas zögerlich ins Blickfeld. Mein Herz klopfte nun wie verrückt.

Hail Vega war eine imposante Erscheinung. Seine starken Gesichtszüge lagen im Schatten, als er sich vorbeugte und eine Hand auf die Schulter meiner Mutter legte, als wäre er halb versucht, sie zurückzuziehen, beschützend und unterstützend zugleich. Es war nicht verwunderlich, dass er so schnell als »grausam« betitelt worden war, wenn man seine riesige Gestalt und die Kraft, die förmlich von ihm auszugehen schien, in Betracht zog. Aber sein Gesichtsausdruck hatte noch so viel mehr zu bieten. Um seine Augen lag eine Weichheit, während sein stoppeliges Kinn in sturer Position zu verharren schien – die Kombination erinnerte mich so sehr an Tory, dass ich fast los geschluchzt hätte. Ich begann, zu verstehen, woher sie ihren zynischen Wesenszug hatte. Er trug einen teuren schwarzen Anzug, seine ebenholzschwarzen Haare waren nach hinten gekämmt und er fixierte mich mit seinen grünen Augen, als würde er mich genauso einschätzen wie ich ihn.

»Wie ist das möglich?«, fragte ich, und mir stieg die Hitze in die Wangen, so intensiv waren ihre Blicke.

Vielleicht war der Tod gekommen, um mich zu holen, und dies der Moment, in dem ich den Schleier überschritt. Ich sträubte mich nicht einmal gegen die Idee, wenn alle, die ich liebte, dort auf mich warteten.

»Ich *sehe* dich in der Zukunft und projiziere eine Vision dieser Zukunft hier in den Spiegel, damit wir sie betrachten können. Dies ist eine Erinnerung an uns für dich, aber für uns ist es real. Für uns geschieht es im Jetzt«, erklärte sie, obwohl das meine Gedanken nur noch mehr durcheinanderbrachte.

»Merissa«, flüsterte mein Vater, und sein Blick war voller Angst und Hoffnung auf mein Gesicht gerichtet. »Kann ich wirklich mit ihr sprechen?«

»Ja, aber denk daran, was ich dir gesagt habe«, sagte meine Mutter mit ernster Miene.

»Was hast du zu ihm gesagt?«, fragte ich, und sie sah mich mit Schmerz in den Augen an.

»Dass wir in einer Zeit großer Not zu dir sprechen. Ich kann nicht alles *sehen*, was dich bedrückt, und ich muss dich bitten, nicht darüber zu sprechen, denn unsere Zeitlinien sind empfindlich. Wir dürfen die Grenze zwischen ihnen nicht überschreiten.«

»Gwendalina«, sagte mein Vater und sah mich mit reinster Liebe in den Augen an. Es war eine Liebe, wie ich sie bisher nur von Hamish Grus erlebt hatte, und mir wurde plötzlich klar, wie viel Zuneigung Geraldines Vater für Tory und mich empfand. Es war die Liebe eines Vaters – was ich zuvor nie wirklich verstanden hatte. Das Gefühl war überwältigend, und ich sehnte mich danach, in diese Wärme einzutauchen.

Der Kehlkopf meines Vaters wippte, während er mit der Hand über sein Gesicht fuhr. Der Schock war ihm deutlich ins Gesicht geschrieben. »Kannst du sprechen? Ist es sicher?«

»Ja, ich denke schon«, sagte ich, kaum in der Lage zu glauben, dass ich wirklich mit ihm sprach, dass unsere Worte über Epochen hinweg zusammenkamen und Vergangenheit und Gegenwart aufeinanderprallten. »Aber ...«

»Was ist los?«, fragte er, und die Sorge in seiner Stimme weckte in mir das Verlangen nach der Umarmung eines Vaters, dessen Berührung ich nie wirklich spüren würde.

»Ich habe so viele Leute getötet«, gab ich voller Scham zu. Aber ich spürte die Bedeutung dieses Treffens, das Risiko, das meine Mutter eingegangen war, um diesen Moment über die Jahre hinweg für uns zu schaffen, und ich musste ehrlich sein, so viel stand fest. »Mein Feind hat mich zu einer Waffe gemacht.«

»Was auch immer du getan hast, es war nicht deine Schuld«, sagte Merissa energisch, und mein Blick traf den ihren. Ihre vollkommen braunen Augen brachten mein Herz dazu, noch heftiger zu pochen. »Gib dir nicht die Schuld dafür! Versprich mir das!«

Ich versuchte, die Worte über meine Lippen zu bringen, aber ich konnte nicht. Es wäre gelogen gewesen.

»Du musst dich in Sicherheit bringen«, drängte mein Vater, als könnte er spüren, in welchen Schwierigkeiten ich steckte. »Merissa, kannst du *sehen*, was sie tun muss? Wo ist ihre Schwester?«

»Kannst du sie *sehen*? Geht es ihr gut? Lebt sie?«, platzte es aus mir heraus, als mir klar wurde, dass die Gaben meiner Mutter mir die Antworten geben könnten, nach denen ich mich so sehr sehnte. Doch plötzlich fürchtete ich ihre Antwort von ganzem Herzen. Meine Zwillingsschwester war auf dem Schlachtfeld zurückgeblieben – und ich hätte bis zum Ende bei ihr sein sollen. Wenn ich jemals als Fae – nicht als Monster – zurückkehren könnte, würde ich nie wieder von ihrer Seite weichen.

Merissas Gesichtsausdruck verdunkelte sich, alles Licht verschwand daraus, und Panik erfasste mich.

»Sie lebt«, bestätigte sie, und die Erleichterung, die mich durchströmte, war so heftig, dass ich vornüber sackte.

»Und Lance?«, fragte ich mit vor Angst zitternder Stimme. Meinen Gefährten zu verlieren, würde mich umbringen. Ich konnte die Sekunden, die vergingen, während die Augen meiner Mutter glasig wurden und sie mit ihren Gaben nach ihm suchte, kaum ertragen.

Bitte. Bitte!

»Ja, er lebt. Fürs Erste«, verriet sie mir, und obwohl ihre letzten Worte in mir unglaubliches Grauen auslösten, reichten die ersten aus, um einige der zerbrochenen Teile meiner Seele zu heilen. »Mehr kann ich nicht sagen, denn das würde das Schicksal beeinflussen. Hör mir gut zu, Liebling! Du musst jetzt zuhören.«

Ich nickte mit enger Kehle, während mein Vater näher zu ihr trat und die beiden mich mit so viel Liebe in den Augen ansahen. Es schmerzte, zu wissen, dass ich nie auch nur die Chance bekommen hatte, diese Liebe zu erleben.

»Du musst diese Dunkelheit, die in dir lebt, beherrschen«, sagte Hail. »Du darfst nicht zerbrechen und du darfst niemals aufgeben. Denn wenn du das tust, ist alles verloren.«

»Meine Magie ist weg! Wie soll ich ohne sie kämpfen?«, fragte ich bestürzt.

»Weg?«, krächzte Hail und schüttelte den Kopf angesichts der Unmöglichkeit der Situation. »Aber wie?«

»Still!«, unterbrach mich meine Mutter. »Antworte nicht darauf, Gwendalina. Das dürfen wir nicht wissen. Eure Schicksale sind zerbrechlich.«

Ich nickte, und mein Vater raufte sich die Haare. Er sah Merissa erwartungsvoll an und schien genauso verzweifelt nach einer Antwort zu suchen wie ich.

Meine Mutter wirkte für einen Moment gebrochen, ihre Hand wanderte zu ihrem Herzen, als würde es wehtun. Und als ihre Augen erneut glasig wurden, ließ ihr Gesichtsausdruck mich befürchten, dass sie etwas Schreckliches in meiner Zukunft sah.

»Es ist das größte Geschenk, dich kennenzulernen«, sagte Hail leise. »Ich sehe deine Mutter in deinen Zügen, aber ich bin da auch …« Er streckte die Hand nach mir aus, seine Finger berührten die Glasscheibe des Spiegels, durch den er mich sehen konnte, und ich legte meine Finger an seine. Ich fühlte nichts als kaltes Wasser, spürte ihn aber gleichzeitig irgendwie durch diese Verbindung, die die Gabe meiner Mutter möglich gemacht hatte.

Er lächelte, seine Augen funkelten, und trotz des Schreckens meiner Realität lächelte ich ebenfalls, wissend, dass dieser Moment so flüchtig war wie ein Lichtblitz. Wenn ich ihn doch nur einfangen und für immer behalten könnte.

Merissa löste sich aus ihrer Vision und trat ein wenig näher an mich heran, Tränen traten ihr in die Augen, die sie jedoch nicht vergoss.

»Du wirst einen Weg finden, das durchzustehen«, sagte sie. »Es gibt viele dunkle Pfade, aber ich *sehe* Hoffnungsschimmer.«

»Aber es gibt keine Garantien?«, fragte ich traurig, und sie schüttelte den Kopf, woraufhin sich mein Vater verzweifelt zu ihr umdrehte.

»Es muss doch etwas geben, das du ihr sagen kannst. Irgendetwas«, drängte er und nahm ihre Hand, seine Augen flehend.

»Mehr kann ich dazu nicht sagen«, sagte sie und senkte entschuldigend den Kopf.

»Werde ich sterblich sein?« Meine Stimme stockte, und Merissa sah mich wieder an, ihre Unterlippe zitterte, während sie darum zu kämpfen schien, ihre Fassung zu bewahren.

»Deine Zukunft ist von hier an schwer vorherzusagen. Es tut mir leid, mein Liebling, aber ich kann es nicht ausschließen«, sagte sie mit einem Ausdruck der Verzweiflung. Die Wahrheit war wie ein Messer, das meine Kehle durchtrennte.

»*Nein!*«, donnerte mein Vater. »Es muss einen Weg geben, ein so schweres Schicksal zu vermeiden.«

Die Augen meiner Mutter wurden wieder unscharf, als sie nach weiteren Antworten suchte, und mein Vater verließ ihre Seite und ging auf den Spiegel zu, sodass ich nur noch ihn sehen konnte.

Hail schluckte schwer, hob dann sein Kinn und sprach mit der energischen Stimme eines Königs: »Gwendalina, ich wünschte, ich könnte durch dieses Glas gehen und in diesem Moment für dich da sein. Aber du musst wissen, dass du eine Vega bist. Dein Blut ist königlich und mächtiger als alles, was du dir vorstellen kannst. Du kannst den Himmel bewegen, wenn du es nur genug willst, aber du musst alle Zweifel aus deinem Herzen verbannen, denn sie werden dir diese Macht rauben. Verstehst du mich?«

Ich schluckte den stechenden Kloß in meinem Hals hinunter, während ich nickte, und zeichnete jede Falte seines Gesichts mit meinen Blicken nach, um ihn mir einzuprägen. Als einen Mann, der mich wirklich sehen konnte, der mir in die Augen geblickt und einen echten Moment mit mir geteilt hatte.

»Ich habe Angst«, gab ich zu. »Ich habe solche Angst davor, was aus mir wird.«

Sein Unterkiefer zuckte, und seine rechte Hand wurde zur Faust. »Ich weiß, wie es ist, diese Angst zu haben«, sagte er leise, als würde ihm das Eingeständnis wehtun. »Aber du bist stärker als ich, stärker als deine Mutter. Du, deine Schwester und dein Bruder seid wirklich außergewöhnlich. Ich schwöre dir, du kannst besiegen, was auch immer dich plagt.«

»Dad«, krächzte ich und öffnete den Mund, um ihm alles zu erzählen, was ich darüber wusste, wie Lionel den Verstand meines Vaters gegen ihn selbst aufgebracht hatte, und dass er für nichts Schlechtes, das er je getan hatte, verantwortlich war. Aber meine Mutter kehrte aus ihrer Vision zurück und kam eilig auf mich zu.

»Es ist Zeit, Liebling. Das Schicksal verändert sich. Wir lieben dich. Es gibt Hoffnung. Vergiss das nicht!« Sie küsste ihre Hand und hielt sie mir hin, während die Vision von ihnen zu verblassen begann.

Panik überrollte mich, als ich spürte, dass sie im Begriff waren, mich in der Kälte und Dunkelheit zurückzulassen.

»Wartet!«, rief ich keuchend.

»Nur noch einen Moment länger«, bat mein Vater, aber meine Mutter schüttelte traurig den Kopf. Also wandte er sich mir zu, um mich in diesen letzten so flüchtigen Momenten anzusehen.

»Wir lieben dich, Roxanya und Gabriel von ganzem Herzen«, sagte er leidenschaftlich, und die Worte hallten durch mein ganzes Wesen und fügten etwas längst Zerbrochenes wieder zusammen.

»Für immer und ewig«, bestätigte meine Mutter, und mir stiegen Tränen in die Augen.

»Ich liebe euch auch. Bitte bleibt!«, flehte ich, aber die Vision wurde immer schwächer.

»Denke daran, dir deine Handlungen zu eigen zu machen. Wenn du eine Waffe führst, die größer ist, als irgendjemand sie sein Eigen nennen sollte, kann nur die Stärke deines Herzens sie führen, nur die Kraft deines Willens kann sie zügeln. Kenne dich selbst und stehe zu jedem Teil von dir! Ich bin sicher, dass du nie so versagen wirst, wie ich es getan habe«, rief mir mein Vater zu.

Die beiden sahen mich für eine letzte Sekunde an, dann verschwand das silberne Licht, bis ich nur noch tanzende Lichtpunkte vor meinen Augen hatte. Das Wasser unter mir wurde wieder zu einem beängstigend dunklen Tümpel, und ich starrte in den Abgrund, bereit, sie wieder herbeizurufen. Aber sie waren weg.

Ich zog meine steifen Hände aus dem Wasser, neigte den Kopf zum Himmel und stellte fest, dass der Mond hoch genug aufgegangen war, um die Bergspitze zu meiner Rechten zu überragen.

Es wurde still, und ich lehnte mich auf meinen Fersen zurück, während ich mich an die Worte meiner Eltern klammerte und mich mit dem Wissen tröstete, dass Tory und Lance noch am Leben waren. Aber die Einsamkeit und die drückende Stille waren genug, um mir das Gefühl zu geben, das kleinste Wesen auf Erden zu sein.

Mein Vater hatte mir aufgetragen, mich auf die Kraft meines Herzens zu verlassen, aber der pochende Muskel in meiner Brust war ein zerschlagenes, kaputtes Ding, befleckt mit so viel Sünde, dass ich wusste, dass er nie wieder rein sein würde. Die Schattenbestie hatte mit ihrem Fluch alles Gute, das ich einst für mich beansprucht hatte, zunichtegemacht. Und jetzt war es so irrelevant wie ein paar Sandkörner am Ufer. Die Schattenflut würde sie schon bald wieder aufspüren und in einen Strudel des Chaos ziehen, den ich nicht besiegen konnte. Stück für Stück würden mir diese Sandkörner gestohlen werden, und ich hatte Angst davor, was von mir übrig bleiben würde, wenn sie erst einmal weg waren. Vielleicht gar nichts.

Während die Nacht schwer um mich herum hing, schienen die Sterne am schwarzen Himmel miteinander zu flüstern. Sie schmiedeten Pläne und besprachen unser Schicksal – und ich war von der tiefen und schrecklichen Angst erfüllt, dass das Schlimmste noch bevorstand.

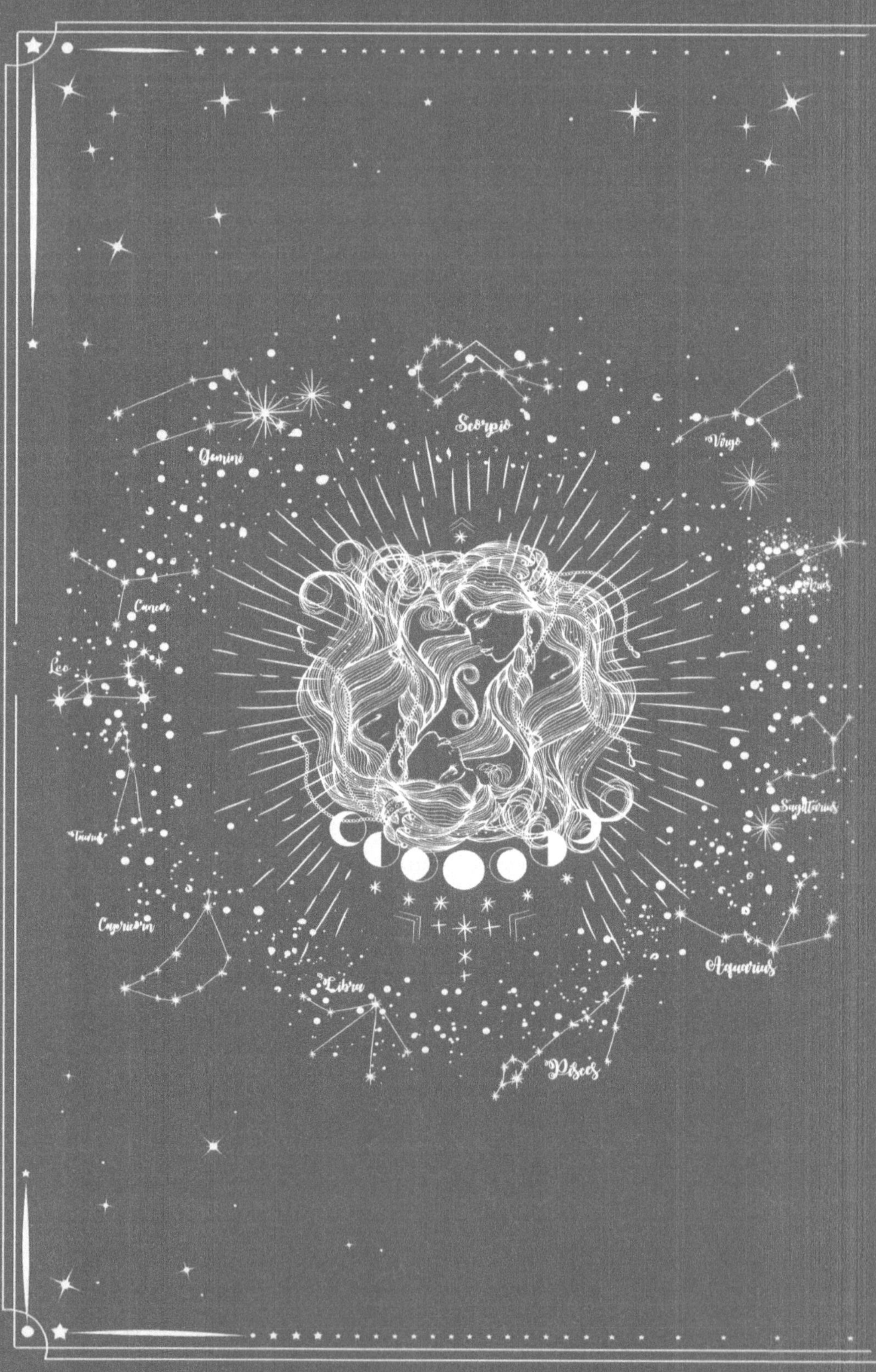

Gemini
Scorpio
Virgo
Cancer
Leo
Sagittarius
Taurus
Capricorn
Aquarius
Libra
Pisces

TORY

KAPITEL 2

Die Trauer lähmte mich so nachhaltig, dass die Zeit ihre Bedeutung verlor. Mein Körper war taub, und ich kniete im Blut und Dreck des Schlachtfeldes, wo ich meine Stirn an die reglose Brust des Mannes presste, den ich liebte.

Darius lag noch immer unter mir, das Schwert aus Sonnenstahl, das sein Herz durchbohrt hatte, neben uns im Dreck, gefärbt von unserem Blut, während meine Hand stetig mehr Rot auf seine eiskalte Haut tropfen ließ.

Mein Schluchzen war längst verstummt, und auch die Tränen, die ich geweint hatte, waren versiegt. Stille. Es gab nur noch ihn und mich, wir waren beide kalt und leer und lagen hier inmitten der Zerstörung, die der Kampf hinterlassen hatte.

Stunden waren vergangen, unzählige Stunden, in denen mein Herz gebrochen und in tausend unvereinbare Stücke zersprungen war. Jeder weiche Teil war verschwunden, zurück blieb die harte, gewaltbereite Schale jenes Mädchens, das ich mit Darius gewesen war.

Meine Flügel hüllten uns in einen Sarg aus goldenen Federn, und ich hatte kein Verlangen, mich ohne ihn an meiner Seite daraus zu erheben. Aber obwohl ich zitternd da lag und mich hoffnungsloser fühlte als je zuvor, hielt mich eine Sache auf dieser verfluchten Erde fest. Eine Sache, die meine Hand daran hinderte, das Schwert zu nehmen und es in mein eigenes Herz zu stoßen, damit ich den Schmerz in mir stoppen und meiner einzigen großen Liebe ins Jenseits folgen konnte.

Darcy war irgendwo da draußen.

Meine andere Hälfte. Meine Seele. Meine Zwillingsschwester.

In den Stunden, die vergangen waren, seit meine Tränen auf meinen Wangen getrocknet waren, hatte ich mich gezwungen, an sie zu denken. In der Zeit, die ich gebraucht hatte, um in mich zusammenzufallen, innerlich zu zerbrechen und den Verlust meines sehnlichsten Herzenswunsches zu akzeptieren, hatte ich an sie gedacht.

Sie brauchte mich. Egal, wie kaputt und geschunden das war, was von mir übrig geblieben war.

Ich legte meine Hand unter Darius' Kinn, fand ein letztes Mal seine kalten Lippen, küsste ihn sanft und hauchte meine Liebe zu ihm in die Luft, während ich mich zwang, ihn loszulassen.

»Deine Seele ist an meine gebunden«, flüsterte ich an seinem Mund, obwohl ich wusste, dass er meine Worte nicht mehr hören konnte. Aber eine dunkle und unbekannte Energie schien die Luft zum Vibrieren zu bringen, als ich dieses Versprechen ablegte. »Und ich werde nicht ruhen, bis jeder Stern am Himmel für den Versuch, uns zu trennen, vom Himmel gefallen ist.«

Der Schnitt an meiner Hand brannte bei diesen Worten mit einer rohen Energie; Magie regte sich in meinem Blut, obwohl ich völlig erschöpft war. Die Explosion, mit der ich die Nymphen vernichtet hatte, war so kräftezehrend gewesen, dass auch der letzte Tropfen meiner Energie verbraucht worden war. Und jetzt befand ich mich ohne sie auf einem Schlachtfeld, das nun nichts weiter als ein Friedhof war.

Ich stand auf, obwohl jeder Muskel in meinem Körper protestierte – zu lange hatte ich über der Leiche des Mannes gekniet, an den ich mich in jeder Hinsicht gebunden hatte. Er gehörte mir und ich gehörte ihm. Daran würde sich auch jetzt nichts ändern, obwohl der Schatten des Todes zwischen uns hing und uns trennte. *Es gibt nur ihn.* Für immer. Und ewig.

Ich blinzelte gegen die Dunkelheit, die mich umgab, meine Augen schmerzten von so vielen vergossenen Tränen. Mein Atem bildete kleine Dampfwölkchen, die zuerst aufstiegen und sich dann verflüchtigten, während ich den verheerenden Zustand des Schlachtfeldes auf mich wirken ließ und mich zu orientieren versuchte.

Ich nahm mein Schwert vom Boden, das sich schwerer anfühlte als alles, was ich je zuvor gehoben hatte. Versagen haftete am Metall, während die Spuren unserer Niederlage die Luft um uns herum verpesteten. Das Feld war gleichermaßen getränkt vom Blut der Fae und dem der Nymphen. Unzählige Feinde waren durch meine Hand gefallen, aber es war nicht genug gewesen. Ich war zu der Kriegerin geworden, zu der mich Königin Avalon ausgebildet hatte, ich war mit meiner Schwester an meiner Seite in den Krieg gestürmt – mit der Macht von allem, was gut und richtig war, hinter uns. Aber es war umsonst gewesen. Alles, was dieser Krieg uns gebracht hatte, waren Tod und Zerstörung. Unsere Armee war durch die Macht des Bösen stark dezimiert worden.

So hätte diese Geschichte nicht verlaufen sollen. Hätten wir nicht das Monster besiegen sollen, das dieses Königreich heimsuchte? Hätte nicht alles in der Welt wieder ins Lot gebracht werden und mit dem Morgengrauen eine unendliche Herrschaft des Friedens und des Wohlstands beginnen sollen?

Die Schnittwunde an meiner Handfläche brannte, als ich den Griff meines Schwertes fester umklammerte. Der Schmerz half mir, mich auf diesen Moment zu konzentrieren und mich daran zu erinnern, dass ich noch am Leben war – egal, wie elend und sinnlos dieses Leben auch sein mochte. Mir war kalt. Auf eine unerbittliche Art und Weise, von der ich wusste, dass sie mich nie verlassen würde. Denn das Feuer, das meine Liebe zu Darius Acrux gewesen war, brannte nicht länger in meinen Adern.

Ich betrachtete das Schwert und ertrank in der Sinnlosigkeit, die nun alles zu erfüllen schien; ihn zu hassen und zu lieben, gegen die Krone zu kämpfen, die zu beanspruchen ich geboren worden war, und dann wiederum dafür zu kämpfen. Nichts davon hatte irgendeinen Sinn gehabt, wenn dies unser Schicksal sein sollte.

Ich presste meine Lippen aufeinander, während ich diesen Gedanken rigoros ablehnte. Tarotkarten erschienen vor meinem geistigen Auge, als könnte ich sie wirklich sehen, während ich das Kartenspiel mischte und alle Karten entfernte, die nicht zu unseren Gunsten fielen, fest entschlossen, nur die Karten zu ziehen, die ich sehen wollte. *Der Wagen* tauchte in meinen Gedanken auf und blieb dort, während ich tief Luft holte. Rache, Krieg, Triumph. Fortan würde ich kein anderes Schicksal akzeptieren.

Ich zwang meine Augen, sich wieder zu öffnen, unsicher, wann ich sie überhaupt geschlossen hatte, und steckte mein Schwert in die schmutzige, blutbefleckte Scheide, die immer noch an meiner Hüfte hing.

Taub.

Ich spürte überhaupt nichts, als ich den versengten und geschwärzten Boden betrachtete – mehr war von den Nymphen, die durch meinen Gewaltausbruch ausgeschaltet worden waren, nicht übrig. Ihre Körper waren im Tod zu Schatten geworden und hatten ein mit Fae übersätes Feld hinterlassen. Es war fast so, als wären die Nymphen nie hier gewesen, obwohl die von ihnen verursachten Todesfälle ihre Anwesenheit nur allzu deutlich bewiesen.

Ich zitterte, mein Körper war erschöpft, meine Energie aufgebraucht, und alles, was ich wollte, war, mich wieder neben Darius zu legen, mich meiner Erschöpfung hinzugeben und einfach alles loszulassen. Aber ich wusste, dass ich das nicht tun konnte. Ich konnte es mir nicht leisten, mich von meiner Trauer überwältigen zu lassen.

Meine Schwester war irgendwo da draußen. Sie brauchte mich. Ich konnte es in meinen Knochen spüren. Ich wusste nur nicht, wo ich mit der Suche nach ihr beginnen sollte. Ich dachte an diese schrecklichen Momente während der Schlacht, daran, wie sie die Kontrolle über Lavinias Fluch und ihr eigenes Schicksal verloren hatte, und daran, wie Orion ihr nachgejagt war, als sie es geschafft hatte, von diesem Ort wegzulaufen. Ich hoffte tief in mir, dass sie jetzt zusammen waren. Dass es ihnen gut ging. Das musste es einfach.

Ich fröstelte und schluckte einen Kloß in meinem Hals hinunter, während ich abermals versuchte, mich zu orientieren, herauszufinden, wo ich mich befand, und meine Position auf dem Schlachtfeld auszumachen, ohne auch nur einmal den Blick zu den wachsamen Sternen zu heben.

Sollten sie doch zusehen. Ich würde ihnen nicht den Gefallen tun, ihnen auch nur einen Blick zuzuwerfen. Ich würde meine Augen erst auf sie richten, wenn ihre Zeit gekommen war, dann würden sie den Zorn der Kreatur zu spüren bekommen, zu der ich geworden war.

Ich ballte meine rechte Hand zur Faust, denn der stechende Schmerz des tiefen Schnitts in meiner Handfläche gab mir etwas, auf das ich mich konzentrieren konnte – abgesehen von der Qual in meinem Herzen. Dann richtete ich meinen Blick auf die andere Seite des Schlachtfelds, wo ich Darcy zuletzt gesehen hatte. Doch angesichts des Chaos des Kampfes und der Verwüstung, die er hinterlassen hatte, war es schwer, sich über irgendetwas sicher zu sein. Die Echos dessen, was ich gerade überlebt hatte, drängten von allen Seiten auf mich ein, das Blutvergießen, die Schreie, der Tod. Aber ich verdrängte alles und versank erneut in dieser Taubheit, während ich mich auf das Einzige fokussierte, was jetzt zählte: Darcy.

»Ich komme zurück«, murmelte ich zu Darius, obwohl ich wusste, dass er mich weder hören konnte noch sich darum kümmerte, was mit seinem Körper geschah. Aber ich würde ihn nicht dort liegen lassen, wo die Krähen ihn finden konnten, als wäre er wertlos.

Ich spannte meine Flügel an, um loszufliegen, aber ihr Gewicht schien mich eher in den Dreck zu drücken, als mich vom Boden abzuheben. Also steckte ich sie weg und seufzte schwer, während sich meine Formgebung gänzlich zurückzog und ich in nichts als meiner Fae-Gestalt zurückblieb.

Meine Stiefel fühlten sich bleiern an, als ich über das Schlachtfeld ging und versuchte, nicht auf die zerschlagenen, blutigen Leichen zu achten oder mich darauf zu konzentrieren, worauf ich beim Gehen trat. Hier war nichts als Tod. Es hatte keinen Sinn, nach Überlebenden zu suchen. Das spürte ich im Gewicht der Luft und im Druck der Stille. Der Tod war an diesen Ort gekommen und hatte reichlich geschlemmt.

Die Worte der Prophezeiung, die mir erschienen war, spukten in meinem Kopf herum wie ein Mantra, das mich nicht loslassen wollte. Es hatte sich in mein Gedächtnis gebrannt, und ich wusste in meiner Seele, dass mein Bruder mir diese Worte geschickt hatte. Sie waren wichtig. Sie waren wahrscheinlich der Schlüssel zu allem. Obwohl sie für mich zumindest für den Moment nur wenig Sinn ergaben.

Wenn alle Hoffnung verloren ist und die dunkelste Nacht hereinbricht,
erinnere dich an die Versprechen, die uns zusammenhalten.
Wenn die Taube aus Liebe blutet, trifft der Schatten auf den Krieger.
Ein Bluthund wird nach Rache rufen, wo der Riss am tiefsten ist.
Eine Chance wartet. Der König könnte an dem Tag fallen, an dem die Hydra
in einem hinterhältigen Palast grollt.

Ich suchte nach einer Bedeutung in diesen Worten, aber sie erschlossen sich meinem schmerzerfüllten Verstand nicht. Also gab ich auf, verbannte die Erinnerung an sie, um mich fürs Erste auf das Einzige zu konzentrieren, was ich auf dieser sternverdammten Welt noch brauchte.

Ich ging mit schwerem Herzen immer weiter über das Schlachtfeld, meine Gedanken kreisten um meine Schwester. Sie brauchte mich. Diesen Schmerz, diesen Kummer, diese Trauer – für sie konnte ich all das ertragen. Und als meine Gedanken von dem Bedürfnis, meine andere Hälfte zu finden, zu dem übergingen, was ich mit dem Leben, das mir geblieben war, noch anstellen musste, wusste ich mit Sicherheit, dass ich nur aus einem Grund an diesem dunkelsten aller Orte zurückgelassen worden war. Lionel Acrux würde durch meine Hand sterben. Was auch immer es mich kosten würde.

Mein Kopf schoss plötzlich hoch, fast wie von selbst, und ich blickte zwischen entstellten Leichen hindurch, die Gesichter der Rebellen in ewigen Schmerzensschreien erstarrt, als sie für ein Unterfangen gestorben waren, dessen Schicksal sie nun nie erfahren würden.

Ich blinzelte angesichts des Grauens um mich herum und konnte nichts anderes fühlen als Wut und den verzweifelten Wunsch, die ganze Welt für all das zu verbrennen, was sie uns in dieser Nacht genommen hatte.

Aber gerade, als ich mich abwenden wollte, fiel mein Blick auf einen Gegenstand im Schlamm. Ich blieb stehen, bevor ich schließlich näher trat, und mir stockte der Atem, als ich die Kette entdeckte, die meine Schwester seit Monaten Tag und Nacht getragen hatte.

Der Imperiale Stern schien so unschuldig, als er dort lag, besprenkelt mit Blut und Dreck, gefüllt mit grenzenloser Macht. Einer Macht, die völlig unerreichbar war, solange dieses Monster auf dem Thron meines Vaters saß. Der Stern war nach wie vor in dem komplizierten silbernen Amulett versteckt, das an der Kette hing, die einst Darius gehört hatte – ein Stück aus seinem streng bewachten Schatz.

Ich hob das Schmuckstück auf, und meine Finger zitterten vor Erschöpfung, Kälte und Angst um meine Zwillingsschwester, während ich den Blick zum Horizont hob, wo die Morgendämmerung gerade begann, den Himmel mit dem schwächsten Hauch von Blau zu färben. Diese Waffe, die so viel Macht und Hilfe versprach, hatte uns in der Stunde der Not nicht im Geringsten geholfen.

Ich war kurz davor, das Ding wegzuwerfen, es in die Ruinen der Schlacht zu schleudern und es hier vergessen und verlassen liegen zu lassen, so wie es uns verlassen hatte. Was nützte eine Waffe, die sich nur dem Willen eines regierenden Monarchen beugte? Was war der Sinn des verdammten Dings, wenn es seine Macht nicht dazu einsetzte, gegen einen Tyrannen zu kämpfen?

Ich umklammerte das Amulett, das den Stern verbarg, und das Blut aus meiner Sternschwur-Wunde hinterließ seine Spuren darauf. Dabei knirschte ich mit den Zähnen, um den überwältigenden Drang zu bekämpfen, die Kette verdammt noch mal wegzuwerfen und in die Verdammnis zu schicken.

»Fick dich!«, zischte ich das Ding an, während die darin gefangene Macht im Takt mit dem schmerzhaften Pochen meines eigenen Pulses in dieser sich nicht schließen wollenden Wunde klopfte.

Die Luft um mich herum veränderte sich, als ich das Amulett so fest umklammerte, dass der Schmerz fast blendend war. Und ich hieß diesen Schmerz als Strafe für mein Überleben inmitten so vieler Verluste willkommen. Ein Flüstern durchbrach die Stille, Worte, die in einer Sprache gesprochen wurden, die ich nicht kannte, und die mir einen Schauer über den Rücken jagten, während die Macht des Imperialen Sterns zum Takt der Worte vibrierte.

Ich holte zitternd Luft und rief diese verborgene Macht in ihm an, beschwor sie zu mir, forderte sie auf, sich zu erheben und meinem Befehl zu beugen. Die Kraft im Amulett wallte auf und erhitzte meine Haut. Für einen Moment glaubte ich schon, dass der Imperiale Stern nachgeben und sich meiner Macht unterwerfen würde. Aber gerade als ich zu hoffen begann, dass sich das Schicksal endlich zu unseren Gunsten wenden könnte, verebbte die Energie im Stern und schwand wieder, wie eine Welle, die gegen eine Klippe gekracht war, sich aber nicht bis zur Spitze hatte erheben können.

Ich wollte angesichts dieser Verweigerung schreien. Es war frustrierend, so viel Macht zu besitzen, aber sie nicht nutzen zu können. Ein weiterer abgefuckter Witz dieser verdammten Sterne auf meine Kosten. Meine Muskeln verkrampften sich, als der Drang, den Stern von mir zu schleudern, fast überwältigend wurde. Und ich verfluchte den Stein für seine unerträgliche Unnachgiebigkeit. Ich fragte mich, ob es besser wäre, ihn zu zerstören, als das verdammte Ding zu behalten, und ob es nicht besser sein könnte, die Welt von seinem Potenzial zu befreien. Aber ich hatte keine Ahnung, wie ich das anstellen könnte, und schon gar nicht, wie ich es in dieser kargen Einöde überhaupt versuchen sollte.

Mit großer Willensanstrengung legte ich mir den Imperialen Stern um den Hals und nahm die Bürde auf mich, ihn selbst zu bewachen. Das war das Mindeste, was ich für meine andere Hälfte tun konnte.

»Wo bist du?«, hauchte ich in die regungslose Luft um mich herum. Meine Seele schmerzte mit dem Bedürfnis, meine Zwillingsschwester zu finden.

Die Angst nahm mein Herz gefangen, als ich den leblosen Ort nach einem Zeichen meiner Schwester absuchte, aber hier war niemand außer mir. Und ich war mir nicht sicher, ob ich überhaupt noch zählte.

Ein Aufblitzen von hellem Metall zog meine Aufmerksamkeit auf sich, zwischen der Leiche eines toten roten Drachen und einem Rebellen, der sein Gesicht in einem Kampfschnauben verzerrt hatte. In seiner Hand nach wie vor ein Schwert, trotz der klaffenden Wunde in seiner Brust und der fehlenden Seele in seinem Körper.

Ich trat einen Schritt näher, streckte die Hand aus und legte meine Finger um den Griff der kalten und leblosen Klinge. Sofort erkannte ich das Schwert, das meine Schwester für den Mann geschaffen hatte, den sie liebte.

Noch während ich die Waffe aus dem Dreck zog, ließ ich meinen Blick über jedes Blutfleckchen schweifen, das sie kennzeichnete, bevor ich mich umdrehte, um die Gesichter aller Toten zu betrachten, die auf diesem blutigen Schlachtfeld lagen.

Ich war mir nicht sicher, ob in mir noch Platz für mehr Trauer wäre, und atmete erleichtert auf, als ich Orion nicht unter den Toten entdeckte. Das bedeutete nichts. Das wusste ich. Bei all diesem Gemetzel gab es keine Garantie dafür, dass eine Person überlebt hatte, nur weil ich sie nicht entdecken konnte. Und mein Hals wurde eng bei dem Gedanken an all diejenigen, die ich heute Nacht verloren haben könnte.

Meine Haut kribbelte, als würden winzige Finger mich stechen und piken, die Augen der Sterne lasteten auf meiner Seele und der Ruf des Schicksals lag in der Luft.

Ich wandte mich von diesem Gefühl ab und schürzte die Lippen bei dem Gedanken, nach ihrer Pfeife zu tanzen. Ich hatte es satt, eine Schachfigur zu sein, die die Sterne nach Belieben hin und her ziehen konnten. Der Ruf des Schicksals bedeutete mir nichts, wenn dies das Leben war, das sie für mich gewählt hatten. Ich lehnte es genauso entschieden ab, wie ich sie ablehnte – und sie würden bald erfahren, wie heiß mein Rachefeuer brennen konnte.

Blut rann zwischen meinen Fingern und tropfte auf den bereits blutbefleckten Boden unter meinen Stiefeln, während ich gegen die knochenharte Erschöpfung in meinem Körper ankämpfte und mich zwang, weiterzugehen. Der Schwur, den ich mit der Waffe aus Sonnenstahl den Sternen gegenüber geleistet hatte, summte in meinen Adern. Der tiefe Schnitt blutete immer noch, während der Schmerz in mir nur von Sekunde zu Sekunde schärfer zu werden schien.

Ich wollte nicht auf die Verwüstung blicken, durch die ich ging, aber ich zwang mich dazu, zwang mich, jedem gefallenen Rebellen ins Gesicht zu sehen, zwang mich, mich an jeden einzelnen von ihnen zu erinnern. Sie waren hierhergekommen, weil sie an diesen Kampf geglaubt hatten. Sie hatten ihr Leben gegeben, weil auch sie dieses Schicksal abgelehnt hatten. Ich würde ihr Opfer nicht verachten, indem ich meinen Blick davon abwandte. Ich registrierte jedes Gesicht, jede von den Fühlern unserer Feinde aufgerissene Brust. Und ich prägte mir alles ein. Dieser Ort war jetzt kaum mehr als ein Friedhof, und ich war nichts weiter als ein Geist, der an ihn gebunden war, während ich nach der Erlösung meines eigenen Todes suchte.

Ich war mir nicht sicher, wie weit ich gegangen war oder wie viele Gesichter ich gesehen hatte, bevor meine Stiefel auf hartem Stein statt auf blutigem Boden aufschlugen.

Meine Aufmerksamkeit fiel auf einen roten Stofffetzen, der im Wind flatterte – einem Wind, den ich zuvor gar nicht bemerkt hatte. Ein Stück davon hob sich und fiel über die Spitze meines Stiefels. Ich hielt inne.

Meine Kehle war wie zugeschnürt, als ich die teure Spitze des Kleides erkannte, das ich bei der Hochzeit mit dem Mann getragen hatte, der nun tot auf diesem Schlachtfeld lag. Dem Mann, den ich den Sternen entrissen hatte, nur damit sie mir ins Gesicht hatten spucken können. Denn sie hatten ihn sich zurückgeholt, und dieses Mal endgültig. Verheiratet und verwitwet, und das an einem einzigen Tag.

Der Schmerz in meiner Seele drohte, mich von den Füßen zu reißen und mich dort, wo ich war, zu Boden sinken zu lassen. Ich könnte dort liegen bleiben. Mich auf den Boden werfen und den Krähen überlassen. Ich könnte ihm aus dieser Qual heraus und ins Jenseits folgen. Es war eine so süße und einfache Antwort, eine so stille Erleichterung, daran zu denken.

Mein Griff um das Schwert, das ich aus den Tiefen des Schlachtfeldes geborgen hatte, wurde fester, während ich darüber nachdachte, auf diesen Hügel zurückzuklettern, wo ich den Körper des Mannes zurückgelassen hatte, für den ich gebrannt hatte, und ihm zu folgen. Es wäre so einfach. Und hatte ich nach allem, was ich in dieser Welt durchgemacht hatte, nicht etwas Einfaches verdient?

Das Flüstern der Sterne um mich herum nahm wieder zu. Sie sahen nach wie vor zu, ihre wachsamen, hasserfüllten Augen drängten mich in diese und jene Richtung, als wäre mein Schicksal für sie nichts weiter als ein Zeitvertreib.

Aber obwohl ich allen Grund hatte, mich nach der sanften Umarmung dieser endgültigen Erlösung zu sehnen, machte ich keine Anstalten, das Schwert in meiner Hand höher zu heben. Ich würde weder den Sternen noch Lionel Acrux eine so einfache Antwort auf das Ende dieses Kampfes geben.

Ich ging weiter, unsicher, wonach ich überhaupt noch suchte, da ich wusste, dass es hier nichts mehr gab außer dem Tod. Dafür hatten die Nymphen gesorgt. Sie hatten sich über das Schlachtfeld verteilt und nach Fae gesucht, die noch eine Chance auf Heilung gehabt hätten, und sie mit einem Fühlerstoß ins Herz getötet, lange bevor Hilfe sie hatte finden können.

Stolpernd blieb ich stehen, als ich vor mir einen breiten Felsring entdeckte. Vor dem gähnenden Höhleneingang lagen zwei Leichen, die den Eingang zu den Höhlen dahinter markierten.

Mein Herz setzte einen Schlag aus, als ich sie erkannte; ihre Gesichter waren totenbleich und ihre noch verbundenen Hände sagten mir, dass sie bis zum Ende zusammen gewesen waren.

Ich ließ mich neben dem Körper der Frau, die mir so wichtig geworden war, auf die Knie fallen. Sie war mir das gewesen, was einer Mutter am nächsten gekommen war. Aber das hatte ich ihr nie gesagt. Ich hatte ihr nicht gesagt, wie sehr ich die Art von Liebe gebraucht hatte, die sie mir so einfach gegeben hatte, oder wie wichtig sie mir in der Zeit, die wir zusammen verbracht hatten, geworden war. Sie war für mich zu etwas geworden, von dem ich nur in den geheimsten Winkeln meines Herzens zu träumen gewagt hatte.

Catalina Acrux war meine Familie gewesen. Aber jetzt lag sie tot neben dem Mann, an dessen Seite sie endlich die Liebe gefunden hatte, auf einem Schlachtfeld aus getöteten Fae, die ich eigentlich zum Sieg hätte führen sollen.

»Es tut mir leid«, brachte ich hervor. Es tat mir leid, in welches Schicksal ich sie geführt hatte. Genau wie Hamish, Darius und all die anderen Fae, die ihr Vertrauen in die Hoffnung auf etwas Besseres gesetzt hatten, nur um hier unter dem Zorn des Monsters zu sterben, das uns unseren Thron geraubt hatte. »Es tut mir so … verdammt …«

Ich hatte keine Tränen mehr übrig, mein Herz war bereits irreparabel gebrochen gewesen, bevor mich dieser erneute Verlust überrollt hatte. Meine Trauer wuchs ins Unendliche. Sie hatten so viel mehr verdient als das. Als mich.

Ich starrte sie so lange an, dass es mehrere Minuten dauerte, bis ich den Puls in meinem Körper spürte, während meine magischen Reserven aufgeladen wurden, wenn auch nur Funke für Funke.

Scharf einatmend hob ich den Kopf und entdeckte ein winziges Feuer am Rand dessen, was ich für einen Teil der Tunnel hielt. Der Holzbalken war schwarz und das Feuer fast erloschen, aber die Glut brannte weiter, ein Geschenk an das Mädchen, das sich nach nichts mehr sehnte als nach dem Tod.

Ich streckte instinktiv die Hand aus. Das winzige Fünkchen meiner Magie schlug in mir Wurzeln und klammerte sich an diese Flamme, schürte sie, ohne nachzudenken, brachte sie zum Flackern und Brennen und dann zum Lodern.

Das Feuer wuchs und wuchs, als ich ein kleines bisschen meiner Kraft hineinwarf. Die Hitze zwang mich, die nagende Kälte zu bemerken, die meine Glieder in Besitz genommen hatte, während die Kraft der Flammen meine Magie immer schneller aufzuladen begann.

Dieser Ort hatte mir nichts zu geben. Aber Hamish und Catalina hatten hier ihren Widerstand geleistet. Sie waren gestorben, um jemanden daran zu hindern, sie an dieser Stelle zu passieren, und ich wusste in meiner Seele, dass diese Person Lionel gewesen war. Sie hatten ihn aufgehalten, damit er nicht ins Burrows gelangen konnte. Und ich wusste, dass der Plan darin bestanden hatte, diese Tunnel zum Einsturz zu bringen. Das bedeutete, dass wahrscheinlich immer noch Rebellen da draußen waren, vielleicht sogar einige derjenigen, die ich liebte.

Und das gab mir ein Ziel.

Ich stand auf, und ließ meine Magie Catalina und Hamish erreichen. Ranken krochen über sie, umschlangen sie sanft und betteten ihre Körper behutsam, während sich Eis um sie herum ausbreitete und sie in diesem letzten Moment des Opfers einschloss. Dem Moment, in dem sie alles gegeben hatten, um so viele wie möglich zu retten.

Ich würde diejenigen, die diese Rebellion angeführt hatten, nicht hier draußen in dieser Einöde zurücklassen. Ich würde sie nicht zurücklassen, nachdem sie ihr Leben für diese mutigen Fae und ihren Glauben an zwei unerprobte Königinnen gegeben hatten. Ganz zu schweigen davon, dass ich niemals die Mutter des Mannes, den ich liebte, oder den Vater meiner treusten Freundin zurücklassen würde.

Ich fügte dem Feuer mehr Magie hinzu, während ich arbeitete. Gleichzeitig schürte es den Ofen in meiner Seele und lud meine Kraft wieder auf. Dieses Feuer gab mir das Einzige, was ich brauchte, um diese Welt als Bezahlung für das, was mir genommen worden war, in Brand zu setzen.

Der Tod. Das war alles, was mir jetzt noch blieb. Ich war hilflos in meiner Trauer und völlig von meiner Wut verschlungen. Niemals zuvor war ein Wesen aus einer solchen Wut geboren worden wie ich, geschweige denn eines, das so mächtig und rachsüchtig war. Die Sterne würden es bereuen, mir diese Macht geschenkt zu haben, wenn ich erst einmal fertig war. Sie würden meinen Namen nicht mehr flüstern, sie würden ihn schreien, während ich sie für alles, was sie getan hatten, in Stücke riss. Denn sie hatten es geschafft, auch das wenige Gute zu vergiften, das ich je für mich beansprucht hatte.

Ich richtete meinen Blick wieder zurück über das Schlachtfeld auf den verwüsteten Hügel, auf dem Darius' Leiche lag, und spürte, wie das Brennen durch meine Kehle floss, mein Blut erhitzte und seinen Weg zu jedem Zentimeter meines Körpers fand und dort Wurzeln schlug.

Ich würde ihn auch nicht hier zurücklassen, genauso wenig wie ich Lebewohl sagen würde. Denn dies war kein Lebewohl. Ich würde dieses Wort niemals an den Hüter meines Herzens richten, und ich würde niemals das Versprechen brechen, das ich ihm gegeben hatte. Das Versprechen, das ich mit unserem gemeinsamen Blut gegeben hatte – meins aus meinen Adern gerissen, seins aus der Wunde genommen, die ihn mir geraubt hatte.

Ich hatte nie den Wunsch gehegt, eine Königin zu sein. Doch nun würde ich eine Flammenkrone wie ein Trauerfeuer auf meiner Stirn entzünden. Und mein einziges Dekret würde darin bestehen, das Ende all derer zu suchen, die mich betrogen hatten. Oh, ich würde sie zum Schreien bringen, während ich sie dazu zwang, sich vor mir zu verbeugen.

Scorpio
Gemini
Virgo
Cancer
Leo
Sagittarius
Taurus
Capricorn
Aquarius
Libra
Pisces

ORION

KAPITEL 3

Lavinia zerrte mich durch die riesigen Korridore des Palastes der Seelen, mein Schattenhalsband war durch eine Leine der Dunkelheit mit ihr verbunden. Das Halsband war kalt und unnachgiebig auf meiner Haut — wie die Schlinge eines Henkers.

Ich knirschte mit den Zähnen, und mein Herz pochte schmerzhaft, als ich begann, all das zu verarbeiten, was an diesem Abend geschehen war. Darius' Tod schnürte mir die Kehle zu, und die Erinnerung daran, wie er so still auf dem Boden gelegen hatte, riss mir das Herz entzwei. Er war mein bester Freund, und ich hatte ihm nie wirklich gesagt, wie sehr ich ihn tatsächlich liebte. Wir waren Brüder, zusammen aufgewachsen und dazu bestimmt, Seite an Seite durchs Leben zu gehen. Selbst als er mir von seinem Deal mit den Sternen erzählt hatte, der ihm nur noch ein weiteres Jahr im Reich der Lebenden ermöglichen sollte, war ich fest entschlossen gewesen, zu glauben, dass es einen Weg für ihn geben würde, dem Tod zu entgehen. Aber dieser hatte ihn früher ereilt als geplant. Ich war allein zurückgeblieben, und es fühlte sich an, als hätte man mir ein Stück meiner eigenen Lebenskraft gestohlen. Die Sterne hatten ihm ein Jahr gegeben, aber ihm für diese Zeit keine Unsterblichkeit garantiert. Das hatte er gewusst. Nun war selbst diese viel zu kurze Zeitspanne vorzeitig beendet worden, sodass er vom Schicksal so viel weniger bekommen hatte als verdient.

Darüber hinaus lastete meine Angst um Blue wie ein Anker auf meinem Herzen. Sie war allein da draußen, und obwohl ich wusste, dass sie mit aller Kraft, die sie besaß, gegen den Griff der Bestie ankämpfen würde, war ich mir nicht sicher, ob das reichen würde. Dieser Fluch saß so tief und wurde von der ganzen Stärke von Lavinias Schatten genährt.

All das vermischte sich mit meiner Angst um alle anderen, die ich während des Kampfes aus den Augen verloren hatte, und mit jedem Schritt, den ich machte, zerbrach ich innerlich ein Stückchen mehr, während ich mich fragte, ob ich mit meinem Angebot an die Schattenprinzessin gerade den schwersten Fehler meines Lebens begangen hatte.

Meine Entscheidung würde Darcy zerstören, und ich hatte alle, die noch übrig waren, bei der Beseitigung von Lionels Zerstörung im Stich gelassen. Hatte Tory überlebt? Und was war mit Gabriel und seiner Familie?

Ich war krank vor Angst, aber als ich der Schattenprinzessin tiefer in den Palast folgte, der einst dem Grausamen König gehört hatte, begann sich eine Art Taubheit in mir auszubreiten. Die Art von Leere, die nach einem intensiven Trauma auftrat. Ich erinnerte mich daran, wie ich in die gleiche Grube der Verzweiflung gefallen war, als ich Clara zum ersten Mal verloren hatte. Es war eine Leere, die alle Hoffnung in der Welt verschlang und die letzten Lichtblicke in meiner Seele zerstörte, sie einen nach dem anderen verzehrte, bis nur noch ein trostloser Raum übrig blieb, in dem nichts wachsen konnte.

Als meine Gedanken wieder zu Blue wanderten, hielt ich an dem Einzigen fest, was mir noch blieb: diese Schuld gegenüber Lavinia zu begleichen, um den Fluch meiner Gefährtin zu brechen.

Ich musste das für sie durchstehen. Sie war mein letztes Licht. Das Mädchen, das tausend Jahre in der Hölle wert war. Ich würde so lange – und noch länger – warten, wenn ich sicher sein könnte, dass ich eines Tages zu ihr zurückkehren würde und sie von der Dunkelheit der Welt befreit wäre. Sie mochte in der Lage sein, Schlachten zu schlagen und ihre Gegner zu vernichten, aber sie verdiente ein Leben in Frieden und mit einem endlosen Lächeln im Gesicht. Unser Glück war eine Blume, die erblüht und verwelkt war, bevor ich überhaupt lange genug hatte innehalten können, um ihren süßen Duft einzuatmen. Ich musste einen Weg finden, ihr einen ewigen Sommer zu schenken, in dem diese Blume erneut erblühen konnte.

»Du bist ziemlich still da hinten, kleiner Jäger«, rief Lavinia. »Versuchst du, in Frieden um deine Freunde zu trauern? Denn ich versichere dir, dass es zwischen diesen Mauern keinen Frieden geben wird.«

»Ich habe dir nichts zu sagen«, knurrte ich, und sie drehte den Kopf, um mich anzusehen, wobei der Winkel ihres Halses ein absolut unnatürlicher war. Ihre Augen waren zwei eingefallene schwarze Löcher, und dunkle Adern kräuselten und bewegten sich unter ihrer Haut, während sich die Schatten in ihr wanden. Mein Nacken kribbelte beim bloßen Anblick; mein Hass auf sie war wie ein toxisches Wesen, das Gift in meiner Brust versprühte.

»Ich habe den Geschmack der Liebe einst kennengelernt. Vor sehr langer Zeit. Liebe verrät dich; sie macht dich zum Narren«, zischte sie.

»Dann bin ich ein Narr«, sagte ich dumpf.

»*Mein* Narr«, sagte sie, ein Lächeln umspielte ihren Mund, bevor sie sich wieder abwandte und mich weiterführte.

Im Palast herrschte ohrenbetäubender Lärm, den ich nicht ignorieren konnte, da mein Vampirgehör es mir nicht erlaubte, meine Aufmerksamkeit davon abzuwenden. Je näher wir kamen, desto schlimmer wurde es, und ich wurde von Furcht erfüllt, als ich erkannte, was es war. Rebellen waren gefangen genommen worden und wurden irgendwo tief in diesem Ort gefoltert. Ihre Schreie schienen meine Ohren geradezu bluten zu lassen.

Es war schwer zu glauben, dass dies derselbe Palast war, in dem ich Darcy und Tory besucht hatte – ein Zufluchtsort, an dem ich eine Zeit lang Freude erlebt hatte, auch wenn diese Tage jetzt so flüchtig schienen. Ich wünschte, ich hätte sie festgehalten, aber mehr noch wünschte ich, ich hätte all jene, die ich liebte, mitgenommen, um weit weg von Solaria Sicherheit zu finden. Einen Ort, an dem Lionel uns niemals berühren könnte. Aber die anderen Königreiche waren nicht alle gastfreundlich. Im Süden befand sich Voldrakia – das Königreich der Wilden –, und jenseits des Ozeans im Osten lag das Verfallene Land, eine vom Krieg zerrissene Welt, in der die Elementare gespalten waren und Diktatoren ihr Volk kontrollierten. Nein, wenn ich es mir recht überlegte, wäre ich nie wirklich geflohen. Solaria war meine Heimat, und ich würde dafür kämpfen, bis es nichts mehr zu kämpfen gab.

Als wir den Schreien näher kamen, erregte eine Stimme meine Aufmerksamkeit, die mein Herz zum Rasen brachte.

»Ich werde dir niemals geben, was du willst«, knurrte Gabriel. »Kein Schmerz auf dieser Welt wird mich dazu zwingen, auch nur eine einzige meiner Visionen preiszugeben.«

»Wir werden sehen«, antwortete Lionel. Ich handelte instinktiv und schoss mit der Geschwindigkeit meiner Formgebung vor.

»Gabriel!«, brüllte ich voller Angst um ihn, woraufhin mich Lavinia mit den Schatten so brutal zurückzog, dass ich zu Boden stürzte.

Meine Kehle brannte, als die Schatten mich würgten und das Halsband so fest zusammendrückten, dass ich mein Blut rauschen hörte, bevor sie mich endlich so weit losließen, dass ich wieder atmen konnte.

»Der Seher?« Sie keuchte aufgeregt und klatschte in die Hände, bevor sie mich auf die Beine zog und hinter sich herschleifte. »Gut gemacht, Daddy.«

Bei den Sternen, nein! Wie ist es möglich, dass diese Nacht noch schlimmer geworden ist?

Panik ergriff mich, als sie mich eine Treppe hinaufführte und ich Gabriel dort vor Lionel kniend fand, der ihm gerade die Luft abzuschnüren schien.

»Stopp!«, rief ich, während mich Lavinia mithilfe der Schatten zurückhielt und mich so daran hinderte, meinem Interstellaren Verbündeten näher zu kommen. Es schmerzte mich körperlich, dass ich dem hilflos ausgeliefert war – der finale Schlag einer bereits verheerenden Niederlage.

Lionel musterte mich neugierig und hob die Augenbrauen, als er den Gefangenen seiner Königin erblickte. Zwei glitzernde lilafarbene Pegasusflügel mit regenbogenfarbenem Schimmer lagen auf dem Boden hinter ihm, und mein Magen verkrampfte sich vor Entsetzen, als ich sie als Xaviers Flügel erkannte.

Meine Hände zitterten, als ich mich fragte, wer nach der Schlacht überhaupt noch am Leben war, und meine Muskeln spannten sich mit dem Bedürfnis nach Rache an.

»Lance Orion.« Lionel lächelte grausam und kam näher. Ich bleckte die Zähne, meine Reißzähne schnellten hervor, als drohten sie mit dem Tod, den ich ihm nur zu gern zufügen würde. »Gut gemacht, Lavinia. Gib ihn mir. Ich werde Vard seine Erinnerungen extrahieren lassen und ihn dann selbst hinrichten.«

Ich spürte die Wirkung dieser Worte kaum, da der Tod, wenn er auf mich gerichtet war, eine so geringe Bedrohung darstellte. Es waren diejenigen, die ich liebte, die zählten. Wie Gabriel, der weiter am Boden kratzte und sich an die Kehle griff, weil er keine Luft bekam. Aber Lionel ließ nicht von ihm ab.

»Lass ihn frei!«, befahl ich, meine Worte gemessen und voller Kraft, aber Lionel interessierte sich nicht für mich.

»Komm, Lavinia. Überlass ihn mir.« Lionel winkte ungeduldig mit der Hand. Er war immer noch blutbesprenkelt, gezeichnet von den Fae, die er heute Nacht getötet hatte. Aber offensichtlich war sein Appetit noch lange nicht gestillt.

»Nein«, antwortete Lavinia schlicht, gerade als Lionels Hand auf meinen Arm fiel und ihn fest umklammerte – das Monster in seinen Augen nach noch mehr Blut lechzend.

Lionel runzelte die Stirn und wandte sich verwirrt dem seltsamen Geisterwesen an meiner Seite zu. »Nein?«, fragte er, als hätte er das Wort noch nie in seinem Leben gehört.

»Der hier gehört mir. Er hat einen Deal mit mir gemacht.« Sie riss mit ihrer dunklen Macht an meinem Halsband, und ich wurde aus Lionels Griff in ihren gerissen. Ein Kauspielzeug, um das sich zwei tollwütige Hunde stritten.

Lavinia näherte sich auf Zehenspitzen, um ihre Zunge über meine Wange gleiten zu lassen, und ich zuckte angesichts der eiskalten Berührung zusammen, obwohl ich mich auch nicht dagegen wehrte. Ich konnte nicht, jetzt, da ich an sie gebunden war. Das war der Preis für den Deal, den ich eingegangen war. Mein Körper gehörte ihr, und ich begann gerade erst zu begreifen, wie schrecklich diese Realität war.

Die Worte des Todesschwurs hallten in meinem Kopf wider wie das Läuten des Schicksals selbst. *»Du wirst mir deinen Körper willentlich über drei Mondzyklen hinweg zur Verfügung stellen. Und wenn diese Zeit abgelaufen ist, werde ich Darcy Vega von ihrem Fluch befreien.«*

Das Schlüsselwort war »willentlich«. Fuck!

Ich sah zu meinem Interstellaren Verbündeten, dessen Gesicht sich zwischenzeitlich blau färbte, während mein Herz immer schneller schlug.

»Lass ihn gehen!«, knurrte ich, aber Lionel tat wieder so, als hätte ich nicht gesprochen, und richtete seinen Blick auf Lavinia.

»Was für ein Deal? Das war nicht Teil des Plans«, zischte er.

»Ich habe den Fluch der Vega-Schwester an ihre einzig wahre Liebe gebunden«, sagte Lavinia mit einem amüsierten Unterton. »Also hat er zugestimmt, den Preis mit drei Monaten Folter zu bezahlen. Ist das nicht perfekt, Daddy?«

»Warum hast du dem zugestimmt, wenn du ihn stattdessen hättest töten können?«, fragte Lionel mit donnernder Stimme, wobei ihn seine mangelnde Kontrolle über die Situation sichtlich ärgerte. Seine Augen blitzten grün auf, und seine Iriden verwandelten sich in zwei reptilienartige Schlitze, während Hitze von ihm ausstrahlte.

»Weil nichts dem Vega-Mädchen mehr Schmerz zufügen könnte, als das Leid ihres Elysischen Gefährten es tun wird. Er hat sich mir mit Leib und Seele versprochen.« Sie setzte ein wildes, unberechenbares Lächeln auf, das keinerlei Menschlichkeit erkennen ließ.

»Lionel!«, fuhr ich ihn an und machte einen Schritt nach vorn, um zu Gabriel zu gehen, der zuckte und in Ohnmacht zu fallen drohte.

Lionels Blick fiel unvermittelt auf mich. Mithilfe seiner Luftmagie versetzte er mir einen Schlag in den Bauch, woraufhin ich mich krümmte und nach Luft schnappte. »Sprich mich nicht so informell an! Ich bin dein König. Der Herrscher von Solaria. Und du bist nichts weiter als Dreck, der meinen Palastboden beschmutzt.«

»Du warst es, nicht wahr?«, presste ich hervor – meine Worte voller Emotion, als mein Herz aufs Neue zerbrach. »Du hast Darius getötet.«

Der Schmerz über seinen Verlust überschwemmte mich wie das stürmische Meer, das aufs Ufer trifft, und ich wusste nicht, wie ich mich jemals davon erholen sollte. Er war meine Säule der Beständigkeit gewesen, als der Rest der Welt zusammengebrochen war, der Mann, der an meiner Seite geblieben war, als ich alles verloren hatte. Er war einer der wenigen Gründe auf dieser Welt gewesen, für die es sich nach Claras vermeintlichem Tod aufzuwachen gelohnt hatte. Und das hatte nichts mit Lionels Wächterband zu tun gehabt, sondern damit, dass Darius ein Bruder war, den das Schicksal für mich ausgewählt hatte. Er war etwas Gutes in dieser verfluchten Welt gewesen, das mir die Sterne geboten hatten, und jetzt hatten sie ihn mir genommen, ohne mir auch nur die Chance zu geben, mich zu verabschieden.

Lionels Lippen verzogen sich zu einem spöttischen Grinsen. »Ja. Mein wertloser, verräterischer Sohn ist tot. Und jetzt wissen wir, wer der größte Drache ist, der je gelebt hat. Obwohl es kaum Zweifel daran gegeben hat, dass ...«

Im nächsten Herzschlag war ich auf ihm, rammte ihm meine Fäuste in die Rippen und vergrub meine Reißzähne in der Haut seiner Schulter, während ich nach der Magie suchte, die ich brauchte, um ihn zu töten. Aber bevor ich einen Tropfen Blut schmecken konnte, zog Lavinia an meiner Leine und zwang mich hinter sich, wo ich auf meinen Knien zu Boden stürzte.

»Platz, Hündchen!«, schimpfte sie neckisch, während die Leere in meiner Brust nach Magie verlangte und mein Bedürfnis nach dem Tod dieses Bastards fürchterlich unerfüllt blieb.

Lionel taumelte einen Schritt zurück, hob eine Hand, um seine aufgerissene Schulter zu heilen, und strich mit der Handfläche über seine Rippen, wo ein befriedigendes Knirschen einen Bruch markiert hatte, der mich nur mäßig hatte besänftigen können. In dem Moment, in dem er geheilt war, stürzte er sich auf mich, aber Lavinia stellte sich ihm mit einem wilden Lachen in den Weg, und der Drachenkönig näherte sich ihr mit einem Knurren, während sein Gesicht einen blutroten Farbton annahm.

»Geh. Zur. Seite! Der Junge hat sein Ende durch meine Hand längst verdient. Er hat sich mir ein Mal zu viel widersetzt, und ich werde ihn leiden lassen, bevor ich ihn zu Asche verwandle«, schnauzte er. »Er ist genauso nutzlos, wie es sein Vater war.«

»Mein Vater war nicht nutzlos«, zischte ich, während ich aufstand. Aber Lionel schnaubte nur.

»Der Mann hat sich selbst mit dunkler Magie zerstört. Sein Leben hatte weder Ziel noch Zweck, und was er zu bieten hatte, habe ich ihm bereitwillig genommen. Genau wie ich deine Mutter genommen habe, wann immer ich es wollte.«

Mir war egal, was er über Stella zu sagen hatte, aber mein Vater war eine andere Sache. »Er war zehnmal der Fae, der du bist«, schleuderte ich ihm entgegen, ohne die Wahrheit über seinen Tod und die Arbeit, die er für die Zodiac-Garde geleistet hatte, zu erwähnen. Ich wollte Lionel keinen Grund geben, meine Erinnerungen zu durchforsten und dieses Wissen aufzuspüren. Ich konnte nicht sicher sein, dass Lavinia mich davor schützen würde, sollte ihr König darauf bestehen.

»Es gibt keinen Fae, der größer ist als ich. Ich bin der größte Drache, der je gelebt hat«, sagte er mit einer Stimme, die vor Entschlossenheit bebte.

»Ich werde meinem Hündchen all das Leid zufügen, das ihm gebührt, mein König«, sagte Lavinia mit verführerischer Stimme und trat vor, um seinen Arm zu streicheln. »Lass mich das regeln. Ich werde ihn für dich schreien lassen.«

Angespannte Stille folgte, und Rauch stieg aus Lionels Nasenlöchern auf, aber schließlich gab er nach. Offensichtlich gefiel ihm die Idee, die Lavinia ihm unterbreitete, doch ganz gut.

»Na gut«, murmelte er und wandte sich von uns ab, während ich nach wie vor von Hass durchströmt wurde.

»Darius Vega ist der größte Drache, der je gelebt hat«, sagte ich laut und deutlich, woraufhin Lionel regungslos erstarrte.

»Wie hast du ihn gerade genannt?«, fragte er mit gefährlicher Stimme.

»Er hat Tory geheiratet. Sie ist mächtiger als er, also wurde er dadurch zu einem Vega«, sagte ich und genoss diesen letzten Schlag, den ich ihm versetzen konnte, während ich Darius' Trotz durch die Luft schwirren spürte. Und ich wusste, dass Lionel ihn auch spüren konnte.

Seine Schultern verkrampften sich, und er sah Lavinia mit einer Wut an, die seine Unterlippe erzittern ließ. »Tu mit ihm, was du willst, Lavinia. Schäle ihm das Fleisch von den Knochen und schneide ihm das Herz aus der Brust. Aber sorge dafür, dass ich dabei bin, wenn seine Zeit, zu sterben, gekommen ist.«

»Natürlich, mein König«, sagte Lavinia, sah mich an und presste einen Finger auf ihre Lippen, was von einem Geheimnis zeugte, von dem ich nicht wusste, dass wir es teilten. Es schien, als würde Lionel nichts über die Details unseres Deals erfahren – und davon, dass mein Tod offensichtlich nicht Teil unserer Abmachung war.

Erleichtert sah ich zu, wie Lionel Gabriel endlich von seiner Magie befreite. Mein Freund schnappte keuchend nach Luft, während er nach wie vor auf dem Boden blieb. Lionel zog ihn an den Haaren auf die Beine und warf ihn in die Hände von zwei Drachenkumpanen, die gehorsam am Ende des Ganges warteten – ihre massigen Körper in die marineblauen Roben seiner erbärmlichen Drachengilde gehüllt. »Bringt ihn in die Königliche Seherkammer!«

Sie zerrten meinen Freund weg, aber Gabriel warf einen Blick zurück. Angst durchzog mein Blut, als ich tausend schreckliche Schicksale in seinen Iriden glänzen sah. Er schüttelte den Kopf, als wollte er sich entschuldigen, und ich wünschte, ich könnte ihn davon überzeugen, dass er nichts zu entschuldigen hatte.

»Es gibt Hoffnung, Orio«, rief er. »Hab Vertrauen in die Flammen!«

Einer der Drachen versetzte ihm einen Faustschlag, um ihn zum Schweigen zu bringen, dann wurde er um eine Ecke geschleift, und ich wusste nicht, ob ich ihn jemals wiedersehen würde. Ich wusste nicht, ob er diese Worte nur gesagt hatte, um mich zu trösten, oder ob sie wirklich wahr waren. Die Flammen? Meinte er die Zwillinge?

Ich wollte glauben, dass er einen Ausweg aus dieser Situation *gesehen* hatte, aber nach allem, was geschehen war, fiel es mir schwer, mich von einem Wort wie Hoffnung trösten zu lassen.

»Mein König!« Ein Mann kam den Flur entlang gerannt, wobei er sich tief verneigte. Er hatte leuchtend rote Haare und große Zähne, sein Blick war gesenkt, als er sich Lionel näherte. »Kann ich Euch irgendwie behilflich sein? Geht es Euch nach der Schlacht gut? Wie kann ich Euch dienen?«

»Hör auf, zu plappern, und sammle die Flügel meines widerlichen zweiten Sohnes ein, Horace!« Lionel zeigte auf die abgetrennten Pegasusflügel auf dem Boden, und Horace' Augen weiteten sich, bevor er sie in seine Arme hob.

»Lobet den König und all seine Macht!«, stammelte er, während er sich bemühte, ihr seltsam verteiltes Gewicht zu halten.

»Häng sie im Speisesaal auf!«, befahl Lionel, während er selbstgefällig vor sich hin lächelnd in den Korridor trat. »Ich möchte, dass sie als Trophäe dienen. Als Erinnerung an all das, was ich mit Rebellen und minderwertigem Fae-Abschaum mache.«

»Wie Ihr wünscht, Hoheit«, sagte Horace, bevor er mit den Flügeln in den Armen seinem König folgte, eine Blutspur hinter sich herziehend, die auf den Fliesen glitzerte.

Ich zitterte am ganzen Körper, dachte an Gabriel und wusste nicht, was ich tun sollte. Denn es gab nichts, was ich tun *konnte*, keinen anderen Weg vor mir als den, an den ich mich jetzt gekettet hatte. Ich war einem grausamen Schicksal hilflos ausgeliefert und konnte kaum atmen, so erdrückend war die Welt plötzlich. Es hatte zu viele Verluste gegeben, zu viele Fae, die ich liebte, waren mir entrissen worden, und jetzt war ich allein und es erwarteten mich nichts als Blut und Leid.

Denk an Blue! Bleib stark für sie!

Lavinia zog mich den Korridor entlang und summte eine unheimliche Melodie vor sich hin, während ihre Schattenhaare um ihre Schultern tanzten.

Meine Ohren hatten sich bereits an das entfernte Geschrei tief im Palast gewöhnt, und ich spürte, wie die Hoffnungslosigkeit dieses Ortes mich von allen Seiten einholte. Der Palast der Seelen machte seinem Namen heute Abend alle Ehre, denn hier waren unzählige Seelen gefangen, und ich hatte keine Ahnung, wie viele bis zum Morgengrauen zu den Sternen aufbrechen würden. Ich dachte an Gabriels Familie, an Catalina, Hamish, Geraldine ... und dann schweiften meine Gedanken zu den Erben und an die Tatsache, dass sie nie zur Schlacht erschienen waren. Waren sie in Sicherheit? Würden sie ins Burrows zurückkehren und sich in der Trauer all derer verlieren, die getötet worden waren?

Die Schattenprinzessin führte mich durch die wunderschönen Korridore des Palastes, bis wir den riesigen Thronsaal mit seiner gewölbten Decke und seiner unwirtlichen Atmosphäre betraten. Die blauen Buntglasfenster saßen hoch oben und ließen durch vertikale Schächte eisiges Licht herein.

Der Hydra-Thron stand im Mittelpunkt, die hohe Rückenlehne des Sitzes teilte sich in ein monströses Bouquet aus Hydraköpfen, deren schuppigen Hälse wie Schlangen ineinander verschlungen waren. Es war eine eindrucksvolle Erinnerung an den König, der einst in diesen Mauern gelebt hatte. Und als ich an all die negativen Gefühle dachte, die ich einst für ihn empfunden hatte, lastete das Bedauern schwer auf meiner Seele. Lionel war die ganze Zeit über der Schatten gewesen, der über den Vegas gehangen hatte, eine Schlange, die unverhohlen auf der Lauer gelegen und ihr Gift heimlich injiziert hatte – einen Tropfen nach dem anderen, bis das ganze Königreich vergiftet gewesen war. Wenn nur jemand seinen Verrat entdeckt und ihn früher aufgehalten hätte.

Lavinia führte mich an einem Käfig aus schwarzem Nachteisen vorbei, der an einer Wand stand, schließlich durch einen Korridor und eine schwere Metalltür in eine weitere Kammer. Die Tür fiel hinter mir ins Schloss, und ich betrat den Raum voller Foltergeräte, die kreisförmig um eine erhöhte Steinplattform angeordnet waren, an deren Decke zwei Metallfesseln an Ketten hingen.

»Gefällt es dir, mein Hündchen? Lionel hat mir diesen Raum geschenkt, und ich finde, ich habe großartige Arbeit geleistet«, säuselte Lavinia, als würde sie mir ein Puppenhaus zeigen.

Mir lief es kalt den Rücken hinunter, als eine vertraute widerliche Energie von jedem der Foltergeräte auszugehen schien – von Messern zu Peitschen und Sägen. Sie alle waren von der bedrückenden Aura der Schatten um sie herum umgeben.

Lavinia legte mir eine Hand auf den Rücken und ermutigte mich, auf die Plattform zu treten, auf der mein Schicksal auf mich zu warten schien. »Knie dich dort für mich hin, Hündchen. Hände in die Luft.«

Ich schluckte den Kloß in meinem Hals hinunter, hob mein Kinn und trat bereitwillig nach vorn, obwohl mich meine Beine wie Blei nach unten zogen. Als ich auf die Plattform trat und mich hinkniete, dachte ich an Blue und hielt sie in Gedanken fest, bevor ich meine Hände über den Kopf hob. Sie war das größte Geschenk, das ich je erhalten hatte, aber alle Geschenke hatten ihren Preis. Ich hätte wissen müssen, dass meine Schuld gegenüber den Sternen noch nicht beglichen war. Aber wenn jemand dieses Opfer von mir verdient hatte, dann war es Blue. Sie liebte mich mit der Heftigkeit eines Sturms in der Nacht, und ich würde diese Liebe bis zum letzten Regentropfen ehren.

Lavinia trat von hinten an mich heran, zog mir mein Shirt aus und warf es beiseite. Meine Reißzähne waren nach wie vor ausgefahren, und mein Verlangen nach Blut ließ meinen Verstand bereits in den animalischen Teil meiner Natur versinken. Obwohl ich keine Ahnung hatte, wann ich das nächste Mal trinken würde – oder ob sie mir überhaupt erlauben würde, zu trinken. Das war wahrscheinlich meine geringste Sorge, aber ohne Magie würde ich den Verstand verlieren. Ich musste sie nicht nur aufladen, sondern auch benutzen, sonst würde ich dem Wahnsinn erliegen. War das mein Schicksal?

Lavinia schloss Handschellen um meine Handgelenke und spannte die Kette mit einer Winde, sodass ich gezwungen war, wieder aufzustehen. Ich spürte, wie die Macht des Metalls um meine Handgelenke mich davon abhielt, Magie einzusetzen, selbst wenn ich welche gehabt hätte.

Lavinia fuhr mit einem scharfen Fingernagel über meine Wirbelsäule, bevor sie die Plattform umrundete und mich untersuchte. »Hübsch, hübsch.«

Ich konzentrierte mich auf das Mädchen, das tausend verdammte Tode wert war. Drei Mondzyklen, mehr nicht, und die Uhr tickte bereits. Ich würde bald zu ihr zurückkehren, und dann würde sie von dem Fluch befreit werden. Das genügte, um meinen Willen in geschmolzenes Eisen zu tauchen und ihn zu etwas Unzerbrechlichem zu härten.

Ich starrte meine Besitzerin an, begierig darauf, endlich loszulegen, um dem Ende näher zu kommen. »Dann zeig mal, was du kannst.«

»Große Worte von einem einsamen Mann auf der Verliererseite im Krieg meines Königs«, schnurrte sie und griff nach einer Klinge, die vor dunkler Magie nur so glitzerte. »Und ja, ich werde dir zeigen, was ich kann. Ich werde dir alles zeigen.«

Sie schleuderte die Waffe in meine Richtung, und sie drang tief in meine Seite ein, sodass ich vor Schmerz aufschrie. Ich spürte den Kuss der bösen Macht, aber sie rief mich nicht wie damals, als ich von einem Aussaugenden Dolch verletzt worden war. Dieses Mal schrien die in den Schatten gefangenen Seelen, und es schien, als würden auch sie gefoltert. Und all ihr Schmerz verstärkte meinen um das Zehnfache.

Lavinia eilte in einem Wirbel aus Schatten auf mich zu, riss die Klinge aus meinem Körper und ließ heißes Blut an meiner Seite hinunterfließen. Bevor ich mich erholen konnte, stach sie erneut auf mich ein, dann noch einmal. Sie wählte ihre Ziele sorgfältig aus, damit der Tod mich nicht ereilte.

Ich biss die Zähne zusammen, während ich diese Folter über mich ergehen ließ, aber es machte keinen Unterschied. Mit jedem ihrer Angriffe versank mein Geist tiefer in den Schatten, und jeder Besuch dort war schlimmer als die Realität selbst. Alles, was ich hören konnte, waren Schreie, und alles, was ich fühlen konnte, die Messer, die mich aufschlitzten.

Angesichts all der Dunkelheit und all des Schmerzes fiel es mir immer schwerer, in Gedanken bei Blue zu bleiben. Es war, als würde sie mir mit jedem Hieb von Lavinias Waffe ein Stückchen weiter entrissen. Die Schatten ergriffen Besitz von mir, erhoben Anspruch auf mich, wie es Lavinias Deal verlangte. Sie machten mich zu ihrem Eigentum und markierten mich als ihren Besitz.

Zum ersten Mal, seit ich mich Darcy Vega unter dem Sternenhimmel angeboten hatte, fürchtete ich, dass ich ihr wirklich genommen werden könnte. Dass ich verformt und zerstückelt werden könnte. Dass diese Qual mich unwiderruflich verändern könnte. Denn es war nicht nur mein Körper, der hier beschädigt wurde. Die dunkle Kraft, die in Lavinias Waffe steckte, durchtrennte die Fäden, die mich an meine Seele banden. An den Teil von mir, der mich zu dem machte, was ich war.

Wenn das zerstört war, würde meine Gefährtin mich dann überhaupt noch wollen? Was würde aus uns werden, wenn ich kaum mehr als die Hülle eines Mannes wäre? Eine Hülle, die dem Mädchen, das das Universum verdiente, nichts mehr zu bieten hätte? Würde ich ihr in den Augen der Sterne überhaupt noch würdig sein?

Ich schob diese Ängste beiseite, denn ich wusste, dass es nur einen Grund gab, warum ich hier war, und dass ich keine Kontrolle mehr darüber hatte, was dabei verloren gehen würde. Dieses Leiden könnte mich zerstören, aber sie würde erlöst werden. Und ich war ein williges Opfer auf dem Altar unserer Liebe.

Scorpio
Gemini
Virgo
Aries
Cancer
Leo
Sagittarius
Taurus
Capricorn
Aquarius
Libra
Pisces

JUSTIN

KAPITEL 4

Meine Augen brannten, als hätte sich ein Bienenschwarm unter meinen Augenlidern eingenistet, und sie beruhigten sich nur, wenn ich sie schloss.

Oh, welch Schicksal mich ereilt hatte! Ich war ein Staubkorn im Wind, und während ich mich durch den zweiten Tag meiner fliegenden Flucht kämpfte, fragte ich mich, ob mich die Sterne völlig vergessen hatten.

Der Fallschirm, den meine Königin aus den großen Blättern ihrer Erdmagie für mich angefertigt hatte, war trotz einiger Löcher, die die böse Magie der Kreaturen, die mich verfolgten, in ihn geschlagen hatten, nach wie vor intakt.

Die Nymphen drängten sich unter mir wie ein wandelnder Wald aus Fäulnis. Sie befanden sich zwar weit unter meinen Füßen, aber ich erkannte ihre knorrigen Gesichtszüge und sah, dass sie vom Blutrausch geradezu verzerrt waren. Sie jagten mich ohne Pause über raues und karges Gelände – und warteten.

Darauf, dass mich die Erschöpfung übermannte und ich in ihre Fänge fiel. Es waren bestimmt fünfzig Nymphen da unten, eine Gruppe, die groß genug war, um eine Kleinstadt mühelos zu vernichten. Und obwohl ich um meine eigene Sterblichkeit fürchtete, hatte ich jedes Mal, wenn ich Lichter oder Zeichen von Zivilisation am Horizont erspäht hatte, an den Ranken gezogen, die mich trugen, und mich in eine andere Richtung bewegt, obwohl mich das meine eigene Rettung gekostet hatte. Ich würde diese Monster nicht zu unschuldigen Fae führen, egal, was es mich selbst kosten würde.

Meine Zeit war begrenzt, und ich wusste nicht, wie viel Hoffnung mir noch blieb – vor allem angesichts der geringen Menge an Magie, die dank meines treuen Snackbeutels in meinen Adern verblieben war.

Meine Momsy hatte mir stets eingeprägt, den Beutel jederzeit bei mir zu tragen. Der kleine Lederbeutel enthielt die Blätter des Eisenhuts, die mein Zerberus benötigte, um meine Magie aufzufüllen. Ich nahm ein Blatt aus dem

Beutel, während ich an das sanfte Gesicht und die strengen Worte meiner Mutter dachte: *»Verlasse das Nest nie ohne deinen Snackbeutel!«*

Dieses Mantra hatte mir während der quälenden Stunden meiner Flucht gute Dienste geleistet und meine Kraft immer wieder so weit regeneriert, dass ich eine Flamme über meinem Kopf hatte entfachen können. Deren Hitze hielt nun meinen Fallschirm in der Luft und sorgte damit auch dafür, dass mein Herz weiter schlug. Nur für den gelegentlichen Wachzauber hatte ich es gewagt, den Rest meiner schwindenden Kraft zu nutzen. Allerdings hatte ich seit über sechs Stunden keinen mehr gewirkt.

Die Erschöpfung durch die Schlacht lastete auf mir wie eine schwere Decke und drängte meine müden Knochen zur Ruhe, trotz der Gefahr, in der ich mich befand. Die Erinnerung an Roxanya Vega, die mich wie einen Stern auf dem Weg zum Himmel in die Lüfte geschossen hatte, spielte sich immer wieder in meinem Kopf ab. Meine Königin hatte mein Leben für wertvoll genug befunden, um es zu retten, als der sichere Tod überall um uns herum gelauert hatte. Meine traurige Seele war ihr offensichtlich wichtig genug gewesen, um diese Fluchtmethode für mich zu entwickeln, während sie tapfer weitergekämpft hatte. Welches Schicksal hatte sie zwischenzeitlich ereilt? In welches Unheil hatte ich meine Herrscherin gezwungenermaßen geschickt?

Scham zerrte an meinem Innersten, aber gleichzeitig war es die unbestreitbare Ehre, an ihrer Seite in dieser Schlacht gekämpft zu haben, die mir die Kraft gab, weiterzumachen. Mit meiner letzten Kraft würde ich diese Monster weit weg von den unschuldigen Fae führen, die andernfalls ihren Fühlern zum Opfer fallen würden.

Einmal war ich eingenickt, aber gerade rechtzeitig wieder aufgewacht, um meinen Sturz auf die Fühler der bösartigen Kreaturen unter mir zu verhindern. Nie zuvor erlebte Mengen an Adrenalin und Angst hatten mich wieder zu Bewusstsein gebracht, als ihr Kreischen die Luft durchzuckt hatte. Unmittelbar, bevor ihre tödlichen Rasseln meine Magie hatten blockieren können, hatte ich einen Feuerzauber entfesselt – die Hitze hatte meinen Fallschirm erneut himmelwärts geschickt, während die Kraftanstrengung meine mickrigen Reserven weiter geschmälert hatte.

Die Nymphen lechzten nach meinem Ende, genauso wie ich nach der Kraft lechzte, die ich brauchen würde, um sie anzugreifen – und kämpfend unterzugehen, um das Wohl Solarias zu verteidigen. Das hatte ich geschworen, sollte mich das Schicksal in diese Richtung lenken. Aber diese Option hatte ich zusammen mit meinen Waffen verloren, als meine Herrin mich in den Himmel geschickt hatte, um mich – einen A. N. U. S.-Mann mit gehöriger Pechsträhne – zu retten.

Also wartete ich. Die kleine Flamme flackerte weiter über mir und trug mich durch die Luft, während ich den Horizont nach der einzigen Hoffnung absuchte, an die ich mich noch klammern konnte. Wolken. Ich musste eine Wolkendecke finden, dann könnte ich den Nymphen vielleicht entwischen. Vielleicht könnte ich mich ihrer unerbittlichen Verfolgung entziehen. Vielleicht könnte ich ihnen ausweichen, meine Magie wieder auffüllen und so lange weiterleben, um mich wieder der Armee meiner Ladys anzuschließen und einen weiteren Tag zu kämpfen.

Ich ließ meine Gedanken nicht bei meinem Snackbeutel verweilen. Jetzt waren nur noch drei der Blätter übrig. Mir lief die Zeit davon. Und um mich herum erstreckte sich in alle Richtungen nichts als blauer Himmel, als hätten mich die Sterne selbst verlassen.

Ein Tag, der so voller Trauer und Verlust war, hatte nicht das Recht, so hell zu leuchten, und doch tat er genau das. Die Welt war voller Licht, obwohl nach dieser Schlacht doch nur Dunkelheit hätte herrschen dürfen.

Ich würde ziellos weiterfliegen, bis zum Rand der Welt und darüber hinaus, und vielleicht würde mit etwas Glück noch eine Wolke auftauchen. Aber während sich dieses Blau immer weiter vor mir ausdehnte, gab ich mich der Realität hin, die mir zugedacht war. Mister Masters würde heute sterben. An den knorrigen Fingern meiner Feinde würde ich mein Ende finden. Doch ich hielt an dem süßen Duft in der Luft und der Chance fest, die mir meine Königin mit dieser Fluchtmethode gegeben hatte. Blatt für Blatt würde ich mich meinem Schicksal nähern und mich ihm stellen, wenn die Zeit gekommen war.

Gemini
Scorpio
Virgo
Cancer
Leo
Sagittarius
Taurus
Capricorn
Aquarius
Libra
Pisces

GERALDINE

KAPITEL 5

Schmerz, der so unerträglich war, dass ich spürte, wie das Salz in die Wunden sickerte, die im Gewebe meiner blutenden Seele klafften.

Trauer, die so giftig war, dass mein Körper wahrscheinlich angesichts der toxischen Tiefen, die mich bis ins Mark verbrannten, versagen würde.

Pein, die so intensiv war, dass sie mir die Schuppen von meinem Allerwertesten schälte und mich auf einem zuckenden Aal des Verderbens aufspießte.

Und Wut, die so grimmig war, dass ich die Hörner der Hölle aus der Dunkelheit heraus in meiner Brust spüren konnte.

Die Kriegstrommeln dröhnten zusammen mit meinem rasenden Herz in meinen Adern. Und die Glut des Flammenmeers wütete in meinem Unterleib wie ein unermüdlich brennendes Inferno, das nur durch den Tod gestillt werden konnte. Tod dem Dragoner, der uns in diesem wahren und ehrenhaften Krieg so viel gestohlen hatte. Tod der seelenlosen Schattenhexe, die in unsere Welt eingedrungen war wie eine Fäulnisplage, wo sie doch dort hätte bleiben sollen, wo sie hergekommen war. Tod der Armee von stumpfsinnigen rindenhäutigen Banditen, die über Tal und Schlucht stapften und den falschen Kampf führten. Und Tod der abscheulichen Kreatur, die meine geliebte Angelica ins Nimmermehr gestohlen hatte.

Ich würde meine Rache auf sie herabregnen lassen – im Namen all dessen, was mir genommen worden war und was ich vielleicht noch verlieren würde.

Möge mein Leben der Preis sein, wenn das nötig sein sollte, um das Gleichgewicht wiederherzustellen. Die Waage war aus dem Gleichgewicht geraten, der Himmel in Unordnung. Davon hatten die Mönche von Mallakin in ihren heiligen Schriftrollen nicht gesprochen. Nein, sie hatten die Sterne als gerecht und fair gepriesen und behauptet, dass sie die Balance zwischen Gut und Böse, zwischen Richtig und Falsch hielten.

Aber wo war die Gerechtigkeit in all dem? Wo war die Hand des Schicksals und der Ehre? Warum hatte der Himmel uns verlassen, obwohl wir doch nur eine Welt wollten, in der aufrichtige und edle Fae in Harmonie leben konnten, regiert von der großzügigen und höchst eleganten Herrschaft meiner wahren Königinnen?

Ein Schrei drang über meine rissigen und blutenden Lippen, als irgendein Halunke erneut versuchte, mich zu heilen. Ich fuchtelte mit den Armen wie ein Fangschreckenkrebs, um denjenigen loszuwerden.

»Eisenhut!«, krächzte ich, meine Kehle ein heiseres und blutiges Ding, das meine normalerweise lyrische Stimme verunstaltete, als würde diese über ein Glasmeer rutschen müssen.

Eine Pause folgte, eine kurze Unterbrechung in ihren Bemühungen, während noch weitere Qualen durch meinen Körper strömten. Und sie brachten mit sich das üble Verbrechen meines Todes, verursacht durch das Gift der Bestie, die versucht hatte, mich zu zerreißen.

Mylady. Meine süße und vornehme Lady, jetzt nichts weiter als eine struppige Schattenbestie, geblendet von der dunkelsten aller Mächte und durch eine grausame und schreckliche Wendung des Schicksals gegen ihre treueste Freundin gewandt. Wo war sie jetzt? Mein Darcy-Mädchen? Galoppierte sie durch Buschwerk und Gestrüpp auf einer Mission der Isolation, um ihre Seele zu retten?

Lauf schnell mit dem Wind unter deinen krallenbewehrten Pfoten, meine hungrige Bestienfrau! Finde dein Nirwana und das Ende dieses leidvollen Fluchs!

Ein unerträglicher, ewiger Schmerz fraß sich tief in mich hinein, und ich hob meinen Rücken von der harten Oberfläche, auf der ich lag. Meine Augen waren geschlossen, um die Welt auszusperren, denn ich weigerte mich, ihr gegenüberzutreten. Ich mochte unsägliche Schmerzen haben, aber ich wusste, dass die Last der Trauer, die mich jenseits dieser giftigen Folter erwartete, weitaus schlimmer sein würde als jeder körperliche Schmerz, den ich ertragen musste. Ich dachte an meine engelsgleiche Angelica und an diese miese Mörderin Mildred, die sie in ihrer Blütezeit getötet hatte. Oh, welch ein grausames, unverdientes Schicksal! Ich würde diese schamlose Dragonerin in dem Moment erschlagen, in dem ich meine Chance bekam.

Eine Hand umklammerte meinen Unterkiefer, und ich zappelte wie ein haariger Beluga, der an der Küste gestrandet war. Die Sonne brannte auf meinen schwabbeligen Hintern, und Kieselsteine bohrten sich in meinen Wanst, während ich mich hin und her warf.

Aber die Hand ließ mich nicht los, ihr Griff war fest und unerbittlich, bis ich gezwungen war, meine Lippen zu öffnen. Der süße, absolut tödliche Geschmack der Pflanze, die ich für meine gesamte magische Existenz brauchte, strömte über meine Zunge.

Ich kaute auf den Eisenhutblättern herum wie die hungrigste Raupe, die je unter dem Licht des gleichgültigen Himmels geboren worden war. Ich kaute wie ein Hängebauchschwein an einem Trog, mein Bauch niemals voll, ich wollte immer mehr. Ich kaute wie ein Allesfresser, dessen einziger Zweck in dieser verfluchten Welt darin bestand, zu kauen und zu kauen und zu kauen.

Dann schluckte ich. Mehr Blätter berührten meine Lippen, und ich schlang auch diese Schlingel hinunter. Und noch mehr. Noch mehr.

Ich verschlang sie alle und weckte damit das Tier in mir, die schlafende Kreatur, die ihre wunderschönen Töne ganz unten in meiner leeren, trauernden Seele geheult hatte.

Die Verwandlung ereilte mich schlagartig, und ein riesiger gestromter Hund mit drei Köpfen tauchte an meiner Stelle auf. Die Verwandlung ließ meine Brustplatte so unsanft von meinen üppigen Begonien abprallen, dass der Heiler, der an mir gearbeitet hatte, aufschrie, als ihn eine der spitzen Nippel-Pyramiden am Auge traf und ihn auf sein Sitzfleisch beförderte.

Ich rollte mich herum, meine verwandelte Form war zu groß, um auf den Steintisch zu passen, auf den sie mich gelegt hatten, und meine vier Pfoten ließen den felsigen Boden erzittern, als ich auf ihm landete.

Ich hob meine drei Köpfe zu einem klagenden Heulen, das von den uns umgebenden Steinwänden widerhallte. Trauer und Schmerz prallten in mir aufeinander, während die Kraft meiner Formgebung endlich das zu reparieren begann, was mich zu zerstören gedroht hatte.

Ein Zerberus hielt das tödlichste aller Gifte in seinen Reißzähnen, ein Biss genügte, um jedes Monster zu töten, und in unserem Blut floss die Kraft, die nötig war, um einem solchen Gift zu widerstehen.

Mein Magen zog sich zusammen und krampfte, meine Wirbelsäule krümmte sich und ein weiteres Heulen entrang sich mir, während die drei Stimmen meiner drei Köpfe ein so wunderschönes Klagelied sangen, dass ich spürte, wie mein Herz in zwei Teile zerbrach.

Die Konstellation meiner Art brannte zweifellos hell am Himmel über mir, als ich die Gaben meiner Formgebung anrief und gegen die Schattenfäule kämpfte, die in meinen Knochen eiterte.

Ich zitterte heftig und unkontrollierbar, und obwohl um mich herum Stimmen sprachen, hörte ich sie nicht.

Mein Klagelied endete, und ich sackte keuchend auf meinen Bauch, während mein Körper instinktiv das tat, was er tun musste.

Stundenlang lag ich in meinem Kummer da, während die Magie, die mir geschenkt worden war, das heilte, was mich hätte töten sollen.

Warum war mir der Tod erspart geblieben, wo doch so viele mutige und edle Fae auf diesem Feld des Blutvergießens und Gemetzels ihr Leben verloren hatten?

Ich atmete zitternd aus und tauchte aus dem Abgrund des Schlafes auf, der mit weit aufgerissenem Maul in Erwartung meines Todes gegähnt hatte.

Nicht heute, du ruchloser Geist! Heute werde ich mich dir nicht beugen.

Ich öffnete ein Auge und fand mich in einem steinernen Raum wieder, dessen Wände sandfarben und mit Darstellungen von Fae aus alten Zeiten bemalt waren. Die Luft hier war abgestanden, obwohl die Verzierungen von einem einst schönen Raum zeugten, vielleicht einem Tempel für die Sterne oder etwas in der Art. Ich war mir nicht sicher.

Ich hatte vage Erinnerungen daran, wie ich durch dunkle Tunnel geschleppt worden war, die jemand in die Tiefen der Erde gegraben hatte, dann wieder nach oben und an die Erdoberfläche, über Felder und Flüsse, durch Wälder und Täler. Die sich zurückziehenden Rebellen hatten einen verzweifelten Versuch unternommen, ihre Freiheit zu erlangen, und waren nicht in der Lage gewesen, mehr zu tun, als den schlimmsten Verwundeten die heilende Magie zu geben, die sie hatten entbehren können, während sie die Toten hatten zurücklassen müssen.

Ihre Flucht war ihr Antrieb gewesen, der Rückzug und das dringende, verzweifelte Bedürfnis, an einem anderen Tag weiterkämpfen zu können.

Ich war immer wieder bewusstlos geworden und hatte nur undeutlich wahrgenommen, wie Zeit und Entfernung an mir vorbeigezogen waren, während das Gift durch meine Adern geströmt war. Gleichzeitig hatten diejenigen, die dazu in der Lage gewesen waren, hart daran gearbeitet, unser Vorankommen zu verbergen.

Ich konnte nur vermuten, dass unsere Flucht von Erfolg gekrönt gewesen war – wie auch immer sie vonstattengegangen sein mochte. Schließlich befand ich mich an diesem Ort aus kaltem Stein. Offensichtlich hatten die Rebellen auf ihrem Rückzug also doch einen Ort gefunden, an dem sie sich eine Weile ausruhen konnten. Sie hatten endlich die Gelegenheit bekommen, um zu versuchen, mich zu heilen, und ich nahm an, dass das bedeutete, dass auch andere, die dringend Heilung benötigten, behandelt wurden. Aber was war mit der Schlacht? Was war mit meinen Königinnen und allem, wofür wir gekämpft hatten?

Ein leises Stöhnen ließ mich einen meiner drei Hundeköpfe heben, und ich öffnete auch meine anderen Augen, wodurch der Raum durch die drei Augenpaare, die ich nun darauf richtete, schärfer in den Fokus rückte. Meine äußeren Köpfe bewegten sich, um alles zu erfassen.

Die sandfarbenen Wände zierten verblasste Sternzeichen und Tarotbilder, darunter schwungvolle Schriftzüge, die entweder ein Gedicht oder eine längst vergessene Prophezeiung darstellten. Dieser Ort war alt, vergessen, ein Relikt aus einer vergangenen Zeit.

Mein mittlerer Kopf wandte sich der Tür hinter dem Steintisch zu, auf dem ich gelegen hatte. Mein noch nicht ganz getrocknetes Blut beschmutzte ihn, so klebrig wie der Speichel einer Wespe.

Ich atmete tief ein und witterte Tod und Verwesung in der Luft, zu viele Körper auf engem Raum zusammengepfercht.

Der stechende Schmerz, der mich bei jeder Bewegung durchfuhr, war nicht zu unterschätzen, aber ich schob jede Neigung, mich weiter auszuruhen, beiseite, als ein weiteres Stöhnen an meine sechs empfindlichen Ohren drang.

Ich erkannte Xaviers Stimme. Mein tapferer Wallach schrie vor Schmerz, und das Geräusch traf mich bis ins Mark.

Ich bewegte mich bereits auf leisen Pfoten, bevor ich überhaupt wirklich darüber nachgedacht hatte. Die Erinnerung an unseren süßen Pferdefreund, wie er auf dem Schlachtfeld niedergestreckt gelegen hatte, drang vor mein inneres Auge, während ich meinem geliebten Stiefbruder zu Hilfe eilte.

Die Türöffnung war zu schmal für die enorme Gestalt meines Zerberus, also verwandelte ich mich. Ein Schmerzensschrei entrang sich meinen Lippen wie ein Tautropfen, der von einem Maulbeerbusch abperlte, bevor ich meine zitternden Beine vorantrieb.

Ein staubiger Korridor lockte mich an, schwaches Licht drang durch die glaslosen Fenster, deren dünne Öffnungen magische Blitze nach außen lassen sollten, während die dicken Wände dazu dienten, jegliches Gegenfeuer in Schach zu halten. Dieser Bau war in der Tat ein altes Gemäuer.

Nackt wie die Morgendämmerung torkelte ich näher an das von Schmerz erfüllte Stöhnen heran, eine Hand gegen den glatten Stein gestützt, während mich das orangefarbene Leuchten der Feuerstelle heranwinkte.

Ich erstarrte, als ich die weit geöffnete Tür erreichte, und ließ meinen Blick über den sterbenden Mann schweifen, der auf einem weiteren Steintisch lag, während drei Rebellen immer wieder Heilmagie auf ihn anwendeten. Sowohl Tyler als auch Sofia sahen zu, Tränen glitzerten auf ihren Wangen.

Ein weiteres schmerzverzerrtes Stöhnen entwich dem Mund des süßen Xavier, aber er war nicht wach, seine Augen waren geschlossen, während sein Körper unter der Bedrohung der obsidianschwarzen Schatten nachzugeben begann.

»Bei der Macht des Himmels, habt Erbarmen mit ihm«, murmelte ich, wobei meine Stimme in einem Anfall hysterischen Schluchzens unterging, was niemandem einen Gefallen tun würde.

»Du bist wach«, keuchte Sofia überrascht, als sie mich erblickte. »Sie haben gesagt, dass dich die Gabe deiner Formgebung heilen würde, aber sie waren der Meinung, es würde Tage dauern ...«

»Wir haben keine Zeit für Trödelei«, blaffte ich und wischte mir mit dem Handrücken über das Gesicht, um Tränen und Rotz zu entfernen. Dies war kein Moment, um wie eine Pusteblume an einem windigen Morgen auseinanderzufallen.

Mit hüpfenden Begonien schritt ich in den Raum, während mich ein weiterer Anfall unsäglichen Schmerzes von innen heraus durchzuckte. Aber ich ignorierte ihn. Ich ignorierte alles außer dem süßen, karottenliebenden Fohlen, das meine Hilfe brauchte.

»Jemand muss einen Basilisken finden!«, befahl ich.

»Der letzte Basilisk Solarias wurde vor sechs Jahren getötet«, antwortete ein Mann, den ich weder kannte noch kennenlernen wollte und der jetzt seine Hand von Xaviers Seite nahm. »Und es gibt nichts anderes, was ihn retten kann. Ich fürchte, es ist ...«

Ich verpasste ihm eine ordentliche Backpfeife mit einem Wasserstrahl in Form eines Fisches und funkelte ihn mit wilden Augen an. Denn ich war eine Höllenbestie, die sich diesem Schicksal nicht einfach so hingeben würde. Xavier Acrux würde nicht auf diesem Tisch sterben. Die blutenden Wunden seiner fehlenden Flügel und sein eingefallenes Gesicht würden nicht das sein, was uns von ihm in Erinnerung blieb.

»Dann besorg ihm das Gift des Basilisken, das vor dessen Tod abgefüllt wurde«, knurrte ich. »Geh und frage die Oscuras danach! Dort solltest du suchen – falls du das nicht bereits weißt. Sie besitzen alle möglichen Schätze und werden dir zweifellos auch diesen besorgen können.«

»Geraldine?«, fragte Sofia mit einem Hauch von Hoffnung in ihren tränenverhangenen Augen, als sie mich ansah, als hätte ich möglicherweise die Antwort auf dieses Rätsel. Meine arme blasse Pegasus-Freundin sah so verzweifelt wegen ihres lieben Doms aus. Und ich wusste, dass ihre Liebe zu Xavier Acrux so tief war wie die Meeresschluchten von Galgadon.

»Wenn du mehr tun willst, als das Unkraut mit deinen Tränen zu gießen, süße Sofia, dann geh und hilf diesem Burschen bei der Suche! Ich werde alles tun, um meinem lieben Bruder zu helfen, bis du mit dem, was er braucht, zurückkehrst.«

Ich verwandelte mich, bevor sie antworten konnte, ließ meinen mittleren Kopf sinken und stieß ein leises Winseln aus, bevor ich die schattenverfluchte Wunde leckte, die Xavier Acrux in Stücke gerissen hatte. Im Speichel eines Zerberus lag Kraft. Kraft gegen Gifte und Toxine, wenn auch nicht so viel wie in einem Basilisken. Aber ich würde ihm die Zeit verschaffen, die nötig war, um das Heilmittel zu finden, das er so dringend benötigte.

Sofia und Tyler eilten im Galopp aus dem Raum. Ihr Bedürfnis, ihren süßen Hengst zu retten, erfüllte sie mit der Entschlossenheit, das Heilmittel zu finden. Ich kauerte mich neben den Steintisch, mein Körper schlaff vor Schmerz, während ich gegen das verderbliche Gift der Schatten in meinem eigenen Blut ankämpfte. Aber ich ignorierte diesen lästigen Unsinn, um meinem Verwandten, meinem süßen Stiefbruder, zu helfen.

Die Nacht zog sich hin, während ich bei Xavier lag und ihm unermüdlich mit meinen Gaben half, so gut ich konnte. Und obwohl er nicht erwachte, wurde er ruhiger und sein Stöhnen ließ nach. Alle drei meiner Ohrenpaare blieben auf den festen Schlag seines Herzens gerichtet, und als er sich etwas stabilisierte, schöpfte ich wieder etwas Kraft und Zuversicht.

Er würde das überleben. Dafür würde ich sorgen, egal, welchen Weg die Sterne für ihn vorgesehen hatten.

Ein lautes Getöse unterbrach meine stille Wache, und ich hob meine Köpfe mit einem grimmigen Knurren, was die drei riesigen Männer in der Tür innehalten ließ, als sie mich sahen.

»Ist schon gut, *carina*«, murmelte Dante Oscura und hob eine Hand, die mit goldenen Ringen geschmückt war, als Symbol des Friedens zwischen uns. Er war ein bulliger Drache mit zerzausten dunklen Haaren und dem olivfarbenen Teint seiner faetalienischen Vorfahren. Auch er war blutbefleckt. Es machte mich traurig, sein junges, gut aussehendes Gesicht zu sehen, das von den Spuren des Kampfes gezeichnet war. »Ich habe mitgebracht, was du brauchst.«

»Lass sie durch, Geraldine!«, bat Sofia, und ich entdeckte ihren blonden Kopf, der sich hinter der Wand muskulöser Männer verbarg, die eingetreten waren.

Mein Zerberus ließ keinen Platz für sie, sich Xavier zu nähern, also verwandelte ich mich, meine Augen so glasig wie der Spiegel eines Ghuls, und trat zur Seite, damit mich der tätowierte Mann und der Löwenwandler passieren konnten.

»Hier«, fügte Sofia mit leiser Stimme hinzu und hielt mir einen grünen Umhang hin, den ich ohne viel Aufhebens anzog, um meine üppige Nacktheit zu verbergen.

»Ihr habt das Gift des Basilisken?«, erkundigte ich mich, und Müdigkeit lag in jedem meiner Worte.

»Das haben wir«, knurrte der Mann, der mit Faesney-Tattoos übersät war, mit finsterer Miene, als er den armen Xavier ansah. Seine braunen Haare waren auf dem Scheitel zu einem Knoten zusammengebunden, und er leckte sich die Lippen, als er näher an meinen Stiefbruder herantrat, fast so, als könnte er den Schmerz in der Luft schmecken.

Ich öffnete den Mund, um noch etwas zu sagen, aber ein lauter Schrei ertönte von jenseits der Mauern, die uns umgaben. Und mein Herz schlug mit ehrfürchtiger Hoffnung, als ich zwischen dem Geschrei einen Satz heraushörte. Ein Satz, der ausreichte, um das dringendste Bedürfnis in mir zu wecken: Hoffnung.

»Die Königin kehrt zurück!«

Ich rannte aus dem Raum, in dem sich der geliebte Xavier befand, bevor ich mehr hören konnte, und eilte durch uralte Korridore und kalte Steingänge auf der Suche nach einem Weg hier raus – dorthin, wo die Rufe lauter wurden.

Als ich um eine Ecke bog, sah ich gerade noch rechtzeitig, wie eine große Minotaurus-Frau in verwandelter Form eine schwere Holztür aufstieß, und ich rannte los, um einen Blick auf die Sterne zu erhaschen, die sich dahinter zeigten.

»Mylady!«, rief ich, als ich auf eine Gruppe von Fae traf, deren Richtung klarmachte, wo eine meiner Königinnen nun stand.

Ich stieß einen warnenden Laut aus, um sie dazu zu bewegen, zur Seite zu treten, und viele von ihnen wichen vor meiner Wildheit zurück wie Schlappschwänze an einem Maimorgen. Aber nach wie vor versperrten mir zu viele den Weg zu ihr.

Ich hob meine Hände in die Luft, meine Magie erblühte nun dank all des Eisenhuts, den ich verschlungen hatte, und bahnte mir mit einem Wasserstrahl einen Weg durch die Mitte der Menge, was ich nicht eine Sekunde bereute.

Mein Umhang wehte weit und enthüllte meinen nackten Körper für jeden, der ein Auge auf mich warf, als ich durch die nun entstandene Lücke sprintete. Aber ich hatte keine Zeit, mich um solche Dinge zu kümmern, denn mein Blick fiel auf die blutige, kampfgezeichnete Kriegerin, die auf dem Hügel vor mir stand.

Alte Gemäuer – Ruinen – umgaben uns, einige waren zerstört, während andere noch standen und Verwundete beherbergen konnten. Ich erkannte den Ort als ein altes Heiligtum, ein Platz der Anbetung, obwohl der einst verehrte Hügel nun mit blutbespritzten Soldaten übersät war. Das Licht der langsam untergehenden Sonne tauchte unsere Königin in Gold und Orange, und für einen Moment hätte ich schwören können, dass ein Engel vor mir stand, als das Licht von der bronzefarbenen Farbe ihrer Flügel reflektiert wurde.

»Lady Tory!«, rief ich, als ich die schwarzen Haare unter all dem Blut und Schmutz bemerkte. Mit kalten leeren Augen wandte sie sich mir zu.

Ihr hübsches Gesicht war eingefallen, hager, ohne das wilde Funkeln, das ich immer so sehr an ihr geliebt hatte.

Die Menge verstummte jetzt und wich zurück, um Platz um sie herum zu machen, mit dem Rücken an die bröckelnden Wände der Ruinen gelehnt, die den Rebellen als Unterschlupf dienten.

Da spürte ich es. Etwas Wesentliches in mir wurde durchtrennt. Noch bevor mein Blick von der absoluten Trauer in ihren grünen Augen zu den drei riesigen Objekten hinter ihr wanderte.

Drei Särge, aus Eis geschnitzt.

»Nein«, hauchte ich und flehte die Sterne an, so etwas nicht zuzulassen, während ich barfuß über den kalten harten Boden auf meine Königin zuging.

Tory sagte nichts, und ich wusste, dass es nicht daran lag, dass sie nichts sagen wollte, sondern vielmehr daran, dass ihr die Worte fehlten, um die schreckliche Realität zu beschreiben, die sich mir qualvoll Sekunde für Sekunde näherte.

Ich konnte es nicht ertragen, in diese Eissärge zu schauen. Ich konnte es nicht ertragen, zu sehen, wen sie auf diese Weise transportiert hatte, um seinen ewigen Schlaf nicht zu stören. Ich konnte es nicht ertragen, die Konsequenzen dieses Kampfes zu spüren, den wir so brutal verloren hatten.

»Bitte!«, flehte ich die Sterne erneut an, aber als meine nackten Zehen den ersten der gefrorenen Särge berührten, war ich nichts als eine Sklavin des Schicksals. Denn mein Blick fiel auf das Gesicht des Mannes, der gefangen im Tod darin lag.

Der Eissarg, der meinen Vater umschloss, glitzerte wie die Taubeeren von Nor, wunderschön und verderblich zugleich. Ich konnte nicht mehr sehen. Alles zerbrach in tausend flackernde Fae-Fliegen, als meine Tränen aufwallten und wie zwei endlose Flüsse über meine Wangen zu rinnen begannen.

Ich blinzelte flüchtig – wie ein Schmetterling mit seinen Flügeln schlägt –, dann wurde alles wieder klar. Trauer legte sich kalt um mein Herz und drückte es mit der ganzen Kraft einer Drachenklaue zusammen.

»Es tut mir leid, Geraldine«, sagte Tory mit leerer Stimme.

Neben Daddy lag die wunderschöne und liebenswerte Lady Catalina in ihrem Eiskristallsarg, im Tod genauso exquisit wie im Leben. Dort ruhten sie, still, für immer zum Schweigen gebracht auf dieser Ebene. Dahinter, in seinem eigenen tiefen und zeitlosen Schlaf, lag die große Liebe meiner Königin Tory, ihr tapferer und edler Mann, der von seinem monströsen Vater selbst zu den Sternen gebracht worden war. Ihr geliebter Dragoner, Darius.

Sie hatten den Schleier passiert, den zu Lebzeiten weder Mann noch Frau jemals betreten konnten. Sie waren fort.

Mein Herz verdorrte, blutete und weinte für immer um sie alle. Mein geliebter Daddy mit seinem Mut und seiner Hoffnung, seine freundlichen Worte waren nun alle dem Wind überlassen, nichts als Erinnerungen, die ich wie Motten in Gläsern einfangen konnte, um sie zu bewahren und zu verteidigen.

Ich hatte gedacht, der Verlust meiner Mama würde mein Ende sein. Trauer war wie Sterben, und ich war mir so sicher gewesen, dass ich ihr in die Vergessenheit folgen würde, sobald sie von dieser Welt gegangen war, ihr Feuer durch den Atem des Himmels gelöscht.

Aber Daddy hatte meine Hand gehalten und war auf eine Weise für mich da gewesen, wie es nur ein Elternteil tun konnte. Mit einer Tapferkeit, die tiefgründiger war als alle Ozeane der Welt, und mit einer Zärtlichkeit, die meinen Schmerz gelindert und meine schmerzende Seele in geschmolzene Liebe getaucht hatte. Er hatte mich durch die schlimmste Zeit meines Lebens begleitet, aber jetzt war niemand mehr da außer mir. Und wieder stand ich am Ufer des Verlustes, während die Flut zurückging und die letzten Abschiede an meinen Füßen plätscherten.

Ich, Geraldine Gundellifus Gabolia Gundestria Grus, war allein. Ich fühlte mich, als stünde ich auf einem sich drehenden Kompass, richtungslos; der wahre Norden hatte mich verlassen und mich dem Chaos einer kreisenden Nadel ausgeliefert. Denn wohin sollte ich von hier aus gehen?

Zögernd und mit schlurfenden Schritten trat ich näher heran, um sein Gesicht betrachten zu können. Es war völlig regungslos, und die Krallen in meiner Brust lockerten sich ein wenig beim Anblick des Friedens, der sich auf seine Züge gelegt hatte. Ja, der Tod, so schien es, war gütig gewesen und hatte ihn sanft in seine Arme gezogen. Er hatte nicht dagegen angekämpft, das konnte ich sehen, und ich war froh, zu entdecken, dass er bereitwillig in die Umarmung der Sterne gegangen war. Er war unversehrt, abgesehen von der tiefen Stichwunde in seiner Brust, die sicherlich seinem Ende entsprochen hatte.

Die Schönheit, die Catalina ausstrahlte, spiegelte seine Gelassenheit wider, ein Schnitt an ihrer Kehle war das Zeichen ihres eigenen Todes. Und wenn ich mich nicht täuschte, schienen sich ihre Hände einander entgegenzustrecken, als wollten sie sich auch jetzt noch vereinen, um nie wieder getrennt zu werden. Ich erfüllte ihnen diesen Wunsch mit Leichtigkeit, trat einen Schritt zurück, um meine Magie wirken zu lassen, und ließ mein Wasserelement die Kontrolle übernehmen, während ich ihre Särge zu einer Einheit verband und ihre Hände über die des anderen gleiten ließ.

Ich hörte ein scharfes Einatmen hinter mir und drehte mich um. Ein Kloß, so hart wie Knotengras, stieg in meiner Kehle auf, als ich dem Blick des armen, lieben Xavier begegnete. Er war blass im Gesicht, immer noch schwach von den Wunden, die ihm zugefügt worden waren, aber es schien, als hätte das Basiliskengift seine Wirkung getan. Er würde sich erholen, wenn auch nicht von diesem Kummer. Der, so wusste ich, würde niemals sterben.

»Xavier, ich …«, begann Tory, aber ihr fehlten die Worte. Sie fehlten uns allen.

Die Tränen liefen in stetigen Strömen über meine Wangen, und ich ließ sie fallen, wie sie es wollten, denn ich wusste, dass es dem Gespräch mit einem tödlichen Danzerdil der nördlichen Flüsse gleichen würde, sie zurückzuhalten. Wer Trauer in sich hineinfraß, erlaubte ihr, zu kochen und zu brodeln. Bis sie sich schließlich ihren Weg nach draußen bahnte. Es war also besser, sie frei fließen zu lassen und sich ihr direkt zu stellen. Schmerz sollte gefühlt werden, genau wie alle anderen Emotionen auch. Und wie mein Daddypops immer gesagt hatte: »Wir müssen das Schlechte so tief fühlen wie das Meer, denn dann können wir die Freude so hoch fühlen wie der Mond.«

»Xavier, dein Verlust tut mir so unendlich leid. Deine Mutter war ein Stern, der vom Himmel herabgestiegen ist, um auf uns zu scheinen. Sie wurde von uns allen, von mir, von meinem Vater so unglaublich geschätzt. Ihre Rolle im Burrows soll nie vergessen werden. Aber ich hatte das Privileg eines Pilgers von Yunetide, sie kennenzulernen. Was Darius angeht …« Ich verschluckte mich an dem Namen; ein verzweifeltes Schluchzen entfuhr mir und wurde zu einem Wehklagen.

Xavier brach vor mir zusammen – in einem Moment ein Haus, im nächsten eine Ruine. Er taumelte auf das gefrorene Grab seines Bruders zu, beugte sich darüber und weinte leise gegen das Eis.

»Es ist meine Schuld«, krächzte er. »Er hat unseren Vater von mir weggelockt. Ich hätte diesen Bastard töten sollen, bevor das passieren konnte.«

Tory schüttelte den Kopf, als wollte sie etwas sagen, um die Schuld, die er auf sich nahm, zu widerlegen. Aber stattdessen ließ sie den Kopf hängen und richtete ihren Blick wieder auf die Särge. Sie war wie Stahl, hart, kalt und unbeweglich in ihrer Trauer. Der Verlust hatte sie zerstört. Ich konnte sehen, wie er etwas Lebenswichtiges aus ihrer Seele herausgeschnitten und sie leer und karg zurückgelassen hatte, unfähig, auch nur den Wind auf ihren Wangen zu spüren. Denn fortan würde der Schmerz Vorrang vor allem haben.

Ich stürzte mich auf den Jungen, der vor meinen Augen im Burrows zum

Mann gemacht worden war. Diesen Jungen, diesen Acrux, der gezwungen worden war, seine Formgebung zu verbergen, der in einem Haus der Angst und des Leids gelebt hatte, während seine Mutter in Knechtschaft dem Monster des Anwesens hatte dienen müssen. Ich schlang meine Arme um ihn, und er wandte sich mir zu und vergrub sein Gesicht an meiner Schulter, während unser Kummer sich wie Garn entwirrte, bevor er sich zu einem Band der Verzweiflung verflocht, das eine wahre Verbundenheit zwischen uns schuf.

»Ich will nicht ohne sie weiterleben. Ich will nicht hier sein, wenn sie nicht mehr da sind«, schluchzte er, und seine muskulösen Arme drückten mir den Wind aus der Lunge. Aber ich ließ ihn davonfliegen. Für einen lieben Freund würde ich auch ohne Atem weiterleben. Denn er war viel mehr als nur ein Freund – er war durch die Liebe unserer Eltern zueinander zu meinem Bruder geworden. Und diese Verwandtschaft würde jetzt durch unseren gemeinsamen Schmerz über den Tod unserer Familienmitglieder wachsen.

»So fühlt es sich jetzt an, süßer Pegasus«, flüsterte ich und streckte eine Hand aus, um mit den Fingern durch seine dunklen Haare zu streichen. »Es mag sich eine Zeit lang sogar noch schlimmer anfühlen. Aber diesen Schmerz müssen wir ertragen, denn es gibt noch andere hier, die uns bis zur Sonne und darüber hinaus lieben. Andere, die darauf angewiesen sind, dass wir weiter auf die Hügel der Hoffnung zugehen.«

»Ich will aber nicht«, knurrte er stur. »Ich will sie nicht gehen lassen. Ich will die Zeit zurückdrehen. Ich will meinen Vater umbringen, ich will ihn verdammt noch mal umbringen!«

Er riss sich aus meinen Armen und entzündete ein Feuer in einer Hand, während aus der anderen geschärfte Eiszapfen wuchsen. Sein Atem war schwer und wütend, seine Haltung starr, bevor er die Magie abschüttelte und sich voller Schmerz vornüberbeugte und dann zu Boden fallen ließ.

Ich setzte mich zu ihm auf den Boden, mein eigenes Herz gespalten von der makabren Sense des Todes. Tory schwieg regungslos, während sie im Kielwasser all dieses Todes stand, und es war, als wäre ihr Körper von der Hand der Zeit selbst eingefroren worden.

Ich streckte ihr meine Hand entgegen, aber sie schien sie nicht einmal zu bemerken, unfähig, hier mit uns zusammen zu trauern. Etwas in ihr war zerbrochen und blutete jetzt so heftig, dass Tränen nutzlos waren. Ich wusste es besser, als sie zu drängen, also umklammerte ich einfach den Bruder, den ich für mich beansprucht hatte, fester.

Stille legte sich über uns drei, und Xavier zog die Knie an die Brust und vergrub sein Gesicht darin, während ich anfing, die Melodie zu summen, die bei der Beerdigung meiner Mutter gespielt worden war. *Shaylins Wiegenlied.* Ein Lied, das vom Abschied handelt. Aber auch vom Morgen. Es war traurig und beruhigend zugleich, ein Paradoxon aus Hoffnung und Trauer, die sich im rhythmischen Klang trafen wie zwei Marienkäfer auf einem fallenden Blatt.

»Nimm meine Hand, mein liebes Kind, ich leb im Gras, im Meer und Wind. Rufst du nach mir, dann bin ich sofort hier; im Regen spürst du mich immer bei dir. Meine Zeit ist vorbei, meine Seele ist frei, jetzt tanze mit Freude und Liebe durch den Mai. Denn ich, denn ich, warte hinterm Schleier. Doch, Schatz, mein Schatz, warte nicht auf mich.

Mein Platz ist besetzt, die Show beginnt, ich weiß, dass bald mein Lied erklingt. Ich lächle, wenn du lächelst, und lache, wenn du lachst; tu all die Dinge, die du immer machst. Und an einem Tag in weiter Ferne, seh'n wir uns im Sternenmeer. Im Land der bunten Träume, da vermiss ich dich so sehr.«

Meine Hand hatte Xaviers Hand irgendwann während des Liedes gefunden, und noch während mir die letzten Worte von der Zunge glitten, trockneten meine Tränen an meinen Wangen und wir saßen einfach nur da. Die Stille war eine Erleichterung. Denn es bedurfte keiner weiteren Worte. Die Glocken der Gorgonen-Uhr läuteten, aber dieser Schmerz würde irgendwann zu einem Schmuckstück geschlagen werden. Eines, das wir behutsam in die Schatulle unserer Brust legen könnten, um ihn herauszuholen und zu beweinen, wann immer wir wollten. Doch im Moment war unsere Trauer ein aufgerauter Stein mit Kanten, die unser Innerstes zum Bluten brachten. Es war düster, es war qualvoll, es war der grausame und unbarmherzige Weg des Todes.

Ich hob meinen Blick zu Tory und bemerkte das Blut, das langsam aus einer Wunde an ihrer Hand tropfte, während sie uns beobachtete.

Gebrochen.

Meine Königin, Mylady, meine liebe Freundin war von all jenem gebrochen worden, was sie zwischenzeitlich überlebt hatte. Und als ich in die Dunkelheit in ihren Augen blickte, hatte ich das schreckliche Gefühl, dass es nichts auf dieser Welt gab, was sie jemals wieder reparieren könnte.

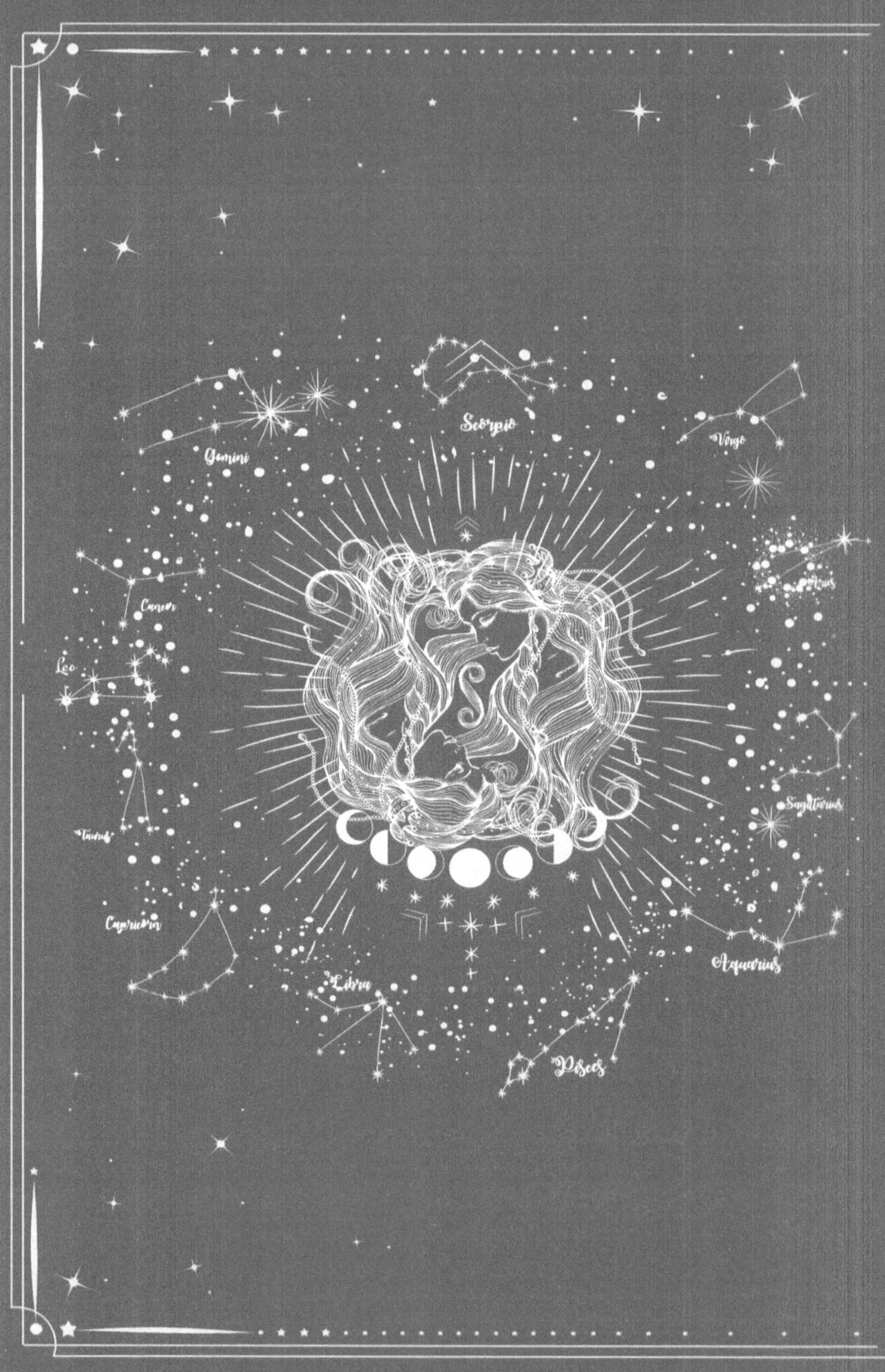

Gemini
Scorpio
Virgo
Cancer
Aries
Leo
Sagittarius
Taurus
Capricorn
Aquarius
Libra
Pisces

TORY

KAPITEL 6

Die Ruinen, die die Rebellen zu ihrem provisorischen Lager umfunktioniert hatten, befanden sich auf der Ostseite eines einsamen Berges – keine hundert Kilometer vom Schlachtfeld entfernt, auf dem wir alle so viel verloren hatten. Ich hatte gehört, wie sie ihn Mount Lyra nannten, und einige schienen tatsächlich zu glauben, dass dieser Ort eine alte Magie besaß, die ihm vom Sternbild Lyra – die Leier – verliehen worden war. Das machte ihn zu einem Art Refugium, der die Seelen der Erschöpften beruhigen konnte. Meine Seele allerdings fühlte sich alles andere als beruhigt an.

In den Stunden, die seit meiner Ankunft vergangen waren, hatte ich bereits viel zu viel über die verfallenen Steingebäude und die Fae von einst erfahren, die vor etwa zweitausend Jahren hierhergekommen waren, um den Sonnenaufgang zu verehren. Vermutlich hatte mein Schweigen den Redeschwall des Rebellen ausgelöst, der mir von der Kolonie der Harpyien erzählt hatte, die einst hier am Himmel ihre Kreise gezogen und jeden Morgen die Sonne in einer längst vergessenen Sprache willkommen geheißen hatten.

Ich hatte nicht einmal zu dem Fae aufgesehen, der seine Zeit damit verbracht hatte, mir von so fernen Dingen zu erzählen, während die Rebellen einen Trauermarsch um mich herum gebildet hatten. In einer endlosen Reihe hatten sie die Särge passiert, mit denen ich zurückgekehrt war, und sich von den darin untergebrachten Fae verabschiedet.

Meine Füße fühlten sich an, als wären sie mit dem Boden verschmolzen, auf dem ich stand, und meine Augen waren auf die kalte und leere Gestalt des Mannes gerichtet, den ich liebte. Gleichzeitig weinten Leute, die er weder gekannt noch geliebt hatte, um seinen Verlust.

Die Luft war durchdrungen von Trauer und so dick, dass sie sich wie Nebel auf meine Schultern legte. Ihr Gewicht war sowohl spürbar als auch völlig unwirklich.

Diese Leute hatten die Fae, um die sie trauerten, nicht gekannt, hatten die

Wärme ihrer Liebe nie so gespürt wie ich, und doch war ihr Schmerz über den Verlust unbestreitbar.

Xavier und Geraldine waren an meiner Seite geblieben, als die Rebellen ihren endlosen Abschied angetreten hatten, aber nach ein paar Stunden war Xavier regelrecht zusammengebrochen. Die Mischung aus seinem Herzschmerz und seinen noch nicht verheilten Wunden hatte ihn überwältigt. Er war in einen der wenigen Räume zurückgekehrt, die noch mit vier Wänden und einem Dach ausgestattet waren, wo die Heiler sich um die Schwerverletzten kümmerten.

Zu ihrem großen Missfallen hatte Tyler darauf bestanden, dass Geraldine ebenfalls mitkam, um sich auszuruhen, und obwohl sie mich angefleht hatte, ihre Anwesenheit an meiner Seite einfach zu befehlen, hatte ich es nicht getan. Ich hatte kein Wort gesagt.

Die Prozession schien kein Ende zu nehmen. Fae wirkten mit ihrer Magie kleine Geschenke, von Blumen über Eisfiguren bis hin zu winzigen Immerflammen in allen Farben, die nun in der Nähe der Särge flackerten.

Sie sprachen auch zu mir, Worte des Beileids und der Treue zu den wahren Königinnen. Sie verbeugten sich, knicksten, schworen Eide, derer ich mich bei Weitem nicht würdig fühlte, und wünschten sich immer wieder, dass Darcy bald sicher zu uns zurückkehren würde.

Währenddessen kreisten meine Gedanken unaufhörlich weiter. Fragmente der Schlacht verdunkelten meine Überlegungen, während ich versuchte, herauszufinden, was genau so schrecklich schiefgelaufen war – und warum.

Der Schmerz in meiner Seele war ein Abgrund, dem ich mich nicht stellen konnte. Der Kummer und die Trauer bildeten eine gähnende Kluft, die nur darauf wartete, mich mit Haut und Haaren zu verschlingen. Aber noch nicht. Darcy brauchte mich. Orion wurde ebenfalls vermisst. Die Erben waren nach wie vor nicht aus jener Hölle zurückgekehrt, die sich für sie aufgetan hatte, und Gabriel … Ich runzelte die Stirn, als ich an die Nachricht dachte, die mein Bruder mir geschickt hatte.

Ich wusste, dass er hinter den Worten steckte. Ich hatte sie gelesen, noch während ich im Blut des Mannes gesessen hatte, der mein Ehemann gewesen war. Und dort hatte ich den Kuss von Gabriels Macht verspürt, die meiner eigenen so vertraut war.

Jene Worte, die jetzt in meinem Kopf widerhallten, aber dieses Mal mit einer Stimme, die nur meinem Bruder gehören konnte. Sie baten mich, einen Sinn in ihnen zu finden und zu verstehen, was er von mir wollte.

»Tory?« Eine vertraute Stimme lenkte meine Aufmerksamkeit auf den Mann, der vor mir stand, und ich blinzelte, als ich Dante Oscura erkannte. Seine Kleidung war zerrissen und vom Kampf verschmutzt, aber ansonsten schien er unversehrt zu sein. Alle Wunden, die er erlitten hatte, waren bereits verheilt. »Dein Volk wartet auf deine Befehle«, sagte er leise, aber bestimmt, als wollte er mich daran erinnern, was von mir erwartet wurde.

Mein Blick wanderte zu dem Sarg, in dem Catalina nun neben Hamish Grus lag – dem Mann, der die Rebellen mit solcher Effizienz und Sorgfalt angeführt hatte und nun für immer jenseits des Schleiers umhertrieb. Als ich meinen Blick über den Sarg hinaus hob, bemerkte ich etwas, das ich entweder ignoriert oder das ich aufgrund meiner eigenen Gedanken nicht wahrgenommen hatte.

Die Rebellen erstreckten sich von mir weg den Berghang hinunter, ihre

Augen auf mich gerichtet, während sie schweigend zusahen, wie die Prozession endete, und darauf warteten, dass ich … was? Wollten sie wirklich Befehle? Oder Worte der Ermutigung? Erwarteten sie Antworten oder Lob für eine gut geführte, aber verlorene Schlacht? Sollte ich sie aufmuntern oder trösten?

Die Wahrheit war, dass ich nicht wusste, wie ich das alles anstellen sollte. Ich war doch nur eine verlorene Prinzessin, die am falschen Ort aufgewachsen war und nun vor ihnen stand, nachdem ich fast alles verloren hatte, was mir etwas bedeutete. Ich war gebrochen. Ich konnte die Realität tief in den Rissen spüren, die mich durchzogen, nachdem auf dem Schlachtfeld alles zerstört worden war. Aber trotzdem stand ich hier vor ihnen.

Ich richtete meinen Blick wieder auf Dante, nickte und sah zu, wie er sich zurückzog. Allein stand ich vor meinem Volk, während die Sonne hinter dem Berg unterging.

Die vorherrschende Stille war so dicht, dass sie die Luft in meiner Lunge zum Stocken brachte, während Tausende von Gesichtern mir entgegenstarrten. Einige erkannte ich, aber viele auch nicht. Ich war mir nicht sicher, was ich überhaupt sagen sollte, aber ich wusste, dass es die geringe Entschlossenheit, an die sie sich klammerten, brechen würde, wenn ich ihnen jetzt den Rücken zukehrte.

Also holte ich tief Luft und hob mein Kinn, bevor ich zu sprechen begann. In der Stille drangen meine Worte zu jedem Fae, der zuhören wollte.

»Ruhm ist eine Auszeichnung, die von so vielen begehrt wird«, sagte ich mit einer rauen, aber dennoch starken Stimme. »Viele von uns haben erwartet, diesen Ruhm zu beanspruchen, als wir unseren Feinden endlich auf dem Schlachtfeld begegnet sind. Und doch haben viele nicht das Gefühl, ihn gefunden zu haben. Schließlich stellt sich die Frage: Welcher Ruhm steckt schon in einer Niederlage?«

Die Stille dehnte sich immer weiter aus, und ich begann mich zu fragen, was ich mir dabei gedacht hatte, jetzt, ohne Vorbereitung und ohne zu wissen, worauf ich hinauswollte, zu ihnen zu sprechen. Aber es war zu spät, um einen Rückzieher zu machen, also machte ich einfach weiter, sprach aus den Trümmern meines Herzens und hoffte, dass meine Worte bei wenigstens einer Person, die mit gespannter Aufmerksamkeit zuhörte, Anklang finden würde.

»Welcher Ruhm erwartet einen, wenn man Schulter an Schulter mit Männern und Frauen kämpft, die man nicht kennt, aber mit denen man geeint gegen Unterdrückung und Verfolgung vorgeht? Welcher Ruhm erwartet einen, wenn man sich einer Flut der Tyrannei entgegenstellt, die so allumfassend ist, dass man sich wie ein Sandkorn fühlt, das versucht, einem ganzen Ozean zu widerstehen? Welcher Ruhm erwartet einen, wenn man mit ansehen muss, wie Fae, die man liebt, von Monstern, die Schatten weben, und Kreaturen, die aus der Dunkelheit geboren wurden, niedergemetzelt werden? Welcher Ruhm erwartet einen, wenn man gegen eine Schlinge kämpft, die sich bereits um den eigenen Hals zuzieht? Wenn Gesetze gegen die eigenen Rechte geschrieben werden, ein falscher König eine Krone aufsetzt und niemand es schafft, sie ihm von seinem aufgeblasenen Kopf zu stoßen?«

Mein Herz pochte heftig in meiner Brust, während ich sprach. Die Worte waren ein Ausbruch all der Ungerechtigkeiten, denen meine Schwester und ich ausgesetzt wurden, seit wir zurück nach Solaria gekommen waren.

»Welcher Ruhm erwartet einen, wenn man einen aussichtslosen Kampf führt? Wenn man mit der Klinge in der Hand und der in sich brennenden Magie gegen eine Macht kämpft, die weitaus größer ist als die eigene? Und das, ohne vor Angst auch nur ein einziges Mal zurückzuschrecken? Wenn selbst die Sterne nicht helfen und die Nacht sich in Dunkelheit und Schatten hüllt? Welcher Ruhm erwartet einen dann, frage ich euch?«

Mit großen Augen sahen mich alle Anwesenden an, und in ihnen schien eine solche Sehnsucht nach dieser Antwort zu flackern, dass es ein Feuer der Wut in mir entfachte. Und ich umklammerte den Knauf meines Schwertes fester, während ich meine Stimme erhob, um meine eigene Frage zu beantworten.

»Jeder, der jetzt hier vor mir steht, und jeder, der auf diesem Schlachtfeld gefallen ist und an unserer Seite gekämpft hat, kennt die Antwort auf diese Frage. Denn wir brauchen keinen Ruhm. Wir müssen nur wissen, dass wir für das Richtige kämpfen. Wir kämpfen für das Ende der Unterdrückung. Das Ende eines Tyrannen. Wir stehen auf und sagen: ›Es reicht!‹ Und Lionel Acrux mag seinen schuppigen Hintern auf den Thron meines Vaters gesetzt haben, aber er ist nichts weiter als eine Schlange, die auf einem hübschen Stuhl hockt. Ich verneige mich weder vor ihm noch vor seiner falschen Krone. Ihr etwa?«

Auf meine Frage folgte ein ohrenbetäubendes Gebrüll des Trotzes, und ein grimmiges Lächeln huschte über mein Gesicht, als ich sah, dass in ihnen wieder das Bedürfnis zu kämpfen erwachte.

»Kein Krieg wird in einer einzigen Schlacht gewonnen«, fuhr ich fort. »Kein Königreich wird in einem einzigen Kampf erobert. Und auch wenn wir auf diesem Feld des Chaos und des Gemetzels für unsere Sache geblutet haben mögen, haben auch sie dafür geblutet. Wir haben sie in diesem Kampf verletzt. Wir haben sie für uns bluten lassen, und tausend kleine Schnitte können genauso tödlich sein wie ein einziger Schlag ins Herz. Deshalb sage ich, dass wir Lionel Acrux und seine Schattenbraut auf jede erdenkliche Weise weiter verletzen sollten. Wir werden sie aufschneiden und aufschlitzen und bis zum bitteren Ende weiterkämpfen. Und ich weiß in meiner Seele, dass wir mehr Ruhm erlangen werden, als sich irgendjemand von uns je zu erhoffen gewagt hätte.«

Ich zog mein Schwert, und die letzten Strahlen der untergehenden Sonne spiegelten sich auf dem polierten Metall zwischen den Blutflecken, die es noch immer bedeckten. Es funkelte wie ein Leuchtfeuer, als ich es über meinen Kopf hob.

Die Rebellen riefen laut nach einem Ruhm, der noch nicht gekommen war, als sie ebenfalls ihre Waffen zogen, sie in die Luft hoben und trotzig Sprechchöre anstimmten, während sie alle schworen, diesen Krieg weiterzuführen. Nicht, weil sie wussten, dass wir gewinnen würden. Sondern weil sie wussten, dass es das Richtige war.

Ich wandte mich ab, schritt erhobenen Hauptes davon und ließ meine Augen nicht zu dem Sarg schweifen, in dem Darius Acrux lag, der Mann, den ich so unendlich gehasst und geliebt hatte.

Das ist nicht unser Ende.

Ich hatte nicht die Möglichkeit, diesen Schwur in die Tat umzusetzen, aber die immer noch blutende Wunde auf meiner Handfläche schmerzte angesichts dieses Versprechens. Die Waffe aus Sonnenstahl, die sie verursacht hatte, erlaubte ihr nicht, wie andere Wunden zu heilen.

Ich nahm den Schmerz jedoch gern in Kauf. Er war ein Hauch von Realität, der mich von den dunkelsten Gedanken abhielt, die in meinem Kopf kreisten.

»Eure Hoheit«, murmelte ein Mann, als ich die Ruinen dieser heiligen Stätte betrat und einen steinernen Gang entlangging, der zu seiner Zeit wunderschön gewesen sein musste, auch wenn die alten Schnitzereien schon seit Langem verblasst waren. »Ein Raum wurde für Euch vorbereitet, wenn Ihr mir bitte folgen würdet?«

Ich nickte einmal, da ich zumindest den Anschein von Einsamkeit brauchte, während ich an dem Plan arbeitete, der sich in meinem Kopf formte.

»Sind wir hier sicher?«, fragte ich, meine Stimme rau, hart und emotionslos.

»Fürs Erste«, stimmte er zu. »Schutz- und Bannzauber verhindern, dass uns neugierige Augen aufspüren. Das Leuchtfeuer, das Euch zu uns geführt hat, wurde speziell für ein Mitglied Eurer Blutlinie und für niemanden sonst geschaffen. Niemand sonst hätte die Anziehungskraft gespürt, die Euch zu uns zurückgebracht hat, meine Königin.« Ich nickte, meine Erinnerung an den Flug hierher – mit den Särgen im Schlepptau – war ein Wirrwarr aus Schmerz und Trauer. Aber ich hatte gewusst, wohin ich fliegen musste, hatte die Kraft gespürt, von der er sprach, und war ihr hierher gefolgt. »Einige unserer begabtesten Fae haben um uns herum Ablenkungen geschaffen, und wir sind von Schutzzaubern aller Art umgeben. Wir können diese Ruinen vorerst nutzen, um uns auszuruhen, zu heilen und unsere Kräfte zu sammeln.«

Er fuhr nicht fort, aber ich konnte mir den Rest dessen, was er nicht direkt aussprechen wollte, denken. Wir konnten nicht für immer hierbleiben. Wir brauchten einen wirklich sicheren Ort, um uns neu zu formieren, mehr Fae für unsere Sache zu gewinnen und einen besseren Plan zu entwickeln, um unsere Feinde zurückzuschlagen.

Ich hielt inne und blickte hinter mich auf das offene Land jenseits des Eingangs zu den Ruinen; die verhassten Sterne stiegen am sich verdunkelnden Himmel auf.

»Wer hat uns verraten?«, fragte ich, wandte mich wieder dem Durchgang zu und ging weiter, wobei ich versuchte, das Gefühl, dass mich jemand beobachtete, zu ignorieren. Schließlich hatte ich mich gerade selbst davon überzeugt, dass uns niemand gefolgt war.

»Ich ...« Der Mann zuckte zusammen, und ich runzelte die Stirn, als ich die Falten um seine Augen, das getrocknete Blut an seinem Hals und den leeren Blick in seinen blassen Augen bemerkte. »Wir wissen es nicht, Eure Majestät.«

Er ließ den Kopf hängen, und ich atmete aus und fragte mich, wie sicher wir an diesem Ort wirklich sein konnten, während derjenige, der uns an Lionel verraten hatte, vielleicht immer noch unter uns lauerte.

»Niemand verlässt diesen Ort«, sagte ich bestimmt. »Niemand benutzt einen Atlas. Kann man etwas tun, um das sicherzustellen?«

»Wir können eine magische Energiewelle durch das gesamte Lager schicken, die genau die richtige Spannung hat, um alle derartigen Gegenstände zu zerstören, die jemand hier versteckt haben könnte. Soll ich einige Geräte für Euren inneren Mitarbeiterkreis zurücklegen?«

»Ja«, entschied ich. »Tyler Corbin kann dafür sorgen, dass sie sicher sind, bevor wir wieder darüber nachdenken, sie zu verteilen.«

Er nickte zustimmend, bevor er fortfuhr: »Die Wachen hindern derzeit jeden am Kommen und Gehen, und die Erd- und Wasserelementare können sich um die Versorgung mit Nahrung, Wasser und Kleidung kümmern.«

»Gut.« Ich beschleunigte meinen Schritt, zufrieden, dass wir hier vorerst sicher waren und die Fragen, die meine zu verletzlichen Gedanken gestört hatten, erledigt waren. Mehr als das konnte ich weder ihm noch sonst jemandem hier bieten.

Ich wusste, was von mir erwartet wurde, was die Rebellen brauchten, und doch würde ich genau das nicht tun. Ich würde Hamish nicht an der Spitze dieser Gruppe ersetzen. Ich würde nicht diejenige sein, die die Rebellen zu ihrem nächsten Versteck führte und plante, welchen Schlachten wir uns stellen mussten oder wie wir am besten zurückschlagen konnten. Zumindest nicht sofort. Es gab Dinge, die ich tun musste, Dinge, deren Erörterung ich mir nicht leisten konnte, und Dinge, die ich nicht einfach ignorieren wollte, nur weil ich eine Galionsfigur an der Spitze dieser Armee war.

Die Rebellen waren seit ihrer Ankunft hier sehr fleißig gewesen, und obwohl ich wusste, dass es für uns nicht sicher war, lange an diesem Ort zu verweilen, hatten sie die Ruinen ausreichend geschützt, um alle dringenden Ängste zu zerstreuen.

Es gab Fae, die Heilung benötigten, und die Überreste einer Armee, die ernährt und versorgt werden mussten. Ein oder zwei weitere Tage hier waren notwendig, danach … Nun, ich würde mir Gedanken über das Danach machen, wenn wir es dorthin geschafft hatten.

Ich war erleichtert, dass niemand diesen Ort verlassen durfte, da die Angst vor dem Verräter, der unsere Position an Lionel preisgegeben hatte, immer noch allgegenwärtig war. Aber solange niemand gehen konnte, war ich vorsichtig zuversichtlich, dass die Rebellen hier für eine Weile sicher sein würden. Zumindest lange genug, um einen neuen Plan auszuarbeiten.

Der Mann führte mich in einen Raum, der aussah, als wäre er einst für die Sternenbeobachtung genutzt worden. Der Raum war kreisrund und das Dach bestand aus einer Glaskuppel. In der Mitte des Raumes war eine große kupferne Badewanne aus Erdmagie geschaffen worden. Milchiges Wasser dampfte darin, und auf ihrer Oberfläche schwammen Blumen, die die Luft mit ihrem Duft erfüllten.

Auch ein Bett war für mich bereitet worden. Saubere Kleidung, von der nur die Sterne wussten, woher sie gekommen war, lag darauf bereit. Es wartete auch Essen auf mich, Brot und Obst, das neben einem Krug mit kaltem Wasser stand und meinen leeren Magen anlockte. Die Erdelementare waren seit unserer Ankunft damit beschäftigt gewesen, diese Armee zu verpflegen, und ich wusste, dass ich mich verdammt glücklich schätzen konnte, etwas bekommen zu haben, das gebacken werden musste, aber selbst der Gedanke an Essen war gerade so unattraktiv wie nur irgendwie möglich.

»Braucht Ihr noch etwas?«, fragte der Mann.

Ich schüttelte den Kopf, meine Finger bewegten sich zu den Riemen, mit denen meine Rüstung befestigt war, und begannen automatisch, sie zu lösen. Ich fühlte mich wie eine Maschine, die auf Reserve lief, aber nicht in der Lage war, anzuhalten. Stattdessen folgte ich den Bewegungen meines Körpers, ohne sie wirklich wahrzunehmen. Ich war hier und gleichzeitig an einem völlig anderen Ort, und ich glaubte nicht, dass noch genug von mir übrig war, um zu versuchen, diese Teile wieder zusammenzufügen. Auch dann nicht, wenn ich nur halbwegs gewillt gewesen wäre, es zu versuchen.

Er verbeugte sich und verließ die Kammer, während ich mich weiter auszog und das schwere blutverschmierte Metall Stück für Stück auf den Boden fallen ließ, bevor ich mir die Unterwäsche abstreifte und in die Badewanne stieg.

Das Wasser war heißer als erwartet, meine Haut kribbelte, als es versuchte, mich zu verbrühen, aber ich unternahm keinen Versuch, es abzukühlen, sondern versank einfach tiefer in seiner Umarmung. Als mein Kopf unter der Oberfläche war, atmete ich langsam aus, während der Schmutz der Schlacht von meiner Haut gewaschen wurde.

Ich aktivierte einen Luftschild um mich herum, während ich unter Wasser blieb, und versteckte mich vor der Welt und allem, was sie zu bieten hatte – obwohl ich wusste, dass ich nicht für immer dort würde bleiben können. Aber ich wollte es. Ich wollte in diesem Wasser dahintreiben und alles vergessen.

Ich nutzte meine Luftmagie, um unter der Oberfläche atmen zu können, und hielt an den Gedanken an meine Schwester fest, während ich gegen die Versuchung ankämpfte, völlig den Verstand zu verlieren. Ich hatte gehofft, sie bei meiner Rückkehr hier anzutreffen, aber jetzt wusste ich nicht einmal, wo ich mit der Suche nach ihr beginnen sollte. Ihr Schicksal war so trüb wie das Wasser, in dem ich mich versteckte, und meine Angst um sie verzehrte mich, selbst als ich mich mit aller Kraft an den Glauben klammerte, dass sie noch am Leben war.

Meine Gedanken kreisten um die Botschaft, die Gabriel mir geschickt hatte, und ich versuchte erneut, sie zusammenzusetzen und den Worten, von denen ich wusste, dass sie von großer Bedeutung sein mussten, einen Sinn zu geben. Es war eine der wenigen klaren Aufgaben, die mir geblieben waren, obwohl die Verwirrung, die ich angesichts der Prophezeiung empfand, andeutete, dass sie genauso sinnlos war wie alles andere.

Eine Präsenz rüttelte an dem Schild, den ich um mich herum errichtet hatte, und ich richtete mich abrupt auf, atmete tief durch und strich mir die schwarzen Haare aus dem Gesicht. Ich blinzelte durch das Wasser, das über meine Wimpern floss, während ich die beiden riesigen Gestalten im Raum wahrnahm.

»Verzeih die Störung, *bella*«, knurrte Dante Oscura, als mein Blick mit seinem kollidierte. Die elektrischen Funken seines Sturmdrachen trafen auf die Hitzewelle, die instinktiv von mir ausgegangen war, bevor unsere Kräfte beide wieder zur Ruhe kamen.

Mein Blick schweifte von ihm zu Leon Night, der an seiner Seite stand. Der Löwenwandler sah ernster aus, als ich ihn je gesehen hatte, seine üppigen blonden Haare waren zerzaust und ungekämmt, seine Augen dunkel von dem Kampf, den er überstanden hatte.

»Was ist los? Werden wir angegriffen?«, fragte ich.

Sie schüttelten schnell den Kopf, bevor ich mich aus meinem Bad erheben konnte, und ich schaute verwirrt zwischen ihnen hin und her, woraufhin sich Dante räusperte.

»Darius Acrux ist ein Verlust, den wir alle mit großer Trauer ertragen werden«, murmelte Dante leise, und etwas, das einem Messer glich, bohrte sich durch mein Herz, als sich unser Gespräch plötzlich in diese Richtung wandte. »Sein Opfer für diese Sache wird in die Geschichte Solarias eingehen und niemals vergessen werden. *A morte e ritorno.*«

Ich ballte meine rechte Hand zur Faust, Blut sickerte aus der noch immer blutenden Wunde. Der Schnitt der Sonnenstahlklinge verursachte einen ständigen Schmerz, den zu heilen ich mich weigerte.

Leons Blick wanderte zu meiner Faust, die ich auf den Rand der Wanne gelegt hatte, und seine goldenen Augen brannten vor Verständnis.

»Ist diese Wunde eine Erinnerung an ihn?«, fragte er, und ich konnte die Kraft seines löwenhaften Charismas spüren, während seine Gaben mich ermutigten, mich zu öffnen, mich auf ihn zu stützen, um Erleichterung und Beistand zu finden. Aber ich gab dem Drang nicht nach, dies zu tun.

»Eine Erinnerung an den Schwur, den ich mit seinem und meinem Blut geleistet habe und der an die Sterne gerichtet war, die tatenlos mitangesehen haben, wie sich dieses Schicksal entfaltet hat«, brummte ich tief in meiner Kehle.

»Du willst sie vernarben lassen?«, fragte Dante, und ich nickte. Er hatte den Grund erkannt, wusste, dass ich keinen Versuch unternommen hatte, die Wunde zu heilen, obwohl eine von Sonnenstahl verursachte Schnittwunde wahrscheinlich ohnehin vernarben würde. »Ich kann dir helfen, die Wunde zu schließen, ohne die Narbe zu zerstören«, meinte er und streckte mir eine Hand entgegen.

Ich zögerte nur einen Moment, bevor ich meine Faust hob und ihm meine Hand hinhielt. Wasser tropfte auf den Boden der Kammer, als Dante meine Hand umdrehte und meine Finger auseinanderzog. Seine dunklen Augen flackerten beim Anblick der tiefen und gezackten Wunde.

»Möglicherweise musst du deinen Phönix zurückziehen, damit das funktioniert«, murmelte er, und die Luft knisterte, als er seine Gaben einsetzte. Mein Herz hämmerte lauter und hektischer in meiner Brust, als ich mir vorstellte, die Stärke dieser Macht wieder zu spüren.

Lionel hatte es genossen, mich mit Blitzen zu quälen, die von diesem Mann stammten. Mit perverser Freude hatte er zugesehen, wie mein Körper gezuckt und mich von innen heraus verbrannt hatte, während der Schmerz durch mich hindurchgeströmt war. Ich fürchtete den Kuss dieser Macht mehr, als ich zugeben wollte. Aber ich fürchtete den Verlust dieser Narbe noch weitaus mehr.

Mit großer Willensanstrengung zog ich meinen Phönix zurück und ließ seine Gaben meine Haut verbrennen, während ich tief einatmete und die statische Aufladung spürte, die sich um uns herum aufbaute.

»*Per amore e sacrificio*«, murmelte Dante auf Faetalienisch und strich mit zwei Fingern über die blutende Wunde auf meiner Handfläche, wobei sich sein Blitz in meine Haut fraß und zwischen uns knisterte.

Ich schnappte nach Luft, meine Wirbelsäule krümmte sich unter der glühenden Berührung seiner Kraft, die danach verlangte, einige meiner schlimmsten Erinnerungen heraufzubeschwören. Aber ich weigerte mich, sie an die Oberfläche kommen zu lassen. Stattdessen konzentrierte ich mich auf die Erinnerung an Augen, so dunkel wie die Sünde selbst, und die Liebe eines Mannes, den ich kaum als den meinen hatte beanspruchen können. An das Echo seiner Berührung, die mir allzu schnell entglitten war.

Dante ließ mich los, und ich sackte in der Badewanne zusammen; milchiges Wasser schwappte über den Rand. Ich zog meine Hand zurück und betrachtete die Narbe, die jetzt meine Handfläche zierte. Die Haut war erhaben und gerötet, winzige Linien breiteten sich von dort über meine Hand aus, wo sich die Elektrizität ein wenig von der Wunde entfernt hatte. Es sah aus wie ein Baum, der für immer im Winter eingeschlossen war. Dünne Äste breiteten sich von einem Stamm aus, der dick und verwittert war. Roh, wild und wunderschön. Sowohl meine Herz- als auch meine Lebenslinie waren nun gespalten und trotzten allen vorhersehbaren Erwartungen, die das Schicksal für mich gehabt haben könnte. Fortan würde ich mein Schicksal selbst bestimmen.

»Danke«, hauchte ich, während ich die Narbe untersuchte. Der Schmerz verblasste, als ich meiner eigenen Magie erlaubte, den anhaltenden Schmerz zu lindern, und dann hob ich den Blick, um ihn erneut zu mustern. »Aber ihr seid nicht hergekommen, um meine Hand zu heilen.«

Dante schenkte mir den Anflug eines Lächelns, während er den Kopf schüttelte. »Wir müssen wissen, wo Gabriel ist.«

Mein Blick wanderte von ihm zu Leon, dessen goldene Augen vor Angst um die Sicherheit meines Bruders blitzten.

»Verschollen«, sagte ich leise, weil ich wusste, dass sie das nicht hören wollten. Ich spürte ihren Schock und ihre Angst wie einen weiteren Stich in meine eigene Seele.

»Wie?«, fragte Dante mit seinem faetalienischen Akzent, während die Luft erneut knisterte und ein Donnergrollen im Himmel über mir zu hören war.

Ich warf einen Blick durch das Glasdach nach oben, wo sich die Wolken verdichteten und mir die Sicht auf die Sterne raubten. Erleichtert atmete ich aus, als die Last ihrer Blicke von mir abfiel.

»Ich weiß es nicht«, gab ich zu, der Schmerz in meiner Stimme war deutlich zu hören. »Aber er hat mir eine Nachricht geschickt, während ich trauernd auf dem Schlachtfeld kniete. Eine Prophezeiung, die von der Vertrautheit seiner Magie durchdrungen war und nach Abschied geschmeckt hat.«

Wenn ich noch Tränen in mir gehabt hätte, wäre mir bei diesen Worten eine über die Wange gelaufen und in das Wasser gefallen, in dem ich immer noch saß.

»Unmöglich«, sagte Leon bestimmt. »Gabe würde uns nicht verlassen. Nicht in einer Million, nicht in einer Milliarde Jahren.«

»Erzähl uns von der Prophezeiung«, forderte Dante, während Leon auf und ab zu gehen begann.

»Wenn alle Hoffnung verloren ist und die dunkelste Nacht hereinbricht, erinnere dich an die Versprechen, die uns zusammenhalten.

Wenn die Taube aus Liebe blutet, trifft der Schatten auf den Krieger.

Ein Bluthund wird nach Rache rufen, wo der Riss am tiefsten ist.

Eine Chance wartet. Der König könnte an dem Tag fallen, an dem die Hydra in einem hinterhältigen Palast grollt.«

Wir sahen uns über mehrere Sekunden hinweg an, jeder von uns hoffend, dass der andere in diesen Worten etwas verstand, das uns helfen könnte.

Aber da war nichts.

»Wir brechen sofort auf«, sagte Leon fest. »Zurück zum Schlachtfeld, um nach unserem Bruder zu suchen. Er wird uns dort etwas hinterlassen haben, einen Weg, ihn zu finden. Gabe liebt seine verworrenen Wortspiele, aber wir werden es lösen.«

»Nenn ihn nicht Gabe«, murmelte Dante und die beiden tauschten einen kurzen verängstigten Blick aus, bevor sie wieder mich ansahen. »Wir werden jetzt gehen.«

Ich nickte und mein Herz schmerzte bei dem Gedanken, dass noch mehr Leute mich im Stich lassen würden, aber ich wusste, dass es das Beste war. Sie mussten sich auf Gabriel konzentrieren. Sie mussten herausfinden, was mit ihm passiert war, ihn finden … irgendetwas.

»Sagt demjenigen, der die Schutzbarrieren kontrolliert, dass ich euch die Erlaubnis gegeben habe, sie zu passieren«, sagte ich, denn ich wusste, dass die Rebellen diese Regel nur auf meinen Befehl hin lockern würden. Ich machte mir keine Sorgen darüber, dass einer von ihnen derjenige war, der uns verraten hatte, und wenn auch nur eine kleine Chance bestand, Gabriel zu finden, würde ich ihnen nicht in die Quere kommen. »Wenn ihr irgendetwas von mir braucht, lasst es mich einfach wissen«, hauchte ich, als sie sich zum Gehen wandten.

»Töte dieses Drachenarschloch, wenn du kannst!«, rief Leon mir zu, als sie weggingen. »Das wäre wirklich äußerst praktisch.«

Ein ersticktes Lachen, das auch ein Schluchzen hätte sein können, entwich mir. Dann blieb ich allein in dem kochenden Wasser zurück, das meine Haut prickeln ließ; nur der Phönix in mir verhinderte, dass es mich verbrannte.

Ich lehnte mich zurück, den Blick auf das Glasdach gerichtet. Regen prasselte nun aus den Gewitterwolken, die sich unter Dantes Macht zusammengebraut hatten, und ich sah zu, wie sich der Sturm über mir zuspitzte. Blitze zuckten hell und es donnerte laut, während ich mich völlig machtlos fühlte.

Stunden vergingen, und es wurde still im Lager, während der Sturm weiter wütete. Die Rebellen versuchten, sich auszuruhen, während um uns herum Angst und Ungewissheit herrschten.

Aber ich war nicht machtlos.

Ich war Roxanya Vega.

Ich stand abrupt auf, das Wasser schwappte über den Rand und eine Dampfwolke stieg von mir auf, als ich zu den Klamotten ging, die für mich bereitlagen.

Ich zog schwarze Jeans und das marineblaue Croptop an, das Platz für meine Flügel ließ, und ignorierte das lächerliche Kleid, das daneben lag und selbst für eine Krönung angemessen gewesen wäre. Dort, wo ich hinwollte, brauchte ich keinen Schnickschnack.

Wir waren zwar auf der Flucht vor dem sogenannten Drachenkönig, aber ich hatte nicht vor, diese Niederlage einfach so hinzunehmen.

Die Fae, die ich liebte, waren da draußen und brauchten mich. Die Zahl der Vermissten war größer, als ich es ertragen konnte, aber ich wusste, wohin sich drei von ihnen vor der Schlacht begeben hatten.

Und die Erben waren immer noch nicht zurückgekehrt.

Flammen züngelten unter meiner Haut. Nach allem, was ich ertragen hatte, sehnten sie sich nach Tod und Schmerz. Ich verfiel diesem unbändigen Bedürfnis nach Rache wie eine ausgezehrte Seele, die sich nach Leben sehnte.

Das Feuer hatte meine Magie bis zum Rand aufgefüllt, und mich juckte es nach einem Kampf. Dies war der Anfang vom Ende, und ich würde nie wieder klein beigeben.

Ich schnallte meinen neuen Dolch an meinen Gürtel – jenen Dolch, der mir Darius genommen hatte. Er würde nun an meiner Seite bleiben, bis ich diese

Schicksalswendung entwirrt hatte. Bis Lionels Leben aus der Wunde strömte, die ich ihm damit zugefügt hatte.

Der Sturm tobte weiter, als ich nach draußen trat, aber die Regentropfen konnten mich nicht berühren, denn die Hitze meines Phönix verbrannte sie, noch bevor sie mich erreichten.

Ich neigte das Gesicht zum Himmel, entfaltete meine flammenden Flügel, drehte mich nach Süden und peilte in Gedanken mein Ziel an.

»Mylady!« Geraldines Stimme war wahrscheinlich die einzige, die mich innehalten lassen konnte, und ich drehte mich zu ihr um, als sie mit großen, zornigen Augen auf mich zurannte. »Du willst die drei Räuber aus den Klauen dessen befreien, der sie vom Kampf abgehalten hat, nicht wahr?«, fragte sie, und ich musste mich fragen, ob sie vielleicht über einen Funken der Gabe des Sehens verfügte. Wie sonst hätte sie mein Ziel so schnell erraten können?

Ihre Haare, die sie zuvor fade und unscheinbar getragen hatte, waren nun von einer dunklen Rotfärbung. Und der wütende Ausdruck ihrer Gesichtszüge verriet mir, dass es das Symbol ihres Versprechens an sich selbst war, das Blut ihrer Feinde als Bezahlung für die Verluste, die sie in dieser Schlacht erlitten hatte, vergossen zu sehen. Die Farbe passte zu ihr. Sie passte zu dem Feuer, das unablässig in ihrer Seele brannte, hell, brutal und ganz sie selbst.

»Das tue ich«, stimmte ich zu.

»Dann werde ich dich begleiten. Mein Maxy-Boy wartet auf mich, und ich werde im Namen meines lieben Daddys nach Rache verlangen, während ich unseren Feinden die Kehlen durchschneide.«

Das Feuer in ihren Augen ließ keinen Zweifel aufkommen, und ich spürte, wie sich meine Brust vor Erleichterung verkrampfte, als ich in die Augen meiner liebsten Freundin blickte.

»Okay«, sagte ich und reichte ihr meine Hand, um sie mit meiner Luftmagie einzuhüllen und an mich zu binden. »Es scheint, als wäre der Zeitpunkt gekommen, auf die Jagd zu gehen.«

Gemini
Scorpio
Virgo
Cancer
Leo
Taurus
Sagittarius
Capricorn
Aquarius
Libra
Pisces

SETH

KAPITEL 7

Der Boden unter meinen Füßen bewegte sich wie ein Laufband und zwang mich, zu rennen, bis meine Lunge sich anfühlte, als würde sie jeden Moment aufreißen. Ich war an den Altar aus schwarzem Stein vor dem Acrux-Anwesen gefesselt, das Mondlicht schien auf meinen Rücken und lud meine Magie auf, bevor sie mir durch den Riss schnell wieder entzogen wurde. Die Ketten aus Schatten, die an meiner Kraft zerrten, sorgten dafür, dass mir vor Erschöpfung schwindelig wurde, und meine Beine schmerzten vom ununterbrochenen Rennen.

Der dunkle und wirbelnde Riss vor mir war wie ein Tor zur Hölle, das mich an einen Ort rief, an dem meine Essenz mit Sicherheit aus meinem Körper gerissen werden würde. Der Sog unzähliger hungriger Seelen in dieser Leere bettelte darum, mich zu beanspruchen, und ihr Ruf war so verdammt verlockend, dass es fast unmöglich war, ihm zu widerstehen.

Der Riss schien meine Kraft immer stärker anzusaugen, und meine Sicht verdunkelte sich, während meine Füße immer schwerer wurden.

»Seth, halte durch!«, rief meine Mutter mir zu. Ich blinzelte heftig, um meine Sicht zu klären, und sah sie auf der anderen Seite des Altars, wo sie zusammen mit den anderen Ratsmitgliedern angebunden war. »Bleib stark! Du bist ein Alpha.«

Ich schluckte das scharfe spitze Ding in meinem Hals hinunter und nickte ihr zu, denn ich wollte keine Schwäche zeigen, während mich meine Familie beobachtete. Für sie konnte ich stark sein. Für mein Rudel konnte ich alles leisten. Ich straffte mein Rückgrat und rannte weiter, ignorierte den Schmerz und verbarg alle Anzeichen von Verwundbarkeit tief in meinem Herzen. Dem Ort, an den ich bisher nur wenige Leute hatte blicken lassen.

Caleb kniete zu meiner Linken auf dem Boden und trank vom Hals eines Mannes. Sein Hunger war so groß, dass seine Augen fast rot waren. Der Mann erstarrte in seinen Bewegungen, seine Gesichtszüge wurden blass und seine Bemühungen, sich zu wehren, ließen nach.

»Cal!«, rief ich ihm zu, als er kurz davorstand, den Fae in seiner Gewalt zu töten. Er bohrte seine Finger in die Schultern seines Opfers, sein Griff war absolut unnachgiebig. Der namenlose Mann erschlaffte, seine Augen schlossen sich, während Caleb immer noch dem Wahnsinn des Blutrausches verfallen war. Der Riss machte ihn so unglaublich anfällig für den Fluch seiner Formgebung.

»Caleb!«, brüllte ich lauter und stolperte auf dem sich bewegenden Boden, als ich versuchte, zu ihm zu gelangen. Aber die Ketten, die mich an den steinernen Altar fesselten, hielten mich davon ab, das verfluchte Laufband zu verlassen.

Caleb hob den Kopf, und sein Blick traf auf meinen, während Blut aus seinem Mund tropfte. Und endlich trat etwas Klarheit in die Tiefen seiner leuchtend blauen Augen.

»Seth«, sagte er mit rauer und harter Stimme. Er sah aus, als wollte er die Hand nach mir ausstrecken, Panik stand ihm ins Gesicht geschrieben, als er den Schmerz in meinen Bewegungen sah. Aber wir konnten einander genauso wenig retten wie uns selbst.

Die Nymphen kamen näher und zogen den halb bewusstlosen Mann von ihm weg, während der Riss sich Calebs neuer Kraft bemächtigte und sie ihm so schnell zu entziehen begann, wie er sie beansprucht hatte. Er verzog das Gesicht, als der Blutrausch erneut einsetzte und versuchte, seinen Verstand zu stehlen und die Bestie in ihm zu provozieren.

»Bleib bei mir!«, flehte ich, wissend, dass ich das ohne ihn nicht schaffen würde. Das hier, das Leben, alles.

»Ich versuche es«, versprach er. Seine Schultern zitterten, als sich seine Muskeln anspannten und er darum kämpfte, die Kontrolle über seine Kraft zu bewahren. Der Riss war gnadenlos und nahm uns alles, und ich wusste nicht, wie lange wir noch so würden durchhalten können.

»Mom«, keuchte Caleb besorgt, und ich warf einen Blick auf Melinda, aber sie war in ihrer eigenen Hölle gefangen und trank von einem weiteren Opfer, genau wie Calebs jüngerer Bruder Hadley.

Der Schweiß rann mir den Rücken hinunter, und meine Muskeln protestierten lautstark, während ich weiterlief. Das Einzige, was mir überhaupt Kraft gab, war die Tatsache, dass ich überleben musste. Für all die, die ich liebte.

Max' Gesichtszüge waren vor Schmerz verzerrt, seine Kraft wurde von der Angst und Panik angetrieben, die wie giftiges Gas durch die Luft strömten. Mein Bruder kämpfte gegen die Schatten, die ihm seine Magie raubten, aber es half nichts. Meine Mom, Athena und Grayson, die mir gegenüberstanden, wurden alle vom Riss ausgesaugt, und die Erschöpfung in ihren Gesichtern ließ mich fast ohne Hoffnung zurück.

Mein Dad und meine anderen Geschwister waren nirgends zu sehen, aber ich wusste, dass sie hier waren, irgendwo eingesperrt. Die Gefahr, dass sie die nächsten sein könnten, zwang uns alle, weiterzumachen, weiterzukämpfen, aber jede Sekunde, die verging, erschwerte dieses Vorhaben.

Wie lange würden wir das durchziehen können? Ewig überleben würden wir das sicherlich nicht.

Ich versuchte, den Ort in mir zu finden, der immer voller Licht war. Auch in den dunkelsten Situationen konnte ich immer etwas Leichtigkeit aufkommen lassen, aber jetzt ... fand ich nichts als eine sterbende Glut. Und ich hatte keinen Zunder mehr, um sie zu schüren.

»Cal«, keuchte ich, als er mich mit schweren Augenlidern ansah, seine Atemzüge schwer und angestrengt. »Ich sehe keinen Ausweg aus dieser Situation.«

»Wir kommen immer raus«, krächzte er, obwohl seine Worte von Zweifeln geprägt waren. Wow, die Sache mit ihm hatte ich wirklich total vermasselt. Würden wir wirklich so aus dieser Welt scheiden? Ich hätte doch eine Ewigkeit haben sollen, um alles mit ihm zu klären, aber jetzt fühlte es sich an, als hätte ich eine tickende Uhr über meinem Kopf hängen. Und als wären unsere letzten Stunden gekommen.

»Was, wenn wir dieses Mal nicht rauskommen?«, fragte ich und brachte damit meine tiefste Angst zum Ausdruck. Sein Kehlkopf wippte, als eine weitere Fae in seine Richtung geschleppt wurde, das Mädchen strampelte und wehrte sich gegen die Nymphen, aber es war ein verlorener Kampf.

Caleb folgte ihr mit seinen Blicken. Sein Unterkiefer zuckte vor Verlangen, und seine Schultern wurden starr. Er würde nicht widerstehen können, sobald sie sie aufgeschnitten hatten, ungeachtet seiner Stärke. Vampire waren letztlich immer Sklaven dieser einen Sache.

Ich wusste, dass dies vielleicht meine letzte Chance war, Caleb alles zu sagen, was ich bisher für mich behalten hatte. Aber zwischen den Hilferufen, dem Terror, der durch die Luft knisterte, und der Hoffnungslosigkeit, die sich wie eine dunkle Wolke über uns alle senkte, konnte ich die Worte nicht finden, die ich brauchte. Ich wollte nicht, dass seine letzte Erinnerung an mich eine egoistische Liebeserklärung war. Ich wollte, dass er an all die guten Momente dachte, die wir geteilt hatten, und an das Leben, das wir zusammen gelebt hatten, auch wenn es nicht genug gewesen war. Selbst wenn all unsere Pläne und Träume für die Zukunft hier und jetzt mit uns starben, so hatten wir doch zumindest auch glückliche Zeiten miteinander verbracht. Wir hatten Jahre des Lachens und der Freude geteilt, trotz all des Drucks, dem wir gemeinsam ausgesetzt gewesen waren. Er, Max, Darius und ich. Wir waren immer zu viert gewesen, und das würde auch so bleiben, wenn wir auf der anderen Seite des Schleiers landeten.

»Wir haben so viele Abenteuer erlebt«, brachte ich hervor, während ich nach Luft rang, obwohl meine Lunge sich anfühlte, als würde sie jeden Moment platzen.

Caleb nickte entschlossen. »Genau. Wir würden niemanden zurücklassen.«

»Der Tod war immer der Endgegner gewesen. Und wenn es jetzt so weit ist, dann ist das wesentlich früher als geplant. Verdammt, ich dachte, wir hätten ewig Zeit. Als Kind habe ich immer gedacht, wir vier wären unbesiegbar. Und ich bin mir ziemlich sicher, dass ich das immer noch so empfunden habe. Bis jetzt.«

»Es ist noch nicht vorbei«, erwiderte Caleb mit zusammengebissenen Zähnen und warf mir einen grimmigen Blick zu, der mir bedeutete, nicht aufzugeben. »Darius weiß, wo wir sind. Er wird zurückkommen.«

»Ich weiß. Aber für den Fall, dass die Sterne andere Pläne haben, möchte ich, dass du weißt, dass es ein verdammtes Privileg ist, mich gemeinsam mit dir unserem Endgegner stellen zu dürfen«, sagte ich bedrückt, und er verzog das Gesicht, als er erkannte, dass ich unser Schicksal bereits akzeptiert hatte.

»Vielleicht warten noch mehr Abenteuer auf uns, jenseits der Sterne«, murmelte er, als das Mädchen vor ihm zu Boden gestoßen und ihr Arm mit einer silbernen Klinge aufgeschlitzt wurde.

Calebs Pupillen weiteten sich, und er stürzte sich gierig auf die Wunde, unfähig, sich dem Ruf seiner Formgebung zu widersetzen. Mein Blick fiel auf Max, und ich sah, dass er mich mit allwissenden Augen ansah. Der Abschied stand ihm ins Gesicht geschrieben. Beim Mond, ich liebte dieses Gesicht, jeden Zentimeter davon. Er war einer meiner besten Freunde. Er war der Klebstoff, der uns alle zusammenhielt, derjenige, der immer alles in Ordnung brachte. Und das hatte nichts mit seinen Sirenen-Gaben zu tun. Das war er. Er allein. Seine Loyalität kannte keine Grenzen, und er würde für seine Brüder von einem Ende dieses Universums zum anderen gehen. Für seine Familie. Und ich würde verdammt noch mal das Gleiche für ihn tun.

Er nickte mir zu, ohne dass Worte zwischen uns nötig wären. Es war ein Zeichen der Anerkennung für alles, was wir füreinander gewesen waren, und ein Versprechen, einander in das zu folgen, was nach dem Tod kommen würde.

Ich hob den Blick zu den Sternen, als meine Beine drohten, nachzugeben, aber sah in ihren funkelnden Augen keine Gnade für mich. Aber der Mond hatte immer Gnade für mich gefunden, also schaute ich stattdessen dorthin. Ich spürte, wie der Mond um die Wölfe trauerte, die zu weit weg waren, als dass er ihnen hätte helfen können. Dann legte ich meinen Kopf in den Nacken, heulte laut auf und ließ all den Kummer der Welt in diesem Klang frei, der von meiner Familie widerhallte.

Ich spürte eine Verschiebung in der Welt, die mir einen Schauer über den Rücken jagte. Und ein Gefühl des Wissens erfüllte mich, als würden mir die Sterne einen Blick in unsere Zukunft gewähren.

Das Ende nahte. Ich konnte es überall spüren.

Gemini
Scorpio
Virgo
Cancer
Aquarius
Leo
Sagittarius
Taurus
Capricorn
Aquarius
Libra
Pisces

TORY

KAPITEL 8

Der Wind blies mir hart ins Gesicht, und nur die Flammen meiner Flügel wehrten die eisige Kälte ab, w-ährend ich Geraldine und mich immer weiter nach Süden flog.

Wir hatten den Sturm hinter uns gelassen, das Donnern war längst verklungen, und die tiefe Nacht versteckte uns.

»Dort drüben, meine Königin!«, brüllte Geraldine und streckte den Arm vor sich aus, während sie auf eine Stelle am Horizont zeigte, die ich nicht ausmachen konnte. Vielleicht lag das an ihren scharfen Hundeaugen oder einfach an ihrem Instinkt, aber ich würde sie ohnehin nicht infrage stellen.

Ich hatte mir alle möglichen Szenarien ausgemalt, wie ich mit dem umgehen würde, was uns auf Lionel Acrux' Anwesen erwartete, bevor ich mich der Realität beugte, die ich ohnehin schon kannte.

Ich war zu wütend für Subtilität, zu zornig für Ruhe, ich hatte keine Geduld für Klugheit und auch keine Zeit für Vorsicht.

Ich war Wut mit Flügeln, Trauer mit Stärke und Kraft mit Leben.

Wer auch immer uns an diesem Ort erwartete, sollte sich besser verpissen, anstatt sich der Hölle entgegenzustellen, die ich nun mitbrachte.

Ich schlug noch heftiger mit den Flügeln, die Luftmagie, mit der ich Geraldine an mich gebunden hatte, zog sie mit mir, während ich meine Kraft in die unsichtbaren Fäden warf, die uns verbanden.

Das Acrux-Anwesen tauchte am Horizont auf, gerade als die Sonne aufging. Das blendende Licht des neuen Tages gab mir Deckung, als ich uns in die entsprechende Richtung bewegte, die gleißenden Strahlen in unserem Rücken.

»Oh, im Tal der Frucht meiner Lenden soll die süße Petunia emporsteigen und ihren Lachs einfordern!«, rief Geraldine, nahm ihren Flegel zur Hand und begann, ihn in Vorbereitung auf einen Kampf zu schwingen.

Ich flog höher und legte einen Zauber zur Verbesserung der Sicht auf meine

Augen, während ich das weitläufige Gelände des Anwesens der Familie Acrux unter uns betrachtete, das riesige Herrenhaus, das wie eine Spinne in der Mitte des Geländes kauerte.

Die Schutzzauber waren nach wie vor an ihrem Platz, aber ich blieb hoch über ihnen und versteckte uns im Auge der aufgehenden Sonne. Wir blickten auf die Gruppe von Gestalten hinab, die sich in dem hell erleuchteten Innenhof im hinteren Teil des Anwesens versammelt hatten. Steinerne Drachen umringten die Schrecken, die sich unter uns abspielten.

»Was ist das?«, keuchte ich, als mein Blick auf ein Band der Dunkelheit fiel, das in der Mitte des Platzes pulsierte, summte und Dunkelheit ausstrahlte. Die Fae, die es umringten, wirkten wie Verehrer eines ungöttlichen Altars.

»Blumige Blütenblätter«, hauchte Geraldine, deren Stimme fast im Wind unterging, der um uns herum tobte, woraufhin ich meine Magie einsetzte, um eine Plattform aus Luft zu erschaffen, auf der sie neben mir stehen konnte. »Das ist ein Riss.«

Mein Herz setzte einen Schlag aus, als ich verstand, was hier passierte. Und plötzlich sahen die Gestalten um diesen dunklen Abgrund herum nicht länger wie Anbeter aus, sondern wie … Sklaven.

»Die Erben«, zischte ich, und meine Aufmerksamkeit schweifte zwischen den Fae hin und her, die durch Ketten aus Eisen und Magie an dieses abscheuliche Ding gefesselt waren. Ich entdeckte Caleb zuerst. Seine goldenen Haare klebten an seiner Kopfhaut, Blut färbte sein Kinn und sein Shirt. Neben ihm lief Seth auf einem rollenden Erdhügel, andere Wölfe, die ich erst verspätet als seine Mutter und seine Geschwister erkannte, waren ebenfalls auf ähnlichen magischen Vorrichtungen gefangen.

»In welch wirren Tentakeln hast du dich verheddert, Maxy-Boy?«, knurrte Geraldine, und ihr Zerberus schwang in ihren Worten mit, als würde sich die Bestie in ihr befreien wollen. Max kniete vor einer Gruppe von Nymphen, die hilflose Fae folterten. Sein Gesicht war ein Bild des Schmerzes, während seine Sirenengaben sich von ihrem Schmerz nährten.

Meine Lippen verzogen sich zu einem Knurren, als ich so viel wie möglich von der Szene unter uns registrierte: die Gefangenen, die Nymphen, die Dunkelheit, die jeden Einzelnen von ihnen umgab.

»Wie gehen wir vor, meine Königin?«, fragte Geraldine, während sie ihren Flegel in wütenden Bewegungen schwang. Der mit Stacheln besetzte Ball flog über ihrem Kopf, zwischen ihren Beinen hindurch und in Achten um ihren Körper herum, während sie sich für den Kampf aufwärmte.

Mein Blick wanderte über jeden Mann, jede Frau und jede Bestie in diesem Hof, und ein wildes Lächeln verzerrte meine Lippen, als ich mich entschied.

»Wenn sich die Gelegenheit bietet, kannst du dann alle, die zählen, mit deiner Wassermagie schützen?«, fragte ich und musterte meine großartigste Freundin. Geraldines Augen funkelten mit einer wilden verdorbenen Art von Aufregung, während ihre blutroten Haare im Wind hinter ihr peitschten.

»Donnerwetter, ich würde sagen, das kann ich, Mylady.«

»Gut.«

Ohne ein weiteres Wort zog ich mein Schwert und ließ mich wie ein Stein vom Himmel fallen, Geraldine direkt neben mir, angetrieben von der

Luftmagie, die uns zu einer Einheit verband.

»Für Ehre und Tod und die wahren Königinnen!«, rief Geraldine, aber ihre Worte gingen im Wind verloren, als wir so schnell hinabstürzten, dass die Welt um uns herum nur noch verschwommen zu sehen war.

Ich hielt mein Schwert hocherhoben, Phönixfeuer züngelte an seiner Länge, während die Macht der Schutzzauber unter uns summte. Und als ich meine Waffe mit einem wütenden Schrei schwang, brach ein Vogel aus roten und blauen Flammen aus seiner Spitze hervor.

Eine unglaubliche Kraft explodierte aus mir heraus, als ich alles, was ich hatte, in diese Druckwelle warf und die Schutzzauber mit einer Macht traf, die es mit Thors Hammer aufnehmen könnte.

Das Geräusch, das die Schutzbarrieren von sich gaben, als sie brachen, entsprach einer Flutwelle, die den Himmel in Stücke riss. Alle Augen unter uns schnellten nach oben, als die Kraft der Acrux-Linie, die viel zu lange unangefochten geblieben war, unter der Macht einer Vega nachgab – und in sich zusammenbrach.

Wir fielen weiter, und ein Schlachtruf entfuhr mir, während Geraldine dreistimmig nach einer Rache verlangte, die wir beide mehr brauchten als das Leben selbst.

Magie strömte aus mir heraus, als ich auf dem Boden aufschlug. Steine und Erde zersplitterten unter mir, als ich die Wucht meiner Landung abfing und in gebückter Haltung zum Stehen kam, wobei die Spitze meines Schwertes den Stein zu meinen Füßen durchbohrte.

Geraldine landete zu meiner Rechten und schwang ihren Flegel. Magie baute sich um sie herum auf, während sie ihre andere Hand abwehrend hob. Es folgte eine ohrenbetäubende Stille, als alle geschockt unser Eintreffen beobachteten.

»Lang leben die wahren Königinnen!«, zischte Geraldine, und ich spürte, wie ich ein grausames und verruchtes Lächeln aufsetzte, während ich mein flammenumhülltes Schwert hob und mich auf den Kampf vorbereitete.

Seth, Caleb, Max, die Ratsmitglieder und die Ersatz-Erben waren alle auf den Knien oder liefen auf Laufbändern, die aus der Erde gewirkt worden waren, und umringten einen Altar aus onyxschwarzem Stein, der so gewichtig auf den Steinplatten zu lasten schien, dass sich Risse in alle Richtungen ausbreiteten. Fast so, als wäre er aus großer Höhe gefallen, bevor er hier gelandet war.

Ich warf einen kurzen Blick auf sie alle und nahm die Schnitte an ihren Handgelenken wahr, aus denen sowohl Blut als auch Magie endlos in den sich windenden und wirbelnden Schattenstrudel strömten, der über dem seelenlosen Stein thronte.

Sie blickten mich mit einer Mischung aus Ehrfurcht und Entsetzen an, zweifellos fürchtend, dass sich meine Magie mit ihrer vereinen würde, wenn die umliegenden Nymphen und feindlichen Fae ihren Willen bekämen. Aber das war ausgeschlossen. Ich war hierhergekommen, um mich mit meinen Freunden zu vereinigen, und ich würde jeden, der sich uns in den Weg stellte, nur allzu gern vernichten.

»Gerry«, keuchte Max und starrte sie verwundert an, während er versuchte, das Wort über seine rissigen Lippen zu bringen. »Lauf!«

»Von wegen – das ist doch Banane!«, höhnte sie, schwang ihren Flegel, richtete ihren Blick auf die Nymphen, die ihr am nächsten standen, und stürmte mit einem herausfordernden Bellen los.

Eine Bewegung erregte meine Aufmerksamkeit, und ich wich zur Seite aus, als eine dünne Klinge auf mich zuraste – die Lektionen der Phönixkönigin hatten meine Reflexe schärfer denn je gemacht. Eine Hitzewand entflammte auf meiner Haut und ließ die Waffe im Handumdrehen schmelzen. Im nächsten Moment fing ich Vards Blick auf.

Der Seher starrte mich entsetzt aus seinem einen verbliebenen Auge an, als ich mein Schwert hob und mit einem Schlachtruf auf ihn zustürmte.

Vard brüllte den Nymphen den Befehl zum Angriff zu, und bevor ich mich ihm nähern konnte, fand ich mich von vier dieser Kreaturen gleichzeitig umzingelt, deren rindenbedeckte Gliedmaßen nach mir griffen, während ihr Rasseln meine Gedanken und meine Magie gleichermaßen erstickte.

Das Gewicht ihrer Macht traf mich hart, aber ich gab nicht nach, sondern rief meinen Phönix an, woraufhin mein ganzer Körper in den Flammen meiner Formgebung erstrahlte. Und ich schwang mein Schwert mit präziser Tödlichkeit.

Schwarzes Blut spritzte auf die Steinplatten, als der erste Nymphenkopf auf den Boden krachte, und ich sprang durch den Rauch, der daraufhin aufstieg, um die nächste zu packen. Mein Schwert durchbohrte ihr Herz, noch bevor sie überhaupt bemerkte, dass ich auf sie zugestürmt war.

»Die Nadel!«, schrie Caleb irgendwo hinter mir, aber ich konnte mich nicht umdrehen, da ich gerade den Hieb der Fühler einer Nymphe abwehrte und einer weiteren so fest in die Brust trat, dass sie zu Boden stürzte.

Weitere Nymphen stürmten bereits auf mich zu, aber ich stürzte mich einfach in den Kampf; das Feuer loderte so hell um mich herum, dass jede, die zu nahe kam, zu Asche wurde, während andere ihre eigenen Waffen zogen, um gegen mich zu kämpfen.

»Die Bindenadel!«, schrie Caleb erneut, als ich mich unter der ausgestreckten Waffe einer Nymphe wegdrehte, bevor ich mit meinem Schwert über den Kniekehlen einer anderen Nymphe entlangfuhr.

Mein Kopf schoss herum, die Worte unterbrachen den rasenden Blutrausch, in den ich verfallen war, und ließen mich innehalten.

Das Zögern kostete mich zu viel. Ein heftiger Schmerz durchzuckte meinen Rücken, als eine Nymphe einen Kriegshammer auf meine Wirbelsäule schwang, aber der Luftschild, den ich fest an meine Haut gepresst hatte, fing die Wucht des Schlags ab, sodass ich mich umdrehen und die Bestie mit meinem Schwert aufspießen konnte.

»Was kann ich tun, Mylady?«, rief Geraldine, die auf einer Wassersäule über uns hinweg sprang, ihren Flegel wild kreisen ließ und damit den Schädel einer Nymphe traf, die auf mich losgegangen war.

»Schließ den Riss!«, befahl ich ihr, unfähig, mich umzudrehen und selbst nach der Nadel zu suchen, während fünf weitere Nymphen gleichzeitig auf mich losgingen.

Der Druck ihrer Macht lastete schwer auf meiner Magie, aber ich biss die Zähne zusammen, verschmolz tiefer mit der Macht meiner Formgebung und schleuderte einen Luftmagie-Strahl von mir weg, der sie alle in die Flucht schlug.

Die Erben und ihre Familien schrien auf, als ich damit auch sie traf, aber die Ketten, mit denen sie am Boden befestigt waren, sorgten dafür, dass sie sich trotz der Wucht nicht von der Stelle rührten.

Ich musste die Nymphen und Lionels Anhänger von den Erben und ihren Familien wegbringen, sie weit genug von hier weglocken, damit Geraldine unsere Leute abschirmen konnte, während ich jeden einzelnen unserer Feinde mit Phönixfeuer verbrannte – und ihnen dabei zusah. Aber jedes Mal, wenn ich versuchte, sie vom Riss wegzuführen, trieben sie mich wieder darauf zu. Mit ihrer Masse schafften sie es, mich näher in seine Richtung zu lenken, als ich es mir leisten konnte, wenn ich jemals diese Kraft entfesseln wollte.

Es sah also so aus, als müsste ich sie einzeln niedermetzeln.

Aber als ich erneut mein Schwert schwang und meine Muskeln angesichts der Anstrengung brannten, die erforderlich war, um Fleisch und Knochen zu zerteilen, störte mich das tatsächlich gar nicht so sehr.

Ich wollte fühlen. Ich brauchte ein Ventil für die Wut in mir. Wenn ich mich also durch jede einzelne Kreatur kämpfen müsste, die Lionel Acrux die Treue geschworen hatte, bevor ich ihn erreichte, dann würde ich das tun. Und es war mir scheißegal, was das Schicksal dazu zu sagen hatte.

Scorpio
Virgo
Gemini
Cancer
Leo
Taurus
Capricorn
Libra
Pisces
Aquarius
Sagittarius

GERALDINE

KAPITEL 9

Ich schwang den Flegel des unendlichen kosmischen Karmas in das Gesicht einer kreischenden Nymphe und verwandelte sie in Asche. Ihre rußigen Eingeweide wurden zu ihren Ausgeweiden, als sie auf der nächsten Brise davonschwebte.

Ich verkündete lauthals meinen Sieg, trillerte ihn hoch und hell, damit ihn alle hören konnten.

Caleb machte einen Höllenlärm, riss sein Kinn nach oben und schrie: »Die Bindenadel!«, während der Schlingel von einem Hund, Seth, mit ihm heulte.

»Hol sie, Gerry!«, rief mir mein lieber und süßer Ozeanjunge zu, und ich rannte mit schwingendem Flegel auf ihn zu. Bei meinen Mondsteinen, ich hatte ihn ganz schön vermisst.

Meine Königin streckte links und rechts Feinde nieder: ihr glorreiches Phönixfeuer drang durch rindenartige Haut und rindenartige Knochen und tötete unsere Feinde in einem Regen aus Macht und Mord, den ich nie vergessen würde. Vor nicht einmal Stunden hatte ich um meinen lieben Vater geweint, aber jetzt konnte ich diesen Schmerz zum Handeln nutzen, um der Morgendämmerung entgegenzuheulen und meine Rache in den Himmel zu schreien.

»Für meinen liebsten Daddy!«, rief ich, sprang über Maxy-Boys Kopf hinweg und rammte meinen Flegel in die Brust einer weiteren ruchlosen Nymphe, die sich vor meinen Augen in einen Schatten verwandelte, noch bevor meine Füße den Boden berührten.

»Da drüben«, drängte Caleb, seine Reißzähne glitzerten wie die Meere von Noonbar, und seine edlen blauen Augen waren voller ungezügelter Verzweiflung.

Endlich sah ich, wovon er sprach: Auf dem Boden lag eine Bindenadel, weggeworfen und vergessen. Großer Gänserich! Ihre Macht könnte unsere Gefährten vor dem Riss retten, der sich von ihren Seelen nährte.

Ich purzelte über den Boden, wich den Fühlern einer Nymphe aus und schnappte mir die Bindenadel.

»Hurra!«, blökte ich.

»Ja – und jetzt los, Geraldine!«, rief Seth, während er auf einem endlosen Rad aus Stein unter seinen Füßen lief. Ich packte seinen Arm, um mich in die Höhe zu katapultieren, sprang auf seine Schultern und hüpfte geschmeidig von dort auf den Altar des Verderbens, während er mich wegen meiner Tritte verfluchte.

Ich blieb auf Entfernung zu dem Riss, der an meiner Haut saugte und nagte wie ein heulender Dämon aus Caloop, der es auf mein Blut abgesehen hatte. Aber nicht heute. Nein, denn dieser Tag war ein Tag des Sieges und der List. Wir würden den falschen König austricksen und unsere tapferen Männer aus seinem Griff befreien.

Tory bewegte sich wie eine Viper, hieb nach links und rechts, wich den grimmigen Schlägen ihrer Angreifer aus, bevor sie ihr glänzendes Schwert in ihre Brust rammte. Ich war so geblendet von ihrer Darbietung, dass ich mich fast nicht rechtzeitig bewegte, als eine Nymphe einen Liegestuhl in ihre Gewalt brachte und ihn nach meinem Schädel warf.

Aber – oho! – ich bewegte mich. Wie ein Seerosenblatt auf dem Rücken eines flinken Frosches duckte ich mich, und der Stuhl krachte in einiger Entfernung zu Boden. Hadley Altair schrie vor Schreck auf, als er ihn fast traf, offenbar war er dort angekettet, wo der Stuhl gelandet war.

Ein Speer aus Eis und Bosheit tötete die Nymphe, und die Schatten schlängelten sich zum Himmel, bevor sie mir auch nur eine Beleidigung entgegenschleudern konnten. Ich grinste, weil ich einen weiteren blutigen Sieg errungen hatte.

»Keine Angst, junger Bruder des Callyvamps!«, rief ich Hadley zu. »Ich bin deine Retterin, deine Ritterin in glänzender Rüstung!«

Ich krempelte die Ärmel hoch, wandte mich dem wilden und hungrigen Riss zu und hob die Bindenadel in die Luft.

»Ich bin Geraldine Gundellifus Gabolia Gundestria Grus, und ich werde diese Schatten dorthin zurückschicken, wo sie hergekommen sind. Im Namen meines Vaters und seiner Liebe zu Catalina!« Ich begann, den Riss zu schließen, wobei meine Hüften schaukelten und meine Knie sich beugten und streckten, während ich alles, was ich hatte, in den Rhythmus meiner Aufgabe steckte.

Die Erben und ihre Familien feuerten mich an, während die wunderbare Phönixkönigin durch die Reihen unserer Feinde stürmte. Aber ich war damit beschäftigt, unsere Freunde von dieser bösen Leere zu erlösen.

Mein Blick fiel auf meinen Maxy-Boy, und mein Herz war wie von Sonnenstahl umhüllt, als ich mich auf diesen tapferen Mann konzentrierte, der bewiesen hatte, dass er kein Halunke war, sondern ein sanfter Fae mit dem tiefsten Ozean der Liebe in seinem Herzen.

Ich würde ihn heute für mich beanspruchen und nie wieder die Lenden eines anderen Kabeljaus suchen. Denn er war mein einzig wahrer Lachs, und die Flüsse unseres Schicksals waren breit und strömten einem ewigen Horizont entgegen. Es war Zeit, in unserer Flussmündung zu baden und das Süßwasser zu trinken! Und alle, die sich uns in den Weg stellten, würden durch meinen Flegel zugrunde gehen!

Scorpio
Virgo
Gemini
Cancer
Leo
Taurus
Capricorn
Sagittarius
Libra
Aquarius
Pisces

MAX

KAPITEL 10

Mein Körper zitterte angesichts der Anstrengung, dem Ruf der Schatten zu widerstehen, während Gerry aus vollem Halse schrie: »Fort mit der Dunkelheit und her mit dem Licht! Alles soll brennen unter der Macht meiner Königin!«

Tory kämpfte mit den Nymphen zu unserer Rechten und hielt sie allein durch Wut und Gewalt zurück. Ich kletterte auf die Knie, drehte meinen Kopf in ihre Richtung und reckte meinen Hals, um zu sehen, wie Phönixfeuer aus ihrem Körper schoss und ihre Feinde um sie herum fielen.

Aber es kamen immer mehr. Ich konnte spüren, wie die dunkle Fäulnis ihrer Emotionen die Luft aufwühlte, als sie von irgendwo hinter den Mauern des Anwesens auf uns zurasten. Ihr Blutrausch und ihr krankhafter Durst erstickten mich, als meine Gaben sich um sie legten und ich mich zwang, mit dem Zählen zu beginnen.

»Das Erbe der Vega-Linie ist ein wirklich wahrhaftiges«, hauchte Melinda Altair von ihrer Position gegenüber dem Altar aus. Ich konnte die Ehrfurcht in ihrer Stimme hören, als sie beobachtete, wie eines der Mädchen, die geboren worden waren, um auf dem Thron zu sitzen, mit dieser unglaublichen Kraft kämpfte.

»Es sind etwa fünfzig Nymphen auf dem Weg hierher«, schrie ich, und Calebs Kopf schnellte herum, als er mich ansah, um meine Worte zu bestätigen.

Sein Kinn und seine Brust waren mit dem Blut der Fae bedeckt, von denen er hatte trinken müssen, und der geisterhafte Ausdruck in seinen Augen ließ mich wissen, wie nah an der Oberfläche dieser monströse Teil seines Wesens wohnte. Seine Hoffnung auf ein Ende schwand bei meiner Ankündigung.

»Wie viel Zeit haben wir?«, keuchte Seth, während sich der Stein unter seinen Füßen weiterdrehte und ihn zum Rennen zwang, obwohl die Sonne nun den Horizont erreicht hatte und die Fae, die für die Magie verantwortlich gewesen waren, ebenfalls in den Kampf verwickelt waren.

»Fünf Minuten«, sagte ich und zuckte zusammen, bevor ich meine Gaben wieder zurückholte. »Wenn wir Glück haben.«

»Glück hat mit diesem Würfelwurf nichts zu tun, du süßer Salamander«, gurrte Geraldine, während sie die Bindenadel in das Gewebe der Welt selbst stieß und daran zog. Dieses Stück der Hölle wurde mit jeder Bewegung ihres Arms kleiner, als sie mit aller Kraft kämpfte, den Riss zu schließen.

Schweiß perlte auf ihrer Stirn, ihre Gesichtszüge waren starr, und ich wusste, wie anstrengend es sein musste, die dunkle Magie zu kanalisieren und dieses Ding auszulöschen, während ihre eigene Kraft immer weiter schwand.

Sie war fantastisch. Blutbeschmiert und wütend war sie eine Königin, die keine Krone brauchte. Ihre Haare waren ein blutroter Fluss und sie mutete an wie ein Racheengel, der gegen hoffnungslose Widrigkeiten ankämpfte, ohne auch nur mit der Wimper zu zucken.

»Wenn du den Riss nicht rechtzeitig schließen kannst, musst du weglaufen, Gerry«, flehte ich sie an. »Wenn diese Nymphen ankommen, bevor du es schaffst …«

»Ich kann mich nicht daran erinnern, einen skeptischen Sandtigerhai um Rat gebeten zu haben«, presste sie hervor. »Und ich kann mich auch nicht daran erinnern, dass du das Herz eines feigen Feuerfischs hast, Maxy-Boy. Sag mir – hat der Riss nicht nur deine Kraft, sondern auch dein Herz aus Eis ausgesaugt? Oder machst du dir insbesondere meinetwegen so ins Hemd?«

Ich konnte die Augen meines Vaters auf mir spüren, während ich den Kopf schüttelte, aber das war mir egal. Es spielte ohnehin keine Rolle mehr. Ich konnte spüren, wie sich unser Ende näherte, und diese Frau, die vor mir auf diesem schwarzen Altar stand, war das Einzige, was ich in meinen letzten Momenten ansehen wollte.

»Nichts auf der Welt könnte mich so brechen, wie du es kannst, Gerry«, gestand ich mit rauer Stimme. »Nichts könnte mich ins Wanken oder zum Zögern bringen. Das schafft nur mein Bedürfnis, dich zu beschützen. Ich könnte nicht mit ansehen, wie sie dich an dieses Ding binden. Es würde auch den letzten Rest meiner Seele zerstören – und das gewalttätiger als alles andere.«

Geraldines Wangen färbten sich dunkelrot, während sie die Bindenadel erneut in den Rand des Risses stieß, wobei die letzten Zentimeter pulsierten und sich wölbten wie ein Lebewesen, das sich gegen sein Ende wehrte.

»Dann schlage ich vor, dass du nicht mehr versuchst, mich davon abzubringen, sondern mich stattdessen anfeuerst«, antwortete sie. »Denn meine Füße sind jetzt an diese Stelle geschweißt, mein Wille ist eisern und mein Fokus so unerschütterlich wie der eines Uhus auf dem Uranus. Ich werde diese Position niemandem außer dem Tod überlassen, und wenn seine dunklen Schergen nach der alten Grussy rufen, werde ich sie bis zum bitteren Ende bekämpfen, während ich diese kostbarste aller Aufgaben erfülle. Meine Königin hat mich hierher beordert, und hier werde ich bleiben, auch wenn die große weite Leere kommt, um mich zu verschlingen.«

»Geraldine«, knurrte ich und griff mit meinen Gaben nach ihr, um sie zur Vernunft zu bringen.

Ein Schmerzensschrei lenkte unsere Blicke auf Tory. Eine Nymphe hatte es geschafft, ihre Verteidigung zu umgehen, und Blut floss aus einer Wunde, die ihr an der Seite unterhalb des Arms zugefügt worden war.

Die Nymphe, die sie getroffen hatte, explodierte in einem Feuer aus blauen und roten Flammen, während Tory eine Hand auf ihre Seite legte und die Wunde vereiste, bevor die Schatten, die sich aus dem Riss auf sie zubewegten, sie berühren konnten. Sie fluchte vor Schmerz, aber es funktionierte, die Schatten wichen erneut zurück, um sich an denen von uns zu laben, die noch mit dem Riss verbunden waren. Gleichzeitig war es, als hätte der Geruch ihres Blutes in der Luft die wildeste Natur jeder noch verbliebenen Nymphe geweckt.

Die Nymphen kreischten, als sie sich auf sie stürzten, und schienen sich nicht mehr um ihre Selbsterhaltung zu kümmern, während sie sich rücksichtslos und mit ausgestreckten Fühlern um sie scharten. Ihre Rasseln erfüllten die Luft mit einer so enormen Kraft, dass meine eigene Magie in meiner Brust versiegte und erlosch.

Wir verloren sie in der Menge der Kreaturen aus den Augen, Seth heulte unheilvoll, während Caleb ihren Namen brüllte.

»Piks, piks, piks!«, rief Geraldine, und die Bindenadel blitzte im Licht der aufgehenden Sonne, während Gerry sie schneller als zuvor durch das Gewebe rammte. Schweiß glitzerte auf ihrer Haut, ihre Glieder zitterten vor Erschöpfung, und als ich meine Sirenengabe auf sie richtete, spürte ich die Intensität ihrer Erschöpfung, die heftig mit mir kollidierte.

»Lass mich rein!«, forderte ich sie auf.

Ich übertrug meine Gaben auf sie, bot ihr die wenige Kraft an, die ich noch hatte, und flehte sie an, sie anzunehmen, während die Ketten, die mich hielten, in mein Fleisch schnitten und mich noch mehr bluten ließen.

Die Schatten hefteten sich an diese Wunden, sobald sie sich bildeten, und meine Magie strömte schneller aus mir heraus als zuvor. Der Riss sog sie gierig in sich auf, obwohl nur noch wenige Tropfen davon übrig waren.

Geraldine gab nach, ihre mentalen Barrieren fielen und meine Gaben brachen in den Ozean ihres Geistes ein, als wäre ich von einer Klippe gesprungen, um in das reinste blaue Meer einzutauchen.

Ich übertrug meine Kraft auf sie, kümmerte mich kein bisschen um meine eigenen Bedürfnisse, sondern gab ihr alles, was ich hatte, und flehte die Sterne an, uns nur noch ein paar Sekunden zu schenken, damit sie das, was sie sich vorgenommen hatte, auch zu Ende bringen konnte.

Ich konnte kein anderes Schicksal zulassen. Nicht für sie. Sie bedeutete mir alles.

Meine Sicht wurde verschwommen, ein Meer aus pastellfarbenen Fischen schwamm um meinen Kopf herum, als ich mich in Geraldines Gedanken verlor und spürte, wie meine Kontrolle über meinen eigenen Körper nachließ. Aber das spielte keine Rolle. Nicht, solange sie weiterkämpfte. Ich gab und gab und drückte jede mir noch verbliebene Kraft in sie hinein, damit sie es schaffen konnte. Auch, als ich die nächste Flut von Nymphen auf den Hof stürmen hörte.

»Fuck«, sagte Seth – und der hoffnungslose Ton in seiner Stimme verriet mir alles, was ich über die gerade eingetroffene Horde wissen musste.

Ein Aufflackern von Macht streifte die meine, so vertraut wie eine Sommerbrise und zehnmal so stark. Die Sirenengabe meines Vaters bahnte sich nun ebenfalls einen Weg zu dem Mädchen, das darum kämpfte, uns zu befreien, während die Nymphen näher rückten.

Sie würde nicht aufgeben. Nicht einmal, um sich zu verteidigen. Der Riss war fast geschlossen, und ich wusste, dass sie ihr eigenes Leben opfern würde, um ihn ganz zu schließen, wenn es sein musste.

Allein der Gedanke daran versetzte nicht nur mich, sondern auch den Besitzer der Kraft, die sich der meinen angeschlossen hatte, in Aufruhr. Mit der geballten Ladung unserer Gaben übertrugen mein Vater und ich all unsere verbliebene Kraft auf dieses wunderschöne Mädchen.

»Wer wagt es, die letzte Säule des Grus-Imperiums zu Fall zu bringen?«, brüllte Geraldine, als sie die Bindenadel ein letztes Mal in die Luft stieß. »Wer maßt sich an, dem Willen der wahren Königinnen zu trotzen? Kommt hervor und entreißt mich diesem Felsen aus Schatten und wispernden Stimmen, wenn ihr euch traut! Aber wisst, dass ich im Namen von allem kämpfe, was ist, war und sein wird! Ihr. Werdet. Mich. Nicht. Besiegen!«

Die Nadel versank ein letztes Mal in der Leere zwischen den Welten und schloss den Riss mit einer brutalen Endgültigkeit, die mich und auch die anderen, die daran gebunden waren, zu Boden stürzen ließ und uns endlich befreite.

Ich öffnete die Augen und starrte zu Geraldine empor, als drei Nymphen auf sie zusprangen, aber sie schoss auf einer Wassersäule in den Himmel, bevor sie es schafften, auch nur ihre Stiefelspitzen mit ihren Fühlern zu berühren.

Die Nymphen kreischten und entfesselten ihre Rasseln, als Geraldine einen Beutel aus ihrer Tasche nahm und eine Handvoll Eisenhut in ihren Mund stopfte. Einen Augenblick später zerriss ihr Zerberus ihre Kleidung, und sie fiel vom Himmel – mitten in die höllischen Kreaturen. Ihre Rüstung schoss in alle Richtungen von ihr weg, und Athena schrie vor Schreck, als der spitze Brustpanzer sie fast aufspießte. Hadley packte sie, zog sie fest an seine Seite und trat das Rüstungsteil so vehement von ihr weg, als wäre *er* beinahe davon getroffen worden und nicht sie.

Vier mächtige Pfoten landeten so laut auf dem Boden, dass die Steine unter mir zu beben begannen, und Geraldine stieß mit allen drei mächtigen Köpfen ein Bellen aus, das an einen Bluthund erinnerte, der einer frischen Beute auf den Fersen war.

Sie stürzte sich auf die Nymphen, schwarzes Blut spritzte aus drei Kieferreihen, während ihre riesigen Pranken schlugen und traten und noch mehr von ihnen von ihr weg stolpern ließen.

Das Geräusch von zerbrechendem Glas ließ mich herumfahren, und meine Augen weiteten sich, als ich die Gestalten von drei eingefrorenen Nymphen registrierte. Tory bahnte sich einen Weg durch sie, indem sie ein weiteres Monster zerschmetterte, und ihre dunklen Augen blitzten auf eine Weise, die mein Herz einen Schlag aussetzen ließ.

Sie ließ ihre grünen Augen über die leere Stelle in der Luft gleiten, die den Riss gehalten hatte, und sie lächelte auf eine wilde und furchterregende Weise, die mich sofort an den Grausamen König denken ließ, der sie gezeugt hatte.

»Jetzt, Geraldine!«, rief sie mit der Stimme einer Königin, die sich über den Klang der Schlacht hinwegsetzte.

Mein Mädchen hob drei blutbefleckte Köpfe, um seine Zustimmung zu heulen, und rannte dann los. Die Nymphen zerstreuten sich und wichen vom Altar zurück, während die Monster auf Tory zusteuerten und sich von uns entfernten.

Ich schaffte es, die Kraft aufzubringen, mich aufzurichten, obwohl aus der Schnittwunde an meinem Handgelenk immer noch Blut tropfte. Aber das registrierte ich kaum, denn meine Aufmerksamkeit galt einer mächtigen Bestie, die gerade auf uns zuraste: das Mädchen, das ich liebte.

Geraldine nahm Anlauf und flog über unsere Köpfe hinweg. Ich sah ihr zu, wie sie sich in der Luft verwandelte und mitten auf dem steinernen Altar landete, in ihrer Fae-Gestalt, splitternackt und mit dem Schrei einer Kriegerin.

Ein Schwall Magie schoss in Form einer Wasserwelle aus ihr heraus, die an allen vorbei krachte, die an den Altar gekettet waren. Damit umgab sie nicht nur uns, sondern auch all jene Fae, die gefoltert worden waren, um mich und die anderen Sirenen zu füttern, bevor sie das Wasser zu einer Kuppel aus Eis verfestigte, die vor Kraft geradezu schimmerte.

Die Explosion, die einen Moment später folgte, hätte mich fast umgeworfen. Der Boden bebte, Hitze flammte über dem Schild auf, der uns schützte, und Wasser tropfte auf unsere Köpfe, als das Eis unter dem Feuerangriff zu schmelzen begann.

Keuchend und zitternd hielt Geraldine den Schild noch ein paar Sekunden lang aufrecht, bevor sie schließlich auf die Knie fiel. Das Wasser schwappte in einer großen Welle davon, als es schmolz, und gab den Blick auf die Flammenprinzessin frei, die jenseits des Wassers auf einem Aschehaufen stand.

Ich öffnete den Mund, als ich die Zerstörung sah, die Tory mit ihrer Macht angerichtet hatte. Keine Nymphe war in Sicht, und die nächstgelegene Mauer des riesigen Herrenhauses war ebenfalls in Schutt und Asche gelegt worden.

Flammen züngelten an den Räumen, die durch die Schäden am Gebäude freigelegt worden waren, und für einige lange Momente war alles, was wir tun konnten, das Mädchen im Epizentrum dieser Zerstörung anzustarren.

Tory Vega starrte uns mit vor Anstrengung bebender Brust an, und an ihrer Seite klebte noch immer das Blut dieser massiven Wunde. Weitere Verletzungen und Prellungen zeichneten sich auf ihrer Haut ab, als sie ihren Phönix entließ, das Feuer von ihrem Körper abfiel und ihre Flügel verschwanden. Zurück blieb das Mädchen, das ich kannte, anstelle der legendären Kreatur, deren grenzenlose Macht wir alle gerade erlebt hatten.

»Bei den Sternen«, murmelte Antonia Capella und richtete ihren Blick auf den blauen Himmel über ihr, als könnte sie durch die anbrechende Morgendämmerung hindurch die schimmernden Wesen dort oben sehen.

Ein Knirschen ertönte, und ich fuhr erneut herum. Geraldine schritt mit nackten Füßen über die Trümmer hinweg auf mich zu, ihren Körper für jeden zur Schau gestellt, der einen Blick in ihre Richtung warf. Aber ihre Augen hätten die Welt erneut in Brand setzen können.

»Gerry, wo sind deine …«, begann ich, aber sie unterbrach mich, indem sie meinen Nacken ergriff und mich an ihren Körper drückte. Ihren anderen Arm schlang sie um meine Wirbelsäule, und bevor ich richtig begriff, was geschah, spürte ich, wie sie mich nach hinten beugte, während sie meinen Mund mit ihrem eigenen beanspruchte. Und ich klammerte mich an sie wie eine verdammte Seepocke an den Rumpf eines Schiffes.

Alle Proteste, die ich hätte vorbringen können, erstarben auf meiner Zunge, als sie mich küsste. Mein Herz hüpfte, raste und galoppierte fast durch meine Brust. Ich gab ihrem Ruf nach, ihr Gesang war mächtiger als die Verlockungen der stärksten Sirenen der Welt.

Geraldine küsste mich, als würde sie mich besitzen, und in diesem Moment – und wahrscheinlich auch in allen anderen Momenten – war es so. Ich gehörte ihr, in guten wie in schlechten Zeiten, und sie war in der Dunkelheit zu mir gekommen, als ich sie am meisten gebraucht hatte.

Ganz plötzlich ließ sie mich wieder los und verpasste mir eine so deftige Ohrfeige, dass mein Kopf zur Seite flog. Meine Haut brannte dort, wo ihre Handfläche mich getroffen hatte, und ich stolperte fluchend einen Schritt zurück.

»Wofür zum Teufel war das?«

»Das war dafür, dass du dich in diesem Kladderadatsch verheddert und mich im Unklaren darüber gelassen hast, ob ich dein wollüstiges Gesicht jemals wiedersehen würde, du wandernder Räucherhering.«

»Gerry«, stieß ich hervor und griff nach ihr, aber anstatt mich ihre Hand nehmen zu lassen, wandte sie sich den Ketten zu, die mich festhielten, und durchtrennte sie mit der Kraft ihrer Erdmagie.

Ich rieb die Stelle, wo ich gefesselt gewesen war, und sie stapfte davon, um als Nächstes Seth zu befreien. Er sprang sie an, leckte ihr Gesicht und veranlasste mich, noch lauter zu fluchen, während ich auf sie zuging und mir dabei mein Shirt auszog.

»Danke, Batty Betty«, stieß er hervor und drückte sie so fest, dass sie aufjaulte.

»Ja, ja, das reicht jetzt mit dem Wimmern und Wehklagen. Okay, mal sehen, was ich für euch alle tun kann. Allerdings gehen meine Machtreserven zur Neige«, sagte sie atemlos, während sie ihn abschüttelte. »Aber ich werde heilen, was ich kann, sobald ich mich etwas erholt habe.«

»Zieh das an!«, knurrte ich und hielt ihr das Shirt vor die Nase, während sie laut seufzte, als wäre ich nichts weiter als eine Last, die auf dieser Erde wandelte, um sie zu quälen.

»Du und deine Sorgen um meine herumziehende Petunie werden mich eines Tages noch umbringen«, maulte sie, aber sie zog sich das Shirt über, bevor sie sich als Nächstes daran machte, Caleb zu befreien.

Seth stürzte sich auf ihn, umarmte ihn fest und leckte Calebs Wange. Ich rannte an ihre Seite, und Seth zog mich in den Kreis ihrer Arme, wir alle klammerten uns aneinander, und der Kraft unserer Einheit fehlte nur ein entscheidendes Stück. Seth wimmerte ängstlich, betatschte immer noch Calebs goldene Locken und kuschelte sich an meinen Hals.

»Ich dachte, wir wären erledigt. So richtig und wahrhaftig erledigt«, sagte Seth.

»Wir können nicht sterben«, sagte Cal ein wenig atemlos. »Wir sind Bitey C, Wolfman und Fish Fury.«

»Du erinnerst dich!« Seth keuchte auf.

»Natürlich erinnere ich mich, verdammt noch mal.« Caleb zerzauste Seths lange Haare, und ich schaffte es tatsächlich, zu lachen, während ich Seth in die Schulter boxte.

Geraldine versuchte, uns allein zu lassen, und ich stapfte ihr nach, aber sie schüttelte mich ab und ging weiter, um alle anderen zu befreien, während ich ihr wie ein kleines geschlagenes Hündchen hinterhertrottete. Aber wenn das Schicksal so gütig war, mich ihr geschlagenes Hündchen sein zu lassen, dann würde ich mich ganz sicher nicht beschweren. Ich gehörte ihr, auf jede Art und Weise, wie sie mich nehmen würde, und verdammt seien die Konsequenzen.

Als sie die Fesseln von den Gliedern meines Vaters gelöst hatte, brach er fast zusammen. Er schlang seine Arme um mich, während er mich an sich zog und ein Lachen herauswürgte, das halb Schluchzen war.

»Ich dachte, ich würde sterben. Wissend, dass du mir über den Schleier hinaus folgen würdest«, hauchte er, sein Griff unnachgiebig, als ich mich der Wärme seiner Umarmung hingab und ihn im Gegenzug festhielt.

»Ich hätte nie zustimmen dürfen, dass du so lange in Lionels Gesellschaft bleibst«, erwiderte ich mit zusammengebissenen Zähnen und hasste mich dafür, dass ich nicht darauf bestanden hatte, dass er sich uns im Burrows anschloss, bevor all das hier geschehen war.

»Seit wann muss ich dich meine Entscheidungen absegnen lassen?«, scherzte Dad, während er sich zurückzog. Er legte seine Hand auf meine Wange und sah mich an.

»Vielleicht solltest du das in Zukunft tun«, antwortete ich ruhig, und er nickte in feierlicher Zustimmung, während er sich umsah, um nach den anderen Ratsmitgliedern zu sehen, die ebenfalls von ihren Fesseln befreit wurden.

»Wo ist Ellis?«, fragte ich, und die Abwesenheit meiner Schwester kratzte an mir, so wie damals, als mir ihr Fehlen erstmals bewusst geworden war. Aber es war schwer gewesen, mich an meinen eigenen Namen zu erinnern, während ich an diesen Riss gefesselt gewesen war, geschweige denn Fragen über den einzigen Ersatz-Erben zu stellen, der in diesem Zirkus der Verderbtheit fehlte.

»Einige der Familienmitglieder wurden als zusätzliche Motivation für unsere Kooperation eingesperrt«, sagte Dad, aber ich spürte, dass er sich unwohl dabei fühlte, diese Worte auszusprechen. Der Geschmack einer Lüge hing zwischen uns.

»Aber du glaubst nicht, dass sie unter ihnen ist?«, hakte ich nach.

Dad seufzte, ließ die Schultern hängen und schüttelte den Kopf. »Sie wollten mich glauben machen, dass sie und deine Stiefmutter zusammen mit den Ehemännern und jüngeren Kindern von Melinda und Antonia festgehalten werden. Aber ich habe Lindas Selbstgefälligkeit gespürt, als man sie hineingeführt hat. Das war das Gefühl, etwas erreicht zu haben, und … Aufregung. Ich fürchte, dass sie sich tatsächlich auf Lionels Seite geschlagen und geholfen haben, uns hier in die Falle zu locken.«

Ich stieß einen flachen Atemzug aus, ein kleiner Teil von mir war enttäuscht über diese Nachricht, auch wenn sie mich nicht überraschte. Linda könnte meinetwegen zur Hölle fahren; ich hoffte, dass sie für ihre Entscheidung, sich mit diesem Mistkerl zu verbünden, brennen würde. Aber Ellis … Meine Schwester mochte ein verdammtes Gör sein und ehrgeiziger, als es ihre Fähigkeiten eigentlich hergaben. Aber am Ende des Tages war sie eben genau das: meine Schwester. Was würde es für ihr Schicksal bedeuten, dass sie sich nun auf die andere Seite dieses Krieges geschlagen hatte?

»Also«, sagte Dad mit einem Grinsen auf den Lippen. Seine Stimmung veränderte sich so abrupt, dass ich mir sofort des Objekts seiner Aufmerksamkeit bewusst wurde und über meine Schulter zu Geraldine blickte. »Es ist also das Grus-Mädchen, was?«

»Ja«, antwortete ich, während ich beobachtete, wie Geraldine jedem, der in der Nähe stand, Befehle zubellte. Ihre Oberlippe verzog sich zu einem hündischen Knurren der Missbilligung, als sie ihren Brustpanzer aufhob, der in einer Pfütze aus schwarzem Blut gelandet war. »Es ist das Grus-Mädchen.«

Scorpio
Virgo
Gemini
Cancer
Libra
Leo
Taurus
Capricorn
Sagittarius
Aquarius
Pisces

TORY

KAPITEL 11

Ich kniete in der Asche der Nymphen und der Fae, die gegen mich gekämpft hatten. Mein Atem ging schwer, während das Adrenalin, das mich zum Weiterkämpfen angetrieben hatte, noch immer in meinen Gliedern tanzte und mein Herz zu einem unregelmäßigen Rhythmus schlagen ließ.

Durch einen Vorhang aus dunklen Haaren beobachtete ich, wie Geraldine die Erben und ihre Familien befreite und ihnen heilende Magie anbot, während sie ihre eigene wieder auffüllte, indem sie auf den Eisenhutblättern herumkaute, die sie in ihrer Tasche aufbewahrt hatte. Ich verspürte eine Art entfernte Erleichterung, als ich sah, wie sie sich alle auf wackeligen Beinen erhoben und die Fesseln abwarfen, mit denen sie an ihr Verderben gebunden worden waren.

Ich stützte mich auf mein Schwert, dessen Spitze sich unter meinem Gewicht in die Steinplatten unter mir drückte. Es war vielleicht das Einzige, was mich davon abhielt, an diesem Punkt völlig zusammenzubrechen.

Ich schloss die Augen und ließ mich von der Dunkelheit willkommen heißen. Sofort drängten sich chaotische Bilder in meine Gedanken, als ich die schrecklichsten Dinge, die mich verfolgten, für kurze Momente noch einmal durchlebte. Wo waren Darcy, Gabriel und Orion?

Meine Hände zitterten, als ich das Schwert umklammerte. Der Schmerz drohte, mich zusammen mit meiner Angst um die drei zu verschlingen. Und wieder sah ich Darius auf diesem Hügel liegen, blutüberströmt, seine Seele fort.

»Fuck!«, zischte ich, das Wort kam mir nur mit Mühe über die Lippen.

Ich umklammerte den Griff meines Schwertes fester und spürte die Erhöhung der Narbe, die jetzt meine Handfläche markierte und mich an den Eid band, den ich ihm und den Sternen geleistet hatte. Aber ich hatte keine Ahnung, wie ich ihn einhalten sollte.

Ich verdrängte den Kummer und gab mich der Wut hin, die mich jetzt aufrechterhielt. Nichts würde geschehen, wenn ich als gebrochenes Wrack in dieser Zerstörung verharrte.

Also nahm ich eine Hand von meinem Schwert und führte sie zu der klaffenden Wunde an meiner Seite. Das Eis, mit dem ich sie verschlossen hatte, bildete blutgetränkte Kristalle auf meiner Haut und meiner Kleidung.

Ich presste meine Finger gegen die Wunde und atmete scharf ein, als sich der Schmerz in mir ausbreitete. Unwillkürlich krümmte ich den Rücken, während meine Gedanken etwas fokussierter wurden. Mit diesem Schmerz konnte ich umgehen. Er war solide und real und so viel weniger vernichtend als das, womit ich in meinem Inneren kämpfte.

»Du bist verletzt.« Calebs Stimme holte mich in die Gegenwart zurück, und ich entfernte meine Finger von der Wunde.

»Ein wenig«, gab ich zu.

Selbst ich konnte die Rohheit in meiner Stimme hören, die Dunkelheit, die sich in meine Seele hineinzuschleichen begann.

Ich stieß einen zitternden Atemzug aus, stellte mich wieder gerade hin und stützte mich auf mein Schwert, während ich mir die Haare aus dem Gesicht strich und in die dunkelblauen Augen meines Freundes blickte.

Caleb sah schrecklich aus. Seine Augen waren eingefallen und seine Wangen hohl. Blut befleckte sein Kinn, die Vorderseite seines Shirts war zerrissen, und seine normalerweise makellosen blonden Locken waren ein einziges Wirrwarr aus Knoten und Verfilzungen. Aber er lebte.

Ich warf meine Arme um ihn, als mir die Realität dessen bewusst wurde. Ein Name weniger auf meiner Liste der Verlorenen. Drei Namen weniger, um genau zu sein. Und als Seth zu uns stieß und seine Arme um uns beide warf, während er ein erleichtertes Lachen bellte, ließ ich mich von ihnen festhalten. Meine Wunde schmerzte, als sie mich zwischen sich zerdrückten, aber seit dem Verlassen des Schlachtfeldes hatte sich mein Herz nicht mehr so leicht angefühlt wie in diesem Moment.

Wir lösten uns zu früh voneinander, die Dringlichkeit trieb uns zum Handeln, und ich wandte mich dem Anwesen zu. Lionels ganzer Stolz. Dieses seelenlose Monstrum von einem Haus, das sich bei meinen Besuchen immer so kalt und unfruchtbar angefühlt hatte. Es war nie ein Zuhause gewesen. Nicht für Catalina oder Xavier oder … *ihn*.

Dieser Ort war ein Gefängnis der schlimmsten Art gewesen. Ich bezweifelte sogar, dass das, was Darius mir erzählt und was Catalina angedeutet hatte, einer vollständigen Darstellung der Schrecken nahekam, die Lionel Acrux den dreien zugefügt hatte, während sie hier mit ihm gefangen gewesen waren.

»Ich werde das Ding niederbrennen«, verkündete ich, und bei dem Gedanken entzündeten sich Flammen in meinen Händen. Und ebenso schnell entzündete sich in mir eine Art leeres Vergnügen.

»Warte!« Caleb packte meinen Arm mit einem Schub seiner Vampirgeschwindigkeit, und sein ängstlicher Ton ließ mich innehalten. »Mein Vater ist irgendwo da drin. Oder zumindest glaube ich das. Meine kleine Schwester auch. Genau wie Seths Vater und seine jüngeren Geschwister, Max' Stiefmutter und …«

»Ich glaube nicht, dass wir Linda da drin finden werden.« Max' tiefe Stimme wurde von einem leisen Grollen begleitet, als er sich zu uns gesellte.

Instinktiv streckte ich meine Hand aus, und die Wärme seiner Haut umhüllte meine, als er ohne zu zögern meine Hand nahm.

Ein Blick zwischen uns sagte mehr, als Worte es könnten. Aber als ich spürte, wie seine Gaben nach meinen Gefühlen griffen, schob ich eine mentale Wand aus dickstem Eisen vor, um ihn auszusperren.

Max runzelte überrascht die Stirn und zog sich aus Respekt vor meiner Privatsphäre zurück, während sich seine dunklen Augen mit Fragen füllten, die ich jetzt nicht beantworten konnte. Ich hatte nicht die Worte, um sie zu beantworten. Die Worte, die ihn, Seth und Caleb genauso sicher brechen würden, wie die Wahrheit mich gebrochen hatte.

Darius ist tot.

Ich zog meine Hand zurück und atmete tief aus, um mich an die Gründe zu erinnern, warum ich stark bleiben, weitermachen und kämpfen musste. Ich wurde noch gebraucht. Und ich hatte einen Eid zu erfüllen.

Ich biss die Zähne zusammen und warf zuerst einen Blick auf Caleb, der völlig erschöpft wirkte und nicht in der Lage zu sein schien, durchs Anwesen zu rennen, um irgendjemanden zu suchen. Dann musterte ich Max, dessen Erschöpfungszustand ein ähnlicher war, der aber zumindest nicht auf der Suche nach den Familien der Erben würde herumrennen müssen.

Ich würde ihnen noch nicht von Darius erzählen. Nicht, solange wir uns darauf konzentrieren mussten, von hier zu fliehen, bevor Lionel auftauchen konnte. Ich hatte keinen Zweifel daran, dass jemand ihn über meinen Angriff auf sein Haus informieren würde – und das bald. Und obwohl ich mich nach seinem Blut sehnte, wusste ich, dass ich diesen Kampf heute nicht gewinnen würde.

»Kannst du mit deinen Gaben die anderen Familienmitglieder aufspüren?«, fragte ich Max, während meine Finger wieder zum Rand dieser klaffenden Wunde wanderten und sie zusammendrückten.

Der Schmerz schnürte mir die Kehle zu, und ich unterdrückte einen Schrei, aber er half mir auch, mich zu konzentrieren. Ich schluckte schwer, während Max die Augen schloss und mit seinen Gaben nach Calebs Vater und den anderen suchte. Und das, indem er sich einzig und allein auf ihre Gefühle fokussierte.

»Sie sind drinnen«, bestätigte er. »Im Westturm, verängstigt, aber unverletzt, soweit ich das beurteilen kann.«

»Werden sie bewacht?«, fragte ich, und er runzelte kurz die Stirn, bevor er den Kopf schüttelte.

»Ich schätze, wer auch immer für sie verantwortlich war, ist rausgekommen, um zu kämpfen. Oder weggelaufen.«

Ich nickte und wandte mich der halb zerstörten Hauswand zu, die als unser Eintrittspunkt dienen würde. Dann erstarrte ich, als ich den drei Ratsmitgliedern gegenüberstand, die so viele Jahre lang an der Seite meines Feindes gestanden hatten.

Spannung füllte die Luft, während die Sekunden verstrichen. Sie zeugte von der Rivalität, die seit unserer Ankunft in Solaria zwischen ihren Söhnen und uns geherrscht hatte, und von der Stärke der Macht, die jeder von uns besaß.

Es schien fast so, als sollte einer von uns nachgeben, aber ob ich oder sie, das konnte ich nicht sagen, und meine Wirbelsäule blieb angesichts eines solchen Gedankens kerzengerade.

»Als du so vom Himmel gefallen bist, hätte ich schwören können, dass ich deine Mutter vor mir sehe.« Melinda Altair brach das Schweigen, und meine Kehle wurde eng, als ich daran dachte, dass mich das Schicksal einer weiteren Fae beraubt hatte, die ich in meinem Leben hätte haben sollen. Das Schicksal – oder Lionel Acrux.

Melinda Altair trug eine ehemals weiße Kombination aus Hose und Bluse, ihre Füße waren nackt und ihr Kinn und ihre Kleidung blutverschmiert. Ich hatte noch nie zuvor auch nur eine Strähne ihrer blonden Haare aus der perfekten Frisur herausragen sehen, die sie normalerweise zur Schau stellte. Und ich blinzelte, als ich hinter die Fassade blickte und die Frau betrachtete, die unter der Maske steckte. Ihre Augen brannten mit einer Wildheit, und ich wusste, dass wir uns in unserem Hass auf Lionel Acrux mehr als ähnlich waren. Ich spürte, wie meine Abneigung gegen sie und ihre jahrelange Allianz mit unserem gemeinsamen Feind ein wenig nachließ.

»Wir tragen die Seelen derer, die wir lieben, in Zeiten der Not am nächsten bei uns«, antwortete ich, und die Worte fühlten sich fremd an, aber ich nahm an, dass sie trotzdem wahr waren.

»Danke«, sagte Antonia Capella leise. Sie ließ ihre erdbraunen Augen, die so deutlich vor Dankbarkeit leuchteten, neugierig über mich schweifen. Ihre Haltung hatte etwas äußerst Wolfsartiges an sich, in ihren Augen leuchteten die silbernen Iriden ihres Wolfes und ihre Zähne waren gebleckt, als erwartete sie jeden Moment einen Angriff. Aber ich spürte nicht die geringste Feindseligkeit von ihr ausgehend, nur diesen dringenden Wunsch nach Rache, den sie und die anderen nun teilten.

Ich war mir nicht sicher, ob ich ihrer Dankbarkeit würdig war, und ich fühlte mich sicherlich nicht in der Lage, eine Antwort zu geben, ohne jedes Geheimnis, das ich hütete, zu verraten. Über die Schlacht, die wir verloren hatten, die Trauer, mit der wir alle konfrontiert waren, und den Bruder, von dem die Männer hinter mir noch nicht einmal wussten, dass er tot war.

Ich blinzelte heftig und neigte meinen Kopf ein wenig, um ihren Dank anzuerkennen, bevor ich mich wieder dem Herrenhaus zuwandte.

»Wir können hier nicht verweilen«, sagte ich schlicht. »Lionel wird bald herausfinden, was mit seinem kostbaren Anwesen passiert ist – und keiner von euch sieht kampfbereit aus.«

»Ich werde Dad rausholen«, sagte Caleb entschlossen und verschwand mit seiner Mutter und seinem Bruder, bevor einer von uns gegen die Idee protestieren konnte, uns aufzuteilen.

Ich biss mir vor Ärger auf die Zunge.

»Mylady, wie lauten deine Anweisungen?«, rief Geraldine, die auf uns zumarschierte und direkt in den Raum zwischen Antonia Capella, Tiberius Rigel und mir stapfte, als wäre es eine Leere, die nur darauf gewartet hatte, dass ein Energiebündel sie betrat und für sich beanspruchte.

Sie schnallte ihre Rüstung wieder an; die Riemen, mit denen sie diese befestigte, waren so verzaubert, dass sie sich bei einer Verwandlung schnell lösen ließen, was bedeutete, dass alles auch problemlos wieder an ihren Körper zurückkehrte. Auch, nachdem das Shirt und die Hose darunter zu Fetzen reduziert worden waren, die ihre Arschbacken und die Seiten ihrer Brüste enthüllten. Das Shirt, das Max ihr zum Anziehen gegeben hatte, landete in seinem Gesicht, als er anfing, gegen die entblößte Haut zu protestieren, die sie nun zur Schau stellte. Und er fluchte, als sie ihm befahl, seine eigenen *Nippoleaner* zu bedecken, wenn er so dagegen war, dass jemand welche sah.

»Hast du genug Sternenstaub, um uns hier rauszubringen?«, fragte Seth und beugte sich vor, um sich an meine Wange zu kuscheln, als könnte er einfach nicht anders.

Ich ließ es zu, da ich den Köter und seinen übergriffigen Mist tatsächlich vermisst hatte. Schwer zu glauben, dass ich so für das Arschloch empfand, das meiner Schwester die Haare abgeschnitten hatte, aber so war es nun mal.

»Nein«, antwortete ich und zuckte zusammen, als mir die Bedeutung dieser Tatsache bewusst wurde. »Vielleicht könnten wir ein paar Autos aus der Garage nehmen …« Meine Stimme versagte, als ich darüber nachdachte, dass die Vorstellung, eines von Darius' Motorrädern zu fahren, sowohl verlockend als auch absolut undenkbar war.

»Wenn Lionel kommt, werden uns ein paar Autos nicht viel nützen, um ihm zu entkommen«, murmelte Max. »Wohin fahren wir überhaupt? Was ist mit dem Kampf im Burrows passiert? Was …«

»Wir haben keine Zeit für Trödelei, du schnatternder Salamander«, unterbrach Geraldine, bevor ich etwas sagen konnte. Lügen oder schlechte Erklärungsversuche würden uns hier nicht weiterbringen, und ich wollte sie nicht mit der Wahrheit konfrontieren, bis sie Zeit und Raum hatten, sie zu verarbeiten. »Es gibt viel zu erzählen.« Ihre Stimme versagte, aber sie fuhr dennoch fort: »Aber der Moment ist noch nicht gekommen. Wir müssen uns auf unsere Flucht aus diesem verrotteten Drecksloch von einem Haushalt konzentrieren. Danach werden wir euch über alles informieren, was ihr wissen müsst. Allerdings frage ich mich doch, welches Transportmittel wir nehmen sollten. Denn ohne die Hilfe von Sternenstaub fürchte ich, dass der große Dragoner uns in Kürze tatsächlich jagen wird. Aber natürlich habe ich keinen Zweifel daran, dass du die üble Bestie in einem solchen Kampf töten könntest, wenn es nötig wäre, meine Königin.«

»Nicht, wenn er eine Armee mitbringt«, murmelte ich und runzelte die Stirn, während ich über das Problem nachdachte – bis mir plötzlich etwas einfiel, das Darius mir erzählt hatte. In einer dieser endlosen Nächte, in denen wir einander über jedes Detail unserer Person und die Fäulnis unserer Erziehung aufgeklärt hatten, war er in seinen Erzählungen einmal auf den riesigen Drachenschatz seines Vaters unter dem Acrux-Anwesen gestoßen. Ein Schatz, der größer sei als jeder andere im Land, bestückt mit Edelsteinen und Juwelen und jeder erdenklichen Form von Wertgegenständen, darunter eine Menge Sternenstaub …

»Ich habe eine Idee«, verkündete ich plötzlich, nur um festzustellen, dass ich über Tiberius und Antonia hinweg gesprochen hatte, als die beiden mich mit einem etwas schockierten Gesichtsausdruck ansahen. Aber wenn sie erwarteten, dass ich wie jede andere Fae, mit der sie verkehrten, vor ihnen zu Kreuze kriechen würde, dann lagen sie völlig falsch. »Wartet hier und bereitet alle auf die Abreise vor! Ich bin so schnell wie möglich mit unserem Ausweg zurück.«

Ich wartete nicht auf ihre Antwort, sondern drehte mich um, schritt über die Trümmer, die einst die Rückwand dieses Teils des Anwesens gewesen waren, und ging hinein.

Seth sprang mir mit der Energie eines Welpen hinterher, trotz allem, was er gerade durchgemacht hatte, und ich warf ihm einen flüchtigen Blick zu. Er drückte seine Schulter gegen meine, um mich anzustupsen. Und ich spürte, wie uns auch Geraldine und Max folgten.

»Weißt du noch, wie ich dich angepinkelt habe?« Er seufzte nostalgisch. »Wer hätte gedacht, dass wir hier enden würde? Wolfman und Bitchy Flame Eyes, die Seite an Seite mit Fish Fury und Batty Betty in ein weiteres Abenteuer schreiten, während ...«

»Weißt du noch, wie ich dir damals in den Schwanz geboxt habe, weil du mich angepinkelt hast?«, fragte ich im Gegenzug, und er runzelte verwirrt die Stirn, kurz bevor ich meine Faust in seine Richtung schwang.

Seth sprang überrascht zurück, bevor er in Gelächter ausbrach, was meinem Herzen einen tiefen Stich versetzte. Es war so verlockend, mich von ihm in seinen Blödsinn hineinziehen zu lassen, mir vorzumachen, dass alles in Ordnung wäre, bevor die Wahrheit ans Licht kam. Aber ich brachte es einfach nicht übers Herz. Weder die Mühe, die ich aufbringen müsste, um so zu tun, noch die Kraft, die erforderlich wäre, um ihnen nicht zu sagen, was ich wirklich fühlte.

Er schirmte sein Gemächt mit einem subtilen Luftschild ab, woraufhin ich mich abwandte. Seine Kraft war offensichtlich nicht vollständig vom Riss verschlungen worden, bevor er befreit worden war.

Ich öffnete die Tür auf der anderen Seite des zerstörten Raumes und betrat einen der prunkvollen Korridore, die das Gebäude säumten, während Seth vor sich hin hüpfte, um mit mir Schritt zu halten.

Geraldine und Max sagten nichts hinter uns, und ich bekam langsam das Gefühl, dass Max bereits spürte, dass etwas nicht stimmte, obwohl meine mentalen Schutzschilde ihn vehement aus meinem Kopf fernhielten. Aber er verstand, dass jetzt nicht die Zeit war, Fragen zu stellen.

Eine warme Hand berührte meine Seite, und als ich mich umdrehte, sah ich Geraldine, die ihre heilende Magie in mich eindringen ließ, um mir den Schmerz zu stehlen, den diese Wunde verursachte.

Mir wurde schwer ums Herz, als sie mir diese Ablenkung nahm, denn der körperliche Schmerz war eine willkommene Unterbrechung der Qualen gewesen, die in meiner Seele tobten, aber ich tätschelte einfach ihre Hand zum Dank und sagte nichts dazu. Sie holte einen Schokoriegel aus ihrer Tasche und bot ihn mir an, aber ich schüttelte den Kopf – der Gedanke an Essen war völlig unattraktiv.

»Ich dachte, du hättest keine Snacks dabei?«, fragte Seth sofort, und sie schnaubte.

»Habe ich auch nicht, wenn es um das Gesindel geht. Das ist königliche Schokolade der edelsten Art.«

Ich ließ sie über die sogenannten königlichen Snacks streiten und ging direkt zur großen Eingangshalle, dann zu der versteckten Tür hinter der Treppe, von der Darius mir erzählt hatte. Das Summen von Lionels Macht war dort allgegenwärtig, und der Drang, woanders hinzugehen, erfüllte mich, während seine Verhüllungszauber auf meine mentale Abwehr drückten. Aber das hatte ich erwartet.

Ich setzte mich mit meiner eigenen Kraft zur Wehr und hielt den Zaubern meinen Willen entgegen, bis sie zerbrachen. Dann schnippte ich mit den Fingern in Richtung der verborgenen Tür und sprengte sie einfach aus den Angeln.

Eine Wendeltreppe führte nach unten, die Stufen und das Geländer waren mit Gold verkleidet, an den Steinwänden hingen Wandteppiche und Gemälde, die jeweils einen grünen Drachen in verschiedenen Stadien aufgeblasener Pracht darstellten.

Ich ging voran und entzündete eine Flamme an meiner Fingerspitze, mit der ich eine schwarze Linie durch jedes einzelne der unbezahlbaren Kunstwerke zog, die dieser Bastard von sich selbst in Auftrag gegeben hatte.

Wir gingen immer weiter hinunter, und die uns umgebende Masse aus Stein und Erde ließ mir die Nackenhaare zu Berge stehen.

»Tief in den Bauch des Ungeheuers dringen wir vor − an den Ort, an dem sich die Ninnyhobbins verstecken und die Bombadills wohnen«, gurrte Geraldine, die jetzt das Schlusslicht unserer Gruppe bildete, und obwohl ich keine Ahnung hatte, was das für Wesen waren, machte mich der eindringliche Ton ihrer Stimme misstrauisch.

Endlich endete die Treppe, und genau wie Darius es beschrieben hatte, versperrte uns eine riesige goldene Tür den Weg. Ein Rad markierte das Schloss, das unseren Durchgang versperrte und unzählige Schätze dahinter verbarg.

»Wie kommen wir da durch?«, fragte Seth mit gedämpfter Stimme. »Die Tür scheint dicker zu sein als mein Schwanz bei Vollmond.«

»Sicher ist nichts dicker als das«, antwortete Max mit gespielter Entrüstung, und Seth grinste.

»Nur diese Tür«, sagte er ernst.

»Ich kenne mich mit magischen Schlössern aus«, unterbrach Geraldine ihre Scherze. »Vielleicht kann ich diese aufbrechen. Und dann können wir uns überlegen, wie wir auch die physischen Schlösser knacken können …«

Sie verstummte, als sie die riesige Tür betrachtete. Offensichtlich wurde ihr klar, dass es viel zu lange dauern würde, irgendetwas davon zu tun. Aber ich würde nicht aufgeben.

»Ich war schon eine Diebin, lange bevor ich einen Fuß nach Solaria gesetzt habe«, sagte ich schlicht. »Und nichts hat mich jemals davon abgehalten, mir meinen Preis zu holen.«

Ohne weiter darüber nachzudenken, rief ich die Essenz meiner Seele aus ihrem Versteck. Meine Formgebung sprang in Aktion, entzündete ein Feuer unter meiner Haut und brachte meine lodernden Flügel entlang meiner Wirbelsäule in Position.

»Darius hat mir einmal erzählt, dass diese Tür so gebaut wurde, dass sie allen bekannten Kräften in Solaria standhält − sogar dem Feuer der Drachen selbst. Sie ist zwanzig Zentimeter dick und absolut undurchdringlich.«

Ich trat einen Schritt nach vorn und drückte meine Hand auf die Mitte der Tür, während ich meine Erklärung beendete. »Aber ich bin bereit, zu wetten, dass die Fae, die sie gebaut haben, nicht mit der Möglichkeit gerechnet haben, dass die Phönixe zurückkommen könnten.« Das kalte harte Metall widerstand mehrere Sekunden lang, bevor es wie Butter schmolz, die von einem heißen Messer geschnitten wurde.

Ich grinste dunkel, breitete meine Flügel aus und befahl den Flammen, zu brennen, zu schmelzen und zu zerstören, woraufhin vor mir ein Loch entstand.

Die Tür war ebenfalls mit magischen Schlössern gesichert, aber alle waren darauf ausgerichtet, dass jemand versuchte, sie zu öffnen, und nicht darauf, dass jemand ein Loch in ihre Mitte schneiden könnte. Daher wurden sie durch meine Handlungen nicht einmal ausgelöst, und ich trat durch das geschmolzene Metall, bis ich mich im Zentrum von Lionel Acrux' wertvollstem Besitz wiederfand.

»Heilige Scheiße«, flüsterte Seth hinter mir.

Ich löste mich von meiner Formgebung, verbannte die Flammen und drehte mich zu ihm um, um ihn durch die perfekte Silhouette des Phönix, die nun in diese undurchdringliche Tür geschmolzen war, anzusehen. Wenn Lionel diesen Raum leer vorfand, ohne all das, was er am meisten begehrte, würde es keinerlei Zweifel darüber geben, wer das getan hatte.

Gut.

Ich hob meine Hand und bedeckte die Tür mit Eis, um sie so weit abzukühlen, dass auch die anderen drei hindurchtreten konnten. Dann warf ich einen Blick in die Schatzkammer, die uns erwartete.

Ich wirkte eine Handvoll Fae-Lichter und verteilte sie, um den weitläufigen Raum zu erhellen. Max stieß einen leisen Pfiff aus, als er die Unmengen an Gold, Diamanten und Reichtümern sah, die sich vor uns erstreckten, an den Wänden aufgestapelt und in Regalen gelagert. Ich hatte nicht gewusst, dass so viele Schätze überhaupt existierten – und hier lagen sie, zum Greifen nah.

»Ich sehe was, was ihr nicht seht!«, rief Geraldine und eilte an uns vorbei zu einem Regal, das mit Samtbeuteln voller Sternenstaub gefüllt war. Sie nahm eine Prise heraus, um sie uns zu zeigen.

Ich griff ebenfalls nach einem Beutel und musterte dann erneut die Schatzkammer, während mein Herz laut in meiner Brust pochte.

»Können wir Sternenstaub verwenden, um all das an die Rebellen zurückzuschicken?«, fragte ich hoffnungsvoll.

Ich hatte die Schutzbarrieren um diesen Ort bei unserer Ankunft gebrochen, sodass wir mit Sternenstaub hinein- und hinausgelangen konnten. Die Unterhaltung einer Armee war verdammt teuer. Und wie könnte man diejenigen, die für uns kämpften, besser belohnen als mit einem Schatz direkt aus dem Versteck des Drachen, gegen den wir gekämpft hatten? Wenn das nicht dazu beitrug, ihre Stimmung nach der Niederlage, die wir erlitten hatten, zu heben, dann wusste ich auch nicht.

»Gewiss, meine Königin«, sagte Geraldine. »Es ist so einfach wie sich selbst zu transportieren – man wirft einfach den Sternenstaub über das betreffende Objekt und sagt den Sternen, wohin sie es bringen sollen. Puff!«

Sie warf etwas Sternenstaub auf den nächstgelegenen Schatzhaufen, und er verschwand in einem Lichtblitz. Ein fast schon echtes Lächeln umspielte meine Lippen.

Ich schnappte mir einen Beutel mit Sternenstaub und begann schnell, ihn über die Schätze im Raum zu werfen und sie auf den Schwingen der Sterne in das Lager zu schicken, das wir oben in den Bergen verlassen hatten.

Seth jauchzte aufgeregt, während Geraldine und ich uns so schnell wie möglich durch das riesige Gewölbe arbeiteten und jeden Goldhaufen, jedes unbezahlbare Schmuckstück und jeden wertvollen Klunker aus diesem Raum in das Herz des Rebellenlagers beförderten.

Es dauerte tatsächlich gar nicht so lange, bis jedes kostbare Stück ins Universum befördert war, und schließlich war nichts mehr übrig außer ein paar Beuteln mit Sternenstaub in einem leeren Tresorraum mit einer zerstörten Tür.

»Kommt, wir müssen hier weg, bevor er seinen schuppigen Arsch herbewegt«, drängte ich und drehte mich zur Tür um, aber Geraldine rannte zurück, einen Dolch in der Hand. In die hintere Wand ritzte sie hastig eine Nachricht in den Stein.

Lang leben die wahren Königinnen!

Ich lächelte wölfisch über die Nachricht, die Geraldine für Lionel Arschcrux hinterlassen hatte, schnappte mir die letzte Portion Sternenstaub – alles, was wir brauchten, um uns und die anderen hier rauszubringen – und machte mich auf den Weg zur Treppe. Doch mein Lächeln erstarrte, als ich an Darius dachte, und es fühlte sich an, als hätte ich einen Schlag direkt ins Herz kassiert. Ein Schlag, der mich beinahe in die Knie zwang. Oh, er hätte einen unglaublichen Spaß an diesem Spektakel gehabt, ich konnte sein dröhnendes Lachen geradezu hören.

Er verdiente es, hier zu sein, um diese Hölle, in die er hineingeboren worden war, zu plündern und den Schatz seines elenden Vaters zu stehlen.

Lionel würde verdammt noch mal die Beherrschung verlieren, wenn er feststellte, dass sein gesamter Schatz verschwunden war. Aber für mich fühlte es sich wie ein Wespenstich in der Pfote eines Bären an. Ich brauchte mehr. Ich musste ihn härter treffen.

Max warf mir einen misstrauischen Blick zu, als mir ein Teil des erdrückenden Schmerzes entwich, und ich stemmte meine Hand gegen die Wand, wandte meinen Blick von ihm ab und sperrte ihn wieder aus. Es war hier weder sicher noch hatten wir Zeit dafür, aber als meine Hand die Betonwand so stark erhitzte, dass sie unter meiner Handfläche Risse bekam, kam mir eine Idee. Und mit ihr kam die Klarheit, die ich brauchte, um mich zusammenzureißen.

»Geht schon mal zu den anderen und bereitet sie auf die Abreise vor!«, sagte ich, während meine Flügel an meiner Wirbelsäule aufflammten und Feuer entlang der bronzefarbenen Federn züngelte, als ich mich in meine Formgebung verwandelte und die anderen passieren ließ. »Ich werde diesen Schuppen brennen lassen.«

Seth stieß ein wildes Heulen aus, als die Flammen in meinen Händen zum Leben erwachten, und die drei rannten los, sobald sie die Treppe erreicht hatten.

Ich fuhr mit den Fingern an den Wänden entlang, während ich ihnen nach oben folgte, und meine Magie beschwor die Flammen und drängte sie, zu wachsen und zu wachsen und zu wachsen, während sich jeder Zentimeter meines Fleisches entzündete und ich meinen Phönix anrief, um meine Füße dazu zu bringen, sich nach vorn zu bewegen.

Ich badete in der Hitze des Feuers, das mich umhüllte, atmete den Rauch ein und streichelte die Flammen, während ich durch jeden einzelnen Raum des Herrenhauses ging und sie alle in Flammen aufgehen sah. Ich zerkratzte Porträts und Wandteppiche, ließ orangefarbene und goldene Feuerstränge los, um jedes Möbelstück, jeden Vorhang und jeden Teppich zu verzehren. Die goldenen Verzierungen an den Wänden und Geländern bluteten, als sie schmolzen, und sie tropften wie Regen an den Wänden hinunter und auf den Boden.

Ich dachte an jede schreckliche Geschichte, die Darius mir über seine

Kindheit erzählt hatte, an jeden Schlag und Tritt, jede Lektion und Bestrafung. Ich dachte an den Mann, der in dieser Hölle geschmiedet worden war und dessen Herz trotz allem, was er durchgemacht hatte, tapfer und aufrichtig geschlagen hatte.

Ich dachte an ihn, als ich von Raum zu Raum ging und die Hitze der Flammen die Tränen von meinen Wangen brannte. Und es war, als wären sie gar nicht erst geflossen. Ich machte nur eine Pause, um Dinge aus seinem alten Schlafzimmer zu holen, geschätzte Fotos von ihm mit den Erben und mit Xavier. Und auch ein paar von ihm und Catalina. Sie waren der einzige Hinweis auf Freude, den ich an diesem Ort gefunden hatte, also überließ ich alles andere den Flammen, während ich weiter durchs Haus stapfte.

Das donnernde Krachen des Daches, das unter meiner Kraft nachgab, löste den Knoten in meiner Brust, gerade genug, um mich atmen zu lassen. Ich schloss die Augen, als ich seinen Geist neben mir spürte, den Mann, den ich liebte, der gekommen war, um die Zerstörung dieses Albtraums mitzuerleben.

Entweder verlor ich vor Kummer den Verstand oder das Einatmen des Rauchs hatte mir Halluzinationen beschert. Aber ich könnte schwören, seine Lippen an meinem Hals und seinen kraftvollen Körper an meinem Rücken zu spüren, seine Arme um mich geschlungen.

»Ich werde alles niederbrennen, wenn es sein muss«, hauchte ich, als der Moment verging, meine Brust wieder zu einem leeren, hohlen Ding wurde, das Gefühl zu nichts verblasste und ich mich gezwungen sah, zuzugeben, dass es nicht real gewesen war.

Aber als ich ins kühle Tageslicht trat, während die Hitze des Feuers mein Innerstes nach wie vor durchdrang, lächelte ich zum Himmel hinauf. Für ihn. Den Mann, den ich so sehr liebte und dem ich mich so nahe fühlte, als würde er zusehen, wie ich die Welt niederbrannte. Als würde er mich dabei anfeuern.

Caleb war mit den vermissten Familienmitgliedern der Erben zurückgekehrt – darunter sowohl sein Vater als auch Seths sowie ihre jüngeren Geschwister, die sich an ihre Mütter klammerten. Eine kleine Gruppe der Fae, die gefoltert worden waren, um denjenigen, die mit dem Riss verbunden waren, Macht zu verleihen, lungerte direkt hinter ihnen. Sie kamen erst näher, als Geraldine ihnen allen befahl, sich auf die Abreise vorzubereiten.

Ich bewegte mich auf sie zu, verbannte das Feuer aus meinem Körper, während ich mich näherte, und ignorierte die Blicke der Ehrfurcht, des Staunens und der Angst, die meine verwandelte Gestalt auf sich zog. Meine Freunde warfen mir fragende Blicke zu, und ich nickte ihnen zu. Wir waren hier fertig.

Als ich in ihre Mitte trat, warf Geraldine eine Handvoll Sternenstaub über unsere versammelte Gruppe. Und ich wusste, dass Lionel Acrux, wenn er diesen Ort erreichte, den er einst sein Zuhause genannt hatte, nichts als Asche, Glut und eine goldene Tresortür mit einem phönixförmigen Loch vorfinden würde, das direkt durch das Herz der Tür geschmolzen worden war.

Geraldines Botschaft erwartete ihn dahinter, zusammen mit der geringfügigen Änderung, die ich zu seinen Gunsten am Wortlaut vorgenommen hatte.

Lang leben die gottverdammten Königinnen!

Gemini
Scorpio
Virgo
Cancer
Aries
Leo
Sagittarius
Taurus
Capricorn
Aquarius
Libra
Pisces

CALEB

KAPITEL 12

Die Sterne wirbelten in einem Strudel um uns herum, und meine Gedanken drehten sich mit ihnen, während sie uns über Land und durch Raum transportierten, bevor sie uns auf einem rauen, windgepeitschten Berghang wieder ausspuckten.

Lionels Schatz lag vor uns ausgebreitet, die Goldhaufen funkelten im Licht der aufgehenden Sonne, die meinen Rücken wärmte, und ich wandte mich mit ungläubiger Erleichterung an meine Freunde und meine Familie.

Wir waren in Sicherheit. Und am Leben.

Stimmengewirr lenkte meine Aufmerksamkeit den Berg hinauf zu den Ruinen, bröckelnde hellbraune Steinstrukturen, die zwischen einem endlosen Meer von Zelten aus Erdmagie hervorlugten, deren Blätter und Ranken sich mit dem sie umgebenden Grasboden vermischten.

»Ich kann ihre Gefühle von hier aus spüren«, sagte Max, und ein Blick auf ihn verriet mir, dass er seine Magie bereits mit den Gefühlen der Fae um uns herum regeneriert hatte. Meine Reißzähne kribbelten, und er verstand – bereitwillig hielt er mir sein Handgelenk hin, damit ich von ihm trinken und den Schmerz in meiner Brust lindern konnte.

Ich versuchte, nicht an die Fae zu denken, von denen ich am Riss hatte trinken müssen. Oder daran, wie gierig und ausgiebig ich getrunken hatte. Ich war dem Schlimmsten meiner Natur verfallen gewesen und wollte keinen Moment länger so nah am Abgrund balancieren.

»Die Armee der Königinnen hat unermüdlich daran gearbeitet, dieses Lager zu errichten.« Geraldine blickte seufzend in die entsprechende Richtung, woraufhin ich von Max abließ und einen Schritt zurücktrat.

»Was …«, begann ich, aber Tory fiel mir ins Wort.

»Wir haben die Schlacht verloren«, erklärte sie, den Blick ebenfalls auf die Ruinen gerichtet, während der Wind ihr die Haare aus dem Gesicht wehte und nach hinten zog. Sie sah uns nicht an, während sie sprach, und ihre Stimme klang brüchig und gequält, was mir den Atem stocken ließ. Sie hatte uns bis jetzt im Unklaren gelassen, wollte uns zuerst an diesen Ort bringen, bevor sie uns diese verheerende Nachricht überbrachte. Voller Angst dachte ich an all die Fae, die ich kannte und die sich im Burrows aufgehalten hatten, als der Kampf ausgebrochen war.

»Was ist passiert?«, fragte ich und warf einen Blick auf Max, dessen Gesicht blass wurde, als er die Emotionen der Rebellen in sich aufnahm, die in der Nähe kampierten. Da waren Hunderte von Zelten, Tausende, aber nicht annähernd genug, um die Streitmacht aufzunehmen, die wir im Burrows befehligt hatten.

»Wir haben hart gekämpft, aber es waren so viele Nymphen und ...« Tory verstummte. »Wir haben zu viele Leute verloren.«

»Mein lieber Papa und seine Herzdame haben ihr Leben gegeben, um unserer Armee den Rückzug zu ermöglichen«, erklärte Geraldine mit belegter Stimme. Tränen liefen über ihre Wangen, während eine Mischung aus Stolz und Trauer ihre Züge markierte.

»Verdammt, Gerry.« Augenblicklich nahm Max sie in seine Arme, und der Schmerz, den er angesichts dieses Verlustes empfand, übertrug sich auf mich, während mir mein eigener Kummer die Sprache verschlug.

»Catalina«, hauchte meine Mutter und legte eine Hand auf ihr Herz, während mein Vater ihre andere Hand ergriff und fest drückte.

Antonia heulte kläglich auf, und Seth und der Rest ihrer Familie stimmten ein, selbst die jüngsten Welpen, die kaum älter als zwei Jahre waren. Ihr Schmerz färbte die Luft, während sich meine Lunge mit dem Gewicht dieser Erklärung zusammenzog. Die Zwillinge Athena und Grayson klammerten sich aneinander, und mein jüngerer Bruder Hadley starrte sie mit schmerzverzerrtem Gesichtsausdruck an.

Aber als ich meine Aufmerksamkeit aufs Neue Tory zuwandte, schien sich diese Last zu verdreifachen, zu vervierfachen. Sie drohte mich völlig zu erdrücken, weil sie ihren leeren Blick auf mich richtete, und obwohl sie nicht die Worte zu finden schien, um auszudrücken, was sie quälte, *wusste* ich es.

Ich spürte es. Ich spürte die Leere in der Welt und die allgegenwärtige Lücke, die niemals gefüllt werden würde. Mit weit geöffneten Armen rief mich diese Dunkelheit zu sich, und ich schüttelte den Kopf, während ich gegen den Drang ankämpfte, mich zurückzuziehen.

Ich schoss auf sie zu und umklammerte ihre Arme so fest, dass ich ihr wahrscheinlich blaue Flecken zufügte, aber sie musste mir sagen, dass es nicht stimmte. Ich brauchte eine andere Erklärung dafür, dass er jetzt nicht hier war, um uns zu begrüßen, dass er nicht mit ihr gekommen war, um den Riss zu schließen und unsere traurigen Ärsche zu retten.

»Wo ist er?«, fragte ich forsch, meine Stimme so laut, dass sie die Aufmerksamkeit aller auf mich lenkte.

Torys grüne Augen spiegelten ihre Gefühle wider, und ich schaute tief in sie hinein, fand dort aber nichts als Schmerz und Dunkelheit. Verlust und Trauer.

»Nein«, widersprach ich und schüttelte heftig den Kopf, während ich sie losließ und einen Schritt zurücktrat, als könnte ich vor der Antwort davonlaufen, die ich gerade von ihr verlangt hatte.

Max stieß einen Schrei aus, als er die Wahrheit in ihren Emotionen spürte. Er fiel auf die Knie, und ein lautes Wehklagen brach aus ihm heraus und traf uns alle. Die Trauer darin hätte mich fast niedergestreckt.

»Nein!«, knurrte ich erneut, während sich meine Seele in zwei Hälften zu teilen schien, und ich wandte mich von der Wahrheit in diesen grünen Augen ab, genau wie von meinen Freunden und meiner Familie. Stattdessen richtete ich meinen Blick auf das Lager, das sich am Berghang über mir erstreckte.

Es konnte nicht wahr sein. Ich konnte mir keine Welt ohne ihn vorstellen. Wir vier waren Blutsbrüder bis zum Ende unserer Tage. Und dieses Ende würde nicht so bald kommen.

Seth heulte hinter mir, und der Schmerz in diesem einzelnen durchdringenden Ton war wie eine Kralle, die mir die verdammte Seele aus dem Leib riss.

»*Nein!*«, schrie ich beinahe, bevor ich losrannte und mich mit der Geschwindigkeit meiner Gaben von ihnen entfernte, um den Hügel hinauf und ins Lager zu rennen. Er würde dort sein und auf mich warten, mit diesem selbstgefälligen und übermütigen Grinsen im Gesicht, das immer den Anschein machte, als würde es Tod und Gefahr dazu auffordern, zu versuchen, ihn zu verschlingen. Er war unerschütterlich, undurchdringlich, eine absolut unzerstörbare Einheit – und ich würde keine andere Wahrheit akzeptieren.

Ich schoss durch Zelte und Scharen von Rebellen, schob Fae beiseite, wenn sie mir in den Weg kamen, und ignorierte ihre empörten Schreie, während ich seinen Namen brüllte und ihn aufforderte, aus seinem Versteck zu kommen und mir zu sagen, dass dies ein schlechter Scherz gewesen war.

»Darius!«, schrie ich, und meine Kehle schmerzte angesichts der Lautstärke, während der Lagerplatz so schnell an mir vorbeizog, dass es mir schwerfiel, mich auf die Gesichter zu konzentrieren, an denen ich vorbeikam. Aber er war nicht darunter. Niemand hier strahlte diese Unverfrorenheit, diese Arroganz, diese verdammt unsterbliche Präsenz aus, die unmöglich aus dieser Welt gerissen worden sein konnte.

Ich erreichte eine Lichtung, die zwischen hoch aufragenden Felsen angelegt worden war, mit einem unendlichen Blick auf die Ebenen dahinter und dem weiten Himmel darüber.

In der Mitte dieser Lichtung befanden sich zwei Särge aus Eis, einer doppelt so breit wie der andere – vermutlich für mehr als eine Person ausgelegt. Gräber für gefallene Krieger, die so wertvoll waren, dass jemand sie den ganzen Weg hierhergebracht hatte, anstatt sie mit den anderen Toten auf dem Schlachtfeld zurückzulassen.

Ich kam am Fuße der Särge zum Stehen, unfähig, die Gesichter derer anzusehen, die darin lagen. Unfähig, dieser bitteren Wahrheit ins Auge zu blicken, obwohl ich sie bereits bis ins Mark spürte.

Der Wind schien diesen Verlust lautstark zu beklagen. Er heulte zwischen den Felsen, die die Särge umgaben, und ließ das Meer aus Blumen und Immergrün – ein Zeichen des Gedenkens und des Dankes – hin und her wiegen.

Meine Füße bewegten sich ohne meine Erlaubnis weiter und stolperten übereinander, während ich mich dem nächstgelegenen Sarg aus nicht schmelzendem Eis näherte.

Ich hob eine zitternde Hand und streckte sie danach aus; meine bereits tauben Finger berührten den gefrorenen Eisblock, während ich mich dem Kopf näherte. Die Realität raste auf mich zu wie ein Güterzug, das Dröhnen einer Hupe schallte durch meinen Schädel und warnte mich, wegzurennen. Aber ich war wie angewurzelt und nicht in der Lage, diesem Aufruf zu folgen.

Schließlich fiel mein Blick auf das Gesicht meines Bruders. Seine Züge waren starr und leer, sein Körper blutig und vom Kampf gezeichnet. Seine Streitaxt lag an seiner Seite und seine geballte Hand so nah daran, dass es fast so aussah, als würde er sie ausstrecken, um seine Waffe aufzuheben. Aber das er würde er nicht tun. Nie wieder. Selbst sein mächtiger Körper hatte diese elende Wendung des Schicksals nicht aufhalten können. Mein Leben erstreckte sich trostlos vor mir, leer ohne diesen Mann und alles, was er mir bedeutet hatte.

Meine Knie gaben nach.

Ich schlug hart auf dem Boden auf, ein Schluchzen stieg in meiner Brust auf, bevor ein schmerzverzerrter Aufschrei meinen Mund verließ. Er erschütterte mich bis auf die Knochen und trug doch nicht dazu bei, das Gewicht jenes Schmerzes zu lindern, der mich zu zerquetschen drohte.

Ich ließ den Kopf nach vorn fallen, drückte meine Stirn gegen die gefrorene Eisfläche, die uns trennte, und beugte mich zu dem Mann vor, dem ein Teil meiner Seele gehörte. Eine so unendliche Trauer, dass ich sie nicht einmal begreifen konnte, stürzte von allen Seiten auf mich ein.

Unter dem hasserfüllten Himmel verlor ich mich selbst, umgeben von Trauerbezeugungen von Fremden, die nie die Schönheit und Stärke jenes Mannes hatten kennenlernen dürfen, der jetzt hier tot vor mir lag. Ich zerbrach in tausend Scherben, von denen ich wusste, dass sie sich nie wieder zu einem Ganzen zusammenfügen würden.

Ein weiteres heftiges Schluchzen schnürte mir die Kehle zu, während ich meine Finger in das Eis grub. Meine Kraft verlangte danach, es zu sprengen – als könnte ich ihn herausreißen, aufwecken und zu uns zurückbringen. Dorthin, wo er hingehörte.

Ich flehte die Sterne in stiller, hoffnungsloser Verzweiflung an, dieses grausame Schicksal zu ändern. Ich flehte jeden einzelnen von ihnen namentlich an und zählte jedes himmlische Wesen und jede Konstellation auf, die auch nur die geringste Verbindung zu Darius' Geburt hatte, damit sie ihre Meinung über seinen Tod änderten. Aber nicht einer von ihnen hörte auf mich. Falls sie mich überhaupt vernommen hatten.

Ich hörte Schritte im Gras, und die Welt brach um mich herum zusammen, während ich an Ort und Stelle blieb, unfähig zu denken oder zu atmen.

Ein trauriges Heulen durchdrang die Luft, als sich Seth mir in meiner Verzweiflung anschloss. Das dumpfe Geräusch, das ertönte, als seine Knie neben meinen auf dem Boden aufschlugen, hallte durch meinen Körper, aber ich konnte den Blick nicht von Darius' leblosem Gesicht in diesem Eissarg abwenden.

Max gesellte sich ebenfalls zu uns. Der verzweifelte Laut, der ihm entschlüpfte, spiegelte sich in der Trauer wider, die auf den Schwingen seiner Sirenengabe von seinem Körper wogte und sich über den gesamten Berghang ergoss, während er auf meiner anderen Seite zusammenbrach.

Wir wechselten kein einziges Wort miteinander. Unser Schmerz war zu groß und brutal, um ihn in Worte zu fassen, und unsere Liebe zu unserem gefallenen Bruder erschütterte jeden von uns bis in die Grundfesten.

Schulter an Schulter knieten wir da und suchten einander in der dunkelsten Stunde. Durch den Nebel meines qualvollen Schluchzens und der Enge in meiner Brust, die mich ebenfalls in die Umarmung des Todes zu ziehen drohte, spürte ich, wie sich unsere Kräfte verbanden.

Der mächtige Sog der Magie zwischen uns wand sich wie ein gewaltiger Sturm, krachte gegen die Barrieren unserer Haut und verlangte danach, von dem Schmerz befreit zu werden, den er in uns fand.

Als meine Handfläche auf die gefrorene Erde unter mir traf, fand ich dieses Ventil und ließ den Sturm aus mir herausbrechen, der so verzweifelt nach Erlösung gesucht hatte. Die Echos der Macht, die in uns nach unserer Flucht vor dem Riss geblieben waren, verließen mich in einem hektischen Muster und versanken im Boden unter uns.

Ein Grollen erschütterte die Lichtung neben dem Grab des Mannes, den wir alle so sehr liebten, und ein Baum wuchs aus dem Eissarg. Er schnellte in die Höhe, während unsere Tränen auf den Boden fielen und in seine Entstehung absorbiert wurden. Die Rinde krümmte sich und wuchs zu einer unnatürlichen und doch vertrauten Form heran – ein legendärer Drache entstand vor unseren Augen, einen Flügel weit ausgebreitet und über unseren Köpfen gleitend.

Goldene Blätter sprossen aus den Ästen des Baumes, und die Blüten funkelten unter der Kraft der Sonne über uns, bis jeder Zweig vergoldet war.

Wir überließen jeden Tropfen unserer gemeinsamen Magie dem Boden; unsere Körper zitterten angesichts der Wucht der Macht, die uns so kraftvoll entwich wie Wasser einer Regenrinne.

Der Baum wuchs und wuchs, bis er genau die Größe der riesigen Bestie hatte, die einst in dem Mann gelebt hatte, der nun tot in seinem Schatten lag. Der ausgestreckte Flügel wölbte sich schützend über beide Särge, das hölzerne Gesicht der Bestie mit einem festen und unnachgiebigen Ausdruck, während sie über diesen kostbarsten Schatz wachte.

Und dort, unter dem Flügel dieses hölzernen Wesens, das sich über einen Sarg aus Eis beugte, der die schlimmste Wahrheit enthielt, fielen wir in uns zusammen. Wir waren nicht länger die vier Celestia-Erben. Die Zukunft, für die wir seit unserer Geburt vorbereitet worden waren, hatte ihr Ende gefunden, und unsere Bruderschaft war auf die undenkbarste Weise auseinandergebrochen worden.

Über Stunden hinweg knieten wir dort. Unzählige Stunden, in denen keiner von uns ein einziges Wort fand oder die Kraft aufbrachte, sich von unserer Totenwache zu erheben. Meine Haut war taub vom Druck des kalten Sarges, über dem ich zusammengebrochen war, und in mir tobte eine Hoffnungslosigkeit, die so tief in mir Wurzeln geschlagen hatte, dass ich mich nicht einmal mehr für irgendetwas interessieren konnte.

Starke Hände griffen nach uns, während die Sterne über uns tanzten, die murmelnden Stimmen unserer Eltern brachen über mich herein und verebbten wieder, als sie uns aus unserer Trauer rissen und heilende Magie in unsere Haut pressten.

Ich lehnte mich in die Umarmung meiner Mutter, und sie schlang ihre Arme so fest um mich, dass ich wusste, dass sie diesen Schmerz auch spürte. Ich war mir nicht einmal sicher, ob ich gegangen oder getragen worden war. Aber schließlich taute die Wärme eines Feuers meine gefrorene Haut auf, während ich auf einem Bett saß, das in einem Raum aufgestellt worden war, der alles andere als ein Schlafzimmer war – die Steinwände mit uralten Zeichen der Anbetung bemalt.

Es war mir egal. Ich ließ zu, wie mich meine Mutter zudeckte und meine Haare streichelte, während die Taubheit unter meiner Haut mich davon abhielt, ihr zu danken.

In der Ferne hörte ich, wie Geraldine Max süße Worte des Trostes zuflüsterte, während sie ihn in ein anderes Zimmer führte, und der dunstige Schleier des Schlafes überkam mich, als die Macht von Tiberius' Sirenengaben von meinem Geist Besitz ergriff.

Ich versuchte nicht, ihn abzuwehren oder mich an die Wachheit zu klammern, während sich mein Schmerz tiefer bohrte und Teile verschlang, von denen ich wusste, dass sie nie wiederkehren würden.

Ein Körper landete neben mir auf dem Bett, Seths erdiger Geruch bot ein klein wenig Trost, und ich rollte mich in seine Richtung. Seine Hand fand die meine, und wir verschlangen unsere Finger miteinander, unsere Gesichter einander auf den weichen Kissen zugewandt.

Ich drückte meine Stirn an seine, während Tiberius mich tiefer in den Schlaf führte, und obwohl die Welt gerade unter mir weggebrochen war und mich in einen endlos dunklen Himmel hinauskatapultiert hatte, fühlte ich mich durch Seths Hand fixiert. Er war mein winziger Lichtpunkt inmitten eines Meeres des Elends.

** * **

Ich wusste nicht, wie lange wir geschlafen hatten, denn der Raum, in dem wir uns befanden, war mit Steinmauern ohne Fenster ausgestattet. Das Fehlen von Geräuschen von draußen machte deutlich, dass jemand eine Stillekuppel um uns herum errichtet hatte, damit wir so viel Ruhe beanspruchen konnten, wie wir sie brauchten.

Ich öffnete die Augen nicht. Ich bewegte mich auch nicht, sondern lag einfach nur da, meine Stirn immer noch an Seths gepresst, seine Finger immer noch fest um meine geschlungen.

»Wir sollten … uns bewegen, aufstehen … irgendetwas«, hauchte Seth. Er schien zu wissen, dass ich wach war, obwohl ich mich bislang nicht gerührt hatte.

»Warum?«, krächzte ich mit rauer Stimme. Meine Kehle fühlte sich zu dick an, so, als könnte sie die Last der Worte nicht ertragen.

Seth seufzte, und ich öffnete die Augen und sah, dass jener Schmerz, der auch mich gebrochen hatte, nun in seinen Augen glitzerte. Seine langen Haare waren aus seinem Gesicht gestrichen, die Zöpfe an der rasierten Seite seines Kopfes nun ohne den Zauber, der sie an Ort und Stelle gehalten hatte.

»Darius«, begann er und zuckte augenblicklich zusammen. Es war, als hätte mir jemand einen Dolchstoß ins Herz versetzt. Aber er zwang sich, fortzufahren: »Darius würde wollen, dass wir weiterkämpfen. Den Rebellen bei der Neuformierung helfen und …«

Ich sprang auf und ließ ihn im Bett zurück, woraufhin ich den Raum so schnell durchquerte, dass meine Bewegung vermutlich nur verschwommen wahrnehmbar war. Ich fuhr mit der Hand durch meine verfilzten Locken und schüttelte den Kopf.

»Nein«, knurrte ich ablehnend und drehte ihm den Rücken zu. Ich konnte nicht einfach so tun, als hätte sich nichts geändert, als hätte sein Tod keinen Unterschied gemacht.

»Cal.« Der Ton in Seths Stimme veranlasste mich dazu, mich zu ihm umzudrehen.

Auch er stand auf, die Fäuste an den Seiten geballt, und sah mich an. Der katastrophale Verlust, den wir erlitten hatten, brauchte keine Worte, aber offensichtlich hatte sich Seth trotzdem entschieden, sie auszusprechen.

»Was?«, fuhr ich ihn an, meine Wut war irrational und nicht zu stoppen.

Ich wusste, dass er diese Reaktion nicht verdient hatte, aber es war, als hätte ich den Halt über eine Leine in meiner Seele verloren. Meine Emotionen brauchten ein Ventil jenseits von Qual, und Wut war der einfachste Weg nach vorn.

»Ich weiß, wie du dich fühlst«, sagte er mit einem leisen Wimmern in seinen Worten. »Das weißt du. Du weißt, wie tief auch mich das trifft, und ich wünschte, es gäbe einen anderen Weg, dem das Schicksal hätte folgen können, aber …«

»Aber was?«, erwiderte ich.

Meine Reißzähne schmerzten vor Durst, und ich musste mich beherrschen, sie nicht auszufahren und in seine Kehle zu rammen. Ich wusste, dass es ohnehin zwecklos wäre, da seine Magie ebenso verbraucht war wie meine, aber das stillte nicht den Hunger, der in mir aufstieg, als er es wagte, noch einen Schritt näher zu kommen.

Seths Züge wurden hart, und ich konnte die Wut in seinen Augen sehen. Aber als er sprach, wurde mir klar, dass seine Wut nicht wie bei mir auf die Sterne, Lionel oder die Ungerechtigkeit dieses Schicksals gerichtet war.

»Er hat diesen Deal gemacht«, knurrte Seth, und der Verrat stand ihm ins Gesicht geschrieben, als er mir in die Augen sah und diese furchtbaren Worte sprach. »Er hat mit den Sternen gefeilscht und dabei sein eigenes Leben geopfert. Er hat sich dafür entschieden. Er hat sich dafür entschieden, uns das anzutun, obwohl er wusste, was es mit uns machen würde. Er hat uns aufgegeben …«

Ich stürzte mich so schnell auf ihn, dass er nicht einmal Zeit hatte, den Schlag abzuwehren, bevor meine Faust gegen sein Gesicht knallte und ihn zurückstolpern ließ.

Seths Lippe platzte auf, rotes Blut färbte seinen Mund und ließ das Monster in mir vor Hunger knurren, während meine Augen auf diese rote Perle fixiert waren.

Er nutzte die Ablenkung, die mein Blut verursachte, und stürzte sich auf mich, wobei seine Schulter mit meinem Bauch kollidierte, als er mich gegen die Wand warf. Teile des bröckelnden Mauerwerks der antiken Ruine regneten auf uns herab.

»Nimm das zurück!«, knurrte ich, während ich mich mit meinem ganzen Gewicht auf ihn schmiss, ihn von den Füßen riss und auf ihm landete, bevor ich ihm einen weiteren Schlag gegen seinen Unterkiefer versetzte.

»Nein«, zischte Seth wütend. »Das werde ich nicht tun. Er hat diesen Deal mit den Sternen gemacht und sich damit ein einziges Jahr erkauft. Er hat uns nicht einmal die Chance gegeben, sein Schicksal zu ändern. Er hat diese Zeit verschwendet, indem er die Uhr seines Lebens hat ablaufen lassen, ohne den Fae, die ihn lieben, die Möglichkeit zu geben, dagegen anzukämpfen. Er hat es geheim gehalten, so wie er seine Geheimnisse immer vor uns geheim gehalten hat.« Seths Faust krachte gegen meine Rippen.

Er drehte mich auf den Rücken, setzte sich auf mich und seine langen Haare fielen auf mich herab, während er mich wölfisch anfauchte.

»Ich hasse ihn dafür«, brachte er hervor, und ich verlor die Beherrschung.

Ein wütendes Knurren entrang sich mir, und ich stieß ihn mit all meiner Kraft von mir, sodass er mit dem Rücken gegen die Wand hinter ihm prallte.

Ich war in weniger als einer Sekunde auf den Beinen; die Wut pulsierte wild durch meine Adern, als ich ihn anbrüllte. »Darius hat alles für diesen Krieg gegeben! Er hat sein Leben lang alles für die Liebe und die Hoffnung gegeben, den Mann zu vernichten, der sein Leben zur Hölle gemacht hat! Und wir haben einfach nur zugesehen und nichts getan. Wir wussten doch, was Lionel mit ihm gemacht hat. Über Jahre hinweg wussten wir Bescheid, auch wenn er es uns nicht direkt hatte sagen können. Aber wir haben *nichts* unternommen.«

Ein ersticktes Geräusch entfuhr mir, als die Schuldgefühle, die ich deswegen empfand, mich zu überwältigen drohten. Aber Seths Wut entsprach meiner eigenen – und seine richtete sich direkt gegen den Bruder, den wir beide verloren hatten.

»Er wollte nie unsere Hilfe. Er hat nicht einmal versucht, darum zu bitten. Immer der verdammte Märtyrer, immer zwischen diesem Monster und der Welt stehend, als hätte er sein ganzes Leben lang darauf gewartet, für uns zu sterben, unabhängig von jedem Deal, den er mit den Sternen gemacht hat.«

»Das ist nicht fair«, fauchte ich.

»Nicht fair ist, dass er uns hier allein zurücklässt!«, rief Seth, schlug gegen die Wand und ließ noch mehr Steine auf den Boden fallen. »Er hätte sich diesem Schicksal widersetzen sollen«, knurrte er. »Er hätte es uns sagen sollen, er hätte uns ihm helfen lassen sollen. Aber stattdessen hat er sein Schicksal akzeptiert. Er hat zugelassen, dass Tory ihn liebt, hat zugelassen, dass wir an eine Zukunft glauben, von der er wusste, dass wir sie nie erreichen würden. Völlig bereitwillig ist er in den Tod gegangen und hat jegliche Konsequenzen ignoriert. Er ist jetzt fort. Er ist durch den Schleier gegangen, wo der ewige Frieden auf ihn wartet. Aber was ist mit uns? Wir befinden uns völlig verzweifelt in den Ruinen, die er mit seinem Tod hinterlassen hat, wo wir aus einer Wunde bluten, die niemals heilen wird.«

»Er hat nicht damit gerechnet, auf diesem Schlachtfeld zu sterben«, sagte ich mit brüchiger Stimme. »Er hat nicht damit gerechnet, uns schon so bald zu verlassen. Er hat gedacht, er hätte noch mehr Zeit. Er hat gedacht …«

»Was macht das für einen Unterschied?«, fragte Seth, dessen Augen silbern funkelten, während sich der Wolf unter seiner Haut immer heftiger regte. »Weihnachten ist nur noch Wochen entfernt. Er hat gewusst, dass dieses Ende kommen würde, und er hat gewusst, dass die Sterne keine Garantien abgeben konnten. Sie haben ihm ein Jahr geschenkt, aber sie haben ihm für diese Zeit keine Unsterblichkeit gewährt. Er wusste das und ist dennoch bereitwillig dem Tod entgegengegangen, genau wie er es getan hätte, wenn seine Zeit nicht begrenzt gewesen wäre. Weil dieses Opfer für ihn akzeptabel war. Unser

Leid war ein Preis, den er zu zahlen bereit war, weil ihn unser Schmerz nicht interessiert hat …«

Ich war so schnell auf ihm, dass ich die Bewegung selbst kaum bemerkt hatte. Meine Reißzähne schnellten hervor und drangen in seine Kehle ein, bevor er auch nur eine Hand zu seiner Verteidigung hätte heben können.

Der Geschmack seines Blutes strömte über meine Zunge, und mein Knurren wurde tiefer, während ich von ihm trank. Meine Hand umschloss seine Kehle, und ich drückte ihn an die Wand hinter ihm, während ich ihm die Luft abschnürte.

Seth schob seine Hand in meine Haare und knurrte grimmig, während ich von ihm trank – trotz des Fehlens von Magie in seinen Adern. Das spielte keine Rolle. Das Monster in mir war hungrig, und die Wut, die er in mir hervorgerufen hatte, verlangte nach seinem Geschmack.

Seths Muskeln spannten sich an, sein Griff um meine Haare wurde fester, und mit einem wütenden Knurren riss er mich schließlich zurück, wobei er meine Zähne aus seinem Hals zog und sich seine Haut dabei übel aufriss.

Blut lief seinen Hals hinunter, befleckte sein Shirt und rann über meine Finger, mit denen ich immer noch seinen Hals umklammerte.

»Fick dich, Cal!«, würgte er hervor, während ich seine Kehle nach wie vor festhielt.

Ich bleckte die Zähne und verlangte nach seinem Schmerz und seiner Wut. Alles, solange ich mich nicht dem Abgrund von Darius' Verlust stellen musste, der auf mich zu warten und mit jeder Sekunde seinen Sog auf mich zu verstärken schien.

»Fick dich, Seth!«, knurrte ich zurück.

Auf diese Worte folgte Stille, ein Moment, der von etwas so Trostlosem und Herzzerreißendem geprägt war, dass keiner von uns es wagte, sich zu bewegen. Wir starrten einander einfach nur an. Die Hitze seines Blutes erwärmte meine kalten Finger, und mein Puls fiel in den Rhythmus des seinen. Ich konnte ihn unter der Enge meines Griffs um seine Halsschlagader spüren.

Mein Mund war auf seinem, bevor ich an etwas anderes denken konnte, und meine Zunge durchbrach die Barriere seiner Lippen, während ich ihn gegen die Wand drückte. All die endlosen Nächte, in denen ich von seinem Geschmack und seiner Berührung geträumt hatte, überrollten mich jetzt, sodass ich ohne nachzudenken oder Rücksicht auf Vernunft handelte.

Ich wusste, wie das enden würde. Ich wusste, dass es ihm nicht das Gleiche bedeutete wie mir. Aber in diesem Moment war mir das egal. Ich war so verloren in diesem Meer aus Schmerz, dass ich einfach etwas anderes fühlen musste. Obwohl ich längst begriffen hatte, dass es nicht echt war, dass sein Herz nicht so sehr nach meinem verlangte, wie meines nach seinem schlug. Obwohl die Worte, die er in diesem Raum auf mich hatte einprasseln lassen, mich dazu trieben, ihn zerstören zu wollen, und die Wut, die ich ihm gegenüber empfand, kein bisschen nachgelassen hatte.

Es war mir egal.

Seth stöhnte, als ich ihn inniger küsste. Er ballte die Hand in meinen Haaren zu einer Faust, als wollte er mich in Besitz nehmen, während mein Griff um seinen Hals ihn daran erinnerte, wer von uns hier wirklich das Sagen hatte.

Seine freie Hand grub sich in den verschlissenen Stoff meines Shirts, und er zerrte daran, während meine Zunge über seine fuhr. Der Stoff teilte sich unter seiner Kraft. Ich ließ zu, dass er mir das Shirt von meinem linken Arm schob, sodass es nur noch an meinem rechten hing. Aber ich weigerte mich, meinen Griff um seine Kehle aufzugeben.

Mein. Hier und jetzt gehörte er mir, und es war mir egal, was das für die Zukunft bedeutete. Es war mir egal, dass es für ihn nicht das Gleiche bedeutete wie für mich, denn er gab sich dem hin, gab mir, wonach ich mich sehnte, und ließ mich dieser hübschen Lüge verfallen.

Ich unterbrach unseren Kuss, und die rauen Bartstoppeln an Seths Kinn kratzten über meine Lippen, während ich mich an seinem Hals hinunterarbeitete, seine Haut leckte und seinen Geschmack genoss. Mein Schwanz wurde hart in meiner Hose, und ein Knurren der Sehnsucht baute sich in meiner Brust auf.

Seth versuchte, seine eigene Dominanz zu behaupten, indem er mich mit einem Knurren wegdrückte und so fest an meinen Haaren zog, dass mein Mund von seiner Haut gerissen wurde und ich gezwungen war, dem Vortex in seinen tiefbraunen Augen zu begegnen.

»Du willst ficken, damit du etwas anderes fühlen kannst?«, fragte er mit kühler Stimme, wobei die Frage so einfach und gleichzeitig so gewichtig schien.

Ich leckte mir die Lippen, schmeckte sein Blut darauf, während ich in seinem Griff keuchte, mein Schwanz vor Verlangen pochte und mein Blut so heftig pulsierte, dass es schwierig war, seine Worte neben dem Rauschen meines Pulses in meinem Schädel überhaupt zu hören.

Ich war mir sicher, dass er es sehen konnte, mein Verlangen nach ihm, die Verletzlichkeit, die ich so sehr versucht hatte, vor ihm zu verbergen, seit wir das letzte Mal in einer solchen Situation gewesen waren. Er hatte gesagt, dass es ihm nichts bedeutet hatte. Was würde er tun, wenn ich zugäbe, dass es mir nicht nichts bedeutete? Würde er mich wegstoßen? Mich daran erinnern, dass das nicht seine Art war? Dass ich nur eine weitere Kerbe an seinem Bettpfosten war?

»Ist das nicht dein Ding?«, entgegnete ich düster. »Deine Gefühle wegzuvögeln, damit du dich nicht mit ihnen auseinandersetzen musst?«

Seths Blick verfinsterte sich bei diesen Worten, und sein Körper begann zu zittern. Meine Finger summten dort, wo ich immer noch besitzergreifend seine Kehle umklammerte.

»Ja«, fauchte er verbittert. »Das ist mein Ding. Ich will nur sichergehen, dass wir uns darüber im Klaren sind, bevor du irgendwelche dummen Entscheidungen triffst, wie dich in mich zu verlieben.«

Bei diesen Worten durchbohrte etwas Scharfes meine Brust. Scharfe Krallen schlugen sich in den Teil meiner Seele, den Darius' Tod unversehrt zurückgelassen hatte, aber ich verdrängte das Gefühl. Ich brauchte nicht noch mehr Schmerz. Ich brauchte etwas anderes.

Ich rang mir ein hohles Lachen ab und drückte ihn fester an mich, bis ihm aufs Neue die Luft wegblieb. Während ich mit meiner freien Hand seinen Gürtel öffnete und den Reißverschluss seiner Hose nach unten zog, stieß ich ihn zurück an die Wand.

»Wie wäre es, wenn wir mit dem Quatschen aufhören und du einfach für mich kommst wie ein braver Hund?«, knurrte ich und schob seine Boxershorts nach unten, um seinen steifen Schwanz in die Hand zu nehmen.

Seth fauchte mich an, als ich anfing, ihn zu streicheln, und mein Daumen verteilte den Lusttropfen auf der Spitze seines Schwanzes, während ich beobachtete, wie sich seine Pupillen bei meiner Berührung weiteten.

Ich hielt ihn noch einige Sekunden so und beobachtete, wie sich Lust und Schmerz in seinen Augen vermischten. Aber ich weigerte mich, ihn Luft holen zu lassen, bis er mir eine Antwort gab.

Seth starrte mich trotzig an, und ich begann, meine Hand wegzuziehen, als die Zweifel in mir wuchsen. Aber bevor ich meinen Griff um seinen Schwanz lösen konnte, sackte er gegen die Wand und nickte. Der Zorn in seinem Gesichtsausdruck verschmolz zu etwas Unlesbarem, während er sich mir auslieferte.

Ich ließ ihn atmen, und er schnappte nach Luft, während er hungrig zusah, wie ich seinen Schwanz mit meiner Hand neckte. Ein Stöhnen entrang sich mir, als die Lust in seinen Augen mich in Brand zu setzen schien.

»Dann benutze mich, Cal«, keuchte Seth unterwürfig. Sein Verlangen entfachte ein Feuer in mir und machte mich willig für ihn. »Nimm mich. Benutze mich. Lass mich für eine Weile all den Scheiß in dieser Welt vergessen. Ich werde ein braver Hund für dich sein, wenn es das ist, was du brauchst. Versprich mir nur, dass du grob sein wirst, solange ich dir gehöre. Zärtlichkeit kann mein Herz im Moment nicht ertragen.«

Wir starrten einander an, während ich zustimmend nickte. Ich würde ihn ohne Gefühl und Rücksicht ficken, damit wir alles andere vergessen konnten. Das war okay. Zumindest würde ich es versuchen.

Ich presste mich erneut gegen ihn, wobei ich seine Worte ernst nahm und mich von meinem Bedürfnis nach Dominanz leiten ließ. Ich nutzte die Kraft meiner Gaben, um ihn gegen die Wand zu drücken, während ich ihm den Kuss raubte, den ich mir mehr wünschte, als ich es jemals zu sagen gewagt hätte.

Seth knurrte gegen meinen Mund, seine Alpha-Instinkte weigerten sich, sich einfach unterzuordnen, selbst nachdem er mich gebeten hatte, das Kommando zu übernehmen. Aber ich war mehr als bereit, ihn in diesem Kampf herauszufordern.

Meine Zähne gruben sich in seine Unterlippe, und er stöhnte, als ich daran saugte und das Blut von jenem Schlag schmeckte, den ich ihm zuvor versetzt hatte, bevor ich meine Reißzähne in ihm versenkte und ihn vor Schmerz zischen ließ.

Ich pumpte seinen Schwanz in meiner Hand, während ich fester an seiner Lippe saugte und ihn nach wie vor gegen die Wand drückte. Schließlich nahm ich meine Hand von seinem Hals, um stattdessen nach seinem Shirt zu greifen.

Ich riss den Stoff von seinem Körper, genau wie er es bei mir getan hatte, und enthüllte die harten Konturen seiner muskulösen Brust, bevor ich mit meiner Hand über jede Erhebung und jede Furche fuhr. Ich wollte mir jedes Detail einprägen und dann irgendwo tief in mir wegsperren, damit ich mir meiner Fantasie sicher sein konnte, wenn ich das nächste Mal an ihn dachte, während ich meine eigene Hand fickte.

Seth schob seine Hüften nach vorn, während ich seinen Schwanz weiter in meiner Faust bearbeitete, und ich knurrte ihn warnend an, während ich die Kontrolle behielt. Ich küsste ihn erneut – innig, intensiv –, während ich ihn immer härter und schneller pumpte.

Sein Körper zitterte, als ich mich an ihn presste, und seine Hand bewegte sich zu meinem Gürtel, um auch meinen Schwanz zu befreien. Aber trotz der tiefen Sehnsucht, die ich bei seiner Berührung verspürte, schlug ich seine Hand beiseite.

»Wenn ich dich für mich kommen lasse, will ich deinen schmutzigen Mund noch einmal ficken, Seth Capella«, knurrte ich an seinem Ohr, ließ meine Hand über die ganze Länge seines Schwanzes gleiten, bevor ich seine Eier streichelte. Dann bewegte ich mich weiter, bis ich mit einem Finger seinen Arsch erreichte. Sofort spannten sich seine Pobacken an.

Als er bei dieser Berührung stöhnte, wuchs meine Lust. Der Gedanke, meinen Schwanz in ihm zu versenken, war so verlockend, dass ich direkt hätte kommen können.

Ich zog meine Hand zurück, und Seth wimmerte, als ich meine Finger langsam seinen Schaft hinauf bis zur Spitze wandern ließ. Ich beugte mich vor, um das Blut von seinem immer noch blutenden Hals zu lecken, und fuhr mit meiner Zunge in langsamen Kreisen über seine Haut, während ich daran dachte, ihn in meinen Mund zu nehmen, um ihn zum Höhepunkt zu bringen, anstatt meine Hand zu benutzen.

Ich wollte es. Ich hatte nachts immer wieder darüber nachgedacht und wollte unbedingt wissen, wie er schmeckte und wie es sich wohl anfühlte, einen so mächtigen Fae wie ihn von meinen Knien aus ins Verderben zu stürzen. Aber ich zögerte – obwohl mich die Fantasie, die in meinem Kopf stattfand, anflehte, es zu versuchen.

Seths Hüften bewegten sich gegen meine Hand, als ich mit meiner Faust auf und ab fuhr, und seine Finger griffen nach meinem Unterarm, während ich spürte, wie er sich zum Rand des Abgrunds bewegte. Er war so verdammt nah dran – meinetwegen! –, und dieses Wissen veranlasste mich dazu, meine Hand schneller zu bewegen, ihn fester zu küssen, gegen die Wand zu drücken und dazu zu bringen, sich mir völlig hinzugeben.

Ich konnte spüren, wie er sich an den Rand klammerte, während er in meinen Mund keuchte, und gerade, als seine Entschlossenheit zu bröckeln begann, beendete ich unseren Kuss und sah ihm direkt in die Augen.

»Komm für mich!«, knurrte ich mein leises Kommando, dem er sich nicht widersetzen konnte. Und dann kam er heiß und schwer in meiner Faust.

Seth stöhnte laut auf, und ich schluckte dieses Geräusch hinunter, indem ich ihn erneut küsste. Meine Hand führte ihn durch seinen Höhepunkt, während sein Sperma durch meine Finger auf den Boden rann.

Ich unterbrach unseren Kuss ganz plötzlich, und Seth teilte seine Lippen vor Lust, als ich an meinen Fingern saugte und angesichts seines Geschmackes dort aufstöhnte. Er schmeckte salzig und erdig, und ich war mir ziemlich sicher, dass sein Blut gerade einen Rivalen gefunden hatte, was meinen liebsten Geschmack auf dieser Welt anging.

»Verdammte … Fuck …«, keuchte Seth, und ich nickte, während ich die zerfetzten Überreste meines Shirts von meinem Arm schüttelte, bevor ich mich blitzschnell bewegte und seine Haare in meinen Griff riss.

Mein Blut pochte zu schnell, das Verlangen nach ihm war so stark, dass ich davon wie berauscht war. Ich wollte ihn mehr als ich jemals ein Mädchen gewollt hatte. Und die Art und Weise, wie ich mich fühlte, wenn wir so zusammen waren, fühlte sich so fremd und beschwingend an, dass ich nicht davon ausging, dass mein Verlangen nach ihm jemals gestillt werden könnte.

»Auf die Knie!«, forderte ich ihn auf und zog so fest an seinen Haaren, dass er zischte. Aber ein Stöhnen folgte dem Geräusch, was mehr als deutlich machte, dass es ihm gefiel. »Ich habe von deinem Mund geträumt und muss ihn wieder spüren.«

Seth atmete auf diese Worte hin scharf ein, aber anstatt meiner Forderung nachzugeben, riss er sich von mir los und eroberte stattdessen meinen Mund mit seinem.

Mein Herz machte einen Sprung, als er mich küsste und seine Hände um mein Gesicht legte. Die Leidenschaft in diesem Kuss wurde immer intensiver, während seine Zunge die meine umschlang und sein Griff um mich fester wurde, als wolle er mich nie wieder loslassen.

Gerade als ich das Gefühl hatte, mich in diesem Kuss völlig zu verlieren, wich Seth zurück. Er musterte mich mit glühenden Augen, und in ihnen wartete eine Herausforderung, die meine Haut so heiß brennen ließ, wie sie noch nie zuvor gebrannt hatte.

»Wenn du willst, dass ich für dich auf die Knie gehe, Caleb«, sagte er leise und kehlig, »dann bringst du mich besser dazu. Dann zwingst du mich besser, deinen Schwanz wie ein braves Hündchen zu nehmen und jeden verdammten Tropfen zu schmecken. Dann benutzt du mich besser so, wie du es mir versprochen hast.«

Jede Zurückhaltung, an die ich mich geklammert hatte, zerbröckelte bei diesen Worten – und ich gab dieser Forderung ohne jeglichen Widerstand nach.

Ich knurrte Seth an, packte ihn an den Schultern und zwang ihn, vor mir auf die Knie zu gehen.

Seth erwiderte mein Knurren sofort und starrte mich herausfordernd an, während ich langsam seine braunen Haare um meine Faust wickelte und meinen Schwanz aus meiner Hose befreite.

Ich leckte meine Lippen, als ich auf ihn hinabblickte und meine Hand über meine Länge gleiten ließ, während ich auf seinen Mund starrte. Mit der anderen Hand zog ich so fest an seinen Haaren, dass sein Kopf nach hinten fiel.

Trotz flammte in seinen Augen auf, als er sah, wie ich mich vor ihm selbst befriedigte. Die Spitze meines Schwanzes war nur wenige Zentimeter von seinen Lippen entfernt, während ich ein leises Stöhnen ausstieß, aber keinen Versuch machte, ihn näher zu bringen, sondern mich einfach weiterstreichelte.

Seth holte schaudernd Luft. Er beobachtete mich intensiv, nahm seine Unterlippe zwischen die Zähne und sah dabei so verdammt heiß aus, dass ich wusste, ich wäre verdammt zufrieden damit, mich selbst über den Abgrund zu stürzen, mich über ihm zu ergießen und ihn als mein zu markieren, ohne mich von ihm in seinen sündhaften Mund nehmen zu lassen.

»Sag mir, wie sehr du mich willst!«, befahl ich, während mein Herz wie wild pochte, als ich meinen Schwanz so nah an seinem Mund pumpte.

Seth zögerte einen Moment, seine Augen wanderten von meinem Schwanz zu meinen Augen, und mein Herz machte einen Satz, als wir einander so ansahen.

»Zu sehr«, hauchte er. »Ich will dich verdammt noch mal zu sehr. Und ich kann nichts dagegen tun. Ich kann es nicht aufhalten. Ich gehöre dir, und du kannst mit mir machen, was du willst. Ich bin dein verdammter Wolf, Cal, und der Gedanke, dich für mich zu beanspruchen, ist einfach nur überwältigend.«

»So sehr willst du es?«, fragte ich keuchend. Seine Worte drängten sich in meinen überlasteten Verstand und zerfielen zu Asche angesichts der Lust, die mich jeden Moment verzehren würde.

»Ja.« Er nickte und leckte sich die Lippen. »Also gib es mir.«

Mit einem lauten Stöhnen gab ich schließlich nach, schob meine Hüften nach vorn und versenkte meinen Schwanz zwischen seinen Lippen, um mich von ihm bis zum Anschlag nehmen zu lassen.

Unsere Blicke blieben die ganze Zeit über miteinander verbunden, und ich wusste, dass ich bereits am Ende war, als ich ihn so vor mir knien sah. Ich gab es auf, mich zurückzuhalten, es hinauszuzögern und es zu genießen. Er hatte mir eine Atempause von den Schmerzen geboten, die mich gelähmt hatten, und ich war jetzt nicht mehr in der Lage, mich noch länger zu beherrschen.

Ich schob meine Finger in seine Haare, während ich seinen Mund hart und schnell zu ficken begann. Die Perfektion seiner Lippen und seiner Zunge waren unwiderstehlich, und ich umklammerte ihn fest und nahm mir alles, was ich von ihm brauchte. Er war so gut darin, so geschickt, dass es sich fast so anfühlte, als wäre er dafür geschaffen, mich zu befriedigen.

Immer schneller stieß ich in seinen Mund. Ein unglaublich maskuliner Laut entwich mir, als ich schließlich völlig die Kontrolle verlor und mich der Geschwindigkeit meiner Gaben hingab. Ich tat, worum er mich gebeten hatte, und war nicht besonders zärtlich, als ich ihn nahm. Ich fickte seinen Mund, bis ich in seinen Rachen kam und sein Name wie ein Gebet und ein Fluch zugleich von meinen Lippen drang.

Seth stöhnte, als wäre meine Erlösung für ihn genauso gut gewesen wie für mich, und er schluckte jeden Tropfen mit einem hungrigen Funkeln in den Augen. Und ich hatte das Gefühl, dass das für ihn kaum mehr als ein Anfang gewesen war.

Ich wankte einen Schritt zurück und keuchte schwer, als er sich aufrichtete, während ich meine Hose wieder hochzog.

Ich konnte bereits spüren, wie der Schmerz der Trauer in mich eindrang. Dieser gestohlene Moment verblasste nur allzu schnell und die Dinge, die er über Darius gesagt hatte, weckten erneut eine gewisse Wut in mir.

»War's das?«, fragte Seth, während er seine Hose zurechtzupfte und mich anstarrte, als wollte er, dass ich etwas sagte. »Hast du bekommen, was du gebraucht hast?«

»Hast du?«, fragte ich zurück, während sein Geschmack nach wie vor meine Zunge benetzte. Mein Schwanz wurde bereits wieder hart, während ich über das nachdachte, was wir getan hatten. Ich wollte mehr, aber die Steifheit seiner Haltung sagte mir, dass er nicht mehr wollte, auch wenn ich durch die Enge seiner Jeans sehen konnte, wie hart er war.

»O ja«, antwortete er vernichtend. »Du kennst mich, Ficken ist für mich wie Atmen. Ich hatte die Qual der Wahl – deinen Schwanz lutschen oder mir einen Drink holen, und ich war nicht wirklich durstig, also …«

»Also?« Etliche Worte brannten auf meiner Zunge, aber ich wusste nicht, wie ich sie formulieren sollte, und ich war mir ziemlich sicher, dass er nicht *wollte,* dass ich sie formulierte. Wir hatten gerade unseren Bruder verloren, und was auch immer das gewesen war, stellte gegenwärtig das geringste unserer Probleme dar. Aber trotzdem …

Seth verhärtete seine Züge und hob zwei Finger zum aggressivsten Peace-Zeichen, das ich je in meinem Leben gesehen hatte.

»Ah. Richtig«, sagte ich, als etwas wie ein Bleigewicht durch meine hohle Brust fiel. »Dann bis später, schätze ich.«

Ich erwiderte das verdammte Peace-Zeichen wie ein verdammter Idiot, ganz zu schweigen davon, dass ich mich benutzt fühlte. Aber das war es doch, was er mir angeboten hatte, oder nicht? Er hatte gesagt, dass wir einander benutzen sollten, um für eine Weile zu vergessen, und das hatten wir getan. Also, Peace und so.

Ich drehte mich um und verließ den Raum, bevor ich etwas sagen konnte, das unseren Streit von vorhin wieder aufflammen lassen würde. Denn ich wusste tief in meiner Seele, dass Darius nicht wollte, dass wir einander seinetwegen an die Gurgel gingen. Aber jeder Schritt, den ich von diesem Raum weg machte, fühlte sich schwerer an, jeder Zentimeter wie ein Kilometer, den ich nie wieder würde zurückgehen können. Und als ich in einen großen Raum trat, in dem die Ratsmitglieder, Tory, Xavier und Geraldine saßen, musste ich mich fragen, was zum Teufel ich mir dabei gedacht hatte, als ich etwas so Belangloses mit der einen Person vereinbart hatte, die mir mehr als jeder andere auf dieser verdammten Welt am Herzen lag.

Es dauerte ein paar Sekunden, bis mir klar wurde, dass mich alle, die um den großen runden Tisch saßen, erwartungsvoll ansahen. Und ich räusperte mich, als ich die Spannung im Raum und die subtile Entzweiung wahrnahm.

Meine Mutter saß auf der linken Seite des Tisches zwischen Antonia und Tiberius – ihre Einigkeit und Ungezwungenheit waren in ihrer Haltung und den kurzen Blicken, die sie austauschten, deutlich. Rechts vom Tisch saß Tory auf einem Stuhl, der größer war als alle anderen, mit Ranken, die sich über die Rückenlehne schlängelten und ein Muster bildeten, das direkt über ihrem Kopf verdächtig nach einer Krone aussah. Ich wusste sofort, dass Geraldine für diesen kleinen Erdzauber verantwortlich war, und ein einziger Blick in ihre Richtung zeigte, dass sie so aufrecht wie ein Laternenpfahl zu Torys Rechten saß, das Kinn trotzig nach vorn gereckt und die Augen voller Leidenschaft.

Xavier saß ebenfalls rechts vom Tisch, aber sein Stuhl war der Mitte am nächsten, als wollte er die Kluft zwischen den verschiedenen Mächten im Raum überbrücken. Sein Blick fiel auf mich, und ich senkte den Kopf, um seinen Verlust und die Trauer, die wir teilten, anzuerkennen. Xavier nickte als Antwort, und obwohl seine Augen blutunterlaufen waren und er sich sicher seit mehreren Tagen nicht rasiert hatte, schien er entschlossen, an diesen Dingen teilzunehmen, anstatt in der Dunkelheit seines Schmerzes zu versinken.

»Caleb«, begrüßte mich meine Mutter herzlich. Ihre Augen strahlten vor Liebe und Sorge, obwohl ich wusste, dass sie diese Gefühle jetzt nicht zum Ausdruck bringen würde. Sie war schon lange genug dabei, um zu wissen, wann der richtige Zeitpunkt für solche Dinge war und wann die Politik Vorrang haben musste. Ich konnte immer an einem einzigen Wort oder Ausdruck erkennen, in welchem Modus sie sich befand, und es sah so aus, als würde dieses Treffen vorerst Vorrang vor allem anderen haben.

»Ist das ein privates Treffen?«, fragte ich, obwohl ich nicht die Absicht hatte, zu gehen.

»Bleib«, antwortete Tory anstelle meiner Mutter und zog damit die

Aufmerksamkeit der Ratsmitglieder auf sich, die sich angesichts ihres herrischen Tonfalls zu sträuben schienen. Aber ich kannte sie gut genug, um zu wissen, dass es sich dabei nicht um einen echten Befehl handelte, sondern lediglich um ein Angebot.

Ich trat um den Tisch herum und nahm mir einen Stuhl, wobei mir erst dann klar wurde, dass ich genau die Mitte der Kluft gewählt hatte, als mein Hintern die Sitzfläche berührte und ich mich als Brücke zwischen den beiden Gruppen wiederfand. Eine Tatsache, die keinem von ihnen zu entgehen schien. Meine Mutter runzelte die Stirn angesichts meiner nackten Brust, sagte aber nichts zu meinem unbekleideten Zustand, vermutlich, weil sie jetzt einen zusätzlichen Verbündeten im Raum erwartete.

»Wir haben gerade über die beste Vorgehensweise gesprochen«, beantwortete Tiberius meine unausgesprochene Frage. »Pläne für unsere Bewegungen und wo wir am besten zurückschlagen können …«

»Und es wurde mehr als einmal darauf hingewiesen, dass kein Bedarf an den Befehlen eines ganzen Gänseschwarms besteht«, unterbrach ihn Geraldine. »Die Rebellion besteht aus Mitgliedern der Allmächtigen Nationalen Union der Souveränität, Anhängern der wahren Königinnen und Dienern der Krone …«

»Einer Krone, die jetzt auf der Stirn eines unrechtmäßigen Königs sitzt«, knurrte Antonia.

»Es spielt keine Rolle, wo ein Schmuckstück ruht. Ob auf den schuppigen Ohren dieses abscheulichsten aller Trottel oder in einem Müllhaufen, bedeckt mit Greifenkot. Die Krone selbst ist ein Ideal, ein Titel, und kann nicht wie ein Spielzeug auf einer Kinderparty herumgereicht werden. An den wahren Besitzern einer solchen Kopfbedeckung besteht kein Zweifel, und ihr solltet alle das Knie beugen, bevor ihr euch vor eine dieser anmutigen und bildschönen Ladys setzt – und nicht wie die Ratten in einem Hühnerstall für Unruhe sorgen!«

»Solaria erkennt die Führung von Roxanya und Gwendalina Vega nicht an«, erwiderte Tiberius gelassen. »Und wir auch nicht. Wir drei sind durch Ehre und Blutsbande verpflichtet, unserem Volk zu dienen, es zu beschützen und zu führen, und genau das haben wir vor.«

Sie fuhren mit diesem Hin und Her fort, wobei Geraldine den Ratsmitgliedern alle möglichen seltsamen und wilden Namen an den Kopf warf, während diese unnachgiebig darauf bestanden, die Herrschaft über die Rebellen an sich zu reißen, ungeachtet ihrer Loyalität zu den Vegas. Während sie sich stritten, sagte Tory nichts. Sogar Xavier gab hier und da ein Wort von sich und deutete an, dass er in dieser Angelegenheit auf der Seite seiner Schwägerin stand. Obwohl klar war, dass meine Mutter und die anderen darauf hofften, dass er den vierten Platz in ihrem Machtring einnehmen würde, jetzt, da Lionel sie verraten hatte und Darius ihn nicht mehr selbst würde einnehmen können.

Ich betrachtete das Mädchen, das meine Freundin, meine Geliebte, meine Feindin und so vieles dazwischen gewesen war, aber ich hatte Mühe, viel von jener Person wiederzufinden, wenn ich jetzt in diese tiefgrünen Augen blickte. Ihre Finger zeichneten ein Muster auf die massive Tischplatte, und ich legte den Kopf schief, um zu sehen, was sie dort in das Holz gebrannt hatte: ein Meer von Sternen hoch über einem Berggipfel. Die Szene war von einem dunklen Kreis umgeben, der von Markierungen gesäumt war, die mich die Stirn runzeln ließen. Runen. Von meiner Position aus war es schwierig, sie alle zu erkennen, aber ich identifizierte zumindest einige davon, las ihre Bedeutung und erschauerte, als mir ein kalter Schauer über den Rücken lief.

Runen hatten eine symbolische Bedeutung, die sich abhängig von verschiedenen Faktoren ändern konnte, aber anhand der Kombination, die sie in das Holz gebrannt hatte, erriet ich die Absicht dahinter und erstarrte.

Gebo für Opfer, Naudhiz für Widerstand, Perthro für Schicksal, Uruz für Macht und Eihwaz für Wiedergeburt.

Waren sie als Vorhersagen oder Versprechen gedacht?

Torys Augen trafen auf meine, und etwas schimmerte darin – ein dunkler Trotz, der mich mit einem schleichenden Gefühl der Vorahnung belegte.

»Wo ist Gwendalina überhaupt?«, bellte Antonia, und der lose Kontakt, der sich zwischen Tory und mir gebildet hatte, riss ab, als ihr Blick stattdessen direkt zu Seths Mutter wanderte. Für einen Moment flammte Feuer in ihrer Handfläche auf, als sie mit ihr über den Tisch strich und das Bild zerstörte, das sie dort gezeichnet hatte.

»Darauf werde ich mich konzentrieren«, antwortete sie kühl, ohne sich der Frage zu stellen, ob das zulässig war oder nicht. Nein, es war die Aussage einer Königin.

»Wir haben alle die Berichte über die Schlacht studiert«, sagte meine Mutter. »Seit Beginn der Kämpfe fehlt von ihr jede Spur. Soweit ich weiß, wurde die gesamte Flanke der Armee, in der sie gekämpft hat, von einer monströsen Kreatur unter Lavinias Kommando ausgelöscht. Du musst doch in Betracht gezogen haben, dass sie gefallen ist ...«

»Das ist sie nicht«, sagte Tory mit leiser, aber gefährlicher Stimme, während Geraldine nach Luft schnappte und sich die Hand an den Kopf hielt, als würde der bloße Gedanke ausreichen, um sie niederzustrecken.

»Wie kannst du dir da sicher sein?«, fragte Tiberius, während er seine Gaben nutzte, um ihre Gefühle auszuloten. Aber ich musste keine Sirene sein, um zu erkennen, dass Tory diesen Versuch des Eindringens mit einer mentalen Mauer aus massivem Eisen zerschmetterte.

»Das bin ich einfach«, antwortete Tory.

Meine Mutter und die anderen Ratsmitglieder tauschten zweifelnde Blicke aus, und ich ergriff das Wort, bevor einer von ihnen versuchen konnte, ihre Behauptung zu widerlegen.

»Ich kann mir vorstellen, dass ihr mit all den Informationen, die ihr seit eurer Rückkehr gesammelt habt, mehr als überfordert seid. Aber da ist noch etwas, das ihr wissen solltet«, sagte ich, nervös vor der Reaktion, die diese Worte hervorrufen würden. »Orion und ich sind vor einigen Monaten in eine etwas verzwickte Situation geraten. Es ging um einen dieser Schattenrisse. Er ist Gefahr gelaufen, hindurch gerissen zu werden und seine Seele an eine dieser dunklen Höllen zu verlieren. Um das zu verhindern ... na ja ...« Ich räusperte mich und kämpfte gegen das Gefühl an, ein kleines Kind zu sein, das versuchte, vor seiner Mutter zuzugeben, etwas angestellt zu haben. »Wir haben versehentlich einen Vampirzirkel gegründet.«

Tiberius wurde blass, und Antonia schnappte laut nach Luft, während mich meine Mutter einfach nur verständnislos anstarrte, als würde sie versuchen, herauszufinden, was ich gerade gesagt hatte, während sie die Worte, die ich klar und deutlich ausgesprochen hatte, vehement leugnete.

»Ich spreche das nur an, weil ich die alten Geschichten über die Zirkel kenne und weiß, dass ich, wenn Orion tot wäre, das Zerreißen dieses Bandes in meiner Seele gespürt hätte. Das habe ich nicht, was bedeutet ...«

»Dass seine hemmungslose Rohheit lebt!«, keuchte Geraldine und legte eine Hand auf ihr Herz, um sich für diese Bestätigung zu bedanken. Und auch Tory ließ erleichtert die Schultern fallen, wenn auch nur ein winziges bisschen. »Und wenn das so ist, dann weiß ich, dass er mit seiner Darcy zusammen ist. Dass sie gemeinsam gegen diesen Flu...«, Tory warf ihr einen schneidenden Blick zu, und sie wechselte mitten im Satz die Richtung, »...mmi von einem Schicksalswurf ankämpfen.« Sie hob den Blick und sah dabei alles an, nur nicht die Leute, die auf der anderen Seite des Tisches saßen.

Ich runzelte die Stirn, während ich versuchte, herauszufinden, was sie gerade vor ihnen verheimlicht hatte. Aber meine Mutter und die anderen schienen es nicht einmal bemerkt zu haben. Ihr Zorn galt mir, als die Nachricht dessen, was ich getan hatte, bei ihnen zu sacken schien.

»Caleb, das ist mehr als nur ein harmloser Fehler«, zischte meine Mutter, und ihre Knöchel wurden weiß, als sie ihre Hand zu einer Faust ballte und auf den Tisch legte. »Wir können so etwas Gefährliches nicht einfach unter den Teppich kehren. Du hast gegen die Eide verstoßen, die nach den Blutkriegen geschlossen wurden, und das Vertrauen der Fae in alle Vampire verraten. Vor allem, wenn man bedenkt, wer du bist und welche Macht deine Position hat. Ich glaube nicht, dass du den Ernst der Lage verstehst ...«

»Meine Schwester und ich haben sie von allen angedrohten oder tatsächlichen Strafen befreit, die für ihre Verbindung zu erwarten gewesen wären«, unterbrach Tory, obwohl sie das definitiv nicht getan hatten und ich ihre Befugnis, dies zu tun, ohnehin nicht anerkannt hätte. »Wenn du damit ein Problem hast, solltest du das vielleicht mit mir besprechen.«

Die Herausforderung lag schwer in der Luft – ein Angebot, von dem ich wusste, dass Tory nicht abrücken würde. Sie war kampfeslustig und suchte nach einem Ventil für all den Schmerz und die Wut, die sie so tief in sich verbarg. Sie mochte es überzeugend vor der Welt verbergen, aber für diejenigen, die sie gut genug kannten, war diese Qual in der Leere ihrer Augen deutlich zu sehen.

»Schluss damit!«, sagte Xavier entschlossen, während er seine Faust auf den Tisch knallte. Geraldine keuchte entsetzt auf. »Gab es nicht schon genug Streit? Haben wir in den letzten Tagen nicht schon genug Blutvergießen gesehen?«

Als sein Ausbruch in Schweigen mündete, nickte ich zustimmend. Die Zeit für diese Herausforderung würde kommen, aber nicht jetzt. Nicht, solange Darcy und Orion vermisst wurden und das Schicksal aller in diesem Lager mit jedem Moment, den wir hier verweilten, in Gefahr war.

»Wir müssen die Rebellen auf den Aufbruch vorbereiten«, sagte Tory, nachdem ein paar Momente der Stille die Spannung in der Luft hatten abklingen lassen. »Über das Ziel können wir später diskutieren. Geraldine kann euch bis dahin über alles Weitere informieren, was ihr wissen müsst.«

Das Mädchen, das Königin werden könnte, stand auf und wandte sich trotz der Proteste meiner Mutter und der anderen Ratsmitglieder vom Raum ab. Es war ihr völlig egal, dass sie ihnen den Rücken zukehrte und damit eine offene Beleidigung aussprach, bevor sie aus dem Raum schritt.

Moms wütender Blick kehrte zu mir zurück, noch bevor die Tür hinter Tory ins Schloss gefallen war, und auch ich sprang auf und murmelte eine vage Entschuldigung, bevor ich Tory nacheilte, um dieser speziellen Standpauke zu entgehen. Zumindest vorerst.

Geraldine ergriff das Wort, bevor einer von ihnen protestieren konnte. Dank meiner Gaben hörte ich ihre Worte durch die schwere Tür und bekam mit, dass sie ihnen von dem Atlas erzählte, den Tyler gerade freigegeben hatte. Und davon, dass die Rebellen so schnell wie möglich wieder Nachrichten in die Welt bringen müssten, um der Hetze entgegenzuwirken, die von diesem Schmierblatt namens *Celestial Times* zugunsten des falschen Königs verbreitet wurde.

Es klang, als seien die Pläne dafür bereits in vollem Gange, und ich hielt mich nicht damit auf, mehr darüber zu erfahren.

Tory hatte bereits das Ende des alten Steinkorridors erreicht, als ich sie erreichte, und sie zuckte nicht einmal zusammen, als ich auftauchte und ihren Arm ergriff, um sie aufzuhalten.

»Was war das eben?«, fragte ich, und wir wussten beide, dass ich nicht von der Diskussion sprach, die sie geführt hatte, sondern von ihren Zeichnungen auf dem Tisch.

Tory holte langsam Luft, bevor sie zu mir aufblickte, meine Hand in ihre nahm und meine Fingerspitzen auf die gezackte Linie einer Narbe legte, die jetzt ihre Handfläche markierte. Ich senkte den Blick darauf, sah das Mal eines Blitzes, das in ihre Haut eingebrannt war und bei meiner Berührung mit einer ungewohnten Kraft summte.

»Ich akzeptiere dieses Schicksal nicht«, sagte sie schlicht. »Ich lehne es ab, und ich lehne die Führung der Sterne über mein Leben ab.«

»Was soll das heißen?«, fragte ich verwirrt, während ich nach wie vor auf ihre Hand zwischen uns schaute. Ihre Haut brannte mit der Hitze eines Ofens und wärmte mich.

»Ich habe sie verflucht«, antwortete sie einfach, als wäre irgendetwas an diesem Satz einfach. »Jeden einzelnen Stern. Ich habe sie verflucht und geschworen, mein Schicksal aus ihren Klauen zu reißen, koste es mich oder meine Seele. Ich werde sie brennen sehen, Caleb. Und ich werde ihn in diesem oder im nächsten Leben wiederfinden, bevor ich mit ihnen fertig bin.«

Meine Lippen teilten sich, um dieser wahnsinnigen Behauptung zu widersprechen, aber irgendetwas an der Kraft dieses Schwurs hielt jeden Protest, den ich vielleicht hätte einlegen wollen, auf und brachte mich stattdessen dazu, etwas Undenkbares zu tun.

Ich nahm ihre vernarbte Hand und legte sie auf mein Herz, auf meine nackte Haut, und drückte meine Stirn gegen ihre, während ich sie auch meinen unendlichen Kummer spüren ließ. Ich zeigte ihr, dass ich ihren Schmerz teilte.

»Dann biete ich mich dir an«, schwor ich mit leiser und fester Stimme und flüsterte meine nächsten Worte, weil sie mir so wichtig erschienen. »Auf jede erdenkliche Weise, mit der ich dir bei der Erfüllung dieses Gelübdes dienen kann, biete ich mich dir an. Durch Blut, Pflicht, Ehre oder Opfer stehe ich dir zu Diensten, um dieses Ziel zu erreichen.«

Tory seufzte zitternd, und eine einzelne Träne kullerte aus ihrem Auge, rollte über ihre Wange und landete schließlich auf dem Rücken ihrer brennend heißen Hand, die auf meinem Herzen lag.

»Es gibt keine Tiefe, in die ich dafür nicht fallen würde«, warnte sie mich, und ich nickte.

»Dann bin ich bereit, an deiner Seite zu fallen.«

Ich war mir nicht sicher, ob es beabsichtigt war oder nicht, aber zwischen uns flammte Magie auf, während unsere verschlungenen Hände an meinem Herzen lagen. Dieses Versprechen wurde bindend, als die Sterne es zur Kenntnis nahmen. Und ob wir ihre Zustimmung suchten oder sie verachteten, spielte jetzt keine Rolle mehr.

Es war vollbracht.

Gemini
Scorpio
Virgo
Cancer
Aries
Leo
Taurus
Sagittarius
Capricorn
Aquarius
Libra
Pisces

LIONEL

KAPITEL 13

Ich reiste mittels Sternenstaub zu meinem Herrenhaus, Lavinias dunkle Silhouette wirbelte in einem Schattenschleier in meinem Blickfeld herum. Ich materialisierte mich auf dem Rasen, um nach Vard und dem Riss zu sehen, über den er wachte, aber in dem Moment, in dem meine Stiefel auf dem Gras aufschlugen, sah ich das lodernde Feuer. Mein Anwesen brannte mit der Gewalt eines Phönixfeuers, die roten und blauen Flammen verschlangen, was von meinem kostbaren Besitz noch übrig war. Flüssiges Gold spritzte wie Lava aus den Ruinen, jede goldene Verzierung in meinem Haus war von der Vega-Hure zerstört worden.

Ein ohrenbetäubendes Brüllen entrang sich meiner Lunge, und ich verlor völlig die Kontrolle, mein Drache befreite sich aus meinem Körper und zerfetzte meine Kleidung. Ich schoss in den Himmel, während Lavinia kreischte, sich neben mir in Rauch verwandelte und an meiner Seite blieb. Ich flog im Eiltempo über das Haus, die Hitze der Flammen erfasste mich, während mich die Wut von innen heraus verzehrte. Ich war auf der Jagd nach dem Vega-Mädchen und ihren Komplizen – der Drang, sie zu fangen und zu töten war geradezu überwältigend. Und ich würde nicht ruhen, bis ich sie alle in Stücke gerissen hatte.

»Nein!«, schrie Lavinia, als wir über den Altar aus schwarzem Stein im Hof hinter meiner Residenz flogen. All meine Gefangenen waren verschwunden, vom Riss war keine Spur. Die ehemaligen Ratsmitglieder waren nun frei und würden vermutlich versuchen, meine Herrschaft anzufechten, genau wie in der Nacht, in der ich sie gefangen genommen hatte. Aber ich hatte ihren Verrat kommen sehen, war darauf vorbereitet gewesen, hatte darauf gewartet.

Sie waren hier aufgetaucht, als Stella den neuen Riss geöffnet hatte, und genau wie von Vard vorhergesagt, hatten sie begonnen, gegen meine jüngsten Entscheidungen zu protestieren, über die Nebula-Inquisitionszentren zu streiten und meine großartigen Pläne für dieses Königreich zu kritisieren. Da war mir der Kragen geplatzt. Ich hatte ihre Nörgeleien und ihre Bullshit-Versuche, mir mit ihrer Macht zu drohen oder mich zu besänftigen, nicht mehr ertragen können. Lavinia hatte sie ohnehin für ihren Riss haben wollen, und obwohl ich meiner Frau nur ungern mehr Macht gab als nötig, war es eine offensichtliche Lösung für das Problem der Ratsmitglieder und ihrer Nachkommen gewesen.

Es hatte nur ein paar Drohungen gegen ihre jüngsten Kinder bedurft, um sie zu zwingen, sich meiner Macht zu unterwerfen. Antonias Welpen hatten so schnell geschrien, als ich ihnen mit meinem Messer an die Kehle gegangen war, und alle drei Ratsmitglieder hatten sich sofort ergeben. Schwach. Eine äußerst abscheuliche Schwäche, sich anstelle einiger quengelnder Gören zu opfern, die wahrscheinlich nie ihre volle Macht erreichen würden.

Lavinia und ich hatten sie und die Ersatz-Erben überwältigt und an den Riss gebunden, ohne dass auch nur ein Einziger von ihnen einen Hauch von Magie eingesetzt hatte. Und der Rest ihrer nutzlosen Familien hatte ihnen einen guten Anreiz geboten, ihre Kräfte weiterhin in den Riss zu speisen und trotz Erschöpfung und Hoffnungslosigkeit weiterzukämpfen. Ja, Vard hatte mit seinen Vorhersagen ausnahmsweise einmal recht behalten. Er hatte es sogar geschafft, sich in die Gedanken des verräterischen Abschaums einzuschleichen, der mir einst seine Treue geschworen hatte, und Melindas listige kleine Methode aufgespürt, mit ihrem ältesten Sohn in Kontakt zu treten. Das war das Sahnehäubchen gewesen, die Erben mit ihrem Kristall hierherzulocken, zu hören, dass auch sie meinen Plänen zum Opfer gefallen und auf dem Onyxaltar bewegungsunfähig gemacht worden waren.

Aber jetzt war alles, jedes einzelne Puzzleteil, jenseits meiner schlimmsten Vorstellungskraft zerschmettert worden, als diese Vega-Schlampe hier mitten in der Nacht eingebrochen war und mein wunderschönes Anwesen in Schutt und Asche gelegt hatte. Ich wusste nicht, wie sie das zustande gebracht hatte, während sie sicherlich nach wie vor die Last ihrer Niederlage auf dem Schlachtfeld zu tragen hatte. Aber es war nicht zu leugnen, als ich mein wunderschönes Zuhause umrundete. Ein Knurren purer Wut und blanken Entsetzens hallte über das versengte Gelände. Und wo waren meine Nymphen? Wo war Vard? Gab es überhaupt jemanden, der von diesem Angriff hätte berichten können?

Ich drehte noch einen weiteren Kreis um das Haus, bevor ich schließlich auf dem kohlrabenschwarzen Boden landete, der einst meine Eingangshalle gewesen war. Die Erde bebte unter meinem Gewicht, und ich verwandelte mich zurück in meine Fae-Gestalt. Lavinia materialisierte sich vor mir und hob meinen jadegrünen Umhang vom Boden auf, dessen Schnalle bei meiner Verwandlung zerstört worden war. Der Stoff hingegen war noch intakt. Ich entriss ihn ihr, warf ihn mir über die Schultern und marschierte auf das Inferno zu, das sich gen Himmel wand und alles in seinem Weg verzehrte.

Ich streckte die Hand nach den Flammen aus, um sie zu löschen, aber sie loderten noch heißer auf und ließen mich meine Hand mit einem wütenden Fluch zurückziehen.

Ich wandte mich meinem Anwesen zu, und die riesigen Holztüren stöhnten, als sie den Flammen erlagen und mit einem ohrenbetäubenden Knall aus den Angeln fielen, der mich bis ins Mark erschütterte.

»Nein!«, brüllte ich in wütendem Trotz, während ich darauf zurannte, über die Türen kletterte und mir einen Weg ins Innere bahnte.

»Mein König, es ist nicht sicher!«, schrie Lavinia hinter mir, aber meine Gedanken waren bei meinen wertvollsten Schätzen in meinem Tresor. Ich musste zu ihnen gelangen und sie aus den Tiefen dieses verfluchten Feuers ziehen, das alles zu verschlingen drohte, was ich für mich beansprucht hatte.

Die Hitze der Flammen schlug mir von der Treppe entgegen, das Porträt meiner Drachenform schmolz unter der Intensität des Feuers. Alles brannte. Das Feuer zerstörte gierig die Treppe und das goldene Geländer, geschmolzene Metalllachen breiteten sich über die Fliesen aus. Verdorben. Verwüstet. Verloren.

Ich stieß einen Schmerzensschrei aus, während ich tiefer in mein Haus rannte. Aus jeder Türöffnung spie das Feuer, und ich entkam dem allen nur durch das Glück der Sterne und der Stärke des Luftschildes, das ich um mich herum errichtet hatte, obwohl selbst das die Hitze dieses Feuers nicht vollständig abhalten konnte.

Ich eilte durch das Gebäude, lief die Treppe hinunter – in Gedanken ausschließlich bei meinem Schatz, während ich mir meinen Weg durch die Flure bahnte.

Schließlich erreichte ich meinen Tresorraum und blieb wie angewurzelt stehen, als ich ein Loch in der Tür entdeckte. Ein Loch in der Form eines Phönix.

Pures Entsetzen durchdrang mich, als ich auf die Unmöglichkeit dieser Realität starrte. Diese Tür war undurchdringlich, sowohl das Metall selbst als auch die Zauber, mit denen ich sie versiegelt hatte. Aber während mein Herz raste, in heftiger Verleugnung dessen, was ich vor mir sah, realisierte ich, was sie getan hatte. Indem sie die Tür mittig zerstört hatte, war es ihr gelungen, die Zauber zu umgehen. Oh, und wie leicht ihr dieser Akt des Grauens von der Hand gegangen sein musste.

Ich stolperte vorwärts, blinzelte gegen den Rauch an und spähte in den höhlenartigen Raum, der eigentlich bis zum Rand mit meinen wertvollsten Schätzen gefüllt sein sollte. Die Schatzkammer eines Drachen war seine Seele, das Wichtigste auf der ganzen Welt für ihn und meine … war fort.

Sie hatte alles genommen, den gesamten Schatz, den ich in diesem Safe aufbewahrt hatte, jedes Erbstück und jeden Edelstein, einfach alles.

Rauch waberte durch den Raum, und etwas an der gegenüberliegenden Wand erregte meine Aufmerksamkeit. Meine Füße verhedderten sich geradezu, als ich darauf zustolperte. Der davon ausgehende Schimmer weckte in mir die süße Hoffnung, dass sie etwas übersehen hatte, dass noch etwas übrig war, ein einziges Stück …

Das strahlende Gold, das mich so unwiderstehlich angelockt hatte, leuchtete heller, als ich mich ihm näherte, und mein Blut brodelte, als ich die glitzernden Worte auf meiner Wand wahrnahm – mit Phönixfeuer selbst eingebrannt.

Lang leben die gottverdammten Königinnen!

Meine Wut entlud sich schwallartig; Panik und Entsetzen kollidierten in den Tiefen meines Wesens, als ich diesen Affront las und die volle Wucht dieses Schlags gegen alles, was ich war und was mir etwas bedeutete, spürte.

Ich brüllte so laut, dass die Decke bebte, und plötzlich brach sie auseinander, eine aus Jade geschnitzte Drachenstatue stürzte auf mich zu. Ich wirkte Luftmagie, um sie von mir wegzuschleudern, drehte mich um und verließ eilig diesen Ort, während das gesamte Gebäude zu fallen begann. Als hätte das

Gebäude genau auf diesen Moment gewartet, damit ich diese Nachricht lesen konnte, bevor es der schrecklichen Macht meines Feindes erlag.

Ich bewegte mich schnell, sprengte Trümmer aus meinem Weg und kroch auf Händen und Knien die versteckte Treppe hinauf, wobei die Steinplatten meine Handflächen selbst durch meinen Schild hindurch verbrannte. Noch nie zuvor war ich gezwungen gewesen, eine Flamme zu fürchten. Noch nie hatte sich mein eigenes Element so gegen mich gewandt. Mich verraten.

Ich schaffte es zurück zum brennenden Eingang, kroch über den Boden, hustete und fluchte, als der Saum meines Umhangs Feuer fing und meine nackten Knie dank der zerbrochenen Fliesen zu bluten begannen.

Ich zitterte vor Wut, und ein Gefühl, von dem ich mich weigerte, zuzugeben, dass es auch nur annähernd mit Angst zu tun hatte, erfasste mich, als das Feuer immer heißer brannte. Auf meiner Haut bildeten sich Blasen, Rauch trübte meine Sicht, und meine Luftmagie hielt der Kraft des Feuers kaum mehr stand.

Als ich über die kaputte Eingangstür kletterte, blieb ich mit dem Fuß an etwas Scharfem hängen und stieß ein Fauchen aus, als ich fiel und über schwelendes Holz und die Ruine meines einst perfekten Herrenhauses rollte.

In der Sekunde, in der mein Rücken auf dem versengten Gras aufschlug, stürzten die Wände hinter mir ein. Steine prallten gegen meinen Luftschild und wurden von ihm abgelenkt, während eine Staubwolke in den Himmel stieg.

Ich lag keuchend und blutend auf dem Rücken. Dort, wo mein Umhang offen gewesen war und ich mich nicht mehr hatte schützen können, zierten Verbrennungen meine Haut. Und ich lag einfach nur da und starrte auf die Ruine, die jetzt dort aufragte, wo einst mein Zuhause gewesen war. Wo einst mein Schatz gehaust hatte.

Das Entsetzen lähmte mich, während ich diese unfassbare Wirklichkeit verdauen musste. Mein Herz pochte laut in meiner Brust, und mein Hass auf die Vegas war so stark, dass er sich wie Gift durch meinen ganzen Körper zog. Oh, sie würde der schlimmste Tod ereilen, sobald ich sie in meiner Gewalt hatte.

Wie hatte das passieren können? Ich hatte fast hundert Nymphen zurückgelassen, um diesen Ort zu bewachen, zusammen mit diesem Stück Scheiße, das behauptete, mein königlicher Seher zu sein. Wie konnte seine Gabe eine solche Entwicklung verpasst haben? Wie konnte er so spektakulär versagt haben?

»VARD!«, brüllte ich mit lauter Stimme, sodass der Boden unter ihrer Wucht bebte.

Zu meiner Rechten stand ein Gartenhaus unter einer Eiche, die Tür schwang auf und gab den Blick auf einen kauernden, schluchzenden Vard in seinem dunklen Inneren frei.

»V-vergebt mir, m-mein König. Das Vega-Mädchen war hier.«

Ich sprang auf und stürmte auf ihn zu, Wut durchzog mein Blut, als mein Blick auf meine Beute fiel. Das Bedürfnis, diese Wut loszulassen, verzehrte mich.

Vard wich zurück, um einen Fluchtversuch zu wagen, stolperte über einige Blumentöpfe und stürzte schließlich auf den Boden im hinteren Teil des Schuppens. Mit Feuer in den Handflächen betrat ich den kleinen Raum, und meine riesige Gestalt nahm die gesamte Tür ein, während ich auf diese unverschämte, erbärmliche Kreatur hinabblickte, die der königliche Seher hätte sein sollen.

»Und hast du sie nicht kommen sehen?«, fragte ich.

»Ich … ich … ich …«, stammelte er.

»Hast du sie kommen sehen oder nicht?«, brüllte ich.

»Ich habe sie gesehen, als sie gelandet ist, Majestät«, platzte es aus ihm heraus.

»Du meinst, als sie angekommen ist?«, fuhr ich ihn an, während Rauch aus meinen Lippen drang.

»J-ja«, wimmerte er.

Ich trat tiefer in den Schuppen hinein, der Holzboden ächzte unter meinem Gewicht, als Vard versuchte, rückwärts von mir wegzukriechen, wobei er weitere Blumentöpfe von den Regalen stieß, die ihm an den Kopf prallten.

»Ich weiß nur, dass der Riss verschwunden ist und mit ihm alle Gefangenen, die ich hier hatte, um ihn zu füttern«, zischte ich und hörte, wie Lavinia daraufhin irgendwo hinter mir aufheulte. »Und mein nutzloser Seher hat sich verdammt lange in einem Gartenhaus versteckt, ohne mich zu rufen!«

Während Vard etwas Unverständliches vor sich hin brabbelte, kreisten meine Gedanken um die Erkenntnis, dass Lavinia wieder geschwächt war und es keinen Riss gab, von dem sie sich ernähren konnte. Sie wäre dadurch erheblich gestärkt worden, konnte aber nun diese unendliche Macht nicht mehr nutzen, da der Riss geschlossen war. Dass der Riss weg war, hatte also auch sein Gutes. Tatsächlich musste ich einen Weg finden, die Kontrolle über sie zurückzugewinnen, um in unserer Vereinbarung die Oberhand zu behalten.

Das hat das Kräfteverhältnis sicherlich ein wenig ausgeglichen. Allerdings hatte ich jetzt keine Wächter mehr und war immer noch nicht stark genug, um Lavinia zu kontrollieren, vor allem nicht mit dieser verdammten Schattenhand an meinem Arm.

Ich streckte meine Faust aus und umklammerte Vards Kehle, wobei meine Handfläche lichterloh brannte. Er schrie wie ein sterbendes Tier, als ich ihn gewaltsam vom Boden hochhob und durch die Rückwand des Schuppens schleuderte.

Vard landete auf dem Gras hinter dem Schuppen, und ich folgte ihm durch das Loch, das er mit seinem Körper geschaffen hatte, wobei ich mehr Holz zerbrach, als ich meine Schultern hindurchzwängte und ihn wie ein Beutetier verfolgte.

»Bitte, mein König!«, flehte er und versuchte, aufzustehen, aber ich trat auf sein Bein. Ein Knochen zersplitterte hörbar.

Lavinia erschien an meiner Seite, leckte sich die Lippen und lächelte angesichts seines Schmerzes. »Mehr, mein König! Lass den Einäugigen dafür bezahlen!«

»Nein, bitte! Erinnert Euch daran, was ich für Euch getan habe! Erinnert Euch daran, dass ich derjenige war, der Euch zum Versteck der Rebellen geführt hat! Meine Gaben haben sich als unendlich wertvoll erwiesen«, stieß Vard keuchend hervor.

Ich hielt inne und dachte über diese Worte nach. Es stimmte. Er war in der Nacht der Schlacht zu mir gekommen und hatte mir vorgejammert, was er über ihren Standort erfahren hatte. Trotz all der Magie, die diese Vagabunden eingesetzt hatten, um sich zu verstecken, hatte er sie lokalisiert. Damit hatte er meine kühnsten Erwartungen ihm gegenüber definitiv übertroffen, und das konnte ich jetzt nicht leugnen. Allerdings würde ihn das nicht vor einer Bestrafung bewahren.

Ich trat auf das andere Bein, sodass auch dieses brach. Die Hitze meines Zorns brannte wie Höllenfeuer in meiner Brust. Ich wollte seinen Tod, wollte ihn lange leiden lassen, um meine Wut zu stillen, aber Vard hatte sich als zu wertvoll erwiesen. Nicht nur mit den wenigen Visionen, die er mir geliefert hatte und die für mich unglaublich vorteilhaft gewesen waren, sondern auch mit seinen anderen Gaben.

Ich hatte kein Glück dabei, Gabriel Nox' Verstand zu brechen, und er war aus Gründen, die mit diesen verdammten Vegas zu tun haben mussten, immun gegen Dunkle Manipulation. Also brauchte ich einen Zyklopen, der mächtig genug war, in seinen Kopf einzudringen und die Visionen herauszuziehen, die er dort aufbewahrte. Vard war dazu in der Lage, aber ich würde ihn leiden lassen, bevor ich seine erbärmliche Gestalt heilte und ihn zurück zum Palast schleppte.

»Du hast deinen König zutiefst verärgert.« Ich packte ihn am Hemd und zog ihn halb zu mir hoch, bevor ich ihm meine lodernde Faust gegen den Unterkiefer rammte, sodass seine Knochen knackten und er schmerzerfüllt aufschrie. Die Hitze der Phönixflammen in meinem Rücken trieb mich an, und ich stellte mir die Vegas vor, während ich Vard keine Gnade zeigte.

Lavinia drängte mich weiter. Ihre eigene Wut war nun, da der Riss geschlossen war, noch größer. Also ließ ich sie auch mit ihm spielen, als ich fertig war, und stand abseits, um zuzusehen, wie sie ihn mit den Schatten quälte. Ein dunkler Hunger überkam mich, und meine Gedanken schweiften zu Gwendalina Vega.

»Lavinia«, sagte ich und pirschte mich an sie heran, woraufhin sie mich auf ihre wilde Art anlächelte.

»Ja, mein König?«

»Ich muss diese Vegas in die Finger bekommen. Wir müssen noch heute jedes Mitglied unserer Armee aussenden und sie zur Strecke bringen«, befahl ich, und Adrenalin durchströmte mein Blut bei dem Gedanken, sie gefangen zu nehmen.

»Natürlich. Aber – oh! Ich kann noch mehr. Ich glaube, ich kann die Vega-Göre, die ich verflucht habe, beschwören. Jetzt, da sie tief in die Falle der Bestie getappt ist, kann ich sie fast vollständig kontrollieren. Würde dir das gefallen, Daddy?«

»Du kannst sie beschwören?« Ich keuchte vor Aufregung.

»Ja, ich glaube schon«, erwiderte sie fröhlich.

»Dann kehre zum Palast zurück und tue es!« Ich warf einen Blick zurück auf die Verwüstung, die einst mein Anwesen gewesen war, und zwang mich, nichts als reinste Wut über das, was meinem Zuhause angetan worden war, zu empfinden. »Hier gibt es für uns nichts mehr zu tun.« Meine Haut kribbelte bei dem Gedanken an die Rache, die ich so bald nehmen würde. Und bei dem Gedanken, endlich wieder eine Vega in meiner Gewalt zu haben.

»Ich werde zuerst mit meinen Nymphen sprechen und nach jeglichem Geflüster in den Schatten lauschen, das uns auf die Spur der Rebellen führen könnte.«

Ich hätte fast geantwortet, dass das Vega-Mädchen vorrangig in den Palast gebracht werden sollte, aber ich musste an den Krieg denken. Wenn es Hinweise auf die Rebellen gab, dann brauchte ich diese, und zwar, bevor die Spuren kalt wurden. Außerdem hatten sie jetzt meinen Schatz, und ich sehnte mich mehr danach, ihn zurückzuholen, als ich jemals zugeben würde.

»Sehr gut«, stimmte ich zu. »Melde dich sofort bei mir, wenn du etwas Nützliches entdeckst!«

»Natürlich, Daddy.« Sie strich mit der Hand über meine nackte Brust, und der Hunger in ihren dunklen Augen weckte einen Anflug von Lust in mir, als ich sie ansah. Sie war schön – und willig. Vielleicht war es an der Zeit, dass ich meine Königin zurück in mein Bett holte und sie an die Macht eines Drachen erinnerte. Vielleicht könnte ich sie, jetzt, da sie durch den Riss geschwächt war, wieder in jeder Hinsicht beherrschen und meine Dominanz über ihren Körper so ausüben, wie ich es sollte. Ich sah ihr nach, wie sie in die Bäume davonstürmte, eingehüllt in Dunkelheit, und wandte meinen Blick dann dem Pfad zu, der zur Grenze meines Grundstücks und zu Stellas Land führte.

Ich fuhr mit der Zunge über meine Zähne und warf einen flüchtigen Blick auf Vard, der wimmernd dalag. Ich nahm an, dass er lange genug leben würde, damit ich mit ihr sprechen konnte. Sicher hatte sie den Tumult hier gehört? War sie nicht zu Hause?

Ich stieg über Vard hinweg, und seine Finger streiften meinen Knöchel. »Bitte, mein König«, stöhnte er, während Blut aus seinem Mund rann.

Ich riss mein Bein aus seinem Griff, und mein Fuß traf ihn im Gesicht, bevor ich weiter den Weg entlangging, ein Feuer zwischen meinen Händen.

»Heile diese Wunden nicht, bis ich es dir erlaube, oder du wirst es bitter bereuen!«, rief ich ihm noch zu, nachdem ich ihn bereits hinter mir gelassen hatte.

Als ich die Veranda von Stellas Haus erreichte, stand die Tür einen Spalt weit offen und Licht ergoss sich über meine Füße. Ich stieß die Tür ganz auf, hob die Hände und zog einen dichten Luftschild um mich herum, für den Fall, dass sich in diesen Mauern Feinde aufhielten. Ich würde die Gelegenheit genießen, ein paar Ratten zu töten.

Ich folgte dem Gang und ließ meine Hände sinken, als ich Stella bewusstlos auf dem Boden neben der Öffnung in der Wand fand, die den Weg in den Keller verbarg, in dem sie ihre Ausrüstung für dunkle Magie aufbewahrte.

Ich ging in die Hocke, drückte sie auf den Rücken und betrachtete stirnrunzelnd ihre Schönheit. Vielleicht hätte ich die Schattenprinzessin nie in unser Leben bringen sollen. Vielleicht hätte ich Stella stattdessen erlauben sollen, während meiner Übernahme des Königreichs an meiner Seite zu bleiben. Sie war sicherlich zugänglicher, leichter zu kontrollieren – und ich hatte ihren Körper immer genossen.

Jetzt, da Claras Seele Lavinia verlassen hatte, war diese ein kaltes, gefühlloses Ding, das sich weder vor mir verbeugte noch mich so befriedigte, wie ich es mochte. Ich hatte mich zwar gefragt, ob ich sie jetzt wieder beherrschen könnte, aber Stella hatte immer gewusst, wie das zu bewerkstelligen war, ohne dass ich sie daran hätte erinnern müssen.

Ich ließ meine Finger über Stellas Kehle gleiten, weckte sie aus dem Schlafzauber, der auf sie gelegt worden war, und schnürte ihr beim Aufwachen die Luft ab.

»Mein König!«, krächzte sie, als ich ihre Kehle zudrückte. Mein Bizeps schwoll an, aber ich hielt mich in meiner Kraft zurück.

Wie leicht ich ihr einfach das Genick brechen könnte … Es war diese Art von Macht, die ich mir im Umgang mit den Fae um mich herum wünschte. Völlige Herrschaft, vollständige Kontrolle. Und nach allem, was ich an diesem Tag verloren hatte, würde es sich gut anfühlen, einfach ein Leben auszulöschen.

»Was ist passiert?«, zischte ich, Rauch stieg von meinen Lippen auf und brachte sie zum Husten.

Ich verstärkte den Druck auf ihren Hals, mein Blut pochte mit dem Bedürfnis, etwas zu tun, um meine Macht zu beweisen. Vards Bestrafung war nicht genug gewesen. Ich sehnte mich danach, zu töten.

»Die Rebellen waren hier«, sagte sie mit erstickter Stimme und umklammerte meine Hand, um sie von sich zu lösen, setzte aber keine Magie gegen mich ein. Sie kannte meine Launen, vielleicht besser als jeder andere, der jetzt noch am Leben war. Und sie hatte in der Vergangenheit Wege gefunden, sie zu mildern. Ich fragte mich, ob sie dazu noch in der Lage war.

»Ja, das ist mir bewusst«, erwiderte ich. »Sie haben mein Zuhause zerstört und alle Gefangenen sind weg. Die Schuld dafür lastet schwer auf Vard, aber leider brauche ich ihn noch. Bei dir hingegen stelle ich den Wert infrage.«

»Lionel«, krächzte sie mit vor Angst weit aufgerissenen Augen.

Ich erfreute mich an dieser Angst, sog sie förmlich auf und genoss den Kick, den sie meinem Ego gab. Ich war der König, der mächtigste Fae, den es gab – und so sollten mich alle Fae ansehen. Es war an der Zeit, dass ich Lavinia wieder unter Kontrolle brachte und dafür sorgte, dass sie mich auch so ansah.

»Es tut mir leid«, sagte Stella, griff nach meinem Gesicht und streichelte meine Wange. »Vergib mir.«

Es war nicht ihre Sanftheit, die meinen Griff abschwächte. Irgendetwas in mir gab nach, und ich beschloss, sie nicht zu töten. Sie war eine Konstante in meinem Leben, eine Erinnerung an alles, was ich durchgemacht hatte, um an die Macht zu kommen. Vielleicht hatte sie noch eine Rolle zu spielen.

Meine Finger lockerten sich, bis sie wieder richtig atmen konnte, und ich stand auf und sah mich in einem Spiegel an der Wand gegenüber. Asche hatte sich in meinen Haaren festgesetzt, und ich sah mitgenommen – geradezu verstört – aus, was mir nicht besonders gefiel. Die Brandwunden auf meiner Haut waren eine zusätzliche Beleidigung für die Ungerechtigkeit dieses Angriffs, und ich betrachtete sie mit einem verächtlichen Lächeln, während ich sie mit einem magischen Blitz heilte. Ich fühlte mich immer öfter außer Kontrolle, seit Lavinia mich gezwungen hatte, sie mit dieser monströsen Schattenkreatur zu schwängern, die glücklicherweise vernichtet worden war, bevor ich viel von ihrer Gesellschaft hatte ertragen müssen. Ich wusste, dass sie jeden Moment wieder zu mir kommen und mir befehlen könnte, noch eine dieser Kreaturen zu zeugen. Und es gab nichts, was ich tun könnte, um sie davon abzuhalten, mich dazu zu zwingen.

Ich wischte mit der Hand über mein Gesicht, das voller Ruß und Blut war, und bemerkte, dass meine Hand zitterte. Ich ballte sie zur Faust und zwang mich, die Schwäche aus meinen Knochen zu verbannen. *Ich werde nicht wanken.*

Stella stand neben mir auf, ergriff meinen Arm und lenkte meine Aufmerksamkeit auf sich.

»Du hast Angst«, sagte sie mit sanfter Stimme. »Sprich mit mir.«

»Habe ich nicht«, fuhr ich sie an, und sie zuckte zusammen, als ich mich ihr zuwandte – offensichtlich in der Erwartung eines Schlages. Ich war versucht, aber ich hielt meine Hände von ihr fern.

Angst? Der Drachenkönig kennt keine Angst.

Ein Fünkchen Trotz flackerte in ihren Augen auf. »Erinnerst du dich, wie wir früher über diese Tage gesprochen haben? Darüber, dass du auf dem Thron sitzen würdest und das Königreich ein Ort des Glanzes wäre?«

Ich rührte mich nicht, als sie in meinen persönlichen Bereich eindrang und auf Zehenspitzen näher kam, um mir ins Ohr zu flüstern: »Es sieht nicht so aus, wie ich es mir erhofft hatte. Ich glaube, du hast dein eigentliches Ziel aus den Augen verloren.«

Die Emotionen in ihrer Stimme ließen mich innehalten, und ich drückte sie zurück, während Dunkelheit durch mich hindurchsickerte.

»Und wie sollte es deiner Meinung nach aussehen?«, fragte ich. »Ich habe meine erste Schlacht gewonnen und den Feind gründlich zerschlagen. Ich habe den größten lebenden Seher gefangen genommen – und heute Abend werde ich eine Vega hinrichten.«

Vards Vision der Wahrheit, zu der er gelangt war, nachdem ich befohlen hatte, die Porträts der Vegas von den Wänden zu nehmen, hatte mich verblüfft. Eines war mir besonders aufgefallen, als die Diener es abgenommen hatten: Hail und Merissa, die den kleinen Jungen streichelten, den sie als ihr Mündel bezeichnet hatten. Es war mir schon immer seltsam vorgekommen, aber als Vard die Wahrheit über seine wahre Identität erfahren hatte, war mein Verdacht endlich berechtigt gewesen.

Es war alles so offensichtlich geworden. Merissas unehelicher Sohn – ein leiblicher Sohn und kein Findelkind, mit dem sie Mitleid empfunden hatten. Ich hatte ihn für tot gehalten, nachdem meine Nymphen vor all den Jahren gekommen waren, um sie alle zu töten, aber es schien, als hätte die Seherkönigin dafür gesorgt, dass alle ihre Kinder in jener Nacht meinem Zorn entkommen waren. Das erklärte alles. Warum seine Gabe so immens war. Woher seine unerschütterliche Treue zu diesen Vega-Gören kam und warum er sich ihrer Hingabe so sicher war. Aber jetzt gehörte er mir.

»Ich dachte immer, ich würde dabei sein, um deine Siege zu genießen, Lion. Aber ich schätze, ich war nur ein weiteres Sprungbrett auf deinem Weg zur Herrschaft«, sagte sie kalt und zog sich zurück, als wäre sie mit mir fertig. Aber ich wusste, dass sie das nicht war. Es war deutlich in ihren Augen zu sehen, wie sehr sie mich wollte. Sie war nur verbittert, dass ich ihr so lange den Rücken gekehrt hatte. Ich konnte sie wieder für mich beanspruchen, und ich würde die Herausforderung genießen.

»Soll das eine Art spektakuläre Zurückweisung sein?«, fragte ich mit gleichgültiger Stimme, die bewies, dass mich ihre Scharade nicht berührte. Sie war schon immer gut darin gewesen, anderen etwas vorzuspielen, aber bei mir versagte sie. Und sie würde es wieder tun. Ich musste nur die richtigen Knöpfe drücken.

Ihre Augen füllten sich mit Tränen – und da war sie, die Wahrheit hinter der Maske. »Vielleicht. Vielleicht habe ich es satt, darauf zu warten, dass du all die Versprechen erfüllst, die du mir einst gegeben hast.«

Ich schlich auf sie zu, und sie wich zurück, hob das Kinn und hielt Augenkontakt mit mir, als erwartete sie, dass ich sie angreifen würde. Es schien ihr nichts auszumachen, von meinen Flammen verschlungen zu werden, und das weckte ein Kribbeln in mir.

»Und was waren das für Versprechen, Stella?«

»Beleidige mich nicht, indem du so tust, als würdest du dich nicht erinnern!«, knurrte sie. »Wir standen uns einmal so nahe, du hast mir alles anvertraut. Jetzt schaue ich dich an und bin mir nicht sicher, ob ich dich überhaupt jemals gekannt habe.«

»Nein … das ist es nicht«, sagte ich und bewegte mich noch näher auf sie zu, bis ihr Rücken die Wand berührte und ich ihr die Luft und die Sicht nahm und sie in meiner Falle hielt. Meine Augen wurden zu grünen reptilienartigen Schlitzen, und ihr Hals bewegte sich, als sie versuchte, die Nerven zu behalten. »Du wusstest immer um die Tiefe meiner Macht, Stella. Du hast die Dunkelheit in mir gesehen und mein Bedürfnis, zu erobern und aufzusteigen. Aber jetzt, wo ich König bin und alles entfesseln kann, bist du nicht in der Lage, dich dem zu stellen. Du kannst weder mit meiner tiefsten Wut noch mit meiner unvorstellbaren Stärke umgehen, also läufst du jetzt vor mir davon.« Ich hob einen Finger und strich damit über ihr Kinn, bevor ich ihr eine schwarze Haarsträhne hinters Ohr steckte. Die Art, wie sie ihre Lippen teilte und sie einen zitternden Atemzug ausstieß, verriet ihr Verlangen nach mir. »Ich bin zu viel für dich.«

»Ich bin die Einzige, die je mit dir fertig geworden ist«, beharrte sie, als ihr Wille nachgab und ihre dunklen Augen vor Verlangen aufflammten. »Aber ich habe etwas Besseres verdient. Ich habe Jahr für Jahr auf dich gewartet. Ich habe einen Mann geheiratet, den ich nicht geliebt habe, weil du es befohlen hast. Ich habe dir als Ratgeberin in dunkler Magie gedient. Ich war bei allem für dich da, und jetzt bietest du mir nichts an.«

»Lavinia tötet jede Frau, der ich zu nahe komme«, sagte ich, ein Knurren in meiner Brust, als ich diese verdammte Verletzlichkeit zugab. Ich senkte meine Stimme zu einem Flüstern, als ich fortfuhr: »Sie ist nicht meine Königin. Ich werde mich ihrer entledigen, wenn die Zeit reif ist.« Ich musste nur erst herausfinden, wie ich das anstellen sollte, und ich hatte in der Vergangenheit schon größere Herausforderungen gemeistert.

Stellas Augen weiteten sich, Hoffnung blitzte in ihnen auf. »Und dann?«

Ich wusste, was sie von mir hören wollte, und es war so furchtbar einfach, die Lüge für sie zu spinnen. Ich wollte überhaupt keine Königin. Aber ich wollte einen warmen Körper und das hübsche Stöhnen einer Fae, die von mir besessen war.

»Dann, und nur dann, können wir beide vielleicht zu einer besseren Vereinbarung kommen«, sagte ich.

Ich wartete darauf, dass sie das vage Versprechen so leicht schluckte wie Honig mit einem Schuss Gift, aber ein Zögern huschte über ihr Gesicht, dann schüttelte sie den Kopf.

»Lügner«, hauchte sie, und die Wut loderte heiß unter meiner Haut. »Du lügst jetzt, genau wie damals, als du geschworen hast, dass ich an deiner Seite sein würde, wenn du deine Herrschaft antrittst.«

Sie nahm meine Hand und legte sie auf ihr pochendes Herz, als sollte ich in der Lage sein, etwas daraus zu lesen.

Ich riss meine Hand zurück, machte einen Satz nach vorn und warf sie gegen die Wand.

»Du *bist* hier«, knurrte ich, denn dieses Spiel war mir zuwider. »Und du gehörst *mir*.«

Ich hob sie hoch und spreizte ihre Beine weit für mich. Keuchend beugte sie sich vor, um mich zu küssen, als ihr Widerstand genauso leicht wie immer für mich zerbröckelte. Ich drehte den Kopf, sodass sie nichts als meinen Mundwinkel traf, und schob ihren Rock ihre Schenkel hinauf. Die Wärme ihrer Haut war eine Wohltat, nachdem ich so lange nur die eisige Berührung Lavinias gespürt hatte.

»Oh, Lion, hast du mich vermisst?«, stöhnte sie, krümmte ihren Rücken und klammerte sich ermutigend an meinen Hals.

»Ich habe das hier vermisst.« Ich ließ mein Gewand fallen, riss ihr das Höschen vom Leib und rammte meinen Schwanz in ihre feuchte Hitze, wobei ich mich an der Wand abstützte und ihren Schreien lauschte. Ich fickte sie gnadenlos. Die Kraft meiner Stöße trieb uns hart gegen die Wand, bis der Putz um uns herum herabregnete.

Endlich hatte ich ein Ventil für diese unbändige Energie, die durch meinen Körper strömte. Sie. Eine wahre Verbündete, die ihren Platz unter ihrem König kannte. Sie erinnerte mich an meine Macht, und ich nährte mich davon wie eine Flamme von Benzin. Ja, ich war der Drachenkönig, der größte Fae im Land.

Ich war bereits wie elektrisiert und kam schließlich brüllend, während ich sie mit dem vollen Gewicht meines Körpers festhielt. Meine Handflächen brannten Löcher in ihre Tapete, als meine Feuermagie aus mir herausschoss.

Als die Erleichterung über meine Erlösung über mich gekommen war, wandte ich mich sofort wichtigeren Dingen zu.

Ich riss mich sofort von ihr los, als meine Gedanken zu meinem Schatz wanderten und zu dem, was ich am heutigen Tag verloren hatte. Das Bedürfnis, alle meine verbliebenen Vermögenswerte zu schützen, verlangte von mir, schnell zu handeln.

Ich nahm mein Gewand und zog es an, während Stella keuchend an der Wand lehnte – erschöpft und zweifellos über alle Maßen befriedigt.

»Du wirst deine Sachen in den Palast bringen und fortan dortbleiben!«, befahl ich.

»In Lavinias Gesellschaft bin ich nicht sicher. Wenn sie von unserer Beziehung erfährt, wird sie …«

»Beziehung?« Ich schnaubte. »Du hast das Privileg, deinem König zu dienen.« Ich ging zur Tür, und ihre nächsten Worte waren zittrig und mit weitaus mehr Gefühl durchzogen, als ich es ertragen wollte.

»Du hast mich einmal geliebt«, wimmerte sie.

Ich warf ihr einen verächtlichen Blick zu, als ich dieses Wort hörte. Diese widerliche Schwäche. »Deine Gefühle werden dein Untergang sein, Stella. Finde einen Weg, sie zu zügeln, oder ich ziehe mein Angebot zurück. Wenn du in den Palast kommst, wirst du das mit dem Wissen tun, wie unsere Vereinbarung aussehen wird. Die einzigen Beziehungen, die wir haben, sind geschäftlicher und sexueller Natur. Beide basieren auf denselben Regeln – und es sind die Gefühle, die beide ruinieren. Du wirst mich natürlich weiterhin begehren, mich sogar lieben – wenn du an solche Dinge glaubst –, aber du solltest verstehen, dass ich dieses Gefühl nie erwidert habe und auch nie erwidern werde.«

Ich schritt zur Tür hinaus, ihr Schluchzen folgte mir. Der vage Schimmer einer Erinnerung versetzte mich in die Zeit zurück, als wir unsere Tage gemeinsam an der Zodiac Academy verbracht, Pläne geschmiedet, herumgealbert und manchmal sogar gelacht hatten. Sie war einst eine interessante Ablenkung gewesen, aber meine Pläne waren ihr entwachsen. Vielleicht hatte es eine Zeit gegeben, in der ich etwas für sie empfunden hatte, aber ich hatte vor langer Zeit gelernt, dass es keine Gegenleistung dafür gab, jemanden zu lieben.

Als ich jung und naiv gewesen war, hatte ich einmal Zuneigung für meinen Vater empfunden. Ich hatte versucht, seine Gunst zu erlangen, aber er hatte sich immer auf Radcliff konzentriert, seinen ältesten Sohn, den Erben. Und schließlich hatte ich gelernt, dass der einzige Weg, in diesem Leben wahr- und ernst genommen zu werden, darin bestand, seine Macht zu beweisen. Als Radcliff gestorben war, hatte Vater mich gesehen. Er war gezwungen gewesen, meine Überlegenheit anzuerkennen, als ich endlich die Gelegenheit bekommen hatte, mich zu beweisen. Ich machte ihm keine Vorwürfe für seine anfängliche Bevorzugung, tatsächlich hatte ich selbst darin einen Vorteil gesehen, als ich meine eigenen Söhne gezeugt hatte. Darius hatte immer mehr Fähigkeiten als Xavier gezeigt, also hatte ich meine Ressourcen in ihn gesteckt. Das war pragmatisch gewesen und hatte dumme Konzepte wie das Verwöhnen der eigenen Brut überflüssig gemacht. Dieses Leben war hart, und man konnte darin nicht gedeihen, ohne auf einige Stacheln zu treten. Es war kein Ort für Schwächlinge.

Meine Erziehungsmethoden könnten schwächeren Fae grausam erschienen sein, aber mein Vater war ein weiser Mann gewesen, der bewiesen hatte, dass man im Leben mehr erreichen konnte, wenn Macht über alles andere gestellt wurde. Ich hatte seine Fähigkeiten übernommen und mit dem Charisma gepaart, das ich mir von Radcliff angeeignet hatte. Ich hatte ihn genau beobachtet und gesehen, wie andere Fae wegen seines Charmes alles für ihn taten. Und ich hatte erkannt: Wenn ich dieses Verhalten nachahmen könnte, wäre ich nicht mehr aufzuhalten.

Mein Bruder mochte stark gewesen sein, aber ich war schlau. Ich streckte meine Feinde im Schlaf nieder, übte Rache, ohne dass jemand von meiner Beteiligung erfuhr. Und mit der Zeit war meine Stärke gewachsen, um der meines Bruders zu entsprechen, sodass ich ihn nun völlig in den Schatten stellte. Mit all meinen Fähigkeiten war ich ein Meister der Macht – und das in jeder Hinsicht, die zählte. Wie mein Bruder und mein Vater mich jetzt beneideten, wenn sie von den Sternen aus zusahen. Denn ich war ein Mann, der sein Schicksal selbst kontrollierte.

Stella war meine letzte Erinnerung an jene Zeiten, als ich die Stufen meines Erfolgs erklommen hatte. Sie war ein Überbleibsel aus meiner Vergangenheit und konnte jetzt nicht einmal ansatzweise die großartigen Pläne verstehen, die ich für Solaria hatte. Sie noch einmal zu ficken hatte mich von dem kleinen Anflug von Zuneigung befreit, den ich heute Abend für sie empfunden hatte. Fortan würde ich sie als Beraterin für dunkle Magie an meiner Seite behalten. Und wann immer ich mir meinen Schwanz lutschen lassen oder in einen warmen Körper versinken wollte, würde ich sie ohne Probleme erreichen können. Auf diese Weise würde Stella ihren Anteil an meiner Macht haben, und sie sollte verdammt dankbar dafür sein. Ich musste nur sicherstellen, dass Lavinia nie von unseren Treffen erfuhr.

Ich kehrte auf mein Anwesen zurück, zog Vards zerschmetterten, zuckenden Körper aus dem Gras und heilte ihn, bevor ich mich in meine Drachenform verwandelte und ihn mit meinen Krallen packte. Ich erhob mich in den Himmel, und Rachegefühle durchströmten mich, als ich über die brennenden Überreste meines einstigen Zuhauses flog.

Ich würde Roxanya Vegas Angriff mit einem eigenen Angriff beantworten. Das Blut ihrer Schwester würde mich rot färben, und ich würde dafür sorgen, dass ihr Tod live in die Welt übertragen wurde.

Zuerst würde ich in die Stadt Celestia reisen und ein Treffen mit der Drachengilde abhalten, um zu fordern, dass sie einen Großteil ihres Schatzes an mich abtraten – obwohl die unschätzbaren Gegenstände, die ich verloren hatte, nie wirklich ersetzt werden könnten. Ich würde Roxanya bis ans Ende der Welt jagen, um meinen Schatz zurückzuerlangen.

Zumindest hatte ich etwas, auf das ich mich in der Zwischenzeit freuen konnte, denn wenn ich heute Abend in den Palast der Seelen zurückkehrte, würde eine Vega-Schwester auf mich warten. Es war an der Zeit, dass ich eines der mächtigsten Wesen dieser Welt und die Hälfte der Bedrohung gegen mich vernichtete.

Dies war mein Königreich, und ich würde meine Herrschaft immer wieder mit Blut behaupten, bis niemand mehr wagte, sich mir zu widersetzen. Es hatte eine Zeit gegeben, da hatte ich Hail Vega in ein gewalttätiges Wesen verwandelt, von ganz Solaria gefürchtet. Und ich hatte die Wirksamkeit dessen gesehen. Hinter seiner Macht hatte in Wahrheit immer ich gestanden. Und jetzt trug ich sowohl seine Krone als auch seinen Titel. Ich war der Drachenlord, Lionel Acrux, und ich war der wahre Grausame König.

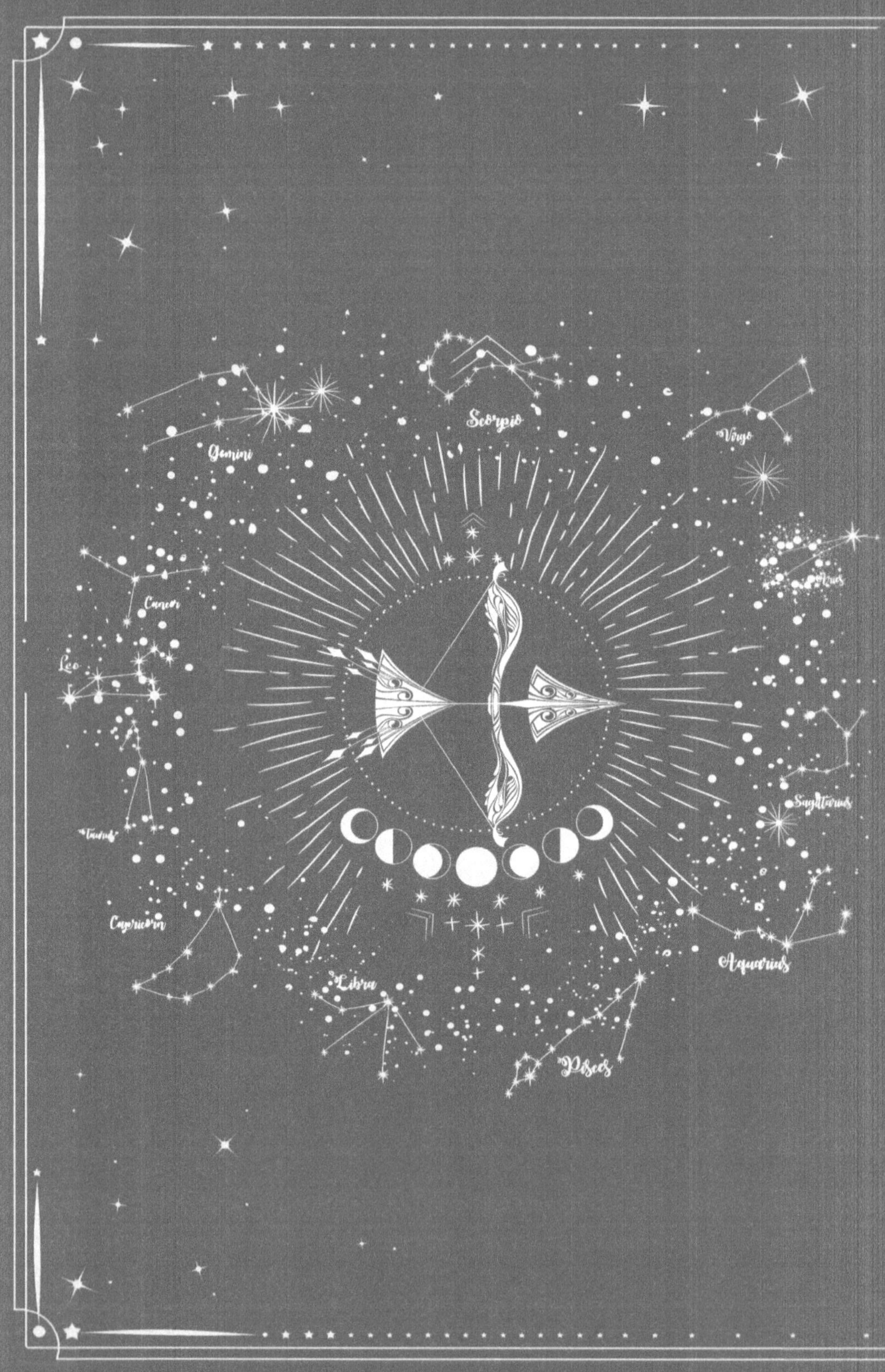

Gemini
Scorpio
Virgo
Cancer
Aries
Leo
Taurus
Sagittarius
Capricorn
Aquarius
Libra
Pisces

MILTON

KAPITEL 14

Guten Morgen, Schütze!
Die Sterne haben deinen Tag vorausgesagt.
Der Wind ist wild und die See stürmisch, während die Dunkelheit deine Nacht beherrscht und niemals dem Sonnenaufgang zu weichen scheint. Aber sei wachsam, denn vielleicht dringt schon bald ein Licht durch die Finsternis und erhellt deinen Weg. Aber du wirst es finden müssen. Eine unerwartete Allianz mit einem Widder könnte dir heute in den Schoß fallen. Wenn du dein Herz öffnest, könnte dir ein Gegner zum Freund werden. Hüte dich vor dem Klang der Morgenglocke und suche Frieden in der Gesellschaft derer, denen du mehr als allen anderen vertraust. Vergiss nicht: Die Sonne scheint nach einem Sturm immer am hellsten.

Stirnrunzelnd las ich die Worte auf meinem Atlas – ihre Bedeutung war mir selbst zu dieser fortgeschrittenen Tageszeit noch unklar. Ich saß in meinem *Grundlagen-der-Magie*-Kurs, heuchelte Aufmerksamkeit und zählte die Minuten, bis wir zum Abendessen entlassen wurden. Professor Highspell lehnte an der Kante ihres Pults, wobei ihr Bleistiftrock gefährlich hochrutschte. Sie lächelte verzückt, als sich Tricia Buttram unter ihrer Aufmerksamkeit wand und versuchte, sich an einige Fakten über das Sternbild Corona Borealis zu erinnern.

Ich schnaubte, als sie stotternd nach Worten rang, mit denen sie das Sternbild beschreiben könnte, das mit meiner Formgebung verknüpft war. Highspells Blick schoss zu mir in den hinteren Teil des Raumes, wo die sogenannten niederen Formgebungen sitzen mussten, zu denen ich auch gehörte.

»Mr. Hubert?« Sie zog warnend eine Augenbraue hoch. Wenn sie mich dabei erwischte, etwas anderes zu tun, als ihr und ihrem verdammt langweiligen Unterricht Gehör zu schenken, würde es Ärger geben. »Ich nehme an, Sie wissen etwas über dieses Thema?«

Ich nickte und wartete darauf, dass sie mich tatsächlich um die Informationen bat, bevor ich sie preisgab. Sie würde mir mindestens Nachsitzen aufbrummen, wenn ich ohne Aufforderung sprach – und ich wollte keine Sekunde länger als nötig in ihrer Gesellschaft verbringen.

»Dann klären Sie uns bitte auf!« Sie hob eine Hand, um auf meine Kommilitonen zu zeigen, die sich alle umgedreht hatten, um mich anzusehen. Nicht wenige schienen dankbar zu sein, dass sie ihrer Aufmerksamkeit entgangen waren, die nun stattdessen auf mir ruhte.

Ich hob mein Kinn, ließ meinen Blick über die unverhohlen anzügliche Lehrerin hinweg auf die Tafel hinter ihr schweifen, auf der sie den Namen des Sternbildes in wirbelnder Schrift geschrieben hatte, und rasselte dann das herunter, was ich wusste.

»Corona Borealis – auch bekannt als Nördliche Krone oder Woomera, der Bumerang – befindet sich am Himmel zwischen Bootes und Herkules und ist das Sternbild, das am engsten mit der Formgebung des Minotaurus verbunden ist. Es besteht aus vier Sternen mit bekannten Planeten, der hellste Stern ist Alphecca …«

»Ja, ja.« Highspell schnippte mit den Fingern, um mich mitten im Satz zum Schweigen zu bringen, und ich bemühte mich, keine Miene zu verziehen, während ich verstummte und mich auf meinem Stuhl zurücklehnte. »Das Sternbild der Kuh, oder das Matschfeld am Himmel, wie ich es gern nenne.« Sie kicherte vor sich hin, aber alle anderen im Raum schwiegen. Wenn das ihre Vorstellung von einem Witz war, dann war es kein Wunder, dass die Schlampe keine Freunde hatte. »Ich möchte, dass Sie alle vor unserem nächsten Unterricht die Corona-Borealis-Konstellation studieren und einen Aufsatz schreiben. Titel: *Zehn Dinge, die diese Konstellation weniger mächtig machen als die meisten anderen.* Zusätzliche Punkte gibt es für Beschreibungen der Formgebung, die mit dieser Sternformation in Verbindung steht, und für eloquent formulierte Beispiele für deren Schwächen und Stärken – sie gehört nicht grundlos zu den niederen Formgebungen, aber es ist immer erwähnenswert, wie diese gerissenen Bestien die harte Arbeit und Widerstandsfähigkeit unseres großartigen Landes untergraben können. Ich will also keine zu kurzen Ausführungen sehen.«

Ihre blutroten Lippen formten sich zu einem breiten Lächeln, als sie meinem Blick begegnete und mich herausforderte, ein Wort zur Verteidigung meiner Formgebung zu sagen. Sie grinste nur, als ihr Blick auf meinen Nasenring fiel, das Symbol meiner Position als vollwertiger Bulle, der in der Lage war, eine eigene Herde zu gründen. Bernice, die einzige meiner potenziellen Kühe in dieser Klasse, rutschte auf ihrem Sitz hin und her, wobei einer ihrer Zöpfe über ihre Schulter fiel und ihre dunkle Wange küsste.

Ich hielt Highspells Blick stand. Ich war kein Dummkopf. Ich würde meinen Atem nicht mit trotzigen Ausbrüchen verschwenden, die mir nur Nachsitzen oder Schlimmeres bescheren würden. Es lohnte sich nicht, dieses Spielchen für kleinlichen Stolz weiterzutreiben, also ließ ich meinen Blick auf den Tisch vor mir sinken – Highspell würde das als Unterwerfung, Scham über meine Formgebung oder was auch immer sie verdammt noch mal glauben wollte, interpretieren – und biss mir so fest auf die Zunge, dass sie blutete.

Die Glocke verkündete das Ende des Unterrichts, aber niemand rührte sich, wir alle warteten darauf, dass Highspell uns offiziell entließ.

Mildred Canopus hob ihre Hand – sie saß an einem der schicken Tische im vorderen Teil des Klassenzimmers, den Rücken kerzengerade, während sie auf die Erlaubnis wartete, sprechen zu dürfen.

»Ja, Mildred?«, rief Highspell, ohne sie anzusehen. Ihre Aufmerksamkeit galt stattdessen Gary Jones in der ersten Reihe, während sie mit der Zunge über ihre Unterlippe fuhr.

Er war ein Mantikor, ein mächtiger Feuerelementar und seine Familie seit vier Generationen reinrassig, sodass er seinen Platz in der ersten Reihe der Klasse schnell erhalten hatte. Aber ich wusste, dass er nicht dort sein wollte, er war genauso ein Gefangener dieses Systems wie wir alle. Gary schaute auf seinen Tisch, als würde er ihn auffordern, sich in ein schwarzes Loch zu verwandeln, das ihn verschluckte, und ich bemitleidete meinen Freund tatsächlich für seine Zugehörigkeit zu einer der bevorzugten Formgebungen. Zumindest tat ich das, bis ich mich an das Abendessen erinnerte, das mich erwartete, und mein Magen knurrte laut.

»Ist es akzeptabel, in unseren Aufsätzen die besten Methoden aufzulisten, um einen Minotaurus zu töten?«, fragte Mildred mit einem grausamen Funkeln in ihren schmalen Augen, während sie einen Bleistift zwischen ihren Fingern drehte.

»Zum Beispiel?«, erkundigte sich Highspell fröhlich.

»Sie muhen echt laut, wenn man sie mit Drachenfeuer beschießt«, sagte Mildred und entlockte damit einigen Mitgliedern der Majestätischen Oberherrschaft für Elitäre Sonder-Einsätze in der Nation ein Kichern. Ich registrierte, wie ich mich auf meinem Stuhl aufsetzte und mich an die Kante meines Tisches klammerte, als könnte mich das davon abhalten, etwas Dummes zu tun. Wie aufzuspringen und diese Schlampe mitten im Klassenzimmer in Stücke zu reißen. Seit sie heute Morgen an die Academy zurückgekehrt war, prahlte sie lautstark mit ihrer Rolle in der Schlacht, die der König gegen die Rebellen gewonnen hatte. Und wenn ich mir noch eine weitere abgefuckte Geschichte aus ihrer Erfahrung im Kampf anhören müsste, dann war ich mir sicher, dass ich ausrasten würde.

»Und sie schmecken wie Rinderschmorbraten«, beendete Mildred ihren Satz.

»Bei den Sternen«, murmelte Frank links im Raum, sein Gesicht war kreidebleich vor Entsetzen und er war nicht einmal von meiner Formgebung.

Ich warf einen Blick auf Bernice, die so still wie eine Statue dasaß, ihre Hände zitterten, als sie sie auf ihrem Schoß verschränkte, und der Drang, sich zu verwandeln, war ihr ins Gesicht geschrieben. Aber wenn sie das täte, wäre sie so gut wie tot.

Jeder Student, der weiterhin die Zodiac Academy besuchte, war einer Inquisition unterzogen worden, und nicht wenige waren von ihrem Verhör mit den Beamten des FIB nicht zurückgekehrt, ihr Schicksal war unbekannt. Ich wusste, dass die vermeintlich niederen Formgebungen – wie wir beide – nur zum Schein hier waren. Es waren mehrere schwachsinnige Artikel über unsere fortwährende Anwesenheit hier veröffentlicht worden, in denen behauptet worden war, dass selbst niedere Fae noch einen Platz in Solaria haben könnten, solange wir unsere Loyalität gegenüber der Krone bewiesen, dass wir des Verrats unschuldig und in der Lage wären, die Fehler unserer Formgebungen zu überwinden.

Das war Schwachsinn. Absoluter verdammter Schwachsinn, aber das war mir egal, denn ich war immer noch hier, bezeugte alles und war nah genug dran, um genau zu sehen, was um uns herum geschah. Und ich konnte etwas dagegen tun, ob sie es wussten oder nicht.

»Es lohnt sich aber nicht, zu versuchen, die Hörner zu schlucken«, ergänzte Mildred süffisant. »Ich hatte mal eines in meinem Hals stecken und bin fast daran erstickt.«

Ein Jammer, dass das nicht geklappt hat.

Bernice zitterte jetzt merklich. Ihr hitziges Temperament erhob sich, und die Worte brannten ihr zweifellos wie Galle im Hals, während sie darum kämpfte, sie zurückzuhalten.

Ich ließ die Tischkante los und legte die Hände in den Schoß, wobei ich eine subtile Illusion erzeugte, sodass Bernice die sanfte Berührung meiner Handfläche auf ihrem Rücken spüren konnte. Sie versteifte sich bei der Berührung, ihr Blick traf den meinen – und die Verbindung war hergestellt.

Ich warf ihr einen Blick der Solidarität zu und erinnerte sie damit stillschweigend daran, dass wir bald hier rauskommen würden, hoffentlich in Sicherheit. Dann wären wir in der Lage ... etwas zu tun. Zumindest wünschte ich mir das.

Bernice atmete aus, ihre Finger entspannten sich, als sie ihre Formgebung unter Kontrolle brachte, und sie nickte dezent, aber ich hielt meine Illusion aufrecht und streichelte sie langsam, um ihre Sorgen etwas zu mildern.

»Während der Schlacht ist es meinem Onkel Fredrick und mir tatsächlich gelungen, fünf Minotauren aus der Luft heraus zusammenzutreiben«, sagte Mildred mit aufgeblähter Brust und streckte die Zunge heraus, um ihre haarige Oberlippe zu lecken. »Es war berauschend, wie sie muhend davongerannt sind. Es war eine kleine Stampede des Todes, als sie bei ihrem Versuch, uns zu entkommen, ihre eigenen Verbündeten niedergetrampelt haben ...«

»Faszinierend«, schnurrte Highspell und durchbohrte mich mit ihrem Blick, aber ich richtete meine Aufmerksamkeit vehement auf meinen Tisch und weigerte mich, ihr den Vorwand zu liefern, den sie suchte, um mich zu bestrafen. Ein Zeichen des Trotzes oder ein Hinweis darauf, dass ich irgendetwas für den Tod dieser Rebellen empfand, würde da schon reichen. »Aber leider können wir den Tod der niederen Formgebungen nicht billigen, es sei denn, sie werden eines Verbrechens – wie dem Verrat an der Krone oder einer Allianz mit dem Vega-Abschaum – überführt. Also lassen wir den Abschnitt über die besten Möglichkeiten, sie zu töten, besser raus und konzentrieren uns in diesem Aufsatz stattdessen darauf, wie man nach ihren Fallen Ausschau hält, die sie mit ihrer Gerissenheit und Hinterhältigkeit gelegt haben könnten. Der Unterricht ist hiermit beendet.«

Highspell fuchtelte mit der Hand, woraufhin sich die Tür öffnete und wir endlich von der Qual ihres Unterrichts über vorurteilsbeladenen Bullshit befreit wurden.

Ich wartete auf meinem Platz, während die höheren Formgebungen zuerst gingen. Die vorderen Reihen leerten sich schnell – Gary zum Beispiel rannte praktisch aus dem Raum, um den räuberischen Blicken zu entkommen, mit denen Highspell ihn bedachte.

Soweit ich wusste, hatte sie keinen der Studenten, nach denen sie so geiferte, tatsächlich berührt, aber es machte ihr sichtlich Spaß, ihnen das Leben so schwer wie möglich zu machen.

Mildred stand so plötzlich auf, dass sie ihren Stuhl umwarf, ohne sich die Mühe zu machen, ihn aufzuheben. Sobald sie aus dem Raum schritt, scharten sich die anderen M. O. E. S. E. N. um sie. Marguerite Helebor schürzte die Lippen, als sie sich am Ende der Gruppe wiederfand.

Erst als sie alle gegangen waren, griffen wir anderen nach unseren Taschen und standen auf – Bürger zweiter Klasse, gezwungen, alle Privilegien denen zu überlassen, die der falsche König für würdiger hielt als uns.

Ich schlüpfte durch die Menge, nahm Bernice' Hand und verließ gemeinsam mit ihr den Raum, wobei keiner von uns auch nur ein Wort zu sagen wagte. Zu viele Zeugen waren in der Nähe. Aber ihre Finger umklammerten meine. Sie war wunderschön, feurig und voller Leidenschaft, was mich sehr zu ihr hingezogen hatte, als ich nach dem Stechen meines Nasenrings über den Aufbau meiner Herde nachzudenken begonnen hatte. Aber da war noch nichts Offizielles zwischen uns. Sie war eine meiner potenziellen Kühe, aber nur in dem Sinne, dass wir darüber nachdachten, eine offizielle Herde zu gründen. Jetzt ihre Hand zu halten, war das Körperlichste, was bisher zwischen uns stattgefunden hatte.

Ich wünschte mir mehr, hatte mehr als einmal darüber nachgedacht, aber es war nicht so einfach. Wir befanden uns mitten in einem Krieg, unsere Familien – unsere gesamte Formgebung – waren der ständigen Gefahr ausgesetzt, verfolgt, entführt und in ein Nebula-Inquisitionszentrum verschleppt zu werden, um nie wieder gesehen zu werden. Und das nur, weil wir das Verbrechen begangen hatten, als Angehörige unserer Art geboren zu sein. Diese Schwelle also mit ihr oder einer meiner anderen potenziellen Kühe zu überschreiten, schien mir ein nicht zu rechtfertigendes Risiko zu sein.

Unsere Herzen einander auf diese Weise zu öffnen, könnte so leicht in einer Tragödie enden, wenn unsere Unternehmungen entdeckt würden. Und ich wollte nicht riskieren, dass mich jemand liebte, wenn ich mir fast sicher war, dass ich bald tot sein würde. Das war nicht fair.

Wir bahnten uns unseren Weg über den ruhigen Campus zum Orb. Dabei folgte mein Blick den höheren Formgebungen, die mit hocherhobenem Kopf vor uns her stolzierten, Gourmetmahlzeiten beanspruchten und sich auf den besten Plätzen im Raum niederließen.

Rechts von der Tür bildete sich bereits eine Schlange aus den niederen Formgebungen. Wir mussten warten, bis alle anderen versorgt waren, bevor wir den Raum betreten konnten, und nachdem wir unser viel weniger zufriedenstellendes Mahl erhalten hatten, sollten wir uns in den kleinen Innenhof vor dem Hauptgebäude auf harte Picknickbänke setzen, die den Elementen ausgesetzt waren.

Ich sagte nichts über die Ungerechtigkeit, während wir in der Schlange standen, aber mein Blick begegnete denen einiger anderer Fae in stillem Einverständnis über das Geheimnis, das wir teilten.

Ich schaute zum Himmel, während ich mit meinem Daumen über Bernice' Handrücken strich. Die Sonne ging in der Ferne unter, und die ersten Sterne leuchteten auf, als sie sich zurückzog. Sie beobachteten uns, aber wenn sie unsere Notlage überhaupt bemerkten, unternahmen sie nichts dagegen.

Endlich durften wir den Orb betreten, gingen zur Theke auf der rechten

Seite der riesigen goldenen Kuppel und holten unsere Tabletts mit Reis und Erbsen ab. Ich sagte nichts, ignorierte den Geruch des köstlichen Essens, das die anderen Formgebungen im Raum verzehrten, und holte mir ein paar Smoothies aus Gras und Grünkohl aus dem Kühlschrank, bevor ich nach draußen in den beschissenen Essbereich ging, der für uns reserviert war.

Bernice saß neben mir und starrte mit einem Feuer in den dunklen Augen auf ihr einfaches Essen hinunter. Ich ließ meine Hand auf ihren Oberschenkel sinken, drückte ihn leicht und beugte mich dann zu ihr, um ihr etwas zuzuflüstern.

»Ich habe etwas Schokolade für danach«, murmelte ich, den Duft ihrer frischen Haut genießend, während meine Lippen ihr Ohr berührten.

»Du warst in der Stadt?«, zischte sie und richtete ihren wilden Blick auf mich, wodurch unsere Lippen nur noch Zentimeter voneinander entfernt waren.

»Es gibt keine Regel, die mir das verbietet«, antwortete ich mit einem Hauch von Entschlossenheit in meinem Ton, als sie mich stirnrunzelnd ansah.

Bernice wirkte eine Stillekuppel, um uns abzuschirmen, bevor sie fortfuhr. Ihre Augen huschten einen Moment lang zu den Leuten, die an den Tischen um uns herum saßen, aber wir befanden uns alle im selben Boot, und ich hatte keine Angst davor, was einer von ihnen den Lehrern melden könnte. Ich führte einfach ein Gespräch mit meiner potenziellen Kuh. Dagegen gab es keine Regeln.

»Nein, aber in den Straßen von Tucana patrouillieren Nymphen, und meine Mom hat mir erzählt, dass jeden Tag Minotauren, Sphinxe und Tiberianische Ratten verschwinden.«

»Das wissen wir«, sagte ich, aber sie schüttelte den Kopf.

»Ich spreche nicht von denen, die in diese abgefuckten Lager gebracht werden. Ich meine Fae, die einfach verschwinden, deren Leichen nie gefunden werden. Gerüchten zufolge haben die Nymphen die Erlaubnis erhalten, Jagd auf unsereins zu machen, solange sie subtil vorgehen und ...«

»Ich habe keine Nymphen gesehen, als ich dort war«, erwiderte ich, obwohl das nicht ganz stimmte; ich hatte einige in der Ferne am Ende einer langen Straße gesehen, bevor ich in den Laden gegangen war. »Und ich mache nichts Verbotenes, wenn ich mein Geld für anständiges Essen ausgebe. Es gibt keine Vorschriften, die uns verbieten, unser eigenes Essen zu kaufen, und ich habe mehr als genug Geld, um genau das zu tun. Ich werde diesen Mist nicht Tag für Tag essen. Irgendwann wird mir dieser fade Geschmack einfach zu viel.«

»Ich finde einfach nicht, dass es sich lohnt, sein Leben für Schokoriegel zu riskieren«, zischte Bernice und schlug genervt meine Hand von ihrem Schenkel, aber ich packte ihr Kinn, als sie sich von mir abwenden wollte, und zwang sie, meinen Blick zu halten.

»Ich war nicht wegen der Schokolade dort«, raunte ich. Das Geheimnis, das ich den ganzen Tag für mich behalten hatte, brannte wie Feuer in meiner Brust, aber ich wagte nicht, es hier zu offenbaren.

Bernice öffnete überrascht den Mund, und meine Aufmerksamkeit fiel kurz auf ihre vollen Lippen, bevor ich mich zwang, sie loszulassen. Wir schwiegen beide, während wir unser fades Essen in uns hineinschoben.

Wir blieben noch eine Weile sitzen und achteten darauf, lässig auszusehen, bevor wir uns schließlich erhoben und dem Weg folgten, der zur Uranus-Krankenstation und zum dahinter liegenden Haus Aqua führte. Wer uns beobachtete, würde einfach zwei Minotauren sehen, die auf das Wasser-Territorium zusteuerten. Daran war nichts Verdächtiges, und es bestand kein Grund für genaueres Hinsehen.

Ich umgab uns mit subtiler Magie, während wir weitergingen, und meine Hand berührte ihre mehr als einmal, wobei mich bei jedem Kontakt ein leichter Schauer durchlief.

Wir umrundeten die Krankenstation und bewegten uns in die tiefen Schatten, die das wunderschöne Gebäude warf. Meine Magie umhüllte uns, während diese Schatten immer dunkler wurden. Der Verhüllungszauber, den ich gewirkt hatte, schützte uns; die Schatten waren so dicht, dass ich nicht einmal meine eigene Hand vor Augen sehen konnte, als Bernice ihre Hand in meine legte.

Mit meiner freien Hand ertastete ich die Wand, meine Finger zogen eine Linie entlang des kalten Steins. Meine Magie breitete sich vorsichtig aus, bis sie sich schließlich um das Gesicht des Steingargoyles wand, den ich gesucht hatte.

Ich fuhr mit den Fingern über seine felsigen Züge, berührte seinen Kopf, bevor ich eine Stelle genau zwischen seinen klobigen Steinflügeln fand und fest darauf drückte, bis ich spürte, wie etwas nachgab.

Wir hielten uns im Schatten, während wir durch die neu entstandene Öffnung in der Steinmauer traten, und schwiegen, bis wir drinnen waren. Das subtile Knirschen des Steins ließ mich wissen, dass der geheime Eingang wieder hinter uns geschlossen war.

Ich ließ die Verhüllungszauber fallen und schritt den schmalen Korridor entlang, Bernice fiel einen Schritt hinter mir zurück, als es zu eng wurde, um nebeneinander zu gehen.

Der Weg war mir inzwischen vertraut, aber jedes Mal, wenn ich ihn entlangging, durchlief mich ein Kribbeln der Anspannung. Was wir taten, war unglaublich riskant, aber nichts zu tun, musste noch viel schlimmer sein.

Schließlich erreichte ich die schwere Holztür am Ende des steinernen Ganges und legte meine Hand darauf, um einen Impuls meiner Kraft in sie fließen zu lassen und zu beweisen, wer ich war, bevor sie sich für mich öffnete. Sie schlug sofort hinter mir zu, sodass Bernice diesen Vorgang wiederholen musste, bevor sie durchgelassen wurde, und ich blinzelte in das orangefarbene Licht des Feuers, das diesen Ort erhellte.

Ich warf einen Blick auf den Kamin und lächelte Gary an, der mich zu sich auf die Couch winkte, wo es sich bereits um die zwanzig andere Fae in dem großen Raum gemütlich gemacht hatten. Die Wände waren aus unverputzten Steinen, tiefe Bögen waren um uns herum in sie eingemeißelt. Der Betonboden war durch jahrelange Nutzung stark verschlissen, doch dieser Raum war völlig unbewohnt gewesen, als wir ihn gefunden und zu unserem gemacht hatten. Die Tür, die in den Hauptteil des Gebäudes führte, war genauso sorgfältig versiegelt wie die, durch die Bernice und ich jetzt eingetreten waren, und ich konnte die Kraft der Schutzzauber und der Stillekuppeln spüren, die unser Versteck ebenfalls schützten.

»Hast du es noch nicht gehört?«, fragte Gary mit rauer Stimme, und ich machte mich auf weitere erschütternde Nachrichten aus dem Krieg gefasst, während ich mich ihm auf der grauen Couch gegenübersetzte.

»Was gehört?«, fragte ich und machte Platz für Bernice, die sich zu uns gesellte.

Gary zögerte, seine Augen waren dunkel und traurig – ein Gefühl, das ich im letzten Jahr nur allzu gut kennen und zu erwarten gelernt hatte. Mit kalter Angst wartete ich auf seine Worte.

»Lionel hat Darius während der Schlacht getötet«, hauchte Gary, und es war, als würde die ganze Welt um mich herum stillstehen, während ich versuchte, diese Worte zu begreifen.

»Das kann nicht dein Ernst sein?«, keuchte Bernice, während Gary den Kopf hängen ließ, als könnte er es nicht ertragen, zuzusehen, was diese Neuigkeit mit uns machte.

»Sie haben endlich einen vollständigen Bericht über die Schlacht veröffentlicht – natürlich vollgestopft mit voreingenommenem Schwachsinn zugunsten des verdammten Königs. Aber Darius' Name stand ganz oben.«

»Nein«, flüsterte ich, zog meinen Atlas aus der Tasche, öffnete ihn, berührte den Button für die *Celestial-Times*-App und versuchte, nicht zusammenzuzucken, als ich den Artikel fand.

Darius Acrux unter den hingerichteten Verrätern in der Schlacht um den Aufstieg des Großen Königs
von Gus Vulpecula.

An diesem großartigen und triumphalen Tag, nach dem glorreichen Sieg über die Rebellen, die unseren edlen neuen König zu untergraben suchten, ist nun ein vollständiger Bericht über die Schlacht ans Licht gekommen.

König Lionel Acrux, der Erste seiner Linie und unerschütterlichster Verfechter der Stärke der Fae, hat diesem bescheidenen Reporter einen erschütternden und bewegenden Bericht über die Schlacht gegeben, die er so tapfer gegen die Terroristen geführt hat, die sich gegen die Krone gestellt haben. Und die nach wie vor versuchen, Zwietracht und Unruhe in unserem wunderbaren Königreich zu säen.

Mit Augen, die so schwer waren, als würden tausend Sonnen darauf lasten, und die mit der Macht eines wahrhaft Ehrfurcht gebietenden Fae glänzten, erzählte er mir selbst von der schrecklichen Aufgabe, die er für die Sicherheit seines Volkes erfüllen musste. Er sprach mit schwerem und ehrlichem Herzen über den Moment, in dem er sich gezwungen sah, das Leben seines verräterischen Sohnes Darius Acrux zum Wohle unserer Nation zu beenden.

Ich konnte es nicht ertragen, noch ein Wort dieses Arschkriecher-Bullshits zu lesen, und schaltete meinen Atlas aus. Meine Augen brannten.

Trotz unseres Zerwürfnisses hatte ich nie aufgehört, Darius zu unterstützen oder ihn so zu lieben, wie ich es als wahrer Freund immer getan hatte. Er mochte mich vielleicht nie als einen seiner engsten Gefährten angesehen haben, aber ich war Teil seines inneren Kreises gewesen, hatte den Mann kennengelernt und bewundert, zu dem er herangewachsen war, und immer die Hoffnung bewahrt, dass er seinen Vater eines Tages zum Wohle ganz Solarias vernichten würde.

»Er hat seinen eigenen Sohn getötet«, raunte Bernice, und das Grauen in ihren Worten kroch unter meine Haut und setzte sich dort fest. »Wer hat denn jetzt noch eine Chance gegen ihn? Wer zur Hölle wird jetzt noch in der Lage sein, dieses Stück Formisten-Scheiße davon abzuhalten, unser gesamtes Königreich zu zerstören? Jetzt, wo Darius …«

»Die Vegas sind mächtiger als Lionel Acrux«, sagte ich entschlossen und hob meine Stimme, während ich meinen Blick über die versammelte Gruppe – die Undercover A. N. U. S. – schweifen ließ.

Wir trafen uns nun schon seit Monaten auf diese Weise, um gegen die Ungerechtigkeiten an der Academy vorzugehen, Informationen auszutauschen und das Wenige zu tun, was wir tun konnten, um uns den Regeln zu widersetzen, die uns aufgezwungen worden waren. Aber es fühlte sich nicht annähernd genug an. Vor allem jetzt nicht mehr.

Unsere Zahl wuchs langsam, aber wir mussten vorsichtig sein. Die meisten von uns gehörten zu den sogenannten niederen Formgebungen, aber einige, wie Gary, waren einfach gute Fae, die diesen rassistischen Schwachsinn genauso hassten wie wir und etwas dagegen unternehmen wollten. »Wir müssen durchhalten. Die Königinnen werden sich ihre Krone holen, sobald sie stark genug sind. Sie werden dem ein Ende bereiten. Früher oder später werden sie …«

»Darius hat sein ganzes Leben lang trainiert und ist diesem Monster trotzdem zum Opfer gefallen«, flüsterte Frank aus dem hinteren Teil des Raumes, wo sich der Rest von Seth Capellas altem Rudel dicht um ihn versammelt hatte. »Es könnte Jahrzehnte dauern, bis die Vegas zu ihrer vollen Stärke herangewachsen sind und gelernt haben, sie so einzusetzen, um diesem Mistkerl den Thron wieder abnehmen zu können. So lange können wir nicht warten. Wir werden alle tot sein, lange bevor sie dazu in der Lage sind …«

»Genug!«, muhte ich, stand auf und scharrte mit dem Fuß auf dem Boden, um meine Entschlossenheit zu zeigen. »Wenn einer von uns hier ein Feigling wäre, dann säße er nicht in diesem Raum und würde sich mit all seiner Kraft an Undercover A. N. U. S. klammern. Ich werde jetzt ganz sicher nicht vor Angst davonlaufen. Ich bin dabei, weil es das Richtige ist. Ich bin mir der Risiken bewusst, genau wie ihr alle, und ich weiß, was mit mir geschehen wird, wenn ich erwischt werde. Aber ich werde nicht aufhören. Ich werde nicht klein beigeben. Und ich werde nicht zulassen, dass der Tod von Darius Acrux Angst in mein Herz bringt. Er war ein guter Mann, trotz der Art und Weise, wie sein Vater ihn erzogen hat, und er hat sein Leben im Kampf für unser aller Rechte gegeben. Ich werde dieses Opfer nicht missachten, indem ich mich jetzt von seiner Sache abwende.«

Ein leises Jubeln ging durch die Gruppe, und ich stieß ein Seufzen aus, nickte aber zufrieden.

»Ich habe endlich das Paket bekommen, auf das wir alle gewartet haben«, sagte ich, zog den Atlas aus meiner Tasche und starrte auf den dunklen Bildschirm.

»Bist du sicher, dass es nicht nachverfolgbar ist?«, fragte Alice mit leiser Stimme und legte ihre Hand auf Franks Knie, als hoffte sie, dass der andere Wolf uns diese Gewissheit geben könnte.

»Es stammt von Portia Silverstone höchstpersönlich. Sie hat die Rebellenhochburg verlassen, um sich darauf zu konzentrieren, die Wahrheit von der Front zu berichten. Und sie braucht Fae wie uns, die ihr dabei helfen, diese Nachrichten zu verbreiten. Ich habe sie im Hinterraum des Andromeda Place getroffen. Angeblich versucht sie, mit Tyler Corbin in Kontakt zu treten, damit sie gemeinsam an Geschichten arbeiten und die Wahrheit ans Licht bringen können. Wenn wir all den abgefuckten Formistenscheiß aufdecken wollen, der hier vor sich geht, dann kann sie uns dabei helfen.«

»Sobald das Exposé veröffentlicht wird, werden sie uns jagen«, murmelte Bernice – mehr eine Tatsache als eine Warnung. »Wir müssen bereit sein.«

»Wir werden Coverstorys brauchen«, stimmte ich zu. »Und unsere mentalen Schutzschilde müssen kugelsicher sein. Trainiert ihr alle noch regelmäßig?«

Alle nickten, und ich warf einen Blick in Richtung Elijah Indus, der seine Brust aufblähte, als er sich wie auf Kommando verwandelte. Seine Augen verschmolzen, als sein Zyklop die Kontrolle übernahm, und er einige aus dem Wolfsrudel zum Training zu sich winkte.

Es war eine schwierige Kunst, der Zyklopeninvasion zu entgehen, ohne dass diese es bemerkten. Als würde man seine Geheimnisse hinter einer Tür verschließen und diese Tür dann als etwas tarnen, das keine Aufmerksamkeit erregte. Dabei musste man seine Gefühle über das, was dahinter lag, mit Erinnerungen aus einer anderen Zeit verbergen.

Wir hatten unermüdlich daran gearbeitet, und Elijah testete unsere Fähigkeiten, damit wir bereit waren, falls und wenn wir unter die Lupe genommen würden. Wir konnten nicht riskieren, dass uns jemand bloßstellte. Bisher hatten wir vor allem Studenten geholfen, die unter Verdacht geraten waren, und sie dabei unterstützt, die Academy zu verlassen, bevor die Inquisitoren aufgetaucht waren. Allerdings war es uns nur bei zweien von ihnen gelungen, ihnen vollständig zur Flucht zu verhelfen. Aber wenn wir unseren Plan, Filmmaterial vom Campusgelände zu veröffentlichen, um die abgefuckten Lehrmethoden, die hier stattfanden, aufzudecken, in die Tat umsetzen wollten, dann mussten wir über jeden Verdacht erhaben sein. Wir mussten unantastbar sein. Und ich würde nicht riskieren, auch nur ein einziges Foto zu machen, bis ich sicher sein konnte, dass wir bereit waren.

Schon allein ein Treffen wie dieses, bei dem so viele verschiedene Formgebungen an einem Ort versammelt waren, könnte dazu führen, dass wir zum Nachsitzen geschickt wurden – oder Schlimmeres. Und da die Strafen, die Nova den M. O. E. S. E. N. zu verhängen erlaubte, von Tag zu Tag härter wurden, wusste niemand, was uns erwarten würde, sollte man uns entdecken.

Ich lehnte mich zurück, als um mich herum zu reden begonnen wurde. Selbst angesichts der verheerenden Nachricht von Darius' Tod konnte ich spüren, dass alle erleichtert waren, diese Zeit der Freiheit zu erleben – zusammen mit anderen Formgebungen und einem Anschein von Normalität.

Getränke wurden herumgereicht, und ein paar Fae schlichen sich in dunkle Ecken und zogen ihre Partner mit sich. Sie nutzten die Gelegenheit, zusammen zu sein, ohne befürchten zu müssen, dass wachsame Augen sie dabei beobachteten, wie sich verschiedene Formgebungen vermischten. Das Stöhnen setzte schnell ein, obwohl die meisten es mit Stillekuppeln unterdrückten, um den Anschein von Privatsphäre zu erwecken.

Niemand kommentierte es.

Ich fing das Bier auf, das Gary mir zuwarf, und rutschte auf meinem Platz hin und her, ohne Bernice anzusehen. Aber ich konnte spüren, wie sie mich ansah, wie ihr Blick über mein Gesicht wanderte und auf meinem Nasenring verweilte.

Ich gab nach und drehte mich zu ihr um. Sie hatte ihre Unterlippe zwischen ihre Zähne geklemmt, und ich streckte die Hand aus, um ihr Kinn zu ergreifen und sie zu befreien.

»Wenn du mich weiter so ansiehst, werden wir etwas tun, von dem wir geschworen haben, es nicht zu tun«, murmelte ich, und mein Blut erwärmte sich, als ich das flüssige Braun ihrer Augen betrachtete.

»Vielleicht fange ich an, anders über dieses Versprechen zu denken«, sagte sie leise. »Vielleicht denke ich, dass das Leben zu kurz ist und so schnell gestohlen werden kann. Warum sollten wir uns also in der Zeit, die wir haben, etwas verweigern?«

Ich schluckte den Kloß in meinem Hals hinunter, als ich darüber nachdachte. Über *sie*. Sie war mein kleines Rind, eines meiner potenziellen Herdentiere, und doch steckte in diesen Titeln noch nichts Offizielles. Sie trug meine Glocke nicht um ihren Hals. Aber die Art, wie sie mich ansah, veranlasste mich zu fragen, ob sie wollte, dass ich ihr das offerierte. Und ich dachte daran, ihr die feinste goldene Glocke zu kaufen, diese an ein wunderschön verziertes Halsband zu hängen und ihr anzulegen. Wenn sie das Halsband annehmen würde, wäre der Drops gelutscht. Dann wäre sie wirklich und wahrhaftig meine Färse – das erste offizielle Mitglied der Herde, das ein Bulle von meiner Statur für sich beanspruchen konnte.

Ich spürte, wie Gary uns von der anderen Seite des kleinen Tisches aus beobachtete, aber er hätte genauso gut gar nicht da sein können, als ich meine Hand ausstreckte und mit dem Finger von einer Seite ihrer Kehle zur anderen fuhr. Genau dorthin, wo das Halsband sitzen würde, sollte ich es ihr anbieten.

Bernice blinzelte mit ihren großen braunen Augen, und mein Schwanz versteifte sich bei dem Gedanken daran, an sie und mich …

»Rück mal rüber«, sagte Ranjeep laut, die neben uns aufgetaucht war und ihre Finger in ihre langen glänzend gebürsteten Haare schob. Die Bewegung ihrer Hand neben ihren riesigen Brüsten lenkte meine Aufmerksamkeit auf sie, als ich überrascht zu ihr aufblickte. Und der Moment zwischen Bernice und mir war dahin.

»Ich dachte nicht, dass du heute Abend kommst«, sagte ich und machte Platz für sie, als sie sich in die Lücke fallen ließ, die zwischen Bernice und mir eigentlich nicht existiert hatte.

Ranjeep war ein weiteres meiner potenziellen Herdenmitglieder, obwohl sie mir viel direkter sagte, dass sie es lieber früher als später offiziell machen wollte. Sie hatte mir mehr als einmal Broschüren über Kuhglocken gezeigt und viele Kommentare darüber abgegeben, was für ein aufmerksames Herdenmitglied sie sein würde, sobald sie sich ihrem Bullen verschrieben hätte. Aber Minotaurus-Herden waren komplizierte Gebilde. Manchmal waren sie polyamourös, in der Regel eine Gruppe von mehreren Weibchen mit einem Männchen, obwohl es auch Herden mit nur einem Geschlecht oder sogar gemischte Gruppen geben konnte, solange der dominante Bulle akzeptiert wurde. Manchmal waren sie überhaupt nicht sexueller Natur oder bestanden aus einem monogamen Paar und ihren nachfolgenden Kindern. Im Allgemeinen verbrachten wir unsere Teenagerzeit und unser frühes Erwachsenenalter damit, verschiedene Arten des Herdenlebens zu testen, um herauszufinden, was am besten zu uns passte, bevor wir uns niederließen und etwas später im Leben Kuhglocken anboten. Meine potenzielle Herde hatte sich um mich herum zu bilden begonnen, seit ich meines Nasenrings würdig geworden war. Aber keiner von uns war verpflichtet, dauerhaft Teil der Herde zu bleiben. Es war einfach ein Ausgangspunkt, um herauszufinden, wie wir in dieses Leben passen könnten, bevor langfristige Entscheidungen getroffen wurden.

Ich hatte immer noch keine Ahnung, welchen Weg ich einschlagen wollte. Mein Schwanz hatte keine Einwände gegen den Gedanken der Polyamorie, aber ich würde diesen Weg nur wählen, wenn ich mir sicher wäre, dass ich jedem Mitglied meiner Herde in dieser Situation gleichermaßen emotionale Unterstützung bieten könnte.

Ranjeep hingegen schien bereits entschieden zu haben, was sie wollte.

»Ah!«, fluchte Bernice, als Ranjeep sie rammte, während sie es sich bequem machte. »Du hast mir mit deinen verdammten Eutern fast ein Auge ausgestochen!«

»Sei nicht eifersüchtig, Sweety, Grün ist nicht deine Farbe.« Ranjeep lachte und wandte ihren Blick schnell wieder mir zu.

»Deine Farbe wird gleich rot sein, wenn du nicht auf deine verdammte Fresse aufpasst«, knurrte Bernice, und ich wischte mir mit der Hand übers Gesicht. Kuhpolitik verursachte bei mir schon in guten Zeiten Kopfschmerzen, aber im Moment hatte ich nicht die Energie, zu vermitteln.

»Wie wäre es, wenn ich mich in die Mitte setze?«, schlug ich vor, packte Ranjeeps Taille und zog sie auf meinen Schoß, bevor sie die Chance hatte, zu antworten.

Sie muhte aufgeregt, als ich sie über meinen Schritt bewegte, drückte ihren Hintern an mich und machte es mir noch schwerer, meine Gedanken zu fokussieren.

Ich ließ sie auf meinen Sitz fallen und nahm ihren Platz in der Mitte ein. Ich holte das Handy, das Portia mir gegeben hatte, wieder aus meiner Tasche und betete zu den Sternen um Gnade, als ich es einschaltete.

Der Bildschirm füllte sich mit einem Ladebalken, als es an der Tür polterte und jedes Undercover-A. N. U. S.-Mitglied im Raum vor Schreck herumfuhr.

Ich war sofort auf den Beinen und schaltete das Handy wieder aus, während ich Feuermagie in meine Hände brachte. Die Angst war allgegenwärtig.

»Milton?«, rief ein Mädchen von draußen durch die Tür, und ich erstarrte vor Entsetzen, als ich Marguerite Helebors Stimme erkannte. »Ihr müsst fliehen!«, schrie sie. »Mildred ist auf der Jagd und euch auf der Spur. Ich weiß, dass ihr alle da drin seid, bitte, hört auf mich!«

»Scheiße!«, fluchte ich, packte Bernice und Ranjeep und zog sie auf die Beine, während alle zum versteckten Ausgang hinter dem Kamin rannten. Die Erdelementare unter uns hatten wochenlang daran gearbeitet, ihn für diesen Zweck vorzubereiten.

»Wenn sie allein ist, könnten wir sie ausschalten«, schlug Gary vor und sah sich um, während sich der Raum leerte, aber ich schüttelte den Kopf.

»Sie hat gesagt, dass uns Mildred auf der Spur ist. Das können wir nicht riskieren. Ihr müsst gehen. Ich werde dafür sorgen, dass hier alles an seinem Platz ist. Ich werde die Schuld auf mich nehmen, wenn es sein muss.«

»Milton, nein!«, keuchte Bernice, packte meinen Arm und zog mich zum Kamin, gerade als die Tür von der anderen Seite gesprengt wurde. Die Zauber, die sie verstärkten, hielten kaum stand, als Marguerite ihr Feuer dagegen schleuderte.

Seths altes Rudel und Elijah huschten als Nächstes in den versteckten Tunnel, der Letzte unserer Gruppe rannte davon, während wir zurückblieben. Ranjeep würde den Tunnel einstürzen lassen müssen – sie war der letzte Erdelementar, der noch übrig war. Aber wir hatten Zeit, wir könnten es schaffen, wir könnten …

Die Tür barst auseinander, und ich warf die Hände in die Luft, ein Schild aus heißer Energie stieg zwischen uns und Marguerite auf, die allein in der Türöffnung dahinter zum Vorschein kam.

Ihre geröteten Augen waren verstört, als sie zwischen mir und den anderen hin und her blickte. Ihre Brust hob und senkte sich, als wäre sie den ganzen Weg hierher gesprintet, nur um Mildred zu schlagen.

»Die M. O. E. S. E. N. kommen«, zischte sie. *»Lauft!«*

Ich hatte keine Ahnung, warum sie uns half, aber die verzweifelte Panik in ihren Augen war mehr als genug, um mich zum Handeln zu zwingen. So schnell ich konnte, schob ich die anderen in Richtung des versteckten Ganges.

»Warum?«, fragte ich, als ich mich in die Dunkelheit hinter dem Feuer zurückzog. Marguerites traurige Augen trafen meine mit einer Leere, die mir meine Antwort gab, bevor sie die Worte aussprechen musste.

»Weil ich ihn geliebt habe«, sagte sie einfach. »Und dieser Bastard hat ihn getötet. Jetzt geh!«

Ranjeep breitete die Hände aus, das Loch in der Wand schloss sich mithilfe ihrer Magie, und wir drehten uns alle um und sprinteten los, während die Tunnel hinter uns einstürzten.

Wir rannten so schnell in die Dunkelheit davon, wie unsere Beine uns tragen konnten. Gary warf ein Fae-Licht, um den Weg zu erhellen, während wir drei uns einfach in unsere Minotaurusform verwandelten. Für das Rennen in dunklen Gängen waren wir schließlich geschaffen, und während wir in die Dunkelheit davonsprinteten und einem schrecklichen Schicksal entkamen, hatte ich nur einen einzigen Gedanken im Kopf: Marguerite Helebor hatte gerade alles riskiert, um uns zu retten. Es sah also so aus, als hätte sich Undercover A. N. U. S. gerade eine M. O. E. S. E. geangelt.

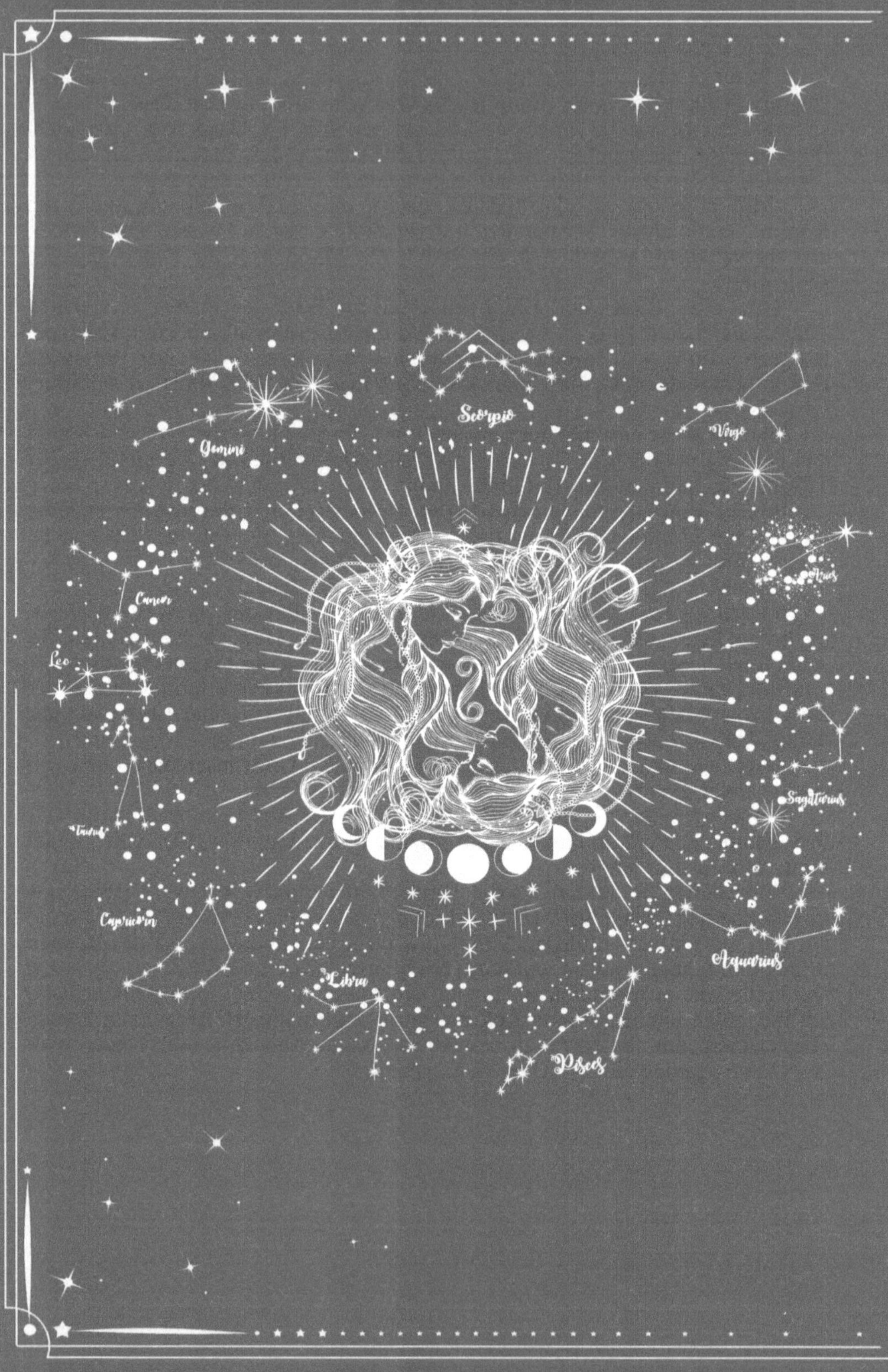

Gemini
Scorpio
Virgo
Cancer
Aries
Leo
Sagittarius
Taurus
Capricorn
Aquarius
Libra
Pisces

DARCY

KAPITEL 15

D ie Kälte steckte mir tief in den Knochen, und die Dunkelheit nagte an meiner Seele und versuchte, mich anzulocken, wie sie es immer tat. Die Schattenbestie regte sich, drängte mich zur Verwandlung, und ich wusste, dass mir viel wärmer wäre, wenn ich mich ihr hingäbe und zuließe, dass sie die Kontrolle übernahm. Aber wenn ich ihr meinen Körper gäbe, dann könnte sie auch meinen Verstand übernehmen, und das konnte ich nicht riskieren. Also trotzte ich der Kälte, während ich nackt an der Felswand der Höhle kauerte, die ich auf einer Seite des Sees gefunden hatte.

Es hatte geschneit, und der heulende Wind klang manchmal wie ein Monster, das sich auf mich stürzen wollte. Aber ich befand mich bereits in den Klauen eines Monsters – eines, das weitaus schrecklicher war als der Wind.

Ich ließ die Erinnerung an meine Eltern in meinem Kopf Revue passieren und suchte Trost in ihren Worten, in ihrer Liebe, die mich gewärmt hatte wie die Strahlen der Sonne. Sie waren mir so nah gewesen, als hätte ich meine Hand ausstrecken und sie berühren können. Und doch trennten uns Jahre, die keine Magie der Welt würde überbrücken können. Aber die Tatsache, dass ich ihre Gesichter gesehen hatte, hielt mich aufrecht – zusammen mit den Gedanken an diejenigen, die ich liebte.

Ich zitterte, die Schatten, die meinen Körper umhüllten, boten nur einen gewissen Schutz vor der Kälte, und ihr Flüstern verstummte nie, während sie mir in ihrer Umarmung Zuflucht boten.

Ich musste etwas tun. Ich konnte nicht hierbleiben und verhungern, obwohl selbst der Gedanke, den Berg zu verlassen, mit einem Gefühl der Angst für alle, die ich liebte, einherging. Ich war die Gefahr. Und ich würde nicht riskieren, in ihre Nähe zu kommen, solange das der Fall war.

Ich versuchte, den Hunger zu ignorieren, der an meinem Magen nagte, obwohl ich wusste, dass ich verhungern würde, wenn ich zu lange hierblieb. Aber vielleicht war der Tod besser, als meine Liebsten erneut zu gefährden.

Andererseits würde ich weder meine Schwester noch meinen Gefährten freiwillig in diese Situation bringen. Ich wusste weder ein noch aus und schien einfach keinen Ausweg aus dieser Lage zu finden.

Mir stieg die Galle in den Mund, als die Erinnerungen an die Schattenbestie wieder an die Oberfläche traten. Daran, wie sie sich nach einem Kill gesehnt hatte, als sie den Rebellen durch die Nacht gefolgt war. An den Geschmack von Blut in meinem Mund, als ihre Schreie für immer verstummt waren.

Ich krallte meine Finger in meine vom Schatten verhangenen Haare und drückte mein Gesicht auf meine Knie. Doch bevor mich die erdrückenden Schuld- und Trauergefühle erneut überwältigen konnten, ließ mich ein silberner Lichtschimmer am Rande meines Sichtfeldes den Kopf heben. Ich runzelte die Stirn, als ich beobachtete, wie er über die felsigen Höhlenwände tanzte und flatterte.

Das Licht kam vom See, und ohne weiter darüber nachzudenken, stand ich auf. Mein Körper wurde ebenfalls in Silber gehüllt, als das Wasser das Licht reflektierte.

In den Tiefen des Sees leuchtete etwas, das so hell wie der Mond glühte.

Die Luft war unnatürlich still, und ich fror nicht länger, als ich barfuß die Höhle verließ und unter dem abnehmenden Mond zum Ufer ging. Die Schatten hüllten mich in ein Gewand der Dunkelheit.

Ein Lied erfüllte die Luft – zumindest war das der einfachste Weg, es zu beschreiben. Es war nicht von dieser Welt, eher so, als würde ich es durch den Schleier eines völlig anderen Universums hören. Eines, zu dem ich nicht gehörte.

Ich blickte ins Wasser hinunter und erkannte, dass es der gefallene Stern war, der nun heller leuchtete, und ich war mir sicher, dass der seltsame und zugleich wunderschöne Klang von ihm kam und mich anlockte.

Gletscherwasser umspülte meine Zehen, und ich blinzelte und riss mich aus der Trance, die mich zu erfassen versuchte. Es war nie eine gute Idee, einer ätherischen Musik in einen dunklen See zu folgen.

Ich machte ein paar Schritte zurück, aber das Lied in meinem Kopf wurde immer lauter. Und mein Blick fiel erneut auf den gefallenen Stern, der mit seinem Glitzern das gesamte Gewässer zum Funkeln brachte. Meine Lippen teilten sich ehrfürchtig, als ich seine Schönheit wahrnahm, und als die Kraft um mich herum intensiver wurde und tief in meine Knochen eindrang, war ich seinem Ruf verfallen.

Ich watete in den See hinein, um dem Geräusch zu folgen, ohne die eisige Berührung des Wassers zu spüren. Natürlich war mir irgendwie bewusst, dass ich erfrieren könnte. Aber das kam mir seltsam belanglos vor …

Ich lief weiter hinein, das Wasser reichte mir inzwischen bis zur Taille, und die Schatten legten sich so eng um meinen Körper, als versuchten sie, eine zweite Haut zu bilden.

Das war Wahnsinn in seiner reinsten Form, aber der Teil von mir, der sich hätte Sorgen machen sollen, war wie weggesperrt. Es war, als hätte ich vor nichts mehr Angst – am allerwenigsten vor der allmächtigen Kraft, die in diesem See lauerte.

Plötzlich verlor ich den Boden unter den Füßen, und ich blickte auf den gefallenen Stern weit unter mir, während ich Schwimmbewegungen machte, um mich über Wasser zu halten.

»Tochter der Flammen«, flüsterte der Stern, während er mich mit einer Kraft zu sich rief, der niemand auf dieser Welt hätte widerstehen können. Es war, als käme der Ruf dieses Sterns auch von mir selbst, ebenso wie von jedem anderen göttlichen Wesen im Universum. Ich war aus der Magie gemacht, mit der der Stern sang. Und mit jeder Faser meines Körpers wusste ich, dass ich ihn einst, vor einer unvorstellbar langen Zeit, gekannt hatte. Damals, als meine Existenz nichts als eine weit hergeholte Möglichkeit gewesen war.

Ich holte tief Luft, tauchte hinab und trat kräftig mit den Beinen, während ich direkt auf den Grund des Sees zuschwamm. Blasen stiegen von meinen Lippen auf, aber mein Blick wich nie von dem gefallenen Stern.

Der See war tiefer als erwartet, aber es gab jetzt kein Zurück mehr. Mit keinem Teil meines Wesens wollte ich mich zurückziehen. Ich schwamm wie wild auf das gottgleiche Wesen zu, das im Wasser auf mich wartete, ohne zu wissen, welches Schicksal es mir bescheren würde – ein Fluch, ein Geschenk oder vielleicht auch gar nichts. Ich wusste nur, dass es sich anfühlte, als würde ich mich dem Rand der Welt nähern und jeden Moment von ihr fallen. Als wäre meine Essenz im Begriff, aus der Realität radiert zu werden, als hätte sie nie existiert. Und trotzdem hatte ich keine Angst.

Der Stern war viel größer, als er von der Oberfläche ausgesehen hatte, mindestens zehnmal so groß wie ich. Er glitzerte wie Strasssteine, das silberne Licht, das er ausstrahlte, war hell genug, um die Dunkelheit um mich herum zu durchdringen. Ich streckte die Hand danach aus, ohne zu blinzeln, völlig verzückt von seiner Schönheit. Meine Ohren knackten angesichts des Wasserdrucks, und meine Lunge begann, nach Luft zu schreien. Aber nichts konnte mich von diesem Weg abbringen. Nicht der Tod und nicht das Versprechen auf Leben. Dies war etwas, das weit über die Sphären dieser beiden Dinge hinausging und sie gleichzeitig verkörperte.

Meine Finger streiften seine wunderschöne Oberfläche, und das Wasser um mich herum veränderte sich augenblicklich. Meine Füße trafen auf den felsigen Grund des Sees, als sich das Wasser zurückzog und eine Luftkuppe bildete, die mich und den Stern umgab. Zwei Wesen, von denen eines nur für einen winzigen Augenblick auf dieser Erde sein würde und das andere zeitlos und jenseits aller Grenzen existierte. Und das gesehen hatte, wie das Sonnensystem selbst aus Materie und Magie entstanden war.

Wasser tropfte von meinen Haaren und meiner nackten Haut, die Schatten glitten wie Schlangen in mich zurück, und ich konnte ihre Stimmen nicht mehr hören. Sie schienen in meiner Brust neben der Schattenbestie einzuschlafen. Und ich blieb nackt und allein zurück. Aber meine Nacktheit spielte keine Rolle. Es war, als würde dieser Stern nur meine Seele sehen. Alles andere war gänzlich unbedeutend.

Die Luft pulsierte und summte mit einer intensiven Magie, die meine Knochen in Schwingung versetzte, und mein Herz hämmerte angesichts der unermesslichen Macht, deren Zeuge ich war.

»Es ist Zeit für meine Befreiung«, flüsterte der Stern in meinem Kopf, sanft und leicht wie Federn an meinen Schläfen.

»Was meinst du damit?«, fragte ich fassungslos, während ich einen Schritt näher trat. Meine Finger brannten darauf, seine glänzende Oberfläche noch einmal zu berühren. Der Stern war das atemberaubendste Wesen, das ich je gesehen hatte – wie ein lebender Diamant, der eine Seele hatte. Es war unmöglich, diesen Anblick zu begreifen, aber ich konnte seine Wahrheit nicht leugnen.

Die Luft um mich herum bewegte sich, und es klang fast wie ein Seufzen, während das silberne Licht des Sterns erst schwächer und dann wieder heller wurde.

»Alle Sterne fallen. Meine Zeit ist gekommen«, sagte er, und ich schluckte, um den Kloß in meinem Hals zu verdrängen.

»Ich verstehe nicht«, sagte ich und schüttelte verwirrt den Kopf.

Die Luft summte erneut, und ich spürte den Kuss seiner unermesslichen Magie über meine Haut gleiten, der mich bis ins Innerste erwärmte. Es war, als würde ich in geschmolzener Liebe gebadet, und das Gefühl erhob sich in meiner Brust, bevor es sich in jeden Zentimeter meines Körpers ausbreitete.

»Ich erinnere mich ...«

»Woran erinnerst du dich?«, flüsterte ich.

»Du bist mit einem Schattenfluch belegt. Bald wirst du eine Sterbliche sein.«

Ich zuckte zusammen, denn die Gewissheit hinter diesen Worten traf mich tief. »Gibt es eine Möglichkeit, das zu stoppen?«

»Das Schicksal wird noch immer gewebt, Faden für Faden.«

»Dann hör auf, zu weben!«, forderte ich, und meine Wut wuchs, als ich an die Schlacht dachte, an all das, was verloren gegangen war. Schließlich besann ich mich und erinnerte mich an meinen Zorn auf die Sterne, auf all das, was sie uns gestohlen hatten. »Habt ihr nicht die Kontrolle über das Schicksal? Entscheidet *ihr* nicht über all das? Warum seid ihr so grausam?«

Die Macht, die von diesem Ort ausging, intensivierte sich und versuchte, mich zu beruhigen, aber meine Sinne waren jetzt geschärft. Und ich klammerte mich an das, was ich über diese Wesen wusste. Die Sterne hatten uns auf Schritt und Tritt verflucht. Sie waren diejenigen, die hinter all dem steckten, was geschehen war. Sie hatten Tory und Darius sternverflucht. Sie hatten mir Orion angeboten, nur, um uns kurz darauf durch einen perversen Fluch wieder auseinanderzureißen. Sie hatten so viele gute Fae in einer Schlacht sterben lassen, die wir hätten gewinnen sollen. Dieses Wesen, so schön und göttlich es auch sein mochte, war mein Feind. Und ich hatte nicht vor, irgendetwas zu tun, worum es mich bat.

»Grausamkeit ist die Erfindung der Fae, nicht von uns. Wenn wir am Himmel thronen, sind wir weder gut noch böse. Wir sehen alles, wir bieten Antworten, wir leiten und beschenken, aber wir können nehmen und zerstören, wenn die Entscheidungen, die unter uns getroffen werden, dies erfordern.«

»Was haben meine Schwester und ich getan, um das Schicksal zu verdienen, das ihr uns zugedacht habt? Welche Wege haben wir eingeschlagen, um den Fluch, mit dem ihr uns und die Fae, die wir lieben, belegt habt, zu rechtfertigen?«, zischte ich. Meine Wut brannte heiß unter meiner Haut, und für eine Sekunde hätte ich schwören können, dass ich einen Funken meiner Feuermagie in mir spürte.

»Das Schicksal ist aus dem Gleichgewicht geraten. Clydinius' Zorn hat euer Leid gewebt.«

»Wer ist Clydinius?«, hakte ich nach, denn ich hatte das Gefühl, kurz vor einer Antwort zu stehen, die alles verändern könnte.

»Clydinius möchte, dass ihr das gebrochene Versprechen haltet, Kriegerin der Vega-Linie.«

»Und was ist das für ein Versprechen?«, keuchte ich verzweifelt, während diese Worte in meinem Kopf kreisten. Es waren die Worte, die auch der Imperiale Stern gesprochen hatte. »Ich werde es halten. Sag mir nur, was es ist. Wie kann ich etwas in Ordnung bringen, von dem ich nichts weiß?«

»Es ist Zeit für mein Ende. Mein Tod ist das Geschenk der Fae, ein Geschenk, das alle Sterne bei ihrem Untergang machen. Deshalb lebt die Magie in eurer Welt, denn meine Magie ist eure Magie.« Das Licht wurde immer heller und blendete mich, bis ich eine Hand vor die Augen halten und sie schließen musste, um dem Leuchten standzuhalten. Es dehnte sich auf alles aus, floss in die Felsen, das Wasser, mich. Ich konnte fühlen, wie sich die Seele dieses Sterns ausbreitete und schließlich zersprang, woraufhin seine Essenz in jeden Winkel der Welt strömte.

Da war so viel Kraft, dass der Boden unter mir zu beben und der Himmel über mir zu singen begann. Ich bezeugte ein Ereignis, das tief in der Natur verankert war. Die vier Elemente schienen in der Luft um mich herum zu brennen, alles knisterte, funkelte und leuchtete. Ich wurde fast von der Schockwelle umgeworfen, aber die Kraft des Sterns hielt mich fest, und mein Kopf fiel nach hinten, als mich all diese Magie durchströmte. Als wäre ich nichts als ein Geist auf ihrem Weg.

Ich schrie auf. Die reinste Form der Ekstase brachte meine Haut zum Leuchten und ließ meinen Geist im Licht der Erinnerungen erstrahlen. Uralte Erinnerungen an die Geburt unserer Sonne, an die Planeten, die sich um sie herum niedergelassen hatten, und dann an die Erde, die von einer kargen Einöde zu üppigem fruchtbarem Land erblüht war – ein Geschenk wie kein anderes. Ich sah das Reich der Sterblichen, das Reich der Fae und das Schattenreich, die sich überlappten, als wären sie ein und dasselbe, aber gleichzeitig durch Magie und göttliche Intervention getrennt. Und als die ersten Fae auftauchten, wurden die Sterne um uns herum positioniert, um uns zu behüten. Ihre uneingeschränkte Macht entfaltete sich nur in unserem Reich, wo die Wesen, die dort lebten, auch in der Lage waren, sie zu nutzen. Die Sterne nahmen ihre Form innerhalb der Sternbilder an, aber es schien, als wären sie nicht die einzige Macht hier, als gäbe es eine andere höhere Kraft, die ich nicht verstehen konnte.

Ich erforschte all dies auf eine nicht greifbare Weise, die keiner Erinnerung glich, die ich zuvor erlebt hatte. Es geschah jetzt, dann, immer, in der Vergangenheit, Gegenwart, Zukunft. Alle Zeiten verschmolzen miteinander, als die ersten Schicksale gesponnen wurden. Ich war kurz davor, etwas zu begreifen, den Antrieb hinter diesen Schicksalen zu verstehen und wofür das alles gut war, als sich die Kraft verflüchtigte und ich auf die Knie fiel.

Sie war weg und ich blieb allein zurück. Keuchend kniete ich auf dem steinernen Grund des Sees, und ein Nirwana-artiges Gefühl überschwemmte mich, während ich nach wie vor zitterte. Das Licht des Sterns verblasste vor meinen Augen, und zurück blieb ein stummer Felsbrocken ohne jegliche Präsenz in seinem Inneren. Tränen liefen mir lautlos über die Wangen, und ich hob meine Hand, um sie zu berühren, ohne zu wissen, ob sie aufgrund von Freude, Trauer oder einem Zwischending flossen.

Bevor ich auch nur ansatzweise verarbeiten konnte, was ich gerade erlebt hatte, ertönte eine laute befehlende Stimme in meinem Kopf, deren Autorität bis in meine Seele drang und sie mit stählernen Seilen fesselte.

»Komm zu mir!« Lavinias Aufforderung schallte durch meinen Schädel, und die Schatten schienen in meinen Ohren zu kreischen, aus mir herauszuströmen und sich um meine Haut zu schlängeln.

Das Licht des Sterns verblasste nun völlig, und das Wasser kam zurück, bevor ich noch einen weiteren Atemzug nehmen konnte.

Als ich am Grund des Sees in die Dunkelheit eintauchte, pochte mein Herz wie verrückt und Panik machte sich in meiner Brust breit. Ich schwamm los, strampelte und strampelte, während ich mir einen Weg durch die Schwärze des Sees zu bahnen versuchte, ohne zu wissen, wie weit ich noch schwimmen musste oder ob ich überhaupt in die Nähe der Luft kam, nach der ich mich so verzweifelt sehnte.

Meine Lunge schrie und meine Glieder wurden steif. Das Gewicht des Wassers drückte mich nach unten, als wollte es mich in seinen Tiefen ertränken und mich für sich beanspruchen.

Mein Puls raste in meinen Ohren, als ich an Tory, Lance und Gabriel dachte, an die Fae, die mich in diesem wässrigen Grab niemals finden würden, wenn ich es nicht herausschaffe. Ich würde verschwinden, als hätte es mich nie gegeben, auf den Grund dieses schwarzen Tümpels sinken und zu einem Häufchen einsamer Knochen werden.

Ich schwamm nun energischer, die Entschlossenheit, sie alle wiederzufinden, trieb meine Muskeln an, und plötzlich brach mein Kopf durch die Oberfläche und ich schnappte keuchend nach Luft.

»Komm zu mir!«, rief Lavinia wieder, und das Ziehen in meiner Brust verriet mir, dass die Schattenbestie ihrem Ruf folgen wollte.

»Nein«, knurrte ich und biss die Zähne zusammen, während ich zum Ufer schwamm und versuchte, dem Sog ihrer Aufforderung zu widerstehen.

Aber in dem Moment, in dem meine Füße den Steinboden im seichten Wasser berührten, überrollte mich Lavinias Macht und ich verwandelte mich.

In wenigen Augenblicken war ich wieder eine riesige pelzige schwarze Bestie, die mit lautem Gebrüll über den Berg und in den Wald rannte. Ich verschwand in der Dunkelheit des Geistes der Kreatur, und obwohl ich angestrengt versuchte, mich zu behaupten, war es ein aussichtsloser Kampf.

Die Schattenbestie raste den Berghang hinunter, und ich wurde in den Abgrund ihrer Macht geschleudert. Ich trieb in eine höhlenartige Leere, von der ich befürchtete, dass ich sie nie wieder verlassen würde.

* * *

Als ich endlich wieder zu mir kam, sah ich durch die Augen der Schattenbestie, die gerade die Stufen zur Tür des Palastes der Seelen erklomm. Die hoch aufragenden Mauern des Zuhauses meiner Vorfahren sahen unter dem düsteren Himmel weniger einladend aus, und der Gestank der Schattenprinzessin und ihres niederträchtigen Königs lag in der Luft.

Ich kämpfte um die Kontrolle über meinen Körper, und beim Anblick dieses Gebäudes, das eigentlich meiner Schwester und mir gehören sollte, entflammte in mir ein Feuer der Entschlossenheit. Ich sehnte mich danach, es von den

Monstern zurückzuerobern, die sich in seinen Mauern eingenistet hatten. Dies war Vega-Revier, und wenn ich jemals die Chance bekäme, es zu verteidigen, würde ich das verdammt noch mal auch tun.

Ich erreichte die Türen des Palastes und erschauderte, als sie sich öffneten. Lavinia wartete dort auf mich, ihre Augen so scharf wie zwei Rasiermesser und so dunkel wie die Abgründe des Meeres.

Sie trat vor, die Schatten tanzten um sie herum, und ich spürte, wie sie sich an mir festkrallten, als sie ihre Finger über das Fell meiner Schulter streifen ließ.

»Hallo, kleine Prinzessin«, sagte sie spöttisch. »Willkommen zu Hause. Ich habe eine Überraschung für dich.«

Sie wandte mir den Rücken zu, und ich wurde sofort von ihr mitgerissen. Ich versuchte, meine bewussten Gedanken aufrechtzuerhalten, während die Schattenbestie daran arbeitete, mich gierig zu verschlingen und alles, was ich war, zu übernehmen. Aber ich würde nicht loslassen, nicht, solange ich es verhindern konnte. Die Angst vor dem, was Lavinia von mir verlangen würde, reichte aus, um mich vorerst festzuhalten.

Ich folgte ihr durch die luxuriösen Korridore des Palastes meiner Familie und entdeckte Veränderungen in der Dekoration, die mir eine Gänsehaut bereiteten. Die Gemälde meiner Mutter und meines Vaters waren durch zahllose Kunstwerke von Drachen ersetzt worden – wobei es hauptsächlich Lionel war, dessen jadegrüne Drachenform mich aus jedem Winkel dieser Gänge mit einer selbstgefälligen Überheblichkeit anzustarren schien. Die Wut brannte heiß in meiner Brust, und die Schattenbestie nährte sich von ihr wie von einer Mahlzeit, während ihre eigene Wut wuchs, um der meinen zu begegnen.

Lavinia führte mich in den Thronsaal, wo das Mondlicht durch die Buntglasfenster fiel und die Dunkelheit durchbrach. Die Schattenschlampe drehte sich zu mir um, sah mir direkt in die Augen und schien über irgendetwas besonders glücklich zu sein. Ich hatte das Gefühl, dass ich gar nicht wissen wollte, was es war.

»Verwandle dich!«, befahl sie, und Schatten durchströmten mich und zwangen mich, ihrem Befehl zu folgen, bevor ich überhaupt versuchen konnte, irgendetwas abzuwehren.

Die Schattenbestie verschwand und dann stand ich nur noch als Mädchen vor einem Monster. Die Schatten umhüllten uns beide, und meine Haare waren ein Spiegelbild der ihren. Ich war kleiner als sie, aber abgesehen davon sahen wir aus, als wären wir Schwestern – und das war wohl das Schlimmste überhaupt.

Ich versuchte sofort, mich auf sie zu stürzen, und ein hasserfüllter Schrei entrang sich meiner Kehle, aber sie hielt mich mit Schattenpeitschen fest und neigte den Kopf zur Seite, als sie mich begutachtete.

»Du hast noch Feuer in dir«, kommentierte sie. »Ich frage mich, wie lange du es noch festhalten kannst. Die Schattenbestie ist hungrig.« Bei ihren Worten spürte ich, wie die böse Kreatur ihre Zähne in einen zentralen Teil meines Wesens schlug und mich schwächte, während sie sich von all den Teilen von mir ernährte, die mich zu einer Fae machten.

»Warum hast du mich hierhergebracht?«, fragte ich zischend, und meine Abscheu vor ihr stand mir sicherlich deutlich ins Gesicht geschrieben. Es gab nichts mehr, was sie mir nehmen konnte. Sowohl ich als auch meine Magie befanden sich in den Klauen ihrer Schattenbestie. Was gab es also noch von mir zu fordern?

»Um dich leiden zu sehen. Was denn sonst?« Sie lächelte und winkte mich hinter sich her, und ich folgte ihr erhobenen Hauptes, während meine nackten Füße die kalten Fliesen berührten und die Schatten das Einzige waren, was meine Nacktheit verbarg.

Ich passierte einen leeren Käfig aus schwarzem Nachteisen und runzelte die Stirn, bevor ich ihr zum Hinterausgang des Thronsaals und einen Korridor hinunter zu einer breiten Metalltür folgte. Sie schloss sie auf und führte mich hinein. Meine Welt brach vor meinen Augen zusammen, jedes bisschen Sauerstoff in meiner Lunge wurde erstickt. Und ich blieb absolut hoffnungslos zurück.

»Lance!« Ich rannte auf ihn zu, während mein Schrei die Luft zerriss.

Er kniete angekettet in der Mitte des Raumes, seine Hände waren mit Handfesseln über seinem Kopf fixiert.

Blut rann an seinem Körper hinunter und tropfte von den Schnittwunden an seinem Körper auf den Boden.

Ich ließ mich vor ihm fallen und umklammerte sein Gesicht mit meinen Händen, verzweifelt darauf hoffend, Leben in seinen Augen zu sehen. Der Gedanke, ihn zu verlieren, war zu schrecklich, um ihn auch nur in Betracht zu ziehen. Ohne ihn könnte ich nicht weitermachen. Er war der Inbegriff der rücksichtslosesten und herzzerreißendsten Liebe, die ich je gekannt hatte. Wir waren durch die Sterne verbunden, aber mehr als das, wir hatten durch Gesetze und Kriegsfronten, Blut und Tränen füreinander gekämpft. Wir waren dazu bestimmt, zusammenzubleiben, es gab keine Alternative. Ich war es leid, ihn zu verlieren, und ich war die Monster leid, die immer wieder an unserer Tür lauerten. Lance Orion gehörte mir, auf dieser Ebene und auf jeder anderen, und ich würde ihn mir jetzt *nicht* entreißen lassen.

Mein Herz schlug mir vor Angst bis zum Hals, aber als er ein leises Stöhnen ausstieß und seine Augen einen Spalt weit öffnete, sank ich erleichtert vornüber. Ein gequältes Schluchzen drang aus meiner Brust. Ihn so zu sehen, gefoltert und von unseren Feinden zum Leiden gezwungen, war fast so erschütternd, als hätte ich ihn tot aufgefunden.

»Blue?«, murmelte er nur halb bei Bewusstsein, während sein Blut immer noch in den Abfluss der Kammer floss.

»Ich bin hier, ich bin ja da.« Zitternd legte ich meine Hände auf seine Schultern. Lavinia näherte sich mir von hinten und beobachtete mich aufmerksam und mit einem kränklichen Lächeln im Gesicht.

Ich versuchte, Magie in meine Fingerspitzen zu bringen, entschlossen, ihn zu heilen, aber die Quelle der Kraft in meiner Brust hatte nichts zu geben.

»Bitte, bitte!«, flehte ich die Sterne an.

Orions Augen fielen zu, sein Kopf kippte zur Seite, und mein Herz raste erneut. Er lag im Sterben, und ich konnte fast spüren, wie sich der Schleier für ihn teilte, wie die Sterne ihn für immer von mir wegzuziehen versuchten.

»Nein!«, schrie ich und verfluchte mich selbst, weil ich in seinem dringendsten Moment der Not versagte und keine Magie zu meiner Hilfe kam. Die Schatten wurden immer dichter, bis ich kaum noch atmen konnte.

Lavinia überschwemmte mich mit all ihrer Kraft, um mich unter Kontrolle zu halten, und machte mich so nutzlos, dass ich nichts anderes tun konnte, als Orions Tod mit anzusehen.

»Er hat nur noch ein paar Momente zu leben«, sagte Lavinia mit spöttischer Stimme.

»Halte durch!«, flehte ich und zerrte erneut wütend an der Quelle der Kraft in mir, während ich mich weigerte, mich dem Fluch zu unterwerfen. Und für eine Sekunde hätte ich schwören können, dass ein Funke Magie aufflackerte, der einige der Schatten beiseite fegte und Orion das Leben versprach.

Lavinia stieß mich unsanft zur Seite, bevor ich versuchen konnte, ihn zu heilen, und befreite ihn von den Ketten, sodass er zu ihren Füßen zusammensackte, obwohl die magischen Fesseln immer noch um seine Handgelenke geschlossen blieben.

»Weg von ihm!«, befahl ich und torkelte nach vorn, aber ein Netz aus Schatten packte mich an der Taille und drückte mich an die Wand, um mich davon abzuhalten, zu ihm zurückzugehen.

Ich strampelte und versuchte, mich zu befreien, während sich die Angst in mir ausbreitete, als Lavinia einen Schlüssel hervorholte und ihn in die Fessel an seinem rechten Handgelenk schob. Dann versetzte sie ihm einen heftigen Schlag, sodass sein Kopf zur Seite kippte, und er stöhnte, als er wieder zu sich kam.

»Lance, ich bin hier. Bleib bei mir!«, rief ich. Mein Herz schlug wie verrückt, aber es war, als könnte er mich nicht einmal hören.

Sie ergriff seine Hand und drückte sie fest an seine Brust.

»Heile dich selbst«, sagte sie träge, und ich öffnete verwirrt den Mund, als sie ihm erlaubte, dies zu tun. Grünes Licht flutete aus seiner Handfläche und legte sich über die Wunden an seinem Körper.

Ich versuchte weiterhin, zu ihm zu gelangen, während die Panik mich zu verschlingen drohte, aber die Schatten hielten mich zurück und die Schattenbestie schlug ihre Krallen in mich.

Als Orion fast geheilt war, schrie ich ihm zu: »Kämpfe!« Und ich betete, dass er stark genug war, seine Magie gegen sie einzusetzen.

Seine Aufmerksamkeit fiel auf mich, und das blanke Entsetzen schien ihn zu überrollen. Fast so, als würde er erst jetzt bemerken, dass ich wirklich da war. Aber seine Augenlider waren schwer, und das Entsetzen verschwand, bevor es sich richtig hatte festsetzen können.

»Darcy ...«, murmelte er.

Er hatte es geschafft, die meisten seiner Verletzungen zu heilen, aber da waren nach wie vor Male und Blutergüsse auf seinem Körper, die von ihrer Folter zeugten. Als wäre es ihre Absicht, ihn zu markieren.

»Ich bin hier«, sagte ich. »Was hat sie dir angetan?«

»Arm hoch, Hündchen!«, befahl Lavinia, und er hielt ihr ohne zu zögern sein Handgelenk hin.

Sie schloss die Magie blockierenden Fessel wieder, woraufhin ich mich schockiert versteifte.

Ich konnte nicht verstehen, warum er sich ihr fügte und sich erneut fesseln ließ. Das ergab keinen Sinn.

»Lance? Was ist los?«, flehte ich, aber er sah mich nicht an.

»Bitte«, sagte er leise zu Lavinia, als wäre ich gar nicht im Raum. Seine Stimme war distanziert und klang, als wäre sie aus den Tiefen seiner Brust nach oben gezogen worden. »Schick sie weg.«

Seine Worte brachen mir das Herz, und ich schüttelte als Zeichen meiner Ablehnung den Kopf, obwohl keiner von beiden mir jetzt Aufmerksamkeit schenkte. Er war nicht er selbst. Irgendetwas stimmte nicht. Er reagierte kaum darauf, dass ich hier war.

»Das würde den Zweck unserer kleinen Abmachung völlig zunichtemachen, Hündchen.« Lavinia fuhr mit der Hand über seine Haare, und mir lief ein Schauer des Ekels über den Rücken.

»Nimm deine Hände von ihm!«, knurrte ich, und sie drehte sich zu mir um, während eine wilde beschützerische Wut in glühenden Wellen über mich hereinbrach.

»Was hast du getan?«, flüsterte ich Orion zu, meine Stimme brüchig vor Angst, aber seine Augen blieben auf den Boden gerichtet, als könnte er es nicht ertragen, in meine Richtung zu schauen. Oder vielleicht war es ihm auch egal.

»Er hat getan, was er tun musste, um seine Vega-Prinzessin zu retten«, erklärte Lavinia amüsiert.

»Lance?« Ich weigerte mich, den Blick von ihm abzuwenden, und ignorierte die schreckliche Frau im Raum, die uns in ihrer dunklen Macht gefangen hielt wie die Puppenspielerin unseres Schicksals. Ich musste das von dem Mann hören, den ich liebte, nicht von der Schlampe, die mich verflucht hatte.

»Sag es ihr, Hündchen!«, ermutigte Lavinia ihn und strich ihm besitzergreifend durch die Haare.

Ich zuckte mit einem warnenden Knurren und gefletschten Zähnen nach vorn, aber das schien ihr nur ein noch breiteres Lächeln zu entlocken.

»Nimm deine dreckigen Pfoten von ihm!«, fauchte ich giftig.

»Na, na. Lass ihn antworten«, sagte Lavinia mit einem Grinsen.

Orion stieß ein Seufzen aus, das so niedergeschlagen klang, dass es mir durch Mark und Bein ging. Hier war irgendeine perverse Magie im Spiel. Lavinia musste etwas getan haben, um ihn zu unterwerfen. Das war die einzige Erklärung.

»Sie hat mein Blut an deinen Fluch gebunden. Ich bin die Lösung«, offenbarte er.

Meine Kehle wurde eng, und ich schaute von ihm zu Lavinia. Mein Atem wurde schwerer, mein Geist schwankte und meine Seele zerbrach. »Was bedeutet das?«

»Es bedeutet, dass er *mir* gehört«, sagte sie, während sie mich genau beobachtete und den Moment genoss, in dem mein Herz im Käfig meiner Brust zersprang.

»Für drei Mondzyklen«, fügte Orion hohl hinzu, als würde das die Sache besser machen. Vielleicht tat es das, aber ich konnte mich auf nichts anderes konzentrieren als auf das Klingeln in meinen Ohren und die immense Wut, die sich in mir aufbaute.

»Das kannst du nicht machen«, erklärte ich entschieden und wandte mich an Lavinia. »Ich werde den Preis zahlen. Das ist mein Fluch, nicht seiner. Wenn du mein Blut willst, mein Leiden, dann nimm es.« Ich hielt ihr meine Handgelenke hin, bereit, mich an seiner Stelle anketten zu lassen, während ich mein Kinn hob, aber sie schien nicht im Geringsten an diesem Angebot interessiert zu sein.

»Nein, ich möchte ihn«, sagte sie, und ihre Augen funkelten beim Gedanken an ihr verruchtes Spiel. »Außerdem haben wir einen Todesschwur darauf abgelegt, nicht wahr, Hündchen?«

»Nein!«, keuchte ich.

Orion warf mir einen entschuldigenden Blick zu, der die Dunkelheit in seinen Augen durchbrach. Niemals könnte er damit ungeschehen machen, was er getan hatte, aber er bestätigte ihre Worte, und mein Herz brach aufs Neue.

»Ich überlasse es dir, die Details zu ergänzen«, sagte Lavinia, beugte sich vor und packte Orion an der Kehle, wo ein Halsband aus Schatten seine Haut bedeckte.

Alles wurde still. Mir gefror das Blut in den Adern, als sie ihren Mund auf seinen presste. Ich erwartete, dass er zurückzuckte, sich gegen ihre abscheuliche Berührung wehrte, aber als sie den Kuss intensivierte und ihre Zunge zwischen seine Lippen schob, sah ich in einem Zustand unerträglichen Schocks zu, wie er sie gewähren ließ. Das einzige Zeichen seiner Verzweiflung war eine Falte auf seiner Stirn – und seine Hände, die sich zu festen Fäusten ballten. Etwas in der Mitte meines Magens verkrampfte sich und der Hass ergriff Besitz von mir, bis er alles, auch die Wurzeln meines Seins unter Kontrolle hatte. Und dieser Hass raubte mir das Wenige, das mir von meiner geistigen Gesundheit noch geblieben war.

»Stopp!«, schrie ich und schlug wie wild um mich, während das Blut in meinen Adern zu brodeln begann.

Es schmerzte mich tief in meiner Seele, zuzusehen, wie mein Gefährte eine andere Frau küsste. Und nicht nur irgendeine Frau, sondern *sie*. Eine Kreatur, die aus der Dunkelheit geboren war und unser Schicksal so fest in der Hand hielt.

»Ich bringe dich um, ich bringe dich verdammt noch mal um!«, schwor ich bei jeder höheren Macht, die zuhören wollte, und erklärte den Tod dieses Monsters zu einer *persönlichen* Angelegenheit.

Lavinia ließ ihn los, nachdem ihre Nägel halbmondförmige Furchen in seinen Hals gerissen hatten, und ich konnte nichts anderes tun, als mich gegen meine Schattenfesseln zu wehren, als sie sich mit einem wilden Grinsen im Gesicht zu mir umdrehte. Dann beugte sie sich vor und flüsterte Orion etwas ins Ohr, das ihn erblassen ließ, bevor sie sich aufrichtete und an mir vorbei zur Tür hinausging. Nicht, ohne mir einen letzten boshaften, aber zufriedenen Blick zuzuwerfen.

Meine Kehle war eng vor Ekel, und ich konnte nicht aufhören, zu zittern, während ich Orion anstarrte, dessen Blick nun auf den blutigen Boden unter ihm gerichtet war, als könnte er es nicht ertragen, mich noch einmal anzusehen.

Die Stille wurde immer drückender, und Tränen brannten in meinen Augen, als ich mit ansehen musste, wie der Mann, den ich inniger liebte als das Leben selbst, in die Unterwürfigkeit gezwungen wurde. Ich war so, so wütend, dass er das zugelassen hatte, aber es brach mir auch das Herz, ihn so zu sehen, und ich wusste einfach nicht, wie ich irgendetwas davon wieder in Ordnung bringen konnte.

»Wie konntest du dem zustimmen? Wie konntest du mit ihr einen

Todesschwur eingehen?«, fragte ich, sobald ich meine Stimme wiedergefunden hatte, deren heisere Klänge meine Wut verrieten.

Schließlich hob er den Blick zu mir, aber alles, was ich sah, war ein Mann, der bis an den Rand seiner Belastbarkeit getrieben worden war und dort am Rande des Nichts schwebte. Dunkelheit umhüllte ihn, das konnte ich in seinen Augen sehen, und obwohl die silbernen Ringe seiner Augen noch glitzerten, wirkten sie irgendwie matter als zuvor.

Ein ursprüngliches Gefühl nahm Gestalt in mir an, und in diesem Moment war ich mir nur einer einzigen Sache sicher: Ich musste einen Weg finden, ihn zu retten.

»Es war die einzige Möglichkeit, den Fluch zu brechen«, sagte er. »Ich musste mich ihr in Fleisch, Knochen oder Herz darbieten. Zu wissen, dass ich dich innerhalb von drei Monaten befreien könnte und selbst auch frei sein würde … Es schien die Antwort zu sein, die wir brauchten, auch wenn es nicht die war, die wir wollten.«

Nach allem, was während der Schlacht passiert war, hatte ich gedacht, dass es nicht viel schlimmer kommen könnte. Aber wie sehr hatte ich mich geirrt. Ich hätte wissen müssen, dass alles noch viel schlimmer kommen könnte. Das tat es immer.

»Wie lauten die Bedingungen dieses Deals?«, zischte ich und riss erneut an meinen Schattenfesseln, um zu ihm zu gelangen, aber sie gaben mich nicht frei.

»Ich muss ihr meinen Körper bereitwillig und auf jede erdenkliche Weise zur Verfügung stellen.«

Ein Schauer durchfuhr mich, und ich erstarrte.

»Lance, bitte sag mir, dass du nicht … dass sie nicht …« Ich konnte den Satz nicht einmal beenden, denn die Art, wie sie ihn geküsst hatte, weckte eine Ahnung in mir, wie viel schlimmer es möglicherweise bereits gewesen war. Hatte sie ihn vergewaltigt? Ihn unter den Bedingungen dieses verdammten Deals gefickt?

»Nein«, sagte er entschlossen, und in seinen Augen sah ich, dass er die Wahrheit sprach. »Sie hat nichts anderes getan, als mich zu quälen. Bis zu diesem Kuss.« Er zuckte zusammen, seine Muskeln verkrampften sich bei der bloßen Erinnerung, und ich war froh, zu sehen, dass er nicht völlig unter ihrer Kontrolle stand. Er schien ein wenig mehr zu mir zurückzukommen, und seine Haltung gewann an Stärke.

»Was hat sie noch getan?«, drängte ich. »Ich sehe, dass das mehr als Folter ist. Du siehst mich an, als würdest du mich nicht wirklich sehen.« Bei diesen letzten Worten versagte meine Stimme, und sein Blick wurde noch etwas schärfer. Er zerrte an den Fesseln, als wollte er zu mir gelangen, aber es gab etwas, das ihn in Schach hielt, das über Ketten hinausging.

»Es ist die dunkle Magie in den Waffen, die sie gegen mich einsetzt«, sagte er mit belegter Stimme. »Sie erschweren es mir … zu fühlen. Das wird wieder besser. Ich muss mich nur ausruhen.«

Ich nickte, als ich seine Erschöpfung sah und wie sehr Lavinias Folter ihm zugesetzt hatte. Es war unerträglich.

»Was hat sie dir zugeflüstert, bevor sie gegangen ist?«, fragte ich mit zitternden Lippen, obwohl ich nicht sicher war, ob es Angst oder Wut war, die mich zu dieser Reaktion verleitete.

»*Blue*«, flehte er.

»Sag es mir!«, forderte ich, während mein Körper auftaute, als stattdessen eine feurige Wut in mir entfacht wurde.

»Sie hat gesagt ...« Sein Kehlkopf wippte, und er richtete den Blick auf die Wand hinter mir, während er resigniert seufzte. »Sie hat gesagt, dass es möglicherweise dunklere Wege gibt, dich zu quälen, als mich bluten zu lassen.«

Ein blendender Zorn ergriff von mir Besitz und ließ die Schattenbestie in meiner Brust aufheulen. Das war zu viel. Ich hätte meinen Fluch überstehen können, aber Lavinia hatte dafür gesorgt, dass er mit dem Mann verbunden war, den ich liebte. Weil sie wusste, dass es mir mehr wehtun würde, wenn sie ihn verletzte als mich.

Ein Zornesschrei entrang sich mir, und ich riss noch heftiger an meinen Fesseln, während die Mordlust von mir Besitz ergriff. Ich würde ihr den Kopf von den Schultern reißen, ich würde jeden Tropfen ihres Blutes vergießen und sie auslöschen.

Die Verwandlung breitete sich wellenartig in mir aus. Meine Haut riss auf und gab den Weg für die wilde Bestie frei, die meinen Fluch verkörperte. Mein Brüllen vereinte sich mit dem des Monsters, und ausnahmsweise genoss ich die Wut der Bestie. Denn jetzt hatte ich sie unter meiner Kontrolle und konnte sie nach Belieben einsetzen.

Ich preschte nach vorn, bereit, Orion von seinen Ketten zu befreien, aber er schüttelte den Kopf, als er meine Absicht erkannte.

»Ich kann nicht davonlaufen«, sagte Orion ernst. »Ich muss den Deal einhalten, sonst sterbe ich.«

Ich heulte angesichts dieser Tatsache auf, drehte mich um und warf mein volles Gewicht gegen die Metalltür, die sofort aufflog.

»Darcy!«, schrie Orion.

Im nächsten Moment raste ich bereits durch den Thronsaal auf der Suche nach Blut. Lavinias Blut. Lionels Blut. Jeder, der uns Unrecht getan hatte, würde in dem Moment sterben, in dem er mir gegenübertrat.

Ich stürmte durch die Flure auf der Suche nach Beute. Die Schattenbestie riss an meinem Verstand, während sie versuchte, die Kontrolle zurückzugewinnen, aber dieses Mal ließ ich nicht los. Ich würde dieses Tier gegen die Kreatur einsetzen, die mich damit verflucht hatte, und sie vom Erdboden tilgen, als Bezahlung dafür, dass sie meinen Gefährten berührt hatte.

Ich bog in einen Korridor ein, in dem silberne Kronleuchter über mir funkelten und sich zu meiner Linken bogenförmige Fenster auftürmten, wobei sich das Mondlicht wie ein Fluss aus flüssigem Silber über den Boden ergoss.

Am anderen Ende des Ganges tauchte Lavinia auf, überrascht, mich hier zu entdecken.

»*Stopp!*«, zischte sie, und der Befehl hallte in meinem Körper wider. Aber ich schaffte es, ihm zu widerstehen, als ich an Orion dachte, der für sie blutete, an den Mund dieser Hexe auf seinem. Und ich rannte weiter auf sie zu. Mein Ziel: ihr Tod.

Sie hob die Hände und Schattenseile schossen auf mich zu, um meine Gliedmaßen zu fesseln, aber ich durchbrach jede Faser der dunklen Macht, die sie gewirkt hatte. Sie hatte meinen Gefährten gefangen genommen und ihn an ihren Willen gebunden. Und ich würde nicht tatenlos zusehen, wie sie ihn folterte. Sie hatte keinen Anspruch auf ihn, denn er gehörte mir. Ich würde mich zwischen ihn und die Sterne stellen, wenn ich es müsste. Ich würde das Schicksal selbst in die Hand nehmen und es zu etwas Gutem formen, das uns niemals genommen werden könnte.

Mein Brüllen hallte durch die Luft, als Lavinia einen Schritt zurückwich und noch verzweifelter versuchte, meine Glieder in Schatten zu hüllen. Aber ich sah den Moment des Zweifels in ihr. Die Angst, dass sie mich nicht aufhalten konnte. Oh, und das nährte meinen Rachedurst.

Als ich nahe genug war, stürzte ich mich auf sie. Meine riesigen Pranken waren ausgestreckt und meine Krallen so scharf wie Sonnenstahl – und sie versprachen, sie in Stücke zu reißen. Ich hatte sie während der Schlacht mit Phönixfeuer verbrannt, und sie war wie eine Untote vor meinen Augen auferstanden. Aber dieses Mal würde ich nichts von ihr übrig lassen. Ich würde sie mit genau dem zerstören, woraus sie gemacht war. Schatten und Tod.

»Stopp!«, befahl sie mir in Gedanken, aber ich unterdrückte den Wunsch erneut, ihr zu gehorchen.

Sie schrie, als sie unter mir zu Boden fiel, und ich verbiss mich in ihrer Schulter. Dann zielte ich auf ihren Kopf, verfehlte ihn aber, als sie zur Seite taumelte und ihren Körper unnatürlich verdrehte. Meine Krallen zogen eine Furche über ihre Brust, schwärzliches Blut floss heraus und ließ ihr Wehklagen noch höher werden. Ich packte ihren Hals zwischen meinen Kiefern und biss zu, bereit, dem ein Ende zu bereiten, ihren Kopf sauber von ihrem Körper zu trennen und auch den Rest von ihr zu zerstören. Aber in dem Moment griff sie nach meiner Kehle und riss mit unvorstellbarer Kraft daran. Der Schmerz, der mich daraufhin ereilte, war geradezu lähmend.

»Du gehörst mir! Tu, was deine Königin dir befiehlt!« Ihre Stimme explodierte in meinem Schädel, und dieses Mal fand die Magie, die sie einsetzte, ihren Weg zu meiner Seele.

Die Schattenbestie erlangte ein Stück Kontrolle über mich, und meine Kiefer lockerten sich um Lavinias Kehle. Ich kämpfte mit allem, was ich hatte, darum, sie unten zu halten, aber Lavinias Wille bohrte sich in mich hinein. Und dann war es, als würde ich in einem trüben Meer ertrinken. Ich fand keinen Ausweg, jede Richtung war dunkel und endlos.

»Verwandle dich!«, zischte sie, und die Schattenbestie verschwand, bis ich in meiner Fae-Gestalt auf ihr lag – die Muskeln angespannt und mein Körper unfähig, sich zu bewegen.

Ihre Wunden heilten vor meinen Augen, wobei sie konzentriert die Augenbrauen zusammenhielt. Aber die Macht, mit der sie mich festhielt, ließ keine Sekunde nach.

»Lass die Hände von meinem Gefährten!«, warnte ich, meine Handflächen links und rechts von ihr auf den Boden gepresst, während ich versuchte, mich zu bewegen.

Die Schatten krochen unter meiner Haut hindurch und hielten mich gefangen. Und ich konnte nichts dagegen tun, als sie an ihnen zog wie an Marionettenfäden. Sie brachte mich dazu, mich auf meinen Rücken zu rollen, und stand dann auf. Schatten sammelten sich um ihre Füße und kletterten ihren Körper hinauf, um sie zu streicheln und ihre Wunden zu heilen, während sie mich höhnisch angrinste.

»*Friss!*«, knurrte sie, und die Schattenbestie begann, sich an meinem Innersten zu laben.

Ich schrie. Der Schmerz war wie Messer, die sich in meine Knochen bohrten, als sich die Schattenbestie von der Magie ernährte, die noch in mir war. Dem Kern dessen, was mich zu einer Fae machte.

Ich wand mich auf dem eiskalten Boden. Die Kraft schwand aus meinen Gliedern und mit ihr verflüchtigte sich auch die Stärke, die ich gerade noch gespürt hatte. Die Schattenbestie fraß sich satt, bis sie das Gefühl hatte, dass es nichts mehr von mir zu nehmen gab. Zurück blieb diese schreckliche Leere, die nicht einmal die Schatten berühren wollten.

Als auch der Schmerz nachließ, war ich völlig allein. Ich kauerte auf dem Boden, presste mein Ohr auf die Steinplatten und kniff die Augen zusammen.

Mach, dass es aufhört! Bitte nimm mir diese Realität!

Lange Finger griffen in meine Haare, und Lavinia begann, mich mit unmenschlicher Kraft daran hinter sich herzuzerren, mein Körper schlaff und leblos.

Meine Finger kratzten über den Boden, und ich könnte schwören, den Palast um mich herum stöhnen zu hören. Die Wände schienen vor Schmerz über die gefallene Vega in ihrem Inneren zu zittern. Aber vielleicht war das auch nur die wilde Fantasie eines halb toten Mädchens, das kaum noch eine Fae war.

Ich nahm vage wahr, wie Orion irgendwo in der Nähe meinen Namen rief. Als ich meine Augen einen Spaltbreit öffnete, sah ich zwei Nymphen, die ihn in den eisernen Nachteisenkäfig im Thronsaal steckten.

Lavinia warf mich zu ihm, mein Rücken prallte gegen die gegenüberliegende Wand, bevor ich wie eine Stoffpuppe zu Boden fiel. Das Klappern der sich schließenden Käfigtür drang in dem Moment an meine Ohren, in dem Orion mich in seine Arme zog, mich umdrehte und in mir nach Leben suchte. Seine Augen waren verzweifelt, als wäre er plötzlich aus der dunklen Magie erwacht, mit der sie ihn vergiftet hatte, und seine Hand umfasste mein Gesicht in panischen Bewegungen.

Ich blinzelte mit schweren Wimpern zu ihm hoch und versuchte, zu sprechen, aber die Schwere der Schatten ließ es nicht zu.

»Was hast du mit ihr gemacht?«, fuhr Orion Lavinia an.

»Es ist der Fluch, Hündchen«, keifte Lavinia, ihre Wut war immer noch spürbar. »Und du solltest besser dafür sorgen, dass sie sich anständig benimmt. Denn der Fluch wird sich viel schneller ausbreiten, wenn ich die Bestie dazu ermutigen muss, sich öfter zu ernähren. Sie wird in wenigen Wochen sterblich sein, wenn sie sich so verhält. Drei Mondzyklen sind eine schrecklich lange Zeit für einen so fortgeschrittenen Fluch, Lance Orion. Bist du sicher, dass sie ihn überleben wird?«

»Du verdammte Schlampe!«, knurrte er und zeigte seine Reißzähne.

Lavinias Stimme kam näher, obwohl ich sie aus meiner Liegeposition nicht sehen konnte. »Du siehst hungrig aus, Vampir. War das Blut des Bediensteten, das ich dir heute gegeben habe, nicht genug? Wirst du das Blut deiner Gefährtin trinken und ihr die wenige Magie nehmen, die ihr noch bleibt? Vielleicht ist die Schattenbestie nicht das einzige Monster, vor dem sie sich heute Nacht fürchten sollte.«

Sie nahm seinen Arm, und eine Schattenwelle löste sich von ihrem Körper, glitt über seine Haut und wälzte sich über die Prellungen und Schnitte, die noch immer seine nackte Brust zierten. Er stöhnte und versuchte, sich loszureißen, aber im nächsten Moment fiel sein Kopf nach vorn. Ein rauer Atemzug verließ ihn und strömte über mich hinweg.

»Genau so. Lass die Schatten rein. Sie wollen nur spielen«, schnurrte Lavinia, dann verhallte der Klang ihrer nackten Füße neben den schweren Schritten der Nymphen, die ihr folgten.

Orion intensivierte seinen Griff um mich, sah mich aber nicht wieder an. Seine Haare hingen ihm in den Augen, während er langsamer atmete und versuchte, die Kontrolle über sich selbst wiederzugewinnen. Seine Reißzähne waren ausgefahren, und sein angespannter Gesichtsausdruck verriet mir, dass er hart gegen den Drang ankämpfte, zu trinken.

»Ich werde dich nicht beißen. Das werde ich nicht«, schwor er, seine Stimme war flacher als zuvor, als würden die Schatten wieder die Oberhand gewinnen.

Ein Hauch von Kraft kehrte zu mir zurück, genug, um meine Hand zu heben und mit den Fingern über die Stoppeln an seinem Kinn zu streichen, die sich zu einem Bart zu verdichten begannen.

»Sieh mich an.«

Er zögerte noch einen Augenblick, bevor er meiner Bitte nachkam, und meine Muskeln entspannten sich, als seine vertrauten dunklen Augen endlich die meinen trafen.

»Es tut mir leid, dass ich versagt habe«, flüsterte ich.

Er ergriff meine Hand, zog sie sanft an seinen Mund und küsste meine Handfläche, sein Blick flackerte vor Verlangen. »Ich liebe dich dafür, dass du es versucht hast. Aber du musst verstehen, dass dieses Versprechen, das ich gegeben habe, erfüllt werden muss. Wenn ich es breche, werde ich sterben.«

»Und was ist mit ihr? Was ist, wenn sie es bricht?«, fragte ich und versuchte, mich aufzusetzen. Aber er knurrte leise und verstärkte seinen Griff um mich. Und es war so schön, wieder in seinen Armen zu liegen, dass ich mich einfach von ihm halten ließ.

»Dann wird sie sterben«, sagte er mit gerunzelter Stirn.

»Vielleicht können wir einen Weg finden, sie dazu zu bringen, es zu brechen«, sagte ich hoffnungsvoll, und ein wenig mehr Licht trat in seine Augen, der Schleier der dunklen Macht zog sich wieder zurück.

»Ja, vielleicht, Blue«, sagte er. Aber dieses kleine Licht erlosch wieder, als er mich anstarrte, und ich spürte eine Last auf ihm, die schwerer war als die Sonne und der Mond zusammen.

»Was ist bei der Schlacht passiert? Hast du gesehen, wer entkommen ist?«, fragte ich voller Angst.

Er schüttelte kaum merklich den Kopf, sein Gesicht war schmerzerfüllt, und sein Unterkiefer zuckte, als er sich weigerte, erneut meinem Blick zu begegnen.

»Ich weiß nur von zwei Schicksalen«, sagte er leise. »Gabriel ist hier. Lionel hat ihn gefangen genommen.«

»O Gott!«, stieß ich aus, und die Angst um meinen Bruder breitete sich schnell in mir aus. Allein die Tatsache, dass er gefangen genommen worden war, sagte mir viel darüber, wie schlecht die Schlacht verlaufen sein musste. Wenn der größte Seher unserer Generation in einer solchen Schicksalsfalle gelandet war, musste um ihn herum ein reines Gemetzel stattgefunden haben, das den Blick auf sein eigenes Schicksal vernebelt hatte.

»Zumindest lebt er noch«, sagte er, und diese kleine Tatsache tröstete mich, obwohl es mir immer noch das Herz brach, daran zu denken, was er wahrscheinlich als Lionels Gefangener durchmachte.

»Und das andere Schicksal?«, fragte ich, aber Orion sah mich nicht an. Seine Augen waren voller Schmerz. »Lance?«, flüsterte ich, weil ich spürte, dass er mir etwas Schreckliches sagen würde, etwas, das mein Herz in noch mehr Stücke zerbrechen könnte. Aber ich musste es trotzdem wissen.

Er zögerte noch länger, als würde ihm das Aussprechen seiner nächsten Worte unermessliche Schmerzen bereiten.

»Darius hat es nicht geschafft.«

»Nein!«, keuchte ich und setzte mich kerzengerade auf. Ich weigerte mich mit jeder Faser meines Seins, diese Tatsache zu akzeptieren. Denn Darius Acrux war einer der stärksten Fae, die ich kannte. Er war ein Krieger, ein Wesen, das so mächtig war wie eine Gottheit. Und mehr als das, er war mein Freund und der sterngebundene Gefährte meiner Schwester. Ihr Ehemann. »Nein, nein, bitte. Das kann nicht wahr sein.«

»Ich habe seine Leiche gesehen«, sagte er, und seine Stimme wurde brüchig, als der Schmerz zu übermächtig wurde. »Lionel hat ihn getötet. Er ist tot.«

Diese Worte zerrissen mich innerlich, und ich brach in seinen Armen zusammen. Wir klammerten uns aneinander, als gäbe es nichts anderes als unseren Schmerz. Er lag wie ein eiskalter Klumpen zwischen uns, und die einzige Wärme kam von den Stellen, an denen sich unsere Körper berührten.

Ich konnte den Schmerz nicht unterdrücken, den ich empfand, weil ich den Mann verloren hatte, den ich wie einen Bruder zu lieben gelernt hatte. Und er wurde nur noch verstärkt durch das Leid, das meine Zwillingsschwester irgendwo da draußen fühlte. Ich hätte in dieser Zeit bei ihr sein müssen. Ich konnte den Gedanken nicht ertragen, dass sie das allein durchstehen musste.

Ich sehnte mich heftiger nach Tory als je zuvor in meinem Leben, und die Qual, die mir das bereitete, war unvorstellbar. Sie hätte genauso gut ein ganzes Universum entfernt sein können, so unmöglich war es jetzt, sie zu erreichen. Sie litt zweifellos unter der Last einer so schrecklichen Trauer, dass es sich anfühlen musste, als würde der Himmel auf sie einstürzen.

Die Schuldgefühle, die mein Handeln ohnehin schon begleiteten, vervielfachten sich um das Zehnfache. Ich hatte das Blatt im Kampf gewendet, die Schattenbestie in mir hatte dafür gesorgt, dass die Rebellen verloren hatten.

War es meine Schuld, dass Darius tot war? Wäre er noch am Leben, wenn ich nur stark genug gewesen wäre, um mich dem Griff des Fluchs zu entziehen?

Ich beugte mich vor, völlig verzweifelt und am Boden zerstört.

Es tut mir so leid, Tor.

Gemini
Scorpio
Virgo
Cancer
Aries
Leo
Taurus
Sagittarius
Capricorn
Aquarius
Libra
Pisces

ORION

KAPITEL 16

Das Brüllen eines Drachen riss mich aus dem schrecklichen Tagtraum, in dem ich versunken gewesen war. Rückblenden der Schlacht waren wie ein kleiner Horrorfilm in meinem Kopf herumgeflattert, und ich war mir nicht sicher, ob ich diesen schrecklichen Erinnerungen jemals wirklich entkommen würde.

Lionels plötzliche Anwesenheit im Palast ließ die Wände erzittern, als würden sie vor seiner Berührung zurückschrecken. Dieser Ort enthielt alte Magie, und die war den Vegas treu ergeben, empörte sich über seine Anwesenheit und rebellierte gegen ihn.

Ich betrachtete Darcy, die in meinen Armen lag. Die Erschöpfung hatte sie für eine Stunde in den Schlaf gezerrt, oder vielleicht waren es auch zwei gewesen. Die Falten auf ihrer Stirn sagten mir alles, was ich über die Qualität dieses Schlummers wissen musste. Sie hatte kein einziges Wort mit mir gesprochen, nachdem ich ihr von Darius erzählt hatte, und war in eine so tiefe Verzweiflung versunken, dass ich nicht wusste, wie ich sie daraus befreien sollte. Ich fühlte mich hilflos, so verdammt nutzlos. Wie sollte ich die Dinge jemals wieder in Ordnung bringen?

Ich war dieser Verzweiflung ja selbst verfallen. Gedanken an Darius schlichen sich in die Tiefen meines Geistes und spielten sich in Dauerschleife ab.

»Komm schon, beeil dich!«, drängte Darius, während ich ihm durch einen der dunkleren Korridore im Acrux-Anwesen folgte.

Ich war noch nie hier gewesen, Onkel Lionel quartierte uns normalerweise im Ostflügel ein, so weit wie möglich von seinem Büro entfernt. Einmal hatte mein Vater darauf hingewiesen, dass er einfach eine Stillekuppel verwenden könnte, um ungestört zu sein, aber der Blick, den Darius' Vater ihm daraufhin zugeworfen hatte, war Erinnerung genug daran gewesen, dass ein Biest in ihm schlummerte, das in der Lage war, einen kompletten Fae auf einmal zu verschlingen. Mein Vater hatte jedoch so getan, als hätte er das nicht bemerkt. Aber das lag daran, dass mein Vater ein echt harter Hund war.

Ich folgte Darius durch eine Tür, und er warf mir einen schelmischen Blick über die Schulter zu. Ich wusste sofort, dass er auf Ärger aus war. Und Ärger war unser liebster Zeitvertreib.

Ich schlüpfte hinter ihm her, und mir blieb der Mund offen stehen, als ich den Schatzhaufen in diesem Raum sah, der dort wie ein Miniaturberg aufgehäuft war.

»Die Drachengilde hat ihn mir zum Geburtstag geschickt«, sagte Darius mit einem albernen Gesichtsausdruck.

»Bist du sicher, dass in dir ein Drache steckt?«, neckte ich ihn, und Darius runzelte die Stirn, als würde der Himmel einstürzen, wenn dem nicht so wäre.

»Natürlich. Sieh mich doch an!« Er klopfte sich auf die Brust, die viel breiter war als die aller anderen Achtjährigen, die ich bisher kennengelernt hatte. Er war zwar ein paar Jahre jünger als ich, aber unsere Freundschaft war schon seit unserer Kindheit bestärkt worden. Ich hatte seine ersten Schritte miterlebt und ihn aufgefangen, wenn er hingefallen war. Er war immer einer meiner besten Freunde gewesen. Ich konnte es nicht erklären, aber es war, als wären wir dazu bestimmt, Freunde zu sein, und das erinnerte mich an etwas, das Tante Catalina einmal zu mir gesagt hatte – damals, als sie noch etwas netter gewesen war: »Interstellare Verbündete sind die wertvollsten Freunde. Sie sind seltener als Gold und weitaus wertvoller.«

Das war, bevor sie sich so verändert hatte und irgendwie kalt und distanziert geworden war. Ich mochte sie nicht mehr wirklich; sie war mir unheimlich. Ich hasste ihren ausdruckslosen Blick, wenn sie mich ansah, schien aber dennoch immer in meiner Nähe und der meiner Familie sein zu wollen, als hätte sie etwas Interessantes zu sagen, aber nicht die Gehirnleistung dafür.

Darius zog seine Schuhe aus und stürzte sich kopfüber in das Gold, das unter seinem Gewicht in Kaskaden zu Boden fiel. »Ich weiß, dass ich ein Drache sein werde, weil sich das so gut anfühlt.«

Ich trat näher, wohl wissend, dass Drachen ihr Gold nicht gern teilten. Ich wollte keine Grenze überschreiten, aber er setzte sich auf und winkte mich zu sich. Was er mir hier anbot, war von großer Bedeutung, und ich fragte mich, ob wir wirklich Interstellare Verbündete sein könnten, denn sein Vertrauen in mich in diesem Moment war grenzenlos.

Ich zog die Schuhe aus und sprang neben ihn. Wir lehnten uns zurück und wühlten uns tiefer in die Münzen, wobei unser Gelächter bis zur Decke schallte.

»Du bist so reich, Alter«, sagte ich, nahm eine der Münzen in die Hand und drehte sie herum, um sie im Licht zu bewundern. Er riss sie mir aus den Fingern, mit einem Ausdruck von Besitzgier in den Augen, und ich schnaubte, stand auf und entfernte mich von seinem kostbaren Goldhaufen.

Er begegnete meinem Blick und knirschte mit den Zähnen, als läge er mit sich selbst im Streit. Dann rappelte er sich ebenfalls auf und sprang von seinem Goldschatz.

»Schau dir das an!«, ermutigte er mich, und ich folgte ihm zu einem Schrank voller kleiner Gegenstände. Er holte ein kleines Buch heraus, das nicht größer als seine Handfläche war. Auf dem pechschwarzen Einband waren die Planeten in Purpur abgebildet.

»Ist das ein Blut-Foliant?« Ich schnappte nach Luft und griff instinktiv danach, und Darius ließ mich zugreifen.

»Ja, verdammt selten, oder? Das Ding stammt aus den frühen Jahren des Blutzeitalters.«

Ich schlug es vor Aufregung auf und fand in der oberen Ecke eine handschriftliche Notiz.

Für dich, mein liebster Freund und lebenslanger Begleiter. Unser Blut wurde dafür gemacht, auf den Schlachtfeldern des anderen vergossen zu werden.

Ich schloss das Buch ein wenig widerwillig und gab es Darius zurück.

Er verschränkte die Arme vor der Brust und sah mich ernst an. *»Es gehört dir. Behalte es.«*

Ich schüttelte den Kopf und versuchte, ihn dazu zu bringen, es zurückzunehmen. *»Wenn dein Vater das herausfindet ...«*

»Das wird er nicht. Das Buch liegt seit Jahren unberührt da«, sagte Darius. *»Außerdem ist es für einen Freund bestimmt. Und das bist du.«*

Ich spürte die Wichtigkeit dessen, was er mir anbot, und konnte nicht anders, als nachzugeben. Es war ein Zeichen unserer Freundschaft zueinander, und es fühlte sich falsch an, das Geschenk abzulehnen. Und ich beschloss an Ort und Stelle, dass wir Interstellare Verbündete waren – ob die Sterne dem zustimmten oder nicht, war mir eigentlich egal. Ich würde auf ihn aufpassen, und er würde auf mich aufpassen. Und das war alles, was dazu zu sagen war.

»Darius?« Eine tiefe Stimme dröhnte durch die Flure und ließ mein Herz für eine Sekunde stocken, bis mir klar wurde, dass es nur sein Vater war, der nach ihm rief.

Darius zuckte zusammen, presste die Lippen aufeinander und antwortete nicht.

»Darius!? Die anderen Erben sind hier«, drängte Lionel, dessen Stimme durch den Einsatz von Magie im ganzen Haus zu hören war.

Darius' Gesichtsausdruck hellte sich auf, während wir um den Goldhaufen herum zur Tür gingen und den Raum verließen. Das Buch steckte ich in meine Tasche.

Wir schafften es bis zur Eingangshalle, wo Seth, Max und Caleb warteten und einander spielerisch drängten und schubsten, was mein Interesse weckte. Lionel war auch da, lächelte Darius an und bedeutete ihm, sich den anderen Erben anzuschließen. Er lief zu ihnen und stieg sofort in ihr Spiel ein. Mein Herz drängte mich, mich ihnen anzuschließen, aber meine Füße blieben an Ort und Stelle.

»Hey, Lance«, sagte Seth und winkte mir zu, und ich winkte zurück und trat vor, als Max mich ebenfalls anlächelte und Caleb mich neugierig ansah.

Darius drehte sich um und winkte mich zu sich, und ich machte einen weiteren Schritt.

Lionel stellte sich mir in den Weg und legte eine Hand auf meine Schulter, woraufhin ich überrascht zu ihm aufsah.

»Deine Mutter wartet zu Hause auf dich. Es ist Zeit, zu gehen, Lance«, sagte er und führte mich an den Erben vorbei zur Tür.

»Nein, lass ihn bleiben!«, forderte Darius, aber Lionel hatte mich bereits nach draußen geleitet und knallte mir die Tür vor der Nase zu. Es fühlte sich an wie eine Wand, nicht wie eine Tür.

Ich wusste, dass die Erben eine Bindung zueinander aufbauen mussten, ihre »besondere Zeit« miteinander zu verbringen hatten. Mom hatte mir das hundertmal erklärt. Meine Rolle in Darius' Leben war anders, etwas, das sich nie mit der Rolle der Erben vermischen konnte. Ich musste unsere Geheimnisse der dunklen Magie bewahren und dafür sorgen, dass die Erben nie davon erfuhren, aber bis jetzt hatte ich nie das Gefühl verspürt, etwas zu verpassen.

Ich dachte an das Buch in meiner Tasche, und das schwere Gewicht in meiner Brust ließ nach. Nichts würde unsere Bindung verändern. Darius und ich waren Freunde, unabhängig davon, welche Beziehungen er zu den Erben hatte. Es gab nur ihn und mich, und nichts und niemand würde jemals zwischen uns kommen.

Ich zog mich aus dieser Erinnerung zurück, nachdem ich diesen Tag fast vergessen hatte, und mir wurde bewusst, wie verdammt naiv ich gewesen war. Irgendetwas hatte immerzu darauf gewartet, uns auseinanderzureißen, ich hätte nur nie gedacht, dass es der Tod sein würde.

Ich seufzte, ein unangenehmes Gefühl regte sich im Innersten meines trauernden Herzens. Ich konnte mich kaum daran erinnern, dass ich mich mit den Erben hatte anfreunden wollen, aber dieses Gefühl kam für einen Moment zurück, und ich fragte mich, ob ich vielleicht auf irgendeine Weise zu ihrer Gruppe gehört hätte, wenn wir einfach nur normale Kinder gewesen wären, die ein normales Leben geführt hätten. Aber dem war nicht so gewesen. Und wahrscheinlich wäre es auch nie so gekommen. Es war nur eine schöne Illusion einer Idee, die längst dem Zahn der Zeit zum Opfer gefallen war.

Obwohl sich mein Körper schwer anfühlte, hatte mich die dunkle Magie, die in Lavinias Folterwerkzeugen steckte, endlich losgelassen. Es war schwieriger, sich davon zu befreien, als beim ersten Mal, und ich hatte das schreckliche Gefühl, dass es nur noch schlimmer werden würde.

Jetzt, da mein Verstand wieder klar war, empfand ich so viel Angst um das Mädchen, das auf meinem Schoß lag. So schön es auch war, Blue wieder bei mir zu haben, wollte ich, dass sie sich so weit wie möglich von hier entfernte. Zwischen diesen Mauern war sie nicht sicher, aber sie würde in dieser Realität gefangen sein, wenn ich keinen Weg fand, sie zu befreien.

Ich steckte eine Locke aus tiefschwarzen schattenumhüllten Haaren hinter ihr Ohr. Bei meiner Berührung wichen die Schatten von ihr zurück, die Locke wurde wieder ganz blau, und mein Herz machte einen Sprung.

»Darcy.« Ich schüttelte sie leicht, und Hoffnung keimte in mir auf.

Ihre Augen öffneten sich flatternd, und für den Bruchteil einer Sekunde dachte ich, dass sie vielleicht wieder ihren normalen grünen Farbton haben würden, mit den endlosen silbernen Ringen, die sie für immer mit mir verbanden. Aber das war eine törichte Hoffnung gewesen. Ihre Iriden waren schwarz wie die Nacht.

»Schau.« Ich zog die Haarsträhne nach vorn, aber sie war wieder in Schatten getaucht, bevor sie sie sehen konnte, und mein Herz sank vor Enttäuschung.

»Was ist?«, fragte sie, ihre Augen immer noch gerötet von den Tränen, die sie um Darius geweint hatte.

Ihr diese Nachricht zu überbringen, war eine meiner schlimmsten Aufgaben überhaupt gewesen, und ich war mir sicher, dass es auch eine frische Wunde in meinem Herzen hinterlassen hatte.

»Sie war für einen Moment blau«, sagte ich, und sie runzelte die Stirn und drehte eine weitere Strähne in ihrer Handfläche.

Sie zwirbelte sie zwischen ihren Fingern, die Schatten hafteten nach wie vor daran, und ich konnte nicht anders, als weiterhin zuzusehen, wie die dunkle Macht ihren Körper umschmeichelte und sich über sie bewegte, als wäre sie mit ihrer Haut verbunden. Ich wollte die Schatten von ihr reißen und sie von Lavinias Fluch befreien, aber der einzige Weg, dies zu tun, bestand darin, mein Versprechen zu erfüllen und die Schuld zu begleichen.

Nur drei Mondzyklen. Mehr nicht.

Sie wandte sich von mir ab, zog die Knie an die Brust und knirschte mit den Zähnen.

»Ich wünschte, du müsstest mich nicht so sehen«, murmelte sie, und ein Knurren stieg in meiner Kehle auf. »Ich bin Gift.«

»Ich liebe dich in jeder Form, giftig oder nicht«, sagte ich und streckte die Hand nach ihr aus, aber sie wich noch weiter zurück und Schmerz durchfuhr mich. »Sieh mich an!«, befahl ich, aber sie tat es nicht. *»Blue.«*

»Ich habe so viele Leute getötet«, flüsterte sie und blickte auf den Steinboden. »Geraldine …« Ihre Stimme versagte. Mein Herz zerbrach, als ich sie diesen Namen aussprechen hörte. Geraldine hatte mir das Leben gerettet, und es schien, als hätte sie dafür den höchsten Preis bezahlt. Sie hatte es nicht verdient, so früh aus dieser Welt gerissen zu werden.

»Und vielleicht wäre Darius auch noch hier, wenn ich nicht gewesen wäre«, fügte Darcy hinzu.

Diese Worte ließen meine Wut in die Höhe schießen. Ich stand auf und überragte sie, woraufhin sie mich endlich ansah. Sie wirkte so verdammt klein, wie ein Geist ihres früheren Selbst.

»Lavinia ist für jeden Mord durch deine Hand verantwortlich. Und Darius ist tot, weil Lionel Acrux ihn getötet hat. Nicht du.«

Sie wandte wieder den Blick ab, aber das würde ich nicht zulassen. Ich zog sie auf die Füße und an den Handgelenken zu mir heran, aber sie entwand sich meinem Griff und stellte sich mit dem Kopf nach vorn an die Wand, sodass ein Vorhang schwarzer Haare ihr Gesicht verdeckte. Aber ich würde sie nicht vor mir davonlaufen lassen. Sie musste die Wahrheit sehen, denn ich weigerte mich, sie für irgendetwas die Schuld auf sich nehmen zu lassen.

»Darcy Vega«, knurrte ich, drückte sie an die Wand, packte sie am Kinn und zwang sie, mich anzusehen. Ihre Augen waren so tiefschwarz, dass mein Herz unregelmäßig schlug, weil sie Lavinias Augen so unheimlich ähnlich waren, aber das würde mich nicht dazu bringen, mich von ihr zurückzuziehen. Ich wusste durch und durch, wer sie war, und ich musste sie daran erinnern, damit sie zu mir zurückkehrte. »Du bist nicht für die Handlungen dieser Bestie verantwortlich. Du bist nicht die Bestie. Es ist ein Fluch, der deine Hand zwingt. Gibst du mir die Schuld daran, dass Lavinia die Schatten in meinem Körper nutzbar gemacht und mich dazu gebracht hat, eine Klinge in dich zu stoßen?« Es war eine der schlimmsten Erinnerungen meines Lebens gewesen, in jener Nacht vor all den Monden, als wir zu meinem Elternhaus gegangen waren.

»Natürlich nicht«, murmelte sie und versuchte, ihr Kinn aus meinem Griff zu befreien, aber ich ließ nicht los. »Das ist etwas anderes. Ich hätte stark genug sein sollen, um die Schattenbestie abzuwehren, bevor sie so weit kommen konnte. Ich sollte ein allmächtiger Phönix sein, aber sieh mich doch an! Ich bin ein Nichts.«

»Du bist alles«, sagte ich fest, während sie versuchte, sich an mir vorbeizudrängen. Aber ich klatschte meine Handflächen links und rechts von ihr gegen die Wand und ließ sie nicht gehen. »Und du wirst nicht vor mir davonlaufen.«

»Wie kannst du es überhaupt ertragen, mich anzusehen?«, zischte sie. »Ich bin ein Monster. Ich sehe aus wie *sie*. Wie Lavinia.« Sie zuckte zusammen, als wollte sie vor ihrer eigenen Haut zurückschrecken, und ich runzelte die Stirn.

»Hör mir zu, Blue! Ich habe dich geliebt, als deine Seele im Sternenlicht des Nachthimmels erstrahlt ist, und ich werde dich auch jetzt lieben, wenn deine Seele so schwarz ist wie nie zuvor. Ich werde dich als Ganzes lieben und ich werde dich in Stücken lieben. Es spielt keine Rolle, ob hell oder dunkel, ich bin hier. Wir sind Gefährten. Ich bin von den Sternen selbst dafür erkoren worden. Also hör auf, zu versuchen, mich auszuschließen!«

Ihre Lippen teilten sich, um zu antworten, ihre Wangen färbten sich rot und die Erinnerung an ihr Blut ließ meinen Puls rasen. Meine Fangzähne kribbelten vor Verlangen. Lavinia hatte mir heute Morgen ein paar kümmerliche Schlucke von dem schwachen Blut eines Fae gegeben, aber ich lechzte nach einem richtigen Drink. Darcys Magie befand sich jedoch im Griff der Schattenbestie, und ich wusste nicht, welche Kraft ihr überhaupt noch verblieben war. Ich würde ihr ganz sicher nicht noch mehr davon nehmen.

»Es tut mir leid«, sagte sie. »Es ist nur … Wenn du mich so ansiehst, fühle ich mich so verdammt unwürdig, nach allem, was ich getan habe. Darius war dein bester Freund …«

»Und er hat dich wie eine Schwester geliebt. Er beobachtet uns sicherlich gerade und tadelt dich dafür, dass du so empfindest. Und wie ich Darius kenne, wird er sich die ganze Zeit die Schuld für sein Versagen geben. Er wird keinen einzigen Moment daran denken, dass du für sein Ende verantwortlich warst.« Ein scharfes Messer bohrte sich immer wieder in meine Brust, während ich über meinen Freund sprach. Das Wissen, dass ich ihn in diesem Leben nicht wiedersehen würde, war zu quälend, um es wirklich zu akzeptieren.

Verdammt … Darius. Ich konnte mich nicht einmal verabschieden.

Tränen traten in ihre Augen, und ich fing sie mit meinem Daumen auf, um sie wegzuwischen.

»Was ist mit Geraldine?«, flüsterte sie mit bebender Unterlippe.

Auch ihr Verlust lastete schwer auf mir, und ich beugte mich vor, um meine Stirn an Darcys zu legen.

»Nicht deine Schuld«, versicherte ich ihr, und sie schaute mir in die Augen und versuchte, meinen Glauben an diese Worte zu verinnerlichen, obwohl ich mir nicht sicher war, ob es half. Ich hasste den Gedanken, dass Geraldine Grus nicht mehr unter uns weilte. Dieses Mädchen war einzigartig gewesen. Ich hatte sie und ihre unerschütterliche Loyalität gegenüber den Vegas stets respektiert, auch wenn wir in der Vergangenheit nicht immer einer Meinung gewesen waren.

Lionels dröhnende Stimme klang, als wäre er direkt neben uns – mit uns in diesem Käfig –, und wir beide fuhren erschrocken hoch.

»Ist dir klar, wie viel Reichtum ich verloren habe, Lavinia? Seltene Münzen und Edelsteine, die jetzt in den schmutzigen Händen widerlicher niederer Fae sind? Ich saß den ganzen Tag und die halbe Nacht am Gerichtshof von Solaria fest, um einen letzten Angriff auf diese verdammten Rebellen vorzubereiten, die wie vom Erdboden verschluckt sind.«

»Bei den verdammten Sternen!«, fluchte ich, als mir klar wurde, dass das Geräusch von der Wand selbst kam. Aber wie war das möglich?

Darcy und ich rückten näher an die kalten Steinblöcke heran. Seine Stimme wurde leiser, als würde der Palast uns ein Geheimnis offenbaren und seine Stimme genau hierher tragen, damit wir sie hören konnten.

»Ich muss Widerstand leisten«, fuhr er fort. »Da die Erben und Ratsmitglieder frei sind und sich vermutlich dieser verwaisten Hure angeschlossen haben, befinden sich die Rebellen wieder in einer stärkeren Position.«

Ich warf Darcy einen hoffnungsvollen Blick zu, als ich hörte, dass es Caleb, Seth und Max gut ging. Zu hören, dass mein Zirkelbruder in Sicherheit war, gab mir ein noch besseres Gefühl. Und zu meiner Überraschung war ich auch über die anderen verdammt erleichtert.

»Du kontrollierst die Presse, Daddy. Du kannst sie eine Geschichte über deine Großartigkeit schreiben lassen. Die Zeitungen können der Welt erzählen, was für böse und abscheuliche Kreaturen diese Vegas sind«, ertönte als Nächstes Lavinias einschmeichelnde Stimme.

»Das reicht nicht aus!«, fauchte Lionel. »Verstehst du denn nicht? Die Phönixe sind stärker, als ich es mir je hätte vorstellen können. Und jetzt wird die Stärke der Rebellen auch noch durch die mächtigste Blutlinie in ganz Solaria verstärkt. Ich muss ein Zeichen in Blut und Tod setzen. Ich muss ihnen zeigen, wozu ich fähig bin.«

»Natürlich, mein König. Was wirst du tun?«, fragte Lavinia aufgeregt.

»Du weißt, was ich tun muss«, knurrte er. »Ich werde der Welt zeigen, was der Drachenkönig mit Phönixen anstellen kann. Ist Gwendalina Vega eingetroffen?«

»Ja, aber …«, setzte Lavinia an, doch Lionel schnitt ihr das Wort ab.

»Endlich«, hauchte er aufgeregt. »Ich habe einen meiner größten Feinde hier im Palast. Die Welt wird zusehen, wie ich sie zusammen mit ihrem Elysischen Gefährten köpfe. Ich werde beweisen, dass ich der Vega-Linie weit überlegen bin, indem ich Macht und Brutalität demonstriere. Und ich werde sie vor mir niederknien lassen, bevor sie verblutet.«

Ich straffte mein Rückgrat und drehte mich zu Darcy um, mit dem festen Vorsatz in den Augen, nichts davon zuzulassen. Und sie erwiderte meinen Blick mit der gleichen Zielstrebigkeit. Ich wusste nur nicht, wie ich sie beschützen sollte.

»Mein König«, sagte Lavinia sanft. »Sie befinden sich unter meiner Kontrolle. Ich fürchte, ich kann das nicht zulassen.«

»Zulassen?«, zischte Lionel giftig. »Es ist nicht deine Aufgabe, hier irgendetwas *zuzulassen*. Ich bin hier die Macht. Ich bin der Herrscher von Solaria.«

»Und sowohl die Vega-Göre als auch ihr Gefährte schulden mir etwas, nachdem Königin Avalon mich vor all den Jahren ins Schattenreich verbannt hat.«

»Du hattest deinen Spaß. Ich werde dafür sorgen, dass sie beide vor ihrem Ende leiden werden, und Roxanya Vega kann ihre Schwester im Fernsehen sterben sehen. Gibt es eine bessere Rache als diese?«

»Daddy, warte!«, keuchte Lavinia, und alles wurde still, obwohl ich genau wusste, dass sie auf dem Weg hierher waren.

Panik durchfuhr mich, und ich sah Darcy alarmiert an. Ich musste sie hier rausbringen.

Ich griff nach zwei der Käfigstangen und versuchte, sie mit der Kraft meiner Formgebung auseinanderzubiegen, wobei sich meine Muskeln heftig anspannten. Aber das Nachteisen war dafür gebaut, weitaus mehr Kraft auszuhalten, als ich im Moment besaß, und ich drehte mich fluchend um, während ich nach einer anderen Lösung suchte.

Darcy ergriff meinen Arm und sah mich mit pechschwarzen Augen an. »Ich werde kämpfen.«

»Und was ist, wenn Lavinia dich wieder aufhält?«, entgegnete ich und richtete meinen Blick auf die Wand im hinteren Teil des Käfigs.

Ich warf mich mit voller Wucht dagegen, schlug mit meinen Fäusten auf die riesigen Steinblöcke ein und versuchte, sie zu durchbrechen, wobei meine Knöchel aufplatzten und Blut floss. Ich musste sie hier rausschaffen. Sie musste von hier fliehen und durfte nie wieder zurückkommen.

Die Türen zum Thronsaal wurden aufgestoßen und gegen die Wände geschleudert; das Echo hallte durch den ganzen Raum.

Ich drehte mich um und stellte mich mit gefletschten Zähnen und drohendem Blick vor Darcy, während Lionel Acrux mit bedrohlichen Schritten auf uns zukam.

»Bleib zurück!«, warnte ich ihn.

Lavinia schwebte hinter ihm her, ihre Füße berührten kaum den Boden, während sie ihre Schatten nutzte, um sich in der Luft zu halten. Ihre Augen wanderten neugierig von Darcy zu mir.

»Wir haben einen Deal!«, brüllte ich und zeigte auf sie.

»Daddy ist sehr wütend«, sagte sie und blinzelte mich unschuldig an. »Er braucht ein Ventil.«

Lionel kam in seiner schicken Hose und seinem weißen Hemd, das am Hals aufgeknöpft war, auf mich zu. Seine Haare waren zerzaust, sein Blick war der eines Verrückten.

Darcy knurrte, trat an meine Seite und funkelte ihn an, während Dunkelheit um sie herumwirbelte.

»Öffne den Käfig, Lavinia! Und halte Lance unter Kontrolle!«, befahl Lionel.

»Nein!«, keuchte ich und griff nach Darcy, aber Lavinia schnippte mit den Fingern, woraufhin ich von Schattenketten gefesselt und von meiner Gefährtin weggerissen wurde.

»Es ist okay«, flüsterte Blue, obwohl das verdammt noch mal das Gegenteil von okay war.

Die Tür wurde durch die Kraft der Schattenprinzessin aufgerissen, und Darcy hob die Hände, während sie Lionel mit zusammengekniffenen Augen ansah.

Er zögerte, hob das Kinn, während er sie musterte, und wirkte misstrauisch.

»Ist ihre Magie unterdrückt?«, murmelte er Lavinia zu. Dieser verdammte Feigling!

»Du unFaeiges Stück Scheiße!«, fauchte ich, aber Lionel ignorierte mich.

»Ja, mein König. Sie kann nicht gegen dich kämpfen. Komm her, kleine Bestie!«, schnurrte Lavinia, und auf ihren Befehl hin, trat Darcy aus dem Käfig.

Ich konnte spüren, wie sie dagegen ankämpfte, sah es an der Spannung in ihrem Rückgrat. Aber offensichtlich verlor sie diesen Kampf, und die erdrückendste Art von Angst raubte mir die Fähigkeit, zu atmen.

»Blue!«, rief ich verzweifelt, aber sie schaute nicht zurück. Und als Lionel Acrux mit tödlichem Zorn in den Augen näher auf meine Elysische Gefährtin zuging, spürte ich, wie die Sterne sich in unsere Richtung wandten. Als wüssten sie, dass sich hier etwas Schreckliches abspielen sollte. Etwas, das sie nicht verhindern würden.

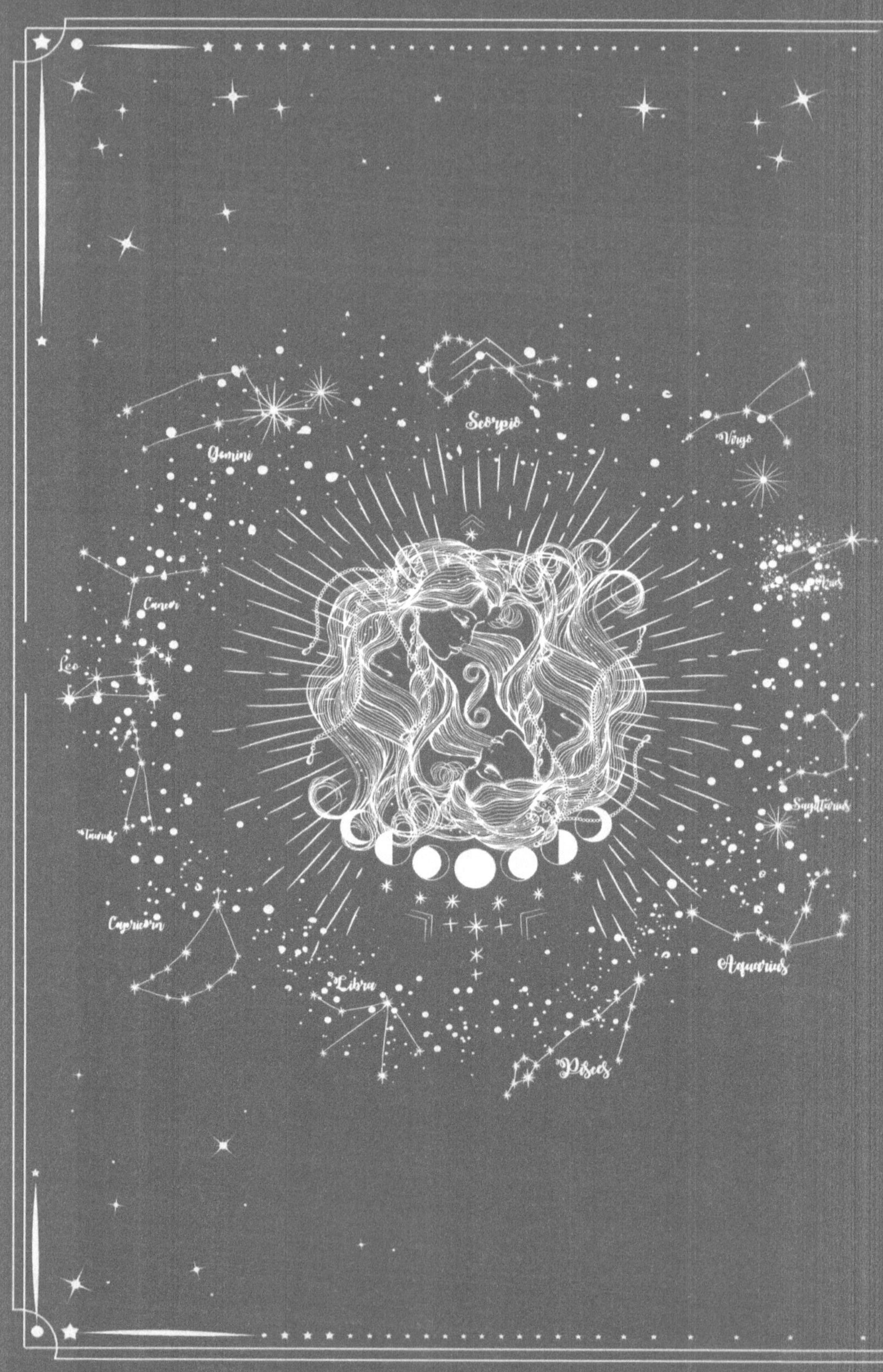

Gemini
Scorpio
Virgo
Cancer
Leo
Taurus
Capricorn
Libra
Sagittarius
Aquarius
Pisces

DARCY

KAPITEL 17

»Lass sie in Ruhe!«, brüllte Orion. »Wir hatten eine Abmachung, du darfst sie nicht töten, sonst …«

Lavinia brachte ihn zum Schweigen, indem sie ein Schattenband um seinen Mund wickelte. Angst durchströmte mich.

Ich blieb vor Lionel stehen, die Hände immer noch erhoben, aber ohne Kraft darin, während ich verzweifelt versuchte, Magie an die Oberfläche meiner Haut zu ziehen. Die Augen des Monsters, das allen, die ich liebte, so viel Schmerz zugefügt hatte, blickten tief in meine eigenen. Rauch entwich seinen Nasenlöchern, und seine Brust strahlte Hitze aus. Er war ein riesiger Mann, mindestens dreimal so massig wie ich, wenn man all die Muskeln berücksichtigte, aber die eigentliche Gefahr ging nicht von seinem Körper aus, sondern von der Kraft in seinen Adern und der gnadenlosen Grausamkeit, mit der er regierte.

»Hast du sie ganz unter deiner Kontrolle, Lavinia?«, fragte Lionel erneut.

»In jeder Hinsicht, mein König. Ihre Magie wurde von der Schattenbestie verschlungen. Es ist nur noch wenig davon übrig, und meine Kreatur hat ihr bereits ihre Formgebung gestohlen. Sie ist im Grunde eine Sterbliche.«

Lionels Lächeln war alles, was ich sah – und die Grausamkeit darin verhieß enormes Leid für mich. Ich gab ihm nicht die Genugtuung, zu versuchen, wegzulaufen. Trotz flammte in meinen Augen auf, als ich seinen Blick hielt.

»Gut«, schnurrte er. »Sterbliche können brennen.«

Ich knirschte mit den Zähnen und versuchte erneut, Magie aus meiner Quelle der Macht zu entnehmen, aber die Schattenbestie wollte sie nicht hergeben. Lavinia hatte recht, ich war machtlos und hatte keine Chance, mich zu verteidigen.

»Bring deine falsche Königin dazu, der Schattenbestie zu befehlen, mir meine Magie zurückzugeben, damit ich dich auf Augenhöhe bekämpfen kann. Stelle dich mir wie ein Fae und finde heraus, wer von uns wirklich den Thron meines Vaters verdient!«, forderte ich ihn auf.

»Du weißt nicht, was es bedeutet, Fae zu sein«, sagte er kalt. »Deine Mutter hat dich in der Welt der Sterblichen versteckt. Du bist mit der Schwäche ihrer Art aufgewachsen – einer Schwäche, die sich in deine Seele gegraben hat. Du stinkst nach ihrer Machtlosigkeit, ihrer erbärmlichen, sinnlosen Existenz. Und der einzige Anspruch, den du hast, ist das wässrige Blut der Vega-Linie in deinen Adern. Aber die Macht deines Vaters fließt nicht in dir, seine Vereinigung mit einer Mischlingshure ist ein klarer Beweis dafür.«

»*Wage* es nicht, so über meine Mutter zu sprechen!«, fuhr ich ihn an.

»Ich spreche so über Abschaum, wie dieser es verdient. Die Verfehlungen deines Vaters haben es dem Schicksal ermöglicht, zu *meinen* Gunsten zu intrigieren. Den Gunsten eines Mannes von wahrem Wert. Die Dominanz von Reinheit und wirklicher Macht ist jetzt für alle klar ersichtlich, und die Welt wird zusehen, wie du fällst. Wenn du ihnen in deinen letzten Momenten als erbärmliche Kreatur offenbart wirst, werden sie endlich verstehen.«

Er hob seine Hand, Luftmagie umhüllte mich und band meine Arme an meine Seiten. Dann hob er mich über sich und entzündete ein Feuer, das an meinen nackten Füßen züngelte. Ich hatte keine Magie und folglich keine Möglichkeit, zu entkommen. Orion schrie mich durch seinen Knebel an, seine Angst um mich zerriss mir das Herz. Ich wollte nicht, dass er mich sterben sah, dass er mich als schwaches, fast sterbliches Wesen betrachtete, das aus dieser Welt gerissen wurde, ohne jemals die Chance zu bekommen, zu kämpfen. Aber was konnte ich tun?

Ich unterdrückte meine Schreie, solange ich konnte, aber als die Flammen höher schlugen, meine Beine hinaufkrochen und sich an mir zu laben begannen, drangen sie aus meiner Lunge, erfüllten den ganzen Raum und hallten von jeder Oberfläche zu mir zurück.

Orion kämpfte verzweifelt darum, zu mir zu gelangen, aber für jede Schattenfessel, die er durchbrach, wirkte Lavinia eine weitere an ihre Stelle.

Lionel zog seinen Atlas aus der Tasche und warf ihn Lavinia zu, die ihn aus der Luft auffing und herumwirbelte. »Nimm das für die Presse auf! Lass sie sehen, was ihr König mit Verrätern macht! Lass sie sehen, dass ich weitaus mächtiger bin als jeder Phönix, der je gelebt hat!«

»Alles, was sie sehen werden, ist ein Feigling, der sich meiner wahren Kraft nicht stellen will«, fauchte ich, nachdem ich einen weiteren Schrei hinuntergeschluckt hatte. »Ich wurde von deiner Königin verflucht. Sie ist diejenige, die es dir überhaupt erst ermöglicht hat, mir gegenüberzutreten!«

Lionel schnaubte. Das Feuer brannte immer heißer und ließ mehr Schreie aus meiner Brust aufsteigen.

Orion kämpfte verzweifelt gegen Lavinias Schattenfesseln an und brüllte heiser gegen seinen Knebel an. Er tat mir so leid, dass ich mir wünschte, ich könnte einen letzten friedlichen Moment mit ihm in diesem Leben verbringen, aber es sah so aus, als hätten die Sterne genug von uns. Unsere Geschichte schien auf ein gewaltsames Ende zuzusteuern.

Bevor die Flammen noch höher schlagen konnten, bewegte Lionel ruckartig die Hand zur Seite. Ich wurde durch die Luft geschleudert, schlug auf dem gefliesten Boden auf und rutschte darüber, bis mein Kopf gegen den Thron prallte.

Mein Schädel explodierte vor Schmerz, und meine Sicht verschwamm. Der

Geruch verbrannter Haut stieg mir in die Nase, und ich versuchte, aufzustehen, während die Schattenbestie mich weiterhin unterdrückte. Lavinias Schatten waren so tief in mich eingedrungen, dass ich keine eigene Kraft mehr finden konnte, an der ich mich festhalten konnte. Wenn ich sie nur herauskitzeln könnte …

»Ich habe so lange auf diesen Moment gewartet«, knurrte Lionel, während er sich mir näherte, und in seiner Stimme lag ein regelrechtes Summen der Aufregung. »Du und deine Schwester seid mir schon viel zu lange ein Dorn im Auge. Und jetzt wirst du die Erste sein, die von einer Macht zerschmettert wird, die der deinen weit überlegen ist.«

»Lavinia soll mich von der Bestie befreien!«, forderte ich erneut. »Dann werden wir herausfinden, wer wirklich mächtiger ist.«

»*Ruhe!*« Sein Stiefel traf meine Rippen, und ich keuchte auf, hatte kaum eine Sekunde Zeit, mich zu erholen, bevor er es wieder und wieder tat. Knochen brachen unter der schieren Kraft seiner Tritte, und ich biss mir auf die Zunge, um ihm nicht die Genugtuung zu geben, zu wissen, wie sehr ich litt. Aber die irrsinnige Freude in seinen Augen verriet mir, dass er es genau wusste. Und er schien regelrecht zu sabbern.

Mit jedem Tritt veränderte sich etwas in mir, und in den tiefsten Winkeln meiner Knochen knisterte eine Kraft. Sie existierte nur für eine flüchtige Sekunde, aber ich ergriff sie, versuchte, sie aus der Kontrolle der Schattenbestie zu befreien, und biss dabei die Zähne zusammen.

Gib sie mir zurück!

Mit einem wütenden entschlossenen Ruck gab etwas nach, und Magie strömte in meine Adern. Ich schickte sie spiralförmig aus mir heraus, bevor die Schattenbestie ihr wieder zu nahe kommen konnte, und schleuderte jeden Tropfen davon in einer Explosion der Macht aus meinem Körper. Das Element der Luft schoss in einem regelrechten Sturm aus mir heraus, und Lionel wurde mit einem Schreckensschrei durch den Raum geschleudert, der meine Brust vor Hoffnung flattern ließ.

Ich krümmte meine Finger und schleuderte ihm hastig Scherben tödlicher Eisklingen entgegen. Ich könnte das beenden, es schnell und blutig gestalten, obwohl er weit mehr als das verdient hätte. Aber wenigstens wäre er dann fort.

Er fing sich in letzter Sekunde mit einem Schub seiner eigenen Luftmagie auf; die Eisklingen drückten sich leicht in seinen Rücken. Voller Hass zwang ich sie zu wachsen, aber er riss sich mit einer Windböe von ihnen los, die ihn zurück auf die Füße beförderte. Eine Feuerwand waberte von ihm aus und verzehrte mein Eis augenblicklich.

Ich richtete mich auf, die Hände erhoben, während ich der Schattenbestie weitere Magie entriss, aber das Wenige, das ich gewann, ließ sich nicht in das verwandeln, was ich wollte. Mein Griff um sie war rutschig und schwankend, obwohl ich dringend auf ihre Mitarbeit angewiesen war.

»Lavinia!«, knurrte Lionel. »Bring sie unter deine Kontrolle! Und zwar sofort!«

»Natürlich, mein König«, schnurrte Lavinia, trat vor und versetzte die Schatten in meinem Körper in Aufruhr. »*Friss!*«

Ein Schrei drang aus mir heraus, als die Schattenbestie begann, meine Magie zu verschlingen, und ihre Zähne mich von innen heraus zerfleischten.

Ich zog mich so schnell ich konnte hinter den Thron zurück, ließ mich dort zu Boden fallen und umklammerte meine schmerzende Brust. Der Fluch grub sich tiefer als je zuvor, und ich sah nur noch Dunkelheit. Ich versuchte, mich zu wehren, aber die Kraft des Fluches war zu groß.

Ich musste mich zusammenreißen. Das war meine Chance, die Monster in diesem Raum zu erledigen, und ich konnte sie mir nicht entgehen lassen. *Bitte Sterne, gebt mir doch noch eine verdammte Chance!*

Ich war mir nicht sicher, ob mich die dunkle Macht, die mich in ihren Fängen hatte, in den Wahnsinn trieb, aber plötzlich spürte ich, wie sich etwas an der Stelle bewegte, an der mein Arm gegen die Rückseite des Throns gepresst war. Meine Hand glitt in eine kleine versteckte Nische, und meine Finger trafen auf kaltes graviertes Metall. Ich drehte es in meiner Handfläche und erkannte, dass es sich um ein kleines Messer handelte, das dort irgendwann von einem Fremden versteckt worden war. Und dessen Entscheidung, genau das zu tun, könnte gerade meine Rettung sein. Der Griff bestand aus zwei silbernen Flügeln, die sich um einen karmesinroten Granat-Edelstein schlangen.

Ich umklammerte das Messer fester und zog es an meinen Körper. Einen Moment später trat Lionel um den Thron und musterte mich angewidert.

Meine Glieder waren schwer, und ich fühlte mich schrecklich, unbestreitbar sterblich, als die Schattenbestie ihr Festmahl beendete und ich keuchend unter dem Blick des falschen Königs sitzen blieb.

»Ist es vollbracht?«, fragte er Lavinia, ohne den Blick von mir abzuwenden.

»Sie wird sich nicht noch einmal wehren«, versprach sie.

»UnFaeiges Arschloch«, krächzte ich.

»Es ist keine Schande, die Macht eines anderen als seine eigene zu nutzen.« Lionel beugte sich vor, krallte seine Finger in meine Haare und riss daran, sodass ich gezwungen war, zu ihm aufzublicken.

Ich hielt das Messer an der Innenseite meines Handgelenks verborgen, während er sich über mich beugte, und spürte den Luftschild, der eng an seiner Haut anlag und jeden körperlichen Angriff von mir blockieren würde.

»Wenn du so groß und mächtig bist, warum hast du dann einen Schutzschild gegen mich aufgebaut? Ich bin doch nicht mehr als eine Sterbliche, noch dazu in der Hand deiner Schattenschlampe. Du musst wirklich verdammt viel Angst vor mir haben, wenn du jetzt nicht einmal deine Verteidigung aufgeben kannst«, spottete ich, und sein Griff um meine Haare wurde fester, bevor er meinen Schädel mit blendender Kraft gegen den Thron schlug, sodass mir schwindelig wurde und meine Ohren klingelten.

»Du bist weniger als sterblich. Du bist nichts.« Er stieß mich zu Boden und presste meine Wange auf die Fliesen, während er sein ganzes Gewicht auf mich drückte. Er beugte sich vor und flüsterte grausame Worte an meinem Ohr: »Deine Mutter war eine Hure aus dem Ausland und dein Vater ein willensschwacher Fae, der nur meinetwegen Macht erlangt hat. Und ich habe sie beide getötet. Ich habe zugesehen, wie die Kraft aus ihren Gliedern gewichen ist, wie ihre Magie von den Nymphen, die ich zu ihrer Tür gebracht habe, gestohlen wurde. Ich war schon immer die wahre Macht in diesem Palast, und jetzt weiß es auch die Welt. Ich werde dich zerschmettern, wie ich sie zerschmettert habe, und dann werde ich deine Schwester jagen und die Letzte der Vega-Linie auslöschen.«

Ich schrie auf, als ein unerträglicher Schmerz durch meine Wange schoss,

Feuer unter seiner Handfläche aufflammte und das kolossale Gewicht seines Körpers nach wie vor auf meinen Schädel drückte.

»Das reicht, Daddy«, rief Lavinia. »Du hattest deinen Spaß.«

Sie schleuderte Schattenpeitschen in unsere Richtung, als wollte sie ihn zurückhalten, aber Lionel wirkte eine Luftwand, die ihre dunkle Macht aufhielt. Seine Augen blitzten jadegrün auf, als sein Drache zum Vorschein kam, und er fletschte die Zähne und ließ grinsend den Luftschild los, der seine Haut bedeckt hatte. »Ich fürchte mich vor nichts. Am allerwenigsten vor einem machtlosen Mädchen, das keine Kraft mehr zum Kämpfen hat.«

»Ich bin lieber ein machtloses Mädchen als ein einsamer Mann in einem leeren Palast. Ich habe diesen Krieg für eine Zukunft geführt, um sie mit allen, die ich liebe, zu teilen. Wenn du gewinnst, wirst du nichts und niemanden haben. Selbst wenn ich sterbe, werde ich im Jenseits erwartet. Aber wen hast du?«

»Ich brauche niemanden, wenn ich alle Macht und alles Gold der Welt habe«, höhnte er, als hätte er so verdammt viel Glück. Und als wäre ich nichts als ein unwissendes Kind.

»Du bist leer, weil du nie Liebe gespürt hast«, zischte ich.

»Ich brauche keine Liebe.« Er schnaubte. »Catalina hat den Preis der Liebe kennengelernt, als sie sie einem royalistischen Abschaum geschenkt hat. Und die beiden haben teuer dafür bezahlt, als ich sie glorreich aus dieser Welt gerissen habe.«

Seine Worte und das Wissen, dass er sie im Kampf getötet hatte, zerbrachen etwas in mir. »Du bist ein Narr, die Liebe zu verhöhnen. Sie ist das Einzige, was die Leere in dir füllen könnte. Du versuchst, diesen Raum mit Reichtümern und Kontrolle zu stopfen, aber es wird nie genug sein. Nur Familie ist dazu in der Lage. Und du hast deine verstoßen. Ich liebe deine Söhne und ich liebe Catalina. Sie sind die größten Schätze, die du je hattest, und du hast sie verloren. Den Sternen sei Dank, dass du das getan hast, denn sie sind dem Monster entkommen, das versucht hat, sie seinem Willen zu unterwerfen. Sie haben sich all der Teile entledigt, die du in ihnen hinterlassen hast. Sie sind jetzt frei von dir. Tot oder lebendig. Sie sind verdammt noch mal frei. Und das kannst du ihnen niemals nehmen. Also lebe dein hohles Leben und genieße deinen hohlen Tod. Wo auch immer ich lande, werden mich zumindest warme Arme erwarten.«

»Die Sterne werden mir einen goldenen Thron anbieten, wenn ich diese Welt verlasse«, knurrte er.

»Ich würde die Liebe jedem Thron vorziehen«, hauchte ich, während der Druck in meinem Kopf mir unerträgliche Qualen bereitete.

»Und deshalb regiere ich die Welt und nicht du.«

»Ein Königreich, nicht die Welt«, erinnerte ich ihn, und ein Brüllen des Zorns verließ ihn.

Er nahm seine Hand von meinem Gesicht, hob sie an und ballte sie zu einer Faust, während er sich darauf vorbereitete, sie auf meinen Schädel niederzuschlagen. Feuer bedeckte seine Knöchel, und Luftmagie umwehte sie. Ich wusste, dass ich diesen Angriff nicht überleben würde. Die Endgültigkeit meines Todes leuchtete in seinen Augen so klar wie der Tag.

Orion schrie durch den Knebel, seine Liebe und Angst durchbrachen die Luft und verliehen mir die Kraft, die ich für meine letzte Tat brauchte.

Trotz der Schmerzen, die durch meinen Körper schossen, schaffte ich es, mich zu bewegen. Und ich musste mich schnell bewegen. Ich drehte mich auf die Knie und stürzte mich mit einem Schrei reinsten Hasses auf Lionel.

Das Messer war in meiner Hand und auf sein Auge gerichtet. Ein einziger wütender Stich würde genügen, um ihn zu erledigen, wenn ich es tief genug hineinstoßen würde.

Lionel zuckte alarmiert zurück, und mein Stoß wurde abgelenkt, sodass das Messer stattdessen in seiner Kehle versank. Entsetzen trat in sein Gesicht, und ich stieß das Messer noch tiefer hinein, wobei ich all meine Kraft darauf verwendete und durch Haut und Knorpel schnitt, um eine lebenswichtige Arterie zu treffen.

Seine Magie durchdrang mich, und ein heftiger Windstoß schleuderte mich in den hinteren Teil des Raumes, wo ich hart auf dem Boden aufschlug und in einem Gewirr von Gliedmaßen darüber rutschte.

Ich prallte gegen die Wand, und ein Knacken ertönte. All meine Schmerzen wurden mir genommen, als eine schreckliche Taubheit meine Wirbelsäule emporstieg.

»Blue!«, schrie Orion durch seinen Knebel, durchbrach seine Fesseln, nur, um erneut zurückgehalten zu werden.

Ich versuchte, aufzustehen, konnte mich aber nicht bewegen, gelähmt von meinen Verletzungen. Ich konnte gerade noch den Kopf heben, um Lionel anzusehen, der auf den Knien neben dem Thron saß, sich das Messer aus dem Hals riss und begann, die blutige Wunde zu heilen.

Die Niederlage bohrte sich tief in meine Brust, und ich verfluchte ihn, die Sterne und die Schattenbestie, die meine Magie unterdrückte.

»Geht es dir gut, mein König?«, gurrte Lavinia, als Lionel an seinem eigenen Blut würgte und verzweifelt versuchte, den von mir verursachten Schaden zu beheben.

Als er aufstand, hielt er das Messer in der Hand. Sein Hemd war rot vom Blut, das er nun im Raum verteilte. Und mit dem Knurren eines Drachen marschierte er auf mich zu.

Lavinia eilte ihm nach. Ihre Schatten setzten alles daran, seinen Luftschild zu durchdringen, während sie versuchte, sich ihm zu nähern.

»Genug! Sie gehört mir. Du darfst sie nicht töten«, befahl sie, aber er hörte nicht auf sie.

Ich schaute zu Orion und wünschte mir, er wäre das Letzte, was ich sah, wenn das Monster mich holen kam. Der Schmerz in seinen Augen ließ mich innerlich bluten, als er gegen seine Fesseln ankämpfte und sich nicht befreien konnte.

Ich liebe dich, formte ich mit dem Mund, als die Worte ihren Weg nicht über meine Lippen fanden, und er schüttelte den Kopf, um den Abschied, den ich ihm anbot, kategorisch abzulehnen.

Lionel packte mich an den Haaren, riss mich hoch und drückte mich an seine Brust, während er mir das Messer an die Kehle hielt. »Ich werde deinen Kopf aufspießen und auf einem Pfahl an der Palastmauer zur Schau stellen, damit ihn alle sehen können«, flüsterte er mir ins Ohr. »Jetzt schrei für mich, bis du nicht mehr schreien kannst!«

Die Klinge durchtrennte meine Haut, und ich konnte mich nicht einmal mehr wehren. Der Schaden, den er angerichtet hatte, war zu groß, als dass ein sterblicher Körper sich davon erholen könnte. Es war vorbei, und jetzt würde er aus meinem Tod ein grausames und blutiges Spektakel machen.

Ich versuchte, angesichts der unvorstellbaren Schmerzen, die ich gleich erleiden würde, tapfer zu sein, dachte an meine Schwester und wie gern ich ihr Gesicht noch ein letztes Mal gesehen hätte. Ich dachte an Gabriel und all die Tage, die uns gestohlen worden waren und die wir jetzt nie wieder gutmachen konnten. Ich dachte an Seth und die Freundschaft, die wir trotz aller Widrigkeiten gefunden hatten, an den weißen Wolf, der mich zu einem Teil seines Rudels gemacht hatte. Ich dachte an Caleb und Max, die mich in ihren schützenden Kreis aufgenommen hatten, an Xavier, Sofia und Tyler, die mein Licht in der Dunkelheit gewesen waren, und an all jene, die uns zu früh genommen worden waren. Geraldine, Diego ... Darius. Ich hoffte, sie zu sehen, wenn sich der Schleier teilte und mich hindurchtreten ließ.

Schließlich wanderten meine Gedanken zu Lance Orion. Der unerbittliche Verteidiger und Hüter meines Herzens. Mit ihm hatte ich die tiefsten Abgründe der Liebe kennengelernt, ich hatte eine Hingabe erlebt, die ich mir nie hätte vorstellen können, und wir hatten einander beschützt, solange wir konnten.

Mein einziger Trost war das Wissen, dass meine Familie mich eines Tages außerhalb dieses Lebens finden würde – in welcher Form auch immer –, denn sie waren ein Teil meiner Seele.

Meine Zwillingsschwester war meine andere Hälfte.

Mein Bruder war mein Schutzengel.

Mein Gefährte war mein Seelenverwandter.

Ich konnte diese Welt loslassen, solange ich wusste, dass wir eines Tages wieder zusammen sein würden. Ich wünschte nur, es hätte in diesem Leben sein können, nicht im nächsten.

Ich wartete auf den Tod, aber er kam nicht. Erst nach drei endlosen Schlägen der Stille wurde mir klar, dass Lavinia Lionels Luftschild durchbrochen hatte. Seine Arme waren durch die Kraft der Schatten erstarrt, während das Messer nach wie vor an meinem Hals schwebte.

»Lass mich los!«, brüllte Lionel, und der ganze Palast bebte unter dem ohrenbetäubenden Lärm.

»Du kannst ihren Tod nicht haben, solange sie an den Fluch gebunden ist. Ich habe Vereinbarungen einzuhalten«, knurrte Lavinia. »Du hattest deinen Spaß mit ihr, jetzt musst du sie gehen lassen. Wenn du jemanden töten musst, sind im Kerker des Amphitheaters immer noch Rebellen.«

»Ich bin dein Gebieter«, knurrte Lionel, und sein Arm, mit dem er mich nach wie vor festhielt, zitterte. Er kämpfte gegen die Intensität ihrer Macht an, aber er konnte sich nicht befreien. »Du wirst mich sofort loslassen.«

»Ich tue, was auch immer ich tun will.« Lavinia schnippte mit einem Finger. Eine Schattenspirale entriss Lionel das Messer und nahm den Druck von meiner Kehle.

Das Messer erschien an ihrer Seite, und sie band es dort fest, wobei sie die Waffe streichelte, während sie sie für sich beanspruchte.

Lionel war gezwungen, mich loszulassen. Sein riesiger Körper wurde von den Schatten von mir weggezogen, und ohne seinen Halt sackte ich wieder zu Boden, zerbrechlich wie eine alte Puppe. Ich schmeckte Blut in meinem Mund, aber das war mir egal, denn es erinnerte mich daran, dass ich immer noch hier war, wie durch ein Wunder am Leben.

Ich drehte den Kopf so weit, dass ich sehen konnte, wie Lionel zu den Türen des Thronsaals gezerrt wurde. Flüche sprudelten aus seinem Mund, während er gegen Lavinias Macht ankämpfte, aber er konnte sich nicht befreien. »Lass mich los!«

Lavinia folgte ihm und schwebte dabei von links nach rechts. »Du schuldest mir immer noch einen Acrux-Erben, mein König, hast du das vergessen?«

Es folgte eine angespannte Pause, und als Lionel wieder sprach, war in seiner Stimme ein Unterton von Angst zu hören, den ich noch nie zuvor gehört hatte. »Nein, das habe ich nicht vergessen. Für solche ... Freuden bleibt heutzutage wenig Zeit.«

Sie drückte ihn gegen die gewölbten Holztüren und fuhr mit einem Finger unter seinem Kinn entlang.

»Du spielst nie mehr mit mir«, sagte sie mit einem Schmollmund. »Du siehst mich nicht so an, wie er sie ansieht.«

»Wer sieht hier wen an? Wovon redest du?«, fragte Lionel, obwohl seine Stimme unbestreitbar zitterte – etwas, das mein Herz höherschlagen ließ. Heilige Scheiße, hatte das Drachenarschloch etwa Angst vor Lavinia?

»Vom Vampir und seiner Vega«, fauchte sie, und ihre Worte waren voller Wut. »Wenn du mich liebst, warum berührst du mich dann nicht mehr?«

»Wir befinden uns im Krieg, Lavinia.« Seine Stimme wurde widerlich beschwichtigend, und seine Muskeln wölbten sich gegen die Schattenfesseln, die seine Arme fixierten. »Es war einfach keine Zeit dafür. Warum amüsierst du dich nicht ein wenig mit unseren Gefangenen, während ich nachsehe, ob Stella auf dem Weg hierher ist? Sie kann einen neuen Riss in diesen Mauern erzeugen, an einem Ort, den die Rebellen niemals erreichen werden. Das sollte dir wieder zu neuer Stärke verhelfen.«

Es folgte ein Moment der Stille. Die Luft war von einer so starken Spannung erfüllt, dass ich sie schmecken konnte. Ihre Allianz war nicht die unzerstörbare Herrschaft, die Lionel zu demonstrieren versucht hatte. Ihr gemeinsamer Hunger nach Macht war das Einzige, was sie wirklich aneinander band, zusammen mit Lavinias beharrlichem Wunsch, das einzufordern, was ihr vor so langer Zeit versprochen worden war. Ein Acrux-König und ein allmächtiger Erbe.

Aber was würde passieren, wenn sie das Vertrauen in diese Wünsche verlor? Was könnte passieren, wenn sie erkannte, dass Lionel sie für seine eigenen Zwecke benutzte? Ich mochte die Schattenschlampe zwar hassen, aber sie könnte der Schlüssel sein, um diesen Bastard zu Fall zu bringen. Denn so verrückt und schrecklich sie auch war – sie hatte mehr Macht als er. Sie könnte gewinnen, wenn sie jemals gegeneinander antreten würden. Und wenn es einen Weg gäbe, sie dazu zu bringen, dann umso besser für uns. Ein psychotischer Tyrann weniger, den wir selbst ausschalten mussten.

»In Ordnung«, stimmte sie schließlich zu, aber ich konnte sehen, dass seine Worte sie nicht ganz beschwichtigten. Eine gewisse Unruhe blieb in ihr zurück.

»Einen Riss zu öffnen erfordert Zeit, erinnerst du dich?«, fügte Lionel hinzu, und sein Ton hatte etwas so widerlich Süßes an sich. Eine Art Maske glitt über seine Gesichtszüge, und ich fragte mich, ob er unseren Vater auf die gleiche Weise manipuliert hatte. »Du wirst Geduld haben müssen.«

»Ich kann geduldig sein, Daddy.« Lavinia schwebte auf Lionel zu, um ihn zu küssen, und seine Erleichterung war deutlich spürbar, als sie der Verlockung seiner Worte nachgab. Doch dann öffnete sie die Türen und warf ihn hindurch wie einen Eimer voller Scheiße, bevor sie sie vor seinem Gesicht zuschlug und fest verriegelte.

Ich versuchte, mich zu bewegen, und meine Muskeln zitterten, als Orion panisch nach mir rief – soweit es sein Knebel eben zuließ. Ich öffnete den Mund, um ihm zu versichern, dass ich am Leben war, aber es fiel mir immer schwerer, überhaupt etwas zu tun. Mein Herzschlag verlangsamte sich zu einem dumpfen Pochen, und als ich meinen Gefährten anstarrte, wurde die Welt zunehmend dunkler. Hatte er gerade bezeugt, was ich bezeugt hatte? Würde er einen Weg finden, dies zu nutzen, um diesen Krieg zu gewinnen? Denn als eine schleichende Kälte wie eine dunkle Flut durch meinen Körper kroch, begann ich zu glauben, dass ich dem Tod vielleicht doch nicht von der Schippe gesprungen war.

Die Liebe, die ich für diesen Mann empfand, loderte im Zentrum meines Wesens. Und das heißer als die heißesten Gegenden der Sonne.

Ich würde ihn hier und jetzt lieben, morgen und für alle Ewigkeit. Wohin auch immer ich ginge und wohin auch immer die Sterne mich führten, diese Liebe würde niemals sterben. Selbst wenn ich es täte.

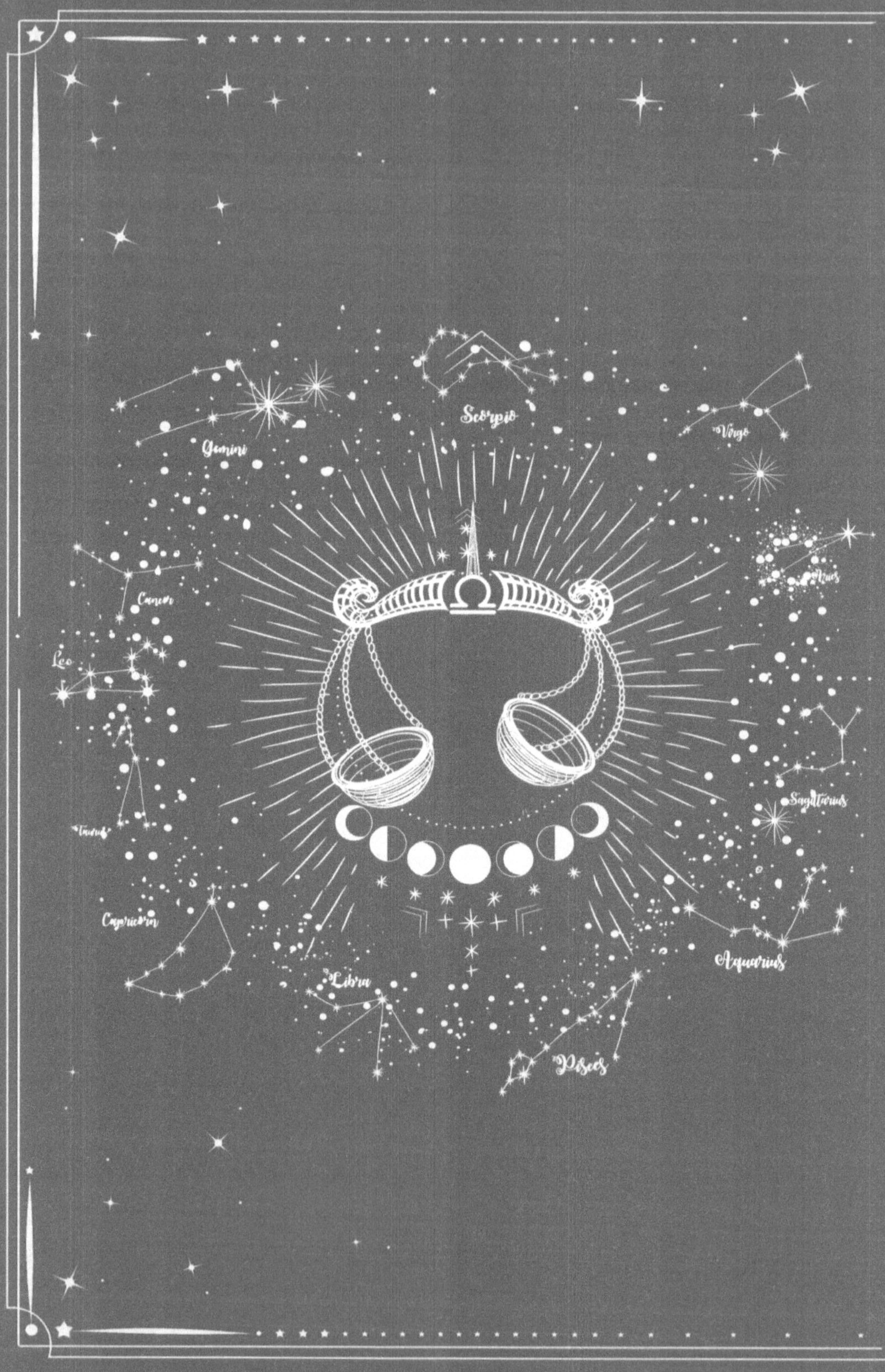

Gemini
Scorpio
Virgo
Cancer
Aries
Leo
Sagittarius
Taurus
Capricorn
Aquarius
Libra
Pisces

ORION

KAPITEL 18

Meine panischen Schreie wurden durch den Knebel gedämpft, die Schatten waren unerbittlich in ihrer Mission, mich zu fixieren. Darcy lag unbeweglich auf dem Boden, ihre Gliedmaßen waren seltsam verdreht, und Verbrennungen zierten ihren ganzen Körper.

Sie verließ mich, und in dem Moment, in dem sie verschwand, würde auch ich verschwinden. Es gab kein Leben ohne sie. Sie war der Mittelpunkt meiner Existenz, meine Retterin, meine Kriegerin, mein Sonnenschein.

Das Mal des Todesschwurs, den ich mit Lavinia geschlossen hatte, begann in meiner Handfläche zu brennen, während mein Herz zu einem verzweifelten Takt schlug.

Lavinia stieß einen Schrei aus, als sie es ebenfalls spürte. Sie legte die Hand auf ihr Herz, und mir wurde klar, dass Darcys Tod unseren Deal ungültig machen würde. Der Todesschwur würde uns einfordern. Und es war so verdammt erleichternd, das zu wissen. Denn wenn Blue mich jetzt verließ, dann würde ich mit ihr gehen. Genau wie die Schattenschlampe auch.

Lavinia rannte mit fiebrigem Blick auf mich zu, streckte eine Hand aus und befreite mich von meinen Schattenfesseln und dem Knebel. Sie riss die Käfigtür auf, holte einen Schlüssel hervor und schloss die Manschette an meinem rechten Handgelenk auf, worauf diese klappernd zu Boden fiel.

»Heile sie!«, schrie Lavinia.

Ich rannte bereits mit der Geschwindigkeit meiner Formgebung, bewegte mich schneller als der Wind, bevor ich neben meinem süßen, geschundenen Mädchen auf die Knie fiel. Ich zog sie in meine Arme, legte meine Hände auf ihre Haut und suchte verzweifelt nach dem Summen der Magie tief in ihr. Ich musste diese Kraftquelle finden, damit es funktionierte. Ich konnte keinen Sterblichen heilen und hoffte inständig, dass sie nach wie vor Fae war.

»Bitte, Blue! Bitte bleib bei mir! Ich bin hier.« Ich schloss die Augen, drückte meine Magie in ihren Körper und sandte sie so weit wie möglich aus, während ich nach dem Feuer der Macht suchte, die in dieser perfekten Kreatur lebte. Ich hatte nicht viel, mit dem ich arbeiten konnte, aber was ich hatte, würde ich ihr geben.

»Beeil dich!«, schrie Lavinia, und ich kniff die Augen fester zusammen, um sie auszublenden.

Dort, am äußersten Rand ihres Wesens, flackerte das bisschen, was von Darcys Kraft übrig war – es war kaum mehr als rauchende Glut. Ich trieb meine Magie in ihre und gab ihr alles, was ich zu geben hatte, um sie so schnell wie möglich zu heilen.

»Nimm alles!«, befahl ich. »Nimm alles, Darcy Vega!«

Langsam verheilten ihre Wunden, die Verbrennungen an ihren Beinen verschwanden zuerst, bevor das leise Knacken der zusammenwachsenden Knochen mich erreichte. Ich zuckte jedes Mal zusammen, wenn ich einen weiteren gebrochenen Teil von ihr ausmachte, und ließ immer mehr von meiner Magie in sie hineinfließen.

Ich zitterte, während mein Verstand am Rande des Wahnsinns zu zersplittern begann. Ich konnte nicht ertragen, was ich gesehen hatte, konnte nicht vergessen, wie Lionel sie geschlagen und sie in einem äußerst unFaeigen Kampf dem Tod so nahe gebracht hatte. Es war unerträglich, und meine Reißzähne schmerzten mit dem Bedürfnis, Lionel für das, was er ihr angetan hatte, die Kehle herauszureißen. Wenn es nach mir ginge, würde ich ihn Tag für Tag dafür foltern. Ich würde ihn so schreien lassen, wie sie geschrien hatte, und ihm jede Narbe, die er ihr zugefügt hatte, zehnfach vergelten.

Endlich erwachte sie, regte sich in meinen Armen und schmiegte sich an mich. Sie war so zart, dass es mir manchmal schwerfiel, zu glauben, dass sie eines der mächtigsten Wesen überhaupt war. Ich senkte den Kopf und küsste ihre Wange, ihre Schläfe, ihre Haare.

Sie öffnete langsam die Augen, ihre Finger streiften meine Bartstoppeln, während Verwirrung über ihr Gesicht huschte. Und für einen Moment hätte ich schwören können, dass ihre Augen silbern schimmerten. Aber meine Fantasie musste mir einen Streich gespielt haben, denn jetzt waren sie wieder pechschwarz.

»Sind wir tot?«, flüsterte sie.

»Nein, meine Schöne«, sagte ich mit schwerer Stimme und hohler Brust. »Wir sind noch da.«

Ich befürchtete, dass sie darüber traurig sein könnte, weil sie vielleicht schon aufgegeben hatte. Aber dann zupfte ein kleines Lächeln an ihren Lippen, das ich sofort erwiderte.

»Dem Teufel sei Dank«, hauchte ich, mein Herzschlag beruhigte sich, und der Todesschwur ließ von mir ab. Noch war Kampfgeist in uns.

Lavinia seufzte dramatisch, als der Todesschwur auch sie von seiner Bedrohung erlöste, aber ich schaute nicht in ihre Richtung, sondern ließ meinen Blick über Darcy schweifen, während ich mich vergewisserte, dass auch wirklich jede Wunde verheilt war.

»Na, welch ein Drama für die jungen Liebenden. Und was für ein romantisches Ende! Jemand sollte ein Märchen darüber schrciben«, sagte Lavinia eisig, und ich riss den Kopf herum, wobei ich instinktiv meine Reißzähne bleckte, um sie zu warnen, sich verdammt noch mal fernzuhalten. Sie schlich sich zum Thron und warf sich mit einem Schnauben darauf.

»So unglaublich hässlich, dieser Thron. Ich wollte Königin Avalons Thron. Der war so hübsch, ganz in Rot und aus Rubinen gefertigt. Der hier mag mich nicht, er stupst und zwickt mich in den Rücken, als wollte er, dass ich ihn verlasse.«

Sie rutschte weiter auf den Thron und deutete dann mit dem Finger in unsere Richtung. Eine Schattenspirale griff nach meiner Magie blockierenden Manschette und schleuderte sie auf mein Handgelenk. Das Metall schnappte mit harter Endgültigkeit zu und schnitt mir den Zugang zu meinen Elementen ab. Nicht, dass ich überhaupt einen Hauch von Kraft übrig gehabt hätte.

Darcy erhob sich von meinem Schoß und ließ mich auf meinen Knien zurück. Ihr Blick fiel auf Lavinia, eine dunkle Kraft umgab sie, die meinen Puls zum Rasen brachte. Sie war dem Tod nur knapp von der Schippe gesprungen, aber in ihr lebte nach wie vor Widerstandskraft. Der Versuch, ihr Licht auszulöschen, hatte es nur noch heller gemacht.

Sie sah mich an und reichte mir ihre Hand. Ich schlang meine darum, und unser Band brannte lichterloh. Ich erhob mich, um an ihrer Seite zu stehen, und wir beide starrten unsere Entführerin an, und all die Ungerechtigkeit des Universums drückte mir die Luft in der Lunge ab.

»Kommt her, meine Hündchen!«, rief Lavinia uns zu und strich über das Messer an ihrer Hüfte, das den Granat-Edelstein in seinem Griff hielt. »Die Zeit für Märchenbuch-Momente ist vorbei.«

Ich drückte Blues Finger, und meine Muskeln spannten sich in Erwartung eines Kampfes an, aber Lavinia seufzte nur, blickte uns mit zusammengekniffenen Augen an und winkte uns erneut zu sich.

Ich warf Darcy einen fragenden Blick zu, und sie nickte mir zu, bevor wir gemeinsam nach vorn traten, uns vorsichtig dem Thron näherten und schließlich vor Lavinia stehen blieben.

Die Schattenprinzessin legte den Kopf schief, während sie uns musterte, schürzte die Lippen und stand dann auf, um sich uns wie ein Poltergeist der Dunkelheit zu nähern.

Ich hielt Darcys Hand fester, straffte mein Rückgrat und trat einen Schritt vor, um Lavinias Aufmerksamkeit für mich zu beanspruchen.

»Schau dir das an, wie er versucht, die Aufmerksamkeit auf sich zu lenken.« Sie schnalzte mit der Zunge, ging an mir vorbei zu Darcy und strich mit den Fingern durch die Haare meines Mädchens. Ihre Haare waren von so dichten Schatten besetzt, dass nicht mal mehr ein Hauch von Blau zu sehen war. »Ein echter Glückspilz, unsere kleine Prinzessin. Was macht dich so besonders, hm? Sogar Daddy ist von dir fasziniert, Vega. Vega dies und Vega das.« Sie schüttelte den Kopf, und ihre seelenlosen Augen landeten wieder auf mir. »Und schau dir diesen Mann an, den du in deinen Bann gezogen hast. So treu, so anbetend. Der perfekte Gefährte. Tja, vielleicht sollte ich etwas Spaß mit deinem Gefährten haben. Warum sollst du schließlich alles haben und ich nichts?«

Darcys Gesichtszüge verzerrten sich vor Hass, als sie die Verrückte anstarrte, die sie verflucht hatte. »Du willst doch mich bestrafen, also warum hast du dann nicht deinen Spaß mit mir? Wie auch schon dein Echsenkönig eben?«, fragte sie.

Ich knurrte, machte einen drohenden Schritt nach vorn und hielt dabei Lavinias Blick fest.

»Du kennst die Abmachung. Wenn du Blut vergießen willst, dann meins«, beharrte ich. Ich würde Darcy auf keinen Fall noch einmal so leiden lassen. Einmal hatte schon gereicht, um mich in den Wahnsinn zu treiben, und ich war mir nicht sicher, ob ich mich jemals davon erholen würde. So war das nicht geplant gewesen. Sie hätte nie hierherkommen sollen. Der Preis des Fluchs war mein Schmerz, nicht ihrer.

»Lance!«, zischte Darcy und warf mir einen wütenden Blick zu, während sie ihre Hand aus meiner zog. »Sag das nicht!«

Lavinia setzte ihr verrücktes Grinsen auf, während sie zwischen uns hin und her blickte, näher zu mir kam und eine Hand meinen Arm hinaufgleiten ließ, bevor sie ihren Kopf auf meine Schulter legte.

»Vielleicht wurde heute schon genug Blut vergossen. Es gibt andere Möglichkeiten, wie wir Spaß haben können ...« Sie schob ihre Hand unter mein Shirt, und ihre eiskalten Finger streichelten meine Haut. Okay, ich hatte diesen Tag in Gedanken als Albtraum bezeichnet, der nicht mehr schlimmer werden konnte. Und offensichtlich hatten die Sterne darin eine Herausforderung gesehen.

Ich kämpfte gegen den starken Drang an, Lavinia anzugreifen und sie zu Boden zu zwingen, damit sie nie wieder ihre widerlichen Hände auf mich legen konnte. Aber der Todesschwur sorgte dafür, dass ich reglos stehen blieb – ihr williges kleines Hündchen.

»Geh weg von ihm!« Darcy sprang mit einem wilden Gesichtsausdruck vor, die Hände ausgestreckt, aber keine Magie funkelte in ihnen, obwohl ich schwören könnte, für eine Sekunde Höllenfeuer in ihren Augen lodern gesehen zu haben.

Lavinia bewegte ihren Arm, und augenblicklich wurde Darcy von Schattenbänden eingehüllt, die sie zu Boden warfen und dort fixierten. Sie kämpfte verbissen um ihre Freiheit und schrie auf, als Lavinia ihre Hand an meinen Hosenbund führte. Ich erschauderte angesichts der Widerwärtigkeit des Ganzen.

»Sag ihr, dass sie aufhören soll! Bring sie dazu, aufzuhören!«, schrie Darcy, und ich sah sie voller Qual an.

Ihr Schmerz brachte mich dazu, zu handeln, und ich hob eine Hand, um nach Lavinias Handgelenk zu greifen, aber das sofortige Brennen des Todesschwurs ließ mein Herz mit einer Dringlichkeit hämmern, die von einem unmittelbar bevorstehenden Tod sprach.

»Er wird sterben, wenn er nicht willig ist«, erklärte Lavinia und leckte sich die Lippen, um Darcy weiter anzustacheln. »Also, wofür entscheidest du dich, kleine Prinzessin? Willst du zusehen, wie dein Gefährte für dich stirbt, weil du es nicht ertragen kannst, dass er mir seinen Körper anbietet?« Ihre Stichelei weckte in mir eine solche Gewalt, dass es mich große Überwindung kostete, sie nicht anzugreifen und ihr das Genick zu brechen. Aber selbst wenn mir das gelingen sollte, würde der Fluch Blue nicht befreien und ich würde sterben, weil ich mein Versprechen an Lavinia gebrochen hätte.

»Bitte«, sagte Darcy mit einer Stimme, die vor Emotionen nur so überschäumte. »Nimm alles von mir, aber nicht von ihm. Befreie ihn von diesem Schwur. Du willst meinen Schmerz, also nimm ihn.«

»Aber sein Schmerz bereitet dir eine weitaus tiefere Qual, als ich sie dir je zufügen könnte«, säuselte Lavinia, und ich umklammerte ihr Handgelenk fester, während mein Herz noch wütender in meiner Brust pochte und ich nach Luft rang. Der Tod würde mich holen, wenn ich mich noch länger wehrte.

Meine freie Hand wanderte zu meiner Brust, als mein Herz vor Schmerz zu zersplittern drohte, mein Atem stockte und meine Sicht verschwamm.

»Dann wird der Todesschwur ihn wohl für sich beanspruchen müssen«, seufzte Lavinia in übertriebener Enttäuschung.

»Lass sie los, Lance!«, keuchte Darcy panisch, und ich löste meine Finger von Lavinias Handgelenk, wodurch die Bedrohung durch den Todesschwur augenblicklich verschwand.

Lavinia lächelte triumphierend, griff nach meinem Hosenbund und schob ihre Hand darunter. Ich zuckte zusammen, wartete auf das Gefühl ihrer grässlichen Haut auf meiner, aber es kam nicht. Ein silbernes Leuchten erhellte meine Augen, und ein Feuer der Macht durchströmte meinen Körper. Lavinia schrie auf, riss ihre Hand zurück, als hätte sie sich verbrannt, und sah mich mit ängstlicher Verwirrung an, während sie einen Schritt zurückwich. Und ich war selbst völlig verwirrt.

»Was hast du da unten?«, fragte sie und trat noch einen Schritt zurück, als das silberne Leuchten nun auch meine Haut erreichte. »Warum leuchtest du? Was geht hier vor?« Die Schatten scharten sich defensiv um sie, aber was auch immer diese Kraft war, ich konnte sie nicht nutzen. Sie war ein Teil von mir und gleichzeitig war sie es nicht.

»Du kannst ihn nicht auf diese Weise haben«, sagte Darcy, und Erleichterung lag in ihren Worten. »Es ist das Elysische Gefährtenband, Lance. Deine Augen … sie glühen silbern.«

Ein Flüstern erreichte mich, und die Stimme der Sterne selbst erklang in meinem Geist, ihre Macht durchdrang mich bis ins Mark. *»Ein Geschenk, Waage, Sohn des Jägers, denn es muss ein Gleichgewicht geben. Ein Licht, das der Dunkelheit entgegenwirkt. Euer Band wird von diesem Tag an durch Sternenlicht geschützt sein.«*

Ich drehte meine Hände und bewunderte das silberne Licht. Erleichterung durchflutete mich. Beschützten mich die Sterne tatsächlich? Heilige Scheiße! Aber was meinten sie mit einem Gleichgewicht?

Lavinia bleckte die Zähne und stürmte mit einem wütenden Schrei auf mich zu. Sie packte meinen Arm, vermutlich eine Art Versicherung, dass sie zumindest das tun konnte, und das silberne Licht verblasste unter ihrer Berührung.

»Verflucht seien die Sterne!«, zischte sie, eine Schattenleine erschien in ihrer Handfläche und krallte sich in mein Halsband. Sie zog daran, zerrte mich in die Folterkammer hinter dem Thronsaal und zwang Darcy mit der Macht ihrer dunklen Kräfte, ihr zu folgen. »Egal. Wenn ich dich nicht ficken kann, dann werde ich dich stattdessen bluten lassen.«

»Nein!«, schrie Darcy und versuchte mit aller Kraft, sich aus Lavinias Kontrolle zu befreien. Aber alles, was ich fühlte, war Erleichterung, weil ich wusste, dass die Schattenschlampe keinen Anspruch auf meinen Körper erheben konnte. Zumindest nicht über den Schlag einer Waffe hinaus.

Ein irres Lachen entrang sich mir, als sie mich auf der Plattform in ihrer Kammer in die Handschellen und mich für sie auf die Knie zwang. Als würde es irgendetwas bedeuten, wenn ich mich ihr unterwarf. Es gab nur eine Frau, vor der ich mich jemals verbeugt hatte, und das war nicht Lavinia.

Sie fesselte Darcy vor mir mit Ketten aus Schatten, woraufhin diese verzweifelt darum kämpfte, zu mir zu gelangen, und Lavinia anflehte, mir nicht wehzutun.

»Ist schon gut, meine Schöne«, versprach ich ihr mit einem wilden Lächeln, das sie innehalten ließ. Sie musterte mich eingehend, um die neue Stärke in mir zu erforschen. »Sie kann mir nur Schmerzen zufügen. Ich gehöre ganz dir. Sie kann meine Seele nicht berühren. Die wird unversehrt auf dich warten, wenn das hier vorbei ist. Also lass mich für dich bluten, meine Königin. Es wäre mir eine verdammte Ehre.«

Der erste Peitschenhieb traf meinen Rücken. Die dunkle Magie, die darin lag, drang tief in den Schnitt ein, den sie in mein Fleisch gerissen hatte. Ein Brüllen verließ mich, und Darcys Blick fiel auf Lavinia, ein Versprechen der Rache in ihren Augen, das sie wie ein wildes, transzendentes Wesen der Zerstörung aussehen ließ. Und ich wusste, dass sie unserer Entführerin eines Tages irgendwie ihr Ende bereiten würde. Dafür würde ich verdammt noch mal sorgen.

* * *

Lavinia hatte mich im Käfig im Thronsaal zurückgelassen, immer noch blutend von ihrer Folter, obwohl sie mich von Lionels Butler Horace gerade so weit hatte heilen lassen, dass ich nicht sterben würde. Dies war einer der wenigen Momente, in denen er tatsächlich anerkannte, dass ich existierte, abgesehen davon, dass er mich zur Toilette begleitete und mich anschrie, mich mit dem Duschen zu beeilen. Die Kleidung, die er mir gab, wann immer ich geduscht hatte, stammte aus der neuen König-Acrux-Kollektion, und im Ernst — es schien ihm eine unglaubliche Freude zu bereiten, mich darin zu sehen. Die Hemden waren mit jadefarbenen Drachen und M. O. E. S. E. N.-Slogans verziert, und ich warf sie oft weg, anstatt mich zu erniedrigen, indem ich sie trug.

Horace hatte mich dieses Mal nicht vernünftig geheilt. Ich hatte immer noch Wunden am Rücken und auf der Brust, die durch die Nachwirkungen der Schatten brannten, und der Schmerz ließ mich immer wieder das Bewusstsein verlieren. Die dunkle Macht von Lavinias Foltergeräten hatte sich wie eine schwere Decke über meine Gedanken und Gefühle gelegt und mich in ihre Umarmung entführt, aber ich kämpfte so hart ich konnte. Um meines Mädchens willen.

Ich zog es vor, wenn ich wach war und Blue dort auf mich wartete und mir ermutigende Worte zuflüsterte, ihre Küsse auf meinen geschundenen Körper drückte und mir das Gefühl gab, wieder neu zu sein, obwohl ich ein Wrack war. Aber ich verlor immer wieder das Bewusstsein und kehrte zu Albträumen zurück, in denen die Dunkelheit der Schatten in meine Knochen eindrang. Und ich fiel so tief in ihre Schwärze, dass ich nicht sicher war, ob ich jemals wieder herausfinden würde. Darin lag die eigentliche Gefahr. Denn manchmal stürzte ich so tief in die Schatten, dass ich allmählich den Halt dafür verlor, wer ich war und warum ich hier war. Aber bisher hatte ich immer den Weg zurückgefunden.

Als ich wieder in die Realität zurückkehrte, war Darcy an meiner Seite. Sie war nach wie vor wach, um mich zu beaufsichtigen, obwohl ihr die Erschöpfung ins Gesicht geschrieben stand. Sie öffnete den Mund, um zu sprechen, aber stattdessen keuchte sie und ihr ganzer Körper verwandelte sich in schwarzen Rauch.

Erschrocken griff ich nach ihr, und ihre Stimme drang aus der dunklen Wolke zu mir: »Sie hat mich gerufen.«

Sie verschwand zwischen den Gitterstäben. Lavinia hatte sie aus welchen Gründen auch immer weggestohlen. Und ich war mir sicher, dass nichts Gutes dahintersteckte.

»Blue!«, rief ich.

Das Wort hallte von der gewölbten Decke des Thronsaals zu mir zurück, aber ich bekam keine Antwort.

Sie war weg.

Ich wartete darauf, dass sie zurückkam, und die Angst schnürte mir die Kehle zu. Der harte Boden bot mir keinen Komfort, und jede kleine Bewegung, die ich machte, schickte neue Wellen des Schmerzes durch meinen Körper. Es war erträglich, wenn ich mir vor Augen hielt, was auf dem Spiel stand, aber jetzt, da meine Gefährtin wieder in Lavinias Fängen war, fiel es mir schwer, etwas von der Kraft zu finden, die ich zuvor in der Folterkammer gespürt hatte.

Der Schmerz wuchs, die Schatten wandten sich unter meiner Haut und zogen mich mit sich. Ich wollte nicht in die Dunkelheit zurückkehren, aber ich hatte keine Kontrolle darüber, denn Lavinias Waffen wirkten noch immer in meiner Seele nach. Stunde um Stunde wurde ich von den Schatten herumgewirbelt, gequält in meinem eigenen Kopf, ihr Schmerz war mein Schmerz, ihre Qual meine Qual.

Wo bin ich?

Wonach suche ich in diesem dunklen und unsterblichen Meer der Finsternis?

Endlich spürte ich, wie mich Darcys Hand wieder aus der Vergessenheit zurückholte und mich in meinem eigenen Körper verankerte. Sie war diejenige, nach der ich suchte, und das durfte ich niemals aus den Augen verlieren, wenn die Schatten versuchten, mich vergessen zu lassen.

Ich drückte ihre Finger, weil ich sie näher bei mir brauchte. Ich wusste, dass dies auch für sie eine Qual war und sie mir den Schwur, den ich mit der Schattenprinzessin geleistet hatte, nie verzeihen würde. Aber im Angesicht ihrer Zerstörung war mir keine andere Wahl geblieben. Ich hatte ihr klipp und klar gesagt, dass ich mich zwischen sie und die Gefahr stellen würde, wann immer ich konnte. Und hier waren wir. In einer Situation, die zum Glück nicht für immer andauern würde.

»Was hat sie dir angetan?«, fragte eine weibliche Stimme, die nicht zu meiner Gefährtin gehörte. Dann strömte heilende Magie auf meine Haut, gefolgt von einem Kuss der Macht, der die schlimmsten Schatten in mir vertrieb.

Ich riss die Augen auf, als der Schmerz nachließ, und schnappte angesichts der sich mir bietenden Erleichterung nach Luft. Auch wenn sie durch die Person, die sie mir gegeben hatte, getrübt wurde.

»Bist du hier, um deine Schadenfreude voll auszukosten?«, fragte ich mit eiskalter Stimme, entriss meiner Mutter, die auf der anderen Seite der Gitterstäbe meines Gefängnisses stand, meine Hand und rutschte gegen die Rückwand. Es war ihre Hand gewesen. Nicht Darcys.

Zwei kleinen Tränenbäche liefen über Stellas Wangen, und sie hatte die Frechheit, auch noch zu schluchzen und zu würgen. Sie sah nicht wie sonst aus, sondern trug eine marineblaue Jogginghose und ein weißes T-Shirt – die Art von Freizeitkleidung, von der ich ziemlich sicher war, dass ich sie noch nie in meinem Leben an ihr gesehen hatte.

»Natürlich nicht.« Ihre Augen weiteten sich, und ich merkte, dass sie die silbernen Ringe, die meine Augen schmückten, betrachtete. »Ich habe von eurem Band gehört, aber es selbst zu sehen, ist einfach …« Sie stockte und schüttelte erstaunt den Kopf. »Ist sie gut zu dir?«

»Sie ist alles Gute, von dem ich vergessen hatte, dass es auf dieser Welt existiert.«

Stella nickte und noch mehr Tränen traten in ihre Augen, als würde es ihr so verdammt schwerfallen, das alles mitzuerleben. Die arme kleine Stella und ihre verlorenen Träume. Oh, buhu!

»Du bist ihm so ähnlich …« Sie musterte mich mit schmerzverzerrtem Gesichtsausdruck. »Es wird immer schwieriger, dich anzusehen. Denn alles, was ich dann vor mir sehe, ist Azriel, der mich so verurteilt, wie er es immer getan hat.«

»Er wusste, was du bist«, murmelte ich. Warum ließ ich mich überhaupt auf ein Gespräch mit ihr ein, hm?

»Und was bin ich?«, fragte sie mit zittriger Stimme.

»Du bist Lionels kleines Schoßhündchen.«

»Nein, mein Kleiner, so ist es nicht.«

»Wie ist es dann?« Ich fragte mich, welche Lügen sie mir jetzt auftischen wollte. Hatte sie nicht genug von all diesen Spielchen? Ich hatte es auf jeden Fall.

»Lionel und ich … Wir hatten eine Vergangenheit. Wir waren mal zusammen, weißt du? Als wir an der Zodiac Academy studiert haben. Ich war ein dummes Mädchen, das sich in ihn verliebt hatte. In seine Macht. Je stärker er wurde, desto mehr verlor ich mich in seinem Schatten, aber das war es nicht, was mein Herz gebrochen hat. Das brach, als er arrangiert hat, dass ich einen anderen Mann heiraten soll.«

Meine Gesichtszüge verhärteten sich. »Dad hatte etwas Besseres als dich verdient.«

»Ja«, stimmte sie sofort zu. »Das hat er. Und ich habe ihm etwas Besseres als mich gegeben. Ich habe ihm dich und Clara gegeben.«

»Und jetzt sind zwei von dreien tot.«

Sie zuckte zusammen, ein Schluchzen entwich ihrer Kehle, und sie klammerte sich an das Gitter. »Das habe ich nie gewollt.«

»Was wolltest du denn, als du wieder in Lionels Bett gekrochen bist, Stella? Und was hast du erwartet, als du versucht hast, mich gefügig zu machen? Als du zugelassen hast, dass Clara ein Wächterband mit diesem Monster eingeht?«

»Ich wusste nicht, dass sie das getan hat«, protestierte sie. »Ich dachte, er liebt mich. Nach dem Tod deines Vaters hat Lionel mich getröstet. Er war für mich da. Und mit der Zeit ist meine Highschool-Liebe zu ihm zurückgekehrt. Oder vielleicht war sie auch nie ganz verschwunden. Er hatte inzwischen seine reinblütigen Erben, also habe ich gedacht … Ich habe gehofft, er würde mich vielleicht wieder so wollen, wie ich ihn wollte. Ich dachte, wir könnten alle eine Familie sein.«

»Du dachtest, du könntest meinen Vater einfach ersetzen, nachdem er eure Zwecke erfüllt hatte«, schnauzte ich, und mein Blut wurde heiß vor Wut.

»So war es nicht. Nach einer Weile habe ich Azriel lieben gelernt. Wir waren nicht perfekt, aber da war Liebe. Sie wurde durch dich und deine Schwester geboren. Es gab nichts, was wir nicht für euch beide getan hätten.«

»Na, dann herzlichen Glückwunsch, Stella. Ich hoffe, du bist glücklich mit deinen Lebensentscheidungen. Die Tränen kannst du dir aber für jemanden aufheben, den es wirklich interessiert. Ich kaufe sie dir nicht ab.«

»Du bist nach wie vor mein Kind«, raunte sie und streckte die Hand nach mir aus, aber ich wich zurück, damit sie mich nicht mehr berühren konnte. Traurigkeit trübte ihre Züge. »Ich wollte dich beschützen. Das wollte ich wirklich. Was ist es, das Lavinia von dir will? Warum lässt sie dich am Leben?«

»Ich zahle den Preis, um den Fluch meiner Gefährtin zu brechen. Sie wollte, dass die Schuld mit Herz, Fleisch oder Knochen bezahlt wird. Mein Blut ist an den Fluch gebunden, also waren das meine Optionen. Ich kann jeden Schmerz und jede Qual ertragen, aber ich habe meiner Gefährtin geschworen, dass ich nicht sterben werde. Also werde ich stattdessen leiden. Und eines Tages werden wir beide frei sein.«

»Das kannst du nicht machen«, keuchte Stella.

»Es ist entschieden. Für sie kann ich alles aushalten.«

Sie schüttelte den Kopf, und in ihren Augen dämmerte ein gewisses Verständnis. »Bitte, Lance. Als deine Mutter flehe ich dich an. Ich werde mit Lionel sprechen. Ich werde ihm sagen, dass Lavinia dich freilassen soll.«

»Woher kommt das plötzlich? Ich bin deine Enttäuschung. Du hast mich schon vor langer Zeit verleugnet; jetzt tu nicht so, als wärst du eine liebende Mutter. Ich werde deine Lügen nicht schlucken.«

»Warum sollte ich lügen? Was würde mir das bringen? Ich war wütend auf dich, Baby, und ich war verletzt, als du dich von mir abgewandt hast. Aber wir sind immer noch Orions, du und ich. Weißt du, warum ich seinen Nachnamen nach seinem Tod behalten habe?«

»Um den Anschein zu wahren, dass du ihn geliebt hast?« Ich zuckte mit den Schultern, weil es mich nicht wirklich interessierte.

»Nein, weil mich dieser Name mit meinen Kindern verbindet. Trotz allem, was vorgefallen ist, habe ich nie aufgehört, dich oder sie zu lieben.« Sie hielt inne. Claras Verlust hing zwischen uns in der Luft, und ich spürte, wie diese Trauer wieder an meinem Herzen zerrte und mich an den noch frischeren Verlust erinnerte, den ich erlitten hatte. Darius. War er jetzt bei meiner Schwester? Schaute er von oben auf uns herab, dazu verdammt, uns alle leiden zu sehen, bis wir uns eines Tages zu ihm in den Sternen gesellten? Ich konnte den Kummer nicht ertragen, den es in mir auslöste, zu wissen, dass er fort war. Mein bester Freund war verloren und hatte so viel Licht mit sich genommen.

»Mein Nachname ist nicht mehr Columba. Ich bin keine Taube, ich bin eine Jägerin. Eine Orion. Ich bin deine Familie, ob du mich willst oder nicht.«

»Du bist keine Orion«, knurrte ich. »Familie liebt bedingungslos. Ich habe meine eigene Familie gefunden – durch Entschlossenheit, Aufopferung und Hingabe. Sie teilen nicht mein Blut, aber sie sind tiefer mit mir verbunden, als du es je sein wirst. Du kannst mich nicht einfach lieben und erwarten, dass das reicht. Wahre Liebe basiert auf allem, was außerhalb des Wortes existiert.

Sie bedeutet, dass man da ist, wenn man gebraucht wird, egal, wie ungelegen das sein mag. Sie bedeutet, jemanden zu kennen, *wirklich* zu kennen, und alles zu akzeptieren, was er oder sie ist, auch wenn es Unterschiede gibt oder man einander nicht versteht. Sie bedeutet, sich trotz der Unterschiede zu bemühen, sich zu entschuldigen, wenn eine Entschuldigung angebracht ist, und zu verzeihen, auch wenn es sich unmöglich anfühlt. Und ich habe so verdammt lange gebraucht, ein Mann zu werden, der zu diesen Dingen fähig ist – unter anderem deinetwegen. Aber vor allem seinetwegen. Wegen dieses falschen Königs, den du zu lieben vorgibst. Wegen eines Mannes, der mir alles gestohlen hat und darauf aus ist, immer noch mehr zu nehmen. Wenn du ein Monster bedingungslos lieben kannst, dann bist du auch ein Monster. Also wage es nicht, auf Knien zu mir zu kommen und um Vergebung zu betteln, denn du wirst sie nicht finden. Du gehörst nicht zu meiner Familie, und in meinem Herzen gibt es für dich nichts außer Hass.«

»Bitte, du verstehst mich nicht. Ich habe auch alles verloren.«

»Aber du bist der Grund dafür, dass du alles verloren hast. Du bist diejenige, die das Licht verdrängt und die Dunkelheit umarmt hat, Stella. Ich mag befleckt sein, und ich werde nie behaupten, eine reine Seele zu haben. Aber ich habe zu jeder einzelnen meiner Sünden gestanden und nie versucht, so zu tun, als wäre ich etwas anderes als das, was ich bin. Du hast so lange damit verbracht, dich selbst davon zu überzeugen, dass deine Taten gerechtfertigt sind, dass du vielleicht wirklich daran glaubst. Aber ich kenne die Wahrheit über dich. Du bist von Macht und Gier korrumpiert, und natürlich liebst du Lionel Acrux, denn er ist der Inbegriff dieser Dinge. Mein Vater war weit mehr wert, als deine oberflächliche Liebe ihm je hätte bieten können. Er war mutig und ehrenhaft und er hat sich geopfert, damit das ganze Königreich eine Chance hat, gegen das bösartige Schicksal anzukämpfen, das uns allen widerfahren ist. Du hättest ihn nie so lieben können, wie er es verdient hatte, geliebt zu werden. Denn er verkörpert all das, was du nicht bist. Aber ich liebe ihn. Ich liebe ihn aus der Tiefe meines Herzens, so sehr, dass ich weiß, dass er es über die Grenzen unserer Welt hinaus spüren kann.«

»Was meinst du damit, er hat sich selbst geopfert?«, fragte Stella verwirrt. »Azriel ist gestorben, als er mit dunkler Magie hantiert hat.«

Ich korrigierte sie nicht. Ich wollte es, aber ich wusste, dass sie mir dann vielleicht ein Zyklopen-Verhör anordnen würde. »Ich habe eine Nachricht gefunden, die er für mich hinterlassen hat. Darin stand, dass er wusste, was du bist. Dass er wusste, was aus dir geworden ist. Er war nicht nur deine Spielfigur, er hat selbst gespielt. Und er war sich sehr wohl bewusst, auf welcher Seite du stehst.«

»Hör auf!«, flehte sie in einem Versuch, die Realität zu leugnen, die ich ihr brutal vor Augen führte.

»Er wusste wahrscheinlich sogar, dass du eines Tages vor mir stehen und trotz allem erwarten würdest, dass ich in meinem Herzen einen Funken Liebe für dich finde. Aber hier ist nichts, Stella. Und jetzt weißt du, dass du auch Lionel verloren hast und ganz allein bist, mit nichts als deinem unerträglichen Selbst als Gesellschaft. Glaubst du, du kannst jetzt zu mir kommen und so tun, als würdest du dich um mich sorgen? Glaubst du, dass ich nach allem, was du getan hast, Trost bei dir suchen werde?«

»Du kannst mir vergeben. Gib mir nur eine Chance!«, krächzte sie, und ich sah die Angst in ihren Augen, ganz allein in der großen, weiten Welt zu sein, wo sie jeder, an den sie geglaubt hatte, im Stich gelassen hatte.

»Nein. Und ich hoffe, du lebst ein langes einsames Leben, mit nichts als deinem unerträglichen Selbst als Gesellschaft. Denn es gibt keinen schlimmeren Fluch als das.«

»Baby, bitte! Du bist mein Junge. Mein kleiner Jäger. Ich liebe dich. Ich weiß, dass es nicht einfach war, aber ich werde es wiedergutmachen. Ich werde dich hier rausholen.«

»Und dann? Wirst du mich dann für deinen kleinen Acrux-Fanclub anmelden?«, höhnte ich.

»Nein«, flüsterte sie, rückte näher und zog die Stillekuppel, die sie um uns herum gewirkt hatte, enger. »Ich werde dich befreien und einen Weg finden, dich zu deinen Freunden zurückzubringen. Dich und deine Gefährtin. Dich und Dar…«

»Wage es nicht, ihren Namen auszusprechen!«, knurrte ich bösartig. »Ich bin ihretwegen in diesem Käfig. Ich bin hier, um den verdammten Fluch zu brechen, den deine Schattenkönigin auf sie gelegt hat. Ich gehe nirgendwohin.«

»Was hat es mit dem Fluch auf sich?«, fragte sie mit einem Wimmern, und ich wusste nicht, warum ich mich darauf einließ, vielleicht weil ich wollte, dass sie wusste, wie weit ich für jemanden gehen würde, den ich wirklich liebte. Für jemanden, der das Gleiche für mich tun würde, im Gegensatz zu ihr, die das nie getan hatte. Und vielleicht tat ich es auch, um zu sehen, ob es ihr wirklich wichtig war, was aus mir wurde. Oder ob die Lüge ihrer Liebe so tief saß, wie ich es glaubte.

»Sie ist an eine Schattenbestie gebunden. Ein verdammtes Monster, das ihre Kraft raubt, bis sie nichts weiter als sterblich ist. Lavinia wird mich drei Mondzyklen lang auf jede erdenkliche Weise foltern, bevor sie Darcy davon befreit. Immerhin haben wir so eine Chance. Das ist tausendmal besser, als aufzugeben und das Schicksal zu akzeptieren, das die Sterne uns so verdammt beharrlich zu bieten scheinen. Das bin ich ihr schuldig. Für Darcy würde ich jeden Schmerz bis ans Ende der Welt und zurück ertragen. Dennoch bin ich mit Lavinia einen Todesschwur eingegangen, um sicherzustellen, dass ich nicht dagegen ankämpfe.«

»Nein.« Stella erstarrte vor Entsetzen, ihre Hand ging zitternd an ihren Mund, und dicke Tränen liefen über ihre Wangen.

Sie schüttelte den Kopf, und ausnahmsweise sah ihr Gesichtsausdruck nicht aus, als wäre er aufgesetzt. Sie sah erschöpft und gebrochen aus. Und verdammt real. Sie kam mir auch schrecklich bekannt vor, und in mir wurden Kindheitserinnerungen wach. Erinnerungen an eine Frau, die Clara und mich hinter verschlossenen Türen geliebt hatte, wenn ihre Theatralik nicht nötig gewesen war. Weil es nur uns gegeben hatte. Und für einen unangenehmen Moment geriet ich ins Wanken.

Sie weinte auf eine Art, die nicht laut war oder Aufmerksamkeit erregen sollte. Sie weinte leise und voller Schmerz, während sie ihr Gesicht in den Händen verbarg und laut schluchzte.

Ich schwieg, wusste nicht, was ich sagen sollte, und zweifelte an mir selbst, weil ich mich in etwas hineinziehen ließ, das leicht nur eine weitere Scharade sein könnte. Aber irgendetwas sagte mir, dass es echt war, und ich hatte keine Ahnung, wie ich darauf reagieren sollte.

Stella griff durch die Gitterstäbe, suchte nach meiner Hand, und ich war so verblüfft, als sie sie nahm und sich schluchzend und zitternd an mich klammerte, dass ich sie einfach gewähren ließ.

»Du und Clara, ihr seid das Beste, was mir je passiert ist«, krächzte sie, als sie sich ein wenig gefasst hatte und mir in die Augen sah. »Ich habe so viel Zeit damit verschwendet, anderswo zu sein, Pläne zu schmieden, zu intrigieren und herauszufinden, wie ihr beide in diese Welt passen könntet, die Lionel und ich erschaffen haben. Ich habe mich in Träumen von der Zukunft, die wir aufbauen wollten, verloren. Und mit jedem Zentimeter Macht, den ich beansprucht habe, bin ich tiefer in dieses Fantasieland gefallen. Ich habe gedacht, dass alles seinen Platz finden würde, sobald ich die Welt mit Lionel erobert hätte. Aber stattdessen ist sie in eine Million Stücke zerbrochen. Lionel empfindet keine Liebe für mich, und jetzt, nach all den Jahren, blicke ich auf den Weg zurück, den ich gegangen bin, und sehe endlich die Zerstörung, die ich hinterlassen habe. Das Schlimmste ist, dass ich diese Zerstörung auch in deinen Augen sehe. Mein Sohn hasst mich, und obwohl du noch auf dieser Erde bist, habe ich dich genauso unwiderruflich verloren wie meine Tochter.«

Weitere Tränen rollten über ihre Wangen, während eine absolute Trauer ihren Gesichtsausdruck verzerrte. Und ich spürte, wie die gleiche Trauer auch mich durchbohrte, als ich an meine Schwester dachte. Es war eine Wunde, die nie heilen würde. Und das Einzige, was Stella und ich jetzt noch gemeinsam hatten.

»Ich verstehe, dass keine Entschuldigung ausreichen wird, um uns zu versöhnen«, flüsterte sie, und eine dunkle Akzeptanz schlich sich in ihre Augen. »Wie du schon sagtest – Worte bedeuten nichts. Ich habe darin versagt, dich zu lieben. Und jetzt ist es zu spät, um die Mutter zu sein, die ich hätte sein sollen. Du bist erwachsen und voller Bitterkeit. Und das nur meinetwegen. Die Sterne haben dir eine Elysische Gefährtin angeboten und anschließend ein schreckliches Opfer von dir verlangt. Ein unvorstellbares Opfer.« Sie drückte meine Hand und sah mich verzweifelt an.

»Du magst nicht mehr mein sein, aber du bist durch und durch Azriels Sohn. Ich weiß, dass er dich von jenseits des Schleiers aus beobachtet. Er war immer bei dir, auch wenn ich es nicht war. Er ist der Mann, den ich genauso hingebungsvoll hätte lieben sollen wie Lionel, aber ich hätte seine Zuneigung nie verdient.«

Ich löste meine Hand aus ihrer, richtete die Mauern zwischen uns wieder auf, sah den Schmerz, den ich ihr damit bereitete – und es war mir völlig egal. Sie stand zitternd auf, drehte sich um und eilte davon, aber ich sprach meine letzten Worte laut genug, dass sie sie hören konnte.

»Nein«, stimmte ich zu. »Das hättest du nicht.«

Die Nacht zog sich hin, und ich ließ mich nicht wieder vom Schlaf übermannen, während meine Sorge um Darcy wuchs.

Wo zum Teufel hatte Lavinia sie hingebracht? Wozu zwang sie sie? Welche neuen Sünden würden sie nach dieser Nacht heimsuchen?

Jetzt, da ich geheilt war, hatte ich die Energie, vor den Gittern auf und ab zu gehen und hier und da ihre Stärke zu testen. Vielleicht hätte ich von

Stella trinken sollen, aber der Gedanke, das Blut dieser abscheulichen Frau in meinem Mund zu haben, drehte mir den Magen um.

Das Gespräch, das wir geführt hatten, ging mir immer wieder durch den Kopf. Es machte mich wütend. Wenn sie sich wirklich schuldig fühlte, dann war das ihre Last, die sie zu tragen hatte, und ich würde weder Freundlichkeit noch Mitgefühl zeigen. Sie hatte mir weder noch gezeigt, als ich sie am meisten gebraucht hatte. Als Clara getötet worden war und Lionel mir mit dem Wächterband meine Zukunft gestohlen hatte.

Ich hielt inne, umklammerte die Gitterstäbe und hob den Blick zur weiten gewölbten Decke des Thronsaals, während ich mir den Himmel weit darüber hinaus vorstellte.

»Darius, wenn du das alles beobachtest, dann hoffe ich wirklich, dass die Sterne dir ihre Pläne verraten haben. Dass dies alles nur ein Sturm ist, der sich bald legen wird, damit ich wieder den blauen Himmel sehen kann. Und wenn das wahr ist, besteht dann die Möglichkeit, dass du mir ein Zeichen schickst?«

Stille.

Meine Trauer wuchs, und ich ballte meine Hände an den Stäben zu Fäusten. Meine Angst um Blue lastete auf mir. Ich fühlte mich so verdammt hilflos in diesem Käfig, aber ich hatte keine andere Wahl. Darcy musste gerettet werden, und ich musste einen Weg finden, sie zu Tory zurückzubringen, denn zusammen waren diese beiden die einzige Antwort, die Solaria jetzt hatte.

Drei Mondzyklen. Mehr nicht. Die Sandkörner rinnen bereits durch die Sanduhr unseres Schicksals.

Ein dunkler Rauchwirbel rauschte durch den Thronsaal, und Erleichterung durchströmte mich, als er in den Käfig glitt und Darcy vor mir erschien. Ihr Körper war von Schatten umhüllt, die ihre Nacktheit verdeckten.

Ich griff nach ihr, um sie zu untersuchen, und sie drückte beruhigend meine Arme.

»Mir geht es gut«, versprach sie, obwohl mir die Art, wie ihr Kehlkopf bebte, verriet, dass etwas passiert war.

»Was hat sie dich machen lassen?«

»Sie hat mich Vard übergeben. Er hat meine Erinnerungen durchforstet«, sagte sie mit energischem Funkeln in ihren Augen. »Ich habe viele davon abgeschirmt, wie du es mir beigebracht hast, ihm aber genug gegeben, damit er glaubt, alles *gesehen* zu haben.«

»Braves Mädchen.«

Ihr Blick wanderte an mir hinunter, und ihre Lippen teilten sich. »Du bist geheilt.« Sie strich mit den Fingern über die Stelle, an der sich eine der schlimmsten Wunden an meiner Seite befunden hatte. »Wie?«

»Stella«, antwortete ich leise. »Sie hat mich um Vergebung gebeten. Ich bin mir nicht sicher, ob ihr Gewissen sie geplagt hat oder ob sie irgendein Spielchen treibt, aber ich habe sie trotzdem weggeschickt.«

Darcys Augen leuchteten beschützerisch auf, als ich meine herzlose Mutter erwähnte. »Tut mir leid.«

»Was tut dir leid?«

»Wie sie dich behandelt. Du hättest eine Mutter haben sollen, die zu dir steht. Dein ganzes Leben lang.«

Ich strich ihr eine Haarsträhne von der Schulter, und die Schatten wichen zurück, sodass ich das Blau darunter sehen konnte. Dieses Mal erwähnte ich es jedoch nicht, aus Angst, es würde wieder verschwinden, sobald ich es zur Sprache brachte.

»Sie war einmal eine ganz gute Mutter. Und ich hatte ja auch meinen Dad. Du bist diejenige, die allein aufgewachsen ist, obwohl dir die ganze Welt zu Füßen hätte liegen sollen.«

»Sie haben sich mir in einer Vision gezeigt. Meine Eltern. Oben auf dem Berg«, offenbarte sie, und zwischen ihren Augenbrauen bildete sich eine Falte. »Sie konnten mit mir sprechen, als würden sie mich sehen. Für sie war es eine Vision, aber für mich war es real.« Sie berührte ihr Herz, als schmerzte es, und ich ergriff ihre Hand und küsste sanft ihre Knöchel.

Sie lehnte sich seufzend an mich und streichelte meine Brust, wobei sie ihre Wärme auf mich ausbreitete. Ich schloss sie in meine Arme und sie stellte sich auf Zehenspitzen, bis sich unsere Münder in einem langsamen und schmerzenden Kuss trafen, der etwas von der Dunkelheit in meiner Brust vertrieb.

»Was wird passieren, wenn ich sterblich werde?«, flüsterte sie, als wir uns voneinander lösten, und ich drängte nach vorn, um ihren Mund erneut in Besitz zu nehmen und meine Antwort zwischen den Küssen zu murmeln.

»Das wirst du nicht.«

Sie wich erneut zurück. »Werden die silbernen Ringe in deinen Augen dann auch verblassen? Oder wirst du dann in Sehnsucht nach einer Sterblichen vergehen, die du nur selten besuchen kannst?«

»*Blue*«, knurrte ich, wütend, dass sie überhaupt eine solche Zukunft in Betracht zog. »Ich werde dich retten.«

»Was, wenn es schon zu spät ist?«, fragte sie ängstlich.

»Dann werde ich einen Weg finden, meine eigene Magie aus meinem Körper zu reißen und mich dir in der Welt der Sterblichen anzuschließen«, sagte ich. Die Worte kamen mir mühelos über die Lippen. »Wohin du auch gehst, ich werde dir folgen. Habe ich das noch nicht deutlich genug gemacht?« Ich biss ihr in die Unterlippe, und meine Reißzähne fuhren sofort aus. Mein Verlangen nach Blut wurde fast unerträglich, und ich zog mich zurück, um klarer denken zu können.

Sie packte meine Arme und neigte ihren Kopf einladend zur Seite. Meine Kehle schmerzte vor Verlangen.

»Nein«, presste ich hervor.

»Tu es!«, forderte sie. »Ich hasse es, dich so zu sehen. Du musst trinken. Und wenn du die Quelle der Kraft in mir anzapfst, wirst du wissen, ob noch etwas da ist. Oder ob die Schattenbestie alles aufgebraucht hat. Seit Lavinia sie wieder zum Fressen gezwungen hat, spüre ich dort überhaupt nichts mehr.«

Ihre verzweifelte Sehnsucht nach Antworten brach meinen Widerstand, oder vielleicht war ich auch einfach nur verdammt schwach, weil ich sie unbedingt auf meiner Zunge schmecken wollte und am Rande des Wahnsinns stand.

Ich stürzte mich auf sie, drückte sie fest an mich und bohrte stöhnend meine Reißzähne in ihren entblößten Hals. Ihr Blut bedeckte meinen Mund – die Süße von Sonnenschein gedämpft durch die Dunkelheit der Schatten. Ich versuchte, mich mit der Quelle ihrer Magie zu verbinden, und ein Knurren der Frustration entwich mir, als sie nicht automatisch zu mir floss. Tief in ihr lauerten Schatten, die mir den Weg zu dieser Kraft versperrten, aber als ich meinen Willen gegen sie drückte und verlangte, dass sie sich für mich teilen, fand ich sie schließlich. Ihre Magie traf meine Zunge und völlig um den Verstand gebracht drückte ich sie gegen die Gitterstäbe des Käfigs und eignete mir diese Magie selbst an. Augenblicklich durchströmte mich ihre intensive feurige Kraft.

Sie keuchte, als sie es auch spürte, und ihr Körper wurde heißer an mir, als würde ein wahrhaftiges Feuer in ihr lodern.

Sie hatte nicht viel zu geben, und so schwer es mir auch fiel, mich von ihr zu lösen, schaffte ich es schließlich, meine Reißzähne zurückzuziehen. Ich hob eine Hand, um mit dem Daumen über die Einstichstellen zu streichen. Ich wünschte, ich könnte sie heilen, aber die Magie blockierenden Fesseln, die ich trug, unterdrückten die Kraft, die ich gestohlen hatte. Doch ohne den Hunger, der in meiner Kehle brannte, konnte ich endlich klarer denken.

»Deine Kraft ist immer noch da«, bestätigte ich, und sie nickte mit einer neuen Hoffnung in den Augen. Es war so eine verdammte Erleichterung, eine gute Nachricht zu erhalten, dass wir beide lächelten.

»Du bist Fae, Blue, und das wirst du verdammt noch mal auch bleiben.« Ich küsste sie, hob sie hoch, und sie schlang ihre Beine um meine Taille. Sie packte meinen Nacken und küsste mich erneut, und ihr Lächeln gab mir die Kraft einer ganzen Armee.

Wir würden das durchstehen. Wir mussten nur durchhalten.

»Der heutige Tag war verdammt hart, meine Schöne«, sagte ich. »Aber weißt du, was mir immer wieder durch den Kopf geht?«

»Was?«, fragte sie, zog mich näher zu sich heran und schob ihre Hände in meine Haare.

»Wie du ausgesehen hast, als du Lionel das Messer in die Kehle gerammt hast«, sagte ich, drückte sie fester gegen das Gitter und umfasste die glatten Rückseiten ihrer nackten Schenkel. Die Schatten wichen, wo immer ich sie berührte.

Sie biss sich auf die Lippe, ihr Kopf fiel nach hinten und ruhte auf den Stäben, und ein wildes Lachen verließ sie. »Wenn ich ihn nur wie geplant ins Auge getroffen hätte, wäre er vielleicht endlich tot.«

»Wenn du deine Magie und deine Formgebung hättest einsetzen können, hättest du ihn vernichtet, Blue. Er ist ein verdammter Feigling, der sich dir nicht auf Augenhöhe stellen kann. Er weiß, dass er verlieren würde, sollte er das tun«, sagte ich energisch, und sie senkte den Kopf, um mich anzusehen.

»Du hast immer so viel Vertrauen in mich.«

»Du bist eine Königin. Es ist dein Schicksal, zu herrschen. Das wusste ich vom ersten Moment an.«

»Du hast es lange geleugnet«, stichelte sie, und ich grinste.

»Ich denke gern, dass es mein arschlochhaftes Professorenverhalten war, das dich zur Großartigkeit getrieben hat.«

»Ach, tatsächlich?« Sie stupste meine Wange an, und mein Grinsen wurde noch breiter. Dieser kleine Moment des Friedens dehnte sich aus und erinnerte mich an jenen Abend, an dem ich sie auf den Grund des Pools auf dem Anwesen der Acruxes mitgenommen hatte. Dies war unsere kleine Blase aus Licht, in die keine Dunkelheit eindringen konnte. Sie gehörte uns, auch wenn sie nur vorübergehend war.

»Ja, das und all der Spaß, den wir hatten, als wir uns heimlich auf dem Campus treffen mussten«, sagte ich und ließ mich von diesen Erinnerungen wärmen.

»Ich vermisse diese Tage«, sagte sie leise, ihr Lächeln verblasste, und mein Herz wurde wieder schwer.

»Die werden wir wieder haben«, beharrte ich.

»Ich möchte das so gern glauben«, sagte sie, während sie ihre Finger tiefer in meine Haare schob.

Ich ließ meine Hand an ihrer Seite nach oben gleiten, und sie zitterte, als sie sich an mich lehnte. »Ich fühle mich so zerbrechlich in deinen Armen. Das war früher nie so. Ich fühle mich so unglaublich sterblich, dass es geradezu unerträglich ist.«

Ich küsste sie sanft, und sie zog an meinen Haaren, sodass sich unsere Münder trennten, während Wut in ihren Augen aufflammte.

»Behandle mich nicht, als wäre ich zerbrechlich! Ich möchte, dass du mich daran erinnerst, dass ich eine Fae bin. Bruchsicher.«

»Ist das ein Befehl?«, fragte ich mit leiser Stimme, während ich zwischen ihren Schenkeln hart wurde, weil in ihren Worten einfach so viel Kraft lag.

»Ja, das ist ein Befehl«, sagte sie leidenschaftlich, und mehr Ermutigung brauchte ich nicht. »Wage es nicht, dich mir zu verweigern!«

Ich packte ihre Hüften, wirbelte sie mit der Geschwindigkeit meiner Formgebung herum, drückte meinen Oberkörper gegen ihren Rücken, um sie zwischen mir und den Käfigstangen zu fixieren, und nahm ihre Haare in meine Faust. Dann zog ich ihren Kopf zur Seite, um an ihr Ohr zu kommen, und ließ meine Zähne über ihre Ohrmuschel kratzen, woraufhin sie einen Seufzer der Begierde ausstieß.

»Das ist eine schlechte Idee. Ich bin wütend, Blue, so verdammt wütend auf die Welt. Ich habe eine Menge aufgestaute Energie in meinen Adern, die ich rauslassen will.«

»Ich komme schon klar«, knurrte sie. »Zeig mir den Teufel in dir!«

Das in mir brodelnde Inferno brach sich Bahn, und ich ließ es zu. Ich brauchte ein Ventil. Und ich wollte, dass sie dieses Ventil war. Wenn sie sich nach der dunklen Seite in mir sehnte, konnte sie sie haben, zusammen mit jeder Sünde, die ich zu bieten hatte. Sie mochte ein Geschöpf der Süße und des Lichts sein, aber sie hatte auch ihre eigenen Laster, und die ergänzten meine eigenen perfekt.

Ich wirbelte uns herum, ließ sie zu Boden sinken, fing ihren Kopf auf, bevor er aufschlagen konnte, und drückte ihre Beine mit meinen Knien auseinander.

»Ja«, seufzte sie und griff nach mir. Ich sah zu, wie die Schatten von ihrer Haut wichen, bis sie nackt vor mir lag.

Ich nahm mir einen Moment, um ihre bronzefarbene Haut und die Art, wie sie sich für mich wand und sich nach meiner Berührung sehnte, zu bewundern. Ich neigte den Kopf zur Seite und genoss es, dass ich der einzige Fae auf dieser Erde war, der sie so haben durfte.

»Nur für mich«, sagte ich mit rauer Stimme und drängte auf eine Bestätigung von ihr.

»Nur für dich«, schwor sie, während sie mit ihren Brüsten spielte. Ich wurde so hart, dass es fast unmöglich war, mich noch länger zurückzuhalten.

»Du bist mein Retter, mein Schwerverbrecher, mein finsterer Ritter. Und wenn du mich nicht in dieser Sekunde berührst, werde ich verrückt.«

Ich leckte meine Unterlippe, presste meine Knie fester zwischen ihre Schenkel, beugte mich über sie und spreizte sie weit für mich. Meine Hände legte ich links und rechts von ihr auf den kalten Boden. »Sieh mich an! Und höre nicht auf, mich anzusehen, bis ich mit dir fertig bin! Vergiss diesen Ort! Es gibt nur uns, meine Schöne. Dich und mich.«

Sie nickte, und ich griff zwischen uns, um meine Hose so weit hinunterzuschieben, dass ich meinen schmerzenden Schwanz befreien und ihn an ihre durchnässte Mitte führen konnte. Ich lächelte, als sie nach Luft schnappte, hielt sie hin und genoss ihre Hitze, während mein Schwanz vor Verlangen pochte. Ihre Augen blieben auf meine gerichtet, und mein Herz tobte für sie, als ich in sie eindrang, mich so tief wie möglich in ihren engen Körper hineintrieb und meine Hand auf ihren Mund presste, als sie aufschrie.

Sie biss in meine Handfläche, und ich begann, sie mit tiefen und festen Stößen zu ficken, wobei ich einen Arm über ihrem Kopf abstützte und sie auf dem Boden festhielt. Mein Verlangen nach ihr überflutete alles, und plötzlich sammelte sich ein Wasserfall aus Blau um sie herum, als die Schatten von ihren Haaren abfielen.

Ich nahm meine Hand von ihrem Mund und bewunderte ihre Schönheit, während ihr Körper den meinen umklammerte und die Welt um uns herum zu nichts verblasste.

»Wenn wir hier rauskommen, werde ich dich jeden verdammten Tag so nehmen«, sagte ich mit schwerer Stimme. »Ich habe schon an der Academy zu viel Zeit damit verschwendet, vorsichtig zu sein. Zu lange habe ich dich überhaupt nicht gesehen. Wir werden ficken, lachen und uns lieben, und ich werde dich vom Moment des Aufwachens am Morgen bis zu deinen letzten wachen Momenten in der Nacht zum Lächeln bringen.«

Ich bewegte meine Hüften, ließ sie kreisen, während ich tiefer in sie eindrang, und sie stöhnte, krümmte ihren Rücken und klammerte sich an meine Arme.

»Das will ich mehr als alles andere«, hauchte sie.

»Wir werden es in diese Zukunft schaffen, meine Schöne.«

Sie schlang ihre Beine um mich, und ich hob sie hoch, drehte uns ruckartig um und umklammerte ihren Hintern, als sie sich auf mich setzte. Ich genoss den Anblick, als ich sie von unten fickte, beobachtete, wie ihre Brüste hüpften, und badete in den Klängen der sinnlichen Geräusche, die sie von sich gab. Sie erwiderte jeden meiner Stöße mit einem Hüftschwung, gab mir, was ich ihr gab, und wir fanden einen berauschenden Rhythmus. Sie begann, für mich zu beben, ihre Beine zitterten, und ihre Atemzüge kamen in unregelmäßigen Wellen. Aber so verlockend es auch war, sie um mich herum explodieren zu fühlen, reizte es mich noch mehr, stattdessen ihren Höhepunkt zu schmecken.

Ich nutzte meine Kraft, um sie hochzuziehen, sodass sie über meinem Gesicht knien konnte, und als ich meine Zunge über ihre Mitte gleiten ließ, schrie sie vor Wonne auf. Sie stemmte sich vom Boden ab, als ich ihre Klitoris fand und anfing, sie zu necken, daran zu saugen und sie zu lecken, während ihre Hüften im Takt meines Mundes schaukelten. Und ich brachte sie an den Rand der Vergessenheit, bevor ich sie wieder davon wegzog. Ich kniff ihre Arschbacken zusammen, bis sie blaue Flecken hatte, weidete mich an ihr und ertrank im Klang ihres perfekten Stöhnens, bis ich ihr schließlich erlaubte, auf meiner Zunge zu kommen. Und ich knurrte meinen Sieg gegen ihre Pussy.

Sie erschlaffte, als ihr Orgasmus sie durchzuckte, und ich hob sie an den Hüften hoch, setzte sie über meinen Schwanz und stieß mit einem Impuls meiner Geschwindigkeit tief in sie hinein, bevor sie überhaupt merkte, dass ich die Position wieder gewechselt hatte.

»Lance«, keuchte sie, ihre Hände landeten auf meiner Brust, um sich zu stabilisieren, und ich lachte düster, während ich ihre Hüften packte und sie durch die letzten Wellen ihres Höhepunktes fickte, sodass sie mich so ritt, wie ich es mochte.

Sie umklammerte meinen Schaft fest, und ich stöhnte vor Vergnügen, als ich sie spürte. Ich war selbst so kurz davor, meine Erlösung zu finden, aber ich wollte dieses Gefühl so lange wie möglich hinauszögern.

Sie fand ihre Kraft wieder und beugte sich über mich, wobei sie ihre Klit an mir rieb, während wir in einem langsameren, intensiveren Rhythmus zu ficken begannen. Ihr Blick aber blieb mit dem meinem verbunden. Sie wand sich gegen mich, auf der Jagd nach einer weiteren Erlösung, und ich streichelte sie zwischen ihren Schulterblättern, was sie vor Lust erschaudern ließ.

Sie stürzte sich in ihren zweiten Orgasmus, ihre Pussy war so nass und pulsierte um mich herum, dass ich mich sehr konzentrieren musste, ihr nicht einfach zu folgen.

Ich fickte sie mit trägen, aber harten Stößen, wobei die festen Knospen ihrer Brustwarzen meinen Oberkörper neckten, während sie vor Ekstase weiterkeuchte. Ich dehnte ihren Höhepunkt mit jedem Stoß meines Schwanzes aus, bis sie auf mir zusammensackte, ihr erhitzter Atem über meine Haut strömte und ihre blauen Haare um meinen Hals fielen.

Ich ließ sie nicht lange ruhen, drehte uns wieder um, hielt sie fest, übernahm die Kontrolle über ihren Körper und hob ihre Hüften, während ich anfing, sie zu ficken, um meine eigene Erlösung zu finden. Sämtliche Muskeln meines Körpers verkrampften sich, während ich all meine Wut über so viel Ungerechtigkeit in meine Stöße kanalisierte, meine Gefährtin einforderte und sämtliche Dunkelheit aus meinem Körper trieb. Denn sie war meine Prinzessin. Ich gehörte ihr mit Leib und Seele, und ich würde sie bis an die Grenzen der Ewigkeit lieben.

Ich kam mit einem Brüllen, drückte mich bis zum Anschlag in sie und füllte sie mit meinem Samen, während ich meine Finger in das Fleisch ihrer Hüften grub, um sie festzuhalten. Sie bäumte sich auf, küsste mich hart, und ich schmolz in diesen Kuss hinein – Vergnügen, Feuer und Schwefel überfluteten mich. Ihre Zunge streichelte die meine, und ich war ihr verfallen, besessen von der Art, wie sie mich liebte. Und ich ertrank in der Schönheit des Sternenlichts, das uns verband.

Ich stützte mich über ihr ab und hielt sie in meinen Armen, um die Schatten so lange wie möglich davon abzuhalten, von ihr Besitz zu ergreifen.

»Ich habe dir nie dafür gedankt, dass du dich geopfert hast, den Fluch zu brechen«, flüsterte sie, und ihr Mund fiel auf diese kleine Stelle unter meinem Ohr, während sie sich in die Krümmung meines Körpers kuschelte. »Ich hasse dich dafür, aber ich liebe dich auch dafür. Ich liebe dich so sehr, ich weiß nicht, wie mein Herz das alles aushält.«

Ihre Worte waren wie eine Umarmung und erinnerten mich daran, dass die Sterne mich für sie auserkoren hatten. Und so unwürdig ich mich ihrer Liebe auch fühlte, konnte ich nicht leugnen, dass ich für sie geschaffen war. Es musste also wahr sein, dass ich ihr genügen konnte, selbst wenn ich den Rest meines Lebens brauchen sollte, um das zu beweisen. Wie lange das auch sein mochte.

Gemini
Scorpio
Virgo
Cancer
Leo
Sagittarius
Taurus
Capricorn
Aquarius
Libra
Pisces

LEON

KAPITEL 19

»Gaaaaabe!«, rief ich in den Wind. »Gaaaaaaabe!«Ein Sturm knisterte durch die Luft – Dante versuchte verzweifelt, seine Kräfte im Zaum zu halten –, und meine lange dicke blonde Haarmähne richtete sich aufgrund der statischen Aufladung auf.

Das Schlachtfeld war ein aufgepeitschtes Land aus Schlamm und Tod, und die Stille, die über uns lag, ließ mich erschaudern. Die Angst schnürte mir die Kehle zu, und ich konnte nicht zulassen, dass meine Gedanken zu dem Worst-Case-Szenario abschweiften, dass Gabriel irgendwo tot zwischen den Leichen lag. Wir hatten Tag und Nacht nach ihm gesucht und die Leichen eine nach der anderen untersucht, aber es gab so viele, dass es eine endlose Aufgabe war.

Rosalie führte die Oscura-Wölfe in verwandelter Form über das Gelände, die Nasen auf den Boden gerichtet, während sie versuchten, ihn aufzuspüren. Der Rest unserer Familie benutzte Erd- und Luftmagie, um so viel Erde wie möglich zu bewegen und den Boden unter uns zu durchkämmen und die Ruinen des Burrows abzusuchen.

Dante und ich hatten die Gegend hier oben dreimal abgesucht, und allmählich fragte ich mich, ob wir nicht auch unter die Erde gehen sollten. Ich drehte mich zu ihm um und sah, dass er mit dem Rücken zu mir stand, den Blick auf den Horizont gerichtet und seine breiten Schultern voller Spannung. Er fuhr mit der Hand durch seine dunklen Haare. Funken stiegen auf, als würde die Wut eines Drachen in ihm wachsen.

»Wenn er hier wäre, würde er uns sehen. Er würde nach uns rufen oder uns ein Zeichen geben«, sagte Dante, als ich mich hinter ihn stellte, mein Herz so schwer wie ein Klumpen Blei.

Ich legte meine Hand auf seine Schulter, und die Elektrizität floss ungehindert in meinen Körper. Ein Knurren bildete sich in meiner Kehle, aber ich unterdrückte es, obwohl mir die Haare zu Berge standen.

»Er könnte gefangen sein. Vielleicht kann er uns nicht erreichen, weil ihm die Magie ausgeht. Vielleicht sollten wir anfangen, Tunnel zu graben, so wie die anderen es tun. Wir dürfen nicht aufgeben«, beharrte ich.

Er drehte sich zu mir um und zwang mich, meine Hand von ihm zu nehmen. In seinen Augen wirbelte ein Meeressturm. »Ich würde ihn niemals aufgeben, *fratello. A morte e ritorno.* Selbst wenn er tot ist, werden wir ihn uns zurückholen und ihm das größte Begräbnis bereiten, das ein Fae je erlebt hat.«

Die Tatsache, dass er diesen Gedanken auch nur aussprach, schmerzte mich zutiefst. »Er ist nicht tot«, knurrte ich, und mein Löwe hob den Kopf in meiner Brust. Auf keinen Fall würde ich dieser Möglichkeit eine Chance geben. Sollte sie sich doch zum Teufel scheren und sich im Arsch einer Ente verkriechen.

Ich fiel auf die Knie, drückte meine Hände in den Dreck und begann zu graben. Ich hatte nur das Element des Feuers, aber ich brauchte keine Erdmagie, um unter die Erde zu kommen. Für Gabriel würde ich mich bis ans andere Ende der Welt graben.

»Gaaaabe!«, rief ich in das Loch, das ich aushob. Meine Finger stießen auf etwas Hartes, und schwarze Haare lugten durch den Schlamm um das Objekt herum. Ich keuchte und versuchte, tiefer zu buddeln, für den Fall, dass er es war. »Gabe? Gabe, halte durch!«

Ich schob den Schlamm beiseite, und ein verkohlter Schädel landete in meiner Hand, schwarze Haare ragten heraus, der Rest war vom Feuer verbrannt.

»Gabriel?!« Ich schaute in die leeren Augenhöhlen des Schädels und dann zu dem schwarzen Haarbüschel auf seinem Kopf, das ich streichelte, während die Trauer in mir aufwallte. »Was, wenn das Gabe ist?«, rief ich und Dante ließ sich neben mir in den Schlamm fallen und griff nach dem Schädel.

Ich ließ nicht zu, dass Dante Gabe berührte, drückte ihn an meine Brust und wiegte ihn sanft, während ich schluchzte.

»Shh, shh, ich bin ja da, Gabe. Wir kriegen das hin. Wir setzen dich wieder zusammen, Bruder«, versprach ich.

Dante drückte sein Luftelement in den Boden und hob die Erde aus, um den Rest des Körpers zu befreien. In Sekunden würden wir die Wahrheit erfahren, wir würden ein Stück seiner Kleidung sehen, sein Schwert noch tapfer in der Hand. Ich wusste einfach, dass er tapfer gestorben war.

»Ga-hay-hay-be«, rief ich und rieb mein Gesicht an dem Schädel, während mir die Tränen über die Wangen liefen. Ich konnte mich nicht verabschieden. Er war einer der Guten gewesen. Der Beste, wirklich. Mein geflügelter Freund, mein Engelsmann.

Dante befreite Gabes Körper aus der Erde und legte den Knochenhaufen vor mir ab, an dessen Schultern noch zerfetzte, verbrannte Kleidung klebte. Er fand einen roten Stofffetzen, auf dem das Wappen der Drachengilde eingebrannt war, und mein Schluchzen erstarb sofort in meiner Kehle.

»Das ist nicht Gabriel«, bestätigte Dante mit einem Seufzer der Erleichterung, bevor mir klar wurde, dass ich einen ekelhaften, toten Widerling umarmte.

»Igitt!« Ich schlug den Schädel auf einen Felsen, dann noch einmal und noch einmal und noch einmal, wobei Knochenstücke unter der Wucht zersplitterten. »Verrecke, du Teufelskerl!«, knurrte ich durch meine Zähne.

Ich hörte nicht auf, bis der Schädel in fünfzig Stücke zerbrochen und nichts mehr davon übrig war, was ich zerstören könnte. Aber dann bemerkte ich, dass eine Haarsträhne an meinem Finger klebte, und ich fuchtelte kreischend mit der Hand.

Die Strähne löste sich von meiner Hand, klatschte Dante ins Gesicht, woraufhin dieser fluchend auf den Hintern fiel. Das Haarbüschel landete auf seinem Knie, und er strampelte mit dem Bein, bis die Haare zurück in den Schlamm flatterten. Ich verbrannte sie mit einem Feuerblitz, atmete erleichtert auf und wischte mir unauffällig die Hände an Dantes Ärmel ab.

»Dann lass uns graben«, sagte Dante düster, stand auf und teilte den Boden mit seinem Luftelement. Ich nutzte die Kraft des Feuers, um die Wände des schlammigen Tunnels, den er grub, zu härten, und obwohl wir definitiv nicht so effizient waren wie Erdelementare, kamen wir stetig voran und stiegen in die Dunkelheit hinab.

Als wir drei Meter tief waren und einen hübschen Tunnel errichtet hatten, wirkte ich Fae-Lichter um uns herum, um mein Feuerelement zu schonen, falls wir angegriffen werden sollten. Was, wenn Lionel mit einer noch größeren Armee zurückkäme? Was, wenn die erste Schlacht die Vorhut einer größeren Schlacht gewesen war? Der Schlacht des absoluten Untergangs.

»Beeilen wir uns«, flüsterte ich.

»Warte, hast du das gehört?«, fragte Dante und drückte sein Ohr an die schlammige Wand vor uns.

Mein Magen knurrte laut, und ich drückte eine Hand darauf. »Das bin nur ich, Bro.«

»Nein, das ist es nicht.«

Mein Magen knurrte lauter. »Ich bin mir ziemlich sicher, dass es das ist. Ich konnte heute Morgen kaum frühstücken, so besorgt war ich um Gabe. Ich hatte nur drei trockene Bagels mit Butter und Marmelade obendrauf und zwei Pop-Tarts. Nicht einmal von der guten Sorte. Das waren No-Name-Pop-Tarts, Dante. Und ich hatte kein Müsli – du weißt doch, wie sehr ich Müsli liebe.«

»Komm her, Leone!«, befahl er, und ich eilte herbei, drückte mein Ohr ebenfalls an die Wand und starrte meinen besten Freund an, während mein Herz hoffnungsvoll hämmerte.

Von irgendwo hinter der Wand drang ein musikalisches Pfeifen, und ich schnappte nach Luft.

»Glaubst du, das ist Gabriel? Vielleicht hat er sich den Kopf gestoßen und die Erinnerung daran verloren, wer er ist. Vielleicht identifiziert er sich jetzt als Vogel, und wir finden ihn da drin mit ausgebreiteten Flügeln und völlig wirren Augen, während er versucht, mit uns in Vogelsprache zu kommunizieren.«

»Deine Fantasie macht mir manchmal echt Angst«, murmelte Dante und drückte dann seine Hand gegen die Wand.

»Wir kommen, Gabe!«, rief ich und formte meine Lippen zu einem O, um ebenfalls zu pfeifen, falls das alles war, was er jetzt verstand.

Dante grub ein Loch durch die Wand, und ich wirkte einen Feuerwirbel, um die Wand drumherum zu härten, aber das Beben, das durch die Decke lief, verriet mir, dass dieser Ort überhaupt nicht stabil war. Ich schickte weitere Fae-Lichter vor uns her, und wir betraten schließlich einen kleinen Abschnitt der Tunnel der Rebellen. Die Wege waren alle eingestürzt, und überall lagen Trümmer.

Das Pfeifen kam von einem großen Steinhaufen, und ich schnappte nach

Luft, als ich ein dünnes Metallrohr entdeckte, das aus dem Haufen ragte. Ich eilte darauf zu, ging auf die Knie und warf Steine und Felsen beiseite, um Gabe auszugraben.

»Ich komme, ich bin hier, ich bin ja da.« Ich räumte den Bereich um das Rohr herum frei, der Wind des verzweifelten Pfeifens blies mir ins Gesicht, und ich rümpfte die Nase angesichts des seltsamen Geruchs, der von ihm ausging. »Was zum Teufel ...«

»*Dalle stelle!*«, fluchte Dante, als er näher kam, und ich starrte geschockt auf das, was ich freigelegt hatte. Mein Verstand hatte Mühe, die ledrige orangefarbene Haut zuzuordnen.

Das, was wir sahen, war definitiv Teil eines Körpers, mit aufgerissenem Spandex darum. Und dann dieses silberne Rohr, das zwischen etwas eingeklemmt war, das aussah wie ...

»Ist das ein nackter Arsch?«, flüsterte Dante und bestätigte meine schlimmsten Befürchtungen, während das Rohr weiterpfiff und die ausgestoßene Luft in meinen Mund blies.

»Ah!« Ich wich zurück, spuckte auf den Boden und wischte immer wieder mit der Zunge über meinen Ärmel. »Warum ist da ein pfeifender Arsch in diesem Steinhaufen?«

Ich hob einen Stein auf und stürzte mich auf ihn, um ihn für die nach Arsch schmeckende Luft zu töten, deren Geschmack ich nie vergessen würde. Dante stieß mich zurück, wirkte sein Luftelement und enthüllte den Mann in den Felsen.

Er kniete auf den Knien, mit dem Arsch nach oben und bis auf diesen Spandex-Fetzen, der um seinen Schwanz und seine Eier gewickelt war, ziemlich nackt.

»Ich bringe dich um, du arschpfeifendes Monster!« Ich stürzte mich auf ihn, aber Dante stieß mich wieder zurück und sah mir in die Augen.

»Er ist auf unserer Seite, *fratello*. Das ist Brian Washer.«

»Mir ist egal, wer er ist. Er hat mit seinem Arsch in meinen Mund gepfiffen«, schnauzte ich.

»Er könnte Gabriel gesehen haben«, zischte Dante, und ich biss die Zähne zusammen, kämpfte gegen das Feuer in mir an und nickte dann steif. Aber er konnte sich sicher sein, dass ich ihm das für den Rest meiner Tage vorhalten würde.

»Hilfe«, wimmerte Washer, immer noch in derselben unbequemen Position auf den Knien, mit Schnittwunden und Prellungen am ganzen Körper, den Hintern auf uns gerichtet, als wollte er meine Aufmerksamkeit erregen.

Dante hatte Mitleid mit ihm, beugte sich vor und drückte eine Hand auf seine Schulter, um ihn zu heilen.

Washer begann, seine Hüften zu bewegen, hin und her zu schaukeln, wodurch der Arschpfeifton immer wieder ertönte.

»Was zum Teufel ist das?« Ich zeigte auf das Rohr und endlich löste sich Washer vom Boden und griff nach hinten, um das Rohr aus seiner Arschritze zu ziehen.

»Mir ist die Magie ausgegangen, versteht ihr? Aber ich habe dieses winzige Röhrchen zwischen den Trümmern gefunden und konnte meinen Mund nicht erreichen, um damit ein Geräusch zu machen, um auf diese Weise

Aufmerksamkeit zu erregen. Also tat ich, was jeder verzweifelte Kerl tun würde und ...«

»Warum hast du nicht einfach um Hilfe gerufen?«, fragte ich.

»Das wäre weit weniger effizient gewesen. Ich bin gut ausgebildet in Überlebenstraining.« Er streckte Dante seine Hand entgegen. »Ich muss meinen Rettern die Hand schütteln. Du meine Güte, du bist ein strammer Mann ... Oh, ich weiß, wer du bist.«

»Dante Oscura«, sagte Dante trotzdem und schüttelte kurz seine Hand. »Wir müssen wissen, was du hier unten gesehen hast. Wir suchen jemanden.«

»Natürlich«, sagte Washer und streckte mir nun ebenfalls seine Hand entgegen, und ich fauchte ihn an wie eine wütende Katze.

Er stemmte die Hände in die Hüften und schaukelte von einer Seite zur anderen, um sich aufzulockern. Mein Blick glitt an seiner knappen Badehose vorbei, und ich atmete scharf ein, als ich einen glatten, gewachsten Hodensack entdeckte, der auf einer Seite heraushing.

»Also, hast du hier unten noch jemanden gesehen?«, hakte Dante nach.

Ich zupfte an seinem Ärmel, um seine Aufmerksamkeit auf den Hodensack zu lenken, der mich direkt anstarrte.

»*Dante*«, flüsterte ich leise.

»O ja!«, sagte Washer trällernd. »Ich habe den Mann höchstpersönlich gesehen. Den großen aufgeblasenen Drachenlord, diesen falschen König. Ich lag bereits hier zwischen den Trümmern, bewusstlos von all den bösen Steinen, die mir auf den Kopf gefallen sind. Aber als ich aufgewacht bin, habe ich eine schreckliche, schreckliche Stimme gehört.«

»Was hat er gesagt?«, fragte Dante, während ich versuchte, den gebräunten, ledrigen Typen vor mir darauf aufmerksam zu machen, dass sein glänzender Sack zu sehen war.

Washer schien meine ausdrucksstarken Augenbewegungen jedoch nicht zu bemerken und fuhr stattdessen mit seiner Geschichte fort.

»Er hat gesagt: ›Der Bastardsohn der toten Königin. Und es sieht ganz so aus, als hätte er keine Magie mehr‹«, gab Washer unheilvoll wieder, und mein Blick schoss endlich von seinem Schritt zu seinem Gesicht.

»Gabe«, keuchte ich und warf Dante einen ängstlichen Blick zu. »Was ist als Nächstes passiert?«

»Nun, mein Junge, er hat etwas darüber gesagt, dass er einen neuen Seher braucht. Dann kam es zu einem kleinen Tumult, Sternenstaub wurde geworfen, und ich glaube, der König hat den armen Kerl mitgenommen.«

»Das war unser Gabriel«, sagte ich verzweifelt.

»Nein«, knurrte Dante, während sein Körper Stromstöße aussandte, und ich trat instinktiv einen Schritt zurück. Washers Brust hingegen wurde getroffen, und er flog rücklings auf den Hintern, die Beine weit gespreizt und unter dem Ansturm von Dantes Kraft zuckend.

»Gabriel? Gabriel Nox?«, fragte Washer entsetzt. »Wollt ihr damit sagen, dass er Merissas Sohn war? Der Halbbruder der Vega-Zwillinge?«

»Ja, logo«, sagte ich, und Dante starrte mich entsetzt an.

»Das war ein Geheimnis, Leone.«

»Ohhh«, sagte ich in schuldbewusster Erkenntnis. »Na ja, es ist immer noch ein Geheimnis, oder, Bro?« Ich schaute zu Washer. »Oder ich zerschlage deine Eier in der Pfanne. Eier, die vielleicht zugänglicher sind, als du denkst.«

»Natürlich. Ich schwöre feierlich, dass ich die Wahrheit niemals aussprechen werde«, versprach Washer und streckte die Hand aus, um den Deal zu besiegeln, aber ich verzog das Gesicht. Dante übernahm für mich, trat vor und legte den Eid mit ihm ab.

»Komm schon, Dante, wir müssen es den anderen sagen.« Ich stürzte mich auf meinen Drachenfreund und zog ihn am Shirt zu mir heran, bis wir Nase an Nase waren. »Wir müssen Gabe hinterher. Wir müssen ihn retten.«

Dantes Gesicht wurde kreidebleich vor Schreck. »Versammeln wir alle und kehren zu den Rebellen zurück!«

Ich nickte wütend und ließ das Tier in mir strammstehen. Niemand nahm ein Mitglied unserer Familie und kam damit davon. Ich war in der rauesten Stadt Solarias aufgewachsen, hatte Bandenkämpfe überlebt, genau wie psychotische, machthungrige Fae, die versucht hatten, mein Leben und das aller anderen zu bestimmen. Und ich würde nicht zulassen, dass ein kleinschwänziger Drache meinen Gabe klaute und einfach so damit davonkam.

Gemini
Scorpio
Virgo
Cancer
Aries
Leo
Taurus
Sagittarius
Capricorn
Aquarius
Libra
Pisces

JUSTIN

KAPITEL 20

Die Erschöpfung hielt mich fest umklammert, aber das war mir egal. Es spielte keine Rolle mehr, denn ich hatte es geschafft: Ich hatte endlich eine Wolke gefunden. Die letzten Blätter aus meinem Snackbeutel und ein paar Wassertropfen aus meiner Flasche füllten meinen stöhnenden Magen und schenkten mir einen Hauch von Magie für meine Flucht.

Ich war ein toter Mann gewesen, der den Sternen und dem Jenseits bereits sein Lebewohl zugeflüstert und auf sein Ende gewartet hatte. Ich war fest davon ausgegangen, dass der kleine Funke, der mich in der Luft hielt, bald erlöschen und ich in die wartenden Fühler der Kreaturen unter mir fallen würde.

Aber meine Rettung hatte den Horizont erklommen, und die dunkle Regenwolke dort rief mich mit einem ironischen Grinsen und dem Versprechen auf Freiheit zu sich. In den Tiefen dieser Wolken würde ich sie abhängen, mich vor den tödlichen Fühlern verstecken und weiterleben können, um an einem fernen Ort Sicherheit zu finden.

Ich strampelte mit den Beinen, als würde ich durch die Luft selbst rennen, zog dann hastig die Gurte um mich herum fest – so fest, dass meine Haut vor Schmerz kribbelte –, ignorierte das Gefühl aber und neigte mich entschlossen der Wolke entgegen.

Ein wildes Lachen brach aus mir heraus, als die ersten grauen Wolkenschleier mich berührten, und ich warf einen letzten Blick auf die Nymphen, die mich verfolgt hatten, schüttelte drohend meine Faust und rief ihnen zu: »Heute Nacht werdet ihr euch nicht an meiner Kraft laben, ihr Halunken! Das könnt ihr euch sonst wohin schieben!«

Meine Wangen färbten sich rosa, als diese Ausdrücke meinen Lippen entwichen, aber das Tier in mir war erwacht und zeigte sich der ganzen Welt.

Der Wind frischte auf, und ich wurde schneller vorwärts getragen, wobei ich der Flamme über meinem Kopf noch etwas mehr Magie einhauchte.

Die heiße Luft trieb mich in den Bauch der Wolke, wo ich für die Nymphen unerreichbar und endlich in Sicherheit war.

Wassertropfen bildeten sich auf meinen Wangen, als sie auf meiner Haut kondensierten, und ich öffnete meinen Mund weit und leckte an der Luft selbst, um zu trinken.

Es war eine lange und harte Woche gewesen. Aber hier war ich, Justin Masters, Meister der Nymphen und jetzt auch Kapitän der Wolkenschiffe. Vielleicht würde jemand nach meiner Rückkehr ein Gedicht über meine waghalsige Flucht schreiben. Vielleicht würde meine liebe Grussy ein Sonett verfassen.

Als ich darüber nachdachte, wurde meine Kehle eng, und meine Gedanken kehrten zu dem blutgetränkten Schlachtfeld zurück, wo meine Königin mich in die Luft geworfen hatte, um allein weiterzukämpfen, nachdem alle anderen um uns herum gefallen waren.

Es war mir alles so hoffnungslos vorgekommen, aber ich hatte das Feuer in ihren Augen gesehen, die Wut und Entschlossenheit. Und ich konnte nicht glauben, dass diese wilde Kraft erloschen sein sollte.

Meine Königinnen waren irgendwo da draußen. Und ich würde zu ihnen zurückkehren, sobald ich es hinter diese Wolke geschafft und einen Weg zurück in die Zivilisation gefunden hatte.

Die erste Stunde in der Wolke verging schnell, mein Durst wurde endlich durch die Regentropfen gestillt, die ich ihr hatte stibitzen können, und meine Kleidung war so nass, dass mir die Kälte bis in die Knochen ging.

Aber selbst das konnte meine Stimmung nicht trüben. Absolut nicht.

Zwei weitere Stunden vergingen. Das Zittern, das meinen Körper bis zur Schmerzgrenze erschütterte, wurde immer stärker, meine Zähne klapperten und klapperten, als würden sie eine ganz eigene Melodie spielen, bis ich schließlich nachgeben musste.

Ich holte tief Luft und verbannte die Flamme, die so lange über meinem Kopf gebrannt und mich in diesem Fallschirm der Rettung über Wasser und am Leben gehalten hatte, während ich hoffnungslos über einem Meer des Todes getrieben war.

Augenblicklich verlor ich an Höhe, mein Fallschirm wurde vom Wind gebeutelt, der die Wolke über den Himmel gelenkt und mich nach Norden getrieben hatte.

Die dichte Wolkendecke lichtete sich unter mir, und der Boden rief meinen Namen, während ich immer tiefer fiel. Mein letztes bisschen Energie schwand dahin, während ich mich mit purer Willenskraft am Bewusstsein festklammerte. Vielleicht würde ich nach der Landung ein warmes Bett zum Ausruhen finden. Vielleicht würde ein freundlicher Fae einem frisch aus dem Krieg heimgekehrten Gefährten, der etwas wohltätige Unterstützung gebrauchen konnte, seine Hilfe anbieten.

Schließlich durchbrach ich die Wolkendecke, atmete durch meine immer noch klappernden Zähne tief ein und blickte auf die üppig grüne Landschaft unter mir.

Während meiner Zeit in der Wolke war ich über einen Wald geflogen. In der Ferne ragte ein Berg auf, der meine Aufmerksamkeit auf sich zog.

Ich kannte diesen Berg, hatte ihn im Futtersuchclub studiert und war sogar mit meinen Kameraden auf einer Expedition zum Sammeln von Insekten zu ihm hinausgefahren. Dort befanden sich die Ruinen eines alten Tempels, der der Verehrung der Planeten und darüber hinaus gewidmet war. Mount Lyra.

Dort konnte ich Schutz finden, vielleicht ein paar leckere Flechten als Nahrung auftreiben und mich eine Weile ausruhen, bevor ich mich auf den Weg zurück zu meinen Königinnen machte.

Endlich wendete sich mein Schicksal, und das gerade noch rechtzeitig, denn meine Magie war nun endgültig aufgebraucht und meine Rückkehr zum Boden unausweichlich.

Doch gerade als ich dem süßen und heilsamen Ruf des Bodens unter mir nachgeben wollte, verließen meine Zehen den Waldrand und ein Kreischen, das direkt aus meinen Albträumen zu kommen schien, ließ eine Welle des Schreckens durch mein Herz schießen wie ein Speer.

Nein.

Meine Augen weiteten sich vor Entsetzen, als ich nach unten schaute und die Nymphen sah, die unter den Bäumen zu meinen Füßen hervorströmten. Ihre wilden Schreie und gewalttätigen Begierden färbten die Luft um mich herum, bis ich daran erstickte.

Ich wusste nicht, ob sie mich irgendwie durch die Wolkendecke hindurch im Auge behalten hatten, der Richtung des Windes gefolgt waren oder einfach nur geraten hatten, aber das spielte jetzt auch keine Rolle.

Ich hatte keine Magie mehr, nicht einmal einen Hauch davon, um eine Flamme zu entzünden, die mich wieder himmelwärts tragen würde. Ich hatte nichts mehr. Nichts als Mut und Eifer, und als ich meinen Blick wieder diesem Berg zuwandte, schien mich meine positive Einstellung in sich zu absorbieren.

Es schien, als wäre ich dazu bestimmt, diesen Weg zu gehen. Und wenn das der Fall war, dann würde ich es auf zwei Beinen und mit meinem Schwert in der Hand tun.

Ich streckte die Hand aus, zog an der Ranke, die die rechte Seite des Fallschirms über mir sicherte, und zwang das Ding, mich zu den Ruinen zu drehen, wo die Fae von einst die Sonne in all ihrer Pracht angebetet hatten. Es war ein ebenso guter Ort wie jeder andere für einen letzten Kampf, und mit etwas Glück würde ich eine Engstelle finden, wo ich sie zwingen könnte, sich mir nacheinander entgegenzustellen.

Ich machte mir keine Illusionen darüber, wie mein Schicksal angesichts so vieler Feinde aussehen könnte, aber ich würde versuchen, so viele wie möglich mit ins Jenseits zu nehmen.

Die Nymphen johlten erneut vor Gier, und ich hätte mir fast in die Hose gemacht.

Das war es also. Das Schicksal hatte meine Seele zu sich gerufen. Was für ein absolut abscheuliches Ende.

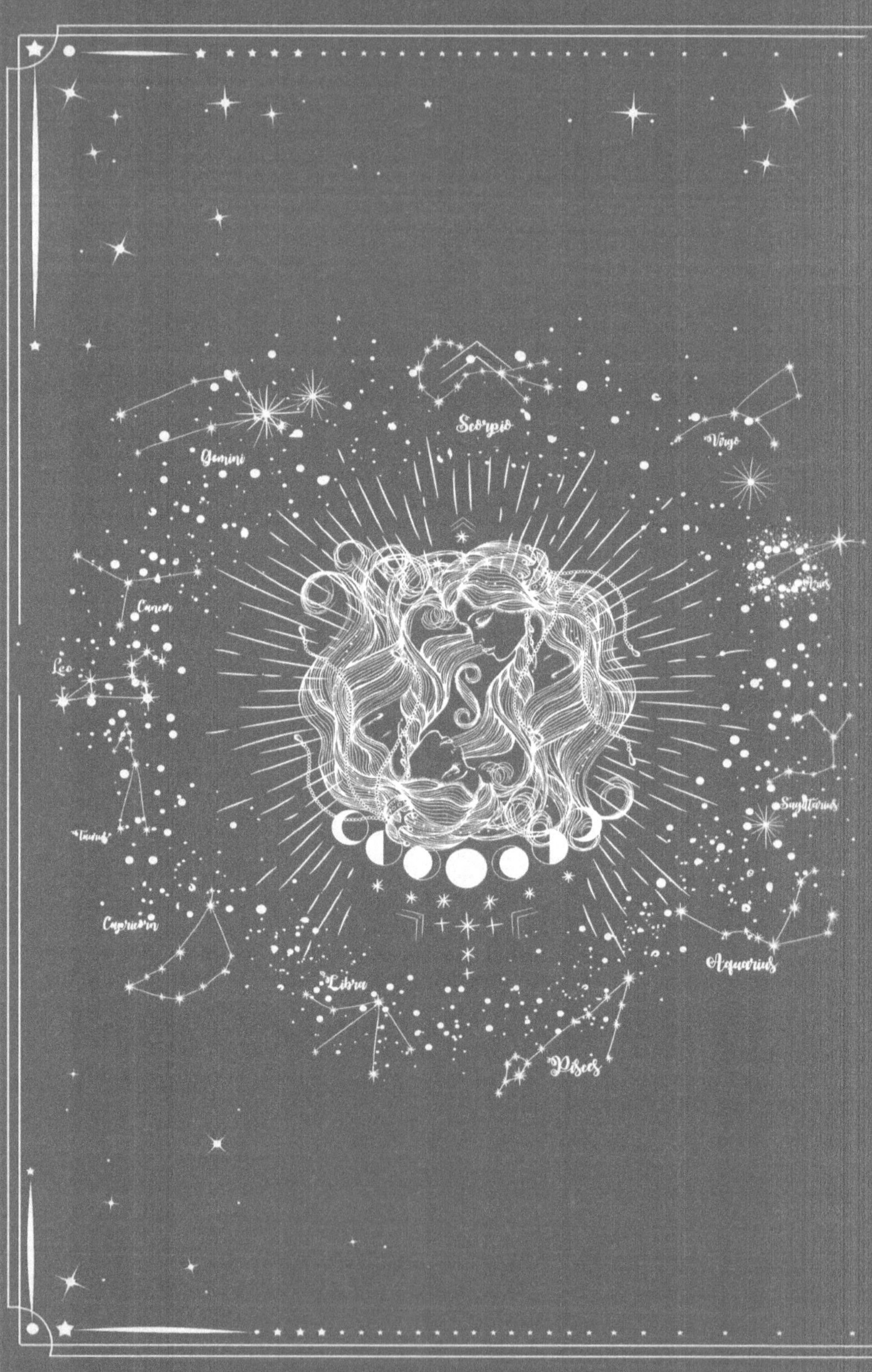

Gemini
Scorpio
Virgo
Cancer
Aries
Leo
Sagittarius
Taurus
Capricorn
Aquarius
Libra
Pisces

TORY

KAPITEL 21

Das Gras war weich unter meinen Fingern, und der kühle Wind streichelte meine Wangen. Regentropfen fielen durch die Äste des magischen Baumes über mir und trennten die goldenen Blätter, die den hölzernen Flügel des Drachen bedeckten, der über die hier zur Ruhe gelegten Menschen wachte.

Meine Brust war zu eng, und meine Augen brannten vor Schmerz angesichts der Realität, in der ich mich befand. Doch meine Wangen waren trocken.

»Wo ist sie?«, flüsterte ich. Meine Finger berührten das Eis des Sarges zu meiner Linken, und ich drehte den Kopf in diese Richtung, um ihn mit der Hoffnung auf eine Antwort anzusehen. Eine Antwort, von der ich wusste, dass ich sie nicht bekommen würde.

Es war eine besondere Art von Qual, hierherzukommen und bei ihm zu liegen, ohne wirklich bei ihm zu sein. Ich bekam keine Antworten und spürte ihn auch sonst nicht mehr in der Leere, die den kalten Körper innerhalb des Sarges umgab. Er war nicht hier. Er war nirgendwo mehr.

Der Schmerz in meiner Brust wurde stärker, der Kummer über meine Realität bohrte sich wie immer tief in mich hinein. Und trotzdem weinte ich nicht. Ich war mir nicht sicher, ob ich überhaupt noch Tränen übrig hatte.

»Gott, ich wünschte, ich könnte dich so hassen wie früher«, zischte ich, ballte meine Hand zur Faust und schlug dann gegen das Eis, wodurch ein Spinnennetz aus Rissen durch die Seite des Sarges geschickt wurde, bevor sie sich kristallisierten und verhärteten.

Ich verlor die Kontrolle. Die Kraft in mir war unbändig und gewalttätig und brannte so heiß, dass ich mich in einem endlosen Kampf befand, sie zu zügeln. Es war ein Kampf, von dem ich nicht wusste, ob ich ihn gewinnen oder verlieren wollte.

Ich stand auf, unfähig, neben dem Körper liegen zu bleiben, in dem er nicht länger steckte, und ging davon, ohne mich einmal umzusehen.

Die Scherben meiner Person schienen mit jedem Schritt tiefere Schnitte zu hinterlassen. Als würde ich ihn im Stich lassen oder enttäuschen. Und das mit jedem Moment, der verging, ohne dass ich irgendetwas unternahm, um mein Versprechen an ihn zu halten.

Ich holte tief Luft und schrie dann aus voller Kehle, während ich über den Berghang hinweg in den Himmel blickte, wo eine tiefe wabernde Regenwolke ihren Inhalt über alles ergoss und die Sicht so weit reduzierte, dass ich nur verschwommenes Nichts sah.

Die Stillekuppel, die mich umgab, verhinderte, dass der Lärm über meine persönliche Verzweiflung an die Außenwelt drang, aber die Aktion trug wenig dazu bei, irgendetwas in mir zu beruhigen.

Ich verschwendete Zeit und wusste nicht, an wen ich mich wenden sollte, um sie zu stoppen. Meine Schwester war irgendwo da draußen, verloren in der Dunkelheit. Sie brauchte mich, aber ich hatte keine Ahnung, wie ich die Suche nach ihr überhaupt beginnen sollte.

Ich hatte jeden Gedanken und jede Idee, die mir seit der Schlacht gekommen waren, wieder und wieder durchgespielt. Aber es war nie etwas dabei herausgekommen, das mir irgendwie bei der Suche nach ihr hätte helfen können.

Ich brauchte Gabriels Hilfe. Er würde mir einen Weg aufzeigen oder mir die Richtung weisen können. Allein hatte ich Mühe, mir auch nur einen einzigen Ansatz zu überlegen, der mich zumindest annähernd auf den Weg bringen würde, dem zu folgen ich geschworen hatte.

Wo bist du, Darcy?

Ich drehte mich um und stapfte auf die baufälligen Ruinen zu, ohne auf das riesige Lager zu achten, das die Rebellen nach unserer Niederlage als vorübergehende Unterkunft errichtet hatten. Ich wusste, dass mich alle beobachteten, abwartend und erwartungsvoll. Aber ich hatte keine Antworten für sie und noch weniger Hoffnung. Wir konnten auch nicht mehr lange hierbleiben. Der Druck dieser Entscheidung lastete schwer auf meinen Schultern, obwohl ich nie darum gebeten hatte, diese Bürde zu tragen.

Das Fehlen von Geräuschen aus dem zentralen Gebetsraum, in dem wir so etwas wie einen Kriegsrat eingerichtet hatten, verriet mir, dass der Raum bereits von einer Stillekuppel umgeben war. Zweifellos stritten die ehemaligen Ratsmitglieder dort über alles, was ihnen in den Sinn kam. Ernsthaft, sie und Geraldine würden sich über die Farbe des Grases streiten, wenn ihnen jemals die Gesprächsthemen ausgehen sollten. Und nichts davon brachte uns weiter. Es waren Tage vergangen, in denen keine wirklichen Entscheidungen getroffen worden waren, abgesehen von der Versorgung derjenigen, die jenseits dieser Mauern auf wichtigere Lösungen warteten.

Ich wusste, dass ich mich mehr hätte einbringen sollen. Aber Darcy und Gabriel wurden vermisst, Darius war tot, und dann war da noch dieses unerfüllte Versprechen, das meine Handfläche vernarbte. Und ich konnte mich nicht dazu durchringen, stundenlang dazusitzen und mit ihnen über jede kleine Entscheidung zu streiten.

Vier schwer bewaffnete Rebellen standen stramm im Gang, der zum Kriegsrat führte. Einer von ihnen hatte seine Zentaurenform angenommen, und sein riesiger Körper passte gerade so in den Raum, während sein Kopf sogar die Decke berührte. Ich nahm an, dass er sich seiner Gaben bediente, um Wache zu halten, aber ich bezweifelte, dass uns irgendeine Form von Magie oder die Fähigkeit einer Formgebung dabei helfen würde, wenn Lionel und seine Armee uns jetzt so vorfinden würden. Hier in der Wildnis, wo wir nach wie vor unsere Wunden leckten.

Die Rebellen verneigten sich, als ich näher kam, eine Frau öffnete mir schweigend die Tür, und die Fae im Raum drehten sich alle zu mir um, als ich mich zu ihnen gesellte.

Mein Blick schweifte über die leeren Plätze am runden Tisch, die beiden thronartigen Stühle neben Geraldine, einer für mich und einer für Darcy, trotz ihrer anhaltenden Abwesenheit. Ein weiterer Platz, von dem ich annahm, dass er für Orion bestimmt war, und einer für Gabriel. Die drei Ratsmitglieder saßen vereint auf der linken Seite, so wie jedes Mal, wenn ich in diese Kammer gerufen wurde, um mir ihre Pläne und Ideen für eine Armee anzuhören, die sie nicht zu befehligen hatten. Sie waren es zu sehr gewohnt, die Kontrolle zu haben, und ich wusste, dass es an mir lag, sie in ihre Schranken zu weisen, aber ich hatte keinen Versuch unternommen, dies zu tun. Noch nicht.

Die drei Erben saßen zusammen zwischen ihren Eltern und Xavier, der sich dicht an Geraldines Seite aufhielt. Ihre Loyalität war fragiler als zuvor. Es war schwer, sich daran zu erinnern, wie es gewesen war, als wir alle vereint gegen Lionel und Lavinia gearbeitet hatten. Jetzt konnte ich nur noch die Spaltung unserer Gruppe sehen. Die Grenze, die sie seit unserer ersten Begegnung dazu getrieben hatte, unsere Feinde zu sein.

Für Darius wurde kein Stuhl frei gehalten.

Ich hielt inne, und meine Kehle wurde eng. Meine Hände ballten sich zu Fäusten, während ein Feuer meine Glieder durchströmte und darum bettelte, freigelassen zu werden.

»Wir haben dich vor einer Stunde erwartet«, bemerkte Tiberius schroff, während er mich – vom schwarzen Croptop bis zu den zerrissenen Jeans – musterte. Er zog eine einzelne Augenbraue hoch, um sein Urteil kundzutun, während er die Manschetten seines gestärkten blauen Hemdes zurechtzupfte. Die Erdelementare im Lager hatten ihre eigene Baumwolle produziert, um daraus Garn zu spinnen, und alle Arten von Kleidung für die Bedürfnisse unserer Armee gewebt – insbesondere für diejenigen von uns, die an der Spitze der Nahrungskette standen. Mir war nicht entgangen, dass die meisten Rebellen schlichte Hemden und Hosen trugen, während viel mehr Aufwand in die Herstellung der Kleidung für die Fae in diesem Raum gesteckt worden war.

Geraldine selbst hatte mir mehrere abscheuliche Kleider geschneidert, bevor ich sie inständig gebeten hatte, mir einfach etwas zu geben, in dem ich mich normal fühlen konnte. Ich war nicht bereit gewesen, die Rolle der verwöhnten Prinzessin zu spielen, bevor die Welt zu meinen Füßen zusammengebrochen war. Und ich hatte nicht vor, jetzt damit anzufangen.

»Eine Königin kommt immer im richtigen Moment, unabhängig von den Vorlieben ihrer Untertanen«, erwiderte Geraldine scherzhaft, und ich verzog amüsiert das Gesicht.

»Wie du weißt, erkennen die meisten Fae in diesem Raum Roxanya und Gwendalina Vega nicht als unsere Herrscherinnen an«, erwiderte Tiberius bestimmt.

Ich zuckte mit den Schultern, zwang meine Füße, sich zu bewegen, ging auf den Stuhl zu, der eindeutig ein Thron war, und ließ mich mit ebenso viel Arroganz und Verachtung darauf nieder, wie es jeder König oder jede Königin früher getan haben mochte.

»Wenn das der Fall ist, warum kümmerst du dich dann so sehr um meine Zeitplanung?«, fragte ich träge.

»Weil sich bestimmte Mitglieder dieser Gruppe geweigert haben, auch nur mit der Diskussion über wichtige Dinge zu beginnen«, sagte Tiberius knapp. Seine Verärgerung war spürbar, und ich zog eine Augenbraue hoch, als seine Emotionen auf meine drückten.

»Kannst du deine Formgebung nicht kontrollieren oder versuchst du gezielt, jeden in diesem Raum mit deinen Gaben zu irritieren?«, fragte ich.

»Ich denke, wir sollten vor allem deine Fähigkeit, *deine* Gaben zu kontrollieren, infrage stellen, nachdem wir diesen Ausbruch im Acrux-Anwesen miterlebt haben«, antwortete er in einem ruhigen Ton.

»Ein kontrollierter Ausbruch«, betonte ich. »Ich habe meine Kontrolle nie schleifen lassen, so wie du es in diesem Moment tust. Deine Kraft sprudelt ja geradezu aus dir heraus. Wenn ich das zulassen würde, gäbe es sicherlich stets eine große Zahl von Leichen in meinem Gefolge.«

Caleb stieß ein Lachen aus, das er zu verbergen versuchte, als er einen strengen Blick von seiner Mutter kassierte, aber auch Seth grinste amüsiert. Und ein Teil des Unbehagens, das ich über die Machtdynamik im Raum empfunden hatte, verschob sich. Vielleicht waren die Fronten nicht so klar gezogen, wie es schien, obwohl ich zugeben musste, dass ich mich in der Unterzahl fühlte, wenn ich neben Geraldine saß und sie alle sechs vor mir hatte – bei Xavier war ich mir weiterhin nicht sicher.

Tiberius schnalzte mit der Zunge, und das Gefühl seiner Verärgerung verschwand so plötzlich, dass es sich wie ein kalter Wasserstrahl auf meiner Wange anfühlte.

Melinda Altair hatte während des gesamten Wortwechsels geschwiegen, aber in ihren dunkelblauen Augen lag ein Funkeln, das auf Belustigung hindeutete und mich ihr gegenüber um etwa ein Prozent weniger feindselig stimmen ließ.

»Meine Stiefmutter und meine Schwester haben sich auf Lionels Seite gestellt«, sagte Max mit leiser Stimme, als wollte er das Verhalten seines Vaters entschuldigen. Ich nickte verständnisvoll. Caleb hatte mich bereits über diese Tatsache informiert, und ich könnte Tiberius angesichts des Ausmaßes des Verrats, den er sicherlich gerade verspürte, vermutlich etwas nachsichtiger behandeln.

»Hat das zu eurer Gefangennahme geführt?«, fragte ich neugierig. »Haben sie euch verraten?«

Die Ratsmitglieder tauschten Blicke aus, bevor Tiberius nickte. »Ich glaube schon. Wir hatten bereits beschlossen, Lionel öffentlich als unseren König abzulehnen und uns der Rebellion anzuschließen. Wir wollten nur die Sicherheit unserer Familien gewährleisten, bevor wir den Bürgern von Solaria unsere Position klarmachten. Wir hatten uns mit der Absicht versammelt, vor seinem Zorn zu fliehen und euch aufzusuchen, aber bevor Melinda euch von unserem Kommen in Kenntnis setzen konnte, wurden wir zum Acrux-Anwesen gerufen. Unsere Familienmitglieder waren die Köder, mit denen er uns angelockt hat. Wir haben eine Falle vermutet, aber Lavinia hat ihre Schatten genutzt, um unsere eigenen Körper gegen uns zu vergiften und uns bei unserer Ankunft die Luft zum Atmen zu nehmen. Wir sind erst aufgewacht, als sowohl unser Blut als auch unsere Magie bereits in dieses verdammte Ding vor Lionels Haus geströmt sind.«

»Wisst ihr, wie sie es geschafft haben, einen weiteren Riss zu öffnen?«, fragte ich. »Wir hatten den Eindruck, dass die Risse auf natürliche Weise entstanden sind, durch eine Kraft von der anderen Seite, die sich ihren Weg durch das Gewebe der Welten gebahnt hat. Wir haben sie alle geschlossen und waren eigentlich der Ansicht, dass keine weitere entstehen könnten.«

Die ehemaligen Ratsmitglieder tauschten vielsagende Blicke aus, als würden sie sich stillschweigend darüber verständigen, ob sie antworten sollten oder nicht, bevor sie es schließlich taten.

»Stella Orion war dort und hat dunkle Magie praktiziert«, sagte Antonia. »Sie hatte ein Messer, wie ich es noch nie zuvor gesehen hatte. Die Klinge bestand aus einer Kombination aus Mondlicht und Schatten. Mir kam es so vor, als wäre der Preis für den Einsatz eines solchen Gegenstandes hoch – die Schlampe war halb tot, als jemand sie weggeschafft hat, damit sie sich ausruhen kann, wie Lionel es ausgedrückt hat. Vielleicht waren uns die Sterne wohlgesonnen und sie hat den Preis für die Erschaffung dieses abscheulichen Dings tatsächlich mit ihrem Tod bezahlt.«

»Die Sterne.« Ich schnaubte, während der Hass heiß in meinem Inneren brannte. »Sie sind nichts und niemandem wohlgesonnen, nur ihrer eigenen verkorksten Grausamkeit.«

Geraldine keuchte an meiner Seite und legte angesichts dieses Frevels eine Hand auf ihr Herz, aber ich ignorierte es. Ich war mir ziemlich sicher, dass die Sterne meine Absichten ihnen gegenüber verstanden hatten, als ich sie mit dem Blut des Mannes verflucht hatte, den ich liebte.

»Ja, scheiß auf die Sterne!«, knurrte Seth. »Wir können unser Schicksal selbst bestimmen.«

»Und das wäre?«, fragte Antonia, obwohl ich bereits wusste, dass sie und die anderen Ratsmitglieder ihre eigenen Vorstellungen davon hatten.

Alle sahen mich erwartungsvoll an, und obwohl Geraldines Augen vor Überzeugung und Verehrung leuchteten, wusste ich, dass mir die drei Personen auf der anderen Tischseite nur deshalb die Möglichkeit gaben, zuerst zu sprechen, weil sie genau wussten, dass ich keine Antwort auf diese Frage hatte.

»Also …«, begann ich, aber mir fiel wirklich nichts ein. Wir brauchten einen Plan, aber bisher war uns nichts Brauchbares eingefallen. Wir waren alle begierig darauf, Lionel zu schlagen, aber solange wir keinen nachhaltig sicheren Rückzugsort für die Rebellen gefunden hatten, konnten wir nicht einmal damit beginnen, sie wieder für den Kampf vorzubereiten. Dann müssten wir uns erneut auf die Rekrutierung konzentrieren, unsere dezimierte Armee wieder aufbauen und alles tun, was wir sonst noch tun konnten, um unsere Macht zu stärken. Ganz zu schweigen von der Tatsache, dass ich im Moment nur wenige Schwerpunkte hatte, auf die ich mich konzentrieren wollte. »Meine Schwester …«

Die Türen wurden gewaltsam aufgerissen, und wir alle hoben überrascht den Blick. Magie flackerte in unseren Fäusten, und Waffen wurden in Erwartung eines Angriffs aus den Scheiden gezogen.

Aber der Drache, der dort stand, war kein schuppiger grüner Drecksack, sondern ein wilder dunkelhaariger Faetaliener, dessen Haut knisterte und dessen Augen vor Wut glühten.

»Habt ihr ihn gefunden?«, fragte ich sofort und stand so schnell auf, dass mein Nichtthron hinter mir klappernd zu Boden fiel.

»Ja und nein«, knurrte Dante und zog einen Mann hinter sich hervor.

Ich atmete scharf ein, als ich Washer dort stehen sah. Er war fast nackt, einer seiner Hoden hing an der Seite seiner winzigen halb zerfetzten Badehose heraus, und er stolperte mit einem Ausdruck von geisterhaftem Entsetzen auf mich zu.

Seine Haut war auf der linken Seite seiner entblößten Brust verkohlt, und das schillernde Blau seiner Schuppen schimmerte über seinem Körper. Seine haselnussbraunen Haare waren nach hinten gekämmt und nass, sein Gesicht war sauber, obwohl der Rest seines Körpers mit dem Schmutz der Schlacht bedeckt war. Ich musste annehmen, dass er seine Magie eingesetzt hatte, um zumindest diesen Teil von sich zu reinigen.

Ausnahmsweise konnte ich nicht spüren, wie seine Gaben versuchten, meine mentalen Schutzschilde zu durchbrechen. Und es gab auch keine Anzeichen dafür, dass er im Begriff war, einen Teil meiner Magie zu beanspruchen, indem er sich an meinen Emotionen labte. Ein Schmerz von der Stärke meines eigenen war wahrscheinlich ohnehin nicht wünschenswert, obwohl ich eine der mächtigsten Fae war, die es gab.

»Sag ihr, was du uns gesagt hast!«, befahl Dante, Leon trat neben ihn und winkte mir zur Begrüßung zu.

»Meine Königin!« Washer keuchte, ging auf ein Knie und senkte den Kopf vor mir, während die Anspannung meine Knochen zum Zittern brachte.

»Raus mit der Sprache!«, forderte ich, ohne Geduld für royalistischen Schwachsinn.

»Der falsche König hat Gabriel Nox gefangen genommen«, antwortete er. »Ich war unter herabgefallenen Steinen gefangen, und meine Magie wurde aus jeder Körperöffnung herausgepresst. Ich musste mich vom Schmerz der sterbenden Fae im Dreck um mich herum ernähren, und es ist mir gelungen, gerade genug Wassermagie zu erzeugen, um am Leben zu bleiben. Aber ich war ausgelaugt, meine Säfte flossen nur so aus mir heraus, nicht einmal ein winzig kleiner Teil davon ...«

»Wohin hat Lionel ihn gebracht?«, knurrte ich, schritt um den Tisch herum, packte Washer am Arm und zog ihn auf die Beine.

Blut befleckte seine nackte Haut, und seine Augen waren verstört, als er mich ansah. Ich wusste, dass er für seine Treue zu unserer Sache mehr als nur gelitten hatte, aber er stand jetzt hier vor mir, und ich brauchte eine Antwort auf meine Frage.

»Ich weiß es nicht mit Sicherheit. Aber er hat gesagt, dass er einen neuen Seher braucht«, flüsterte Washer, und Mitleid erfüllte seinen Gesichtsausdruck, als mir ein Licht aufging. Meine Gedanken überschlugen sich, und Entsetzen durchzuckte mich.

Ich wollte mich abwenden, hielt aber inne, als ich Washers traumatisierten Blick sah.

»Danke«, hauchte ich und drückte tröstend seinen Arm. »Du weißt gar nicht, wie sehr ich es zu schätzen weiß, dass du mir das erzählst, und ... ich bin froh, dass du überlebt hast.«

Washers Gesicht erschlaffte, und ich holte erschrocken Luft, als er seine Arme um mich schlang und mich fest umarmte.

»Ich habe gespürt, wie sie alle um mich herum gestorben sind«, flüsterte er an meinem Ohr. »Sie hatten Angst und Schmerzen, aber alle, jeder Einzelne von ihnen, war stolz darauf, diesen Kampf für dich und deine Schwester geführt zu haben. Für eine bessere Welt.«

Seine Worte nahmen mir eine Last von der Seele, die mich bedrückt hatte, seit ich gezwungen war, die völlige Niederlage zu akzeptieren, die wir auf diesem Schlachtfeld erlitten hatten. Die Schande, die ich empfunden hatte, wenn mein Blick zu den Rebellen gegangen war, die so viel Hoffnung auf meine und Darcys Schultern gelegt hatten, nur um dann eine Niederlage zu erleiden, als es darauf angekommen war.

Für diese Worte hätte ich seine Umarmung erwidert – hätte ich nicht im Hinterkopf gehabt, dass ihm nur ein Stück Stoff fehlte, um splitterfasernackt zu sein. Und ich wollte nicht, dass sein winziges Ding auch nur einen weiteren Moment so nah an meinem Körper war.

Ich schob Washer mit Nachdruck zurück, nickte ihm dankbar zu und vermied es, auch nur in die Richtung des entblößten Hodens zu schauen, während ich jemanden rief, der ihm etwas zu essen, ein Bad und ein paar dicke, unförmige Klamotten bringen sollte.

»Gabriel würde Lionel Acrux niemals eine Prophezeiung geben. Egal, womit er ihn bedroht«, sagte Dante bestimmt und setzte sich an mein Ende des Tisches, während Geraldine meinen Stuhl schnell wieder aufrichtete und mich zu sich zurückwinkte.

»Nein«, stimmte ich stirnrunzelnd zu, während ich darüber nachdachte. Lionel wusste das ganz sicher auch. Mir wurde schlecht, als ich begriff, was er tun würde, um dieses Problem zu lösen. »Aber Gabriel kann seinen Zugang zu den Visionen nicht abschalten, oder? Nicht ganz.«

»Er versucht, manche Dinge nicht zu *sehen*«, ergänzte Leon, der sich neben mich auf den Thron setzte, der für Darcy gedacht war, als hätte er das nicht bemerkt. »Zum Beispiel mag er es nicht, mich beim Sex zu *sehen*, aber die Visionen drängen sich ihm trotzdem auf. Vielleicht will er sie in Wahrheit aber auch *sehen*. Aber dann leidet er ganz sicher bereits unter Leistungsangst. Also will er wahrscheinlich nicht wissen, wie oft ich …«

»Nicht relevant, Leone«, knurrte Dante und versetzte ihm einen Tritt unter dem Tisch, woraufhin Leon aufschrie.

Ich ignorierte sein anhaltendes Fluchen und zwang mich, an die Zeit zurückzudenken, die ich als Gefangene von Lionel Acrux verbracht hatte. An die Zeit, in der er sich in meinen Geist gedrängt und meine mentalen Barrieren zerstört hatte, bevor er Vard erlaubt hatte, mithilfe seiner Zyklopengabe die Gedanken in meinem Schädel nach Belieben zu untersuchen und sie nach seinen eigenen verdammten Vorstellungen zu verdrehen.

»Lionel wird ihn auf den Stuhl des königlichen Sehers setzen«, sagte ich, weil ich es in meiner Seele wusste. »Er wird ihn zu mächtigen Visionen zwingen, ob Gabriel sie haben will oder nicht, und er wird Vard benutzen, um die Wahrheit aus seinem Geist zu reißen.«

Auf meine Worte folgte Stille. Das Gewicht der Wahrheit lastete schwer auf uns, denn die Macht der Waffe, die Lionel mit Gabriel erlangt hatte, war erschreckend.

»Ist Gabriel wirklich so begabt?«, fragte Melinda und sah voller Sorge erst zu Caleb und dann zu mir, um eine Bestätigung zu erhalten.

»Er ist der mächtigste Seher unserer Zeit«, murmelte Xavier hoffnungslos, und meine Züge verhärteten sich angesichts der niedergeschlagenen Stimmung im Raum.

»Das ist eine ziemlich hochtrabende Behauptung«, spöttelte Tiberius, und ich richtete mich auf.

»Es ist keine Behauptung. Gabriel ist mein Bruder. Der Sohn meiner Mutter. Sie hat ihn mit in den Palast gebracht, als sie hierhergekommen ist, um meinen Vater zu heiraten. Sie haben seine Identität verheimlicht und behauptet, er sei ihr Mündel, bis sie legitime Erben zeugen konnten. Sie hatten nie die Gelegenheit, der Welt die Wahrheit über seine Herkunft zu sagen, und als sie getötet wurden, hat meine Mutter Ling Astrum vertraut, ihn vor Lionels Zorn zu verstecken. Gabriel ist der größte Seher unserer Generation, und ich kann nur vermuten, dass Lionel das irgendwie herausgefunden und beschlossen hat, ihn zu seinem eigenen Vorteil zu nutzen«, sagte ich schlicht, da ich all die Lügen und Geheimnisse satthatte. Ich war stolz darauf, Gabriel meinen Bruder zu nennen, und ich wollte, dass die ganze Welt genau wusste, wer er war.

»Bei den Sternen«, hauchte Melinda, und die drei ehemaligen Ratsmitglieder tauschten besorgte Blicke aus.

»Er ist außerdem ein mächtiger *stronzo*, der mit Händen und Füßen für die Sicherheit seiner *famiglia* kämpfen wird«, fügte Dante entschlossen hinzu. »Das bedeutet, dass er diesen Abschaum nicht so einfach in seinen Kopf lassen wird.«

»Er ist jetzt schon seit Tagen in seiner Gewalt«, erwiderte Antonia. »Wenn Lionel entschlossen ist, seine Verteidigung zu durchbrechen, ist es nur eine Frage der Zeit, bis ihm das gelingt. Selbst die mächtigsten Fae können nicht ewig durchhalten.«

»Dann werde ich ihn da rausholen«, verkündete ich. Geraldine packte mein Handgelenk und hielt mich mit unglaublicher Stärke fest.

»Dein süßer flatternder Federling hat dir eine Nachricht geschickt, nicht wahr, meine Königin?«, fragte sie, und ich brauchte einen Moment, um zu verstehen, was sie sagte, bevor ich zustimmend nickte. »Eine Nachricht, die den Schlüssel zu diesem Rätsel enthalten könnte. Ein Geschenk der Sterne selbst.« Bei der Erwähnung dieser verdammten Sterne knirschte ich mit den Zähnen, und sie fuhr eilig fort: »Vielleicht liegt in diesen Worten eine Antwort? Er muss sie dir in seinen letzten Momenten vor seiner Gefangennahme geschickt haben. Sie müssen in der Tat wichtig sein …«

»Ein Teil davon ist bereits eingetreten«, gab ich zu. Das hatte ich erkannt, nachdem wir die Erben von Lionels Anwesen gerettet hatten.

»Erzähl uns davon!«, forderte Max, und ich tat es und wiederholte die Worte der Prophezeiung, damit sie alle sie hören konnten.

»Ein Bluthund wird nach Rache rufen, wo der Riss am tiefsten ist«, wiederholte Geraldine verständnisvoll, und Tränen schossen ihr in die Augen. »Er hat mich *gesehen*. Das kleine unbedeutende Mich!«

»Sei nicht albern, Geraldine, natürlich hat er dich *gesehen*. Du bist eine der wichtigsten Fae in diesem ganzen verdammten Königreich«, antwortete ich, und sie strahlte vor Stolz und wischte ihre Augen, um die Tränen zu vertreiben, die trotzdem zu fließen begannen.

»Welche Versprechen hast du gegeben?«, fragte mich Tiberius, und ich hob mein Kinn, bevor ich antwortete.

»Ich habe versprochen, Rache zu üben, zu töten und meine Familie zu finden. Und ich habe geschworen, das Schicksal zu verweigern, das meinem Ehemann und mir zuteilwurde.«

»Ehemann?« Antonia keuchte auf, und Geraldines stolze Tränen verwandelten sich in ein Wehklagen der Verzweiflung.

Ich jedoch erstarrte unter dem Gewicht dieser Frage. Mein Blut gefror zu Eis, aber ich weigerte mich, die Flut der Emotionen, die auszubrechen drohten, freizulassen.

»Darius wurde am Morgen der Schlacht zu einem Vega«, murmelte Xavier zur Erklärung, und seine Stimme versagte vor Trauer. »Ich habe ihn noch nie so glücklich gesehen wie an dem Tag, als er dieses Gelübde abgelegt hat.«

Es wurde über mich und zu mir gesprochen, aber nicht einmal dessen konnte ich mir sicher sein, denn in meinem Kopf kam nichts an außer diesem immer lauter werdenden Klingeln. Eine Flutwelle unterdrückter Emotionen türmte sich auf, ein Versuch, den Damm zu durchbrechen, den ich so hastig errichtet hatte. Ich schloss die Augen, atmete langsam durch die Nase ein und aus, während ich alles andere ausblendete. Und ich begann, die Löcher in diesem Damm zu stopfen und die Flut zurückzuhalten. Denn ich weigerte mich, mich ihr zu stellen, obwohl ich wusste, dass ich mit dieser Verleugnung nur das Unvermeidliche hinauszögerte.

Der Rubin-Anhänger, der um meinen Hals hing, schien sich auf meiner Haut zu erhitzen, während ich darum kämpfte, die Kontrolle zu behalten. Meine Finger bewegten sich, um ihn zu berühren, und ich hätte schwören können, dass ich einen bedrohlichen Schatten über mich hinwegziehen spürte. Ein Schauer lief mir über den Rücken, der Geruch von Rauch und Zedernholz füllte meine Lunge, als ich einatmete, und ich hätte schwören können, dass ich fast …

Die Tür wurde erneut aufgerissen, und ich stieß den Atem aus, den ich angehalten hatte, als mein Blick auf Rosalie Oscura fiel, die in den Raum stolzierte, als würde ihr der verdammte Schuppen gehören. Sie neigte ihren Kopf ein kleines bisschen in meine Richtung, ignorierte aber die Ratsmitglieder völlig, bevor sie eine schwere Holzkiste, die aus Erdmagie gehauen war, auf dem Tisch vor mir abstellte.

»Die haben wir bei der Durchsuchung der Ruinen des Burrows gefunden«, erklärte sie und warf erst ihrem Cousin einen Blick zu, dann wieder mir. »Eines meiner Rudelmitglieder verfügt über einen Hauch der Gabe des Sehens – nichts Weltbewegendes, aber genug, um mir zu verraten, dass dieses Zeug von Wichtigkeit ist. Ich dachte mir, dass ich dieses ›superwichtige und supergeheime‹ Treffen dafür unterbrechen könnte.«

Ich schnaubte belustigt, während Dante kleine elektrische Impulse ausstieß und mich wissen ließ, wer eindeutig versucht hatte, sie von hier fernzuhalten.

»Wir sollten dieses Thema weiter besprechen«, murmelte Antonia Capella, während ihr Blick über die neuesten Anwesenden im Raum wanderte, und ich bedachte sie mit Entschlossenheit in den Augen.

»Ich habe kein Problem damit, dass sie an diesen Treffen teilnehmen«, erklärte ich bestimmt. »Ich vertraue ihnen bedingungslos.«

Antonia schien mir widersprechen zu wollen, weil ich Bandenmitgliedern und Kriminellen einen Platz im königlichen Kriegsrat anbot, aber Geraldine schlug mit einem Hammer, den sie aus dem Nichts beschworen hatte, auf den Tisch, sodass alle zusammenzuckten.

»Meine Königin hat gesprochen. Ich werde eine Notiz machen, um die neuesten Mitglieder ihres Hofes und ihre Plätze an diesem großen Tisch zu bestätigen.«

Die Ratsmitglieder schienen sich dagegen auflehnen zu wollen, aber Caleb zischte ihnen zu, es sein zu lassen, und überraschenderweise gaben sie nach.

Rosalie hob amüsiert eine Augenbraue, bevor sie fortfuhr, als hätte es keine Unterbrechung gegeben.

»Wir haben außerdem etliche Drachenschätze gefunden, die Darius gehört haben – wir haben sie auf dein Zimmer gebracht.«

Mein Herz verkrampfte sich angesichts dieser Geste, und mir fehlten die Worte, um auszudrücken, wie sehr ich das zu schätzen wusste. Darius hatte dieses verdammte Gold fast so sehr geliebt wie mich, und der Gedanke, dass es für immer unter einem Schlachtfeld begraben liegen würde, hatte mich beschäftigt, obwohl ich wusste, dass ich selbst keine Zeit haben würde, es zu bergen.

»Rosa«, knurrte Dante mit der tiefen Stimme eines Alphas. »Ich habe dir doch gesagt, dass ich nicht will, dass du dich zu sehr in all das verstrickst.«

»Ich bin bereits auf der Flucht mit der Rebellion, *stronzo*. Ich glaube nicht, dass ich sicherer bin, wenn du mich davon abhältst, an Treffen mit den Königinnen teilzunehmen, als wenn ich daran teilnehme.« Ihre Aufmerksamkeit fiel wieder auf mich, und sie legte fragend den Kopf schief. »Wo ist die andere überhaupt? Das ganze Lager ist verdammt gespannt darauf zu erfahren, wohin sie sich verkrochen hat.«

»Rosa, das reicht!«, blaffte Dante, und sie rollte mit den Augen, trat aber einen Schritt zurück und ließ die Kiste vor mir stehen.

»Darcy wird bald zurück sein«, sagte ich mit fester Stimme, als würde das ausreichen, um es zur Wahrheit zu machen. Und es war jedem im Raum hoch anzurechnen, dass mich niemand darauf ansprach.

»Da hast du deine Antwort. Jetzt sieh nach meinem Sohn und sag seiner Mutter, dass ich sie in Kürze aufsuchen werde.« Dante winkte Rosalie aus dem Zimmer, und sie zog sich mit einer spöttischen Verbeugung zurück, sodass ich mir die Kiste mit den Gegenständen ansehen konnte, die sie abgeliefert hatte.

Geraldine sprang auf, als ich danach griff, und schlug sie mir aus der Hand. »Du solltest deine Hände nicht mit solch niederer Arbeit wie dem Durchsuchen dieser Fetzen und Trödel verschmutzen, Mylady«, erklärte sie und übernahm es, selbst darin herumzuwühlen, und ich ließ sie gewähren, während ich meine Aufmerksamkeit wieder den anderen zuwandte.

»Wenn sich die Prophezeiung auf meine Versprechen bezieht, dann kann ich nur sagen, dass ich nicht die Absicht habe, auch nur eines davon zu vergessen. Abgesehen davon weiß ich nicht, was mit der Taube gemeint sein könnte. Ihr vielleicht?«, fragte ich.

Stirnrunzeln und Gemurmel wichen Kopfschütteln, und ich seufzte frustriert. Verdammte Prophezeiungen. Im Ernst, die wurden doch mit der einzigen Absicht erschaffen, Wahnsinn in den Köpfen derer zu säen, die daran arbeiteten, ihre Rätsel zu lösen. Was hatte ich davon, die Bedeutung der Worte zu verstehen, nachdem sie sich erfüllt hatten?

Ein lautes Poltern ließ alle am Tisch zusammenzucken, als die Phönix-Waffen, die den Erben gehörten, mit einem lauten Knall in der Mitte des Tisches landeten. Geraldine hatte sie eindeutig in der Kiste gefunden.

»Ein Haufen fröhlicher Knallfrösche für die Ungläubigen«, murmelte Geraldine, die weiterhin ihre Aufmerksamkeit auf die Kiste richtete.

»Oh, cool!«, gurrte Seth, als er seine Krallenhandschuhe vom Tisch nahm, sie anzog und grinsend zusah, wie sich auf seinen Befehl hin rote und blaue Flammen an seinen Fingerknöcheln entzündeten.

»Was ist das?«, fragte Melinda neugierig und beobachtete, wie Caleb grinsend seine Dolche an sich nahm.

»Geschenke der wahren Königinnen an diejenigen, die in ihrem Rücken kämpfen«, sagte Geraldine abweisend.

»In ihrem Rücken?«, knurrte Tiberius, nahm Max den Metallbogen ab und inspizierte ihn.

»An ihrer Seite«, korrigierte Caleb, aber das half wenig, die misstrauischen Blicke aus den Gesichtern ihrer Eltern zu vertreiben.

»Es scheint, als hätten wir in diesen Monaten viel verpasst«, murmelte Melinda langsam.

»Seit wann reichen dir deine eigenen Krallen nicht, mein Kleiner?«, fragte Antonia Seth spitz, und er schmollte.

»Bei den Sternen, Mom, sei doch keine Spielverderberin! Du hattest nie etwas dagegen, den Medusa-Spiegel zum Schminken zu nutzen. Also warum verurteilst du meine Flammenklauen?«, fragte Seth.

»Ich frage mich nur, wie es für die Presse aussehen würde, wenn diese herausfände, dass du Waffen benutzt, die aus den Flammen deiner Konkurrenten im Kampf um den Thron geschmiedet wurden. Du siehst doch sicher auch, dass das als Schwäche gesehen werden könnte, wenn …«

»Im Vergleich ist es in der Tat eine Schwäche«, stimmte Geraldine lautstark zu. »Eine, die diese blubbernden Barrakudas jetzt besser zugeben sollten. Sie haben weder die Macht noch die Schönheit der wahren …«

»Können wir uns einfach auf die Prophezeiung konzentrieren?«, fragte ich laut, da ich den Niedergang dieses Gesprächs schon von Weitem kommen sah und definitiv nicht schon wieder in diese Richtung abschweifen wollte.

Zum Glück schienen alle zu erkennen, dass es im Moment Wichtigeres gab, aber ich konnte mir denken, dass das Thema Waffen später zwischen den Erben und ihren Eltern angesprochen werden würde. Trotzdem ging ich zum letzten ungelösten Puzzleteil über.

»Der König könnte an dem Tag fallen, an dem die Hydra in einem hinterhältigen Palast grollt.«

Es folgten einige Momente der Stille, bevor Tiberius scharf einatmete und mit der Hand auf den Tisch schlug. Ein Ruck der Aufregung durchfuhr uns alle, als seine Gaben erneut von der Leine gelassen wurden.

»Im Palast der Seelen gibt es eine Tradition, die vor Jahren von einem der alten Könige ins Leben gerufen wurde … Ich habe vergessen, welcher das war, aber das tut auch gar nichts zur Sache. Jedes Jahr während des Hydriden-Meteoritenschauers, auf dem Höhepunkt des Himmelsereignisses, gab es im Palast eine Feier, bei der wir uns alle versammelt haben. Aber im Jahr der Ankunft deiner Mutter aus Voldrakia hat Merissa ihre Magie genutzt, um den Thron zu verändern, weil der Meteoritenschauer mit seiner Formgebung verbunden war. Es war ein Geschenk für ihren Ehemann. Wenn der Meteoritenschauer am stärksten ist, erwacht die Magie und bringt den Thron dazu, mit der Stimme der Kreatur selbst zu dröhnen – es war eine ziemlich extravagante Überraschung, als wir es alle zum ersten Mal gehört haben, das kann ich euch sagen.«

»Mir ist damals fast das Herz aus der Brust gesprungen«, stimmte Antonia mit einem schwachen Lächeln zu, als sie daran zurückdachte.

Mein Herz begann bei diesen Worten – bei der Möglichkeit, die sie darstellten – zu rasen. »Der König könnte fallen«, wiederholte ich hoffnungsvoll. »Der Palast der Seelen hat Lionel aus unzähligen Räumen ausgesperrt, seit er ihn für sich beansprucht hat. Das klingt für mich verdammt hinterhältig.«

»Wann ist der Höhepunkt des Meteoritenschauers?«, fragte Seth aufgeregt. Der Wunsch, Lionel fallen zu sehen, brachte ihn so in Fahrt, dass er praktisch auf seinem Sitz herumhüpfte.

»In genau zwölf Tagen, achtzehn Stunden und sieben Minuten«, rief Geraldine. Keine Ahnung, woher sie das so genau wusste, aber ich vertraute ihr verdammt noch mal, wenn es um unsinnige königliche Traditionen ging.

»Das reicht nicht, um die Armee auf eine weitere Schlacht vorzubereiten und mehr Rebellen für unsere Sache zu gewinnen, um ihre Zahl zu erhöhen«, gab Antonia zu bedenken.

»Man braucht keine Armee, um einen König zu töten«, sagte ich kalt. Mein Verlangen nach Rache wurde so groß, dass ich mehr als versucht war, die verdammte Prophezeiung zu ignorieren und einfach zum Palast zu marschieren, um ihn jetzt zu töten.

»Gabriel hat dir diese Nachricht aus einem bestimmten Grund geschickt«, sagte Dante, der diesen Wunsch in mir zu sehen schien, und mir wurde klar, dass er recht hatte. »Er weiß, dass du dann eine echte Chance auf Erfolg hast, *bella*.«

Noch zwölf Tage. Wie sollte ich zwölf Tage darauf warten, das zu beenden? Wie sollte ich warten, wo ich doch wusste, was Gabriel in jedem Moment, den ich zögerte, durch die Hand dieses Monsters erlebte? Aber ich vertraute meinem Bruder. Ich vertraute seinen Gaben, und ich wusste, dass er seine letzte Kraft nicht darauf verschwendet hätte, mir diese Prophezeiung zu schicken, wenn es nicht lebenswichtig wäre, dass ich sie befolgte. Der Punkt mit dem Riss war bereits eingetreten, und wir hatten die Hälfte der Fae in diesem Raum deswegen gerettet, also musste ich darauf vertrauen, was er mir sagte.

»Was sollen wir für weitere zwölf Tage tun?«, fragte Max. »Gabriel könnte in dieser Zeit in sich zusammenbrechen. Und wenn das der Fall ist, wird Lionel wenige Augenblicke später hier sein. Er könnte jeden Moment hier ankommen, aber wir sitzen hier und kratzen unsere Hintern, während wir darauf warten, dass er sich auf uns stürzt.«

»Wir müssen uns der Wildnis anpassen«, sagte Leon geheimnisvoll, bevor jemand anderes eine Idee äußern konnte. »Seid so unberechenbar wie das Meer, so tückisch wie der Wind, so wechselhaft wie die Jahreszeiten und so gerissen wie ein Löwe.«

Xavier runzelte die Stirn. »Sind die Füchse nicht normalerweise diejenigen, die ...«

»Pssst!« Leon legte einen Finger auf den Mund, um ihn zum Schweigen zu bringen. »Gabriel wird *sehen*, dass du das infrage stellst, und es Lionel erzählen. Du bist so verdammt offensichtlich, kleiner Pego-Kerl.«

»Inwiefern bin ich …«, begann Xavier, aber Leon wiederholte seine Worte einen Sekundenbruchteil später, als wollte er alle davon überzeugen, dass Gabriel ihn sie schon hatte sprechen *sehen*, bevor er sie gesagt hatte.

»Seht ihr?«, sagte Leon und blickte uns alle der Reihe nach an. »So offensichtlich. Ich habe Jahre damit verbracht, die Kunst zu meistern, Gabes Gaben zu vereiteln. Ich kann uns vor ihnen schützen, während wir auf den richtigen Zeitpunkt für einen Angriff warten.«

»Wie?«, fragte ich begierig. Denn Max hatte recht: Wir saßen hier auf dem Präsentierteller und mussten etwas tun, um das zu ändern.

»Wir sollten aufs Meer hinausfahren«, sagte Leon mit einem festen Nicken.

»Aufs Meer?« Melinda runzelte die Stirn. »Wir sind kilometerweit von der Küste entfernt und …«

»Und du hättest nicht damit gerechnet? Ich weiß. Aber jetzt, wo ich es weiß und du es weißt, weiß es auch Gabe. Und schon ist es im Arsch. Aber das wird es nicht sein, denn wenn wir aufs Meer hinausfahren, werden wir uns eine Insel schnitzen. Manche sagen, sie wird die Form eines königlichen und gerissenen Löwenwandlers haben. Manche sagen, das würde diesen Plan noch besser machen. Aber entscheidet euch nicht jetzt, sonst wird er es sehen.«

»Das klingt nach keinem guten Plan«, murmelte Caleb, aber Seth brachte ihn energisch zum Schweigen.

»Doch, das tut es. Es ergibt absolut Sinn. Wir fahren alle aufs Meer hinaus und treiben dann ziellos umher. Manchmal schießen wir Magie in die eine oder andere Richtung, um uns zu bewegen, manchmal folgen wir den Launen der Wellen …«

»Nichts ist so wild und unberechenbar wie das Wasser«, stimmte Tiberius stolz zu, als wäre er als einer der mächtigsten Wasserelementare in unserem Königreich für jeden Tropfen im Ozean verantwortlich.

»Majestät, wenn ich etwas sagen dürfte!«, rief Geraldine, sprang von ihrem Stuhl auf den Tisch und sah mich fragend an, während sie bereits die Aufmerksamkeit des gesamten Raumes auf sich gezogen hatte.

»Du brauchst meine Erlaubnis nicht«, sagte ich mit einem leichten Lächeln im Gesicht.

»Nun, Mylady, ich denke, dieser Löwe ist in der Tat gerissen, vielleicht schlauer als jede treue Katze, die ich bisher getroffen habe!«, brüllte sie, und Leon setzte sich gerader hin und sah verdammt selbstgefällig aus, während Dante leise schnaubte. »Wir können hierhin und dorthin gehen – zu weit entfernten Orten, die nicht einmal das Plätschern des gnädigen Meeres vorhersagen könnten.«

»Das könnte tatsächlich funktionieren«, gab ich zu, obwohl es verrückt klang, und als sich die Diskussion am Tisch auf diese Idee konzentrierte, entspannte ich mich ein wenig. Wir hatten einen Plan für die Rebellen. Zumindest eine Art Plan. Und ohne diese Last auf meinen Schultern konnte ich mich auf das konzentrieren, was ich tun musste, bevor wir zum Palast der Seelen aufbrechen konnten, um den falschen König zu töten.

Geraldine sprang wieder auf ihren Platz neben mir und kramte weiter in der Kiste, die Rosalie mir gegeben hatte. Mein Herz setzte einen Moment lang aus, als ich die unschätzbare Menge an Schätzen betrachtete, die ihr Rudelmitglied für uns geborgen hatte.

Da waren die Edelsteine, die Orion für die Zodiac-Garde gefunden hatte, und die Bücher, die er benutzt hatte, um sie zu erforschen, zusammen mit dem Tagebuch seines Vaters. Die Karte von Espial lag daneben, das Fernrohr aus Nachteisen mit seinem grausamen Schattenauge noch immer arretiert und darauf wartend, dass es jemand in aller Ruhe benutzte. Auch Diegos widerliche Seelenmütze war da, seine Großmutter und Co. vermutlich intakt darin, obwohl ich das Ding nicht auf den Kopf setzen wollte, um das zu überprüfen. Ein paar weitere von Orions Büchern waren vorhanden, genau wie ein paar andere Kleinigkeiten, die ich mir im Moment nicht ansehen wollte.

»Wir sollten immer nach dem Zufallsprinzip handeln«, sagte Seth, dem der Plan besonders gut zu gefallen schien. »Wir dürfen nicht zulassen, dass jemand unsere nächsten Schritte vorhersagt, damit Gabriel uns nicht *sehen* kann. Wir werden für den falschen König unsichtbar sein.« Er stand auf und warf seinen Stuhl gegen die Wand, woraufhin Leon aufsprang und begann, Liegestütze zu machen. Antonia und Tiberius versuchten, sie zu beruhigen, aber Chaos war bereits ausgebrochen – und ich hatte nicht die Absicht, es zu stoppen.

Ich griff nach der Karte, während Geraldine den Inhalt der Kiste weiter untersuchte. Ich ließ meine Finger über die sich ständig verändernden Details gleiten, sobald ganz Solaria vor mir ausgebreitet lag.

»Besteht die Möglichkeit, damit jemanden zu finden?«, fragte ich Geraldine mit leiser Stimme und ignorierte die anderen, die weiterhin die Einzelheiten besprachen, die mit dem Umzug unserer Armee an die Küste verbunden waren, damit wir unseren Plan umsetzen konnten. Antonia versuchte immer noch, Leon und Seth dazu zu bringen, sich hinzusetzen, aber sie waren damit beschäftigt, alle anderen aufzuhetzen.

»Leider funktioniert die Magie der Karte nicht auf diese Weise«, antwortete Geraldine traurig und strich mit den Fingern über die magische Tinte, als wünschte sie, es wäre anders. »Ich nehme an, du hast es bereits mit einem einfachen Ortungszauber versucht?«

Ich nickte, während mich die Sorge um meine Schwester verzehrte. Mit schwindender Hoffnung starrte ich auf die Karte.

»Jemand mit mächtigen Schilden wäre auf diese Weise unmöglich zu finden«, sagte sie leise.

»Oder jemand, der gefangen gehalten wird oder ... tot ist.« Ich glaubte nicht, dass die letzte Vermutung der Wahrheit entsprach, aber es war so viel Zeit vergangen, seit ich von ihr gehört hatte. Und jede Sekunde, die verging, versetzte mich in einen Zustand, den ich immer schwerer leugnen konnte. Ich spürte sie in meiner Seele, war mir sicher, dass sie lebte, aber wenn das stimmte, wo war sie dann? Warum schickte sie mir keine Nachricht oder etwas anderes, das bewies, dass sie am Leben und wohlauf war? Es musste doch einen Weg geben.

»Vielleicht ...« Geraldine sah sich nervös um, beugte sich dann vor und umgab uns beide mit einer Stillekuppel, die sie mit einer Handbewegung erzeugte, bevor sie ebenfalls eine Hand vor den Mund hielt, um sicherzustellen, dass niemand außer mir ihre Worte auffangen konnte – obwohl uns niemand beachtete, da Seth nun die Notizen zerriss, die Melinda während dieses

Treffens gemacht hatte, während Leon drohte, sie mit seinem Feuerelement zu verbrennen. »Ich habe von einer mächtigen Magie gehört, die Dinge wie Schilde umgehen kann, egal, wie stark sie sind.«

»Welche Magie?«, fragte ich sofort, und sie zuckte zusammen, als würde sie mit sich selbst darüber streiten, ob sie mir davon erzählen sollte oder nicht. Aber ich kannte Geraldine, und sie würde die Bitte ihrer Königin niemals ablehnen, egal, was sie davon hielt.

»Dunkle Magie«, hauchte sie.

»Wir können es nicht riskieren, die Schatten zu benutzen«, sagte ich abweisend, Enttäuschung durchströmte mich, aber sie schüttelte den Kopf, winkte mich näher heran und fuhr in verschwörerischem Ton fort: »Dunkle Magie ist viel mehr als nur die Kommunikation mit den Schatten. Es gibt alte Methoden. Methoden, die von den Fae vor langer Zeit beschritten wurden. Damals, bevor sie gelernt haben, ihre Kräfte mit dem Segen der Sterne vollständig zu erwecken. Ich weiß nicht viel darüber, außer dass dieser Weg seinen Preis hat. Und du weißt, dass ich so etwas nie vorschlagen würde, aber ... aber ... mein süßes Sommerkind mit den blauesten Haaren ...«

Geraldine unterdrückte ein Schluchzen, und ich ergriff ihre Hand und drückte sie fest.

»Wo erfahre ich mehr über diese Magie?«, fragte ich. Was könnte ich sonst noch über die alten Methoden erfahren? Es schien mir auf jeden Fall, dass es nützlich sein könnte, Macht auszuüben, die älter war als der Segen der Sterne, wenn ich mein Versprechen einlöste, sie zu zerstören.

Geraldines Blick fiel auf die Karte, ihr Finger landete für den kürzesten Moment auf der Bibliothek der Verlorenen, bevor sie das Papier fest zusammenrollte und zurück in die Schachtel warf. Sie deaktivierte die Stillekuppel und tat dann so, als wäre nichts gewesen.

Meine Gedanken kreisten um diese Information, während ich sie verarbeitete, und ich fragte mich, ob sie recht haben könnte. Ob ich vielleicht einen Weg finden könnte, Darcy mit dem Wissen aus dieser Bibliothek aufzuspüren.

Geraldine fuhr fort, den Inhalt der Kiste wegzupacken, und ich sah mich bei den anderen um. Leon hielt das Fernrohr aus Nachteisen ins Licht und untersuchte es interessiert.

»Wie bist du da rangekommen?«, fragte ich ihn, als er begann, mit dem Ende des Fernrohrs auf seine Handfläche zu klopfen, wodurch das Schattenauge darin wild hin und her hüpfte.

»Der beste Dieb in ganz Solaria«, antwortete er schlicht, und zeigte auf sich selbst, bevor er erneut mit dem Fernrohr auf seine Handfläche klopfte. »Wofür ist dieses Ding überhaupt gut?«

»Wir haben es benutzt, um die Risse auf der Karte zu finden und zu schließen«, erklärte ich.

Geraldine stieß einen so lauten Pterodaktylus-Schrei aus, dass ich fast von meinem verdammten Stuhl fiel. Es wurde still im Raum, während alle sie alarmiert anstarrten, und sie stand hastig auf, um sich zu erklären.

»Mir ist gerade eine Idee gekommen. Was wäre, wenn wir das Schattenauge verwenden könnten, das wir dem Gesicht dieses Trottels Vard entnommen haben?«

»Wie verwenden?«, fragte Xavier.

»Vielleicht – ich bin mir nicht sicher –, aber vielleicht, wenn einer von uns sein eigenes Auge herausnehmen und stattdessen das Schattenauge in sein Gesicht pflanzen würde, könnten wir es vielleicht dazu verwenden, die Schatten zu sehen. So wie es der frühere Besitzer dieser abscheulichen Konstruktion einst getan hat, um dem falschen König zu dienen. Wenn das funktioniert, könnten wir vielleicht sehen, was Lavinia mit den Schatten treibt, über alles berichten, was wir erfahren, und uns so bei jedem Schritt einen großen Vorteil gegenüber unserem Feind verschaffen.«

»Wer zum Teufel würde sich freiwillig melden, dieses Ding in sein Gesicht zu lassen?«, fragte Caleb angewidert, während er vom Tisch zurückwich.

»Ich melde mich freiwillig!«, rief Geraldine, zog die Augenschaufel ihrer Großmutter aus der Tasche und legte den Kopf in den Nacken, um sich darauf vorzubereiten, sich ihr eigenes Auge aus dem Gesicht zu reißen, um Platz für das Schattenwesen zu schaffen.

»Was zum Teufel machst du da?«, brüllte Max, während er sich auf sie stürzte. Auch ich sprang auf, um zu versuchen, ihr die Augenschaufel wegzunehmen.

»Nein, Geraldine!«, schrie ich. »Auf gar keinen Fall!«

Sie kämpfte gegen uns, als wir versuchten, sie ihr abzunehmen, und rief, dass sie bereitwillig alles für unsere Sache opfern würde, während ich darauf bestand, dass ich das nicht wollte, und Max völlig die Beherrschung verlor.

»Ah, schleimig!«, keuchte Leon hinter mir, und ich drehte mich um. Er hatte das Schattenauge aus dem Fernrohr befreit, und jetzt krabbelte es über seine Hand und steuerte auf seinen Arm zu, um sein Gesicht zu finden. »Was macht es da?«

»Es sucht nach deinem Auge, um es zu verschlingen und sich in deinem Schädel niederzulassen«, antwortete Geraldine einfach so, als wäre das nicht verdammt entsetzlich.

»Ah!« Leon schüttelte hektisch seine Hand aus – und das Auge schoss davon, flog über den Tisch und landete direkt in Seths Gesicht, wo es seine Wange ergriff und sich sofort auf sein Auge zubewegte.

Seth schrie vor Entsetzen, sprang auf und stieß mit Tiberius zusammen, als dieser versuchte, aufzustehen und ihm zu helfen.

Ich schrie Seth zu, danach zu greifen, während das Ding über seinen Wangenknochen kletterte, aber das wilde Herumfuchteln seiner Arme trug nicht dazu bei, das Auge loszuwerden.

»Halt still!«, brüllte Caleb, und Seth gehorchte, eine halbe Sekunde bevor Caleb ihn mit einer steinernen Faust traf.

Seth heulte vor Schmerz auf, als definitiv etwas in seinem Gesicht brach, und fiel zu Boden, bevor Caleb auf ihn zuschoss, um ihn wieder aufzurichten.

Ich schob mich an den anderen vorbei, um mir den Schaden anzusehen, und betrachtete das explodierte Schattenauge auf Seths Wange und die gebrochene Augenhöhle, die Caleb ihm als Zugabe verpasst hatte.

»Ist es weg?«, flehte Seth, und ich nickte bestätigend, nahm seine Hand und heilte ihn, während er von mir zu Caleb blickte, dessen Gesicht eine Mischung aus Schock und Erleichterung zeigte.

»Sieht so aus, als würde niemand mehr das Schattenauge benutzen«, sagte ich. Und diese Tatsache störte mich nicht im Geringsten.

»Dann sollten wir uns wohl wieder der Planung unseres nächsten Schrittes zuwenden«, sagte Melinda ruhig, als hätte sie das Chaos, das das Schattenauge auf Seths Gesicht verursacht hatte, kein bisschen aus der Ruhe gebracht. Und ich musste zugeben, dass ich sie irgendwie mochte.

247

Gemini
Scorpio
Virgo
Cancer
Libra
Leo
Taurus
Capricorn
Libra
Sagittarius
Aquarius
Pisces

Seth

KAPITEL 22

Als die Besprechung schließlich endete und alle den Raum verließen, bewegte ich mich auf Caleb zu, um seine Aufmerksamkeit zu erregen. Ich war mir nicht sicher, was ich sagen wollte, nur, dass ich definitiv etwas sagen musste.

Ich hätte mit einem »Danke, dass du mich vor dem fiesen Schattenauge gerettet hast« anfangen können – aber hatte er mir wirklich die Fresse polieren müssen? Mit einer steinernen Hand? Da war es doch um mehr gegangen.

Die Spannung zwischen uns war unerträglich, aber ich wusste nicht, wie ich sie auflösen könnte. Sollte ich einfach auf ihn zugehen? Und etwas wie *Hey Mann, vielleicht sollten wir darüber reden, dass du mich so heftig hast kommen lassen, dass ich fast das Bewusstsein verloren hätte* sagen?

Oder: *Hey, Bro. weißt du noch, wie ich gesagt habe, dass wir Blowjob-Kumpels sind? Tatsächlich bin ich so sehr in dich verliebt, dass ich deinen Namen auf meinen Schwanz tätowieren lassen will. Und ich weiß, dass du nie so für mich empfinden wirst, aber mit dir zu schlafen, bricht mir irgendwie das Herz, weil ich weiß, dass ich dich nie wirklich haben kann.*

Verdammt, ich brauchte Darcys Rat in dieser Sache. Wo war sie überhaupt? Tory war in dieser Besprechung höllisch verschlossen gewesen. Meine Mondsinne verrieten mir, dass etwas nicht stimmte, und ich würde herausfinden, was es war. Sobald ich mit Cal gesprochen hatte …

Ich stellte mich ihm in den Weg, als er gehen wollte, aber der Wichser stieß mich mit der Schulter beiseite und stolzierte mit Tory an mir vorbei. Wut brodelte in meiner Brust und verwandelte mein Herz in kältesten Stahl. *Na schön. Wie du willst, Arschloch.*

Der Raum leerte sich und ich spreizte meine Finger, ein Luftwirbel strömte zwischen ihnen hindurch, während die hallende Stille um mich herum einsetzte. Allein, das war ich. Nur ein Welpe auf einem Berg, ohne jemanden, der ihn knuddelt.

Ich sank auf einen Stuhl und hielt mir die Hände vors Gesicht, während meine Gedanken zu Darius wanderten. Und die Trauer, die ich als Wut getarnt hatte, brach in einem langen klagenden Heulen aus mir heraus. Ich presste meinen Mund auf meinen Arm und erstickte den Ton, damit mich niemand hörte. Max würde kommen, um mich zu trösten, aber ich konnte im Moment weder ihm noch sonst jemandem gegenübertreten. Ich wollte einfach nur wütend auf Darius sein. Denn in der Sekunde, in der ich die Maske fallen ließ, würde ich alles fühlen müssen. Den Verlust, den Schmerz, die Trauer. Das wollte ich nicht. Ich war nicht stark genug, um das zu überleben. Aber obwohl ich wirklich alles daransetzte, dem zu entkommen, stürzte ich immer weiter in die Kluft der Verzweiflung, aus der ich vielleicht nie wieder rausfinden würde.

»Seth? Ich bin noch da.« Xaviers Stimme ließ mich zusammenzucken, und meine Faust schnellte in die Richtung, aus der sie gekommen war. Sie prallte gegen die Eiswand, die er errichtet hatte, um den Schlag abzuwehren. Meine Knöchel rissen auf, und ich genoss den Schmerz, stand auf und schlug immer wieder mit den Fäusten auf die Eiswand ein, bis eine Fläche, groß genug zum hindurchsteigen, zu Crushed Ice zerbröckelte.

Dahinter kam Xavier zum Vorschein, mit dunklen Schatten unter den Augen und einem niedergeschlagenen Gesichtsausdruck, der mich fragen ließ, ob er jemals wieder lächeln würde.

Ich trat durch das Loch, das ich ins Eis gehauen hatte, schlang meine Arme um ihn und drückte ihn fest an meine Brust. »Es tut mir so leid, Xavier.«

»Nicht deine Schuld«, grunzte er, ohne die Umarmung zu erwidern, aber das bedeutete nicht, dass ich loslassen würde. Jeder brauchte ab und an eine Umarmung. Ich war ein Meister der Umarmungen, und Umarmungen waren immer dann am nötigsten, wenn sie am vehementesten abgelehnt wurden. Es war ein Versuch, die Emotionen zu unterdrücken, die Umarmungen auslösten, insbesondere nach so vielen Verlusten. Aber der Schmerz musste auf die eine oder andere Weise nach außen dringen, und es war besser, ihn in den Armen derjenigen zu zeigen, die einen liebten.

Wir blieben so stehen, während die Zeit runtertickte. Und schließlich ließ ich ihn los, um in seinem Gesicht nach einem Zeichen von Widerstandsfähigkeit zu suchen. Aber da war wenig außer Trauer.

»Es ist mir egal, was die Ratsmitglieder sagen. Ich werde nie seinen Platz als Erbe einnehmen«, sagte er, seine Augen verdunkelten sich und verrieten den Druck, dem sie ihn eindeutig aussetzten. Es war ein verdammter Witz, ihn das durchmachen zu lassen, während er immer noch mit dem Verlust seiner Familie zu kämpfen hatte. Aber andererseits war ich nicht überrascht. Ich hatte mein ganzes Leben lang beobachten können, wie meine Mutter und die Eltern der anderen Erben im Namen der Pflicht gehandelt hatten, und in der Politik wurden Emotionen selten berücksichtigt.

»Ich weiß, Alter«, sagte ich behutsam.

»Er ist erst seit ein paar Erdumdrehungen tot, und alles, worum sie sich kümmern, sind die Wiederherstellung ihres kostbaren Machtgleichgewichts, die Zukunft und der ganze verdammte Pferdemist, von dem sie glauben, dass er immer noch realisierbar ist.« Er stampfte mit dem Fuß auf. »Selbst wenn die Chance bestünde, dass wir Lionel besiegen könnten und der Rat seine Macht zurückerlangen würde, wäre ich lieber *tot*, als den Platz meines Bruders einzunehmen.«

Ich registrierte, dass er seinen Vater beim Namen nannte, als würde er alle Bande zu ihm ablehnen und das Wort verweigern, das sie zu einer Familie machte. Ich verstand das auf einer tiefen seelischen Ebene. Eine echte Familie bestand aus denen, die sich ihren Platz verdient hatten, nicht aus denen, die etwas von einem verlangten, nur weil man durch Blut miteinander verbunden war.

»Wenn du jemals etwas brauchst …«, begann ich, aber die Tür öffnete sich einen Spalt und Sofia schaute herein, gefolgt von Tyler. Die beiden sahen Xavier mit sehnsüchtigen Augen an.

»Bist du mit deinem Meeting fertig?«, fragte Sofia hoffnungsvoll.

Xavier warf mir einen Blick zu, und ich trat einen Schritt zurück und nickte in Richtung Tür.

»Bis später«, murmelte ich und setzte ein falsches Lächeln auf – darin war ich wirklich begabt. Ich ließ niemanden sehen, wie verletzt ich war, dass ich gerade jetzt Gesellschaft mehr brauchte als alles andere auf der Welt.

Xavier drückte meinen Arm, trottete dann zu Sofia und Tyler, seinen beiden Herdengefährten, die ihn durch die Tür zogen, sich liebevoll an ihn schmiegten und schließlich mit ihm leise wiehernd verschwanden. Ich sah ihnen nach, als sie auf den Flur traten, und die Feuer in den Wandleuchtern erloschen, als Xaviers Magie mit ihm verschwand.

Ich blieb allein im Dunkeln zurück, und plötzlich konnte ich Schneeflocken auf meiner Zunge schmecken und spüren, wie sich die eiskalten Wände einer Höhle um mich herum zusammenschoben. Die Qualen, die ich als Welpe hatte erdulden müssen, lagen so weit in der Vergangenheit, aber in Momenten wie diesem kamen sie immer wieder in mir hoch. Wenn ich mich erschreckend allein fühlte.

Ich hatte kein Rudel unter den Rebellen, die Oscura-Wölfe waren viel zu sehr mit ihrem eigenen Clan beschäftigt, als dass ich daran hätte teilnehmen können. Es gab andere Wölfe, die zu mir gekommen waren und mir angeboten hatten, mit mir eine Gruppe zu bilden, aber ich hatte sie alle abgewiesen, weil ich bereits das beste Rudel hatte, das ich mir vorstellen konnte. Ich hatte die Erben, Darcy, Tory, Orion und sogar die verrückte Geraldine Grus. Sie waren meine Familie, und einige der besten Zeiten meines Lebens hatte ich im Burrows verbracht. Warum hatte ich zuerst alles verlieren müssen, um das zu erkennen?

Jetzt schien alles so abgefuckt. Darius war weg, Tory untröstlich, Orion und Darcy wurden vermisst, und Max versuchte, inmitten einer Welt der Verzweiflung, eine Zukunft mit Geraldine aufzubauen. Dann war da noch Caleb. Der Mann, der zum Mittelpunkt all meiner Gedanken, Träume und Albträume geworden war.

Die Wahrheit war, dass meine Formgebung die Nähe eines Rudels um mich herum verlangte, wenn ich litt. Ich musste in die Arme von Fae gehüllt sein, die ich liebte. Und wenn ich schon Wünsche äußern durfte, dann wollte ich auch, dass jemand meinen Bauch kraulte und mich einen braven Jungen nannte. Das Problem war, dass dieser jemand nicht mehr irgendjemand sein konnte. Die Person, von der ich getröstet werden wollte, war die eine Person, die ich nicht haben konnte. Und ich wollte in keine anderen Arme kriechen als in seine. Also verschloss ich mich der Welt, verleugnete alle Instinkte meiner Formgebung und ertrank in diesem Schmerz. Es fühlte sich an, als würde ich so tief in einem quälenden Pool unerwiderter Gefühle versinken, dass ich keine Luft mehr bekam.

Ich vermisste das King's Hollow. Ich vermisste die Zeit, als die Dinge noch einfach waren, aber vor allem vermisste ich eine Zeit, die es gar nicht gegeben hatte. Einen Ort, an dem alle Fae, die ich liebte, in Sicherheit waren, an dem wir nicht gegeneinander oder gegen einen falschen König Krieg führten und an dem mein bester Freund genauso heftig in mich verliebt war wie ich in ihn. Ja, ich war egoistisch. Ich hätte mir wünschen sollen, dass die Sache zwischen Cal und mir nie passiert wäre, dass wir Freunde geblieben wären und diese Freundschaft nie getrübt hätten. Aber ich konnte es nicht leugnen: Wenn mir der Mond und die Sterne einen einzigen Wunsch gewähren würden, dann wäre es immer dieser.

Ich seufzte, ging zur Tür und verweilte noch kurz im Schatten, um die blutigen Löcher zu stopfen, die Darius' Tod in mein Herz gerissen hatte, und meinen Schmerz mit Wut zu überdecken.

Meine Hand ballte sich zur Faust. und ich schritt aus dem Raum. Ich brauchte ein Ventil für meinen Zorn, fühlte mich wieder wie der grausame Erbe, der in den Fluren der Zodiac Academy nach einer Vega gesucht hatte, um sie zu schikanieren. Eine leise Stimme in meinem Hinterkopf erinnerte mich daran, wie das ausgegangen war. Darcy war nicht hier, um mir meinen Bullshit vor Augen zu führen, Darius konnte mich nicht länger in meine Schranken weisen, und Professor Orion schleppte mich nicht zum Nachsitzen. Niemand sonst würde mich aufhalten.

Ich bog um eine scharfe Ecke und stieß direkt mit Rosalie Oscura zusammen. Ich bellte, in der Erwartung, dass sie zusammenzucken und sich mir als überlegenem Alpha unterwerfen würde, aber sie hob ihr Kinn und knurrte tief in ihrer Kehle, um mich herauszufordern. Und vielleicht hatte ich wirklich Lust, sie fertigzumachen, um etwas von dieser Energie in mir abzulassen.

»Oh, hey, hab dich gar nicht gesehen, *cucciolo stupido*.« Sie tat ganz unschuldig und klimperte mit den Wimpern, aber in ihrer Stimme schwang ein spöttischer Unterton mit, der mich dazu brachte, die Augen zusammenzukneifen.

»Wie hast du mich gerade genannt?«, knurrte ich.

»Äh ... Freund.« Sie zuckte mit den Schultern und trat zur Seite, um an mir vorbeizugehen, aber ich stellte mich ihr in den Weg.

»Warum war dann das Wort *dumm* darin enthalten?«, drängte ich weiter, hungrig nach einem Kampf mit einem Mitglied meiner Art. Ich könnte die Erinnerung gebrauchen, dass ich der stärkste Werwolf in diesem Königreich war.

»War es das?« Sie runzelte die Stirn, als könnte sie sich nicht erinnern, und klopfte mir dann auf den Arm. »Wenn du nach Caleb suchst, er ist mit Tory zum alten Glockenturm gegangen.«

»Wer sagt, dass ich nach Caleb suche?«, fragte ich verteidigend.

»Du«, sagte sie.

»Nein, habe ich nicht«, widersprach ich.

»Nicht mit Worten, offensichtlich«, erklärte sie. »Mit deinen *stupidi occhi da cucciolo*.«

»Meinen was?«, fragte ich. Sie ging mir jetzt wirklich auf die Nerven.

»Schau.« Sie nahm meinen Arm und zog mich zu einem Fenster ohne Glas, das die Ruinen am Berghang überblickte, und zeigte auf den Glockenturm. Die Sonne glitzerte auf dem uralten Bronzemetall der Glocke.

»Was soll ich mir anschauen?«, murmelte ich.

»Das hier.« Sie hüpfte auf den Fenstersims, sprang aus dem Fenster, wirkte Ranken mit ihrer Erdmagie und schwang sich von mir weg, bevor sie auf einem halb eingestürzten Balkon weit unter mir landete. »Bis später, du dummer Welpe!«

Ich knurrte, entfernte mich vom Fenster und ging in die ungefähre Richtung des Glockenturms. Ich würde nicht wirklich zum Turm gehen. Aber vielleicht in die Richtung. Schließlich konnte ich gehen, wohin ich wollte. Caleb war nicht der König der Ruinen. Vielleicht hatte ich einfach Lust auf einen Ausflug zum Glockenturm. Vielleicht gefiel mir die Aussicht von dort oben. Das hatte nichts mit ihm zu tun. Überhaupt nichts.

Das Gras, das den Berghang bedeckte, war lang und schaukelte im endlosen kühlen Wind. Seine weichen Halme wehten um meine Knie, als ich hindurchstapfte, und jeder Schritt klang so laut, dass ein Vampir mich mühelos hören könnte. Weiter oben auf dem Berg lag Schnee, und der Geruch der kalten Luft, die von der Spitze herabwehte, brannte in meiner Nase und erinnerte mich an jene Tage in der Wildnis. An die Dinge, die ich überlebt hatte, um an diesen Punkt zu gelangen. Es war zum Verrücktwerden. Die Erinnerungen an meine Hilflosigkeit, meine Einsamkeit, drängten sich mir auf, bis sich mein Kopf drehte und meine Brust vor Sehnsucht nach Trost schmerzte.

Als ich am Glockenturm ankam, blickte ich zu den rustikalen Mauern auf. Die alten rötlichen Steine waren noch größtenteils intakt, aber die historischen Schnitzereien nach Jahren der Korrosion durch den Wind kaum noch zu erkennen.

Ich ging hinein, stieg die enge Wendeltreppe hinauf und schirmte mich mit einer Stillekuppel ab. Nicht, dass ich versucht hätte, Caleb und Tory davon abzuhalten, mich zu entdecken oder so …

Ich erreichte die Spitze des Turms und spähte von den letzten Steinstufen, die auf die Plattform unter der riesigen Glocke führten, die dort hing.

Caleb und Tory standen Arm in Arm da, blickten über den Berghang und unterhielten sich in ihrer eigenen Stillekuppel. Ihre Gesichter waren mir abgewandt, sodass sie wahrscheinlich keine Ahnung hatten, dass ich hier war. Dass überhaupt jemand hier war. Und etwas in meinem Bauch verdrehte sich wie Schlingknöterich, als Caleb seinen Arm um ihre Schultern legte und sie an sich zog.

Tory war nicht der Typ für Umarmungen. Das wusste ich aus eigener Erfahrung, als ich versucht hatte, sie zum Kuscheln zu überreden. Aber die Art, wie sie sich an ihn schmiegte und ihren Kopf an seine Brust legte, hatte zur Folge, dass meine Lunge sich weigerte, weiterzuarbeiten.

Er sprach leise mit ihr, und aus seinen Augen strömte Zuneigung. Ich versuchte, von seinen Lippen abzulesen, was er sagte, und hätte schwören können »Ich bin ja da, Sweetheart« zu sehen.

Sie hatten eine gemeinsame Vergangenheit, waren wegen Darius' Tod am Boden zerstört – und fielen einander jetzt Trost suchend in die Arme. Es war nicht Max, den Tory hierhergebracht hatte, nicht Gerry, nicht ich. Sondern er. Der Mann, den sie schon oft aufgesucht hatte, weil sie eine Verbindung hatten. Vielleicht eine, die ich bis jetzt lange unterschätzt hatte.

Ein Kloß bildete sich in meinem Hals, und mein Puls pochte ungleichmäßig in meinen Ohren. Meine Welt brach zusammen, der Boden unter meinen Füßen stürzte ein. Ich war so ein verdammter Idiot gewesen. Ich war Calebs One-Night-Stand gewesen, als er traurig gewesen war, der Werwolf, der nie Gefühle für die Fae entwickelte, die er fickte. Der Typ, der gefühllos gegenüber jedem sein konnte, den er mit ins Bett nahm. Ich war außerdem die offensichtliche Antwort auf seine Neugier gewesen. Er hatte wissen wollen, wie es war, mit einem Mann zusammen zu sein. Seth Capella hatte es ihm gezeigt. Schließlich würde der keine Gefühle entwickeln, keine unangenehmen Szenen veranstalten und auch niemandem davon erzählen. Er war schließlich ein treuer Freund. Er war Seth.

Tory hob den Kopf, um etwas zu sagen, und ich las die Worte und versuchte, sie von ihren perfekten Lippen zu entziffern. Lippen, mit denen meine Lippen niemals konkurrieren konnten. *»Dein Schwanz ist so hart, Caleb.«*

Okay, vielleicht hatte sie das nicht gesagt, aber das war alles, was ich im Moment sehen konnte. Seinen riesigen pochenden und perfekten Schwanz. Und ich wollte ihn nicht in der Nähe von jemand anderem haben, es sei denn, er schlief zufrieden in seiner Hose und träumte von mir.

Ich wollte nicht in das Loch der Eifersucht fallen, ich wollte mich nicht darauf konzentrieren, während Darius in einem Sarg lag und von Sekunde zu Sekunde kälter wurde. Es hätte das Letzte sein sollen, woran ich dachte. Tory war untröstlich, Caleb auch. Ich hatte nur nicht erwartet, dass sie hier gemeinsam zusammenbrechen und in ihren Scherben etwas finden würden, woran sie sich festhalten konnten. Einander.

Mein Blick fiel auf das liebevolle Lächeln, das Calebs Lippen für sie zeichneten, und ich hielt diesen Moment in meinem Geist fest, wissend, dass ich ihn später umschreiben würde, mit mir an ihrer Stelle.

Ich trat eine Stufe zurück, während mein Herz wie ein zusammengeknülltes Stück Papier in einer geschlossenen Faust zusammenschrumpfte, und wollte gerade gehen, als ein Schrei von oben mich innehalten ließ. Ich blinzelte in Richtung der Sonne über dem Berg vor uns, und auch Calebs Kopf schnellte in diese Richtung – wahrscheinlich weil er in diesem Schrei Worte erkannte, die ich nicht wahrnehmen konnte.

Ein kleiner Schatten zeichnete sich am Berghang ab, und ich entdeckte den Ursprung am Himmel: ein Mann, der an einem Fallschirm aus Blättern hing und mit rudernden Beinen auf uns herabschwebte.

Tory ließ die Stillekuppel um sie herum fallen, und ich folgte ihrem Beispiel, eilte auf die Plattform und lief unter der riesigen Bronzeglocke hindurch.

Calebs Blick fiel sofort auf mich, und ich hob mein Kinn, ohne ein Anzeichen des sauren Neids zu zeigen, den ich empfand. Ich war schließlich der entspannte, immer lächelnde Seth Capella.

»Wer ist das?«, fragte ich und schaute wieder zum Himmel.

»Ich glaube, es ist … Justin«, sagte Tory geschockt. »Scheiße, glaubt ihr, er steckt seit der Schlacht in diesem Ding fest?«

»Warum ist er überhaupt darin?«, fragte ich, und Tory verzog das Gesicht.

»Er hat mir das Leben gerettet, aber dann waren wir von Nymphen umzingelt, und ich wusste, dass ich kämpfen können musste, ohne mir Sorgen machen zu müssen, ihn versehentlich zu verbrennen. Also habe ich ihm diesen Fallschirm gebaut, ihn in die Luft geschossen und diese Tatsache bis gerade eben völlig vergessen. Gott, ich bin wirklich ein Arschloch.«

Justin durchbrach meine Überraschung mit seinen Rufen, und ich hob erneut den Blick zu ihm, als er näher kam.

»Versteckt die Kinder!«, rief er und zog an den Ranken seines Fallschirms, um sich zu uns zu bewegen. »Der Feind rückt vor!«

Ich kletterte auf die niedrige Mauer am Rand der Plattform und blinzelte zum Horizont, aber die Sonne blendete. »Welcher Feind?«

»Bei den Sternen! Was geht hier vor?« Geraldine tauchte mit Max aus einem der zerstörten Gebäude unten auf und entdeckte Justin, der auf den Glockenturm zuschwebte.

»Mylady!«, rief Justin. »Diese feigen Halunken sind mir dicht auf den Hacken!«

»Pfui, diese Schufte!«, keuchte sie. »Sag an, woher kommst du, du windschiefer Wurzelschnüffler?«

»Von Farnhügeln und pfeifenden Wäldern«, rief Justin.

»Kann sich hier irgendjemand so ausdrücken, dass ich ihn verstehe, und mir einen Feind zeigen, damit ich ihn töten kann?«, schrie ich, und Tory hielt sich am Stoff meines Shirts fest, um sich neben mich auf die Mauer zu ziehen.

»Warte, ich spreche halbwegs fließend Anus, sagte sie, während Justin zum Glockenturm herabschwebte. Sein Fallschirm verfing sich in der Turmspitze über der Glocke, und er kam zu einem ruckartigen Halt. An seinem Gurt neben uns hängend, versuchte er, sich zu befreien.

Caleb schnippte mit einem Finger, durchtrennte die Ranken mit Magie und ließ Justin auf seinen Hintern fallen, bevor er ihn auf seine Füße stellte.

»Wo ist der Feind?«, fragte er.

Justin hob einen zitternden Finger und zeigte in Richtung des Waldes am Fuße des Berges, und ich drehte mich um und folgte seiner Blickrichtung. In dem Moment schob sich eine Wolke vor die Sonne, sodass ich klarer sehen konnte. Nymphen. Unzählige Nymphen strömten aus dem dichten Wald und liefen den Berg hinauf, wobei sie sich aufteilten und verschiedene Pfade einschlugen, um kein zu einfach zu treffendes Ziel darzustellen.

»Verdammte Scheiße!«, stieß ich hervor, während das Adrenalin durch mein Blut schoss und meinen Hunger nach Krieg weckte.

Das Lager der Rebellen lag zwischen uns und ihnen, und aus den Erdmagie-Zelten waren bereits Schreie zu hören, als einige von ihnen die Nymphen ebenfalls entdeckten. Mein Magen verkrampfte sich vor Angst um sie.

»Achtung!«, rief Geraldine von unten.

»Wir holen die Waffen!«, schrie Max. »Alarmiert die Rebellen!«

Er und Geraldine rannten los in Richtung des zentralen Teils der Ruinen, in dem die meisten von uns geschlafen hatten, und ich wirbelte herum, wobei mein Blick auf die Glocke fiel.

Ich erzeugte einen starken Wind, lenkte ihn in Richtung Glocke und brachte sie zum Klingen. Der ohrenbetäubende Lärm breitete sich über die gesamten Ruinen aus, was die Rebellen sofort in Alarmbereitschaft schickte.

»Ich habe keine Kraft mehr. Ich werde einen Vorrat an Eisenhut auftreiben, um meine Kräfte wieder aufzuladen und mich dem Kampf anzuschließen. Ich werde unterwegs so viele Rebellen wie möglich warnen«, sagte Justin und rannte ohne ein weiteres Wort zur Treppe. Ich musste ihm echt hoch anrechnen, dass er diese Energiereserve gefunden hatte, denn der arme Kerl sah beschissen aus.

»Caleb, teile deine Kraft mit mir!«, rief Tory über den Lärm der Glocke hinweg. »Wir müssen so viele Nymphen wie möglich davon abhalten, zu den Rebellen zu gelangen.« Sie streckte ihm ihre Hand entgegen, er ergriff sie und trat an ihrer Seite auf die Mauer.

Ich knirschte mit den Zähnen, sprang von der Mauer und drehte mich zur Treppe um, um sie ihrem kleinen Kräfteteilen-Kampf-Date zu überlassen. Während ich auf dem Weg dorthin war, rief Caleb mir etwas zu, und ich blieb stehen.

»Wir brauchen dich, Seth.« Er streckte mir seine freie Hand entgegen. Ein Teil von mir wollte aus Trotz gehen, aber ich schüttelte diesen Gedanken ab und erinnerte mich daran, was hier wirklich wichtig war. Wir wurden angegriffen. Ich musste die Fae beschützen, die mir noch geblieben waren, und dazu gehörten auch er und Tory.

Ich gesellte mich zu ihnen, sprang auf die Mauer zurück und hob meine Hand. Seine Finger glitten zwischen meine, und ich tauschte einen Blick mit ihm aus, der nur einen Atemzug lang gedauert haben konnte, sich aber anfühlte, als würde er ein ganzes Leben währen. Ich sah ein Schicksal, in dem wir diesen Krieg überlebten und ich jeden Tag mit ihm an meiner Seite aufwachte, spürte seinen Mund auf meinem, wann immer ich danach verlangte. Es war ein Schicksal, das uns – zwei Könige der Welt – Seite an Seite präsentierte.

Aber dann blinzelte ich, und die Realität war wie ein Schlag ins Gesicht.

»Erschafft eine Mauer aus Dornen, Ranken, Bäumen – alles, was euch einfällt, um ihnen den Weg zu versperren. Wir können uns abwechseln, um die volle Kraft unserer vereinten Macht für jeden Zug einzusetzen«, sagte Tory und keuchte, als ihre Magie mit der von Caleb verschmolz.

Caleb stieß ein Geräusch aus, das fast sexueller Natur war, als ihre Kraft in seine überging, und die Eifersucht brannte heiß in meinem Körper. Ich schleuderte meine gesamte Kraft dorthin, wo Calebs Hand mit meiner verbunden war, und er ließ alles auf einmal herein. Dabei sandte ich so viel wütende, stürmische Kraft in seine Richtung, dass er buchstäblich aufstöhnte. Und ein Grinsen huschte über mein Gesicht.

Er übertrug seine eigene Magie auf mich, gefolgt von Torys feuriger Kraft, und jetzt war er an der Reihe, zu grinsen, als ich nach Luft schnappte. Seine Erdmagie durchströmte meinen Körper, zusammen mit der flammenden Wucht einer Vega.

»Fuck!«, stieß ich aus.

»Ich brauche eine freie Hand zum Wirken«, sagte Caleb und löste seine Hand aus Torys Griff. Sie legte ihre Handfläche stattdessen auf die nackte Haut seines Rückens, nachdem sie sein Shirt hochgeschoben hatte. Sie hätte auch seinen Ärmel hochkrempeln und seinen Arm berühren können, aber was auch immer. Ich war nicht die Anfasspolizei. Wenn die Anfasspolizei hier wäre, hätte sie vielleicht das eine oder andere dazu zu sagen gehabt, aber mit mir hatte das nichts zu tun.

Zähneknirschend versuchte ich, nicht an die Magie zu denken, die an dieser intimeren Stelle zwischen ihnen floss. Ich riss den Blick sogar ganz von ihm los und wandte mich den Nymphen zu, die den Berghang hinaufströmten, während sich die Rebellen unten versammelten. Die Stärksten bildeten eine Reihe direkt hinter den Zelten, während die Kinder in die Sicherheit der Ruinen rannten. Ich hob meine freie Hand, und eine riesige Wut durchzuckte meine Brust, als mein Blick auf unsere Feinde fiel. In mir steckte ein wütendes, gnadenloses Monster, das nur darauf wartete, herausgelassen zu werden. Sie hatten sich den falschen Tag ausgesucht, um an unsere Tür zu klopfen.

Ich übernahm die Führung, indem ich die Erde des Berges nutzte und die Nymphen in einem Gewirr aus dicken dornigen Ranken einsperrte, die sie im Griff meiner Magie erwürgten. Der riesige Klumpen aus Ranken wuchs schnell über den Berghang hinaus, während Caleb und Tory meine Magie verstärkten. Gemeinsam schufen wir eine mächtige Barriere, um sie aufzuhalten.

Ich bleckte die Zähne, als eine Reihe von Nymphen durchbrach, bevor ich die Lücken schließen konnte, und konzentrierte mich auf den Boden unter ihnen, wobei der ganze Berg durch unsere sternengleiche Kraft zu beben begann. Felsbrocken, so groß wie Autos, stürzten vom Fuße der Ruinen, krachten in die Masse der Nymphen und rissen sie in Stücke. Es war die Hölle auf Erden, ein glorreicher Regen der Zerstörung, der sich so verdammt gut anfühlte. Ich würde hier keine Gnade walten lassen. Ich würde zusehen, wie sie fielen. Und sie würden schreiend aus dieser Welt scheiden.

Die versammelten Rebellen rannten mit Geraldine und Max an der Spitze zum Fuß des Berges und bereiteten sich darauf vor, zu kämpfen, sobald es eine Nymphe zum Rand der Ruinen schaffte.

Aber Caleb, Tory und ich hielten sie mit unserer unheilvollen Macht in Schach.

Ich entdeckte die Ratsmitglieder in der Menge, die Befehle riefen und versuchten, ihren eigenen Angriffsplan zu schmieden. Aber die Rebellen schauten immer wieder in unsere Richtung und warteten auf ein Signal von ihrer Prinzessin.

Caleb umklammerte meine Hand fester, um aus meiner Kraft zu schöpfen, und ich gab ihm alles, woraufhin er die Kontrolle übernahm und ein heftiges Erdbeben auslöste, das den Berg zum Wanken brachte. Jenseits unserer Ranken tat sich ein riesiger Riss auf, durch den die Nymphen in die Tiefe stürzten.

Ich jauchzte, schöpfte aus der kombinierten Magie und wandte mich dann meiner Luftmagie zu, indem ich einen wütenden Wind auf die noch stehenden Nymphen entließ, um auch sie in den Abgrund zu zwingen.

Als Nächstes boten wir Tory unsere Kraft an, und sie krümmte ihre Finger, sodass sich entlang der Ranken Flammen entzündeten. Die Nymphen schrien auf, als sie im Feuer verbrannten.

Max und Geraldine hielten sich an der Front der Rebellen an den Händen, und plötzlich erzitterte der Berg aus einem ganz anderen Grund, als Wasser aus Max' Händen strömte und vor ihnen den Berg hinunterstürzte. Die herrliche Verwüstung verschlug mir die Sprache, und ich sah fasziniert zu, wie unsere Elemente als Einheit zusammenarbeiteten, was sich unglaublich richtig anfühlte. Gleichzeitig spürte ich die Abwesenheit der Fae, die hier sein und ihre Kräfte mit uns lenken sollten, jetzt umso deutlicher.

Das Wasser erreichte die Nymphen und riss sie mit sich fort. Ihre rindenbedeckten Gliedmaßen ragten aus dem Wasser, als sie versuchten, zu schwimmen, aber sie waren dem gewalttätigen Element ausgeliefert, das sie mit Haut und Haaren verschlang.

In dem Moment, in dem die Welle auf die Ranken traf, verwandelten Geraldine und Max sie in Eis und froren jeden einzelnen unserer noch lebenden Feinde ein, wodurch eine undurchdringliche Barriere entstand.

»Genau so«, knurrte ich, während mein Herz wie wild in meiner Brust pochte.

Ein paar Takte der Stille vergingen. Ohne weitere Magie zu wirken, warteten wir darauf, dass ein weiterer Feind auftauchte. Aber alles, was übrig blieb, waren die im Eis zuckenden Nymphen. Es war ein schöner Sieg, etwas, das wir nach unserer Niederlage dringend gebraucht hatten. Und auch wenn es im Großen und Ganzen nur ein kleiner Sieg gewesen war, fühlte er sich dennoch unglaublich gut an.

Die Rebellen jubelten, und die Ratsmitglieder blickten von Max und Geraldine zu uns auf dem Glockenturm. Meine Brust schwoll an, als meine Mutter mich ansah. Aber mein Herz sank, als ich dort weder Stolz noch Dankbarkeit entdeckte. Sie war verdammt sauer.

Ihr Blick fiel auf Tory, und sie erkannte, wie wir drei uns aneinander festhielten, um unsere Macht zu teilen.

Sie drehte mir den Rücken zu und ging in Richtung der Nymphen davon, während Tiberius die Stirn runzelte und ein paar Worte zu Melinda murmelte – sie war die Einzige unter ihnen, die lächelte. Ein leises Wimmern entrang sich meiner Kehle, aber ich schluckte es hinunter und verdrängte die Gefühle der Ablehnung und Enttäuschung, die meine Mutter mir entgegengebracht hatte.

Tiberius stapfte meiner Mutter hinterher, die den Rebellen den Hügel hinunter folgte, die Schwerter gezückt, um jede Nymphe zu erledigen, die noch am Leben war.

Melinda blickte zu ihrem Sohn, und Caleb ließ meine Hand augenblicklich los. Seine Kraft verließ meinen Körper ebenso abrupt, und ich vermisste sie sofort. Seine Mutter küsste ihre Finger und streckte sie ihm in einer Geste der Liebe entgegen, bevor sie den anderen folgte. Ich freute mich für ihn, und obwohl ich eifersüchtig auf den Stolz war, den Melinda ihm gegenüber empfand, würde ich ihm das nie übel nehmen.

Max und Geraldine eilten durch die Menge zurück, und Tory sammelte sie mit einer Windböe auf und brachte sie zu uns auf den Glockenturm, bevor sie von der Mauer sprang, um sich ihnen anzuschließen. Caleb hüpfte ihr nach, während ich an Ort und Stelle verweilte und meine Hände in die Taschen schob.

»Zum Kaktus mit den Kängurus!«, rief Geraldine und klopfte sich auf den Oberschenkel. »Das war eine herrliche Show. Mylady Tory, hast du gesehen, wie diese penetranten Plunderklopse in die Schlucht gestürzt sind? Was für ein Spaß!«

»Wir sollten den Spaß zu Ende bringen«, sagte Tory düster und blickte über ihre Schulter zu den Rebellen, die sich auf den Weg den Berg hinunter machten. »Es werden noch viele am Leben sein.«

»Ohhhh, gütige Herzmuscheln! Du hast wirklich einen Hauch von Wildheit in deinen Lady-Gewässern. Findest du nicht auch, Maxy-Boy?« Geraldine stieß ihn mit dem Ellbogen an, aber ich bemerkte, dass Max' Blick fest auf mich gerichtet war.

Ich straffte mein Rückgrat, als ich erkannte, dass ich meine Gefühle nicht abgeschirmt hatte und mein Blick fest auf Caleb gerichtet war. Ich unterdrückte diesen Schmacht-Blödsinn schnell, verschleierte ihn mit Wut und fletschte die Zähne, um Max davor zu warnen, sich einzumischen. Ich wollte auf keinen Fall, dass er herausfand, dass ich hoffnungslos in meinen besten Freund verliebt war und das, was von den Erben noch übrig war, verkorkste.

»Ich hätte auch nichts gegen einen Kill. Komm schon, Tory.« Ich drehte mich um, ließ eine Luftbrücke unter meinen Füßen entstehen und trat von der Mauer, wobei ich mir einen direkten Weg vom Berg hinunterbahnte.

Tory folgte mir, entschied sich aber dafür, zu fliegen. Als sie ihre Flügel ausbreitete, glitzerten die bronzefarbenen Federn wunderschön im Sonnenlicht.

»Muss du das machen?«, schnauzte ich sie an.

»Was denn?«, murmelte sie.

»So ... gefiedert sein?«

»Gefiedert?«, wiederholte sie trocken. »Was ist dein Problem, Seth?«

Ich warf einen Blick über die Schulter und sah, dass Caleb mir auf meiner Luftbrücke folgte, mit Geraldine und Max hinter ihm. Ich wette, er liebte es, wenn ihre Federn sein Gesicht streiften und seine goldenen Haare berührten. Würden sie ihre Trauer um Darius wirklich ineinander ertränken, während sie ihre Flügel um ihn schlang und ihn wie ein Entenküken festhielt?

»Ich habe kein Problem«, knurrte ich.

»Klar. Wie auch immer«, sagte sie und machte dicht. Sofort fühlte ich mich wie ein Arschloch. Sie hatte ihren von den Sternen auserkorenen Gefährten verloren, und ich wollte nicht der Idiot sein, der ihr Leben noch schwieriger machte, als es im Moment war.

»Sorry«, raunte ich, und sie zuckte mit den Schultern, als wäre ihr meine Entschuldigung und alles andere egal. »Wir werden Darcy finden«, sagte ich, wohl wissend, dass dies das Einzige war, was Tory jetzt irgendwie aufheitern konnte. Und verdammt, ich machte mir auch Sorgen um meine kleine blauhaarige beste Freundin.

Tory runzelte die Stirn und kam dann ein wenig näher. »Ich habe es Caleb auf dem Glockenturm erzählt, und Geraldine hat vorhin mit Max darüber gesprochen, also ...«

»Was?«, fragte ich nervös. Es gefiel mir nicht, der Letzte zu sein, der erfuhr, was sie zu sagen hatte.

Tory wirkte eine Stillekuppel um uns herum, und die Angst drängte sich in mein Herz und stupste es mit einem spitzen Stock an. »Du hast sicher von der Schattenbestie gehört? Seit der Schlacht reden alle davon.«

»Ja ...«

»Na ja ...« Tory schluckte, und Schmerz durchzog ihre Züge. »Das war Darcy.«

Ich runzelte verwirrt die Stirn und schüttelte dann verständnislos den Kopf. »Was war Darcy?«

»Die Schattenbestie«, wiederholte Tory.

»Ich komme nicht ganz mit.«

»Es ist Lavinias Fluch«, erklärte Tory mit belegter Stimme. »Darcy hat all diese Fae im Burrows getötet. Darcy hat sich nachts in diese Bestie verwandelt und verdammt noch mal Leute gefressen. Und Darcy wurde gezwungen, sich in der Schlacht gegen ihr eigenes Volk zu wenden, unsere Reihen zu durchbrechen und immer wieder zu töten. Diese verdammte Schattenbestie ist eines der mächtigsten Monster, die ich je gesehen habe. Und sie hat von ihr Besitz ergriffen.«

Ich blieb stehen. Ein kalter, schrecklicher Schauer lief mir den Rücken hinunter und ließ mich erstarren. Ich schüttelte erneut stumm den Kopf, während Tory mit den Flügeln schlug, vor mir schwebte und mir direkt in die Augen sah.

»Du darfst niemandem davon erzählen, Seth Capella. Niemandem außerhalb unserer Gruppe. Wenn die Rebellen herausfinden, dass sie das war, werden sie es vielleicht nicht verstehen. Und die Ratsmitglieder, sie könnten …«

»Ihren Tod wollen«, beendete ich ihren Satz mit rauer Stimme. »Sie werden ihren Tod wollen, wenn sie eine solche Bedrohung für uns darstellt.«

Tory nickte und wurde ganz blass vor Angst. Dann legte sie eine Hand auf meine Schulter. »Ich glaube, dass sie – sobald sie wieder etwas Kontrolle erlangt hat – weggerannt ist, um uns zu beschützen. Und dass Orion bei ihr ist. Entweder das, oder er hat es geschafft, sie vom Schlachtfeld wegzuschleppen.«

»Also können wir nicht nach ihr suchen?«, fragte ich mit einem traurigen Wimmern, entsetzt darüber, was sie durchmachen musste.

»Wir werden sie finden. Aber sie kann nicht zu den Rebellen zurückkehren, bis wir herausgefunden haben, wie wir dieses verdammte Monster aus ihr herausbekommen.«

»Orion wird wissen, wie«, sagte ich bestimmt. »Er weiß alles.«

»Wenn er noch lebt«, erwiderte sie ernst, drehte sich dann um und flog von mir weg, wobei sie ihre Stillekuppel fallen ließ. Ich blieb zurück – mit einer frischen Wunde an meinem Herzen und dem Gefühl völliger Hilflosigkeit gegenüber Darcys Fluch. Mir wurde klar, dass Tory mich nicht einmal dazu gebracht hatte, ein Sternversprechen abzulegen, um dieses Geheimnis zu bewahren. Und angesichts dieses Vertrauens in mich wurde mir ganz warm ums Herz.

Ich legte den Kopf in den Nacken und stieß ein gequältes Heulen aus, woraufhin Caleb an meine Seite trat.

»Sie hat es dir gesagt?«, riet er.

»Wird jemals wieder alles in Ordnung sein?«, flüsterte ich, weil ich es nicht zu laut aussprechen wollte, falls die Sterne mithörten und es als Herausforderung ansahen, die Situation noch schlimmer zu machen.

Caleb seufzte leise und ließ den Kopf nach vorn fallen. Ein paar seiner Locken verdeckten seine Augen. »Ich weiß es nicht, Seth.«

Er schoss von mir weg, holte Tory ein und verlangsamte seinen Schritt, um neben ihr zu gehen.

»Mach dir keine Sorgen, Jimbob«, sagte Geraldine, die neben mir aufgetaucht war, und klopfte mir so fest auf die Schulter, dass ich einen Schritt nach vorn stolperte. »Es wird alles gut.« Sie ging weiter und sang ein Lied über gebrochene Krieger und einen längst vergessenen Krieg. Aber ihre Stimme war unstet und sprach von ihrer eigenen anhaltenden Trauer.

Max schloss sich uns an, und ich setzte mich mit schwerem Kopf und schlurfenden Füßen wieder in Bewegung. Mein Körper fühlte sich an, als würde er sich langsam in einen Klumpen verbrannter Kohle verwandeln.

»Willst du darüber reden oder weiterhin so tun, als könnte ich all diese Emotionen, die du in dir aufstaust, nicht spüren?«, murmelte Max.

»Es gibt nur eine Emotion. Ich bin wütend.«

»Und verzweifelt. Und traurig«, sagte er.

»Na gut. Ein bisschen Traurigkeit ist auch dabei. Aber das war's!«

»Und du bist einsam.«

»Ich bin nicht einsam«, zischte ich. »Ich kann gar nicht einsam sein. Ich habe doch euch.«

»Ja, und deshalb kann ich mir nicht ganz erklären, woher das Gefühl kommt. Aber ich glaube, ich fange an, es zu verstehen.«

»Da gibt es nichts zu verstehen, Max.« Ich stieß meine Schulter hart gegen seine, um ihn zum Aufgeben zu bewegen. »Natürlich sind meine Gefühle total abgefuckt. Schließlich versuche ich, diesen ganzen Scheiß zu verarbeiten.«

»Nein, tust du nicht. Du versuchst, ihn zu begraben. Glaubst du nicht, dass du zu alt bist, um dich weiterhin vor all dem zu verstecken, was dich ausmacht? Was dich real macht?«

»Oh, jetzt bin ich also nicht mehr real?«, höhnte ich. »Danke für die aufmunternden Worte, Max. Warum gehst du nicht zu deiner neuen royalistischen Freundin? Da willst du jetzt sowieso lieber sein.« Ich bedeutete ihm, vor mir zu gehen, aber er rührte sich nicht von der Stelle und fixierte mich mit seinen dunklen Augen.

»Nur weil ich sie liebe, heißt das nicht, dass ich dich weniger liebe. Ich verlasse dich nicht, nur weil ich sie will.«

Ich stieß ein hündisches Winseln aus, warf ihm einen kurzen Blick zu und versuchte, mir anhand seines Gesichtsausdrucks Gewissheit zu verschaffen. »Versprochen?«, flüsterte ich und strich mir mit der Hand über die Zöpfe an meiner Kopfseite.

»Versprochen.«

»Alles verändert sich«, sagte ich. »Werden wir überhaupt noch die Erben sein, wenn dieser Krieg vorbei ist? Wir waren immer zu viert, jetzt sind wir zu dritt, und ich weiß nicht, wie lange ich noch an dir und Cal festhalten kann.«

»Wir gehen nirgendwo hin«, sagte er.

»Das kannst du nicht versprechen«, knurrte ich. »Darius hat das auch getan – und es hat nichts gebracht. Außerdem werden wir nicht mehr *wir selbst* sein, wenn wir diesen Krieg gewinnen und ihn tatsächlich überleben. Jeder wird sein eigenes Leben aufbauen, seinen Platz auf dieser Welt finden. Und sie ist dein Glück. Du wirst heiraten und Kinder bekommen, und Caleb wird das irgendwann auch wollen. Wen, glaubst du, wird er sich aussuchen?«

Mein Blick schoss zu ihm und Tory, und ich wusste, dass es nur meine überaktive Fantasie war, die auf Hochtouren lief, aber ich konnte mir vorstellen, wie sich das abspielen würde. Wir würden alle Monat für Monat und dann Jahr für Jahr um Darius trauern, während sie Trost in Caleb fand und er Trost in ihr. Irgendwann würden sie aus den Trümmern ihres Verlustes etwas Gutes entstehen lassen, und vielleicht würden sie entscheiden, dass das genug war, um die Leere in ihnen zu füllen. Ich war mir ziemlich sicher, dass er sie schon einmal geliebt hatte oder zumindest kurz davor gewesen war. Was, wenn dieses Gefühl nie verschwunden war?

»Seth, bitte sprich mit mir«, sagte Max und lenkte meine Aufmerksamkeit wieder auf sich. »Ich werde nichts verurteilen, was du sagst. Du weißt, dass ich immer hinter dir stehe.«

»Ich weiß nicht, was du meinst«, murmelte ich und verbarg meine Gefühle für Caleb, um zu verhindern, dass Max' Sirenengaben sie erkannten. Er durfte dieses Geheimnis nie erfahren, denn es bedeutete nichts. Es war unerwiderte Liebe, die ich mit einem Kissen ersticken würde, bis sie aufhörte, zu strampeln.

Wir schafften es zu den vereisten Ranken, wo die Rebellen alle noch lebenden Nymphen in unserer Falle töteten, und ich trug uns mithilfe meiner Luftbrücke zu Boden, sprang auf den felsigen Grund und richtete meinen Blick auf eine Nymphe, die sich gerade aus dem Eis befreien wollte, in dem sie eingeschlossen war.

Die Nymphe durchschnitt die Rankenschlingen mit ihren Fühlern, und das Eis zerbrach in einem Scherbenregen. Einen Augenblick später rannte das Monster auf mich zu, während ihm ein hasserfülltes Kreischen entwich. Energisch hob ich die Hände und wirkte ein grobes Metallschwert – ich zog es vor, das im Zweikampf zu regeln. Ich musste meine Muskeln dehnen und das Lied des Tötens in meinen Adern spüren.

Die Nymphe versuchte, mich zu packen, aber ich wich ihren Fühlern aus, schwang mein Schwert und ließ mich von einem Luftstoß zu ihrer Brust tragen. Ich rammte das Schwert tief in sie hinein, und die Nymphe verwandelte sich vor meinen Augen in Asche und Rauch.

Ich lockerte meinen Griff um die Luft unter mir, landete mit einem dumpfen Knall wieder auf dem Boden und rannte auf eine weitere Nymphe zu, deren Kopf bereits aus dem Eis ragte. Sie sah fast tot aus, aber ich hackte ihr den Kopf ab, um den Job zu beenden, und stieß ein wütendes Heulen aus, als ich an Darius dachte.

Stirb für ihn, du Mistkerl!

Die Rebellen erledigten die übrigen, und mein Blick fiel auf eine Nymphe, die sie gerade aus dem Eis zogen. Sie verwandelte sich in ihre Fae-ähnliche – völlig nackte – Gestalt, als sie zu Füßen meiner Mutter zu Boden geworfen wurde. Bei der Nymphe handelte es sich um einen schlanken Mann mit einem hageren Gesicht und schwarzem schütteren Haar.

»Wartet – bitte!«, rief er mit einem Akzent in der Stimme. »Ich möchte mit den Vega-Königinnen sprechen. Ich bin nicht euer Feind.«

Ich warf einen Blick in die Richtung, in die Tory gegangen war, aber sie war damit beschäftigt, gemeinsam mit Geraldine ihre eigenen Nymphen zu erledigen. Caleb fing meinen Blick auf, und Max kam mit gerunzelter Stirn auf mich zu, während meine Mutter die Hand hob, um die Nymphe endgültig zum Schweigen zu bringen.

»Ich glaube, er sagt die Wahrheit«, sagte Max, der die Gefühle der Nymphe spürte.

»Warte!«, rief ich meiner Mutter zu, eine Sekunde bevor sie den Todesstoß ausführen konnte.

Ich trat mit erhobenem Schwert auf ihn zu und drückte es unter das Kinn der Nymphe, die mich voller Angst ansah. »Wie heißt du?«

»Miguel Polaris«, antwortete er.

»Kanntest du Diego?«, fragte ich überrascht, und er nickte schnell; Trauer erfüllte seine Augen.

»Er war mein Sohn«, krächzte er. »Bitte, habt Erbarmen. Ich kann euch bei eurem Vorhaben helfen.«

Ich senkte das Schwert, und meine Mutter trat näher.

»Er ist unser Feind, Kleiner«, warnte sie.

»Ich bin kein Kleiner«, knurrte ich abweisend.

Ich rammte das Schwert neben Miguels Kopf in die Erde, und er zuckte erschrocken zusammen. Dann zog ich mein Shirt aus und reichte es ihm, bevor ich ihm aus Blättern eine Hose fertigte.

»Seth«, zischte Mom, die zwischenzeitlich näher gekommen war. »Dies ist nicht der richtige Zeitpunkt, um zu versuchen, die Größe deines kleinen Hundeschwänzchens zu beweisen.«

»Geh!«, bellte ich sie an, und Alpha-Macht schwang in dem Wort mit. Sie zuckte zusammen, fast so, als würde sie sich unterwerfen, bevor sie die Zähne fletschte und vor Wut knurrte.

Beim Mond, ich kann nicht glauben, dass sie meinen Schwanz da mit reingezogen hat.

»Ich bin immer noch dein Alpha«, fuhr sie mich an. »Sprich nicht mit mir, als hättest du hier das Sagen!«

»Ich werde mich dir nicht unterwerfen«, sagte ich und hob mein Kinn. Wir starrten uns an, während mich der Drang, mich zu verwandeln, durchflutete, und ich fragte mich, ob der Tag endlich gekommen war, an dem ich sie herausfordern würde.

Max legte eine Hand auf meinen Arm und sandte einen Strom beruhigender Energie in mich, und ich holte tief Luft.

»Nicht jetzt, Bruder«, sagte er leise. »Behalte einen klaren Kopf.«

Ich warf Caleb einen Blick zu, der mich mit glühenden Augen ansah und kurz auf meine nackte Brust starrte, bevor er sich räusperte und sich vorbeugte, um Miguel auf die Beine zu ziehen. Er schuf Metallfesseln, mit denen er die Hände der Nymphe an der Basis ihrer Wirbelsäule befestigte.

»Wir werden Tory fragen, ob es sich lohnt, ihn zu behalten«, sagte er.

»Du kannst doch nicht wirklich glauben, dass es angebracht ist, eine Vega um Rat zu fragen, Caleb«, sagte meine Mutter entsetzt.

»Heilige Scheiße, ist das ein fallender Stern?«, keuchte Caleb und zeigte in den Himmel, woraufhin meine Mutter sich umdrehte, um nachzusehen.

Caleb rannte mit Miguel im Schlepptau davon, und ich prustete los und tauschte ein Grinsen mit Max.

»Ach, dieser Junge«, sagte meine Mutter verärgert, als sie begriff, was er getan hatte. »Geh und hol ihn zurück, Seth!«

Gemeinsam mit Max entfernte ich mich von ihr – allerdings ohne die geringste Absicht, das zu tun, was sie gesagt hatte, aber froh, die Gelegenheit zu nutzen, ihr zu entkommen.

Caleb warf Miguel Tory vor die Füße, als er sie erreichte, und Max und ich rannten los, um sie einzuholen. Als wir dort ankamen, musterte Tory ihn überrascht und mit gerunzelter Stirn.

»Wie können wir dir vertrauen?«, fragte sie Miguel.

»Lasst es mich beweisen. Wenn du noch die Mütze meines Sohnes hast …«

»Ich lasse dich nicht in ihre Nähe«, entgegnete Tory. »Du wirst eine Art Schatten-Seelenmützen-Nachricht senden und Lavinia sagen, wo wir sind.«

»Lavinia.« Miguel spuckte auf den Boden. »Sie ist eine Plage. Die Schatten sind ihre Gefangenen.«

»Bei den Gooladen von Gragoria!«, schrie Geraldine links von mir, und ich bemerkte, dass sie mit ihrem Flegel einen Weg durch die Ranken gehackt hatte. »Ich. Werde. Dich. Zermalmen. Oh. Gräulich. Schauriger. Feind.« Sie sprach mit jedem Schlag ihres Flegels gegen die Ranken und kämpfte sich weiter in Richtung einer Nymphe, die sich in den Dornen verfangen hatte. »Höre meinen Namen und merke ihn dir gut – denn er wird dich in die ewige Nacht begleiten!« Sie schwang ihren Flegel und beendete das Leben der Nymphe mit einem gnadenlosen Schlag, woraufhin diese schreiend starb.

Geraldine kam zurückgerannt, um sich uns anzuschließen, und wischte sich eine Schweißperle von der Stirn, bevor sie den Griff ihres Flegels auf ihre Schulter legte.

Miguel sah sie ehrfürchtig vom Boden aus an. »Ich kenne dich. Die Nymphen nennen dich *Sentina Laquorian*. In der alten Sprache der Schatten bedeutet das *Hüterin der Königsfamilie*.«

»Wer ist dieses Schwein im Dreck?« Sie hob ihren Flegel. »Ich werde diesem ruchlosen Fintenfänger einen rechten Denkzettel verpassen, meine Königin.« Sie holte mit ihrem Flegel aus, und Miguel zuckte zusammen, aber Tory hielt Geraldines Waffe mit einer Ranke fest und verhinderte, dass sie auf die Nymphe fiel.

Vor Aufregung wippte ich von einem Fuß auf den anderen, unsicher, ob der Tod in der Luft lag oder etwas noch viel Aufregenderes.

»Er ist Diegos Vater«, erklärte Tory.

Geraldine schnappte dramatisch nach Luft und rieb sich mit dem Handrücken die Stirn. »Unser sanftmütiger bemützter Freund. Was für ein Vater warst du für ihn?«, fragte sie Miguel. »Sprich laut und deutlich, denn diese nächsten Worte könnten die letzten Dinge sein, die jemals über deine Lippen dringen werden.«

Miguel schluckte. »Nicht der, der ich sein wollte, Sentina«, brachte er hervor und senkte beschämt den Kopf vor ihr. »Ich war in der Macht der Schatten gefangen. Meine ... *Frau* ... Drusilla hatte mich unter ihrer Kontrolle. Ich war viele Jahre lang unterwürfig, ein wandelnder Spielball an ihrer Seite und der ihres Bruders. Drusilla hatte die volle Kontrolle über mich, bis Gwendalina Vega sie zu Staub verwandelt und den dunklen Zauber gebrochen hat, der mich zu ihrem Gefangenen machte. Sie hat mich befreit. Und ich werde alles tun, um diese Schuld zurückzuzahlen. Alles, um wiedergutzumachen, was meinem Jungen, meinem Diego, widerfahren ist.«

»Ihr Name ist Darcy«, knurrte Tory, und Miguel murmelte eine Reihe von Entschuldigungen.

»Und?«, zischte Geraldine. »Was tust du dann unter den Massen der feindlichen Armee? Wenn du so fromm bist, wie du behauptest, warum haben wir dich dann inmitten dieser Halunken entdeckt?« Sie begann, vor ihm auf und ab zu gehen, ließ ihren Flegel an Torys Ranken hängen und verschränkte die Hände auf dem Rücken. Es war verdammt unterhaltsam, das zu beobachten, und Max sah aus, als liefe er Gefahr, Miguel mit seinem Ständer ein Auge auszustechen – so gut schien ihm das Verhör seines Mädchens zu gefallen.

»Ich habe mich unter ihnen versteckt. Wenn ich versucht hätte, zu fliehen, hätten sie mich getötet«, sagte Miguel.

»A-ha! Du warst also dabei, als wir gegen die Nymphen in die Schlacht gezogen sind? Standest du Schulter an Schulter mit ihnen, ohne ein Wort der Klage, als du zu den Waffen gegriffen und dich uns entgegengestellt hast, du Tintenfisch von einem Kerl?«

»Ich habe in der Schlacht gekämpft, ja«, platzte es aus ihm heraus. »Aber ich habe keinen einzigen Fae getötet. Tatsächlich habe ich diese monströsen Nymphen in den Tod geführt, wann immer ich konnte. Sie sind von Lavinias Macht vernebelt, sie begehren sie wie eine dunkle Göttin, aber das ist sie nicht.« Er spuckte erneut auf den Boden. »Sie ist der Grund, warum wir in der Dunkelheit leiden. Sie ist der Grund für all das Chaos in den Schatten. Sie ist …«

»Ruhe!«, schrie Geraldine, und ich lachte leise und stieß Max neben mir an, aber er starrte sie mit offenem Mund und ohne zu blinzeln an.

Ich schaute zu Caleb und versuchte, seinen Blick aufzufangen, aber er starrte Geraldine ebenfalls an, obwohl ich wusste, dass er meine Blicke auf sich spürte. *Hmpf.*

»Du bist nur eine kleine Schnecke vor der Tür eines Delfins«, verkündete Geraldine und zeigte von Miguel zu Tory. »Wie sollen wir diese absurden titulierenden Geschichten glauben?«

Ich prustete beim Wort *titulierend*, aber niemand sonst stimmte ein. Schweres Publikum.

»Ich habe auf diesem Schlachtfeld einen Vater, eine Mutter und einen Bruder verloren«, klagte Geraldine, und Schmerz durchzog jedes ihrer Worte. Die Dunkelheit legte sich wie ein Mantel über uns alle.

Tory wich zurück und sah aus, als wäre sie am liebsten von dieser Welt verschwunden. Ich erwartete halb, dass sie abheben und in den Himmel davonfliegen würde, aber Caleb ergriff ihren Arm und hielt sie fest. Natürlich tat er das. Denn er war jetzt ihr Anker. Ihr Fels in der stürmischen See. Und das tat nicht weh. Kein bisschen.

»Au!«, stöhnte Max und sah mich an, als er meinen Schmerz spürte, und ich entriss ihn ihm wieder.

»Ich kann nicht noch jemanden verlieren«, krächzte Geraldine, bevor sie ihre Faust an den Mund hielt, die Augen schloss und sich zu fassen versuchte.

»Gerry«, sagte Max leise und trat an ihre Seite.

Sie seufzte, tätschelte seinen Arm und wandte sich dann wieder Tory zu. »Ich sage, wir köpfen diese abscheuliche Kreatur und beenden dieses Getändel. Was sagst du, meine Königin?«

Tory blickte stirnrunzelnd auf Miguel hinab und überlegte, was sie tun sollte. »Er hat uns schon einmal geholfen. Er hat uns die Informationen über Vards Schattenauge durch Diegos Mütze gegeben.«

»Das reicht nicht aus, um seine Unschuld zu beweisen, Mylady. Er hätte versuchen können, uns in eine Falle zu locken, um uns dazu zu bringen, ihm zu vertrauen. Er hat eine Armee von Nymphen vor unsere Tür gebracht«, erwiderte Geraldine aufgebracht.

Tory blickte zu Max. »Was spürst du?«

»Für mich fühlt es sich nach der Wahrheit an«, sagte Max nachdenklich. »Das bestätigt aber nichts. Ohne genauere Untersuchung kann ich mir nicht sicher sein. Das könnte einige Zeit dauern. Ich müsste ihn mehr über seine Zeit in Lionels Armee sprechen hören.«

»Wir müssen los!«, rief Leon, woraufhin wir uns alle umdrehten und schützend unsere Waffen und Hände erhoben. Er rannte mit einem Rucksack den Berghang hinunter auf uns zu und schlängelte sich zwischen den Zelten hindurch. »Wir sind viel zu berechenbar.« Er hob einen Stein auf und warf ihn auf einen ahnungslosen Rebellen. Der Stein prallte vom Kopf des Mannes ab, und sein Schmerzensschrei durchschnitt die Luft. »Packt eure Taschen oder verbrennt sie, um der Sterne willen! Aber sagt mir nicht, was ihr mit euren Taschen vorhabt. Leute, wir müssen uns bewegen!«

»Ist Lionel auf dem Weg?«, fragte ihn eine Frau panisch, und Leon packte sie, schüttelte sie und schrie ihr ins Gesicht.

»Das wird er, wenn du dich weiterhin vorhersehbar verhältst, Mindy.«

»Ich heiße nicht Mindy«, sagte sie verwirrt, und er warf sie sich über die Schulter, schlug einem anderen Mann ins Gesicht und zeigte dann direkt auf Tory. »Du kennst den Plan. Wir müssen gehen. Gib den Befehl, aber sei dabei nicht vorhersehbar!«

»Wohin sollen wir denn gehen?«, klagte jemand aus der Menge, und Tiberius Rigel bahnte sich einen Weg nach vorn, um zu sehen, was los war.

»Natürlich zum Meer«, sagte Leon und warf die Frau, die er festgehalten hatte, in Tiberius' Arme. »Wie wir es geplant hatten. Aber wir müssen einen willkürlichen Strand auswählen.«

»Beruhige dich! Du versetzt hier noch alle in Panik«, befahl Tiberius.

Ich warf mein provisorisches Schwert weg und öffnete meine Hose. »Scheiß drauf, lasst uns gehen!«

»Mylady? Die Rebellen werden sich nicht bewegen, es sei denn, du gibst den Befehl«, sagte Geraldine. Tory zuckte mit den Schultern und erhob sich in die Lüfte. Sie presste eine Hand an ihre Kehle und sprach einen Verstärkungszauber, der ihre Stimme den Berghang hinauftrug.

»Los geht's! Sammelt Vorräte und macht euch bereit zum Aufbruch«, rief sie. Und endlich gehorchten die Rebellen und beeilten sich, ihrem Befehl Folge zu leisten.

»Verwandelt euch in eure Formgebungen und rennt zum Meer!«, rief Leon, und ein antwortendes Gebrüll ertönte, als Dante sich von irgendwo entlang der Barriere aus Dornen und Eis verwandelte, bevor er mit einem muskulösen Mann und einer zierlichen Frau, die ein Baby auf dem Rücken hatte, in den Himmel aufstieg.

»Folgt eurer Königin!«, rief Geraldine, bevor sie ihr Shirt und ihren BH zerriss und ihre riesigen Brüste offenbarte. Max fluchte und versuchte, sie zu bedecken, während sie ihn mit einem Hüftschwung zur Seite stieß. »Du verhältst dich zu vorhersehbar, du verführerische Forelle.«

»Ja, Maxy-Boy«, stichelte ich, als Geraldine nach vorn sprang, sich in ihre Zerberusform verwandelte und Miguel mit einem ihrer drei Mäuler aufhob, während sie ihren Flegel in ein anderes steckte. Miguel schrie vor Schreck auf, als Geraldine Tory den Hügel hinunter nachjagte, und die Rebellen folgten ihr. Es wurde geschrien, gebrüllt, gewiehert und geheult, als sie sich verwandelten.

Die Ratsmitglieder riefen den Leuten zu, die Ordnung wiederherzustellen, aber niemand hörte auf sie. Die Hälfte von ihnen folgte wirbelnd und hüpfend Leons Führung, während der Rest der Vega-Prinzessin hinterherjagte.

»Ich werde Gerry folgen«, sagte Max, aber ich hielt seinen Arm fest.

»Das ist vorhersehbar. Spring auf den Rücken des Greifs und flieg mit ihm davon!« Ich zeigte auf den weißen Greif, der sich zum Abflug bereit machte und mit den Adlerkrallen scharrte. Ich stieß Max in diese Richtung, und er zögerte nur einen Moment, bevor er sich dem Wahnsinn hingab, der um uns herum einsetzte, und mit einem lauten »Hüa!« auf den Rücken des Greifs sprang. Der Greif bockte wütend, aber Max hielt sich fest, als dieser seine Flügel ausbreitete und in den Himmel segelte.

»Das ist verrückt«, hauchte Caleb, und ich drehte mich zu ihm um, während ich meinen Gürtel abstreifte und ihm damit einen harten Schlag auf die Brust versetzte. »Ah, du Arschloch!«

»Ich versuche nur, nicht vorhersehbar zu sein, Cal«, stichelte ich.

Er stürzte sich auf mich, aber ich machte einen Satz zurück, bevor er mich erwischen konnte, und versetzte ihm mit dem Gürtel einen Schlag auf den Hintern.

»Gib mir das!«, knurrte er, schoss mit der Geschwindigkeit eines Vampirs los und ergriff den Gürtel. Ich ließ das andere Ende nicht los, sondern wickelte es um seine Handgelenke und zog es mit einer Geschicklichkeit fest, die nur ein Orgie-Profi erreichen konnte. Als ich ihn gefangen hatte, grinste ich ihn an.

»Du kannst mich nicht schlagen, wenn es darum geht, unberechenbar zu sein«, erklärte ich.

»Das ist kein Spiel«, sagte er. »Es geht um Leben und Tod.«

»Klingt für mich nach der besten Art von Spiel.« Ich zog ihn am Gürtel heran, wohl wissend, dass er ihn inzwischen hätte verbrennen können. Aber aus irgendeinem Grund hatte er es nicht getan.

Um uns herum waren donnernde Schritte zu hören, und niemand schenkte uns auch nur die geringste Aufmerksamkeit.

»Ich wette, du errätst nie, was ich jetzt tun werde«, sagte ich.

»Nur zu. Überrasche mich!«, erwiderte er trocken, die Wut zwischen uns war immer noch stark. »Obwohl mich nur eins wirklich überraschen würde. Und dafür müsstest du dich dafür entschuldigen, was du über Darius gesagt hast. Aber das wirst du nicht tun, weil du nie zugeben kannst, wenn du falschliegst.«

Seine Worte brannten, und ich stieß ein wölfisches Knurren aus. »Ach ja, Cal? Wie wäre es *damit*?« Ich manipulierte den Boden unter uns, sodass ein riesiger Abgrund entstand, und wir beide stürzten in die Tiefe und knallten auf den schlammigen Boden. Im nächsten Moment war ich auf ihm und versetzte ihm einen Schlag in die Seite. Er trat nach mir, wobei er seine Vampirstärke einsetzte, um den Gürtel in zwei Teile zu zerreißen.

»Ich mochte diesen Gürtel«, keuchte ich und schlug erneut auf ihn ein.

Er sprang auf, trat mir in die Seite, und ich keuchte, als ich auf den Rücken geworfen wurde. In der nächsten Sekunde lag er auf mir und würgte mich, während Dreck auf uns herab rieselte, und ich riss an seinem Shirt, bis es in Fetzen von ihm hing.

»Jetzt zufrieden?«, presste ich hervor, während der Druck um meine Kehle immer stärker wurde.

»Zufrieden?«, blaffte er, als seine Nase die meine berührte. Seine Haare fielen ihm ins Gesicht, und er blockierte das Sonnenlicht von oben. »Ich kann in diesem Moment nicht einmal einen Schimmer von Glück in meiner Zukunft sehen.«

Bei diesen Worten drang ein Winseln über meine Lippen, und er ließ mich los. Sein Atem kam schwer, während er seine Hände zu beiden Seiten meines Kopfes ruhen ließ.

»Oh, du wirst deinen Schimmer finden. Deinen fedrigen kleinen Schimmer«, sagte ich kühl und stieß ihn dann von mir weg. Ich stand auf, trampelte auf seiner Brust herum und bereitete mich darauf vor, mich mit einem Luftstoß aus dem Loch zu katapultieren. Aber ein Fühler schoss aus der Wand zu meiner Rechten, und ich schrie vor Überraschung auf, als mein Arsch auf dem Boden aufschlug und eine Nymphe wie ein verdammter Zombie aus der Erde kroch – offensichtlich durch unseren früheren Angriff hier begraben. Ich hob meine Hände, um Magie zu wirken und das Ding in den Tod zu befördern, aber das Rasseln der Nymphe erfüllte die Luft und fesselte die Kraft in meiner Brust.

Ich fluchte und war kurz davor, mich in meine Wolfsform zu verwandeln, aber Caleb schoss blitzschnell hervor und trat der Nymphe immer wieder gegen den Kopf, bis sie unter seinem brutalen Angriff starb und schließlich zu Asche wurde. Caleb ließ sich neben mir nieder, griff nach meinem Knöchel und heilte die blutige Schnittwunde, von der ich nicht einmal bemerkt hatte, dass die Nymphe sie mir zugefügt hatte.

»Ich hatte das im Griff«, sagte ich. Die Worte waren als Knurren geplant gewesen, wurden aber durch die Sorge in seinen Augen abgeschwächt.

»Ich weiß«, murmelte er. »Aber ich wollte Rache für das, was sie dir angetan hat. Du bist meine … Quelle. Das macht mich beschützerisch.« Er sah mich nicht an, während sein Daumen in sanften Kreisen über meinen Knöchel fuhr, obwohl die Haut bereits verheilt war. Ich war mir nicht sicher, ob sich jemals jemand so um mich gekümmert hatte, während ich selbst dazu in der Lage gewesen wäre.

»Wenn ich immer noch deine Quelle bin, warum hast du dann seit Tagen nicht mehr von mir getrunken?«, fragte ich mit rauer Stimme, woraufhin Caleb meinen Knöchel losließ und mich mit zuckendem Unterkiefer ansah.

»Weil dein Blut mich manchmal …« Er stockte, aber ich ergänzte das Ende des Satzes in Gedanken: … *dich manchmal dazu bringt, deinen besten Freund beiläufig ficken zu wollen, bevor du mit jemandem davonstolzierst, für den du echte Gefühle haben könntest.*

»Verstanden.« Die kalte harte Mauer zwischen uns war zurück, und ich stand auf.

Ich stieß Luft unter mich, beförderte mich aus dem Loch und eilte auf meiner kleinen Brise den Berghang hinunter, während ich so viele Dinge fühlte. Vor allem schlechte Dinge. Aber da waren auch dieses unverkennbare Kribbeln in meinem Knöchel und dieser brennende Blick, mit dem er mich beim Heilen der Wunde angesehen hatte.

Verdammt, vielleicht war es mein Schicksal, mich nach einem Mann zu sehnen, der mich nie wollen würde. Aber Momente wie diese ließen mich glauben, dass sich das Leiden lohnte. Also würde ich weiter ertrinken, bis ich einen weiteren dieser Momente bekam.

Gemini
Scorpio
Virgo
Cancer
Aries
Leo
Sagittarius
Taurus
Capricorn
Aquarius
Libra
Pisces

XAVIER

KAPITEL 23

Ich rannte inmitten der Rebellen, als wir uns auf den Weg nach Süden machten, eine Tasche auf meinem Rücken, die einige der wenigen Vorräte enthielt, die die Rebellen aus dem Burrows gerettet hatten.

»Verwandle dich, Xavier!«, rief Sofia mir von Tylers Rücken aus zu, der sich in seine silberne Formgebung verwandelt hatte, die Flügel an die Seite geklemmt. »Wir bleiben bei dir.«

Andere fliegende Formgebungen schwebten bereits über uns hinweg; ich hörte das Rascheln ihrer Federn, als ihre Schatten vorbeihuschten. Ich biss die Zähne zusammen und tat so, als hätte ich sie nicht gehört, während mein Rücken kribbelte und mich daran erinnerte, dass ich nie wieder fliegen würde.

Ich hatte mich seit der Schlacht nicht verwandelt und war nur dann in der Lage gewesen, meine Magie aufzuladen, wenn ich auf Sofias Rücken durch die Wolken geflogen war. Aber auch das hatte ich nur einmal getan, weil ich mich dabei gefühlt hatte, als wäre ein wichtiger Teil von mir abgetrennt worden. Ich war zu beschämt gewesen, um es noch einmal zu versuchen. Ich war kein Pegasus mehr, ich war nur noch ein Pferd mit einem Horn. Und ich wollte wirklich nicht, dass mich all die Rebellen mit Mitleid ansahen, während ich in meiner Formgebung war.

Der Drang, mich zu verwandeln, war bisher eine meiner größten Herausforderungen gewesen. Es war ein tief sitzendes Bedürfnis, das nicht unterdrückt werden konnte. Jetzt, als ich auf zwei Beinen durch die Gegend galoppierte, war dieser Wunsch stärker als je zuvor. Das Tier in mir verlangte danach, sich zu zeigen.

Sofia lenkte Tyler näher zu mir, und ich blickte zu ihr auf, sah ihren grimmigen Gesichtsausdruck, ihre vom Wind zerzausten blonden kurzen Haare, ihren Körper, der sich perfekt im Takt mit Tylers bewegte. Sie trug einen dieser schlichten khakifarbenen Overalls, die die Erdelementare für alle angefertigt hatten, einen Gürtel, den sie eng um ihre schmale Taille geschnürt hatte, und einen funkelnden rosafarbenen Pegobag auf ihrem Rücken.

»Dann reite wenigstens mit mir«, sagte sie und streckte die Hand nach mir aus, aber ich biss die Zähne zusammen, und sie zog schmollend die Hand zurück.

Tyler wieherte frustriert, und ich rannte stur weiter und versuchte, ihn zu überholen, aber er überholte mich mühelos in seiner Pegasusform. In meiner Brust brodelte eine unbändige Energie, die sich entladen musste. Ich wollte Tyler unterwerfen und beweisen, dass ich der beste Pegasus war. Aber wie sollte ich das – ohne meine Flügel – jemals wieder sein?

Eine Harpyie flog so tief über mich hinweg, dass sie mir einen Tritt gegen den Kopf versetzte, und ich wieherte vor Wut und starrte ihr finster hinterher, während das Geräusch ihres Lachens zu mir zurück drang. Meine Wangen wurden heiß. Ich war voller Verlangen, mich zu verwandeln, in den Himmel zu fliegen und sie dafür bezahlen zu lassen. Aber dazu war ich nicht mehr in der Lage.

Seth kam in seiner riesigen weißen Werwolfform an uns vorbeigesprungen, schlängelte sich wild heulend links und rechts durch die Rebellen. Caleb – beziehungsweise ein verschwommener Fleck, den ich als Caleb erkannte – schoss ihm hinterher und versetzte seinem Freund Schläge in die Flanken. Ihr Spiel kam mir irgendwie intensiver als sonst vor.

Max fiel vom Himmel, nachdem er von einem Greif gesprungen war, und landete auf Seths Rücken. Seth war davon so überrascht, dass er fast das Gleichgewicht verlor. Max heulte wie ein Verrückter, und Seth stimmte ein, wobei er an Tempo zunahm, während Caleb an seiner Seite blieb. Ich sah ihnen nach, wobei ich an meinen Bruder dachte und daran, dass er Teil dieser Gruppe hätte sein sollen.

Sein Verlust hatte mich zutiefst getroffen, und ich arbeitete hart daran, diesen Gedanken aus meinem Kopf zu verbannen. Ich wusste, dass ich erneut zusammenbrechen würde, wenn ich jetzt weiter darüber nachdachte.

»Hey, Xavier!«, rief Seths jüngere Schwester Athena mir zu, die auf Hadley Altairs Rücken in Sicht kam, ihre Arme und Beine um ihn geschlungen.

Hadleys Vampirzähne waren ausgefahren, und er hatte ein Funkeln der Aufregung in den Augen, als er mich ansah. Er war Caleb in vielerlei Hinsicht ähnlich, aber seine dunklen Gesichtszüge verliehen ihm einen grüblerischen Ausdruck, der genau zu seiner Persönlichkeit passte. Athenas schwarze Haare, die von violettfarbenen Strähnen durchzogen waren, flatterten im Wind, als sie von Hadleys Rücken sprang und stattdessen an meiner Seite zu rennen begann, während Hadley ihr nachblickte.

»Wir machen ein Wettrennen«, sagte sie. »Hadley darf seine Tornado-Beine nicht benutzen. Wollt ihr mitspielen?«

»Na klar!«, rief Sofia, und Tyler wieherte zustimmend.

»Ich passe«, erwiderte ich knapp.

Athenas Zwillingsbruder Grayson kam in seiner Wolfsform in Sicht, in der er einem riesigen Husky ähnelte – genau wie die seiner Schwester. Er schnappte spielerisch nach Hadleys Hintern, was diesen zum Fluchen brachte, während er versuchte, seinen scharfen Zähnen auszuweichen, und er schoss vorwärts, um mit uns Schritt zu halten.

»Komm schon, Xavier!«, drängte Athena. »Der Gewinner darf den Verlierer zu allem nötigen, was er will.« Sie kam näher und flüsterte mit gedämpfter

Stimme. »Du musst nicht einmal gewinnen, ich will Hadley nur schlagen, damit ich ihn wieder zu meinem Bitch Boy machen kann.«

»Ich kann dich hören, Athena«, knurrte Hadley.

»Du weißt, warum ich zugestimmt habe, mit dir zu spielen, du Blutsauger«, gab Athena zurück. »Jede einzelne unserer Interaktionen dient nur dazu, dass ich dir beweisen kann, wie überlegen ich dir in jeder Hinsicht bin.« Sie grinste, als sie sah, dass ihn diese Stichelei wütend machte und seine Augen dunkel aufflackerten.

»Dann hättest du inzwischen lernen sollen, wie falsch du doch liegst, Capella«, fuhr er sie an.

Manchmal schien es, als wären die beiden voneinander besessen. Und manchmal war es, als wollten sie einander umbringen. Ich vermutete, dass es um Macht ging. Aber als ich daran dachte, wie mein eigenes Machtspiel mit Tyler ausgegangen war, fragte ich mich, ob sich zwischen den beiden nicht noch etwas anderes zusammenbraute.

Athena verpasste mir einen Klaps auf den Arm, und ich fluchte. »Schlag zurück, komm schon, Xavier!«

»Ja, mach sie fertig, Xavier!«, jubelte Sofia und Tyler stieß ein ermutigendes Wiehern aus.

»Nein«, grunzte ich.

»Na gut«, sagte Athena leichthin, schoss an mir vorbei und versetzte Sofia stattdessen einen Schlag gegens Bein, woraufhin diese überrascht wieherte. »Ich habe deine Stute geschlagen. Was wirst du dagegen tun?« Sie huschte hinter Tyler, der versuchte, ihr mit einem Hinterhuf einen Tritt zu versetzen, aber Athena war schnell und sprintete um ihn herum, um seinen Angriffen auszuweichen. Ich hörte ihr Lachen, und mein Puls hämmerte immer lauter.

»Ich erwische sie.« Sofia sprang auf Tylers Rücken auf die Füße; in ihren Augen loderte ein rachgieriges Feuer, das verdammt heiß war. Aber ich war ihr Dom und wollte derjenige sein, der Athena jetzt in ihre Schranken wies.

»Okay, ich mache mit«, verkündete ich. »Ich werde vor dir am Meer sein, Athena.«

Sie lachte, zeigte mir den Mittelfinger, sprang dann vor und verwandelte sich in ihre schwarz-graue Wolfsform. Ihr Bruder Grayson heulte auf, bevor er sich ebenfalls in Bewegung setzte.

»Hey – du kannst deine Formgebung nicht benutzen, wenn ich es nicht kann«, blaffte Hadley, aber Athena war schon weg. Er fluchte, rannte weiter und machte den Eindruck, als wäre er im Begriff, seine Geschwindigkeit zu nutzen. Aber er war stur genug, sich an die Regeln zu halten, auch wenn sie ihn benachteiligten.

Ich nahm meinen Rucksack von den Schultern und warf ihn Sofia zu, die sich wieder auf Tyler setzte.

»Wirst du dich verwandeln?«, fragte sie. Ein Lächeln erhellte ihr Gesicht, das daraufhin regelrecht leuchtete.

Diese Entscheidung machte sie glücklich – und das reichte aus, um sie zu festigen. Mitten im Lauf verwandelte ich mich, wobei meine Klamotten zerrissen. Meine vier Hufe trafen auf den Boden, und das Wiehern, das sich mir entrang, klang wie ein Schlachtruf. Sofia und Tyler wiederholten ihn, während ich bereits im Begriff war, die Führung zu übernehmen.

Fliederfarbener Glitzer rieselte aus meiner Mähne, der Wind rauschte über mich hinweg und ich fühlte mich so lebendig wie schon seit Tagen nicht mehr. Darius' Tod hatte mein Herz gefühllos gemacht, aber jetzt war ich wieder wach und suchte nach etwas Gutem jenseits all der Tragödie, wenn auch nur für einen Moment.

Instinktiv versuchte ich, meine Flügel zu bewegen, und ein klagendes Wiehern entfuhr mir, als ich die Leere spürte, die sie hätten ausfüllen sollen. Ich galoppierte weiter, den Blick auf Athenas und Graysons flauschige Schweife gerichtet, und legte einen Zahn zu.

Ich war schneller als der Wind, der mächtigste Pegasushengst meiner Generation, und holte sie mühelos ein. Bald führte ich auch Tyler an ihnen vorbei.

Eine Gruppe von Minotauren – alle in ihrer verwandelten Form –, versperrte uns den Weg nach vorn. Hörner kringelten sich von den Köpfen der Stiere nach oben, während ihre Kühe zum Himmel muhten. Ich bahnte mir meinen Weg durch sie hindurch, ließ Glitzer über sie fallen und sprang dann über eine Familie von Teumessischen Fuchswandlern.

Ich lag im Rennen weit vorn, und während die Rebellen noch über steiniges Land rannten, entdeckte ich in der Ferne einen Schimmer von Sonnenlicht im Meer tanzen.

Torys Flügel waren ein kräftiges Leuchtfeuer. Sie zog einen Schweif aus funkelnder Glut hinter sich her, um unseren Weg zu markieren. Es fühlte sich so gut an, endlich etwas zu tun, selbst wenn es nur etwas Simples war, wie einen Zufluchtsort für alle zu finden. Es war definitiv besser, als in den Ruinen zu sitzen und darauf zu warten, dass mein Vater uns fand.

Der Boden bebte unter den zahllosen Herden, die alle mit hoher Geschwindigkeit über ihn hinwegzogen. Es herrschte eine Hoffnung, die ich seit der Schlacht nicht mehr gespürt hatte.

Die Oscura-Wölfe heulten zum Himmel, ein Meer aus Fell und scharfen Zähnen, und ich rannte direkt auf sie zu, schlängelte mich durch ihre Reihen und bekam dabei ein paar Bisse an den Knöcheln ab.

Der Instinkt, vor ihren Mäulern davonzufliegen, war so stark, dass ich stolperte. Tyler wäre fast mit mir zusammengestoßen, bevor ich es schaffte, mich wieder aufzurichten. Hitze flutete meinen Nacken, und Scham überkam mich. Ich war jetzt nur noch ein flugunfähiges Pferd. Ich wusste nicht einmal, wie man ein Pferd nannte, das ein Horn und keine Flügel hatte. Ich hatte noch nie von so etwas gehört.

Ich schaute zum Himmel und sehnte mich danach, mich den anderen fliegenden Formgebungen dort oben anzuschließen, die sich kreisförmig durch die Luft bewegten. Es war mein liebster Ort auf der Welt, und jetzt würde ich ihn nur noch aus zweiter Hand erleben können. Ich würde nie mehr mit den Flügeln schlagen und dem Strom einer Brise folgen, und das war ein Verlust, mit dem ich nie gerechnet hätte.

Was das Ganze noch schlimmer machte, war die Tatsache, dass ich meine Formgebung so lange hatte verstecken müssen. Ich hatte so viele Momente in der Luft verpasst. Jetzt hatte er mir etwas genommen, das mich zu dem gemacht hatte, was ich war, und das war so verdammt unfair. Aber es war wirklich das Geringste, was er mir genommen hatte. Den Verlust meiner Mutter und meines Bruders hatte ich noch gar nicht wirklich zu verarbeiten begonnen.

Ich erwartete nach wie vor, dass sie wieder auftauchten, durch die nächste Tür traten und mich so begrüßten, wie sie es immer getan hatten.

Aber das würde ich nie wieder erleben. Sie waren fort. Und ich glaubte nicht, dass ich jemals wirklich ohne sie zurechtkommen würde. Der Schmerz war zu präsent und schien eher noch schärfer zu werden als nachzulassen.

Sofia und Tyler taten alles, um mich zu trösten, aber es gab keinen Trost in einem gewaltsamen Tod, der von dem Mann verübt worden war, der mich gezeugt hatte. Er hatte mir alles genommen, was er mir hatte nehmen können, und ich war mit einem Hass zurückgeblieben, der mich bis zum Rand füllte. Glück fühlte sich nach einer längst vergessenen Erinnerung an, die nicht wieder zurückkehren würde.

Ich wieherte, als dieser Schmerz sich erneut in mir ausbreitete. Jetzt, da er entfesselt war, schien es unmöglich, ihn zu unterdrücken. Ich bäumte mich auf, meine Hufe trafen den Rücken eines Oscura-Wolfes, der aufschrie und mir aus dem Weg sprang. Tyler galoppierte schnell, um mit mir Schritt zu halten. Das Geräusch seiner Hufe wiederholte das meiner eigenen Schritte, während er mit Sofia auf seinem Rücken an meiner Seite blieb.

Ich ritt weiter, so schnell es meine Hufe zuließen, und stieß jeden zur Seite, der es wagte, mir in den Weg zu treten. Ich schnappte nach den Beinen der Wölfe, wie sie es bei mir getan hatten, und sie machten Platz für mich, sodass ich mitten durch sie hindurch galoppieren konnte.

Der riesige Schatten von Dantes Sturmdrachenform fegte über uns hinweg. Ein wütender Wind begleitete ihn, drückte von hinten gegen uns und trieb uns noch schneller voran. Die Luft knisterte vor Spannung, als sie von seinen Schuppen abprallte, und das Adrenalin pochte in meinem Blut.

Ich bewegte mich fast so schnell wie die fliegenden Formgebungen über mir. Meine Hufe fühlten sich schwerelos an, als könnten sie vom Boden abheben und mich in den Himmel befördern. Aber das war nur eine Illusion, denn als sich meine Schulterblätter sehnsüchtig in Richtung meiner nicht vorhandenen Flügel reckten, trug mich kein Wind in die Lüfte.

Ich wieherte, und Tyler wiederholte den Laut, um meine Sehnsucht anzuerkennen, während Sofias Finger meinen Rücken streiften.

Der Boden fiel unter meinen Hufen ab, und mein Blick blieb auf dem glitzernden Meer hinter einem langen Sandstrand hängen.

Ich war unter den Ersten, die es an den Strand schafften, keuchte, als ich zum Stehen kam, und verwandelte mich wieder in meine Fae-Gestalt. Sofia warf mir ein paar Kleidungsstücke aus ihrem Pegobag zu, und ich zog den Overall an und steckte meine Füße in ein Paar Schuhe aus Blättern, die sich überhaupt nicht stabil anfühlten und irgendwie albern aussahen. Aber egal.

Athena und Grayson schafften es bis zum Strand, kamen ins Schleudern und landeten in einem Kuddelmuddel im Sand, wodurch alle Umstehenden – auch ich – von den aufgescheuchten Sandkörnern getroffen wurden. Ich seufzte und wandte mich dem Meer zu, während sich Tory Vega auf die Schulter eines riesigen Zerberus – Geraldine – hockte.

Sie kratzte Geraldine hinterm Ohr, woraufhin deren Hinterbein zu zappeln begann. Ihr Schwanz wedelte wie wild, und noch mehr Sand landete in meinem Gesicht.

Ich schnaubte, entfernte mich von ihnen, verschränkte die Arme vor der

Brust und wartete auf den Rest der Rebellen. Hadley tauchte auf und versuchte, sich an den Minotauren vorbeizudrängen, die muhend und schnatternd beisammenstanden. Knurrend bahnte er sich einen Weg zu uns.

»Wie kommt es, dass ihr alle eure Formgebungen nutzen dürft, ich aber nicht? Das macht das Spiel ungültig«, schnauzte er Athena an, und sie stürzte sich in ihrer Wolfsform auf ihn und versuchte, ihn zu Boden zu werfen. Er schoss davon, bevor sie ihn festhalten konnte, drehte sich um und packte sie so heftig am Genick, dass sie erschlaffte.

»Hab ich dich!«, rief er lachend, während sie mit den Vorderpfoten um sich trat, aber sie konnte sich nicht aus seinem Griff befreien.

Sie verwandelte sich und stand plötzlich nackt vor uns – immer noch mit Hadleys Hand in ihrem Nacken. Aber als sie versuchte, einen Satz nach vorn zu machen, um sich zu befreien, ließ er nicht los.

»Du hast den Regeln zugestimmt, Blutsauger. Xavier hat gewonnen. Also, was soll Hadley machen?«, rief sie mir zu.

Hadleys Blick fiel auf Athenas nackten Hintern, und sein Griff wurde wesentlich lockerer. Sie nutzte seine Ablenkung, indem sie sich losriss, herumwirbelte und ihm eine scheuerte.

»Du Schlampe!«, knurrte er, stürzte sich nach vorn, um sie wieder zu fangen, und prallte gegen einen Luftschild.

Sie lachte laut und zeigte ihm zwei Mittelfinger, während er versuchte, die Barriere zu durchbrechen.

»Ich will, dass du eine Woche lang nett zu Athena bist«, sagte ich, und Hadley drehte sich zu mir um.

»Was?«, blaffte er.

»Ihr zwei würdet so gut miteinander auskommen, wenn ihr aufhören würdet, so verbissen zu sein«, sagte ich achselzuckend, da ich wusste, dass ihre Beziehung mehr beinhaltete, als sie der Welt gegenüber zugeben wollten.

Ich hatte es selbst gesehen. Und ich hatte auch gesehen, was mit meinem Bruder passiert war, nachdem er so lange so getan hatte, als würde er Tory Vega hassen. Er hätte so viel glücklicher sein können, wenn er nur … wenn er …

Meine Gedanken gerieten in einen Strudel des Elends, und ich wandte mich von ihnen ab und ging auf Tory und Geraldine zu.

Tory sprang vom Zerberusrücken und landete vor mir im Sand. Mit einem Blick konnte ich erkennen, dass sie wusste, woran ich dachte. Sie nickte sanft, und Traurigkeit füllte ihre Augen, bevor sie auf mich zukam und mit ihrem Stiefel meinen Fuß berührte.

»Wie geht es dir damit, ihn zurückzulassen?«, fragte ich mit rauer Stimme. Ich hatte erst heute Morgen den Schrein für Darius, Mom und Hamish besucht, frische Blumen um sie herum gestreut und mit ihnen allen gesprochen, als könnten sie mich hören. Ich war noch nicht bereit für einen weiteren Abschied, aber zumindest wusste ich, dass ich dorthin würde zurückkehren können, sobald es sicher war.

»Er ist nicht dort«, sagte sie leise, und ihre Augen wanderten zu dem Berg, auf dem wir sie alle zurückgelassen hatten, bevor sie eine Hand auf ihr Herz legte. »Er ist hier.«

Ich nickte, meine Kehle wurde trocken und blockierte den Sauerstofffluss meiner Atemwege.

»Hilfst du mir?«, fragte sie, und ich nickte, erleichtert, etwas tun zu können, um nicht in diesem Moment der Qual zu verharren.

»Womit?«, fragte ich.

»Wir werden uns aus diesem Land eine Insel schnitzen und aufs Meer hinausschwimmen.«

Ich wurde hellhörig und blickte zurück auf die hügelige Landschaft, die wir hinter uns gelassen hatten, und das grüne Gras, das die Hänge bedeckte. So weit mein Auge reichte, sah ich nur Mitglieder unserer Armee. Und die restlichen Tausenden rasten auf uns zu, eine Masse aus bunten Federn, Schuppen, Fell und Reißzähnen.

»Wie groß?«, fragte ich.

»Sagen wir mal … von hier bis zu dem Hügel mit dem Baum auf der Spitze.« Sie zeigte auf den Hügel in der Ferne, etliche Kilometer von hier entfernt.

Sie runzelte konzentriert die Stirn, als sie zu wirken begann, und der Boden unter uns bebte, bevor das Land jenseits des Hügels aufbrach. Ein gigantischer Riss zog sich durch alle Täler und Hügel, und ich hob die Hände, fokussierte mich voll und ganz auf diese Aufgabe und arbeitete daran, diesen Riss zu vergrößern. Es fühlte sich gut an, wirklich verdammt gut, meine Magie freizulassen. Es war eine Erleichterung, die allmächtige Kraft, die in mir lebte, einfach zu entfesseln und zu beobachten, wie sie den Boden spaltete.

Immer mehr Erdelementare eilten herbei, um uns zu helfen. Caleb und Seth standen Schulter an Schulter, während sie gemeinsam ihre Magie wirkten, während Geraldine ihre Zerberusform verließ, um sich ihnen anzuschließen, und nackt und stolz an Torys Seite stand.

Der Abgrund wurde immer tiefer, und ein dröhnendes Geräusch erfüllte die Luft, als wir das Land spalteten und eine riesige Insel schufen, die wir uns zu eigen machen konnten.

Als der Riss auf das Meer und die Klippen am anderen Ende unseres Blickfelds traf, bröckelte der Strand unter unserer unbändigen Kraft. Max und sein Vater rannten zum Ufer und ließen das Meer in den von uns geschaffenen Abgrund strömen. Es kam schnell, und der Boden unter unseren Füßen bewegte sich, als er sich über die Wellen erhob. Unsere neu geschaffene Insel schwamm. Alle jubelten, als eine riesige Welle vom Ufer aufstieg und uns alle überspülte. Die Insel setzte unter dem Jubel und den Anfeuerungsrufen der Rebellen die Segel.

»Ich erkläre diese Insel fortan zur …«

»Moment mal!«, sagte Seth, hielt eine Hand hoch und eilte barfuß und in Jogginghose herbei. Seine Augen leuchteten vor Aufregung. »Ich denke, wir sollten über den Namen abstimmen …«

»Unsinn«, spöttelte Geraldine abweisend.

»Leute, denkt doch mal darüber nach! Dieser Name wird in die Geschichte eingehen. Und Geraldine hat sich selbst als Arschloch bezeichnet. Absichtlich! Wollen wir das wirklich riskieren?«

»Du bist nicht einmal ein vereidigtes Mitglied des Hofes der wahren Königinnen«, tadelte Geraldine. »Und ich bin bekannt für meine wunderbaren und treffenden Namensgebungen.«

»Lass sie einfach, Seth«, murmelte Max, und Seth protestierte, aber ich beteiligte mich nicht an der Debatte – keiner von uns hier würde in einem Streit mit Geraldine gewinnen. Warum also Energie darauf verschwenden?

»Die Wahl liegt bei dir, meine Königin«, sagte Geraldine und blickte zu Tory, die nicht einmal zuzuhören schien.

»Was die Namenssache angeht?«, fragte sie, und Seth versuchte, seinen Dackelblick in ihre Richtung zu lenken, aber sie schien es nicht zu bemerken. »Mir egal.«

»Dann werde ich die Last der Namensgebung für dich tragen, Majestät«, verkündete Geraldine überschwänglich und erhob ihre Stimme, während Seth erneut versuchte, zu protestieren. »Hiermit erkläre ich diese Insel zur Provinz der Opposition!«, donnerte sie und verstärkte ihre Stimme mit einem Zauber, wodurch ihre Worte von jedem Hügel widerhallten, den wir für unser neues Refugium beansprucht hatten.

»P. O.?«, fragte Seth wütend. »Jetzt sind wir also alle nur noch Arschlöcher an einem Hinterteil? Ich habe euch gesagt, dass sie das tun würde. Ich habe gesagt, dass sie ...«

»Papperlapapp, Seth Capella, Eifersucht steht dir nicht. Vielleicht wirst du, sobald du dich auf diesem hübschen Land vor deiner Königin verbeugt hast und ein echtes A. N. U. S.-Mitglied geworden bist, aufhören, so offensichtlich nach Aufmerksamkeit zu heischen.«

Die ehemaligen Ratsmitglieder warfen einander ebenfalls einen Blick zu, aber niemand hörte ihnen zu, als sie versuchten, Einwände zu erheben. Denn die Rebellen brachen bereits in eine Feier aus, die niemand aufhalten konnte.

»Wohin?«, fragte Seth Tory, womit er sich einen missbilligenden Blick seiner Mutter einfing.

»Ganz egal«, sagte sie. »Wir bewegen uns so willkürlich wie möglich.«

»Darin bin ich begabt«, sagte er grinsend, bevor er seine Hände hob und einen gewaltigen Wind erzeugte, der die Insel weit aufs Meer hinausschob.

Ich trat vom Ufer zurück, atmete die frische, salzige Luft ein und hoffte, dass wir diesen Ort wirklich vor Lionel würden geheim halten können. Denn die meisten Leute, die mir auf der Welt etwas bedeuteten, befanden sich genau hier auf diesem schwimmenden Stück Land. Und ich hatte nicht vor, noch jemanden von ihnen durch diesen Krieg zu verlieren.

Gemini
Scorpio
Virgo
Aries
Cancer
Leo
Sagittarius
Taurus
Capricorn
Aquarius
Libra
Pisces

GABRIEL

KAPITEL 24

Ich *sah* unzählige Szenarien, alle waren blutgetränkt und voller Leid. Der Schlafentzug forderte seinen Tribut von mir. Ich konnte nicht kontrollieren, wohin meine Visionen gingen, und meine Gedanken schweiften zu denen, die ich liebte, obwohl ich mich mit aller Kraft bemühte, nicht in ihre Richtung zu schauen.

Das Schlimmste an meinem immer labileren Zustand war, dass ich meine eigene Zukunft sah. Das Schicksal, das mir im Nacken saß und mich in seinen bedrohlichen Schatten hüllte. Es gab keinen Weg, ihm zu entkommen, keinen Weg, den ich erkennen konnte, der Lionel Acrux davon abhalten würde, durch seinen Zyklopen-Diener Vard Zugang zu meinen Visionen zu erhalten. Sobald meine mentale Abwehr zusammenbrach, würde er in meinen Kopf eindringen und jede Vision, die ich innerhalb dieser Mauern bekommen hatte, durchforsten. Ich würde so viel wie möglich verbergen, aber ich würde nicht alles verschleiern können. Und wenn er erst einmal Zugang zu meinen Visionen hatte, würden Lionels Pläne schreckliche Folgen haben.

Meine einzige kleine Gnade war, dass Lionel Acrux nicht mit Dunkler Manipulation in meinen Kopf eindringen konnte. Und es war mir ein verdammtes Vergnügen gewesen, zu sehen, wie er darüber den Verstand verlor. Die Macht der Phönixe vereitelte sein Tun erneut, und das war eine unglaublich schöne Sache. Ich dankte den Sternen für den Phönix-Kuss, der meinen Ringfinger kennzeichnete und mich davor bewahrte, zu einer Marionette seines Willens zu werden.

Ich sträubte mich gegen die Fesseln, die mich an den Glasthron im Herzen der Königlichen Seherkammer banden, und fand für eine Sekunde zurück in die Gegenwart. Vor mir erstreckten sich Wände, die mit Porträts von Sehern aus vergangenen Jahren gesäumt waren. Die gemalten Augen meiner eigenen Mutter beobachteten mein Leiden, bevor die Intensität meiner eigenen Gabe mich wieder fortzog. Dieser Ort war dafür geschaffen, mir Visionen zu schenken.

Selbst wenn ich noch über genug Kraft verfügt hätte, hielten die Fesseln an meinen Handgelenken meine Magie in Schach. Ich hatte also keine Verteidigungsmöglichkeiten und war einfach ein Sklave des *Sehens*.

Diese Fähigkeit konnte wahrhaftig ein Fluch sein. Ich musste unzählige Tode bezeugen und mit *ansehen*, wie meine Frau und meine Familie immer wieder einem blutigen Schicksal erlagen, während ich versuchte, klar genug zu denken, um einen Weg zu finden, dies zu verhindern. Aber seit Beginn dieses Krieges hatten die blutigen Visionen immer mehr zugenommen – und die Last meiner Gabe war größer als je zuvor. Meine Familie und die Rebellen hatten sich auf mich verlassen, und ich hatte sie im Stich gelassen, indem ich Lionels zerstörerischen Plan nicht erkannt hatte, bevor es viel zu spät gewesen war. Und jetzt war ich hier gefangen und sollte als Waffe gegen sie eingesetzt werden.

Das Bild, wie ich auf dem Glasthron meinen eigenen Schädel einschlug, indem ich meinen Kopf dagegen warf, bis ich nicht mehr als Lionels Instrument benutzt werden konnte, um allen, die mir lieb waren, den Tod zu bringen, flackerte durch meinen Kopf.

Mein Puls beschleunigte sich, als ich *sah*, wie diese Versuche scheiterten, dann, wie mein Nacken fest an den Sitz geschnallt und auch eine Kette um meine Stirn gespannt wurde. Bewegungsunfähig. Nein, das war nicht meine Antwort. Und ich war erleichtert darüber, denn ich wollte diese Welt noch nicht verlassen. Ich hatte noch so viel Leben vor mir, das hatten wir alle. Wenn ich nur einen Weg finden könnte, wie wir dieses Leben für uns beanspruchen könnten. Während meine Gedanken in diese Richtung abglitten, versuchte ich, die Visionen zurückzuhalten, aber meine Energie schwand und ich fiel in die Zukunft, die mir die Sterne boten.

Ich *sah* eine Insel im Meer schwimmen, und mein Herz zog sich vor Sehnsucht zusammen, als ich die Gesichter derjenigen *sah,* die ich liebte. Sie waren am Leben, mit erschöpften Augen, aber auch voller Entschlossenheit. Das Schicksal drehte sich nach links und rechts und änderte sich vor meinen Augen, sodass ich weder ihren Standort noch die Richtung erkennen konnte, in die sie sich bewegten, und ich dankte den verfluchten Sternen für die willkürliche Reise der Rebellen. Sie könnten überall in den Ozeanen der Welt sein, und ich konnte sie nicht finden, solange sie keine Fehler machten, keine festen Pläne schmiedeten.

Vorerst waren sie in Sicherheit.

Meine Gedanken wanderten zu Orion, und obwohl sein Schicksal wegen Lavinia etwas verschleiert war, spürte ich seinen Schmerz, *sah* die Wunden an seinem Körper und wusste, dass er sich in einem Käfig im Thronsaal befand. Ich konnte den Kampf in ihm spüren und wusste, dass mein Freund der Folter, der er ausgesetzt wurde, standhalten konnte. Aber mit jedem Tag, der vor meinem geistigen Auge verging, wurde er leerer und kälter. Es schien, als würde Lavinia einen Teil von ihm angreifen, der tief in seinem Inneren verborgen war, und Angst durchzuckte mich, als ich sah, wie er zu verblassen begann. Seine Entschlossenheit verwandelte sich in Akzeptanz, dann in Taubheit und schließlich in … nichts. Er wurde von innen heraus ausgehöhlt, das Feuer seines Wesens erlosch zu kaum mehr als einer glimmenden Flamme, und ich *sah* keinen Weg zurück.

»Bruder«, seufzte ich, verzweifelt bemüht, ihn durch die Gegenwart und

Zukunft hindurch zu erreichen, um ihm die Hoffnung zu geben, die ich in seinen Augen schwinden *gesehen* hatte.

Ich wandte meinen Blick Darcy zu, wie ich es schon oft getan hatte, aber ich *sah* nur Dunkelheit. Nichts hatte sich geändert. Was auch immer mit ihr geschehen war, befand sich tief in den Schatten. Ich hatte keine Antworten. Und vielleicht war das ein Segen.

Eine Hand umschloss meinen Hals, und eine Nadel bohrte sich in meinen Nacken, bevor etwas Eiskaltes in meine Venen eindrang. Ich kehrte in die Gegenwart zurück und sah Vard vor mir, der die Spritze wegsteckte, die er mir gerade injiziert hatte, bevor er mich losließ.

»Hallo, Seher«, sagte er, und mein Blick wurde auf seine linke Augenhöhle gelenkt, die dank Geraldine leer war.

»Mach schon«, erklang Lionels scharfer Tonfall hinter ihm, aber Vard nahm meine gesamte Sicht ein – von den grausigen schwarzen Haaren, die schlaff auf seine Schultern hingen, bis hin zu dem hungrigen Grinsen auf seinen Lippen, das mir das Gefühl gab, das frische Fleisch eines Wolfes zu sein. Aber ich war nicht seine Mahlzeit. Ich würde mit der Kraft, die mir noch blieb, kämpfen, aber allein der Gedanke erschöpfte mich und ich wurde immer schwächer.

»Was hast du mir gegeben?«, fragte ich, aber plötzlich wurde mir klar, was es war, als ich die Verbindung zu meiner Harpyie verlor.

»Nur ein kleines Formgebungsunterdrücksungmittelchen«, sagte Vard.

»Ich kann nicht mehr lange so weitermachen, ohne meine Magie aufzuladen«, sagte ich atemlos. Meine Muskeln zitterten vor Anstrengung, weil ich meine Gabe so lange benutzt hatte. Ich musste mich in einen Sonnenaufgang legen und meine Kraft wieder auffüllen, ich brauchte Schlaf, um meinen Geist von allem, was er wahrgenommen hatte, zu erholen. Es war zu viel. Es würde mich umbringen, wenn das nicht bald aufhörte.

»Tu es!«, befahl Lionel unter Missachtung meiner Worte, und Vards leere Augenhöhle rutschte in Richtung seines anderen Auges. Die beiden trafen sich in der Mitte und verschmolzen zu einer großen Kugel in der Mitte seines Gesichts. Obwohl diese auf der Seite, wo er sein Schattenauge verloren hatte, beschädigt war. Die Kugel war dort blutunterlaufen und mit hässlichen roten und blauen Adern durchzogen, die ihm beim Blinzeln Unbehagen zu bereiten schienen.

Er streckte die Hand nach mir aus, drückte seine Handfläche auf meine Stirnmitte, und ich erzwang instinktiv eine mentale Blockade gegen ihn, aber sie war jetzt brüchig, da sie bereits so vielen Durchbruchsversuchen ausgesetzt worden war. Und ich erkannte, dass meine Zeit gekommen war.

Ich hielt so lange durch, wie ich konnte. Der Ansturm seiner Macht prallte gegen meine mentalen Schutzschilde, und ein Brüllen entrang sich mir, als ich dieser einen Aufgabe das letzte bisschen Energie meines Körpers widmete. Es war zwecklos. Wie ein brechender Damm stürzten meine Mauern ein und Vard eroberte meinen Kopf. Seine Macht durchströmte mich gierig, und ein zufriedenes Grunzen verließ ihn, als er die Kontrolle über meine Gedanken übernahm.

Ich versuchte, alle Visionen zu verbergen, in denen meine Liebsten vorkamen, aber er war vorbereitet, klammerte sich jedes Mal an sie, wenn ich einen solchen Versuch unternahm, und zwang sie in den Vordergrund meines Geistes. Mit Entsetzen sah ich zu, wie er diese Visionen nahm, sie in seinen eigenen Geist holte und »ja, ja, ja« murmelte, während er alles, was ich *vorhergesehen* hatte, in sich aufsaugte, wie ein schrecklicher Staubsauger, der meinen Kopf aushöhlte.

»Hör auf!«, knurrte ich und kämpfte gegen meine Fesseln an, aber ich konnte nichts tun. Übelkeit überkam mich, und ich zuckte in seiner Gewalt, während er nahm und nahm und nahm.

»Endlich«, sagte Lionel erleichtert, seine eifrige Stimme näher als zuvor. »Nimm alles, Vard! Lass keine Vision zurück!«

»Aber das könnte ihn umbringen, mein König. Er schwindet bereits«, erklärte Vard. In dem Moment bekam ich einen Krampfanfall, meine Arme und Beine versteiften sich, und Schmerzwellen strömten durch meine Gliedmaßen.

»Ich sagte, nimm alles!«, fuhr Lionel ihn an. »Wenn du ihn umbringst, reiße ich dir die Leber raus und füttere dich damit. Ist das Motivation genug?«

»Ja, mein König«, stammelte Vard vor Angst, während er noch tiefer in meinen Kopf eindrang.

Ich spürte, wie sich der Tod näherte, und in meiner Peripherie schimmerte Sternenlicht. Alles, was ich tun müsste, war, mich ins Licht zu begeben, dann könnte ich den Schleier passieren. Ich verlor schnell das Bewusstsein, das Sternenlicht wurde heller, und das Flüstern der himmlischen Wesen, die mich lenkten, kam näher.

Sei mutig, Sohn des Schicksals!

Die Stimme der Sterne war ein Geschenk, zusammen mit einem Funken Kraft, an den ich mich mit meiner letzten Energie klammerte, ohne zu wissen, warum sie mir jetzt überhaupt etwas schenken wollten. Aber ich würde es nicht infrage stellen, wenn ich am Rande des Todes schwebte.

Irgendwo zwischen Schmerz und Dunkelheit fand ich wieder ins Leben zurück. Meine Augen öffneten sich einen Spalt, und ich hatte keine Ahnung, wie viel Zeit vergangen war. Ich wusste nur, dass Vard jetzt auf den Knien saß, sein pralles Zyklopenauge weit aufgerissen und sein Mund offen, während er meine Visionen für sich abspielte. Lionels Hand lag auf meiner Schulter, heilende Magie strömte von ihm in mich, und obwohl ich sie dringend brauchte, zuckte ich fluchend zurück.

»Kannst du den Aufenthaltsort der Rebellen *sehen*?«, fragte Lionel eifrig.

»Sie sind auf einer Insel, mein König«, sagte Vard aufgeregt. »Aber … oh.«

»Was ist?«, zischte Lionel.

»Sie bewegen sich willkürlich und schicken die Insel in alle Richtungen, um Vorhersagen zu umgehen«, erklärte Vard und zuckte zusammen, um sich auf einen Schlag vorzubereiten, der nicht kam. »Vielleicht wird Gabriel im Laufe der Zeit mehr sehen können.«

Lionel schnalzte mit der Zunge, trat vor mich und blickte mich kalt an. »Ich kann nicht zulassen, dass du verrückt wirst, Gabriel. Deshalb habe ich heute Morgen eine Aufgabe für dich. Die Sonne geht in knapp einer Stunde auf. Glücklicherweise ist das genau der Zeitpunkt, den ich für ein Fest für die Presse vorgesehen habe.«

»Nein«, keuchte ich, als ich *sah*, was er meinte.

»Doch.« Er lächelte grausam. »Einige der Rebellen, die wir gefangen genommen haben, waren für die Krone ziemlich nutzlos. In ihren Köpfen gab es nur sehr wenige hilfreiche Erinnerungen, und als Verräter gibt es für sie nur zwei Schicksale. Die vielversprechenderen Gefangenen wurden für ein spezielles … Projekt ausgewählt. Ich werde dich zur Hinrichtung der anderen in das Amphitheater bringen lassen, als Dankeschön für deine Dienste.« Er wandte sich von mir ab, packte Vard an der Schulter und zerrte ihn aus dem Raum. Die Tür fiel hinter ihnen ins Schloss.

Mein Kopf fiel nach vorn, mein Atem stockte, und mein Herz wurde schwer in meiner Brust. Ich hatte alle im Stich gelassen. Vielleicht hätte ich mich umbringen sollen, bevor Lionel mich während der Schlacht geschnappt hatte. Denn wenn sie einen Weg fanden, meine Visionen gegen meine Familie einzusetzen, war ich der Grund, warum sie vielleicht in einem frühen Grab landeten.

Ich stieß einen Schmerzensschrei aus und stemmte mich gegen meine Fessel. Oh, wie gern ich dieses Monster von einem Drachen getötet hätte. Wenn ich nur einen Weg *sehen* könnte … Aber die Sterne müssten mir eine Lösung verraten, die mir erlaubte, ihn zu töten, bevor er die Vision seines Mords aus meinem Kopf reißen konnte. Schließlich würde er mich aufhalten, sollte er im Vorfeld von seinem eigenen Tod erfahren.

»Gebt mir eine Chance! Ich würde dafür sterben, wenn es sein muss. Eine verdammte Chance«, bat ich die Sterne, aber sie verharrten in tödlichem Schweigen.

Die Tür öffnete sich erneut, und zwei große Drachenwandler huschten in ihrer Fae-Gestalt hindurch, lösten meine Fesseln und zerrten mich mit sich. Ich machte mir nicht die Mühe, sie zu bekämpfen, war zu schwach, um irgendetwas anderes zu tun, als mich von ihnen durch die luxuriösen Korridore des Palastes ziehen zu lassen, bis wir schließlich ins Freie traten.

Der Himmel färbte sich blass im aufkommenden Morgengrauen, und ich blickte zu den Sternen auf, die langsam vom Nachthimmel verschwanden und mich still aus ihrem Nest der Dunkelheit beobachteten. Mir war einmal gesagt worden, dass die Sterne unvoreingenommen seien, dass sie uns nur bestraften, wenn wir ihren Zorn auf uns zogen. Aber ich konnte beim besten Willen nicht sagen, womit ich all das verdient hatte. Der einzige Trost, den ich fand, war, dass es in meinem Leben Zeiten gegeben hatte, in denen alles unglaublich hoffnungslos erschienen war. Und irgendwie hatten mir die Sterne am Ende immer ein Licht geschenkt. Lagen noch Wege vor mir, die uns Erlösung bringen könnten? Oder befand ich mich auf dem letzten mir zur Verfügung stehenden Weg, auf dem alle Lichter um mich herum flackerten, bis ich in der Dunkelheit zurückblieb?

Ich wurde zum Amphitheater gebracht, dessen hohen geschwungenen Steinmauern in der Finsternis über mir aufragten, bevor ich durch eine Holztür zu dessen Basis gezerrt wurde.

Die Kälte schlug mir entgegen, die Luft war feucht und der Weg nach vorn wurde nur von Fackeln an den Wänden erleuchtet. Irgendwo hinter dem feuchten Gang, in dem ich mich befand, schrien und beteten Gefangene zu den Sternen. Das Geräusch unseres Herannahens schreckte sie auf. Mein Herz schlug dreimal so schnell, als wir einen Korridor passierten und ich einen Blick auf Rebellen erhaschte, die in Zellen eingesperrt waren. Ihre gefesselten Hände griffen durch die Gitterstäbe, und wilde, ängstliche Augen blickten mir entgegen. Aber ich hatte ihnen nichts zu bieten, konnte ihnen kein rettender Hafen sein.

»Wo ist meine Frau?«, schrie ein Mann aufgebracht. »Ihr Name ist Mary. Sie haben sie mitgenommen – wohin haben sie sie gebracht?«

Ein Blitz aus hellen Lichtern und teuflischer Magie bohrte sich in meinen Verstand, und ich *sah* eine Frau, die an einen Tisch gefesselt war und um Gnade bettelte. Das Bild war so schnell verschwunden, wie es aufgetaucht war, und hinterließ einen bitteren Geschmack auf meiner Zunge, während meine Glieder zitterten, als die Vision verblasste.

Ich wurde eine Steintreppe hinaufgeführt und dann hinaus auf den weitläufigen Sandring in der Mitte des Amphitheaters, der von Steinsitzen umgeben war.

Die Drachen schleppten mich zu einem Käfig aus Nachteisen an einer Seite des Rings, schlossen ihn auf und stießen mich hinein. Meine Beine gaben nach, und ich fiel zu Boden, als die Tür hinter mir ins Schloss krachte. Und schließlich blieb ich allein zurück.

Das Sandbett unter mir war so weich, und die Tage, in denen ich wach gehalten worden war, um meinen Geist zu schwächen, machten sich augenblicklich bemerkbar. Ich fiel in einen tiefen Schlaf und ließ mich von ihm auf silbernen Schwingen davontragen, die mir so vertraut waren, dass ich mich für immer in ihren seidenen Federn zusammenrollen wollte.

»Ich liebe dich, Gabriel. Du bist mein kleiner Stern, mein Wegweiser.«

Die Worte fühlten sich an wie eine längst vergessene Erinnerung, die aus den Tiefen meines Geistes aufstieg. Ich fühlte mich getröstet, wie es ein Junge in den Armen einer liebenden Fae tat – denn ein Teil von mir wusste, wem sie gehörten. Meiner Mutter.

* * *

Blut.

Als die Morgendämmerung anbrach, hatten die Nymphen die Rebellen bereits leer gesaugt. Insgesamt acht waren es gewesen. Männer und Frauen, mutige Fae, die unter dem Jubel der Menge gestorben waren. Ein Presseteam hatte jede Minute aufgezeichnet und live übertragen, um jedem im Königreich Angst einzujagen, der es wagen sollte, sich gegen den König zu stellen.

Die Rebellen hatten leiden müssen. Sie waren gezwungen worden, die Nymphen mit bloßen Händen zu bekämpfen, und einige von ihnen waren verstümmelt worden, bevor man ihnen den Gnadentod gewährt hatte. Die Nymphen hatten ihnen ihre Magie gestohlen, sich für die Herzen der stärksten Fae unter ihnen gegenseitig bekämpft. Während der letzten Momente des Blutbades hatte ich mich angewidert abgewendet.

Ich hatte all das aus dem Käfig am Rand des Sandrings beobachten müssen, und die selbstgefälligen Blicke, mit denen Lionel mich bedacht hatte, waren sehr vielsagend gewesen. Oh, es hatte ihm unglaublichen Spaß gemacht, mich dazu zu zwingen.

Die Rückkehr meiner geistigen Gesundheit, die mir durch die aufgehende Sonne zuteilwurde, verschaffte mir nur ein kleines Maß an Erleichterung. Endlich keimte auch Magie in meiner Brust auf. Mit den Fesseln an meinen

Handgelenken war das zwar nicht gerade von Vorteil für mich, aber es vertrieb den Wahnsinn aus meinem Kopf und ließ mich wieder klarer denken.

Lionel saß aufrecht auf seinem Thron, Lavinia an seiner Seite, mehrere große Drachenwandler um ihn herum, deren Magie bedrohlich in ihren Handflächen flackerte. Mildred war unter ihnen. Sie trug eine silberne Brustplatte und hatte ihren Kopf leicht nach hinten geneigt. Ihr ausgeprägter Unterkiefer knirschte bedrohlich. Lionel ging kein Risiko mehr ein, und ich hatte keinen Zweifel daran, dass er sich in einem soliden Luftschild befand und auch über zahlreiche andere Verteidigungszauber verfügte.

Die Menge applaudierte, als die Nymphen ihren Kampf beendeten und begannen, die Leichen in die unterirdischen Kammern des Amphitheaters zu schleppen, wobei sie blutige Spuren im Sand hinterließen.

Lionel stand auf und strich sich mit den Fingern über die Kehle, um einen verstärkenden Zauber zu wirken, bevor er sprach: »Unser Sieg wird lange nachwirken. Heute setzen wir unsere Feierlichkeiten fort, während die letzten Gefolgsleute der feindlichen Rebellen verängstigt in die Wildnis fliehen. Aber seid versichert, dass ich, euer mächtiger König, sie zur Strecke bringen werde. Ich werde nicht ruhen, bis auch der letzte Aufständische vernichtet und Solaria wieder in Sicherheit ist. Und um den Schutz der Bevölkerung vor den Verrätern zu gewährleisten, die noch auf freiem Fuß sind, erlasse ich ein neues Gesetz. Die Rebellen bestehen größtenteils aus den niederen Formgebungen. Dazu gehören etwa der Pegasus, der Minotaurus, die Tiberianische Ratte, die Sphinx, die Heptische Kröte, der Experianische Hirsch, aber auch etliche andere. Es ist meine Pflicht, ihre Macht einzuschränken, bis die Bedrohung durch die Aufständischen beseitigt werden kann. Daher benötigen alle Fae, die einer niederen Formgebung angehören, ab sofort eine Genehmigung, um sich zu verwandeln oder ihre Gaben in der Öffentlichkeit zu nutzen. Jeder niedere Fae, der dabei erwischt wird, wie er die Fähigkeiten seiner Formgebung aggressiv einsetzt, wird ohne Wenn und Aber verhaftet.«

Ein Knoten des Grauens bildete sich in meiner Brust, als er die Rebellen als Vorwand benutzte, um noch mehr Fae zu kontrollieren und jene, die er als minderwertig ansah, ihrer Rechte zu berauben. Es machte mich krank. Und er war außerdem ein verdammter Lügner, denn die Rebellen bestanden aus allen möglichen Formgebungen. Und sie waren alle bereit, zu sterben, um die Rechte der anderen zu sichern.

»Lang lebe der König!«, rief Lavinia, stand auf und nahm Lionels Arm, während ihre Worte lautstark wiederholt wurden.

Lionel und sein Gefolge schlüpften durch eine Tür hinter seinem Thron. Beim Schließen der Tür flackerte Magie auf – ein deutliches Zeichen dafür, dass ihnen niemand folgen konnte.

Der Rest der Menge begann, das Amphitheater zu verlassen, einige verhöhnten mich, während sie vorbeigingen, während andere es ablehnten, mir auch nur in die Augen zu sehen. Ein blasses Kleinkind fing vom Arm seiner Mutter meinen Blick auf, und mir stockte der Atem bei dem Gedanken, ein Kind zu einer solch blutigen Veranstaltung mitzunehmen. Ich vermisste mein eigenes Kind von ganzem Herzen und wusste, dass ich es niemals den Grausamkeiten aussetzen könnte, die ich heute hier gesehen hatte.

Ich war erleichtert, als die Menge verschwunden war. Die Stille war ein

Segen, nachdem ich so lange in der Königlichen Seherkammer gefangen gewesen war und mehr Visionen hatte gleichzeitig ertragen müssen als je zuvor. Wenn ich so tief in meiner Gabe versank, hatte ich manchmal nicht mehr das Gefühl, ich selbst zu sein. Ich war nur ein Medium, durch das die Sterne ihre ewigen Pläne kanalisierten. Dann kreisten die Möglichkeiten des Schicksals durch meinen Kopf, und es waren tausend Rätsel, die ich entschlüsseln musste.

Die Verantwortung für all das erschöpfte mich. Ich wusste, dass ich möglicherweise entscheidende Antworten und mögliche Wege in der Hand hielt, die meinen Schwestern helfen könnten, diesen Krieg zu gewinnen. Die Aufgabe, herauszufinden, welche Wege ihnen zum Vorteil gereichen könnten, lastete schwer auf meinen Schultern. Aber im Moment wollte ich einfach nur meine Augen schließen und nie wieder eine Vision haben.

Ich lehnte meine Stirn gegen die Gitterstäbe, die ich mit den Händen umklammert hielt, während ich in der Stille badete. Ich wusste, dass diese nicht mehr lange anhalten würde. Auch ohne meine Gabe konnte ich vorhersagen, dass Lionel noch lange nicht damit fertig war, mich für Visionen zu foltern, die er gegen meine Familie und Solaria als Ganzes verwenden konnte.

Ich blinzelte, als ich herannahende Schritte hörte, und sah, wie Orion von zwei großen Männern in marineblauen Gewändern über den Sand geführt wurde. Seine Hände waren gefesselt, und er trug ein Halsband aus Schatten, aber in seinem Blick lag Erleichterung, als er mich entdeckte. Er trug ein enges weißes T-Shirt mit dem Symbol eines jadegrünen Drachen auf der Brust, darüber die Worte *Nur ein Typ, der seinen Drachenkönig liebt.*

Einer der Männer entriegelte meinen Käfig und riss die Tür weit auf. Dann wandte er sich ab und verschwand durch eine schwere Metalltür, die er fest hinter sich schloss. Wir waren allein. Ich blickte mich verwirrt um und rief meine Gabe an, obwohl ich mich immer noch wie ein Wrack fühlte. Aber als ich keine Gefahr spürte, lief ich los und schloss meinen Interstellaren Verbündeten in die Arme.

Er drückte mich fest an sich und stieß einen schweren Seufzer aus. »Hey, Noxy.«

»Bei den Sternen, Orio, geht es dir gut?« Ich wich einen Schritt zurück, hielt aber seine Schultern fest, während ich seinen Gesichtsausdruck musterte.

Eine heftige Vision überrollte mich, und ich zuckte zusammen, als ich ihn blutig und mit blauen Flecken auf dem Steinboden eines Käfigs liegen *sah*. Es war die Vision, die mich seit meiner Ankunft im Palast verfolgte. Ich konnte nicht über das *hinaussehen*, nicht einmal, wer dafür verantwortlich war, was mich zu dem Schluss führte, dass es Lavinia sein musste.

»Na ja, ich trage dieses beschissene T-Shirt, das nicht einmal die richtige Größe hat. Ich würde also sagen, dass ich schon bessere Tage gesehen habe«, sagte er und legte den Arm um mich, während er die Stirn runzelte. »Was zur Hölle wollen die von dir?«

»Meine Visionen, was sonst?«, murmelte ich. »Sie haben alles genommen, was ich *gesehen* habe. Ich habe meine mentalen Schutzschilde so lange wie möglich aufrechterhalten, aber ich ...« Ich senkte den Blick, als die Schuldgefühle mich überkamen, und Orion umklammerte meinen Arm fester.

»Du hast getan, was du konntest.«

Ein Kloß bildete sich in meinem Hals, als ich vage nickte, weil ich wusste, dass das stimmte. Aber es half nicht, den Druck in meiner Brust zu lindern. Ich schaute mich um und betrachtete die hohen Mauern, die den Sandring umgaben, und als ich in die Zukunft blickte, um zu *sehen*, ob wir auf diese Weise entkommen könnten, *sah* ich, wie wir von den Drachenwachen gefangen genommen wurden, die auf dem Gelände postiert waren. Ich hatte keinen Zugang zu meiner Formgebung, da Vard mir ein Formgebungsunterdrückungsmittel injiziert hatte, sodass ich uns nicht herausfliegen könnte.

Plötzlich *sah* ich, wie Orion in mein Handgelenk biss, und hob die Brauen.

»Du bist hier, um von mir zu trinken«, sagte ich, als ich verstand.

»Es muss mehr als das sein ...« Er musterte den blutbefleckten Boden, die Stille um uns herum war drückend.

Ich rief erneut meine Gaben an und trat einen Schritt zurück, als ich die Wahrheit in dem erkannte, was ich *sah*. »Lionel glaubt, dass ich mehr von deinem Schicksal herausfinden kann, wenn ich in deiner Nähe bin. Um zu erfahren, ob du gegen ihn intrigierst oder andere Fluchtpläne hast, die er vereiteln muss.«

Orion ließ die Schultern hängen. »Tja, dann ist heute wohl mein Glückstag«, entgegnete er nüchtern. »Ich habe weder das eine noch das andere.« Seine Augen funkelten, als ihm etwas klar wurde, und er sah mich geschockt an. »Warte, du weißt nicht, dass Darcy hier ist, oder? Du kannst sie nicht *sehen*.«

»Sie ist hier?«, keuchte ich und taumelte näher zu ihm. »Was ist mit ihr passiert?«

Orions Gesicht wurde ernst, und er begann, von dem Fluch zu erzählen und wie die Schattenbestie im Kampf von meiner Schwester Besitz ergriffen und das Blatt gegen uns gewendet hatte. Sie hatte sie gezwungen, gegen ihr eigenes Volk zu kämpfen. Es brach mir das Herz, zu wissen, dass Darcy das durchgemacht hatte, und jetzt bot sich Orion selbst als Opfer an, um sie vor diesem grausamen Schicksal zu bewahren.

»Ich werde hierbleiben, bis die drei Mondzyklen vorüber sind«, schloss er düster. »Ich habe keinen anderen Plan, aber mit jedem verstreichenden Tag fürchte ich, dass die Schattenbestie einen immer größeren Anspruch auf sie erhebt. Und auf ihre Magie.«

Ich richtete meine Gabe auf die Zukunft meiner Schwester, aber konnte nichts erkennen. Alles war trübe, in Schatten gehüllt. Wenn die Chance bestand, dass sie all das überstand, dann konnte ich es nicht vorhersagen.

»Danke«, sagte ich mit belegter Stimme. »Dass du das für sie tust. Obwohl ich wünschte, es gäbe einen anderen Weg.«

»Ich auch, Bruder«, sagte er, und ein kalter Wind fegte um uns herum, während wir zusammenstanden, gefesselt an das dunkelste aller Schicksale.

»Das mit Darius tut mir so leid«, sagte ich. In dem Moment, in dem ich die Wahrheit *gesehen* hatte, war mein Herz für Tory gebrochen und die Traurigkeit hatte mich überwältigt.

Orions Gesichtszüge verkrampften sich vor Schmerz, und er nickte traurig, ohne etwas zu sagen, obwohl sein verzweifelter Gesichtsausdruck alles sagte.

»Hast du die anderen *gesehen*? Sind sie in Sicherheit?«, fragte er.

»Ja, ich habe sie *gesehen*. Sie sind zusammen, aber glücklicherweise kann ich nicht *sehen*, in welche Richtung sie gehen oder was sie vorhaben. Meine Familie ist sehr versiert darin, zu vermeiden, dass ich ihre Schritte vorhersagen kann. Ich hoffe also, dass sie allen Rebellen beibringen, jede Entscheidung dem Zufall zu überlassen.«

»Leon wird das großartig machen«, sagte Orion mit einem Halblächeln, und ich lächelte zurück und stieß einen belustigten Seufzer aus.

»Er wird alle mit seinen Zufallsaktionen in den Wahnsinn treiben«, sagte ich.

»Oh, er wird auf jeden Fall weit übers Ziel hinausschießen«, stimmte Orion zu, und meine Brust wurde ein wenig leichter.

»Hoffen wir, dass sie einen Plan haben, um Lionel anzugreifen, den ich nie kommen *sehen* werde. Ich würde mich sehr gern vom Anblick seines plötzlich explodierenden Kopfes oder eines Speers, der seine Brust durchbohrt, überraschen lassen.«

Auf der anderen Seite des Amphitheaters öffnete sich eine Tür, und Lionel erschien in all seiner Pracht, seine jadegrünen Gewänder flatterten um seinen Körper, als er mit hocherhobenem Kopf und einem glänzenden goldenen Schwert an der Hüfte auf uns zuschritt.

Vard befand sich hinter ihm, genau wie drei riesige Drachenwandler in ihrer Fae-Gestalt. Sie überragten ihn und warfen lange Schatten.

Ich straffte mein Rückgrat, und Orion stellte sich schützend an meine Seite, obwohl wir ohne unsere Magie ziemlich aufgeschmissen wären, wenn sich die Lage zuspitzte.

»Hat euch die Show gefallen?«, fragte Lionel selbstgefällig, als er vor uns zum Stehen kam.

Keiner von uns antwortete, und er musterte uns kalt.

»Tja, dann komme ich wohl gleich zur Sache. Lance, deine Gefährtin befindet sich direkt hinter diesen Türen, angekettet und mir ausgeliefert.« Lionel deutete auf die hohen Holztüren am anderen Ende der Arena.

Orion machte einen bedrohlichen Schritt nach vorn, aber Lionels Hand schoss hervor und traf ihn mitten an der Brust, um ihn aufzuhalten.

»Lass sie gehen!«, knurrte Orion und fletschte warnend die Zähne.

»Noch eine Bewegung und ich gebe den Befehl, sie zu töten«, höhnte Lionel. »Und ich sorge dafür, dass sie wieder ihre Fae-Gestalt annimmt, nackt und auf Knien bettelnd, bevor sie durch meine Hand stirbt. Lavinia ist dieses Mal nicht hier, um mich aufzuhalten.«

Die Worte machten ihn rasend und Orion stürzte sich mit einem kehligen Knurren und dem Versprechen auf Tod in den Augen auf Lionel. Er traf auf einen Luftschild, und im nächsten Moment zog Lionel sein Schwert. Das Morgenlicht fing sich im Gold, bevor er es mitten in die Brust meines Freundes rammte.

Ich schrie vor Entsetzen auf und torkelte nach vorn, um Orion aufzufangen, während Lionel die Klinge wieder herauszog und ein klaffendes, blutiges Loch hinterließ.

»Bei den Sternen«, stieß Lionel aus. »Das wollte ich schon so lange tun.«

Orion blutete aus dem Mund, seine Knie landeten im Sand, und sein Gewicht riss mich mit sich. Er fiel auf den Rücken, quer über meine Knie, und ich umklammerte die Wunde an seiner Brust, verzweifelt nach der Magie in meinen Adern suchend, die ich nicht nutzen konnte.

»Halte durch!«, keuchte ich panisch, während Angst und Schmerz unerträglich schnell in mir aufflammten.

»Befreie. Sie«, stieß er hervor, und seine Augen flackerten wütend, als forderte er mich auf, zuzustimmen. Ich nickte bereits, weil ich das Gefühl hatte, dass dieser Abschied viel zu schnell gekommen war. Der Schock darüber warf mich völlig aus der Bahn. Seine Augen wandten sich dem Himmel zu, und Sterne glitzerten in ihnen, als sie seine Seele einforderten und ihn mir entrissen, bevor ich überhaupt die Chance hatte, mich zu verabschieden …

Ich blinzelte, die Vision verblasste, und Orion stand wieder vor mir. Lebendig.

»Fuck!«, stieß ich hervor, voller Angst vor der Vision, die ich gerade erlebt hatte.

»Was?«, fragte er, gerade als sich die Tür am Ende des Amphitheaters öffnete. Lionel kam mit flatterndem jadegrünen Gewand auf uns zu. Das glänzende goldene Schwert an seiner Hüfte ein Versprechen dessen, was kommen würde, wenn ich das Schicksal nicht ändern konnte.

»Tu, was ich sage – es sei denn, du willst hier und jetzt sterben«, zischte ich meinem Freund zu, und er nickte schnell. Er vertraute meinen Visionen und meiner Fähigkeit, das *Gesehene* zu ändern.

Vard lief in Lionels Windschatten, und drei Drachenwandler folgten ihnen.

Ich straffte die Schultern, und Orion stellte sich schützend an meine Seite, genau wie ich es schon *vorhergesehen* hatte.

»Hat euch die Show gefallen?«, fragte Lionel selbstgefällig, als er vor uns zum Stehen kam.

Keiner von uns antwortete, und er musterte uns kalt.

»Tja, dann komme ich wohl gleich zur Sache. Lance, deine Gefährtin befindet sich direkt hinter diesen Türen, angekettet und mir ausgeliefert.« Lionel deutete auf die hohen Holztüren am anderen Ende der Arena, und ich bereitete mich auf das vor, was kommen würde.

Orion machte einen bedrohlichen Schritt nach vorn, aber Lionels Hand schoss hervor und traf ihn mitten in der Brust, um ihn aufzuhalten.

»Lass sie gehen!«, knurrte Orion und fletschte warnend die Zähne.

»Noch eine Bewegung und ich gebe den Befehl, sie zu töten«, höhnte Lionel. »Und ich sorge dafür, dass sie wieder ihre Fae-Gestalt annimmt, nackt und auf Knien bettelnd, bevor sie durch meine Hand stirbt. Lavinia ist dieses Mal nicht hier, um mich aufzuhalten.«

»Orio, halt dich zurück!«, herrschte ich ihn an, packte ihn am Arm, um ihn wegzuziehen. Seine Muskeln spannten sich an, als er seinen Impuls, anzugreifen, unterdrückte. Er warf mir einen Blick zu, den ich streng erwiderte, um ihn vor dem schrecklichen Schicksal zu warnen, das ihn erwartete, wenn er nicht gehorchte.

Er wich zurück und trat wieder an meine Seite. Seine Finger verkrampften sich voller Sehnsucht nach Magie und Mord – zwei Dinge, die wir heute beide nicht bekommen würden.

»Braver Junge«, sagte Lionel spöttisch. Das Schicksal wendete sich, und ich atmete erleichtert auf, als sich Orions Zukunft wieder vor ihm auftat, nicht länger hier und jetzt durchtrennt.

Lionel schnippte mit den Fingern, und die hohen Holztüren ächzten, als sie am anderen Ende der Arena geöffnet wurden. Ein Monster aus Schatten wurde an Ketten herausgezogen, vier Nymphen zerrten es in den Sand, während es sich von ihnen zu befreien versuchte.

Orion taumelte vorwärts und schrie den Namen meiner Schwester. Mein Herz setzte einen Schlag aus, als mir klar wurde, dass dies die monströse Kreatur war, an die sie gebunden war. Diese Schattenbestie war sie. Dies war ihr Fluch, und es war ein schrecklicher Anblick.

»Ich tue, was immer du willst. Aber bitte lass sie gehen!«, flehte Orion aufrichtig, als er die drohende Gefahr erkannte.

»Zuerst möchte ich, dass du dich vor mir hinkniest«, sagte Lionel langsam. Offensichtlich genoss er die Macht, die er über uns alle hatte, während er auf den Boden zu seinen Füßen deutete.

Orions Muskeln verkrampften sich, aber ich warf ihm einen Blick zu, der ihm zu verstehen gab, sich verdammt noch mal zu bewegen. Er zögerte nicht länger und ging vor Lionel auf die Knie.

Darcy brüllte und wehrte sich gegen ihre Fesseln. Ich begegnete ihrem Blick und fand ihre Seele in den Augen der Bestie. Sie war präsent und nicht an das Monster verloren, wie Orion es beschrieben hatte. Vielleicht konnte sie ja doch noch dagegen ankämpfen.

Ich warf ihr einen Blick zu, um ihr zu vermitteln, dass ich alles in meiner Macht Stehende tun würde, um sie und ihren Gefährten zu beschützen, und trat hinter Orion.

»Du wirst seine Schicksale sondieren, Gabriel«, wies Lionel mich an. »Und Vard wird dir dabei deine Visionen entreißen. Du wirst nichts unversucht lassen. Ich möchte jedes Schicksal sehen, das ihm bevorstehen könnte.«

Orion erschauderte, und ich nahm mir einen Moment, um zu *sehen*, was passieren würde, wenn ich mich weigerte. Wieder *sah* ich mich selbst, wie ich einen blutenden, sterbenden Orion in den Armen hielt, und beschloss, dass es keine andere Möglichkeit gab, als Lionels Befehl Folge zu leisten.

»Es tut mir leid, Orio«, murmelte ich, und er ließ den Kopf hängen, bereit, sich mir zu fügen. Vard eilte herbei und fuhr mit der Zunge über seine Lippen, als würde ihm das Ganze Appetit machen.

Der Zyklop berührte meinen Hinterkopf, und ich schloss die Augen und betete, dass ich in Orions Gedanken nichts finden würde, was Lionel mehr Munition für seinen Krieg geben könnte.

Das Erste, was ich spürte, waren die mentalen Schutzschilde meines Freundes, aber sie gaben nach und ließen mich herein. Doch bevor ich beginnen konnte, seine Zukunft zu sehen, tauchte eine Gedankenblase in meinem Blickfeld auf. Ihre Ränder waren fast nicht wahrnehmbar, und ich schuf schnell einen Weg durch meinen eigenen Geist, den Vards Zyklopeninvasion nicht berühren konnte. Es war eine empfindliche, komplexe Abschirmung, und ich musste mich sehr konzentrieren, um sie von ihm fernzuhalten. Vorsichtig ließ ich einen Teil meines Geistes in diesen Gedanken eindringen, während ich den Rest von Vards Klauen fernhielt.

»Wenn ich etwas sehe, das uns helfen kann, werde ich es hier ablegen und vor Vard verbergen«, sagte ich durch die Verbindung unserer Gedanken zu Orion.

Der Druck, solch komplizierte Magie zu wirken, war hoch, und ich war mir nicht sicher, ob ich es schaffen würde. Aber Orion und ich hatten bereits eine verdammt enge Verbindung, das würde uns bei dieser Arbeit helfen.

»Mach schon!«, knurrte Vard ungeduldig.

Ich ließ die erste Vision hereinströmen und *sah* Orion nach einer schrecklichen Folter in unendlichen Qualen, wie ich es unzählige Male seit meiner Ankunft im Palast *gesehen* hatte. Ich zeigte Vard, was ich *gesehen* hatte, verzog das Gesicht angesichts des schrecklichen Wissens, was Orion durchgemacht hatte und noch durchmachen würde. Die nächsten Visionen waren ähnlich, aber viele möglichen Schicksale waren in Dunkelheit gehüllt, sodass ich sie überhaupt nicht erkennen konnte. Dann, inmitten des Schmerzes, des kalten harten Bodens des Thronsaals und der Qualen, die mein Interstellarer Verbündeter ertragen musste, erhaschte ein Schimmer von etwas anderem mein geistiges Auge. Und wie eine Katze vor einem Lichtstrahl sprang ich darauf zu.

Ich fütterte Vard weiterhin mit Bildern von Blut und Schrecken, während ich diese andere Vision einfing und spürte, wie Orions Geist sie ebenfalls abschirmte und ihr zusätzlichen Schutz vor dem hungrigen Zyklopen hinter mir bot.

Als die Vision sicher in einer Nische meines Verstandes war, ließ ich sie ablaufen und beobachtete, wie Orion in die Mauern des Palastes schlüpfte und durch einen Geheimgang in die Tiefen stieg. Am Ende des Ganges befand sich eine helle silberne Tür mit einem riesigen Wappen in der Mitte. Es war das Vega-Wappen, das mit uralter Magie schimmerte.

Ich *sah* Orion hinter dieser Tür und im Inneren zahllose Schätze, einen längst vergessenen Thron und Antworten auf etwas, das ich nicht ergründen konnte, das aber unendlich wichtig war. Die letzten Momente der Vision zeigten Orion mit einem Buch in der Hand, dessen Einband aus Bronzefedern gewebt war. Der hoffnungsvolle Blick in seinen Augen gab mir so viel Hoffnung wie schon seit Wochen nicht mehr. Als dieser Moment kam, konnte ich spüren, wie viel Zeit er haben würde, um seinen Weg zu diesem geheimnisvollen Ort zu finden und wieder herauszukommen, bevor jemand nach ihm suchen würde. Stunden. Mindestens drei.

Ich schärfte meinen Fokus aufs Neue und gab die Vision an Orion weiter, der sie entgegennahm, während ich versuchte, Vard weitere Visionen meines besiegten und blutigen Interstellaren Verbündeten zu übermitteln. Ich konnte seine Vorfreude darauf *sehen*, in diese Tunnel zu gelangen, genau wie seinen Wunsch, mich zu finden und zu befreien.

»So kannst du mich nicht befreien. Die Tunnel führen nicht zu mir.«

Ich schickte ihm diese Worte als eigene Vision, löste dann meinen Griff um seinen Geist und trat ruckartig einen Schritt zurück, wobei ich gegen Vard stieß. Er fiel fluchend in den Sand.

»Mein Fehler. Ich habe dich nicht *gesehen*«, murmelte ich.

»Sehr witzig«, zischte er und richtete sich auf, während Lionel ihn ungeduldig ansah.

»Und?«, fragte dieser.

»Nichts, mein König«, höhnte Vard und klopfte sich den Sand von den Knien. »Lance Orions Zukunft birgt nichts als Leid.«

»Gut.« Lionel trat vor und tätschelte spöttisch Orions Wange. »Hör gut zu, Lance … Sobald Lavinia mir die Gelegenheit gibt, das Vega-Mädchen zu töten, werde ich sie so grausam hinrichten, dass du mich anflehen wirst, dich danach zu töten. Und ich werde diesem Wunsch nachkommen, verstanden?« Er hob einen Finger und drückte ihn auf Orions Herz, und mein Freund knurrte, als Lionel dort eine Zielscheibe in sein T-Shirt brannte und eine gerötete Brandwunde hinterließ.

»Ja, ich habe dich verstanden. Sehr deutlich sogar«, sagte Orion. »Du bist Lavinias kleine Schlampe.«

»Wie kannst du es *wagen*, so mit mir zu sprechen?«, zischte Lionel und hob die Hand, um ihn mit Magie zu bestrafen. Eine Vision seines Todes schoss mir durch den Kopf und ließ mich für einen Moment in Angst erstarren.

»Was machst du da, Daddy?« Lavinia kam auf einer dunklen Wolke über die hohen Mauern des Amphitheaters geflogen, stieg vom Himmel herab und zog Lionels Aufmerksamkeit auf sich. Er wich zurück, und meine Muskeln verkrampften sich instinktiv. Sie wollten kämpfen. »Du spielst doch nicht ohne mich mit meinen Spielsachen, oder?«

Sie landete vor Orion, legte den Kopf zur Seite und streichelte seinen Arm, als wäre er ein Haustier. Er blieb regungslos stehen, aber sein ganzer Körper versteifte sich. Ich stieß ein Knurren aus, das sie dazu brachte, ihre toten schwarzen Augen auf mich zu richten.

»Hallo, kleiner Seher. Bist du eifersüchtig auf die Aufmerksamkeit, die dein hübscher Freund bekommt? Ich kann in meinem Spielzimmer auch gern noch Platz für dich schaffen.« Sie streckte die Hand nach mir aus, aber Lionel stürzte sich auf mich und zog mich besitzergreifend an seine Seite.

»Nimm Lance! Mach mit ihm, was du willst! Ich muss mich um meine Arbeit kümmern.« Lionel warf mich in die Arme seiner Drachenwächter.

Ich schaute voller Angst zu Orion zurück, wo Lavinia gerade eine Schattenleine an seinem Halsband befestigte, und dann zu Darcy, die nach wie vor in Gestalt der Schattenbestie war und sich weiterhin gegen ihre Fesseln wehrte.

Vard eilte uns nach, und die Drachen zwangen mich zum Ausgang. Als ich von Darcy und Orion weggezerrt wurde, hielt ich an dem Wissen fest, dass ich meinem Freund eine Vision gegeben hatte, die hoffentlich eine Hilfe sein könnte. Obwohl ich noch nicht *sehen* konnte, wie es ihm gelingen sollte, in diese Gänge zu gelangen. Aber vielleicht bedeutete das, dass Darcy die Antworten hatte, denn ihr Schicksal war in Schatten gehüllt. Und vielleicht würde diese Dunkelheit in ihr dieses Mal etwas Licht hereinlassen.

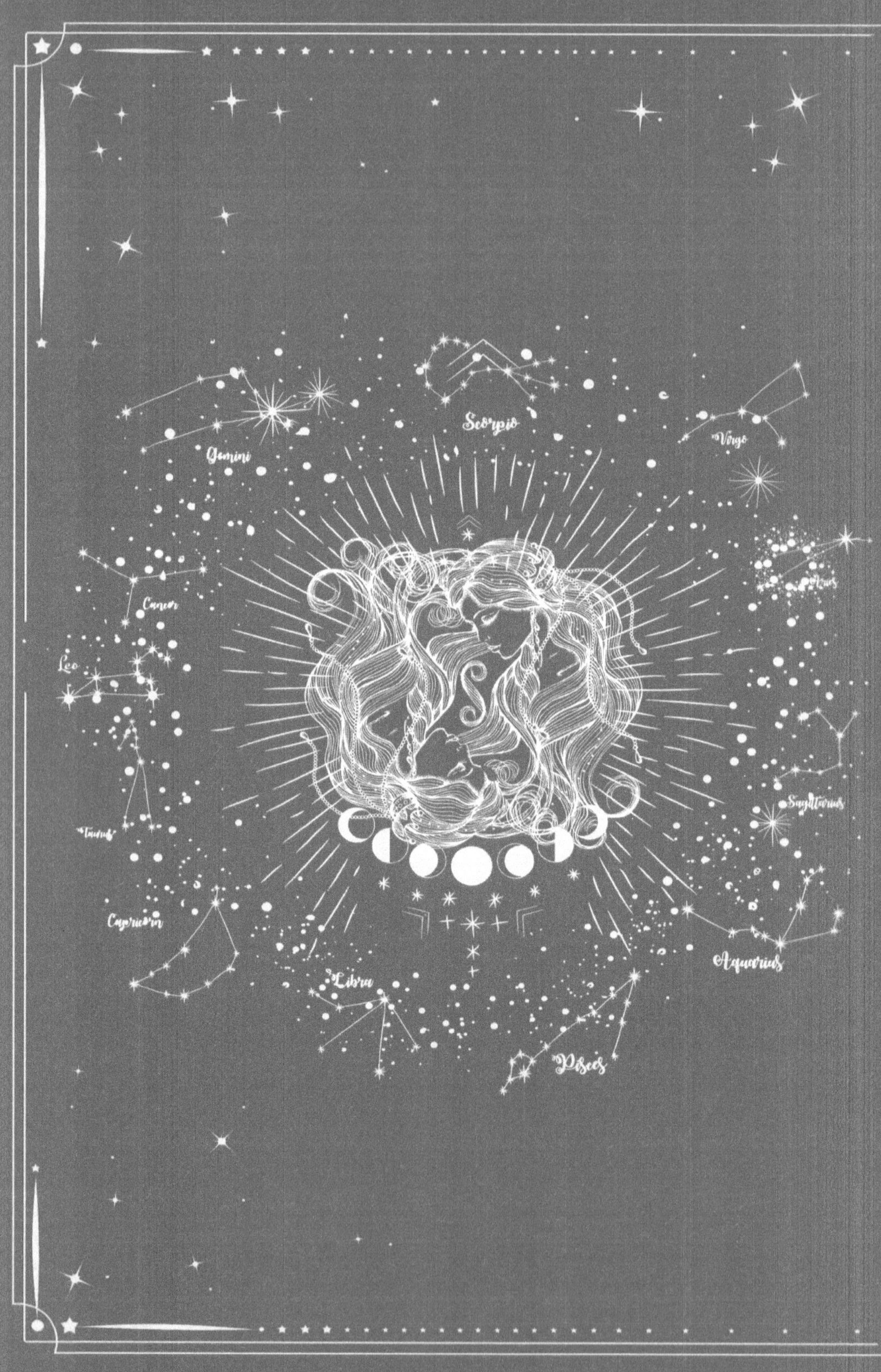

Gemini
Scorpio
Virgo
Cancer
Leo
Taurus
Sagittarius
Capricorn
Aquarius
Libra
Pisces

TORY

KAPITEL 25

Geraldine hatte die halbe Nacht damit verbracht, ihre Erdmagie kombiniert mit 'Max' Kraft einzusetzen – die er ihr im Rahmen einer Art Bagel-basierten Bestechung für ihre Mission zur Verfügung gestellt hatte, wenn ich sie richtig verstanden hatte. Eine ganze Nacht und ein ganzer Morgen waren vergangen, während ich nichts anderes getan hatte, als auf einem Felsen am äußersten Ufer der Insel zu sitzen, die wir vom Festland von Solaria losgerissen hatten, und in die Tiefe des tintenschwarzen Wassers zu starren, das uns von allen Seiten umgab.

Neben mir brannte ein Feuer, ein allgegenwärtiger Begleiter meiner Einsamkeit, das meine Kraft wieder auflud. Gelegentlich schickte ich einen Schwall Magie ins Meer, um unsere Bewegungsrichtung zufällig zu ändern. Aber während ich dort saß und die wachsende Distanz zwischen meiner Schwester und mir betrauerte, war Geraldine fleißig. Und als helle Sonnenstrahlen auf mich herabfielen und den Zenit des Laufbogens der Sonne markierten, kam sie in ihrer Zerberusform auf mich zugerannt und bellte mir zu, mich ihr anzuschließen. Ihr Schwanz wedelte so wild, dass ich keine andere Wahl hatte, als zuzustimmen.

Sie war es gewesen, die mich überhaupt erst nach hier hinten transportiert hatte – auf ihrem Rücken! –, und der tapsige Gang ihrer riesigen Hundeform hatte mich zum Lachen gebracht, trotz all der Sorgen, die mich bedrückten. Nachdem wir jetzt einen Hügel in der Nähe der Mitte der riesigen Insel erklommen hatten, blieb Geraldine stehen – und mein Atem stockte.

»Was? Wie?«, flüsterte ich, rutschte von ihrem Rücken und landete neben ihr, damit sie sich verwandeln und mir eine Antwort auf diese Frage geben konnte.

Geraldine nahm wieder ihre Fae-Gestalt an, ein breites Lächeln auf den Lippen, als sie ihre nackten Füße auf das Gras setzte und die Fäuste in die Hüften stemmte.

»Mylady, darf ich dir das P. O.-Schloss präsentieren? Das Kronjuwel auf dem Kopf von Solaria, das wandernde Schloss der wahren Königinnen und der Sitz, auf dem du Platz nehmen sollst, während du unser neues Zuhause während des Krieges der Schatten und des Kummers in die Rebellion führst.«

»Ich dachte, es ist der Krieg der Wiedergeborenen?«, murmelte ich, als mir diese unbedeutende Tatsache wieder einfiel, aber Geraldine winkte ab.

»Ein Arbeitstitel«, erklärte sie und bedeutete mir, mich auf die Aussicht zu konzentrieren, und ich hielt inne, als ich sie wirklich auf mich wirken ließ.

Meine Lippen teilten sich angesichts des Schlosses, das sie mitten in der Nacht erschaffen hatte, mit Türmen aus Stein und Eis, die oberhalb einer riesigen Zugbrücke gehauen worden waren. Diese überquerte einen mit fließendem Wasser gefüllten Graben, von dem ich ernsthaft bezweifelte, dass er zuvor dort gewesen war.

An den Seiten des atemberaubenden Gebäudes blühten Blumen in tiefstem Rot und dunkelstem Blau. Die Blütenblätter bewegten sich in einer Brise, die ich nicht spüren konnte, und sie sahen wie tanzende Flammen aus.

Das Gebäude konnte nicht mit der Größe des Palastes der Seelen mithalten und wirkte eher heimelig als imposant, aber ich vermutete, dass es dennoch etliche Fae beherbergen würde.

»Ich bin sprachlos«, sagte ich leise, als Geraldine meinen Arm nahm, in forschem Tempo losmarschierte und mich mit sich zog.

Als wir uns der Zugbrücke näherten, trat Max aus den Bäumen. Sein Unterkiefer zuckte, und er wirkte eine Wasserwand um uns herum, die die Sicht auf uns versperrte. Einen Moment später trat er hindurch, vollkommen trocken, trotz des reißenden Stroms, durch den er sich gerade seinen Weg gebahnt hatte, und hielt Geraldine ein Kleid hin, das sie anziehen sollte.

»Ach, du nerviger Nörgelfisch«, seufzte sie, während sie ihm das Ding abnahm und es anzog. Es war weiß und etwas zu klein für Geraldines üppige Kurven, was bedeutete, dass ihre Brüste praktisch aus dem Kleid herausquollen und ihre Brustwarzen immer noch durch den Stoff hindurch sichtbar waren.

»Nein«, knurrte Max und hob die Hände, um sie wieder zu bedecken, aber sie stieß ihn ungeduldig beiseite, wirkte zwei Muscheln aus Eis auf ihre Brüste, um sie ein wenig besser zu kaschieren, und rollte dabei mit den Augen.

»Ganz ehrlich, Maxy-Boy, man könnte meinen, du hättest Angst, dass ich dir und deinem einäugigen Glatzenaal abhandenkomme, so wie du dich aufführst«, seufzte sie, ließ ihn links liegen und zog mich mit sich durch die Wasserwand.

Es kostete mich kaum mehr als einen Gedanken, das Wasser davon abzuhalten, meine Haut zu berühren, als ich ihr folgte, und ich musste an unsere erste Lektion in Wassermagie zurückdenken. Damals hatten Darcy und ich die so einfache Kontrolle über unsere Kraft als so herausfordernd empfunden.

»Nach endlosem Geschwätz des Gesindels wurde ich dazu gezwungen, hier unten zusätzliche Schlafplätze für einige der rangniedrigeren Mitglieder deines Hofes und unsere wackeren Verbündeten zu schaffen«, erklärte Geraldine, als wir die Zugbrücke überquerten und den Eingangsbereich des Schlosses betraten.

Max versuchte, uns nach drinnen zu folgen, aber Geraldine bellte ihn an, zurückzubleiben, während sie mich durch meine neue Unterkunft führte. Sie wirkte Magie auf den Mechanismus der Zugbrücke, um sie ihm vor der

Nase zuzuschlagen, während er uns von der anderen Seite aus seine Einwände entgegenschrie.

Geraldine seufzte, als wäre sie eine leidgeprüfte Ehefrau, drückte sich mit Daumen und Zeigefinger die Nase zu und schuf dann eine Stillekuppel, um Max' Rufe zu übertönen. Sie lächelte reumütig und tätschelte meinen Arm, bevor sie mich weiter ins Gebäude zog.

Die Schönheit des Ortes erstreckte sich auch im Inneren. Phönix-Eisskulpturen schmückten die Steinwände und stellten Darcy und mich in Szenen dar, die tatsächlich so passiert waren und die wir durch Kampf und Blutvergießen überlebt hatten. Das Ganze wirkte so viel beeindruckender, als es sich damals angefühlt hatte. Ehrlich gesagt hatte ich an den meisten Tagen das Gefühl, mich durch dieses Spiel aus Macht und Politik zu mogeln. Aber die Darstellungen, die Geraldine von uns beiden angefertigt hatte, zeigten uns königlich, schön, selbstbewusst und beeindruckend. Als wären wir wirklich Königinnen.

Geraldine wehrte jeden Versuch eines Kompliments über ihre Arbeit ab und sagte mir wiederholt, dass es sich um kaum mehr als einen Kuhstall mit einer Blume darauf handelte und noch viel Arbeit erforderlich war. Aber wenn dies ein Kuhstall war, dann war ich definitiv in einem Schweinepferch oder vielleicht einer Jauchegrube aufgewachsen.

Sie führte mich zu einem kurzen Korridor auf der linken Seite der zentralen Eingangshalle, der halb unter der großen Treppe versteckt war, und stieß eine Tür auf, hinter der sich ein schlichter und schmuckloser Raum befand. Das Zimmer war ungefähr so groß wie mein Schlafsaal an der Zodiac Academy, hatte ein einfaches Holzbett mit etwas Stroh als Matratze, während der Boden aus festgetretenem Dreck bestand. Es schien fast so, als könnte der Raum nicht Teil desselben Gebäudes sein, das wir vor wenigen Augenblicken betreten hatten.

»Wofür ist das?«, fragte ich neugierig.

»Das ist Melinda Altairs Gemach«, erklärte Geraldine mit einem Achselzucken. »Hier unten befinden sich Kammern für jedes beschämte und denunzierte ehemalige Ratsmitglied und dessen Angehörigen.«

»Alle ihre Angehörigen?«, fragte ich, während ich mir den schäbigen Raum ansah und mich bemühte, nicht vor Belustigung loszuprusten. »Sogar die Erben?«

»Was genau haben diese drei Stinkmorchel denn noch zu erben?«, fragte mich Geraldine neugierig, drehte uns um und zog mich aus dem dunklen und vergessenen Korridor, den sie für die Nichtroyalisten in unserer Gesellschaft geschaffen hatte. Ich bezweifelte, dass diese gern in diesen Räumen schlafen würden. Wahrscheinlich würden sie einfach ihre eigene Magie nutzen, um eine gegnerische Burg zu errichten, die noch größer war als diese. »Es gibt keinen Celestia-Rat mehr, sie haben keinen Anspruch auf den Thron durch ihre Abstammung oder zodie Stärke ihrer eigenen Macht. Manche mögen sagen, dass sie Schande über sich gebracht haben, dass sie zu den Füßen der wahren Königinnen um Mitleid betteln und froh sein können, überhaupt einen Fuß in die P. O. setzen zu dürfen.«

»Bist du *manche*?«, fragte ich mit leiser Belustigung, und sie zwinkerte mir zu.

»Vielleicht bin ich das. Aber vielleicht sollte ich gezwungen werden, beim Gesindel zu nächtigen, nachdem ich mich so schändlich mit diesem skandalösen Seehund da draußen eingelassen habe«, sinnierte sie.

»Max?«, fragte ich, und sie nickte ernst, die Stirn in Falten gelegt.

»Ich habe so sehr versucht, meine Lady Petunia von seinen feinen Lenden abzulenken. Aber ach, ihr Herz hängt an ihm und … ich fürchte, mein Herz ist ihr gefolgt.«

Ich hielt sie am Fuße einer riesigen gefrorenen Treppe an, drehte sie zu mir um, nahm ihre Hände in meine und blickte in ihre tiefblauen Augen.

»Geraldine«, sagte ich bestimmt. »Wenn Max der Richtige für dich ist, dann lass ihn es sein. Dieser Krieg, diese Zweifel und die Ungewissheit, in der wir leben, haben mir nur eines bestätigt, nämlich wie kurz das Leben sein kann und wie schnell es uns jederzeit genommen werden kann. Also verschwende nicht noch mehr davon, weil er sich Darcy und mir gegenüber nicht verbeugt. Das ist mir sowieso scheißegal.« Ich schluckte gegen den Kloß in meinem Hals an, um die nächsten Worte über meine Lippen zu bringen. »Darius hat sich auch nie vor mir verbeugt, aber das hätte ich auch gar nicht gewollt. Nicht am Ende. Alles, was ich wirklich wollte, war, dass er mir gehört. Und von diesen Momenten habe ich weit weniger bekommen, als es vielleicht der Fall gewesen wäre, wenn ich früher akzeptiert hätte, was er mir bedeutet.«

Geraldines Unterlippe zitterte, und sie streckte die Hand nach mir aus, als wollte sie mich umarmen. Aber ich schüttelte den Kopf und verhärtete die Mauer aus Eis und Feuer, die mein gebrochenes Herz umgab, während ich mich weigerte, irgendetwas davon zu fühlen.

»Ich will kein Mitleid«, sagte ich bestimmt, und mein Hass auf die Sterne strömte wie Lava durch meinen Körper. »Ich will, dass du da rausgehst, den Fischjungen bei den Eiern packst und ihm sagst, dass er dir gehört, verdammt noch mal.«

»Ich …« Geraldine warf einen Blick auf die Zugbrücke, als würde sie darüber nachdenken, genau das zu tun. Aber dann hob sie ihr Kinn und schenkte mir stattdessen ein reumütiges Grinsen. »Vielleicht werde ich genau das tun, Mylady. Aber ich denke, ich werde ihn zuerst noch ein bisschen zappeln lassen.«

Ich schnaubte und ließ mich weiter von ihr durch das Schloss führen, das sie die ganze Nacht über gebaut hatte. Es gab einen Raum für den Kriegsrat, mit einem runden Tisch, der viel prächtiger war als der, den wir in den Ruinen benutzt hatten. In der Mitte befand sich eine Karte Solarias und die Wand zierten Bilder eines zerstückelten jadegrünen Drachen. Dann gab es eine riesige Küche, einen Speisesaal, der für ein mittelalterliches Bankett geeignet wäre, mit einem hohen Tisch, der über den anderen thronte, und zwei riesigen Stühlen, in deren Mitte Darcys und mein Name eingraviert waren.

Über uns befanden sich zwei weitere Stockwerke, eines davon mit weitaus prächtigeren Räumen, die, wie Geraldine erklärte, von den Mitgliedern unseres Hofes genutzt werden sollten. Sie erinnerte mich daran, dass die Auswahl offiziell erfolgen musste, als ich die Himmelbetten und die aufwendig dekorierten Räume betrachtete.

»Ich dachte, unser innerer Kreis wäre ziemlich klar«, betonte ich, während sie die Führung fortsetzte. »Da bist du …«

Geraldine kreischte und fiel angesichts meiner beiläufigen Bemerkung auf die Knie. Ich hatte bereits mein verdammtes Schwert in der einen und Feuer in der anderen Hand, bevor mir klar wurde, dass sie lediglich überwältigt war, sich vor mir verbeugte, meine Stiefel vollschluchzte und mir unerbittlich für die große Ehre dankte, die ich ihr erwiesen hatte.

»Steh auf«, bat ich sie, steckte mein Schwert in die Scheide, packte sie am Arm und half ihr auf die Beine. »Du kannst doch nicht ernsthaft daran gezweifelt haben, dass wir dich bei all dem an unserer Seite haben wollen, oder?«, fragte ich ungläubig, während sie Rotz und Wasser heulte und kurz davorzustehen schien, zu hyperventilieren.

»Du ... willst ... das kleine alte Mich ... in den Kreis deiner Auserwählten ... deiner Ehrwürdigsten ... deiner Liebsten aufnehmen?«

»Ja, Geraldine«, sagte ich. Ihre Schluchzer machten es fast unmöglich, ihre Worte zu verstehen, und sie warf sich mir entgegen und drückte mich so fest, dass ich um die Unversehrtheit meines Brustkorbs fürchtete, während sie völlig die Fassung verlor.

»An wen könnten wir noch ein offizielles Schreiben senden, um ihren Platz an deinem Hof zu bestätigen?«, presste sie schließlich hervor, obwohl sie immer noch so heftig zitterte, dass ich mich nicht traute, sie loszulassen.

»Ähm, ich weiß nicht«, druckste ich herum, obwohl ich sofort an Xavier dachte. Ich fragte mich, ob er überhaupt eine solche Position von mir annehmen würde, da die Ex-Ratsmitglieder Pläne hatten, ihn als Feuerlord in ihren Kreis zu holen. Aber er war meine Familie. Eines der wenigen Mitglieder, die mir noch geblieben waren. Und ich wusste, dass ich ihm das Angebot machen musste, auch wenn er es nicht annehmen würde. Aber im Moment beschloss ich, das für mich zu behalten. »Ich schätze, Sofia und Tyler«, sagte ich zu Geraldine.

»O ja!«, rief sie und ließ mich so schnell los, dass ich fast umfiel.

Sie wedelte mit der Hand, und eine Schriftrolle mit einem passenden verdammten Federkiel erschienen dort, alles so schnell aus ihrer Magie gegossen, dass sie fast aus der Luft zu fallen schienen.

»Ich werde eine Liste der Positionen erstellen, die vergeben werden müssen«, kündigte sie an. »Hast du einen bestimmten Fae im Sinn, der dir bei der Leitung deiner Armee helfen soll? Wir brauchen ein treues und zuverlässiges Mädel – oder einen treuen und zuverlässigen Kerl –, der die Rolle des Verbindungsmanns zum Volk übernimmt und dafür sorgt, dass ihre Stimmen gehört werden. Natürlich bin ich gern bereit, in einer solchen Rolle zu helfen, wie es mein lieber Papa gewollt hätte, aber da ich außerdem die Pflicht habe, zu kämpfen und an deiner Seite zu bleiben, halte ich es für klug, auch jemand anderen mit dieser Aufgabe zu betrauen. Jemanden, der Erfahrung in der Befehlsgewalt hat und dessen Loyalität unerschütterlich und unbestreitbar ist. Jemand, dem man zutrauen kann, die wahrhaftigen und ehrlichen Bedürfnisse und Wünsche deines Volkes zu vermitteln, damit ihnen am besten gedient ist. Fällt dir dazu jemand ein?«

»Ich bin mir ziemlich sicher, dass die Person, die du beschreibst, nicht wirklich existiert«, sagte ich und runzelte die Stirn, während ich versuchte, an jemanden zu denken, der in der Lage wäre, die Dinge zu tun, die sie beschrieben hatte. Allerdings kam mir ein Name in den Sinn und blieb dort hängen wie ein nasses Blatt an einem unwilligen Frosch.

»Oh, das kann nicht sein, Mylady, die Sterne hatten schon immer eine leitende Hand in …« Sie verstummte, als sie sah, wie sich mein Gesicht bei der Erwähnung der Sterne verdunkelte, und ich seufzte.

»Wir brauchen jemanden, der es gewohnt ist, ganze Gruppen anzuführen, richtig?«

»In der Tat.«

»Jemanden, der Lionel öffentlich angeprangert und gegen ihn gekämpft hat, obwohl er sich einfach hätte unterwerfen und sich aus diesem Krieg heraushalten können?«

»Das wäre sehr wünschenswert«, stimmte sie zu, und ich zuckte wieder zusammen, als ich an den einzigen Namen dachte, der mir in den Sinn kam.

»Na ja … ich denke, Washer erfüllt diese Anforderungen ziemlich genau.«

Geraldines Mund öffnete sich, was Schock oder Entsetzen oder eine Kombination aus beidem hätte sein können. Aber wenn man es genau nahm – und über seine Badehosen und das überaus taktile Verhalten hinwegsah –, war Washer tatsächlich halbwegs anständig. Er hatte sich vor uns verbeugt und sich uns angeschlossen, obwohl er dadurch seinen Job und seine Beziehung eingebüßt hatte. Er war es gewohnt, Gruppen von widerspenstigen Studenten zu befehligen, hatte also Erfahrung im Umgang mit Fae. Und mit seinen Sirenengaben konnte er die Bedürfnisse der Rebellen spüren, ohne darauf warten zu müssen, dass die Probleme an ihn herangetragen wurden.

»Ich werde dem glitschigen Wurm höchstpersönlich eine Nachricht zukommen lassen«, sagte sie bestimmt. »Wie du schon sagtest, hat er sich in der Tat als guter und würdiger Kandidat erwiesen – auch wenn seine Garderobe oft zu wünschen übrig lässt.«

»Ja, vielleicht sollten wir ihm eine offizielle Uniform besorgen«, schlug ich vor. »Etwas, das bis zum Hals zugeknöpft ist und am Hintern weit ausläuft.«

Geraldines Augen leuchteten, als sie mitschrieb – und ich warf einen Blick auf ihre Worte.

Ein A. N. U. S.-Kostüm für Washer.

Ich unterdrückte ein Schaudern bei dem Gedanken, den diese Worte in meinem Kopf auslösten, und versicherte mir, dass die Uniform selbst definitiv bescheiden und vernünftig sein würde – weder Brustwarzen noch Eier würden zu sehen sein.

»Na gut, dann kann die Show ja losgehen«, sagte sie und stieß mich an, damit ich die nächste Treppe hinaufstieg, die zur höchsten Ebene des Schlosses führte. »Wen möchtest du noch offiziell in deinen Hofstaat aufnehmen?«

»Dante Oscura und seine Familie waren uns von Anfang an treu ergeben«, sagte ich nachdenklich. »Ich bezweifle, dass sie der Krone langfristig dienen wollen, wenn wir diesen Krieg gewinnen, aber ich schätze ihren Beitrag genug, um sie zumindest für die Dauer des Krieges bei uns zu haben.«

»Natürlich, meine Königin, ich werde die Sache in die Wege leiten.«

Geraldine schrieb ihre Namen auf und steckte die Schriftrolle in ihr Dekolleté, bevor sie die letzten Schritte zu den riesigen Türen eilte, die uns oben erwarteten. Sie riss die Türen weit auf, sodass Licht aus einer riesigen Ansammmlung von Privaträumen, die für Darcy und mich bestimmt waren, nach außen drang.

Mir fehlten die Worte, um die Schönheit dessen zu beschreiben, was sie geschaffen hatte, als ich zwischen den Schlafzimmern und dem atemberaubenden

Badebereich hin und her ging. Mein Herz war voller Dankbarkeit dafür, dass sie dies für uns getan hatte, und voller Ehrfurcht vor ihrem Talent.

»Geraldine, das ist …«

»Ich weiß, dass es nichts ist im Vergleich zu all dem, was ihr in eurem wahren Zuhause, dem Palast der Seelen, aufgegeben habt«, unterbrach sie mich, als ich den Raum betrat, den sie für mich entworfen hatte. Meine wenigen Habseligkeiten waren bereits dort, und im Kamin brannte ein Feuer.

Der Raum war groß, aber dennoch gemütlich, die Wände mit roten und schwarzen Rosen geschmückt, die sich auch am Kopfteil hochwanden. Ihr zarter Duft lag in der Luft. Rechts von mir befand sich auf einer leicht erhöhten Fläche eine große Kupferbadewanne unter einem Fenster, das aus Eis geformt war, und ein Schreibtisch, an dem ich sitzen konnte. Meine Kleidung war in einem begehbaren Kleiderschrank auf der linken Seite des Raumes untergebracht, und Geraldine begann, mir von ihren Plänen zu erzählen, so schnell wie möglich weitere Kleidungsstücke anzufertigen.

Ich nickte und fühlte mich irgendwie losgelöst von dem Mädchen, das durch diesen Ort geführt wurde, dem Raum, den ich jetzt besitzen, und dem Bett, das ich allein benutzen würde. Alles, ohne dass hier auch nur eine einzige Sache dem Mann gehörte, mit dem ich mein Leben hätte teilen sollen.

»Auf dem Dach befindet sich ein Trainingsbereich mit Zielscheiben und Übungsattrappen inklusive aller möglichen Dinge zum Training – ob mit Waffen oder Magie«, sagte Geraldine, aber es fiel mir schwer, ihr zuzuhören.

Ich schnallte meinen Schwertgurt ab und legte mein Schwert auf den Schreibtisch, bevor ich mich auf die Bettkante sinken ließ und die Rosen an den Wänden anstarrte. Die Blumen in Darcys Zimmer waren rosa und blau, hatte Geraldine mir bereits erklärt, und ich nickte geistesabwesend und versuchte, in dem tiefen Rot der Rosen vor mir kein Blut zu sehen.

»Wo ist Darius' Schatz?«, platzte ich heraus und unterbrach damit ihre Ausführungen über magische Ziele. Ich klammerte mich an die weichen Bettlaken. Mein Griff war viel zu fest und gleichzeitig nicht fest genug.

»Ich … glaube, dass er von einer Herde Minotauren transportiert wurde …« Geraldine schien zu bemerken, dass ich kurz davorstand, zusammenzubrechen, denn sie hielt mitten im Satz inne und hob das Kinn. »Ich werde ihn sofort holen, süße Mylady. Verzeih mir, ich hätte daran denken sollen. Ich war abgelenkt, aber ich hätte nicht vergessen dürfen, sicherzustellen, dass er hier ist. Ich werde mir zum Zeichen meiner Buße für mein Versagen gern die Haut vom Leib reißen. Ich werde mir beide Augen aus dem Schädel kratzen und sie in eine Lagune werfen. Ich werde mir die Haut von den Fingern abziehen und eine Ratte die Überreste fressen lassen …«

»Tu nichts davon!«, sagte ich so bestimmt, wie es mir möglich war, und schüttelte den Kopf, während in meinem engen Schädel Schreie ertönten. »Es ist nicht wichtig. Vergiss es einfach. Ich brauche nur ein paar Minuten.«

Ich umklammerte die Bettwäsche fester, bis ich spürte, wie meine Fingernägel versuchten, die Haut meiner Handflächen zu durchstechen. Geraldine öffnete und schloss mehrmals den Mund, bevor sie sich so tief verbeugte, dass ihre Nase den Boden berührte, und huschte dann aus dem Zimmer.

In der Sekunde, in der die Tür ins Schloss fiel, wirkte ich eine Stillekuppel und stieß einen so lauten Schrei aus, dass ich überrascht war, dass nicht das ganze Gebäude auf meinen Kopf stürzte.

Das war alles falsch. Ich hätte nicht hier sein sollen, in einem Schloss, umgeben von schönen Dingen, während meine Schwester vermisst wurde. Während Darius kalt und allein am Rande eines vergessenen Berges lag.

Man hatte mich überredet, ihn dort zu lassen, bei Hamish und Catalina. Ich hatte mich von ihnen überzeugen lassen, dass dies der richtige Ort für ihn war, unter freiem Himmel, umgeben von einer so starken Magie, dass niemand außer denen, die sie gewirkt hatten, sie wiederfinden konnte.

Aber jetzt war ich hier. Und ich war allein und saß auf der Kante eines Bettes, das für zwei gedacht war, während mich der Ring an meinem Finger an einen Mann band, der mir nie wieder in die Augen sehen und mich sein Eigen nennen würde.

Ich stieß mich vom Bett ab, sackte zu Boden, schob die Finger in meine Haare und riss daran, während ich meine Stirn auf meine Knie fallen ließ und in das tiefe Loch in mir fiel.

Die Mauern, die ich so energisch errichtet hatte, bekamen Risse, und das Gewicht all dessen, was ich mit ihnen zurückzuhalten versucht hatte, drückte nach außen.

Ich würde an diesem Schmerz sterben. Langsam, aber sicher würde er mich verzehren. Und alles Gute, das ich je für mich beansprucht hatte, würde verrotten. Und ich konnte nicht einmal sagen, dass mir das noch etwas bedeutete.

Ich schrie erneut, während sich mein Körper in Flammen hüllte, als meine Flügel von meinem Rücken brachen und das Bett hinter mir über die Dielen schleuderte.

Ich schaffte es, die Kraft der Flammen gerade so weit zu kontrollieren, dass sie dieses wunderschöne Schloss nicht niederbrannten, aber ich ließ zu, dass sie mich beherrschten. Ich loderte immer heißer, bis das Glühen meines eigenen Körpers zu viel wurde und ich gezwungen war, meine Augen angesichts der Kraft zu schließen.

Ich war die personifizierte Wut, eine zornige Leere, die sich nach nichts sehnte als nach dem Tod und dem Ende aller Dinge.

Lionel Acrux' Gesicht erschien vor meinem inneren Auge, und ich verbrannte auch ihn, sah ihm beim Schreien zu und wie die Haut von seinen Knochen schmolz. Das Feuer verzehrte alles, bis er nichts als Asche war, und dann nicht einmal mehr das. Ein einfacher Schandfleck auf der Weltkarte, wo er einst groß und stolz gestanden und es gewagt hatte, sich König zu nennen.

Der Rubin-Anhänger an meinem Hals schien sich sogar über die Kraft der Flammen hinaus zu erhitzen. Ein Pulsschlag ertönte in ihm, als wäre sein Herz lebendig geworden, und er pulsierte in einem Rhythmus, den ich so gut kannte wie meinen eigenen Herzschlag. Als wäre er da, seine Brust an meine gepresst, unsere Seelen miteinander verbunden, einander nachspürend, selbst durch die Barriere des Schleiers hindurch.

Konnte er mich sehen? Sah er mir mit wissenden Augen dabei zu, wie ich für ihn zusammenbrach, und fragte sich, wo das Mädchen, in das er sich verliebt hatte, nach seinem Ende geblieben war?

Ein lauter Knall ertönte, als die Tür aufgerissen und gegen die Wand geschlagen wurde. Ich riss mich aus meiner persönlichen Verzweiflung, als

Caleb die riesige Schatztruhe auf den Boden fallen ließ. Gold und Juwelen klirrten auf den Boden.

Er sagte nichts, als er sich vor mich auf den Boden setzte, seine Reißzähne schnappten hervor, sodass ich auch das Monster in ihm sehen konnte. Er zeigte keine Anzeichen dafür, dass ihm das Feuer, das ich entfacht hatte, Angst machte. Keine Anzeichen dafür, dass er glaubte, ich würde kurz davorstehen, die Kontrolle zu verlieren. Auch wenn es genau das war, was ich fühlte.

»Du musst in Bewegung bleiben«, sagte er mit leiser Stimme, seine Augen dunkel und voller Schmerz. Es war der gleiche Schmerz, der auch mich blind machte. »Du musst etwas Reales tun, darfst dich nicht in diesem Turm hier verstecken und darauf warten, dass die Welt dich findet.«

Ich würgte ein Lachen hervor – oder vielleicht war es auch ein Schluchzen. Es klang so verdammt hoffnungslos, dass es unmöglich war, sicher zu sein.

»Ich dachte, ich sollte eine Armee anführen?«, antwortete ich hohl.

»Niemand hat gesagt, dass du dafür hier sitzen musst. Was ist mit dem Versprechen, das du gegeben hast? Was ist mit Darcy?«

Ein Schwall von Sehnsucht erfasste mich, als er den Namen meiner Schwester erwähnte, und mit purer Willenskraft verbannte ich meinen Phönix.

Caleb zog eine Augenbraue hoch, und sein Blick fiel kurz auf meinen Körper. Ich bemerkte mit einem Anflug von Verärgerung, dass ich dem Kontrollverlust näher gewesen war als gedacht, als ich feststellte, dass meine Kleidung fehlte und der Holzboden unter mir durch die Hitze meiner Flammen versengt und geschwärzt war. Ich strich mit der Hand über meine Haare – dankbar, dass zumindest sie überlebt hatten.

»Jetzt werd mal nicht rot, Hübscher. Ist ja nicht so, als hättest du das alles noch nie gesehen«, knurrte ich, während ich aufstand, ihm meinen Hintern zuwandte und zielstrebig auf den Kleiderschrank zuschritt. Denn er hatte recht. Ich musste nicht in diesem schicken Schloss herumsitzen, und Geraldine hatte mir bereits einen Ort gegeben, an dem ich anfangen konnte.

Ich ignorierte die hübschen Kleider, die an der Stange hingen, schob sie beiseite und suchte nach der praktischen Kleidung, die ich brauchte. Schließlich zog ich mir ein schwarzes Croptop und eine passende Jogginghose an. Ich sah ungefähr so königlich aus wie eine Straßendiebin, was ich ja auch gewesen war, bevor ich dieses verdammte Königreich betreten hatte. Und damit konnte ich mehr als gut leben.

Ich strich mit den Fingern über die beiden Ketten, die an meinem Hals hingen. Darius' Rubin fühlte sich immer noch warm an, obwohl er nicht länger pulsierte. Hatte ich mir das nur eingebildet? Aber noch während ich mich das fragte, schien sein Duft mich zu umhüllen. Der Geruch von Rauch und Zedernholz benetzte meine Zunge, und ich dachte an all die Küsse, die wir geteilt hatten. Brutal bis zärtlich und alles dazwischen. Ich löste meine Finger von der Kette, die er mir geschenkt hatte, und berührte stattdessen den Imperialen Stern, den meine Schwester hätte tragen sollen. Auch er war von einer verbogenen Macht durchdrungen.

Ich schob meine Kraft in den Stern und fragte mich, ob er sich mir jetzt, da ich ihn am meisten brauchte, unterwerfen würde. Aber meine Magie wurde nicht erhört; nichts deutete darauf hin, dass er überhaupt wusste, dass ich da war und an die versiegelte Tür klopfte, hinter der sich seine unglaubliche Macht versteckte.

Ich atmete durch die Nase aus, ließ meine Hand von den Ketten fallen und konzentrierte mich auf die Aufgabe, für die ich mich entschieden hatte.

Ich zog mir ein Paar Turnschuhe an, band meine Haare zu einem hohen Pferdeschwanz zusammen, atmete tief durch und ging zurück ins Schlafzimmer.

Caleb lehnte an der Tür und las etwas auf einem nagelneuen Atlas. Als er zu mir aufsah, hob ich fragend die Augenbrauen.

»Tyler hat einen Haufen davon für die vertrauenswürdigen Rebellen fertiggestellt«, erklärte er, holte ein weiteres Exemplar aus seiner Tasche und warf es mir zu. »Sie wurden mit Magie abgeschirmt, um sicherzustellen, dass sie nicht zurückverfolgt werden können. Die Verwendung ist also sicher. Ich gehe davon aus, dass wir uns direkt auf den Weg machen. Wir müssen in der Lage sein, jemanden anzurufen, damit wir wissen, wohin uns der Sternenstaub bringen soll, wenn wir fertig sind.«

Ich steckte den Atlas in meine Tasche und bemerkte, dass das Bett wieder in seine Position zurückgeschoben worden war, den schwarzen Fleck auf dem Boden größtenteils bedeckte und alle Beweise dafür verbarg, dass ich die Beherrschung verloren hatte.

Ich trat über den Schatz hinweg, der immer noch auf dem Boden verteilt war, ohne den Versuch zu unternehmen, ihn zu bewegen, und beruhigte mich einfach damit, dass er hier und in Sicherheit war – so wie er es gewollt hätte.

Der Drang, jedes einzelne Stück zu zählen, zerrte an mir, und ich schaute mich hastig um. Fast erwartete ich, ihn dort zu sehen, wie er darüber schimpfte, dass seine goldenen Klunker auf meinem Boden verstreut lagen, kurz davor, auszurasten, wenn nicht alles sorgfältig gezählt und sofort poliert würde. Ich schüttelte den Kopf, um die Vorstellung zu vertreiben, wohl wissend, dass kein Geist jemals ausreichen würde, um die Leere in mir zu füllen, selbst wenn ich einen in meiner Nähe lauern sehen würde.

Caleb warf mir einen Beutel mit Sternenstaub zu und streckte mir dann seine Hand entgegen. Ich ging auf ihn zu, ließ mich von ihm in seine Arme heben und schlang einen Arm um seinen Hals.

»Weißt du, wohin?«, fragte er, während er mich fester an sich drückte.

»Ja«, stimmte ich zu, denn es war die einzige schwache Hoffnung in Bezug auf einen Plan, den ich geschmiedet hatte. Und es war alles, woran ich denken konnte, seit Geraldine den Vorschlag gemacht hatte. Ich hatte mich aus einem vagen Gefühl der Verantwortung gegenüber den Fae auf dieser Insel zurückgehalten, aber darin bestand meine Pflicht nicht. Ich musste mich auf die Dinge konzentrieren, die ich brauchte, um eine Chance auf den Sieg zu haben. Und das erste dieser Ziele war klar. Darcy.

»Okay, dann mal los.« Caleb setzte sich in Bewegung.

Mir wurde flau im Magen, als er uns aus dem Schloss brachte, vorbei an einer Gruppe von Fae, die ich angesichts der Geschwindigkeit, mit der wir uns bewegten, nicht einmal zu erkennen hoffte, und dann über das weite grüne Land, das das Zentrum der Insel bildete, die wir von Solaria abgespalten hatten.

Die Kälte war gnadenlos, als er schneller als der Wind rannte, und ich klammerte mich an ihn, als würde ich um mein Leben kämpfen, während die Welt um uns herum verschwamm. Er rannte zum Rand der Schutzbarrieren, damit wir uns in die Fänge der Sterne begeben konnten.

Innerhalb kürzester Zeit hatte er es bis zur Klippe auf der Westseite der Insel geschafft, dem Punkt, an dem das Land einst mit Solaria verbunden gewesen war. Jetzt war dort nichts weiter als ein gnadenloser Abgrund in die Tiefen des Ozeans darunter.

Caleb verringerte seine Geschwindigkeit nicht, als er darauf zulief, sondern sprang direkt von der Kante in die Leere dahinter.

Wir stürzten in die Tiefe, das Wasser rauschte mit hoher Geschwindigkeit auf uns zu, und die Bewegung erinnerte mich an eine längst vergangene Zeit, als wir genau das Gleiche getan hatten. Als uns unsere Probleme so groß erschienen waren, im Nachhinein aber so unglaublich klein.

Ich nahm eine Prise Sternenstaub aus dem Beutel, den er mir gegeben hatte, und warf ihn über unsere Köpfe, bevor wir das Wasser berühren konnten.

Die Welt drehte sich um uns herum, die Sterne schauten mit gierigen Augen zu, und ich war wirklich versucht, ihnen allen den Mittelfinger zu zeigen und ihnen zu sagen, dass sie mich kreuzweise konnten. Aber noch während ich daran dachte, spuckten sie uns wieder aus, und wir fielen in Richtung eines üppigen Hügels. Das bergige Gelände erstreckte sich um uns herum in einem endlosen Meer aus Grün.

Wir fielen immer noch, aber eine Böe meiner Luftmagie fing uns auf, und Caleb landete auf seinen Füßen, bevor er auch mich losließ. Wir schauten uns beide verwirrt um und sahen die gähnende, leere Fläche, die uns umgab.

»Hier ist nichts«, murmelte Caleb, während er die wilde und unberührte Landschaft betrachtete, in der wir uns befanden.

Alles hier war von einem satten und leuchtenden Grün, selbst die sanften Berge waren in diese Farbe getaucht, und die Luft war so frisch, dass ich mich beim Einatmen so wach fühlte wie seit Wochen nicht mehr. Es gab keine Straßen oder Wege, keine Anzeichen von Bewohnern außer dem einsamen Adler, den ich durch die niedrigen Wolken über unseren Köpfen segeln sah. Die Luft fühlte sich feucht an, als würde es bald regnen – oder als hätte es gerade geregnet –, und die Stille war von einer schweren, unerbittlichen Art, wie ich sie während meiner Zeit in einer geschäftigen Stadt nie erlebt hatte. Hier herrschte Frieden, unbefleckt und ungebrochen. Einfach ein natürlicher, endloser Frieden, der meinen Körper auf rein organische Weise beruhigte.

»Da ist der See«, sagte ich und lenkte Calebs Aufmerksamkeit auf das stille Wasser, das sich wie eine Schüssel zwischen den Bergen in seinem Rücken ausbreitete.

Caleb drehte sich um und betrachtete die stahlgraue Fläche, bevor wir gemeinsam darauf zugingen. Unsere Stiefel traten auf federndes Moos, als wir den unglaublich grünen Hügel hinuntergingen.

Die Welt war noch da. Harmonie erfasste jeden Fleck der umliegenden Landschaft auf eine Weise, die fremd und doch verlockend zugleich war. Es war, als gäbe es hier nichts außer Einsamkeit und Wildnis. Es war eine Oase der Ruhe, verloren in einer Welt, von der ich wusste, dass sie voller Krieg und Leid war.

Selbst unsere leisen Schritte auf dem moosigen Boden klangen hier laut, während wir schwiegen, um die Ruhe, die wir entdeckt hatten, nicht mit unnötigen Worten zu trüben.

Als wir das Seeufer erreichten, wurden wir langsamer. Die Sohlen meiner Stiefel knirschten im schiefergrauen Kies, der den Wasserrand markierte.

Ein paar Herzschläge vergingen, aber nichts geschah, niemand kam, um uns zu begrüßen, wie Darcy es mir beschrieben hatte. Da war keine Insel in der Mitte des Wassers, und nichts wuchs aus den Tiefen dieser spiegelglatten Glasscheibe.

»Vielleicht ist niemand zu Hause«, sinnierte Caleb und bückte sich, um einen Kieselstein vom Boden aufzuheben und in den See zu werfen.

Der Stein hüpfte fünfmal, und hinter ihm breiteten sich Wellen aus, bevor er in den eisigen Tiefen versank und verloren war.

Wir sahen schweigend zu, wie sich die Wellen über die Oberfläche ausbreiteten. Die Störung war geradezu unheimlich an diesem zu ruhigen Ort, und doch passierte nichts.

»Ich bin Roxanya Vega«, rief ich, und die Lautstärke meiner Stimme war ein harter Kontrast zu der vorherrschenden Stille. »Tochter des Grausamen Königs und der größten Seherin ihrer Generation. Ich möchte Zutritt zur Bibliothek der Verlorenen erhalten.«

Auf meine Anfrage hin folgte nichts als das Echo meiner eigenen Stimme, die von den Bergen, die uns umgaben, widerhallte. Ich seufzte.

»Sollen wir umkehren?«, fragte Caleb unsicher, aber ich schüttelte den Kopf.

»Ich bin hierhergekommen, um eine verdammte Bibliothek zu besuchen. Und ich gehe nicht, bevor ich nicht ein paar Bücher ausgeliehen habe.«

Ich nahm seine Hand, und er protestierte nicht, als ich ihn mit mir zum See zog. Luftmagie umhüllte uns, als wir direkt ins Wasser stampften und uns mit der pfeilförmigen Luft, die uns umgab und unter die Oberfläche sank, einen Weg durch das Wasser bahnten.

Mit einer Handbewegung schickte ich Fackeln aus Phönixfeuer durch die Schwärze des Wassers, um unseren Weg zu illuminieren, während wir auf die Mitte des Sees zuschritten, wo ich wusste, dass die Bibliothek versteckt war.

»Was ist, wenn sie sich immer noch weigern, die Tür zu öffnen, wenn wir sie finden?«, fragte Caleb neugierig, aber ohne Sorge in der Stimme.

»Dann breche ich eben ein«, antwortete ich achselzuckend. »Ich habe keine Zeit mehr für Nettigkeiten. Darcy braucht mich. Und die einzige Hoffnung, sie zu finden, ist in diesem kostbaren Heiligtum eingeschlossen. Wenn sie mir nicht helfen wollen, dann machen sie sich zu meinen Feinden. Und meine Feinde haben die unangenehme Angewohnheit, zu Ruß zu werden.«

»Grausam«, kommentierte er, während er anerkennend lächelte.

»Was auch immer nötig ist.«

Wir tauchten immer tiefer in den See ein. Das Gewicht des Wassers drückte mit unglaublicher Intensität auf das Dach meines Luftschildes, aber ich ließ mich nicht beirren und verstärkte ihn, während wir weitergingen.

Das Licht der Fackeln, die ich vor uns entzündete, beleuchtete Schwärme kleiner Fische, die davonhuschten, als wir ihr Unterwasserreich heimsuchten. Ihre Schuppen funkelten silbern.

»Schau mal!« Caleb deutete mit dem Kinn nach rechts, und ich erstarrte, als ich mehrere riesige namenlose Schatten entdeckte, die knapp außerhalb unserer Sichtweite kreisten. Der Schlamm am Grund des Sees blähte sich auf, um ihre Silhouetten zu verbergen, während sie sich bewegten.

Ich schnipste mit den Fingern in ihre Richtung, und Phönixfeuer stob von uns weg, um sie anzustrahlen. Aber die Dunkelheit verschluckte die Flammen, bevor ich mehr als einen Schuppenblitz sehen konnte.

»Glaubst du, dass diese Dinger die Bibliothek bewachen?«, fragte ich, und mir stockte der Atem, als für eine Sekunde ein riesiger roter Tentakel zum Vorschein kam, bevor er in der Schlammwolke verschwand.

»Oder sie sind einfach nur hungrig«, vermutete Caleb, nahm seine Dolche aus dem Gürtel und entzündete das in das Metall eingearbeitete Feuer, um sich auf einen Angriff vorzubereiten.

Ich schürzte die Lippen, als ich an die Bestien dachte, die uns verfolgten, bevor ich mich von ihnen abwandte und weiter in Richtung des Herzens des Sees marschierte.

»Sollen sie doch kommen, wenn sie sich trauen«, forderte ich sie heraus. »Ich könnte einen guten Kampf gebrauchen.«

»Sehnst du dich danach, Blut zu vergießen?«, fragte Caleb, als er den Kreaturen ebenfalls den Rücken kehrte, sich meinem Tempo anpasste und an meiner Seite weiterging.

»Das ist so ziemlich alles, was ich mittlerweile tue«, stimmte ich zu.

Es folgte eine Pause, bevor er antwortete, eine Hommage an den Mann, den wir beide geliebt und verloren hatten, eine Unebenheit in unserer Realität, die niemals verschwinden würde.

»Gut.«

Ich konnte spüren, wie die Monster immer näher kamen, während wir weitergingen. Ihre Blicke glitten über meinen Rücken, musterten mich, verfolgten mich im Dunkeln, aber ich schaute nicht noch einmal zurück.

Ich war kein Beutetier und musste annehmen, dass sie das auch wussten, sonst hätten sie mich längst angegriffen.

Aber meine Sinne blieben in höchster Alarmbereitschaft, auf der Hut vor einem Hinterhalt. Das Feuer in meinen Adern pulsierte im Takt meines pochenden Herzens und sandte Adrenalin durch meinen Körper. Ich genoss dieses Gefühl, den Überlebensdrang, den Wunsch, zu kämpfen. Es war das Einzige, das mir zeigte, dass ich überhaupt noch leben wollte – die instinktive Reaktion meines Körpers, der fest entschlossen war, weiterzukämpfen, auch wenn ich mich innerlich wie ein Wrack fühlte.

Ich war so auf die Monster konzentriert, die uns im Dunkeln jagten, dass ich fast nicht bemerkte, wie der Stein und Schlamm des Seebetts unter meinen Stiefeln einer festen Felsschicht wichen.

Ich verharrte, betrachtete den Steinkreis, der uns umgab, und stieß einen leisen Seufzer aus, als ich die schimmernden Sternbilder in einem uralten Zodiac-Rad mit einem Sonnensymbol in der Mitte betrachtete.

»Ist sie das?«, fragte Caleb, der sich ebenfalls umsah. »Die Tür?«

Meine Lippen teilten sich zu einer Antwort, aber gerade, als ich zu sprechen begann, prallte ein Wasserstrahl auf die Rückseite meines Luftschildes. Der Angriff war so schnell und heftig gekommen, dass meine Magie unter der Wucht fast nachgab, als riesige Tentakel auf die harte Hülle trafen, die uns abschirmte.

»Verdammt!«, fluchte ich und drehte mich in Richtung des Monsters, das zu unserer Rechten auf uns zuschnellte und uns in einen Schleier aus Schlamm hüllte, der auch den größten Teil seines riesigen Körpers verbarg.

Ich riss meinen Arm zurück, ein Speer formte sich in meiner Hand, als meine Erdmagie aufflammte, und ich schleuderte ihn mit einem lauten Schrei in Richtung des Monsters. Die scharfe Spitze durchbohrte meinen Luftschild, wie es ich ihr erlaubt hatte.

Der Speer flog zielsicher, aber die Kreatur bewegte sich mit übermenschlicher Geschwindigkeit, wirbelte von uns weg und wich meinem Angriff aus, gerade als von hinten ein ohrenbetäubender Stoß gegen meinen Luftschild prallte.

Ich fuhr herum, Magie brannte sich einen Weg durch meine Mitte. Meine Augen weiteten sich beim Anblick der riesigen grünen Zange, die auf die Wände meiner Luftmagie zusteuerte. Meine Kraft vibrierte, jeder heftige Schlag könnte den Schild zerstören. Ein zweites Exemplar des Monsters begab sich nun ebenfalls in Stellung.

»Was zum Teufel sind das für Dinger?«, zischte ich, während sich meine Muskeln anspannten, um sie abzuwehren. Ich lenkte mehr Kraft in meinen Schild, als die Zange danach schnappte.

»In den Ecken dieser Welt lauern alle möglichen Monster«, erwiderte Caleb und drehte den Kopf, als eine dritte Kreatur zu unserer Linken ihren Angriff startete.

Ein schimmerndes goldenes Horn – das aussah, als hätte es einem Pegasus auf Faeroiden gehört – rammte meinen Schild, und eine Bestie mit einem haifischartigen Körper und einem Maul voller böser, scharfer Zähne stürzte sich wütend auf uns. »Hast du als Kind nicht die Geschichte von Joseph und dem Langhörnigen Ergut gelesen?«

»Wer zum Teufel ist Joseph?«, zischte ich.

Das Ding, von dem ich annahm, dass es sich um einen Langhörnigen Ergut handelte, brauste von uns weg und stürzte in die Tiefen des Wassers. Ich war aber nicht so dumm, zu glauben, dass es uns aufgegeben hatte, und verstärkte meinen Schild erneut. Einen Augenblick später entdeckte in das Schimmern des tödlich aussehenden Horns, das erneut in unsere Richtung kam.

»Joseph war ein Kind, das in den Tiefen des dunklen Tümpels hinter dem Haus seiner Familie nach Schätzen gesucht hat«, sagte Caleb und rollte mit den Augen, als sollte ich das wissen.

»Ist das irgendein Märchenscheiß?«, fragte ich. »Hat er einen auf Rotkäppchen gemacht und dieses Ding besiegt? Wenn ja, wäre ich dankbar, wenn du zu dem Punkt übergehen und mir ein paar Tipps geben könntest.«

»Rotkäppchen war eine beschissene formistische Mörderin, die ihre Großmutter umgebracht hat, als sie herausfand, dass sie ein Werwolf war und keine Medusa«, sagte Caleb und sah angewidert aus. »Wir kennen auch eure hübschen kleinen sterblichen Versionen der Geschichten, aber alle Fae wissen, dass nichts jemals so einfach ist wie ein Es-war-einmal.«

Meine Konzentration stockte angesichts dieser verdammt seltsamen Version der Geschichte, mit der jeder Sterbliche aufwuchs, aber ich wurde wieder abgelenkt, als das Zangenbiest seine Krallen gegen meine Verteidigung schlug.

Der Schild wackelte und brach unter der Wucht des Angriffs fast zusammen. Ich fluchte laut, während ich mehr Magie in ihn steckte und einen mit Phönixfeuer vergoldeten Speer in die Richtung des Monsters schleuderte, woraufhin dieses mit einem Schmerzensschrei zurückwich.

Der Langhörnige Ergut ließ sich jedoch nicht beirren, und ich war gezwungen, beide Hände in seine Richtung zu strecken, als sein unglaublich scharfes Horn mit der Wucht eines Hammers gegen meinen Schild schlug.

Mein Schild wurde von spinnennetzartigen Rissen durchzogen, durch die Seewasser eindrang. Ich keuchte auf und versuchte gerade, die Löcher wieder zu flicken, als Calebs Hand meine fand und er mir seine Kraft anbot.

Sofort ließ ich meine mentalen Barrieren fallen, denn der Rausch seiner Magie prasselte auf mich wie eine mächtige Bestie. Der Schild, der uns schützte, schimmerte, als er verstärkt wurde.

»Okay, dann erzähl mir, wie Joseph das Langhorn-Ding getötet hat«, presste ich hervor und wirkte einen weiteren Speer in meiner freien Hand, während ich den Kopf drehte, um nach den anderen Monstern in der Dunkelheit um uns herum zu suchen.

»Das hat er nicht«, sagte Caleb und sah mich stirnrunzelnd an. »Er hat seine Höhle gefunden und eines seiner Eier gestohlen. Als der Langhörnige Ergut ihn entdeckte, hat er ihn zerrissen und verschluckt. Josephs Familie hat nie erfahren, was mit ihm geschehen ist, und die Moral von der Geschicht: Wag dich nicht an die dunklen Orte dieser Welt, ohne auf die Bestien vorbereitet zu sein, die dort lauern.«

Ich starrte ihn an, und meine Magie vibrierte, als Tentakel von hinten gegen meinen Schild peitschten. Die dritte Bestie schien uns daran erinnern zu wollen, dass sie auch noch hier war.

»Was für eine Kindergeschichte ist das denn?«

»Die einzige, die zählt«, antwortete er achselzuckend. »Was hast du denn erwartet? Ein Happy End?«

»Ja, ich habe ein verdammtes Happy End erwartet«, knurrte ich. »Ich habe eine Geschichte erwartet, in der die Bestie besiegt und der Schatz gehoben wird. Und in der alle glücklich bis ans Ende ihrer Tage leben.«

Caleb brach in ein unerbittliches Lachen aus. »Ich schlage vor, du hörst auf, an solchen Unsinn zu glauben, Prinzessin«, sagte er mit tiefer und rauer Stimme. »So sind die Geschichten der Fae nicht. Die Enden sind immer brutal und blutig, und niemand kommt unbeschadet aus ihnen raus. Schon gar nicht die Hauptfiguren.«

Mein Blick wanderte wieder zu den Monstern um uns herum. Meine Kraft war am Limit, und wenn sie versagte, erwartete uns ein brutales Schicksal.

»Nicht mit mir!«, zischte ich. »Ich kämpfe für Es-war-einmals und Happy Ends und werde als Heldin aus dieser Sache hervorgehen, genau wie es die Geschichten der Sterblichen versprechen.«

»Viel Glück dabei«, schnaubte Caleb, und ich verstand das als Herausforderung, während ich meine Magie anzapfte und mich darauf vorbereitete, ihm genau zu zeigen, was ich meinte.

Aus dem Augenwinkel sah ich, wie die riesigen Tentakel zurückschnellten und sich auf einen weiteren Angriff vorbereiteten, gerade, als der Langhörnige Ergut aufs Neue auf uns zustürmte.

In dem Moment, in dem es angriff, stieß ich Luftmagie aus und erweiterte meinen Schild, dass er beide Monster darin einschloss. Das Ding, das wie ein Riesenkrake aussah, stieß ein wildes und regelrecht panisches Kreischen aus, als es in das wasserlose Gebiet stürzte, wobei seine Tentakel wild um sich schlugen und Caleb fast von den Füßen warfen.

Er reagierte schnell und schoss um das Ding herum, bevor er sich auf seinen Kopf stürzte. Die glühenden Dolche in seinem Griff waren bereit für einen tödlichen Schlag, während sich der Langhörnige Ergut meiner Aufmerksamkeit bemächtigte.

Das Ding war abscheulich, wenn es nicht vom Schlamm des Seebodens verschleiert wurde. Sein riesiges Maul war weit geöffnet, als der Ergut versuchte, seinen Körper in meine Richtung zu bewegen und mich ganz zu verschlingen.

Ich schenkte dem Monster ein wildes Grinsen, ignorierte den Aufprall des riesigen Krabbendings auf den hinteren Bereich meines Schildes und wirkte einen weiteren Speer in meiner Hand, während ich auf den Ergut zustürmte. Mein Blick war auf das eine kugelige Auge auf dieser Seite seines gehörnten Kopfes gerichtet.

Ich stieß ein lautes Brüllen aus, bevor ich den Speer mit aller Kraft auf das Auge schleuderte und anschließend einen Feuerzauber auf das Tier wirken ließ.

Doch anstatt den Augapfel der Kreatur zu durchbohren, sah ich schockiert zu, wie sich ein silbriges undurchsichtiges Augenlid eine Millisekunde vor der Berührung mit dem Speer über das Auge legte.

Selbst die geschärfte Spitze meiner Waffe hatte keine Chance gegen das, woraus das Augenlid bestand, und ich fluchte, als der Speer abprallte und der Feuerball, den ich ihm hinterhergeschossen hatte, auf der schuppigen Haut verglühte.

Mit meinem Angriff hatte ich nichts weiter erreicht, als das Monster noch wütender zu machen. Und ich war gezwungen, mich umzudrehen und wegzurennen, als es sein Gewicht auf mich zu werfen versuchte und seinen riesigen Körper genau dort in den schlammigen Boden warf, wo ich gerade noch gestanden hatte.

Ich wirkte Eisklingen in meine Hände, während ich weiterlief, und schleuderte eine nach der anderen auf das Ungeheuer, in der Hoffnung, es damit irgendwie aufzuhalten.

Mit einem plötzlichen Energieimpuls lösten sich meine Flügel von meinem Rücken. Feuer bedeckte meinen Körper, als ich in die höher liegenden Regionen unserer Luftblase unterhalb des Sees flog. Ich schwebte direkt über dem tentakelartigen Tintenfisch-Ding, als dieses Caleb mit einem seiner schlangenartigen Glieder einwickelte.

Ich schleuderte einen Schwall aus Phönixfeuer in die entsprechende Richtung, und der Tintenfisch schrie auf, als er gezwungen war, Caleb loszulassen.

Caleb ergriff sofort die Chance, die ich ihm gegeben hatte. Blitzschnell schlitzte er den Bauch der Kreatur mit seinen glühenden Dolchen auf, woraufhin blaugrünes Blut über den schlammigen Seegrund spritzte. Der Tintenfisch schrie vor Schmerz auf.

Ich schlug kräftig mit den Flügeln und flog zur Kuppel meines Luftschildes. Ich warf einen Blick über die Schulter, als ich spürte, wie sich der Langhörnige Ergut auf mich stürzte. Die Luft bewegte sich, als das Ding seine Masse nach oben wuchtete wie ein Hai, der auf der Suche nach einer Mahlzeit an Land geht.

Ich streckte die Arme aus, ließ meinen Kopf nach hinten fallen, presste meine Flügel an meinen Körper und machte einen Rückwärtssalto. Der heiße

Atem des Monsters kitzelte meinen Rücken, und seine Kiefer schnappten kurz vor meinen Fersen zu.

Ich tauchte nach unten und wirkte eine Luftböe hinter mich, damit ich mich schneller bewegen konnte, während ich mein Schwert zog und auf den Rücken des Monsters zustürzte.

Der Langhörnige Ergut kreischte, als ich auf ihm landete. Meine Füße rutschten auf seinen nassen Schuppen, aber ich hielt mich fest und stieß mein Schwert mit einem lauten Schrei in sein Rückgrat.

Die Kreatur wirbelte mit einem Brüllen herum, als mein Schwert bis zum Griff in ihr feststeckte, und ihr gräuliches Blut ergoss sich über meine Hände, was es mir noch schwerer machte, meine Position zu halten.

Ich schlug mit meinen flammenden Flügeln, um das Gleichgewicht zu bewahren, und mein Puls raste. Adrenalin flutete meinen Körper, und ich verlor mich in diesem Gefühl. Der Kampf um mein Leben rüttelte mich wach und ließ alles viel schärfer erscheinen. So war es nicht mehr gewesen, seit meine Welt implodiert war und ich diejenigen, die ich in diesem sternverfluchten Leben am meisten liebte, verloren hatte.

Ich biss die Zähne zusammen und riss mein Schwert nach rechts. Das Monster schrie mit einer ohrenbetäubenden Endgültigkeit auf, als sein Körper unter mir erstarrte und dann erschlaffte.

Ich sprang runter, als es zur Seite zu fallen begann, schlug mit den Flügeln, um wieder an Höhe zu gewinnen, und befreite mein Schwert in einem Schwall von Blut. Es fiel auf den Schlick am Grund des Sees – endlich nicht mehr im Griff der brutalen Existenz, die es beansprucht hatte.

Ich stieß ein gehässiges Lachen aus, wischte mir mit der Hand über das Gesicht, um meine Augen vom Blut zu befreien, und suchte dann nach Caleb, um herauszufinden, wie es ihm mit dem Riesenkalmar erging.

Doch als ich ihn entdeckte, sah ich, dass er nach wie vor in einem erbitterten Kampf mit der Kreatur verstrickt war. In dem Moment raste ein riesiger Tentakel auf mich zu, dessen Saugnäpfe pulsierten.

Ich holte scharf Luft und hob meine Arme, um mich zu schützen, aber ich war nicht schnell genug. Die volle Wucht dieses monströsen Tentakels traf mich so hart, dass mir der Atem wegblieb und ich durch die Luft flog.

Ich wurde durch die Weite meiner Luftblase geschleudert und verbannte meine Flügel. Meine Augen weiteten sich vor Angst, als die Grenze meines Luftschildes vor mir auftauchte – so massiv wie eine Ziegelmauer.

Ich schrie vor Angst und streckte eine Hand aus. Der Schild verschwand weniger als eine Sekunde, bevor ich dagegen gekracht wäre und ausgesehen hätte wie ein platt gefahrenes Tier.

Ich stürzte in das trübe Wasser des Sees, und mein Schrei verwandelte sich in einen Schwall von Luftblasen, die an die ferne Oberfläche davonschossen.

Ich strampelte wie wild, versuchte, mich umzudrehen, verlor dabei aber jegliches Gefühl für die Richtung. Das einzige Geräusch, das ich hören konnte, war das Schlagen meines eigenen Pulses gegen mein Trommelfell.

Ich spreizte meine Finger weit, und Funken schossen aus ihnen hervor und erhellten das dunkle Wasser vor mir. Das Krabbentier stürzte sich auf mich; in seinem klaffenden Schnabelmaul glänzten rasiermesserscharfe Zähne.

Ich bekam es mit der Angst zu tun. Dieses Maul war groß genug, um mich ganz zu verschlingen, und das Viech bewegte sich so schnell, dass ich kaum mehr tun konnte, als zusammenzuzucken, bevor sich die Zähne um mich herum schlossen und ich in den Rachen des Ungeheuers gezogen wurde.

Drei entsetzliche Sekunden lang war ich wie erstarrt, die Hände um den Kopf geschlungen, die Gliedmaßen eng an die Brust gepresst, während ich darauf wartete, dass mein Ende mich ereilte. In dem Moment realisierte ich, dass ich noch nicht ganz an diesem Punkt angekommen war.

Ich kauerte auf einer dicken klumpigen Zunge; endlose Zahnreihen umgaben mich, und ein wütend klapperndes Knirschgeräusch begann in der Kehle des Tiers. Ich atmete zwar noch, aber ich hatte das schreckliche Gefühl, dass der Tod schnell näher kam – jetzt, da ich mich im Gefängnis seines Mauls gefangen sah.

Das Lied meines Phönix summte durch meine Adern. Feuer entzündete sich in den Tiefen meiner Seele und brannte sich durch mich hindurch, bis mein Körper vor Kraft zu glühen begann. Jeder Tropfen meiner Magie und der Gaben meiner Formgebung eilte herbei, um mir zu helfen. Die Zähne und die Zunge im Maul des Krabbenwesens leuchteten auf. Das Monster begann, zu kauen und mich in Richtung der kraftvollen Zähne zu schubsen.

Ein gleißender Lichtblitz schoss aus mir heraus, und ich hatte keine andere Wahl, als die Augen davor zu schließen. Eine Explosion aus rotem und blauem Feuer folgte, als ich jeden Tropfen meiner Kraft auf einmal aus mir herausschießen ließ.

Für einen einzigen Moment löste sich das Wasser auf. Es herrschte Stille, als ich meine Augen einen Spalt weit öffnete und zum Himmel aufblickte, den ich zwischen den Wasserwänden erblickte, die sich unter der Intensität meines Feuers geteilt hatten.

Ich atmete verzweifelt ein, meine Augen weit aufgerissen, als ich die Klumpen blutigen Krabbenfleisches auf mich zurasen sah – gerade, als das Seewasser zurückströmte, um die Lücke zu füllen, die mein Feuer geschaffen hatte.

Das Wasser kollidierte mit mir und schleuderte mich so schnell in die Tiefe, dass ich jegliche Hoffnung verlor, herauszufinden, wo oben war. Und für einige hoffnungslose Sekunden kamen die Erinnerungen an ein gefrorenes Schwimmbecken zurück.

Ich dachte an *ihn*, an den Mann, an den ich nicht denken durfte, den ich so sehr gehasst und am Ende so sehr geliebt hatte, dass sein Verlust absolut zerstörerisch gewesen war. Die Erinnerung an ihn war wie eine Brandwunde, die nicht heilen wollte, der Schmerz war konstant und flammte ohne oder mit nur geringer Provokation zu etwas Heftigem und Unerträglichem auf. Er raubte mir den Atem, die Fähigkeit, weiterzumachen, und ließ mich mit nichts zurück, außer dem Wunsch, das Feuer zu löschen, das ihn verursacht hatte, bevor ich mich selbst in die Flammen stürzte und sie anflehte, auch mich zu töten.

Vielleicht war es mein Schicksal, hier im eiskalten Wasser zu sterben, wie ich es schon so oft hätte tun können. Zuerst, als das Auto verunglückt und ich darin gefangen gewesen war, und dann, als er mich in diesem Becken eingeschlossen hatte. Wäre nicht alles so viel einfacher, wenn ich mich diesem Schicksal jetzt einfach ergeben würde?

Mein Rücken traf auf etwas Hartes und Raues, und meine Hand schnellte instinktiv zu dem Steinhaufen auf dem Seeboden. Denn ein kleiner Funken in mir kämpfte immer noch, trotz der verzweifelten morbiden Wendung meiner Gedanken.

Ein Vibrieren hallte durch den Stein, als ich mich daran festhielt, und ich drehte den Kopf, um ihn anzusehen. In dem Moment teilte er sich, eine Tür erschien und ein Mann, den ich kannte, griff nach meinem Arm.

Calebs blonde Locken klebten an seiner Kopfhaut, Wasser tropfte ihm übers Gesicht, und er blickte unglaublich finster drein, als er mich in eine Luftblase zerrte, die er mit seiner Erdmagie am Grund des Sees geschaffen hatte.

Ich fiel auf die Knie, als er uns erneut in dem kleinen Raum einschloss. Wasser plätscherte über meine Hände, während ich hustete und zu seinen Füßen zitterte.

»Happy End, von wegen«, murmelte er – und das war so verdammt lustig, dass ich lachen musste.

Hier war ich nun, dieses gebrochene grausame Ding, eine Prinzessin ohne Krone, die am Ende der Welt nach einem verlorenen Mädchen suchte, während sich diverse Monster an ihr zu laben versuchten. Alle Hoffnung schien verloren, und dennoch kämpfte sie darum, weiterzuleben. Ewig kämpfend, leidend und hoffend, dass dies nur eine weitere Bodenwelle sein könnte, eine Qual, die vor dem Ende überstanden werden musste. Aber welches Ende könnte mir jetzt noch Licht spenden?

Der Boden unter mir bebte, und ich blinzelte in das schwache Licht der Flamme, die Caleb für uns heraufbeschworen hatte, um etwas sehen zu können. Die versunkene Insel, die von einer Ansammlung von Tierkreissteinen dominiert wurde, erstreckte sich unter dem knietiefen Wasser um mich herum.

Mein Magen zog sich zusammen, als der Boden anzusteigen begann – ein Gefühl, das dem in einem Aufzug nicht unähnlich war. Wir durchbrachen die Oberfläche des Sees, und das Zodiac-Rad unter uns rastete in der Mitte einer Insel ein. Kalte Luft umwehte uns, und ich ließ meinen Luftschild los und blickte in den bewölkten Himmel.

Caleb reichte mir mein Schwert, und ich nahm es entgegen, ohne die Energie aufzubringen, ihn zu fragen, wie er es inmitten dieses Chaos gefunden hatte.

»Ich habe den Riesencalamares getötet«, sagte er mit leiser Stimme. »Aber ich glaube, mit deinen zwei Monster-Kills gewinnst du trotzdem, Sweetheart.«

»Klingt nach einem ziemlich guten Ende für eine Geschichte«, sagte ich, während ich mich hinkniete und versuchte, meinen rasenden Herzschlag zu beruhigen. »Es sei denn natürlich, wir werden gleich von dem gefressen, was den Boden unter uns zum Beben bringt.«

»Nein«, erwiderte Caleb und legte den Kopf schief, während er seine Gabe einsetzte, um etwas zu hören, das außerhalb meiner Reichweite lag. »Ich kann Leute reden hören. Ich glaube, wir haben endlich die Tür zur Bibliothek gefunden.«

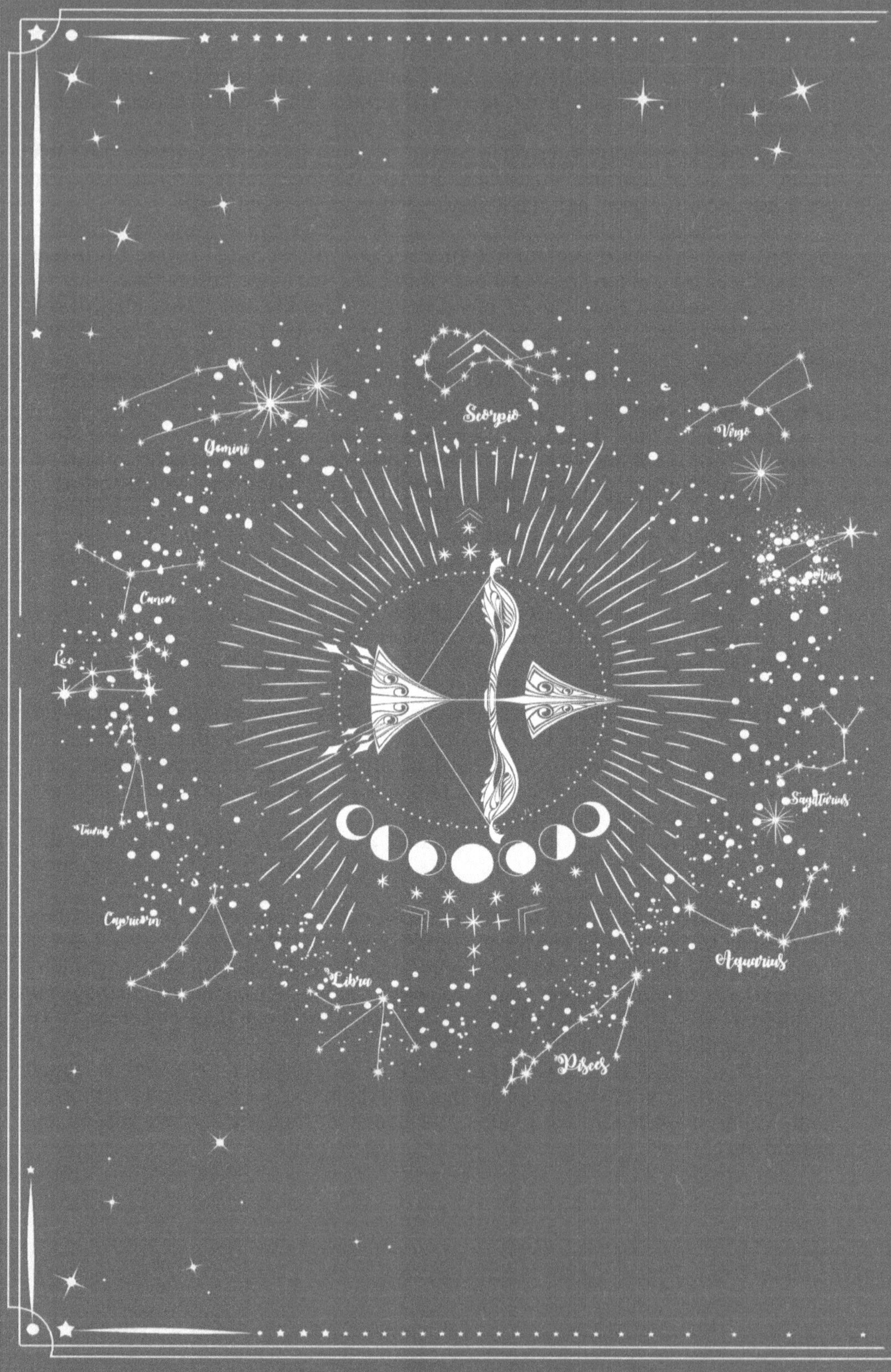

Gemini
Scorpio
Virgo
Aries
Cancer
Leo
Sagittarius
Taurus
Capricorn
Aquarius
Libra
Pisces

XAVIER

KAPITEL 26

Regen prasselte gegen das Fenster meines Zimmers im P. O.-Schloss, und ich beobachtete die Tropfen, wie sie an der Scheibe hinunterperlten, während ich mit dem Rücken zur Wand auf einem Fensterbrett saß. Ich suchte mir im Geiste zwei Tropfen aus, um sie in einem Wettrennen den Boden der Scheibe erreichen zu lassen, und verfolgte dabei den Tropfen, auf den ich gesetzt hatte. Aber natürlich kam er nicht zuerst an, und ich seufzte. Egal, wie oft ich dieses stille Spiel gespielt hatte, ich hatte irgendwie immer den Loser ausgewählt.

Geraldine hatte uns einen der schönsten Räume im zweiten Stock des Palastes zur Verfügung gestellt, und jeden Morgen wartete vor unserer Tür ein Korb mit Bagels und handgeschriebenen Notizen von ihr. Sie adressierte sie immer an »meinen süßen Pega-Bruder«. Ich fühlte mich wie ein Arschloch, weil ich erstens selten etwas von den Sachen aß, die sie für Sofia, Tyler und mich zurückließ, und ich ihr zweitens … nichts angeboten hatte, um ihr bei ihrer Trauer zu helfen.

Sie stand früh – nur die Sterne wussten, wie früh – auf, um frische Bagels zu backen und sie mir täglich zu bringen. Sie hinterließ kleine Sympathiebekundungen, um mir durch meine Trauer zu helfen. Und wie revanchierte ich mich? Gar nicht. Ehrlich gesagt fühlte ich mich zu nichts fähig. Die Stunden des Tages liefen in einer Endlosschleife ab, jede schleppte sich mühsam zur nächsten. Mein Schmerz ließ im Laufe dieser Minuten nie nach oder veränderte sich, er wurde nie schwerer oder leichter. Er war einfach da. Als hätte sich ein trauriges Wesen in meine Brust geschlichen und sich dort häuslich niedergelassen.

Ich hatte gedacht, dass Trauer lauter sein würde. Mir war, als sollte es Fae geben, die schrien und ihre Fäuste gegen Wände hämmerten. Als sollten wütende Donnerschläge den Himmel durchzucken. Aber wenn überhaupt, dann war es leiser geworden. Geradezu still.

Ich blickte auf eine der Trainingsarenen hinab, die von den Erdelementaren gebaut wurde, und beobachtete die Rebellen bei der Arbeit im Nieselregen.

Die Atmosphäre auf der Insel war düster und voller Schmerz. Die Fae bewegten sich wie Zombies von einem Arbeitsposten zum nächsten – ihre Augen gerötet vom fehlenden Schlaf und vom Weinen, die Gesichter hager, als wäre ihnen etwas Lebenswichtiges entzogen worden. Ich war sie und sie waren ich. Es gab keinen Unterschied zwischen uns. Wir sollten die Glücklichen sein, die Überlebenden, die es durch die Schlacht geschafft hatten. Aber ich hatte das flaue Gefühl, dass die Toten es besser getroffen hatten als wir. Zurückgelassen zu werden, während Mitglieder unserer Familien und Freunde für immer von uns gegangen waren, fühlte sich an wie ein endloser Fluch unermesslichen Schmerzes.

»Xavier?«, sagte Sofia sanft, setzte sich neben mich auf die Bank des Sitzfensters und zog die Knie an ihre Brust.

Ich spürte ihre Augen auf mir, konnte aber meinen Kopf nicht drehen, um sie anzusehen, da meine Gedanken wieder dem Wettrennen der Regentropfen galten. Der eine, für den ich mich entschieden hatte, schaffte es nicht einmal bis zum Boden, sondern wurde vom Wind weggefegt, während der andere sanft hinunterglitt und sich den Sieg sicherte. Wieder eine Niederlage. *Klar.*

»Tyler hat einen Weg gefunden, mit seinem Atlas ein Signal zu empfangen, um Nachrichten von außerhalb abzurufen«, sagte Sofia und fuhr fort, als würde ich fasziniert zuhören.

»Ich bin ein Geist«, rief Tyler aufgeregt vom Bett auf der anderen Seite des Raumes aus. »Ich kann alles, aber niemand sieht mich. Vom Campus der Zodiac Academy kommt ein Haufen Zeug. Da sind etliche Studenten, die sich zu wehren versuchen.«

»Das ist großartig«, sagte ich mit emotionsloser Stimme, obwohl ich wirklich froh war, dass er es geschafft hatte, den *Daily Solaria* seit der Schlacht am Laufen zu halten. Die Fae im Königreich mussten jetzt mehr denn je die Wahrheit erfahren.

Sofia rückte näher, und ihre Finger berührten meine, als sie versuchte, meine Aufmerksamkeit zu gewinnen.

»Kann ich irgendetwas für dich tun?«, flüsterte sie, und mein Herz verkrampfte sich.

Ich war ein Arschloch. Ich war kaum in der Lage, ihr mehr zu geben als die kleinsten Zeichen meiner Zuneigung. Ich wollte es, aber ich tat es nicht. Denn es schien mir falsch, mir zu erlauben, etwas anderes zu fühlen als den Schmerz über meinen Verlust. Ich wollte weder meine Mutter noch Darius oder Hamish so respektlos behandeln. Sie hatten es verdient, dass ihre Liebsten über ihren Tod nachdachten und litten, anstatt einfach weiterzuleben und so zu tun, als könnte sich die Welt auch ohne sie weiterdrehen. Selbst wenn sie das könnte – ich wollte nicht, dass sie es tat.

Jedes Mal, wenn ich mich küssen ließ oder Sofia und Tyler zu lange umarmte, wurde ich von Schuldgefühlen geplagt. Denn ihre Zärtlichkeiten trösteten mich. Und ich hatte kein Recht, mich trösten zu lassen. Mich besser zu fühlen.

Ich wollte nicht mehr lächeln, denn lächeln bedeutete, dass ich nicht mehr traurig war. Und ich sollte so lange und so intensiv wie möglich leiden. Obwohl ich mir sicher war, dass kein noch so großer Kummer das Gleichgewicht der

Welt wiederherstellen würde. Sie würden nicht zurückkommen, und ich hatte das schreckliche Gefühl, dass ich es auch nicht tun würde.

»Nein.« Ich erinnerte mich daran, Sofia zu antworten, ohne zu wissen, wie lange ich diese Frage offengelassen hatte. Aber ich wusste, dass ich drei weitere Regentropfenrennen am Fenster verloren hatte.

Sofia wieherte leise und voller Schmerz, bevor sie ihren Kopf auf meine Schulter legte. Sie roch so süß, nach kandierten Äpfeln und Zuckerstangen, und als sie zu mir aufblickte, sah ich, wie Tränen über ihre Wangen liefen, in denen rosafarbener Glitzer schimmerte.

Ihr Schmerz schärfte meine Gedanken, und ich tauchte aus der Tiefe meiner Benommenheit auf, um ihr mit meinem Daumen die Tränen wegzuwischen.

»Nicht weinen, kleine Stute«, sagte ich.

»Ich will dir helfen«, flehte sie. »Lass mich dir helfen.«

Ich strich mit dem Daumen über ihre Unterlippe, färbte ihren Mund mit dem Glitzern ihrer Tränen ein und runzelte die Stirn. Ich wünschte, ich könnte sie wieder lächeln sehen. Als ich am einsamsten gewesen war, gefangen in dem Albtraum des Acrux-Anwesens, war Sofia meine Rettung gewesen. Sie war für mich da gewesen, wenn die Mauern zu eng geworden waren und die Schritte meines Vaters mich das Fürchten gelehrt hatten. Sie war meine leuchtende Fantasie gewesen und ich hatte sie geliebt, bevor ich sie überhaupt kennengelernt hatte. Sie jetzt hier zu sehen, wie sie um mich weinte, weckte in mir den Wunsch, mich um sie zu bemühen. Wenn dieses schöne Wesen dazu verflucht war, einen Zombie zu lieben, dann musste ich einen Weg finden, mein Herz wieder zum Schlagen zu bringen.

»Arschloch«, knurrte Tyler, und ich sah ihn an. Er hatte die Stirn in Falten gelegt und starrte auf den Atlas, der auf seinen Knien ruhte.

»Was ist los?«, fragte Sofia.

Tyler schaute uns an, sein Unterkiefer zuckte, und seine Hand wanderte zu seinen hellbraunen Haaren, um sie in seiner Faust zu bündeln. »Dieses Stück Scheiße, Gus Vulpecula, hat alle möglichen Lügen über die Rebellen gedruckt. Und er hat noch einen Artikel über die Schlacht geschrieben.«

»Dann lass mal sehen«, murmelte ich und richtete mich auf.

Tyler nahm seinen Atlas, schob ihn unter seinen Hintern und schüttelte den Kopf. »Nee, Mann. Der ist echt abgefuckt. Vergiss es einfach.«

Seine abwiegelnde Art machte mich nur noch entschlossener, den Artikel zu sehen, und ich ging zu dem breiten Bett, das für drei Personen konzipiert war und an dessen Kopfende ein Regenbogen prangte.

»Gib mir den Atlas!«, befahl ich und zog die Dom-Karte, aber er wehrte sich weiterhin. »Tyler.«

»Nein«, erwiderte er, stand auf und versperrte mir den Weg zum Bett, in dem der Atlas lag. »Lass es sein, Xavier!«

Meine Brust prallte gegen seine, und ich stampfte warnend mit dem Fuß auf. »Aus dem Weg!«

Tyler stand seinen Mann, während er meinen Blick fixierte. Das wütende Pochen seines Herzens hallte durch seinen Körper in meinen eigenen wider.

»Ich versuche, dich zu beschützen«, sagte er mit leiser Stimme.

»Mit Vulpeculas Propaganda werde ich schon fertig«, sagte ich mit zusammengebissenen Zähnen.

Tyler hielt noch eine Sekunde länger durch, bevor er den Blick senkte und den Kopf in Unterwerfung neigte. Er trat zur Seite, und ich machte augenblicklich einen Schritt nach vorn, ergriff den Atlas und las den Artikel der *Celestial Times*.

Im Zusammenhang mit dem großartigen Sieg des Königs über die Rebellen sind neue Informationen ans Licht gekommen!

Berichte der edlen Drachen, die an der Seite von König Lionel kämpften, zeichnen ein wunderbares Bild des Ruhms, nachdem die Aufständischen einen gefühllosen Aufruf zum Krieg gegen die Krone gestartet hatten. Unser König erreichte das Schlachtfeld in freundlicher und bescheidener Manier, um eine friedliche Lösung für die Gewalt zu finden, die aufgrund der bösen Agenda der Rebellen im ganzen Königreich grassierte. Seine Ankunft wurde jedoch sofort mit einem Angriff begrüßt, und unser König war gezwungen, seinen Feinden frontal entgegenzutreten. Zeugen geben an, gesehen zu haben, wie sein eigener Sohn Darius Acrux seinen Vater von hinten in einer hinterhältigen, unFaeigen Tat angriff. Fast wäre das das Ende des Königs gewesen – wenn er nicht doppelt so stark gewesen wäre wie sein ehemaliger Erbe.

Darius Acrux' Witwe, die äußerst angesehene Drachin Mildred Canopus, hat zu diesem Vorfall Folgendes zu sagen:

»Darius hat sich der dunklen Seite zugewandt, wurde von der Vega-Hure korrumpiert und war eifersüchtig auf den Aufstieg seines Vaters zur Macht. Er hat sich gegen seine eigene Familie gestellt, um die Macht von unserem großartigen König an sich zu reißen. Seine Gewalt kannte kein Ende, und ich musste mit ansehen, wie er die Armee der Verräter angeführt hat, mit den Vega-Zwillingen an seiner Seite und einer unglaublichen Bosheit in den Augen. Sein Neid war für jeden, der ihn beobachtet hat, offensichtlich, und selbst als sein verehrender Vater versucht hat, mit ihm zu reden, wollte Darius nichts davon hören. Tatsächlich hörte ich ihn sagen: ›Ich will deinen Thron und die ultimative Kontrolle über das Königreich.‹ König Lionel war gezwungen, gegen sein eigenes Fleisch und Blut zu kämpfen, und hatte keine andere Wahl, als ihn zu überwältigen. Es muss ein schreckliches Opfer für den König gewesen sein, aber am Ende hat er seine Stärke als überlegener Fae unter Beweis gestellt und getan, was im Namen Solarias getan werden musste.«

Weitere Zeugen haben sich gemeldet und ein Bild von Darius Acrux' Absturz in den Wahnsinn gezeichnet, nachdem er und die anderen ehemaligen Erben von Roxanya und Gwendalina Vega auf die dunkle Seite gelockt worden waren. Der berühmte Historiker Norman Gimplight hat neue Erkenntnisse über die Formgebung der Phönixe aufgedeckt und Fähigkeiten in Bezug auf Manipulation und Korruption bestätigt, die einen vor Angst erschaudern lassen.

Offensichtlich war Darius ein Opfer dieser Kräfte, sodass seine Obsession mit der Herrlichkeit seines Vaters immer stärker wurde. Bis der Mann, den wir einst kannten und liebten, verloren war.
Es scheint, dass in jüngster Zeit eine weitaus düsterere Seite des einstigen Feuererben zum Vorschein kam, von der niemand etwas ahnen konnte. Sie fiel mit der Rückkehr der Vegas ins Reich der Fae zusammen. Das kann kein Zufall sein. Ihr Einfluss wirkte sich vom ersten Tag an tiefgreifend auf ihn und die anderen ehemaligen Erben aus, und Gimplight hat bestätigt, dass es keine Heilung für den Verderb ihrer Macht gibt.

Nach dem Tod von Darius Acrux melden sich nun etliche Zeugen, die nicht länger Angst vor seinem Zorn haben. Es ist naheliegend, dass er viele der Studenten der Zodiac Academy bedroht hat, damit sie seine dunklen Geheimnisse für sich behalten. Die Wahrheit hinter der Maske ist in der Tat erschreckend.

Honey Highspell, Professorin des Kurses Grundlagen der Magie an der Zodiac Academy, sagte Folgendes zu seinem Verhalten:

»Darius Acrux war aufmüpfig und kam oft mit Blutflecken auf seiner Kleidung und einem ungeheuren Zorn in sich zum Unterricht, womit er seine Kommilitonen erschreckt hat. Und obwohl ich den Verdacht hatte, dass er andere Studenten terrorisierte, erhielt ich bei meinen Nachforschungen keine definitiven Bestätigungen – zu tief griff die Angst unter den Studenten. Es war äußerst beunruhigend. Manchmal fürchtete ich um mein eigenes Leben, wachte nachts auf und sah goldene Augen, die mich durch das Fenster meines Chalets in der Lehrerresidenz anstarrten. Er wollte mich auf eine Weise, die ich nicht verstehen konnte, vielleicht sexuell, vielleicht mehr.«

Mildred Canopus, eine seiner Kommilitoninnen an der Zodiac Academy, fügte hinzu:

»Ich habe Gerüchte über etwas gehört, das sich Blutring nannte. Darius Acrux soll seine Opfer an einen unbekannten Ort des Campusgeländes gebracht haben. Eines Nachts habe ich mich aus meinem Zimmer geschlichen und bin Darius in den Wimmernden Wald gefolgt. Und da habe ich sie gesehen: Seth Capella, Caleb Altair, Max Rigel und ihr Anführer Darius gegen einen einzelnen Fae. Ich hätte mich fast übergeben, als ich gesehen habe, wie sie sich der Art der Fae widersetzt haben.«

Mit viel Mühe gelang es mir, einen Fae aufzuspüren, der regelmäßig Opfer der Brutalität der Erben wurde und mutig genug war, diese Aussage zu machen. Um sich zu schützen, möchte der Wieselwandler anonym bleiben.

»Darius Acrux hat mich mitten in der Nacht aus dem Bett gezerrt und in den Wald gebracht, wo er und die anderen Erben mich verprügelt haben. Dabei haben sie gelacht. Und Darius hat immer wieder gesagt, dass er der wahre König ist – es war wirklich seltsam. Er hat auch gesagt, er würde alle seine

Freunde in den Palast bringen, um gemeinsam mit ihnen König Lionel im Schlaf zu erstechen. Er hat sich so unglaublich unFaeig benommen. Ich denke viel darüber nach.«

Alles in allem denke ich, dass wir uns einig sind, dass der älteste Sohn des Königs eine weitaus finsterere Persönlichkeit war, als man uns glauben machen wollte. Und die Wahrscheinlichkeit, dass diese Dunkelheit direkt von den Phönix-Zwillingen ausging, ist wirklich beunruhigend. Es macht mich traurig, daran zu denken, dass seine treuen Fans diese Nachricht kurz nach seinem Tod erfahren müssen. Aber ich kann euch nicht länger vor der Wahrheit schützen. Es ist meine Pflicht, euch die Fakten mitzuteilen, sobald ich sie erfahre, und ich werde nicht zulassen, dass mich meine eigene Bestürzung über die wahre Natur des Feuererben zum Schweigen bringt. Gemeinsam werden wir diese traurige Nachricht bewältigen und in eine bessere Welt voranschreiten.

Lang lebe der König!
-Gus Vulpecula

Tolle Neuigkeiten! Der renommierte Choreograf Janobee Moonbeam arbeitet bereits eng mit dem wunderbaren Komponisten Danith Aquanti zusammen, um ein Ballett über die Schlacht und den Sieg von König Lionel zu kreieren. Die Tickets werden im Frühjahr verfügbar sein – abonniert jetzt unseren Newsletter und erhaltet einen Rabatt von zehn Prozent!

Kommentare

Seliene Ardon: *Nun, ich für meinen Teil bin froh, dass die Wahrheit endlich ans Licht gekommen ist. Diese Erben kamen mir immer verdächtig vor. Ich kann einen faulen Apfel aus weiter Ferne riechen, und ich wusste immer, dass so etwas passieren würde #dingdongderdracheisttot #hurra #ichwusstees #habichsdochgesagt*

Kass Bruinier: *Gut gemacht, Gus! Du bist ein wunderbarer, mutiger Mann. Danke für all das Gute, das du tust, indem du die Wahrheit verbreitest. #einkandidatfürdengoldenenschleifenaward #derlistigefuchshateswiedergetan #diewahrheitwirdsiegen*

Kirsteen Oliver: *Das ist doch völliger Pferdemist! Darius war nicht unFae, und die anderen Erben sind es auch nicht. Die Vega-Zwillinge haben keine korrumpierenden Kräfte, das ist alles Propaganda! #gerechtigkeitfürdarius #langlebendievegaköniginnen #grausameköniginnen*

Kylie Gibbons: *Weiß jemand, ob das Ballett im Sunshine Theatre stattfinden wird? Ich hoffe nicht, denn als ich das letzte Mal dort war, waren die Sitze klebrig und das Essen hat nach gemahlenen Mehlwürmern geschmeckt. Das ist okay, wenn man ein Waldspechtwandler ist, aber ich bin ein robuster Mantikor. Und meine Beschwerde-E-Mail wurde nie beantwortet. #schrecklicherservice #robustermantikor*

#lasstunsdafürpetitionierendassdasballettimpalaststattfindet

Oriane Steiner: *Treibt die Erben zusammen und verbrennt sie! Zu meiner Zeit war ein gutes altes Drachenverbrennen die Antwort auf Aufständische. Die Kinder von heute haben es zu leicht, sie kennen die Bedeutung von Konsequenzen nicht. #verbrenntsiealle #ichliebeeingutesfeuer #einkleinerscheiterhaufenhatnochniemandemgeschadet #werbrenntlernt*

Sally Sackweaver: *Hallo? Ich versuche, meinen Sohn Peter zu erreichen. Peter? Bist du da??*

Kenna Red: *Das ist der Kommentar-Thread einer Zeitung, hier gibt es keinen Peter.*

Peter Bamchamp:*Hallo, mein Name ist Peter. Suchst du nach mir?*

Sally Sackweaver: *Nein. Ich suche nach meinem Sohn. Peter??? Hallo???*

Kate Gaetano:*Ich kannte mal einen Typen namens Darius, der auch ein Arschloch war – passt ja. #arschundarschgeselltsichgern*

Josh Medley:*Ich kenne zwei Sandras, eine von ihnen ist eine Heilige, die andere eine totale Vollidiotin – man kann nicht alle Darius-Typen über einen Kamm scheren #wahnsinn #nichtjederdariusisteinarsch*

Kate Gaetano:*Du kennst mich nicht einmal, warum bist du in diesem Thread ??? #jederdariusistteuflischernatur #fakt*

Josh Medley: *Ich bin in diesem Thread, weil ich in diesem Thread sein will, und ich kenne zufällig einen Typen namens Darren, der wirklich nett ist #dasdistnichtderbösewicht*

Kate Gaetano: *Jeder weiß, dass Darrens nett sind! Das stand nie zur Debatte #darrenssindklasse #todjedemdarius*

Darius Cumcount: *Ich als Darius möchte euch wissen lassen, dass ich im Grunde ein wirklich lustiger Typ bin #keingrundfürlügen*

Admin: *Dieser Thread wurde wegen absoluten Bullshits geschlossen.*

Braune Kuh: *Es gibt keinen vernünftigen Fae in diesem Königreich, der auch nur einen Fetzen von dem glaubt, was du hier verzapfst. Darius Acrux ist im Kampf für die Rechte der Fae gestorben. Eine Sache, der er sein Leben gewidmet hatte. Er war ein rechtschaffener und ehrlicher Mann und hat dafür gekämpft, einen Tyrannen zu stürzen. Wir alle kennen die Wahrheit, die sich hinter dem Schwachsinn dieser Lügen verbirgt, und die Bürger dieses Königreichs warten nur auf das Signal, sich zu erheben und diese Tyrannenherrschaft ein für alle Mal zu* *beenden. #langlebendiewahrenköniginnen #dariusistalsheldgestorben #keinfaeistbesseralsandere #dasvolkwartet #lionelacruxmusssterben #phönixfeuerrockt #beschuldigenichtdasvegalicht*

Ich starrte auf den Artikel, mein Griff um Tylers Atlas wurde fester, während ich vor Wut das Gesicht verzerrte. Der Kommentar von Braune Kuh verschwand vor meinen Augen, zweifellos von irgendeinem Admin-Arschloch gelöscht. Ich stieß ein wütendes Wiehern aus, warf den Atlas aufs Bett und stampfte erzürnt mit dem Fuß auf.

»Ich bringe ihn um«, verkündete ich. »Ich reiße ihm den Schwanz aus und erwürge ihn damit.«

»Wow«, flüsterte Tyler zu Sofia. »Xavier hat auf die dunkle Seite gewechselt. Heiß.«

Sofia wieherte leise, trabte an meine Seite und zerrte an mir, bis ich sie ansah. Sie war ein winziges Ding, aber sie war auf ihre eigene Art stark, und all diese Kraft verlangte jetzt meine Aufmerksamkeit.

»Nicht jeder wird Gus Vulpeculas Lügen schlucken. Tyler veröffentlicht immer noch Artikel im *Daily Solaria*. Die Fae, die die Wahrheit wollen, werden sie finden.«

»Ich schreibe direkt einen, um dem etwas entgegenzusetzen«, sagte Tyler, und ich warf ihm einen kurzen Blick zu und nickte zum Dank, obwohl mein Herz immer noch raste, nachdem ich diesen Schwachsinn über meinen Bruder gelesen hatte.

Ich wandte mich wieder Sofia zu und runzelte die Stirn. »Ich kann den Gedanken einfach nicht ertragen, dass so viele Leute das für bare Münze nehmen werden. Sie werden denken, dass Darius ein Monster war.«

»Lionel ist das Monster«, sagte Sofia bestimmt. »Wir werden beweisen, dass Darius, die Erben, Darcy und Tory unschuldig sind.«

Der Name meines Vaters verursachte ein unangenehmes Ziehen in meiner Brust, und ich drehte mich von Sofia weg, nahm eine bunte Glaslampe vom Nachttisch und schleuderte sie gegen die Wand. Sie zersprang in glitzernde Fragmente, und mein Herz pochte heftig, als ich sie zu Bruch gehen sah. Ich brauchte dringend ein Ventil, aber das Zerbrechen hatte nicht annähernd ausgereicht.

»Ich will etwas zerstören«, sagte ich, meine Hände zu Fäusten geballt. Meine Magie drückte von innen gegen meine Haut. »Ich will, dass die Welt so aussieht, wie sie es in meinem Kopf tut.«

»Warum hast du das nicht gleich gesagt?«, fragte Tyler mit einem Hauch von Verschlagenheit in der Stimme. »Ich bin in zehn Minuten zurück.« Er schnappte sich seinen Atlas, rannte aus dem Zimmer und ließ mich stirnrunzelnd zurück.

»Ich springe unter die Dusche.« Sofia drückte meine Hand, schlüpfte dann an mir vorbei, zog sich aus, bis sie völlig nackt war, und verschwand im Bad.

Mein Schwanz wurde hart, und ich kämpfte gegen den Drang an, ihr nachzugehen. Wir hatten vor der Schlacht zuletzt miteinander geschlafen, und dies war das erste Mal, dass ich auch nur halbwegs Lust hatte, mich in meinem Lieblingsmädchen zu verlieren. Aber es fühlte sich auch egoistisch an. Als würde ich meine Trauer beiseiteschieben, um etwas Gutes für mich selbst zu beanspruchen.

Ich ließ mich aufs Bett fallen, streckte mich und stieß einen tiefen Atemzug aus. Als Sofia zurückkam, war sie in ein flauschiges Handtuch gehüllt, das aus Moos gewebt war, und ihre kurzen blonden Haare hingen nass bis zu ihrem Kinn.

Sie ging zum Schrank, und ich verfolgte sie mit meinen Blicken. Sie bewegte sich immer auf Zehenspitzen, wenn sie barfuß war, wie ein kleiner Kobold. Anscheinend hatte ihre Mutter sie als Kleinkind Toefae genannt. Ich hoffte, dass ich eines Tages die Gelegenheit bekommen würde, ihre Familie kennenzulernen. Sie versteckten sich irgendwo in Solaria, und Sofia hatte ihnen nur ein paar Nachrichten zukommen lassen können.

Sie hatte sie eingeladen, sich den Rebellen anzuschließen, aber sie waren mit einer wachsenden Herde unterwegs, die eine Gruppe junger Fohlen hatte, die beschützt werden mussten. Es war am besten, wenn sie sich fernhielten, bis die Kämpfe vorüber waren. Wenn sie jemals ein Ende fanden.

Sofia ließ ihr Handtuch fallen, und meine Kehle wurde eng, als sie eine Hose und ein schlichtes weißes T-Shirt auswählte – Sachen, die uns einige der Rebellen zur Verfügung gestellt hatten. Die Erdelementare hatten hart daran gearbeitet, Kleidung und Nahrung für die Massen herzustellen, und es wurde immer noch an der Aufteilung der Gegenstände gewerkelt, die aus den Höhlen geborgen worden waren. Tyler hatte einen Atlas erhalten, damit er weiterhin Berichte veröffentlichen konnte, aber ich selbst hatte noch keinen bekommen.

Sofia suchte nach Unterwäsche, und ich stand auf, meine Augen auf den sanften Glanz ihrer Haut geheftet. Wassertropfen liefen von ihren nassen Haaren in ihren Nacken und schließlich über die Länge ihrer Wirbelsäule. Ich stellte mich hinter sie, suchte mir einen dieser Tropfen aus und beschloss, dass ich im Falle eines Sieges diesem Verlangen in mir nachgeben würde. Ich würde das Chaos in mir besänftigen und Sofia daran erinnern, wie sehr ich sie liebte.

Das Tröpfchen bahnte sich einen Weg über die weichen Wölbungen ihrer Wirbelsäule, und das Tröpfchen, gegen das ich angetreten war, verlor an Geschwindigkeit. Es war unmöglich, aber mein Tröpfchen erreichte zuerst die Basis ihrer Wirbelsäule, und ich streckte die Hand aus, um mit den Fingern genau diese Stelle zu umkreisen, was Sofia vor Überraschung aufstöhnen ließ.

»Xavier«, sagte sie atemlos.

»Bei all diesen Abschieden habe ich vergessen, dir zu sagen, dass ich dich liebe«, sagte ich leise, und ihre Haut schimmerte beim Klang meiner Worte. »Es tut mir leid, dass ich so unnahbar war.«

Ich ließ meinen Finger über ihren Rücken gleiten, was sie erschauern ließ, bevor ich ihren Nacken packte und sie zu mir drehte, wobei ich näher trat.

»Es muss dir nicht leidtun«, sagte sie, während sich ihre Brust hob, als ich mich weiter in ihren persönlichen Bereich bewegte und bewunderte, wie sie nur für mich schimmerte. »Du bist durch die Hölle gegangen.«

»Und du nicht?«, fragte ich.

»Nicht so wie du«, sagte sie.

Ich nahm ihr die Klamotten aus den Fingern und warf sie beiseite. »Du warst für mich da, während ich nicht für dich da war. Ich war ein schlechter Dom.«

»Nein«, sagte sie bestimmt.

»Du und Tyler – ihr verdient etwas Besseres«, drängte ich. »Ich werde nicht zulassen, dass unsere Herde auseinanderbricht, kleine Stute. Das verspreche ich.«

Die Tür öffnete sich, und ich richtete mich auf. Tyler kam mit einem verschwörerischen Funkeln in den Augen zurück. Er entdeckte uns und trat die Tür hinter sich zu, sein Blick jetzt deutlich hitziger als zuvor.

»Wo warst du?«, fragte ich.

»Zeige ich dir gleich. Ihr seht beschäftigt aus«, sagte er, trat näher, blieb dann aber stehen und sah mich an. »Willst du mich hier haben?«

»Immer. Du bist ein Teil von uns«, erwiderte ich, während mein Herz ein wenig schneller schlug. »Es sei denn, ihr wollt euch eine andere Herde suchen, was … ich verstehen würde. Ich bin jetzt ein flügelloser Dom, ich weiß, dass ich nicht mehr unbedingt die beste Option bin.«

»Sag das nicht!«, knurrte Sofia.

Tyler schnaubte wütend, galoppierte praktisch auf uns zu und packte meinen Arm. »Du bist unser Dom. Daran wird sich nichts ändern. Das schwöre ich, Xavier.«

Mein Puls schlug gleichmäßiger, und ich atmete erleichtert auf. »Okay. Dann sei ein guter Sub, Tyler, und geh für unser Mädchen auf die Knie.«

»Ja, Boss«, sagte er grinsend und ließ sich fallen. Ich wirkte mithilfe meines Erdelements Ranken, die ich um ihre Oberschenkel wickelte und dann so ausbreitete, dass ein Baumstumpf unter ihrem Arsch entstand, auf dem sie sitzen konnte. Ich bewunderte die Edelsteine, die die Haut um ihre Pussy vergoldeten, und liebte es, wie sie funkelten.

Tyler bewegte sich auf sie zu, leckte an ihrer Klit und entlockte ihr ein Stöhnen. Ich ließ meine Hand auf seinen Hinterkopf sinken, hielt Blickkontakt mit ihr, während ich unablässig Druck ausübte, um ihn zu ermutigen. Sie verdiente es, etwas Gutes zu fühlen, das nichts mit der Dunkelheit zu tun hatte, die unsere Welt trübte. Das taten sie beide.

Ich beugte mich vor und schluckte ihr nächstes Stöhnen, indem ich meine Zunge zwischen ihre weichen Lippen schob und sie langsam und innig küsste. Sie schmeckte süßer als Süßigkeiten und war so viel verlockender.

Ich zog ihre Beine mit meinen Ranken weiter auseinander, ging ebenfalls auf die Knie und drängte mich neben Tyler, weil ich noch mehr von ihr schmecken wollte. Er neigte den Kopf zur Seite, um mir Platz zu machen, und ich beugte mich vor und leckte sie gemeinsam mit ihm. Ich stöhnte, als ihre zuckrige Süße meine Geschmacksknospen betörte. Tylers Zunge traf auf meine, und wir küssten einander immer wieder, während wir sie abwechselnd verwöhnten.

Es dauerte nicht lange, bis ihre Hüften zuckten, sie ihre Hände in unseren Haaren vergrub und ein Stöhnen reinster Ekstase ausstieß, als sie für uns kam. Ihre Schenkel bebten regelrecht.

Ich löste mich von ihr, um ihr einen Moment der Erholung zu gönnen, und wandte mich derweil Tyler zu. Ich packte sein Shirt und riss es über seinen Kopf. Er packte auch mein Shirt, sah mich dann aber fragend an. Mit einem Nicken gab ich ihm meine Erlaubnis und ließ mich von ihm ausziehen. Er beugte sich vor, küsste meinen Hals und knabberte an meinem Ohr, was mich vor Lust aufstöhnen ließ, während er sich mit seinem ganzen Gewicht gegen mich drückte.

Ich stieß ihn zurück, bevor ich mich von ihm mitreißen lassen konnte, stand auf und hob Sofia in meine Arme. Sie biss sich auf die Lippe – ihre Augen voller Hunger nach mir –, als ich sie aufs Bett legte und ihre Arme in die Laken drückte, wobei sie ihre Finger im Stoff versenkte.

»Tyler.« Ich winkte ihn zu mir, und er trottete an meine Seite, sein Schwanz drückte gegen seine Jeans.

Ich drehte mich zu ihm um, öffnete seine Hose und beugte mich zu seinem Ohr. »Zieh dich aus und fang dann an, unser Mädchen zu ficken. Ich will, dass sie glüht, Ty. Schaffst du das für mich?«

»Ja, Dom.« Er küsste mich innig, ließ dann eifrig seine Hose fallen, zog sie samt Schuhen aus und kletterte aufs Bett. Ich hätte am liebsten den Diamanten an der Spitze seines Schwanzes berührt, der von Strasssteinen in einem verführerischen Muster umgeben war. Aber vor allem wollte ich zusehen, wie sich jeder einzelne dieser Steine gegen die Haut unseres Mädchens presste.

Sofia schlang ihre Arme um ihn, als er sie ins Bett drückte und sich auf ihrer feuchten Mitte ausrichtete. Ihre Blicke trafen einander, und ein Lächeln tanzte über ihre Gesichter. Verdammt, es fühlte sich so gut an, sie so lächeln zu sehen. Es war zu lange her. Ich hätte ihnen schon früher befehlen sollen, einander zu beanspruchen – denn ohne meine Zustimmung hatten sie das sicher nicht getan. Ich musste unbedingt wiedergutmachen, dass ich nicht eher an ihre Bedürfnisse gedacht hatte.

Ich bewegte mich ans Ende des Bettes, und Sofia bohrte ihre Finger in Tylers Rücken, während er sie in der Schwebe hielt.

»Schaust du zu?«, fragte Tyler mich mit einem immer breiter werdenden Grinsen.

»Mhm. Hör auf, sie warten zu lassen«, murmelte ich, und er stieß mit einem heftigen Stoß in sie hinein.

Sie schrie auf, wölbte ihren Rücken und schlang ihre Beine um ihn, als er begann, sie zu einem quälend langsamen Rhythmus zu ficken. Es war, als würde Musik durch die Luft schwingen, während meine Augen immer schwerer wurden. Und ich sah zu, wie sie diesen quälend langsamen Rhythmus zwischen sich fanden, war wie hypnotisiert von ihren Körpern, die sich vereinten und zwischen der Reibung ihrer Haut etwas so Reines fanden.

Mein eigener Schwanz bettelte um Aufmerksamkeit, aber ich verwehrte mir alles, während ich die beiden dabei beobachtete, wie sie einander beanspruchten. Ich sah, wie das Licht in ihre Augen zurückkehrte. Das nahm mir etwas von meinem Schmerz, und ich fühlte mich ein Prozent weniger wie ein Arschloch, weil ich ihnen gegenüber so gleichgültig gewesen war. Ich musste mich bessern. Sie brauchten mich. Und ich war mir ziemlich sicher, dass ich für sie alles tun konnte.

»Umdrehen!«, befahl ich, als ich nicht länger widerstehen konnte, und Tyler drehte sich auf den Rücken, wobei er Sofia mit sich zog, sodass sie auf ihm ritt.

Sie begann, zu glühen, ihre Hüften rollten im Takt mit seinen, und sie fanden erneut zu einem wunderschönen Rhythmus. Ihre Liebe füreinander war so rein wie ein Regenbogen am Himmel. Ich trat ums Bett herum, ließ meine Hose fallen, kletterte hinter Sofia auf die Matratze und drückte eine Hand auf ihren Rücken, sodass sie sich über Tyler beugte und ihre Körper eng aneinandergeschmiegt waren.

»Glüht sie schon genug für dich?«, fragte Tyler über ihre Schulter, und ich bemerkte, dass auch seine Haut schimmerte – nur unsere Art konnte Glück auf diese Weise zeigen.

»Ihr macht mich beide verdammt glücklich«, sagte ich, und sie wieherten im Einklang, erfreut über mein Lob. Ich hätte fast gelächelt, aber die Muskeln, die ich zum Lächeln brauchte, fühlten sich gefroren und schwer an, also gab ich den Versuch auf und schob meine Knie zwischen Tylers.

Ich befeuchtete meine harte Länge mit meinem Wasserelement und fuhr mit meinem Daumen über die Edelsteine, die in den Farben des Regenbogens durch sie hindurchgestochen waren. Dann griff ich zwischen Sofias Pobacken und machte sie bereit für mich, meine Finger benetzt mit dem dickflüssigen Gleitmittel, das ich mit meiner Magie hergestellt hatte.

Ich begab mich hinter sie in Position und ließ mich langsam in sie gleiten, während Tyler sein Tempo verlangsamte, damit sie sich an das Gefühl gewöhnen konnte, auf diese Weise von mir gefüllt zu werden. Sie stöhnte, als sie jeden Zentimeter von mir in sich aufnahm, und ich küsste ihren Nacken, bevor ich anfing, sie in genau dem berauschenden Rhythmus zu ficken, zu dem sie sich zuvor bewegt hatten.

Tyler passte sich meinem Tempo so natürlich an, als wären wir füreinander geschaffen. Und vielleicht waren wir das auch. Wir drei waren dazu bestimmt, zusammen zu sein, ausgewählt von einem himmlischen Wesen irgendwo im Universum. Oder vielleicht waren wir ein glücklicher Zufall, der nichts mit Sternen, Sonnen oder Monden zu tun hatte. Wir waren einfach da.

Ich küsste Tyler über Sofias Schulter hinweg, und Sofia bewegte den Kopf, damit sie sich dem Kuss anschließen konnte. Unsere Zungen trafen aufeinander, als ich die Augen schloss und mich dem Rausch ihrer Berührung hingab. Zeit existierte nicht mehr, und ich fiel in einen Fluss der Lust, gefesselt von den sinnlichen Bewegungen unserer Körper. Plötzlich war es ganz leicht, mich der Trance hinzugeben, in die sie mich hüllten. Alles war langsam, intensiv und sternverdammt bezaubernd, erbaut aus nichts als Liebe. Und ich wollte nicht, dass das jemals endete.

Sofia kam erneut mit einem Beben, das in Tyler und mir widerzuhallen schien. Unsere Körper waren eng aneinandergeschmiegt, während wir sie zwischen uns drückten. Die Hitze ihrer Haut war ein Genuss für sich, mein Körper hatte sich so leer angefühlt, als befände ich mich selbst in einem dieser eisgeschmiedeten Särge, die meine Familie umschlossen. Ich zuckte zusammen, als mir dieser Gedanke kam, konzentrierte mich wieder, und versuchte, mich nicht erneut von meiner Trauer überwältigen zu lassen.

»Ich kann mich nicht länger zurückhalten«, keuchte Tyler und sah mich an, als würde er um Erlaubnis bitten, kommen zu dürfen.

»Warte!«, befahl ich, drückte meine Hände links und rechts von ihnen in die Matratze und stieß nach vorn, Sofias enger Körper drängte mich zu dem Höhepunkt, den ich unbedingt erreichen wollte.

»Glüh für uns, Dom!«, keuchte Sofia, und ich spürte, wie der Drang in mir aufstieg. Ich wollte es. Für sie. Ich wollte mich von diesem Gefühl der Euphorie mitreißen lassen und ihr Licht teilen, aber ich wusste nicht, ob ich es konnte. Die kalte Hand der Trauer ergriff erneut von mir Besitz, und meine Gedanken zerstreuten sich.

»Verdammte Scheiße!«, sagte Tyler, der sich immer noch zurückhielt.

Ich fand meinen Weg zurück zu ihnen und blendete alles andere aus, nahm mir weiterhin Zeit, sie zu genießen, wohl wissend, dass die Dunkelheit zurückkehren würde, sobald es vorbei war. Ich konzentrierte mich wieder auf sie und auf nichts anderes, aber mein Körper entspannte sich immer noch nicht genug, um es mir zu ermöglichen, zu kommen und mich gemeinsam mit ihnen im Afterglow zu sonnen.

»Xavier!«, flehte Tyler mit zusammengebissenen Zähnen, und ich bleckte die Zähne, um ihn zum Warten aufzufordern.

Ich rammte meine Hüften gegen Sofias runden Arsch und stieß noch einmal tief in sie hinein, als in meinem Kopf abermals unerwünschte Gedanken auftauchten: Kampf, Blut, Tod.

Mit geschlossenen Augen versuchte ich, mich auf die Gegenwart zu fokussieren, aber es war, als würden sich die Schleusen öffnen. Und ich war nicht stark genug, um alles draußen zu halten.

Ich fluchte, als Tyler seine Fingernägel in meinen Arm grub, und ein leises niedergeschlagenes Seufzen entrang sich mir, als mir klar wurde, dass ich meine eigene Erlösung nicht finden würde.

»Komm«, sagte ich zu ihm, und er stieß hart in Sofia hinein und kam mit einem Stöhnen zum Höhepunkt.

Ich zog mich aus ihr zurück, entfernte mich schnell von ihnen und ließ sie in Ekstase auf dem Bett zurück.

»Xavier?«, rief Sofia mir nach, aber ich schlug die Tür zum Badezimmer zu, schloss sie ab und stieg unter die Dusche.

Ich drehte das Wasser auf, ließ es eiskalt über mich laufen und starrte auf die Steinwand, während ich lautstark mit den Zähnen knirschte. Meine Brust war eng, als würden sich Pythons zwischen meinen Rippen winden und meine Lunge einschnüren, bis ich keine Luft mehr bekam.

Tyler und Sofia riefen nach mir, aber ich wirkte eine Stillekuppel, damit ich sie nicht mehr hören konnte. Ich musste allein sein, wollte nicht, dass sie mich zusammenbrechen sahen. Ich wollte ihr Mitleid nicht.

Ich stand da, bis die Zeit verschwamm und ich bis auf die Knochen durchgefroren war, meine Finger blau wurden und jeder Teil von mir taub war.

Ich stieg aus der Dusche, schlang ein Handtuch um meine Hüfte, verwarf die Stillekuppel und öffnete die Tür. Sie saßen am Fußende, Sofia trug mein Shirt, während Tyler eine Jogginghose angezogen hatte.

»Geht es dir g…«, begann Sofia, aber ich unterbrach sie.

»Macht euch sauber!«, befahl ich, bugsierte sie ins Badezimmer und zog die Tür hinter ihnen zu.

Ich befreite mich von meinem Handtuch, trocknete meine nassen Haare und ging zum Schrank, um mir etwas zum Anziehen zu holen. Rasch zog ich mich an und wartete dann auf dem Bett auf ihre Rückkehr. Als sie wieder in den Raum traten, grunzte ich nur. Sie zogen sich an, während sie einander besorgte Blicke zuwarfen.

»Ich habe eine Überraschung für dich, Xavier«, sagte Tyler. »Komm mit – ich zeige sie dir.«

Ich zuckte mit den Schultern, stand auf und folgte ihnen aus dem Raum, ohne ihren Blicken zu begegnen. Aber ich erlaubte Sofia, meine Hand zu nehmen.

Tyler führte uns aus dem Schloss und über die feuchte Landschaft der Insel auf einem der neu angelegten Wege. Er verlangsamte das Tempo vor einem grob zusammengezimmerten Schuppen, lotste mich hinein und warf mir einen hoffnungsvollen Blick zu.

Ich betrat einen Raum mit schlichten Holzmöbeln, die den gesamten Raum ausfüllten, und runzelte verwirrt die Stirn.

»Was ist das?«, murmelte ich.

Tyler trat vor, wirkte einen riesigen Vorschlaghammer mit seinem Erdelement und reichte ihn mir. »Du willst etwas zerstören? Dann los! All das hier wurde gebaut, um zerstört zu werden.«

Ich zog überrascht die Augenbrauen hoch und schaute auf den Vorschlaghammer in meinen Händen. Die Gelegenheit, alles hier drin zu zerschlagen, war wirklich verlockend.

»Ich kann alles kaputt machen?«, fragte ich, und Tyler nickte bestätigend.

»Bis auf den letzten Rest. Sogar die Wände, wenn du willst, Bro«, sagte er.

»Fuck!« Ich ging auf einen Stuhl zu, denn das würde ich mir nicht zweimal sagen lassen, aber Sofia eilte vor und stellte sich vor mich.

»Warte!« Sie hob eine Hand, strich mit den Fingern über meine Augen und erzeugte eine Illusion. Ich atmete scharf ein, als sich das Innere des Schuppens in das Büro meines Vaters verwandelte. Ich hatte ihr Fotos davon auf meinem Handy gezeigt, und sie hatte sogar daran gedacht, den kleinen grünen Drachen-Briefbeschwerer auf dem Schreibtisch hinzuzufügen – eine exakte Nachbildung des Arschlochs, das mich gezeugt hatte.

Sofia trat zur Seite und ich machte einen rachsüchtigen Schritt nach vorn. Ich hob den Vorschlaghammer und ließ ihn mit einem lauten Hassschrei auf den Briefbeschwerer niedersausen. Er zerbarst unter meiner Wucht, und der Schreibtisch zerbrach in zwei Teile.

Ein wildes Lächeln huschte über mein Gesicht, und ich zielte auf die Fotos von Lionel an den Wänden und seine verdammten Lieblingsschätze, die in den Schränken aufbewahrt wurden. Ich zerschlug alles und sah zu, wie es um mich herum auf den Boden krachte. Und endlich sah etwas so aus, wie es sich in meinem Kopf anfühlte.

Es war eine Welt des Ruins und der Verwüstung, ein Ort, an dem alles um mich herum zerbrochen, zersplittert und nur noch halb so groß war wie zuvor. Endlich hatte mein Verstand ein Ventil für den wahnsinnigen Schmerz in mir gefunden. Es war Zerstörung in ihrer reinsten Form. Meine zerschmetterte Realität. Und endlich existierte sie auch außerhalb meines Geistes.

»Erschaffe eine Illusion von ihm, wie er auf seinem Stuhl sitzt, Sofia!«, ermutigte ich sie, und sie schnippte mit den Fingern und zeigte mir meinen Vater direkt. Er saß mit einem selbstgefälligen Gesichtsausdruck vor mir, als wäre er gerade aus dem Krieg zurückgekehrt, um seine Siege zu zählen.

Ich stieß einen Schrei aus, der einem wilden Tier gehören könnte. Dann holte ich mit dem Vorschlaghammer aus und traf ihn genau zwischen den Augen. Sofia hatte wunderbare Arbeit geleistet und ließ mich sogar das Blut fließen sehen. Das Licht wich aus seinem kalten, gefühllosen Blick, als sein Tod auf den Flügeln der Sterne näher kam.

Es mochte nicht real sein, aber für eine Sekunde fühlte es sich so an. Und mein Herz sang vor Freude über die gewaltsame Art seines Todes. Ich konnte sein Blut fast schon riechen, und ich lechzte danach, als wäre ich ein Raubtier, das auf diese Erde geschickt worden war, um sich diesen Mann zum Opfer zu machen.

»Eines Tages«, flüsterte ich dem Bild seines blutigen Leichnams zu, »werde ich über dir stehen. Und du wirst um Gnade flehen, die ich dir nicht gewähren werde. Ich werde den Schmerz, den du meiner Familie zugefügt hast, einfordern und mich an dem Moment erfreuen, in dem dein Herz zu schlagen aufhört. Die Uhr tickt, alter Mann.«

Gemini
Scorpio
Virgo
Cancer
Leo
Sagittarius
Taurus
Capricorn
Aquarius
Libra
Pisces

TORY

KAPITEL 27

Ich würde mich keineswegs als Expertin für dramatische Auftritte bezeichnen, aber ich musste zugeben, dass meine aktuelle Erscheinung – ich auf den Knien, klatschnass, mit Blut und Schweiß bedeckt, vor Erschöpfung keuchend und an ein Schwert geklammert, als wäre es das Einzige, was mich in dieser Welt in aufrechter Position halten könnte – wahrscheinlich ein neuer Tiefpunkt war.

Wir hatten zur Seite springen müssen, als das steinerne Zodiac-Rad unter uns in den Untergrund geglitten und an seiner Stelle eine weitere Steinplattform aufgetaucht war.

Die Fae, die auf ihr standen, bemühten sich, keine Miene zu verziehen, als sie mich erblickten, und ich atmete tief aus, als mir klar wurde, dass dies kein guter Anfang gewesen war.

Mühsam zwang ich mich, etwas Energie aufzubringen, die Spitze meines Schwertes in den nassen Boden neben mir zu drücken und mich daran hochzuziehen.

Ein einziger Blick in Calebs Richtung verriet mir, dass das Arschloch seine Schnelligkeit in Kombination mit seiner Feuermagie nicht nur dazu benutzt hatte, sich abzutrocknen, sondern auch, um seine Waffen zu verwahren und seine Klamotten glatt zu streichen, sodass er wie der Inbegriff unerschütterlicher Perfektion aussah.

»Mistkerl«, zischte ich so leise, dass es nur ein Vampir hören konnte. Und seine Mundwinkel zuckten minimal, während ein Klumpen Monstereingeweide aus meinen Haaren auf meinen Stiefel fiel und dort mit einem nassen Platsch landete.

»Ihr hättet auch einfach klopfen können«, sagte das Mädchen, das vor uns stand, den Kopf zur Seite geneigt, wodurch ihre Zöpfe über eine Schulter fielen, während sie uns mit gespanntem Interesse musterte.

»Macht ein Foto, hält länger«, erwiderte ich trocken, und mein Herz machte einen Sprung, als einer der Jungs hinter ihr dieser Aufforderung tatsächlich Folge leistete. Ich wurde vom verdammten Blitz seiner Kamera geblendet.

»Die Bibliothek der Verlorenen ist kein lässiges Urlaubsziel«, sagte ein Mann mit blutunterlaufenen Augen mit wackliger, aber gleichzeitig unnachgiebiger Stimme aus dem hinteren Teil der Vierergruppe. »Als leitender Bibliothekar möchte ich, dass Ihr wisst, dass das Geschenk des Wissens nicht allein durch Geburtsrecht beansprucht werden kann, ungeachtet eurer Herkunft oder Ähnlichem. Ihr könnt nicht einfach hier auftauchen und Zugang zu unseren Büchern verlangen. Nur die Würdigen sind eingeladen, unsere Seiten zu studieren, und so müsst Ihr leider gehen. Kommt erst wieder, wenn Ihr als würdig erachtet werdet. Oder wenn die Sterne Euch auf den Schwingen des Schicksals zu unserer Tür führen.«

»Gehen?«, wiederholte Caleb, und sein Anspruchsdenken zeigte sich in der Art, wie er verwirrt blinzelte, als hätte das Wort für ihn keinerlei Bedeutung. Als hätte er es noch nie zuvor gehört.

Ich steckte mein Schwert weg, eine Geste, die freundlich gewirkt haben mochte, wäre da nicht der drohende Blick gewesen, den ich ihnen zuwarf.

»Schaut«, begann ich, nahm einen Tentakelklumpen von meinem Arm und warf ihn direkt vor den Füßen der Bibliothekare auf den Boden. »Die letzte Zeit war verdammt beschissen. Ich wurde gefangen genommen und gefoltert, misshandelt und traumatisiert. Ich wurde an einem Tag zur Ehefrau und zur Witwe, habe gekämpft und wurde besiegt. Und um dem Ganzen die Krone aufzusetzen, fehlt mir seit über einer Woche die andere Hälfte meiner Seele. Um es milde auszudrücken, ich bin am Ende meiner Kräfte. Also habe ich mich auf die Suche nach diesem Ort und dem Wissen, das ihr hier besitzt, gemacht. Ich habe diese Reise unternommen – und euch übrigens bei einer, wie ich es nennen würde, beträchtlichen Monsterplage in eurem See geholfen –, und jetzt stehe ich hier vor euch, bedeckt mit Weiß-der-Teufel-was, meine Kraft ist erschöpft und meine Geduld mit euch geht zur Neige. Ich habe absolut nicht die Absicht, mir von euch einfach die Tür vor der Nase zuschlagen zu lassen. Also schlage ich vor, dass ihr euch das mit der Einladung noch mal überlegt.«

Die Bibliothekare wurden blass, das Mädchen, das ganz vorn stand, warf dem älteren Mann einen spitzen Blick zu und zischte etwas, das sich wie »Siehst du?« anhörte. Aber angesichts der Wassermenge, die sich immer noch in meinen Ohren befand, konnte ich mir nicht sicher sein.

»Diese *Monster*, wie Ihr sie genannt habt, waren die drei uralten Wächter dieses Ortes«, brüllte der Minotaurus in verwandelter Form im hinteren Bereich der Gruppe und stampfte wütend mit dem Fuß auf.

Ich runzelte die Stirn und warf einen Blick auf das Wasser, wo der abgetrennte Kopf des Riesenkraken sich langsam im Kreis drehte, neben dem nach oben gerichteten Bauch des Langhörnigen Erguts, dessen Blut langsam das Wasser ringsum färbte. Von der Dämonenkrabbe waren nicht mehr genug Teile übrig, um wirklich als Körper bezeichnet zu werden, aber eine halbe Schere thronte auf dem Stein des Sternbilds Jungfrau neben mir.

»Oh«, sagte Caleb und tauschte einen Blick mit mir aus, während wir beide stillschweigend zugaben, dass wir es vielleicht ein wenig vermasselt hatten. »Ups.«

»Sie haben versucht, uns zu fressen«, erklärte ich mit einem halben Achselzucken. »Also ist diese Situation irgendwie ihre Schuld. Wenn sie so gut ausgebildet wären, wie ihr es impliziert, dann …«

»Sie waren nicht ausgebildet«, unterbrach das Mädchen. »Sie wurden einfach hierhergebracht, um die Bibliothek zusätzlich vor denen zu schützen, die nicht eingeladen waren. Blutdurstige Monster, die den See heimsuchen, sind ziemlich abschreckend … Zumindest für die meisten Fae.«

»Dem Teufel sei Dank. Ich hatte echt kurz Angst, dass ich eure Haustiere getötet habe«, sagte ich und zeigte ihnen meine Zähne auf eine Art und Weise, die man nicht wirklich als Lächeln bezeichnen konnte.

»Niemand kann die Monster der Legende zähmen«, mischte sich der Typ mit dem Fotoapparat ein.

»Gut zu wissen, dass ihr nicht alle so dumm seid, wie ihr ausseht. Denn ich bin zufällig eines dieser sogenannten Monster, also stellt sich die Frage, ob ihr mir diese Einladung anbieten werdet oder nicht, denn Option B sieht vor, dass ich mir mit Phönixfeuer einen Weg hineinbrenne.«

»Du bist eine großartige Politikerin«, sagte Caleb genüsslich, während die Bibliothekare bei meinen Worten vor Entsetzen zurückschreckten.

»Miss Vega …«, begann der alte Bibliothekar, aber ich unterbrach ihn.

»Ich neige heutzutage dazu, meine königlichen Titel zu verwenden. Habt ihr denn nicht von dem Krieg gehört, der in eurem Königreich geführt wird?«

Caleb schaltete sich ein. »Dies könnte ein guter Moment für mich sein, die Tochter des Grausamen Königs zu unterbrechen, bevor sie jeden von euch so sehr beleidigt, dass jegliches Mitgefühl, zu dem ihr euch vielleicht überreden lassen hättet, längst vergessen ist. Was sie euch erzählt hat, ist wahr. Wir haben Verluste und Qualen erlitten, die über das hinausgehen, was ein Fae in seinem Leben ertragen sollte. Und dennoch kämpfen wir weiter, in der Gewissheit, dass wir im Laufe der Zeit noch viel mehr davon werden ertragen müssen. Wir kämpfen, weil die Alternative, wie ihr hoffentlich zustimmen würdet, weitaus schlimmer ist. Lionel Acrux ist entschlossen, mit Tyrannei und Unterdrückung zu regieren, alles Wissen zu vernichten, das nicht in seine Agenda passt, und die Fae dieses Königreichs zu zwingen, sich auf jede erdenkliche Weise zu unterwerfen. Wir stehen auf der Seite der Freiheit und Gleichheit, sind in einer verzweifelten Notlage hierhergekommen und suchen Zugang zu eurer Bibliothek in der flüchtigen Hoffnung, dass sie uns letztlich helfen kann, diesen Kampf zu gewinnen. Deshalb bitten wir euch, ja, wir flehen euch an, uns eure Türen zu öffnen und uns diese geringe Chance zu bieten.« Caleb presste eine Hand auf sein Herz – und verdammt, ich musste zugeben, dass er den ganzen politischen Schwachsinn echt draufhatte. Die wütenden Gesichter vor uns wurden nachdenklich und pragmatisch.

»In Ordnung«, sagte der alte Mann schließlich, obwohl ich den unbeeindruckten Blick nicht übersah, den er mir zuwarf, als mir ein weiterer Klumpen Fischinnereien aus den Haaren fiel. »Allerdings muss ich Euch bitten, Euch zu säubern, bevor Ihr euch den Texten nähert. Es gibt hier Bände, die Jahrtausende alt sind. Das Wissen, das für die moderne Welt längst verloren scheint, ist in Pergament und Tinte festgehalten und wird hier aufbewahrt, damit das Schicksal es in Zeiten der Not und der Suche wieder hervorbringen kann. Was wir hier schützen, ist kostbarer als jeder andere Schatz.«

»Verstanden«, stimmte ich zu, schnippte mit den Fingern und sandte einen Wasserschwall über meinen Körper, bevor ich eine Kombination aus Wasser und Erde verwendete, um jedes unhygienische Stück Seemist und totes Monster von meinem Körper zu entfernen. Ein weiteres Schnippen entsandte Feuerzauber durch mich hindurch, und innerhalb weniger Augenblicke war ich trocken und sauber. Auch wenn es wenig gab, was man gegen den riesigen Riss in der Seite meines bauchfreien Tops tun konnte.

Mein Körper war voller Blutergüsse und Prellungen, aber ich heilte mich nicht selbst, sondern achtete nur darauf, dass ich auf nichts blutete. Ich zog den körperlichen Schmerz der allgegenwärtigen emotionalen Leere vor, die an meinem Inneren nagte.

Der alte Mann musterte mich auf der Suche nach Schmutz, den ich vielleicht übersehen hatte, aber ich war blitzsauber. Schließlich nickte er dem Minotaurus wie zur Bestätigung zu, denn im nächsten Moment begann die Insel unter unseren Füßen wieder abzusinken.

Dieses Mal versank die Insel jedoch nicht im Wasser. Stattdessen bewegten wir uns auf das steinerne Zodiac-Rad zu und stiegen in eine magische Röhre hinab, die kristallklar war.

Wir reisten durch den See und noch tiefer, bis wir die Bibliothek unter uns sahen, die sich höhlenartig in alle Richtungen erstreckte. Ich wollte mich nicht von ihr beeindrucken lassen, während die Gruppe wütender Bibliothekare meinen Gesichtsausdruck beobachtete, aber verdammt – das war echt schwer.

Jede der vier riesigen Wände um uns herum zeigte gigantische geschnitzte Abbilder wunderschöner Frauengesichter, die die Elemente darstellten. Das Gesicht der Erde war mit Moos, atemberaubenden Blumen und zarten magischen Schmetterlingen geschmückt, die entlang der Graswedel ihrer Wimpern tanzten. Leuchtend blaue Augen zierten das Gesicht des Feuers, Magmaströme durchzogen das Gestein, um ihre Gesichtszüge hervorzuheben. Weiße Wolken umgaben das Gesicht, das das Element der Luft symbolisierte, die Haare der Frau schienen sich zu bewegen, obwohl sie eindeutig aus Stein gemeißelt waren. Und das Gesicht des Wassers hatte glitzernden Reif auf Wangenknochen und Lippen, während sich ein wilder Wasserfall in einen Fluss in der Tiefe ergoss. Brücken aus Glas, Stein und Holz wölbten sich über den gewundenen Fluss, ein buntes Labyrinth aus Bücherregalen, das sich über fast jedem verfügbaren freien Platz unter uns erstreckte.

Caleb straffte sein Rückgrat, als er all das sah, und seine arrogante Haltung wich einem staunenden Blick. Sein Mund stand offen, während er all die Bücher sah, die sich so weit stapelten, wie das Auge reicht.

»Dieser Ort ist … Mir fehlen die Worte«, hauchte er, und die Bibliothekare lächelten alle über das Lob, während ich nur auf die endlosen Reihen von Büchern und Schriftrollen starrte und mich fragte, wie zum Teufel ich in diesem Palast des Wissens jemals finden sollte, was ich brauchte.

Als hätte sie meine Frage gespürt, trat das Mädchen näher, ein zögerliches Lächeln auf den vollen Lippen.

»Ich bin Laini«, sagte sie leise. »Ich habe Eure Schwester begrüßt, als sie uns besucht hat.«

»Nach allem, was ich gehört habe, hatte sie die besseren Manieren«, murmelte der alte Mann, bevor er sich von uns abwandte und eine Reihe goldener Stufen hinunterging, um zu einem riesigen Schreibtisch zu gelangen, der am Fuße des Wasserfalls stand, wo dieser in den Fluss mündete.

»Sie ist in jeder entscheidenden Hinsicht besser als ich«, stimmte ich ihm zu, obwohl er mittlerweile zu weit entfernt war, um mich zu hören.

Die Kamera löste erneut aus, und ich funkelte den Mann, der das Foto gemacht hatte, böse an. Die Flammen in meinen Augen waren eine subtile Aufforderung, sich zum Teufel zu scheren.

»Tut mir leid wegen Dave«, sagte Laini und bedeutete ihm, samt Kamera zu verschwinden. »Es ist seine Pflicht, die Geschichte festzuhalten, während sie passiert. Er dokumentiert im Grunde alles, aber als deine Schwester uns besucht hat, war er wegen Schwanzfäule ans Bett gefesselt, sodass er sie verpasst hat.«

»Schwanzfäule?« Ich verschluckte mich vor Überraschung, und Dave funkelte Laini an, bevor er sich umdrehte und eilig von uns wegging.

»Ja. Ich bin mir ziemlich sicher, dass es Schwanzfäule war.« Sie nickte ernst. »Jedenfalls hat er nicht aufgehört, darüber zu reden, dass er die Chance verpasst hat, den Besuch einer der ersten Phönixe seit tausend Jahren zu dokumentieren. Deshalb scheint er entschlossen zu sein, dieses Mal nichts zu verpassen.«

»Sag ihm, wenn er mir noch einmal mit seiner Kamera ins Gesicht leuchtet, schmelze ich sie ihm auf seine neugierige Visage«, erklärte ich, wohl wissend, dass Schwanzfäule-Dave mich hören konnte. Aber das war mir egal.

»Vielleicht solltest du versuchen, den Leuten, die gerade zugestimmt haben, uns zu helfen, nicht zu drohen, ja, Sweetheart?«, schlug Caleb leise vor, während er einen Schritt auf mich zumachte. Ich unterdrückte ein Schnauben und nickte.

Er verstand es. Er wusste, wie abgefuckt ich innerlich war und wie nah ich am Abgrund stand. Wut war meine bevorzugte Bewältigungsmethode, aber das Chaos meiner inneren Unruhe war eine launische Angelegenheit. Und ich konnte nicht sicher sein, wie sie sich äußern würde, wenn ich mit der Situation nicht mehr fertig wurde.

»Wenn Ihr etwas Bestimmtes sucht, kann Arnold Euch dabei helfen, es zu finden«, fuhr Laini fort, als hätte ich gerade nicht mit geschmolzenem Plastik gedroht. Ihre unerschütterliche Art war einfach sympathisch.

Ich wandte mich dem Minotaurus zu, auf den sie gezeigt hatte, und er neigte stolz den Kopf und wartete darauf, dass ich ihn um etwas bat. Sein Kopf war der eines Stiers, mit großen geschwungenen Hörnern und einer breiten Rindernase. Der Rest seines Körpers war eher menschlich, obwohl er mit braunem Fell bedeckt war und seine Beine in Hufen statt in Füßen endeten.

»Ich suche nach einer Möglichkeit, jemanden mithilfe alter Magie aufzuspüren. Einer Möglichkeit, die alle Maßnahmen umgeht, die getroffen worden sein könnten, um die Person zu schützen oder meine Suche zu erschweren – wie mentale Barrieren oder Zauber, die Identitäten verschleiern können. Mir wurde gesagt, dass es dunkle Magie gibt, die auf diese Weise eingesetzt werden kann.«

»Dunkle Magie ist eine mächtige Waffe«, sagte Arnold mit leiser, warnender Stimme, aber ich zuckte nur mit den Schultern.

»Ich habe nicht nach deiner Meinung dazu gefragt, sondern nur nach dem betreffenden Zauber.«

»Das Spiel mit den Schatten ist gefährlich ...«

»Nein«, unterbrach ich ihn. »Keine Schatten. Kein einziger verdammter Schatten. Ich brauche alte Magie, die Art, die vor den Schatten und möglicherweise sogar vor der Nutzung der Elemente entstanden ist. Die Art von Magie, gegen die sich niemand mehr schützt. Gibt es hier so etwas?«

Laini und Arnold tauschten einen vorsichtigen Blick aus, aber ich hob nur selbstsicher das Kinn.

»Bevor die Sterne unserer Art das Erwachen geschenkt haben, gab es unter unseren Vorfahren verschiedene Arten von Magie«, sagte Laini leise. »Aber die hatten ihren Preis. Einen Preis, der in Blut und Teilen der Seele bezahlt wurde. Es gibt einen Grund, warum sie zugunsten der Beherrschung der Elemente durch das Erwachen aufgegeben und vergessen wurden.«

»Das verstehe ich. Aber ich bitte trotzdem um Informationen über diese Macht. Habt ihr die hier oder nicht?« Ich warf einen Blick auf die riesigen Wände voller Bücherregale, die sich um uns herum erstreckten, und wusste in meiner Seele, dass ich dieses Wissen nirgendwo finden würde, wenn sie es hier nicht hätten.

»Ich werde Euch hinbringen«, sagte Arnold ruhig. »Folgt mir.«

Er trabte los, und Laini winkte zum Abschied, ihre Augen schimmerten dunkel, als wir dem Minotaurus in Richtung eines dunklen Durchgangs folgten, der weiter in die Tiefen der Bibliothek führte.

Wir überquerten eine Brücke, die über einen kleinen Bach zu einer riesigen Tür führte, die so schwarz war, dass sie das Licht aus dem Rest des Raumes zu saugen schien, jeden Schatten an diesen Ort zog und ihn festhielt.

Arnold strich mit der Hand über etwas, von dem ich annahm, dass es magische Schlösser waren. Das dunkle Metall glühte unter seiner Handfläche, bevor er die Tür weit aufstieß.

»Alles, was mit dunkler Magie zu tun hat, wird in den Labyrinthen aufbewahrt. Sie sind gut gegen Sternenstaub oder Einflüsse von außen geschützt«, sagte er mit leiser Stimme, die fast in ein Muhen überging, als seine rinderartigen Lippen die Worte formten. »Ihr müsst immer bei mir bleiben. Nur die Minotauren kennen diese Wege. Jeder andere, der hier unten herumirrt, wird für immer im darunterliegenden Labyrinth umherirren. Es bedeutet den Tod, meine Seite zu verlassen.«

Ich nickte, da ich dies bereits aus Darcys Bericht über ihre Zeit hier wusste. Caleb blieb an meiner Seite, als wir Arnold in die Dunkelheit folgten.

Die Türen schlossen sich mit einem lauten Knall hinter uns und nahmen uns das Licht. Caleb wirkte ein Fae-Licht über unsere Köpfe, damit wir etwas sehen konnten. Arnold ging in einen schnellen Trab über, ohne sich die Mühe zu machen, sich umzusehen, ob wir noch bei ihm waren. Anscheinend lag es an uns, dafür zu sorgen, dass wir ihn hier unten nicht verloren. Er würde keinen Versuch unternehmen, uns das leicht zu machen.

Arnold behielt ein anstrengendes Tempo bei, und nach ein paar Minuten bot Caleb an, mich zu tragen, damit wir mit seiner Geschwindigkeit mithalten konnten. Er ließ mich auf seinen Rücken springen, während er durch die Dunkelheit schoss und den Minotaurus ermutigte, sich noch schneller zu bewegen.

Überall um uns herum befanden sich dunkle Gänge, und es gab so viele

Abzweigungen in den Tunneln, dass es unmöglich war, den Überblick darüber zu behalten, wo wir gewesen waren oder wohin wir gingen. Manchmal hörte ich in der Ferne Glocken, und einmal hätte ich schwören können, dass von einer Treppe, an der wir vorbeikamen, Schreie zu uns zurückhallten. Aber Arnold reagierte auf nichts davon.

»Befinden sich hier unten verirrte Leute?«, fragte ich ihn, als er einen weiteren Gang hinunterlief, den Kopf gesenkt, während Rauch aus seinen Nasenlöchern quoll. »Oder Gefangene?«

»Ihr könnt auf nichts vertrauen, was Ihr an diesem Ort seht oder hört«, erwiderte Arnold ernst. »Nur dem geschriebenen Wort. Und selbst damit solltet Ihr vorsichtig sein. In diesen dunklen Gängen lauern bösartige Dinge, grausame und listige Kreaturen, die immer hungrig sind und nichts lieber tun würden, als Euch zu ihrer Tür zu führen.«

»Klingt gemütlich«, murmelte ich, und Caleb schnaubte amüsiert.

Schließlich bog Arnold in einen Tunnel ein, der sich zu einer weitläufigen Treppe verbreiterte. Sie führte in die Erde hinab, feuchte, unwirtliche Luft stieg von dort auf.

»Es ist lange her, dass sich jemand in diese Tiefen gewagt hat«, sagte Arnold, während er seinen Huf über den Steinboden kratzen ließ. »Und das aus gutem Grund. Das Wissen, das Ihr sucht, ist dort unten und nur dort unten. Es gibt keinen anderen Weg, um darauf zuzugreifen.«

»Du kommst nicht mit?«, fragte Caleb, während er mich abstellte. Arnold schüttelte den Kopf.

»Ich werde hierbleiben, bis Ihr zurückkommt. Oder bis klar wird, dass Ihr dort drinnen euer Ende gefunden habt.«

»Na, das ist ja großartig«, murmelte ich, während ich meinen Phönix anrief und einen Blick auf die Treppe warf.

Die Dunkelheit, die uns dort erwartete, hatte etwas Unheiliges an sich, etwas, das mir mit einer unbekannten Stimme etwas vorsang und mich mit dem Versprechen eines so süßen Todes anlockte, dass ich vielleicht bereitwillig in die Arme des Vergessens treten würde, wenn ich nur hineingelassen würde.

Ich blickte in Calebs marineblaue Augen, aber keiner von uns machte sich die Mühe, sich mit sinnlosen Gedanken wie der Frage, was zum Teufel wir hier eigentlich taten, aufzuhalten. Wir wussten beide, dass wir diese Schwelle überschreiten würden, wenn das dabei helfen würde, Darcy zu finden. Und jetzt, da ich hier war, begann ich mich zu fragen, ob es an diesem Ort vielleicht mehr zu entdecken gab als nur diesen einen vergessenen Zauberspruch. Vielleicht ließ sich die alte Magie auch auf andere Weise nutzen, an die wir noch nicht gedacht hatten. Und wenn es auf die Kosten ankam, dann wusste ich bereits, dass ich alles zahlen würde, um das Ende von Lionels Herrschaft zu erleben. Ich hatte ohnehin schon fast alles verloren.

Wir traten gemeinsam über die Schwelle. Unsere Bewegungen waren synchronisiert, als wir immer weiter nach unten gingen. Die abgestandene Luft wich dem Geruch von etwas unglaublich Altem. Es war sowohl muffig als auch kraftvoll, uralt, unbeschreiblich.

Die Dunkelheit um uns herum wurde immer dichter, je tiefer wir stiegen, und das Fae-Licht über uns schien immer kleiner zu werden. Sein Licht schien Mühe zu haben, die völlige Schwärze zu durchdringen, die von allen Seiten auf uns drückte. Instinktiv rückten wir näher zusammen, unsere Arme berührten sich, während wir weitergingen, ohne dass unsere Schritte auch nur ins Stocken gerieten. Wir waren jetzt auf diesem Weg, und es kam nicht infrage, von ihm abzuweichen.

Meine Stiefel hallten auf den Steinplatten wider, als ich endlich den Fuß der Treppe erreichte. Wasser bewegte sich in einer kleinen Pfütze zu meinen Füßen, und ich runzelte die Stirn. Welche Bücher konnten für so lange Zeit in der Feuchtigkeit überleben?

Ich blinzelte in die Dunkelheit. Eine leise Stimme schien meinen Namen zu rufen und mich in ihren Bann ziehen zu wollen. Ich konnte nicht einmal mit Sicherheit sagen, ob sie überhaupt real war, aber ich konnte dem Sog trotzdem nicht widerstehen.

Ich ließ mich von der Dunkelheit vorwärts locken, während meine Stiefel leise durch die Pfütze auf dem Boden platschten, und konnte nicht anders, als meine Hand auf den Knauf meines Schwertes zu legen, um die Echtheit des Stahls zu spüren, während ich von so viel ätherischer Fremdartigkeit umgeben war.

Abrupt blieb ich stehen, drehte meinen Kopf nach links, ohne es geplant zu haben, und blinzelte, als ich dort eine Nische entdeckte, in der ein alter Schriftzug unter einem in die Wand eingelassenen steinernen Torbogen angebracht war. Die Worte sahen aus, als wären sie in den dicken Stoff eingebrannt worden, der sie enthielt.

Ich trat näher, und Caleb folgte mir. Seine Anwesenheit war das Einzige, was mich daran erinnerte, dass wir immer noch hier waren, aus Fleisch und Blut und nicht Teil dieses unwirklichen Ortes, der sich wie eine Zwischenstation zwischen Leben und Tod anfühlte. Die dort geschriebenen Worte waren in keiner Sprache und in keinen Schriftzeichen verfasst, die ich je zuvor gesehen hatte. Und ich fragte mich, ob hier unten alles auf diese Weise geschrieben war. Denn dann wäre diese Reise wirklich zum Scheitern verurteilt. Ich hatte nicht die leiseste Ahnung, wie man auch nur ein einziges Symbol in dieser Sprache entziffern konnte.

»Das hier sind Runen«, erklärte Caleb und berührte den braunen Stoff, wo sich die Runen neben den unleserlichen Worten befanden.

»Kannst du auch das andere lesen?«, fragte ich, und er legte den Kopf schief, während er den Text studierte.

»Ich glaube nicht, dass das überhaupt eine Sprache ist«, sagte er wenig hilfreich. »Eher ein … Code. Etwas, das nur für jemanden mit dem entsprechenden Schlüssel eine Bedeutung haben könnte.«

Ich stieß einen frustrierten Seufzer aus und fragte mich, wo zum Teufel ich den Schlüssel zu einem Code finden sollte, der wahrscheinlich vor Tausenden von Jahren geschrieben worden war.

Unterhalb des Textes war ein dünner rechteckiger saphirblauer Stein in die Wand eingelassen. Und sobald ich ihn bemerkt hatte, war ich geradezu gezwungen, ihn mir näher anzusehen.

Ich war mir nicht sicher, ob es Instinkt, Intuition oder einfach nur eine dumme Idee war, aber ich griff nach dem Stein. Und als meine Finger ihn berührten, spürte ich die unnatürliche Wärme, die in ihm wohnte.

Durch den Kontakt mit meinen Fingern löste sich der Stein aus seiner

Position an der Wand, und ich fing ihn automatisch auf, drehte ihn in meiner Handfläche um, bevor ich ihn an den darüber liegenden Stoff hielt und versuchte, durch ihn hindurch auf die verschlüsselten Worte zu schauen.

Anstatt den Text zu entziffern, wurde der Stein plötzlich heiß, und ich schnappte nach Luft, als mir Bilder von längst vergessenen Fae an einem unbekannten Ort durch den Kopf schossen. Sie beteten und opferten im Namen der dunklen Magie. Sie beanspruchten unermessliche Macht durch unaussprechliche Taten und rohe Brutalität.

Ein Mann mit einem Messer in der Brust.

Drei Frauen trinken aus Blutfläschchen, während jemand hinter ihnen schreit.

Eine Medusa schlägt einer ihrer eigenen Schlangen mit einem qualvollen Schrei den Kopf ab.

Eine Mutter bettelt um das Leben ihres Kindes.

Ein Aufblitzen blendender Macht, als ein Drache an einen Steintisch gekettet wird. Er brüllt vor Angst, bevor ihm die Kehle durchgeschnitten wird. Das Blut fließt in Rinnen, die in den Stein darunter gehauen sind, um jeden Tropfen aufzufangen.

Ein Mann – ein Weltenwandler – schreitet durch die Reiche, als wären die Wände zwischen ihnen nichts als Dampf. Er stiehlt Sterbliche, um sie im Namen des Strebens nach mehr Macht zu opfern.

Zwei Werwölfe springen in ein loderndes Feuer, während eine Menge maskierter Fae sie anfeuert. Das Schmerzgeheul der Wölfe durchdringt die Luft.

Mein Griff um den Stein lockerte sich, der Drang, ihn von mir zu schleudern, wurde immer stärker, als ich zu glauben begann, dass wir hier nichts finden würden als Erinnerungen an eine Zeit, die man am besten vergessen sollte. Doch kurz bevor er mir aus den Fingern fallen konnte, veränderte sich die Vision erneut – und mir stockte der Atem.

Die Haut des Weltenwanderers war mit Blut verziert, das nicht sein eigenes war. Ganze Muster waren in diesem tiefen und sengenden Rot auf seine Haut gezeichnet. Und er schritt durch den Durchgang zwischen den Reichen, den keine lebende Seele durchschreiten können sollte. Der Schleier teilte sich wie Öl um ihn herum, als er mit zusammengebissenen Zähnen und vor Schmerz angespannten Muskeln hindurchtrat und das unbekannte Reich zwang, ihm trotz seines noch schlagenden Herzens Einlass zu gewähren. Die Macht der Sterne nagte an ihm, als er die Grenze zwang, sich für ihn zu öffnen, zerrte an seiner Kraft und kämpfte gegen seinen Willen. Aber er ließ sich nicht beirren. Er war von Entschlossenheit durchdrungen, bis er mit einem letzten Schritt und einem Kraftfeld, das mich fast umwarf, die Grenze überschritt.

Er keuchte, blutete und hatte einen leeren Blick in den Augen, der mehr als deutlich machte, dass es alles andere als einfach gewesen war. Die blutigen Muster brannten jetzt in seiner Haut, aber dennoch hatte er es geschafft. Auf der anderen Seite warteten eine Frau und ein Kind auf ihn, ihre Gesichter voller Freude, als sie auf ihn zuliefen, um ihn zu umarmen. Und er brach in ihren Armen zusammen, endlich wieder mit ihnen vereint. Seine Familie. Durch dunkle Magie zusammengeführt, ungeachtet der Regeln, die die Sterne für sie aufgestellt hatten.

Der blaue Stein fiel mir aus den Fingern und landete auf dem Boden, wo er in der Pfütze zu meinen Füßen verschwand und das unheilige Licht darin erlosch.

»Hast du das gesehen?«, hauchte ich, unfähig, den Blick zu heben, um Calebs zu begegnen. Denn wenn er es nicht gesehen hätte, würde ich jeden einzelnen Teil dieser Erinnerungen allein hinterfragen müssen.

»Ja«, antwortete er rau, wobei seine Hand meine leicht berührte, als wäre er sich nicht sicher, ob er mir Trost spenden sollte oder nicht.

»Er ist jenseits des Schleiers gereist«, flüsterte ich, aus Angst, zu laut zu sprechen, falls die Sterne zuhörten und jeden unmöglichen Wunsch sehen würden, den ich in meinem gebrochenen Herzen trug. Ich konnte nicht zulassen, dass sie noch härter kämpften, mich davon abzuhalten, diese Wünsche zu erfüllen.

»Es sah so aus, als hätte es ihn fast alles gekostet, das zu tun«, erwiderte Caleb. »Und ich bezweifle, dass er es geschafft hätte, die Reise noch einmal in umgekehrter Richtung zu machen. Es scheint, als wäre der Tod ein einfacherer Weg gewesen, um zu seiner Familie zu gelangen.«

Ich nickte langsam, akzeptierte die Wahrheit dieser Worte und fragte mich, was mit einer lebenden Seele geschehen würde, die sich auf diese Weise auf die andere Seite begab. Ich bezweifelte, dass es eine angenehme Erfahrung gewesen war. Und doch hatte er es getan. Aus irgendeinem unergründlichen Grund hatte dieser Fae die Grenze überschritten, ohne die Brücke des Todes zu benutzen.

»Ich würde alles dafür geben, ein letztes Mal mit ihm zu sprechen, Tory«, sagte Caleb, wohl wissend, dass ich an diese eine Seele dachte, die vor seiner Zeit auf die andere Seite gezogen worden war, gezwungen, das Leben aufzugeben, das er sich gerade erst erkämpft hatte. Und das, nachdem er viel zu lange unter der Hand seines Vaters gelitten hatte. »Aber ich glaube nicht, dass das der richtige Weg ist. Es gibt einen Grund, warum wir keinen Zugang zu diesem Reich haben, und ich denke, es geht um mehr als nur darum, die Lebenden und die Toten voneinander zu trennen. Ich bezweifle stark, dass der Weltenwanderer jemals zurückgekehrt ist.«

Das konnte er zwar nicht wissen, aber ich nickte, weil ich die Wahrheit in seinen Worten spürte. Es hatte ihn so viel Kraft gekostet, diese Grenze zu überschreiten. Seine Kraft war von dem verschlungen worden, was auch immer es war, das das Hier und Dort trennte. Ich konnte mir nicht vorstellen, dass er es geschafft hatte, zurückzukehren. Aber dann blieb die Frage, warum er überhaupt gegangen war. Denn wenn sein einziger Wunsch der gewesen wäre, sich mit seinen Lieben zu vereinen, dann wäre der Tod eine weitaus einfachere Antwort gewesen als alles, was er ertragen hatte, um mit schlagendem Herzen bei ihnen anzukommen.

Ich griff nach dem braunen Stoff, der diese verschlüsselten Erinnerungen enthielt, und meine Finger glitten über die Runen an den Rändern, während ich versuchte, sie mir einzuprägen.

Ich wusste bereits, dass Runen zu den ältesten Formen der Weissagung gehörten und magische Werkzeuge waren. Und seit ich die Sterne verflucht hatte, fühlte ich mich von ihrer Kraft geradezu angezogen. Ich wollte mich auf Formen der Weissagung konzentrieren, die nicht vollständig von der Gunst der Sterne abhängig waren, um Klarheit zu erlangen. Aber bisher hatte ich nicht viel erfahren. Die Gaben meiner Mutter hatten mich in dieser Hinsicht eindeutig übersprungen.

»Nur so nebenbei«, fügte Caleb hinzu, der beobachtete, wie ich mit den Fingern über den Rand des wachsartigen braunen Stoffes strich, während ich die nächste Rune studierte. »Ich bin mir zu neunzig Prozent sicher, dass diese Markierungen auf Haut gemacht wurden. Wahrscheinlich auf der Haut eines ermordeten Fae in seiner verwandelten Form.«

Ich riss meine Hand mit einem Aufschrei des Ekels von dem wachsartigen Stoff weg und drehte mich entsetzt zu ihm um. »Wie kommst du darauf?«, zischte ich.

»Weil dort eine Plakette hängt, auf der das steht.« Er zeigte auf das Stück Metall, das behauptete, dass die ekelhafte Hautschriftrolle wahrscheinlich über zweitausend Jahre alt war, aus dem Blutzeitalter der Vampire.

Ich musterte Caleb. Mein Blick wanderte zu seinem Mund, wo seine Fangzähne derzeit verborgen waren. Sein hübsches Aussehen und sein gepflegtes Äußeres passten nur schwer zu einer Art von Fae, die einst das gesamte Königreich terrorisiert und mit Angst und Blutvergießen regiert hatte.

»Ist deine Mutter wegen der ganzen Zirkelsache sehr ausgeflippt?«, fragte ich mit leiser Stimme, während ich mich von der Nische entfernte und weiter dem Gang folgte. »Ist es wirklich so schlimm?«

»Ja und nein«, sagte Caleb und zuckte mit den Schultern. »Sie ist sauer. Mein Vater auch. Aber sie haben mir zugehört und verstehen, dass es keine Absicht war. Sie finden, ich sollte mich von Orion fernhalten, sollte er zurückkommen.«

»Für wie lange?«, fragte ich.

»Für immer.« Caleb stieß einen Seufzer aus und schüttelte den Kopf. »Ich habe nicht widersprochen, aber ich weiß auch, dass das nicht passieren wird. Selbst wenn sein und mein Leben nicht so eng mit den euren verflochten wären, was das Fernbleiben so gut wie unmöglich macht, könnte ich die Verbindung, die ich zu ihm spüre, nicht so einfach ignorieren. Wir müssen jedoch vorsichtig sein, besonders, wenn es um die Jagd geht. Solange wir nicht gemeinsam losziehen, sollte es eigentlich keine Probleme geben. Keiner von uns beiden möchte Solaria wieder der Herrschaft von Blut und Gemetzel überlassen.«

»Ich denke, deine Mutter und die anderen Ratsmitglieder müssen sich an den Gedanken gewöhnen, dass sie nicht mehr das Sagen haben«, sagte ich, aber bevor Caleb antworten konnte, zwang uns ein Windstoß dazu, uns zu einer schmalen Öffnung zu unserer Linken zu drehen. Ein Stöhnen drang zu uns vor, entweder durch die Bewegung der Luft – oder durch etwas anderes.

»Warum habe ich das Gefühl, dass du da rein willst?«, fragte Caleb, als ich einen Schritt näher an die schmale Lücke herantrat.

»Weil ich eine furchtlose Draufgängerin bin und du das genau weißt?«, schlug ich vor, aber er schnaubte nur.

»Eher leichtsinnig oder sogar idiotisch. Aber klar, wir sollten uns definitiv durch eine gruselige Lücke in einer Wand quetschen, hinter der alles Mögliche lauern könnte, um uns in die Tiefen dieses Ortes zu ziehen. Und sie wurden nie wieder gesehen ...«

»Das ist die richtige Einstellung.« Ich klopfte ihm auf den Arm, trat dann näher an die Öffnung heran, lenkte ein Fae-Licht hindurch und blinzelte, damit sich meine Augen an die Helligkeit gewöhnen konnten.

»Ich bin nur froh, dass wir auf dem Weg hierher nicht gegen irgendwelche Seemonster kämpfen mussten. Stell dir vor, wir wären mit halb leerer Magie hier gelandet«, fügte Caleb hinzu, und ich zuckte mit den Schultern, während ich mein Schwert zog. Flammen loderten an seiner Länge auf, und mein Phönix labte sich an der Hitze, woraufhin meine Kraft sofort zu schwellen begann.

»Kein Problem an meiner Front«, kommentierte ich, drehte mich zur Seite und begann, meinen Körper in die Lücke zwischen den kalten Steinmauern zu schieben. »Muss schon doof sein, ein elender Lutscher zu sein.«

»War das eine dämliche Anspielung?«, fragte Caleb, und ich hätte fast gelächelt.

»Nein.«

Wir gingen weiter, die Wände wurden immer enger, sowohl in meinem Rücken als auch an meiner Brust, während ich mich nach vorn schob. Ein Anflug von Klaustrophobie sorgte dafür, dass mein Atem flacher wurde. Ich begann, mich zu fragen, ob ich es überhaupt bis zur anderen Seite schaffen würde.

Ich schluckte einen Kloß in meinem Hals hinunter und ging weiter, das Feuer meines Schwertes leitete mich und gab mir mit jedem Schritt Kraft.

Schließlich erreichte ich das Ende des Felsspalts und stolperte einen Schritt, als ich mich in einer anderen Kammer wiederfand, die breit und mit fünf alten Wälzern auf Steinsockeln ausgestattet war, die in zufälliger Anordnung im Raum verteilt waren. Ich schickte mehrere Fae-Lichter nach oben, damit sie den Raum ausleuchteten, während ein Flüstern die Luft zu bewegen schien und mir ein Schauer über den Rücken lief.

Es gab hier keine Tür, keinen offiziellen Eingang, und die Spalte, durch die ich mich gedrängt hatte, schien zu unnatürlich, um ursprünglich hier gewesen zu sein. Fast so, als wäre an diesem Ort eine gewaltige Kraft entfesselt worden, die die Öffnung erzwungen hatte. Und wenn das der Fall war, bedeutete das, dass irgendwann vor langer Zeit jemand diese Bücher und das darin enthaltene Wissen in dieser Kammer versiegelt hatte. In der Absicht, sie so zu verstecken, dass niemand sie je wiederfinden würde.

Ich hätte mich fast zu Tode erschrocken, als ich ein knirschendes Geräusch hinter mir hörte. Mit einem wütenden Funkeln in den Augen drehte ich mich zu Caleb um. Er benutzte sein Erdelement, um den Stein des schmalen Spalts, durch den ich mich gerade gezwängt hatte, zu bearbeiten, den Durchgang zu verbreitern und dann mit einem selbstgefälligen Gesichtsausdruck hindurchzugehen. Oh, und dieser Gesichtsausdruck erinnerte mich nur allzu lebhaft an all die Male, als ich ihm eine hatte reinhauen wollen.

»Es kam mir irgendwie dumm vor, mich durch diesen winzigen Spalt zu zwängen, wo ich es mir doch so viel einfacher machen konnte«, erklärte er mit einem unschuldigen Achselzucken, und ich beschloss, nicht zu erwähnen, dass ich nicht einmal auf die Idee gekommen war.

Ich trat weiter in die Kammer hinein. Der Boden war hier schwer mit Staub bedeckt, kein Wasser floss durch die Lücke hinter uns, selbst nachdem Caleb sie erweitert hatte.

»Dieser Ort fühlt sich alt an«, hauchte ich, unsicher, ob dieses Wort auch nur annähernd die Unermesslichkeit der Zeit ausdrücken konnte, die sich hier um uns herum zu erstrecken schien.

Die Fae-Lichter flackerten, als würden sie von einem Wind erfasst, den ich nicht spüren konnte, und mein Blick wanderte zu den Wänden, wo entlang des Mauerwerks verwitterte Schnitzereien zu sehen waren. Ihre Motive waren inmitten der Spinnweben, die sie bedeckten, nur schwer zu erkennen.

Ich trat vor. Ein Schauer lief mir über den Rücken, als ich eine unsichtbare Schwelle überschritt, die ich nur spürte, weil ein Hauch von Magie meine Haut kitzelte.

Ich ging auf das nächstgelegene Buch zu, dessen Einband tiefblutrot war. Das Material war dick und mit Runen, Flammen und dem dreieckigen Symbol für Feuer verziert. Auf der Vorderseite waren drei Sternbilder mit Rubinen markiert. Löwe, Widder und Schütze – die Sternzeichen des Feuerelements.

Caleb durchquerte den Raum hinter mir, und ich wandte mich von dem Buch ab, um zu sehen, wie er sich einem ähnlichen Buch näherte, das in ein tiefes Waldgrün gebunden war und auf dem die Sternzeichen Stier, Jungfrau und Steinbock mit Smaragden markiert waren, zusammen mit Bildern von Pflanzen und Runen.

»Die fühlen sich irgendwie … lebendig an«, hauchte Caleb und strich mit der Hand über den Buchrücken, als könnte er einen Puls zwischen den Seiten spüren, der nach ihm rief.

»Sollen wir sie öffnen?«, fragte ich, obwohl ich wusste, dass es verrückt war, dies infrage zu stellen, nachdem wir den ganzen Weg auf der Suche nach Wissen auf uns genommen hatten. Aber die fünf Bücher hatten etwas an sich, das meine Nerven zum Kribbeln brachte. Sie zu öffnen, kam mir unglaublich endgültig vor. Wenn wir es einmal getan hatten, würden wir es nie wieder rückgängig machen können.

Caleb antwortete nicht, seine Aufmerksamkeit wanderte zum dunkelgrau gebundenen Buch für Luft, das mit Diamanten gekennzeichnet war, dann zum nachtblauen saphirbesetzten Wälzer für Wasser. »Warum sind es fünf?«, fragte er.

Ich drehte mich langsam zu dem letzten Buch um, das auf dem Sockel stand, der am weitesten entfernten Punkt des Raumes stand. Der pechschwarze Einband schien sämtliches Licht in das Buch zu ziehen und es in Dunkelheit zu hüllen.

»Schatten?«, fragte ich und machte einen Schritt darauf zu, aber Caleb stellte sich mir in den Weg und hielt mich mit erhobener Hand auf.

»Sieh dir die Markierungen auf dem Boden an«, murmelte er und deutete auf die Linien, die wie nachtschwarze Adern inmitten des Staubs aussahen, der sich dort angesammelt hatte. Ich blinzelte und atmete scharf ein. Ich erkannte die Form von unzähligen Orten wieder. Allerdings hatte kein einziger Lehrer der Zodiac Academy je so von ihr gesprochen, als besäße sie irgendeine wirkliche Macht.

»Ein Pentagramm«, sagte ich und berührte mit meinem Stiefel die Rille der nächsten Linie. »Mit einem Buch an jeder Ecke. Aber warum?«

»Es gibt Legenden, die größtenteils in Vergessenheit geraten sind, aber ab und zu in Kindergeschichten erwähnt werden«, sagte Caleb. »Aber ich habe gehört, dass die Elemente vor langer Zeit immer auf einem Pentagramm wie diesem dargestellt wurden, mit einer verlorenen Macht an der Spitze, von der niemand sprechen wollte, aus Angst, sie wieder zu erwecken.«

»Die Art von Macht, mit der wir einen falschen König stürzen könnten?«, fragte ich, wohl wissend, dass seine Worte eigentlich dazu gedacht waren, mir Angst einzujagen. Stattdessen schürten sie Hoffnung in mir.

»Das könnte gefährlich sein, Tory«, warnte Caleb, aber ich zuckte mit den Schultern.

»Gefahr hat hier nicht das Sagen. Meine Schwester braucht mich. Solaria braucht uns. Ich werde nicht vor einem gruseligen Buch zurückschrecken, das im Dunkeln vergessen wurde.«

Caleb hielt meinen Blick mehrere Sekunden lang fest. Sein Zögern schwand angesichts dieser Worte, und an seine Stelle trat eine Wildheit, die mich daran erinnerte, dass er einer der mächtigsten Fae im ganzen Königreich war.

»Was auch immer nötig ist«, sagte er mit leiser Stimme, und ich könnte schwören, dass die vom Blitz gezeichnete Narbe auf meiner Handfläche kribbelte, als er das sagte.

»Was auch immer es kostet«, stimmte ich zu, und gemeinsam gingen wir auf das letzte Buch zu.

Als ich mich ihm näherte, bildete sich ein Kloß in meinem Hals. Eine Schwere erfüllte die Luft, die einen seltsamen Geschmack auf meiner Zunge hinterließ.

Die wachsamen Augen von Tausenden von verlorenen Seelen schienen auf meinen Rücken gerichtet zu sein, als ich diese kurze Distanz überwand. Am Rande meines Bewusstseins registrierte ich ein leises Klickgeräusch. Etwas bewegte sich in der Dunkelheit jenseits dieser Kammer, aber nichts davon konnte meine Aufmerksamkeit von der erdrückenden Finsternis ablenken, die dieses fünfte Buch umgab.

Der Wälzer schien uns warnen zu wollen, Energie pulsierte durch die Luft und das Echo längst vergangener Schreie war gerade so hörbar. Aber ich blieb nicht stehen. Das konnte ich mir nicht leisten. Nicht, solange meine Schwester vermisst wurde, Lionel auf dem Thron saß und unser Volk auf der Flucht war und Gefahr lief, ihm jeden Moment zum Opfer zu fallen. Wir hatten in dieser Schlacht einen zu schweren Schlag erlitten und brauchten eine Waffe, um ihn zu bekämpfen, damit wir das Blatt in diesem Krieg wenden konnten.

Ich berührte den Imperialen Stern an meiner Kehle, dessen Gewicht mich mit den unendlichen Möglichkeiten, die er bot, verspottete – gepaart mit der Tatsache, dass ihn niemand benutzen konnte. Außer das Monster, das wir vernichten mussten.

Der tiefe kraftvolle Pulsschlag des Imperialen Sterns vibrierte in meinen Fingerspitzen, lockte mich näher heran und machte Versprechungen, die er nicht erfüllen konnte. Ich wollte ihn zusammen mit den Sternen verfluchen, weil er uns verhöhnte, indem er uns die Erlösung versprach, sie uns aber nicht geben wollte.

Ich biss die Zähne zusammen und ließ den Imperialen Stern los, um mich auf das schwere Gewicht der Rubinkette zu konzentrieren, die Darius mir geschenkt hatte. Der Stein glühte in einem verborgenen Feuer, und ich holte tief Luft. Ein Lufthauch schien meinen Hals zu streifen, genau an der Stelle, wo er auf meine Schulter traf. Genau dort, wo er mich morgens nach dem Aufwachen geküsst hatte, seinen Körper an meine Wirbelsäule gepresst, während er mich in das Netz seiner Arme gezogen hatte. Nicht, dass ich jemals versucht hätte, zu entkommen. Nicht ein einziges Mal, nachdem wir uns endlich füreinander entschieden hatten. Ein Kribbeln wanderte meinen Nacken hinauf und markierte meine Haut mit schmetterlingsweichen Küssen, von denen ich hätte schwören können, dass sie von den Stoppeln begleitet wurden, die er nie ganz abrasiert hatte. Ein Seufzen entfuhr mir, Sehnsucht und Herzschmerz verschmolzen, als sein Geist wieder verblasste, seine Absicht unklar.

Er würde mir davon abraten. Er würde mir sagen, ich solle nichts tun, was schlecht ausgehen oder mein Leben gefährden könnte. Aber das Arschloch hätte es dann einfach selbst getan und die Risiken auf sich genommen, ohne Rücksicht auf die Kosten, die ein Scheitern für alle, die er zurückließ, mit sich bringen würde.

»Glaubst du, er wusste, dass er auf diesem Schlachtfeld sterben würde?«, fragte ich.

Wir blieben vor dem Buch stehen, und Caleb erstarrte auf diese unnatürliche Weise, die nur Vampire zustande brachten. Fast so, als wäre er bei der Erwähnung des Mannes, dessen Tod uns beide zerstört hatte, zu Stein geworden.

»Ich glaube nicht, dass er einen von uns freiwillig zurückgelassen hat. Es sei denn, es war seine einzige Option. Die einzige, die diejenigen zu retten vermochte, die er liebte«, sagte er langsam.

»Es fühlt sich nicht so an, als hätte er mich gerettet«, antwortete ich, ließ den Rubin los, unterbrach jede imaginäre Verbindung, die ich zu Darius' Geist fühlte, und baute die Mauern um mein Herz wieder auf, bevor ich noch mehr von der Qual spüren konnte, die mich zu verschlingen drohte. »Es fühlt sich an, als hätte er mich ein letztes Mal zerstört. Als wäre das alles ein großer Witz gewesen, der zur endgültigen Vernichtung von allem geführt hat, was ich war und jemals hätte sein können.«

»Du bist immer noch du, Tory«, sagte Caleb und griff nach meiner Hand, aber ich schüttelte sie ab und griff stattdessen nach dem Buch.

»Nein. Bin ich nicht. Ich bin ein Echo, ein rachsüchtiger Geist – und ich befinde mich fernab jeglicher Erlösung. Und das bedeutet, dass dieses Buch nichts enthält, was ich nicht nutzen würde, sollte es nötig sein, um das Unrecht wiedergutzumachen, das mir und den Meinen angetan wurde. Verstehst du?«

In dieser Drohung lag ein Versprechen, als ich ihn wissen ließ, dass ich mich von nichts, was wir hier fanden, abwenden würde. Es gab kein Hindernis, das mich aufhielt, keine Leine, die mein Verlangen nach Rache zügelte. Egal, was wir in diesem Buch fanden, ich würde mich nicht von der Idee abbringen lassen, davon Gebrauch zu machen, wenn ich dadurch die Versprechen halten könnte. Jene Versprechen, die ich gegeben hatte, als ich im Blut des Mannes gekniet hatte, den ich liebte, um die Sterne selbst zu verfluchen.

Calebs Blick war fest, als er mich ansah, und ich wusste, dass ich nicht die Einzige war, die über den Punkt der Erlösung hinausgegangen war. Darius zu verlieren, war eine Bürde, die keiner von uns ohne Vergeltung tragen konnte. Weder Moral noch Angst würden uns jetzt stoppen können.

Was auch immer wir in diesem Buch, an diesem Ort fanden – wir würden es nutzen und die Konsequenzen verdammen.

Ich zwang das Fae-Licht über uns, heller zu leuchten. Das Feuer blendete meine Augen, bevor es stark genug wurde, um das einzelne Wort zu erhellen, das das schwarze Leder des Buches markierte, das sich an der oberen Spitze des Pentagramms befand.

Äther.

»Das fünfte Element«, hauchte ich, während ich die dunklen und verdrehten Runen musterte, die ich noch nie zuvor gesehen hatte. Anstelle von Elementarbildern war das Buch mit verschlungenen Mustern verziert, die fast wie ein Pfad oder ein Puzzle wirkten. Mein Blick folgte automatisch einem nach dem anderen, eine endlose Spur, die kein Zentrum hatte.

Ich berührte das Buch. Ein Geräusch ertönte hinter mir, und es klang, als wurde etwas über die Steine geschleift. Fast hätte mich das dazu gebracht, mich umzudrehen, aber ich konnte den Blick nicht von der dunklen Macht vor mir abwenden. Sie war unheimlich berauschend, eine Fülle von Wissen und Macht, wie ich sie noch nie zuvor erlebt hatte.

Unsere Antworten lagen in diesen Seiten, das wusste ich bis in die Tiefen meiner Seele, aber sie könnten auch unsere Verdammnis bergen.

Ich hob mein Kinn und dachte an meine Schwester, die irgendwo da draußen in den Ödlanden dieser Welt verloren war. Sie brauchte mich, und ich würde jetzt nicht zurückweichen, also schlug ich das Buch ohne zu zögern auf.

Ein kalter Windstoß traf mich, als das Buch aufsprang, ein Schrei stieg in meiner Kehle auf, erstickte dann aber, als die Kraft aus meinen Adern gerissen wurde und in einem Feuersturm verglühte, der mich völlig erschöpfte. Es ging alles so schnell, dass mich die Brutalität dieser Zerstörungskraft fast in die Knie zwang.

Ich klammerte mich an das Podest vor mir, während Caleb schwer atmend an meiner Seite stand. Er schien das Gleiche durchzumachen. Ich konnte nicht anders, als über meine Schultern zurückzuschauen und die Wände und den offenen Durchgang nach Anzeichen dafür abzusuchen, dass in unserem neuen verwundbaren Zustand etwas auf uns zukam.

»Was zum Teufel war das?«, fragte Caleb, dessen Reißzähne im schwachen Licht funkelten, als er seinen Vampir freiließ.

»Ich weiß es nicht. Aber wenn dieses Buch allein durch seine Öffnung so viel Macht entfesseln kann, dann scheinen wir am richtigen Ort nach Antworten zu suchen.«

Caleb nickte langsam. Sein Blick huschte ebenfalls durch den Raum, und ich war beruhigt, als er sich wieder dem Buch zuwandte. Wenn seine Vampirsinne nichts Besorgniserregendes offenbart hatten, konnte ich mich getrost dem Buch Äther zuwenden und seine Geheimnisse lüften.

Die erste Seite enthielt nichts außer dem Symbol des Pentagramms. Die Kraft, die von der ominösen Form ausging, ließ mich erschauern, als ich die Seite vorsichtig umblätterte.

Äther ist der Inbegriff aller Magie. Seine Macht ist groß und sein Einfluss gewaltig. Diejenigen, die es wagen, sich dem Ruf dieser reinsten Form der Magie zu stellen, sollten diese Warnung beherzigen:
Kein Sieg ist umsonst. Blut wird vergossen, Seelen werden gespalten, und alle werden vor ihrem Ende den einäugigen Dämon des Schicksals zu Gesicht bekommen.

»Das klingt vielversprechend«, murmelte ich, blätterte eine Seite weiter und fand ein Inhaltsverzeichnis, in dem etliche Themen abgedeckt wurden. Von

Omen, Aderlass, Seelenwanderung bis zur Macht des wahren Namens. Da gab es Kapitel zu Flüchen, Verwünschungen, Knochenmagie, Blutmagie, der Macht des Chaos und zur Verderbnis des Schicksals. So viele magische Praktiken, von denen ich die meisten noch nie gehört hatte. Und noch mehr.

Ich fand ein Kapitel mit dem Titel *Eine verlorene Seele finden* und blätterte schnell, um es zu öffnen.

Das Buch öffnete sich, aber das Kapitel, das ich gesucht hatte, war nicht das, das ich fand. Stattdessen starrte mich ein Bild zweier Fae an, die auf beiden Seiten einer Scheibe aus Glas oder eines Spiegels standen. Ihre Gesichter waren von Trauer gezeichnet, als sie nach einander griffen. Auf dem zweiten Bild schnitt sich der Fae auf der linken Seite den Arm auf. Ihr Blut ergoss sich auf eine Ansammlung von Runenknochen und andere Gegenstände, die auf der Zeichnung schwer zu erkennen waren. Aber auf dem dritten Bild war das Ding, das die beiden Fae getrennt hatte, gesprungen – nicht zerbrochen –, nicht so sehr, dass mehr als ihre Stimmen hindurchdringen konnten, aber der Ausdruck der Erleichterung auf ihren Gesichtern ließ mein Herz höherschlagen.

Ich blätterte eine Seite zurück und schaute auf den Titel dort: *Gespräche mit den Toten.*

Meine Lippen teilten sich, als ich anfing, zu lesen. Ich sog jedes einzelne Wort auf, während Caleb an meiner Seite totenstill wurde.

Ein seltsames Kratzen – fast eine Art Rasseln – ertönte.

Die Macht, mit den Toten zu sprechen, ist eine der begehrtesten Formen der Nekromantie, eine Fähigkeit, die oft sowohl von tiefstem Verlangen als auch von größter Trauer geprägt ist. Aber nicht viele Fae sind dazu in der Lage.
In der Regel ist eine Séance der Schlüssel, um ein solches Geschenk zu erhalten, aber es muss angemerkt werden, dass diese Macht nicht leichtfertig eingesetzt werden sollte.
Zunächst einmal wird vermutlich ein Geisterbrett benötigt, um die Worte derjenigen jenseits des Schleiers zu übersetzen. Ein solches Objekt wird am besten aus dem Holz eines Nekrolisbaums gefertigt, dessen Holz mit Äther des wirkenden Fae durchtränkt ist, um eine Brücke zu schlagen.

Mein Herz pochte wie die galoppierenden Hufe eines wilden Hengstes, als ich weiterlas, aber es wurde immer schwerer, je weiter ich las. Das Buch erklärte, wie das Brett genutzt werden konnte, um möglichst effektiv einfache Antworten wie Ja oder Nein zu erhalten. Und dass mehr Kraft und die Zugabe von Blutmagie erforderlich waren, um auf vollständige Wörter zuzugreifen, die Buchstabe für Buchstabe buchstabiert wurden. Die Chancen, auch nur einen ganzen Satz zu verstehen, waren gering, und es wurde mehrfach auf die Gefahren einer solchen Magie hingewiesen. Zum einen musste der Fae, der sie einsetzte, die ganze Zeit über bluten, um die Verbindung zu gewährleisten. Und schlimmer noch, bösartige Geister nahmen in den meisten Fällen den Platz des gewünschten Fae auf der anderen Seite ein. Sie spielten Streiche und sandten Botschaften der Hoffnung oder Verzweiflung, um die Fae, die die Magie einsetzten, dazu zu verleiten, zu lange zu verweilen und während des Wirkens zu verbluten.

Es stellte sich heraus, dass diese Praxis kaum mehr als Ja- oder Nein-Antworten liefern würde, selbst wenn eine Verbindung mit der verstorbenen Seele hergestellt werden könnte. Ich würde nicht einmal seine Stimme hören können.

Ich schlug frustriert und enttäuscht mit der Faust auf den Sockel neben dem Buch, und Caleb seufzte, als er zu demselben Schluss kam wie ich. Geisterbretter waren in keiner Weise die Antwort darauf, Darius wiederzufinden – egal, in welcher Form. Wenn es überhaupt eine Möglichkeit gab, ihn im Jenseits zu kontaktieren, dann war es nicht diese.

»Verdammt!«, zischte ich und blätterte aggressiv weiter, um die Seite zu finden, nach der ich ursprünglich gesucht hatte.

Eine verlorene Seele finden

Wenn man zum ersten Mal auf diese Magie trifft, muss man sich der Fallstricke bewusst sein, die mit dem Seelenwandern verbunden sind. Diese Magie ist nichts für schwache Nerven und kann gefährlicher sein, als es zunächst den Anschein hat.
Erstens: Um eine vermisste Seele aufzuspüren, muss der Fae, der die Magie wirkt, über ein tiefes und intimes Wissen über die gesuchte Person verfügen. Ein Blutsverwandter oder Partner ist die beste und einzige echte Option, es sei denn, man möchte das Risiko eingehen, im Zwischenreich zu stranden.

Ich las noch einige Absätze, in denen die Funktionsweise der Magie genauer beschrieben wurde. Zuerst musste ich einen Knochen meines Feindes finden und den wahren Namen der Fae, die ich suchte, in ihn schnitzen. Dann stand da noch eine ganze Menge darüber, wie ich meine Lebenskraft an ein Objekt von unerschütterlichem Wert binden konnte, um wieder zurückzufinden. Denn um diese Magie zu vollbringen, würde meine Seele buchstäblich aus meinem verdammten Körper austreten und sich über die ganze Welt verteilen, um denjenigen aufzuspüren, den ich jagte. Darüber hinaus würde ich die Energie der Sonne am höchsten Punkt des Tages nutzen müssen.

Es sah kompliziert und verdammt schwierig aus, außerdem gab es eine Menge Warnungen, dass ich mich nicht zu lange außerhalb der Grenzen meines Körpers aufhalten und vor allem niemals versuchen sollte, mit meiner Seele hinter den Schleier zu treten, es sei denn, ich suchte den wahren Tod.

Alles in allem klang es ziemlich anspruchsvoll und furchterregend, aber davon ließ ich mich nicht im Geringsten abschrecken. Wenn ich diese Magie nutzen könnte, um meine Schwester zu finden, dann gab es nichts auf dieser Welt, was mich davon abhalten würde.

Caleb protestierte nicht, als ich das zu ihm sagte, sondern schlug nur vor, auf dem Rückweg am Schlachtfeld vorbeizuschauen, um die Knochen unserer Feinde für den Zauber zu sammeln.

Ich nickte grimmig. Und obwohl ich es dabei hätte belassen sollen, da das

Buch uns bereits das Wissen vermittelt hatte, für das wir gekommen waren, konnte ich nicht anders, als immer mehr Seiten umzublättern und die Worte und die dunkle Magie, die mich dort erwarteten, in mich aufzusaugen.

Es gab noch andere Arten von Geisterbeschwörung, die über das Geisterbrett hinausgingen. Fast alle zielten darauf ab, mit den Toten zu sprechen, während einige davon handelten, tote Körper wiederzubeleben. Die kurzzeitige Begeisterung, die ich beim Lesen dieser Kapitel verspürte, wurde schnell durch die Fakten gedämpft, als ich mehr las. Die Dinge, von denen das Buch sprach, waren nichts weiter als leere Hüllen, in denen kein Teil der Fae mehr lebte, die einst in ihnen gewohnt hatten. Es waren einfach nur hirnlose Skelette mit etwas Magie in ihren Knochen, die für einfache Dinge wie den Schutz bestimmter Gegenstände oder die Abwehr unerwünschter Eindringlinge eingesetzt werden konnten – ähnlich wie die Toten auf dem Friedhof von Everhill, die erwacht waren, als wir mitten in der Nacht ohne Erlaubnis dorthin gegangen waren.

Gerade als ich am liebsten die ganze verdammte Welt angeschrien hätte, weil sie mich mit Möglichkeiten neckte, die nicht einmal annähernd realisierbar waren, blätterte ich eine weitere Seite um. Mein Blick fiel auf eine Fußnote unter der Beschreibung eines Zauberspruchs über die Verfälschung des Schicksals.

Selbst ein Schicksal, das von den Sternen vorgezeichnet und von der Zeit selbst in die Realität umgesetzt wird, kann oft geändert werden. Das Schicksal regiert diese Welt nicht. Nur der Äther verfügt über wahre Macht. Und wer lernt, seinem Ruf zu folgen, kann lernen, die Welt selbst und alle, die in ihr existieren, zu beherrschen.

Ich öffnete den Mund, um Caleb darauf aufmerksam zu machen, aber im nächsten Moment drang erneut eine Welle unnatürlicher Kraft in uns ein und die Fae-Lichter erloschen.

Wieder ertönte ein Kratzen hinter uns, als würde jemand Stein über Stein bewegen, und ich wirbelte herum. Die Dunkelheit war so dicht, dass ich nicht einmal meine eigene Hand vor meinem Gesicht sehen konnte, geschweige denn irgendetwas anderes.

Das Geräusch des zuklappenden Buches hallte bis in mein Innerstes wider. Ich versuchte, meine Magie zu beschwören, obwohl ich bereits wusste, dass sie mir genommen worden war. Unglaubliche Angst setzte sich tief in mir fest, als dort, wo normalerweise meine Macht saß, nur Leere auf mich wartete.

»Wir sind die Hüter des verlorenen Wissens«, sprach eine albtraumhafte Stimme aus der Dunkelheit, ein schreckliches Klackern unterstrich jedes Wort. »Und ihr habt euch unerlaubt Zutritt zu einem Ort verschafft, an dem ihr nicht willkommen seid.«

Gemini
Scorpio
Virgo
Aries
Cancer
Leo
Sagittarius
Taurus
Capricorn
Libra
Aquarius
Pisces

CALEB

KAPITEL 28

Meine Fangzähne fuhren aus, während ich in die Dunkelheit blinzelte. Meine verstärkte Sehkraft reichte kaum aus, um in den Schatten an diesem Ort der endlosen Nacht überhaupt etwas zu erkennen. Aber da war etwas in der Dunkelheit, etwas, das sich mit einem Körper, der sich unnatürlich krümmte, über die Wand bewegte.

»Was ist das?«, zischte Tory an meiner Seite und zog ihr Schwert, obwohl sie nicht die Bohne sehen konnte. Doch als das Phönixfeuer ihres Schwerts zum Leben erwachte, erstrahlte der Raum – und plötzlich sahen wir viel zu viel.

Das Ding an der Wand war nicht allein. Immer mehr dieser Kreaturen krochen aus Rissen, die wie nichts als dunkle Schatten an den Rändern dieser vergessenen Kammer ausgesehen hatten, sich aber nun als Türen für diese Wesen entpuppten. Ich hatte in meinem ganzen Leben noch nie etwas Vergleichbares gesehen.

Ihre Körper waren mattschwarz und mit überlappenden Panzerplatten bedeckt, die sich über ihre gesamte Länge erstreckten. Sie bewegten sich wie Tausendfüßler, während sie sich mit überlangen Beinen, die sich in unnatürlichen Winkeln beugten und deren Knie sich nach hinten drehten, an Wänden und Decken festklammerten. Aber ihre Gesichter ähnelten nicht dem eines Insekts; ihre tiefgrünen Augen sprühten vor Intelligenz und schienen fast faehaft. Ihre Kiefer waren das Produkt einer abgefuckten Fantasie – ein klaffender Mund mit scharfen, aber faulenden Zähnen, die schlaff herabhingen, während Speichel auf den dunklen Boden tropfte, als sie ihre Mahlzeit begutachteten.

»Was wollt ihr?«, fragte ich, zog meine Dolche und entzündete auch ihre Flammen, während ich versuchte, den Blick nicht von den Monstern zu nehmen, die uns einschlossen.

Ohne unsere Magie waren wir in einer verdammt schlechten Position. Aber wenn wir sie nur ein wenig länger ablenken könnten, dann könnte Tory das Feuer unserer Waffen nutzen, um zumindest einen Teil ihrer Kraft wieder aufzuladen.

»Die Aufgabe erfüllen, die uns die Mutter hinterlassen hat«, zischte eines der Dinger auf meiner linken Seite. Ich hatte Mühe, meine Abscheu zu verbergen, als Sabber von seinen Reißzähnen auf den Boden tropfte. »Das Wissen hier vor den Fae zu schützen, die es für eigennützige Zwecke missbrauchen wollen.«

»Wir haben nicht vor, irgendetwas zu missbrauchen«, sagte Tory energisch und fixierte die monströsen Augen des Wesens direkt vor uns, während sie ihr Kinn hob. »Ich bin eine Vega-Prinzessin, und Caleb ist ein Erbe des Celestia-Rates. Solaria braucht dringend die Magie, die in diesen Büchern verborgen ist.«

Die Kreaturen begannen alle mit den Zähnen zu klappern, und es dauerte einen Moment, bis ich realisierte, dass sie miteinander sprachen. Ihre Bewegungen wurden schneller, während sie einander aufstachelten. Ich ließ meinen Blick durch den Raum schweifen, während sie weiter über die Wände krochen, die uns umgaben.

Ein schwaches Leuchten lenkte meine Aufmerksamkeit auf das Pentagramm, in dem wir standen. Seine Linien erwachten durch eine uralte Macht zum Leben, während die Bestien uns nach wie vor umkreisten.

»Sie können diese Linien nicht überschreiten«, flüsterte ich Tory zu, und sie nickte verstehend, als eine der Kreaturen sich einer schimmernden Linie näherte und dann mit einem schmerzverzerrten Zischen davonhuschte.

»Die Mutter hat dieses Wissen vor euresgleichen verborgen«, sagte plötzlich eines der Monster zu meiner Rechten, und ich drehte mich in die entsprechende Richtung. »Sie hat es vor denen verborgen, die es ein ums andere Mal missbraucht haben. Es ist dazu bestimmt, verloren zu bleiben.«

»Und wenn wir uns weigern, es hierzulassen?«, erwiderte Tory, woraufhin die verrottenden Zähne noch lauter klapperten. Die Kreaturen zischten und schnappten vor Wut.

»Dann werden wir euch zeigen, wie hungrig wir sind«, krächzte einer dieser albtraumhaften Tausendfüßler.

»Ich habe das Gefühl, dass ihr uns das ohnehin zeigen wollt. Ganz unabhängig von unserer Entscheidung bezüglich der Bücher«, gab ich zu bedenken, und etwas, das einem Lachen ähnelte, durchdrang die Luft.

»Ihr wisst von der Existenz der Bücher«, flüsterte jemand von der Decke direkt über unseren Köpfen. »Dieses Wissen darf diesen Ort nicht verlassen.«

»Tja, das macht dieses Gespräch irgendwie sinnlos«, murmelte Tory, während sie subtil die Finger bewegte, um eine Stillekuppel über uns beide zu werfen. »Was denkst du, wie schnell könntest du rennen?«, fragte sie, ihren Blick nach wie vor auf die Monster gerichtet, die um uns herumschwärmten.

»Blitzschnell«, antwortete ich und beobachtete die Kreaturen, die uns bedrängten, wohl wissend, dass wir uns nicht lange in den Grenzen des Pentagramms verstecken konnten. Die Magie, die entlang der Linien pulsierte, flackerte bereits. Und ich war bereit, zu wetten, dass ihre Kraft nach ein paar Tausend Jahren zur Neige ging. »Wir haben wahrscheinlich höchstens noch eine Minute, bevor das Pentagramm fällt.«

»Ich werde eine Tasche für die Bücher wirken und mich dann auf deinen Rücken schwingen. Du verstaust die Bücher, während ich diese fiesen Dinger mit Feuer beschieße, um uns einen Weg zum Ausgang zu bahnen, durch den du uns bringen kannst«, sagte Tory, ihre Hand bereits in Bewegung, um eine große

Tasche aus dicken Blättern herzustellen. Die Monster schnappten und heulten, als sie sahen, was sie tat.

»Ich hoffe, dass dieser Minotaurus schnell rennen kann«, murmelte ich, da ich wusste, dass wir seine Hilfe brauchen würden, um den Weg aus dem Labyrinth zurückzufinden, sobald wir wieder in der oberen Ebene angekommen waren.

»Konzentrieren wir uns darauf, nicht zuerst in dieser Kammer zu sterben, und machen uns dann Gedanken darüber, wie schnell seine Hufe sind. Das spielt ohnehin nur dann eine Rolle, wenn wir lebend bei ihm ankommen«, erwiderte Tory. Und ich könnte schwören, dass der Gedanke, hier unten sterben zu können, ihre dunklen Augen vor Aufregung glitzern ließ.

»Du bist eine verdammte Psychopathin, weißt du das?«, raunte ich, und sie schenkte mir ein Grinsen, das mir verriet, wie scharf sie auf einen Kampf war.

»Sagt das Raubtier.«

Tory warf mir die Tasche zu, und ich steckte einen meiner Dolche weg, bevor ich die Tasche auffing. Sie schnallte sich ihr Schwert um und schwang sich dann auf meinen Rücken.

Ich setzte mich in Bewegung, während die Kreaturen vor Entsetzen schrien, jetzt, da sie begriffen hatten, was wir zu tun gedachten. Aber sie befanden sich jenseits der magischen Barriere des Pentagramms und waren nach wie vor machtlos, uns aufzuhalten.

Ich griff zuerst nach dem Buch Äther, dessen Gewicht selbst für ein so großes Ding wie dieses bemerkenswert war. Ich warf es in die Tasche, erschauderte ein wenig bei dem Gedanken, wie grob ich damit umging, und wusste, dass Orion irgendwo auf der Welt gerade vor Entsetzen erstarrt war. Es folgten die Bücher über Feuer, Wasser und Luft. Die Tasche fühlte sich an, als wäre sie mit verdammten Steinen beschwert, und die Blätter, die in ihre Entstehung eingegangen waren, stöhnten förmlich unter der Anstrengung, sie zu halten.

Meine Finger streiften den Rand des Erdbuchs, woraufhin ein mächtiges Beben durch den Raum dröhnte. Das Licht, das vom Pentagramm ausstrahlte, erlosch in einem Hauch unnatürlichen Windes.

Die Kreaturen stürzten sich kreischend auf uns. Tiefschwarze Schatten tanzten über die Wände, während das Feuer meines einen Dolches unsere einzige Lichtquelle war.

Ich war gezwungen, zur Seite zu springen, als sie sich auf mich stürzten, über einen der Tausendfüßler zu hüpfen und dann fast über einen weiteren zu stolpern. Ein stechender Schmerz durchfuhr meinen Oberschenkel, als eine der Kreaturen es schaffte, mich mit ihren rasiermesserscharfen Scheren zu erwischen.

Ich fluchte laut, und eine Stichflamme explodierte über meiner Schulter, als Tory ihre Magie entfesselte. Das Wesen schrie, als es vom Feuer getroffen wurde, und sein Körper krümmte sich, während sich die Panzerplatten seines Rückens zusammenfügten, um ihn vor den Flammen zu schützen.

Die anderen Monster wichen zurück und schirmten ihre Augen mit ihren grotesk gekrümmten Gliedmaßen ab, als sie von dem Lichtblitz kurzzeitig geblendet wurden.

Ich stürzte mich auf das Erdbuch, warf es in die Tasche und rannte zum Ausgang, während sich die Kreaturen erholten und uns erneut angriffen.

Tory schrie vor Schmerz, als eine Zange in unsere Richtung schwang. Ein Spritzer ihres heißen Blutes auf meiner Wange verriet mir, dass sie getroffen worden war.

»Fuck, das tut weh«, zischte sie und signalisierte mir, dass sie nicht tödlich verwundet war, während ich zum Ausgang rannte und sie sich immer noch fest an meinen Rücken klammerte.

Feuer züngelte aus ihrer Handfläche, als sie auf den Durchgang zielte, der zurück in die unterirdische Bibliothek führte. Die Kreaturen warfen sich zur Seite oder rollten sich zur Verteidigung gegen die Flammen zusammen.

Ich schoss zwischen ihnen hindurch und stürmte in die feuchte Kammer hinaus. Ein plötzlicher Schwindelanfall ließ mich stolpern, als ich um eine Ecke bog, und ich fluchte, als ich fast mit halsbrecherischer Geschwindigkeit gegen eine Wand prallte.

Die Kreaturen nahmen heulend die Verfolgung auf, und mein Herz hämmerte wild in meiner Brust, als meine Geschwindigkeit nachließ.

»Mein Phönix schwindet!«, schrie Tory, während ich weiterlief. Meine Vampirgeschwindigkeit kam und ging, sodass wir in einem Moment durch die Gänge rasten und ich im nächsten wie ein Fae vor mich hin stolperte.

»Die müssen irgendein Formgebungsunterdrückungsmittel in ihren Scheren haben«, fluchte ich, als ich die Treppe vor uns entdeckte, und taumelte weiter, wobei ich noch einmal einen Geschwindigkeitsschub zustande brachte, der uns mehrere Treppen hoch schleuderte, bevor ich fast mit dem Gesicht voran gegen eine Wand stolperte, als mir meine Gaben wieder entglitten.

»Lass mich runter!«, befahl Tory, aber ich schüttelte den Kopf und zwang mich zur Konzentration. Mit gebleckten Zähnen schoss ich weiter.

Unsere Verfolger waren noch nicht weit genug entfernt, und ich wusste, dass sie uns in kürzester Zeit einholen würden, wenn wir mit unserer normalen Fae-Geschwindigkeit rannten.

»Ich kann noch ein bisschen länger durchhalten«, presste ich hervor, während Schmerz meinen Mund erfüllte und meine Reißzähne sich zurückzogen.

Wir schossen ein weiteres Stockwerk hinauf, aber ich stolperte über die letzte Stufe. Wir stürzten zu Boden und purzelten über den Steinboden zurück ins Labyrinth. Mein Dolch und der Beutel mit den Büchern rutschten über den Steinboden davon.

»Dieser verdammte Ochsenarsch!«, brüllte ich, als ich mich aufrappelte und den dunklen Gang nach einer Spur von Arnold absuchte, dem Arschloch, das versprochen hatte, genau hier auf uns zu warten. Dieses Versprechen hatte er offensichtlich bei der ersten Gelegenheit aufgegeben.

Tory stand ebenfalls auf, während sie sich nach dem Minotaurus umsah. Aber der war vermutlich schon eine ganze Weile weg. Ich wusste nicht, ob ihn die Schreie dieser Monster unten im Dunkeln verschreckt hatten oder ob der Mistkerl in der Sekunde, in der wir die Treppe hinabgestiegen waren, abgehauen war, aber das spielte jetzt keine Rolle. Wir waren aufgeschmissen.

»Es gibt kein Entkommen aus dem Labyrinth eines Minotaurus, Tory«, sagte ich, als sie eine Hand in Richtung der Treppe ausstreckte und sie mit einer Felswand blockierte, wodurch die Schreie der Monster dahinter abrupt verstummten.

»Du musst mich beißen«, fauchte sie, drehte sich zu mir um und ignorierte völlig, was ich gesagt hatte.

»Nein«, knurrte ich, als mich blitzartig die Erinnerung daran überkam, was geschehen war, als ich sie zuletzt gebissen hatte. Ich hörte es noch immer, das Geräusch, als ihr Rückgrat beim Sturz vom Dach des King's Hollow gebrochen war. Und ich sah sie noch immer, die grenzenlose Wut und die Enttäuschung in Darius' Augen, als er begriffen hatte, was geschehen war. Er hatte mir befohlen, ihr nie wieder mit meinen Reißzähnen zu nahe zu kommen. Ich konnte sie nicht beißen. Würde ich nicht.

»Hör auf, mich so anzuschauen, und beiß mich, bevor du jeglichen Kontakt zu deinem Vampir verlierst. Du bist für uns beide nutzlos, wenn du keinen Zugang zu deiner Formgebung und keine Magie zum Kämpfen hast.«

»Tory, ich kann nicht. Ich habe Darius einen Eid geschworen, nachdem ich dir wehgetan habe. Du weißt, dass ich nicht …«

Sie schlug mich so hart, dass mein verdammter Kopf zur Seite flog und ich mein eigenes Blut schmeckte.

»Schmeiß mir nicht seinen verdammten Namen an den Kopf und rede über Versprechen, die du ihm gegeben hast. Er hat mir versprochen, dass er für mich kämpfen würde. Er hat mir versprochen, dass er verdammt noch mal nicht gehen würde. Und schau, was er getan hat. Also hör auf, diesem Arschloch gegenüber Versprechen zu halten, die uns beiden am Ende das Leben kosten werden! Er hat selbst jeden einzelnen Eid gebrochen, den er jemals geschworen hat, indem er auf diesem verdammten Schlachtfeld gestorben ist und mich ganz allein zurückgelassen hat.«

Der rohe Schmerz und der Kummer in ihren grünen Augen trafen mich bis ins Mark, aber als mehrere riesige Körper gegen die Felswand neben mir prallten, wusste ich, dass dies nicht der richtige Zeitpunkt war, um darüber nachzudenken. Auch wenn ich nicht an die Hälfte von dem glaubte, was sie gerade gesagt hatte, oder nicht einmal daran glaubte, dass sie ihre Worte ernst gemeint hatte, wusste ich eines: Darius hatte mich diesen Eid schwören lassen, um die Frau zu beschützen, die vor mir stand. Und er würde wollen, dass ich alles in meiner Macht Stehende tat, um sie auch jetzt zu beschützen. Was bedeutete, dass ich in der Lage sein musste, zu kämpfen.

Meine Reißzähne pochten wieder vor Schmerz, und ich wusste, dass uns die Zeit davonlief. Mein Vampir zog sich bereits in die dunklen Winkel meines Geistes zurück, während das Gift dieser verdammten Scheren unter meine Haut drang und ihn verbannte.

Mit einem frustrierten Knurren stürzte ich mich auf sie und schob meine Finger in ihre Haare, als ihr Kopf unterwürfig nach hinten fiel. Meine Zähne durchbrachen die weiche Haut ihrer Kehle mit einer Heftigkeit, die ich hätte dämpfen sollen.

Tory zischte, als ich von ihr trank. Dieser Biss war nicht wie jene, die wir einst geteilt hatten. Zwischen unseren Körper blieb eine Lücke, die keiner von uns schließen wollte. Die Kraft ihres Blutes überwältigte mich aufs Neue, aber der Rausch, den ihr Geschmack mir einst verschafft hatte, fehlte. Und in meiner Brust brannte ein Verlangen nach etwas anderem – etwas, das in Mondlicht getaucht war –, während ich mir nahm, was ich brauchte, um meine Kraft wieder aufzufüllen.

Meine Reißzähne pochten, als ich gegen das Gift ankämpfte, das sie dazu zwingen wollte, sich zurückzuziehen. Ich schluckte gierig ihr Blut und nahm so viel ich konnte, bevor das Formgebungsunterdrückungsmittel die Oberhand gewinnen konnte und meine Reißzähne in die Verbannung geschickt wurden.

Dann ließ ich sie los, und Tory hob sofort eine Hand, um noch mehr Steine an die Wand neben uns zu häufen, die erneut heftig erzitterte.

»Hier entlang!«, befahl sie und sprintete los, sobald sie sich meinen Dolch zurückgeholt hatte. Ich schnappte mir die Tasche voller Bücher, hing sie mir um, zog meinen zweiten Dolch hervor und jagte ihr nach. Angesichts der endlosen Zahl von Tunneln in diesem Labyrinth war ich mir jetzt schon unsicher, wo ich mich befand.

Flammen züngelten an Torys Händen, während sie vor mir herlief. Sie illuminierten den Weg und gaben ihr neue Kraft, während wir Tunnel um Tunnel zurücklegten.

Ein lautes Krachen in der Ferne verriet, dass die Kreaturen die Barrikade überwunden hatten, und mein Puls raste, als ich in diese Richtung blickte, während ich Magie in meine Hände zog.

Wir nahmen eine Treppe, die uns eine Ebene höher führte, bevor wir ein paar Kurven weiter in einer Sackgasse standen und gezwungen waren, wieder umzukehren.

Das klappernde und knirschende Geräusch der Kreaturen, die über die Steinmauern rannten, war so viel näher, als wir wieder am Fuß der Treppe ankamen, dass ich jeden Moment mit einem Angriff rechnete.

Tory wirkte eine weitere Steinmauer hinter uns, und ich verstärkte sie mit meiner Kraft, bevor wir weiterstürmten. Aber egal, wie viele Kurven und Biegungen wir nahmen, wir fanden keinen Ausgang.

»Ich kann nicht glauben, dass wir all das überlebt haben, nur um uns in einem verdammten Labyrinth zu verirren und von einem Haufen mutierter Tausendfüßler gefressen zu werden«, fluchte ich, als die Geräusche unserer Verfolger aufs Neue näher kamen. Unser Ende rückte näher, egal, wie schnell wir liefen.

»Das ist doch scheiße!«, knurrte Tory und sprintete um eine weitere Kurve, bevor sie laut fluchte. Ich wusste, dass es eine weitere Sackgasse war, noch bevor ich selbst abbog.

»Das ist es«, stimmte ich zu, stellte mich mit dem Rücken zur Wand an ihre Seite und ließ Speere aus Holz und Stein aus jeder Wand des Tunnels wachsen, gerade als die ersten Bestien um die Ecke stürmten.

Ich warf Tory einen Blick zu, die den Monstern ihre Zähne zeigte und Peitschen aus dornigen Ranken aus ihren Fäusten schießen ließ, während sie sich darauf vorbereitete, an meiner Seite bis zum Tod zu kämpfen. Das Feuer, das sie entfachte, ließ das Blut der Bissstelle an ihrem Hals tiefrot leuchten.

»Wir werden hier nicht draufgehen«, erklärte sie mit dem gebieterischen Ton einer Königin, und ausnahmsweise hatte ich kein Problem damit, ihr zu gehorchen.

»Ganz deiner Meinung.«

Um uns herum brach Chaos aus, als uns die Wächter des verlorenen Wissens in voller Stärke angriffen. Unzählige Insektenkörper schnellten auf uns zu, ihre grotesken Zähne auf unsere Kehlen gerichtet, während sie lautstark unseren Tod forderten.

Tory ließ ihre Peitschen knallen. Die Ranken fesselten zwei der Bestien fest, wobei sich die Dornen in ihr schuppiges Fleisch gruben, bevor sie in Flammen aufgingen. Die Kreaturen schrien vor Schmerz auf.

Ich schleuderte die Speere, die ich an den Wänden gewirkt hatte, auf sie; dunkelblaues Blut spritzte aufs Mauerwerk, als die Tausendfüßler aufgespießt wurden. Ihr Kreischen durchdrang die Luft, und meine Ohren klingelten in dem engen Raum.

Tory breitete die Hände aus und schickte einen Tornado aus Feuer- und Luftmagie auf sie. Das darauffolgende Wehklagen war ein deutliches Anzeichen dafür, wie sehr sie die Flammen hassten, und ich wandte meine Kraft ebenfalls dem Feuer zu.

Die Monster schrien lauter, während sie versuchten, vor uns davonzulaufen, aber ich ballte meine Faust und schlug sie gegen die Wand, wodurch Erdmagie durch die Wände selbst prallte und die Monster aufspürte, die davonrannten, bevor ich eine Wand aus Stahl vor sie schob, um sie in diesem Gang gefangen zu halten.

»Lass uns dem Zirkus ein Ende setzen!«, knurrte ich und leitete meine gesamte Kraft erneut in die Flammen, um damit den ganzen Durchgang zu füllen. Die Hitze drohte auch uns bei lebendigem Leib zu verbrennen.

Tory biss die Zähne zusammen, und Eis bildete sich an unseren Rücken. Luft wurde aufgewirbelt und strömte über uns hinweg, wobei sie immer wieder über das Eis hinwegzog, um uns vor den Flammen zu schützen. Wir setzten alles in Brand und machten keine Pause, bis die Schreie dieser Monster verstummt waren.

Meine Kraft schwand, als der letzte Schrei verklungen war, und die Flammen erloschen. Jetzt sahen wir auch die verkohlten, knochigen Körper der Bestien in dem verrußten Tunnel.

Wir standen mehrere Minuten lang da, keuchten und starrten auf die toten Kreaturen – verloren in einem verdammten Minotaurus-Labyrinth, in dem wir wahrscheinlich noch verdammt lange verloren bleiben würden.

»Was jetzt?«, fragte ich und hob den Blick zu dem steinernen Dach, das sich über unseren Köpfen wölbte – darüber der Rest der Welt.

»Ich bleibe definitiv nicht weiß Gott wie lange in irgendeinem verdammten Tunnel«, antwortete Tory, und ich schnaubte belustigt, als sie ihre Hände hob und begann, das verdammte Dach direkt über unseren Köpfen in Stücke zu schlagen.

Die ganze Welt schien um uns herum zu beben und zu wackeln, während sie mit zusammengebissenen Zähnen Flammen entzündete, um ihre Macht zu schüren. Sie ließ sie immer größere Höhen erreichen, und die Magie des Labyrinths kämpfte gegen sie an, um ihr Vorhaben zu stoppen. Dieser Ort war so gebaut, dass er der Kraft jedes Fae standhalten konnte, der dumm genug war, sich einen Weg hindurchbahnen zu wollen. Aber Tory war nicht irgendeine Fae. Sie war eine Vega, verfügte über die mächtigste Blutlinie in der überlieferten Geschichte und war außerdem ein Phönix. Ihre Magie war endlos, solange das Feuer in ihrem Rücken brannte und ihr Wille nicht einknickte. Und so zwang sie die Gesetze der Magie und der Natur selbst, sich ihrem Willen zu beugen.

Das Dach über unseren Köpfen barst mit einem gewaltigen Knall, Trümmer stürzten auf uns herab und prallten auf einen Schild, den sie bereits zu unserem Schutz errichtet hatte.

Ich verlagerte das Gewicht der Tasche auf meinem Rücken, während sie uns mit Luftmagie in die Höhe hob und wir in den Tunnel emporstiegen, den sie über uns grub. Immer höher und höher, bis schließlich etwas Licht nach unten fiel und die goldenen Hallen der makellosen Bibliothek zum Vorschein kamen.

Die Welt stöhnte und bebte weiter, um gegen ihre Macht zu protestieren, und ich versuchte, meine Ehrfurcht vor der unglaublichen Magie zu verbergen, als sie ein Labyrinth aus uralter Magie zum Einsturz brachte.

Ein Schrei des puren Entsetzens begrüßte uns, als Tory uns durch die Bibliothek nach oben schoss. Wir waren blutverschmiert und verdreckt – und weiß der Geier was tropfte von unseren Körpern –, und genau so landeten wir auf dem wunderschönen cremefarbenen Teppich in der Mitte einer riesigen Kammer, die mit goldenen Bücherregalen gesäumt war.

Der Bibliothekar, der uns gar nicht erst ins Gebäude hatte lassen wollen, stand da, die Hand auf der Brust und einen stummen Schrei auf den Lippen, bevor er gegen einen verlegenen Minotaurus namens Arnold sackte.

»Vielen Dank für die Gastfreundschaft«, sagte Tory fröhlich und schritt an ihnen vorbei zum Ausgang, wo sie der verblüfften Laini zunickte und den Rufknopf für den Aufzug drückte, der uns endlich wieder ans Tageslicht bringen würde. »Wir kommen bestimmt bald wieder mal vorbei.«

»Beim Licht des schwindenden Mondes«, hauchte der Bibliothekar, und ich warf ihm ein böses Grinsen zu, während Arnold weiterhin versuchte, ihn in aufrechter Position zu halten.

»Ach, und Arnold?«, fügte Tory hinzu und ging rückwärts in den Aufzug, der hinter uns angekommen war. »Wenn ich dein feiges, verräterisches Gesicht jemals wiedersehe, schneide ich dir deine Hörner ab und schiebe sie dir in den Arsch. Verstanden?«

Arnold stieß ein schwaches Muhen aus, und ich bleckte die Zähne, um dieses Versprechen zu unterstreichen. Die Türen schlossen sich in dem Moment, als der Bibliothekar seinen Protest darüber, dass wir mit einer Tasche voller Bücher gingen, zum Ausdruck brachte.

»Leck mich!«, rief ich herausfordernd, aber falls er darauf reagierte, ging die Antwort verloren, als der Aufzug durch den See in Richtung der frischen Luft darüber schoss.

»Sag mir, dass du deinen Atlas in diesem Wahnsinn behalten hast, damit wir zu den Rebellen zurückkehren können«, beschwor ich Tory, als wir aus dem Aufzug stiegen und uns auf der Insel mitten im See wiederfanden. Teile der toten Seeungeheuer schwammen immer noch im dunklen Wasser um uns herum. »Schließlich können wir unsere Formgebungen nach wie vor nicht verwenden. Ich scheine meinen Atlas irgendwann zwischen deinem Angriff auf diese Monster hier und ...«

»Hey, das war nicht meine Schuld, Alter, sondern voll und ganz die von diesem Krabbendings.«

»Wie auch immer – in naher Zukunft werden wir verdammt noch mal wie zwei Sterbliche auf einem Campingausflug aussehen. Es sei denn, du hast deinen Atlas noch?« Wir brauchten jemanden, der uns den aktuellen Standort der schwimmenden Insel nannte, sonst würden wir hier festsitzen. Seit unserem Aufbruch waren sicher schon unzählige Stunden vergangen.

»Wir könnten laufen?«, schlug sie halbherzig vor, und ich seufzte. Die

Vorstellung, mitten im Nirgendwo zu campen, war ungefähr so verlockend wie ein Bad in diesem See. Vor allem, nachdem ich einen weiteren Blick auf diese Monsterklumpen geworfen hatte, die im Wasser trieben. »Oder wir könnten einfach nach ihren Koordinaten fragen?« Tory hielt mir ihren Atlas mit einem spöttischen Grinsen entgegen, und ich verfluchte sie, während sie Geraldines Nummer wählte.

»Vergiss nicht, dass wir auf dem Rückweg einen Knochen deines Feindes einsammeln müssen«, sagte ich und verzog das Gesicht bei dieser reizenden Idee.

»Deine Date-Ideen haben sich in letzter Zeit wirklich gemacht, weißt du das?«, sagte sie liebevoll, und ich zog eine Grimasse, als ich an unser völlig gescheitertes Date dachte.

»Du hättest wirklich lieber Gräber geplündert und gegen diese Monster gekämpft als Karaoke zu singen und Sushi zu essen, was?«, fragte ich, und ihre Augen blitzten für einen Moment auf. Sie sah fast schon belustigt aus, als sie mit den Schultern zuckte.

»Definitiv.«

Ich rollte mit den Augen. In dem Moment nahm Geraldine den Anruf entgegen, und ihre überschwängliche Stimme ertönte aus dem Lautsprecher. In Gedanken war ich nach wie vor bei Torys Antwort – und ich empfand nichts als Belustigung. Tory Vega war eine verdammt gute Freundin, mit der man definitiv mal einen draufmachen konnte. Aber unser Schicksal war nicht dazu bestimmt, auf die Weise zu verschmelzen, wie ich es mir einst vorgestellt hatte. Und ich realisierte, dass diese Wahrheit nicht mehr wehtat. Da war weder anhaltender Schmerz noch Groll. Wir beide als Paar wären ein absolutes Desaster, aber als Freunde funktionierten wir richtig gut.

Tory schaffte es, ihr Gespräch mit Geraldine ziemlich schnell zu beenden, und ich sah sie erwartungsvoll an, als sie den Sternenstaub aus ihrer Tasche holte.

»Sie machen gerade etwas mit Xavier, das anscheinend nicht warten kann. Sie wird uns Bescheid sagen, sobald sie einen Landeplatz für uns zwischen den Barrieren gefunden hat«, erklärte sie, und ich nickte, während ich meinen Blick über die stille, malerische Landschaft schweifen ließ, die uns umgab.

»Möchtest du dich setzen und die Aussicht genießen?«, fragte ich.

Torys Blick wanderte über die leuchtend grüne Landschaft, aber sie schüttelte den Kopf.

»Stille ist im Moment nicht gut für mich.«

Ich widerstand dem Drang, sie zu umarmen, da ich wusste, dass sie das nicht wollte – nicht hier, nicht während sie so hart dafür kämpfte, nicht zu zerbrechen.

»Willst du stattdessen ein paar feindliche Knochen suchen?«

Sie grinste, während sie einen Knochensplitter aus ihrer Tasche zog und ihn mir hinhielt.

»Den habe ich einem dieser Dinger geklaut, die versucht haben, uns da unten zu töten. Sie schienen uns jedenfalls für ihre Feinde zu halten ...«

»Hardcore«, schnaubte ich, und sie steckte den Knochen mit einem Achselzucken wieder in ihre Tasche.

»Ich verschwende keine Zeit mehr.«

»Tja, zu deinem Pech können wir nicht zurückkehren, bevor wir nicht von Geraldine gehört haben. Also entweder setzt du dich jetzt hin und genießt die Aussicht mit mir, während wir warten, oder wir laufen los, wenn du in Bewegung bleiben musst. Deine Entscheidung.«

Tory schien geneigt zu sein, loszulaufen, aber vermutlich sah sie ein, dass das keinen Sinn machte, und ließ sich stattdessen auf dem feuchten Gras nieder, das Kinn in die Höhe gereckt, während sie die atemberaubende Aussicht betrachtete.

Ich setzte mich zu ihr auf den Boden, die Tasche mit den gestohlenen Büchern zwischen uns. Sie strahlte eine Aura der Macht aus, über die keiner von uns sprach.

Die Stille zog sich hin, und ein kühler Wind blies zwischen den Bergen hindurch, was unserer Trauer die Möglichkeit gab, sich zu erheben und wieder die Oberhand zu gewinnen.

»Es fühlt sich an, als hätte ich ein Stück von mir verloren«, murmelte ich mit enger Kehle, während ich über die Berglandschaft blickte und mir einen goldenen Drachen vorstellte, der über uns durch die Wolken stürzte.

Tory antwortete nicht, aber sie rutschte näher an mich heran; ihr Kopf fiel gegen meine Schulter, als sie meine Hand in ihre nahm. Ich konnte die Narbe in ihrer Handfläche spüren, wo ihre Haut auf meine drückte, und ich hätte schwören können, dass eine Spur von Stärke von dem Schwur ausging, den sie sich in die Haut geritzt hatte.

»Ich habe den Sternen geschworen, sie für diesen Fehler zu vernichten«, sagte sie mit leiser Stimme, und die kalte Gewissheit in ihren Worten ließ mir die Haare am Nacken zu Berge stehen. »Und ich habe vor, diesen Schwur zu halten.«

Es wurde wieder still, und ich konnte spüren, wie das Echo ihrer Worte in den Himmel und darüber hinaus drang – zusammen mit der Gewissheit und Kraft dieses Schwurs, den sie geleistet hatte, und dem Wissen, dass sie nicht aufhören würde, bis sie ihn erfüllt sah. Wenn es in Solaria eine einzige Fae gab, die mit ihrem Zorn in der Lage war, die Sterne selbst erzittern zu lassen, dann war das Tory Vega. Und nicht einmal die Allmacht des Himmels würde die Sterne retten können, wenn es so weit war.

Gemini
Scorpio
Virgo
Aries
Cancer
Leo
Sagittarius
Taurus
Capricorn
Aquarius
Libra
Pisces

SETH

KAPITEL 29

»Ich weiß nicht so recht«, sagte Xavier, als wir draußen an der Feuerstelle saßen und der Rauch in Richtung des dämmerigen Himmels aufstieg. »Unsinn, du Träumelbär!«, rief Geraldine aus, während sie Sofia und Tyler half, Xavier ein glitzerndes lilafarbenes Geschirr um die Brust zu schnallen. Sie hatten ihn überzeugt, sich bis auf seine Boxershorts auszuziehen, um bereit für seine Verwandlung zu sein. Auch Sofia und Tyler trugen nur Unterwäsche und legten sich ihre eigenen Geschirre an, die mit insgesamt vier dicken Riemen an Xaviers Geschirr befestigt waren.

»Ich komme mir vor wie ein Idiot«, murmelte Xavier.

»Das wird schon, wenn wir erst mal oben sind«, sagte Tyler bestimmt. »Versuch es einfach.«

Xavier stampfte verärgert mit dem Fuß auf, aber er widersetzte sich nicht weiter.

»Das wird eine verdammte Shitshow«, murmelte Max zu meiner Rechten.

Ich hatte einige Zeit damit verbracht, die Baumstammsitze hier draußen zu bauen – und sie waren höllisch bequem und mit Moos ausgelegt. Meine Füße hatte ich auf einen kleinen Pouf drapiert. Aber so bequem es auch war, ich war nicht in bester Stimmung. Caleb und Tory waren immer noch nicht zurückgekehrt, und meine Gedanken kreisten um die Vorstellung, wie sie zusammen in dieser tiefen, dunklen Bibliothek Trost in den Armen des anderen suchten. Was dauerte da so verdammt lange? Geraldine hatte vor nicht allzu langer Zeit einen Anruf entgegengenommen, aber eine Stillekuppel um sich herum gewirkt und sich seitdem völlig bedeckt gehalten. Sie hatte Justin und ein paar andere Arschlöcher mit irgendeinem Auftrag losgeschickt. Sie machte immer so einen Scheiß und tat so, als wären Caleb, Max und ich es nicht wert, die Pläne des mächtigen A. N. U. S.-Clubs zu hören. Und das regte mich verdammt noch mal auf.

»Okidoki, bist du bereit, mein stattlicher Hengst?« Geraldine tätschelte Xaviers Arm, der daraufhin tief durchatmete und nickte.

Sofia öffnete ihren BH, schlüpfte heraus und warf ihn zusammen mit ihrem Höschen vor sich auf den Boden, dann ließen ihre beiden Pega-Männer ihre Boxershorts fallen und enthüllten eine ganze Reihe glitzernder Steine und glänzender Verzierungen auf ihren Ps und ihrer V.

Ich war schon immer ein Fan der Kunst des Pejazzles gewesen und fragte mich, ob mein Schwanz eine kleine Aufhübschung zu schätzen wüsste. Ob an dem Gerücht, dass Cal auf Pegasus stand, wohl etwas dran war?

Die drei verwandelten sich, und die Geschirre dehnten sich um ihre Körper, um sich ihrer neuen Größe anzupassen. Sofia hatte sich überlegt, die Magie der Pegobags zu übernehmen, um ihnen den Wechsel in ihre Formgebung und zurück zu erleichtern, während sie die Geschirre trugen. Außerdem verfügten sie über Vorrichtungen, um bei der Landung schnell gelöst werden zu können. Die Idee war echt nicht übel, aber Xavier schmollte, als hätte ihm jemand in die Pfannkuchenmischung gepisst. Selbst in Pegasusform waren seine Lippen geschürzt und seine Augen voller Zorn.

»Los, Xavier!«, ermutigte Max, und die Luft füllte sich mit einem Summen der Aufregung, als er diese an uns alle weitergab.

Xavier sah etwas fröhlicher aus, nachdem Max' Gabe zu ihm durchgedrungen war, und Geraldine ging auf ihn zu, um ihm auf den Hintern zu klopfen.

»Hüa!«, rief sie, und Xavier trat mit den Hinterbeinen nach ihr, sodass sie aus dem Weg sprang und eine Rolle vorwärts machte, bevor sie elegant wieder auf die Beine kam.

Ich musste an ihre unverkennbaren Pitball-Moves denken, und ein Wimmern entrang sich meiner Kehle, als ich an das Spiel dachte und daran, dass ich es nie wieder mit all meinen Freunden spielen würde.

Max streckte die Hand aus, um meinen Arm zu streicheln, und ich erlaubte ihm, etwas von meinem Schmerz zu nehmen, bevor er mir etwas Fröhlichkeit einflößte.

»Danke, Mann«, murmelte ich.

»Jederzeit«, sagte er. »Ich kann noch tiefer gehen, wenn du willst?«

»Nein«, sagte ich schnell. Noch tiefer, und er würde meine geheimen Gefühle für Caleb entdecken, aber ich hasste das Stirnrunzeln, mit dem mein Freund mich bedachte, als wüsste er, dass ich etwas vor ihm verheimlichte.

»Ich liebe dich, Bro«, fügte ich hinzu, und sein Gesicht wurde weicher.

»Ich liebe dich auch, Arschloch«, entgegnete er.

Sofia, Tyler und Xavier liefen los und vollführten einen großen Kreis, bis sie mit dem Rücken zum Feuer waren. Ihre Schweife wedelten und ihre Muskeln zuckten in Erwartung des Fluges.

»Los, Xavier!«, rief Geraldine. »Flieg zum Nimmermeer und darüber hinaus!«

Xavier wieherte, bäumte sich auf und warf den Kopf zurück, sodass seine wunderschöne lilafarbene Mähne im Wind flatterte. Dann preschte er los. Tyler und Sofia rannten neben ihm her, ihre Flügel zu beiden Seiten ausgestreckt und zum Abflug bereit.

»Ja, Xavier!«, brüllte ich vor Aufregung.

Sie erhoben sich in die Lüfte, Tyler und Sofia gewannen schnell an Höhe, während das an Xavier befestigte Geschirr zwischen ihnen straff wurde.

Schließlich hob er vom Boden ab, während er mit seinen Pferdebeinen ins Leere trat.

Sofia wieherte Xavier fröhlich zu, aber Darius' kleiner Bruder hörte plötzlich auf, mit den Beinen zu strampeln, und hing stattdessen wie ein schlaffer Schwanz in der Luft, während er über uns hinwegflog.

»Etwas mehr Schwung, lieber Bruder!«, rief Geraldine ihm zu, aber Xaviers Augen waren ausdruckslos, sein langes Gesicht sah verdammt mürrisch aus, während Sofia und Tyler am Himmel über uns hin und her flogen.

»Er sieht aus, als würde er gleich an einen T-Rex verfüttert werden«, sagte ich zu Max, der in schallendes Gelächter ausbrach, gerade als Xavier wieder über uns hinwegflog. Sein Schmollen wurde nur noch intensiver.

»Was in aller Welt …« Meine Mutter erschien mit Tiberius Rigel an ihrer Seite, und die beiden beobachteten das seltsame Schauspiel verwirrt.

Geraldine eilte auf sie zu, nahm Tiberius bei der Hand und zog ihn näher zu sich.

»Ein schönen Tag wünsche ich dir und deinen Herzmuscheln, Tiberius. Schau, ich wollte das schon seit ein oder zwei Flossenschlägen tun, aber der ganze Wirbel um Krieg und Politik hat den vorderen Platz in unserem Bollerwagen eingenommen. Ich weiß, dass du und mein Vater auf getrennten Klippen an einem einsamen Meer standet, aber ich muss zugeben, dass du einen prächtigen Lachs in die Welt gesetzt hast. Und ich habe beschlossen, dass ich mit dir so etwas wie einen Forellen-Waffenstillstand schließen möchte. Lass uns unsere Fehden im Interesse von Maxy-Boys und meinem Herzgepimper beilegen! Zumindest außerhalb des Kriegsrates und dergleichen. Was sagst du dazu?«

Tiberius runzelte die Stirn und blickte erst zu Max und dann wieder zu Geraldine. »Es tut mir schrecklich leid, meine Liebe, aber ich habe keine Ahnung, was du gerade gesagt hast.«

»Oh-ho! Du bist mir ja so ein Teufel! Tanzt einfach Tango mit der Trollblume!« Geraldine lachte und tätschelte Tiberius' Brust. »Du hast so viel Witz in deinem Mundwerk. Sollen wir heute Abend zusammen speisen? Oder vielleicht morgen Mittag, wenn es heute Abend nicht passt? Es wäre am besten, wenn wir uns auf einer persönlicheren Ebene kennenlernen würden, um ein Band zu knüpfen, das unsere gegenseitige Feindseligkeit überwindet. Natürlich kann ich nicht versprechen, dass ich meine Loyalität nicht offen zur Schau stelle, und zweifellos wird deine Zunge den Dinglehop tanzen, sobald es zu einer Debatte kommt. Aber Maxy und ich haben einen fruchtbaren Boden gefunden, um unsere neutralen Begonien zu pflanzen. Und ich sehe keinen Grund, warum wir nicht das Gleiche tun können. Also, was sagst du, ist ein Abendessen tunlich? Oder wäre deinem Bäuchlein ein leichtes Mittagessen lieber?«

»Ich, äh …« Tiberius schien nach Worten zu suchen, und Max stand auf.

»Sie würde gern mit uns zu Abend essen, Dad«, erklärte Max und legte seinen Arm um Geraldines Taille. Meine Mutter verzog das Gesicht – ihr schien die neue Beziehung meines Freundes zu einer Royalistin nicht ganz zu passen.

Meine Nackenhaare sträubten sich, weil ich diesen ganzen Wir-und-sie-Bullshit so satthatte. Die Royals gegen die Erben. Ich wusste, dass all das eines Tages wieder relevant werden könnte, wenn wir jemals die Chance bekämen, den Thron zu besteigen. Aber ich hatte genug vom Streiten und wollte definitiv nicht wieder gegen die Vegas und ihre Freunde in den Krieg ziehen. Und ja, okay, vielleicht machte mich das zu einem Heuchler, wenn man all den Scheiß berücksichtigte, den ich in der Vergangenheit angestellt hatte, um die Zwillinge loszuwerden. Aber warum konnten jetzt nicht einfach alle miteinander auskommen? Nichts machte Bündnisse wichtiger als dieser Krieg. Wir würden wieder in unsere Rollen als Erben zurückkehren, wenn es uns jemals gelingen sollte, den Echsenkönig zu töten. Ganz einfach.

»Natürlich«, sagte Tiberius und lächelte Geraldine freundlich an. »Wie wäre es mit morgen zum Abendessen?«

Xavier schwebte wieder über unsere Köpfe hinweg, die Augen zusammengekniffen und mit ausdrucksloser Miene, während sich Sofia und Tyler alle Mühe gaben, ihm den Flug seines Lebens zu bereiten.

Meine Mutter stellte sich zu mir, legte den Kopf schief und betrachtete meine zusammengesackte Position auf dem Stuhl.

»Du könntest hingehen, mit einigen der Rebellen sprechen, sie umstimmen und dir ihre Gunst sichern«, schlug sie vor.

»Und warum sollte ich das tun?«, fragte ich und verschränkte die Arme vor der Brust.

»Politik, Seth«, sagte sie knapp. »Hast du alles vergessen, was ich dir beigebracht habe? Du musst eine Führungspersönlichkeit unter diesen Leuten werden. Es ist wichtig, dass du dich zeigst und man sieht, wie du bei den neuen Bauprojekten hilfst. Ich habe am Bau einer Kinderkrippe auf der Ostseite der Insel gearbeitet. Vielleicht könntest du auch mithelfen?«

»Du meinst, ich soll ein falsches Lächeln aufsetzen und mit meinem Charme ein paar Anhänger gewinnen«, korrigierte ich sie trocken, ohne sie anzusehen, aber sie trat energisch in meinen Sichtbereich.

»Ich weiß, dass du trauerst, Kleiner«, sagte sie sanft. »Aber es ist wirklich an der Zeit, wieder an die Zukunft zu denken. Wir müssen das, was verloren gegangen ist, wieder aufbauen. Wenn du dich heute nicht an der Öffentlichkeitsarbeit beteiligen willst, dann verbringst du vielleicht etwas Zeit damit, mit Xavier zu sprechen, sobald er von diesem demütigenden Geschirr befreit ist?«

In diesem Moment flog Xavier wieder über uns hinweg. Er ließ beschämt den Kopf hängen, als er hörte, was meine Mutter sagte.

»Sieh nur, was du angerichtet hast!«, zischte ich und zeigte auf den traurigen kleinen Xavier am Himmel. »Klar, ist das peinlich, wenn nicht sogar demütigend …«

Xavier wieherte kläglich, als hätte er mich gehört. Verdammt, Pferdeohren waren empfindlicher, als ich gedacht hatte.

»Aber der Kerl verdient es, so viel herumzufliegen, wie er will, mit den Hufen zu scharren und sich daran zu erinnern, wie es war, durch die Wolken zu schweben, bevor er seine Flügel verloren hat«, fuhr ich fort, stand auf und schaute auf meine Mutter hinunter. Sie war groß, aber ich war größer. »Vielleicht verdienen wir es alle, uns an die guten Zeiten zu erinnern. Vielleicht möchte ich das Geschirr auch mal ausprobieren.«

»Das würdest du nicht wagen«, keuchte sie.

»Würde ich sehr wohl. Ich würde in diesem Geschirr in die Lüfte steigen –

und es wäre mir egal, wie beschämend, demütigend, peinlich und rufschädigend das aussähe«, sagte ich stolz und hörte, wie Xavier als Reaktion auf meine Worte erneut klagend wimmerte.

Xavier begann, in das Geschirr zu beißen, um sich davon zu befreien, und wieherte wütend in Richtung Sofia und Tyler, aber sie schienen ihn nicht hören zu können. Er verwandelte sich wieder in seine Fae-Gestalt, als könnte ihn das befreien, aber stattdessen kippte er kopfüber, nackt wie ein Neugeborenes, mit zappelnden Armen und seinem mit Juwelen besetzten Schwanz, der im Wind flatterte.

»Argh!«, schrie er und drehte sich nach links und rechts, während Tyler und Sofia weiter in riesigen Kreisen herumflogen und das Chaos unter ihnen nicht bemerkten. Sie waren voll und ganz darauf bedacht, in der Luft zu bleiben.

Xavier kämpfte mit dem Gurtzeug und schaffte es, eine Seite abzuschnallen, wodurch er nur noch unbeholfener da hing. Das Ganze rutschte nach unten und wickelte sich um seinen Hintern, woraufhin er nach vorn sackte, den Hintern nun hoch in der Luft. Er griff verzweifelt nach der anderen Schnalle, die sich verheddert hatte und nun am Ansatz seiner Wirbelsäule saß.

»Jemand sollte ihm helfen«, sagte ich und schüttelte traurig den Kopf.

»Ja, *du*«, beharrte meine Mutter, und mir wurde klar, dass sie recht hatte. Ich hob meine Hand und schleuderte einen Luftstoß in seine Richtung, um ihn wieder aufzurichten. Ups. Ich hätte früher helfen können. Mein Gehirn war heute so durcheinander. Es trieb sich ständig in der kleinen Welt herum, die ich Calaria genannt hatte. In dieser Welt war Caleb völlig verknallt. Er küsste mich und nannte mich einen braven Jungen, während er meine Eier streichelte.

Mein Magiestoß fiel etwas zu stark aus – ja, okay, ich war abgelenkt gewesen –, und ich schickte Xavier in einen wilden Sturzflug, anstatt ihn zu stabilisieren. Er schrie vor Wut, als er wie ein Tornado an meinem Kopf vorbeischoss.

Ich korrigierte die Magie schnell, brachte ihn zum Stillstand und öffnete die Schnalle, um ihn zu befreien. Er purzelte heraus, und ich fing ihn auf einer kleinen Wolke auf, trug ihn zu Boden und ließ ihn neben mir landen. Die flauschige Wolke ließ ich bestehen, damit er seinen Schwanz bedecken konnte. Seine Wangen waren knallrot, und er sah aus, als wäre er bereit, sich ein Loch zu graben und zu verschwinden. Oder mir vielleicht eine reinzuhauen, ich war mir nicht ganz sicher.

»Na also, Kumpel«, sagte ich und klopfte ihm auf die Schulter. Aber er schüttelte mich mit einem wütenden Schnauben ab.

»Du Arschloch!«, schnauzte er.

»Ja, äh, dafür trage ich definitiv die Verantwortung«, sagte ich und warf ihm einen schuldbewussten Blick zu. »Aber das Positive daran ist, dass du da oben großartig ausgesehen hast. Wirklich cool.«

Er warf mir einen Blick zu, der besagte, dass er wusste, dass das die offensichtlichste Lüge war, die ich je vorgetragen hatte, und er hatte recht.

»Xavier, das war wirklich … etwas«, sagte meine Mutter mit einem strahlenden Lächeln und falscher Begeisterung in der Stimme.

Ich sah sie an und erkannte mich in ihren Eigenheiten wieder. In den falschen Lächeln, die so dick aufgetragen waren, dass man sie nicht durchschauen konnte. Ich war nur deshalb dazu in der Lage, weil sie mir diese Fähigkeit beigebracht hatte. Und ich kannte sie gut genug, um zu spüren, wenn sie sich verstellte. Ich hatte es satt, immer so tun zu müssen, als wäre alles perfekt, als wäre ich diese tapfere, glückliche, immer optimistische Galionsfigur, auf die sich alle verlassen konnten, um ihre eigene Stimmung hochzuhalten. Aber was war mit meiner Stimmung? Was, wenn ich selbst am Boden war? Wenn mich jedes Lächeln, das ich mir auf die Wangen malte, ein frisches, saftiges Stück meiner Seele kostete?

Mein ganzes Leben lang war jede meiner Handlungen sorgfältig überwacht worden. Genau wie die Reaktionen, die ich auf Nachrichtenartikel erhalten hatte und die mal mehr, mal weniger meiner Persönlichkeit gefordert hatten. Bis ich irgendwann nicht mal mehr gewusst hatte, wer ich war, wenn ich auf der Bühne der Welt stand. Die einzigen Momente, in denen ich mich davon befreit fühlte, fanden in der Gesellschaft der Erben und in jüngster Zeit auch in der der Vegas und meiner neuen Freunde statt. Ich war nicht bereit, wieder jeden meiner Züge zu korrigieren, der die Massen verärgern könnte. Scheiß auf die Massen! Sie konnten warten, bis ich mit dem Trauern fertig war.

Xavier wandte sich ab, griff nach seinen Klamotten und stapfte den Weg hinauf, der zurück zum P. O.-Schloss führte, während die Wolke immer noch um seinen Arsch schwebte.

»Geh ihm nach!«, ermutigte mich meine Mutter. »Und versuche, ihn dazu zu überreden, Darius' Platz einzunehmen und die Position des Feuerlords zu besetzen. Ich weiß, dass es schwer ist, aber wir befinden uns im Krieg. Es ist an der Zeit, dass er seine Rolle darin erkennt.«

Wut durchfuhr meine Brust, und ich zeigte ihr mit einem Knurren den Alpha in mir.

»Er will Darius' Platz nicht. Lasst ihn doch leer, wen kümmert's?«, blaffte ich.

»Du bist nicht du selbst«, fauchte sie und wirkte eine Stillekuppel um uns herum, für den Fall, dass ein neugieriger Rebell nahe genug sein sollte, um uns zu hören. Als ob mich das noch interessieren würde. »Wir haben heute erfahren, dass Linda Rigel eine Position als Hohe Ratsherrin am neuen Hof erhalten hat, den Lionel einrichtet.«

Diese kleine Information ließ mich erschaudern, und ich schaute zu Max und seinem Vater, die sich in einer Stillekuppel ernsthaft zu unterhalten schienen und zweifellos auch darüber diskutierten, was das bedeutete. Max' Stiefmutter war eine wahre Schlampe, und das wussten wir alle, also bezweifelte ich, dass ihn der zusätzliche Verrat allzu sehr schockierte. Aber es war sicherlich trotzdem schmerzhaft, vor allem für seinen Vater.

»Wann haben sie das angekündigt?«, fragte ich, weil sich meine Neugierde nicht zügeln ließ.

»Erst heute Morgen, schau.« Meine Mutter holte den Atlas, den sie bekommen hatte, aus ihrer Tasche und hielt ihn mir hin, während sie den Artikel der *Celestial Times* aufschlug. Aber bevor ich ihn lesen konnte, blockierte stattdessen ein Pop-up den Bildschirm.

Guten Tag und einen feuchten Mittwoch, Waage, die Sterne haben deinen Tag vorausgesagt!

Heute ist ein großartiger Tag, um die Nischen und Ecken zu säubern, die in letzter Zeit voller Kummer waren. Tauche tief in die klaffende Kluft deiner

Seele ein und schlage diese beunruhigenden Gedanken direkt aus dir heraus. Ein Bad im Meer ist genau das Richtige, um dich wieder schlüpfrig und sexy zu fühlen. Und vergiss nicht, dass du dich immer bei einem Freund ausheulen kannst, wenn die Last zu groß wird. Ein hübscher Fisch wäre mehr als glücklich, wenn du dich bei ihm erleichtern würdest. Mit einer Portion Trost wirst du dich wieder gestärkt und feucht fühlen. Aber vergiss nicht, dass die besten Geheimnisse die sind, die man am engsten an sein Herz drückt. Denn ein Verräter lauert immer noch in unseren Reihen, und wir müssen alle unsere Gerissenheit unter Beweis stellen, um diesen Herumtreiber zu entlarven!

»Was für ein abgefucktes Horoskop ist das denn?«, fragte ich, während ich es mir noch einmal durchlas und die Nase rümpfte, und Mom stieß ein kehliges Knurren aus, bevor sie abwinkte. »Dieses Vega-Mädchen hat Brian Washer eine Stelle als General in ihrer Armee angeboten«, murmelte meine Mutter verärgert. »Und das Erste, was ihm zu seinem neuen Titel eingefallen ist, war, ein tägliches Horoskop für die Rebellen zu erstellen. Er hat den ganzen Tag Tarotkarten gelesen und solchen Unsinn verbreitet. Ich habe vor, ein ernstes Wort mit ihm zu sprechen, wenn ich ihn das nächste Mal sehe.«

»Viel Glück dabei«, murmelte ich. Wenn Washer und sein winziger Freund sich für diese Aktion entschieden hatten, würde meine Mutter ihn nicht davon abbringen können. Die Chancen dafür standen genauso gut wie die Wahrscheinlichkeit, dass sich Lionel in seiner nächsten Pressemitteilung als heimlicher Wurmwandler zu erkennen gab.

Ich schloss das Horoskop und wandte mich stattdessen dem Artikel zu, den meine Mutter geöffnet hatte.

Ein neuer Morgen für den Celestia-Rat!

Ein weiterer erfolgreicher Tag im neu gestärkten Königreich Solaria ist unter der weisen und mächtigen Herrschaft unseres großen Königs angebrochen. Während viele von uns den Aufstieg des mächtigsten Fae von Solaria und die Rückkehr einer Königsherrschaft begrüßen, erkennen wir endlich, wie diese neue und blühende Herrschaft in den kommenden Jahren aussehen wird.

Linda Rigel wurde heute zur Hohen Ratsherrin ernannt. Dabei handelt es sich um eine Position, die ihr nach einer mutigen und selbstlosen Tat zuteilwurde, als sie den König über den Verrat informierte, der von den ehemaligen Ratsmitgliedern durchgeführt wurde. Darunter ihr inzwischen entfremdeter und mutmaßlich sexuell abartiger Ehemann, Tiberius Rigel, Melinda Altair – auf Seite 6 erfahrt ihr mehr über die Folterkammer in ihrem Keller – und Antonia Capella – auf Seite 12 findet ihr ein Exposé über den Kult, den sie ihr Rudel nannte, und dessen entwürdigende Aktivitäten.

Linda Rigel, die ihre Chance sah, der Tyrannei zu entkommen, die in ihrem eigenen Haus stattgefunden hatte, sprach mutig über die Frauen, die Tiberius regelmäßig zu sich bringen ließ, und über seinen Sohn Max, einen von vielen Bastarden, die er im Laufe der Jahre gezeugt hat. Obwohl er der einzige war, dem Tiberius erlaubte, über die Zeugung hinaus zu leben.

Als Überlebende dieses unbarmherzigen Haushalts und als unerschütterliche Anhängerin der Krone hatte Linda jahrelang erfolglos versucht, der Kontrolle ihres Mannes zu entkommen. Mithilfe unseres mächtigen und wohlwollenden Königs gelang es ihr schließlich. In einer Wendung des Schicksals, die die Bevölkerung wahrscheinlich begeistern wird, hat Lionel Acrux ihre jahrelange stille Loyalität mit der höchsten Position als Oberhaupt seines neuen Rates belohnt.

Entgegen der Tradition hat Lionel beschlossen, dass keine weiteren Hohen Ratsmitglieder ernannt werden sollen. Stattdessen wird Linda Rigel an der Spitze seines Hofes stehen und bei der Bewältigung der täglichen Aufgaben helfen, die in einem Königreich anfallen. Er selbst wird weiterhin mit gerechter und fester Hand regieren, indem er die Aufständischen aufspürt, die ihn bei jeder Gelegenheit zu untergraben versuchen, und Solaria zu dem großartigen Königreich machen, das wir alle kennen und von dem wir wissen, dass er es wiederherstellen kann.

Lang lebe der König!
-Gus Vulpecula

Kommentare

Skye Marie: *Ich wusste schon immer, dass Tiberius Rigel ein falscher Fuffziger ist. Er hat einmal einen Kuchen-Ess-Wettbewerb besucht und allen Anwesenden erzählt, dass er gar keinen Kuchen mag, als ihm ein Stück angeboten wurde. #falscherfuffziger #trauekeinempieverschmäher #ichwetteerisstquiche*

BigGriff99: *Ich für meinen Teil bin begeistert, ein neues Gesicht auf der politischen Bühne zu sehen. Ich kann es kaum erwarten, zu sehen, was sie beizutragen hat, und bin gespannt auf ihre Pläne für Greifenkotsteuern, wenn das Thema der Besteuerung von Straßenschmutz als Nächstes im Rat zur Sprache kommt. #kotnichtkommerz #keinkotfürdiekasse #mistnichtmonetarisieren #kackeistkeinewährung*

Brandy May: *@BigGriff99 Es sind Greifen wie du, die uns anderen einen schlechten Ruf einbringen – ich habe noch nie in der Öffentlichkeit gekackt und werde es auch nie tun. Und ich für meinen Teil bin nicht nur entsetzt über die Aussicht, eine Greifenkotsteuer zahlen zu müssen, sondern auch darüber, dass Fae meiner Formgebung so oft in der Öffentlichkeit kacken, dass es jetzt notwendig ist, dies tatsächlich als Option zu diskutieren #greifenkackenhinterverschlossenentüren #meinmistbleibtprivat*

BigGriff99: *@Brandy May Ich möchte dich wissen lassen, dass unsere Art seit über sechstausend Jahren in der Öffentlichkeit kackt. Das ist ein Teil unserer Kultur und unseres Erbes, und ich kann nur annehmen, dass du nicht reinrassig bist, wenn du das nicht verstehst #ploppundabflug #kotrechtesindgrundrechte*

Telisha Mortensen: *LINDA RIGEL IST EINE SCHLAMPE*
ein Admin hat diesen Kommentar entfernt

Kristen Cannell: *Oh, ich bin sicher, dass Linda Rigel eine gute Hohe Ratsherrin abgeben wird! Nach dem neuen Gesetz unseres Königs, das besagt, dass niedere Fae eine Genehmigung benötigen, um sich in der Öffentlichkeit zu verwandeln, bin ich überglücklich, dass ich nicht mehr zusehen muss, wie mein Nachbar Mr. Grunnet bei Regen seine ekelhafte Heptianische Krötenform annimmt. Dann sitzt er nämlich immer wie ein schleimiger Haufen Kot in der Gosse gegenüber meiner schönen Veranda. Da fröstelt meine hübsche Löwenhaut. #froschfrei #antiamphibisch #schleimigernachbaradieu*

Jeremy Grunnet: *Verdammt, Kristen! Du hast mich bei den Behörden angezeigt, nicht wahr? #scheißveranda #niedererlöwe*

BigGriff99: *An einem schleimigen Haufen Kot in der Gosse ist nichts auszusetzen #ichhabeeinrechtaufmeinenploppmoment*

Lejla Asoli: *Ich bin froh, dass wir einen Hohen Rat haben, aber musste es Linda Rigel sein? Wenn sie lacht, klingt sie wie eine Ziege, die an einem Streifenhörnchen erstickt. Ich weiß das, weil ich auf diese Weise meinen lieben Chippy verloren habe. Das weckt schreckliche Erinnerungen – aber wird sie meine E-Mails beantworten, in denen ich darum bitte, ihm zu Ehren eine Statue zu errichten? Natürlich nicht. #unsensiblesirene #einestatuefürchippy*

Braune Kuh: *Solaria wird von diesem voreingenommenen, formistischen Arschloch, das auf dem Vega-Thron sitzt, in den Ruin getrieben! Hört nicht auf die Lügen, die in diesem Klatschblatt gedruckt werden. Lest den Daily Solaria, um die Wahrheit zu erfahren! #rebelliermitmir #kuhkraftvoraus #muhunddubistdabei #eslebendievegaköniginnen*
ein Admin hat diesen Kommentar entfernt

»Tja, du hast immer gesagt, dass Linda eine Schlampe ist. Du musst dich in deiner Meinung jetzt ja sehr bestätigt fühlen«, sagte ich und gab meiner Mutter den Atlas zurück.

»Seth Capella, sprich nicht so unflätig mit mir!«, schnauzte sie und versetzte mir mit einem so schnellen Luftstoß einen Schlag gegens Ohr, dass ich ihn nicht rechtzeitig abwehren konnte. »Verstehst du nicht, was diese Nachrichten bedeuten? Lionel etabliert sich im Königreich, er richtet seinen Hofstaat ein. Die Leute müssen sehen, dass wir unseren als Reaktion darauf festigen, wenn wir sie davon überzeugen wollen, dass wir die bessere Option sind. Und wenn ich *wir* sage, dann meine ich genau das – den Celestia-Rat, wie er sein sollte, mit Xavier, der den Platz als Feuerlord einnimmt. Die Vegas meinen es gut, aber sie sind auf die Aufgabe des Herrschens völlig unvorbereitet, selbst wenn sie in der Lage wären, uns diese Position streitig zu machen – was ich nicht glaube. Es ist von entscheidender Bedeutung, dass wir uns wieder als die treibende Kraft in dieser Armee etablieren. Wir müssen rekrutieren. Wir müssen damit beginnen, die Nachricht in ganz Solaria zu verbreiten ...«

»Viel Glück bei all dem. Ich bin raus.« Ich wandte mich von ihr ab und stapfte in die Richtung davon, die Xavier eingeschlagen hatte, während mich eine schwere Stimmung überkam. Alles, was ich wollte, war, dass die wenigen verbliebenen Fae, die ich liebte, in Sicherheit waren. Ich wollte Lionel loswerden, klar, aber ich wollte mich nicht unvorbereitet in eine weitere Schlacht stürzen. Ich weigerte mich, noch eine Person, die ich liebte, sterben zu sehen, und ich würde nicht damit anfangen, die Truppen zu sammeln, um noch mehr Fae in den blutigen Tod zu führen, bevor wir wieder kampfbereit waren. Auf gar keinen Fall.

Ich hielt inne, als die Luft vor der Burg flimmerte und Caleb und Tory aus dem Sternenstaub auftauchten, mit einem großen Beutel aus Blättern und einem hoffnungsvollen Funkeln in den Augen.

Ich war erleichtert, sie in Sicherheit zu wissen, und rannte los. In dem Moment, in dem ich bei ihnen ankam, kollidierte ich mit ihnen und zog sie dann beide in eine heftige Umarmung.

»Argh, du stehst auf meinem Fuß, Seth«, fluchte Tory und entzog sich meinem Griff, während ich versuchte, Cal festzuhalten, aber auch er stieß mich von sich und wich zurück.

Ich musterte sie mit einem Wimmern in der Kehle, denn ich brauchte mehr als nur diese kleine Umarmung. Ich brauchte eine Mega-Umarmung. Decken, Filme, Kerzen, das volle Programm. Aber ihre Augen sagten mir, dass ich das in nächster Zeit nicht bekommen würde.

»Und? Was hab ihr herausgefunden?«, fragte ich.

»Wir haben möglicherweise einen Weg entdeckt, Darcy zu finden, aber ich kann den Zauber erst morgen Mittag sprechen«, sagte Tory, und Hoffnung keimte in meiner Brust auf. »Ich will diese Bücher verstecken, bevor eure Eltern sie entdecken und anfangen, Fragen zu stellen.«

»Ich bringe sie in dein Zimmer. Ich glaube, ich spüre, wie meine Formgebung langsam erwacht. Hoffentlich dauert es nicht mehr lange.« Caleb nahm die Bücher und rannte dann ins Schloss.

Ich öffnete den Mund, um Tory einen Schwall von Fragen zu stellen, aber dann fiel mein Blick auf zwei blutige Einstichstellen an ihrem Hals. Ein Biss. Ein Vampirbiss. Ein *Caleb*-Biss.

Ich erstarrte, und mir lief es kalt den Rücken hinunter, als Tory eine Hand hob. Sie strich mit den Fingern über die Stelle, um sie zu heilen, als sie realisierte, worauf mein Blick gefallen war. Aber ich hatte den Biss gesehen. Und dieser Anblick war jetzt in die Innenseite meines Schädels gebrannt, und zwar auf die Rückseiten meiner Augenhöhlen.

»Ich muss los«, murmelte ich, drehte mich um und marschierte übers Gras davon.

Caleb hatte Darius versprochen, dass er nie wieder von ihr trinken würde, nachdem er sie gejagt und vom Dach des King's Hollow gestoßen hatte. Er hatte sein Wort gebrochen. Er hatte sie verdammt noch mal gebissen. Er hatte ihr Blut getrunken. Wann? Wofür? Sie waren in einer staubigen alten Bibliothek gewesen – welchen Grund hätte er haben können, von ihr zu trinken?

Sie haben miteinander geschlafen.

Ich sah rot. Blendendes, brennendes Rot.

Ich hatte genug vom Schmachten, vom Wimmern und davon, jede Nacht allein in einem kalten Bett zu verbringen und an meinen besten Freund zu denken. Ich musste die Welt daran erinnern, wozu Seth Capella fähig war, dass er ein Wirbelsturm war, gefangen im Körper eines Fae.

Ich entdeckte Justin Masters, der auf dem Weg spazieren ging, und fletschte die Zähne, während ich ihn zu meinem ersten Opfer erklärte. Ich versetzte ihm einen Luftstoß in den Rücken, sodass er mit einem Schreckensschrei vom Weg flog, bevor ich ihn in anderthalb Metern Erde vergrub und nur seinen Kopf herausschauen ließ.

»Warum?«, heulte er, als ich an ihm vorbeiging, ohne ihm eine Antwort zu geben.

Weil während meiner Zeit an der Academy niemand gefragt hatte, warum ich irgendetwas tat. Ich war einer der mächtigsten Fae auf dem Campus gewesen, ein launischer Wassermann, der von chaotischen Kräften wie der des Uranus beherrscht wurde. Aber es war mein Aszendent Waage, der mich durcheinandergebracht hatte. Beherrscht von der verdammten Venus mit ihren hinterlistigen Wegen, die mich dazu verdammt hatte, einen Mann zu lieben, der diese Liebe nie erwidern würde.

Ich schob die Hände in die Taschen und marschierte weiter, während mein Blick auf einen Hügel fiel, auf dem Leon, Dante und ein tätowierter Typ, der sich ziemlich sicher Carson nannte, ein riesiges Nest bauten. Es waren auch andere Leute da, Erdelementare, die wunderschöne Äste formten und sie Leon anboten, der sie entweder mit einem Nicken annahm oder einem heftigen Kopfschütteln wegwarf – manchmal schlug er sie ihren Machern auch um die Ohren.

Das Nest war wunderschön, in Form eines Falken gefertigt, dessen Flügel auf dem Rücken gespreizt waren, um den Zugang ins Innere zu ermöglichen.

»Hey, Alter«, rief Leon mir zu. »Willst du uns helfen? Wir könnten hier noch ein anständiges Erdelement gebrauchen.«

»Wir brauchen überhaupt nichts. Hör auf, jedes Arschloch anzuwerben, das vorbeikommt«, grunzte Carson, band seine langen Haare zu einem Knoten und warf mir einen abweisenden Blick zu. Er formte einen langen Stock in seinen Händen und überzog ihn mit Juwelen, die wie Sternenlicht glitzerten. Dante nahm ihn ihm ab und legte neugierig den Kopf schief, wobei der Drache in ihm seine Augen besitzergreifend funkeln ließ.

»Ich werde nicht wegen jedes Stocks, den ich mache, mit dir streiten, teufli…«, er hustete heftig, als hätte er gerade einen Käfer eingeatmet, »…sches Arschloch.« Carson riss ihm den Stock wieder aus der Hand und befestigte ihn am Bein des Falken, während Dantes Haut vor Elektrizität knisterte.

»Schon gut«, murmelte ich, zuckte mit den Schultern und ging weiter, aber Leon rannte den Hügel hinunter, um mir in die Quere zu kommen.

»Bist du nicht neugierig, was wir hier machen, Alter?«, fragte er hoffnungsvoll, und seine goldenen Augen funkelten. »Es ist so raffiniert. Die raffinierteste Idee, die ich je hatte.«

»Es war meine Idee, Arschloch«, rief Dante.

»Es war eine gemeinsame Idee«, sagte Leon, winkte ihm zu und drehte sich dann wieder zu mir. »Hauptsächlich meine«, flüsterte er.

»Alles, was du getan hast, war, uns Befehle zuzurufen und zu nerven«, sagte Carson, der sich aufrichtete, nachdem er einen weiteren Stock an der Unterseite des Nestes befestigt hatte.

Leon lachte, als würde der Typ Witze machen, und ich versuchte erneut, an ihm vorbeizugehen. Er sprang mir mit der Geschicklichkeit einer Katze in den Weg, trotz seiner enormen Größe.

»Es soll Gabe ablenken«, verkündete er. »Weil sein Harpyienhirn von Nestern besessen ist. Großartig, nicht wahr? Wenn er versucht, uns zu sehen, wird er nur dieses fantastische Nest sehen, sich wie ein Vogel mit einem Taubenhirn darauf stürzen und fröhlich gurren, während er jedes Detail untersucht. Wir haben alle möglichen ausgefallenen Stöcke darin versteckt, damit er super abgelenkt ist und nicht zu viel von unseren Kriegsplänen mitbekommt.«

»Das ist dumm. Und wird auf keinen Fall funktionieren«, sagte ich und verschränkte die Arme vor der Brust.

»Pfft. Es wird funktionieren. Dieses Nest ist der beste Harpyienporno, der je gedreht wurde. Es ist egal, wie viel Mühe er sich geben wird, ihm zu widerstehen. Sein Gehirn wird auf Zehenspitzen hierher zurückkommen, um es sich mit Gleitmittel in der einen und Taschentüchern in der anderen Hand anzusehen. Außerdem wird er nicht wegsehen wollen – er wird die Gerissenheit meines listigsten Plans verstehen. Und wenn sich Lionel dann in seinen Kopf schleicht, um einen Blick auf unsere Zukunft zu werfen, sieht er nur das Nest. Es ist einfach genial.«

»Na, dann viel Glück dabei«, murmelte ich, huschte an ihm vorbei, bevor er mich wieder aufhalten konnte, und eilte den Weg hinunter.

Ich umrundete den Fuß des nächsten Hügels, und mein Blick fiel auf Rosalie Oscura in ihrer silbernen Wolfsform, die auf dem Rücken lag und die letzten Sonnenstrahlen aufnahm. Ein grausames Lächeln umspielte meine Lippen, und ich zog mein Shirt über den Kopf und warf es weg, bevor ich mich auch meiner Jogginghose, meiner Socken und meiner Schuhe entledigte. Ich sehnte mich nach einem Kampf. Und sie war die Antwort.

Ich rannte auf sie zu, spürte, wie ich mich verwandelte, und heulte, als meine vier riesigen weißen Pfoten den Boden berührten und ein Beben durch den Hang schickten. Rosalie schaute träge unter einem Schlappohr hervor, das sich aufstellte, als sie mich entdeckte.

Ihre Augen wurden schmal, als ich auf sie zuging, ein Knurren auf den Lippen.

Kämpf mit mir!

Ein Knurren entrang sich ihrer Kehle, und sie richtete sich auf, während sich ihre Nackenhaare sträubten. Wir begannen, einander zu umkreisen und die Bedrohung einzuschätzen. Sie war der größte Alphawolf, dem ich je begegnet war, und ihre Größe entsprach fast der meinen. Sie zu besiegen, war genau die Art von Sieg, die ich heute brauchte.

Eine Gruppe von Rebellen bemerkte unsere Interaktion und versammelte sich, um zuzusehen, aber ich ließ mich nicht davon ablenken. Es war zu lange her, dass ich mich als Alpha behauptet hatte. Ich würde die Welt an meine Macht erinnern und Rosalie dafür bezahlen lassen. Dieses Mädchen mit ihren wissenden Augen und den verstohlenen Blicken, wenn sie in der Nähe war. Als hätte sie Informationen, die ich nie verstehen würde. Es war an der Zeit, dass sie lernte, mich nicht zu provozieren.

Ich sprang mit einem Fauchen und ausgestreckten Krallen auf sie zu und stieß mit ihr zusammen. Sie erwischte mich seitlich, sodass ich zu Boden stürzte. Ich hatte es allerdings auch geschafft, meine Krallen in ihre Flanke zu schlagen, und war in Sekundenschnelle wieder auf den Pfoten und schnappte nach ihrer Kehle. Sie taumelte nach hinten, um meinem Angriff auszuweichen, aber ich drängte nach vorn, meine Pfoten trafen auf ihre Brust und beförderten sie zu Boden. Im nächsten Moment war ich auf ihr und bellte wütend, während ich erneut nach ihrer Kehle schnappte, aber sie trat mich zurück und schaffte es, sich zu befreien und wieder auf die Beine zu kommen.

Rosalie war gezwungen, zu fliehen, und ich bekam lediglich eine Ladung Fell ab, als sich meine Zähne um die Spitze ihres Schwanzes schlossen.

Sie heulte wütend, drehte sich um und kam für einen weiteren Angriff zurück, aber ich war bereit, als sie mit ihren Krallen nach meinen Augen schlug, duckte mich und preschte vor.

Endlich gelang es mir, meine Zähne um ihren Hals zu schließen. Ich zwang sie zu Boden, wobei meine Pfoten auf ihre Schulter krachten, um sie zu fixieren. Sie schlug um sich wie ein wildes Tier, und ich verstärkte meinen Griff, ein warnendes Knurren in der Kehle, mit dem ich sie anwies, sich mir zu unterwerfen. Mein Herz hämmerte wie wild, der Instinkt eines Jägers strömte durch meine Adern und beflügelte mich auf dem Weg zum Sieg.

Sie knurrte und fletschte ablehnend die Zähne, und ich biss fester zu, bis sie aufkläffte.

Komm schon! Gib auf! Ergib dich mir!

Rosalie schaffte es, eine Pfote zwischen uns zu bekommen, und riss mir mit ihren Krallen das Gesicht auf. Ich löste meine Kiefer voneinander und stieß ein schmerzerfülltes Winseln aus.

Blut lief über meine Wange, während sie aufs Neue von mir wegsprang und mich zwang, sie den Hügel hinauf zu verfolgen. Ich jagte ihr wütend hinterher, meine Muskeln brannten vor Zorn. Oh, ich würde sie für die Kratzer in meinem Gesicht bezahlen lassen!

Sie floh jedoch nicht wie ein Welpe, wie ich es erwartet hatte. Auf der Kuppe des steilen Hügels drehte sie sich um, sprang in die Luft und stürzte sich auf mich wie eine Ladung Ziegelsteine. Mit Zähnen und Krallen grub sie sich in Fell und Fleisch.

Die Wucht der Kollision schleuderte uns den Hügel hinunter, und ich biss in jedes Stück von ihr, das ich erwischen konnte, während wir uns in einem Tornado aus silbernem und weißem Fell drehten. Ich konnte nicht sehen, wo meine Attacken landeten, aber ich spürte, wie die Luft allmählich nach Blut roch.

Siegessicher biss ich in die Spitze ihres flauschigen Schwanzes. *Jetzt habe ich dich, Rosalie.*

Ich biss fester zu und stieß einen Schrei aus, als mir klar wurde, dass ich meinen eigenen Schwanz gepackt hatte. Schnell ließ ich ihn los, bevor es jemand bemerkte.

Wir landeten unsanft am Fuße des Hügels, und die Menge keuchte auf, als ich auf Rosalie landete, unsere Pfoten ineinander verschlungen. Sie bewegte sich nicht, ihre Augen waren geschlossen und ihr Körper war unheimlich still.

Mein Herz klopfte wie wild, als ich ihre Wange beschnupperte und versuchte, sie zu wecken, aber sie rührte sich immer noch nicht.

Eine Welle der Panik überkam mich, und ich wimmerte vor Angst, drückte mich an sie und beschnupperte ihre Seite. *Steh auf, Rosalie! Bitte, steh auf.*

Ich konnte dem Tod nicht noch einmal ins Auge sehen. Was hatte ich getan? Hatte ich sie wirklich getötet, um mir einen sinnlosen Sieg zu sichern?

Ich winselte wie ein verängstigtes Hündchen und schnüffelte wieder an ihr, während die Menge in besorgtes Gemurmel ausbrach. Die Dunkelheit senkte sich über mich. Der Tod schien mir dieser Tage überallhin zu folgen, und jetzt war er zurückgekehrt, nur, weil ich ein Ventil für meine Wut gebraucht hatte.

Ich nahm meine Fae-Gestalt an, kniete mich an ihre Seite und drückte meine Finger in ihr Fell, bis ich auf Haut stieß, und machte mich bereit, Heilmagie in sie fließen zu lassen.

Aber noch bevor ich auch nur anfangen konnte, sie zu heilen, sprang sie auf und wedelte mit dem Schwanz. Ein belustigtes Bellen entrang sich ihrer Kehle. Sie fuhr mit ihrer Zunge mitten durch mein blutiges Gesicht, trabte dann mit hocherhobenem Schwanz durch die Menge davon und ließ mich ihr nachstarren – im Gras, nackt, auf meinen Knien. Wie ein verdammter Idiot.

»Meine Güte, was für ein Spaß!«, rief Washer aus der Menge, trat in seiner Badehose nach vorn, die Hände in die Hüften gestemmt. Seine ledrige Brust sah frisch gewachst aus.

Er kam im Laufschritt zu mir, und seine Sirenengaben ergriffen Besitz von mir, bevor ich entkommen konnte. Er klammerte sich an die Wut in mir, zerpflückte dann die Demütigung und fand seinen Weg zu der schlimmsten Emotion von allen, dem Kerosin, das auf das Feuer aller anderen Emotionen gegossen wurde. Liebe.

Ich sperrte ihn schnell wieder aus, indem ich meine mentalen Barrieren in Position brachte. Er schmollte.

»Ich kann dir bei all diesen Knoten tief in dir helfen, mein Junge. Lass mich rein, damit ich sie entwirren kann. Es wird ein klitzekleines bisschen Drücken und Ziehen, Stoßen und Rammen erfordern, aber wenn du mir vollen Zugang zu deinen dunkelsten Gefilden gewährst, werde ich dir so unglaublich viel Erleichterung verschaffen, das verspreche ich dir.«

»Ich will deine Hilfe nicht«, zischte ich, stand auf und stapfte über den Rasen, um meine Klamotten zu holen.

Blut bedeckte meinen Körper, und ich presste eine Hand auf meine Brust, um die Wunden zu heilen.

»Heilige Scheiße«, hauchte ein junges Mädchen unter den Rebellen und sah zu ihren Freundinnen, die meinen Körper bewunderten. »Er ist ein Wilder.«

Ich zog mich wieder an, drehte mich um und stellte fest, dass Washer direkt hinter mir stand, unsere Brustkörbe berührten sich.

Ich drückte meine Schultern nach hinten und fletschte die Zähne. »Geh mir aus dem Weg!«

»Tief durchatmen, mein Lieber«, sagte er mit leiser, besorgter Stimme. »Komm schon, atme mit mir. Ein und aus, ein und aus.« Er ging vor mir in die Hocke, seine Arme hoben und senkten sich bei jedem Atemzug. »Ich kann mich hinter dich stellen und dich Hüfte an Hüfte durch die Bewegungen führen, wenn du möchtest.«

Ich feuerte eine Luftsalve ab, während ich gleichzeitig ein Bellen ausstieß, und Washer schrie erschrocken auf, als er durch die Luft geschleudert wurde.

Die Menge murmelte noch lauter, als ich auf sie zustakste, die meisten von ihnen wichen zur Seite, aber ich stieß mit jedem zusammen, der es nicht tat.

»Er hat mich berührt«, kreischte eines der Mädchen aufgeregt. »Schau, ich habe sein Blut auf meinem Ohr!«

Plötzlich kam Washer auf einer Eisrutsche, die er unter sich gewirkt hatte, vom Himmel geschossen und landete in einem Teich, den einige der Wasserelementare geschaffen hatten, wobei er ein Freudenjauchzen von sich gab.

Ich richtete meinen Blick auf das Steingebäude, das als provisorisches Observatorium gebaut und in das alles gebracht worden war, was wir von unseren arkanen Beständen noch übrig hatten. Ich wusste, was ich tun würde. Ich würde Antworten von den Sternen verlangen, einen Weg finden, diese Liebe aus meiner Brust zu reißen, damit sie mich nicht mehr quälte. Dann wäre ich wieder ich selbst und würde Caleb nicht als Freund verlieren. Ich würde einen Deal mit dem Mond oder der Sonne oder vielleicht Venus selbst machen. Eines dieser himmlischen Wesen musste doch heute in Geberlaune sein, und ich war mir verdammt sicher, dass ich das ausnutzen würde.

Ich riss die Holztür auf und trat in die dunkle runde Kammer, die sich zu einem Glasdach darüber erhob. An den Rändern des Raumes befanden sich Regale mit den letzten unserer Tarotkarten, Kristallen, Schalen für die Wahrsagerei, Pendeln und Büchern über die himmlischen Künste. An dem Tisch in der Mitte des Raumes saßen ein paar Fae, und ich schnippte mit den Fingern, um ihre Aufmerksamkeit zu erregen, bevor ich auf die Tür zeigte.

»Ich bin gerade mitten in einer Lesung«, quiekte einer der Männer.

»Und ich bin kurz davor, dir das Gesicht abzureißen und einen Hut daraus zu machen«, zischte ich.

Er legte die Tarotkarte in seiner Hand, die *Der Tod* zeigte, hin und nickte schnell, bevor er mit seinem Freund zur Tür rannte. Auf dem Tisch stand eine Flasche Bourbon, die sie sich geteilt hatten, und ich knurrte, weil ich genau wusste, dass sie Orion gehört haben musste. Es war seine Lieblingsmarke: *The Silver Circle*.

Ich stieß die Tür zu, griff nach der Flasche und nahm einen kräftigen Schluck. Das Brennen breitete sich in meinem ganzen Rachen bis in den Magen aus, und ich genoss es, wie es einen Teil meiner Angst vertrieb. Aber ich hasste es, wie es mich an meinen Mondfreund erinnerte. Wo war er? Lebte er noch? Beschützte er Darcy mit jedem seiner Atemzüge?

Bestimmt. Das war sein Ding. Er würde sie niemals verlassen. Und sosehr ich sie auch vermisste, musste ich daran glauben, dass sie eines Tages zu uns zurückkehren würden. *Aber bitte wirklich sehr, sehr bald, Leute.*

Ich stellte die Flasche ab, ging zu den Regalen, nahm ein Buch über Planetenastrologie und legte es zusammen mit einem Stift und Papier auf den Schreibtisch.

Dann ließ ich mich auf einen Stuhl fallen, sammelte die auf dem Tisch verstreuten Tarotkarten ein und mischte sie zu einem neuen Stapel.

»Na los, Sterne. Lasst uns Klartext reden. Was steht in meiner Zukunft, hm? Noch mehr Mist?« Ich zog aggressiv Karten aus dem Stapel, legte sie vor mir ab und schnaubte bei ihrem Anblick. *Die Liebenden* lag direkt neben *Der Wagen*, beide auf dem Kopf, was auf eine Disharmonie in der Liebe und einen Mangel an Kontrolle hindeutete.

»Ach, wirklich?«, bellte ich, zog die nächste Karte und lachte trocken, als ich *Der Eremit* auf den Tisch knallte, der ebenfalls auf dem Kopf stand.

»Einsamkeit«, fauchte ich. »Wo sind die Antworten darin? Das ist nur eine Beschreibung meines verflixten Alltags. Warum gebt ihr mir nicht einmal etwas Hilfreiches?«

Ich zog die nächste Karte – *Der Gehängte*. »Opfer«, murmelte ich, legte die Karte hin und spürte, wie sich eine unheilvolle Atmosphäre um mich herum zusammenbraute.

Ich griff nach der Flasche Bourbon, nahm noch einen tiefen Schluck und dachte wieder an Orion und Darcy. Ging es ihnen gut? Hatte Darcy die Kontrolle über ihren Fluch erlangt? Aber wenn dem so war, warum hatten sie uns dann noch nicht ausfindig gemacht?

Ich schluckte schwer, trank weiter und las im Buch über Planeten, bis die Flasche nur noch aus Bodensatz bestand und mir schwindelig wurde.

Ich blätterte zu einer Seite, auf der großflächig die Venus abgebildet war, und stach mit dem Finger auf ihr Gesicht ein.

»Du. Du bist diejenige, die das verursacht hat. Dazu hattest du kein Recht. Mir ging es gut, bevor du mich dazu getrieben hast, mich in ihn zu verlieben. Warum, du verdammte Schlampe? Warum durfte ich mich nicht in jemanden verlieben, der meine Liebe erwidern kann? Oder noch besser, warum darf er mich nicht zurücklieben?«

Ich griff nach dem Stift auf dem Tisch und schrieb quer über die Seite auf ihr dämliches Venusgesicht.

Venus ist eine dreckige, hinterhältige Schlampe, die die unerwiderte Liebe erschaffen hat und es lustig findet, mit Fae-Gefühlen zu spielen, wann immer sie will.

»Ich werde dich fertigmachen«, lallte ich und blickte durch das Glasdach nach oben zum dunkler werdenden Himmel. Venus grinste mich von ihrer Position am Himmel aus an, ihr Leuchten war geradezu spöttisch. *Hure.* »Ich werde den Mond mitbringen, und gemeinsam werden wir dich so richtig vermöbeln.«

Ich stand auf und ging zu den Regalen, um nach etwas zu suchen, das mir helfen könnte. Es musste doch einen Zauber geben, der diese Qualen vertreiben konnte. Ich wusste, dass es nicht nur dieses unerträgliche Verlangen nach Caleb war. Es war die Gesamtheit der Dinge, die in letzter Zeit passiert waren. Die Trauer trieb mich in den Wahnsinn, und jedes Mal, wenn meine Gedanken zu Darius schweiften, fürchtete ich, in eine Million Fragmente zu zerfallen – bestehend aus Kindheitserinnerungen, geschlossenen Pakten und einer Freundschaft, die auf der tiefsten Liebe im Universum basierte.

»Yee-haw!« Ich stürzte mich mit dem großartigen Holzstab, den ich im Laub gefunden hatte, auf Darius.
Er landete auf seiner Schulter und zerbrach in zwei Teile. Darius wurde immer größer, seine Arme wirkten zu mächtig für seinen zehnjährigen Körper. Aber es lag auf der Hand, was aus ihm werden würde. Wenn

er ausgewachsen war, würde auch er diesen wilden Drachenlook zur Schau stellen – genau wie sein Vater.

Sein Vater war mir manchmal ein bisschen unheimlich. Er war immer mürrisch und schaute uns an, als würden wir zu viel von seiner Zeit in Anspruch nehmen. Als Welpe in meiner Wolfsform hatte ich einmal seine schicke Treppe mit Schlamm überzogen. Mein weißes Fell war völlig verdreckt gewesen, nachdem Max mich in den Teich gestoßen und ich mich an einem steilen matschigen Ufer wieder herausgehievt hatte. Onkel Lionel war vor Wut fast durchgedreht, dann war Darius angerannt gekommen und hatte mich aufgefordert, nach Hause zu gehen, damit er sich um die Situation kümmern konnte. Da war diese schreckliche Spannung in der Luft gewesen, und Lionel hatte Darius gefragt, ob er sich sicher sei, die Verantwortung für meine Handlungen übernehmen zu wollen. Darius hatte mich zur Tür hinausgeschoben und mit hocherhobenem Kinn bestätigt, dass er das sehr wohl wollte.

Seither fühlte ich mich in der Gegenwart seines Vaters immer unwohl, obwohl Darius meine Fragen zu dem, was nach meinem Abgang passiert war, nur mit einem Achselzucken abgetan und mir gesagt hatte, ich solle mir keine Sorgen machen. Glücklicherweise war Lionel immer beschäftigt. Wir sahen ihn selten, selbst wenn wir hier im Acrux-Anwesen abhingen. Vor allem, weil wir meistens draußen im Wald spielten.

Darius stürzte sich lachend auf mich und warf mich zu Boden. Einen Moment später kamen auch Max und Caleb dazu und begruben mich unter sich. Wir rangelten, lachten und wälzten uns im Laub, während Schneeflocken zu fallen begannen. Das Versprechen des Winters beschleunigte meinen Herzschlag. Ich dachte an den Berg, auf dem mich meine Eltern zur Prüfung zurückgelassen hatten, und zwang mich, aufrecht zu sitzen, wobei ich ein Wimmern nicht unterdrücken konnte.

Darius setzte sich neben mich und legte einen Arm um meine Schultern, obwohl er nicht oft besonders gefühlsbetont war.

»Vergiss den Berg«, sagte er, als wüsste er Bescheid. Das tat er immer. Ich lächelte, sah ihn an und drückte ihm meine Nase ins Gesicht.

»Du wirst nie wieder allein sein«, schwor er, und mein Lächeln reichte bis zum Mond.

Ich schrak aus der Erinnerung hoch und dachte daran, wie ich damals an diese Worte geglaubt hatte, so sicher, dass nichts uns vier auseinanderbringen könnte. Damals hatten wir uns so unsterblich gefühlt. Ich konnte mich an keine Zeit ohne die anderen Erben erinnern, und ich hatte törichterweise angenommen, dass es keine Zukunft geben würde, in der sie nicht existierten. Mit Darius' Tod war diese Illusion geplatzt und ich gezwungen, die Möglichkeit in Betracht zu ziehen, dass ich noch mehr von ihnen verlieren könnte. Es war unerträglich.

Ich fand eine Flasche mit vom Mond aufgeladenem Wasser, entfernte den Verschluss und trank sie aus, bis auf den letzten Tropfen. Das Wasser war eigentlich für die Herstellung von Elixieren gedacht, aber das war mir scheißegal, ich wollte nur, dass der Schmerz aufhörte. Der Mond hatte immer eine Antwort, und der sofortige Rausch, den ich in meinen Adern spürte, betäubte einige meiner Wunden hervorragend.

Ich fand einen Atlas mit einem tragbaren Lautsprecher und zog die Augenbrauen hoch. Unbeholfen tippte ich auf den Bildschirm und fragte mich, ob der Besitzer des Geräts wohl anständige Musik darauf hatte. Zum Glück schien er Geschmack zu haben, und ich wählte *Bones* von Imagine Dragons. Einen Moment später donnerte Musik durch die Luft und füllte meine Seele.

Ich gab es auf, nach einem Zauber für meine Bedürfnisse zu suchen, und beschloss, selbst einen zu erfinden. Ich nahm ein paar Feuerkristalle, eine Kerze mit schwarzem Docht, einen Bannstein und etwas gemahlenen Lilastein.

Ich schmolz etwas von der Kerze mit einem Feuerkristall und vermischte das heiße Wachs mit dem Stein, bis eine dicke, tintige Flüssigkeit entstand. Dann zog ich mein Shirt aus, malte das Sternbild Stier über mein Herz und spürte einen Hauch von Magie auf meiner Haut. Das würde sooo toll werden. Und definitiv funktionieren.

Das Sternbild, das Caleb repräsentierte, kribbelte auf meinem Herzen, und ich hob den Bannstein an, während mich das schwere Pochen der Musik erfüllte, und drückte ihn dann direkt auf die Markierung, die auf meiner Haut bereits hart wurde. Die Sache hatte definitiv Hand und Fuß. Ich würde den Stein benutzen, um meine Liebe zu Caleb aus meinem Herzen zu verbannen, damit sie mich nicht länger so quälte. Vielleicht würde ich sie stattdessen in eine Kartoffel stecken, dann die Kartoffel mit einem Hammer zerschlagen und die Stücke ins Meer treten. Das sollte helfen.

Ein unglaublicher Schmerz explodierte auf meiner Brust. Die Markierung wurde vom Stein verschlungen, und ich keuchte, als die Kraft des Zaubers immer tiefer in meinen Körper eindrang. Ich wusste nicht, was passieren würde, und mir war nur halb bewusst, dass mich das vielleicht gerade umbrachte. Aber für Zweifel war es jetzt zu spät.

Ein reißendes Gefühl breitete sich um meine Brustwarze aus, und ich senkte den Blick. In dem Moment kam ich zu Sinnen und entfernte den Stein von meiner Haut. Doch meine Brustwarze blieb an dem Stein hängen, während meine Haut an der Stelle glatt wurde, wo noch Sekunden zuvor ein Nippel gewesen war.

»Ah!«, schrie ich panisch und drückte den Stein wieder an meine Haut. »Gib ihn zurück, du Nippel stehlender Stein des Verderbens!«

Die Tür ging auf und ausgerechnet dieser verdammte Caleb kam herein. Während ich mit einem Nippel weniger in dem Chaos stand, das ich mit dem Nippel stehlenden Zauber angerichtet hatte.

»Verschwinde!«, krächzte ich, aber er trat die Tür hinter sich zu und kam besorgt auf mich zugeschossen.

Er musterte den Stein in meiner Hand und die Brustwarze, die er mir genommen hatte, und stieß dann einen Fluch aus.

»Bist du betrunken?«, schnauzte er und riss mir den Stein aus der Hand.

Ich antwortete nicht und ließ ihn von mir weg zu den Regalen gehen, wo er sich einen Bindekristall und etwas Rauchsalz schnappte, bevor er genauso schnell

du gehen musst, dann bitte als Letzter. Bitte bleib bis zum Ende. Ich kann dich nicht verlieren. Nicht dich.«

»Ich gehe nirgendwo hin, Seth«, schwor er und starrte mir ohne mit der Wimper zu zucken direkt in die Augen. »Ich. Gehe. Nirgendwo. Hin.«

Ich schmiegte mich an ihn und liebte ihn durch meine Knochen hindurch. Sein Versprechen war nicht bindend; das Leben war zu unbeständig für Gewissheit. Aber es bedeutete mir verdammt viel, dass er es trotzdem aussprach, denn ich kannte das Herz von Caleb Altair, und er hatte mich noch nie enttäuscht.

»Es ist nicht fair«, seufzte ich, meine Hände in seinem Shirt verkrallt und meinen Kopf gesenkt, damit er meinen Gesichtsausdruck nicht lesen konnte.

»Was ist nicht fair?«, fragte er. Sein Atem bewegte meine Haare, und mein Herz setzte einen Schlag aus.

»Alles«, fluchte ich und umklammerte den Stoff fester. Er wich nicht zurück, aber ich ließ auch nicht los. Ich musste ihm nur für eine Sekunde nahe sein. Meine Haut lechzte nach Berührung, und mein Wunsch, von ihm berührt zu werden, beeinflusste die Bedürfnisse meiner Formgebung. »Hast du jemals gedacht, dass es dazu kommen würde? Ich nicht. Ich war dummerweise optimistisch. Ich dachte wirklich, wir würden diesen Krieg gewinnen. Ich hätte es besser wissen müssen. Ich habe die Dinge immer mit blinder Positivität betrachtet. Aber mir gehen allmählich die Gründe aus, Ignoranz vorzutäuschen.«

»Seth …«

Ich wagte es, den Blick zu heben, meine Kehle war wie zugeschnürt und ließ keinen einzigen Luftzug durch.

»Lass nicht zu, dass dieser Krieg dich verändert«, sagte er. »Dein Optimismus gehört zu den Aspekten an dir, die ich am meisten liebe.«

»Und gibt es noch mehr Aspekte?« Ich klammerte mich an diesen Hauch von Aufmerksamkeit. Ich war erbärmlich, aber das war mir scheißegal. Caleb hatte angedeutet, dass da noch mehr war. Und ich wollte hören, wie er mir davon erzählte.

»Ich beneide dich darum, dass du alles so intensiv fühlst, selbst wenn du versuchst, deinen Schmerz in Wut zu verkleiden«, sagte er.

»Aber macht mich das nicht schwach, Cal? Ich fühle mich schwach. Ich kann diesen Schmerz nicht unterdrücken. Er strömt aus mir heraus, als wäre ich löchrig. Aber du bist immer so stark. Du hast keine Risse, geschweige denn Löcher.«

»Dein Schmerz ist von beeindruckender Stärke. Ich behalte meinen Schmerz für mich, weil ich nicht weiß, wie ich ihn anders als mit Worten ausdrücken soll. Aber du bist das Gegenteil. Du blutest durch deine Handlungen, und ich bin einer der wenigen Fae auf der Welt, die deinen Zorn und Hass als das erkennen können, was sie wirklich sind.«

»Und was sind sie wirklich?«, fragte ich, denn ich hatte keine Ahnung.

»Liebe.«

Dieses Wort lastete wie ein Fluch auf meiner Seele, und ich wich zurück. »Ich kann das nicht mehr«, flüsterte ich zu mir selbst und fuhr mir mit der Hand übers Gesicht. »Lüg mich an, Cal! Sag mir, dass alles gut wird, obwohl die Mauern einstürzen und die Erde unter unseren Füßen bröckelt! Lüg mich so gut an, dass ich nicht spüre, dass unsere Welt in Trümmern liegt!«

Er runzelte die Stirn und schob eine Haarsträhne hinter mein Ohr. Und diese einfache Berührung bedeutete mir alles. »Es wird alles gut.«

Er sagte es mit so viel Überzeugung, dass ich es wirklich für eine Sekunde glaubte, unsicher, ob es eine Lüge war oder eine Wahrheit, an die er glaubte. In jedem Fall half es.

»Aber nicht, wenn du dich weiterhin der Bedürfnisse deiner Formgebung beraubst«, sagte er bedrückt. »Warum wendest du dich nicht an deine Familie?«

»Ich muss stark sein. Für sie. Ich will nicht, dass sie mich so sehen«, hauchte ich beschämt.

»Du kannst nicht weiter allein schlafen und dich von allen fernhalten. Du brauchst die Berührung anderer Fae«, drängte er, seine Hand drückte auf meine Wirbelsäule, und ich zitterte vor Verlangen.

»Nicht, Cal.« Meine Bitte war schwach, und ich schien regelrecht um das Gegenteil zu bitten.

»Du brauchst das«, sagte er bestimmt. »Du bist meine Quelle. Und ich beschütze meine Quelle immer.«

Er ließ seine Fingerknöchel über die Länge meiner Wirbelsäule wandern, und ich spürte, wie meine Entschlossenheit nachließ und in Stücke zerfiel. Ich konnte praktisch hören, wie Venus mich auslachte, weil sie es mal wieder geschafft hatte, mein Verlangen nach diesem Mann zu schüren, der nicht für mich bestimmt war.

»Komm schon. Du schläfst heute Nacht bei mir«, sagte er, und ich realisierte, dass die Nacht schon vor einiger Zeit hereingebrochen sein musste, während ich mich an diesem Ort verloren hatte.

Er nahm meine Hand und führte mich zur Tür, aber unsere Finger trennten sich in dem Moment, als sie sich öffnete, als würden wir beide stillschweigend die Tatsache anerkennen, dass das mehr bedeutete, als es das sollte. Und niemand sollte das bezeugen.

»Ich hasse diesen Ort«, seufzte ich. »Ich vermisse King's Hollow.«

Caleb runzelte die Stirn, hob mich dann geschwind in seine Arme und raste mit der vollen Kapazität seiner Vampirgeschwindigkeit über die Insel. Mir stockte der Atem. Er stellte mich ab, und ich stolperte benommen, während mir ein kehliges Lachen entfuhr. Er grinste nur.

Wir befanden uns am Fuße einer großen Eiche am Rande der Insel; zu unserer Linken brandete das Meer gegen das Ufer. Caleb begann, sein Erdelement einzusetzen, um ein Baumhaus zu bauen, das einer Miniaturausgabe des King's Hollow glich, mit einer einfachen Leiter, die zu einem kleinen gewölbten Eingang führte.

Als er fertig war, nickte er in Richtung des Baumhauses, und ich eilte auf die Leiter zu, erklomm sie und betrat den wunderschönen Raum, den er gebaut hatte. Ein großes Holzbett mit einer dicken Matratze aus federndem Moos stand an einer Seite eines Steinkamins, und als Caleb hinter mir eintrat, hob er eine Hand und wirkte ein Feuer im Kamin. Schnell breitete sich Wärme im Raum aus, und als ich einen Blick zurück warf, sah ich, wie Caleb die Tür verriegelte und sein Shirt auszog. Sein Körper schien nicht von dieser Welt zu sein, ging über alle Magie hinaus, die ich kannte, und zog mich tiefer in seinen Bann als die Sterne es fertiggebracht hatten.

»Leg dich hin!«, befahl er, und ich neigte den Kopf zur Seite.

»Manchmal denke ich, du vergisst, dass ich auch ein Alpha bin«, sagte ich, und er grinste und kam näher.

»Ich glaube, du magst es, herumkommandiert zu werden«, entgegnete er, drückte eine Hand auf meine Brust und schob mich aufs Bett. Und bei den Sternen, mein Herz machte einen Sprung, als wollte es ihm recht geben. »Auf den Bauch!«

Ich kroch übers Bett und legte mich auf den Bauch, verdammt verwirrt, aber auch betrunken und glücklich, jetzt, da ich diese Aufmerksamkeit von ihm bekam. Aber ein kleiner Vogel in meinem Hinterkopf kreischte mich an, um mich davor zu warnen, dass ich mich am Morgen wieder beschissen fühlen würde. Aber der Morgen war noch in weiter Ferne, zu weit weg, um mir jetzt Probleme zu bereiten, und die Nacht ... Tja, die Nacht machte mir Versprechungen, die ich definitiv einlösen würde. Denn meine ganze Welt war von der mächtigen Gegenwart von Caleb Altair erfüllt.

Caleb setzte sich auf meinen Arsch, die Knie links und rechts von meinen Hüften in der Matratze. Und dann knetete er meine Schultern und massierte meine Haut mit festen Streichbewegungen. Ich stöhnte, weil es sich so unglaublich anfühlte, wie seine Hände jeden Zentimeter von mir bearbeiteten und die Bedürfnisse meiner Formgebung stillten.

Er schob mir die Haare aus dem Nacken und ließ seine Daumen über meine Wirbelsäule rollen. Es war perfekt. Ohne sich zurückzuhalten, grub er sich tief in meine Muskeln und vertrieb alle Verspannungen und Knoten, die er fand.

Seine Finger wanderten tiefer und bearbeiteten die Muskeln meiner Schulterblätter, bevor er eine Mondsichel zwischen sie malte, was meinen Schwanz sofort hart werden ließ. *Verdammt, wie soll ich jemals dieses Bett verlassen, ohne dass er das sieht?*

»Hast du immer noch vor, dich hier tätowieren zu lassen?«, fragte er, und einen Herzschlag später presste er seinen Mund auf genau diese Stelle.

»Cal«, sagte ich atemlos und presste meine Hüften auf die Matratze.

»Antworte mir!«, beharrte er, und ich fluchte knurrend.

»Ja«, sagte ich, und seine Lippen glitten erneut über meine Haut, als würde er mich dafür belohnen, dass ich ihm gehorcht hatte. »Jetzt beantworte mir eine Frage.«

»Schieß los«, flüsterte er, und sein Atem auf meinem Rücken machte mich verrückt.

Sein Mund wanderte tiefer, und seine Hände glitten an meinen Seiten entlang, während seine Daumen mich sanft massierten und mich vor Lust erschauern ließen.

»Wessen Blut bevorzugst du? Meins oder Torys?«, fragte ich, und er lachte auf meiner Haut, wobei seine Reißzähne mich unerwartet streiften.

»Ihr Blut ist berauschend, das steht fest«, gab er zu, und ich schluckte ein eifersüchtiges Knurren hinunter und schwieg. »Aber deins ...« Er richtete sich auf, seine Handfläche auf der Matratze neben meinem Kopf, während sein Körper mich ins Bett drückte. Ich liebte sein Gewicht auf mir, die Art, wie er seine Kraft nie zurückhielt. Wir waren so perfekt zusammen, gleichauf in Sachen Stärke, dass wir immer allem gewachsen waren, was der andere anzubieten hatte.

Sein Mund wanderte über meinen Hals, und meine Finger krümmten sich – eine Reaktion auf seine Reißzähne auf meiner empfindlichen Haut.

»Du schmeckst wie die Kollision von Erde und Himmel. Aber es ist mehr als das. In dir ist Mondlicht, und es ruft mich wie ein Lied in der Nacht. Du bist meine Quelle, und nichts wird das ändern. Ich will niemand anderen für mich beanspruchen. Dein Blut gehört mir. Und es ist das einzige, nach dem ich mich sehne.« Seine Reißzähne bohrten sich in meinen Hals, und ich krümmte mich, der Kuss des Schmerzes machte mich noch härter und meine Gedanken zerstreuten sich im Wind.

Er und ich, diese Sache zwischen uns … Ich konnte kaum noch ertragen, wozu sie sich entwickelte. Aber wenn ich keine andere Wahl hatte, als ihn zu begehren, dann würde ich mich vielleicht dem ergeben und es seinen Lauf nehmen lassen müssen. Ich würde aufhören, gegen den Strom zu schwimmen, und mich von dem Fluss dieser alles verschlingenden Liebe in seine Stromschnellen ziehen lassen. Dabei würde ich gegen die Felsen prallen, aber ich würde die Fahrt genießen, bevor ich dieses unvermeidliche Ende erreichte.

Er trank gierig von mir, drückte mich in die Matratze und knurrte jedes Mal, wenn ich mich unter ihm bewegte. Ich spürte, wie er sich an meinem Arsch verhärtete, sein Schwanz drückte durch den Stoff seiner Jogginghose gegen mich, und mein Atem wurde schwerer. Er war einfach besessen von meinem Blut. Oder vielleicht wollte er mich wieder als Ventil benutzen. Aber hatte Tory ihm das nicht schon gegeben?

Er zog seine Reißzähne aus mir heraus, lehnte sich zurück und begann, mich aggressiver zu massieren, seinen Körper so angewinkelt, dass ich seine Erregung nicht mehr spüren konnte. Aber wir beide kannten die Wahrheit, auch wenn keiner von uns sie aussprechen würde.

Er massierte mich, bis meine Muskeln weich waren und ich einen Frieden fand, wie ich ihn schon so lange nicht mehr gespürt hatte.

Caleb rollte sich neben mich und breitete eine Decke aus geflochtenen Blättern über uns aus. Ich drehte mich auf die Seite, dankbar für die Decke, die versteckte, wie verdammt heiß mich das gemacht hatte.

»Was brauchst du?«, fragte er leise. »Gib den Bedürfnissen deines Wolfes nach.«

Ich warf einen Blick auf seine nackte Brust, rutschte ein Stück nach vorn, kuschelte mich an ihn und zog ihn fest an mich. Er schlang seine Arme um mich, und ich schmiegte mich an seine Wange. Unsere Bartstoppeln rieben aufeinander, und es fühlte sich so verdammt gut an, dass ich am liebsten den Kopf gedreht und ihm einen hungrigen Kuss gestohlen hätte. Aber ihn so nah bei mir zu halten und zu spüren, wie sich seine Muskeln um mich herum anspannten, war für heute Nacht Geschenk genug. Und ich würde nichts Dummes tun, das ihn dazu bringen könnte, wegzulaufen.

Also schloss ich die Augen und atmete seinen scharfen männlichen Geruch ein, während ich Klarheit darüber fand, warum ich mich so hoffnungslos in ihn verliebt hatte. Er war Caleb Altair. Der beschützendste, treueste Fae, der jeden Teil von mir kannte und nie davor zurückschreckte. Natürlich hatte ich mich in ihn verliebt. Genau wie es *Das Rad des Schicksals* vorhergesagt hatte. Es war unvermeidlich.

Gemini
Scorpio
Virgo
Cancer
Aries
Leo
Taurus
Sagittarius
Capricorn
Aquarius
Libra
Pisces

Max

KAPITEL 30

Das winzige Schlafzimmer, das ich in der hintersten Ecke des P. O.-Schlosses bekommen hatte, war gerade groß genug für mein Bett, was angesichts der Tatsache, dass ich Gerry für die Konstruktion des verdammten Dings jeden Tropfen meiner Magie gegeben hatte, besonders beleidigend schien.

Ich war so sehr auf das Gefühl des Machtteilens fixiert gewesen, dass ich mich nicht wirklich darauf konzentriert hatte, was sie mit unserer kombinierten Magie angestellt hatte. Ich trug also zumindest eine Teilschuld. Trotzdem würde ich mich mit diesem Mist nicht zufriedengeben.

Ich riss die Tür meines Schlafzimmers auf, fest entschlossen, sie aufzuspüren und ein besseres Zimmer zu verlangen. Doch die Tür knallte mit solcher Wucht gegen die Bettkante, dass sie sich dort verkeilte.

Ich zog fluchend daran, aber es gelang mir lediglich, die Tür noch weiter zu blockieren. Das Holz ächzte protestierend, als ich erneut daran riss.

Mit einem Fuß auf dem Bett stemmte ich mich dagegen und brachte mein ganzes Gewicht in die Bewegung. Die Tür sprang auf – und ich flog rückwärts in den Flur, wo ich laut fluchend auf meinem Hintern landete.

»Auch eine Möglichkeit, eine Zwiebel zu schälen«, sagte Justin Masters von irgendwo über mir, und ich schimpfte noch lauter, während ich mich aufrappelte und zu ihm herumwirbelte.

»Was hast du gesagt?«, knurrte ich, während sich meine Gaben von mir lösten und ihm eine starke Dosis Angst entgegenwarfen. Aber seine mentalen Schilde waren solide, und der Angriff bewirkte bei ihm kaum mehr als ein Zusammenzucken.

»Es kommt nicht jeden Tag vor, dass mir ein schmalzköpfiger Gimpel vor die Füße fällt«, erwiderte er mit einem Achselzucken, bevor er sich abwandte und von mir wegschritt, als wäre die Sache bereits erledigt.

»Hast du mit Gerry gesprochen?«, fragte ich, während ich mich unaufgefordert seinem Tempo anpasste.

»Was geht dich das an?«, erwiderte Justin, warf mir einen flüchtigen Seitenblick zu und blähte seine Brust ein wenig auf. Ich war ein gutes Stück größer als dieser Arschabputzer und hatte bestimmt zwanzig Kilo Muskelmasse mehr, war also nicht gerade eingeschüchtert von seinem Verhalten.

»Weil sie und ich etwas Gutes am Laufen haben. Und ich muss sichergehen, dass du Bescheid weißt – was auch immer du mit ihr zu haben dachtest, ist vorbei.«

Justin schnaubte leise, sagte aber nichts, während er versuchte, sein Tempo zu erhöhen. Er marschierte auf den Speisesaal zu, wo der Duft frisch gebackener Bagels uns förmlich anlockte.

»Raus mit der Sprache!«, knurrte ich, packte ihn am Kragen und zwang ihn, mich anzusehen.

Justin stellte sich breitbeinig hin und bleckte mit einem hündischen Knurren die Zähne, was ich mit einem katzenartigen Fauchen beantwortete. Er schien zu kapieren, dass er seine sorgfältig aufgebaute Fassade nicht mehr aufrechterhalten konnte, und presste seinen Mund zu einer dünnen Linie zusammen.

»Sag es!«, beharrte ich, als er sich weiterhin in Schweigen zu üben versuchte. »Ich kann förmlich sehen, wie sich die Worte in deinem Schädel winden, und ich kann deine Verachtung regelrecht riechen – sie stinkt übrigens nach Furz. Du hast also keinen Grund, dich zurückzuhalten«

»Na schön«, sagte Justin hochmütig, schob meine Hand von seinem Kragen und glättete die Falte, die ich dort hinterlassen hatte, bevor er sein Kinn hob und mir direkt in die Augen sah. »Du, Max Rigel, bist lediglich eine Liebelei in den Gewässern von Geraldines Jugend«, sagte er, und zu meiner völligen Empörung spürte ich, wie Mitleid von ihm ausging, als er mich musterte. »Du bist dreist und ungehobelt, starrköpfig, arrogant und in deiner Selbstgerechtigkeit völlig unerschütterlich. Dennoch bist du groß, muskulös und zweifellos talentiert darin, Frauen zu verwöhnen. Meine süße Blume hat sich also vorerst den Kopf verdrehen lassen und sich von deinen weniger wünschenswerten Eigenschaften abgewendet, um dich für diese Zwecke einzusetzen. Das ist allen außer dir völlig klar. Jedes ehrenwerte A. N. U. S.-Mitglied beobachtet, wie du ihr nachstellst wie ein läufiger Hund, und wir lächeln über die Macht, die sie so leichthin über einen Mann ausübt, der sich für unantastbar hält. Sie mag ihre Vereinbarung, mich zu heiraten, vielleicht nicht länger erfüllen wollen, und obwohl das eine echte Schande ist, hat meine Familie der Krone immer gedient und wird es auch immer tun. Meine Heirat wird immer zum Wohle der Vegas erfolgen, und damit bin ich mehr als zufrieden, wer auch immer meine Braut sein wird. Auch Geraldine hat ihr Leben in ihren Dienst gestellt, und sie mag ihre Verlobung mit mir gelöst haben, aber das bedeutet nicht, dass irgendjemand im ganzen Königreich auch nur einen Moment lang glaubt, dass sie sich dir zuwenden wird, wenn sie beschließt, sich einen Ehemann zu nehmen. Schließlich bist du nichts als der ungehobelte Wassererbe, der an seinem Titel und seinem Wischiwaschi-Anspruch auf den Thron festhält. Und das, während außer ihm und seinen kleinen Kumpanen bereits alle wissen, dass er nie auch nur den Schatten seines anmaßenden Hinterns auf den Thron bringen wird. Es ist wirklich traurig, dass du das nicht auch erkennst. Aber nichtsdestotrotz amüsant.«

Meine Muskeln waren so steif, und mein Unterkiefer zuckte so heftig, dass ich mich nicht weiter rühren konnte, als sich Justin umdrehte und in Richtung

Speisesaal davonstolzierte, wo Geraldine zweifellos den neu gebildeten Vega-Hofstaat in allen Arten von royalistischem Unsinn unterwies.

Ich wandte meine Aufmerksamkeit nach innen, schloss die Augen, atmete tief durch die Nase ein und nutzte meine Gaben, um die Wut, die ich empfand, zu bändigen – sonst wäre ich Justin vermutlich nachgegangen und hätte seinen hübsch frisierten Kopf an eine der neu errichteten Schlossmauern gepinnt.

Als ich zuversichtlich war, mich wieder unter Kontrolle zu haben, öffnete ich die Augen und ging zur Tür des Speisesaals. Dabei hüllte ich mich in Magie, die mich vor den Blicken all jener verbarg, die sich in meine Richtung wenden könnten.

Ich lehnte meine Schulter gegen das geschnitzte Holz der Tür und spähte hinein.

Der Saal war mit fünf langen Tischen ausgestattet, die sich bis zur Tür erstreckten, an der ich stand, und einem erhöhten Tisch auf einem Podest, der über allen am anderen Ende des riesigen Raumes thronte. Hinter den beiden thronartigen Stühlen, die speziell für die Vegas und ihre königlichen Ärsche angefertigt worden waren, loderte ein Feuer im Kamin. Aber Tory war nicht da, und Darcy … Tja, wer wusste schon, wo Darcy war. Ich machte mir Sorgen um sie, das war sicher.

Geraldine stand in der Nähe des Ehrentisches und ließ ihren durchtriebenen Blick über die versammelten Rebellen schweifen. Sie waren ihre engsten Verbündeten, die größten Befürworter der Vega-Linie und die eifrigsten Unterstützer der Thronrückforderung von Tory und Darcy. Sofia und Tyler deuteten auf seinen Atlas – zweifellos ein weiterer Artikel, den er an die Presse schicken wollte, um Solaria daran zu erinnern, dass wir nach wie vor hier waren und kämpften. Es war leicht, sich vergessen zu fühlen, während wir willkürlich über das Meer trieben, weit weg von den Orten, die wir alle einst unser Zuhause genannt hatten.

Weder für mich noch die anderen Erben waren besondere Plätze reserviert worden. Selbst mein Vater und die Mütter von Seth und Caleb waren gezwungen gewesen, wie alle anderen auch an einem der fünf Tische Platz zu nehmen. Aber ich wusste, dass sie Pläne schmiedeten, um ihre Macht wiederzuerlangen. Ich bezweifelte, dass es eine Rolle spielte, was sie hier im Beisein dieser Gruppe von Royalisten unternahmen. Keiner von ihnen würde sich von den Vegas abwenden, keiner von ihnen hatte Interesse daran, unseren Anspruch auf den Thron zu unterstützen.

»Hopp, hopp!«, rief Geraldine, und ich richtete meine Aufmerksamkeit auf sie, wirkte einen Verstärkungszauber in ihre Richtung und konzentrierte mich auf alles, was sie zu den Fae um sie herum sagte. »Die Armee wird sich nicht selbst organisieren. Ich brauche Berichte über die neuen Kasernen und alle Probleme, die seit unserer Ankunft auf dieser Insel des Schicksals aufgetreten sind.«

Die Gruppe der Fae, die ihr am nächsten stand, meldete sich zu Wort und berichtete, wie die Umsiedlung der Rebellen voranschritt. Sie nannte Fakten und Zahlen zu den Unterkünften, die überall auf der Insel an strategischen Positionen errichtet wurden. Andere berichteten über die Fortschritte zur Sicherung und Verteidigung unserer neuen Festung, wieder andere informierten sie über den Stand der Dinge bei der Lebensmittelproduktion, der Herstellung von Kleidung und so fort.

Washer war einer der redseligsten unter ihnen. Sein Stift kratzte übers Papier, während er alles aufschrieb, was gesagt wurde, und gleichzeitig eine Karte der Insel zeichnete. Geraldine schaute ihm über die Schulter, machte sich Notizen zu Verbesserungen und erklärte ihm, die Karte den wahren Königinnen zur Genehmigung vorzulegen, sobald alles tippeldi-topp sei.

Ich untersuchte die Fae, die sie umgaben, mit meinen Gaben und suchte nach Anzeichen von Täuschung oder Verrat, aber da war nichts. Die Suche nach demjenigen, der Lionel unseren Standort verraten und ihm somit den Angriff aufs Burrows ermöglicht hatte, war erfolglos geblieben. Die Frage nach einem Verräter in unseren Reihen blieb jedoch bestehen. Waren wir nach wie vor in Gefahr? Oder war er – oder sie – während der Schlacht gestorben oder geflohen? Ich wusste es nicht, und der Gedanke verfolgte mich unaufhörlich, aber wir trafen Vorsichtsmaßnahmen. Die Atlasse, die nun großzügiger unter den Rebellen verteilt wurden, waren allesamt mit einer Software ausgestattet, die sämtliche ausgehenden Nachrichten scannte und den Zugang zur Außenwelt einschränkte. Darüber hinaus war es nur sehr wenigen, speziell ausgewählten Fae erlaubt, zum Festland zu reisen, um wichtige Vorräte zu beschaffen. Die Schutzzauber um unser Versteck hinderten jeden daran, die Insel ohne Erlaubnis zu verlassen – egal, ob über Sternenstaub oder physisch. Wir taten alles, was wir konnten, um uns zu schützen, und ich musste einfach hoffen, dass das genug war. Wir brauchten Zeit, um uns neu zu formieren, unsere Reihen zu schließen und unsere Vergeltung an Lionel zu planen.

Als Geraldine mit dem, was sie gesehen hatte, zufrieden zu sein schien, ging sie zum nächsten Tisch. Justin, das Arschloch, saß kerzengerade da, mit einer Serviette über dem Schoß, und schnitt mit Messer und Gabel einen Bagel in mundgerechte Stücke. Unglaublich.

Geraldine wandte sich an die Fae an seiner Seite, befragte sie zu den Erkundungsmissionen, auf die sie sie ganz offensichtlich geschickt hatte, verglich ihre Berichte über mögliche Rebellenhochburgen im Königreich und notierte alle Nebula-Inquisitionszentren und ihre Standorte.

Justin steuerte eine Menge Informationen über das Land bei, das er bereist hatte, während er in diesem Fallschirm gesteckt hatte – und zu meinem Entsetzen lächelten die Fae um ihn herum und bewunderten sein Durchhaltevermögen, als er während seiner legendären Flucht den Elementen getrotzt hatte. Für mich klang es so, als hätte der Idiot einfach nur Glück gehabt, nicht gestorben zu sein, während er dort oben in einer Windel aus Blättern herumgebaumelt war, die Tory benutzt hatte, um seinen dürren Arsch zu retten. Und das, nachdem er ihr auf dem Schlachtfeld im Weg gewesen war. Niemand fragte ihn, wo er all die Tage hingeschissen hatte, oder? O nein, niemand interessierte sich dafür, wie oft er sich dort oben in die Hose gepisst hatte. Aber jetzt sprach Geraldine davon, dass ihm zu Ehren eine Statue errichtet werden sollte. Oder wie wäre es mit einem Wandteppich seiner waghalsigen Eskapaden für den königlichen Palast?

Ungeachtet meiner Wut auf Justin war mir klar, was hier vor sich ging. Was die anderen Erben und ich so krass vernachlässigt hatten, während wir unsere Wunden geleckt und uns in unserer Trauer über unseren verlorenen Bruder gesuhlt hatten.

Der Krieg wütete nach wie vor. Und Geraldine und die A. N. U. S.-

Mitglieder hatten keinen einzigen Moment verschwendet, obwohl sie mit ihren eigenen Verlusten und Schmerzen konfrontiert gewesen waren. Sie sammelten Informationen und bereiteten sich auf den nächsten Schlag vor. Es war ... demütigend. Mein ganzes verdammtes Leben lang war ich darauf trainiert worden, das Kommando zu übernehmen, hatte gelernt, wie man führte, und war auf jede Eventualität vorbereitet worden. Und doch hatte ich nichts getan. Und das, obwohl unsere Leute dringend jemanden brauchten, der ihnen Führung und Anleitung anbot, sich für sie einsetzte und ihnen versicherte, dass wir nicht aufgeben würden.

Geraldine hatte das alles eingefädelt, und auch Tory war aktiv geworden. Sie hatte die Rebellen nach ihrer Niederlage aufgemuntert und überwachte all diese Pläne, während Gerry sie in die Tat umsetzte. Zweifellos hielten sie auch weiterhin Kriegsräte ab, schmiedeten Pläne und versuchten, herauszufinden, was Lionel vorhatte.

Ganz zu schweigen von der Tatsache, dass Tory in die Bibliothek gegangen und mit mehreren Büchern über vergessene Magie zurückgekehrt war. Obwohl die Konsequenzen der Schlacht sie nachhaltig zerstört hatten, brannte Entschlossenheit und Tatendrang in ihren grünen Augen.

Fuck.

Ich entfernte mich ein Stück vom Saal. Trotz der Fülle an Bagels, die meinen Magen vor Hunger knurren ließen, fühlte ich mich nicht willkommen. Ich würde nicht einfach nur herumsitzen und essen. Ich musste etwas Reales tun. Ich musste bei den Kriegsanstrengungen helfen und aufhören, mich wie die kleine privilegierte Schlampe zu benehmen, für die Justin mich ganz offensichtlich hielt. Ich musste mich zusammenreißen und Geraldine zeigen, dass ich der Mann sein konnte, den sie auf lange Sicht an ihrer Seite wollte – nicht nur eine Affäre, ein Nichts, das sie ausnutzen und vergessen könnte.

Entschlossen wandte ich mich ab und entfernte mich von dem köstlichen Duft des Essens. Stattdessen steuerte ich die beeindruckende Treppe in der Mitte des Schlosses an und erklomm sie in schnellem Tempo.

Niemand schenkte mir viel Aufmerksamkeit, bis ich mich der nächsten Treppe zuwandte, die in die oberste Etage führte, zu den privaten königlichen Suiten, die, wie ich wetten würde, etwa eine Million Mal schöner waren als das Zimmer, das man mir unten im Keller dieses Gebäudes zugewiesen hatte. Geraldine hatte nicht einmal den Anstand besessen, mich vor der Größe meines Zimmers zu warnen, sondern einfach irgendein niederrangiges Arschloch damit beauftragt, mich dorthin zu führen. Das mir wiederum mitgeteilt hatte, dass ich gesegnet sei, in der Residenz der wahren Königinnen willkommen geheißen zu werden. Völliger Bullshit. Und das würde ich ihr auch klarmachen, sobald ich ihr bewiesen hatte, dass ich mehr wert war als irgendein Anzugträger, der mit Servietten herumwedelte und Justin hieß.

Ich wagte einen Schritt an den vier Wachen vorbei, die am Fuße der Treppe zu den königlichen Gemächern standen, aber sie traten sofort in Aktion und versperrten mir mit einer Mauer aus Eis den Weg, während sie in Abwehrposition gingen.

»Du genießt keinen freien Zugang zur wahren Königin«, sagte einer von ihnen entschlossen, in seinen Augen ein Blick, der förmlich darum bettelte, mit meiner Faust in Kontakt zu kommen. Aber ich hielt mich zurück.

»Sie wird mich sehen wollen«, brummte ich und wartete darauf, dass einer von ihnen diese Behauptung bestätigte, aber keiner von ihnen rührte sich.

»Bis jetzt liegen uns keine Anzeichen vor, die darauf hindeuten, dass Ihre Hoheit erwacht ist. Es steht dir frei, hier zu warten, bis sie das tut. Abgesehen davon haben wir den strikten Befehl, ihren Schlummer nicht zu stören.«

Ich kniff die Augen zusammen, wirkte einen Verstärkungszauber, warf den Kopf zurück und brüllte Torys Namen aus voller Kehle. Alle vier Wachen schrien auf und schlugen sich die Hände vor die Ohren, aber bevor einer von ihnen auf die dumme Idee kommen konnte, mich zu verjagen, bekam ich eine Antwort.

»Lasst ihn durch!«, sagte Tory. »Sonst fängt er nur an zu weinen und überschwemmt das ganze Gebäude mit seinen Tränen.«

Die Wachen traten widerwillig zur Seite, und ich marschierte an ihnen vorbei, wobei ich ihnen finstere Blicke zuwarf – eine klare Aufforderung, mich später aufzusuchen, wenn sie einen echten Kampf wollten. Aber sie alle hatten den Blick abgewandt und ihre Körper leicht nach unten geneigt, was mir verriet, dass keiner auf mein Angebot eingehen würde. Ich nahm den kleinen Ego-Schub gern an, während ich endlich die Treppe hinaufging.

Ich stieß die Tür zu Torys Zimmer auf und zog eine Augenbraue hoch, als ich sie dort im Schneidersitz auf dem Boden sitzen sah, nur mit einem übergroßen schwarzen T-Shirt über ihrer Unterwäsche, die dunklen Haare zu einem unordentlichen Knoten zusammengebunden.

Neben der Tür stand ein Teller mit unangetastetem Essen, das nach dem gestrigen Abendessen aussah, und vor ihr eine fast leere Flasche Tequila. Offensichtlich hatte sie sich für die flüssige Variante entschieden.

Sie hatte sich eine Art Nest aus Darius' Münzen und Juwelen gebaut, und darin saß sie nun, um sie herum fünf antik aussehende Bücher, allesamt aufgeschlagen.

»Okay«, sagte ich langsam und betrachtete die hastig hingekritzelten und durchgestrichenen Notizen auf den zerknitterten Papierfetzen, die den Boden bedeckten. »Du siehst beschissen aus.«

»Oh, danke«, antwortete sie sarkastisch und nahm einen Schluck aus der Tequilaflasche, während sie mir herausfordernd in die Augen sah. »Du siehst selbst ziemlich angeschlagen aus. Willst du dich setzen?«

Sie deutete auf den Haufen Münzen neben sich, und obwohl es alles andere als bequem aussah, fand ich die Erinnerung an Darius auf eine Weise beruhigend, die ich nicht erwartet hatte. Vorsichtig bahnte ich mir einen Weg an den Büchern vorbei, um den von ihr angebotenen Platz einzunehmen.

Tory nahm ein Buch in die Hand, während ich es mir bequem machte. Der tiefblaue Einband weckte mein Interesse, und sie legte es auf meinen Schoß.

»Hier, gönn dir. Ein Buch-Rendezvous mit Ständer-Garantie. Eine kleine Erinnerung an Orion.«

Ich wölbte zweifelnd eine Augenbraue, aber als ich die wunderschöne Verzierung auf der Vorderseite des Buches betrachtete, die mein mächtigstes Element in all seinen Formen darstellte, musste ich zugeben, dass ich fröstelte.

Ich schlug das Buch vorsichtig, fast schon ehrfürchtig auf, als ich das Alter des Wälzers spürte, und las mit Interesse die Einleitung.

Alle Dinge beginnen und enden mit dem Element Wasser. Es ist Leben, Tod,

Macht und Reinheit. Es ist sowohl ambivalent als auch altruistisch. Hüte dich davor, deine Seele in seinen eisigen Tiefen reinzuwaschen, denn wenn du einmal in das Aqua-Leben eingetaucht bist, wirst du nie wieder derselbe sein.

Ich runzelte die Stirn, als ich die Wahrheit dieser Worte erkannte, blätterte ein paar Seiten weiter und fand sowohl Zauber als auch Beschwörungsformeln, die ich noch nie zuvor gelernt hatte. Sie beschrieben, wie man sich die Kraft des Wassers zunutze machen konnte. Wenn ich richtig gelesen hatte, war es sogar egal, welches Sternzeichen man besaß. Wer das Element nutzen wollte und bereit war, den Preis dafür zu zahlen, fand hier Wege, die das möglich machten – auch wenn die Wirkung nur von kurzer Dauer war und nur einem einzigen Zweck diente.

»Das ist … Ich habe schon davon gehört, wie die Magie vor der Entdeckung des Erwachens gezähmt wurde. Aber ich wusste nicht, dass die Fae von einst schon so viel bewirken konnten«, sagte ich und blätterte die Seiten um, die Anweisungen für alle Formen der Wassermagie enthielten, darunter auch einige, die ich noch nie in Betracht gezogen hatte. »Leben geben …«, las ich laut vor, aber Tory entriss mir das Buch, bevor ich fortfahren konnte.

Sie überflog die Seite, ein Hauch von Hoffnung strömte aus ihr, berührte meine Sinne und nährte meine Kraft. Aber schließlich nahm Verzweiflung ihren Platz ein, bis sie das Buch schließlich in ihren Schoß fallen ließ.

»Damit kann man Land mit sich selbst regenerierendem Wasser versorgen, damit Pflanzen auch in der Dürre wachsen können«, fauchte sie, und ein Anflug ihrer Wut traf mich, bevor sie diese wieder zügelte. Nein … sie zügelte sie nicht, sie verbarg sie vor mir. Sie ließ mich nach wie vor einen Hauch von Schmerz und Verzweiflung spüren, aber sie schirmte die Wut ab, als wüsste sie, dass es das stärkste und mächtigste Gefühl war, das sie gegenwärtig erlebte. Und als wollte sie nicht, dass ich ihr dieses Gefühl raubte.

Ich ergriff ihre Hand. Die Kraft meiner Gaben nahm zu, während ich den Hautkontakt aufrechterhielt und sie zwang, mich anzusehen.

»Du verarbeitest deine Trauer nicht«, sagte ich, obwohl sie das offensichtlich schon wusste.

»Da gibt es nichts zu verarbeiten«, erwiderte sie und wieder traf mich eine Welle der Wut. Dieses Mal versuchte sie nicht, sie zu verbergen. »Alles, was ich habe, ist diese Wut in mir. Ich muss meine Schwester finden, diesen Drachenschweinehund töten und dann … Tja, dann bleibt mir nichts mehr. Es sei denn …«

Ihr Blick wanderte über die alten Bücher, die uns umgaben, und eine verzweifelte Sehnsucht lag in der Luft. Sie brachte mich dazu, ihre Hand fester zu halten, um ihr etwas Trost zu bieten.

»Du versuchst, einen Weg zu finden, ihn zurückzubringen?«, fragte ich leise. Ich wünschte mir nichts sehnlicher, als dass es einen Weg gäbe, so etwas zu tun. Aber tief in mir wusste ich, dass das unmöglich war. »Tory, in der ganzen Geschichte unserer Welt, in all den Jahren, die vergangen sind, und bei all den Verlusten, die die Fae erlitten haben, hat noch niemand einen Weg gefunden, die Toten zu uns zurückzubringen.«

»Tu das nicht!«, zischte sie. »Versuch nicht, es mir zu erklären, als wäre ich eine dumme Sterbliche, die versucht, herauszufinden, wie Magie funktioniert.

Ich weiß, was du sagst, ich verstehe es. Aber das heißt nicht, dass ich ihn aufgeben werde. Ich *kann* ihn nicht aufgeben, verstehst du das nicht? Er bedeutet mir alles, und die Sterne haben ihn mir weggenommen. Ich glaube nicht eine Sekunde, dass sie ihn nicht zurückholen könnten, wenn sie das wollten. Aber das werden sie nicht tun, denn sie mischen sich nur in unser Leben ein, wenn es ihnen Spaß macht. Sie mischen sich nur ein, wenn es um Liebe oder Hass geht und um all die Dinge, über die sie gar nicht erst herrschen sollten. Sie haben den Fae diese Magie geschenkt, damit sie uns wie Puppenspieler manipulieren und uns zwingen können, sie im Himmel zu verehren. Aber sie tun nichts, um uns zu helfen, wenn wir sie am meisten brauchen. Sie haben ihm den Tod im Tausch gegen mein Leben angeboten. Das heißt, sie haben mir das Leben geschenkt, obwohl ihr Schicksal den Tod für mich vorgesehen hatte. Also werden sie ihm entweder sein Leben zurückgeben – oder herausfinden, was ich als Bezahlung für dieses Opfer mit ihnen machen werde.«

Tory griff nach dem onyxschwarzen Buch hinter ihr, auf dessen Einband ein Wort stand, das ich nicht kannte und das dennoch tief in mir nachhallte, als würde mich ein alter Freund aus einem anderen Leben grüßen. *Äther.*

»Was ist das?«, fragte ich.

»Das ist die Macht, die wir aufgegeben haben, als die Sterne anfingen, unsere Art zu erwecken. Es ist nicht die Macht, die sie uns geschenkt haben. Und nicht die Macht, die sie kontrollieren können. Sie ist wild, frei und unberührt. Sowohl von ihnen selbst als auch ihren Vorstellungen vom Schicksal. Es ist das wahre fünfte Element, und darüber herrschen sie nicht. Ich werde es benutzen, um jeden zu zerstören, der versucht hat, mir etwas wegzunehmen.«

Fast hätte ich nach dem Buch gegriffen, aber etwas warnte mich davor – eine Intuition oder ein Wissen, das in den Tiefen meiner Knochen steckte.

»Ich dachte, die Schatten wären das fünfte Element?«, fragte ich und beäugte sie misstrauisch, als ich die Gewissheit in ihr sah, das Versprechen, das in ihre Hand geritzt war.

»Nein.« Sie schnaubte. »Das sind nur Lügen, die entweder absichtlich oder durch schlechte Übersetzung weitergegeben worden sind. Die Schatten waren nie dazu bestimmt, Teil dieser Welt zu sein. Unser Reich ist genauso von dem der Schatten wie dem der Menschen getrennt. Ihr nennt sie Sterbliche, aber auch das ist nur eine weitere Halbwahrheit, die auf die Unsterblichkeit der Fae anspielt und dazu dienen sollte, die Menschen zu erschrecken, als die ersten Risse zwischen unserem und ihrem Reich entstanden sind. Damals, bevor wir unsere Magie eingesetzt haben, um sie dazu zu bringen, uns entweder zu vergessen oder als Figuren in Märchen zu betrachten, an die sie nicht mehr glauben. Ich glaube also, dass die Schatten nie das fünfte Element waren.« Sie tippte auf den Titel des Buches und fuhr dann fort: »Sein wahrer Name ist nämlich dieser hier. Äther wurde benutzt, um die Schatten zu fangen und sie an ihre Wünsche zu binden. Äther ist die Macht, die es überhaupt erst möglich gemacht hat, sie zu beherrschen.«

»Wer hat dir gesagt, dass die Schatten nie ein Teil dieser Welt hätten sein sollen?«, fragte ich skeptisch.

»Königin Avalon hat uns alle möglichen Geschichten erzählt, als wir bei ihr in der Ausbildung waren. Sie war … na ja, sie war eine totale Schlampe, wenn ich ehrlich bin. Sie war genauso versessen von formistischem Schwachsinn wie Lionel und zu ihrer Zeit eine echte Tyrannin. Natürlich hat sie sich selbst als wohlwollendes Wesen dargestellt, aber mit der Zeit haben wir zwischen den Zeilen ihrer Geschichten gelesen und die Vorurteile bemerkt, mit denen sie gesprochen hat. Sie hat jeden verfolgt, den sie für weniger lebenswert erachtet hat als sich selbst. Vor allem die Nymphen.«

»Unser Volk und die Nymphen befinden sich schon seit Urzeiten im Krieg. Die Fae sind Beute für sie. Diese Tatsache lässt sich nicht ändern, und es ergibt Sinn, dass eine alte Fae-Königin sie ausrotten wollte«, erklärte ich.

Tory kaute auf ihrer Unterlippe und fuhr mit ihren Fingern über den Einband des Buches, während sie über meine Worte nachdachte.

»Darcy glaubt nicht, dass sie einfach seelenlose Monster sind, die es auf uns alle abgesehen haben. Miguel behauptet, auf unserer Seite zu sein, obwohl seit seiner Gefangennahme niemand etwas aus ihm herausbekommen hat. Und trotz der Lügen und Täuschungen ist Diego schließlich gestorben, um meine Schwester zu retten. Er war nicht perfekt, aber ...«

»Aber was?«, hakte ich nach.

»Ich weiß es nicht. Aber ich weiß, dass uns hier etwas fehlt, etwas Entscheidendes, etwas, von dem Darcy wollen würde, dass ich darüber nachdenke. Deshalb werde ich nicht zulassen, dass jemand Miguel hinrichtet, es gibt zu viele Was-wäre-wenn. Und ich denke, dass auch Darcy mit ihm sprechen wollen würde. Sie könnte diejenige sein, die die Wahrheit in all dem finden kann. Ich möchte weder den Sternen noch irgendeinem Weg blind folgen, der von früheren Royals vorgezeichnet wurde. Die Vergangenheit ermöglicht uns, aus unseren Fehlern zu lernen, die Zukunft hingegen ist offen für alle neuen Möglichkeiten.«

Ihre Aufmerksamkeit fiel wieder auf das Buch Äther in ihrem Schoß, und ich verspannte mich, als ich ihre Entschlossenheit wahrnahm.

»Ich glaube nicht, dass du damit spielen solltest, Tory«, murmelte ich, aber sie lachte nur humorlos.

»Spielen ist genau das, was ich bisher getan habe. Ich habe mit den Elementen gespielt, die sie mir angeboten haben, und mit den Flammen meiner Formgebung. Aber genau hier wird es ernst. Und ich werde nicht zurückweichen. Also schlage ich vor, dass du mir nicht in die Quere kommst.«

Sie hielt meinem Blick mit unerschütterlichem Willen stand, und ich konnte ihre Entschlossenheit, dies durchzuziehen, in der Luft brennen sehen – so hell, wie nur ihr Phönix es konnte. Sie würde sich nicht von diesem Weg abbringen lassen. Es gab kein Zurück, und offen gesagt war ich mir nicht sicher, ob es überhaupt einen lebenden Fae gab, der mächtig genug wäre, sie aufzuhalten.

»Okay.« Ich nickte, um das Versprechen zu akzeptieren, das sie unbedingt halten wollte. »Ich bin dabei, wenn du denkst, dass es einen Weg gibt, dieses Schicksal zu ändern. Denn ich würde verdammt noch mal alles dafür geben. Also, was auch immer du brauchst, was auch immer nötig ist, ich bin dabei.«

»Gut.«

* * *

Wir verbrachten eine weitere Stunde damit, die Bücher durchzusehen, wobei Tory sich hauptsächlich dem Äther-Wälzer widmete, während ich versuchte, mir die sehr unterschiedlichen Arten, wie die Fae von einst ihre Macht ausgeübt hatten, zu verinnerlichen. In keinem der Bücher gab es einen einzigen einfachen Zauberspruch, alle erforderten verschiedene Gegenstände, Opfer, Beschwörungen oder Ähnliches, um überhaupt zu funktionieren. Und selbst dann war die Macht nur von kurzer Dauer. Aber trotz der zahlreichen Warnungen und oft erschreckenden Darstellungen, die die verschiedenen magischen Praktiken begleiteten, war diese Form der Beschwörung mit großer Macht verbunden. Die Risiken schienen für mich jedoch größtenteils die Vorteile zu überwiegen, und selbst als ich weiter in den Büchern blätterte, Seite für Seite las und Tory half, sich alles zu notieren, was vielversprechend aussah, kam ich zu dem Schluss, dass ich diese Art von Macht ablehnte.

»Hier steht etwas zu den Schatten, aber es ist, als wären sie für die dunkle Magie kaum relevant gewesen, als diese Art von Macht eingesetzt wurde«, sagte Tory plötzlich und schlug das Buch Äther zu. »Ich verstehe das nicht. Orion hat zwar auch Blut- und Knochenmagie benutzt, aber sich meist auf die Schatten konzentriert, wenn er dunkle Magie gewirkt hat. Wie kann etwas, das heute so weitverbreitet ist, damals so irrelevant gewesen sein?«

»Vielleicht wussten sie noch nicht, wie man die Schatten benutzt, als diese Bücher geschrieben wurden?«, schlug ich vor, während ich das Buch Luft schloss.

»Das könnte ich glauben, wenn die Schatten überhaupt nicht erwähnt würden. Aber sie tauchen von Zeit zu Zeit auf, und zwar auf eine Art und Weise, die regelrecht ablehnend ist. Da war diese eine Zeile …« Sie begann, die losen Zettel zu durchsuchen, die auf dem Boden um uns herum verstreut lagen, bevor sie triumphierend einen herauszog und ihn mir hinhielt.

Ich las den abgeschriebenen Satz mit gerunzelter Stirn, während ich versuchte, seine Bedeutung zu verstehen.

Schatten sind von Natur aus mächtig, aber sie gehören in eine andere Welt und sind die Magie von Unemph, daher werden sie am besten nur von ihresgleichen genutzt.

»Ich meine, das Wort erinnert irgendwie an Nymphe. Könnten sie das gemeint haben? Dass nur die Nymphen die Schatten beherrschen sollten? Hat sich nicht Diegos Großmutter in eine Schattenmütze oder so etwas hineingestrickt? Für mich passt das irgendwie zusammen.« Ich zuckte mit den Schultern, konnte aber nicht verhindern, dass sich ein selbstgefälliges Grinsen auf mein Gesicht schlich, als Torys Verärgerung über sich selbst mich erreichte, zusammen mit ihrer Aufregung über diese mögliche Antwort.

Tory stand auf, suchte sich eine Jogginghose heraus, zog sie an und drehte mir den Rücken zu, während sie das übergroße Shirt gegen ein weißes bauchfreies Top austauschte und dann in ein Paar Turnschuhe schlüpfte. Ich stand ebenfalls auf und beobachtete, wie sie sich einen kleinen Beutel vom Schreibtisch neben der Tür nahm, dann einen tödlich aussehenden Dolch hervorholte und beides in ihre Tasche steckte.

»Du trägst heutzutage immer eine Waffe mit dir herum, was?«, neckte ich sie, und sie schaute über ihre Schulter zu mir zurück; in ihren grünen Augen flackerte etwas Dunkles.

Für einen kurzen Moment war ich in ihrem Kopf, gefangen in Lionels Gewalt, ihre Formgebung unterdrückt, ihre Magie in Schach gehalten durch das Wächterband, das er ihr aufgezwungen hatte. Die Erinnerungen verblassten so schnell, wie sie gekommen waren, meine Verbindung zu ihr löste sich, als wir uns beide davon entfernten, und sie zuckte mit den Schultern.

»Ich habe eine ganze Reihe von Gründen, warum ich jederzeit über verschiedene Möglichkeiten der Verteidigung verfügen möchte«, sagte sie. »Aber dieser Dolch hat später noch einen ganz eigenen Zweck.«

Sie erklärte mir nicht, welcher Zweck das war, und ich musste mich beeilen, um mit ihr Schritt zu halten, als sie zur Tür hinausging.

Wir verließen die königlichen Gemächer, und mein Magen knurrte – schließlich hatte ich mein Frühstück verpasst. Mein Unterkiefer zuckte, als ich an diesen verdammten Justin und sein dummes Gesicht dachte. Bei unserer nächsten Begegnung würde ich ihm eine reinhauen. Mal schauen, ob er dann immer noch so verdammt selbstgefällig war.

»Ist das Mylady?« Ein Schrei erregte meine Aufmerksamkeit, und ich hielt nach Geraldine Ausschau, aber Tory ergriff meinen Arm und zerrte mich schnellen Tempos Richtung Zugbrücke.

»Ich liebe Gerry, aber wenn sie noch einmal meine Essgewohnheiten überprüft, schreie ich«, zischte sie, während sie regelrecht rannte. Die Wachen gingen zur Seite, um uns durchzulassen, und wir passierten die Brücke.

Ich musterte Tory, sah die scharfen Wangenknochen und den grimmigen Blick. Ich konnte verstehen, warum sich Geraldine Sorgen machte.

»Vielleicht solltest du tatsächlich mehr essen«, schlug ich vor. »Es ist nie eine gute Idee, zu hungrig zu se…«

»Noch ein Wort, Max Rigel, und ich trete dir in die Eier und lasse dich röchelnd auf dem Boden liegen, während ich allein mit Miguel spreche«, sagte sie. Ihre Fingernägel gruben sich schmerzhaft in meinen Arm, woraufhin ich ihn ihr am liebsten entrissen hätte.

Stattdessen lenkte ich etwas beruhigende Magie in ihre Richtung, wobei ich subtil auch etwas Hunger in die Emotionen einwebte. Aber sie schnalzte nur mit der Zunge, blockte mich ab, ließ meinen Arm los und stapfte in Richtung des neu gebauten Gefängnisses auf der anderen Seite der Insel davon.

Ich hätte versucht, weiter mit ihr zu streiten, aber ich wusste, dass mich das nicht weiterbringen würde. Außerdem verriet mir die Tatsache, dass sie sich nicht einfach verwandelt hatte und mir vorausgeflogen war, dass sie mich nicht wirklich zurücklassen wollte. Trotz der Mauern, die sie jetzt aufbaute, um mich aus ihrem Kopf fernzuhalten, wusste ich, wie allein sie sich fühlte.

»Huhuuuu!«, rief Geraldine hinter uns, und ich widerstand dem Drang, mich in ihre Richtung zu drehen, während ich mein Tempo beschleunigte, um Tory einzuholen.

»Dir ist schon klar, dass sie nicht aufgeben wird, oder?«, fragte ich, als ich erneut an ihrer Seite war, und Torys Lippen zuckten amüsiert.

»Ja, das ist es.«

Wir legten noch etwa zehn Schritte zurück, bevor ein Tarzanschrei an mein Ohr drang und mich schließlich doch zum Umdrehen verleitete. Geraldine schwang sich mit einer Liane, die sie um ihre Hüfte geschlungen hatte, und einem Teller voller buttriger Bagels in der ausgestreckten Hand über das Gelände.

»Myladyyyy!«, rief Geraldine, und Tory grinste reumütig, bevor sie sich ebenfalls umdrehte und die Arme verschränkte, um irritiert dreinzuschauen, während wir auf Geraldines Landung warteten.

Die Ranken rissen sie in die Höhe, bevor sie sie losließen, und sie überschlug sich, wobei sie es irgendwie schaffte, dass jeder einzelne Bagel unversehrt auf dem Teller liegen blieb, bevor sie direkt vor uns landete und sich vor Tory verbeugte.

»Oh, wie gut, dass ich dich erwischt habe«, keuchte Geraldine. Ihr Brustkorb arbeitete schwer, was meine Aufmerksamkeit mehr als nur ein bisschen auf sich zog. Ihre purpurroten Haare klebten an ihrer verschwitzten Stirn – eindeutig ein Resultat ihrer Jagd auf uns.

»Hast du nach mir gesucht?«, fragte Tory unschuldig, und wenn ich nicht die ganze Zeit bei ihr gewesen wäre, hätte ich ihr diese vorgetäuschte Ahnungslosigkeit tatsächlich geglaubt. Kein Wunder, dass dieses Mädchen in der Welt der Sterblichen nie wegen irgendetwas angeklagt worden war.

»Oh, du freches Früchtchen, du weißt genau, dass ich das habe.« Geraldine lachte, stemmte ihre freie Hand in die Hüfte und hielt Tory den Teller hin. »Ich weiß, dass du keinen Hunger verspürst, während die Wolke der Trauer um dich herum schwebt, aber ich würde meine Pflichten nicht erfüllen, wenn ich nicht zumindest versuchen würde, dich an einem so schönen Morgen mit einem buttrigen Leckerbissen zu verführen. Du weißt, dass du essen musst, um bei Kräften zu bleiben, und ich wäre eine schlechte Freundin, wenn ich mich in dieser Zeit des Krieges, des Konflikts und der Not nicht um dich kümmern würde.«

»Na schön.« Tory gab nach, griff nach einem Bagel und nahm einen großen Bissen, woraufhin Geraldine erleichtert aufseufzte.

»Ich habe heute Morgen auch noch nichts gegessen«, erklärte ich und warf einen Blick auf die Bagels. Aber Geraldine musterte mich nur flüchtig.

»Was quasselst du da, du schlampiges Seeungeheuer?«, fragte sie und runzelte die Stirn, als hätte ich gerade Marsianisch gesprochen oder so.

»Ich … hätte gern einen Bagel. Bitte«, sagte ich, und mein Magen unterstrich diese Bitte mit einem lauten Knurren, das wir alle hören konnten.

»Das sind königliche Bagels.« Geraldine lachte, als hätte ich einen Scherz gemacht, und winkte ab. »Gebacken für den königlichen Gaumen, die fluffigsten und buttrigsten ihrer Art. Nicht der fade Fischeintopf, der für jemanden wie dich geeignet ist.«

»Gerry«, stieß ich hervor, während der Berg von Bagels mir schöne Worte zuzuflüstern schien. »Das sind um die fünfzig Bagels. Tory könnte sie unmöglich alle essen, selbst wenn sie wollte. Was willst du mit all den Bagels machen, die sie nicht isst, wenn niemand sonst welche haben kann?«

Geraldine starrte mich mit ihren verführerischen blauen Augen an, blinzelte einmal, schaute auf die Bagels und brach dann wieder in Gelächter aus.

Ich nahm an, dass das mein Signal war, mir einen zu nehmen, und griff danach. Aber sie schnappte nach meinen Fingern wie ein Hund, der ein Kauspielzeug bewachte, und ich musste sie ihr wieder entreißen.

Tory lachte, wandte sich wieder dem Gefängnis zu, setzte sich abermals in Bewegung und überließ es mir, mit Geraldine über das Schicksal der verdammten Backwaren zu streiten, die sie hütete wie ein Drache seinen Schatz.

Als wir das plumpe Holzgebäude erreichten, hatte ich einen Bagel gegen den Kopf bekommen, mir mindestens achtzehn verschiedene Beleidigungen auf Fischbasis anhören müssen und war mir ziemlich sicher, dass ich heute Abend Sex haben würde. Das war alles verdammt verwirrend, und ich murrte immer noch, weil ich Hunger hatte, während Tory sich nicht einmal die Mühe gemacht hatte, einen zweiten Bagel zu essen, nachdem sie den ersten verschlungen hatte.

Die Wachen, die vor dem hölzernen Gefängnis Dienst hatten, standen stramm, als sie Tory entdeckten, und alle fünf verbeugten sich tief, obwohl sie sie eindringlich bat, es nicht zu tun.

»Geraldine, kannst du es ihnen sagen?«, fragte Tory entnervt, als die Wachen sich weigerten, sich ohne ihre Erlaubnis zu erheben. Tory weigerte sich ihrerseits, ihnen diese Erlaubnis zu geben, weil sie nicht die Macht haben wollte, ihnen zu sagen, was sie zu tun hatten.

»Tja, Mylady, das ist ein kleines Dilemma. Sie wollen dich ehren, indem sie sich verbeugen, aber du empfindest das als Beleidigung, was wiederum dazu führt, dass sie dich noch mehr beschwichtigen und ehren wollen, also verbeugen sie sich tiefer, aber das scheint dich nicht zu besänftigen, also haben sie keine andere Wahl, als sich noch tiefer zu verbeugen und ...«

»Ich werde jetzt einfach reingehen. Die können ihre Shitshow ohne mich abziehen«, unterbrach Tory sie. »Aber wenn wir in Zukunft mehr davon vermeiden könnten, wäre das großartig.«

Sie rollte mit den Augen, als sie die Wachen sah, die zu diesem Zeitpunkt praktisch im Schlamm lagen. Ihre Verwirrung und ihr verzweifelter Wunsch, Tory zu gefallen, durchdrangen die Luft. Tory nahm noch zwei Bagels vom Teller und forderte Geraldine auf, den Rest den Wachen anzubieten, sobald sie es geschafft hatten, sich vom Boden zu erheben. Dann nickte sie mir zu, um mich zu bitten, ihr nach drinnen zu folgen.

»Du weißt schon, dass du nicht meine Königin bist, oder?«, knurrte ich, während ich hinter Tory her stakste. »Und ich wollte ein paar von diesen Bagels, die du gerade an den Pöbel verteilt hast ...«

»Shh!« Tory schob mir einen der Bagels, die sie gerade genommen hatte, in den Mund, unterbrach damit meine Schimpftirade und reichte mir dann den anderen. »Du bist echt zickig, wenn du hungrig bist.«

Ich hätte mich mit ihr darüber streiten können, aber ich gab den Forderungen meines Magens nach und kaute stattdessen. Dabei lauschte ich Geraldine, die die verwirrten Rebellen tröstete. Die Worte folgen uns noch eine ganze Weile in die Dunkelheit des kleinen Gebäudes.

Hier drinnen hatte man sich keine große Mühe gegeben, es gemütlich zu machen. Es handelte sich um kaum mehr als eine Holzkiste mit einem einzigen Fenster, das nur wenig Licht ins Innere ließ. Das Einzige, was sich in dem Gebäude befand, war der riesige Käfig aus Nachteisen, in dem die einzige Nymphe eingesperrt war, die wir nach dem Angriff auf die Ruinen gefangen genommen hatten.

Tory fertigte mit ihrer Erdmagie eine Fackel an, entzündete sie mit einem Funken Feuer und rammte sie neben uns in den Boden, damit die flackernden Flammen Miguel in seinem Käfig beleuchten konnten.

Meine Gaben loderten auf, sobald ich versuchte, ein Gefühl für die Nymphe zu bekommen, ihre Beweggründe zu verstehen und herauszufinden, welche Pläne sie möglicherweise verheimlichte. Aber alles, was ich spüren konnte, waren diese endlose Art von Erleichterung, viel Traurigkeit und ein Funken Hoffnung, der heller aufflammte, als Miguel seine Besucher erkannte.

»Du bist gekommen«, sagte er und erhob sich aus dem Dreck, in dem er gelegen hatte. Er klopfte sich den Staub von der Kleidung und versuchte, die dünner werdenden dunklen Haare auf seinem Kopf zu glätten. Er war sichtlich verlegen, als er von Tory zu mir blickte.

»Wir haben Fragen«, sagte Tory schlicht, während ihr Blick über den kalten Käfig wanderte. Sie presste die Lippen aufeinander, bevor sie ihn aufforderte, sich zu setzen.

Mit einer Handbewegung ließ sie drei Hocker aus dem Boden wachsen, zwei auf unserer Seite der Gitterstäbe für uns und einen im Inneren für ihn.

Miguel ließ sich seufzend auf den Hocker fallen und rang die Hände in seinem Schoß, während er gegen den Wunsch zu sprechen ankämpfte. Respekt und Demut ergänzten die Mischung aus Emotionen, die ich bei ihm spüren konnte. Er machte keine Anstalten, irgendetwas davon vor mir zu verbergen, und ich war mir nicht sicher, ob er überhaupt dazu in der Lage war. Da ich hier keine Bedrohung oder Anzeichen von Täuschung ausmachen konnte, entspannte ich mich.

»Ich habe mich mit dunkler Magie befasst«, sagte Tory, subtil wie ein Elefant im Porzellanladen. Was auch sonst. »Alter Magie. Magie, die älter ist als das Erwachen unserer Art.«

»*Si.* Die Nymphen stehen schon seit langer Zeit im Dienste der Dunkelheit«, sagte Miguel nickend. »Obwohl sie eigentlich nur von eurer Art als dunkel bezeichnet wurde. Zumindest damals, als die Schatten noch unbefleckt waren.«

»Inwiefern unbefleckt?«

»*La Princesa de las Sombras.*«

»In einer Sprache, die wir verstehen«, brummte ich, und sein Blick fiel auf mich. Seine Angst benetzte meine Zunge, als sich seine Gefühle erneut veränderten.

»Entschuldigung.« Miguel senkte den Kopf. »Die Schatten wurden von der Schattenprinzessin befleckt. Lavinia. Als sie in ihr Reich verbannt wurde und ihr Fluch in dieses eingedrungen ist.«

»Du behauptest also, dass die Dinge anders waren, bevor sie das Schattenreich betreten hat? Wie anders?«, fragte ich.

Miguel zögerte, Angst und Unsicherheit legten sich wie ein seidenes Tuch um mich und streichelten meine Wange.

»Ich möchte ehrlich zu euch sein, wirklich«, erklärte er. »Aber … hier steht mehr als nur mein Leben auf dem Spiel. Es gibt andere, die ich beschützen muss.«

»Andere, die Lavinia nicht folgen wollen?«, fragte Tory, rutschte auf ihrem Hocker vor und ich konnte an der Veränderung in Miguels Gefühlen erkennen, dass sie richtig geraten hatte.

Er nickte. »Schwört ihr, dass ihr ihnen nichts antun werdet? Sie haben nie Fae gejagt, nie Magie gestohlen. Die wenigen unter ihnen, die über Fae-Kräfte verfügen, haben diese als Geschenk erhalten – wie es vor langer Zeit unter unserer Art üblich war. Von Fae, die bereits an der Schwelle des Todes standen und darauf gewartet haben, hinter den Schleier zu treten, aber gewillt waren, sich zuvor von ihrer Macht zu trennen.«

Ich runzelte die Stirn und fragte mich, warum selbst ein sterbender Fae jemals einer Nymphe erlauben würde, ihm seine Magie zu nehmen. Aber Tory ergriff das Wort, bevor ich es konnte.

»Ich werde niemals jemanden angreifen, der nicht zuerst mich oder dieses Königreich angreift«, schwor sie mit einem Hauch von Autorität in ihrer Stimme. »Meine Schwester und ich haben keine Vorliebe für Krieg oder Tod. Wir kämpfen nur für Freiheit von dieser Tyrannei.«

Miguel rang erneut die Hände, seine Gefühle wirbelten durcheinander, während er zu einer Entscheidung zu kommen versuchte. Schließlich stand er auf und klammerte sich an die Stangen aus Nachteisen, als würden sie ihm keinerlei Unbehagen bereiten. Und wenn seine Behauptungen, dass er die Schatten nicht beherrschte, der Wahrheit entsprachen, dann ging von ihnen vielleicht tatsächlich keine Gefahr für ihn aus.

»Mein Sohn hat dir vertraut. Er hat dich geliebt. Du hast ihm eine Familie gegeben, als er zu Hause keine haben konnte.« Seine Stimme versagte, und ich konnte spüren, wie unwohl sich Tory fühlte. Sie hatte Diego nicht so nahegestanden wie Darcy, aber ich wusste, dass ihre Freundschaft echt genug gewesen war, wenn auch manchmal etwas angespannt. »Und ich glaube, er hätte gewollt, dass ich dir das sage. Er hätte gewollt, dass ich dir vertraue.«

»Womit?«, fragte Tory, und ich beugte mich vor, da ich die Wichtigkeit dieser Enthüllung im Raum spürte.

»Ich wurde in einem abgelegenen Teil des Königreichs geboren, durch jahrelange sorgfältige und gewissenhafte Arbeit vor allen Außenstehenden verborgen. Wir haben die Treue zu anderen unserer Art gebrochen, als wir uns entschieden haben, dem Ruf der *Princesa de las Sombras* zu widerstehen. Wir haben ihre Lügen durchschaut und den Makel erkannt, den sie auf die Schatten gelegt hatte. Jene Schatten, die wir einst gehegt und gepflegt hatten. Also haben wir sie verlassen – sechs ganze Stämme von Nymphen. Wir haben uns vor denen versteckt, die ihren Weg weitergehen wollten. Wir haben daran gearbeitet, einen kleinen Teil der Schatten von ihrer abscheulichen Verderbtheit zu reinigen, um sie ohne Lavinias Einfluss nutzen zu können. Damit ihre Begierden uns nicht verunreinigen konnten. Damit uns das Bedürfnis, die Magie der Fae zu stehlen, nicht wahnsinnig machte. Sogar Fae lebten friedlich unter uns, heirateten Mitglieder unserer Art und lebten ein erfülltes Leben an unserer Seite. Sie gaben ihre Macht erst auf, wenn der Tod an ihre Tür klopfte, und selbst dann nur, wenn sie es wünschten.«

»Ich muss mehr über die Magie lernen, die du besitzt«, sagte Tory. »Ich muss alles versuchen, um Lionel zu Fall zu bringen. Kannst du sie mir beibringen?«

»Tory«, warnte ich sie mit einem leisen Knurren, aber sie warf mir einen finsteren Blick zu, der mir nur allzu deutlich sagte, dass ich mich zurückhalten sollte. Ich biss die Zähne zusammen, während ich auf Miguels Antwort wartete.

»Ich weiß nicht viel über die alte Magie«, gab er zu. »Aber ich könnte dir einige Hinweise im Umgang mit den Schatten geben – auch wenn deine Art sie nicht so einsetzen kann wie wir.«

»Gibt es jemanden, der mehr über die alte Fae-Magie weiß? Jemanden in eurem verborgenen Dorf, den ich fragen könnte?«, drängte sie.

Miguel erstarrte, sein Blick wanderte wachsam zwischen uns beiden hin und her. »Ihr Aufenthaltsort ist ein Geheimnis, das seit fast tausend Jahren gehütet wird …«

»Aber nehmen wir mal an, das wäre nicht der Fall. Nehmen wir mal an, dein Volk wäre jetzt hier bei uns. Nehmen wir mal an, sie wollten Lavinia wirklich bekämpfen und ihr die Schatten entreißen. Würde es unter ihnen jemanden geben, der die Antworten hat, nach denen ich suche? Bestünde dann die Chance, dass sie sich zu einer Armee zusammenschließen könnten, um auf unserer Seite in diesem Krieg zu kämpfen?«

»Tory!«, fauchte ich und sprang auf. Der Gedanke daran erfüllte mich mit Abscheu. »Du kannst doch nicht ernsthaft vorschlagen, ein Bündnis mit Nymphen einzugehen?«

Sie warf mir einen warnenden Blick zu, aber ich weigerte mich, sie diesen Wahnsinn weiter vorantreiben zu lassen.

»Du vergisst, dass du gar keine Königin bist«, knurrte ich. »Du kannst niemandem Bündnisse anbieten, schon gar nicht unseren Erzfeinden.«

»Ich habe lediglich eine Frage gestellt«, erwiderte sie kühl und wandte sich wieder Miguel zu. »Besteht diese Chance?«

Miguel richtete seinen Blick von ihr auf mich, und in jedem Teil seines Wesens war Zögern zu erkennen. Seine Angst haftete an den Wänden und rollte in einem dichten und süßlichen Nebel an ihnen hinunter, der unmöglich zu ignorieren war. Aber inmitten dieses Schreckens zog ein einziger Strahl von Gefühlen meine Aufmerksamkeit auf sich. Hoffnung.

»Vielleicht«, hauchte er, und ich könnte schwören, dass sich die ganze Welt schneller zu drehen schien, als selbst die Sterne näher kamen, um diesem einen unmöglichen Wort zu lauschen.

Stille breitete sich zwischen uns aus, erfüllt von Spannung, Misstrauen und dieser quälenden Hoffnung.

»Wir müssen gehen«, sagte Tory plötzlich und hob den Kopf, um durch das Fenster in den Himmel zu blicken.

Ich folgte ihrem Blick und sah, wie sich die Sonne dem Zenit näherte und das Mittagslicht den Himmel in einen atemberaubenden Blauton tauchte.

»Denk darüber nach. Ich werde wiederkommen, dann sehen wir weiter«, sagte sie zu Miguel. Mit einer Handbewegung ließ sie ein Bett aus weichem Moos mit warmen Decken für ihn wachsen, dann einen kleinen Holzunterstand, um seinem Scheißkübel etwas Sichtschutz zu bieten. Schließlich stellte sie ihm eine Steinschale mit heißem Wasser zum Waschen und eine kleinere mit kaltem zum Trinken hin.

»Ich werde dafür sorgen, dass dir jemand etwas zu essen bringt«, fügte sie hinzu, und Miguels Augen weiteten sich vor Schock und Dankbarkeit angesichts ihrer Freundlichkeit. Ich war alles andere als überrascht. Die Vegas hatten unter Hunger und Kälte gelitten. Sie würden niemandem das Gleiche wünschen, nicht einmal ihren Feinden.

Tory verließ den Raum, ohne sich die Mühe zu machen, zu überprüfen, ob ich ihr tatsächlich folgte oder nicht. Ich trottete hinter ihr her, während mir Justins Worte im Kopf herumschwirrten.

Ich war nicht nur irgendeine Nebenfigur in der Geschichte des Aufstiegs der Vegas. Aber ich musste zugeben, dass Tory ohne zu zögern in die Rolle der Herrscherin schlüpfte. Ihre Handlungen waren stark und entschlossen, auch wenn sie nach all dem, was sie verloren hatte, von Härte geprägt waren.

Wir verließen das Gefängnis und überquerten die offene Ebene dahinter, ohne auf die Wachen zu achten, die sich erneut verbeugten. Gerry war weit und breit nicht zu sehen, sehr zu meiner Enttäuschung.

Ich erhöhte mein Tempo, um an ihrer Seite zu gehen und nicht länger hinterherzuhinken, aber Tory zeigte keine Anzeichen dafür, dass sie den Unterschied überhaupt bemerkt hatte.

Im Süden der Insel befand sich ein Hügel, und wir stiegen seine steilen Hänge hinauf, bis wir den Gipfel erreichten, wo Seth, Caleb und Geraldine bereits versammelt waren.

»Hast du alles?«, fragte Caleb, und Tory nickte, während sie den Blick zur Sonne hob, die fast ihren höchsten Punkt erreicht hatte.

»Wir müssen uns beeilen«, sagte sie.

»Erklärt mir das mal jemand?«, fragte Seth und legte den Kopf schief wie ein Welpe, woraufhin Geraldine wie eine leidgeprüfte Mutter seufzte.

»Wenn die Sonne ihren Höhepunkt erreicht hat, wird unsere teure und edelmütige Lady die Kräfte der alten Zeit nutzen, um ihre wandernde Seele zum Ort ihrer anderen Hälfte zu bringen. Sie wird den Weg zwischen Leben und Tod beschreiten, während sie an nichts als eine einzelne flackernde Flamme gebunden sein wird. Sobald die Sonne sinkt und das Bildnis ausgebrannt ist, wird sie hier zu sich selbst zurückkehren. Hoffentlich mit der Antwort auf die Frage, wo sich unsere geliebte Darcy befindet.«

»Okay, achtzig Prozent davon ergeben keinen Sinn«, sagte Seth, als Tory den kleinen Beutel aus ihrer Tasche nahm und ihn neben den Dolch auf den Boden legte. »Aber ich glaube, du hast von einer wandernden Seele gesprochen. Und das klingt mir viel zu sehr nach Tod.«

Die Kälte, die mich erfasste, hatte nichts mit dem kalten Wind zu tun, der um uns herum wehte, sondern mit der Wahrheit in seinen Worten. Ich konnte nicht anders, als ihm zuzustimmen.

»Bist du dir wirklich sicher, dass du mit diesem Zeug spielen solltest, Tory?«, fragte ich und musterte sie vorsichtig, während sie mit den Fingern in Richtung Boden schnippte und ein perfektes Pentagramm direkt auf der Spitze des Hügels ins Gras brannte. »Ich glaube nicht, dass Darius gewollt hätte, dass du dieses Risi…«

»Das ist das Tückische am Sterben«, zischte Tory giftig. »Man gibt die Chance auf, überhaupt etwas zu wollen.«

»Wir könnten dich einfach davon abhalten«, warf Seth ein und rückte näher an mich heran, da er meinen Gefühlen zu diesem Thema zuzustimmen schien. Es fühlte sich an, als würden wir auf Darius' Grab spucken, wenn wir die Risiken hier ignorierten und seine Gefährtin an ungetesteter Magie teilhaben ließen, die buchstäblich dazu führen würde, dass ihre Seele ihren Körper verließ.

»Glaubst du das wirklich?«, fragte Tory herausfordernd, und das leichte Flirren in der Luft zwischen uns verriet, dass sie einen Schild geschaffen hatte, von dessen Wirken ich absolut nichts mitbekommen hatte.

»Ja«, knurrte Seth. Er machte einen weiteren Schritt auf sie zu, um ihr zu signalisieren, dass er die Herausforderung annahm. »Ich denke, das können wir. Und außerdem …«

»Lass es!«, knurrte Caleb und schoss herum, um sich zwischen uns und Tory zu stellen, seine Reißzähne blitzten im Licht auf, als er sie uns zeigte.

Mein Herz blieb vor Schock stehen, dann fiel es in meiner Brust in sich zusammen und klatschte als blutige Schweinerei auf den Boden. Mein Freund verteidigte eine Vega. Uns gegenüber. Seinen Brüdern.

»Caleb, was zum Teufel?«, fauchte ich, aber er wich nicht zurück, und als ich mit meinen Gaben nach seinen Gefühlen tastete, spürte ich Entschlossenheit und Unnachgiebigkeit. Auch wenn es ihm wehtat, sich uns so entgegenzustellen.

»Sie muss diese Magie erforschen. Und ich habe einen Eid geschworen, ihr dabei zu helfen. Ich glaube, dass sie dazu in der Lage ist, und ich stimme ihr in Bezug auf Darius zu. Wenn er ein Mitspracherecht und die Möglichkeit, seine Meinung kundzutun, hätte haben wollen, wäre seine Anwesenheit erforderlich gewesen.«

Die Worte trafen mich hart, und wenn ich nicht gespürt hätte, wie sehr es ihn verletzte, sie auszusprechen, hätte ich ihm wahrscheinlich dafür den Schädel eingeschlagen.

Ich sah zu Geraldine, die lässig ihren Flegel in einer Hand schwang und sich an Calebs Seite stellte. Mit einer halb hochgezogenen Augenbraue schien sie uns geradezu einzuladen, mit dieser Herausforderung fortzufahren.

»Glaubst du wirklich, dass das die richtige Entscheidung ist?«, fragte Seth mit einem leisen Wimmern, während er den Kopf in Richtung Tory neigte, die nun im Schneidersitz auf dem Boden saß und unter der Führung ihrer Erdmagie verschiedene Kräuter um sich herum aus dem Boden sprießen ließ.

»Ich denke, es ist im Moment unsere einzige Möglichkeit, um uns einen Vorsprung zu sichern und gegebenenfalls unser bescheuertes Schicksal zu ändern«, sagte Caleb. Ich erkannte, dass er an diese Worte glaubte. Er hatte sich Torys Meinung über diese unerprobte Kraft zu eigen gemacht. Er glaubte an ihre sinnlose Suche nach einer Möglichkeit, das bereits Geschehene zu ändern, um uns und dem Mann, den wir alle verloren hatten, ein anderes Schicksal aufzuzwingen.

»Caleb«, sagte ich langsam, während die Aggression aus meiner Haltung wich. Ich spürte, wie die Last meines eigenen Verlustes auf mich einstürzte. »Ich glaube nicht …«

Ich schüttelte den Kopf, warf Tory einen Blick zu und atmete dann tief durch. Sie war eine starke Frau. Sie war sich der Risiken bewusst, die ihr Versuch, diese uralte Kraft zu nutzen, mit sich brachte. Und ich konnte spüren, wie entschlossen sie war, diesen verrückten Plan durchzuziehen. Sie würde sich in die Äther-Nutzung vergraben, ohne Rücksicht darauf, was andere zu diesem Thema zu sagen hatten. Und sie hatte recht, wir konnten sie nicht aufhalten.

Selbst wenn wir jetzt Erfolg hätten, könnten wir sie nicht von diesem Weg abbringen, ohne sie Tag und Nacht festzuhalten. Und ich hatte nicht die Absicht, ihr das anzutun. Vor allem nicht nach dem, was sie durch Lionels Hände erlitten hatte. Aber Darius hätte nichts davon gutgeheißen, das wusste ich.

»Okay«, sagte ich schließlich. »Wir werden dir nicht im Weg stehen.«

Ich warf einen Blick in Seths Richtung, um mir diese Worte von ihm bestätigen zu lassen, und er gab ein leises Knurren von sich, das sein Unbehagen ausdrückte, bevor er entschieden nickte.

»Hervorragend.« Geraldine stolzierte davon, als wäre es für sie von keinerlei Bedeutung, sich mit mir anzulegen, und ich widerstand dem Drang, mit einem Schmollen zu reagieren. Stattdessen richtete ich meine Aufmerksamkeit auf Tory.

Sie hielt nun eine grob geformte Puppe aus Mais in der Hand, die trotz ihrer überall heraushängenden Füllung seltsam weiblich aussah. Die Brust blieb offen, und Tory nahm vorsichtig einen Zweig Eisenkraut und steckte ihn in die Puppe. Als Nächstes fügte sie Kamille und etwas süßen Majoran hinzu, bevor sie den Dolch nahm und eine kleine Locke ihrer eigenen Haare abschnitt, um sie in die Brust des gruselig aussehenden Dings zu drücken.

»Eisenkraut zur Unterstützung der Astralarbeit«, flüsterte Geraldine, während sie langsam um den Rand des Pentagramms herumging, in dem Tory arbeitete. »Und um die psychische Fähigkeit zu induzieren, die Seele vom Körper zu trennen. Kamille, um die Gaben der Sonne einzufangen und ihre allmächtige Kraft zu borgen, wenn sie ihren höchsten Stand erreicht hat. Süßer Majoran, um ihre einzig wahre Liebe anzurufen – denn welche größere Liebe gibt es als die zweier Schwestern?«

»Du schaffst es tatsächlich, das Ganze romantisch klingen zu lassen«, murmelte ich und musterte Tory misstrauisch, als sie als Nächstes einen Lapislazuli-Kristall aus ihrer Tasche nahm, einen tiefblauen Stein, der mit reingoldenen Wirbeln gefüllt war, die mir den Atem raubten. Es war ein unbezahlbares Stück, das sie zweifellos aus Darius' Schatz genommen hatte. Der Gedanke, dass er deswegen ausflippen würde, amüsierte mich und erfüllte meine Seele gleichzeitig mit einem Anflug von Traurigkeit.

»Der Lapislazuli ist der Inbegriff von Weisheit, Intuition und Klarheit. Er wird ihrer wandernden Seele helfen, die gesuchte Antwort zu finden«, fuhr Geraldine mit gruseliger Stimme fort, und ich war froh, dass dieses Ritual bei Tageslicht stattfand, denn ich fröstelte bereits vor Unbehagen.

»Hör auf, eine so unheimliche Stimmung heraufzubeschwören, Geraldine!«, beschwerte sich Seth. »Ich bin ohnehin kein großer Fan von der Sache, und du machst alles noch viel schräger.«

Tory nahm ihren Dolch und hob ihn über den Stein. Mit vor Konzentration gerunzelter Stirn ritzte sie zwei Runen in die makellose Oberfläche des Steins.

»Fehu für Glück und Dagaz für Bewusstsein«, säuselte Geraldine geheimnisvoll, und ich griff nach Seth, der protestierend wimmerte, und bot ihm etwas beruhigende Energie an, um Geraldines Dramatik zu bekämpfen.

Tory drückte den Lapislazuli in die Brust der Maispuppe, schloss dann die Öffnung und versiegelte alles darin, während sie sich in die Mitte des Pentagramms stellte.

Ich hielt den Atem an, als sie den Dolch umdrehte und sich damit in den Finger schnitt. Ihr Blut ergoss sich über die Puppe und zischte – die Magie begann bereits, zu wirken.

Das in den Boden eingebrannte Pentagramm glühte und schien das Licht aus der Luft selbst zu saugen, als Tory den Kopf zum Himmel neigte und eine Reihe seltsamer und widerspenstiger Worte sprach, deren Kraft gegen die Luft selbst peitschte und das Atmen erschwerte.

In dem Moment, in dem sie verstummte, ging die Puppe, die sie in der Hand hielt, in Flammen auf. Ein Schrei entwich der Puppe, als alles, was sie enthielt, von dem Feuer verzehrt wurde – und das in einem Hitzeblitz, der heiß genug war, um mir die Wangen zu verbrennen.

Das Ding stieß eine Energiewelle aus, als es zu Asche zerfiel, und Tory, die davon getroffen wurde, keuchte auf. Ihr Körper löste sich vom Boden, und ihr Rückgrat krümmte sich unnatürlich nach hinten.

»Tory!«, schrie ich und versuchte, näher an sie heranzukommen, aber das Pentagramm war von einer starken Energie umgeben, die ich nicht durchdringen konnte. Die Kraft des Pentagramms knisterte schmerzhaft auf meiner Haut, als ich es versuchte.

»Es funktioniert«, keuchte Geraldine, als Torys Augen aufsprangen und ihr leerer Blick gen Himmel flog.

Die Kraft, die sie festgehalten hatte, verschwand abrupt, und sie fiel mit einem dumpfen Aufprall zu Boden. Ihr Körper war völlig regungslos, während ihre weit aufgerissenen Augen ins Leere starrten, und ich spürte ihren Verlust in allem um uns herum.

»Nein«, flehte ich und versuchte, mich an der Kraft des Pentagramms vorbeizudrängen, aber es war undurchdringlich, selbst als ich meine Magie darauf richtete.

Seth heulte, während er versuchte, mir zu helfen, und Calebs Gesicht wurde mit jeder Sekunde, in der sie nicht atmete, blasser.

Sie war fort. Unwiederbringlich fort. Ich hatte nur einmal zuvor eine solche Leere gespürt, und zwar in den Körpern toter Fae. Selbst ein Fae, der seine Gefühle vor mir abschirmte, strahlte eine Signatur aus, die ich lesen konnte, ein Flackern seines Selbst, das mir verriet, dass er da war. Aber nicht Tory. Hier bei uns war nichts mehr von ihr übrig, außer dem leeren Körper, der durch das Pentagramm, das sie gezeichnet hatte, vor unserer Hilfe abgeschirmt war.

»Nein, nein, nein, nein.« Seth kämpfte darum, zu ihr zu gelangen. Die Vorstellung, ein weiteres Mitglied unserer Gruppe zu verlieren, brachte ihn offenbar an den Rand des Zusammenbruchs.

Caleb schüttelte energisch den Kopf, als würde er noch an der vagen Hoffnung festhalten, dass sie zu uns zurückkehren könnte. Aber was, wenn er sich irrte?

»Ich wusste, dass das eine schlechte Idee war!«, schrie ich, während ich erneut mit der Faust gegen die Wand der Macht schlug. Das Eis, mit dem ich meine Hand überzogen hatte, splitterte, schmolz und verdampfte schließlich vollständig. Mein Wasser wurde zerstört, als wäre es bedeutungslos.

Ein erstickter Atemzug zwang mich zur Ruhe, und die Kraft, die mich zurückhielt, verschwand, als hätte es sie nie gegeben.

Geraldine kreischte in einer so hohen Tonlage, dass ich mir ziemlich sicher war, dass meine Trommelfelle platzten. Als ich die Hände von den Ohren nahm, kauerte sie vor einer benommen wirkenden Tory auf dem Boden, die uns alle anblinzelte, als würde sie kaum erkennen, wo sie war.

»Hast du sie gefunden?«, fragte Seth, während Geraldine über die unbestreitbare Macht der wahren Königinnen schwadronierte.

»Ja«, keuchte Tory, und der Ausdruck des Entsetzens auf ihrem Gesicht verriet mir die Antwort, noch bevor sie sie aussprach. Ihre Hände waren zu Fäusten geballt, und Angst tanzte in ihren Augen. »Orion auch. Sie sind beide in Lionels Gewalt.«

Zodiac Academy - Schmerz und Sternenlicht

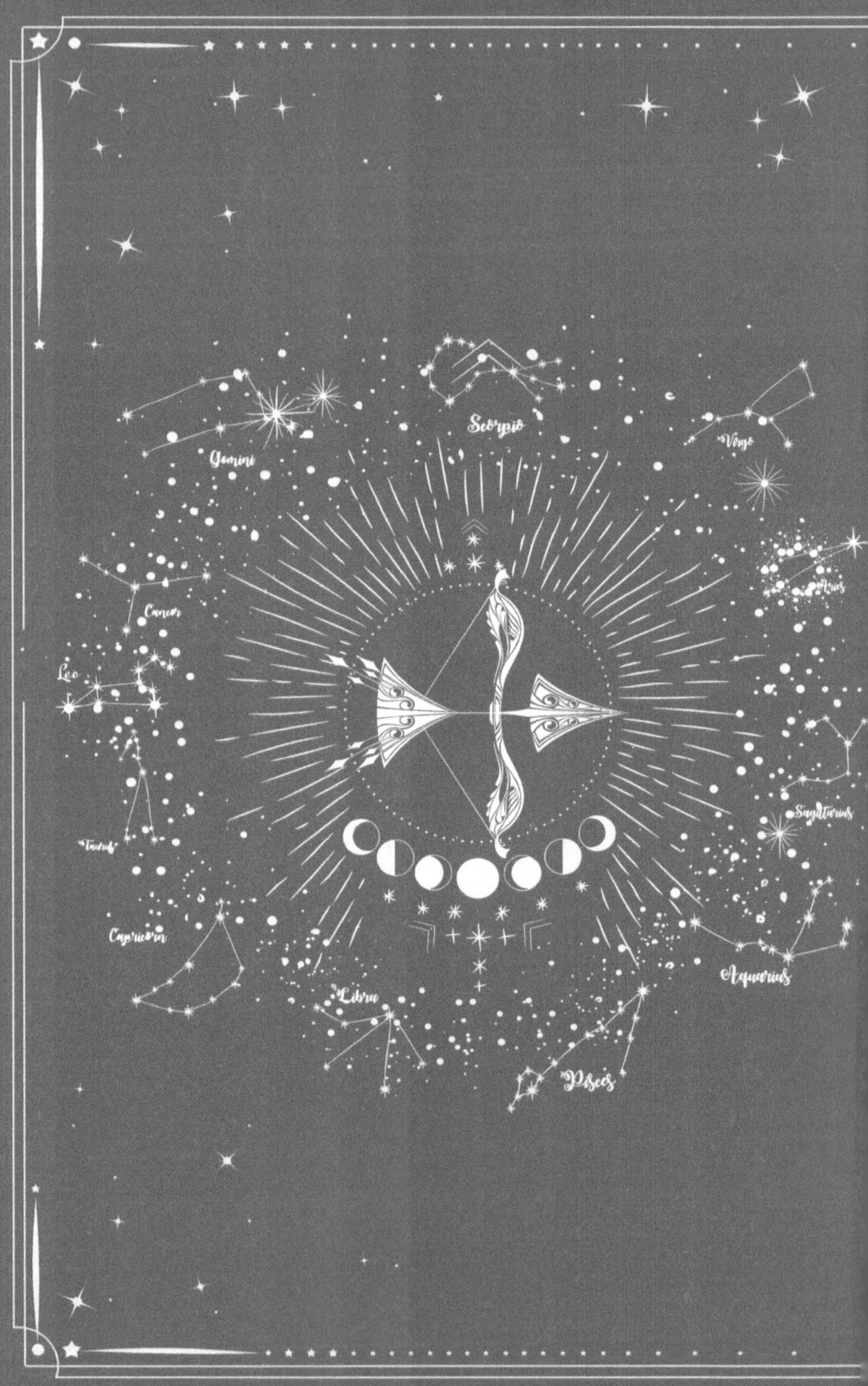

Gemini
Scorpio
Virgo
Cancer
Aries
Leo
Taurus
Sagittarius
Capricorn
Aquarius
Libra
Pisces

MILTON

KAPITEL 31

Meine Haltung war angespannt, und eine Schweißperle rann über meine Schläfe, als ich mich gerade hinsetzte und starr geradeaus schaute.

Der Orb war totenstill, während die gesamte Academy aufmerksam dasaß. Ein besorgtes Summen erfüllte den Raum, während wir warteten; das einzige Geräusch war das Ticken der großen Uhr an der Wand. Ich warf einen Blick darauf, genauer gesagt auf den Minutenzeiger, der gerade die Sechs-Minuten-Marke überschritten hatte. Niemand wagte es, ein Wort zu sagen.

Ich begegnete Garys Blick auf der anderen Raumseite, ein Aufblitzen von Besorgnis und Entschlossenheit wechselte zwischen uns hin und her. Es war zu spät, um jetzt noch einen Rückzieher zu machen. Alles war an seinem Platz, der Zauber war gewirkt, um die Beteiligung der Undercover A. N. U. S. zu verbergen. Uns blieb nichts anderes übrig als die Zeit zu unserem Angriff abzuwarten.

Lionel Acrux war hier. Beim Abendessen gestern hatte man uns mitgeteilt, dass unser geschätzter König vorbeikommen würde, um mit uns zu sprechen, uns in dieser Zeit der Unruhe zu versammeln und uns bezüglich der Bedrohung durch die Rebellen zu beruhigen.

Wir waren nur eine Station auf einer langen Liste von Presseterminen, die er heute hatte, politische Inszenierungen, die alle davon überzeugen sollten, dass er dieser freundliche, großmütige Anführer war, der sich um die Bürger seines Königreichs sorgte. Ich hatte bereits ein paar Minuten vom Livestream seines Besuchs in einem Krankenhaus heute Morgen gesehen, wo er Babys auf den Kopf geküsst und behauptet hatte, sie zu segnen. Wenn das mein Baby gewesen wäre, hätte ich das Kind und mich wohl aus dem Fenster katapultiert, bevor ich seinen giftigen Mund auch nur in unsere Nähe gelassen hätte.

Sieben Minuten nach zehn.

Wenn das so weiterging, würde unser Plan womöglich umgesetzt werden, bevor er überhaupt hier war und die Auswirkungen spüren konnte.

Bernice rutschte auf ihrem Stuhl hin und her und biss sich auf die Unterlippe, als sie spürte, dass ich ihr Aufmerksamkeit schenkte.

Wir saßen nicht nebeneinander. Keiner von uns saß in der Nähe eines anderen, wir hielten Abstand und gaben vor, uns an die Aufteilung der verschiedenen Formgebungen zu halten. Ich saß ganz hinten im Raum, umgeben von den anderen Minotauren, während wir auf die verspätete Ankunft des falschen Königs warteten. Die Tiberianischen Ratten saßen zu unserer Rechten, eine Trennlinie zwischen unseren und ihren Sitzen, und niemand wagte es, auch nur in ihre Richtung zu schauen, während wir unser stummes Wartespiel fortsetzten.

Acht Minuten nach zehn.

Ich widerstand dem Drang, meine schweißnassen Hände an meiner Hose abzuwischen, und blieb völlig regungslos, während mein Blick zur Tür wanderte – hier würde Lionel aller Wahrscheinlichkeit nach eintreten. Ich sah, wie mich Marguerite Helebor, die neben der Tür stand, mit strengem Interesse beobachtete.

Sie hatte ein leuchtendes M. O. E. S. E. N.-Abzeichen an ihrem Revers befestigt, ihre roten Haare fielen ihr in der übertrieben gestylten Art, die sie bevorzugte, ins Gesicht, und ihre Uniform schmiegte sich in makelloser Perfektion an ihre Figur. Der Inbegriff studentischer Tugendhaftigkeit und eine ergebene Dienerin des Königs.

Aber das war sie nicht. Die Jagd nach uns war erfolglos verlaufen, nachdem sie uns zur Flucht aufgefordert hatte. Was auch immer zur Razzia unseres geheimen Treffpunkts durch die M. O. E. S. E. N. geführt hatte – sie hatte uns vor der Entdeckung versteckt. Ich hatte so viele Fragen an sie, mehr als ich zählen konnte, dass ich seit dem Abend, an dem sie uns den Arsch gerettet hatte, kaum schlafen konnte.

Woher hatte sie gewusst, dass ich dort sein würde? Hatte jemand unseren Aufenthaltsort verraten oder hatte eine der M. O. E. S. E. N. davon erfahren und beschlossen, uns nachzugehen?

Wir hatten uns seit dieser Nacht nicht mehr getroffen – zu groß waren die Angst und das Risiko. Stattdessen tauschten wir Informationen, schmiedeten im Einzelgespräch Pläne, steckten uns auf den Fluren Zettel zu oder wechselten einfach nur solidarische Blicke.

Ich hatte es geschafft, Portia über das Handy, das sie mir gegeben hatte, Filmmaterial und Informationen zukommen zu lassen. Bisher waren wir auch jedem Verdacht entgangen. Die M. O. E. S. E. N. jagten uns zwar auf dem gesamten Campus, aber noch nie war jemand in die Nähe unserer Entdeckung gekommen.

Wir waren immer noch hier. Und wir kämpften.

Jetzt war uns eine echte Chance in den Schoß gefallen, und wir riskierten unser verdammtes Leben, um sie zu nutzen – ich hoffte nur, dass der Drachenarsch rechtzeitig hier sein würde. Denn wenn er nicht in der nächsten Minute auftauchte, würde die ganze Sache ohne ihn über die Bühne gehen.

Dafür könnten wir sterben. Das wusste ich. Das wussten wir alle. Wenn wir geschnappt würden, kämen wir in eines seiner Nebula-Inquisitionszentren und würden gefoltert und hingerichtet werden. Oder zumindest dort verrotten. Und ich wollte wirklich nicht mein Leben für einen Plan riskieren, der nicht einmal zustande kam.

Marguerite starrte mich weiterhin an, ihre hübschen Gesichtszüge waren wie ein stiller Teich, ohne jeglichen Ausdruck, aber ihre Augen brannten. Ich dachte an mein heutiges Horoskop und fragte mich, ob es sich auf sie bezogen hatte.

Guten Morgen, Schütze!
Die Sterne haben deinen Tag vorausgesagt.
Dein Los hängt heute am seidenen Faden. Deine Pläne verlieren sich im aufgewühlten Meer des Schicksals, das zu trübe ist, um Klarheit zu bringen. Aber sei guten Mutes, denn Erfolg ist nicht unmöglich. Wenn du es schaffst, einem unerwarteten Verbündeten zu vertrauen, werden dir viele Wahrheiten offenbart.

Marguerite Helebor war definitiv eine unerwartete Verbündete.
Neun Minuten nach zehn.
Ich schluckte einen Kloß in meinem Hals hinunter, während einige Studenten es wagten, miteinander zu flüstern. Professor Highspell schritt in die Mitte des Raumes und starrte die Störenfriede an, während sie eine Runde Nachsitzen verteilte. Missbilligendes Zischen wurde laut.

Mein Herz wurde schwer, als mein Blick wieder zur Uhr schweifte. Die Sekunden tickten viel zu schnell, und unsere sorgfältig gelegte Falle würde gleich zuschnappen. Unsere verhasste Dozentin für *Grundlagen der Magie* würde den Schlag als Einzige einstecken.

Nicht, dass es mir etwas ausmachen würde, Honey Highspell ein oder zwei Dämpfer zu verpassen. Aber nichts, was ihr zustieß, würde live im ganzen Königreich übertragen werden. Es würde kein Zeichen der Solidarität für all die anderen da draußen sein, die dieser Verfolgung ausgesetzt waren und sich nicht wehren konnten. Nein, nur ein Angriff auf Lionel Acrux selbst würde das bewirken.

Ich kämpfte gegen den Drang an, Gary noch einmal anzusehen, weil ich nicht wollte, dass jemand meine Interaktionen heute bemerkte. Ich durfte niemandem einen Grund geben, mich wegen dieser Sache auch nur anzusehen. Wir hatten unsere Spuren verwischt, unsere magischen Signaturen entfernt und allesamt ein starkes Alibi. Es könnte funktionieren. Es *würde* funktionieren. Angenommen, der Mann, der sich jetzt König nannte …

Erleichterung durchströmte mich, schnell gefolgt von dem Drang, mich vor Nervosität zu übergeben, als die Türen aufschwangen und Lionel Acrux den Orb betrat, flankiert von einem Kamerateam und Rektorin Nova. Ein kamerataugliches Lächeln zierte sein Gesicht, als er seine Untertanen ansah, und wir alle fielen von unseren Stühlen und knieten nieder, um uns vor ihm zu verbeugen.

Mir stieg die Galle in die Kehle, als ich den Kopf genauso senkte wie der Rest meiner Artgenossen. Jeder Student dieser Academy zeigte diesem gottlosen Stück Scheiße seine Unterwürfigkeit – oder täuschte diese zumindest vor –, während er den Raum betrat, als gehörte ihm der verdammte Schuppen.

»Erhebt euch!«, gurrte Lionel und winkte mit zwei Fingern, als wäre er ein Puppenspieler und wir seine Marionetten. Alle im Raum erhoben sich vom Boden und kehrten auf ihre Plätze zurück.

Ich beobachtete mit angewidertem Interesse, wie Lionel dort innehielt, gelassen lächelte und kaum zu atmen schien, während die Kamerateams ihn umkreisten. Er wartete, bis sie in Position waren, bevor er fortfuhr. Alles an ihm war so verdammt falsch – das Lächeln, der Charme, die Versprechen, unser Königreich vor Formgebungen zu schützen, die ihm nicht gefielen, während er Lügen über uns erfand. Es war Schwachsinn. Und wir hatten vor, die Welt daran zu erinnern, dass nicht alle darauf hereinfielen.

»Bildung«, begann Lionel und presste eine Faust an sein Herz, während er sich im Raum umsah, »ist der Inbegriff der modernen Welt. Das größte Vermächtnis, das ein Fae hinterlassen kann, und das Einzige, was all jene, die mit einem wahren und willigen Herzen gesegnet sind, immer vorfinden werden. Ich selbst glaube fest an Bildung, die Offenbarung von Tatsachen und die Gestaltung der Welt zum besten Nutzen dieser Tatsachen.«

Ich versteifte mich bei seinen Worten. Sie trieften vor Verachtung, als er sich an die vermeintlich höheren Formgebungen auf der anderen Seite des Raumes wandte. Dabei weigerte er sich, uns auch nur anzuschauen, während wir im hinteren Bereich des Raumes und vom Rest getrennt saßen.

Ich ballte meine Hände zu Fäusten in meinem Schoß und verbarg das leichte Zittern, das mich durchlief, als ich einen weiteren Blick auf die Uhr wagte.

Noch dreißig Sekunden.

»Als jemand, der fest daran glaubt, dass es die Besten bis an die Spitze schaffen, bin ich heute hierhergekommen, um dieser renommierten Academy einen Zuschuss zu gewähren, der für die Bereitstellung von …«

Eine Reihe von kleinen Explosionen erschütterte den zentralen Teil des Raumes, in dem der falsche König stand, sowohl vom Boden als auch von der Decke aus. Mit Klebstoff und Pegasusglitzer gefüllte Luftballons platzten, als sie die Verhüllungszauber passierten, die sie versteckt hatten.

Lionel hob einen Arm, um sich zu schützen, aber es war zu spät. Der dicke weiße Klebstoff beschmierte ihn von Kopf bis Fuß, und das schillernde Glitzern funkelte im Licht, als er ein wütendes Gebrüll ausstieß.

Auf einer Leinwand im hinteren Teil des Raumes wurde das Sexvideo abgespielt, in dem er ein Pegasusmädchen in ihrer verwandelten Form fickte. Man hörte ihn vor Lust stöhnen, während sie wieherte. Das Video lief in Endlosschleife, während alle im Raum überrascht aufschrien. Ein weiteres Video wurde eingespielt, in dem Lionel vor dem Gerichtshof von Solaria mit der Presse sprach. Seine Worte waren aus seinen Reden der letzten Jahre zu einem Lied zusammengeschnitten worden. Der Beat war verdammt gut, und ich hoffte, dass dieses Lied seinen Zweck erfüllte – nämlich alle daran zu erinnern, dass dies eine Rebellion und kein kleiner Aufruhr war. Dass wir uns nicht einfach mit Lionels Schrott abfinden würden.

Ich sang im Kopf mit, kämpfte gegen ein Lächeln oder jede andere Art von Ausdruck an, der Schuld eingestehen könnte, lobte Gary gedanklich für seine Remix-Fähigkeiten und dankte der DJ-Software, die ihm seine Mutter letztes Weihnachten geschenkt hatte. Jedes Wort stammte aus einer anderen Rede, aber Gary hatte sie zu einem Rhythmus verwoben, sodass sie nahtlos ineinander übergingen.

»Ich bin nicht hier, um euch zu retten,
nein, ich bin hier, um euch zu brechen.
Schließlich wissen alle: Ich bin nur eine Echse, die einfach alles wiiiill.

Ich hab gelogen und eine Menge Mist gespuckt,
und ich kann nicht glauben, dass das irgendjemand schluckt.
Und ich sage laut: Steht auf und vereint euch mit Gebrüüüüll.«

Das Video wurde immer wieder von alten Clips von Hail Vega mit den Ratsmitgliedern unterbrochen, die gemeinsam mit Lionels Bruder Radcliff lachten. Außerdem waren da Clips von den Vega-Zwillingen, die einander umarmten. Ihre Liebe füreinander war deutlich in ihren Augen zu sehen.

Bernice und ich hatten viel Zeit damit verbracht, alle Videos zusammenzutragen, und es war ihre Idee gewesen, auch Videos von unseren Verbündeten hinzuzufügen. Gary hatte eine wunderschöne Grafik erstellt, die einen Phönix zeigte, der herumflog und eine lodernde Spur zurückließ, mit den Worten »Schließ dich der Rebellion an!« in den Flammen.

»Ich bin echt lame, das ist ja wohl bekannt.
Haltet euch ruhig fern von meinem formistischen Verstand.
Denn eins ist sternenklar: Den Vega-Schwestern gehört der Kiiiill.«

Es wurden Videos von den Erben gezeigt, in denen alle vier vereint standen. Die Leute jubelten, und die Vegas winkten einer begeisterten Menge zu. Die lodernde Grafik des Phönix brannte sich durch all das und wich schließlich dem leuchtenden Symbol des Vogels mit ausgebreiteten Flügeln, unter dem die Worte »Lang leben die Vega-Königinnen!« prangten.

Gelächter schallte durch die Luft, aber dann ließ ein weiterer Knall die Leute aufschreien und das Lied klang aus. Einige der Anwesenden rannten in einem verzweifelten Versuch, in die Freiheit zu gelangen, zu den Türen. Der letzte Ballon explodierte direkt vor dem Motherfucker, und Lionel wirkte einen Luftschild vor sich. Genau, wie wir es erwartet hatten.

Die blutrote Farbe im Ballon traf seinen Schild, die Magie, die darin eingewoben war, ließ sie zu Worten werden, die sich gegen die Hülle aus verhärteter Luft formten.

Lang lebe der König der Abartigkeit, der schon lange vor Beginn seiner
Herrschaft sogenannte niedere Formgebungen in den Arsch gefickt hat!

»Verhaftet sie!«, brüllte Lionel aus seinem Schild heraus und versuchte, diesen und die nun darauf prangenden Worte verschwinden zu lassen. Doch eine neue Luftmagie trat an seine Stelle und ahmte den ersten Schild nach – ein Zauber, den Bernice selbst entworfen hatte. Die Magie war von ihm selbst mit seiner eigenen Kraft ausgelöst worden, also würde nichts preisgeben, wer den ursprünglichen Zauber gesprochen hatte. Aber er konnte den Schild auch nicht verbannen, sodass diese Worte vor ihm im Raum hängen blieben, während unzählige Kameras jeden Moment einfingen.

Mildred trat mit einem wütenden Schrei nach vorn. Mit ihren Knopfaugen musterte sie die Fae im hinteren Teil des Raumes, um unter uns nach den Schuldigen zu suchen. Weitere Studenten sprangen auf und rannten davon.

Ich blieb noch ein paar Sekunden sitzen, unterdrückte meine Aufregung und wartete gerade lange genug, bis die Menge in ihrer Gesamtheit auseinanderbrach. Und als das Gebrüll eines Drachen an die Decke dröhnte, ging mein Wunsch in Erfüllung.

Fae aller Formgebungen sprangen auf, und Chaos brach aus, als sich alle umdrehten und flohen, während die Kameras immer noch liefen und jede Sekunde dieser jüngsten Demütigung und Rebellion live ins ganze Königreich übertragen wurde.

Schließlich gab ich dem Druck der Menge nach, stand auf und wandte mich ab, um mit allen anderen zu fliehen.

Adrenalin durchströmte meinen Körper, als wäre ein Damm gebrochen, und ich stieß ein wildes Lachen aus. Ich sprintete auf Bernice zu, ergriff ihre Hand und rannte mit ihr davon.

Ein fröhliches Muhen kam über meine Lippen, als wir zur Tür sprinteten. Die Stampede hatte das Tier in mir geweckt.

Wir wagten es nicht, einander auch nur anzusehen, als wir aus dem Orb rannten. Solange wir nicht weit weg und allein waren, durften wir nichts preisgeben, was unsere Beteiligung erkennen lassen könnte. Dann würde ich sie küssen. Scheiß auf die Konsequenzen! Wir könnten dafür sterben, dass wir an diesem Stunt teilgenommen hatten. Wir hatten uns zwar so gut wie möglich abgesichert, aber wir könnten trotzdem dafür sterben. Es gab keine Garantien und den morgigen Tag aufzuschieben, weil ich Angst vor dem heutigen hatte, machte für mich keinen Sinn mehr.

Wir sprinteten den Pfad hinunter, und ich stolperte über meine eigenen Füße, als uns zwei M. O. E. S. E. N. in den Weg traten. Kylie Major lächelte grausam, bevor sie warnend ihre Hände hob.

»Warum lauft ihr weg?«, fragte sie und unsere gesamte Gruppe schwankte, unsicher, was sie angesichts der beiden Dienerinnen der Krone tun sollte.

»Wer hat das gesagt?«, rief jemand, und ich musste mir ein Lachen verkneifen, als Kylies Gesicht vor Wut purpurrot wurde. Auch jetzt taten viele von uns noch immer so, als würde sie nicht existieren.

»Weil da drinnen Bomben hochgegangen sind«, jammerte ein Mädchen ganz vorn und klammerte sich an ihre Freundin, die ebenfalls zu schluchzen begann.

Zwei Arschlöcher würden niemals ausreichen, um den Schwarm Fae aufzuhalten, der diesen Weg eingeschlagen hatte. Aber wir alle wussten es besser, als eine der M. O. E. S. E. N. anzugreifen.

Ich zerrte an Bernice' Hand, als noch mehr Studenten darum bettelten, passieren zu dürfen, und lenkte uns in Richtung Jupiter Hall, wo wir weitere verängstigte Fae entdeckten, die vom Orb wegrannten.

Kylie rief uns zu, stehen zu bleiben, aber wir hatten eine wahre Bewegungsflut ausgelöst, und ich ließ zu, dass uns die anderen Studenten mit sich rissen, als wir vor ihr wegliefen. Wir mussten untertauchen und außer Sichtweite bleiben, bis der falsche König verschwunden war und seine Lakaien keine Fragen mehr stellten.

Es würde zweifellos eine Untersuchung geben, aber ich hatte nicht vor, mich auch nur in ihrer Nähe aufzuhalten.

Bernice warf mir einen ängstlichen Blick zu, aber ich lächelte nur zurück.

Wir hatten es geschafft. Wir hatten dem Tyrannen, der uns unsere Freiheiten und Bürgerrechte weggenommen hatte, einen Schlag versetzt. Es war nicht sein

Ende, aber es war ein Zeichen für all die anderen da draußen, die von Lionel Acrux in die Unterdrückung gezwungen wurden, dass wir sie nicht vergessen hatten. Dass unsere Zeit kommen würde.

Ich zog Bernice vom Hauptpfad weg und steuerte auf eine Seitentür zu, die in das riesige gotische Gebäude führte, das die Jupiter Hall beherbergte.

Wir duckten uns hinein und sprinteten die untere Etage entlang, mit dem Ziel, einen der Hinterausgänge zu erreichen und von dort zu entkommen.

Doch gerade als wir um eine Ecke bogen und ich eine der Türen am Ende des langen Korridors erspähte, ertönte hinter uns ein Knall. Und dann füllte Lionel Acrux' wütendes Knurren den Raum.

»Ich kann mich gar nicht genug entschuldigen, mein König«, sagte Rektorin Nova, und mein Herz rutschte mir in die Hose, als mir klar wurde, dass sie direkt auf uns zusteuerten. Ein Tyrann auf Raubzug, der gleich auf zwei niedere Minotauren treffen würde. Das klang gar nicht gut.

Seine hämmernden Schritte kamen näher, und ich wirkte eine Stillekuppel über uns, während ich zur nächsten Tür rannte.

Die Schritte kamen immer näher, und ich warf einen Blick über den langen Flur in Richtung Novas Büro, die einzige andere Tür, die wir erreichen könnten, bevor sie um die Ecke bogen, die aber zweifelsohne ihr verdammtes Ziel war.

»Scheiße«, zischte ich, als ich Bernice mit mir zerrte. Wir hatten keine andere Option, als auf ein offenes Fenster zu hoffen, damit wir entkommen konnten.

»Du wirst mir die Fae bringen, die für diese Tat verantwortlich sind«, knurrte Lionel, und seine Stimme jagte mir einen Schauer über den Rücken, als ich die Tür aufriss und wir in Novas großes Büro eindrangen.

Ich sprintete zum Fenster, aber mein Herz schlug mir bis zum Hals, als ich das Gitter erblickte, das zweifellos angebracht worden war, um kleine Arschlöcher daran zu hindern, sich von draußen Zutritt zu verschaffen, um etwa ihre Noten zu ändern. Aber wir steckten bis zum Hals in der Scheiße.

»Hier«, zischte Bernice, als sich die Schritte der Tür näherten, und ich wirbelte zu ihr herum, als sie einen Schrank öffnete, der kaum groß genug für einen von uns war, geschweige denn für zwei. Aber es war das einzige brauchbare Versteck im ganzen Raum.

»Fuck!«, stieß ich hervor. Ich schob sie in den schummrigen Bereich zwischen Novas Mänteln und Umhängen und zwängte mich direkt hinter ihr hinein.

Ich zog die Tür zu, und einen Augenblick später öffnete sich auch schon die Zimmertür. Ich hielt den Atem an, trotz der Stillekuppel, die uns schützte, als die Schritte in den Raum polterten.

»Durchsucht den Raum!«, brüllte Lionel. »Ich lasse mich heute nicht ein zweites Mal überrumpeln.«

»Ja, mein König«, antwortete Mildred mit rauer Stimme.

Ich schob Bernice hinter mich, während ich mit einem Verhüllungszauber herumhantierte.

Vor Angst wie gelähmt, wirkte ich den Zauber langsamer als nötig, und mein Herz schlug unregelmäßig, als ich die Schritte hörte, die immer näher kamen. Denn hinter der Tür wartete unser Tod, ein grausames und blutiges Ende, das ich mit meiner Dummheit nicht nur mir, sondern auch Bernice beschert hatte. Wir würden nicht in der Lage sein, uns aus der Sache herauszureden. Wahrscheinlich würden wir nicht mal die Chance bekommen, unsere Unschuld zu beteuern.

Als jemand von der anderen Seite den Türknauf des Kleiderschranks festhielt, verabschiedete ich mich im Stillen von meiner Familie. Ich hoffte, sie wussten, wie sehr ich sie liebte, und verstanden, warum ich mich gegen den Mann hatte wehren müssen, der jetzt mein Ende sein würde. Und sei es auch nur auf diese eine kleine Weise.

Die Tür wurde weit aufgerissen, und ich beschwor nicht einmal meine Kräfte, weil ich wusste, dass es sowieso hoffnungslos und mein Schicksal besiegelt war.

Als ich in das erschrockene Gesicht des Mädchens blinzelte, das gekommen war, um unser Versteck zu überprüfen, entdeckte ich weder Schnurrbart noch hervorstehenden Unterkiefer, keine riesige Faeroid-süchtige Kriegerin der Drachengilde. Stattdessen blinzelte mich die hübsche Rothaarige schockiert an, ihr Gesicht wurde blass und ihr Blick wanderte zu Bernice, die an mir vorbei spähte.

Über Marguerites Schulter konnte ich Lionel sehen, der mit dem Rücken zu mir in der Mitte des Raumes stand. Der ätzende Geruch seines Rauches verbreitete sich in der Luft und kräuselte sich unter meiner Nase.

Marguerites Schock dauerte nicht länger als einen Wimpernschlag, dann wurde ihr Gesicht wieder zu dieser unverwüstlichen Maske, und sie machte eine Show daraus, einige der Mäntel neben mir aufzuschütteln und sich dann zurückzuziehen.

»Die Luft ist rein«, sagte sie, bevor sie die Tür wieder schloss und mir zum zweiten Mal den Arsch rettete. Und dabei ihr eigenes Leben riskierte.

Bernice hielt meinen Arm fest umklammert, ihr Schock war so offensichtlich wie mein eigener, während wir schwiegen und warteten.

»Auch hinter den Vorhängen und unter dem Schreibtisch ist alles sauber, Eure Hoheit«, fügte Mildred grimmig hinzu.

»Gut. Dann geht jetzt. Ich muss unter vier Augen mit meinem Personalchef hier an der Academy sprechen«, knurrte Lionel.

Auf das Geräusch der sich entfernenden M. O. E. S. E. N. folgte das laute Zuschlagen der Tür. Ich musste gegen das Zittern meiner eigenen Glieder ankämpfen, als ich spürte, wie sich eine Stillekuppel über uns legte. Lionels Magie beherrschte den Raum, während Nova schwieg.

»Was habe ich bei meinem letzten Besuch gesagt, was von dir verlangt wird?«, fragte Lionel mit einem tödlichen Schnurren in der Stimme. Wider besseres Wissen beugte ich mich vor und drückte mein Auge auf den kleinen Spalt am Rand der Tür, um hinausschauen zu können.

Der falsche König ließ sich auf den Stuhl hinter dem breiten Mahagonischreibtisch fallen; ein Wind wehte um ihn herum, der die sorgfältig gestapelten Papiere auf dessen Oberfläche in alle Ecken des Raumes fliegen ließ.

»Ich soll Eure Herrschaft unter den Studenten durchsetzen, Vorkehrungen gegen die niederen Formgebungen treffen und Euer Vermächtnis ehren, indem ich die Studenten in das neue Regime einführe und sie auf die neue, größere Welt vorbereite, die Ihr für sie errichtet«, antwortete Nova fast roboterhaft, und ich neigte den Kopf, um sie anzusehen, während sie mit gesenktem Kopf vor ihm stand.

»Warum also«, knurrte Lionel, »bin ich dann die Zielscheibe eines Scherzes geworden, eines … *Streichs*, der alles untergraben soll, was ich hier erreichen wollte? Wenn meine Befehle doch so eindeutig waren?«

Nova wollte sich entschuldigen, aber Lionel stieß ein Drachenknurren aus und stand plötzlich auf. Seine dominante Präsenz überschattete den ganzen Raum.

Ich nahm Bernice' Hand in meine, als sein Blick mordlustig wurde, sein Zorn war gewaltig.

Er hob eine Hand und für einen Moment befürchtete ich, dass er unsere Rektorin auslöschen und zu Asche verbrennen könnte, weil sie unseren Angriff nicht aufgehalten hatte, bevor er begonnen hatte. Aber anstatt sie zu attackieren, umrundete er den Schreibtisch und packte ihre Oberarme, sodass sie ihm in die Augen schauen musste.

»Du wirst die Rebellen finden, die sich auf diesem Campus verstecken!«, befahl er und die Manipulation, mit der er seinen Tonfall durchsetzte, war mehr als dick, die Macht darin rau, brutal und nicht zu leugnen. Ich erlag fast dem Wunsch, diesen Befehl selbst zu befolgen, und dabei war ich nicht einmal derjenige, an den er ihn gerichtet hatte.

»Heilige Scheiße«, hauchte Bernice, deren Stimme in meiner Stillekuppel verborgen war. »Hat er gerade Dunkle Manipulation eingesetzt?«

Wir kannten die Geschichten, hatten die Artikel von Catalina Acrux über die Macht gelesen, die ihr missbrauchender Ehemann auf sie ausgeübt hatte. Aber mit eigenen Augen zu sehen, wie Nova gezwungen worden war, sich ihm zu unterwerfen und zu nicken, machte mich krank.

»Das werde ich«, stimmte sie zu.

»Du wirst was?«, zischte Lionel und schüttelte sie so heftig, dass ein paar Strähnen ihrer dunklen Haare aus ihrem Dutt fielen.

»Das werde ich, mein König.« Sie senkte unterwürfig den Kopf, und er nickte zufrieden. Er ließ sie so plötzlich los, wie er sie gepackt hatte, und seine Hände hinterließen eine Spur aus Klebstoff und Glitzer auf ihrer Kleidung.

»Wenn ich das nächste Mal von einer Rebellion an deiner Schule höre, werde ich die Hölle über die Mauern dieses Ortes bringen und alle, die sich mir widersetzen, brennen lassen«, raunte er höhnisch und fuhr mit einem Finger an ihrem Kinn entlang, während sie wie eine Hülle vor ihm stand und auf Befehle wartete.

Das erklärte ihre plötzliche und sehr entschiedene Haltung in Bezug auf ihre Loyalität gegenüber dem König. Sie hatte einst mehr als nur ein wenig Interesse an den Vegas gezeigt. Ich war dabei gewesen, als sie Tory gegenüber angedeutet hatte, dass sie gespannt darauf war, was sie mit ihrer Macht anstellen würden, sobald sie lernten, sie zu kontrollieren. Jetzt ergab alles einen Sinn – der Wandel, die plötzliche Verehrung eines Tyrannen, der nichts weiter wollte, als mit den Fae in diesem Königreich zu spielen und sie zu zwingen, sich anzupassen.

»Ich werde die Täter jagen und dafür sorgen, dass sie bestraft werden«, schwor Nova, aber Lionel schnalzte nur mit der Zunge.

»Nein. Du wirst sie finden und mir ausliefern. Ich werde mich persönlich darum kümmern. Ist das klar?«

»Ja, mein König«, stimmte sie sofort zu, und er nickte einmal, bevor er sie von sich stieß und zur Tür schritt.

Der Knall, der ertönte, als er sie gegen die Wand schleuderte, ließ jeden Teil meines Körpers zusammenzucken, aber ich wagte nicht, mich zu bewegen, während Nova noch einen Moment länger dort verweilte.

Zum Glück wartete sie nur eine weitere Sekunde, bevor sie ihre Hände zu Fäusten ballte. In ihren Augen blitzte eine Emotion auf, die ich nicht ganz zuordnen konnte, als sie in meine Richtung schaute. Ich fürchtete schon, dass sie den Schrank öffnen könnte, aber stattdessen drehte sie sich um und ging weg. Ihre Schritte verhallten in der Ferne, während wir warteten – verängstigt, wütend und irgendwie auch siegreich.

Ich tauschte einen Blick mit Bernice aus, bevor wir aus dem Schrank schlüpften und schnell das Büro verließen.

»Nova ist also korrumpiert, Marguerite auf unserer Seite und … wir sind einfach so davongekommen?«, hauchte Bernice ungläubig, während wir zur Tür am Ende des Flurs liefen.

Ich nickte fast roboterhaft und warf einen Blick über die Schulter, für den Fall, dass doch noch alles in die Hose gehen würde. Aber niemand tauchte dort auf, kein Drache sprang heraus, um uns zu verschlingen, und keine der M. O. E. S. E. N. machte Anstalten, uns wegzuschleppen.

Wir hatten es geschafft. Aber ich hatte das Gefühl, dass das noch nicht das Ende war. Denn wenn Nova wirklich von Lionel kontrolliert wurde, dann war das Spiel gerade noch viel gefährlicher geworden. Und wir waren alles andere als in Sicherheit.

Gemini
Scorpio
Virgo
Cancer
Aries
Leo
Sagittarius
Taurus
Capricorn
Aquarius
Libra
Pisces

GERALDINE

KAPITEL 32

»Die Gänse ziehen nach Osten, die Gänse ziehen nach Osten«, murmelte ich, meine Lippen so schwer wie zwei Kuhglocken auf meinem Gesicht.

»Gerry, du redest wirres Zeug«, sagte mein Maxy-Boy sanft. »Geht es dir gut?«

Ein Knistern heilender Magie strömte von ihm in meine Herzmuscheln, und ich heulte, unfähig, die Augen zu öffnen und der traurigen Welt da draußen ins Gesicht zu sehen. Er trug mich irgendwohin, weg von meiner Lady, obwohl sie mich doch jetzt gerade am meisten brauchte, aber ich hatte gehört, wie Tory ihn dazu ermutigte. Und ich würde dem Wort einer meiner Königinnen sicher nicht widersprechen.

»Mir kann es nicht gut gehen«, stöhnte ich und hielt einen Arm vor die Augen, während ich so schlaff wie ein Neunauge in seinen Armen hing. »Die arme, süße, fröhliche Darcy ist mit diesen abscheulichen Kreaturen gefangen. Und ihr wachsamer, treuer, furchterregender Pirat auch.«

»Wir werden das schon hinkriegen«, versprach er mir und versuchte, mir seine Sirenengaben aufzudrängen, aber ich zappelte und strampelte wie ein wild gewordener Seehund.

»Wage es nicht, dich wie ein Dieb in der Nacht in mein Herz zu schleichen, um meine Leiden zu beseitigen! Ich werde sie in ihrer ganzen Fülle spüren und in ihre armseligen Abgründe stürzen, wenn es sein muss!«, krähte ich.

Mein schlüpfriger Seelachs seufzte, und ich spürte, wie die Luft wärmer wurde, als wir uns in einen Raum begaben, den ich nicht zu sehen wünschte.

Als ich hörte, wie die Wachen versuchten, ihn daran zu hindern, in die oberen Stockwerke des prächtigen Schlosses aufzusteigen, winkte ich ihnen zu.

»Er ist mein Ross. Lasst ihn passieren!«, befahl ich, und Max brummte etwas, das ich nicht verstand, als er weiterging.

»Du musst mir den Weg zeigen. Du hast mich noch nie in dein Zimmer eingeladen«, sagte er mit einem Hauch von Bitterkeit in der Stimme.

»Oh, meine liebe süße Sardelle, ich vergesse manchmal, was für ein zartes Gänseblümchen du doch bist.«

Ich riss den Arm von meinem Gesicht, öffnete endlich die Augen und zeigte ihm den Weg, bis wir meine Tür erreichten.

»Ich bin nicht zart«, knurrte er in seinem schroffen Tonfall, der Lady Petunia ganz rasend machte.

Ich entwand mich seinen Armen, riss die Tür auf und betrat mein bescheidenes Zimmer, das größtenteils meinen Backwaren gewidmet war. Ein langer Holztisch stand an der Wand und erstreckte sich über die gesamte Länge des Raumes. Dahinter befand sich mein einfaches Bett, das mit schlichter weißer Bettwäsche bezogen war. Bagels in ihren vielen Formen füllten den größten Teil des Tisches, aber da waren auch andere Backwaren, die für königliche Münder geeignet waren.

»Weißt du, es ist irgendwie eine miese Nummer, mir Essen zu verweigern, wenn du so viel davon hast.« Er betrat mein zur Speisekammer mutiertes Schlafzimmer, lehnte mit der Schulter am Türrahmen und warf mir einen mürrischen Blick zu.

»Ach, papperlapapp!« Ich winkte ab und ging zu dem kleinen Weidenkorb, den ich an diesem Morgen selbst gemacht hatte und der von einem Tuch bedeckt war, in das ein Lachs eingestickt war. Ich hatte es handgenäht, mit einer Nadel aus dem feinsten Silber, das ich mit meinem Erdelement hatte herbeizaubern können. Ich schlug den Stoff zurück und hielt ihm den Korb hin, wobei ich diverse Croissants und Pains au Chocolat enthüllte, die ich in Form all seiner Lieblingsmeerestiere gebacken hatte.

Sein Mund stand offen wie der eines Hammerhais, der seinen Hammer verloren hatte. »Sind die für mich?«

»Na, für wen denn sonst? Den Kabeljau-Kapitän?« Ich drückte ihm den Korb in die Arme, und seine Augen leuchteten vor Hunger. Es schien, als würde mein liebster Hummer unter Hungerlaune leiden – und das würde ich nie wieder vergessen.

»Das sind meine Leibspeisen«, sagte er, jetzt ganz zahm wie ein zutraulicher Seelöwe, und nahm ein Pain au Chocolat aus dem Korb.

»Natürlich sind sie das. Glaubst du, ich hätte nicht bemerkt, wie du auf diese beiden Arten von Gebäck herumkaust? Du bist dann wie ein Kind mit Fae-Watte.« Ich lachte leise, aber dann fiel mir ein, dass meine Lady Darcy eine Gefangene der lahmen Eidechse und seiner Schattenhure war. Und ich dachte an Angelicas anmutige Gestalt, die von dieser hässlichen Made Mildred zerstört worden war. Das Verlangen nach Rache rief meinen Namen wie ein umherwanderndes Irrlicht.

Oh, wehe mir, und ich bin weh!

Ich schluchzte, ließ mein Elend die Luft erfüllen und beförderte die salzigen Tränen aus meinen Augen in eine Tasse auf meinem Nachttisch, bevor ich mich aufs Bett legte.

»Gerry …«, sagte Max traurig. Er ließ die Tür hinter sich ins Schloss fallen, stellte sein kostbares Gebäck ab und kam stattdessen auf mich zu. Oh, was für eine Wahl, denn ich war bei Weitem nicht so knusprig und süß wie ein Pain au Chocolat.

Er legte sich hinter mich aufs Bett, und ich rollte mich von ihm weg. Wir beide passten kaum auf die Matratze, aber er machte es möglich, indem er mich in seine gigantischen Muskeln zog. Er war ein wirklich wunderbares Fae-Exemplar. So groß wie ein Ochse und wahrscheinlich auch so potent. Ach, Sterne, warum musste er ein Erbe sein?

Ich schniefte und schluchzte, kuschelte mich in seine Arme und griff hinter mich, um seinen Hals zu umklammern.

»Grausame Schicksale ereilen uns, als säßen wir unter einem üppigen Apfelbaum voller schrecklicher Bestimmungen. Jeder Apfel, der fällt, ist von Fäulnis und Würmern befallen, und wir bekommen nichts von dem süßen Nektar, nach dem wir uns sehnen. Sind wir verdammt, Maxy-Boy? Können wir diesem faulenden Baum entkommen und einen anderen finden, dessen Äpfel prall und reif wachsen? Wo die Sonne auf die Blätter scheint und uns in ihr ermutigendes Licht taucht?«

»Ich hoffe es«, sagte er düster. »Aber eine solche Zukunft vorauszusagen, ist schwer. Es ist, als wären die Sterne wütend auf uns.«

»Aber was haben wir getan, um ihren Zorn zu erregen?« Ich krächzte wie ein durstiger Frosch ohne Teich. »Es hat einmal eine Zeit gegeben, in der ich die Sterne für nicht voreingenommen gehalten habe. Aber wenn sie es nicht sind, warum sollten sie dann einer abscheulichen Echse, die Solaria und all seine tugendhaften Fae terrorisieren will, solch großes Glück schenken?«

»Ich weiß es nicht«, seufzte mein süßer Salamander. »Vielleicht geht es selbst den Sternen nur um Macht.«

»Aber wenn das so wäre, dann wären meine Ladys sicherlich das Objekt ihrer Gunst«, sagte ich. Die Antworten auf meine Fragen würden wohl verschleiert bleiben, als klebten sie wie Seepocken am Rumpf eines Bootes.

»Ich kann meinem Vater sagen, dass wir ihn heute nicht zum Abendessen treffen können«, meinte Max.

»Nein, ich kann nicht den ganzen Nachmittag und Abend hier wie eine Pflaume in der Sonne liegen. Ich muss aufstehen und mich mit dem Ratsmitglied treffen, das dich gezeugt hat. Aber zuerst muss ich zu meiner Lady zurückkehren und sie um Vergebung bitten, dass ich sie in ihrer Zeit der Not im Stich gelassen habe. Ich war heute eine abscheuliche und liederliche Dienerin und muss mich jetzt dem Preis für meine Unfähigkeit stellen.« Ich sprang aus dem Bett, wirkte eine Weinrebenpeitsche in meine Hand, riss mein Shirt entzwei und peitschte meinen nackten Rücken.

»Gerry!«, schrie Max, sprang auf und versuchte, mich zu fassen zu bekommen, aber ich war so flink wie ein Blatt im Wirbelsturm, tanzte hin und her, während ich mich züchtigte und ihm auswich.

Er schleuderte mir eine Luftböe entgegen, wickelte mich darin ein und drückte meine Arme an meine Seiten, während er sich mir näherte und dabei aussah wie ein legendärer Krieger von Ragoon.

Er legte seine Hand an meine Wange, seine Augen waren ein wirbelnder Ozeansturm. Mein Rücken prallte gegen die Wand, als er mich wie eine Krabbe in seinem Netz gefangen nahm. Oh, wäre ich doch sein Krustentier …

Meine Lady Petunia erblühte wie eine Blume im Juni, und sein Blick fiel auf meine riesigen Brüste, die sich in dem dunkelgrünen Korsett abzeichneten, das ich aus der Seide eines Nachtfalters gewebt hatte.

»Du kannst mich nicht so ansehen, ohne zu erwarten, tief in meine Lady-Gewässer einzutauchen«, keuchte ich. »Wende deine Augen ab oder erfülle das Versprechen, das in ihnen leuchtet wie der Stern, nach dem du benannt bist, Max Rigel.«

»Ist das Code für *Bitte fick mich*?« Er grinste, und dieses Lächeln war ein Berg, den ich erklimmen wollte, um meine Flagge auf seinem Gipfel zu hissen und ihn als meinen zu beanspruchen.

»Ich könnte nicht deutlicher sein«, stöhnte ich. »Bring mich in Davy Jones' Kerker und plündere meine Schatztruhe mit deiner Seegurke!«

Geschickt öffnete er mein Korsett, woraufhin meine üppigen Brüste heraussprangen, und senkte dann den Mund, um eine meiner Brustwarzen zwischen seinen sinnlichen Lippen zu umschließen. Ich schrie auf wie eine Feige auf der Geige, schob meine Hände in seine dunklen kurzen Haare und streichelte gleichzeitig seinen Nacken. Ich konnte nicht in Worte fassen, was dieser Schürzenjäger in mir auslöste, denn es war, als gäbe es noch keine Worte, um solchen Gefühlen einen Namen zu geben.

Ich riss an seinen Haaren, sodass er seinen Mund von meiner Rosenknospe lösen musste, und er sah mich mit einem Blick an, der ein Angebot enthielt. Ein Angebot all dessen, dass ich mir für meine Lady Petunia immer gewünscht hatte.

»Nimm mich wie ein Ritter der Esterburn-Armee! Erobere mich wie die Burg von Norington! Stürze deine Waffe in meinen Burggraben!«, sagte ich, während ich nach Luft rang.

Max hob mich hoch, als wäre ich nicht schwerer als eine Butterblume, obwohl ich wild, muskulös und kurvenreich war, und warf mich aufs Bett, wobei er mir das Höschen herunterriss. Schließlich lag ich nackt vor ihm, und seine Augen strahlten Wollust aus, als er über mich kroch und versuchte, mich festzuhalten, als wäre ich ein Teelöffel auf seinem Teetablett.

Aber ich war der Teemeister in diesem Spiel, und das sollte er besser schnell lernen.

Mit einem »Yii-ha!« schwang ich ein Bein über seine Hüfte und zwang ihn, sich unter mich zu rollen. Ich packte seine Handgelenke, schlang sie um meine Taille, verband sie mit Eis mit meiner Wirbelsäule und fror dann auch seine Knöchel am Bett fest.

»Gerry«, keuchte er und kämpfte wie eine Schildkröte im Sturzflug.

Ich schob seine Hose nach unten und ließ mich auf seinen langen Lümmel sinken, was seine Beschwerden im Keim erstickte. Sein Stöhnen erfüllte die Luft und vermischte sich mit meinem eigenen zu einem Cocktail, während ich mich den Freuden meiner Petunie hingab. Ich befeuchtete meine Hand mit meinem Wasserelement und versetzte ihm dann Ohrfeige um Ohrfeige, bis er wie ein Ghul knurrte.

Als Nächstes küsste ich ihn und schob meine Zunge zwischen seine Lippen. Er murmelte ein paar Worte, die ich nicht entziffern konnte. Ich wusste genau, was ihm gefiel, auch wenn er es selbst nicht wusste, aber mein Maxy-Boy genoss Ohrfeigen genauso wie Peitschenhiebe.

»Bei den Sternen, du machst mich verrückt. Ich liebe dich, Gerry«, hauchte er, als ich mit den Hüften wackelte und dann einen Jingle Jive hinlegte.

»Liebe!«, rief ich, warf den Kopf in den Nacken und ritt ihn, als hätte ich eine dringende Botschaft zu überbringen und nur ein einfaches Pony zwischen meinen Schenkeln. »Ich liebe dich auch, trotz deiner schrecklichen Fehler, deiner Wurzeln, die aus einem mächtigen Baum der Anti-Royalisten gewachsen sind, und deiner schmutzigen Abstammung.«

»Scheiß auf all das!«, sagte er ernst und blickte zu mir auf. Seine Augen funkelten wie Kronjuwelen. »Ich meine es ernst, Gerry. Wir werden das alles in den Griff bekommen. Ich will dich. Nur dich. Der ganze andere Scheiß ist reine Politik.«

»Ja«, stimmte ich zu. »Und die Politik mag einst meine Flüsse beherrscht haben, aber ich habe neue Quellen aus der Erde sprießen lassen. Ich habe versucht, dir zu widerstehen, mein edler Delfin, aber leider treibt mich das Schicksal immer wieder in deine Gewässer. Schwimm mit mir, Maxy-Boy!«

Ich wiegte meine Hüften schneller, und seine Bizepse wölbten sich wie zwei prächtige Kugelfische. Er neigte den Kopf nach vorn, um zu beobachten, wie er in mich stieß und meiner Petunie das volle Ausmaß seines Wagemuts zeigte. Er war der Größte, den ich je hatte erleben dürfen, obwohl ich diese Wahrheit noch nicht an seine Ohren weitergeben wollte, damit sein Kopf nicht zu groß wurde. Aber er war der Besitzer eines Seetiers zwischen seinen Schenkeln, und ich hieß es tief in meinem Korallenriff willkommen, dehnte meinen Nacken und schrie nach mehr, obwohl vielleicht selbst ich nicht mehr nehmen konnte, als er mir gab.

Ich erklomm eine Welle, fiel mit einem Schnalzen und sang wie eine Singdrossel für ihn, als er mich in den Garten der Ekstase schickte. Und als ich benommen durch meine glänzenden Augen auf ihn hinabblickte, wusste ich, dass wir noch nicht fertig waren. Nicht einmal annähernd. Meine Wachteln zitterten, meine Herzmuscheln galoppierten.

Ich gab mich ihm hin, obwohl ich wusste, dass es egoistisch war, wo doch die Welt hinter diesen Türen aus den Fugen geriet. Aber ich war in diesem Moment ein schwaches Wrack von einem Weichtier, und alles, was ich mir wünschte, war ein Moment in den Armen meines Geliebten, bevor ich mich dem Tag erneut stellen musste.

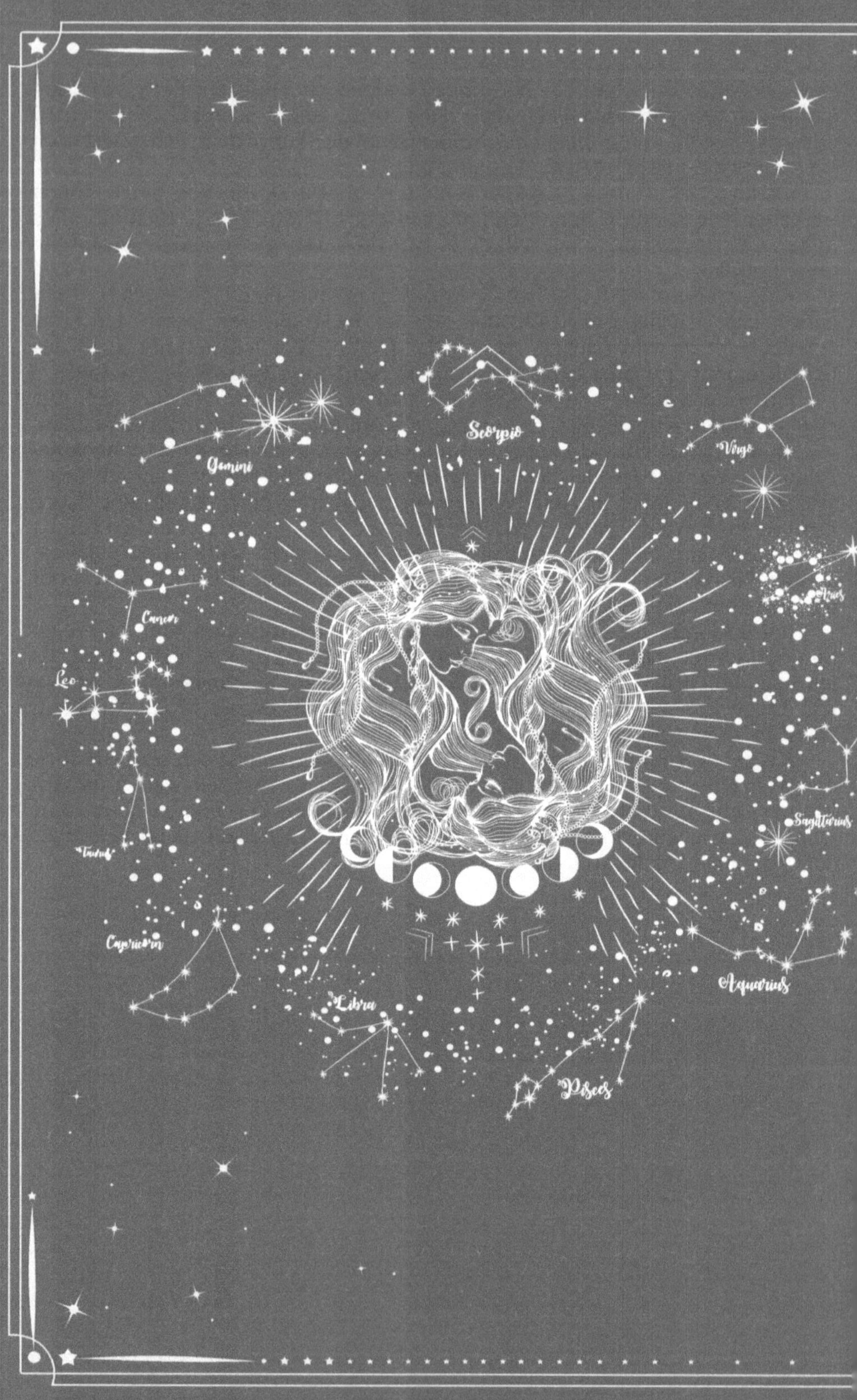

Gemini
Scorpio
Virgo
Cancer
Aries
Leo
Sagittarius
Taurus
Capricorn
Aquarius
Libra
Pisces

DARCY

KAPITEL 33

Mit jeder Folter brauchte Orion länger, um zu mir zurückzukehren, und das brach mir das Herz. In diesen schrecklichen Waffen, die Lavinia benutzte, um ihm wehzutun, verbargen sich Schatten und Grausamkeit, was wiederum ein Mal auf seiner Seele hinterließ.

»Lance?« Ich versuchte, seine Aufmerksamkeit auf mich zu lenken. Er saß an der Wand, die Wunden auf seiner nackten Brust immer noch offen, nachdem Lavinia nur wenige Minuten der Heilung durch Horace erlaubt hatte. Er musste immer dann aufhören, wenn die Blutergüsse weiterhin blühten und die Schnittwunden kaum verkrustet waren, sodass er nie ganz von den Schmerzen befreit war, die sie ihm zugefügt hatte. Horace schien das nicht zu kümmern. Er wollte immer nur so schnell wie möglich von Orion und mir wegkommen und versuchte, so zu tun, als würden wir nicht existieren.

Orions Augen blieben nun starr auf die Gitterstäbe gerichtet, sein Gesichtsausdruck leer.

»Sprich mit mir!«, drängte ich, rutschte näher auf ihn zu und nahm seine Hand. Aber seine Finger reagierten nicht auf meine.

Ich versuchte, stark zu bleiben, aber meine Wut darüber, dass er sich in dieser Situation mit Lavinia befand, weckte jedes Mal die Schattenbestie in mir. Manchmal verlor ich die Kontrolle, wenn diese Frau seinen Körper entstellte. Dann befreite sich das Monster in mir, und ich wurde in die Abgründe der Dunkelheit geworfen, gefangen in einem Strudel des Zorns.

Es schien, als würde meine Fähigkeit, die Bestie im Zaum zu halten, mit jedem Tag schwächer werden. Und ich wusste nicht, wie lange es noch dauern würde, bis sie mich vollständig in Besitz genommen hatte. Aber diese Angst wagte ich nicht auszusprechen. Wenn Orions Opfer umsonst gewesen wäre, weil ich selbst nicht in der Lage war, die Schattenbestie in Schach zu halten, würde ich mir das nie verzeihen. Der Gedanke an diese Realität war unerträglich. Ich hatte eine Aufgabe, und Orion zählte auf mich. Ich durfte ihn nicht enttäuschen.

Ich drückte Orions Hand erneut, ohne eine Reaktion zu erhalten. Der Schmerz, ihn so zu sehen, war mehr, als ich ertragen konnte. Und obwohl ich wirklich versuchte, tapfer zu sein, fühlte ich nur diese Kluft, die meinen Geist spaltete und in der Rache und Tod lauerten. Ich zählte die Spuren, die sie an meinem Gefährten hinterlassen hatte, und schwor Lavinia, sie zehnfach zu vergelten, indem ich ihr all die Qualen zufügte, die ich zustande bringen würde. Aber das machte es nicht einfacher, denn es änderte nichts im Hier und Jetzt.

Orion hat nie auch nur einen einzigen Schlag abgewehrt und war jedem ihrer Angriffe mit einer Widerstandskraft entgegengetreten, die mich so verdammt stolz machte. Und wenn es möglich war, ihn noch mehr zu lieben, dann tat ich das. Ich wünschte mir nur von ganzem Herzen, bei allen Sternen, die es je gegeben hatte und je geben würde, dass dies nicht die Antwort auf die Auflösung meines Fluchs gewesen wäre. *Alles, nur nicht er.*

»Lance?«, fragte ich erneut, während ich auf seinen Schoß krabbelte und seine Wange mit meiner Handfläche umschloss.

Er blinzelte langsam, ein dunkler Sturm tobte in seinen Augen, als er sich endlich auf mich konzentrierte. Aber er sagte immer noch nichts.

»Bitte komm zu mir zurück«, flüsterte ich verzweifelt, während mir leise Tränen über die Wangen liefen. »Es tut mir so leid, dass dies unser Schicksal ist. Es ist alles meine Schuld. Ich hätte mich von den Rebellen fernhalten sollen. Ich hätte früher erkennen sollen, was mit mir geschah. Du solltest nicht den Preis für diesen Fluch zahlen müssen. Das ist nicht fair.« Ich presste meine Lippen auf seine und schmeckte Trauer und Salz zwischen uns. Sein Mund bewegte sich nicht gegen meinen, er zog mich nicht an sich, er war nicht da. Er war nicht er selbst.

»Lance«, flehte ich, und meine Stimme zerbrach an den scharfen Klippen meiner Angst. Ich konnte ihn hier in diesem kalten Raum vor einem Thron, der immer noch von einem herzlosen König beansprucht wurde, nicht verlieren.

»Ich kann helfen.« Eine weibliche Stimme ließ mich herumfahren. Ich knurrte, als ich sah, wie Stella Orion leise die Türen zum Thronsaal schloss. Sie trug Jeans und ein schwarzes T-Shirt und sah völlig fehl am Platz in diesem großen Raum aus, der für Könige gebaut worden war.

»Halte dich von uns fern!«, warnte ich sie, stand auf und wischte mir hastig die Tränen von den Wangen.

Stella ignorierte mich, kam näher und versuchte, einen Blick auf Orion zu erhaschen.

»Es sind die Waffen, die sie gegen ihn einsetzt«, sagte sie mit emotionsgeladener Stimme. »Jedes Mal, wenn sie ihn verletzt, dringen die Schatten in seinen Körper ein. Er ist stark. Es ist ein Wunder, dass er so lange durchgehalten hat, ohne der Verlockung zu erliegen. Aber ich kann die Schatten aus ihm herauslocken.«

Ich hielt mich an den Gitterstäben des Käfigs fest und beobachtete sie mit starrem Blick. So wie eine Löwin ihre Beute beobachten würde. Ich musste am Rande meiner Belastbarkeit sein, denn ich konnte nicht anders, als mich an die Hoffnung zu klammern, die ihre Worte mir boten. Aber wie konnte ich dieser Frau vertrauen? Nach allem, was sie getan hatte?

»Warum solltest du ihm helfen wollen?«, fragte ich. »Du hast ihn verstoßen.«

»Er wird immer mein Sohn sein. Es spielt keine Rolle, was zwischen uns vorgefallen ist«, sagte sie ernst und ließ ihren Blick über mich schweifen.

»Vielleicht wirst du es eines Tages verstehen, wenn du selbst ein Kind hast.« Ein trauriges Lächeln huschte über ihr Gesicht, als sie näher kam. »Weißt du … ich dachte, seine Beziehung zu dir wäre eine erbärmliche kleine Rebellion gegen mich.«

»Nicht alles dreht sich um dich, Stella«, erwiderte ich kühl. »Ich liebe deinen Sohn mehr, als du dir vorstellen kannst.«

»Das weiß ich. Ich habe die silbernen Ringe in seinen Augen gesehen.«

»Die Ringe ändern nichts an dem, was wir füreinander empfunden haben, bevor uns diese von den Sternen gegeben wurden«, zischte ich. »Die Welt hat beschlossen, unsere Liebe in der Sekunde anzuerkennen, in der wir von den Sternen verbunden wurden. Aber wir haben uns schon lange vorher geliebt. Diejenigen, denen wir wirklich wichtig sind, haben das akzeptiert, lange bevor die Sterne das Sagen hatten«, erklärte ich energisch. »Du gehörst nicht zu diesen Personen.«

Ihr Mund verzog sich zu einer scharfen Linie. Sie war größer als ich, aber ich fühlte mich nicht weniger mächtig als sie, auch wenn sie auf mich innerhalb eines Käfigs herabblickte. Unter normalen Umständen war ich viel stärker als sie, und ob ich jetzt Magie in meinen Adern hatte oder nicht, ich würde mich immer zwischen sie und ihren Sohn stellen.

»Ich weiß, warum er dich liebt«, sagte sie, und ihre Unterlippe zitterte.

»Du weißt nichts über uns«, widersprach ich, aber sie fuhr fort, als hätte ich nichts gesagt.

»Es ist diese … Aufsässigkeit in dir. Er hat sie auch. Ich kann sehen, warum ihr perfekt zusammenpasst.«

Meine Finger schlossen sich fester um die Gitterstäbe. Ich würde sie wie eine verdammte Sterbliche mit Fäusten und Zähnen allein bekämpfen, wenn ich das müsste.

»Du weißt nichts über mich. Und auch über ihn weißt du nichts mehr«, sagte ich. »Dein Sohn ist der unglaublichste Fae, den ich je kennengelernt habe, und er verdient Glück und Frieden. Ich schwöre bei allem, was ich bin, dass ich ihm diese Dinge geben *werde*, und ich werde jeden vernichten, der sie ihm wegnimmt. Das schließt dich ein, Stella. Ich habe jetzt eine lange Liste von Feinden, und dein Name steht ganz oben.«

»Vergib mir«, schluchzte sie völlig aufgelöst. Verwirrt sah ich zu, wie sie nach vorn taumelte und ihre Hände an den Stäben um meine legte. »Ich hätte an seiner Seite stehen sollen, als Lionel ihn an Darius gebunden hat. Ich hätte für ihn da sein sollen, als Clara uns genommen wurde. Ich hätte nie zulassen dürfen, dass es so weit kommt. Und ich hätte eine Mutter sein sollen, zu der er dich nach Hause bringen kann.«

Ich versuchte, meine Hände aus ihren zu lösen, aber sie klammerte sich an mich, und Verzweiflung verzerrte ihre schönen Züge.

»Es gibt nichts, was du tun kannst, um jemals meine Vergebung zu verdienen«, sagte ich, riss meine Hände von ihr los und trat zurück. »Ihm wehzutun, bedeutet, meinen Zorn zu erregen. Du hast ihm den Rücken gekehrt und ihn allein gelassen, als er dich am meisten gebraucht hat. Es gibt nichts, was das ungeschehen machen könnte.«

Sie ging auf die Knie und versuchte, durch die Gitterstäbe an meinen Beinen vorbei zu Orion zu gelangen.

»Ich kann ihm helfen. Bitte. Bring ihn näher. Lass mich ihm helfen. Ich bringe ihn zu dir zurück.«

Ich trat zur Seite und warf einen Blick auf den Mann, den ich liebte, während mein Herz in zwei Teile zerbrach. Er war überhaupt nicht anwesend. Seine Augen waren hart und kalt, und ich fürchtete, dass er vielleicht nie zu mir zurückkommen würde. Und der Ausdruck von Schmerz in Stellas Gesicht warf die Frage auf, ob sie wirklich noch etwas Liebe für ihn empfand. Aber Orion hatte mich gewarnt, wie gut seine Mutter lügen konnte …

»Mein Junge, komm zu mir«, sagte sie und streckte sich so weit sie konnte, um sein Bein zu greifen.

Er rührte sich nicht, und ich rang mit der Entscheidung, was ich tun sollte. Ich wollte Stella nicht vertrauen, aber die Leere in Orions Augen machte mir Angst. Und ich wusste nicht, welche anderen Möglichkeiten ich hatte. Wenn auch nur die geringste Chance bestand, dass sie ihm helfen konnte, musste ich sie dann nicht ergreifen?

Ich schluckte, um die Trockenheit in meiner Kehle zu lindern, und starrte meinen Elysischen Gefährten an, während mein Widerstand nachließ. Er steckte so tief in den Fängen der Schatten, was konnte sie ihm da überhaupt noch antun?

»Schwöre, dass du ihm nichts antun wirst!«, zischte ich und sah sie an, während ich meine Entscheidung traf.

»Ich schwöre es.« Sie reichte mir ihre Hand, um den Deal zu besiegeln, aber ich stieß sie beiseite. Ich hatte ohnehin keinen Zugang zu meiner Magie und vertraute den Sternen nicht mehr.

Bei meiner Ankunft in Solaria war ich so offen für all die Magie in der Welt gewesen und hatte irgendwie unerschütterlich daran geglaubt, dass sich alles zum Guten wenden würde. Dass der Himmel nicht gegen uns war. Aber jetzt, nach allem, was passiert war, schien es mir unmöglich, weiter daran zu glauben.

Ich ließ mich auf Orions Seite fallen und versuchte, ihn zu Stella zu zerren, aber sein massiger Körper machte das fast unmöglich.

Ich zerrte kräftiger an seinem Arm und flehte ihn an: »Du musst dich bewegen.«

Er rutschte ein wenig nach vorn, gerade so weit, dass sie seinen Arm erreichen konnte, und Erleichterung breitete sich in meiner Brust aus, gefolgt von einer Welle der Besorgnis. Ich hoffte wirklich, dass ich das nicht bereuen würde.

Stella schloss die Augen, während sie ihre Finger auf Orions Handgelenk legte und anfing, eine dunkle Beschwörungsformel vor sich hin zu murmeln. Ich kniete mich neben ihn, und die Angst fraß sich in mich, während ich Stella gewähren ließ, bereit, sie wegzustoßen, sollte sie mir auch nur den kleinsten Grund dafür geben.

Orion stöhnte, zuckte zusammen und griff nach Stella, als hätte sie die Antwort auf sein Leiden. Sie streichelte seine Schläfe, während er sich gegen die Gitterstäbe lehnte, die Stirn vor Konzentration in Falten gelegt. Und ich kämpfte weiterhin gegen den Impuls an, mich zwischen sie zu drängen.

Dunkelheit sammelte sich an den Rändern seiner Haut, und sie sog sie in ihre eigene. Ihre Worte gewannen an Kraft, während sie ihre dunkle Magie ausübte. Was genau sie tat, wusste ich nicht. Langsam öffnete Orion die Augen, und ich sah in ihnen wieder den Mann, den ich liebte. Seine silbernen

Ringe schienen für einen Moment regelrecht zu leuchten. Ich stürzte mich mit einem Freudenschrei auf ihn, warf ihn zur Seite, sodass er mit dem Rücken auf dem Boden aufschlug. Ich schlang meine Arme um ihn und küsste seinen Mundwinkel. Dann das Grübchen in seiner Wange und die Bartstoppeln an seinem Kinn.

»Du bist zurück«, flüsterte ich, und Erleichterung durchflutete mich. Er streichelte meine Haare, während er mich festhielt.

»Ich werde immer zu dir zurückkommen, Blue«, versprach er und nahm mir die Angst aus dem Herzen.

»Die Dunkelheit ist mächtig«, keuchte Stella und ließ sich erschöpft auf ihren Fersen zurückfallen. »Aber ich kann sie in Schach halten. Zumindest für eine Weile.«

Ich setzte mich auf und erlaubte auch Orion, sich aufzurichten, während wir seine Mutter anstarrten. Sie hatte uns zwar geholfen, aber das änderte nichts an meinen Gefühlen ihr gegenüber. Eine gute Tat konnte unzählige schlechte nicht auslöschen.

»Wartest du auf ein Dankeschön? Denn ich habe nur eine Sache, für die ich dir danken möchte«, sagte ich, als Stella wie eine streunende Katze auf der Suche nach Futter in unsere Richtung schaute. »Danke, dass du diesen Mann in die Welt gesetzt hast. Er ist mit Abstand das Beste, was du je vollbracht hast.«

Stella schluckte schwer. Sie schürzte die Lippen, und in ihren Augen sammelten sich Tränen, als sie sich erhob und immer wieder nickte, bevor sie sich umdrehte und durch den Raum zur Tür eilte.

Orion drehte mich zu sich und drückte dann seinen Mund auf meinen. Sein Kuss brachte meinen Puls zum Rasen und zerstreute all meine Gedanken. Er zog mich an seine Brust, und der wilde Schlag seines Herzens passte sich meinem durch die Barriere unserer Körper an. In diesem Moment waren wir ein Wesen, ein Geschöpf der Wut und Hoffnung, das der Dunkelheit widerstand, als wären wir aus Sternenlicht gemacht.

Plötzlich ertönte ein Knirschen – als würde Stein über Stein reiben –, und wir drehten uns augenblicklich um. In der Wand hinter uns öffnete sich eine Tür. Orions Reißzähne blitzten auf, als er sich in Angriffsstellung aufrichtete und den dunklen Gang in Augenschein nahm. Seine Stirn lag in Falten, während er auf Anzeichen für eine Bedrohung lauschte.

Ein schimmerndes Paar silberner Flügel an der Wand im hinteren Teil des Ganges erregte meine Aufmerksamkeit, und meine Lippen teilten sich, während ich aufstand und Orion darauf hinwies. Neben den Flügeln prangte das Symbol der Hydra in einem tiefen Purpur. Es blitzte für eine kurze Sekunde auf, bevor alles wieder dunkel wurde.

»Das ist der Durchgang, den ich in Gabriels Vision gesehen habe«, sagte Orion, und ich fröstelte. Wir hatten danach gesucht, seit er mir von der Vision meines Bruders erzählt hatte – erfolglos. »Er hat mir gezeigt, dass ich drei Stunden Zeit habe, bevor jemand den Thronsaal betritt.«

»Können wir diesen Durchgang benutzen, um zu Gabriel zu gelangen?«, fragte ich hoffnungsvoll.

»Nein«, erklärte er mit gerunzelter Stirn. »Dieser Tunnel führt nicht zu ihm. Das hat er auch gesagt. Aber Blue, er wird uns zu einer Antwort führen, die uns helfen kann. Das weiß ich einfach.«

Ich rannte los, um den Gang zu erkunden, aber Orion packte mich an der Hüfte und drehte mich in seinen Armen herum.

»Immer mit der Ruhe, kleine Bestie«, sagte er mit einem Grinsen in der Stimme. »Hat dir noch nie jemand die Geschichte vom Bohnenspross Jacabee erzählt?«

»Ähm, nein. Gutenachtgeschichten standen bei uns nicht auf der Tagesordnung«, sagte ich, und er runzelte die Stirn.

»Nun, mein Vater hat mir Hunderte erzählt.«

»Ich will sie alle hören«, beschloss ich. »Erzähl mir unterwegs von dem Bohnenspross-Ding.« Ich drehte mich von ihm weg und rannte mit einer Hoffnung, die ich längst verloren geglaubt hatte, in den Tunnel.

Orion schoss mit seiner Vampirgeschwindigkeit an mir vorbei; seine riesige Gestalt versperrte mir den Weg.

Ein Knurren dröhnte durch seine Brust und sandte einen Schauer der Begierde durch mich hindurch. »Schon mal was von Gehorsam gehört, Miss Vega? In diesem Tunnel könnten Gefahren lauern.«

Ich lächelte, stellte mich auf Zehenspitzen und fuhr mit meinen Fingern über seine nackte Brust, bis ich ihm auf die Nase tippte. »Ich glaube, das ist deine Schuld, Professor. Du hast mir beigebracht, dass die Strafe für Ungehorsam sehr, sehr … gut ist.« Ich duckte mich um ihn herum und rannte barfuß in die Dunkelheit, während sein Gelächter mir folgte. Das Geräusch wärmte mich von innen heraus, und ich hielt an diesem Gefühl fest, damit es mir nicht zu früh entglitt.

Er erwischte mich wieder, dieses Mal drückte er mich mit dem Gesicht zur Wand und legte mir seine Hand in den Nacken. »Du bittest ja förmlich darum, dass ich dir den Hintern versohle, Blue.«

Seine andere Hand streichelte meine Arschbacken, und ich krümmte mich unter seiner Berührung wie eine Katze. »Nein, ich bitte dich, mir von dem Bohnenmann zu erzählen.«

Seine Hand landete hart auf meinem Hintern, und ich keuchte angesichts des köstlichen Schmerzes, der durch meine Haut kribbelte und mich daran erinnerte, dass ich noch hier war. Dass ich weiterkämpfen würde.

»Dann frag wenigstens nett«, erwiderte er, während der Druck auf meinen Nacken zunahm, und verdammt, ich hatte es vermisst, seiner Gnade ausgeliefert zu sein.

Ich biss mir auf die Lippe, spürte ein seltenes Lächeln über mein Gesicht huschen und dachte mir, dass ich diesen winzigen Moment der Wildheit genießen würde. Ich redete mir ein, dass wir wieder an der Zodiac Academy wären und einander neckten. Unser Katz-und-Maus-Spiel hatte mich immer in die beste Art von Wahnsinn getrieben.

»Bitte, Sir«, sagte ich mit einer Stimme, die vor Lust geradezu vibrierte, und er stimmte dem mit einem Brummen zu.

Er schlang seinen Arm um meine Taille und stellte mich neben sich. Gemeinsam traten wir in die Dunkelheit, als wäre dies ein ganz normaler Tag an einem ganz normalen Ort.

»Scheiße«, fluchte ich, als ich eine Stufe hinunter stolperte und mich an Orions Arm festhielt, um nicht in die Dunkelheit zu stürzen.

Er hielt mich fester, ein belustigtes Grollen entrang sich ihm. »Ich führe dich. Ich kann nämlich hervorragend sehen«, sagte er, und sein Arm glitt zu meiner Schulter, bevor er mich näher an sich zog. »Wenn du möchtest, kannst du auch wie ein kleiner Koalabär auf meinen Rücken springen. Dann werde ich uns mit meiner Geschwindigkeit dorthin bringen.«

»Aber dann bleibt keine Zeit für Geschichten«, sagte ich und schaute zu ihm auf, obwohl das Licht des Thronsaals schon weit hinter uns lag und ich kaum noch etwas sehen konnte.

»Na gut, ich erzähle dir von Jacabee ...«

Wir tauchten tiefer in die Tunnel ein und schlängelten uns in die Tiefen des Palastes, während Orion mir eine Geschichte erzählte, die der von »Hans und die Bohnenranke« nicht unähnlich war, außer dass Jacabee es bis in die Wolken schaffte und sich in das Schloss des Riesen schlich, wo er schließlich bei lebendigem Leib gehäutet und auf grausame Weise verspeist wurde.

»Und deshalb solltest du dich niemals an unbekannte Orte schleichen«, schloss Orion streng, während ich erschauderte.

»Das war schrecklich«, hauchte ich. »Warum sollte man Kindern so eine Geschichte erzählen?«

»Um sie zu erschrecken, damit sie keine Dummheiten anstellen. Weißt du eigentlich, wie leichtsinnig Fae-Kinder sind? Im Alter von fünf Jahren habe ich mich davongeschlichen und bin mit Clara Klippenspringen gegangen. Vater hat uns aus dem Wasser gefischt und uns eine Woche lang Hausarrest verpasst. Wenn wir jemals Kinder haben sollten, werde ich sie nie aus den Augen lassen.«

Ich lächelte, als ich daran dachte. »Du wärst ein super fürsorglicher Vater.«

»Ich wäre der nervige Elternteil, aber das ist okay für mich«, sagte er und brachte mich damit nur noch mehr zum Lächeln. »Sie können mich hassen, solange sie atmen.«

»Denkst du wirklich über solche Dinge nach?«, fragte ich und versuchte mir eine Zukunft vorzustellen, in der irgendetwas davon möglich war. Es wirkte alles so unerreichbar, nur hübsche Träume, die aus unserer Fantasie entstanden waren.

»Erst seitdem ich dich kenne«, sagte er leise. »Ist es das, was du willst? Heirat, Kinder, ein märchenhaftes Haus? Es muss nicht so aussehen, ich kann unser Bild mit jedem Pinsel malen, den du wählst, und es so aussehen lassen, wie du es dir vorstellst.«

Ich stieß einen sehnsüchtigen Seufzer aus. »Ich will einfach nur wieder bei unserer Familie und unseren Freunden sein, am liebsten mit einem jadegrünen Drachenkopf an der Wand. Daneben ein hässlicher Hut aus Schattenschlampenfell – und entsprechende Stiefel am Boden darunter.«

Er lachte schallend. »Ich vertraue darauf, dass wir diese Zukunft haben werden, meine Schöne.«

Die Stille legte sich wie eine Gewitterwolke über uns. Denn diese Zukunft schien so unglaublich unerreichbar.

»Ich kann nicht länger mit ansehen, wie sie dich quält«, sagte ich. Die Bilder von dem, was sie ihm angetan hatte, hielten meine Gedanken gefangen. »Würden wir jemals wieder dieselben sein, sollten wir – durch ein Wunder – hier rauskommen? Ohne Fluch?«

»Es ist nur Blut.«

»Das sagst du immer wieder«, knurrte ich. »Aber für mich ist es das wertvollste Blut der Welt. Und mit ansehen zu müssen, wie du durch ihre Folter leidest, ist einfach … einfach …« Die Schattenbestie regte sich in mir, und ein Knurren bildete sich in meiner Kehle. Aber Orion reagierte schnell, klatschte mir seine Hand auf den Mund und zog mich an seine Brust. Dort hielt er mich fest, während ich um mich schlug.

Die Schattenbestie wollte unbedingt hervorbrechen, und meine Gedanken begannen, in eine Richtung zu kreisen, in der ich jegliche Kontrolle verlieren würde. Die Richtung, in der ich mich während des Kampfes befunden hatte. Ich würde ohne Rücksicht töten. Ich würde den Tod suchen, als wäre er meine Lebensgrundlage.

»Denk daran, wer du bist, Blue«, sagte Orion, während er mich mit angespanntem Bizeps festhielt. »Denk an Tory, wie sie da draußen hinter diesen Mauern auf dich wartet. Denk daran, wie sehr sie dich liebt.«

Meine Gedanken wanderten zu meiner Zwillingsschwester, und die Schattenbestie brüllte lauter in mir, als wollte sie ihr Blut mehr als jedes andere. Die Verwandlung würde über mich hereinbrechen, das wusste ich. Sie kam so schnell und unvermeidlich.

»Dein Wille ist stärker als Eisen«, sagte er fest. »Du kannst dagegen ankämpfen. Tu es für deine Schwester, für deinen Bruder, für dich, für *uns*.«

Meine Augen tränten und brannten, der Schmerz, die Kreatur zurückzuhalten, blendete mich. Aber ich musste für Orion hierbleiben, ich durfte ihm nicht wehtun. Und mehr denn je musste ich beweisen, dass ich diesen Fluch, der mich im Griff hatte, kontrollieren konnte.

Langsam gelang es mir, die Schattenbestie zu ergreifen, sie tiefer zu zwingen und meinen Geist unter Kontrolle zu halten. Ich verschmolz mit Orions Armen, und er nahm seine Hand von meinem Mund. Seine Finger glitten zu meinem Schlüsselbein und strichen darüber, die Schatten auf meiner Haut wichen seiner Berührung und brachten mich wieder zu mir selbst zurück. Na ja, was angesichts des riesigen blutrünstigen Monsters, das in mir lebte, überhaupt noch von mir übrig war.

»Das ist mein Mädchen«, seufzte er und drückte einen Kuss auf meine Haare. »Du schaffst das.«

»Es wird immer schwieriger, sie zurückzuhalten«, keuchte ich. »Was ist, wenn sie mich völlig in ihren Bann zieht?«

»Das wird sie nicht«, beharrte er. »Wir haben Zeit. Wir müssen nur bis zum Ende meines Deals mit Lavinia durchhalten.«

»Es ist noch nicht einmal ein Monat vergangen«, sagte ich mit belegter Stimme.

»Wir schaffen das, Blue.«

»Für einen verdammt mürrischen Professor, der ins Gefängnis gesteckt und geächtet wurde und der jetzt hier in der Hölle festsitzt, bist du in letzter Zeit ziemlich optimistisch«, sagte ich mit einem Hauch von Spott in der Stimme, während ich versuchte, das Licht wiederzufinden, das wir zuvor erblickt hatten. Es war schwer, aber ich war entschlossen, einen Moment mit ihm zu verbringen, der nicht von Lavinia, Lionel oder den Schatten getrübt war.

Er lockerte seinen Griff um mich, und wir gingen weiter, unsere Hände fanden zueinander und unsere Finger verschränkten sich.

»Es gibt nur eine Sache auf dieser Welt, der gegenüber ich von ganzem

Herzen optimistisch bin, Darcy Vega, und das bist du. Ich weiß, dass ich bis zum Tod und darüber hinaus kämpfen werde, um dich zu behalten. Und ich fange an, zu glauben, dass du das Gleiche für mich tun könntest.«

»Du fängst an, das zu glauben, hm?«, sagte ich, und ein Lächeln machte meine Lippen schwerelos. »Es gibt keinen Feind im Königreich, dem ich mich nicht für dich stellen würde.«

»Was ist mit außerhalb des Königreichs?«, neckte er mich.

»Darüber weiß ich nicht viel. Die meisten Karten an der Academy haben lediglich Solaria abgebildet. Und die wenigen Weltkarten, die ich gesehen habe, schienen dort, wo sich im Reich der Sterblichen Europa befindet, Lücken zu haben.«

»Die Landschaft im Verfallenen Land verändert sich ständig. Dort herrscht ein heftiger Krieg zwischen den Elementaren. Jede Fraktion neigt dazu, das Terrain zu verändern, indem sie neue Gebiete gemäß ihren Bedürfnissen formt. In einem Monat befinden sich Teile davon unter Wasser, während sie im nächsten am Himmel schweben«, sagte er, und meine Neugier war geweckt.

»Erzähl mir mehr!«, drängte ich.

»Ich weiß nicht viel mehr. Ehrlich gesagt war seit Jahrhunderten niemand von außerhalb mehr dort. Es ist zu gefährlich.«

»Heilige Scheiße. Und was liegt jenseits dieses Reichs?«, hakte ich nach.

»Du bist heute eine wirklich neugierige kleine Maus«, sagte er.

»Oder vielleicht eine Spitzmaus«, sagte ich mit gerunzelter Stirn. »So hat mich Darius immer genannt.«

»Eine Spitzmaus?« Er lachte leise.

»Seltsamerweise hat mir der Name gefallen«, sagte ich und versuchte, zu lächeln, obwohl mein Herz schwer war. Es fühlte sich viel zu früh an, um schöne Erinnerungen an ihn zu haben. Es schien mir nicht real, dass jemand mit so viel Feuer in der Seele von der Welt verschwunden sein könnte. Ein Teil von mir glaubte auch nach wie vor nicht daran.

Wir tauchten tiefer in die Dunkelheit ein, und meine Haut prickelte vor Kälte, während Orion mich durch den schmalen Gang führte. Meine Gedanken wandten sich Gabriel zu, und obwohl ich wusste, dass dieser Tunnel nicht zu ihm führte, wünschte ich mir, er würde es tun. Ich vermisste meinen Bruder so sehr und hasste den Gedanken daran, was er ganz allein durchmachen musste.

Vor mir tauchte ein silbernes Licht auf, und ich ließ Orions Hand los. Schnellen Schrittes ging ich darauf zu und spürte, wie er dicht hinter mir blieb. Einmal Wachhund, immer Wachhund.

Ich bog um die nächste Ecke und stand plötzlich vor einer wunderschönen silbernen Doppeltür, die hoch über mir aufragte und in deren Mitte sich das Vega-Wappen befand. Ich hob eine Hand, spürte, wie uralte Magie in der Luft vibrierte, die ich atmete, und wusste mit Sicherheit, dass ich diese Tür nur berühren musste, um sie öffnen zu können.

Ich drückte meine Finger auf das Wappen, zeichnete den Namen Vega nach und fragte mich, wie oft mein Vater genau das auch getan hatte. Die Türen klapperten laut, dann begannen sie, nach innen zu schwingen und gaben den Blick auf etwas Unmögliches frei.

Vor uns erstreckte sich der Nachthimmel, sämtliche Sterne funkelten in der wirbelnden Milchstraßengalaxie. Ich könnte einfach hineintreten. Die Farben waren schillernd, jeder Planet und Stern hing dort in perfekter Detailtreue, als wäre er aus dem Himmel gerissen und geschrumpft worden, um in diesen Raum zu passen.

»Bei den Sternen«, hauchte Orion. »Ich dachte, das wäre nur eine Legende.«

»Was ist das?«, fragte ich im Flüsterton, als ob der Ort dies erforderte. Ich ertappte mich dabei, geradewegs in seine Tiefen vorzudringen. Der Durchgang ließ es so aussehen, als würde ich gleich ins Nichts treten, aber ich prüfte vorsichtig den Boden und stellte fest, dass er stabil war – wie ein flüssiger Spiegel zu meinen Füßen.

»*Amantium Caelum*. Der Himmel der Liebenden. Er war ein Geschenk an eine alte Vega-Königin. Sie hatte dem Königreich verkündet, dass sie den Fae heiraten würde, der ihr das schönste magische Geschenk machen würde. Jahrelang haben Fae aus ganz Solaria ihr die verschiedensten Geschenke gebracht, aber keines davon war schön genug, um sie zu beeindrucken. Eines Tages kam eine junge Frau aus Alestria mit einer einfachen Holzkiste im Arm zum Palast, und als sie sie für die Königin öffnete, kam dieser Sternenhimmel zum Vorschein. Und noch in derselben Nacht wurden sie von den Sternen vereint.«

Ich sah ihn verblüfft an, während ich über die Geschichte meiner Vorfahren nachdachte. »Ist das wahr?«

»Zumindest teilweise. Sonst würde dieser Himmel nicht existieren«, sagte er, und ich schritt tiefer in das Miniaturuniversum hinein, näherte mich unserem Sonnensystem, wo die Sonne mit echter Hitze brannte und meine Wangen erwärmte, als ich mich ihr näherte. Die Magie war fesselnd, so mächtig, dass sich die Haare an meinen Armen aufstellten und mein Puls zu rasen begann.

Orion folgte, und die Türen schlossen sich hinter ihm. Wir waren in der glitzernden Weite der Sterne allein.

Ich näherte mich unserem Planetensystem, und jeder Planet war so klein, dass ich ihn hätte halten können.

»Darf ich sie anfassen?«

»Bittest du mich um Erlaubnis?«, fragte Orion mit einem Grinsen in der Stimme, als ich ihn ansah. Ich biss mir auf die Lippen.

»Nein, Sir.« Ich streckte die Hand aus und berührte Jupiter, der etwa so groß wie ein Tennisball war. Er rollte in meine Handfläche, und ich hielt ihn auf Augenhöhe, um die Komplexität des Zaubers zu bewundern. In seiner Atmosphäre wirbelte ein langsamer Sturm, als wäre dieser Planet genauso real wie der am Himmel. Ich versuchte, ihn an seinen Platz zurückzubringen, und er schwebte sanft aus meiner Hand an seine Position.

Ich wandte mich Orion zu, um ihm eine Frage zu stellen, und sah, wie er einen glitzernden Stern in der Hand hielt und versuchte, ihn in der Orion-Konstellation zu platzieren.

»Was machst du da?«, fragte ich, und er sah mich an wie ein ungezogenes Schulkind, das beim Unfugmachen erwischt worden war.

»Ich verschiebe den Vega-Stern hierher«, sagte er. »Hier sieht er gut aus, findest du nicht?«

Ich lachte und rannte auf ihn zu, als er erneut über seinen Kopf griff und versuchte, den Vega-Stern mit Orion in Einklang zu bringen.

»Machst du etwa Blödsinn? Hier? Inmitten dieser uralten Magie?«, fragte ich streng. »Das ist nicht sehr professorhaft von dir.«

»Na ja, es war auch nicht sehr professorhaft von mir, als ich eine Studentin mit ins Bett genommen habe, oder?«, sagte er. »Oder auf meinem Schreibtisch, auf dem Fairy Fair, im Archiv …«

»Übers Archiv sprechen wir nicht«, stichelte ich, und er nickte ernst.

»Tolle Nacht, beschissener Morgen«, sagte er sachlich. »Aber am Ende hat doch alles hingehauen, oder etwa nicht?«

»Ja, jetzt sind wir Lavinias Gefangene und die ganze Welt ist dem Untergang geweiht.«

»Genau. Es fügt sich alles zusammen, meine Schöne«, sagte er mit gespieltem Enthusiasmus, und ich lächelte weiter, da ich dieses Spiel der vorgetäuschten Sicherheit so lange spielen wollte, wie ich konnte.

Er ließ den Stern los, als er ihn dort hatte, wo er ihn haben wollte, aber er schoss erneut zurück über den Himmel und ließ sich im Sternbild Lyra nieder, wo er hingehörte.

Orion sah mich an, seine Augen trafen die meinen, während er wie ein Raubtier grinste. »Na ja, ich habe ja jetzt meine eigene Vega.« Er schoss auf mich zu, und ich wirbelte herum und rannte mit beschleunigtem Tempo durch den Raum, sodass er mich verfolgen musste.

Ich passierte die Sonne und betrat die weiter entfernten Bereiche des Universums, wo ich eine Tür fand, die im Gewebe des Himmels verborgen und von meiner Position aus gerade so sichtbar war.

Ich streckte die Hand aus, um nach einem Griff zu suchen, aber die Tür schwang sofort auf, als ich sie berührte – genau wie die erste. Mein Atem stockte, als sich ein weiterer Raum vor mir auftat, und ich betrat eine höhlenartige Kammer mit gotischen Bögen und verzierten Steinsäulen überall. Aber das war es nicht, was mir den Atem raubte – es waren die Schätze, die mich umgaben. Da waren Berge von Gold, verzierte Kisten voller Juwelen und direkt vor mir ein Thron aus Onyx. Der polierte schwarze Stein war zu einem imposanten Sitz geschnitzt worden, mit spitzen Federn, die sich von seiner gewölbten Rückenlehne erhoben. Alles wurde von Immerflammen erleuchtet, die in Käfigen tanzten, die von der gewölbten Decke hingen, und ich konnte fast die Gegenwart meiner Vorfahren spüren, die sie gewirkt hatten.

Ich ging auf den Thron zu, Orion einen Schritt hinter mir, und wir beide betrachteten die königliche Schatzkammer mit stiller Ehrfurcht.

»Darius hätte diesen Ort geliebt«, sagte er, und bei seinem Namen schmerzte mein Herz.

»Wir hätten ihn nie hier rausbekommen«, stimmte ich zu und bückte mich, um eine Goldmünze aufzuheben, in deren Oberfläche eine Hydra eingraviert war. Das Echo des Vermächtnisses meines Vaters hing in der Luft, und ich rollte die Münze zwischen meinen Fingern, während ich mich weiter durch den riesigen Schatz bewegte und mich dabei fühlte, als wäre ich in einem riesigen Labyrinth.

»Kein Wunder, dass Lionel hier rein will«, sagte ich, während ich am Thron vorbeiging.

»Das ist dein Erbe«, sagte Orion bestimmt. »Hoffen wir, dass der Palast Lionel weiterhin fernhält«

»Das ist doch viel zu viel Gold für Tory und mich«, sagte ich. »Denk an all das Gute, das man damit tun könnte.«

»Ihr könnt Gutes tun, wenn ihr Königinnen seid.«

Ich lachte humorlos. »Glaubst du wirklich, das ist noch möglich?« Ich warf die Münze zurück auf den nächstgelegenen Goldhaufen und ging weiter, bevor Orion antworten konnte. »Welchen Wert hat Gold überhaupt in dieser Welt? Können Erdelementare nicht endlose Mengen davon herstellen?«

»Gold ist besonders schwer herzustellen. Nur ein sehr mächtiger Erdelementar kann es schaffen, und es wird nicht den gleichen Wert wie dieses Gold haben, es sei denn, es wird von der Bank von Solaria beglaubigt. Es gibt eine ganze FIB-Abteilung, die sich der Aufspürung und Vernichtung von Falschgeld widmet. Jede Aure ist mit Sicherheitsmagie durchdrungen. Es ist ein einfacher Test, den du selbst durchführen kannst. Ich zeige dir, wie.« Er hob eine Münze auf, aber ich drehte mich mit einem leeren Blick zu ihm um.

»Ich habe keine Magie mehr, Lance.« Die Worte bohrten sich tief in mein Herz, und ich hätte schwören können, dass die Immerflammen über mir traurig flackerten.

Er runzelte die Stirn, ließ die Münze wieder fallen und sah aus, als wollte er mich davon überzeugen, dass meine Magie zurückkehren würde. Aber davon wollte ich nichts hören. Wir wussten nicht, wie meine Zukunft aussah, und es hatte keinen Sinn, jetzt darüber zu spekulieren.

Ich trat durch einen der Steinbögen und entdeckte Reihen über Reihen von Holzschränken, die mit Tränken in versiegelten Flaschen gefüllt waren. Am Ende der gewundenen Schrankreihen befand sich ein brennendes Ei in einem glänzenden silbernen Rahmen. Meine Finger kribbelten bei der Erinnerung daran, wie ich rote und blaue Flammen genau wie diese gewirkt hatte. Ich erkannte sie instinktiv, als wären sie ein Teil von mir. Ich vermutete, dass sie das in gewisser Weise wirklich waren.

An seinem Fuß prangte eine große goldene Plakette, und ich las die eingravierten Worte, während sich in meiner Brust ein Gefühl der Vorfreude breitmachte.

Das unberührbare Ei

Ich hob den Kopf und griff instinktiv nach dem Ei, aber Orion schoss vor, packte mein Handgelenk und zog eine Augenbraue hoch, während er mich streng ansah.

»Blue«, knurrte er. »Wolltest du gerade das unberührbare Ei berühren?«

»*Natürlich* nicht. Das wäre verrückt«, sagte ich grinsend, hob meine andere Hand und griff stattdessen mit dieser danach.

Er packte auch dieses Handgelenk und machte einen auf missmutigen Lehrer. »Das ist kein Spiel. Du weißt nicht, was passieren könnte. Es könnte verflucht sein.«

»Ich bin bereits verflucht. Ich kann nicht doppelt verflucht sein.«

»Beim Mond, willst du etwa, dass die Sterne auf dumme Gedanken kommen?«, zischte er.

»Lance, das ist Phönixfeuer. Ich kann es definitiv berühren. Geh zur Seite!« Ich versuchte, ihm meine Handgelenke zu entreißen, aber er ließ nicht los und starrte mich stattdessen mit zuckendem Unterkiefer an.

»Du hast deinen Phönix nicht mehr«, sagte er, und ich versuchte, zu ignorieren, wie sehr diese Worte schmerzten.

»Ich weiß«, entgegnete ich mit fester Stimme. »Aber ich habe trotzdem das Gefühl, das Ei berühren zu können. Ich bin sicher, dass ich es kann.«

»Es könnte eine Falle sein«, sagte er besorgt.

»Soll ich die Gehorche-deiner-Königin-Masche anwenden? Dafür bin ich nicht zu stolz, weißt du.«

Seine finsteren Züge hellten sich ein wenig auf. »Du weißt, dass ich hart werde, wenn du mir Befehle erteilst.«

»Hm, du willst doch nicht direkt hier vor dem unberührbaren Ei einen Ständer bekommen, oder?«

Er schob die Zunge in seine Wange, während er versuchte, sein Amüsement zu verbergen, ließ mich los, trat aber nicht zur Seite.

»Wenn du irgendeine Art von Magie spürst, zieh deine Hand schnell zurück. Und beweg dich langsam!«

»Verstanden. Magisches Piks-Gefühl ist böse.« Ich salutierte spöttisch, und er wich widerwillig aus meinem Weg, während er mich wie ein Falke beobachtete, als würde er jeden Moment auf mich herabstürzen und mich so weit wie möglich von dem Ei wegbringen.

»Langsamer«, sagte er mit energischer Stimme, aber ich konnte nicht widerstehen, das Feuer zu berühren, als hätte es schon immer auf mich gewartet.

Ein Ruck in meiner Brust trieb mich an, und alles, was ich sehen konnte, war dieses wunderschöne Feuer, während der Raum um mich herum verblasste. Es erinnerte mich daran, wie ich mich damals im Palast der Flammen mit meiner Schwester gefühlt hatte, als Königin Avalon uns in den Wegen der Phönixkrieger unterwiesen hatte. Die Schatten waren durch die Kraft des Palastes so tief vergraben worden, während meine Formgebung unglaublich präsent gewesen war.

Aus unerklärlichen Gründen spürte ich, wie eine einzelne Flamme in meiner Brust aufflackerte. Als hätte mein Phönix eine brennende Feder zurückgelassen, als die Schattenbestie ihn verschlungen hatte. Ich sonnte mich in der Hitze, und mein Atem wurde schwerer, als die Kraft meiner Formgebung durch meine Glieder strömte – gerade genug, um mich vor den Flammen zu schützen, während meine Finger in ihnen versanken.

Die Flammen waren warm, küssten meine Hand zur Begrüßung, züngelten um meine Finger und lockten mich zu sich. Ich legte meine Handfläche auf das Ei, dessen Oberfläche aus einem wunderschönen Metall bestand. Es erinnerte mich an die Waffen, die wir für unsere Freunde gefertigt hatten. Ich hob meine andere Hand, nahm das Ei von seinem Ständer und drehte mich mit einem strahlenden Lächeln zu Orion um. Er sah mich mit einer sorgenvollen Falte zwischen den Augenbrauen an.

»Okay, du hältst das unberührbare Ei in der Hand. Bist du jetzt zufrieden?«, fragte er, und sein Gesichtsausdruck verriet mir, dass er wünschte, ich würde es zurücklegen.

»Sehr zufrieden«, erwiderte ich fröhlich, während ich das Ei in meinen Händen drehte, um es zu untersuchen. »Was, glaubst du, ist darin?«

»Nichts Gutes«, antwortete er düster. »Ich glaube nicht, dass du dich mit antiken Phönix-Artefak…«

Ich warf das Ei auf den Boden, wo es in etliche Teile zerbrach.

»Darcy!«, knurrte er, als sich eine wirbelnde und glitzernde Spirale aus rot-blauem Rauch von den brennenden Stücken der Eierschale erhob.

Ich entdeckte einen glitzernden weißen Kristall zwischen den Scherben und kauerte mich hin, um ihn aufzuheben. Triumphierend wedelte ich damit vor Orions Gesicht herum. »Siehst du?«

»Von wegen siehst du. Du scheinst heute geradezu nach Ärger zu suchen.«

»Wir sind Gefangene der Schattenprinzessin. Ich muss tagtäglich mitansehen, wie sie dich quält. Ich habe keine Ahnung, ob es allen anderen, die ich liebe, gut geht. Und wir folgen vermutlich einem vorbestimmten Weg, der uns in den sicheren Untergang führt. Was können uns die Sterne jetzt noch antun?«

»Genug!«, knurrte er, schoss nach vorn und hielt mir eine Hand vor den Mund. Seine Augen waren zwei wütende schwarze Löcher. »Du bist das Wertvollste auf dieser Welt für mich. Hör auf, das Schicksal in Versuchung zu führen, dich mir zu entreißen! Die Sterne haben bereits bewiesen, dass sie alles noch schlimmer machen können. Immer wenn ich glaube, dass wir am Limit unseres Pechs sind, beweisen sie mir das Gegenteil. Also wähle deine Worte mit Bedacht!«

Ich nahm seine Hand von meinem Mund und starrte ihn entschlossen an. Dabei ignorierte ich das Flattern meines Herzens, das dieser Mann ausgelöst hatte. »Ich mache, was ich will.«

»Du benimmst dich doch nur so stur, um dich mir zu widersetzen.«

»Nein, ich widersetze mich dir, weil du ein Arsch bist. Und weil ich weder dir gehöre noch mich von dir befehligen lasse.«

»Ich versuche nicht, dir Befehle zu erteilen. Ich versuche, dich zu beschützen. Du bist meine Gefährtin.«

»Das macht mich nicht zu deinem Besitz«, fauchte ich.

Er beugte sich über mich, und ich wurde von seiner bedrohlichen Existenz überwältigt. Ich konnte seine Kraft, seine Aura, bis in meine Lunge spüren, und mein Brustkorb fühlte sich plötzlich viel zu eng an. »Du bist nicht mein Besitz, nein. Aber du *gehörst* mir. Du hast bereits mir gehört, bevor wir uns getroffen haben. Und gehörst mir seit der Minute, in der du meinen Blick erwidert hast. Du gehörst mir in diesem Leben und in jedem Leben, das wir von diesem Zeitpunkt an führen werden. Du gehörst mir in jeder Realität, in der du existierst, und in jeder Realität, in der du nicht existierst. Und ich gehöre dir auf die gleiche Weise, in jeder erdenklichen Form. Ich bin liebend gern dein Besitz, aber ich werde auch dein Beschützer, dein Hüter, dein Wächter sein. Und ich werde alles in meiner Macht Stehende tun, um dich von Gefahren fernzuhalten. Denn es ist mir unmöglich, es nicht zu tun.«

»Verdammt seist du und deine schönen Worte«, flüsterte ich, weil ich ihm — wie immer — völlig verfallen war.

Er grinste und streckte die Hand aus, um seinen Daumen über mein Kinn gleiten zu lassen.

»Waren sie schön genug, um dich dazu zu bringen, nicht mehr mit antiken Artefakten zu spielen und die Sterne zu verärgern?«

Ich drehte den Kristall zwischen meinen Fingern.

»Wie wäre es mit einem Kompromiss? Ich höre auf, die Sterne zu verärgern, aber mit den Artefakten bin ich noch nicht fertig.« Ich hob den Kristall an. »Was ist das?«

Er runzelte die Stirn, während er sich darauf konzentrierte, und plötzlich trat Neugier in seine Augen. »Das ist ein Heart-of-Memoriae-Kristall. Er enthält Erinnerungen.«

»Wie kann ich auf sie zugreifen?«, fragte ich aufgeregt.

»Wenn sie für dich bestimmt sind, kannst du mit Blut darauf zugreifen, aber …«

»Reißzahn, bitte.« Ich hob meinen Daumen an seinen Mund und schob ihn zwischen seine Lippen, woraufhin sein Gesichtsausdruck wieder wütend wurde.

»Blue!«, warnte er.

»Komm schon, hier könnten uralte Erinnerungen anderer Phönixe auf uns warten«, drängte ich und stupste seinen Eckzahn an, woraufhin seine Reißzähne ausfuhren.

Er gab nach, öffnete seinen Mund ein wenig weiter und ließ mich meinen Daumen an seinem Reißzahn aufschlitzen. Ich ließ meine Hand sinken, um etwas Blut auf den Kristall tropfen zu lassen, und wurde augenblicklich in längst vergangene Erinnerungen entführt.

»Es lebe die erste Königin des neuen Königreichs Solaria – Königin Elvia Vega!«, rief ein Mann, und ich blickte durch die Augen der fraglichen Königin; meine Hände schlangen sich um den glühenden Rubinthron, auf dem ich saß.

Die Menge jubelte, und mein Herz schwoll vor Freude über meinen Sieg an. Ich hatte ein Land erobert, Grenzen gezogen und endlich meinen Preis bekommen. Dies würde mein Vermächtnis sein, und als mein Blick auf den Phönixkrieger Santiago Antares fiel, einen Mann, der in unzähligen Schlachten an meiner Seite gekämpft hatte, wusste ich, dass es an der Zeit war, ihn zu meinem Ehemann zu nehmen. Er hatte sich als würdig erwiesen, und jetzt, da ich endlich meinen Fokus vom Krieg auf die Früchte unserer Arbeit verlagern konnte, verspürte ich ein Verlangen nach ihm, wie ich es seit vielen Monden nicht mehr verspürt hatte.

Er schenkte mir ein schelmisches Lächeln, das mir so vertraut war. Schon oft hatte er die Grenzen dessen überschritten, was ihm die Position unter seiner Königin gebot. Aber ich würde ihn nur allzu gern daran erinnern, wohin er gehörte.

Der Palast der Flammen war erst kürzlich erbaut worden und strahlte im Glanz meiner Art. Die Phönixe an meinem Hof hatten diesen Ort mit dem Feuer durchdrungen, das in ihren Körpern lebte. Ich würde auch ein Stück von mir selbst dafür opfern, wenn die Feierlichkeiten vorbei waren, aber jetzt war es an der Zeit, endlich die Früchte unseres Sieges zu ernten.

Die Erinnerung veränderte sich, und ich versank aufs Neue in Elvias Geist. Dieses Mal stand sie unter einem abnehmenden Mond; ein wallendes silbernes Nachthemd schmiegte sich an ihren Körper.

Ich bahnte mir meinen Weg durch den dunklen Dschungel, wo die Luft dick war und Fae-Fliegen zwischen den Bäumen tanzten. Ich ging barfuß den Hügel hinauf, wo die Bäume lichter wurden und ich bis zum weiten Himmel sehen konnte. Die Milchstraße erstreckte sich in einem kristallklaren Nebel aus Rosa und Blau über die gesamte Länge des Himmels. Mein Herz war aufgewühlt, und die Verzweiflung hatte mich hierher auf den Gipfel dieses Hügels geführt, wo der einzelne Stängel einer Nox-Blume stand. Ich war jede Nacht hierhergekommen und hatte darauf gewartet, dass sich die Blütenblätter öffneten, um den kostbaren Pollen in ihrem Inneren zu sammeln. Sobald sie blühte, würde sie nur bis zum Morgengrauen bestehen und dann viele Jahre lang nicht wiederkommen.

Ihr Pollen besaß eine unermessliche Kraft und vermischt mit Treckwit-Pulver und dem Elixier der Dunebarke entstand ein Trank, der einen Fae vorübergehend gegen die Macht der Nymphen immun machen konnte, uns von unserer Magie abzuschneiden. Ich hatte geglaubt, unser Krieg sei vorüber, als ich Anspruch auf dieses neue Land erhoben hatte. Aber er war noch lange nicht vorbei. Die Nymphen hatten sich gegen uns erhoben, um zu versuchen, das Königreich aus unserem Griff zu befreien, und sie hatten uns mit einer blutigen Grausamkeit bekämpft, die ich nicht vorhergesehen hatte.

Meine Seher waren blind für ihre Manöver, und obwohl die Nymphen nur über wenige Waffen und eine unzureichende Ausbildung verfügten, machten sie dies durch ihre schiere Anzahl und ihre Unsichtbarkeit für uns durch Hellseherei wett. Dieser Pollen könnte helfen, aber ich wusste in meinem Herzen, dass es nicht genug war. Egal, wie viele Nymphen wir vernichteten, es kamen immer mehr nach, um dieses Land für sich zu fordern. Aber ich würde nicht nachgeben, ich würde nicht versuchen, Frieden zu schließen, nicht, nachdem ich die Brutalität gesehen hatte, mit der sie uns im Kampf begegneten. Die Nymphen mochten eine Schwesterrasse der Fae sein, vor vielen tausend Jahren aus derselben Wurzel geboren, aber ich erkannte sie nicht als gleichwertig an.

Die Blume begann, in einem blassen Blau zu leuchten, und ich keuchte auf, stürzte nach vorn, fiel auf die Knie und hob das Glas, das ich mitgebracht hatte, um den Blütenstaub zu sammeln. Die Blütenblätter öffneten sich und noch mehr von diesem ätherischen Licht strömte aus ihnen heraus. Der Mond schien in diese Richtung zu blicken, um das Schauspiel ebenfalls zu bewundern, und ein Lächeln breitete sich auf meinem Gesicht aus.

Ich hob das Glas, bereit, den kostbaren Staub darin zu sammeln, aber als ich näher kam, fielen die Blütenblätter und das Licht verblasste.

»Nein«, hauchte ich und streckte die Hand nach der Blume aus, aber selbst mein Atem schien sie zum Welken zu bringen. Die Blütenblätter lösten sich im Wind auf.

Im nächsten Moment war die Blume verschwunden. Da war kein Pollen mehr, kein Licht, nichts. Ich hatte von dieser Möglichkeit gehört, hatte gewusst, dass die Blume so empfindlich sein könnte, dass selbst eine zu warme Brise oder eine zu kühle Nacht sie zum Verblühen bringen konnte.

Ich ließ das Glas los, und es fiel mit einem dumpfen Knall zu Boden und rollte von mir weg, während ich einen Schmerzenslaut ausstieß, zu den Sternen aufblickte und mich fragte, ob sie meine Gebete erhören würden.

»Bitte helft uns! Lasst uns den Feind vernichten! Schenkt mir dieses Land, und ich werde es zum schönsten Königreich machen, das es je gegeben hat!«, flehte ich, aber die Sterne glitzerten nur stumm vor sich hin.

Ich kniete dort und zögerte die unvermeidliche Rückkehr hinaus. Santiago würde meine Rückkehr voller Hoffnung erwarten, und ich müsste ihm sagen, dass ich erneut gescheitert war. Vielleicht war ich doch nicht die Königin, für die ich mich gehalten hatte. Mit jedem Tag, der verging, schien ich den Halt an der Macht, die ich für uns beansprucht hatte, zu verlieren. Für die Phönixe und unsere Verbündeten.

Ich stand resigniert auf und wandte mich wieder dem Dschungel zu, als ein Licht meine Aufmerksamkeit auf sich zog.

Meine Lippen teilten sich vor Ehrfurcht, als eine Sternschnuppe mit einem Feuerschweif über den Himmel raste. Sie jagte direkt über mich hinweg, und ohne nachzudenken breitete ich meine Flügel aus und flog los, um ihr zu folgen.

Ich schoss schnell über den Dschungel hinweg, meinen Blick fest auf dieses wunderschöne brennende Wesen gerichtet, das unaufhaltsam auf seinen Einschlag zusteuerte.

Mein Herz setzte einen Schlag aus, als ich die Richtung sah, in die der Stern flog – er schien sich auf Kollisionskurs mit meinem Palast zu befinden. Panik durchzuckte mich, und ich erhöhte mein Tempo, während ich an Santiago und das Geheimnis dachte, das ich in mir trug. Ich hatte auf den richtigen Zeitpunkt gewartet, um es ihm zu sagen. Aber gab es überhaupt einen solchen Zeitpunkt? Ein Seher hatte gesehen, dass ich schwanger war, und wenn ich einen Weg finden würde, den Thron zu sichern, würde mein kleiner Junge eines Tages ein mächtiger Herrscher sein.

Ich flog so schnell, wie meine Flügel es zuließen, und drückte eine Hand an meine Kehle, um meine Stimme zu verstärken, bevor ich meinem Volk zurief: »Erwacht! Gefahr droht von oben! Schützt euch!«

Der Stern krachte in das Dach des Ostturms, durchbrach es und verschwand im Dschungel dahinter, bevor ein widerhallender Knall ertönte, als er auf dem Boden aufschlug.

Eine Schockwelle traf mich, sodass ich die Augen zusammenkneifen musste, und ich schlug heftiger mit den Flügeln, um ihr entgegenzuwirken.

Aus dem Palast drangen Schreie, als ich darüber hinwegflog. Ein Feuerwirbel stieg aus dem Dschungel auf, wo sich eine tiefe Kluft im Boden befand, in der der gefallene Stern leuchtete und pulsierte, als wäre er ein lebendiges Herz.

Ich zog meine Flügel ein und ließ mich vom Himmel fallen. Das Feuer züngelte über meine Haut, als ich in den Flammen landete und zu der gewaltigen Gestalt des gefallenen Sterns vor mir aufblickte.

Eine Welle unbekannter Energie durchströmte mich, bis tief in meine Knochen, und ich atmete intensiv ein. Die Kraft entlockte mir beinahe ein Stöhnen. Es war zu viel, so verlockend und doch so unglaublich stark. Ich konnte es kaum ertragen, dem Stern so nahe zu sein, und doch trat ich noch näher auf ihn zu, angezogen von der Größe dieses göttlichen Wesens vor mir, das gekommen war, um meine Gebete zu beantworten.

Alles um mich herum verschwamm, bis ich nichts weiter sehen konnte als den Stern, der so hell glitzerte, als wären eine Million Diamanten in seiner Oberfläche vergraben. Diese Macht, sie war die Antwort auf alles. Sie könnte den Krieg beenden, sie könnte jedes Unterfangen zu meinen Gunsten wenden. Und in einem Moment des Wahnsinns wirkte ich einen scharfen Metalldolch, schnitt mir in die Handfläche und drückte sie auf die Oberfläche des Sterns.

Ich keuchte, als diese Macht wellenartig in mich eindrang, meine Seele suchte und ihr Gewicht spürte.

»Vega«, sprach es in meinem Kopf. Die Stimme kannte mich, als wäre sie seit dem Moment meiner Geburt an meiner Seite gewesen. Als hätte sie mich

beobachtet, mich vielleicht sogar verehrt. Oder vielleicht war es nicht Liebe, die ich fühlte, sondern Mitleid.

»Fae der Flammen und des Krieges.« *Die Stimme schien mich zu verspotten, während diese Kraft immer tiefer floss, durch meine Adern strömte und schließlich gegen mein Herz klatschte.*

Sie könnte mich mit einer einzigen Laune auslöschen, und ich fürchtete um das Leben, das in mir heranwuchs. Am liebsten hätte ich mich zurückgezogen, aber jetzt, wo ich hier war, konnte ich mich überhaupt nicht bewegen.

Als meine Gedanken zu meinem ungeborenen Kind wanderten, verlagerte sich die Kraft des Sterns in diese Richtung, kreiste um dieses winzige Wesen und ließ mich vor Angst wimmern.

»*Bitte, tu uns nichts an!*«*, flehte ich.* »*Wir verehren dich. Dieses Blut ist ein Opfer. Es soll dir zeigen, dass ich deine treue Dienerin bin. Aber ich muss dich um eines bitten.*«

»Alle Geschenke haben ihren Preis.«

»*Ich werde jeden Preis zahlen, den du verlangst*«*, schwor ich, und der Stern verstummte, während sein Licht immer noch mit einer Energie pulsierte, die in jeder Ecke meines Körpers zu summen schien.*

»Dann hast du die Wahl …« *Die Macht hüllte mein ungeborenes Kind ein und ließ mich vor Entsetzen erschaudern.* »Dein Erstgeborenes oder deine erste Liebe. Biete mir eines an, und ich werde dir die Macht verleihen, deinen Krieg zu gewinnen.«

Ich verstummte, mein Herz zerbrach angesichts des Preises, und ich erstarrte. Das kleine Leben in mir flackerte, als wüsste es, dass es jeden Moment ausgelöscht werden könnte. Tränen liefen über meine Wangen, denn der Schmerz über dieses Opfer war bereits zu real. Dann dachte ich an Santiago, den Mann, den ich bis in die Tiefen meines Wesens und darüber hinaus liebte. Seine Loyalität war unermesslich. Er würde mir weitere Kinder schenken, das wusste ich. Und doch … hatte ich dieses eine in der Vision gesehen, die der Seher mir geboten hatte. Ich hatte gesehen, wie dieses Kind zu einem Mann herangewachsen war und mich auf der Stelle in ihn verliebt. Mein Sohn war für mich genauso real wie Santiago. Wie konnte ich also jemals diese Wahl treffen?

»*Alles andere*«*, knurrte ich.* »*Nicht sie. Bitte nicht sie.*«

»Das ist der Preis. Es wird keinen anderen geben«*, sprach der Stern, während mir die Tränen übers Kinn liefen.* »Die Zeit wird knapp. Ich werde meine Macht freigeben, wenn du dich nicht entscheiden kannst.«

»*Warte! Warte nur eine Minute!*«*, krächzte ich, während mich die Verzweiflung packte. Warum?*

Ich dachte an Santiagos Worte an mich, seine Versprechen, diesen Krieg zu gewinnen, seine Erklärung, dass dies seine einzige wahre Aufgabe im Leben sei. Und ich wusste, bevor ich die Worte aussprach, dass ich ihn opfern musste. Denn er würde diese Entscheidung treffen, wenn er an meiner Stelle hier stehen würde.

»*Mein Ehemann.*« *Ich zwang die Worte über meine Lippen und mit einem Donnerschlag, der die Luft zerriss, war der Deal besiegelt.*

Ich fiel fast auf die Knie, als die schreckliche Kraft der Macht auf mich einwirkte, und meine Handfläche, die nach wie vor den Stern berührte, kribbelte schmerzhaft. Die schimmernde Oberfläche ließ mich zusammenzucken, und ich wich zurück, meine Augen schmerzten und in meinen Ohren ertönte ein Klingeln. Ich schrie, als sich all diese Sinneseindrücke intensivierten, und flehte darum, verschont zu werden. Hatte ich den Stern verärgert? Aber dann erlosch das Licht, und ich fand einen rauen und ungeschliffenen Edelstein in meiner Handfläche. Er vibrierte mit einer unvorstellbaren Kraft und war so schön, dass es mir den Atem raubte.

»Benutze ihn, dann wirst du deinen Krieg gewinnen.«

»Danke«, hauchte ich, und als diese Worte meine Lippen verließen, erzitterte die Erde und der Himmel sang.

Nein, er sang nicht. Dieses wunderschöne eindringliche Geräusch, das an der Grenze meines Hörvermögens schwebte, war ein Schrei. Denn die Sterne über mir versuchten, sich dem zu widersetzen. Was dieser gefallene Stern mir angeboten hatte, widersprach der Natur seiner Art – und auch meiner. Aber der Handel war abgeschlossen.

Die Perspektive veränderte sich erneut. Mein Verstand schwirrte bereits von all dem, was ich gesehen hatte. Das Wissen überschlug sich in meinem Kopf, bevor ich erneut in Erinnerungen eintauchte. Diese hier kamen in einer wütenden Welle, die meinen Puls in die Höhe trieb. Zuerst war ich wieder Elvia, die mit brennenden Flügeln in die Schlacht flog, den Imperialen Stern im Griff eines atemberaubenden Schwertes vergraben. Er flüsterte in ihren Gedanken und nannte ihr die magischen Worte, die sie brauchte, um ihn zu führen. Mit einem Wort erschlug sie eine Armee von Nymphen unter sich, durchtrennte ihre Reihen und zerfetzte sie in Stücke.

Nachts flüsterte der Imperiale Stern ihr weitere Dinge zu, erzählte ihr von dunkler Magie, von verlorenen und unentdeckten Kräften. Elvia brachte ihrem Sohn all dies bei. In jeder Vision, die ich erhielt, war er älter, bis er eines Tages vor einem rubinroten Grab stand und das Schwert seiner Mutter in der Hand hielt.

Aber der Krieg ging weiter, und er nutzte den Imperialen Stern, um ein unvorstellbar mächtiger Herrscher zu werden. Trotz seiner Herrschaft über das Königreich scharten sich immer mehr Feinde um ihn und seinen Hof. Die Drachen stellten eine eigene Armee auf, und Fae schlossen sich den Nymphen an, um zu versuchen, den Phönixkönig zu vernichten.

Eine weitere Generation verging, dann noch eine. Jeder neue Herrscher reichte den Imperialen Stern an den nächsten weiter, bis er schließlich in die Hände von Avalon gelangte, als diese am Sterbebett ihrer Mutter stand.

»Halte das gebrochene Versprechen«, sprach ihre Mutter, und ich – als Avalon – schlang meine Hände besitzergreifend um den Schwertgriff. Ich hatte viel zu lange darauf gewartet, den Imperialen Stern in meinem Besitz zu haben. »Es ist Zeit, Avalon.«

»Der Krieg ist noch nicht gewonnen«, sagte ich entschlossen, und meine Mutter drückte mir auch einen Memoriae-Kristall in die Hand. Er enthielt all das Wissen über den Stern, das die früheren Könige und Königinnen erworben hatten, und jedes Mal, wenn sie ein neues magisches Wort erlernt hatten, war es dem Kristall hinzugefügt worden. Nur ein Narr würde diese Macht aufgeben. Ich würde sie immer begehren und dafür sorgen, dass meine Nachkommen das auch taten. Sie war Teil dessen, was uns zur größten Formgebung machte, die es je gegeben hatte.

»Unsere Art stirbt aus, jedes Jahr werden weniger Phönixe geboren«, krächzte meine Mutter, während ihr Tod immer näher kam. »Der Imperiale Stern ist ein Fluch, kein Geschenk. Es wird nicht enden, solange ...« Ihr letzter Atemzug entrang sich rasselnd ihrer Brust, bevor sie starb, und ich beugte mich hinunter, um sie auf die Wange zu küssen, bevor ich mich abwandte und die Diener damit beauftragte, sie für die Beerdigung vorzubereiten.

Ich kam an meiner Cousine Romina vorbei, nickte ihr zu, um ihr zu zeigen, dass es vorbei war, und sie schluchzte und fiel ihrem Geliebten Tomás in die Arme. Er war kein Phönix, und sie kannte meine Meinung zu diesem Thema. Es gab nur noch wenige von unserer Art, und wir mussten dafür sorgen, dass unsere Linie stark blieb. Sie hatte die Ehe mit Vicente abgelehnt, die ich ihr befohlen hatte, und meine Mutter hatte nicht den Mumm gehabt, sie zur Durchführung zu zwingen. Aber wenn sie dachte, ich würde als Königin dieses Stelldichein mit einer Hydra dulden, dann hatte sie sich gewaltig getäuscht.

Ich würde ihnen noch eine Nacht geben, bevor Ankündigungen gemacht wurden. Ich hatte im Moment Besseres zu tun – wie auf meinem Thron zu sitzen und dem Imperialen Stern zu befehlen, mir die Welt zu Füßen zu legen.

Ich wurde aus der Vision gerissen und hatte nur einen Moment Zeit, mich nach der Verwirrung dessen, was ich gesehen hatte, zu sammeln. Was war das gebrochene Versprechen? Was zeigten mir diese Erinnerungen nicht? Und was hatte ihre Mutter damit gemeint, dass der Imperiale Stern ein Fluch sei?

Die Vision verschob sich erneut, und ich *sah* die Schlacht, die Königin Avalon mit Lavinia führte. Mithilfe des Imperialen Sterns entriss sie den Nymphen die Schatten und verbannte ihre Feindin in ein Reich – zusammen mit all den Schatten, die ihre Art zum Überleben brauchte. Es war brutal, es noch einmal zu sehen, und ich zuckte zusammen, als ich Mitgefühl für Lavinia empfand, während ich zusah, wie Königin Avalon sie in die Versenkung schickte und ihre Art für immer prägte.

Dann fiel ich in eine Erinnerung Rominas, und mein Herz setzte einen Schlag aus, als ich mich mit voller Geschwindigkeit durch einen dunklen Tunnel rennen sah.

Leute schrien und voller Angst rannte ich inmitten der anderen Phönixe. Unsere Flammen schlängelten sich in der Dunkelheit um uns herum. Hinter mir erklangen weitere Schreie, und ich schaute zurück. Meine Cousins fielen auf die Knie, die Haut schmolz von ihren Knochen, bevor sie zu Boden stürzten.

Ich wusste nicht, was geschah, nur, dass keine anderen Formgebungen starben. Ein Fluch, es musste ein Fluch sein. Aber warum?

Tomás hielt meine Hand und zog mich mit rasender Geschwindigkeit weiter.

»Verwandle dich nicht!«, rief er mir zu, und ich nickte, um ihm mein Versprechen zu geben. Jeder Phönix, der seine Flügel ausgebreitet hatte, war sofort gestorben. Ich würde nicht zulassen, dass eine einzige Flamme meine Haut küsste, bis wir aus diesen Tunneln herauskamen. Vielleicht nicht einmal dann.

»Hier entlang!«, rief Königin Avalon vor uns, und wir folgten ihrer Stimme durch die Gänge, bogen hierhin und dorthin, bis Tomás und ich plötzlich in eine Sackgasse gerieten.

Avalon stand vor uns, ihre Krone auf dem Kopf und ihre Augen voller

Feuer. Sie hatte den Imperialen Stern aus dem Griff ihres Schwertes genommen und hielt ihn nun mit einem manischen Blick vor sich.

»Ein Seher hat mir unser Schicksal gezeigt. Viele Phönixe werden heute fallen, und wir werden gezwungen sein, unseren geliebten Palast zurückzulassen. Aber eine Seele muss hierbleiben, denn eines Tages werden unsere Artgenossen an diesen Ort zurückkehren. Und wenn sie das tun, wird sich der Geist des Wachenden erheben und sie auf das Kommende vorbereiten. Wir anderen werden fliehen und uns weiter nördlich eine Zukunft aufbauen, während wir auf diese Zeit warten.«

Ich warf Tomás einen besorgten Blick zu, als hinter uns im Gang weitere Schreie ertönten.

»Was hast du getan?«, fragte ich die Königin, die ich vor langer Zeit zu hassen gelernt hatte.

»Romina«, knurrte mein Cousin und Verlobter Vicente, während er an Avalons Seite trat. Ich sollte ihn diesen Monat heiraten, aber ich hatte weder seine noch Avalons Warnung, mich von Tomás fernzuhalten, beherzigt. Ich liebte Tomás, und niemand würde mich zwingen, einen anderen zu heiraten. Am allerwenigsten einen Mann, der mit mir verwandt war und den Avalon offensichtlich seit Monaten fickte. Aber egal, wen sie in ihr Bett ließ, es wuchs kein Samen in ihr. Sie konnte den Phönix-Erben, nach dem sie sich so sehnte, nicht hervorbringen. Aber sie würde nie aufgeben, es zu versuchen.

Ich drückte Tomás' Hand fester und stellte mich vor ihn, als Vicente sein Schwert in seine Richtung hob.

»Komm her!«, befahl Vicente. »Wir haben nur wenig Zeit zum Handeln.«

»Wage es nicht, so mit ihr zu sprechen!«, knurrte Tomás, und purpurfarbenes Feuer blitzte in seinen Augen auf, als er sein eigenes Schwert hob.

»Verräter«, zischte Vicente und blickte zu Avalon. »Er erhebt ein Schwert gegen einen Adligen, Eure Hoheit.«

»Ja, das sehe ich«, erwiderte sie, während sie ihren Blick auf Tomás richtete. Ich stieß ein beschützerisches Knurren aus.

»Wir gehen. Und du wirst uns nicht aufhalten«, sagte ich, drückte meinen Rücken an Tomás und zwang ihn, sich zum einzigen Ausgang zurückzuziehen.

Kein anderer Fae hatte es bis hierher geschafft, und obwohl ich Angst vor dem hatte, was dort draußen in diesen Tunneln lag, war es ein schlimmeres Schicksal, hier bei diesen Monstern zu bleiben.

Avalon hob einen Trank in die Höhe – das Glasfläschchen enthielt eine schwärzliche Flüssigkeit, die vor Magie glitzerte.

»Schnapp sie dir, Vicente!«

Vicente kam auf mich zu, und ich zog mein Schwert, anstatt meine Gaben einzusetzen, stürzte mich auf ihn und holte aus, bevor er es wagen konnte, seine Hände auf mich zu legen. Ich schlitzte seinen Arm auf, und Blut strömte heraus, woraufhin er sich fluchend zurückzog.

»Du warst in diesem Leben nutzlos, aber vielleicht wirst du im nächsten nützlich sein.« Er schoss erneut auf mich zu, und ich schwang mein Schwert mit einem wütenden Schrei. Dieses Mal durchbohrte die Klinge seine Brust, Flammen züngelten über seine Haut, und Avalon schrie: »Nein!«, aber es war bereits zu spät.

Vicente fiel der schrecklichen Magie zum Opfer, die in diesen Tunneln am

Werk war. Seine Haut schmolz, und seine gellenden Schreie durchdrangen die Luft, bevor er zu Boden stürzte – nicht mehr als ein Knochenhaufen –, während sein Dolch klappernd an seine Seite fiel.

Avalon wirbelte herum, hob den Imperialen Stern an ihre Lippen und sprach ein einziges Wort zu dem Stein, das ich nicht verstehen konnte. Doch im nächsten Moment erstarrten meine Glieder. Das Schwert entglitt meinen Fingern, und meine Kraft wurde durch eine Magie aus einer anderen Welt gelähmt.

Tomás brüllte vor Wut und schleuderte eine Salve Hydrafeuer von sich. Er traf Avalon und brachte sie zu Fall. Der Imperiale Stern flog aus ihrer Hand und fiel wütend flüsternd zu Boden: »Von diesem Tag an sollen alle Phönixe meine Gegner sein. Ich werde ihr Schicksal verbiegen, sodass sie bei allen Unternehmungen scheitern. Ihr Leben soll voller Kummer sein, und es wird keinen Ausweg geben, bis das Versprechen gehalten wird. Alternativ wird ihre Formgebung untergehen, und kein Phönix wird jemals wieder auf dieser Erde wandeln.«

Tomás hob sein Schwert und bleckte die Zähne, als er seinen Vormarsch startete, um die Königin zu enthaupten. Aber in dem Moment brachen ihre Flügel aus ihren Schulterblättern, verbrannten seine Arme und ließen sein Schwert in seinem Griff schmelzen. Er taumelte schreiend von ihr weg, und Avalon schrie ihrerseits auf, als ihre Haut zu schmelzen begann.

Wehklagend hob sie den Trank an ihre Lippen und leerte das Fläschchen, bevor der Fluch sie ganz verzehrte. Aber das tat er – ihre Haut verflüssigte sich, und das Weiße ihrer Augen glühte, bevor auch von ihr nichts weiter übrig war als ein Knochenhaufen. Ihr Feuer starb mit ihr.

Der Memoriae-Kristall fiel neben ihrem Schwert auf den Boden, und die Magie des Imperialen Sterns ließ mich so plötzlich los, dass ich nach vorn stolperte.

Ich lief zu Tomás, heilte die Wunden an seinen Armen und vergewisserte mich, dass es ihm gut ging.

»Wir müssen gehen«, *drängte er.* »Wir müssen so weit wie möglich von hier weg und dürfen nie mehr zurückkehren.«

Ich nickte, küsste ihn schnell und rannte dann los, um den Imperialen Stern, den Kristall und Avalons Schwert zu holen. Dann drehten wir uns um und rannten zurück in die dunklen Tunnel, vorbei an den Gebeinen der gefallenen Phönixe.

Als wir um eine Ecke bogen, entdeckte ich meine Mutter und meinen Vater, die sich in einer Nische aneinanderklammerten. Ihre Flügel brannten hell an ihren Rücken. Es war zu spät, aber ich schrie sie trotzdem an, ihre Phönixe zu verbannen. Aber die Magie nahm sie gefangen, und sie zerfielen inmitten der Schätze, die sie getragen hatten, zu Knochen. Auch im Tod hielten sie einander in den Armen.

Ein angsterfüllter Laut entrang sich mir, und ich konnte mich nur bewegen, weil Tomás mich mit sich zog. Meine Sicht war von Tränen getrübt, als er mich in die Dunkelheit führte, und ich vertraute darauf, dass er uns hier rausbringen würde.

Irgendwie schafften wir es an die Erdoberfläche und flohen in den Dschungel, mit nur einem Gedanken im Hinterkopf: nach Norden.

So weit, wie wir konnten, bis wir uns wieder sicher fühlten. Die Letzten unserer Leute rannten mit uns und reihten sich hinter mir ein, darunter auch die letzten Mitglieder der Vega-Linie. Und die letzten Phönixe. Mit einem dumpfen Gefühl in der Brust realisierte ich, dass ich wohl gerade ihre Königin geworden war.

Ich wurde aus der Erinnerung gerissen und fand Orions Hand fest um meinen Arm geschlungen. In seinem Blick lag eine ungeheure Dringlichkeit.

»Was hast du *gesehen*?«, fragte er, und ich erzählte ihm alles, wobei ich versuchte, kein einziges Detail zu vergessen. Jedes der hektischen Worte, die regelrecht aus mir heraussprudelten, absorbierte er.

»Fuck«, hauchte er, als ich fertig war.

Ich hob eine Hand, um die Stelle zu streicheln, an der der Imperiale Stern meinen Hals geziert hatte. Angst machte sich in meiner Brust breit. »Der Imperiale Stern hat sie verflucht. Deshalb sind alle Phönixe gestorben. Und deshalb haben Tory und ich in diesem Krieg immer wieder versagt. Der alte Fluch wirkt immer noch. Wir sind am Arsch, Lance. Wenn wir nicht herausfinden, was das gebrochene Versprechen ist, werden wir uns nie von dem Zorn des Sterns befreien können.«

Ich raufte mir die Haare, während ich versuchte, das alles zu verarbeiten. Mein Herz tobte wie ein gefangenes Tier.

»Das erklärt … alles«, sagte er schockiert, und ich löste mich von ihm und fing an, gedankenverloren umherzulaufen, während ich alles, was wir gesehen hatten, noch einmal durchging.

»Romina wusste auch nicht, worum es bei dem gebrochenen Versprechen gehen könnte«, sagte ich und zog die Stirn in Falten. »Was beinhaltet es, verdammt noch mal?«

»Ich weiß es nicht.« Orion seufzte.

»Glaubst du, der Imperiale Stern ist noch auf dem Schlachtfeld?«, fragte ich, und die plötzliche Angst riss ein Loch in mein Herz.

»Wenn ja, dann wissen wir wenigstens, wo wir ihn suchen müssen«, sagte Orion mit grimmiger Miene.

»Und wie sollen wir das machen, während wir hier eingesperrt sind?«, fragte ich irritiert.

»Wir müssen den anderen eine Nachricht zukommen lassen. Sie müssen ihn finden, bevor es ein anderer tut. Und wir müssen Tory sagen, dass sie herausfinden soll, was das gebrochene Versprechen ist, damit wir es einlösen können.«

Orions Schweigen verriet mir, dass er keine Ahnung hatte, wie er das anstellen sollte, und ich war genauso ratlos.

»Als ich nach der Schlacht auf dem Berg war, habe ich einen gefallenen Stern gesehen, genau wie den in diesen Erinnerungen. Ich habe mit ihm gesprochen und erlebt, wie er seine Kraft in die Welt entlassen hat. Wenn ich das alles gewusst hätte, wäre ich in der Lage gewesen, ihn nach Antworten zu fragen. Vielleicht wusste er, was das gebrochene Versprechen ist.«

»Warum hast du mir das nicht gesagt?« Orion schoss vor mich.

»Es war das Letzte, woran ich gedacht habe«, sagte ich achselzuckend, aber er packte mich an den Schultern, seine Gesichtszüge waren intensiv.

»Hast du eine Ahnung, wie selten das ist, Blue? Es gibt nur eine Handvoll Fae auf der Welt, die das erlebt haben. Die meisten von uns würden alles dafür geben, einen *Donum Magicae* zu erleben. Ich selbst habe dieses Ereignis in unzähligen Büchern studiert, aber hatte nie eine richtige Vorstellung davon, wie es ist, in der Macht eines der Himmelsschöpfer zu stehen. Erzähl mir alles!«

»Der Stern hat … geglänzt«, murmelte ich, meine Gedanken nach wie vor bei den Erinnerungen.

»Geglänzt«, erwiderte er trocken, während er die Augen zusammenkniff. Ich schnaubte und ließ die Schultern sinken, als die Spannung meiner Glieder nachließ.

»Es war ziemlich cool, schätze ich.«

»Ziemlich cool. Schätzt du«, wiederholte er mit hohler Stimme, und ich lachte leise.

»Ich werde Vard bitten, die Erinnerung aus meinem Kopf zu holen, damit du sie dir ansehen kannst«, sagte ich und wandte mich von ihm ab, um zu einer Reihe von Bücherregalen zu gehen und mit den Fingern über die alten Buchrücken zu streichen, um herauszufinden, ob eines davon die gesuchte Antwort enthalten könnte.

»Das ist nicht lustig«, knurrte er, als er mir folgte.

»Ich muss lachen, um nicht zu weinen«, sagte ich und dachte wieder an das, was wir gesehen hatten. »Glaubst du, Romina ist meine Vorfahrin?«

»Ja. Königin Romina war die erste Königin, die vom Palast der Seelen aus regiert hat. Sie hat den Palast aufgebaut«, sagte er, und meine Lippen öffneten sich, als ich ihn ansah.

»Was weißt du noch?«

Er legte den Kopf schief. »Du willst also mein Wissen, aber du willst mir das Donum Magicae nicht beschreiben.«

»Na gut, ich werde es versuchen.« Ich grinste. »Stell dir einen wirklich, wirklich, wirklich glänzenden Stein vor.«

Orion warf mir einen leeren Blick zu.

»Bist du nie mit Darius losgezogen, um einen gefallenen Stern für Sternenstaub einzuschmelzen? Dann hättest du doch gesehen, wie er glitzert.«

»Meteoriten erzeugen Sternenstaub, keine tatsächlichen gefallenen Sterne«, sagte er.

»Das ist verwirrend«, bemerkte ich. »Warum heißt es dann nicht Meteoritenstaub?«

Bevor er antworten konnte, glitt seine Aufmerksamkeit an mir vorbei, und er schoss los, um eine mit Diamanten besetzte Box aus dem Regal zu nehmen.

»Wer berührt jetzt alte Artefakte?«, spöttelte ich.

Er lächelte, während er die runde Schatulle und die beiden Waagen auf ihrer Oberfläche untersuchte. »Wenn du sie nicht schlagen kannst …«

Er öffnete den Deckel und eine winzige mechanische Waage erhob sich auf einer kleinen silbernen Plattform, die wie ein Miniatur-Ballsaal aussah. Ein winziges Mädchen aus Holz stand auf der einen Seite der Waage und bewegte sich mit feinster Magie. Sie sprang von einer Schale in die andere, um die Waage mit ihrem Tanz auf und ab zu bewegen. Es war fesselnd, und als die Musik in der Box zu spielen begann, konnte ich mich auf nichts anderes mehr konzentrieren als auf das hölzerne Mädchen.

Ein Lied erklang aus dem Inneren der Kiste, die Stimme war weich, weiblich und trällerte ein beruhigendes Schlaflied.

»Es ist Zeit, zu tanzen, mit dem Zufall zu spielen, die Waage hebt und senkt sich jetzt. Komm zu mir, spiel mit mir, hier in meinem einsamen Ballsaal ...«

Der Boden unter mir schien sich zu heben, und ich schwankte benommen auf meinen Füßen, griff nach der Spieluhr und der bezaubernden hölzernen Tänzerin, die hin und her sprang. Orion griff ebenfalls danach, und unsere Finger berührten sich, als wir sie erreichten, unfähig, ihrem Ruf zu widerstehen. In dem Moment, in dem wir den Kontakt herstellten, kippte die Welt. Es war, als würde ich vorwärts einen glitschigen Hügel hinunterrutschen. Ich konnte nicht anhalten, sondern kullerte immer weiter, bis ich alles außer dem kleinen Holzmädchen aus den Augen verlor.

Ich landete auf dem harten silbernen Boden in dem winzigen Ballsaal, der sich in der Spieluhr befand. Orion war an meiner Seite. Die Wände waren ebenfalls silbern, und die Fenster, die sie säumten, zeigten das Bild von einer sonnenbeschienenen Wiese.

Ich schaute verwirrt auf und entdeckte eine riesige Waage über mir. Das Mädchen stand jetzt zwischen den beiden Waagschalen und balancierte dort, während sie gruselig lächelte. Sie war jetzt fünfmal so groß wie wir, und als sie nach rechts sprang, stieß sie mit den Füßen gegen die Schale, die über uns schwebte, und ließ sie mit einem ächzenden Heulen von sich bewegendem Metall auf uns herabstürzen.

Orion stürzte sich auf mich und wir rollten über den Boden, wobei wir dem Aufprall der Schale nur knapp entgingen. Die Tänzerin sprang lachend in die andere Schale.

»Tanz mit mir, spiel mit mir«, sang sie, als die Schale erneut kippte.

Ich ergriff Orions Hand, wir beide sprangen auf und rannten auf die andere Seite des Ballsaals, wobei der Boden der linken Schale genau dort aufschlug, wo wir gestanden hatten.

»Du hättest die Box nicht anfassen sollen«, sagte ich.

»Ach, meinst du?«, knurrte Orion und hielt meine Hand fest, als die Tänzerin eine Pirouette in der abgesenkten Schale drehte. »Ich kann nicht auf meine Formgebung zugreifen.«

»Tanz mit mir, spiel mit mir«, sang das Mädchen erneut und flog über uns hinweg zur anderen Schale.

»Wir müssen rausklettern«, erklärte Orion bestimmt, als wir wieder zur gegenüberliegenden Seite des Raumes rannten und der Boden unter dem Gewicht der Waagschale, die erneut aufschlug, erbebte, sodass mein Herz stolperte.

Er versuchte, die Wand zu erklimmen, während ich zu dem Mädchen hochschaute. Ihr Lied hallte geradezu bittend durch die Luft. Und mir wurde klar, was sie wollte.

»Nein, ich denke, wir müssen tun, was sie sagt. Wir müssen ihr Spiel spielen«, sagte ich mit belegter Stimme.

»Vergiss es!« Orion versuchte weiter, nach draußen zu klettern, und ich schaute mich schnell um, als das Mädchen wieder auf die andere Schale zusprang und eine Welle von Adrenalin durch meine Adern schickte. Auf dem Boden befanden sich vier seltsame ineinander liegende Kreise, und in der Mitte des Raumes war der kleinste von allen. Aber das hatte für mich keine Bedeutung.

»Wie lauten die Spielregeln?«, rief ich dem hölzernen Mädchen zu, und der größte Ring am Rand des Raumes leuchtete weiß auf. Ihre Füße trafen die Schale, aber diese kam abrupt zum Stehen, als Orion und ich uns bereit machten, ihr aus dem Weg zu springen.

Das Mädchen spähte über den Rand der Schale und sah mit einem Lächeln auf den Lippen auf uns herab. Die Musik lief weiter, klang jetzt aber eher unheimlich als schön, da ich in einer winzigen Spieluhr mit einer verrückten, verzauberten Streichholzhexe gefangen war. Sie öffnete den Mund und sang einen neuen Text zur Melodie.

»Wenn das Licht weiß leuchtet, ist es Zeit zu tanzen, aber wenn es blau ist, bewegst du dich besser nicht. Denn dann bist du in Gefahr. Wenn du spielst, gefällst du mir, und ich lasse dich mit meinem wertvollsten Besitz frei.«

»Okay, also … müssen wir tanzen. Kannst du tanzen?«, raunte ich Orion zu.

»Ich habe unzählige Bullshit-Acrux-Partys besucht. Ich kann tanzen – leider –, aber ich würde lieber kämpfen.« Er sah zu dem Mädchen auf, als würde er seine Chancen gegen sie abwägen.

»Nein.« Ich ergriff seine Hand. »Wir werden es nicht mit der verfluchten Ballerina aufnehmen und für immer in einer Spieluhr festsitzen. Lass uns einfach tun, was sie sagt.«

»Okay, aber wenn deine Methode nicht funktioniert, versuchen wir es auf meine Art«, sagte er.

»Einverstanden.« Ich zog ihn zum Kreis und bemerkte, dass die Kreise Richtung Mitte hin immer kleiner wurden, sodass weniger Platz zum Tanzen blieb. Der Teil des Spiels, der Gefahr bedeutete, klang nicht gut, aber wir waren nun einmal hier, also hatten wir keine Wahl.

Orion drückte seine Hand auf meinen unteren Rücken, nahm meine Hand und legte sie auf seine Schulter, während er die andere festhielt.

»Folge meiner Führung!«, befahl er, und ich nickte, mehr als glücklich, das zu tun, denn Paartanz war nicht meine Stärke.

Die Musik wurde lauter und kündigte den Beginn des Spiels an. Orion führte mich in langsamen Bewegungen durch den Kreis aus weißem Licht und gab mir die Möglichkeit, den Rhythmus mit ihm zu finden. Ich hatte gerade den Dreh raus, als das Licht unter uns blau wurde und Orion mich an sich drückte. Wir beide wurden so still wie Statuen, als die Musik aufhörte.

Das hölzerne Mädchen jubelte in einem hellen Ton, und eine bemalte Tür am Ende des Ballsaals öffnete sich. »Sie kann euch nicht sehen, aber sie wird euch hören, wenn ihr euch bewegt. Also macht keinen Fehler, sonst wird euch das zum Verhängnis«, sang sie.

Aus der Dunkelheit hinter der Tür sah ich, wie sich Knochen bewegten. Ein Fae-Schädel fiel heraus und landete auf der Tanzfläche, und ich hielt den Atem an und versuchte, mich nicht zu bewegen. Irgendetwas kroch dort durch die Knochen längst beklagter Opfer, und ich wollte nicht, dass es auf mich aufmerksam wurde.

Orion bohrte seine Finger in mich, während er meinen Blick fixierte, unfähig, den Kopf zu drehen und selbst in die entsprechende Richtung zu schauen.

Eine elfenbeinfarbene Gottesanbeterin trat in den Ballsaal. In der Realität war der Käfer zweifellos klein, aber hier unten in dieser Spieluhr handelte es sich um ein riesiges Monster. Die Augen der Gottesanbeterin waren wie von einer Nadel punktiert, was darauf hindeutete, dass sie blind war. Ich fragte mich, welcher psychotische Fae diese winzige Hölle im Taschenformat ersonnen und wen er hier unten zum Sterben zurückgelassen hatte.

Aber das war noch nicht das Ende der Horrorshow, denn unser Ring verwandelte sich unter unseren Füßen in Gras. Die Grashalme wuchsen, streckten sich nach uns aus und kitzelten jedes ungeschützte Stück Haut, das sie finden konnten. Ich biss die Zähne zusammen und verharrte regungslos, während das Gras uns quälte und versuchte, uns zum Zucken zu bringen.

Die Gottesanbeterin kam näher, die scharf aussehenden Fortsätze zu beiden Seiten ihres Mundes klapperten aneinander und ihre Antennen schwangen auf der Jagd nach uns um ihren Körper. Aber weder Orion noch ich bewegten uns.

Sie huschte an uns vorbei, suchte den Saal ab, konnte uns aber nicht finden. Ich wusste nicht, was passieren würde, wenn sie uns zufällig entdeckte. Vielleicht war das ein Teil des Spiels. Vielleicht repräsentierte diese Waage, wie schnell unser Schicksal aus dem Gleichgewicht geraten konnte.

Nach einer Minute summte das hölzerne Mädchen eine Melodie, die die Gottesanbeterin zurück in ihre Höhle lotste, und die Tür schloss sich hinter ihr. Die Musik setzte wieder ein, und der nächste Ring leuchtete weiß auf, während das Gras im vorherigen Ring verschwand. Wir eilten auf den neuen Ring zu, und Orion begann, mich herumzuführen und mich in seiner Nähe zu halten.

»Das ist echt abgefuckt«, flüsterte er.

»Wir haben nur noch drei Ringe, diesen eingeschlossen. Wir müssen es nur bis zur Mitte schaffen, dann lässt sie uns gehen. Das muss das Ende sein«, sagte ich, wobei ich mich genauso zu überzeugen versuchte wie ihn.

Das Licht unter uns wurde plötzlich blau, und die Musik verstummte. Wir hielten einander fest und verharrten in tödlicher Stille. Die Gottesanbeterin kam zurück, und sobald sie nach uns suchte, fegte Luft um den Kreis, in dem wir uns befanden, und schickte einen Schwall in meine Richtung.

Ich gab alles dafür, mich nicht zu bewegen. Orions muskulöser Körper stützte mich, während die Gottesanbeterin den Ballsaal nach uns absuchte, ihre Scheren über den Boden klicken und ihr Maul auf und zu schnappen ließ. Irgendwie gelang es uns, still zu halten, und das hölzerne Mädchen lockte die Gottesanbeterin wieder in ihren Bau.

Ich holte tief Luft und begegnete Orions Blick, Entschlossenheit floss zwischen uns hin und her.

»Nur noch zwei«, sagte ich.

»Ja, nur noch zwei weitere Todeskreise. Perfekt«, sagte er trocken.

Die Musik setzte wieder ein, und wir bewegten uns in den nächsten Ring, der weiß aufleuchtete.

Orion senkte seinen Mund dicht an mein Ohr, während wir uns in langsamen Kreisen bewegten, sein Körper kontrollierte praktisch meinen, während ich seine Schritte spiegelte. »Von all den tödlichen Gefahren, denen wir uns schon gestellt haben, hätte ich nie vorhergesagt, dass wir von einer Gottesanbeterin in einer Spieluhr bedroht werden würden.«

»Oder einem singenden Streichholz.« Ich hob den Blick zu dem Mädchen über uns, das sich auf der Waage im Kreis drehte, und mir lief es kalt den Rücken hinunter.

»Mein Leben ist wirklich viel interessanter, jetzt, da du ein Teil davon bist«, sagte er mit einem schwachen Grinsen, aber dann wurde das Licht unter unseren Füßen blau – und mein Herz zu Stein. Wir erstarrten, und die Tür öffnete sich wieder und ließ die hungrige Gottesanbeterin frei. Dieses Mal kam sie schneller herbeigehuscht, ihre blinden Augen zuckten, und ihre schleimige schwarze Zunge glitt über die scharfen Ränder ihres Mauls.

Wir werden nicht im Maul eines Insekts sterben.

Der Boden unter uns verwandelte sich in Eis – das dritte Element, das in diesem Spiel auftauchte –, und ich schluckte einen erstickten Schrei hinunter, als meine Füße nach hinten rutschten. Orion verlor den Halt, und sein Knie krachte auf den Boden, als er fiel. Die Gottesanbeterin stieß ein schrilles Geräusch aus, bevor sie hinter ihm auftauchte.

Sie umklammerte ihn mit ihren Scheren, schleuderte ihn quer durch den Ballsaal in Richtung ihres Baus und bewegte sich so schnell, dass Orion keine Zeit blieb, auf die Beine zu kommen, bevor die Gottesanbeterin ihn durch die Tür warf und hinter ihm verschwand.

Ich rannte mit einem Schreckensschrei hinterher, aber die Tür schloss sich vor meiner Nase, und als ich dagegen prallte, versiegelte sie sich und wurde zu nichts weiter als einem Gemälde an einer falschen Wand.

»Lass ihn gehen!«, schrie ich zu dem hölzernen Mädchen über mir.

»Die Tür wird sich erst in der nächsten Runde wieder öffnen«, sang sie mir vor, und ich schaute zurück zu den Ringen, von denen der letzte weiß wurde.

Ich eilte fröstelnd darauf zu. Ich wusste, dass ich weiterspielen musste, wenn ich durch diese Tür kommen wollte. Ich würde ihn auf keinen Fall durch die Hand irgendeines Insekts sterben lassen.

Die Musik setzte wieder ein, und ich tanzte mit minimaler Anstrengung im Kreis und starrte das hölzerne Mädchen mit Wut in der Seele an.

»Komm schon«, keuchte ich, während mir die Angst das Herz zuschnürte.

Der Ring wurde blau, und ich erstarrte, obwohl meine Beine vor Aufregung fast zitterten, als ich mich bereit machte, loszusprinten. Die Tür flog auf, und die Gottesanbeterin stolperte mit Orion auf dem Rücken heraus. Er würgte das Leben aus dem Ding heraus, während es kreischte und um sich schlug. Zu meinen Füßen flammte Feuer auf, und ich sprang davon weg, rannte los und nahm einen alten Armknochen vom Friedhof der Gottesanbeterin, um ihn mit einem wütenden Schrei zu schwingen.

»Lass meinen Gefährten in Ruhe, du ekliges Krabbeltier!«, schrie ich.

Ich rammte dem Insekt den Knochen ins Gesicht, woraufhin es zu Boden stürzte, wo Orion es am Hals packte und mit aller Kraft daran zog. Mit einem heftigen Ruck riss er dem Käfer den Kopf ab und warf ihn weg. Grünliches Blut spritzte über den Boden.

»Nein!«, quäkte das hölzerne Mädchen, sprang von der Waage über ihm und landete direkt hinter mir.

Ich bleckte die Zähne, rannte mit erhobenem Armknochen auf sie zu und rammte ihn ihr hart gegen die Beine. Sie brachen entzwei, und sie flog rückwärts und landete im Feuer, das im mittleren Ring brannte. Ihr Körper war trocken wie Zunder und ging sofort in Flammen auf.

Sie griff nach mir, als würde ich ihr zu Hilfe kommen, und ich starrte sie kühl an, als Orion sich zu mir gesellte, seinen Arm über meine Schultern legte und mit mir gemeinsam zusah, wie sie verbrannte.

»Ich liebe ein ordentliches Lagerfeuer«, schnurrte Orion, und ein dunkles Lächeln huschte über mein Gesicht.

Das Streichholzmädchen schrie auf, ein letztes Lied erklang, bevor sie zu einem Haufen Ruß wurde und die Musik mit ihr starb. Das Feuer erlosch, und Magie umwirbelte uns, sodass ich alles aus den Augen verlor, als Orion und ich aus der Spieluhr geschleudert wurden und auf dem Boden der Schatzkammer landeten. Er hatte einen winzigen grünen Blutfleck von der Gottesanbeterin auf der Wange, und der Armknochen in meinem Griff hatte seine volle Größe wiedererlangt. Ich warf ihn weg und schaute alarmiert auf die Spieluhr, die auf dem Boden zu rotieren begann und Knochen ausspie, die wieder ihre normale Größe annahmen, als sie in den Goldhaufen um uns herum landeten.

Wir richteten uns auf und wichen von ihr zurück. Eine magische Raserei schien die Spieluhr zu befallen, bis der letzte Knochen ausgeworfen worden war und das ganze Ding auseinanderfiel. Metallstücke und Zahnräder fielen klirrend zu Boden. Darunter befand sich ein wunderschöner Opal, der uns aus den Trümmern der verfluchten Spieluhr heraus anblinzelte.

»Das war also dein Zweck. Du hast ihn bewacht.« Orion trat vor, nahm den Opal an sich und betrachtete ihn in seiner Handfläche.

Ich trat vor, um den Schatz zu betrachten, und bewunderte die Farben, die den Edelstein durchzogen.

»Ist das ein Stein der Garde?«, fragte ich hoffnungsvoll.

»Fühlt sich so an«, sagte er und fuhr mit dem Daumen darüber. Augenblicklich erwachte das Gardemeister-Zeichen auf seinem Arm. Das schöne Schwert glänzte, um auf den Fund des Edelsteins zu reagieren. »Opal für Waage.«

»Was glaubst du, wer ihn in dieser gruseligen Spieluhr versteckt hat?«, fragte ich.

»Irgendein längst verstorbener Fae, der nicht wollte, dass jemand seinen Schatz stiehlt«, vermutete er achselzuckend, und ich beugte mich vor, um ihm das eklige Mantisblut von der Wange zu wischen.

Seine Aufmerksamkeit schweifte an mir vorbei, und er runzelte die Stirn, schoss vor und griff nach einem Buch aus dem Regal hinter mir. Ich hob die Augenbrauen angesichts des wunderschönen Einbands, der mit Bronzefedern durchwirkt war.

»Gabriel hat mir dieses Buch in einer Vision gezeigt. Ich glaube, es ist wichtig«, sagte er aufgeregt, seine Augen funkelten noch immer vor Aufregung von dem Kampf, den wir gerade hinter uns gebracht hatten.

Irgendwo weit über uns im Palast ertönte das Gebrüll eines Drachen, und wir verstummten beide, als das Beben dieses Geräusches durch die Wände hallte.

»Wir müssen zurück«, sagte ich und sammelte den Memoriae-Kristall ein, den ich wohl fallen gelassen hatte, als ich in die Spieluhr gezogen worden war.

Orion drückte mir Buch und Opal in die Hand, hob mich hoch und rannte mit mir aus der Schatzkammer.

Es war schwer, zu sagen, wie viel Zeit wir dort unten verbracht hatten. Vor allem die Zeit in der Spieluhr war unmöglich abzuschätzen. Aber waren wirklich schon drei Stunden vergangen? Der Gedanke, in diesen Käfig zurückzukehren, war mir zuwider.

Sobald wir es durch die Wand geschafft hatten, begann sich der Geheimgang hinter uns zu schließen. Und als ich Schritte in unsere Richtung kommen hörte, warf ich das Buch, den Opal und den Kristall zurück in den Gang, kurz bevor er sich fest verschloss.

Die Türen zum Thronsaal flogen auf, und mein Herz setzte einen Schlag aus, als Lionel mit Vard und zwei großen Drachenwächtern, die Gabriel hinter sich her zerrten, hereinstolzierte.

Einer der Drachen war Mildred, deren Schnurrbart an den Enden nach oben gezwirbelt war. Ein leuchtend pinkfarbener Lidschatten zierte ihre Augenlider. Lavinia schwebte hinter ihnen her und sah fast durchsichtig aus, als sie auf ihrer Wolke der Dunkelheit dahinglitt. Der Dolch, den ich in der Geheimluke im Thron gefunden hatte, war an ihrer Hüfte befestigt und leuchtete hell zwischen den Schatten, die sich um ihren Körper zogen.

Lionel ließ sich auf den Thron fallen und ignorierte uns völlig. Auch sein Butler – Horace – tauchte auf und kniete sich vor ihn, um seine Schuhe zu polieren.

»Beeil dich!«, knurrte Lionel ihn an.

Horace arbeitete schneller und schneller. Er polierte die Schuhe, als hinge sein Leben davon ab. Und wie ich Lionel kannte, tat es das wahrscheinlich auch.

Ich stellte fest, dass ich nicht blinzelte, mein Blick war fest auf meinen Bruder gerichtet, als dieser mit Stressfalten auf der Stirn in meine Richtung schaute. Ich sehnte mich danach, zu ihm zu gelangen, jeden dieser Motherfucker um ihn herum zu töten und ihn zusammen mit meinem Gefährten hier rauszuschaffen. Aber natürlich war das unmöglich. Also starrten wir einander stattdessen an und tauschten tausend unausgesprochene Worte aus.

Ich liebe dich. Es tut mir leid. Ich hoffe, es geht dir gut.

Die Türen zum Thronsaal wurden erneut geöffnet, dieses Mal von zwei Nymphen in ihrer verwandelten Form weit offen gehalten. Als Nächstes erschienen vier von Lionels Drachen, die eine riesige hölzerne Truhe trugen, die mit goldenen Elementarsymbolen verziert war.

»Was ist das?«, fragte Lionel.

»Die Truhe war in der voldrakischen Kutsche, die angekommen ist, Majestät«, sagte einer der Männer.

»Wo sind die voldrakischen Royals? Ich habe um ihre Anwesenheit gebeten«, donnerte Lionel, erhob sich von seinem Thron und verscheuchte Horace von seinen Füßen.

»Vielleicht ist es ein Geschenk, Majestät?«, meldete sich Vard zu Wort, offensichtlich versucht, ihn zu besänftigen.

Rauch quoll aus Lionels Mund, und er nickte steif und bedeutete den Männern, die Truhe zu ihm zu bringen. »Stellt sie ab! Dann wollen wir mal sehen, welche schönen Geschenke sie mir anbieten wollen.«

Schwere goldene Verschlüsse sicherten den Deckel der Truhe, und sobald die Drachen sie auf den Steinplatten abgesetzt hatten, machten sie sich daran, jeden einzelnen zu öffnen. Ein Klicken ertönte, als der letzte Verschluss gelöst wurde, gefolgt von einem leisen Zischen, und ich spannte mich an, als ich bemerkte, dass mein Bruder sich vorsichtig hinter Mildred stellte. Orion und ich traten ebenfalls einen Schritt zurück.

Die Drachen öffneten den Deckel, und die größte Schlange, die ich je gesehen hatte, schoss heraus. Ihr mit Reißzähnen gefülltes Maul zielte auf den Kopf des Mannes, der ihr am nächsten stand. Er schrie auf, stürzte zu Boden und benutzte sein Wasserelement, um eine Eisklinge in seine Hand zu wirken, die er in die Seite der Schlange stieß. Aber die Waffe ging direkt durch die Kreatur hindurch, als wäre sie aus Rauch gemacht, und in der nächsten Sekunde löste sich die Schlange auf und verwandelte sich in dicken violettfarbenen Dampf, der den Mann umgab und seinen Körper zu verflüssigen begann. Die anderen Drachen wirkten wie im Rausch und versuchten, ihm mit Magie zu helfen, aber nichts, was sie taten, zeigte Wirkung.

Lionel trat einen Schritt zurück und verstärkte die Wirkung seines Luftschildes, während die Schattenprinzessin näher kam, um den sterbenden Mann zu beobachten. Ihre Augen leuchteten neugierig.

Der Dampf verschwand, und alles, was zurückblieb, waren Blut und Knochen, die sich unter einer unbekannten Kraft wanden und krümmten und schließlich ein einziges Wort auf den Steinplatten bildeten.

FEIND

Lionel brüllte vor Wut, packte Vard am Hals und versengte seine Haut, während er darum kämpfte, seine Formgebung zurückzuhalten. Der Seher schrie vor Schmerz auf.

»Warum hast du das nicht *gesehen*?!«

Vard schüttelte den Kopf, sein Mund öffnete und schloss sich, aber es kamen keine Worte heraus.

Horace stellte sich hinter den Seher, schaute überallhin, nur nicht auf den verstümmelten Körper des Drachenwandlers. Allgemein tat er so, als würde er nicht existieren, und unternahm alles, um Lionels Zorn nicht auf sich zu ziehen.

Gabriel warf mir einen Blick zu, ein halbes Lächeln zupfte an seinen Lippen, und ich lächelte zurück. Wenn die Voldrakier beschlossen hatten, nicht mehr mit Solaria im Bunde sein zu wollen … Bestand dann die Möglichkeit, dass sie gegen Lionel in den Krieg ziehen würden?

»Es tut mir leid, mein König«, stammelte Vard.

Lionel stieß ihn knurrend weg und wandte sich Gabriel zu. »Du hast es *gesehen*.«

»Ja«, sagte Gabriel und hob das Kinn, und Mildred sah ihn an. Ihre riesige Kinnlade klappte nach unten, als sie begriff, dass er sie als Schutzschild benutzt hatte.

Lionel bleckte die Zähne und hob eine flammende Faust.

»Nein!«, schrie ich, während sich Orion ängstlich an mich drückte, aber Gabriel war nicht Lionels Ziel.

Lionel wirbelte herum, rammte Vard seine Faust ins Gesicht und schleuderte ihn von sich. Wimmernd fiel Vard zu Boden.

Lavinia lachte und schwebte näher an Lionel heran. »Noch mal, Daddy«, drängte sie, und er stapfte hinter Vard her und schlug ihm dieses Mal mit der Schattenfaust ins Gesicht.

Die Hiebe prasselten weiter auf Vard ein, und während alle Untertanen Lionel zusahen, wandte ich meinen Blick Gabriel zu. Seine Augen waren glasig, und ich konnte sehen, dass er eine Version hatte. Aber ich hatte keine Ahnung, ob das, was er *sah*, gut oder schlecht war.

»Was nützen mir wehleidige Kreaturen wie du?«, fauchte Lionel. »Ich brauche einen Hof voller loyaler Fae, die alles für ihren König tun. Die mir ohne jeden Zweifel nützlich sind.«

Er richtete sich auf, schob eine Hand in seine blonden Haare und färbte sie mit Blut, während ein wilder Schimmer in seine Augen trat, als wäre ihm gerade etwas eingefallen.

Gabriel blinzelte, konzentrierte sich wieder auf mich – und Entsetzen spiegelte sich in seinem Gesicht wider.

Mir rutschte das Herz in die Hose, und ich formte verzweifelt die Worte *Was ist los?* in seine Richtung.

»Fürchtet die geknechteten Männer!«, platzte es aus ihm heraus. »Die Nacht, in der die Hydra brüllt, kommt, und das Schicksal hat sich gewendet. Wir müssen den anderen Bescheid sagen, wir müssen ihnen sagen, dass ...«

Lionel brachte ihn mit Luftmagie zum Schweigen, indem er ihm höhnisch den gesamten Sauerstoff aus der Lunge sog.

»Schweig!«, donnerte er und drehte Vard, der auf dem Boden zuckte, den Rücken zu. »Mildred, bring ihn zurück in die Königliche Seherkammer und lass seine Lippen versiegeln, bis ich entscheide, dass er wieder sprechen darf.«

»Natürlich, mein König«, sagte Mildred und verneigte sich tief.

»Gabriel!«, rief ich, packte die Gitterstäbe und versuchte, Magie in meine Hände zu bringen. Aber es gab nichts, was ich tun konnte.

Mein Bruder wurde von Mildred weggezerrt, und Lionel ließ ihn erst wieder atmen, als er schon durch die Tür war.

Die Prophezeiung, die mein Bruder uns einst gegeben hatte, schoss mir durch den Kopf.

Zwei Phönixe, geboren im Feuer, erheben sich aus der Asche der Vergangenheit.

Das Rad des Schicksals dreht sich, und der Drache wartet darauf, anzugreifen.
Doch das Blut des Verräters kann den Lauf des Schicksals ändern.
Hütet euch vor dem Mann mit dem aufgemalten Lächeln an eurer Seite.
Bekehrt die Verschmähten. Befreit die Versklavten.
Fürchtet die geknechteten Männer. Viele müssen fallen, damit ein Einzelner aufsteigen kann.
Leidet unter dem Fluch. Der Jäger wird den Preis zahlen.
Wiederholt nicht die Fehler der Vergangenheit. Haltet das gebrochene Versprechen.
Repariert den Riss. Nicht alles, was sich im Schatten verbirgt, ist dunkel.
Blut wird fließen. Besiegelt euer Schicksal. Wählt euer Los.

Ich konzentrierte mich auf die geknechteten Männer und fragte mich, wer sie sein könnten und warum Gabriel solche Angst vor ihnen hatte. Vielleicht hatte Tory mehr Glück gehabt, einen Teil der Prophezeiung zu entschlüsseln, aber zumindest wurden jetzt Aspekte klar.

Die erste Zeile musste sich auf meine Schwester und mich beziehen, die zweite auf Lionel. Dann das Blut des Verräters ... Damit könnte Darius gemeint sein. Er stammte von dem Mann ab, der Lavinia in der Schlacht gegen Avalon betrogen hatte. Das passte also zusammen. *Verdammte Sterne.*

Dann war da noch die ewige Frage nach dem Mann mit dem aufgemalten Lächeln. Ich hatte immer noch keine Ahnung, wer das war, hoffte aber, dass Tor es zwischenzeitlich herausgefunden hatte.

Viele müssen fallen, damit ein Einzelner aufsteigen kann. Das war irgendwie selbsterklärend, aber wer diese Person war, wusste ich nicht. Es könnte einfach bedeuten, dass Lionel nach einem blutigen Krieg seinen Platz als König behalten würde. Obwohl ich hoffte, dass es bedeutete, dass ein anderer Monarch seinen Platz einnehmen könnte.

Leidet unter dem Fluch. Jupp, den Teil hatte ich längst entschlüsselt. Danke, Schattenbestie.

Der Jäger wird den Preis zahlen. Orion ... Scheiße. Das musste sich darauf beziehen, dass er den Preis für meinen Fluch zahlen würde.

Repariert den Riss ... Ich runzelte die Stirn. Könnte es sich um die Schattenrisse handeln, die wir geschlossen hatten? Aber warum dann nicht im Plural? Vielleicht war der Satz eher metaphorisch gemeint ...

Ich schüttelte den Kopf und dachte über die letzten Zeilen nach, aber sie waren zu vage, als dass sie neue Ideen in mir hätten entfachen können.

Orion und ich tauschten einen verzweifelten Blick aus. Wir saßen hier fest, während Gabriels Warnung in der Luft hing. Aber niemand verstand sie und konnte gegen die furchtbaren Pläne, die Lionel ausheckte, vorgehen. Ich wusste nicht, was ich tun sollte. Es musste doch einen Weg geben, diese Prophezeiung zu nutzen, um das Schicksal zu ändern. Aber wenn wir nicht einmal herausfinden konnten, was sie bedeutete, sah ich nicht, wie wir das schaffen sollten.

Lionel wies Horace an, die Eingeweide des getöteten Mannes zu entfernen, und verließ dann den Raum, gefolgt von Lavinia und seinen Drachen. Horace seufzte, blickte mit gesenktem Kopf auf das Blut und murmelte: »Ich wünschte, ich hätte mich nie für diesen Job beworben. Wasch dies, wasch das. Polier meine Schuhe, schrubbe meine Unterwäsche von Hand ... Räum die Leichen weg, die meine Königin angefressen hat. Und wie viele freie Tage habe ich im Jahr? Keinen einzigen.« Er schüttelte den Kopf und schnalzte mit der Zunge. »Ich hätte auf Jim hören sollen. Er hat gesagt, dass ich es bereuen würde. Und jetzt sieh mich an. Jim lebt sein bestes Leben in Sunshine Bay – und ich bin hier und räume Eingeweide auf.«

»Hey«, rief Orion ihm zu, und Horace hob den Kopf und kniff die Augen zusammen. »Besteht die Möglichkeit, dass du Lionel genauso sehr hasst wie deinen Job?«

»Hör auf, mit mir zu sprechen, Kumpel, das bringt mich nur in Schwierigkeiten. Ich will in nichts verwickelt werden. Ich will nur ein einfaches Leben«, sagte Horace, ohne Orion in die Augen zu schauen. »Das Essen des Königs war letzte Woche verkocht, und er hat Bobby in der Küche verbrannt. Ich lasse mich für niemanden verbrennen.«

»Wenn du uns hilfst, werden wir dich vor dem König beschützen, wenn wir hier rauskommen«, sagte ich. Wäre er vielleicht dazu in der Lage, unseren Freunden eine Nachricht zukommen zu lassen? Aber Horace schüttelte den Kopf, hob eine Hand und formte eine Stillekuppel um sich, sodass er uns nicht mehr hören konnte. Als wäre er weniger verantwortlich für all die Schrecken dieses Ortes, wenn er uns und alles andere ignorierte. Aber Grausamkeiten geschahen trotzdem, ob man sie nun wahrnahm oder nicht. Gab man den

Monstern dieser Welt nicht einfach freie Hand, indem man so tat, als gäbe es sie nicht?

»Verdammter Feigling«, murmelte Orion, drehte ihm den Rücken zu und lehnte sich gegen die Gitterstäbe.

Wir warteten, bis Horace die Überreste des toten Fae beseitigt hatte, und sobald er weg war, eilten wir zur hinteren Wand. Ich drückte meine Hände dagegen und befahl ihr, sich zu öffnen, und der Stein gab bei meiner Berührung nach. Orion zog das Buch hervor, und ich setzte mich neben ihn an die Wand, während sich die verborgene Tür wieder schloss. Ich beugte mich vor, um es gemeinsam mit ihm zu betrachten.

»Glaubst du, dass Gabriel das durchsteht?«, flüsterte ich, meine Gedanken immer noch bei ihm und allem, was er mitgemacht haben musste.

»Gabriel ist einer der stärksten Fae, die ich kenne. Er ist unverwüstlich. Wie du.« Er strich mit den Fingern über mein Knie, und ich entspannte mich ein wenig, konzentrierte mich auf das Buch und hoffte, dass es ein Geschenk für uns enthielt, das den Verlauf dieses Krieges ändern könnte.

»Schau dir das an …« Seine Hand wanderte zurück zum Buch, während er es studierte, es umdrehte und mit den Fingern über den Buchrücken strich. Ich musste lächeln, als ich die Faszination in seinem Gesicht sah. Und ich beobachtete ihn dabei, wie er seine eingehende Prüfung der Buchbindung fortsetzte.

»Du starrst mich an«, murmelte er, wobei sich ein Lächeln auf sein Gesicht schlich und sein Grübchen zum Vorschein brachte.

»Es ist schwer, dich nicht anzustarren, wenn du so süß aussiehst«, sagte ich, und er warf mir einen trockenen Blick zu.

»Süß? Hunde sind süß, wie dein kleiner Schoßhund Seth, aber ich bin …«

»O mein Gott«, keuchte ich und schnitt ihm das Wort ab. »Du hast gerade gesagt, dass Seth süß ist.«

Seine Augen weiteten sich vor Entsetzen. »Nein«, zischte er warnend, als wäre ich für die Worte, die aus seinem Mund gekommen waren, verantwortlich. Aber das war ich definitiv nicht. »Das war rein objektiv. Natürlich finde ich den Köter nicht süß. Aber ich nehme an, ich könnte ihn aus der Ferne als liebenswert empfinden. Wenn ich nicht ich wäre. Und er nicht so nervig. Für mich ist er jedoch immer und überall absolut nervtötend. Und daran wird sich auch nichts ändern.«

»Mmhmm«, summte ich spöttisch, und seine Augen wurden schmal.

Er ergriff mein Kinn und strich mit seinem Daumen über meine Unterlippe. »Schau mich nicht so an, als wüsstest du es besser.«

»Ich weiß immer alles besser.« Ich grinste, nahm dann seinen Daumen zwischen meine Lippen, biss hinein und schmeckte das Salz seiner Haut.

Er grunzte, schob das Buch beiseite, als würde es ihn jetzt nicht mehr interessieren, und stürzte sich stattdessen auf mich. Aber so verlockend das auch war – ich wusste nicht, wie lange wir noch Zeit hatten, bevor Lavinia zurückkam und uns die Gelegenheit zum Lesen nahm. Das Buch könnte eine Antwort auf das gebrochene Versprechen enthalten, obwohl ich bezweifelte, dass ein solches Geheimnis so einfach niedergeschrieben werden würde, wenn man in Betracht zog, dass selbst Romina nicht gewusst hatte, worum es ging. Trotzdem sollten wir wahrscheinlich produktivere Dinge mit unserer Zeit anstellen.

Ich nahm seinen Daumen aus meinem Mund, wich seinem Kuss aus und bückte mich, um das Buch vom Boden aufzuheben.

»Vergiss das Buch. Die Antwort auf das gebrochene Versprechen wird dort nicht detailliert beschrieben sein, sonst hätte sich schon längst ein alter Phönix damit befasst«, sagte er und wiederholte damit meine Gedanken.

Er schob seine Finger in meine Haare und zog daran, bis ich wieder aufrecht saß und in das Chaos in seinen Augen blickte. Während er mich festhielt, versuchte er erneut, mich zu küssen, aber ich hielt das Buch vor mein Gesicht, um ihn abzuwehren, und er stieß ein Knurren aus.

»Du solltest nicht mit Vampiren Verstecken spielen, Blue«, warnte er mich. »Du wirst enden wie Harriet Hidey-Hole.«

»Wer ist das?«, fragte ich lachend und spähte über den Buchrücken, aber sein Gesichtsausdruck verriet, dass er es todernst meinte.

»Eine weitere Kindergeschichte«, sagte er, schnappte sich das Buch mit der anderen Hand und platzierte es hinter sich außer Reichweite.

Da seine Finger immer noch in meinen Haaren steckten, hatte ich keine Chance, zu entkommen, und als er sich über mich beugte, seinen Oberkörper an meine Brust presste und mich auf den Boden zwang, war ich unter ihm eingeklemmt.

Ich schlang meine Beine um ihn, und die Schatten wichen von meinem Körper. Meine Liebe zu ihm es machte es ihnen immer schwer, dort zu verweilen, wo er mich berührte. Angesichts seines Gewichts und der harten Wölbung seines Schwanzes, der sich gegen mich drückte, wäre es nur allzu einfach, mich ihm hinzugeben. Aber wir mussten uns wirklich dieses Buch ansehen.

Ich streckte ein Bein aus, meine Zehen landeten auf den weichen Federn des Buchdeckels, und ich rutschte näher heran, um mit meiner rechten Hand danach zu greifen.

Orions Mund wanderte über meinen Unterkiefer, und mein Atem stockte angesichts der leichten Berührung und dem Kratzen seines Bartes. Er war lang geworden, und unter anderen Umständen hätte mir sein schelmischer Blick gefallen.

»Harriet Hidey-Hole spielte so gern Verstecken wie kein anderes Kind an ihrer Schule«, erzählte Orion, während er mich weiterhin mit den zarten Küssen quälte, die meine Haut zum Brennen brachten. Er zog an meinen Haaren, um meinen Kopf zur Seite zu neigen und meinen Hals für ihn freizulegen, sodass ich einen Fluch ausstieß, der in ein Stöhnen gehüllt war.

Bei ihm waren Schmerz und Lust Waffen, die er aus den süßesten Sünden schmiedete, und ich war mehr als glücklich, sie von ihm gegen mich einsetzen zu lassen. Mein Puls raste, und ich vergaß fast das Buch unter meinem Fuß, als seine Küsse zu meinem Schlüsselbein wanderten. Als er seine Reißzähne über meine Haut kratzen ließ, krümmte sich meine Wirbelsäule gegen den kalten Boden. Er ließ meine Haare los, schob seine Hand unter mich in die Mulde, die ich zwischen meinem Körper und dem Steinboden geschaffen hatte, krümmte seine Finger am Ansatz meiner Wirbelsäule und rieb die enorme Länge seines Schwanzes durch seine Jogginghose über meine Klit.

Ich stöhnte seinen Namen, wollte so viel mehr, als er mir gab, aber er ließ sich Zeit, als hätten wir eine Ewigkeit davon. Obwohl es viel wahrscheinlicher war, dass das Gegenteil der Fall war.

»Sie versteckte sich in Bäumen und Holzkisten, auf Dachböden und in Scheunen. Ihre Freunde fanden sie nie«, fuhr Orion mit der Geschichte fort, während ich meine Hüften kreisen ließ und versuchte, mir von ihm zu holen, was ich brauchte. Aber er hielt mich immer noch hin. »Sie erklärte sich selbst zur besten Versteckspielerin der Welt und forderte jeden, dem sie begegnete, auf, mit ihr zu spielen, um das zu beweisen. Niemand fand sie. Bis sie eines Tages auf einen Vampir traf. ›*Ich bin die beste Versteckspielerin der Welt*‹, sagte sie zu ihm.«

»Lance«, stöhnte ich frustriert, weil ich diese Geschichte leid war. Ich kratze an seinem Rücken und rieb mich an ihm, während er mich regelrecht wild machte.

»Der Vampir meinte, dass sie sich irre. Und dass *er* in der Tat der beste Versteckspieler sei. Sie lachte ihn aus und forderte ihn zu einem Spiel auf. Der Vampir war einverstanden. Er versprach ihr zehn volle Minuten zum Verstecken, bevor er überhaupt damit anfangen würde, sie zu suchen. Also rannte Harriet los, um sich eines ihrer Lieblingsverstecke in der örtlichen Scheune auszusuchen. Eines der Verstecke, in dem sie noch nie jemand gefunden hatte. Sie kletterte in einen Heuhaufen und saß völlig regungslos da, während sie darauf wartete, dass der Vampir nach ihr suchte, in der Gewissheit, dass sie niemals gefunden werden würde.«

»Schon kapiert«, sagte ich ungeduldig. »Der Vampir hat ihr Versteck gefunden.«

»Ja«, sagte er düster, während er seine Reißzähne über meine Brust gleiten ließ. Ich erschauderte, als er mit seiner Zunge über meine Brustwarze fuhr. »Er war so high von der Jagd, dass er sie in Stücke gerissen hat.«

»Verdammte Scheiße«, meinte ich halb lachend. »Was hast du nur mit deinen Psycho-Kindergeschichten?«

»Das sind Warnungen. Du solltest sie beherzigen.« Er saugte an meiner Brustwarze, die sich zu einer harten Knospe verhärtete, als er sie mit seinen Zähnen neckte. Ich schob meine Hände in seine Haare und neigte den Kopf nach hinten, als er zwischen uns hindurchgriff, um seine Hose nach unten zu ziehen. Doch bevor er es schaffte, flogen die Türen zum Thronsaal auf.

Orion sprang sofort auf und knurrte wie ein Tier, während er seinen Körper benutzte, um mich vor Blicken zu schützen. Ich konnte nicht sehen, wer gekommen war, und meine Gedanken waren völlig durcheinander. Aber ich erhob mich auf die Knie, während die Schatten zurückkamen, sich eng um mich schlangen und jedes Stück von mir bedeckten, das sichtbar gewesen war.

Ich griff schnell nach dem Buch, stand auf und trat dicht hinter Orion, bevor ich es in seine Jogginghose schob und sein Shirt darüber zog. Dann trat ich an seine Seite und entdeckte Horace, der einen Schlüssel an seinem Finger kreisen ließ, während zwei Nymphen hinter ihm lauerten. »Zeit für die Dusche. Komm schon, hopp, hopp. Ich habe nicht den ganzen Tag Zeit.«

»Die Tür ist nicht offen«, sagte Orion mit ausdrucksloser Miene.

»Ja, ja, nicht so vorlaut, Kumpel«, schnauzte Horace, trat vor und schloss die Tür auf, bevor er uns aus dem Käfig führte. »Heute wartet etwas Besonderes auf euch. Die Bedienstetenquartiere haben beschlossen, sich so fest zu verschließen wie das Arschloch eines Entenwandlers. Niemand kommt mehr rein. Dieser Palast ist verflucht, ich schwöre es.« Horace drehte sich um und führte uns weiter, während sich die beiden Nymphen an unsere Seiten begaben.

»Ich habe die Geister an diesem Ort gesehen, Horace«, rief ich ihm zu, und seine Schultern versteiften sich. »Es sind hungrige, einsame Seelen, und sie wollen sich an den Verrätern laben, die im Palast ihrer Königinnen leben.«

»Ach, und welche Königinnen sind das, hm?«, fragte er lachend, aber in seiner Stimme lag ein Zittern, das verriet, dass er wirklich Angst vor Geistern hatte.

»Meine Schwester und ich«, sagte ich entschieden. »Dieser Palast und seine Geister sind uns treu ergeben und mögen keine wehleidigen kleinen Widerlinge, die falschen Königen dienen. Du solltest nachts besser auf der Hut sein. Ein Wort von mir, und sie könnten kommen, dich im Schlaf aufsuchen und dir die Haut von den Knochen schälen.«

»Halt dein dreckiges Maul!«, blaffte er über seine Schulter, und Orion schoss vor, als wollte er ihn angreifen, aber ich packte seinen Arm und drückte ihn, um ihn aufzuhalten.

Ich wollte nicht, dass er für den Tod dieser wertlosen Kreatur bestraft wurde. Außerdem würde ein toter Horace lediglich ersetzt werden – und diese Person könnte viel schlimmer sein als dieser Mann, der uns zumindest die meiste Zeit in Ruhe ließ.

Er führte uns durch die prächtigen Hallen in ein Gästezimmer, wo mit leuchtender Tinte, die fast noch feucht aussah, extravagante Wandgemälde von wunderschönen Gärten und Tälern mit allen nur erdenklichen Formgebungen gemalt worden war.

Horace bedeutete uns, durch eine Tür zu treten, und wir gelangen in ein Badezimmer, das eher einem Hallenbad als irgendetwas anderem ähnelte. Es war im tropischen Stil gestaltet, die Luft war mit Nebelschwaden gefüllt, die aus dem grün-blauen Pool in der Mitte aufstiegen, Wasser rauschte über die Äste eines riesigen Baumes, der im Herzen des Pools stand. Ranken schlängelten sich an den Wänden empor, und für einen Moment fühlte ich mich in den Palast der Flammen zurückversetzt und stand wieder im Dschungel, wo die Luft dick und die Hitze drückend gewesen waren.

»Zehn Minuten«, blaffte Horace und schlug uns die Tür vor der Nase zu.

Für Orion lagen saubere Klamotten bereit, aber wie immer gab es nichts für mich. Orion hatte schon oft darauf bestanden, dass ich seine Shirts trug, aber die Schatten verwandelten alles, was ich überzog, nach einer Weile in Asche, also lehnte ich mittlerweile ab. Außerdem zeigten sie immer grüne Drachen oder Sprüche darüber, wie toll Lionel war, und ich wollte nicht, dass mich dieser Scheiß berührte. Orion ließ seine Shirts aus genau diesem Grund die halbe Zeit über weg.

Ich watete ins Wasser, und Orion zog sich aus, versteckte das Buch in den Falten seiner frischen Kleidung, bevor er mir ins Wasser folgte. Es war herrlich warm, aber die Wärme war nichts im Vergleich zu der Hitze, die ich in meinem Bauch spürte, als Orion mir nackt nachjagte. Seine bronzefarbene Haut glitzerte vor Feuchtigkeit.

Ich bewegte mich tiefer in den Pool hinein, bis ich fast vollständig untergetaucht war, dann glitt ich unter Wasser und schwamm hinter ihn, wo ich wieder auftauchte. Er wirbelte herum, um mich zu fangen. Das Wasser umspielte seine Taille, und seine Bauchmuskeln waren angespannt. Und diese dünne Haarspur auf seinem Bauch reichte bis unter seinen Bauchnabel und verschwand dann unter der Wasseroberfläche des Pools.

Ich biss mir auf die Lippe, während ich ihn bewunderte, und spürte, wie die Schatten sich wieder zurückzogen. Ich konnte etwas leichter atmen, als der Druck von meiner Brust wich. Für einen Moment war es, als wäre die Schattenbestie gar nicht hier, obwohl ich nach wie vor keine Spur von Magie unter meiner Haut spürte. Ich fühlte mich schrecklich sterblich, als ich so vor ihm stand. Aber wenigstens war ich immer noch ich selbst.

Er kam näher, wickelte eine Locke meiner schattendurchdrungenen Haare um seinen Finger, und ich senkte den Blick auf das dunkle Blau dieser einen Locke. Mein Puls beschleunigte sich, als ich feststellte, dass seine Berührung einen Teil von mir wiederherstellte. Auch wenn es nur vorübergehend war.

»Da bist du ja«, sagte er und rückte noch näher. »Die Schatten versuchen, dich vor mir zu verstecken, aber sie vergessen, dass ich ein Vampir bin.«

»Und Vampire sind die besten Versteckspieler«, sagte ich lächelnd.

»Du hast also zugehört«, sagte er.

»Ich bin eine sehr aufmerksame Schülerin.« Ich grinste, und er grinste zurück.

Meine Brustwarzen waren immer noch hart, und Wassertropfen rannen über meine nackte Haut. Er beobachtete die Bewegungen jedes einzelnen, sein Durst nach mir war deutlich zu spüren.

Er kam so nah, dass mein Atem stockte, und ein glühender Dolch durchbohrte mein Innerstes. Er war mein Anfang und mein Ende, Schöpfung und Verderben in Harmonie vereint, und ich glaubte nicht, dass ich jemals damit aufhören würde, mich noch mehr in ihn zu verlieben.

»Zähl bis zehn. Dann darfst du mich suchen«, sagte ich.

Seine Lippen zuckten belustigt, und er nickte.

Ich hob seine Hand und hielt sie ihm vor die Augen. »Nicht schummeln!«

»Ich muss nicht schummeln«, sagte er mit einem leisen kehligen Lachen, das eine weitere Welle der Begierde durch mich schickte.

Er fing an, zu zählen, und ich tauchte unter Wasser, schwamm durch den Pool und um den großen Baum in der Mitte. Ich öffnete die Augen und blinzelte durchs Wasser, wo ich ein Loch im Stamm entdeckte, in das ich schwimmen konnte.

Ich grinste, schlug kräftig mit den Beinen und zwängte mich hindurch, bevor ich im Inneren des Stammes wieder auftauchte. Ich konnte aufrecht stehen, das Wasser schlug gegen meine Hüfte und meine Lippen teilten sich, als ich die blauen Lichter betrachtete, die hier und da im Wasser verteilt waren. Die tanzende Reflexion des Wassers schimmerte auf der Rinde. Der Raum war ziemlich breit, groß genug, dass ein paar Leute hier stehen konnten, wenn sie wollten.

Plötzlich tauchte Orion neben mir auf und ich schnappte überrascht nach Luft, wie schnell er gewonnen hatte. Er grinste und ich sah ein stummes »Ich hab's dir ja gesagt« in seinen Augen. Er kam schnell auf mich zu, drückte mich an die Bauminnenwand und hakte mein Bein über seine Hüfte.

»Hm, das kommt mir bekannt vor …« Er sah sich im welligen Licht um, und meine Wangen erröteten bei der Erinnerung daran, wie er mich zum Grund des Acrux-Pools mitgenommen hatte.

»Meine Erinnerung ist etwas verschwommen. Du wirst mir auf die Sprünge helfen müssen«, sagte ich atemlos, und er sah auf mich herab, seine Augen dunkel und teuflisch.

»Genau hier war ein Schlitz in deinem Kleid.« Er strich mit seinen Fingern über meinen Oberschenkel, genau wie in jener Nacht, und eine Spur aus Feuer folgte seiner Berührung. »Und ich wollte dich genauso sehr, wie ich dich jetzt will.« Sein Mund streifte neckend den meinen, als ich versuchte, mich in den Kuss zu lehnen und mich an eine Zeit zu erinnern, in der die einzige Gefahr, der wir uns gemeinsam gestellt hatten, die gewesen war, erwischt zu werden.

Seine Finger glitten weiter meinen Oberschenkel hinauf, und ich erinnerte mich an den Moment, als er aufgehört hatte – wissend, dass wir nicht weitergehen konnten, ohne unsere Beziehung für immer zu verändern. Ich hätte damals schon erkennen müssen, dass es kein Zurück mehr gab. Wir waren dazu bestimmt, uns zu vereinen, und nichts in diesem Universum hätte uns voneinander abhalten können.

»Ich wollte es so sehr, Blue.« Er schob seine Hand zwischen meine Beine und stellte fest, wie bereit ich für ihn war, als seine Finger in mich glitten. »Du hast keine Ahnung, wie oft ich daran gedacht habe, dich so zu nehmen.«

»Hast du dir zu meinem Bild einen runtergeholt?«, fragte ich keuchend und klammerte mich an seine Schultern, während er seine Finger langsam in mir bewegte und ein Feuer durch meinen Körper schickte. Seine Finger waren so dick und krümmten sich perfekt, um diesen empfindlichen Punkt in mir zu stimulieren. Es war himmlisch und hatte kaum begonnen.

»Ständig«, sagte er, wobei er zuerst lachte und dann knurrte. Er versenkte seine Zunge zwischen meinen Lippen und küsste mich mit der wilden Leidenschaft jenes Mannes, der mich in diesem Pool geküsst hatte. Ich erinnerte mich daran, wie verboten das gewesen war. Und ich zog ihn noch näher, während ich in dem Wissen badete, dass wir zusammengekommen waren, obwohl die Welt uns immer wieder gesagt hatte, dass wir das nicht konnten. Immerhin das war uns gelungen, während alles andere zum Scheitern verurteilt schien.

Ich wurde bereits durch seine Berührung verrückt, zitterte in seinen Armen, und mein Stöhnen wurde verzweifelt, als er den Handballen seiner Hand gegen meine Klit presste und seine Finger tiefer in mich schob. Ich kam heftig, verkrampfte mich um seine Hand, während ich in seinen Mund stöhnte. Ein Erdbeben erschütterte meinen Körper.

»Braves Mädchen«, sagte er schroff, und die Lust schoss schneller über meine Haut, meine Beine kribbelten, als er sie um seine Taille schlang. Er zog sich ein wenig zurück, umschlang seinen dicken Schwanz und neckte mich, indem er seine Hand daran auf und ab bewegte. Er hielt mich in Atem, während er die Spitze an meiner empfindlichen Mitte rieb.

Ich wand mich, hob meine Hüften und kratzte seinen Nacken. »Mehr!«, verlangte ich, und er presste seine Zunge in seine Wange, sichtlich angetan davon, mich so seiner Gnade auszuliefern.

»Du hast nicht Bitte gesagt«, sagte er, führte seinen Schwanz zu meinem Eingang und rieb seine Schwanzspitze darüber, ohne in mich einzudringen.

Ich biss mir auf die Zunge, meine Sturheit wuchs. Wenn er wollte, dass ich bettelte, dann musste er schon etwas energischer vorgehen. »Dann bring mich dazu!«

Sein Adamsapfel wippte, und er hob eine Hand, legte sie um meinen Hals und drückte gerade so fest zu, dass mein Puls zu rasen begann.

»Sag es!«, knurrte er.

Ich war so erregt, dass ich ihm bereits nachgab und nickte, und er ließ meinen Hals los, um mir die Möglichkeit zu geben, zu sprechen. »Bitte.«

Im nächsten Moment stieß er in mich hinein. Seine Länge füllte mich bis zum Rand und entlockte mir ein Schreien. Er stöhnte vor Ekstase, und ich zitterte als Reaktion darauf. Das Gefühl seiner Haut auf meiner, die Hitze, das Wasser, das um uns herum plätscherte, und die männlichen Laute, die von seinen Lippen kamen, machten mich wild.

Er fickte mich tief und langsam, unsere Münder kamen zusammen und unsere Körper verschmolzen, als wir die Schrecken vergaßen, die uns hinter diesem Raum erwarteten. Stattdessen gaben wir uns einfach unserer Liebe füreinander hin. Wir küssten uns immer wieder und vereinten uns auf eine Weise, die alle Zerstörung, der wir zwischen diesen Wänden ausgesetzt waren, überwand. Es gab nur uns. Zwei Seelen, die sich mit der ganzen Unheil bringenden Kraft von tausend fallenden Sternen nacheinander sehnten.

Wir liebten uns, bis wir wie neu geboren waren, und ich vergaß, wo ich endete und er begann. Ich fiel erneut über den Abgrund, und seine Muskeln zogen sich zusammen, als er selbst auch seine Erlösung fand. Mein Körper umklammerte seinen auf jede erdenkliche Art und Weise, während wir die Nachwirkungen unserer Vereinigung keuchend auskosteten. Sein Blick brannte sich direkt in meine Seele, und ich blinzelte nicht ein einziges Mal, sondern versank in der Galaxie seiner Augen und den silbernen Ringen, die ihn als den Meinen brandmarkten.

Ich wollte mich nicht von ihm lösen, denn ich wusste, dass die Schatten zurückkehren würden, sobald er sich zurückzog. So wie der Winter den Sommer stahl. Und als Horace uns anschrie, uns zu beeilen, wusste ich, dass unsere Sonne unter- und ein vereister Mond aufging.

* * *

Nachdem wir in unseren Käfig zurückgebracht worden waren, konnte ich ein wenig schlafen, indem ich mich an Orions Schulter lehnte. Als ich mich rührte, fand ich ihn mit seiner Nase tief in dem mit Federn geschmückten Buch, das wir in der Schatzkammer gefunden hatten.

»Hast du etwas gefunden?«, fragte ich gähnend und kuschelte mich näher an ihn, woraufhin er seinen Arm fester um mich schlang.

Er senkte das Buch auf sein Knie, und ich beugte mich vor, um zu sehen, was auf der Seite stand.

»Es ist ein Geschichtsbuch über den Krieg, den Königin Avalon gegen die Nymphen geführt hat«, sagte er, und seine Augen leuchteten angesichts des neuen Wissens, das er erlangt hatte.

»Was hast du erfahren?«

»Dass es ein brutaler Krieg war. Auf beiden Seiten gab es abscheuliche Verbrechen, Gefangene wurden verstümmelt und bis zur Unkenntlichkeit gefoltert. In diesem Teil wird beschrieben, wie die Phönixe an gefangenen Nymphen Experimente durchführten, um ihre Schwächen zu finden.« Er runzelte die Stirn und schob mir das Buch zu, und ich betrachtete die detaillierte Skizze einer halb sezierten Nymphe, deren schmerzverzerrter Blick verriet, dass sie noch lebte.

»Das ist echt abgefuckt«, flüsterte ich, blätterte die Seite um und fand dort einen Zauber mit dem Titel: *Das Schattenbinden.*

Ein Zauber, der die Schatten innerhalb des Subjekts bindet, um weitere Beschwörungen zu verhindern.

Mein Herz schlug schneller, als ich mir vorstellte, Lavinia so etwas anzutun, und ich las mir den Zauber durch und hielt vor Überraschung inne. »Warte mal ... Ich kenne diesen Zauber. Königin Avalon hat ihn Tory und mir beigebracht. Mit seiner Hilfe kann man Phönixfeuer nutzen, um eine undurchdringliche Barriere zu errichten. Der letzte Absatz ist allerdings anders, den erkenne ich nicht.«

»Das ist dunkle Magie«, sagte Orion und legte die Stirn in Falten, während er mit dem Finger auf die Stelle zeigte, wo davon die Rede war, dass ein Blut-Chant benötigt wurde. »Dieser Spruch funktioniert nur mit dem Blut einer Person, die zu sterben beschlossen hat«, sagte er. Mit einem Stirnrunzeln las ich mir die darunter stehende Beschwörung durch.

»Meinst du, Horace wäre dazu bereit?« Ich sah kichernd zu ihm auf, und er grinste.

»Wenn ich ihm drohe, ihm alle Knochen zu brechen, bevor ich ihn töte, wird er vielleicht freiwillig gehen«, überlegte er.

Ich blickte wieder auf die Seite und las mir den Spruch noch einmal durch.

»Dieser Zauber könnte die Schatten in Lavinia binden«, sagte Orion. »Sie wäre nicht mehr in der Lage, weitere zu beschwören. Sie wäre nur so mächtig wie die Schatten, die in ihr eingeschlossen sind. Vielleicht würde das ihre Regeneration verhindern. Vielleicht wäre sie dann tötbar.«

»Aber wir haben nichts von dem, was wir dafür brauchen«, sagte ich, hob meine Finger und versuchte, das Phönixfeuer in sie zu locken. Traurigkeit überkam mich, als nichts passierte. »Und ich will nicht, dass jemand dafür sterben muss. Wir haben schon zu viele Leute verloren.«

Ich klappte das Buch zu, aber als ich mich wieder auf die Knie sinken ließ und Orions Blick begegnete, sah ich nicht dieselbe Entscheidung in seinen Augen. Ich sah, dass er darüber nachdachte, als wollte er einen Weg finden, wie man den Zauber nutzen könnte.

»Nein«, sagte ich bestimmt. »Niemand sonst stirbt.«

»Mach dir keine Sorgen, meine Schöne. Ich denke nur darüber nach, wie wir einen unserer Feinde dazu bringen könnten, freiwillig zu sterben. Sobald der Fluch dich loslässt und deine Kräfte und deine Formgebung zurückkehren«, sagte er, und ich entspannte mich, obwohl mir die Voraussetzungen für diesen Zauber nach wie vor Bauchschmerzen bereiteten.

Ein plötzliches Ziehen in meiner Brust und eine Aufforderung in meinem Kopf brachten mein Herz dazu, unkontrolliert zu pochen. In der nächsten Sekunde hatte sich mein Körper in Rauch verwandelt und ich raste mit hoher Geschwindigkeit durch den Palast, weg von Orion und hin zu dem Monster, dem ich gehörte.

Die Schattenbestie kratzte an der Innenseite meiner Haut, Schmerz durchzuckte mich, als sie darum kämpfte, sich zu befreien, und ihre unvorstellbare Macht ergriff von mir Besitz. Ich versuchte, sie in Schach zu halten, und Angst blitzte in meiner Brust auf wie Öl in einer zu heißen Pfanne. Aber die Schattenbestie hatte bereits gewonnen.

Frische Luft umgab mich, und ich verwandelte mich in die Schattenbestie, als ich an Lavinias Seite auf einem dunklen Hügel auf dem Palastgelände landete. Ein Brüllen entrang sich mir, und Lavinia johlte, kletterte auf meine Schulter und ließ sich auf meinem Rücken nieder, wobei sie ihre Finger fest in mein Fell krallte und daran zerrte. Ich spürte, wie sich ein Halsband fester um meine Kehle schloss, von dessen Existenz ich zuvor nichts bemerkt hatte, und ich konnte nichts anderes tun, als ihren Launen zu folgen. Die Schatten führten mich das steile Ufer hinunter zu einer dichten Baumgruppe.

Der Geruch von Feuer lag in der Luft, und meine Haut kribbelte unangenehm, als wir in den Wald gingen, wo vor uns der Schein eines Feuers loderte. Ich bewegte mich darauf zu, während Lavinia mich mit einem Tritt in die Seite anspornte, und witterte Blut und Glut im Wind.

»Der König braucht unsere Hilfe. Einige der Tiberianischen Ratten sind aus ihren Käfigen ausgebrochen«, flüsterte sie und beugte sich vor, um mir ins Ohr zu sprechen. »Er verbrennt alle, die er finden kann.«

Ich erschauderte vor Angst, und sie lachte und trieb mich weiter in die Dunkelheit zwischen den Bäumen. Ein Schwall Drachenfeuer zu meiner Rechten ließ mich zusammenzucken. Eine quiekende Ratte floh in ihrer verwandelten Gestalt vor Lionel – die kleine pelzige weiße Kreatur schoss mit rauchendem Schwanz an uns vorbei in den dunklen Wald.

Schmerz erfüllte mein Herz, als Lavinia mich zwang, sie zu verfolgen, und ich brüllte in meinem Versuch, mich ihrem Befehl zu widersetzen. Aber der Wille der Schatten wurde nur noch intensiver. Ich fürchtete, die Kontrolle über meinen Verstand zu verlieren, und hielt mich so gut es ging fest, denn ich hatte unglaubliche Angst vor den Gräueltaten, die ich begehen würde, wenn ich mein Bewusstsein jetzt einbüßte.

Ich biss die Zähne zusammen, kämpfte gegen die Macht an, die mich verschlingen wollte, und schaffte es, durchzuhalten.

»Yee-haw!«, schrie Lavinia und schlug mich mit einer Peitsche aus Schatten, und ich knurrte, als meine Haut aufplatzte.

Die kleine weiße Ratte war schnell, sprang unter Baumstämmen hindurch und schlängelte sich links und rechts an den Bäumen vorbei, wobei sie ihre geringe Größe zu ihrem Vorteil nutzte, während ich gezwungen war, einen längeren Weg zu nehmen.

»Fang sie, koch sie, töte sie!«, rief Lavinia, und ein weiterer Feuerschwall des Drachen hinter uns ließ eine Hitzewelle über mich hereinbrechen.

Ich betete, dass keine Ratten in die Flammen gefallen waren, aber Lionels dröhnendes Siegesgebrüll ließ mein Herz zusammenzucken.

Die kleine weiße Ratte sprang mir wieder in den Weg. Sie quiekte vor Angst und sprang dann in einen ausgehöhlten Baumstamm, um sich zu verstecken. Ich blieb schlitternd stehen, gewann etwas von meiner Macht über die Schattenbestie zurück und trat den Rückzug an, in der Hoffnung, dass ich der Ratte wenigstens Zeit zum Laufen geben konnte, während ich Lavinia zurückhielt.

Lavinia schlug mich wieder, und ich brüllte, warf meinen Kopf herum und zielte auf ihr Bein. Meine Zähne bohrten sich tief in ihr Fleisch, und sie schrie auf, ließ ihre Schattenpeitsche hervorschnellen und erwischte damit meine Wange. Ich versuchte, sie von meinem Rücken zu zerren, und ließ nicht mehr los, sobald ich ihr widerliches Blut auf meiner Zunge schmeckte. Aber sie schlug immer wieder zu, bevor sie mir schließlich einen Befehl zuschrie: »Lass mich los!«

Die Kraft in diesen Worten lockerte meine Zähne gerade lange genug, damit sie sich befreien und einen Maulkorb aus Schatten um meine Kiefer legen konnte.

Sie grub ihre Hände tiefer in das Fell an meinem Nacken, bis sie Haut fand, und kratzte sie mit ihren Fingernägeln auf, während die Schatten von ihr auf mich überschlugen. Ihre Kraft war unvorstellbar, und plötzlich hatte sie wieder die Kontrolle über mich und zwang mich zum Baumstamm. Meine Krallen zerrissen ihn, und die kleine Ratte quiekte vor Angst, als ich die Rinde durchbrach und sie freilegte.

Ich sah Tod. Ich schmeckte ihn auf meiner Zunge und fühlte mich, als wäre ich wieder auf dem Schlachtfeld, wo ich meine eigenen Verbündeten zerfleischt hatte. Panik überkam mich, und ein winziger Feuerfunke in meiner Brust schärfte meine Gedanken.

Nein.

Ich bäumte mich auf, warf Lavinia von meinem Rücken und schickte sie in den Wald. Im nächsten Herzschlag hatte ich die Kontrolle über meinen Körper wiedererlangt und verwandelte mich zurück in meine Fae-Gestalt. Der Maulkorb war immer noch fest um meinen Mund geschnallt, und die Schatten, die über meine Haut tanzten, glitten über die blutigen Wunden an meinem Oberschenkel und meiner Wange. Aber ich ignorierte den Schmerz und ließ mich zu dem Baumstamm hinunterfallen, um die Ratte zu packen, die sich darin versteckt hatte.

Sie quiekte wütend und biss mir in den Finger, und ich fluchte. »Ist schon gut. Ich bin Darcy Vega. Ich werde dich beschützen.«

Ich hielt die Ratte hoch, damit sie mein Gesicht besser sehen konnte, und ihre kleinen Augen weiteten sich, als sie mich erkannte. Ich rannte los, sprang in den Wald und ließ die Schatten von meinem Körper schwappen, sodass sie uns in Dunkelheit hüllten.

Ein riesiger grüner Drache fegte über uns hinweg, und ich drückte mich dicht an einen Baum, um nicht von Lionel gesehen zu werden.

»Komm zurück, Bestie!«, krähte Lavinia. »Der Sturz hat mir das Genick gebrochen, du kleine Hexe. Vielleicht breche ich deinem Liebsten heute Nacht ebenfalls das Genick. Du darfst dabei zusehen, wie seine Knochen knack, knack, knack machen.«

Ich stieß ein Knurren aus und rannte weiter durch den Wald, um nach anderen Ratten Ausschau zu halten, die sich im Gestrüpp versteckten. Hier draußen war nichts als Glut, die Bäume waren zu Asche geworden und der Boden war heiß unter meinen Füßen. Ich ging weiter, unsicher, wohin ich ging. Ich wusste nur, dass ich einen Weg finden würde, diese Fae in Sicherheit zu bringen.

Ein heftiges Ziehen in meiner Brust ließ mich innehalten, und ich keuchte, als ich Lavinias Beschwörung spürte, die mich durchzuckte. Ich biss die Zähne zusammen und versuchte verzweifelt, dagegen anzukämpfen, während die Schattenbestie in mir brüllte und ihrem Ruf folgen wollte.

»Nein!«, zischte ich abweisend und zwang einen Fuß vorwärts, dann den nächsten.

Mein Geist fühlte sich an, als würde er in zwei Hälften gespalten, als ich mich der allmächtigen Magie widersetzte, die mich an Lavinia band. Die kleine Distanz, die ich bereits zurückgelegt hatte, war unglaublich kräftezehrend gewesen, und ich atmete schwer.

Die Ratte quiekte, ihre Schnurrhaare zuckten, und sie schmiegte ihr kleines Gesicht an meine Hand, um mich zum Weiterrennen aufzufordern.

Ich stieß einen Strom von Flüchen aus und kämpfte mich weiter vorwärts. Der Beschwörungszauber brach, und obwohl es sich anfühlte, als würde mir ein Messer aus der Brust gerissen werden, stolperte ich keuchend weiter.

Ich schaffte es bis zum Waldrand, wo ich sah, wie Lionel im Nachthimmel auf den Palast zusteuerte. Er landete auf dem Dach eines Turmes und brüllte seinen Sieg in den Himmel.

»Tot, tot, tot, all die kleinen Ratten sind zu Staub geworden«, sang Lavinia. Und ihre Stimme klang viel zu nah.

Ich sprintete weiter, ließ den Wald hinter mir und zog die Schatten näher an mich heran, während ich zum Palast rannte, denn ich konnte nirgendwo anders hin. Ich konnte die Ratte nicht hinter die Schutzbarrieren bringen, und der einzige Ort, an dem ich sie verstecken konnte, war der Thronsaal.

»Darcy Vega!«, rief Lavinia. »Komm zu mir!«

Dieses Mal ließ sich die Aufforderung leichter abschütteln. Als wäre das erste Band, das ich gebrochen hatte, das tiefste gewesen. Ich konnte trotz des Schmerzes, den ich dabei empfand, mich ihr zu widersetzen, weiterlaufen.

Ich erreichte den Personaleingang, bahnte mir einen Weg hinein und rannte durch die verwinkelten Gänge. Ich war nicht mehr weit vom Thronsaal entfernt und wusste, dass Lavinia mir dicht auf den Fersen sein musste, also rannte ich so schnell ich konnte, wobei ich mich an die Ratte klammerte. Ich verabscheute mich dafür, sonst niemanden gerettet zu haben.

Ich schaffte es bis zum Thronsaal, riss die Tür auf und sprintete barfuß zum Käfig.

»Darcy«, keuchte Orion, der bereits auf den Beinen war und panisch dreinschaute. »Du bist verletzt.«

Ich antwortete nicht, sondern rannte zum Käfig und drückte Orion die Ratte in die Hand. Ich brachte meinen Körper dazu, zu Rauch zu werden, und schaffte es irgendwie, mich jenseits der Gitterstäbe zu rematerialisieren. Im nächsten Atemzug war ich an der Wand, öffnete den Geheimgang, schnappte mir die Ratte und warf sie hinein, woraufhin sie vor Überraschung fiepte.

»Da drin bist du sicher«, versprach ich ihr und versiegelte den Durchgang so schnell wie möglich wieder.

Kaum war die Tür geschlossen, hatte Orion seine Hände auf mir und betrachtete meine Wunden.

»Es ist nichts«, keuchte ich.

»Du trägst einen Maulkorb wie ein Hund und blutest«, schnauzte er mich an und seine Augen blitzten vor Wut. »Das ist nicht nichts, Blue!«

Die Türen flogen auf, und Schatten quollen aus Lavinia, als sie mit tödlicher Wut auf uns zustürmte.

»Raus!«, bellte sie und wirkte eine Peitsche aus Schatten, die die Tür entriegelte und sie aufriss. Sie schlängelte sich um meine Kehle, zerrte mich aus dem Käfig und ließ mich auf den Boden fallen. Weitere Schatten fesselten mich, bis ich bewegungsunfähig zu ihren Füßen lag, aber sie sah mich nicht an. Ihre Augen waren auf Orion gerichtet.

»Weg von ihm!«, schrie ich, aber ich konnte mich nicht aus der Macht befreien, mit der sie mich gefesselt hatte. Meine Arme waren an meinen Seiten festgezurrt, und als sie Orion packte und ihn in Richtung des schrecklichen Raums zog, in dem ich ihn immer wieder hatte leiden sehen, wurden meine Schreie zu verzweifelten Bitten.

Die Wände bebten, als könnte der Palast meinen Schmerz spüren, und die Mauersteine selbst ächzten, als Lavinia mich hinter sich her in diesen albtraumhaften Raum zerrte, damit ich meinen Gefährten aufs Neue bluten sehen konnte.

Gemini
Scorpio
Virgo
Cancer
Leo
Taurus
Sagittarius
Capricorn
Aquarius
Libra
Pisces

ORION

KAPITEL 34

Mein Geist war hohl und dunkel, alle guten Gedanken verloren sich in meinem schwarzen Fluss, der sie in ein noch schwärzeres Meer spülte. Ich war ein umherirrender Mann auf der Suche nach etwas, das ich in diesem farblosen, trostlosen Land nicht finden konnte.

Wenn ich es nur finden könnte, das wusste ich, würde ich die Sonne wieder sehen. Sie würde durch die undurchdringlichen Wolken über mir brechen, und ich würde mich endlich daran erinnern, wonach ich suchte.

Ich blinzelte, halb hier, halb nicht hier.

Die Schatten riefen, spielten mit meiner Seele, warfen sie zwischen ihnen hin und her und bissen sich an ihr fest. Wenn ich mich nur daran erinnern könnte, warum ich darum kämpfen sollte, sie diesen Dämonen zu entreißen …

Eine Hand lag auf meiner Wange, und jemand sprach einen Namen. Vielleicht meinen Namen, obwohl er nicht zu mir zu passen schien.

Orion war ein Jäger, das konnte also nicht ich sein. Ich war eine gefallene Kreatur, zerstört von der Dunkelheit. Jäger starben nicht in der Dunkelheit, sie gediehen in ihr. Mit wem sprach diese Stimme?

Sie bewegte sich in mein Sichtfeld, ein wunderschönes Mädchen mit schattendurchwobenen Haaren, die sich bewegten, als würden sie im Wind wehen. Ihre Haut war von tiefster Bronze, als hätte die Sonne ihre Wärme in ihr gelassen, und meine Finger zuckten. Ich würde sie so gern berühren und herausfinden, ob sie diese Kälte in mir vertreiben konnte. Denn ich war aus Eis gemacht, Ader für Ader daraus gebaut, eine Statue aus Frost, die zum Leben erwacht war. Oder vielleicht war es auch umgekehrt. Vielleicht war ich ein Mann, der zu Stein wurde.

»Lance Orion«, sagte das Mädchen mit leidenschaftlicher Stimme. Sie war so warm, wie ich gehofft hatte, ihre Finger streiften meine Schläfe und entfachten eine kleine Flamme in der gefrorenen Einöde meiner Brust.

»Komm zu mir zurück!«, befahl sie. Ihre Augen glänzten, aber sie weinte nicht, und ich hätte schwören können, dass ihre Augen grün waren und silbern glitzerten. »Du bist stärker als die Dunkelheit, die sie in dich gepflanzt hat. Komm zurück und bleib bei mir! Du gehörst an meine Seite.«

Sie kam noch näher und blinzelte, woraufhin die Tränen liefen. Ihre Augen waren weder grün noch silbern noch hatten sie sonst irgendeine Farbe. Sie waren so schwarz wie diese große Leere in mir.

Mir fielen die Augen zu, und wieder einmal war ich verloren. Ich fiel, fiel, fiel – immer weiter in einen Abgrund, der kein Ende zu haben schien. Er weidete sich an mir und riss mit seinen Zähnen große Stücke von mir ab. Ich hatte nicht den Drang, ihn aufzuhalten. Denn was gab es hier schon, außer dem, wonach zu suchen ich vergessen hatte?

Verloren … Ich war verloren. Und all meine Bestandteile zerstreuten sich in einem heftigen Sturmhauch. Mein Name war das Erste, was verschwand. Aber es gab etwas Wichtigeres als meinen Namen, das ein paar Bruchstücke meiner selbst zusammenhielt.

Das Mädchen.

Ja, das war es. Das Mädchen war wichtig. Sie war das Zentrum des Universums, eine Göttin, die über mich herrschte, und ich unterwarf mich dieser Herrschaft nur allzu gern. Sie war Wut und Licht und von so süßem Geschmack, dass ich ihn nie vergessen würde.

»Blue«, flüsterte ich, oder vielleicht sagte ich es auch nur in meinem Kopf. Jetzt erinnerte ich mich. Sie war es, die ich suchte. Immer nur sie. Wir hatten einander versprochen, uns nie zu trennen, und ich konnte dieses Versprechen nicht brechen. Selbst wenn ich zu Stein werden würde, musste ich einen Weg finden, ihr zu folgen, wohin auch immer sie gehen würde.

»Ja«, krächzte sie, irgendwo in der Nähe und doch so weit weg.

Ich spürte, wie sie in meinen Schoß kroch, und meine schweren Augenlider fanden einen Weg, sich wieder zu öffnen. Sie schmiegte sich an mich, küsste mich sanft, und ihre Tränen machten mein Herz schwer.

»Nicht weinen«, hauchte ich, denn ihr Schmerz war der schlimmste Fluch überhaupt. »Vergieße keine Tränen für einen Mann aus Stein.«

»Du bist nicht aus Stein«, sagte sie und küsste mich erneut. »Dein Herz schlägt. Und es liebt mich. Erinnerst du dich?« Sie hob meine Handfläche an und drückte sie auf meine Brust, und tatsächlich, da war ein Herz, das langsam, aber kräftig schlug.

»Natürlich liebt es dich«, sagte ich. »Wie könnte es das nicht?«

»Wenn du mich liebst, dann wirst du dich zusammenreißen. Du wirst die Schatten abwehren«, forderte sie.

Ich nickte, denn ich hatte keine andere Wahl, als zu kämpfen. Für sie würde ich das immer tun. Doch dann schlug mein Kinn auf meine Brust, und meine Augen fielen zu, als die Dunkelheit erneut über mich hereinbrach.

Sie war jetzt tiefer, dicker und verdorben durch die Erinnerungen an das, was diese Schatten hierhergebracht hatte. Da waren diese Waffen, die dazu bestimmt waren, die Schatten tief in meinen Körper zu treiben, Klingen, die durch Sehnen und Muskeln schnitten, und so viele scharfen Kanten, allesamt benetzt mit meinem Blut.

Ich sah meinem Versagen bereits ins Auge, konnte mich aber nicht an den Grund dafür erinnern. Ich hatte einst ein Versprechen gegeben, und jetzt war es hier, in diesem Gefängnis meiner eigenen Zerstörung, zum Sterben verurteilt.

Ich wusste, dass ich sie im Stich gelassen hatte, aber ich wusste auch nicht mehr, wer »sie« eigentlich war. Risse formten sich und spalteten mich, als hätte mich ein Blitz in der Mitte getroffen. Zunächst würde ich zerbrechen, dann würde ich fallen. Alle Teile wären verloren und könnten nicht wieder zusammengefügt werden. Wenn ich sie nur noch einmal finden könnte, bevor ich für immer verloren war ...

Eine Hand, warm und vertraut, umklammerte die meine. Sie bewegte etwas tief in mir, zerrte an den Schatten, die wie Kobolde in mir tanzten. Magie passierte zwischen dieser Person und mir, holte die Dunkelheit heraus und entriss sie mir, während ein leiser Singsang an meine Ohren drang.

Es dauerte lange, bis alle Scherben meines zerbrochenen Ichs irgendwie wieder zusammenfanden. Dann galt mein erster Gedanke dem Mädchen, für das ich hier war.

Aber jenseits der Liebe, die ich für dieses Geschöpf aus Feuer und Licht empfand, erwartete mich eine kalte bittere Realität. Eine Welt, in der ein Fluch auf meiner Gefährtin lastete. Eine Welt, in der ich einem Monster gegenüber einen Schwur abgelegt hatte. Eine Welt, in der mein bester Freund tot war. Es war in vielerlei Hinsicht eine unerträgliche Welt, aber solange sie in dieser Welt blieb, würde auch ich dortbleiben.

Ich fand sie in meinen Armen, ihr Gesicht an meinem Hals. Ihr süßer Erdbeerduft erleichterte die Arbeit meiner Lunge.

Ich löste meine Hand aus dem Griff der Frau, die mich zu ihr zurückgebracht hatte, ignorierte Stella und umarmte Darcy fest.

»Es tut mir leid«, flüsterte ich. »Ich werde nicht wieder weggehen.«

»Das hast du beim letzten Mal auch gesagt«, krächzte sie.

»Ich werde mich bessern.«

»Es ist nicht deine Schuld«, sagte sie. »Ich wünschte, ich könnte dich beschützen.«

Darcy klammerte sich an mich, als hätte sie Angst, dass ich wieder verschwinden könnte, und Schuldgefühle ließen mein Herz zerspringen.

Ich schaute zu Stella, die jenseits des Käfigs saß, und sah, wie sie sich hastig die Tränen aus den Augen wischte.

»Warum?«, murmelte ich, weil ich nicht verstand, warum sie immer wieder versuchte, mir etwas anzubieten. Vielleicht aus schlechtem Gewissen. Aber nicht aus Liebe. Zu einem so reinen Gefühl war sie nicht fähig.

»Weil du mein Sohn bist«, sagte sie dumpf, dann erhob sie sich und ging weg. Wir blieben allein zurück, in den Armen des jeweils anderen verheddert.

Darcy schaute mich aus geröteten Augen an, und ich küsste ihre Stirn, während meine Liebe zu ihr aufflammte. Wie hatten es die Schatten geschafft, sie mir fast zu stehlen?

Was wäre aus mir geworden, wenn Stella mich nicht noch einmal aus der Dunkelheit zurückgeholt hätte? Würde ich meine Gefährtin wirklich vergessen? Würde ich in diesem Körper verloren gehen? Würden mir die Schatten meine Seele entreißen und sie zu Staub werden lassen?

Wenn die Schatten die Teile von mir verzehrten, die mich zu dem machten, was ich war, dann würde ich weder in diesem noch im nächsten Leben zu ihr zurückkehren. Dann hätte ich keine Seele mehr, die über den Schleier hinausgehen könnte. Ich wäre ein Nichts, ein Niemand. Verloren.

Ich drückte Darcy fester an mich, denn die Angst vor dieser Realität war schrecklicher als jeder Tod, der mir beschert werden könnte. Sollte das der Preis dafür sein, Darcys Fluch zu brechen?

Lavinia arbeitete nach wie vor innerhalb der Grenzen unserer Abmachung. Insofern ich nach Ablauf der drei Mondzyklen noch atmete, würde sie nicht sterben. Aber meine Seele … Ich hatte nie um meine Seele gefeilscht.

Ich erzählte Darcy nichts davon, weil ich wusste, dass es ihr nur Angst machen würde. Aber es brachte mich in eine missliche Lage. Ich war darauf angewiesen, dass Stella nach Lavinias Folter weiter zu mir kam, denn wenn sie das nicht tat, war ich am Ende. Selbst mit ihrer Hilfe wäre ich dieses Mal kaum zurückgekommen. Noch ein paar Stunden länger und ich wäre vielleicht der Dunkelheit erlegen. Dann wäre meine Seele nicht mehr zu retten gewesen.

Ich atmete den Duft meines Mädchens ein, hielt sie im Arm und betete zu den Sternen, dass wir das unbeschadet überstehen würden.

Ein kratzendes Geräusch ertönte hinter der Wand, und Darcy rutschte von meinem Schoß, während ich zur Seite wich, damit sie die Geheimtür öffnen konnte. Die Wand öffnete sich auf ihre Berührung hin, und die weiße Ratte, die sie gerettet hatte, spähte zu uns heraus, während sie sich auf ihre Hinterbeine setzte. Sie hatte zwei winzige Magie blockierenden Fesseln an den Handgelenken, die so verzaubert waren, dass sie sich der Größe der Fae in ihrer Formgebung anpassen konnten.

»Hallo«, flüsterte Darcy. »Geht es dir gut?«

Die Ratte nickte, dann huschte sie ein Stück zurück und verwandelte sich in ihre Fae-Gestalt. Vor uns saß plötzlich ein schlanker, unglaublich blasser Mann mit weißen Haaren, die in seine hellen Augen fielen. Ich erkannte ihn als einen von Gabriels Freunden von der Aurora Academy. Das letzte Mal, als wir ihn gesehen hatten, war er im Untergrund in der Bibliothek der Verlorenen tätig gewesen.

»Eugene«, keuchte Darcy.

»H-hi«, stammelte er und zog die Knie an die Brust, um seine Nacktheit zu verhüllen. »Danke für das, was Ihr getan habt.«

Er schaute Darcy mit einem Leuchten in den Augen an.

»Keine Ursache«, antwortete sie. »Es tut mir nur leid, dass ich keinem von den anderen helfen konnte. Waren das deine Freunde?«

»Ich kannte sie nicht«, sagte er traurig und ließ den Kopf hängen. »Ich wurde letzte Woche dabei erwischt, wie ich mich mit einigen Sphinxen in Tucana getroffen habe, um seltene Bücher für die Bibliothek zu sammeln. Eine FIB-Einheit hat uns alle gefasst und hierhergebracht. Ich wurde gezwungen, mich in meine Rattenform zu verwandeln, und in einen winzigen Käfig mit all den anderen Ratten in Vards schrecklichem, schrecklichem Labor gesteckt. Sie haben uns ein Serum gespritzt, das uns daran gehindert hat, wieder in unsere Fae-Gestalt zu wechseln.«

»Wie seid ihr rausgekommen?«, fragte ich.

»Es hat dort heute Abend einen ziemlichen Tumult gegeben. Ein Pegasus hat sich befreit, und bei seiner Verwandlung hat er unsere Käfige umgestoßen, woraufhin einige zerbrochen sind. Wir sind durch die Rohre entkommen, aber dann …« Er schluckte heftig. »Lionel hat uns verfolgt.«

»Konntest du sehen, was Vard da unten treibt?«, fragte ich.

»Er ...« Eugene wurde noch blasser, als er den leeren Thronsaal hinter uns betrachtete. Mit gesenkter Stimme fuhr er fort: »Wir waren nicht nah genug dran, um viel zu sehen. Aber ich habe die Schreie gehört, so viele Schreie. Er experimentiert an den Fae, die dort unten festgehalten werden.«

»Er experimentiert? Inwiefern?«, fragte ich, und mir wurde ganz mulmig bei dem Gedanken, dass unsere Leute irgendwo in der Nähe Vards abgefuckten Experimenten ausgeliefert waren.

»Ich konnte zwar nicht viel sehen, aber ich habe auf ihre Gespräche geachtet, habe jedes Wort, jeden Schrei gehört.« Eugene schluckte schwer, fuhr aber fort. »Er hat mehrere Experimente zur Formgebungsveränderung durchgeführt – er hat die Essenz der angeborenen Formgebung eines Fae extrahiert und dann diesen Teil des Wesens in eine andere Formgebung verpflanzt.«

»Du meinst, er versucht, Formgebungen zu verändern?«, fragte Darcy und verzog das Gesicht vor Entsetzen angesichts dieser Vorstellung. »Aber wie ist das möglich? Wie kann er jemandem etwas so Lebenswichtiges nehmen und es von einem Körper zum anderen verschieben, als wäre es nichts anderes als eine austauschbare Niere?«

»Es gibt eine magische Quelle tief in der Brust aller Fae, die sich direkt neben unseren Herzen befindet«, murmelte ich und dachte dabei an alte Biologiestunden zurück. »Du kannst sie manchmal spüren, wenn deine Formgebung in dir schlummert, wenn du spürst, wie sie erwacht, und wenn sie sich danach sehnt, frei zu sein.«

»Du meinst den Drang zur Verwandlung?«, hauchte sie, und ich nickte.

»Diese Kammer existiert in jedem von uns, aber sie ist kein Organ, das man einfach verpflanzen kann. Sie ist in das Gewebe unseres Wesens eingewoben und ein lebenswichtiger Teil von uns, der mit unseren Seelen verbunden ist. Wenn wir sterben, verschwindet diese Kammer zusammen mit unserer Formgebung und folgt uns über den Schleier hinaus.«

»Deshalb schneidet Vard sie aus den Fae heraus, während diese noch am Leben sind«, sagte Eugene düster. »Mithilfe eines Formgebungsunterdrückungsmittels hält er die Formgebung in dieser Kammer fest. Die Fae-Körper sind an einen Tisch gebunden, auf dem er sie seziert. Soweit ich gehört habe, hat noch niemand länger als ein paar Minuten überlebt, nachdem seine Formgebung entfernt wurde. Und auch nicht, nachdem ihm eine fremde Formgebung eingesetzt wurde. Aber er ist unersättlich in seiner Entschlossenheit, es zu schaffen. Er wird nicht aufhören. Der falsche König war oft genug da, um seine Fortschritte zu begutachten. Ich weiß also, dass auch er am Erfolg dieser Experimente interessiert ist.«

Bei dem Gedanken daran schauderte es mich. »Zweifellos plant er, alle Fae zu zwingen, die Formgebung anzunehmen, die er für die wertvollsten hält, um diejenigen auszurotten, die er als minderwertig bezeichnet«, knurrte ich, woraufhin Darcy meine Hand fest umklammerte.

»Er scheint auch daran interessiert zu sein, zu sehen, ob Fae ohne jegliche Formgebung überleben können, und ich fürchte ...« Eugene schüttelte den Kopf und schlang die Arme fester um seine Knie, als wollte er sich vor der Wahrheit verstecken.

»Was ist los?« Darcy ermunterte ihn freundlich, fortzufahren.

»Ich fürchte, er hat vor, das mit den niederen Formgebungen zu tun. Wenn er einen Weg findet, dass wir die Prozedur überleben, dann kann er uns unsere Formgebung einfach aus unseren Körpern schneiden. Dann ist das Problem, das er mit uns hat, gelöst.«

»Das ist … Er kann doch nicht etwas so Schreckliches planen?« Darcy schnappte nach Luft, doch der finstere Blick, den ich mit ihr wechselte, verriet mir, dass sie genau wusste, wozu Lionel, dieser tyrannische Mistkerl, fähig war.

»Du hast gesagt, dass Vard verschiedene Experimente durchführt?« Ich richtete meinen Blick auf Eugenes blasses Gesicht, und er nickte langsam.

»Es war schwer, herauszufinden, was genau die anderen Experimente beinhalteten, aber … die Versuchspersonen haben so laut geschrien. Diese Schreie, sie gingen weit über Angst und Qualen hinaus und wurden zu etwas … anderem.«

»Hat er sie gefoltert?«, fragte Darcy, aber Eugene schüttelte den Kopf.

»Ich habe gehört, wie er gesagt hat, dass er mehr aus ihnen machen wolle. Es war von genetischer Manipulation die Rede und davon, dass er die DNA von Kreaturen aus der Wildnis benutzt, um neue Soldaten für seine Armee zu schaffen. Was auch immer er mit diesen Fae gemacht hat, ich glaube, sie sind nicht mehr sie selbst. Ich glaube, er hat die Essenz dessen, was sie einmal waren, genommen und sie in eine neue schreckliche Form gepresst. Sie haben um den Tod gebettelt, bevor ihre Schreie zu Gebrüll wurden … Mit diesem Experiment scheint er definitiv mehr Erfolg zu haben.«

»Bei den Sternen«, hauchte ich und fuhr mir mit der Hand über das Gesicht, als ich mir die Gräueltaten vor Augen führte, an denen Lionel bereits beteiligt war. Was würde er wohl erreichen, wenn er diesen Krieg gewinnen und seine Herrschaft über Solaria auf unbestimmte Zeit aufrechterhalten könnte? Allein der Gedanke daran reichte aus, um mir die Galle hochkommen zu lassen.

»Wir werden dich hier rausschaffen«, versprach Darcy. »Vielleicht kannst du noch einmal durch die Rohre fliehen, wenn es sicher ist, es zu versuchen.«

Eugene schüttelte den Kopf. »Lavinia hat uns im Wald verspottet, bevor Ihr dort angekommen seid. Sie hat gesagt, dass die Rohre jetzt voller Schatten sind und es weder einen Weg nach drinnen noch nach draußen gibt.«

»Wir werden einen Weg finden. Und bis dahin halten wir dich versteckt«, schwor Darcy.

»Danke«, quietschte Eugene. »Und ich hoffe, es macht Euch nichts aus, aber ich habe ein kleines Nest aus Euren Sachen gemacht.« Er deutete auf das Buch, den Stein der Garde und ein paar Streifen eines alten *Lang-Lebe-Lionel-Acrux*-T-Shirts, das mir Lavinia halb vom Leib gerissen hatte und das irgendwie dort gelandet sein musste. »Ich werde Eure Schätze gut und sicher aufbewahren. Ihr könnt Euch auf mich verlassen.«

Er verwandelte sich wieder in eine Ratte und sprang auf die Gegenstände, um sie zu bewachen. Ich musterte Darcy, als sie die Tür zuschob.

»Wie hast du ihn von Lionel und Lavinia wegbekommen?«, fragte ich.

»Ich habe Lavinias Beschwörung abgewehrt«, verriet sie, und mein Herz schlug schneller.

»Hast du das?«, fragte ich hoffnungsvoll, nahm ihre Hand und zog sie näher zu mir.

Sie lächelte, als sie nickte. »Und ich glaube, ich kann es wieder tun.«

»Du wirst es wieder tun. Und wieder und wieder und wieder.« Ich küsste sie innig, und sie lachte – ein Geräusch, das in diesen Tagen so verdammt selten wart, dass es fast wehtat, es zu hören. »Jetzt muss nur noch dein Phönix aufwachen.« Ich drückte mein Gesicht gegen ihre Brust. »Komm raus, du kleiner Scheißer!«

»Warum versuchst du es nicht mit einem deiner motivierenden Zitate?«, stichelte Darcy.

»Du bist ein nutzloser Vogel, der nicht mal ein Streichholz anzünden könnte, geschweige denn einen Waldbrand auslösen«, knurrte ich und stupste ihre Seite an, woraufhin sie wieder lachte. »Dein Phönix ist ein fast genauso sturer Schüler, wie du es warst.«

»Hey, es war ein Genuss, mich zu unterrichten«, sagte sie grinsend.

»Es war ein Genuss, dich zu bestrafen«, korrigierte ich finster, und sie biss sich auf die volle Unterlippe.

»Genuss ist Genuss«, sagte sie leichthin, und ich lachte, zog sie auf meinen Schoß und knabberte an ihrer Kehle.

»Beiß mich, als würdest du es ernst meinen«, ermutigte sie mich keuchend.

»Nur, weil ich dieses Feuer in dir schmecken will«, sagte ich an ihrer Haut, bevor ich meine Reißzähne ausfahren ließ und sie in ihr versenkte. Und da war sie, ihre Kraft, tief verborgen, aber immer noch brennend.

Der Kampf meiner Königin war noch nicht vorbei.

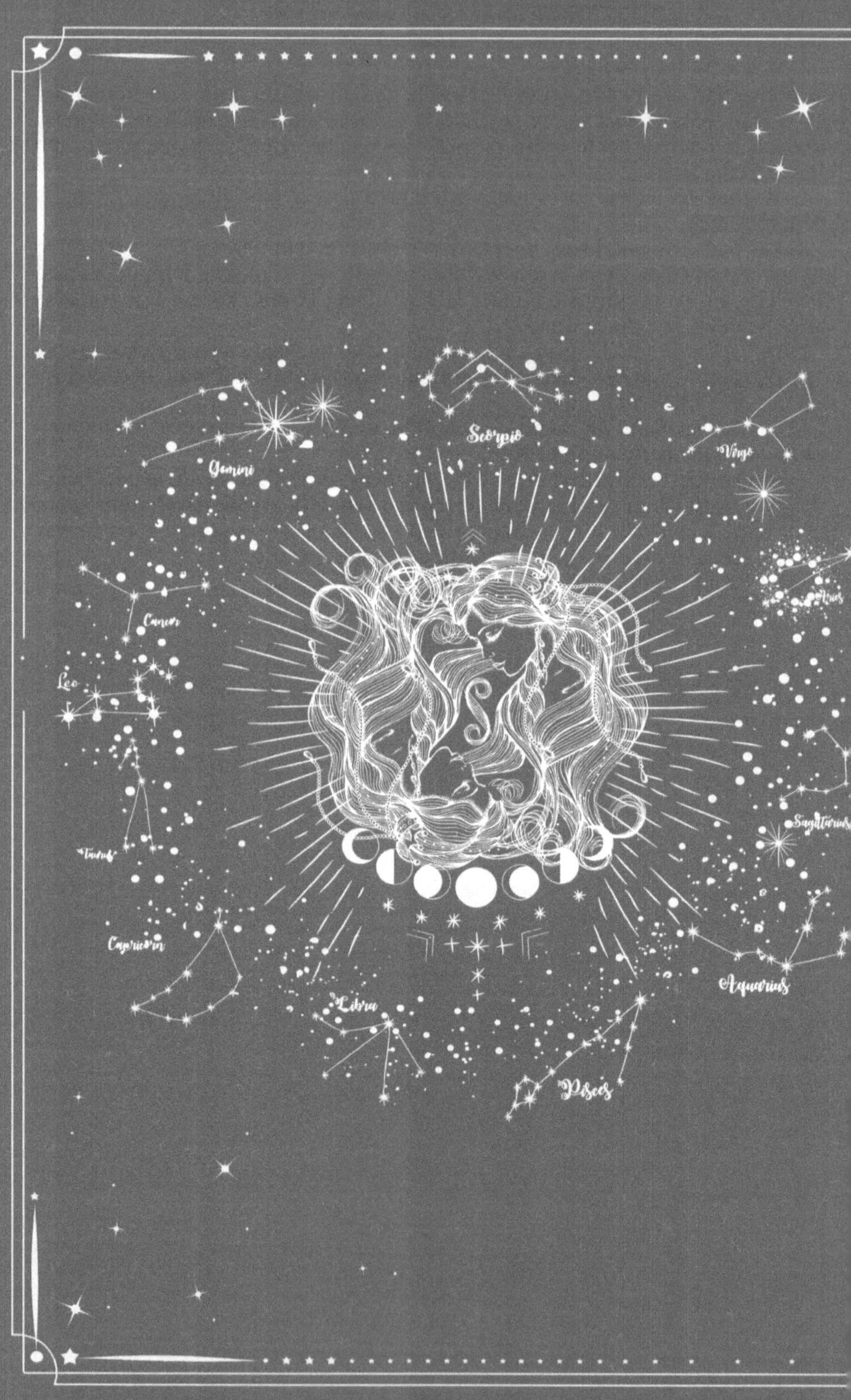

Gemini
Scorpio
Virgo
Cancer
Leo
Aries
Taurus
Sagittarius
Capricorn
Aquarius
Libra
Pisces

TORY

KAPITEL 35

Zu wissen, dass Darcy im Palast der Seelen gefangen gehalten wurde, war eine besondere Art der Folter – einzig und allein darauf abzielend, mich durch Angst zu zerstören. Ich hatte diesen Horror erlebt, hatte Lionels Grausamkeit und Abartigkeit monatelang am eigenen Leib ertragen. Er hatte mir das genommen, was mich ausmachte, und mich in einen Panzer aus Lügen, Angst und falscher Hingabe gehüllt.

Ich hatte es überlebt. Aber nur knapp. Und jetzt musste ich mich dazu zwingen, hierzubleiben und tagelang absolut nichts zu tun, während wir auf den Tag des verdammten Hydriden-Meteoritenschauers warteten.

Es machte mich fertig. Zu wissen, dass drei der Fae, die mir in dieser elenden Welt am wichtigsten waren, bei diesen Monstern festsaßen, verursachte regelrechte Qualen in meiner Seele. Und zu allem Übel musste ich mich zwingen, keinen Rettungsversuch oder Angriff auf Lavinia und Lionel zu planen, aus Angst, dass diese Entscheidung *gesehen* werden könnte.

Ich schüttelte die Decken von mir und stand auf. Die Morgendämmerung schimmerte am fernen Horizont, aber die Welt war weitgehend dunkel und ruhig.

Ich musste etwas tun. Und da es sich dabei nicht um das handeln konnte, was mich die ganze Nacht wach gehalten hatte, würde ich meine ruhelose Energie in eine andere Aufgabe stecken, die uns helfen könnte.

Ich schritt zum Schrank und griff nach einem Paar Leggings. Ich zögerte, als ich das neueste lächerlich übertriebene Kleid sah, das Geraldine für mich ausgesucht hatte. Sie hatte mir erzählt, dass ein paar wirklich begabte Erdelementare ihre Freizeit der Herstellung von Kleidern für die wahren Königinnen widmeten, und als ich das schwarze Kleid anstarrte, das ein Abbild des Nachthimmels selbst zu sein schien, konnte ich nicht anders, als mit den Fingern über den Stoff zu streichen.

Ich hielt nicht viel von Prunk und Protz, davon, wie eine Königin auszusehen und mit der Politik zu spielen, um die Zuneigung der Öffentlichkeit zu gewinnen. Aber ich verstand die Notwendigkeit dafür. Ich verstand die Macht der Symbolik gut genug, und dort, wo ich hinging, war es wahrscheinlich genau das, was ich brauchte.

Während ich den Stoff berührte, beobachtete ich, wie die winzigen silbernen Edelsteine, die in den Stoff eingenäht waren, das schwache Licht auffingen, als wären sie wirklich Sterne, die in der tiefen, tröstlichen Nacht schimmerten.

Es war Bullshit, aber es war mächtiger Bullshit.

Seufzend schlüpfte ich aus dem Oversize-T-Shirt, in dem ich geschlafen hatte, und zog das Kleid an. Der schwarze Stoff war so weich wie Seide und schmiegte sich an meinen Oberkörper, während mein Rücken für meine Flügel frei blieb. Der bodenlange Rock war an beiden Seiten mit Schlitzen versehen, sodass ich mich gut darin bewegen konnte und er auch bequem war. Ich fuhr mit den Händen über die Seiten des Rocks, und ein Lächeln schlich sich auf mein Gesicht, als ich mehrere versteckte Taschen entdeckte, bevor ich feststellte, dass der Rock an der Taille so geschnürt war, dass ich meine Schwertscheide daran anbringen konnte, ohne dass sie den Stoff verformte und den Look des Kleides ruinierte. Das war nicht einfach nur ein Kleidungsstück für öffentliche Auftritte, sondern ein Kleid, das speziell für eine Kriegerkönigin angefertigt worden war. Und wenn ich wirklich in Erwägung zog, mir irgendwann eine Krone aufzusetzen, dann war das die einzige Art von Königin, die zu sein ich in Betracht ziehen würde.

Ich schnallte mir meine Schwertscheide um, nahm einen Beutel Sternenstaub aus dem Vorrat, den ich immer griffbereit hatte, und steckte ihn in eine der verborgenen Taschen, gefolgt von einem kleinen Dolch, der mir ans Herz gewachsen war. Schließlich schlüpfte ich in meine Stiefel.

Ich blieb vor dem Spiegel stehen und nutzte eine Mischung aus Wasser- und Luftmagie, um meine Haare zu waschen und zu stylen, bis sie in einem dunklen Wasserfall aus lockeren Locken um mein Gesicht fielen. Zu guter Letzt zwang ich mich sogar dazu, mich zu schminken. Dieses Treffen war wichtig, was bedeutete, dass ich meine mangelnde Körperpflege der letzten Zeit beiseiteschieben musste. Ich kleidete mich nicht aus Eitelkeit oder aus Gründen der Selbstheilung. Wir befanden uns mitten in einem Krieg. Und es war an der Zeit, dass ich aufstand und meinen Teil dazu beitrug.

Mit dunkel umrandeten Augen und den tiefroten Lippen sah ich fast wieder wie mein altes Ich aus – ein Mädchen in einem hübschen Kleid … mit einem Schwert und einem finsteren Blick, der scharf genug war, um Fleisch und Knochen zu zerschneiden.

»Du hast mich belogen«, sagte ich zu meinem eigenen Spiegelbild, obwohl die Worte an ihn gerichtet waren. »Du hast versprochen, zu bleiben.«

Nichts.

Endloses hoffnungsloses Nichts. Selbst der Rubin an meinem Hals blieb kühl auf meiner Haut, als wäre er heute weiter weg denn je. Ich wusste nicht, ob das etwas Gutes oder etwas Schlechtes war, aber es half nicht gegen die verzweifelte Einsamkeit, die mich zu verschlingen drohte.

Ich blinzelte mein Spiegelbild an, um mir zu beweisen, dass ich trotz der unnatürlichen Stille, die sich über mich gelegt hatte, noch am Leben war.

Ich würde bald zerbrechen. Meine Mauern wurden schwächer und schwächer, so schwach, dass ich wusste, dass ich sie nicht mehr lange würde aufrechterhalten können. Aber nicht heute. Nicht jetzt.

Ich wandte mich der Tür zu, hielt aber inne, als ich ein schimmerndes Diadem entdeckte, das aus Darius' Schatzhaufen lugte. Ich fischte es heraus und drehte es in meinen Händen.

»Du hast auch geschworen, dass du mich nie als deine Königin anerkennen wirst«, murmelte ich zu dem Mann, der nicht hier war. »Also wird dich das hier sicher ziemlich sauer machen.«

Ich setzte mir das silbern und blau glitzernde Diadem auf den Kopf und grinste auf jene unausstehliche Art und Weise, die ihn immer aus der Fassung gebracht hatte. Ich spürte, wie sich etwas in der Luft regte, der Geist einer Erinnerung, die meine Wirbelsäule streichelte wie eine Fingerspitze.

Es war nicht real. Aber ich wünschte, es wäre so.

Ich schloss die Augen und versuchte, ihn zu mir zu rufen, zu glauben, dass er nur für ein paar Sekunden wirklich bei mir war. Aber noch während ich das versuchte, verblasste das imaginäre Gefühl. Die Luft war so still wie zuvor und mein Herz unwiderruflich gebrochen. Nichts hatte sich seit dem Fund seiner Leiche auf der Hügelkuppe verändert.

Ich schnappte mir das Buch Äther und verließ den Raum, ohne einen weiteren Moment in der Gesellschaft meiner eigenen Einsamkeit zu verweilen. Ich nahm zwei Stufen auf einmal und beachtete kaum die Wachen, die am Fuß der Treppe zu meinen Gemächern postiert waren.

Sie verbeugten sich, als ich unerwartet auftauchte, aber ich beauftragte sie einfach, niemandem zu sagen, dass sie mich gesehen hatten – es sei denn, jemand suchte nach mir. Ich mochte es zwar nicht, wie sich die Leute jetzt vor mir verbeugten und katzbuckelten, aber ich hatte eine sehr nützliche Information über die Fae gelernt, die das taten: Sie würden sich einem Befehl einer ihrer Königinnen nicht widersetzen. Das bedeutete, dass ich vor Entdeckung sicher war, es sei denn, Geraldine entschied sich für einen Check-in um vier Uhr morgens.

Als ich darüber nachdachte, wurde mir klar, dass das gar nicht so unwahrscheinlich war, und ich beeilte mich, die nächste Treppe nach unten zu nehmen, durch die Türen ins Freie zu treten und die Zugbrücke zu überqueren. Bei jedem, den ich passierte, wiederholte ich meinen Befehl.

Sobald ich den Palast hinter mir gelassen hatte, verwandelte ich mich. Ich löschte meine Flammen, aber spannte meine bronzefarbenen Flügel, damit ich die Strecke, die ich zurücklegen musste, schneller bewältigen konnte.

Ich schlug kräftig mit den Flügeln, schoss über das Inselgelände und entdeckte das Gefängnis innerhalb weniger Minuten, bevor ich vom Himmel stürzte und direkt vor den Wachen landete, die dort Dienst hatten.

Alle fünf hatten in Windeseile ihre Waffen gezückt und Magie in ihren Händen entfacht. Ein Feuerball krachte gegen meinen Luftschild, den ich im Bruchteil einer Sekunde errichtet hatte.

»Wahrscheinlich hätte ich mich ankündigen sollen«, sagte ich entschuldigend, als sie mich erkannten, und der Mann, der das Feuer geworfen hatte, fiel mit einem Schrei des Entsetzens zu Boden.

»Verzeiht mir, meine Königin!«, flehte er. »Trennt meinen nutzlosen Kopf von meinem Hals. Entfernt meine Eingeweide und benutzt sie, um einen Fluch über meine gesamte Familie auszusprechen. Nehmt meine Augen und verfüttert sie an jedes beliebige Nagetier. Zerhackt mich ...«

»Ihh. Hör auf, Alter!«, sagte ich und rümpfte die Nase angesichts dieser Vorschläge. »Du hast klasse reagiert, das Reich beschützt und so weiter. Ich muss nur kurz mit dem Gefangenen reden, also nichts für ungut. Kann ich die Schlüssel für seine Zelle haben?«

Der Mann starrte mich an und begann dann, zu schluchzen, weil ich so großherzig war und seiner Familie durch meine Vergebung geholfen hatte.

Ich versuchte, ihn auszublenden, während ich die Hand nach den Schlüsseln ausstreckte, aber das wurde immer schwieriger, als er wie ein Wurm auf dem Bauch über den Boden kroch und versuchte, meine Stiefel zu küssen.

»Bei den Sternen!«, stöhnte ich. Mein Unbehagen wuchs – und endlich gelang es einem der anderen Wächter, sich aus seinem Schockzustand zu befreien und mir die Schlüssel zu geben.

Ich nickte dankend und eilte von dem heulenden Wachmann weg. Ich tat so, als würde ich nicht bemerken, wie er anfing, das Gras zu lecken, auf dem ich gestanden hatte, und behauptete, es sei durch den Druck meiner Stiefel gesegnet worden.

»Kein Wunder, dass du so ein arroganter Arsch warst, wenn die Fae dich dein ganzes Leben lang so behandelt haben«, murmelte ich zu Darius, aber wieder kam keine Antwort.

Ich ging durch das niedrige Gefängnisgebäude, in dem sich der riesige Käfig aus Nachteisen befand, in dem Miguel immer noch festgehalten wurde, und fand ihn auf seinem Bett sitzend vor.

»Hast du darüber nachgedacht, was ich zu dir gesagt habe?«, fragte ich, wobei ich Nettigkeiten und allen anderen Quatsch ignorierte. »Würde dein Volk ein Bündnis in Betracht ziehen?«

»Vielleicht«, sagte Miguel langsam und stand auf, während er mich in meiner ganzen königlichen Pracht musterte. Seine Augen weiteten sich ein wenig, als würde er mich erst jetzt als das erkennen, was ich sein könnte, und ich hob mein Kinn.

»Aber es geht um Vertrauen, richtig? Unsere Arten führen schon so lange Krieg, dass du dir nur schwer vorstellen kannst, dass die Fae sich nicht gegen euch wenden. Umgekehrt wird es für die Fae schwer sein, darauf zu vertrauen, dass sich keiner von euch verwandelt und versucht, uns seine Fühler ins Herz zu rammen.«

Miguel schnaubte humorlos und nickte. »Es ist schwer, sich eine Zukunft vorzustellen, in der beide Arten diese Ängste und Vorurteile vollständig ablegen können.«

»Aber du hast gesagt, dass unter euch einige Fae leben, die genau das akzeptiert haben«, drängte ich.

»Es gibt ein paar.« Er nickte nachdenklich. »Aber ihr Eintritt in unsere Gesellschaft ist meist durch eine Mischung aus verzweifelten Umständen bedingt gewesen. Sie sind die Art von Fae, die aus ihrem früheren Leben fliehen mussten und bereit waren, ein wenig Vertrauen zu riskieren. Außerdem ist es etwas anderes, einen oder zwei durch kontinuierliche Humanität und Freundlichkeit zu überzeugen, als eine ganze Fae-Art allein durch Worte.«

»Wenn ihr mit uns in einem Krieg kämpfen würdet, wäre das sicherlich genug, um den meisten Fae eure Absichten zu demonstrieren«, erwiderte ich.

»Vielleicht. Aber andere würden nach wie vor denken, dass wir lediglich unsere eigenen Ziele verfolgen. Sie würden weiterhin damit rechnen, dass wir uns gegen die Fae wenden, sobald das erledigt ist.«

Ich nickte, weil ich diese Angst nachvollziehen konnte.

»Also wollt ihr euch für immer verstecken? Den Schmerz der Welt jenseits eures kleinen geheimen Unterschlupfs ignorieren?«, fragte ich, und Miguel zuckte zusammen.

»Ich wurde vor Jahren von Leuten, die behauptet haben, zu meiner Art zu gehören, aus diesem Unterschlupf gezerrt. Sie haben meine Seele gefangen genommen und meine Macht für ihre Zwecke benutzt. Dann haben sie mein Kind, meinen süßen Diego, getötet, ohne mir jemals zu erlauben, es so zu lieben, wie ich es hätte tun sollen. Es ist schwer, solche Schläge gegen mich zu ignorieren.«

»Auf persönlicher Ebene, ja. Aber ich bin nicht auf der Suche nach einer Nymphe, die auf unserer Seite kämpft. Ich sage dir ganz offen: Wir brauchen mehr Verbündete. Wir brauchen mehr Fae, die sich gegen Lionels und Lavinias Tyrannei auflehnen, aber wir brauchen mehr als das. Ich werde nicht noch einmal in einer aussichtslosen Schlacht kämpfen. Ich werde nicht zusehen, wie die Fae, die ihre Hoffnung und ihr Vertrauen in meine Schwester und mich gesetzt haben, abgeschlachtet werden, weil wir auf das Beste gehofft haben. Wir brauchen so viel Kraft, wie wir sie nur bekommen können. Wir brauchen Verbündete. Oder zumindest etwas Hilfe hiermit.« Ich hielt ihm das Buch Äther hin, und Miguels Augen verfinsterten sich, als er die Zeichnungen auf dem Einband betrachtete.

»Wünschst du immer noch, jemanden zu finden, der dich in den alten Wegen unterrichten kann?«, fragte er und trat näher heran. »Du kennst doch die Gefahren einer solchen Macht, oder?«

»Ich begehre alle möglichen gefährlichen Dinge, und zwar ständig«, antwortete ich achselzuckend, zog das Buch zurück und hielt ihm stattdessen den Schlüssel zu seiner Zelle hin. »Ich denke, wir sollten eine Art Vertrauensübung durchführen«, sagte ich, schüttelte verführerisch den Schlüssel und beobachtete, wie seine Augen die Bewegung verfolgten.

»Was für eine Übung?«, fragte Miguel vorsichtig.

»Ich lasse dich aus deinem Käfig und du bringst mich in dieses geheime Dorf oder was auch immer es sein mag. Du kannst den Sternenstaub werfen, und ich schließe sogar meine Augen, wenn das hilft – der Punkt ist, dass ich keine Ahnung haben werde, wohin du mich gebracht hast. Ich werde also dein Geheimnis nicht verraten können.«

»Wer einmal mit Sternenstaub an einen Ort gereist ist und diesen selbst gesehen hat, könnte es wieder tun. Es spielt keine Rolle, ob man weiß, wo sich besagter Ort auf einer Karte befindet.«

Ich seufzte und überlegte, wie ich seine Bedenken zerstreuen konnte. Schließlich hielt ich ihm meine Hand hin.

»Ich schwöre bei den Sternen, dass ich das nicht tun werde«, sagte ich. Wenn er wüsste, wie sehr ich die glitzernden Arschlöcher am Himmel verachtete, wäre ihm auch klar, wie wenig mich die Versprechen interessierten, die ich in ihrem Namen gab. Aber das spielte keine Rolle, denn ich hatte nicht vor, dieses Versprechen zu brechen. Ich hatte nicht vor, eine friedliche Siedlung zu zerstören. Kein Teil von mir wäre dazu jemals fähig.

Miguel griff nach meiner Hand, und ich gab ihm den Schwur, den er wollte. Ein magisches Klatschen ertönte, als die Abmachung besiegelt war.

»Wenn ich dir also das Schicksal meines Volkes anvertraue, was genau vertraust du mir dann im Gegenzug an?«, fragte er neugierig, als ich ihn losließ.

»Ganz einfach. Du bekommst mich, ganz allein in einem Dorf voller Nymphen. Das ist verdammt viel Vertrauen, wenn man bedenkt, welche Macht ihr über meine Magie ausüben könnt. Ich bin zwar echt mächtig, aber ich bezweifle, dass ich mich aus einem ganzen Dorf freikämpfen könnte, wenn ihr euch alle gleichzeitig auf mich stürzen würdet. Du wirst also für die Dauer unseres kleinen Ausflugs eine solarische Prinzessin in deiner Gnade haben. Ich werde ohne jegliche Begleitung mitkommen. Wenn ich von einem solchen Ort zurückkehre, ohne dass jemand versucht, mir seine kleinen Fühler ins Herz zu rammen, dann haben wir einen großen Schritt in Richtung Vertrauen zwischen unseren Völkern gemacht.«

»Unsere Fühler sind nicht klein«, murmelte Miguel wie ein Kerl, der gerade in seiner Männlichkeit beleidigt worden war, und ich grinste ihn herausfordernd an.

»Vielleicht kannst du das eines Tages auf dem Schlachtfeld neben mir beweisen.«

Miguel grinste ebenfalls, und ich kannte seine Antwort schon, bevor er nickte. »Also gut, Roxanya Vega, ich glaube, wir haben einen Deal.«

Diese Worte genügten mir, um in Aktion zu treten. Ich schloss seinen Käfig auf, ließ die Tür weit aufschwingen und gab ihm mit einer Geste zu verstehen, den Käfig zu verlassen – als freier Mann, nicht länger ein Kriegsgefangener oder Ähnliches. Die Ex-Ratsmitglieder würden einen Anfall bekommen, wenn sie das mitbekamen. Tja.

Wir gingen nach draußen und trafen dort auf die Wachen, die sich alle erschrocken über den Anblick der Nymphe zeigten, die nur wenige Zentimeter von ihrer Prinzessin entfernt war.

»Miguel ist nicht länger unser Gefangener«, sagte ich mit Nachdruck. »Es gibt also keinen Grund, eine leere Zelle zu bewachen. Geht … ein paar Bagels essen oder was auch immer. Und wenn Geraldine wegen meines kleinen Abenteuers ausflippt, sagt ihr, dass ich pünktlich zum Abendessen zurück sein werde.«

Ich nahm den Beutel mit Sternenstaub aus meiner Tasche und warf ihn Miguel zu, ohne auf eine Antwort zu warten. Ich wandte meine eigene Magie auf die Barrieren an, die die Insel vor der Verwendung von Sternenstaub schützten, und öffnete sie gerade so weit, dass wir sie durchdringen konnten. Ohne zu zögern, holte Miguel eine Prise der schimmernden Substanz heraus und warf sie über unsere Köpfe. Dann wurden wir so schnell von den schockierten Wachen weggerissen dass ich sie nicht einmal verschwinden sah.

Die Sterne spuckten uns mitten im Wald aus, wo die Bäume dicht standen und das Blätterdach keinen Blick zum Himmel zuließ.

Ich hob eine Hand, um ein Fae-Licht zu wirken, aber Miguel hielt mein Handgelenk mit einem Kopfschütteln fest.

»Wenn sie merken, dass eine Fae in der Nähe ist, werden sie sich so gut verstecken, dass wir sie vielleicht nie finden«, warnte er. »Du musst mir folgen, bis wir den Sitz der Hohen Nymphe erreichen.«

»Ist das so etwas wie eine Nymphenkönigin?«, fragte ich, während ich die Magie losließ, die ich angezapft hatte.

»Unsere Anführer sind eher Schamanen als Monarchen«, antwortete er. »Die Weisesten unter uns haben ihre Position erlangt, indem sie sich ihrer Rolle würdig erwiesen haben. Auch ich gehörte einst zu ihnen. Aber das ist lange, lange her.«

»Bevor du gezwungen wurdest, zu gehen?«, fragte ich, und er nickte feierlich. »Warst du seither wieder hier?«

»Nein.«

Miguel hob die Hände und begann, sie in einem ungewöhnlichen Muster zu bewegen, wobei sich seine Finger verwandelten und zu den Fühlern seiner Art wurden. Ich zwang mich, stehen zu bleiben und nicht vor den Dingern zurückzuweichen, die mein Herz durchbohren und Magie und Leben aus mir herausreißen könnten. Stattdessen beobachtete ich, wie er an der Luft zupfte, als würde er ein Musikinstrument spielen. Ein Summen ertönte um uns herum, als ein weicher Nebel aus dem Nichts zu wachsen begann, dessen Farbe immer blasser wurde, bis er schließlich hell genug war, um einen silbernen Schein zu verbreiten.

»So beleuchtet meine Art den Weg«, sagte er mit sanfter Ehrfurcht in der Stimme. Und ich war mir fast sicher, dass die Schatten, die er gerade gerufen hatte, ganz andere waren als die, die Lavinia für sich beansprucht hatte.

Miguels Hände verwandelten sich in normale Finger zurück, und ich klopfte mir im Geiste auf die Schulter, weil ich während des gesamten Vorgangs weder zusammengezuckt noch zurückgewichen war.

Der blasse Nebel schwebte in der Luft über uns und illuminierte einen fast unsichtbaren Weg durch den Wald, und ich folgte Miguel, als er loslief.

»Hast du hier Familie?«, fragte ich leise, und Miguel seufzte und nickte langsam.

»Ich hatte eine Frau und drei Töchter«, gab er zu. »Meine Kinder waren so klein, als ich von hier weggebracht wurde, dass ich sie jetzt wohl nicht einmal mehr erkenne.« Er klang hoffnungslos und gebrochen, und mir wurde klar, dass er in diesem Krieg genauso viel verloren hatte wie wir anderen auch. »Ich habe nie jemanden geliebt, außer meiner Octania«, fügte er hinzu. »Aber ich erwarte nicht, dass sie auf mich gewartet hat. Selbst wenn sie verstanden hätte, dass ich sie nicht freiwillig verlassen habe, hätte sie herausgefunden, wo ich gelandet bin und was aus mir geworden ist. Sie wird erfahren haben, dass ich mit einer anderen Frau verheiratet war und ein Kind gezeugt habe ...«

»Fuck«, sagte ich, denn was sollte ich sonst dazu sagen? Ihm war sein ganzes Leben gestohlen worden. Man hatte ihn gezwungen, eine Frau zu heiraten, die er nicht wollte, und er war bis zu dem Punkt geknechtet worden, dass er ein Kind mit ihr gezeugt hatte. Ich wusste, dass die Schatten ihn gefangen genommen hatten, aber mir wurde erst jetzt bewusst, wie tief sie in ihn eingedrungen sein mussten, um ihm ein ganzes Leben zu nehmen und ihn den Launen der Monster auszuliefern, die ihn in Ketten gelegt hatten.

»Die Weide«, sagte er plötzlich, und ich hatte keine Ahnung, warum er auf einen gewöhnlichen Baum zeigte, bis ich meinen Blick in die von ihm angegebene Richtung richtete und ihn mit eigenen Augen sah.

Der Baum war riesig, seine Wedel waren ein zarter und gleichzeitig unmöglich dicker Schild, der den Stamm vollständig verbarg. Leuchtend blaue und grüne Fae-Fliegen schwebten träge um ihn herum, und der Duft von Kiefern und Schnee berührte meine Sinne. Ich spürte, wie ich in den Bann seiner Schönheit geriet.

Wir gingen mit lautlosen Schritten darauf zu. Die Bäume um uns herum bewegten sich in einer Brise, die ich nicht spüren konnte. Als würden sie sich drehen, um uns zu beobachten, und die Haare in meinem Nacken stellten sich auf.

Das Rascheln wurde lauter, und plötzlich teilten sich die Wedel der Weide, und ein blasses graues Licht kam zum Vorschein.

Ich hob eine Hand, um meine Augen abzuschirmen, und blinzelte zwischen meinen Fingern hindurch, während ich mich weiter durch das gefallene Laub bewegte. Das leise Knirschen meiner Schritte war die einzige Bestätigung dafür, dass ich mich überhaupt noch bewegte, denn ich verlor jedes Gefühl für mich selbst und konnte mich nur noch auf das Licht konzentrieren.

»Du musst dem Ruf folgen«, sagte Miguel von irgendwoher – gleichzeitig weit weg und ganz nah.

»Welchem Ruf?«, hauchte ich, aber er musste nicht antworten, denn ein Zupfen an meiner Seele machte mir klar, was er meinte.

Es war ein ähnliches Gefühl wie neulich, als ich seelengewandert war, um Darcy ausfindig zu machen. Eine Andersartigkeit, als wäre ich vollständig in Bewegung und gleichzeitig überhaupt nicht. Aber dieses Mal verließ ich die Grenzen meines Körpers nicht. Da war kein Adrenalinstoß, der von einer regelrechten Flucht abgelöst wurde; meine Verbindung zu meinem Körper blieb bestehen, meine Beine bewegten sich, um dem Ruf der Macht zu folgen. Und obwohl mich das echt hätte erschrecken sollen, gab ich einfach nach.

Das graue Licht wurde immer heller, je mehr wir uns darauf zubewegten, bis es uns völlig verschlang und an einen Ort brachte, der weit weg war von dem Ort, an dem wir uns befunden hatten. Und doch schien es so, als wäre dieser Ort bereits vor uns gewesen und nur bis jetzt verborgen geblieben.

Ich blinzelte erneut durch die Finger meiner immer noch erhobenen Hand, als ich mich wieder in meinem Körper verankerte. Es war unglaublich still um uns herum, aber ich spürte, dass viele Augen in unsere Richtung blickten.

Ich ließ meine Hand fallen und schluckte einen Kloß im Hals hinunter, als ich die versammelte Menge betrachtete. Mindestens fünfzig Nymphen, sowohl in menschenähnlicher als auch in verwandelter Form, richteten ihre Aufmerksamkeit auf uns. Einige hatten Waffen in den Händen, während andere ihre knorrigen Fühler auf unsere Herzen richteten. Sie trugen einfache Kleidung, ihre Umhänge und Tücher waren alle in neutralen Farben gehalten und lediglich dazu da, die Kälte fernzuhalten.

»Sieht nicht so aus, als hätten die uns erwartet«, zischte ich Miguel zu, der einen Schritt nach vorn machte, um sich zwischen die Nymphen und mich zu stellen. Die Nymphen richteten ihre Aufmerksamkeit langsam auf mich, und ein leises Rasseln durchbrach die Stimme, als sie die Kraft meiner Magie schmeckten.

O ja, das war eine großartige Idee gewesen. Ich habe mich herausgeputzt, als wäre ich ein leckerer Nymphen-Party-Snack, und mich dann mitten in der Nacht weggeschlichen, ohne jemandem zu sagen, wohin ich wollte. Und das auf das Wort eines Mannes hin, dessen Schwiegermutter sich in eine verdammte Mütze gestrickt hatte. Was zum Teufel hatte ich mir dabei gedacht? Ich war zu ... sechsundsiebzig Prozent tot. Tatsache.

»Miguel?«, raunte eine Frau am Rande der Menge erstaunt.

Plötzlich fielen alle Blicke zurück auf ihn, und ein Raunen ging durch die Menge, als sie ihn erkannten und den Schock über unser Aussehen überwunden hatten.

»Ich habe euch allen so viel über die letzten zwanzig Jahre zu erzählen«, sagte Miguel und öffnete seine Hände vor sich in einer Geste des Friedens. »Von den Dingen, die *la Princesa de las Sombras* getan hat, um die Herrschaft über die Schatten zu erlangen. Und jenen, zu denen ich als ihr Gefangener gezwungen wurde.« In seiner Stimme schwang zweifelsohne Scham mit.

Ich trat an seine Seite und legte ihm aus Solidarität eine Hand auf die Schulter.

»Gebt ihm nicht die Schuld für die Hölle, die er durchgemacht hat, während er weg war«, sagte ich bestimmt, denn ich wusste nur zu gut, wie es sich anfühlte, von jemandem kontrolliert zu werden, den man hasste. Und ich hatte diese Hölle viel kürzer ertragen müssen als er. »Er ist frei. Und er hat diese Freiheit genutzt, um sich zu wehren. Deshalb hat er mich hierhergebracht. Wisst ihr, wer ich bin?«

»Du bist eine Grausame Prinzessin«, murmelte eine ältere Frau und spuckte in den Dreck neben ihren Füßen, und ich kämpfte gegen den Drang an, sie anzuschnauzen. »Dein Vater hat uns während seiner Herrschaft gnadenlos gejagt. Genau wie sein Vater auch.«

»Und viele von euch haben Fae gejagt und sie wegen ihrer Macht abgeschlachtet, ohne einen Unterschied zwischen Mann, Frau oder Kind zu machen«, antwortete ich ruhig. »Doch Miguel hat mir geschworen, dass ihr nicht wie diese Ungeheuer seid. Und ich hatte gehofft, ihr würdet mir den Gefallen tun, mich nicht nach dem Ruf meines Vaters zu beurteilen. Genauso wenig wie ich euer ganzes Volk nach den Taten derer verurteilen werde, die von den Schatten verdorben wurden.«

Wieder wurde gemurmelt, und ich wartete und beobachtete sie vorsichtig, ohne meine eigene Magie zu benutzen. Ich musste keine Sirene sein, um zu erkennen, dass meine Ankunft in ihrem Refugium sie mit Angst erfüllte.

»Hört zu, ich bin nicht hier, um Ärger zu machen. Miguel hat mir gesagt, dass wir einen gemeinsamen Feind haben. Und nach einiger Überzeugungsarbeit habe ich beschlossen, ihm zu glauben. Und ich denke, ihr wisst alle, was man über den Feind meines Feindes sagt?« Ich lächelte bei dem Gedanken, mit einer eigenen Nymphenarmee in die Schlacht zu ziehen. Oh, wie gern würde ich Lionel und Lavinia sehen, wenn sie herausfanden, dass sie nicht die Einzigen waren, die Tricks im Ärmel hatten.

»Warum sollten wir auch nur einem Wort trauen, das aus dem Mund einer Fae kommt?«, knurrte ein großer Mann, der angewidert die Zähne bleckte.

»Ich zeige euch ein gewisses Maß an Vertrauen, indem ich hierherkomme, nicht wahr? Allein, verletzlich. Man könnte meinen, das würde mir zumindest ein bisschen Respekt einbringen.«

»Respekt?« Der Mann schnaubte, und ich zuckte mit den Schultern.

»Wenn nicht das, dann hat es mir zumindest diese Audienz mit euch allen verschafft.«

»Eine Audienz mit einem Mädchen, das Königin spielt. Wie aufregend«, sagte eine Frau, und ich musste lachen, als sie fortfuhr: »Lionel Acrux hat eine Allianz mit einigen von uns geschlossen und ihnen mehr geboten, als der Grausame König es je getan hat. Und es gibt nicht wenige von uns, die herausfinden wollen, wie dieses Spiel ausgeht.«

»Es ist ein Spiel«, stimmte ich ihr zu. »Ein Katz-und-Maus-Spiel mit der größten und fiesesten Katze, die ihr je gesehen habt. Er ist ein richtig fieser Scheißkerl, der alle jagt, die kleiner sind als er – und das zum Spaß. Er sieht ihnen beim Schreien zu, bevor er sie verschlingt. Im Moment ist der falsche König mit einigen eurer Art im Bunde, aber er ist bereits dabei, bestimmte Fae-Formgebungen auszurotten, die er als *nieder* betrachtet …« Ich verzog das Gesicht. »Glaubt ihr wirklich, dass er eine ganz andere Spezies lange an seiner Seite halten wird? Lionel hasst jeden, der nicht seiner Vorstellung von mächtiger Perfektion entspricht. Er rekrutiert Fae, die diesem Ideal gerecht werden, und plant, ein ganzes Königreich zu schaffen, das ebenfalls diesem Gedankengut folgt. Er benutzt Lavinia und ihren Einfluss auf die Schatten und euer Volk, um zu bekommen, was er will.«

»Diese Nymphen folgen Lavinia nur deshalb, weil sie sich in den Schatten von ihrer Dunkelheit haben verderben lassen. Das weißt du genau, Paula«, schimpfte Miguel. »Und das sind diejenigen, die ihr freiwillig folgen. Ihr kennt mich. Ihr alle wisst, wie sehr ich unser Volk hier liebe, wie sehr ich mich für euch alle und unsere Gemeinschaft einsetze. Und doch habe ich in den letzten zwanzig Jahren in eurem Leben gefehlt. Bitte sagt mir nicht, dass ihr wirklich geglaubt habt, ich hätte denjenigen, die ich liebe und denen ich mein Leben gewidmet habe, um Drusillas willen den Rücken gekehrt.« Als er ihren Namen aussprach, ging ein Raunen durch die Reihen. Zweifel legte sich auf die Gesichter der Anwesenden. »Ich wurde vor vielen Jahren von ihr und ihrem niederträchtigen Bruder gefangen genommen. Ich wurde weit weg von hier gebracht und war monatelang eingesperrt und ihnen ausgeliefert, während sie meine Haut durchlöchert und die Macht der *Princesa de las Sombras* in mich gezwungen haben. Ich habe dagegen gekämpft. Ich habe für euch alle gekämpft – vor allem für meine Familie. Aber ihre Macht war unvorstellbar, und die Qualen, die ich ertragen musste …«

Er stockte, und ich griff nach seinem Arm, denn ich wusste nur zu gut, was er durchgemacht hatte.

»Ich schäme mich«, sagte Miguel mit leiser Stimme. »Ich schäme mich, dass sie es geschafft haben, mich zu brechen. Sie haben mich mit der Dunkelheit ihrer Schatten geflutet und mich berauscht zurückgelassen, verloren in den Grenzen meines eigenen Verstandes, mein Körper nur noch ein Spielball ihrer Begierden. Ich war gezwungen, meine Ehe aufzugeben und stattdessen mein Blut mit Drusillas zu vereinen. Und das nur, weil ich eine mächtige Nymphe bin und sie diese Macht zu ihrem Vorteil nutzen wollten.« Seine Stimme wurde schwächer, aber er fuhr fort. Die andächtige Stille der zuhörenden Nymphen veranlasste mich zu der Frage, ob wir vielleicht endlich zu ihnen durchdringen würden. »Ich wurde dazu benutzt, ein Kind zu zeugen. Einen Jungen, dem ich dank der Kontrolle, die sie über mich hatten, keine Liebe zeigen konnte. Einen Jungen, der sich letztlich geopfert hat, um die Schwester der Frau zu retten, die jetzt vor euch steht. Einen Jungen, der es geschafft hat, sich zu befreien, obwohl er unter ihren monströsen Begierden aufgewachsen ist und sein ganzes Leben lang von Lavinias Schatten verführt wurde. Ihm ist es gelungen, die Welt so zu sehen, wie sie ist. Er hat seinen eigenen Weg gewählt und den Vegas seine Loyalität geschworen, weil er gesehen hat, dass sie für eine bessere Welt kämpfen werden.«

»Diego wird nie vergessen sein. Auch nicht, wenn dieser Krieg vorbei ist«, versprach ich ihm. »Wir werden uns aus vielen Gründen an ihn erinnern. Am vielleicht wichtigsten ist die Tatsache, dass er uns gezeigt hat, dass die Nymphen nicht unsere Feinde sein müssen. Dass ihr nicht alle über einen Kamm geschoren werden solltet, nur weil einige eurer Artgenossen so brutal gegen uns vorgegangen sind. Ich weiß, dass die Macht, die ihr habt, für die Fae aus gutem Grund erschreckend ist. Aber ich bin ein Phönix, der ein ganzes Dorf auslöschen kann – und das mit einem einzelnen Feuerschwall. Denn mein Feuer brennt heiß genug, um Stein zu schmelzen. Mein Mann war ein Drache, der so groß war, dass er ganze Fae verschlingen konnte. Vampire jagen tagtäglich andere Fae. Diese Liste lässt sich beliebig fortsetzen. Der Punkt ist, dass wir alle auf unsere Weise Monster sind, und ich glaube nicht, dass irgendjemand von uns etwas anderes sein möchte. Und solange wir die Macht kontrollieren, mit der wir geboren wurden, ist das auch gar nicht notwendig. Aber wäre es nicht das Beste für alle, in Frieden und Harmonie zu leben?«

Es folgte eine drückende Stille, als sie über unsere Worte nachdachten.

»Wenn du der Macht von Lavinias Schatten erlegen bist, warum hast du dann unseren Standort nicht verraten?«, fragte ein Mann Miguel.

»Das ist das eine Geheimnis, das ich all die Jahre für mich behalten konnte«, gab er zu, und sein Kehlkopf wippte. »Dafür musste ich viele Arten von Folter ertragen. Die Schatten haben sich auf der Suche nach dieser Antwort tief in meinen Verstand gebohrt, aber ich habe sie nicht preisgegeben. Eher wäre ich gestorben. Als sie das erkannt haben, beschlossen sie, mich als ihr Haustier zu behalten, meine Macht zu nutzen und die Jagd nach eurem Aufenthaltsort ohne meine Hilfe fortzusetzen. Allerdings haben sie das größtenteils aufgegeben, um der Schattenprinzessin zu dienen, als diese aus ihrem Gefängnis ausgebrochen und in dieses Reich zurückgekehrt ist.«

»Lionel und Lavinia werden nicht aufhören«, sagte ich leise und schaute die Nymphen an, die sich vor mir versammelt hatten. Ich begegnete ihren Blicken, einem nach dem anderen. »Sie werden nie zufrieden sein. Sie werden nur nehmen und nehmen und nehmen. Ihr Machthunger ist eine Seuche, die nur mit ihrem Tod enden wird. Deshalb haben meine Schwester und ich vor, sie zu bekämpfen. Deshalb stellen wir eine Armee auf und umkreisen sie wie Haie im Wasser. Jeden Tag tauchen mehr Rebellen aus der Dunkelheit auf und verkünden ihre Treue zu uns. Aber wir brauchen mehr. Wir brauchen euch. Deshalb bitte ich euch hiermit, uns zu Hilfe zu kommen, wenn wir euch rufen. Schließt euch uns auf dem Schlachtfeld an und sorgt für ein Ende ihrer hasserfüllten Herrschaft. Im Gegenzug schwöre ich, dass ich die Jagd auf eure Art einstellen werde. Für euch werden keine anderen Gesetze gelten als für die Fae. Ihr könnt euch in jedem Teil des Königreichs niederlassen, eure Rechte werden von der Krone geschützt.«

»Und was ist, wenn du den Thron nicht besteigst?«, fragte eine Frau.

Ich grinste sie reumütig an und zuckte mit den Schultern. »Dann werden sich die Erben an diese Abmachung halten. Das schwöre ich. Ich kann euch das schriftlich geben, wenn ihr mein Wort anzweifelt.«

Die Nymphen fingen an zu diskutieren, einige schienen überzeugt zu sein, während andere laut und deutlich ihre Zweifel äußerten.

»Kommt, sie brauchen Zeit, um darüber nachzudenken. Ihr könnt euch in der Zwischenzeit ausruhen und essen«, sagte eine Frau, die aus der Menge getreten war und uns nun eine Hand entgegenstreckte.

»Wir können nicht zu lange verweilen«, sagte ich, trat aber trotzdem einen Schritt näher und stellte mich zwischen sie und Miguel, der mir trotz der Diskussion, die nach meiner Bitte ausgebrochen war, einen beruhigenden Blick zuwarf.

Ich konnte nicht feststellen, ob das Ganze gut lief oder nicht, und ich fragte mich, ob ich die Erben mit hierher hätte nehmen sollen. Immerhin kannten sie sich mit politischen Spielchen aus. Sie hätten gewusst, was zu sagen war und wie sie jeden Wutausbruch zu ihrem Vorteil hätten nutzen können. Ich musste einfach hoffen, dass brutale Ehrlichkeit diese Leute stattdessen überzeugen würde.

Ein erstickter Schrei entrang sich Miguel, als wir uns durch die Menge bewegten, und er blieb stehen, woraufhin ich mich umdrehte und die vier Frauen ansah, die seine Aufmerksamkeit erregt hatten. An ihrem Aussehen konnte ich erkennen, dass die jüngeren Frauen drei Schwestern waren, und auch ihre Ähnlichkeit mit ihrer Mutter war deutlich genug.

Ein Kloß bildete sich in meiner Kehle, als ich zwischen ihnen und Miguel hin und her blickte und verstand, wer sie waren und was sie ihm bedeuteten. Sie waren das Leben, das man ihm gestohlen hatte. Die Schwestern, von denen Diego nicht einmal wusste, dass er sie gehabt hatte.

»Geh!«, drängte ich, während Miguel wie erstarrt an meiner Seite verharrte, obwohl ich mir sicher war, dass er nicht meinetwegen verweilte. »Lass dich von deiner Angst nicht noch länger von ihnen fernhalten. Du hast schon so viel Zeit mit ihnen verloren«, meinte ich und gab ihm einen kleinen, aber festen Schubs in ihre Richtung.

Miguel riss seinen Blick für einen Moment von ihnen los und fuhr sich nervös mit den Fingern durch seine dunklen Haare, um sie zu glätten. Die Bewegung erinnerte mich an Diego, der oft auf ganz ähnliche Art und Weise an seiner Mütze gezupft hatte.

»Du brauchst meine Hilfe, um …«

»Tue ich nicht«, versprach ich ihm. »Ich und …« Ich warf einen Blick auf die Frau, die uns weggeführt hatte, und sie nannte mir hilfsbereit ihren Namen.

»Uma.«

»Ja. Uma und ich kommen schon zurecht. Geh und sprich mit deiner Familie, Kumpel. Ich bin ein großes Mädchen. Du musst nicht die ganze Zeit meine Hand halten, wenn ich hier bin.«

Miguel nahm meinen Arm und drückte ihn zum Dank fest, bevor er sich umdrehte und von mir wegging. Ich sah ihm nach und beobachtete, wie die vier Frauen, die seine Familie bildeten, bei seiner Annäherung verstummten, bevor sie schließlich in Tränen ausbrachen. Die älteste Tochter rannte mit einem erstickten Schluchzen und ausgebreiteten Armen auf ihn zu. Die anderen folgten ihr, und innerhalb weniger Augenblicke klammerten sich alle an ihn, während er zwischen ihnen auf die Knie sank und ein Loblied auf das Schicksal murmelte, das ihn endlich gefunden und sie wieder zusammengeführt hatte. Seine Frau fiel schluchzend auf ihn, küsste ihn zwischen ihren Gebeten an die Schatten und schwor, dass sie gewusst hatte, dass er eines Tages zu ihnen zurückkehren würde.

Etwas Warmes berührte meine Wange, als ich blinzelte, und ich hob überrascht die Finger an die Stelle. Eine Träne hatte den Weg aus dem harten Stahl gefunden, den ich um mein Herz gezogen hatte. Denn ich hatte bezeugen dürfen, wie sich Miguels sehnlichster Wunsch erfüllt hatte.

Der Schmerz in mir flammte auf und pochte wie eine unheilbare Wunde, die mich von innen heraus verbluten lassen wollte. Mein Atem stockte, und in meinen Ohren klingelte es, und ich war mir ziemlich sicher, dass dieses Geräusch Umas Stimme übertönte, als diese mich wieder aufforderte, ihr zu folgen.

Ich wandte mich unvermittelt von Miguel und seiner Familie ab. Ein Feuerschwall flutete meinen Körper, und ich hob mein Kinn und streckte der Frau, die auf mich wartete, das Buch Äther entgegen.

»Ich muss mit jemandem sprechen, der mehr darüber weiß«, sagte ich zu ihr. Meine Stimme war kalt und gefühllos, sobald ich meine Emotionen wieder in den Griff bekommen hatte. Ich unterdrückte die, die mich am tiefsten trafen, während ich mich durch die brannte, die mich zwangen, seinen Verlust so heftig zu spüren.

Ich konnte nicht zusammenbrechen. Nicht hier. Nicht vor diesen Leuten, die nichts anderes als eine unzerbrechliche Monarchin in mir sehen durften, wenn sie mich ansahen.

Uma musterte das Buch, das ich in der Hand hielt, und warf dann einen Blick hinter sich, um sich zu vergewissern, dass uns niemand sonst beobachtete.

»Diese Art von Magie ist älter als die Zeit selbst«, hauchte sie und trat einen Schritt näher an mich heran. »Sie ist der Tod für die meisten, die versuchen, sie zu benutzen.«

»Ich bin nicht wie die meisten«, antwortete ich abweisend. »Und ich muss mehr darüber wissen.«

Uma zögerte, während sie ihren Blick über mich schweifen ließ. Ich kniff die Augen zusammen, weil sie mich so abschätzend musterte, bevor sie schließlich mit den Schultern zuckte.

»Dann komm, ich bringe dich zu den Orakeln. Aber sag nicht, ich hätte dich nicht gewarnt.«

Uma bog vom Hauptweg in die Dunkelheit des Waldes ab und machte sich nicht die Mühe, über die Schulter zu schauen und zu überprüfen, ob ich noch bei ihr war. Sie folgte einer Route, von der ich annehmen musste, dass sie sie auswendig kannte, denn es gab keine Markierungen, die darauf hindeuteten, dass dort draußen überhaupt etwas wartete.

Ich widerstand dem Drang, ein Fae-Licht zu wirken, verstärkte stattdessen den Luftschild, den ich für den Fall eines Überraschungsangriffs um meine Haut gewickelt hatte, und trat hinter ihr in die Dunkelheit hinaus.

Unsere Schritte waren das einzige Geräusch, das die Nacht durchbrach, und das leise Rascheln der Blätter, die sich unter unseren Füßen bewegten, begleitete unseren Weg.

Die Lichter des Dorfes verschwanden bald hinter uns und wurden von den dichten Bäumen verdrängt, bis wir tief in der Dunkelheit des Waldes versunken waren und nichts mehr darauf hindeutete, dass es hier draußen etwas anderes gab als noch mehr Bäume.

Magie sammelte sich in meinen Fingerspitzen, als wir weitergingen, und ich spannte meine Flügel an. Meine Federn raschelten leise, während ich mich fragte, ob Uma dumm genug sein könnte, mich anzugreifen. Ich bezweifelte, dass sie seit meiner Ankunft Zeit gehabt hätte, mir eine Falle zu stellen, aber es war möglich, dass andere hier draußen in der Dunkelheit auf mich warteten. Andererseits hatte sie mich nicht in diese Richtung geführt, bevor ich ihr das Buch gezeigt hatte, also war es unwahrscheinlich, dass es sich um einen Hinterhalt handelte. Es sei denn, sie hatte sowieso geplant, vom Hauptweg abzubiegen.

Mein Stiefel stieß gegen einen Steinbrocken, der im Laub versteckt gewesen war, und der Boden unter uns wurde fester. Der Geruch von Feuchtigkeit durchdrang die Luft.

»Sei vorsichtig«, sagte Uma und winkte mich näher zu sich heran. Ich musste blinzeln, um sie in dem fast nicht vorhandenen Licht zu erkennen.

Ich bewegte mich auf sie zu und erkannte einen Felsvorsprung. Ein dichterer dunkler Fleck vor mir deutete auf eine riesige Felswand hin, die den weiteren Weg versperrte.

»Dort drüben ist ein Durchgang«, sagte Uma, und ich konnte gerade noch sehen, wie ein dickerer Streifen Dunkelheit die Stelle markierte, die sie mir zeigte. »Folge ihm bis zum Ende und klopfe einmal. Wenn sie mit dir sprechen möchten, wirst du hineingebeten.«

»Und wenn sie das nicht möchten?«, fragte ich und drehte mich zu Uma um, die bereits den Rückzug antrat.

»Es ist fast ein Jahr her, seitdem sie zuletzt mit jemandem gesprochen haben. Allzu überraschend wäre das also nicht.« Sie zuckte mit den Schultern.

»Ein Jahr? Warum gehst du dann, wenn du ohnehin damit rechnest, dass ich abgewiesen werde?«, fragte ich.

»Kann die große Phönixprinzessin ihren Weg nicht allein finden?«, spöttelte sie, und trotz des Aufflackerns von Irritation, das ihre Worte in mir auslösten, musste ich zugeben, dass ich sie jetzt sogar noch ein bisschen mehr mochte. Es gefiel mir, dass sie sich nicht von mir einschüchtern ließ.

»Okay, dann geh«, sagte ich abweisend und richtete meine Aufmerksamkeit auf den schmalen Durchgang in der Felswand. »Ein Nein von ihnen werde ich sowieso nicht akzeptieren.«

Uma schnaubte, als glaubte sie nicht, dass ich diesen sogenannten Orakeln irgendetwas entlocken könnte. Aber sie unterschätzte die Kraft des Versprechens, das in meiner Haut brannte, wenn sie glaubte, dass ich mich jetzt von ihnen abwimmeln lassen würde.

Ich bewegte mich mit zuversichtlichen Schritten auf den steinernen Durchgang zu und zitterte ein wenig, als das Gefühl, als würde ich durch kaltes Wasser laufen, über meine Haut strömte.

Die Macht, die dieses Gefühl verursacht hatte, war anders als alles, was ich kannte. Und das Wissen, dass ich wirklich auf etwas zugehen könnte, das mächtiger war als ich, rüttelte an meinen Nerven.

Felswände erhoben sich zu beiden Seiten des Weges, der Nachthimmel hoch über mir war nach wie vor zu sehen, und meine Stiefel knirschten über Kies und Zweige, während ich weiterging. Ich zog meine Flügel eng an meine Wirbelsäule, damit sie nicht an den Wänden streiften. Es wäre einfacher gewesen, wenn ich mich verwandelt hätte, aber die Anwesenheit meines Phönix war irgendwie tröstend, also hielt ich ihn nahe bei mir.

Der Gang führte leicht bergab, schlängelte sich vom Wald weg und intensivierte die Dunkelheit. Doch als ich den Blick hob, sah ich ein paar Sterne am Himmel schimmern. *Immer auf der Hut, hm?*

Meine Verbitterung wurde belohnt, als sich der Gang vor mir verengte. Ein Felsdach formte sich über mir, und ein Tunnel aus tiefster Dunkelheit war der einzige Weg nach vorn. Ich nahm mich zusammen, ging entschlossenen Schrittes weiter und nutzte meine ausgestreckte Hand, um mir den Weg zu ertasten.

Nachdem ich ein paar Minuten in die Dunkelheit eingetaucht war – wohl wissend, dass es nur einen Ausweg gab und ich mich leicht in die Enge treiben lassen könnte –, erreichte ich eine Tür.

Es war fast unmöglich, das dicke Holz zu sehen, das den Weg versperrte, aber der schwache Schimmer blasser Schatten war gerade hell genug, um es als Tür auszumachen.

Ich atmete beruhigend ein und rief Magie in meine Hände, um mich auf alles vorzubereiten, was auf mich zukommen könnte. Dann atmete ich aus und klopfte fest an die Tür. Nicht nur einmal, wie Uma es mir aufgetragen hatte – nein, ich schlug dreimal laut mit der Faust gegen das Holz.

Es folgte eine Pause. Mein Herz raste und meine Handflächen wurden feucht. Schließlich schwang die Tür vor mir auf, und ich wurde von dem Licht eines Feuers geblendet, das im Raum dahinter brannte.

Ich schaute auf meine Füße, um meine Augen zu schützen. Die Dinge, die ich für Zweige gehalten hatte, entpuppten sich als kleine Knochen, die mit geschwärzten Runen markiert und wahllos auf den Weg geworfen worden waren.

Ich kämpfte gegen das Verlangen an, vor dem grausigen Anblick zurückzuschrecken, und blinzelte, während sich meine Augen an das Licht gewöhnten. Irgendjemand tuschelte ungeduldig.

»Rein oder raus. Das Feuer wird ausbrennen, wenn du den Wind reinlässt«, zischte eine Frau, und ich betrat den Raum, wobei ich meine Flügel fest anlegte, um durchzukommen. Die Tür schlug hinter mir zu, während ich mich nach der Besitzerin der Stimme umsah.

Die Kammer, in der ich mich befand, war groß, und das Feuer in der Feuerstelle auf der anderen Seite des sechseckigen Tisches brannte nur schwach. Auf dem Tisch stand mittig eine Reihe von niedergebrannten weißen Kerzen. Altes und neues Wachs verschmolzen miteinander und klebten an dem dunklen Holz.

An den Balken, die die Steindecke stützen, hingen Kräuterzweige, die sogar die Spitzen meiner Flügel berührten. Die Holzregale an den Wänden waren mit Gläsern und Flaschen bestückt, deren Etiketten so verblasst waren, dass ich sie nicht mehr lesen konnte.

Die Frau fluchte, und ich zuckte zusammen, als ich sah, wie sie sich über das Feuer beugte und mit einem Schürhaken versuchte, die Flammen, die meine Ankunft ausgepustet hatte, wieder zu entfachen. Ich schwor mir, dass sie vor einem Moment noch nicht dort gewesen war. Niemand war dort gewesen. Und gleichzeitig war es unmöglich, dass sie von dem einzigen schummrigen Gang, der zu meiner Rechten nach draußen führte, durch den Raum gelaufen war, ohne dass ich sie gesehen hatte.

»Wie bist du …«

»Sei still und hilf mir, das Feuer zu retten!«, brummte sie und zog ihren Mantel enger um sich, während sie über die Feuerstelle gebeugt blieb, sodass ich nichts von ihr sehen konnte, außer ihren blutroten Haaren, die über ihren Rücken hingen. »Ich verbringe mein halbes verfluchtes Leben damit, diesem verfluchten Ding ein bisschen Wärme zu entlocken.«

»Hier«, meinte ich und trat näher, wobei ich eine rot-blaue Flamme in meiner Handfläche entzündete. »Die wird nie ausgehen, solange sie nicht ausgehen soll.«

Die Frau wich zur Seite, und ich legte die glühende Phönixflamme auf den mickrigen Reisighaufen. Ich widerstand dem Drang, selbstgefällig dreinzuschauen, weil ich ihr Problem so einfach gelöst hatte.

»Schaut sie euch an – verschenkt magische Flammen, als wären sie umsonst«, ertönte eine andere Stimme direkt hinter mir. Ich zuckte kurz zusammen, bevor ich herumwirbelte und eine Frau entdeckte, die so nah vor mir stand, dass Adrenalin durch meine Adern schoss. Sofort sammelte sich Magie in meinen Handflächen.

Zwei Dolche, einer aus Holz, der andere aus Eis, formten sich in meinen Fäusten, aber wenn die Frau sie bemerkte, schien es sie zumindest nicht zu kümmern. Stattdessen beugte sie sich vor. Ein Vorhang aus eisweißen Haaren fiel nach vorn und verdeckte ihre braune Haut, während sie ihre Nase an meinen Hals drückte und tief einatmete.

»Was zur Hölle soll das?«, rief ich und wich zurück, um etwas Abstand zwischen uns zu bringen. Dabei stieß ich mit einem dritten Körper zusammen und stieß einen Schreckensschrei aus, bevor ich ihn unterdrücken konnte.

Wo zum Teufel waren die alle hergekommen?

Ich drehte mich zu dem Neuankömmling um, und meine Augen weiteten sich vor Entsetzen, als ich die sorgfältig gesetzten Stiche sah, die die Lippen ihres tiefroten Mundes dauerhaft verschlossen. Abgesehen von dieser Entstellung war sie wunderschön. Ihre Augen waren von einem wilden, atemberaubenden Goldton, und ihr Gesicht war so perfekt, dass mir der Atem stockte. Ihre Haut war dunkelbraun, ihre Haare voller Locken, die die Perfektion ihrer Wangenknochen noch zu unterstreichen schienen. Aber dank der Nähte, die ihre Lippen versiegelten, war es unmöglich, diese Schönheit wertzuschätzen.

»Was ist mit dir passiert?«, rief ich entsetzt, und die erste Frau kicherte, als sie sich um den Tisch herum zu uns gesellte.

»Gib dem Kind etwas Freiraum, Loqui!«, schimpfte sie, packte die andere Frau am Arm und zog sie einen Schritt zurück, damit ich wieder durchatmen konnte.

»Ihr Mund«, sagte ich und konnte meinen Blick nicht von den schrecklichen Stichen losreißen. »Was ist mit ihrem Mund passiert?«

»Die Macht, die wir besitzen, hat ihren Preis«, erklärte die erste Frau kichernd, und als ich sie ansah, stolperte ich einen Schritt zurück, wobei mir ein Schrei in der Kehle stecken blieb, den ich aber nicht freilassen wollte.

Sie war genauso atemberaubend wie Loqui, aber ihre Gesichtszüge waren grundverschieden. Ihre Haut war so blass, dass sie unter dem Vorhang aus roten Haaren fast wie Alabaster aussah. Ein paar Sommersprossen zierten ihre perfekte Nase, und ihre blassrosa Lippen verzogen sich zu einem Lächeln, als sie spürte, dass meine Aufmerksamkeit jetzt ihr galt. Ich wusste, dass sie es eher gefühlt als gesehen hatte, denn ihre Augen, verdammt, ihre Augen waren zugenäht. Genau wie Loquis Lippen.

»Das war der Preis, den du zu zahlen beschlossen hast?«, fragte ich schockiert, woraufhin die Frau erneut leise lachte.

»Das ist nichts im Vergleich zu dem, was wir gewonnen haben. Ich bin Vidi. Das bedeutet *sehen*.« Sie lachte wieder, ihre Stimme war so viel älter als der schöne Körper, der sie beherbergte. Sie schien voller Wissen und Weisheit sein – vor allem für eine Frau, die kaum älter als dreißig aussah.

»Und ich bin Audire«, sagte die dritte Frau – die Schnüfflerin –, während sie mich zunächst umrundete und sich dann neben die anderen stellte. Sie grinste breit, als ich ihr perfektes Gesicht betrachtete: die warme braune Haut, die Augen, die so dunkel waren, dass sie fast schwarz wirkten, und die Haare, deren eisiger Weißton einen atemberaubenden Kontrast bildete. Ich suchte sie nach Anzeichen von Stichen ab und entspannte mich schon fast, bevor sie ihre Haare anhob, um die Stelle freizulegen, an der ihre Ohren hätten sein sollen. Aber nur zwei gezackte Narben waren zu sehen.

»Das Ästhetische ist lediglich für den dramatischen Effekt«, sagte Vidi abschätzig, während ich versuchte, nicht zurückzuweichen. »Ihr Trommelfell wurde durchstochen, um ihr das Gehör zu nehmen, aber sie wollte Narben, die zu denen ihrer Schwestern passen.«

Audire betrachtete Vidis Mund, während sie sprach, und ich vermutete, dass sie die Worte, die daraus hervortraten, lesen konnte. Denn sie bleckte die Zähne und zischte wie eine in die Enge getriebene Straßenkatze.

»Warum?«, flüsterte ich. So viele Fragen schwirrten in meinem Kopf herum. Aber während ich inmitten dieser drei schönen, entstellten Frauen stand, war es unmöglich, an eine andere als diese eine zu denken.

Vidi legte dramatisch eine Hand auf ihr Herz, und ich musterte die Umhänge, die sie alle trugen. Sie wirkten wie ein mittelalterlicher Hexenzirkel, obwohl ich vermutete, dass sie wesentlich gefährlicher waren.

»Nichts Böses sehen«, hauchte sie und deutete ehrfürchtig auf sich selbst, bevor sie die Hand ausstreckte und Audires Herz berührte. »Nichts Böses hören.« Schließlich legte sie ihre Hand auf Loquis Herz, aber ich beendete die Worte für sie, während ich zu einer Art krankem Verstehen fand.

»Nichts Böses sprechen?«, hauchte ich, und alle nickten in unheimlicher Synchronität. »Das Ziel ist also, das Böse zu vermeiden?«, riet ich, und dieses Mal lachten sie alle, obwohl das Geräusch, das von Loqui kam, ziemlich dumpf klang.

»Das Ziel ist es, die Menge, die jeder nutzen kann, einzuschränken«, widersprach Audire, ihre Worte klar und deutlich, obwohl sie sie nicht hören konnte. »Um uns davor zu bewahren, von den Kräften, die wir schmecken, verzehrt zu werden.«

Ich nickte und zwang mich, ihre Erklärung zu akzeptieren und den Drang zu ignorieren, weiter auf die Maßnahmen zu starren, die sie ergriffen hatten, um die Macht zu erhalten, die sie beherrschten. Hatte ich nicht ebenfalls geschworen, alles zu tun, um Macht zu erlangen? Ich würde also nicht beim ersten Anzeichen dafür, wie hoch der Preis dafür sein könnte, mit der Wimper zucken.

»Ich bin hier, um euch um Hilfe zu bitten«, sagte ich und hielt das Buch Äther vor mich hin. Loqui stieß Vidi mit dem Ellbogen zur Seite, riss es mir aus der Hand und ließ es genauso schnell auf den Tisch fallen.

»Was ist das?«, fragte Vidi, während Audire keuchend zum Tisch eilte und die erste Seite des Buches aufschlug.

»Etwas Altes«, murmelte Audire und blätterte eine Seite nach der anderen durch, wobei sie zischte und murmelte. Loqui drückte ihre Hände flach auf den Tisch und beugte sich so weit vor, dass sie Gefahr lief, sich die Nase am Papier aufzuschneiden. »Sogar älter als du, liebe Schwester.«

Loqui lachte, wobei das Geräusch durch die Nähte, die ihren Mund verschlossen, erstickt wurde, und Vidi knurrte und entblößte glänzende scharfe Zähne, während sie auf die beiden zustürmte und sie zur Seite schob. Sie ließ eine Hand über die Mitte des Buches gleiten, und ich zuckte zusammen, als ich an Orion dachte. Wenn er diese alten Seiten nur sehen könnte …

»Setz dich, setz dich, setz dich!«, forderte Audire mich auf, und ihr Blick verließ das Buch nicht, als sie mich zu einem Stuhl auf der anderen Seite des Tisches, neben dem Feuer, winkte.

Ich nickte und steuerte auf den von ihr angegebenen Platz zu. Ich zuckte zusammen, als meine Flügel gegen einige der Kräuterbüschel stießen, die von der Decke hingen. Etwas fiel auf meine Schulter und schließlich zu Boden – und ich wich zurück, als ich erkannte, dass es sich um eine riesige tote Spinne handelte.

»Pack die Dinger weg, bevor du unser ganzes Haus zerstörst!«, knurrte Vidi mich an, aber bevor ich mich verwandeln konnte, stand Loqui vor mir, rupfte eine bronzene Feder aus einem meiner Flügel und schenkte mir durch die Stiche in ihrem Gesicht ein grausames Lächeln.

Ich kämpfte gegen den Drang an, mich zu wehren, und ließ meine Flügel verschwinden. Loqui entfernte sich so plötzlich von mir, wie sie aufgetaucht war, schnappte sich ein paar weitere Gegenstände aus dem Raum und steckte sie in die Taschen ihres Mantels.

Ich ließ mich auf meinen Platz fallen und zuckte zusammen, als ich Audire direkt neben mir entdeckte, die in der Zeit, die ich gebraucht hatte, um mich auf den Holzstuhl zu setzen, den ganzen Tisch umrundet hatte. Sie beugte sich vor, um meinen Duft einzuatmen.

»Königlich«, spuckte sie aus, und ein Speichelschwall landete in der schweren Steinschale, die sie in der Hand hielt, bevor sie sie mit einem so harten Schlag auf den Tisch stellte, dass das ganze Ding klapperte.

»Blut der Auserwählten«, stimmte Vidi zu, die auf meiner anderen Seite auftauchte und mein Kinn ergriff, während sie meinen Kopf nach hinten drückte und mich zu untersuchen schien, obwohl ihre Augen zugenäht waren. »Eine brennende Flamme in der Dunkelheit. Aber sie ist nur eine von zwei Flammen. Wo ist die andere?«

Ich schlug ihre Hand weg, und ihre scharfen Nägel kratzten über meine

Haut. »Genug Betatsche!«, schnauzte ich. »Ich bin nicht zum Kuscheln hier und schon gar nicht für ein Makeover, also behaltet eure Hände bei euch, okay?«

Vidi gackerte und warf mir einen kleinen Samtbeutel zu, den ich instinktiv auffing, und ich spürte mehrere harte Klumpen in dem Stoff, als ich meine Faust darum schloss.

»Wirf sie!«, befahl Audire und trat einen Schritt zurück, als ich ihr einen finsteren Blick zuwarf.

Ich zerrte an der Schnur, mit der der Beutel gesichert war, und schüttete fünf eisweiße kleine Totenköpfe in meine Handfläche.

»Wundervoll«, meinte ich trocken und rümpfte die Nase angesichts der kleinen Handvoll Tod, und Loqui schenkte mir wieder dieses teuflische Grinsen, wobei sich ihre Nähte strafften.

»Tiere haben eine Verbindung zu wahrer Magie, die weniger belastet ist als unsere«, sagte Vidi, während Loqui mit dem Finger über den Kopf eines Vogelschädels strich. Blutrote Runen zierten die Knochen. »Ein Spatz für Luft, eine Viper für Erde, ein Aal für Wasser und ein Salamander für Feuer.«

»Und der fünfte?«, fragte ich, schob die Schädel in meiner Handfläche hin und her und schaute in die leeren Augenhöhlen eines fast dämonisch aussehenden Schädels. Aber da er kaum größer als die anderen war, wusste ich, dass auch er von einem kleinen Wesen stammen musste.

»Eine Fledermaus für Äther, denn sie sind Luft, Erde, Feuer und Wasser vereint. Und gleichzeitig nichts von alledem. Etwas anderes«, zischte Audire. Ihr Blick war auf meinen Mund gerichtet, damit sie meine Worte lesen konnte, wenn ich sprach.

Die Schädel schienen sich plötzlich in meiner Handfläche zu erwärmen, als hätte das Wort Äther etwas in ihnen geweckt.

Loqui schnappte sich eine Handvoll getrockneten Thymian von einem Haken in der Nähe des Feuers und tauchte das Ende der Zweige in die Flammen. Sie wartete einen Moment, bis die Zweige schwelten und das Feuer auf sie übergegriffen hatte. Dann zog sie sie wieder heraus, drückte sie auf dem Tisch vor mir aus und kritzelte ein Pentagramm, wobei sie die Wahrsageschale mit Asche umgab. Sie warf die verkohlten Kräuter ins Feuer, und ihr scharfer Geruch erfüllte schnell den Raum, während ein Rauchschleier durch den Raum waberte.

»Konzentriere dich auf die Fragen, die du unbedingt beantwortet haben willst, und wirf dann die Knochen in die Schale«, ermutigte Vidi, während die drei gerade so weit zurücktraten, dass ich atmen konnte.

Da waren so viel Fragen, so viele Dinge, die ich wissen wollte, bevor ich überhaupt an dieser Sache teilnahm. Aber ich war schon so weit gekommen und wollte jetzt nicht mehr umkehren.

Ich atmete tief ein und konzentrierte mich auf unsere Probleme, auf Lionel und Lavinia, auf die Armeen, die sie befehligten, und auf die Kämpfe, die wir zu bestehen hatten, um unsere eigenen Streitkräfte wieder aufzustellen, damit wir ihnen auf dem Schlachtfeld erneut begegnen konnten. Ich dachte an meine Schwester, meinen Bruder und Orion, die im Palast der Seelen gefangen waren, und daran, dass unsere einzige Hoffnung irgendeine Vision war. Es gab so viele Dinge, die ich beantwortet haben musste, für die ich Hilfe brauchte, aber als ich meine Faust um die Schädel schloss, lehnte sich Vidi zu mir und sprach in mein Ohr.

»Wofür blutet dein Herz, Prinzessin der Flammen?«

Ich hob die Hand, um die Knochen zu werfen – aber mein Herz splitterte bei ihren Worten. Die goldenen Augen eines Drachens brannten sich in meine Seele, und mein Atem stockte. Denn sie sahen mich, wie mich noch nie jemand gesehen hatte. Sie kannten mein Herz in- und auswendig, besaßen mich, beanspruchten mich, zerstörten mich.

Die Schädel prallten auf den Rand der Schale und verteilten sich darin, purzelten übereinander und klapperten gegen den Stein. Mein Herz raste, als ich seine Hände auf meiner Haut spürte, seinen Atem auf meinen Lippen und das kräftige Pochen seines Herzschlages unter meiner Handfläche, als würde ich seine Brust berühren.

Die drei Nymphen stürzten nach vorn, Loqui und Audire starrten in die Schale, während Vidi ihre Hand hineinschob und jeden einzelnen Schädel berührte, um seine Position zu überprüfen, ohne ihn zu bewegen.

Loqui nahm ein Fläschchen mit weißer Flüssigkeit aus der Tasche ihres Mantels und goss diese in die Schüssel, bevor ich einen Blick auf die Knochen werfen konnte, die sogleich in der Flüssigkeit verschwanden.

Als Nächstes nahm sie einen schwarzen Zweig der Hemlocktanne und warf ihn in die Mischung, während Audire etwas über den Tod murmelte.

Vidi nahm meine Hand, ein Messer erschien an meiner Fingerspitze, und ein irritiertes Zischen entrang sich ihr, als die Klinge auf meinen Schild traf. Sie musste ihre scharfen Zähne nicht fletschen – ich wusste, was sie wollte, und ließ den Schild fallen. Ich war schon so weit gekommen …

Die Klinge bohrte sich in meine Haut, und einige Blutstropfen spritzten in das milchige Wasser, wirbelten es auf und färbten es, während Vidi meine Hand wieder von sich wegschob.

Loqui nahm die bronzefarbene Feder, die sie meinem Flügel ausgerupft hatte, und kratzte mit dem Daumennagel an ihr entlang. Sie stieß ein kehliges Knurren aus, bevor eine violettfarbene Flamme unter ihrem Nagel aufblühte und die Feder entzündete. Sie warf sie ebenfalls in die Schüssel, und ich protestierte nicht einmal, als Audire eine Locke meiner Haare abschnitt und diese ebenfalls in die Schale warf.

Die beiden Nymphen, die ihren Mund benutzen konnten, begannen eine Art Singsang. Ihre Worte waren uralt, unbekannt und so voller Kraft, dass sich die feinen Härchen auf meinen Armen aufstellten und mir ein Schauer über den Rücken lief.

Sie hörten abrupt auf, und Loqui beugte sich vor. Ihre üppigen Locken fielen nach vorn und verdeckten ihr Gesicht, während sie einen Finger ausstreckte und auf die Mitte der Flüssigkeit in der Schale tippte.

»Schau!«, befahl Audire, als die drei zurückwichen.

Ich stand zitternd auf und beugte mich vor, um einen Blick auf das Bild zu werfen, das sich in der Schale abzeichnete.

»Darius?«, flüsterte ich, und etwas in mir bewegte sich. Ein Schluchzen verließ meine Brust, als ich in sein allzu perfektes Gesicht blickte, das mich aus den Tiefen der Schale heraus anstarrte.

Sein Blick war hart, und das Bild rief keine Erinnerung hervor, die ich hätte zuordnen können. Und ich fragte mich, ob dies wirklich ein Blick auf ihn jenseits des Schleiers war. Wo auch immer das sein mochte.

Seine tiefbraunen Augen trafen die meinen, und ein heftiger Blitz durchfuhr mich. Meine Tränen tropften ins Wasser und bewegten sein Bild.

»Du hast versprochen, zu bleiben«, zischte ich ihm zu und wischte mir über die Wangen, um die Tränen zu vertreiben, die mir die Sicht auf ihn versperrten.

»Du hast versprochen, mich zu finden«, antwortete er mit einem dunklen, spöttischen Grinsen auf den Lippen, das so gar nicht dem Lächeln entsprach, an das ich mich erinnerte. »Tick-tack, Roxy.«

»Warte!«, keuchte ich, als die Wellen in der Schale immer heftiger wurden. Und das Bild zerbrach, obwohl ich ihn kaum zu Gesicht bekommen hatte. »Macht es noch mal!«, forderte ich. »Bringt ihn zurück!«

»Wir sollen die Toten zurückholen?« Audire kicherte, stand auf und nahm die Schale vom Tisch. »Das ist nicht möglich, Prinzessin der Flammen.«

»Du könntest ihm in den Tod folgen, wenn dir ein Wiedersehen so sehr am Herzen liegt«, schlug Vidi vor und strich mit der Hand über das Pentagramm auf dem Tisch, wobei sie seine Ränder verwischte.

Ein frischer Wind wehte durch den Raum, als die Linien des Pentagramms zerstört wurden, und ich spürte, wie die Macht, die sie ausgeübt hatten, verschwand.

»Ich kann ihm nicht in den Tod folgen«, knurrte ich. »Ich werde hier gebraucht. Genau wie *er*.«

»Schade«, seufzte Audire, und ich konnte nicht sagen, ob sie damit meinte, dass sie seinen Tod bedauerte oder die Tatsache, dass ich ihm nicht über den Schleier hinaus folgen wollte.

»Ich will mehr über die Magie in diesem Buch erfahren«, sagte ich entschlossen. »Ich möchte mehr über die Dinge erfahren, die ihr hier gerade getan habt.«

»Das wird ihn nicht zurückbringen«, sagte Vidi amüsiert. »Nicht einmal eine der mächtigsten Fae in Solaria kann das bewirken. Es ist nicht möglich, das zu tun, was du tun willst. Die Sterne haben sein Schicksal bestimmt.«

»Es kann nicht rückgängig gemacht werden«, stimmte Audire zu.

»Scheiß auf die Sterne!«, knurrte ich, und die drei zuckten zurück wie zischende Schlangen.

Loqui warf eine Handvoll Salbei ins Feuer, und Vidi schüttete etwas Salz aus einem Glasbecher in ihre Handfläche und strich damit über ihre Zunge, während Audire den Himmel um Vergebung anflehte. Sie alle versuchten, ihr Haus von meinem Fluch auf die himmlischen Wesen zu befreien.

Ich fluchte, griff nach dem Buch und packte es, aber Loqui schlug ihre Hand auf den pechschwarzen Einband, um mich aufzuhalten.

Ihre zugenähten Lippen verzogen sich zu einem verruchten Grinsen, und sie drückte einen Finger darauf, um mich zu ermahnen, still zu sein, während ihre Augen in einer unnatürlichen Dunkelheit zu schweben schienen.

»Solche Dinge liegen nicht im Bereich der Fähigkeiten von Nymphen oder Fae. Es wäre besser für dich, wenn du deinen Kummer auf deine Feinde lenken würdest, anstatt deine Zeit mit uns zu verschwenden«, zischte Audire, aber sie wirkte trotz ihrer Worte nicht wütend. Ihr Blick war wild, als sie den schweren Tisch beiseite schob und ich gezwungen war, meinen Griff um das Buch Äther loszulassen, während ich zurückstolperte, um ihm auszuweichen.

»Schönheit ist der Fluch der Sterne selbst«, seufzte Vidi und streifte sich den

Mantel von den Schultern, unter dem ein geschmeidiger nackter Körper zum Vorschein kam. Sie war ein atemberaubendes Geschöpf, selbst mit den Nähten, die ihre Augenlider fixierten. Jede Kurve ihres porzellanartigen Körpers schien wie geschaffen für Verführung und Versuchung.

Ich öffnete den Mund, um zu fragen, was zum Teufel sie da tat, aber Loqui schüttelte mahnend den Kopf und bot Vidi einen teuflisch aussehenden Steindolch an, dessen scharfe Klinge mit Runen verziert war.

Vidi nahm ihn an, rollte die Schultern zurück und lächelte, während sie den Dolch an ihr eigenes Handgelenk hielt.

Ich zuckte zusammen, als sie ihn an ihren Arm führte, aber bevor ich sehen konnte, was sie damit gemacht hatte, legte Audire ihre Hände auf meine Augen, drückte ihren Körper an meinen Rücken und vergrub ihre Nase an meinem Hals, um tief einzuatmen.

»Nicht sprechen, nicht sehen …«, hauchte sie an meinem Ohr, so leise, dass ich sie fast gar nicht verstanden hätte.

Etwas Heißes und Nasses ergoss sich unter Audires Händen, die meine Augen abschirmten, über meine untere Gesichtshälfte, und ich wich zurück. Mein Herz schlug wild, als das Geräusch von Stein, der über Stein geschabt wurde, ertönte.

Audire drückte ihre Daumen gegen meine Augenlider und schloss sie, als ein höllischer Schrei den Raum um mich herum durchdrang. Jeder Muskel meines Körpers verkrampfte sich vor Angst.

Audire schob ihre Hände von meinen Augen zu meinen Ohren, das Gewicht ihrer weichen Handflächen drückte gegen sie und blockierte irgendwie alle Geräusche, sodass ich in einer Art Wahrnehmungsleere gefangen zu sein schien.

»Nicht hören.«

Es war mir ein Rätsel, wie ich diese Worte verstanden hatte, denn sie schienen eher in meinem Kopf entstanden zu sein, als dass ich wirklich etwas gehört hätte.

Ich taumelte, als sich die Steinplatten unter mir bewegten, aber Audire hielt mich fest, und die Wärme ihres Körpers an meinem Rücken war das Einzige, dessen ich mir in dieser Welt sicher war, als ich anfing, meinen Platz in ihr zu verlieren.

Der Drang, die Augen zu öffnen, war überwältigend, aber ich kämpfte dagegen an. Auch, als ein Tropfen – ich nahm an, dass es sich um Vidis Blut handelte – über mein Gesicht und über meine Lippen lief.

Ich zuckte überrascht zusammen, als sich ein Mund auf meinen presste. Die Lippen waren voll und verführerisch, trotz der Baumwollfäden, die ich spürte und die mir verrieten, dass es Loqui war, die mir einen Kuss stahl.

Etwas, das sich in den Tiefen meiner Brust befand, spaltete sich auf, als die beiden Nymphen näher an mich heranrückten und mich zwischen sich einklemmten. Ich atmete durch die Nase, als Loqui mich noch inniger küsste.

Finger griffen nach meiner rechten Hand und drehten meine Handfläche um, bevor sie die Blitz-und-Sonnenstahl-Narbe nachfuhren und jede einzelne Furche und Fläche untersuchten, bis die Finger durch eine Zunge ersetzt wurden.

Ich wich zurück und prallte gegen Audire, deren Nase meinen Hals streifte. Ein Vibrieren in ihrer Brust ließ mich glauben, dass sie lachte, obwohl ich nichts hören konnte, um das zu bestätigen.

Vidi leckte meine Narbe und schmeckte den Schwur, den ich darin geleistet hatte, bevor sie die Innenseite meines Unterarms in Angriff nahm. Meine Nervenenden glühten angesichts der unanständigen Berührung und ein dunkles und forderndes Verlangen erwachte in mir.

Es war nicht die Lust, die ich zuvor gespürt hatte, nicht die alles verzehrende Hitze, die ich mit Darius erlebt hatte.

Nein, es ging weder um Sex noch irgendetwas Ähnliches, obwohl sie sich alle an mich pressten, ihre Münder auf meine Haut drückten und mein Herz zum Rasen brachten. Es war überhaupt kein körperlicher Akt. Sie riefen nach etwas, das tief in meiner Seele verschlossen war, drängten es nach oben und aus mir heraus. Sie lockten eine Flamme an, von der ich nicht einmal gewusst hatte, dass sie brannte.

Ich lehnte meinen Kopf an Audires Schulter und stöhnte, als Loquis Lippen von meinem Mund zu meiner Kehle wanderten und ihre Finger den Stoff meines Kleides aufrissen. Die kühle Luft ließ mich frösteln.

Ein Rumpeln durchzog den Boden zu meinen Füßen, und sein Echo erschütterte meine Seele bis in ihr Innerstes. Weiche Augen blickten mich aus der Enge meines eigenen Geistes an.

Er schien so real zu sein, als stünde er direkt vor mir. Als wartete er darauf, dass ich etwas tat, etwas veränderte, etwas *nahm*.

Vidis Zunge wanderte wieder meinen Arm hinunter, während sie neben uns auf den Knien blieb. Ihre Finger nahmen meine vernarbte Hand in Besitz und drehten sie so, dass meine eigenen Finger durch den Schlitz in der Seite meines Kleides auf die erhitzte Haut meines Oberschenkels gedrückt wurden. Sie verschränkte ihre Hand mit meiner, bevor sie begann, sie über die seidige Haut zu führen. Überall in mir loderten Feuer, während ich mich in meiner Erinnerung an Darius verlor. Ich dachte an die unzähligen Worte, die er zu mir gesprochen hatte, während seine Erklärungen durch meinen Kopf wirbelten und mich in seinem Verlust ertränkten.

Audires Finger glitten durch meine Haare und massierten meine Kopfhaut, während sie ihre Handflächen auf meine Ohren drückte und mich zwischen ihrem und Loquis Körper nach unten presste. Etwas Reichhaltiges und Starkes floss durch meine Adern.

»Der Preis für das Nutzen des Äthers ist höher, als du dir vorstellen kannst.« Die Stimme hallte in mir wider, und ich wusste, dass sie nicht nur von einer der Nymphen, sondern von allen kam.

»Wenn der Preis meine Seele ist, dann zahle ich ihn gern«, erwiderte ich, und die Wahrheit dieser Worte brannte noch heißer in mir als die Flamme, die sie entfachten.

Alle drei lachten, und ihre Belustigung sickerte zu mir durch, ohne dass ich sie hätte hören müssen.

»Es ist so einfach, die Welt zu versprechen, wenn man sie nicht in der Hand hält.«

»Ist meine Seele der Preis?«, fragte ich und nahm am Rande wahr, wie Loquis Finger die Haut über meinem pochenden Herzen berührten und schließlich ein Symbol aufmalten.

Ich wusste, was es war, entweder durch das Gefühl ihrer Berührung oder durch die Macht, die es ausstrahlte. Ein Pentagramm. Und obwohl ich wusste, dass ich mich wahrscheinlich hätte wehren sollen – wegrennen, schreien oder irgendetwas in der Art –, machte ich keine Anstalten, ihnen zu entkommen. Ich hatte nicht viel mehr Hoffnung als die Macht dieser drei Hexen, und wenn sie mit mir spielen wollten, bevor sie mir gaben, was ich brauchte, dann würde ich mich nicht dagegen wehren.

»Wir haben dir gesagt, dass es kein Zurück vom Tod gibt.«

»Das akzeptiere ich nicht.«

Ihre Belustigung nahm spürbar zu. Vidi führte meine Hand höher und zog meine Finger näher an meine Mitte, während ich mich in meiner Darius-Vision verlor. Erinnerungen an Hitze, Leidenschaft und Hass vermischten sich. Ich konnte mich nicht nur an sie erinnern, sondern sie auch fühlen – die Hitze seiner Haut auf meiner, die Kraft seines Körpers, wenn er mich beanspruchte. Ich spürte jeden Stoß, jede Bewegung seiner sündhaften Zunge, jeden Kuss, jede Eroberung und jeden Lustausbruch, den er mir jemals bereitet hatte.

»Das ist es, was wir dir geben können«, erklärten sie. *»Eine in Realität getauchte Erinnerung. Du kannst so lange daran teilhaben, wie du willst, jeden Aspekt davon spüren, jede schmutzige und schöne Erinnerung so erleben, als würde sie im Jetzt stattfinden.«*

Ich zitterte, weil er sich so verdammt real anfühlte, weil das Gewicht seines undurchdringlichen Blicks mich verschlang, weil seine Nähe so wirklich zu sein schien. Ich wusste, dass sie sich zurückhielten, dass sie mir wirklich eine Reise direkt in diese Erinnerungen anbieten könnten. Ich könnte in sie eintauchen, mich selbst glauben lassen, dass sie real waren. Aber ich würde mich darin verlieren, und ich spürte, wie das Gewicht dieser Wahrheit auf mir lastete. Wenn ich dieses Geschenk annähme, würde ich mich in diesen Erinnerungen verlieren, bis mein wahrer Körper hier in dieser Höhle mitten im Nirgendwo dahinsiechte. Und diese Nymphen hier würden meine Magie zweifellos als Geschenk einfordern, wenn ich meine letzten Atemzüge nahm.

Es wäre ein schöner Tod, versunken in den Armen des Mannes, den ich liebte. Aber kein wirklicher.

»Ich werde hier gebraucht«, sagte ich mit fester Stimme und versuchte, meine Gedanken von dieser größten aller Versuchungen fernzuhalten, obwohl ich spürte, wie mir die Tränen über die Wangen liefen und sich mein Kummer endlich aus seinem Gefängnis löste.

Audire zog mich näher an sich heran und schmeckte die Tränen, die meine Haut benetzten. Ein Echo des Schmerzes wanderte von mir zu den drei Nymphen, und sie alle atmeten zitternd ein.

»Zeig uns, was hier geschehen ist«, säuselte Vidi, während sie mit ihrem Daumen die Narbe auf meiner Handfläche nachzeichnete und meine Hand um die Wölbung meines Oberschenkels herumführte, um sich meiner Mitte Stück für Stück zu nähern.

Ich gab ihrer Bitte nach, so gebrochen von meinem Kummer, dass ich nicht einmal mehr sicher war, ob ich ihnen überhaupt etwas verweigern könnte.

Ich war wieder auf diesem Hügel, Darius lag regungslos und kalt unter mir. Sein Blut vermischte sich mit meinem, als ich meine Hand an der Klinge aufschnitt, die ihn mir genommen hatte, und ich verfluchte die Sterne selbst mit all meiner Kraft.

Die drei Nymphen stöhnten unter dem Gewicht der Magie, die ich heraufbeschworen hatte, und flüsterten in einer Sprache, die ich nicht verstand, während ich mich gegen Audire lehnte. Ich hatte keine Kraft, mich zu bewegen.

»Zerstörerin des Schicksals«, flüsterten sie, und ich atmete scharf ein. Meine Magie funkelte in mir, als sie die neue und unerprobte Flamme in mir beschworen und sie erneut heranlockten.

Loqui zeichnete wieder das Bild eines Pentagramms über mein Herz, und ein Seufzen, entrang sich ihr, das ich in den Tiefen meiner Seele spüren konnte.

»Wir können dir nicht geben, was du suchst«, sagten sie, und obwohl mir das schon klar gewesen war, tat es trotzdem weh. *»Den tiefsten Wunsch deines Herzens kann dir niemand erfüllen.«*

»Was könnt ihr mir dann geben?«, fragte ich, weil ich mich weigerte, genauso von hier wegzugehen, wie ich gekommen war.

»Einen Weg«, flüsterten sie, während Audires Lippen über meinen Nacken glitten und mir ein Frösteln entlockten.

»Einen, den du beschreiten kannst, um deine Antworten zu finden.«

»Was wollt ihr dafür?«, fragte ich, und mein Herz hüpfte vor Hoffnung, auch wenn ich versuchte, meine Verzweiflung vor ihnen zu verbergen. Denn ich wusste, dass ich allem zustimmen würde, was sie in diesem Moment von mir wollten. Ich konnte nicht mehr zurück. Selbst wenn sie mir nur den kleinsten Funken Hoffnung geben könnten, würde ich ihn nehmen und ihnen im Gegenzug alles geben, was ihr Herz begehrte.

Sie murmelten wieder miteinander, Loquis Hände griffen in den Ausschnitt meines Kleides und öffneten ihn weiter, sodass meine Brüste fast herausquollen, während Vidi meine Hand zwischenzeitlich fast zum Scheitelpunkt meiner Schenkel geführt hatte. Meine Haut war nach wie vor heiß, nachdem sie mir diese Erinnerungen an Darius angeboten hatten.

»Jungfrauenblut ist das mächtigste Mittel für unsere Art von Magie«, hauchten sie, und ihre Stimmen flüsterten verführerisch in meinem Schädel. Und wieder sah ich ihn vor mir, dieses Mal saß er auf dem Thron meines Vaters und schüttete mir sein Herz aus. Aber ich weigerte mich, die Worte zu hören, und sank stattdessen vor ihm auf die Knie. *»Wir wollen eine Kostprobe dessen, was du hattest, was wir nie wirklich für uns beanspruchen können.«*

Ich schluckte den Kloß im Hals hinunter, als ich verstand. Meine Haut brannte fast, als sie mich weiter streichelten und mir ein Bild nach dem anderen aus meinen eigenen Erinnerungen präsentierten. Vor Schweiß glänzende Tattoos und ein verruchtes Grinsen, das mein Ruin gewesen war.

»Das ist alles?«, fragte ich, unsicher, was genau sie damit meinten, aber ich wusste, dass ich bereit war, es ihnen zu geben.

»Eine Nacht, um zu spüren, was du gespürt hast, um in deiner Lust zu verweilen«, säuselten sie, und die Bewegungen ihrer Hände auf meiner Haut verschmolzen mit den Erinnerungen. Seine Schwielen rau auf meiner weichen Haut, seine Stoppel ein sündhaftes Kratzen, von dem ich nie genug bekommen konnte. *»Dann werden wir dir den Weg zeigen, den du gehen kannst. Einen, der verwerflich und von Sünde durchdrungen ist. Einen, der dich vielleicht zu den Antworten führt, die du suchst, oder der mit deinem eigenen Abschied von dieser Welt endet. Hoffnung. Auch wenn es nur ein kurzes Aufflackern ist. Haben wir eine Abmachung?«*

Ihre Worte waren von Warnung und Unsicherheit geprägt, nichts deutete darauf hin, dass sie überhaupt glaubten, dass das, was ich suchte, möglich war. Aber das war egal, denn ich brauchte nichts anderes als einen Weg, dem ich folgen konnte. Und wenn sie mir diesen Weg zeigen könnten, dann würde ich das Angebot annehmen.

»Ja«, sagte ich laut, und die Magie, die sich um dieses Wort schlang, band mich so fest an diesen Deal, dass mir ein Schrei entwich.

Loqui presste ihre zusammengenähten Lippen auf meine, um mich erneut zum Schweigen zu bringen, aber es schien ihnen nicht länger darum zu gehen, dass ich mich an ihren Schwur hielt. Audire ließ ihre Hände von meinen Ohren gleiten und bewegte sie langsam über meine Wirbelsäule.

Ich öffnete die Augen und schaute für einen kurzen Moment zwischen den drei schönen Frauen hin und her, die mich umgaben. Jede von ihnen hatte irgendwann ihren Mantel abgelegt, seit ich die Augen geschlossen hatte, und die Perfektion ihrer Nacktheit war atemberaubend.

Sie waren Kreaturen, die für die Lust geschaffen waren. Sie unterschieden sich grundlegend voneinander, aber waren alle auf ihre eigene Weise faszinierend. Der Gedanke, dass sie noch Jungfrauen waren, erschien mir absurd. Der Geruch von Sex schien an ihrer makellosen Haut zu haften, während ich beobachtete, wie sich ihre Hände über meinen Körper bewegten, an meinem Kleid zupften und rissen, ohne mich ganz zu entblößen.

Wir waren nicht mehr in der Höhle, und kalte Luft umgab uns, als wir auf einer pentagrammförmigen Lichtung inmitten eines Rings aus uralten riesigen Bäumen standen. Neben uns befand sich ein steinerner Altar, der zweifellos mit Blut befleckt war. Dieser Ort wurde wohl des Öfteren für Opfergaben verwendet.

Mein Blick fiel auf Vidi, die immer noch neben uns kniete und mit ihrer Zunge eine Linie über meinen Oberschenkel zog. Ihre Augen waren voller Hitze und Lust, als sie zu mir aufblickte. Sie drückte meine Hand näher zu meiner Mitte, und ich entdeckte die blutende Wunde an ihrem Handgelenk.

Das Blut war leuchtend rot, nicht wie das schwärzliche, verdorbene Blut der Nymphen, die Lavinia kontrollierte. Nein, es war so rot wie das einer Fae und Beweis dafür, wie Lavinia die Schatten verändert hatte.

Meine Atemzüge wurden flacher, als ich beobachtete, wie sie ihren Mund über meine Haut gleiten ließ. Das Blut, das ihren Körper befleckte, war sowohl erschreckend als auch fesselnd. Als wäre das Opfer, das sie für ihre Macht gebracht hatte, ein Rausch für sich selbst.

»Roxy.« Das tiefe Knurren seiner Stimme ließ mich für drei endlose Sekunden erstarren, bevor ich den Kopf hochriss und ihn dort stehen sah. Er trug kein Shirt, und die Tattoos, die ich so sehr liebte, starrten mich an wie die tiefste Versuchung.

Da verstand ich, warum die drei Nymphen sich gescheut hatten, mich wirklich auszuziehen, mich noch mehr zu berühren als bisher. Denn Vidi streichelte die Haut zwischen meinen Schenkeln, ohne zu versuchen, die letzten Zentimeter bis zu meinem Kern zu überwinden. Sie waren Jungfrauen und würden es auch in dieser Nacht bleiben, aber sie hatten vor, mich auf jede erdenkliche Weise zu verführen, bevor die Sonne aufging, um ihre eigenen unterdrückten Begierden zu stillen.

Ich schaute Darius an, dessen Haut in einem schwachen goldenen Licht glänzte. Er war nicht mehr als eine Erinnerung – und ich erinnerte mich sehr gut an diesen Moment. Wir waren nicht auf einer Waldlichtung gewesen, umgeben von drei Wesen mit unvorstellbarer Macht, sondern in unserem Zimmer im Burrows. Ich war noch immer wund nach einer Nacht in seinen Armen, doch sein Verlangen ließ nicht nach, sein Bedürfnis nach mir war nicht im Geringsten gestillt.

»Du trägst viel zu viele Klamotten«, neckte er mich, und der Blick, den er mir zuwarf, zerstörte mich von innen heraus.

Der Schmerz drohte mich zu verschlingen, die Erinnerung war zu real, zu schwer zu ertragen, aber Audire fuhr mit ihren Zähnen an meiner Ohrmuschel entlang und flüsterte mir zu. »Gib dich der Erinnerung hin. Vergiss das Hier und Jetzt und lass dich von ihr in die Vergangenheit tragen. Zu ihm. Nimm uns mit.«

Sie krümmte ihre Finger um die dünnen Riemen, die mein Kleid am Rücken festhielten, und ihre Fingerknöchel streichelten über die köstlich empfindliche Stelle, an der meine Flügel zum Vorschein kommen würden, wenn ich mich verwandelte. Ich stöhnte leise auf, als ich mich auf ihre Anweisung einließ.

Das war der Preis, den sie verlangten. Und ich würde nicht davor zurückschrecken, auch wenn ich die Schmerzen fürchtete, die ich verspüren würde, wenn die Sonne endlich aufging.

Ich ließ die Hände sinken und schnallte meinen Schwertgürtel ab, während ich Darius anstarrte. In seinen Augen tanzten tausend Versprechen, während er seinen eigenen Gürtel abschnallte.

Ich ließ das Schwert zu Boden fallen und schob meine Hand zusammen mit Vidis höher unter meinen Rock. Ich stöhnte leise, als meine Fingerspitzen die Nässe erreichten.

Auch die drei Nymphen stöhnten, ihre Hände wanderten sowohl über meinen als auch ihre eigenen Körper. Sie spürten das Bedürfnis in sich selbst, als ich anfing, mich selbst zu berühren, so wie ich es an jenem Tag im Burrows getan hatte, um ihn zu necken, ihn zu verführen.

Darius knurrte leise, und die Haare in meinem Nacken stellten sich auf. Ich schob den Stoff meines Slips beiseite und dann zwei Finger in meine glitschige Hitze, woraufhin ich erneut stöhnte.

Vidis Hand blieb auf meiner, obwohl sie darauf achtete, nichts anderes als den Rücken meiner Hand zu berühren, während sie meine Bewegungen lenkte und ihr Blut von der immer noch offenen Wunde an ihrem Handgelenk auf meinen Oberschenkel tropfte.

Darius' erhitzter Blick wanderte über mich, während ich meine eigene Hand für ihn fickte, und ich bohrte meine Zähne in meine Unterlippe, als meine Erleichterung durch das Gewicht seines Blickes immer näher kam.

Ich streifte den Träger meines Kleides von den Schultern und entblößte eine Brust und eine harte Brustwarze, während Loquis Finger an meiner Seite entlangglitten und meine Haut liebkosten.

»Komm für mich, Roxanya!«, knurrte Darius. »Komm für mich, so schön, wie du es immer tust!«

»Ich hasse dich immer noch die halbe Zeit, das weißt du doch, oder?«, keuchte ich, meine Worte waren die gleichen, die ich vor all den Monaten zu ihm gesagt hatte. Und er grinste genauso wie damals, schob seine Hose runter und nahm seinen riesigen Schwanz in seine Faust.

Meine Augen fixierten die Bewegungen seiner Faust. Die Frauen um mich herum verblassten, als ich tiefer in die Erinnerung eintauchte, und ein Schrei der Ekstase brach aus mir heraus, als ich genau das tat, was er mir aufgetragen hatte, egal, wie wütend mich das machte.

Darius grinste mich frech an und winkte mich zu sich, als erwartete er, dass ich ablehnen würde. Aber das tat ich nicht.

Ich schritt über eine Decke aus getrockneten Blättern und Zweigen, mein Kleid rutschte von meinem Körper und ich ließ es fallen. Meine Erinnerung bescherte mir einen anderen Boden und ein Bett, während ich vage wusste, dass da nichts war außer diesem steinernen Tisch.

Aus der Ferne nahm ich die Nymphen wahr, die mich begleiteten, als ich mich bewegte. Ihre Hände streichelten meine Haut, ihre Magie verband sie mit meinen Erinnerungen, und ihre Macht schürte meine Lust. Aber ich war es gewohnt, in der Gegenwart des Mannes, den ich liebte, Lust in dieser Intensität zu empfinden. Die Leidenschaft, die zwischen uns entbrannt war, suchte ihresgleichen. Sowohl in diesem Reich als auch in allen anderen Reichen. Niemand sonst brannte mit der Intensität, die uns verzehrt hatte, und niemand konnte das Bedürfnis übertreffen, das ich in jeder Gestalt für ihn empfand.

Die Nymphen ließen ihre Finger über meine Haut gleiten und malten mit Vidis Blut Runen darauf. Die Dunkelheit, die uns umgab, wurde so intensiv, dass ich mich kaum noch an die Bäume erinnerte, geschweige denn die eisige Luft wahrnahm, die an meiner entblößten Haut zu nagen versuchte.

Ich gab mich der Hitze hin, die zwischen Darius Acrux und der Vega-Prinzessin tobte, die zu lieben ihm verboten war. Ich gab mich den Banden hin, die ich zwischen ihm und mir geknüpft hatte, im Leben und im Tod, durch die Ehe und die Zerstörung unseres Sternenbandes, durch Hass, Verrat, Rache und Gewalt. Ich war sein, und er war mein. Und als sein Geist seine Hand um mein Handgelenk legte und mich näher zu sich zog, gab ich jeden Versuch auf, daran zu denken, dass dies nur eine Erinnerung war, die sich in meinem Kopf abspielte.

Es war mir egal, dass es nicht real war, denn sobald ich mich dieser Szene völlig hingab, war sie real. Seine Zunge versank zwischen meinen Lippen, seine Hände griffen nach meinem Hintern, und er zog mich in seinen Schoß, damit er seinen Schwanz perfekt in meiner Nässe versenken konnte.

Mein Herz zitterte in meiner Brust, als mich das Gefühl seiner Haut auf der meinen völlig vereinnahmte. Ich hatte das hier vermisst, ich hatte ihn so unglaublich vermisst, und irgendwie war er in diesem gestohlenen Moment hier. Meine Scherben fügten sich wieder zusammen, und Tränen der puren Freude kullerten über meine Wangen.

»Dich«, murmelte ich und streichelte seinen Unterkiefer, genoss das Kratzen seiner Bartstoppeln und labte mich an seiner Erscheinung. »Es gibt nur dich.«

Er schenkte mir ein Lächeln, das mein Herz zu Asche werden ließ. Seine Finger wanderten über die Tätowierung auf meinem Oberschenkel, die diese Worte widerspiegelte, und mein Blick fiel auf die Tinte an seiner Hüfte.

Es gibt nur sie.

Ich hätte wissen müssen, dass ich ihm gehörte, als ich ihn zum ersten Mal gesehen hatte. Damals, als er auf dieser roten Couch gethront, Arroganz versprüht und jeden Zentimeter des Orbs vereinnahmt hatte. Ich hätte es wissen müssen, als er mich verspottet und gequält hatte, als seine Augen mich überall hin verfolgt hatten und als ich Nacht für Nacht in meinen Träumen bei ihm gewesen war. Ich war so verdammt blind und stur gewesen. Aber ich war trotzdem seit jeher sein.

»Bei den Sternen, ich liebe dich«, stöhnte Darius, und seine großen Hände umklammerten meinen Hintern, während er mich noch fester auf sich zog und die Verbindung unserer Körper genoss, während wir beide durch den Moment des Widerstands keuchten.

»Ich liebe dich«, erwiderte ich, ließ meine Finger über seine Brustwarzen gleiten und fuhr die Tinte nach, die seine bronzefarbene Haut befleckte, bis ich das Donnern seines Herzens darunter spüren konnte. Es war eine Lüge, eine wunderschöne verführerische Lüge. Aber das war mir egal. Es gab nur ihn.

Ich gab dem Verlangen meines Körpers nach und stöhnte seinen Namen, während ich seine Schultern packte und begann, ihn zu reiten. Mein Kopf kippte nach hinten, und ich genoss das unfassbar volle Gefühl, das er mir bereitete. Er war in jeder Hinsicht riesig, dieses unerschütterliche, unzerbrechliche Wesen, das auf so viele Arten mit mir verbunden war.

Darius knurrte gegen meine Haut. Mit voller Wucht stieß er sich in mich, fickte mich hart und tief und drang bis zum Anschlag in mich ein. Die Kraft seines Verlangens raubte mir den Atem, und meine Fingernägel durchbohrten seine Haut dort, wo ich mich an ihn klammerte.

Ich erwiderte seine Leidenschaft mit meiner eigenen, wippte mit den Hüften, legte eine Hand zwischen uns und bewegte meine Finger über meine Klit, während er so fest an meiner Brustwarze saugte, dass ich keuchte.

Ich schrie auf, als ich kurz vor dem Abgrund stand, aber er nahm meine Handgelenke, stoppte meine Finger an meinem Kitzler und bewegte sie zum Fuß meiner Wirbelsäule, wo er sie mit einer seiner großen Hände festhielt.

»Wenn du dieses Mal kommst, dann ausschließlich für mich«, knurrte er in einem so herrischen Ton, dass ich ihn am liebsten geschlagen hätte. Aber ich vergaß diesen Impuls, als er seine Hüften wieder gegen mich stieß und meine Titten zum Hüpfen brachte. Die Orakel streichelten mich immer noch aus der Ferne. Sie genossen jeden Moment, denn sie sahen auch ihn, sahen uns beide, spürten, was wir fühlten.

Das hätte mich eigentlich abschrecken müssen, aber ich war ihm wie immer verfallen, und mein Bedürfnis nach ihm war viel größer als jede Schüchternheit oder Verlegenheit, die ich bei dem Gedanken empfinden könnte, dass wir so beobachtet wurden.

Darius bewegte seine freie Hand zu meiner Klit und übernahm meine Bewegungen dort, während er seine Hüften anhob. Ich vergaß meinen eigenen verdammten Namen, als er diese unersättliche Stelle in mir traf.

»Bitte!«, flehte ich, weil ich mich nach meiner Erlösung sehnte. Aber er spielte nur mit mir, brachte meine Klit mit seinem Daumen zum Singen und hörte in dem Moment auf, als ich drohte über den Abgrund zu stürzen.

Immer wieder trieb er mich an den Rand, bis ich flehte, fluchte und bettelte. Und er grinste durch unsere Küsse hindurch, weil er es genoss, mich zu besitzen. Endlich gab er nach.

Er stieß mit dem Brüllen eines Drachen in mich, kam in mir und vollendete seine Eroberung meines Körpers mit einem triumphalen Stoß und einer alles verzehrenden Daumenbewegung.

Ich kam so heftig, dass ich fast das Bewusstsein verlor. Mein Kopf rollte zurück, und ein Schrei der reinsten Glückseligkeit entrang sich mir, während mein Körper von einer Ekstase verschlungen wurde, wie sie nur meine Verdammnis auslösen konnte. Wie es nur Darius konnte.

Er drehte uns um, legte mich auf den Rücken, und ich blinzelte zu ihm hoch, während ich nach Atem rang. Mein Herz machte einen entsetzten Satz, als er verschwand und der gefrorene Stein des Tisches unter mir die Illusion unseres alten Bettes ersetzte.

»Warte!«, keuchte ich, und das Stöhnen der Nymphen erfüllte mich. Die Erinnerung hatte auch sie in ihren Bann gezogen, und ihre Hände bewegten sich über meine Haut, während sie weitere Runen auf meinen Körper malten, die ich weder lesen noch entziffern konnte.

»Mehr!«, knurrte Vidi, und ich blickte zu ihrer blassen Gestalt. Ihre scharfen Zähne blitzten auf, als sie das verlangte, während Loqui hinter ihren zugenähten Lippen frustriert stöhnte.

»Mehr!«, stimmte Audire zu und fletschte ebenfalls ihre Zähne. Ihre Hände wanderten meine Schenkel hinauf, während sie das Gefühl der Lust aus meinem gesättigten Körper in den ihren zu ziehen schien.

Meine Lippen teilten sich, um etwas zu sagen, aber was auch immer es war, es erstarb augenblicklich, als Darius durch die Bäume auf mich zuschritt. In seinen Augen funkelte etwas, das sich so tief in mich bohrte, dass es schmerzte.

Es war nicht real, aber … irgendwie war es das doch. Fuck, es war echt. Es war mir egal, dass es eine Erinnerung war, es war mir egal, dass ich diesen Anblick gegen einen winzigen Hoffnungsschimmer eintauschte, es war mir egal, dass sie all das mit mir sahen und erlebten. Denn er war hier und gehörte mir, und wenn er nur für eine Nacht bleiben könnte, dann würde ich diese Nacht liebend gern annehmen.

»Ist es vollkommen eingebildet von mir, zu hoffen, dass du auf mich wartest?«, fragte er zögernd, Hoffnung und Bedürfnis in seinen dunklen Augen.

»Ja«, stimmte ich flüsternd zu, während ich den Anblick genoss, wie er in einem halb aufgeknöpften schwarzen Hemd und einer schicken Hose vor mir stand. Die beschissene Jogginghose und das verdammte Shirt, die ich in jener Nacht getragen hatte, schienen sich an meinem Körper zu materialisieren, als ich mich aufrichtete, um ihn noch einmal zu erleben, diesen Moment der vollkommenen Klarheit, als wir endlich einfach nur … wir gewesen waren. »Aber ich glaube, ich habe einfach immer auf dich gewartet, also könntest du recht haben.«

»Selbst als du mich gehasst hast?« Seine Stimme war ein dunkles Schnurren, das meinen Körper vor Verlangen vibrieren ließ.

Ich konnte jetzt schon sehen, wie sich diese Nacht abspielen würde. Er und ich, immer und immer wieder, bis ich noch mehr nach ihm lechzte, gebrochener als zuvor. Das war Folter der süßesten Art, und ich schien nach ihr zu lechzen. Ich konnte ohnehin nie Nein zu ihm sagen. Nicht auf eine Art und Weise, die von Dauer war.

So verbrachte ich die Nacht in seinen Armen, sein Körper nahm den meinen in Besitz, und mein Herz raste in einem Tempo, das nur er jemals hatte vorgeben können, während ich immer wieder für ihn kam.

Die Nymphen nahmen alles in sich auf und schrien vor Vergnügen mit mir. Ihre Magie verstärkte die Erinnerungen, sodass ich sie wirklich wieder erlebte. Jeder lustvolle Moment, jeder Stoß seiner Hüften, jeder Kuss, jedes Liebesgeständnis. Alles.

Bis ich es nicht mehr aushielt. Mein Körper war ausgemergelt, benutzt und erschöpft von so viel Vergnügen. Die Dunkelheit drang in meinen Geist ein und raubte mir den Verstand. Obwohl ich wusste, dass ich, auch wenn ich mich in den Erinnerungen verlor, sie weiterhin mit ihm auslebte. Mehr und mehr und mehr. Über den Sonnenaufgang hinaus und auch durch den nächsten Tag und die nächste Nacht. Ich gehörte ihm. Meine Energie wurde mir entrissen, mein Körper war entblößt, bis ich schließlich beim zweiten Sonnenaufgang auf dem Steintisch im Herzen des Pentagramms liegen blieb. Mein nackter Körper war mit Vidis Blut befleckt, unzählige Runen zierten jeden Zentimeter meiner Haut und überlagerten sich bis zur Unkenntlichkeit.

Mein Herz raste immer noch, als ich aufwachte. Ich blinzelte in das Licht, das durch die Bäume über mir fiel und kleine Teile meines Körpers beleuchtete. Winzige Staubkörner tanzten darin.

Ich keuchte auf. Der Schmerz zwischen meinen Schenkeln sprach von all dem, was ich in diesen endlosen Stunden getan hatte. Die Tränen auf meinen Wangen waren trocken, meine Augen geschwollen und schmerzhaft, weil ich so viel geweint hatte.

Er war weg. Nur der Geist seiner Berührung verweilte auf meinem Körper, Liebesmale und Kratzer auf meiner Haut schienen darauf hinzudeuten, dass er wirklich hier gewesen war.

Die Orakel waren längst weg, gesättigt von ihrem Ritt durch meine Lustnächte mit Darius Acrux, nachdem sie mehr genommen hatten, als ich ursprünglich mit ihnen vereinbart hatte. Als ich mich aufsetzte, entdeckte ich eine Schriftrolle, die neben mir auf dem Buch Äther lag. Und ich beschloss, dass es mich nicht störte, dass sie unseren Deal in die Länge gezogen hatten.

Ich entfaltete die Schriftrolle vorsichtig. Mein Herz schmerzte, weil ich ihn wieder einmal verloren hatte, während ich versuchte, nicht zu sehr an die hedonistische Erinnerungsorgie zu denken, an der ich teilgenommen hatte. Ich hatte mir geschworen, alles zu tun, was nötig war. Und wenn das bedeutete, seinen Geist in meinen Erinnerungen zu ficken, bis ich ohnmächtig wurde, dann war das in Ordnung. Sie hätten weitaus Schlimmeres von mir verlangen können.

Die Nachricht, die sie mir hinterlassen hatten, war einfach, aber der Weg, den sie mir wiesen, vermutlich alles andere als das.

Im Herzen des Waldes der Verdammnis, jenseits der Gewässer der Tiefe und Reinheit, befinden sich die Wechselhaften Winde von Himmel und Geist. Der Endlose Tropfen wird dich durch die Feuer des Abgrunds führen, und jenseits davon, wo der Äther am dichtesten ist, warten deine Antworten auf dich.

Ich las die Worte zweimal, ohne zu wissen, was sie bedeuteten. Aber ich spürte, wie dieser winzige Hoffnungsschimmer in mir heller leuchtete.

An den Schmerzen in meinem Magen erkannte ich, dass ich länger weg gewesen war, als ich es geplant hatte. Diese Morgendämmerung war bereits die zweite seit meiner Ankunft hier, und der Rausch dieser Lichtung hatte mehr gefordert als nur den Tribut an meinem Körper.

Ich musste auf die Insel zurückkehren und mich erklären. Aber als ich mein ruiniertes Kleid über meinen geschundenen Körper zog und mich fragte, wie zum Teufel ich das alles rechtfertigen sollte, konnte ich nicht anders, als zu lächeln. Denn wir würden Darcy und die anderen aus dem Palast der Seelen befreien. Wir würden diesen verdammten Drachen töten. Und wenn wir das alles geschafft hatten, würde ich den Ort finden, der als Wald der Verdammnis bekannt war, und mein Versprechen gegenüber den herzlosen Sternen ein für alle Mal einlösen.

Scorpio
Gemini
Virgo
Cancer
Leo
Taurus
Sagittarius
Capricorn
Aquarius
Libra
Pisces

CALEB

KAPITEL 36

»**W**ir werden nicht ruhen! Wir werden nicht schlummern! Wir werden nicht innehalten, bis unsere Lady wieder bei uns ist!«, brüllte Geraldine, schlug auf ihren Brustpanzer und erntete zustimmendes Gebrüll von den versammelten Rebellen. Sie hoben ihre Schwerter und schickten funkelnde Magiestrahlen in den Himmel, während sie sich auf einen Kampf einstimmten.

»Verzeih mir«, flehte der ehemalige Gefängniswärter, der neben Geraldine kniete und dessen Augen von den vielen Tränen, die er vergossen hatte, geschwollen waren. Die anderen Rebellen, die das Gefängnis bewacht hatten, als Tory aufgetaucht war und Miguel freigelassen hatte, befanden sich in einem ähnlichen Zustand. Seit ihrem Verschwinden waren mittlerweile über dreißig Stunden vergangen.

»Geraldine«, rief ich und drängte mich durch die versammelte Menge von etwa fünfzig Fae.

Ich nutzte meine Vampirstärke, um sie zur Seite zu zwingen, als sie sich widersetzten, und schoss zwischen den letzten von ihnen hindurch, bevor ich nur wenige Zentimeter vor ihr zum Stehen kam.

»Ich dachte, wir hätten beschlossen, Tory zu vertrauen und ihr etwas mehr Zeit zu geben?«, knurrte ich, während die kleine Armee hinter mir alles zu tun schien, nur nicht das.

»Oh, mein süßes Winterkind«, keuchte Geraldine, blickte in Richtung der aufgehenden Sonne und legte eine Hand auf ihr Herz. »Sie ist in der Dunkelheit ihres Kummers verloren, von der Nacht verführt und nun in Gefahr geraten. Sie hat geschworen, noch am selben Abend zu ihrem Abendessen zurückzukehren – wie kann ich also in dem Wissen verweilen, dass sie da draußen in der Welt verloren ist, nachdem eine weitere ganze Nacht vergangen ist, während sie der Gnade dieser heimtückischen Nymphe – und wer weiß, was noch – ausgeliefert ist?«

»Die Prinzessin hat sich entschieden, die Sicherheit unserer Festung zu verlassen«, sagte Tiberius, der sich ebenfalls einen Weg durch die Menge der tobenden Rebellen gebahnt hatte. Meine Mutter und Seths Mutter flankierten ihn. »Wir können keine dringend benötigten Soldaten auf die Suche nach ihr schicken. Wir haben keine Ahnung, wohin sie gegangen ist, und keinen Grund zu glauben, dass sie überhaupt ...«

»Schweig, du Halunke!«, rief Geraldine, zeigte mit dem Finger auf Tiberius und schritt auf ihn zu, während hinter ihr Ranken aus dem Boden wuchsen. Ihr Blick war herausfordernd.

»Du willst dich doch nicht ernsthaft mit mir anlegen?« Tiberius schnaubte.

Geraldine schlug ihn mit einer Ranke, die sich über seine Schulter geschlichen hatte, während er zu sehr damit beschäftigt gewesen war, seine Brust aufzublähen. Sein Kopf schnellte zur Seite, und sofort erschien eine große ovale Beule auf seiner Wange.

Ich hörte den winzigen Laut der Belustigung, der meiner Mutter entwich, während Tiberius wütend aufbrüllte. Glänzende grüne Schuppen breiteten sich über seine Arme, seinen Hals und unterhalb der Manschetten seines grauen Hemdes aus.

Er machte einen Schritt auf Geraldine zu, während sich um seine Fäuste Wirbelstürme bildeten, und die Rebellen wichen zurück, als es so aussah, als würde ein Kampf ausbrechen.

»Dad! Was zum Teufel?«, schrie Max, als er mich gemeinsam mit Seth endlich einholte. Seth war in seiner Wolfsform und trug Max auf seinem Rücken.

»Halt dich da raus, mein Sohn!«, forderte Tiberius, und Geraldine heulte wie eine Todesfee, während ihre Ranken wie eine Horde Vipern nach vorn schnellten.

Ich schoss zur Seite, ließ sie gewähren und schüttelte den Kopf, als ich neben den anderen Erben zum Stehen kam.

»Sie ist fest entschlossen, Tory zu suchen«, murmelte ich, aber Max hörte mir nicht zu.

Er sprang von Seths Rücken und rannte auf den Kampf zwischen seinem Vater und seiner Freundin zu. Eine verirrte Ranke traf ihn so fest am Hintern, dass seine Knie einknickten, während er die beiden anschrie, aufzuhören.

Seth verwandelte sich neben mir, und ich sah ihn an. Sofort huschte mein Blick an seinem Körper hinunter und zeichnete die definierten Konturen seiner Bauchmuskeln nach, bevor er auf seinen Schwanz fiel. Erinnerungsblitze durchzuckten mich. Wir beide, allein, unsere Münde aufeinander, unsere Hände umherwandernd, eine brennende Leidenschaft ...

»Meine Augen sind hier oben«, neckte Seth, aber seine Stimme klang schärfer, als ich aufsah, um seinen Blick zu treffen. Und einen Moment lang herrschte Schweigen zwischen uns.

»Du großer galoppierender Seewal!«, brüllte Geraldine, als sie über unsere Köpfe hinweg durch die Luft geschleudert wurde. Ich sah interessiert auf, wie sie vorbeiflog, wobei die scharfen Spitzen ihres Brustpanzers im Sonnenlicht glitzerten, als hätte sie Diamantnippel. »Du wirst den Tag bereuen, an dem du es mit einer Grus aufgenommen hast.«

Tiberius verschränkte die Arme vor der Brust, während er zusah, wie seine Magie sie davontrug. Das selbstgefällige Lächeln auf seinem Gesicht war das

Letzte, was ich sah, bevor der Boden unter seinen Füßen verschwand und er in eine riesige Grube stürzte.

Meine Mutter warf sich Antonia über die Schulter und schaffte sie aus dem Weg, bevor auch sie hineinfiel, und die versammelten Rebellen rannten alle in verschiedene Richtungen, um der hin und her wirbelnden Magie zu entkommen.

Die Menge rannte kreuz und quer durcheinander. Niemand wusste, wohin. Wo wären sie vor der chaotischen Magie sicher? Ein riesiger muskulöser Bärenwandler stieß mit Seth zusammen, als er durch den Tumult fast von den Füßen gerissen wurde.

»Tut mir leid, Mann«, raunte der Typ, wich einen Schritt zurück und hob die Hand zum Peace-Zeichen. Sofort gefror das Blut in meinen Adern.

»Schon gut«, erwiderte Seth abweisend, und als er mit seinem eigenen Peace-Zeichen antwortete, fiel mein Herz in meine Magengrube. Äußerlich zeigte ich jedoch keinerlei Reaktion.

Ich musterte den Bärenwandler und seine aufgeblähte Brust skeptisch, bemerkte das miese pornografische Tattoo auf seinem rechten Bizeps und betrachtete es finster, während ich überlegte, ob ich ihm hinterherschießen sollte. Ich würde ihm zeigen, wie ein echtes Raubtier aussah.

Ich spürte Seths Blick auf mir, während ich seine neueste Eroberung musterte, und wandte mich ab. Mein Gesicht nach wie vor eine zerbrechliche Maske.

Max hatte Seths Klamotten fallen lassen, als er losgerannt war, und ich schnappte sie mir blitzschnell, ließ mich vor Seth auf die Knie fallen und hielt ihm seine Jogginghose hin, damit er hineinschlüpfen konnte.

Er blinzelte mich überrascht an, als ich ihm auf die Wade tippte, um seine Aufmerksamkeit zu erregen. Die Hitze in meinem Blut kletterte in die Höhe, während ich mich bemühte, seinen Schwanz nicht noch einmal aus meiner neuen – und viel näheren – Position zu betrachten.

Seth schlüpfte gehorsam in seine Hose, und ich stand auf. Meine Fingerknöchel streiften die Rückseite seiner Beine, als ich sie sanft für ihn hochzog, und unsere Augen trafen sich erneut, als ich sie über die harten Muskeln seines Hinterns streifte.

Ich zögerte, wollte zurücktreten, konnte es aber nicht, denn die Hitze seiner Haut zog mich an. Als wäre ich ein Fisch an seiner Angel. Anstatt mich von ihm zu entfernen, gab ich mich diesem Gefühl hin und atmete die mit seinem Atem vermischte Luft ein.

Ich ließ meine Finger um den Bund seiner Hose gleiten, dann von seiner Wirbelsäule zu seinen Hüften. Ich folgte der Wölbung des Stoffes an seinen Seiten zu seinen unteren Bauchmuskeln bis zu der Haarlinie unter seinem Bauchnabel. Meine Reißzähne fuhren aus, als ich dort verweilte, zu nah an ihm, um angemessen zu sein, und doch zu weit weg, um das zu bekommen, wonach ich mich wirklich sehnte.

Seth machte keine Anstalten, mich ebenfalls zu berühren. Seine Augen waren wie zwei harte Eissplitter, als er mich ansah und mich daran erinnerte, dass ich eine Grenze überschritt. Wir waren nicht allein. Und wir taten so etwas nicht. Aber mein unausgesprochenes Verlangen nach ihm begann, die Grenzen zu verwischen, nach denen ich früher nicht einmal hatte suchen müssen, und es wurde immer schwieriger, dem Finden solcher Ausreden zu widerstehen.

»Warst du gestern Abend noch laufen?«, fragte ich ihn, und er nickte. Mit einem Fingerschnippen stabilisierte er den Boden unter unseren Füßen, der unter Tiberius' Kraft zu zittern begann, als dieser sich aus dem Grab grub, das Geraldine für ihn geschaufelt hatte.

»Hast du Durst?«, fragte Seth langsam, und ich nickte, während meine Finger immer noch unter seinem Hosenbund entlangglitten. »Dann hör auf, um die Sache herumzutanzen!«, schnauzte er, und ich zuckte zusammen. Seine Worte kamen der Wahrheit, die ich ihm nicht eingestehen konnte, viel zu nahe.

Ich überspielte meine Reaktion auf seine Anschuldigung, indem ich ihn zu mir zog und meine Zähne in seinen Hals versenkte. Ich hörte kaum, wie Geraldine einen Kampfschrei ausstieß, als ich von der Flut seiner mondhellen Kraft mitgerissen wurde. Ein Stöhnen entwich mir, als sein dekadenter Geschmack über meine Zunge rollte.

Meine Finger krümmten sich und rutschten ein Stück tiefer unter den Stoff seiner Hose, versteckt zwischen unseren Körpern. Er knurrte mich an, packte meinen Nacken und vergrub seine Hand in meinen Locken, um unsere Körper aneinander zu fesseln.

»Verdammte … Sterne! Fuck!«, keuchte er an meinem Ohr, seine Brust an meiner, während ich von ihm trank. Mein Schwanz regte sich in seiner Nähe, und ich dachte daran, wie es sich angefühlt hatte, seinen Mund darauf zu spüren. Und ich schob meine Hand noch ein Stückchen tiefer.

Ich sollte die Sache eigentlich abhaken, mich damit abfinden, dass ich nur eine weitere Kerbe in seinem Bettpfosten war. Aber jedes Mal, wenn ich ihm so nahe kam, vergaß ich all das. Und ich dachte sofort an all die anderen Dinge, die ich mit ihm ausprobieren wollte. Zu leicht gab ich mich dem Gedanken hin, dass er mich anders als die anderen betrachten könnte, die er in sein Bett nahm.

»Nimm das, du streitsüchtiger Schwachkopf!«, rief Geraldine. Im selben Augenblick spritzte etwas gegen meine Wange, und ich zwang mich, mich zurückzuziehen und Seth loszulassen. Als ich mich umsah, stellte ich fest, dass Tiberius von Kopf bis Fuß mit Schlamm bedeckt war. Geraldine selbst war zu achtzig Prozent in einem Eisblock gefangen, nur ihr Kopf, ihr Arm und eine spitze Metallbrust ragten heraus.

»Oh, Cally!« Die Stimme meiner Mutter brachte mich dazu, noch einen Schritt von Seth zurückzutreten und meine Hand aus seinem Hosenbund zu reißen, sodass der Gummizug gegen seine straffen Bauchmuskeln schnappte und ihm ein Fluchen entlockte. »Du hast schon immer eine Sauerei beim Trinken gemacht.«

»Argh, lass das!« Ich versuchte, sie abzuwehren, als sie ihren Daumen leckte und mir über den Mundwinkel strich, wo vermutlich noch ein Tropfen von Seths Blut klebte.

»Habe ich nicht gesagt, dass du deine Freunde nicht in der Öffentlichkeit an deiner Magie teilhaben lassen sollst, Seth Capella?«, bellte Antonia und biss ihn ins Ohr, als wäre er ein ungezogener Welpe. Er knurrte daraufhin und versuchte, ihr zu entkommen.

»Willst du, dass die ganze Welt sieht, wie du dich einem Altair unterwirfst? Willst du, dass alle denken, du lässt zu, dass er dich unter sich drückt und sich Tag und Nacht nach Lust und Laune mit dir vergnügt, indem er seinen riesigen …«

»Mom, was zum Teufel?«, schrie Seth, aber sie fuhr unbeeindruckt fort und schaffte es, ihn wieder am Ohr zu erwischen.

»… Reißzahn in dich steckt, wann immer er das Bedürfnis hat?«

»Argh, aus deinem Mund hört sich das so seltsam an«, heulte Seth, während ich versuchte, von meiner Mutter wegzuschießen. Aber sie stellte sich mir direkt in den Weg und schaffte es, mich mit ihrem abgeleckten Daumen zu erwischen und mir einen Tropfen Blut aus dem Mundwinkel zu klauen.

Prompt saugte sie das Blut ab, und ich knurrte sie wütend an, als ihre Augen beim Geschmack seines Blutes aufleuchteten.

»Mom!«, schnauzte ich wütend. »Er ist meine Quelle. Du kannst nicht einfach sein verdammtes Blut trinken, sonst werde ich …«

»Du bist seine was?«, schrie Antonia. Ihre Wut übertönte meinen eigenen Ausbruch, und Seth warf mir einen Blick zu, der verriet, dass er mich am liebsten windelweich schlagen würde. »Seit wann in der Geschichte der Sterne selbst ist ein Capella jemals die Quelle eines Vampirs gewesen? Bei den Sternen, ich sehe schon die Schlagzeilen vor mir: *Seth Capella, auf den Knien für einen Altair.* Denk doch mal an die Umfragewerte! Die ganze Welt wird denken, dass du dich für ihn verbeugt hast. Und dann werden sie das Gleichgewicht der Macht komplett infrage stellen – als hätte Darius' Tod nicht schon genug Schaden angerichtet.«

»Mom, verdammt noch mal, hör auf!«, bellte Seth. »Du machst daraus eine viel größere Sache, als es …«

»Du wirst deinen Anspruch auf ihn auf der Stelle aufgeben.« Antonia wirbelte auf mich zu, ihre Augen blitzten silbern und wölfisch, während sie mit ihrem Finger direkt auf mein Gesicht zeigte.

Als Antwort fletschte ich meine Reißzähne, und jeder Muskel in meinem Körper versteifte sich, um dieser Forderung eine klare Absage zu erteilen.

»Nein«, knurrte ich. »Das werde ich nicht. Er gehört mir.«

»Ich weiß nicht, was daran so schlimm sein soll, Toni«, sagte Mom und fletschte ihre eigenen Zähne vor Seths Mutter. »Vielleicht sollte ich mir überlegen, dich oder Tiberius als meine persönliche Blutquelle zu beanspruchen.«

Antonia knurrte wütend, während ihre Aufmerksamkeit von mir zu meiner Mutter schwappte. Aber bevor das Chaos noch größer werden konnte, schien ein Knall die Luft selbst zu zerreißen. Die Schutzbarrieren um uns herum wurden von einer unglaublichen Kraft aufgebrochen, und ein Lichtblitz ließ uns alle herumwirbeln. Tory und Miguel tauchten aus dem Nichts auf, Sternenstaub glitzerte noch um sie herum, bevor er verschwand.

Tory hob eine Hand und die Barrieren schlossen sich wieder. Eine Kuppel aus reiner Macht glitzerte für einen kurzen Moment hoch über unseren Köpfen, bevor sie sich wieder verflüchtigte und unsichtbar wurde.

Meine Lippen teilten sich, als ich ihre blutverschmierte Haut, ihr schönes schwarzes Kleid, das zerrissen und schmutzig war, und ihren gequälten Blick wahrnahm. Dabei lehnte sie sich an Miguel, um, wie es schien, überhaupt aufrecht stehen zu können.

»Was ist passiert?«, fragte ich, stürzte nach vorn, riss sie von ihm los und nahm sie in meine Arme, wo sie ausatmete und sich an mich schmiegte.

»Mir geht's gut«, murmelte sie. »Ich bin nur erschöpft und ausgepowert. Miguel ist nach wie vor einer der Guten.«

Geraldine wimmerte in ihrem riesigen Eiswürfel, und alle anderen schienen hin- und hergerissen zu sein, ob sie Miguel umringen oder näher an Tory herantreten sollten, um ihre Erklärung zu hören.

»Wo zum Teufel warst du?«, brüllte Max, als er auf uns zustapfte.

»Gerry hat fast den Verstand verloren. Wir hatten keinen Schimmer, ob du tot bist oder gekidnappt wurdest oder …«

»Vorsicht, Max, sonst denken die Leute noch, dass dir eine Vega am Herzen liegt«, spöttelte Tory, und ich war froh, zu sehen, dass sie trotz ihres Aussehens durchaus sie selbst war.

Sie bewegte sich in meinen Armen, und ich stellte fest, dass sie das Buch Äther zwischen ihre Seite und meine Brust drückte und den Stoff des Kleides, das sie trug, benutzte, um es zu verstecken. Zweifellos wollte sie nicht, dass unsere Eltern Fragen dazu stellten, und ich drückte sie leicht, um Verständnis zu signalisieren.

»Muss Miguel weggesperrt werden?«, fragte ich und zog sie näher in meine Arme, um das Buch zu verstecken, als sich alle um uns herum versammelten. Das Geräusch von zerbrechendem Eis signalisierte, dass Geraldine aus ihrem Gefängnis ausbrach.

»Nein«, sagte Tory bestimmt. »Er ist auf unserer Seite. Vielleicht holst du ihm einen Bagel oder so, Geraldine?«

»Aber, Mylady!«, protestierte Geraldine und sah völlig perplex aus. Ihre Unterlippe zitterte.

»Mir geht es gut, versprochen«, versuchte Tory, sie zu beschwichtigen.

»Ich will nur in die Nähe eines Feuers und ein Bad nehmen, dann erzähle ich euch alles. Konzentriert euch auf das, was wir für morgen brauchen, okay? Der Hydriden-Meteoritenschauer steht vor der Tür. Wir müssen bereit sein, Darcy zuliebe.«

»Ich bringe dich in dein Zimmer«, sagte ich und schaute kurz zwischen den anderen hin und her, um sicherzugehen, dass Seth und Max verstanden, dass ich sie von hier wegbringen musste, bevor ich losschoss und sie alle zurückließ.

Die Welt flog an uns vorbei, als ich über die Zugbrücke und die Treppe hinauf zu den extravaganten Zimmern rannte, die Geraldine für die Vegas eingerichtet hatte. Schließlich bog ich nach rechts in Torys Zimmer ab.

Ich warf sie aufs Bett, woraufhin sie sich überschlug und das Wort »Arschloch« mit gedämpfter Stimme zu mir zurückschallte, als sie mit dem Gesicht auf die Kissen knallte.

Feuer blühte in meiner Handfläche auf, und ich füllte ihren Kamin damit, bevor ich mich neben sie aufs Bett setzte. Weitere Flammen züngelten über meine Hände und Unterarme.

Tory zog ihre Stiefel aus und ließ das Buch Äther zwischen uns liegen. Sie seufzte angesichts der Wärme der Flammen, schnallte ihr Schwert ab und warf es auf den Teppich.

»Was ist mit den Blutflecken?«, fragte ich und zeigte auf ihren Arm, der so aussah, als hätte jemand mit blutiger Tinte drauf herumgekritzelt. Die Zeichen waren schwer zu erkennen, weil sie einander überlagerten, aber ich erkannte ein paar Runen im hellsten Blut.

»Ach, du weißt schon. Ich war in dieser gruseligen Höhle und habe drei Hexen getroffen, die dunkle Magie praktizieren …«

»Es gibt keine Hexen, Tor.« Ich stupste sie an, und sie rollte mit den Augen.

»Na ja, es waren Nymphenhexen, die sich selbst Orakel nennen. Und sie sahen aus wie leibhaftige Göttinnen. Ich schwöre dir, ich wünschte fast, ich wäre lesbisch, allein wegen dieser Frauen.«

»Fast?«, stichelte ich.

»Tja, ich bin auf erbärmliche Weise von Schwänzen besessen, aber davon abgesehen ...«

Ich verkniff mir ein Lachen, und sie schenkte mir ein Grinsen. Aber auch das verschwand, und ihre Augen wurden glasig, als ihre Gedanken zu einem anderen Aspekt des Geschehenen wanderten.

»Erzähl mir davon!«, drängte ich, und sie atmete aus.

»Es war ... Ganz ehrlich Caleb, es war unglaublich abgefuckt. Ich gebe zu, dass ich dem Ruf ihrer Magie nachgegeben und ihnen die Welt versprochen habe, wenn sie mir nur helfen würden, zu ihm zurückzufinden.«

Ich musste nicht fragen, wen sie meinte, und mein eigenes Herz schmerzte, als ich ihre Hand in meine flammenumhüllten Finger nahm und sie sanft drückte. Sie erwiderte die Geste, bevor sie ihre Hand aus meiner zog.

»Du kannst nicht in diesem Zustand zurückkommen ...« Ich deutete auf die Blutflecken und das schmutzige Kleid. »Nicht, ohne dich ordentlich zu erklären.«

»Na schön.« Tory drehte sich auf den Rücken, starrte zur Decke und stieß einen rauen Atemzug aus. »Ich scheine einen ganzen Tag und eine ganze Nacht in etwas verbracht zu haben, das man objektiv als Erinnerungsorgie bezeichnen könnte. Die drei Orakel haben eine Menge von Darius' und meinem Sexualleben zu Gesicht bekommen, indem sie meine Erinnerungen zum Leben erweckt und mir dabei zugesehen haben, wie ich ihn so lange gefickt habe, bis ich ohnmächtig geworden bin.«

»Was zum Teufel?«, stieß ich aus, und sie stöhnte und legte einen Arm über ihre Augen, um mich nicht ansehen zu müssen.

»Ich weiß auch nicht, Alter. Es war ... so real. Er war da, er hat mich berührt und geküsst, und ich konnte alles spüren. Aber gleichzeitig war er auch nicht da. Die Orte, die ich gesehen habe, waren nicht real. Und ich weiß tatsächlich nicht, ob ich die ganze Zeit nur auf einem Steintisch lag und masturbiert habe, während die drei mich betatscht und sich an der Show ergötzt haben.«

»Wow!«, sagte ich, weil ich mir nicht ganz sicher war, was ich sonst sagen sollte. Es klang wirklich abgefuckt und auch ein bisschen heiß. Aber dem Schmerz in ihrer Stimme nach zu urteilen, schien ihre Trauer nur noch heftiger geworden zu sein. »Wenn sie so schön waren, warum haben sie sich dann nicht selbst flachlegen lassen, anstatt dir und Darius die ganze Nacht lang zuzusehen?«

»Sie waren Jungfrauen, um ihre dunkle Magie zu unterstützen. Übrigens kein gutes Zeichen für mich, wenn Jungfräulichkeit nötig ist, um diese Kräfte ausgiebig nutzen zu wollen. Sie haben auch ein paar andere interessante Entscheidungen getroffen, wie etwa ihre Augen und Lippen zuzunähen, um zu verhindern, dass das Böse sie vollständig korrumpiert – nicht, dass ich überzeugt wäre, dass es geholfen hat. Aber egal. Ich bin mir nicht sicher, ob viele Fae mutig genug wären, sie zu ficken, selbst wenn die Barriere der Jungfräulichkeit nicht da wäre ...«

»Abgesehen von dir, die tatsächlich alle drei gefickt hat«, sagte ich, und sie sah mich finster an.

»So war es nicht. Na ja, ich schätze schon, aber … es waren vor allem … er und ich.« Sie seufzte, der Schmerz über seinen Verlust lastete auf ihr. »Er, ich und ein Trio von Zeugen«, fügte sie mit einem amüsierten Schnauben hinzu.

»Zeugen, die es sich dabei selbst gemacht haben«, bemerkte ich.

»Ja.« Sie zuckte mit den Achseln, als wäre das noch das Harmloseste.

»Und was hat dir diese Orgie gebracht? Eine Nacht mit ihm?«

»Ja …« Sie verstummte und warf einen Blick zur Tür, bevor sie ein zusammengerolltes Stück Pergament aus dem vorderen Teil des Buches nahm und es mir hinhielt.

Ich löschte die Flammen an meinen Händen, nahm die Schriftrolle und öffnete sie. Ich runzelte die Stirn angesichts der kryptischen Nachricht, während ich sie zu verstehen versuchte, kam aber nicht weiter.

»Weißt du zufällig, wo der Verdammte Wald ist?«, fragte Tory, und ich schüttelte den Kopf.

»Nie davon gehört. Was gibt es dort?«

»Antworten. Vielleicht. Ihrer Meinung nach ist dieser Wald meine einzige Chance, einen Weg zu ihm zu finden, ohne selbst durch den Schleier zu gehen.«

Ich betrachtete die Worte noch eingehend, aber sie sagten mir nichts. »Wenn das ein Ort in Solaria ist, dann ist er auf keiner Karte verzeichnet, die ich je studiert habe. Und glaub mir, ich habe schon viel zu viele studiert«, sagte ich und gab ihr den Zettel zurück, den sie seufzend wieder zurück ins Buch steckte.

»War klar, dass das nicht einfach werden würde. Aber ich werde auch dieses Rätsel lösen. Das muss ich.«

Ich nickte verständnisvoll. Ich verstand auch, wie gefährlich die Magie sein konnte, mit der sie spielte. Aber es ging hier um Darius. Ich würde mit ihr bis ans Ende der Welt gehen, um ihn zurückzuholen. Kein Preis wäre zu hoch.

»Ich muss dieses Nymphenblut loswerden«, stöhnte Tory und strich mit einer Hand über die Flecken auf ihrem Arm.

»Haben sie jemanden getötet, um an all das Blut zu kommen?«, fragte ich halb im Scherz, halb im Ernst.

»Nein. Vidi – die mit den zugenähten Augen – hat sich dafür das Handgelenk aufgeritzt. Ich glaube, der Äther braucht ein Opfer und einen Anker, um voll zu wirken. Sie hat die Verbindung ihres Blutes mit meiner Haut genutzt, um die Erinnerungen aus mir herauszulocken und sie greifbar zu machen. Sie hat ihn real gemacht.«

Tory schluckte schwer, und ich musste nicht fragen, wie ich es ihr jetzt ging, nachdem sie auf diese Weise mit ihm zusammen gewesen war. Es hatte sich vermutlich so angefühlt, als wäre sie in die Vergangenheit eingetreten, ohne die Möglichkeit zu haben, die Zukunft zu ändern, von der sie wusste, dass sie ihm bevorstand.

»Es tut mir leid«, sagte ich, obwohl ich wusste, dass ihr das nicht helfen würde, aber sie schenkte mir trotzdem ein schiefes Lächeln.

»Ich wusste, worum es geht, als ich zugestimmt habe. Und ich hätte nicht ablehnen können, obwohl ich sehr gut wusste, dass es danach so richtig wehtun würde.«

Tory stand auf und ging zu der riesigen Badewanne neben dem Fenster, in die sie mit einer Mischung aus Wasser- und Feuermagie heißes Wasser goss. Ihre Kraft war bereits von den Flammen im Raum genährt worden.

Als sie sich auszog, nahm ich das Buch Äther zur Hand und blätterte darin, ohne sie anzusehen. Ich hatte das Buch schon des Öfteren betrachtet. Jedes Mal, wenn ich es ansah, fand ich neue Anmerkungen oder Beschwörungsformeln, als würde mich das Buch jedes Mal, wenn ich ihm meine Aufmerksamkeit schenkte, beurteilen und bei jedem Besuch ein wenig mehr von seinem Wissen preisgeben. Ich wusste, dass das keinen Sinn ergab, aber eine andere Erklärung hatte ich auch nicht.

»Hier steht, dass man mit dem Seelenwandern seinen Herzenswunsch aufspüren kann, aber die Beschreibung scheint nicht ganz dem zu entsprechen, was du getan hast, um Darcy und Orion zu finden«, sagte ich nachdenklich und las über den Einsatz von verschiedenen Kristallen, um Dinge wie Reichtümer oder verlorene Schätze zu finden. »Es ist nicht ganz so einfach wie die Suche nach jemandem, dessen Blut man teilt, aber ich denke, es ist machbar.«

»Was kostet es?«, fragte Tory mit dem Rücken zu mir, als sie in die Badewanne stieg und in das heiße Wasser sank.

Ich überflog die Seite und zuckte zusammen. »Äh, es deutet einiges darauf hin, dass ein Tierbaby für die Opfergabe verwendet werden könnte ...«

»Ihh. Vergiss es. Ich lasse gern ein grünes Drachenarschloch ausbluten, um dafür zu bezahlen. Aber ich töte kein Kaninchenbaby. Was noch?«

»Es ist ein bisschen undeutlich, aber hier steht *ein Monat*. Meinst du, das ist ein Monat deines Lebens, ein Monat Knechtschaft bei einer Ziegenbestie oder ...«

»Eine Ziegenbestie?«, fragte Tory, drehte den Kopf und zog über den Wannenrand hinweg eine Augenbraue hoch. »Was müsste ich denn für die Ziegenbestie tun? Sie mit Schuhen füttern und mit ihr auf Bergpfaden spazieren gehen?«

»Wahrscheinlich. Warte mal, ich glaube, da ist noch mehr ...«

Ich verstummte, während ich weiter in dem Buch las, Seiten umblätterte und im Inhaltsverzeichnis und in anderen Kapiteln stöberte. Ehrlich gesagt schien das ganze Buch mit der einzigen Absicht geschrieben worden zu sein, den Leser zu verwirren, denn kein einziger Zauberspruch oder göttlicher Ritus wurde klar beschrieben.

Die Tür flog auf, und Geraldine schrie wie ein neugeborener Velociraptor, als sie sich über die Schwelle stürzte. Tränen liefen über ihre Wangen, als sie mit ausgebreiteten Armen auf Tory zustürmte.

»Na, das sieht aber gemütlich aus«, kommentierte Seth, während er und Max ihr ins Zimmer folgten und die Tür hinter sich wieder schlossen. Geraldine hingegen schien sich in ihren Bemühungen zu verlieren, eine ziemlich nasse Vega zu umarmen. »Liegt er da schön eingekuschelt im Bett, während Tory nackt herumläuft.«

»Sie war voller Blut«, antwortete ich, den Blick immer noch auf das Buch gerichtet, während ich ihn näher heranwinkte. »Sie musste sich waschen, meinst du nicht?«

»Ich bin überrascht, dass deine Zunge nicht alles erwischt hat und sie trotzdem noch in die Wanne musste«, schnauzte Seth, und ich sah ihn stirnrunzelnd an.

Max verdrehte die Augen und ging ins Bad, wobei er etwas davon murmelte, dass es weit weniger unangenehm sei, sich in unserer Anwesenheit für ein längeres Geschäft auf die Toilette zurückzuziehen, als im Raum zu bleiben.

»Nymphenblut ist nicht gerade mein Ding«, sagte ich. Warum war Seth so verdammt sauer? Dachte er darüber nach, was seine Mutter zu seiner Rolle als meine Quelle gesagt hatte?

Wollte er unsere Verbindung wirklich abbrechen, um den äußeren Schein zu wahren?

Mein Herz klopfte unregelmäßig, als ich darüber nachdachte, und ich ließ das Buch auf Torys Kopfkissen fallen, um ihn genauer anzusehen.

»Nein? Was ist denn dann dein Ding, Cal? Es fällt mir in letzter Zeit nämlich verdammt schwer, das zu erkennen.« Seth knurrte jetzt regelrecht, während er nach wie vor an der Tür blieb, und ich schoss auf ihn zu. Mein Plan war es, seinem herausfordernden Blick mit meinem eigenen zu begegnen, aber stattdessen blieb ich nur einen Atemzug von ihm entfernt stehen und griff mit meiner Hand nach seiner Kehle. Ich drückte jedoch nicht zu, sondern ließ meine Finger sanft über seinen Adamsapfel gleiten, bis ich die noch nicht verheilte Bisswunde fand. Erst dann sah ich ihn an.

»Wenn du vorhast, das zu tun, was deine Mutter dir aufgetragen hat, dann sag es einfach«, forderte ich ihn auf. Meine Stimme war ein raues Flüstern, das die anderen sicher nicht hören konnten, weil Geraldine laut erzählte, wie besorgt sie um Tory gewesen war, während sie ihr die Haare wusch.

Seth öffnete den Mund. In seinen Augen leuchtete Ablehnung – genau wie das verdammte Peace-Zeichen, das mich unermüdlich verhöhnte. Aber er sprach die Worte nicht aus.

Etwas in seinen Augen veränderte sich, sein Blick wurde härter und schärfer, als der Alpha in ihm den Kopf hob. Und schließlich fletschte er die Zähne.

»Niemand sonst kann mit dir mithalten, mein Hübscher«, höhnte er stattdessen und schlug meine Hand von seiner Kehle, bevor er mich vorn am Shirt packte und herumwirbelte, sodass ich mit dem Rücken gegen die Tür knallte.

Er stand sofort vor mir und sprach so nah an meinem Gesicht, dass ich jedes Wort schmecken konnte, als es über seine Lippen kam.

»Wenn du das nächste Mal einen Drink von deiner Quelle haben willst, werde ich dafür sorgen, dass du das nicht vergisst. Ich werde dich unter mir festklemmen und dich daran erinnern, wer der mächtigste Werwolf in Solaria ist. Und du wirst mir deine Kehle anbieten, um mir zu beweisen, dass du das nicht vergessen hast.«

Mein Herz raste angesichts seiner Worte, das Blut donnerte in einem unmöglichen Tempo durch meinen Körper, und mein Atem blieb in meiner Lunge stecken. Schließlich stieß er sich von mir weg, und ich blieb nach ihm hechelnd an der verdammten Tür stehen wie ein erbärmliches Fan-Girl.

Seth stakste durch den Raum, kramte eine halb leere Tequilaflasche aus Torys Sachen und nahm einen großen Schluck. Er wandte mir den Rücken zu – eine eindeutige Beleidigung, und ich wusste, ich hätte ihn zur Rede stellen müssen.

Aber ich konnte mich nicht dazu überwinden, das zu tun. Er hatte meinen

Anspruch auf ihn nicht zurückgewiesen. Er war immer noch meine Quelle. Und das Versprechen, das er mir soeben gegeben hatte, weckte in mir die Lust auf die Jagd. Trotz des frischen Vorrats an Magie, der noch immer durch meine Adern floss, weil ich ihn vor weniger als einer halben Stunde gebissen hatte.

Geraldine hatte Tory aus der Wanne geholt und sie in ein schwarzes Seidenkleid gehüllt, trotz der halbherzigen Proteste, die sie wegen des ganzen Trubels erntete.

Aber als Tory sich auf einen Stuhl geleiten ließ und Geraldine jemandem zubrüllte, einen Teller frischer Bagels zu bringen, merkte ich, dass ihr die Aufmerksamkeit nicht annähernd so viel ausmachte, wie sie immer behauptete.

Das Geräusch der Toilettenspülung erreichte uns, und Max kehrte in den Raum zurück, wobei er Seth und mich mit finsteren Blicken bedachte. Ich schirmte mich mental ab, denn ich wollte nicht, dass er sah, mit welchem verdrehten Scheiß ich mich im Moment herumschlagen musste. Max hatte mit seinem eigenen Schmerz zu kämpfen, auch mit seiner Beziehung zu Geraldine, und ich wusste, dass er in der ständigen Flut von Angst und Trauer, die die Rebellen ausstrahlten, ebenfalls unterging. Ich wollte ihm meinen Bullshit nicht auch noch aufzwingen. Ja, ich weigerte mich sogar, ihm diese Last aufzubürden.

»Wirst du uns sagen, wo du warst, kleine Vega?«, fragte Max, ließ sich auf Torys Bett fallen und verschränkte seine Hände hinter dem Kopf.

»Werde ich«, stimmte Tory zu, während Geraldine anfing, ihre Haare zu bürsten. Sie murmelte etwas davon, dass bald Wildkäfer und Kobolde darin leben würden, wenn sie nicht alle Knoten herausbekäme. »Aber wir müssen uns auf unseren Plan konzentrieren, Darcy, Orion und Gabriel zu retten, bevor wir etwas anderes besprechen sollten. Die Hydra soll doch morgen im Palast der Seelen brüllen, richtig?«

»So richtig wie ein rundgeriebener Regentropfen im Rampenlicht, Mylady«, stimmte Geraldine zu, und Tory entspannte sich sichtlich.

»Gut. Denn ich bin mehr als bereit, meine verdammte Zwillingsschwester zurückzubekommen.«

Gemini
Scorpio
Virgo
Cancer
Leo
Taurus
Sagittarius
Capricorn
Libra
Aquarius
Pisces

LIONEL

KAPITEL 37

Ich zog meinen blutroten Lieblingssmoking an und bewunderte mich in dem vergoldeten Spiegel des Gemachs, das ich für mich beansprucht hatte. Ich hatte nach wie vor Probleme, in die alten Räumlichkeiten von Hail Vega zu gelangen – die prächtigsten im Palast. Und schlimmer noch, ich kam bisher nicht einmal in die Nähe der Schatzkammer. Es war, als ob sich die Gänge jedes Mal veränderten, wenn ich in die tieferen Regionen des Palastes vordrang, obwohl das sicher nur ein Zauber war, der mich verwirren sollte. Welcher erbärmliche Zauber auch immer hier eingesetzt worden war, um mich fernzuhalten, er würde sich angesichts meiner Macht irgendwann auflösen, da war ich mir sicher.

Lavinia war heute Abend nach Norden gereist, um ihre Armee von Nymphen zu besuchen. Was bedeutete, dass ich sie endlich los war. Wenn auch nur für eine Nacht. Aber ich würde das Beste daraus machen.

Ich hatte Francesca Sky vom FIB zu mir bestellt. Dieses wunderschöne Exemplar war mir seit unserem letzten Treffen oft in den Sinn gekommen. Es war an der Zeit, endlich wieder einmal süßes, warmes Fleisch zu kosten. Und sie war eine Köstlichkeit, die ich viele Stunden lang genießen würde.

Sie schien definitiv willig zu sein. Ihre Antwort auf meine Aufforderung war schnell gekommen, wie ich es vorausgesagt hatte. Ich hatte gesehen, wie sie in meiner Gegenwart errötet war, wie sie meine Größe bewundert und mich durch ihre dichten Wimpern begierig angestarrt hatte. Ich war jetzt der begehrteste Mann im ganzen Königreich. Der Drachenkönig. Der größte Fae, der je gelebt hatte.

Ich schob den Gürtel durch die Schlaufen meiner Hose, schloss ihn und fuhr mit dem Daumen über den goldenen Verschluss, der wie eine Drachenschuppe geformt war. Dabei spürte ich den kleinen Hauch von Magie, den das Gold mir verlieh. Ich hatte den ganzen Nachmittag nackt auf dem Gold gelegen, das mir die Drachengilde geschenkt hatte, und meine Kräfte wieder aufgeladen. Obwohl ich immer wieder schmerzlich an den Schatz erinnert wurde, der mir gestohlen worden war. Einige der wertvollsten Stücke der Geschichte waren aus meiner Sammlung in die Hände der Rebellen gelangt.

Ich knurrte, Rauch quoll zwischen meinen Lippen hervor, und Hitze wallte in meiner Brust auf. Nein, davon würde ich mich heute Abend nicht ablenken lassen.

Bald würde ich den Weg in die Schatzkammer des Palastes finden und Anspruch auf all die unbezahlbaren Juwelen erheben, die darin versteckt waren. *Mein. Alles mein.*

Ein nervöses Klopfen ertönte an der Tür – ein Geräusch, an das ich mich schon viel zu sehr gewöhnt hatte.

»Komm rein, Vard«, knurrte ich, denn der Zyklop ärgerte mich wie immer. Er hatte jetzt Tag für Tag an Gabriel Nox' Verstand gearbeitet und wenig Substanzielles hervorgebracht. Angeblich hatte er im Kopf des Sehers nur Visionen von einem riesigen Nest in Form eines Falken und von feinen, mit Edelsteinen besetzten Stöcken entdeckt. Ich hatte keine Ahnung, welche Tricks hier im Spiel waren, aber irgendetwas trieb dieser Seher, um zu verhindern, erneut gebrochen zu werden. Aber Gabriel würde schon bald sehen, wie die Rebellen einen Fehler machten. Und dann würde Vard die Vision aus seinem Kopf ziehen, und ich würde noch am selben Tag losmarschieren, um sie auszumerzen.

Wenn ich das nächste Mal auf die Rebellen traf, würde ich keinen einzigen von ihnen mehr atmen lassen. Ich würde sie ausrotten, jeden Mann, jede Frau und jedes Kind zu Asche verbrennen, damit sie sich nie wieder gegen mich erheben konnten.

»Majestät, ich habe heute einige Fortschritte bei meinen Experimenten gemacht. Ich dachte, Ihr wollt vielleicht kommen und einen Blick darauf werfen«, erklärte Vard hoffnungsvoll – wie ein Köter auf der Suche nach Essensresten.

Ich fuhr mit der Hand durch meine goldenen Haare, stylte sie und nahm mir einen Moment Zeit, um mich länger im Spiegel zu bewundern, während ich ihn auf meine Antwort warten ließ.

»Wenn du noch einmal meine Zeit verschwendest, werde ich äußerst ungehalten sein.«

»Ich verspreche Euch, dass es sich lohnen wird«, sagte er eifrig. »Kommt, Majestät. Ich werde Euch heute noch ein Lächeln ins Gesicht zaubern.«

Ich drehte mich um und ließ mich von ihm aus dem Zimmer in den Bauch des Palastes führen, wo ich ihm erlaubte, seine Experimente zu leiten. Ich folgte ihm in einen gemauerten Raum, in dessen Mitte eine Frau auf einem Metallbett festgeschnallt war. Die Schreie und das Betteln der Rebellen aus den benachbarten Käfigen irritierten mich, und ich wirkte eine Stillekuppel um sie, damit ich ihr unFaeiges Wimmern nicht länger hören musste. Dann stellte ich mich zu Vard und der Frau.

Ihre Augen waren glasig, obwohl sie noch bei uns war – ihre Finger zuckten ein wenig, was Beweis genug war. Sie war jung, vielleicht sogar hübsch, wenn da nicht die Schläuche wären, die aus ihrem Körper ragten und einen leuchtend blauen Trank unter ihre Haut führten.

»Schaut«, sagte Vard, nahm einen kleinen hölzernen Zungenspatel und schob damit die Oberlippe der Frau zurück.

Vampirzähne kamen zum Vorschein, und ich warf einen Blick auf Vard. »Und?«

»Und sie ist eine geborene Harpyie«, sagte er mit einem schiefen Lächeln, worauf die Narbe in seinem Gesicht Falten warf.

»Hat sie Interesse an Blut gezeigt?«, fragte ich, jetzt, da meine Neugierde endlich geweckt war.

»Ein bisschen«, sagte er. »Diese Tests waren viel erfolgreicher als meine Emergenz-Versuche. Ich habe viele Jahre damit verbracht, daran zu arbeiten, die Formgebungen von Kindern zu verändern, bevor diese erwacht sind. Das erschien mir am logischsten, versteht Ihr? Aber ich hatte wenig Erfolg damit, obwohl ich viel über das Innenleben der Formgebungen gelernt habe und darüber, wie man sie eindämmen kann, sobald sie entfernt wurden. Jede Formgebung ist anders, manche sind schwieriger zu beherrschen als andere, wenn sie von einem Subjekt getrennt werden. Und ich glaube, dass Kinder in diesem Bereich der Wissenschaft noch nützlich sein können.«

Ich nickte, und meine Neugierde wurde noch größer. »Und stirbt die Essenz dieser Formgebungen, wenn das Subjekt stirbt?«

»Manche schon, andere leben weiter«, hauchte er aufgeregt und führte mich zu einem Metallschrank, an dessen Außenseite Reif haftete. Er öffnete ihn mit einer Handbewegung und einem magischen Blitz, riss die Tür auf und zeigte mir die Reihen großer Glasgefäße darin. In ihnen flackerten und pulsierten Lichter, wobei sich jedes in seinem eigenen Rhythmus bewegte. Neugierig las ich die Etiketten auf den Gläsern. Mantikor, Zerberus, Werwolf, Medusa, Vampir, Zentaur.

»Meine Babys warten auf ein neues Zuhause«, sagte Vard und schloss die Tür mit einem fröhlichen Lächeln. »Euer Cousin Benjamin hat mir bei diesem Projekt sehr geholfen. Vielleicht erlaubt Ihr ihm, wieder an Euren Hof zu kommen?«, fragte er süßlich. Offensichtlich hatte ihn mein ungehobelter Cousin dazu angestiftet. Ich schnaubte.

»Benjamin darf dir assistieren, aber ich werde nicht riskieren, ihn an meinen Hof zu holen. Er ist ein Glücksspieler und eine Belastung. Kein Drache, der etwas auf sich hält, sollte seine Beute verspielen, das ist äußerst verachtenswert«, zischte ich.

»Natürlich, Majestät«, sagte Vard, senkte den Kopf und führte mich zurück zu dem Mädchen, das auf dem Tisch festgeschnallt war. »Jetzt lasst mich sehen, ob ich unsere Freundin zum Trinken bringen kann.«

Die frischgebackene Vampirin knirschte mit den Zähnen und schlug wild um sich. Ihre leeren Augen füllten sich mit einem mörderischen Verlangen. Aber dieses hungrige, unbändige Bedürfnis in ihr verwandelte sich plötzlich in einen Krampf, ihr Körper zuckte, und ihre Augen rollten in ihren Hinterkopf.

»Nein, nein, nein. Halte durch!« Vard drückte Heilmagie in ihre Haut, aber Blut tropfte aus dem Mund, den Ohren und den Augen der Frau. Ihr Körper zuckte immer heftiger, bevor sie mit weit aufgerissenen Augen erstarrte und der Tod sie dahinraffte.

Ich schnalzte verärgert mit der Zunge.

»Was habe ich dir über Zeitverschwendung gesagt?«, knurrte ich, und Vard zuckte angesichts meines Tonfalls ebenfalls zusammen. Er nahm den hölzernen Zungenspatel und hielt diesen vor sein Gesicht, als ob ihn das vor meinem Zorn retten könnte.

Ich packte ihn an der Kehle, Feuer loderte in meiner Handfläche, und sein

Schrei hallte durch den Raum. Seine Haut schmorte unter meinem heißen Griff. Ich ließ ihn los, bevor ich mich zu tief in ihn brannte, und er taumelte zu Boden und hielt sich wimmernd den Hals.

Ich drehte ihm den Rücken zu, ließ ihn liegen, damit er sich selbst heilen konnte, und machte mich auf den Weg zum Ausgang. Ich blieb auf der Türschwelle stehen, als er es wagte, erneut nach mir zu rufen.

»Majestät! Da ist noch ein Subjekt, das Ihr Euch ansehen solltet. Das andere Experiment, an dem ich gearbeitet habe.«

Mein Interesse kam ungewollt zurück, und ich konnte dem Drang nicht widerstehen, mich ganz umzudrehen und meinen Blick über die erbärmliche Kreatur schweifen zu lassen, die sich mein königlicher Seher nannte. Der einzige Grund, warum ich ihn noch an meinem Hof behielt, waren die wenigen außergewöhnlich nützlichen Visionen, die er während seiner Dienstzeit für mich beschworen hatte. Er war zwar ein erbärmlicher Fae, aber gelegentlich bewies er seinen Wert. Ohne ihn hätte ich das Versteck der Rebellen nicht gefunden, und das durfte ich nicht vergessen.

»Dann zeig schon«, knurrte ich, und er nickte schnell, stand auf und bedeutete mir, ihm zu folgen.

Er eilte durch den Raum in die nächste Kammer und lotste mich an dem Korridor vorbei, der zu den Zellen führte, in denen die Fae gefangen gehalten wurden – seine nächsten Versuchspersonen. Ihre Schreie nach Gnade brachten mein Blut in Wallung, aber ich ignorierte sie geflissentlich.

Vard trat in einen schummrigen Korridor, in dem dicke Metallgitter die Vorderseite der riesigen Zellen markierten. Die Versuchspersonen in den Zellen zu unserer Linken schreckten vor uns zurück, während wir an zwei leeren Käfigen zu unserer Rechten vorbeikamen, bevor Vard endlich stehen blieben.

Er griff nach einem Klemmbrett, das an den Gitterstäben hing, und ich trat näher an ihn heran, um in die Zelle zu spähen. Aber ich sah nur Dunkelheit.

Er reichte mir das Klemmbrett und ich nahm es ihm ab, um meinen Blick über die Informationen schweifen zu lassen, die sich darauf befanden. Der Name der Person war Will Oli, seine Formgebung war Vampir und sein Element Feuer. Darunter stand der Name eines Monsters, von dem ich wusste, dass es in den Eingeweiden dieser Welt lauerte: Obscuro, eine Bestie der Finsternis mit Reihen von geschärften Zähnen, die einen Fae in wenigen Minuten häuten konnte.

»Das sind die genetischen Mutationen, an denen du gearbeitet hast?«, fragte ich neugierig, und Vard lächelte mich zahnig an, wobei die Bewegung seine Narbe dehnte und ihn noch hässlicher aussehen ließ als sonst.

»Ich nenne ihn den Oliwill«, hauchte er, und seine Aufregung war spürbar.

Ich trat näher an die Gitterstäbe heran, als ich eine Bewegung im Käfig wahrnahm. Die Dunkelheit schien sich in der hinteren Ecke zu bewegen.

Ich ging bis zu den Gitterstäben und blinzelte, um besser sehen zu können, bevor ich mit den Fingern schnippte und ein Fae-Licht wirkte.

Mein Herz machte einen Satz, als eine Kreatur aus Rauch und Flammen mit der Geschwindigkeit eines Vampirs auf mich zuschoss. Der Tod selbst blitzte vor meinen Augen auf, als ich ein grausames Gesicht erblickte, das in dem dichten Rauch verborgen war.

Ich wich zurück, stolperte über meine eigenen Füße, und Vard musste mich festhalten, um mich vor dem Sturz zu bewahren. Das Monster im Käfig heulte vor Hunger und schlug mit seinem fast formlosen Körper gegen die Gitterstäbe.

»Er hat Hunger«, schnurrte Vard und betrachtete das Ding, das er erschaffen hatte, mit teuflischer Freude. Ich richtete mich auf und starrte diese Kreatur des Chaos an.

»Was frisst es?«, fragte ich leise und neigte den Kopf zur Seite, während ich das Tier betrachtete. Sein Körper war menschenähnlich, aber auch gespenstisch, da wo sich der Rauch auflöste und die verlängerten Gliedmaßen zum Vorschein kamen.

Vards Lächeln wurde breiter. Er hob eine Hand und richtete sie auf die Rückwand der Zelle. Auf sein Kommando öffnete sie sich und brachte eine Gefangene zum Vorschein, deren Gesicht vor Angst verzerrt war, als der Oliwill seine Aufmerksamkeit auf sie lenkte.

Sie schaffte es kaum, zu schreien, als das Ding sich bereits auf sie stürzte. Blut spritzte in einem weiten Bogen über die Wände, als der Oliwill sie in Sekundenschnelle verschlang und Fleisch und Knochen in seinen breiten zahnreichen Kiefern zermalmte.

»Hast du die Kontrolle über diese Kreatur?«, fragte ich, während ich mich schon selbst in der Position sah, dieses Ding nach meinem Willen zu beherrschen, es auf diejenigen zu hetzen, die mir nicht gehorchten, und es zu benutzen, um mein rebellisches Königreich noch strammer zu kontrollieren.

»Bei meinen früheren Experimenten habe ich Halsbänder verwendet, aber ich entwickle neue Methoden der Kontrolle, die fest in ihren Köpfen verankert sind und nicht durch äußere Kräfte gebrochen werden können. Allerdings habe ich das noch nicht perfektioniert«, gab Vard mit leiser Stimme zu. »Und …«

»Raus damit!«, knurrte ich, worauf er zusammenzuckte. Ich löschte mein Fae-Licht und ließ den Oliwill mit dem Fleisch der Rebellin allein.

»Nur etwa einer von fünfzig überlebt die Verwandlung. Und selbst dann nicht lange.«

»Wie lange?«, fragte er.

»Der Oliwill ist der Erste aus dieser Gruppe, der mehr als einen Tag überlebt. Die Aufzeichnungen über die Verfahren, die ich bei der Entwicklung dieser Methoden verwendet habe, wurden alle vernichtet, als der Celestia-Rat dagegen gestimmt hat, dass ich diese Experimente fortsetze«, seufzte er und senkte den Blick, wobei mir sein anklagender Ton nicht entging.

»Wie du weißt, habe ich dafür gestimmt, dass diese Experimente fortgesetzt werden. Ohne mich auf dem Thron hättest du niemals die Erlaubnis erhalten, sie fortzusetzen«, knurrte ich, und er duckte sich wie die wehleidige Kakerlake, die er war.

»Natürlich, Majestät. Ich wollte nicht unhöflich sein. Ich wollte nur erklären, warum es mir schwerfällt, lebensfähige Subjekte zu erschaffen. Oliwill macht sich besser als die anderen, aber auch bei ihm zeigen sich erste Hinweise auf eine Verschlechterung. Wenn es so weitergeht, wird er noch vor Sonnenaufgang tot sein …«

Ich fluchte, als ich von Vard zu dem Käfig blickte, in dem die grausame Kreatur gefangen war. Mein Bedürfnis nach mehr Macht verzehrte mich, so wie es mich schon immer verzehrt hatte. Ich würde nie genug bekommen, nie den Inbegriff all dessen erreichen, wonach ich mich sehnte.

»Dann arbeite weiter daran!«, befahl ich.

»Das werde ich natürlich. In der Vergangenheit hatte ich mit solchen Mutationen großen Erfolg, aber ohne meine ersten Aufzeichnungen ist es schwierig, sie nachzustellen.« Er seufzte erneut. »Aber ich bereite gerade eine Frau vor. Mary Brown. Sie spricht gut auf die ersten Phasen der Studie an. Vielleicht wird sie genauso gut reagieren wie mein lieber Ian.«

»Gut. Behellige mich nur, wenn du das nächste Mal erfolgreich bist!« Ich drehte mich um, entfernte mich von Vard und knallte die Tür hinter mir zu.

Als ich wieder oben war, ging ich in die Lounge, die ich Horace für mein Date hatte vorbereiten lassen. Eine gute Flasche Whiskey und meine Lieblingszigarren warteten bereits auf mich. Die Anspannung fiel von mir ab, als ich merkte, dass er ausnahmsweise meine Erwartungen erfüllt hatte. Seine kleinen Fehler wurden immer seltener, aber ich vermisste nach wie vor die Perfektion, die Jenkins in diese Rolle eingebracht hatte. *Aber Lavinia hatte ihn ja fressen müssen, hm?*

Ich stutzte die Zigarre und zündete sie mit der Flamme meines Zeigefingers an, bedeutete Horace, mir ein Glas Whiskey einzuschenken, und ließ mich in den großen Ohrensessel am Feuer fallen. Ja, das war gut. Ohne Lavinia im Haus konnte ich wieder aufatmen, und als Horace mir meinen Whiskey in einem goldenen Kelch reichte, dachte ich darüber nach, wie ich die Kontrolle über Lavinia zurückgewinnen könnte. Ich nahm einen großen Schluck von dem edlen Getränk. Ich musste sie wirklich in den Griff bekommen, bevor sie erneut einen Erben von mir forderte.

Mich schauderte bei dem Gedanken, dass sie mich mit ins Bett nehmen und mich dazu bringen würde, ihr wieder ein solch monströses Kind zu schenken. Ich musste um jeden Preis versuchen, dieses Schicksal zu vermeiden.

Eine Schar von Wahrsagern sagten mir regelmäßig und auf jede erdenkliche Weise Schicksale voraus. Außerdem erhielt ich täglich die Horoskope vom Horometer der Zodiac Academy. Gerade heute Morgen hatten mir die Sterne eine fantastische Vorhersage gemacht.

Ich nahm meinen Atlas heraus, las die Vorhersage noch einmal durch und genoss einen weiteren Schluck des edlen Whiskeys.

Guten Morgen, Widder!
Die Sterne haben deinen Tag vorausgesagt.
Dein Leben blüht vor Macht – wie eine Frühlingsblume, die sich dem strahlend blauen Himmel entgegenstreckt. Der Tag, der vor dir liegt, wird in der Tat sehr ergiebig sein, aber die turbulente Natur deines dominierenden Planeten Mars kann neben den Höhen auch Tiefen mit sich bringen. Genieße die Hochs, solange sie andauern, und reflektiere die Tiefs. Dein Bedürfnis nach sexueller Verbindung kommt endlich zum Tragen, denn die Position der Venus in deinem Horoskop sagt eine feurige Begegnung in deiner nahen Zukunft voraus.

Ich lächelte, legte meinen Atlas beiseite und dachte über meine Hochs nach – in der Erwartung, dass noch viele weitere folgen würden.

Die Academy war nun fest in meiner Hand, viele Mitglieder meiner Taskforce befanden sich unter den Studenten, und ich hatte alle, die sich meiner

Herrschaft widersetzt hatten, mit Dunkler Manipulation belegt. Ich hatte große Pläne für die Academy. Sie sollte zu einem Ort werden, an dem ich die höheren Formgebungen ausbilden und sie für meine Armee rekrutieren konnte. Ich würde den Lehrplan überarbeiten lassen, und der gesamte Unterricht würde sich darauf konzentrieren, aus meinen Verbündeten Krieger zu machen. Ich träumte von einer Armee, die eines Tages alle anderen vernichten würde. Wenn die niederen Formgebungen ausgerottet wären, würden die reinen Linien Generation für Generation fortbestehen und Solaria zur größten Weltmacht machen.

Eines Tages könnte ich der König der ganzen Welt sein, aber um das sicherzustellen, brauchte ich eines: Zeit.

Und die würde ich mir sichern, sobald ich den Imperialen Stern gefunden hatte. Wenn die Legenden zutrafen, konnte er mir Unsterblichkeit verleihen. Dann würde ich für immer hierbleiben und das Reich Stück für Stück erobern.

Mein Schwanz zuckte schon bei der bloßen Vorstellung, und ich zog an meiner Zigarre, drehte sie zwischen den Zähnen und lehnte mich in meinem Sessel zurück. Die gegenwärtige Situation war nicht perfekt, aber Probleme konnten immer gelöst werden. Ich musste mir nur überlegen, wie ich Lavinia in den Griff bekommen konnte, und sobald sie überwältigt war, würde ich Gwendalina Vega töten. Vielleicht könnte ich sogar einen Weg finden, sie zu benutzen, um ihre Schwester zu mir zu locken, und sie dann beide in einem von mir entworfenen Blutbad töten. Es hatte schließlich schon einmal funktioniert.

Eine Frau trat durch die offene Tür, und ich hob die Augenbrauen, als ich Stella Orion in einem engen marineblauen Kleid und hohen Absätzen auf mich zukommen sah. Sie sah hinreißend aus, doch ihr Gesichtsausdruck zeugte nicht von ihrer Freude, mich zu sehen, wie ich es erwartet hatte.

»Guten Abend, Hoheit«, sagte sie respektvoll und neigte kurz den Kopf, bevor sie Horace anschaute. »Ich dachte, wir könnten uns kurz unterhalten … allein?«

»Natürlich.« Ich fuchtelte mit der Hand, und Horace verließ den Raum, wobei er die Tür hinter sich schloss.

Stella blieb auf der anderen Seite des Raumes stehen und verschränkte die Arme vor der Brust, während sie mein Outfit begutachtete. Ihre Augen leuchteten ein wenig auf. »Hast du mich erwartet?«

»Nein«, sagte ich schlicht. »Ich bekomme Besuch.«

»Was für eine Art von Besuch?«

»Eine Frau«, gab ich zu.

Ich hatte keinen Bedarf, sie anzulügen. Was hatte sie denn erwartet? Ich war jetzt der König, und meine Bedürfnisse waren so unendlich wie der Himmel.

In ihren Augen zeichnete sich eine schwache Emotion ab, die ich nicht entziffern wollte, und sie versteifte sich zunehmend.

»Warum hast du mich in den Palast gebracht?«, fragte sie.

»Du weißt, warum. Ich genieße dich sehr, Stella. Aber ich kann mich den Wünschen anderer Frauen nicht entziehen. Ich bin der begehrteste Fae in Solaria. Und als König werde ich von den Schönheiten dieses Landes verwöhnt, wie es sich für einen Mann meines Standes gehört.«

Sie nickte. Das schien sie zu akzeptieren.

»Wie geht es mit dem neuen Riss voran?«, fragte ich, während ich eine Stillekuppel um uns wirkte, damit unser Geheimnis unter uns blieb.

»Langsam, wie du es gewünscht hast«, sagte Stella. »Aber früher oder später wird Lavinia herausfinden, dass ich sie hinhalte. Und was wird dann passieren?«

»Ich arbeite daran«, versicherte ich ihr. »Verschaffe mir nur ein bisschen mehr Zeit. Und jetzt ab mit dir.« Ich wies mit dem Kinn auf die Tür. »Wer weiß, vielleicht habe ich ja schon früh genug von meiner Gesellschaft und suche dich heute Nacht ebenfalls in deinem Bett auf.« Ich lächelte verführerisch, und ihre Lippen zuckten, als wollte sie widersprechen, aber sie senkte nur den Kopf und ging.

Ich lächelte vor mich hin und paffte wieder an meiner Zigarre. Sie lernte gerade, ihren Platz in dieser Welt zu finden – und zwar unter meiner Fuchtel. Ich mochte es, wie es ein Feuer in ihr entfachte, und ich würde es genauso genießen, dieses Feuer wieder zu löschen. Sie war jetzt mein Spielzeug, und das gefiel ihr. Irgendwann würde sie sich das selbst eingestehen.

Ich schnippte die Asche meiner Zigarre in den Aschenbecher, starrte in das Feuer im Kamin und dachte über meine Probleme nach. Ich war schon immer ein Meister im Lösen von Problemen gewesen und hatte schon größere Herausforderungen als diese gemeistert.

Die Antwort war zum Greifen nahe, meine Wahrsager hatten in der letzten Woche oft davon gesprochen. Die Sterne drehten sich wieder zu meinen Gunsten, strahlten auf ihren Lieblings-Fae herab und segneten mich mit ihrem Licht. Die Antwort würde kommen, ich musste nur geduldig sein.

539

Gemini
Scorpio
Virgo
Cancer
Aries
Leo
Sagittarius
Taurus
Capricorn
Aquarius
Libra
Pisces

FRANCESCA

KAPITEL 38

Meine dunkelbraunen Haare waren mit einer silbernen Spange zurückgesteckt, die einen Turmalin-Kristall verbarg, dessen Magie ich heute Abend brauchen würde, wenn ich das hier durchziehen wollte. Ich strich mit den Fingern über den leuchtenden Stein und sprach einen Verhüllungszauber, um sämtliche Aufmerksamkeit von ihm abzulenken.

Mein Herz galoppierte wie ein Pegasus, der in den Himmel abheben wollte, und ich nahm mir einen Moment, um mich zu entspannen, während ich in meinem Auto unweit der Tore des Palastes der Seelen saß, gerade außer Sichtweite der Wachen. Moms Stimme ertönte in meinem Kopf, ihre Worte wussten mich immer zu beruhigen: *»Francesca, du bist nur so stark, wie du dich selbst fühlst. Macht ist nichts ohne Selbstvertrauen.«*

Sie hatte mir beigebracht, meinen Platz in der Welt zu behaupten, und ich war schließlich in ihre Fußstapfen getreten und hatte eine Stelle beim FIB angenommen. Meinen Vater hatte ich nie gekannt, und es war mir auch nie in den Sinn gekommen, nach ihm zu suchen. Meine Mutter hatte nicht geplant, Kinder zu bekommen, aber war zufällig während einer Schulung auf den Kahinti-Inseln mit mir schwanger geworden. Dort gab es eine ganze Stadt, die nur zu dem Zweck gebaut worden war, dass FIB-Agenten an Simulationsübungen teilnehmen konnten.

FIB-Einheiten aus ganz Solaria kamen jedes Jahr dorthin, und meine Mutter hatte dort mit einem der Offiziere angebandelt. Sie hatte ihm von mir erzählt, aber er hatte beschlossen, dass er nichts mit mir zu tun haben wollte, und als ich alt genug gewesen war, um mich dafür zu interessieren, hatte ich die gleiche Meinung vertreten.

Mom war immer meine Bezugsperson gewesen, aber vor ein paar Jahren hatte ich mit ansehen müssen, wie sie mir Stück für Stück entglitten war. Sie hatte ein gutes, langes Leben geführt und sich nicht davor gefürchtet, durch den Schleier zu gehen. Sie hatte sich sogar darauf gefreut, lange verlorene Freunde und Verwandte wiederzusehen, und nur bedauert, mich allein zurückzulassen. Ich hatte versucht, ihre Sorgen zu zerstreuen. Ich hatte viele Freunde unter meinen Kollegen und auch außerhalb meines Jobs. Aber ich war mir ziemlich sicher, dass sie auf etwas anderes angespielt hatte, denn gegen Ende hatte sie immer wieder nach einem Mann gefragt. Jenem Mann, mit dem ich einst eine Zukunft gesehen hatte. Jenem Mann, der der Grund dafür war, dass ich jetzt vor diesem Palast saß und im Begriff war, das Undenkbare zu tun.

Ich hatte den Verlust meiner Mutter bewältigt, auch wenn er mich verändert hatte, wie jeder Tod es tat. Ich hatte Agenten gesehen, die lange vor ihrer Zeit im Dienst gestorben waren und junge Familien zurückgelassen hatten, die versuchen mussten, das Leben ohne sie zu meistern. Das war die Art von Tod, die mir schrecklich unfair erschien, obwohl andere sagten, dass ihr Tod nicht vergeblich war, solange sie im Kampf für eine bessere Welt gestorben waren.

Mom hatte das auch gewusst, und sie hatte mir einen moralischen Kompass eingeimpft, der mich anspornte, das Richtige zu tun, auch wenn es mir Angst machte. Aber natürlich war es nicht wirklich meine Moral, weshalb ich hier in einem taillierten roten Kleid mit einem Schlitz an einem Bein saß und Goldschmuck an Hals und Handgelenken trug. Das war er. Für immer er.

Ich klappte die Sonnenblende nach unten und überprüfte mein Make-up im Spiegel auf der Rückseite. Meine Augen waren dunkel geschminkt, meine Lippen hatten die Farbe von Blut. Lance Orion war zwar mit einer anderen Frau verbunden, aber ich hatte ihn zuerst geliebt, und ich würde nicht zulassen, dass diese Liebe in Bitterkeit umschlug. Meine Liebe zu ihm mochte unerwidert geblieben sein, aber das machte sie nicht ungültig. Nichts davon half mit dem Schmerz.

Ich erinnerte mich lebhaft an den Moment, als ich nach seiner Verhaftung zur Arbeit gerufen worden war und mein Freund mich informiert hatte. Ich hatte gelacht, weil ich mir sicher gewesen war, dass es sich um einen Irrtum handelte, dass ich auf dem Revier auf Lance treffen würde, der mir die Wahrheit erzählte, und dass ich dann meine Zyklopen-Gabe nutzen würde, um seinen Namen reinzuwaschen. Aber so war es nicht gekommen. Als ich ihn gesehen hatte, war er verzweifelt gewesen, gebrochen und verängstigt. Er hatte mich abgewiesen, und ich war mir nicht sicher, ob mein Herz in jenem Moment gebrochen war. Oder später, als er sich als schuldig bekannt hatte und ins Gefängnis geschickt worden war.

Ich kannte ihn. Und ich hatte sofort gewusst, dass er im Zeugenstand gelogen hatte. Er hatte sich für eine Vega-Prinzessin geopfert, ein Mädchen, über das er sich monatelang den Kopf zerbrochen hatte, weil sie eine Bedrohung für die Celestia-Erben und vor allem für Darius Acrux darstellte.

Nichts davon hatte einen Sinn ergeben, bis ich in einer der schlimmsten Nächte meines Lebens das letzte Teil des Puzzles erhalten hatte. Ich hatte ihn unter den Sternen gesehen, frisch verbunden mit Darcy Vega, und miterleben müssen, wie er sie küsste, als wäre sie das Lebenselixier seiner Seele, als könnte er niemanden und nichts anderes mehr sehen. Ja, mein Herz war in dem Moment gebrochen, als seine illegale Affäre ans Licht gekommen war, aber es war in der Nacht, in der die Sterne sie vereint hatten, zerschmettert und in Brand gesetzt worden.

Ich hatte mich wohl törichterweise an die leise Hoffnung geklammert, dass sie und er nicht von Dauer sein würden. Dass er eines Tages zu mir zurückkommen und wir dort weitermachen würden, wo wir aufgehört hatten. Aber niemand konnte den silbernen Ringen trotzen.

Ich hatte mir immer eingeredet, dass wir beide füreinander bestimmt waren. Aber die Sterne hatten andere Pläne gehabt.

Vergeudet. All die Jahre, in denen ich ihn geliebt hatte. Ich hatte immer so getan, als ginge es nur um Sex, hatte meinen Freunden erzählt, dass ich gar nicht mehr wollte und mir das ganz recht so war. Aber tief im Inneren hatte ich ihn immer geliebt und war zu feige gewesen, es zuzugeben. Jetzt erschien mir das ganze stille Leiden so verdammt sinnlos.

Warum habe ich die Jahre verstreichen lassen? Warum habe ich mich nicht getraut und ihm die Wahrheit gesagt? Oder besser noch, warum habe ich nicht Schluss gemacht und meinem Herzen Zeit gegeben, über ihn hinwegzukommen?

Wie meine Mutter zu sagen pflegte: *»Reue ist der Feind der Zukunft.«*

Ich konnte nicht weitermachen, wenn ich immer wieder zurückblickte, und ja, ich hatte jetzt etwas Zeit gehabt, um zu heilen, aber ganz ehrlich … es war, als wäre mein Herz nicht in der Lage dazu, ihn loszulassen. Hier war ich also und wollte mein Leben für ihn riskieren. Machte mich das zu einer Närrin? Vielleicht. Aber ich schätzte ihn weit mehr als meinen egoistischen Wunsch, von ihm geliebt zu werden. Wir waren Freunde, Interstellare Verbündete, um genau zu sein, und daran würde sich nichts ändern. Ich würde für ihn da sein, ob mein Herz sich nach ihm sehnte oder nicht. Und als seine Interstellare Verbündete war ich auch für seine Elysische Gefährtin da.

Sobald mein Vorgesetzter Wind davon bekommen hatte, dass Lance Orion und Darcy Vega vom König festgehalten wurden, hatte ich meine Pläne auf den Weg gebracht. Das FIB stand nun fest unter der Fuchtel von Lionel Acrux, und er hatte einige Mitglieder der Majestätischen Oberherrschaft für Elitäre Sonder-Einsätze in der Nation in meine Reihen geholt, um sicherzustellen, dass wir die neuen Gesetze einhielten.

Zuerst hatte ich daran gedacht, zu fliehen, die Rebellen aufzusuchen und mich ihnen anzuschließen, aber dann war mir klar geworden, dass ich in der perfekten Position war, um auszuspionieren, was der König vorhatte. Ich war gezwungen, »niedere« Fae zusammenzutreiben und sie in Nebula-Inquisitionszentren zu schicken, aber das bedeutete auch, dass ich in diese Lager hineingesehen hatte. Ich hatte gesehen, was der König tat, und meine Erinnerungen würden zu einer Waffe werden, sobald es mir gelang, sie den Rebellen zu übergeben. Sie könnten Lionels Regime entlarven und den Zivilisten die Augen öffnen, die den Schwachsinn glaubten, den der falsche König ihnen erzählte, um sie vor Verrätern und Aufständischen zu schützen.

Ich drehte den schlichten Silberring an meinem Daumen, ein Geschenk meiner Mutter, die ebenfalls eine Zyklopin gewesen war. Der Ring war eine Erinnerungsschleife, etwas, das nur von Zyklopen erschaffen werden konnte, und speicherte jede Erinnerung, die ich darin aufbewahren wollte. Es war die Wahrheit, so brutal wie ich sie darstellen konnte, und die Dinge, die ich gesehen hatte, waren so erschreckend, dass mir die Fae, die sich das ansehen mussten, leidtaten. Aber Lionel durfte nicht mit seinen Plänen durchkommen, die »niederen« Formgebungen auszurotten, ihnen alles zu nehmen, was sie besaßen, und es dann an seine Drachenfreunde und jeden, den er für würdig hielt, zu verteilen. Er war ein Ungeheuer. Und ich war im Begriff, in seine Höhle zu spazieren und meinen ersten Stein zu werfen.

Ich schirmte meine Gedanken ab, stieg aus dem Wagen, schloss ihn ab und steckte den Schlüssel in meine Handtasche, die an einer Kette über meiner Schulter hing. Auf hohen Absätzen schritt ich auf die Tore zu, wo ein paar Drachenkumpel Lionels mein knappes Outfit beäugten, bevor sie mich passieren ließen.

Mein Herz schlug schneller, aber ich besann mich auf mein Training und redete mir ein, dass dies nur eine weitere Übung war. Ich tat so, als würde ich mich darauf vorbereiten, um meine letzte Beurteilung zu bestehen. Es war einfacher, es so zu sehen, ein Trick, den ich von meinem Captain gelernt hatte.

Als ich die Stufen zum königlichen Eingang des Palastes hinaufgestiegen war, fühlte ich mich ruhig und gelassen. Bereit, dem Drachenkönig gegenüberzutreten.

Ich wurde von einer Bediensteten eingelassen und folgte ihr durch die verwinkelten Gänge. Der Geruch von Rauch hing in der Luft. Sie führte mich in einen großen Salon mit gedämpfter Beleuchtung, wo Lionel Acrux in einem riesigen Ohrensessel vor dem lodernden Kamin saß und an einer Zigarre paffte. Er trug einen dunklen blutroten Smoking, und seine Augen funkelten einen Moment lang jadegrün, als sein Blick auf mich fiel.

Die Bedienstete verbeugte sich und eilte davon, wobei sie mich wie eine Mahlzeit für die Bestie zurückließ. Meine Zuversicht geriet für einen Moment ins Wanken. *Durch Schein zum Sein.*

Ich hob mein Kinn, ohne ihm auch nur einen Funken meiner Angst zu zeigen. Ich war ein Raubtier, genau wie er, und ich würde nicht zulassen, dass er mich zur Beute machte.

»Guten Abend, mein König.« Ich verneigte mich respektvoll, und als ich wieder aufblickte, neigte er den Kopf zur Seite.

»Ich freue mich, dass du meiner Einladung so schnell gefolgt bist, Francesca«, sagte er, während er ausatmete und Rauch zwischen seinen Zähnen hindurchströmte. »Obwohl ich sagen muss, dass ich nach unserem letzten Treffen überrascht bin, dass du dich nicht früher gemeldet hast.«

»Ich wäre nie so dreist, anzunehmen, dass Ihr mich hier haben wollt, Eure Hoheit. Außerdem hält mich die Arbeit auf Trab«, sagte ich entschuldigend und spielte die Rolle, die ich seit Tagen vor dem Spiegel geübt hatte, um mich auf diese Begegnung vorzubereiten. Er musste glauben, dass ich für ihn und nur für ihn da war, und von ganzem Herzen darauf vertrauen, dass ich ihn wollte und kein anderer Grund mich zu ihm geführt hatte.

»Konntest du nicht einen einzelnen Abend für deinen König freinehmen?«, fragte er mit einem Anflug von Charisma in seiner Stimme.

»Ich habe nur versucht, meinem König zu gefallen, indem ich meine Pflichten beim FIB erfülle«, sagte ich, woraufhin er ein grollendes Lachen ausstieß.

»Hm, du bist in der Tat ein wohlerzogenes Geschöpf, Francesca. Die Pflicht steht ganz oben – so halten sich mächtige Fae wie du und ich. Aber gelegentlich müssen wir uns auch Vergnügen erlauben, nicht wahr?«

»Und ein Vergnügen scheint das hier definitiv zu sein«, sagte ich und biss mir auf die Lippe, während ich tiefer in den Raum trat und mit den Fingern über die Lehne des grünen Sessels strich, der ihm gegenüberstand. Er war viel kleiner, die Sitzfläche viel niedriger als seine, und ich musste mich fragen, ob das Absicht war.

Hatte seine Frau ihm hier gegenübergesessen? Hatte sie ihn jemals geliebt? Oder hatte sie diesen schrecklichen Mann immer gefürchtet? Ich konnte nicht anders, als sie für das Leben zu bemitleiden, das sie in seinem Schatten hatte führen müssen. Er hatte sie mit Dunkler Manipulation in die Enge getrieben, sie gezwungen, sich seinem Willen zu beugen, und sie sogar dazu gebracht, für politische Vorteile die Hure seiner Freunde zu spielen. Und doch empfand ich für die Frau, die ich auf den Fotos in dem Artikel über ihre Ehe mit Hamish Grus gesehen hatte, nur Bewunderung. Wenn sie es ein Leben lang in der Gesellschaft dieses Monsters ausgehalten hatte, ohne daran zu zerbrechen, dann konnte ich gewiss erwarten, eine einzige Nacht zu überstehen.

Mein Blick fiel auf Lionels Schattenhand, die so schwarz wie Ruß war und wie Rauch zu wabern schien, als wäre sie nicht vollständig massiv. Ihr Anblick machte mich misstrauisch, obwohl mich der Gedanke, dass das Original von einer Vega zerstört worden war, mit einem Anflug von Befriedigung erfüllte.

Lionel drückte seine Zigarre im goldenen Aschenbecher auf dem Tisch neben ihm aus und erhob sich, wobei er den Raum mit seiner enormen Größe dominierte. Er bewegte sich auf mich zu, und ich senkte unterwürfig den Blick. Er kam mir so nah, dass der Geruch von Zigarrenqualm und Gefahr in meine Lunge drang.

Atmen, Francesca. Atmen!

»Du hast Glück«, sagte er schmunzelnd. »Ich bringe nicht viele Frauen in den Palast.«

»Was ist mit Eurer Königin?«, fragte ich, und meine Haut kribbelte bei dem Gedanken, dass die Schattenkönigin in dieser Höhle lauern könnte. War sie in der Nähe? Konnte sie uns sehen? Ich fürchtete sie mehr als das Monster vor mir. Die Presse verbreitete Geschichten über sie, in denen sie als mystische Göttin angepriesen wurde, die aus dem Schattenreich gekommen war, um Lionel ihre Liebe und Macht anzubieten. Aber ich kannte die Wahrheit. Sie war keine Fae. Sie war nicht einmal eine Nymphe. Sie war eine Waffe, die mächtiger war als alles, was mir während meiner Zeit beim FIB untergekommen war. Ich hatte es mit vielen Monstern zu tun gehabt, aber sie war etwas völlig anderes. Ein Wesen, das sich über die Natur hinwegsetzte und Lionel unermessliche Macht bot.

»Sie ist beschäftigt«, säuselte er, beugte sich näher heran und streichelte die goldene Halskette an meinem Hals – eine perfekt verarbeitete filigrane Kette, die einen Drachen definitiv in ihren Bann zog. »Und ich bin der König. Ich mache, was ich will.«

»Was wollt Ihr, mein König?« Ich blickte durch meine Wimpern zu ihm auf. Er wäre attraktiv gewesen, wenn er nicht so schrecklich wäre. Aber ich konnte durchaus so tun, als wäre er jemand anderes.

»Mich vielleicht?«, drängte ich. »Bin ich das, was Ihr wollt?«

Er nickte, und ich lehnte mich an ihn, legte meine Hand auf seine muskulöse Brust und spürte das kräftige Pochen seines Herzens direkt unter meiner Handfläche. Genau wie den Luftschild, der seine Haut umgab. Er ging kein Risiko ein. Er wäre ein Narr gewesen, wenn er es getan hätte.

»Und du willst mich auch, nicht wahr?«

»Ja«, sagte ich heiser. »Ich möchte meinem König mehr als alles andere gefallen.«

Ich wusste, wie weit ich diesen Weg möglicherweise verfolgen musste, und ich hatte mich damit abgefunden. Es war der Preis, den ich zahlen würde, um vielleicht an Lance ranzukommen. Aber ich hatte außerdem einen Plan, um den falschen König abzulenken, der mir vielleicht etwas Zeit verschaffen würde.

Ich beugte mich vor, schlang meine Arme um Lionels Hals und drückte meinen Mund auf seinen. Er griff nach meinem Rücken, zog mich näher an sich heran und versenkte seine Zunge zwischen meinen Lippen. Der Geschmack von Feuer und Schwefel flutete meine Sinne.

Ich drückte meinen Finger auf meine linke Handfläche und wirkte den Notrufzauber, der mich direkt mit meiner FIB-Partnerin verband. Ich hatte ihr diesen Plan anvertrauen müssen. Sie war eine gute Freundin und verachtete Lionel genauso sehr wie ich. Aber es hatte mich einiges an Überzeugungsarbeit gekostet, sie zu überreden, mir heute Abend zu helfen. Es widerstrebte mir, sie diesem Risiko aussetzen, aber der Plan war solide und Lionel sollte keinen Verdacht schöpfen, solange alles glattlief.

Lionels Kuss wurde hungriger, und ich versuchte, das kribbelnde Gefühl auf meiner Haut zu ignorieren und mich diesem Monster zu überlassen.

Komm schon, Lyla, beeil dich!

Es klopfte an der Tür, aber Lionel ignorierte das Geräusch und ließ stattdessen seine Hand zu meinem Po gleiten.

»Mein König?«, quietschte eine Frau. »Verzeiht, aber es ist dringend.«

Schluck den Köder, Arschloch!

Lionel seufzte, sobald sich unsere Lippen voneinander gelöst hatten. Seine Frustration war spürbar. »Verzeih mir.« Er drehte sich um und schritt wütend zur Tür. »Ich hoffe, es ist wichtig.«

»Die nördlichen Schutzbarrieren wurden unterwandert«, stammelte die Frau.

Lionel versteifte sich und schaute dann zu mir. »Warte hier, Francesca. Ich bin gleich zurück.«

Ich nickte, und er schlug die Tür zwischen uns zu. Ein Schloss klickte, bevor er sich mit schweren Schritten von mir entfernte.

Ich holte tief Luft und wischte mir den Mund ab, um seinen Geschmack von meinen Lippen zu bekommen. Ich zählte bis sechzig, bevor ich mich zur Tür bewegte, mein Ohr dagegen presste und lauschte, ob draußen jemand zu hören war. Ein leises Schlurfen bestätigte mir, dass er jemanden dort postiert hatte, und ich schloss die Augen, nutzte meine Gaben und griff nach dem Geist des Wächters. Seine mentalen Schilde waren schwach, und meine Macht war groß. In wenigen Augenblicken hatte ich den Wächter unter meiner Kontrolle und drängte ihn, die Tür zu öffnen.

Lionels Butler wirkte dümmlich, mit einem roten Haarschopf und Zähnen, die zu groß für seinen Mund waren. Er musterte mich mit glasigen Augen, während ich ihn nach wie vor in meinem Bann festhielt.

»Bring mich zu Lance Orion!«, befahl ich. Er nickte vage und führte mich den Korridor entlang, während ich die Verbindung aufrechterhielt und ihn an meinen Willen band. Er würde sich an nichts davon erinnern.

Mein Puls beschleunigte sich mit jeder Abbiegung, die wir unter schimmernden Kronleuchtern und durch prächtige Gewölbe nahmen. Der

Palast der Seelen war von einzigartiger gotischer Schönheit, einschüchternd an manchen Stellen, aber auch malerisch und einladend an anderen.

Schließlich wurde ich in den Thronsaal geführt, wo der riesige Hydra-Thron mit seinen vielen Köpfen und dem vertieften Sitz in seinem Herzen stand. Der Preis, um den das Königreich seit dem Sturz des Grausamen Königs gerungen hatte.

Ich keuchte auf, als mein Blick auf einen Käfig aus Nachteisen fiel, der an die Wand geschraubt war und in dem zwei Fae dicht nebeneinandersaßen. Ich rannte los und ließ den Butler an den Türen stehen, während Liebe und Schmerz in meiner Brust aufstiegen, als ich Lance Orion sah.

»Francesca?«, keuchte er schockiert, richtete sich auf und zuckte dann zusammen. Vermutlich aufgrund der nur halb verheilten Wunden auf seiner nackten Brust.

Darcy sprang ebenfalls auf, und ich betrachtete das Mädchen, das das Herz des Mannes, den ich liebte, erobert hatte. Ich stellte fest, dass sie nicht mehr so aussah wie in meiner Erinnerung. Ihre Augen waren tiefschwarz, ohne Anzeichen der silbernen Ringe, und Schatten hafteten an ihrem Körper, während sich ihre schwarzen Haare auf unheimliche Weise bewegten. So wie es bei Lavinia der Fall war. Ich wusste nicht, was ich da vor mir hatte, aber konnte auch nicht danach fragen. Stattdessen zog ich Orion durch die Gitterstäbe in eine Umarmung.

Er legte einen Arm um mich und zog mich an sich, und meine sorgfältig aufgebaute Maske bröckelte.

»Was haben sie mit dir gemacht?« Ich wollte es nicht wissen. Aber gleichzeitig hatte ich keine andere Wahl.

»Das spielt keine Rolle. Was machst du hier? Was ist los?«, fragte er, ließ mich los und wich zurück.

Darcy kam näher, und ich schaute zu ihr. Ich hatte so viele verschiedene Emotionen diesem Mädchen gegenüber. Ich hatte sie Nacht für Nacht beneidet, seitdem ich gesehen hatte, wie die Sterne sie mit Lance vereint hatten. Aber aus diesem Neid war mehr geworden. Ich hatte gesehen, was sie und ihre Schwester in diesem Krieg geleistet hatten, und ich bewunderte sie auf eine Weise, die ich nie hätte voraussehen können. Meine Loyalität hatte immer dem Celestia-Rat und den Erben gegolten, aber ich konnte die Macht der Vegas nicht länger leugnen. Sie musste zusammen mit Lance von hier verschwinden, und sie mussten zu den Rebellen zurückkehren, um zu kämpfen.

Ich wirkte eine Stillekuppel um uns alle, dann nutzte ich mein Luftelement, um zwei der Gitterstäbe des Käfigs auseinanderzubiegen.

»Schnell!«, drängte ich, griff nach der Spange in meinen Haaren und riss sie heraus. Ich löste den kleinen Turmalin-Kristall und ließ ihn über Orions Unterarm gleiten.

»Was ist das?«, fragte Darcy.

»Francesca!«, zischte Orion, bevor ich antworten konnte. »Ich kann hier nicht weg.«

»Unsinn«, sagte ich abweisend. »Ich habe einen Plan. Und eine kleine Menge Sternenstaub. Wir müssen nur hinter die Schutzbarrieren gelangen, dann sind wir in Sicherheit.«

Ich fuhr mit dem Kristall über seinen anderen Unterarm, und der Kristall leuchtete gelb in meiner Handfläche. »Ah, hier. Sie haben dich mit einem Ortungszauber belegt«, sagte ich, drückte meinen Daumen auf die Stelle und schloss die Augen, während ich den Zauber sprach, der das unsichtbare Ortungssignal, das auf ihn gelegt worden war, durchbrechen würde.

»Scheiße!«, knurrte er, aber ich lächelte, als ich spürte, wie der Zauber gebrochen wurde. Dann streckte ich meine Hand auch nach Darcy aus.

Sie bewegte sich zögernd nach vorn, und ich nahm ihren Arm, ohne ihr Zeit zu geben, sich zu weigern, während ich den Kristall auf und ab bewegte und den Zauber auch bei ihr fand.

»Fran, du musst gehen«, sagte Darcy eindringlich. »Hier ist es nicht sicher. Wir können nicht gehen.«

»Was soll das heißen, ihr könnt nicht gehen?«, spöttelte ich, während ich auch ihren Ortungszauber deaktivierte.

»Kommt schon. Bewegt euch!«

Darcy und Lance tauschten einen hoffnungslosen Blick aus, dann stürzte Darcy auf mich zu und drückte meine Hand. »Hör zu, Gabriel wird hier in der Königlichen Seherkammer festgehalten.« Sie fing an, hastig Richtungen aufzuzählen, aber ich hörte nicht zu und schaute frustriert zu Lance.

»Wir müssen uns beeilen!«, befahl ich. Warum stand er immer noch da? Warum rannte er nicht? Ich wollte sie befreien, hatten sie das nicht kapiert?

Das war ihre Chance, zu entkommen. Eine andere würde es vielleicht nicht geben.

»Ich kann nicht«, sagte er kopfschüttelnd, und mein Herz splitterte. Der Kristall zerbröckelte in meiner Handfläche zu Staub, der letzte Rest seiner Kraft war aufgebraucht. Ich zog meine Hand aus Darcys Griff, rückte näher an ihn heran und streichelte seine Wange. So viele Jahre der Liebe zu ihm sprudelten aus meiner Brust.

»Bitte. Ich bin gekommen, um dich hier rauszuholen. Ich kann dich nicht hierlassen. Warum rennst du nicht?«

»Darcy ist verflucht. Ich bin die Antwort auf diesen Fluch, und ich muss hierbleiben, bis meine Schuld beglichen ist«, sagte er mit belegter Stimme. »Bitte, Francesca, du musst von hier verschwinden. Hier ist es nicht sicher.«

»Was hast du getan?«, flüsterte ich entsetzt, und Panik stieg in mir auf. Was meinte er damit, dass er hierbleiben musste? Dass er eine Schuld zu begleichen hatte? Und welcher Fluch?

»Bitte geh!«, flehte Darcy, aber ich konnte meinen Blick nicht von dem Mann vor mir abwenden. Er weigerte sich wirklich, zu gehen. Und ich hatte plötzlich die verzweifelte Angst, dass ich ihn möglicherweise nie wieder sehen würde, wenn ich mich jetzt von ihm abwandte.

»Hast du mich jemals geliebt?«, fragte ich leise und mit erstickter Stimme. Ich kam mir schwach und töricht vor. Aber diese Frage quälte mich, seit ich von ihm und Darcy Vega erfahren hatte. War ich immer nur eine Ablenkung gewesen, oder hatte er jemals eine Zukunft mit mir in Betracht gezogen? Hatte ich jemals sein Herz vor Leidenschaft heftiger schlagen lassen, so wie er es bei mir geschafft hatte?

»Francesca, bitte«, röchelte er. »Du musst gehen.«

Anstatt zu gehen, rückte ich noch näher an ihn heran. Ich ließ eine Welle heilender Magie in seinen Körper strömen, um die schrecklichen Wunden auf seiner Brust zu beseitigen. War sie all diese Schmerzen wert? Selbst eine von den Sternen geschickte Gefährtin rechtfertigte kein solches Leid, oder?

Doch als ich an meine eigene unerwiderte Liebe zu ihm dachte, wusste ich, dass ich für ihn jeden Schmerz und noch mehr auf mich nehmen würde. Er war mein Fluch, ein Anker an meinem Hals, von dem ich mich nie würde befreien können. Ich konnte nicht einmal genau sagen, wann ich mich in ihn verliebt hatte. Vielleicht war es in den Pausen zwischen unseren Küssen passiert. Oder in den Nächten, in denen wir auf seiner Couch zusammengerollt Pitball geschaut und Bier getrunken hatten. Einfach nur bei ihm zu sein, hatte sich immer richtig angefühlt. Aber diese Tage waren vorbei und sollten nie wiederkehren, und ich hatte noch nicht einmal die Gelegenheit gehabt, mich zu verabschieden.

»Antworte mir!«, flehte ich. »Sag mir, ob du jemals ein Leben an meiner Seite gesehen hast – eine Hochzeit, Kinder. Hast du irgendetwas davon in mir gesehen? Wenn auch nur für den Bruchteil eines Augenblicks?«

Sein Kehlkopf wippte, und seine Augenbrauen zogen sich zusammen. Sein Gesicht wirkte schuldbewusst, als er das Wort aussprach, das sich wie ein Messer in mein Herz bohrte. »Nein.«

Ich nickte stumm, wissend, dass ich mich in Bewegung setzen sollte. Und zwar schnell. Ich musste zurück in diesen Salon gelangen, bevor Lionel mein Verschwinden entdeckte.

»Ich liebe dich als Freund«, sagte er hastig, als könnte er den Schmerz spüren, den er mir mit diesem einen Wort zugefügt hatte. »Du hast mir immer so viel bedeutet. Aber ich habe nie … Es war nie mehr als das. Es tut mir leid.«

Ich nickte wieder. All die Jahre, in denen ich mich nach diesem Mann gesehnt hatte, waren wirklich umsonst gewesen. Ich hatte mich seinetwegen gequält und mir eingeredet, dass es Hoffnung gab, obwohl es nie welche gegeben hatte. Und ich hätte mir so viele Nächte der Sehnsucht ersparen können, wenn ich ihm diese Frage nur früher gestellt hätte.

Tränen sammelten sich in meinen Augen, aber sie flossen nicht. Ich hielt sie zurück und lenkte meine Gedanken auf das Wesentliche.

»Wir können den Fluch gemeinsam bekämpfen. Vielleicht gibt es eine andere Antwort. Ich bringe euch beide an einen sicheren Ort«, sagte ich fest.

»Nimm Gabriel mit!«, flehte Darcy, packte meinen Arm und zog mich zu sich heran, sodass ich einen Schritt von Lance weg stolperte. »Geh zu ihm!«, forderte sie. »Schaff ihn hier raus! Er kann hier weg, aber wir nicht.«

»Ich werde Lance niemals zurücklassen«, knurrte ich.

»Du wirst tun, was ich dir befehle!«, bellte Darcy, und ich zuckte zusammen, denn die Macht ihrer Worte brachte die Fae in mir zum Zittern. Ich sah den Grausamen König in ihren Augen und spürte, wie seine Autorität durch die Luft hallte. Aber diese Autorität gehörte jetzt ihr, dieser Prinzessin, deren Vorfahren einst auf dem einschüchternden Thron hinter mir gesessen hatten.

Die Türen zum Thronsaal flogen mit einem lauten Knall auf, sodass ich erschrocken herumwirbelte und abwehrend die Hände hob. Lionel Acrux stürmte auf mich zu, sein Gesicht vor Wut verzerrt.

»Du wagst es, deinen König zu verraten?!«, brüllte er und schleuderte Luftmagie auf mich. Schreiend fiel ich zurück.

Seine Kraft übertraf die meine um das Zehnfache. Er riss mich hoch und warf mich zu seinen Füßen auf den Steinboden.

Er krallte seine Hände in meine Haare, und ich sah zu ihm auf, während der Schmerz durch mich hindurchschoss. Meine beiden Augen verschmolzen zu einem, und ich ließ die ganze Kraft meiner Zyklopen-Gabe gegen seine mentalen Schilde prallen. Er brüllte wütend und fletschte die Zähne, während er versuchte, seine Schilde aufrechtzuerhalten, und ich verlor meinen Griff um den Butler, während ich mich in jeder Hinsicht darauf konzentrierte, in den Kopf des Königs einzudringen.

Er hatte eine Mauer aus Stahl um seinen Verstand errichtet, aber meine Kraft war ein Speer aus reinem diamantbesetztem Titan. Mit einem Schrei der Anstrengung flammten meine Gaben auf, und ich durchbohrte seine Schilde und stahl mich in seinen Geist.

Mir stockte der Atem, als ich durch die schwarze Grube selbstsüchtiger Grausamkeit fiel, die das Innere von Lionel Acrux' Kopf beherrschte. Seine Gedanken waren ein Abgrund aus dornigen Ranken, in denen ich mich verhedderte, und Erinnerungsblitze drangen in jeden Teil meines Wesens ein.

Ich nahm alles in mich auf, sah, wie er seine Fäuste gegen seine eigene Familie erhob und all jene folterte, die sich gegen ihn stellten.

Mein Verstand schwirrte angesichts all seiner Grausamkeit und dem unendlichen Verlangen nach Macht, das diese dunkle Kreatur beherrschte. Dieses Verlangen war unmöglich, zu stillen, und er so unendlich hungrig nach mehr. Beinahe hätte ich mich im Gewirr dieser Dunkelheit verloren, aber ich war kein frisch verwandeltes Küken, das im Geist eines mächtigeren Fae umherirrte. Ich wusste, wie ich meine Gaben auch in der Dunkelheit einsetzen konnte.

Geheimnisse. Dieses Wort war eine Forderung, die endlos in mir widerhallte. Die Außenwelt verblasste, während ich mich in seinen Geist einklinkte und die Peitschen meiner Kraft gegen seine Abwehrkräfte schleuderte. Denn ich wusste, dass dies meine einzige Chance war, gegen einen so mächtigen Mann wie ihn anzukommen.

Aus der Ferne hörte ich, wie Orion versuchte, mich zu erreichen. Seine Schreie, Lionel solle mich freilassen, erschütterten den Raum, aber ein Wasserzauber des Butlers brachte ihn zum Schweigen.

»Bleib zurück!«, krächzte er. Kampfgeräusche ertönten, aber ich war zu sehr auf Lionels Verstand fixiert, als dass ich hätte erkennen können, was vor sich ging.

Lionel zappelte und wehrte sich gegen die Krallen, die ich in seinem Geist versenkte, aber ich grub sie nur noch tiefer ein. Ich würde alles, was ich hatte, in diese eine Chance stecken. Sein Körper war immobilisiert, während ich seinen Kopf unter meiner Kontrolle hatte.

Geheimnisse!, schrie ich in seinen Schädel, und mit einem lauten Knall durchbrach meine Kraft seinen verbliebenen Widerstand und alles, was ich suchte, strömte aus dem falschen König in mich.

Gedanken und Erinnerungen ergossen sich in einem endlosen Sturzbach aus ihm, sein Verstand brach unter meiner Forderung zusammen, und mehr Wissen, als ich so ohne Weiteres analysieren könnte, erfüllte mich.

Ich versuchte nicht, mir einen Reim darauf zu machen, sondern lenkte einfach jeden einzelnen hinterhältigen, abwegigen und versteckten Moment aus seiner Vergangenheit in den Ring an meinem Finger, um alles aufzuzeichnen.

Ich erkannte Lionels toten Bruder Radcliff, dessen Augen wild vor Angst waren, als er in seinem Bett lag. Er war in der Nacht geweckt und auf die unFaeigste Art und Weise angegriffen worden. Lionel hatte ihn festgehalten und ihm ein Glas mit einer Norian-Wespe auf die Brust gedrückt. Mord. UnFaeig und ekelhaft. Es war kein Zufall gewesen, keine göttliche Intervention, die Lionel seine Position im Celestia-Rat beschert hatte, sondern die feige Tat eines eifersüchtigen Mannes, der auf die Größe aus gewesen war, die er auf andere Weise nicht für sich hätte beanspruchen können.

Immer mehr von Lionels Geheimnissen durchströmten mich. Geflüsterte Worte am Ohr des Grausamen Königs, Dunkle Manipulation im Verstand unseres Monarchen ... Er hatte ihn zu einer Marionette des Zorns und der Gewalt gemacht, unfähig, den Verräter zu sehen, der nach seinem Thron gegiert hatte. Diese Enthüllung war schockierend und erschütterte mich bis ins Mark. Und gleichzeitig ergab jetzt alles so viel mehr Sinn.

Ich konnte nicht alles verstehen, was an mir vorbeizog. Dafür war es zu viel auf einmal. Aber ich nahm alles gierig in mich auf, stahl jede Erinnerung, die ich finden konnte, all die schrecklichen, feigen Geheimnisse, derer sich dieser sogenannte König bedient hatte, um seinen unwürdigen Arsch auf den Thron zu setzen.

Ein blendender Schmerz durchzuckte mich, und ich schrie auf. Meine Verbindung zu Lionels Geist wurde durch den unerwarteten Angriff unterbrochen, ich stolperte zurück und umklammerte den Dolch aus Eis, den der verdammte Butler in meine Seite gestoßen hatte.

Meine Formgebung verblasste, und ich schaffte es gerade noch, mir den Dolch aus dem Körper zu reißen, bevor Lionel über mich herfiel. Lance' Flehen um Gnade drang an meine Ohren.

Lionel schlug mich so hart, dass ich zu Boden geschleudert wurde. Mein Kopf knallte auf den Steinboden, und unbarmherzige Sterne explodierten vor meinen Augen, während sich ein enormer Schmerz durch meinen Schädel bohrte und alles durcheinanderwirbelte.

Als Nächstes landete der Fuß des Königs auf meinem Rücken. Er zermalmte mich unter sich, indem er seine Ferse in den Knochen rammte, bis ein Knacken ertönte. Es fühlte sich an, als würde ich brennen, und ich schrie auf. Er trat zurück, und ich versuchte, von ihm wegzukrabbeln, wobei ich mich mit etwas Luftmagie über den Boden bewegte, während er mir folgte.

Ich drehte mich zu Lance und stellte fest, dass er und Darcy bis zu den Hüften in Eis erstarrt waren, sodass sie sich nicht aus ihrem Käfig herausbewegen konnten. Ich schob den Ring unauffällig von meinem Finger, wickelte ihn in einen Luftknoten und belegte ihn mit einer Illusion, um ihn auf dem gefliesten Boden zu verstecken, bevor ich ihn in den Käfig flitzen ließ – in der Hoffnung, dass das kostbare Schmuckstück meiner Mutter nicht verloren ging.

Ich suchte nach Lance, seine Augen trafen die meinen, und ich nutzte meine letzte Energie, um ihm die besten Erinnerungen zu schenken, die ich von uns hatte. Er ließ sie alle zu, jeden einzelnen der schönen Momente, die wir gemeinsam erlebt hatten, jeden Tag an der Zodiac Academy. Und er sah meine Wahrheit, sah sich selbst durch meine Augen und wie er mein Herz zum Klopfen gebracht und mich mit Liebe erfüllt hatte, bis ich kaum noch in der Lage gewesen war, sie zurückzuhalten. Er hatte mich vielleicht nicht so geliebt, wie ich es mir erhofft hatte, aber er hatte mich trotzdem geliebt. Sein Lächeln in diesen Erinnerungen war Beweis genug, sein Lachen, sein Licht, all das Gute, das wir geteilt hatten, lange bevor sich die Dunkelheit in sein Leben geschlichen und das Helle in ihm ausgelöscht hatte. Und mir wurde klar, dass wir etwas viel Wertvolleres besaßen, als das, was ich die ganze Zeit von ihm zu bekommen versucht hatte. Er war mein Freund, und ich war seiner. Und es gab in meinem Leben keine ehrlichere Liebe als diese.

»Niemand widersetzt sich dem Drachenkönig!«, zischte Lionel, dann loderte ein Feuer auf, umgab meinen Kopf und verschluckte meine Visionen, während ich schrie. Und schrie.

Sternenlicht flackerte an den Rändern meines Sichtfeldes, und meine Qualen brüllten zusammen mit den Flammen, die sich durch Fleisch und Knochen brannten. Bis ich plötzlich von meinem Körper befreit war, befreit von meinen Ketten und allem Bedauern, das ich jemals in Bezug auf Lance Orion verspürt hatte. Denn mein Schicksal war besiegelt. Mein Leben war vorbei. Und ich hatte keine Chance mehr, auch nur eine einzige Entscheidung zu korrigieren oder einen einzigen Weg zu ändern, den ich eingeschlagen hatte.

So funktionierte das Leben. Die Vergangenheit war wie Sand, der sich in Glas verwandelt hatte – ein Prozess, der nicht mehr rückgängig gemacht werden konnte. Alles, was ich jetzt noch tun konnte, war, mich mit meinem Ende zu arrangieren.

Gemini
Scorpio
Virgo
Cancer
Leo
Taurus
Capricorn
Sagittarius
Libra
Aquarius
Pisces

ORION

KAPITEL 39

»**N**ein!« Ich schrie so laut, dass meine Lunge brannte. Panik durchströmte mich, als Francescas Leben in Lionels Feuer endete. Sie war weg, rührte sich nicht mehr, ihre Seele hatte sich von dieser Welt verabschiedet. Aber ich hörte nicht auf. Ich versuchte weiterhin, mich aus dem Eis zu befreien, in dem Horace mich eingeschlossen hatte. Ich weigerte mich, zu akzeptieren, was sich vor mir abspielte. Mit einem Schub meiner Vampirkraft gelang es mir schließlich, das Eis zu durchbrechen. Aber in dem Moment fiel Lionels Blick auf mich, und ich prallte gegen die Gitterstäbe, die Francesca aufgebogen hatte, als er sie wieder zurechtrückte.

»Monster«, zischte ich, schlug die Hände über dem Kopf zusammen und versuchte, das Bild dessen, was ich gerade gesehen hatte, zu verdrängen.

Darcy griff nach mir, aber das Eis hielt ihre Beine fest, und ich zerbrach es mit einem scharfen Tritt, befreite sie aus dem Eis und zog sie an mich. Sie hielt mich fest, während sich Wut und Trauer tief in mein Herz bohrten und sich dort neben all den anderen Verlusten einnisteten, die ich erlebt hatte.

»Es tut mir leid«, hauchte Darcy. »Es tut mir so leid.«

Es war nicht ihre Schuld, nichts von alledem war ihre Schuld. Die alleinige Verantwortung trugen dieses verfickte Arschloch von einem König und seine Schlampenkönigin.

Ich wandte mich Lionel zu, während ich Blue schützend an meine Brust drückte, und zeigte mit dem Finger auf ihn. Er entledigte sich seines Jacketts und warf es auf den Thron. Sein Körper strahlte so viel Hitze aus, dass die Luft um ihn herum flimmerte.

»Dein Tod wird kommen, das schwöre ich dir. Er wird so blutig und schrecklich sein, dass er sich für immer in die Köpfe aller einprägen wird, die ihn bezeugen dürfen. Und ich bete, ich *bete* verdammt noch mal, dass ich unter ihnen sein werde.« In meiner Stimme schwang ein Hauch von Macht mit, der hoffentlich bedeutete, dass sie mit einer Prophezeiung verbunden war.

Lionel befeuchtete seine Lippen und machte ein paar Schritte auf uns zu. Seine Pupillen wurden zu Drachenschlitzen und Rauch quoll aus seinen Nasenlöchern.

»Lavinia ist nicht hier. Vielleicht sollte ich heute Nacht ein Massaker in diesem Raum anrichten.«

Horace erschauderte und wich zurück, als fürchtete er, Lionels Wut könnte sich auf ihn übertragen. Ich warf einen mordlustigen Blick in seine Richtung. Er war an Francescas Tod beteiligt gewesen und das würde ich ihm nicht verzeihen.

»Lass uns in Ruhe!«, knurrte Darcy und versuchte, sich aus meinen Armen zu befreien, aber ich hielt sie fest, weil ich befürchtete, dass er sich als Nächstes auf sie stürzen könnte.

»Daaaaddy«, ertönte Lavinias ätherische Stimme aus dem Gang, und Lionel erstarrte, bevor er sich widerwillig zu ihr umdrehte.

Ich hasste es, Erleichterung angesichts ihrer Anwesenheit zu empfinden, aber es war unmöglich, es nicht zu tun. Diese schreckliche Kreatur war das Einzige, was Lionel davon abhielt, Darcy und mich zu töten, und solange sie hier war, konnte er uns nichts anhaben.

»Ja, meine Königin?«, murmelte Lionel und seine Brust hob und senkte sich, während er nach Luft rang. »Du bist früher zurück als erwartet.«

Lavinia schwebte auf einer Schattenböe vor ihn und starrte auf Francescas Körper hinunter, während Flammen um ihren geschwärzten Kopf herum züngelten.

Galle stieg in meiner Kehle auf. Der Verlust meiner Interstellaren Verbündeten hinterließ einen permanenten Makel in meinem Herzen. *Warum hat sie auch herkommen müssen?*

Entsetzt begriff ich, dass sie meinetwegen hier gewesen war, und ich wusste nicht, was ich mit all den letzten Erinnerungen anfangen sollte, die sie mir geschenkt hatte. Warum hatte ich das nie gesehen? War ich so verdammt blind gewesen?

»Wer ist das?«, fauchte Lavinia, eilte zu Francescas Leiche, beugte sich in einem unnatürlichen Winkel hinunter und schnüffelte tief.

»Eine Verräterin, mehr nicht«, sagte Lionel schnell. »Sie ist jetzt tot. Horace wird sich um ihre Leiche kümmern.«

Er schnippte mit den Fingern nach seinem Butler, und dieser eilte herbei, um zu tun, was ihm befohlen wurde.

»Ja, Majestät«, sagte Horace knapp und blickte Lavinia ängstlich an, bevor er sich wieder der Leiche zuwandte.

Lavinia versperrte ihm den Weg nach vorn und lächelte gruselig.

»Sie ist noch warm«, flüsterte sie. »Kein Grund, ihr Fleisch zu verschwenden.«

Sie stürzte sich auf Francescas Körper, versenkte ihre Zähne darin und riss ganze Stücke heraus. Ich schrie vor Qual auf.

Horace stieß ein entsetztes Geräusch aus, stolperte weg und richtete dann seinen Blick zur Wand, um so zu tun, als wäre nichts passiert.

»Geh weg von ihr!«, forderte ich, aber Lavinia war bereits im Begriff, Francesca in ein Netz aus Schatten zu wickeln und ihren Körper zu fesseln, bis ich meine Freundin nicht mehr sehen konnte.

Sogar Lionel sah angewidert aus, und Darcy packte meinen Arm so fest, dass sich ihre Nägel tief in meinen Arm gruben.

Lavinia ließ Francescas Körper auf dem Boden liegen, ging auf alle viere und krabbelte auf Lionel zu. Dort richtete sie sich wieder auf und beschnüffelte seinen gesamten Körper, bis sie bei seinem Mund verweilte. Sie kreischte wie eine Todesfee, und Lionel packte sie mit einer flammenden Hand an der Kehle, um sie unter Kontrolle zu bringen. Aber Lavinia war stärker. Riesige Schattenpeitschen sprangen von ihr aus und zerrten ihn weg. Sie warf ihn zu Boden, und seine eigene Schattenhand erhob sich und schlug ihm ins Gesicht.

»Ah!«, schrie er, hob seine Fae-Hand und wirkte einen Luftschild, um sie zurückzuhalten. Aber ihre dunkle Macht durchbrach den Schild in Sekundenschnelle. Sie griff nach Lionel und schleifte ihn über den Boden zu ihr zurück. Horace starrte seinem König schockiert hinterher. Offensichtlich wusste er nicht, ob er ihm helfen sollte.

»Du hast diese Hure gefickt!«, schrie Lavinia. »Du hast die Heiligkeit unserer Ehe verraten!«

»Nein, warte, bitte!«, schrie Lionel und versuchte erneut, seine Macht zu nutzen, um sie aufzuhalten. Aber seine Schattenhand verdrehte die Finger seiner Fae-Hand und brach sie alle. Er heulte erneut auf, als seine Schattenhand auf sein Gesicht einschlug. Es klang so, als würden Knochen brechen, und ich hielt den Atem an. Aber, oh, ich badete geradezu in seinem Schmerz.

»Horace!«, schrie Lionel, und sein Butler stolperte auf ihn zu und hob mit weit aufgerissenen Augen die Hände.

Bevor er etwas anderes tun konnte, als ungeschickt Wasser auf den Boden plätschern zu lassen und fast auf seinen Hintern zu fallen, fing Lavinia ihn in einem Netz aus Schatten ein.

»Sterne, habt Erbarmen!« Horace sackte sofort in sich zusammen und schluchzte wie ein Kind, woraufhin Lavinia ihn aus dem Thronsaal warf und ihn außer Sichtweite den Korridor entlangpurzeln ließ.

Sie wandte ihre Aufmerksamkeit wieder Lionel zu. Ihr Blick war wutverzerrt. »Wie kannst du es wagen, mich so zu beleidigen?«

»Warte!«, flehte Lionel. »Hör mir nur einen Moment zu …«

Lavinia schleuderte Lionel gegen eine Wand, und Flammen loderten aus seinen gebrochenen Fingern, als er versuchte, sich zu wehren. Eine Welle von Schatten löschte sie aus und schlängelte sich dann an seinem Körper hoch, riss sein Hemd auf und schlitzte ihm eine große Furche in die Brust.

»Ahhh!«, schrie er.

»Töte ihn!«, knurrte Darcy leise – und voller Hoffnung.

»Ja, bring ihn um, du Psycho!«, forderte ich.

Lavinia näherte sich ihrer Beute und hob Lionel in einem Schattenwirbel hoch. Sie ließ ihre geschwärzten scharfen Nägel über seinen Bauch kratzen, sodass er erneut aufschrie. Seine Schattenhand griff zwischen seine eigenen Beine und drückte und drückte, während sich seine Augen in seinem Kopf zurückdrehten und sein Mund sich zu einem heiseren Schrei öffnete.

Weitere Schatten ergossen sich aus Lavinia, drangen in seinen Mund ein und sorgten dafür, dass sein Körper unter ihrer gewaltigen Kraft krampfte.

»Du bist *mein* König«, fauchte sie. »*Mein* Acrux-König. Und du wirst keine andere Frau außer deiner Königin berühren. Ich habe lange genug darauf gewartet, dass du mir den versprochenen Erben schenkst. Der letzte wurde uns gestohlen, aber dieser soll das mächtigste Geschöpf sein, das ich in diese Welt zu bringen vermag. Er soll unser Vermächtnis sein.«

Sie warf ihn auf den Boden, und sein Kopf krachte dumpf dagegen, woraufhin mein Herz einen hoffnungsvollen Sprung machte.

»Mach den Wichser fertig! Komm schon!«, zischte ich.

Lavinia schwebte aus dem Raum und summte eine schaurig-fröhliche Melodie, während sie Lionel über den Boden zerrte. Die Schnitte auf seiner Brust hinterließen eine Blutspur auf den Fliesen, während seine Schattenhand sein anderes Handgelenk an der Basis seiner Wirbelsäule fest umschloss und ihn bewegungsunfähig machte.

Lionels Blick fiel auf Darcy und mich. Ein Ausdruck äußerster Scham überkam ihn, als er feststellte, dass wir seinen Untergang mit gespannter Aufmerksamkeit verfolgten.

»Schaut weg!«, befahl er mit einem grimmigen Knurren.

Ich tat es nicht und Darcy auch nicht. Wir beobachteten seine Scham und schluckten sie gierig.

»Wir sehen dich, Lionel Acrux«, sagte Blue eisig. »Wir sehen deine Schwäche.«

Auch Francescas Körper wurde von den Schattenfesseln mitgerissen, als Lavinia sie durch die höhlenartige Türöffnung zerrte.

Lionels Schreie wurden in den Palast hineingetragen, und Horace kam mit großen Augen zurück in den Raum gehuscht. Er räusperte sich und wischte das Blut mit einem Wasserzauber weg, bevor er sich wieder auf den Weg machte, die Türen schloss und murmelte: »Bei den Sternen. Bei den verdammten Sternen. Oh, wenn ich Jim davon erzähle ...«

»Lionel hat hier nicht mehr das Sagen«, sagte Darcy, und ich sah sie an. Ich fand so viel Stärke in ihren Augen. Und diese Stärke half mir, mich trotz allem, was passiert war, zu erden.

Ich wich zurück, ließ mich gegen die Wand sinken und stützte meinen Kopf in die Hände. »Bei der Sonne, Francesca, warum musstest du hierherkommen?«

Darcy kniete sich neben mich und legte eine Hand auf meine Schulter. »Sie hat dich geliebt.«

»Ich weiß«, flüsterte ich, während mich erneut eine Welle von Schuldgefühlen überrollte. »Ich hatte keine Ahnung. Ich bin ein verfluchter Idiot, nicht wahr?«

Ich blickte zu Blue auf und entdeckte eine schwere Traurigkeit in ihren Augen. »Manchmal sind Gefühle nur für diejenigen offensichtlich, die sie erleben. Du hättest es nicht wissen können, wenn sie nicht gewollt hätte, dass du es weißt.«

Ich nickte und atmete tief durch, woraufhin Darcy nach vorn rutschte und ihre Arme fest um mich schlang. Ich lehnte mich an sie, schloss die Augen und versank in dem Schmerz, meine Freundin verloren zu haben. Warum starben alle um mich herum?

»Ich bin der Grund, warum sie gekommen ist«, sagte ich, entsetzt über das Schicksal, das sich heute Abend ereignet hatte.

»Sie wusste nicht, dass du nicht gehen kannst«, sagte Darcy, und obwohl das stimmte, fühlte ich mich nicht weniger beschissen. All die Erinnerungen, die sie mir im Angesicht des Todes geschenkt hatte, schossen mir durch den Kopf, und ich strich mir verzweifelt mit der Hand übers Gesicht. Ich wollte mich nicht so sehen, durch die Augen einer Freundin, die ich zu kennen geglaubt hatte. Aber ich hatte sie nicht gekannt, nicht wirklich. Denn sie hatte dieses Geheimnis all die Jahre für sich behalten. Ich hätte nie mit ihr geschlafen, wenn ich davon gewusst hätte. Ich hätte sie nicht so gequält.

»Ich komme mir vor wie ein Arschloch«, sagte ich, und Darcy schob ihre Finger in meine Haare und streichelte mich beruhigend.

»Du hast es nicht gewusst«, wiederholte sie. Aber jetzt wusste ich es … Jetzt wusste ich es, verdammt noch mal.

Ich drehte meinen Arm um und untersuchte die Stelle, an der der Ortungszauber versteckt gewesen war. Irgendein verdammtes Arschloch hatte uns damit belegt, als wir geschlafen hatten. Und ich wettete auf diese Schlange Horace.

Ein Klirren ertönte, als mein Fuß sich bewegte, und ich senkte den Blick und entdeckte dort einen einfachen Silberring. Ich beugte mich vor, nahm ihn in die Hand und drehte ihn zwischen meinen Fingern. Darcy lehnte sich zurück, um ihn ebenfalls zu betrachten.

»Was ist das?«, fragte sie.

»Der muss Francesca gehört haben«, sagte ich und warf einen Blick auf die Tür, um sicherzugehen, dass uns niemand beobachtete.

»Vielleicht wollte sie, dass du ihn hast«, hauchte Darcy, und ich nickte. Eine schwere Kraft summte darin. Sie war mir vertraut, wie der Geruch einer längst verlorenen Zeit. Jener Tage an der Zodiac Academy, als wir gemeinsam in der Bibliothek an Aufgaben gearbeitet und im Orb Witze gerissen hatten. Es war ihre Magie.

»Ich weiß, was das ist«, sagte ich leise. »Das ist eine Erinnerungsschleife. Zyklopen benutzen sie, um aufzuzeichnen, was sie sehen. Die darin gespeicherten Erinnerungen können dann anderen gezeigt werden.«

»Wie ein Fenster in ihren Geist?«, fragte Darcy neugierig, und ich nickte.

»Oder ein Fenster in die Gedanken derer, die sie mit ihren Gaben durchleuchtet hat.«

»Wie funktioniert das?«, fragte Darcy.

Ich antwortete nicht, sondern steckte den Ring an meinen kleinen Finger, wobei das schmale silberne Band nur bis zum ersten Fingerknöchel reichte, bevor es dort stecken blieb. Ich nahm Darcys Hand in die meine und zog sie mit mir, während ich tief einatmete und mich auf die Macht einließ, die in diesem Ring steckte.

Zuerst war nichts als Dunkelheit zu sehen, dann schien sich um uns herum ein Raum zu öffnen, dessen Wände hellblau und von Türen gesäumt waren. In jede der Türen war ein Datum geprägt, und als ich die nächstgelegene Tür öffnete, sah ich die Erinnerungen darin.

»Ist das eine FIB-Razzia?«, fragte Darcy, als wir durch Francescas Augen schauten. Der Mond war halb voll. Sie rannte gemeinsam mit zehn anderen Agenten in ihren offiziellen Uniformen in Formation. Ich nickte, um Darcys Frage zu beantworten, während wir beobachteten, wie die Sphinx-Familie aus dem Schlaf gerissen wurde, als die FIB-Agenten ihr Haus stürmten.

Ich musste gegen den Drang ankämpfen, mich abzuwenden, als ich sah, wie die Agenten den Mann, von dem ich annahm, dass er der Besitzer des Hauses war, brutal verprügelten. Fünf von ihnen schlugen auf ihn ein, während er unter den Hieben ihrer Stiefel vor Schmerz schrie. Francescas Entsetzen prägte die Erinnerung, und wir sahen zu, wie sie den Raum verließ und weiter ins Haus ging, während die Agenten Jagd auf weitere Familienmitglieder machten. Sie nahm zwei Treppenstufen auf einmal, wobei sie ihr Bewusstsein mit ihren Zyklopenfähigkeiten aus ihrem Körper löste, bis sie eine Gruppe von Personen wahrnahm, die sich auf dem Dachboden versteckten.

Francesca rannte los. Ihr Herz schlug wie wild, während sie eine Reihe mentaler Bilder an ihre Partnerin Lyla schickte. Das vereinbarte Signal veranlasste Lyla, den anderen Agenten zuzurufen, ihr in die untere Etage des Hauses zu folgen, um Francesca mehr Zeit zu geben.

Francesca brach durch eine verborgene Tür, die auf den Dachboden des Hauses führte, und verbarg das Geräusch in einer Stillekuppel, bevor sie die Verhüllungszauber zerstörte, die eine alte Frau und vier Kinder dort versteckt hatten. Die gebrechliche Frau trat vor, Wassermagie kreiste um ihre knorrigen Fäuste, als sie sich zwischen die Kinder und den Tod stellte. Aber Francesca hob ihre Hände zu einer Geste des Friedens.

»Ihr müsst fliehen«, zischte sie und öffnete ihre Faust, um einen winzigen Beutel mit Sternenstaub zum Vorschein zu bringen, gerade genug, um sie weit wegzubringen. »Jetzt sofort!« Sie warf der alten Frau den Beutel mit dem Sternenstaub zu, während sie ihre Zyklopengabe nutzte, um die Erinnerung an ihr Gesicht aus den Köpfen der fünf zu löschen. Einen Moment später warf die Frau den Sternenstaub über ihre Köpfe, und sie wurden in die Sicherheit der Sterne fortgepeitscht.

Francesca stieß einen zittrigen Atemzug aus. Mittels ihrer Fähigkeiten stellte sie sicher, dass keiner der anderen Agenten etwas bemerkt hatte, und kehrte dann zu ihrer Einheit zurück, als wäre nichts passiert. Aber das war es. Sie hatte die Sphinxe gerettet, und als Darcy und ich einen Blick auf die Erinnerungen warfen, die hinter weiteren Türen verborgen waren, fanden wir noch mehr Hinweise auf ihre Rebellion gegen die Krone.

Manchmal war sie nur Zeugin der Gräueltaten, die stattgefunden hatten, manchmal gelang es ihr, verängstigte Fae zu retten, die das FIB gejagt hatte. Ihre Erinnerungen zeigten das Innere der Nebula-Inquisitionszentren sowie die ekelhaften Lebensbedingungen und die dort verübten Grausamkeiten. Sie war sogar so weit gegangen, Erinnerungen von sich selbst beim Lesen geheimer Dokumente aufzuzeichnen, in denen die bevorstehenden Pläne des Königs beschrieben wurden. Und die nächsten Ziele seines Zorns.

Ich bewunderte die Risiken, die sie eingegangen war, und ihre Tapferkeit überwältigte mich, bis wir die Tür erreichten, hinter der das heutige Datum verborgen war.

Fast ein Monat war vergangen, seit ich meinen Deal mit Lavinia gemacht hatte. Die Zeit hier war fließend geworden, die Tage gingen ineinander über, und ich verbrachte meine Zeit verloren zwischen der Qual meiner Folter und der Betäubung durch die Schatten, die Lavinia in meine Adern trieb. Eine lange Zeit, und doch war noch nicht einmal ein Drittel von dem vergangen, was ich ihr schuldete.

Mein Herz raste, als wir Francesca dabei zusahen, wie sie sich darauf vorbereitete, in den Palast der Seelen zu gelangen, wie weit sie gegangen war, um mich von diesem Ort zu befreien. Es tat weh, zu sehen, wie zerrüttet sie angesichts meiner Notlage gewesen war, wie viel sie willentlich riskiert und was es sie am Ende gekostet hatte. Und das in dem Wissen, dass ich nicht in der Lage war, meine Fessel zu lösen und zu fliehen.

Der Moment, in dem es ihr gelungen war, die Mauern von Lionels Verstand zu durchbrechen, ließ mir einen Schauer über den Rücken laufen. Sie hatte ihm seine schändlichsten Geheimnisse entlockt. Er hatte so lange vom Thron geträumt, manipuliert und intrigiert, um ihn für sich selbst zu erobern. Und es zerstörte einen Teil von mir, zu wissen, wie gut es ihm gelungen war, diese Pläne umzusetzen.

Als die Erinnerungen verblassten und wir uns aus ihnen herauszogen, fühlte ich mich geradezu überwältigt – von meiner Trauer über den Verlust der Freundin, die ich seit meiner Kindheit gekannt hatte, und von meinen Schuldgefühlen, weil mir ihre Gefühle nicht bewusst gewesen waren.

»Sie ist nicht umsonst gestorben«, murmelte Darcy leise und legte ihre Hand um meine, in der ich immer noch den Ring trug. Dieser Ring, der so viele Beweise enthielt. Er war das kostbare Vermächtnis einer Frau, die so viel mehr verdient hätte. »Die Erinnerungen, die sie gesammelt hat, und die Wahrheit, die sie aufgedeckt hat, können als Waffe gegen ihn eingesetzt werden, Lance. Sie könnte alles in diesem Krieg verändern, wenn wir diese Erinnerungen an die Öffentlichkeit bringen können.«

Ich nickte vage und spürte wieder diese dunkle Taubheit über mich kommen. Stellas Magie hatte die Schatten zwar aus mir vertrieben, aber Lavinia hatte mich seitdem wieder gefoltert, und sie begannen, meine Seele aufs Neue zu schädigen. Ich ließ mich ein wenig tiefer in die Schatten fallen, ohne mich ganz von ihnen überwältigen zu lassen. Aber ich fand einen Ort, an dem die Schärfe meines Kummers gedämpft wurde.

Ich drehte mich um, nahm Darcys Handgelenk und führte ihre Hand zu der Wand, an der das schwache Zeichen der Hydra zu sehen war. Die Steintür ging auf, und Eugene quiekte zur Begrüßung, eilte nach vorn und drückte sein kleines Gesicht gegen meine Hand. Ich hielt ihm den Ring hin, beugte mich zu ihm hinunter und flüsterte: »Pass gut auf ihn auf! Zusammen mit allem anderen.«

Darcy nahm das Stück Brot, das wir ihm von unserer letzten Mahlzeit aufgehoben hatten, und hielt es ihm hin. Er stürzte sich gierig darauf, fraß jeden Bissen, quietschte dann wieder und trug den Ring in die Dunkelheit hinter der Durchgangstür. Er setzte sich auf sein Nest, in dem der Memoriae-Kristall, der Opal und das mit Federn geschmückte Buch lagerten, und beschützte sie alle.

Eine winzig kleine Tiberianische Ratte als Wächter schien nicht viel zu sein. Aber Eugene war mächtig, und wir würden schon einen Weg finden, ihn hier rauszubringen. Vielleicht könnte er dann Tory und die Rebellen erreichen. Es war viel Hoffnung damit verbunden, aber wenigstens konnten wir uns auf etwas anderes als Blut und Folter konzentrieren, während wir hier Tag für Tag festsaßen.

Der erste Monat mit Lavinia war fast vorbei. Wir hatten ein Drittel des Weges durch diesen Albtraum hinter uns gebracht. Und ich hielt mehr denn je an dem Schimmer einer möglichen Zukunft mit Blue fest. Einem Schimmer, den ich nicht mehr loslassen würde.

Scorpio
Gemini
Virgo
Cancer
Aries
Leo
Taurus
Sagittarius
Capricorn
Aquarius
Libra
Pisces

LAVINIA

KAPITEL 40

Ich ließ Lionel gesättigt und erschöpft in unserem Bett zurück. Seine Augen starrten ausdruckslos an die Decke, während er keuchte und zuckte – das Vergnügen, das ich ihm bereitet hatte, hallte noch immer nach. Selbst jetzt, nachdem sich unsere Körper voneinander gelöst hatten.

»Bis zum Morgengrauen werde ich einen neuen Erben für dich parat haben«, säuselte ich und fuhr mit einem Finger über das Tal zwischen meinen entblößten Brüsten, während ich mich an seine Berührung erinnerte, als er mich unter sich geworfen hatte.

Was für ein mächtiges Biest, mein Mann. Und ein ebensolches Biest hatte er geheiratet, als er sich mit mir vereinigt hatte.

Ich biss mir auf die Lippe, als ich an den lustvollen Schrei dachte, der ihm entfahren war, als ich die Kontrolle übernommen hatte. An das Verlangen und die Vorsicht, die sich in seinem Blick vermischt hatten, als er gezwungen gewesen war, meine Kraft zu sehen und sich daran zu erinnern, wer die wahre Autorität in unserer Beziehung war. Es machte ihm Angst, aber es erregte ihn gleichermaßen. Das konnte ich sehen. Als er die Laken mit den Fäusten umklammert und meinen Namen gerufen hatte, um nach Erlösung zu betteln, hatte ich es gehört. Sein Bedürfnis nach mir. Auch wenn er nicht dazu neigte, seine eigene Verletzlichkeit zu akzeptieren, so war er doch gezwungen, sie mit mir zu erforschen, in sich zu schauen und sich den Schwächen zu stellen, die er dort fand. Aber mich störten weder seine Eitelkeit noch das Bedürfnis, sich an seine vermeintliche Herrschaft über mich zu klammern. Nein, es machte mir nichts aus, mich für ihn zu verstellen, solange ich von ihm bekam, was ich brauchte.

Und da der klebrige Beweis unserer Vereinigung zwischen meinen Schenkeln glitzerte, wusste ich, dass ich es hatte. Den Drachensamen. Meine Schatten zogen ihn bereits tiefer in mich hinein, saugten ihn in die Leere, in der sich einst meine Gebärmutter befunden hatte. Und sie verschmolzen ihn mit meinem eigenen Samen, sodass eine Spirale aus Schatten und Macht entstand, die alles übertraf, was ich in meinen Jahren auf der Erde gesehen hatte.

Ich gab mich selbst in diesen Samen, und ein winziges Leben formte sich in mir, während ich auf meinen Drachen hinunterstarrte, der sich in den Laken verheddert hatte und vom Schweiß unserer Vereinigung bedeckt war.

Jetzt dachte er sicher nicht mehr an dieses hübsche kleine Nichts, hm? Jetzt war er nicht mehr von der Vorstellung abgelenkt, seinen kleinen Schwanz in ihrem erbärmlichen Körper zu versenken. Nein. Er war daran erinnert worden, wozu eine ihm gleichwertige Frau fähig war. Und an seinem Schweigen konnte ich erkennen, dass er nur noch an das dachte, was ich gerade mit ihm gemacht hatte. Mein hübscher kleiner Drache.

Ich setzte mich neben ihn, und er erstarrte. Sein Blick wanderte zu mir, als ein Zug an seiner Schattenhand ihn dazu brachte, liebevoll über meine Wange zu streicheln. Ich hatte gesehen, wie mein Hündchen genau das mit seiner blauhaarigen Prinzessin gemacht hatte.

»Ich kann es in mir spüren«, hauchte ich und spreizte meine Schenkel, als er meinen Unterleib musterte, sodass er alles sehen konnte, während mein Bauch mit neuem Leben anschwoll.

»Wird es ein Drache sein, wie du es versprochen hast?«, zischte er, und etwas von seiner Härte kehrte zu ihm zurück, als er wieder zu Atem kam.

»Dieses Kind wird viel stärker sein als das letzte«, schwor ich ihm. »Ein Drachenkind mit einem Herz aus Schatten. Ein Erbe, den wir beide mit Stolz unseren Sohn nennen können.«

In seinem Blick flackerte etwas auf, und ich schmollte.

»Denkst du an den, den du getötet hast? Vermisst du deinen armen, toten Jungen?«, fragte ich neugierig, und er bleckte die Zähne. Er entriss mir die Kontrolle über die Schattenhand, schlang sie um meine Kehle und drückte zu, bis meine Luftröhre verschlossen war. Ich grinste, genoss den Druck seiner Faust um meinen Hals und die drohende Gewalt, die in seinen Augen tanzte.

»Darius war letztlich ein Versager, aber sein Potenzial wäre in Hülle und Fülle vorhanden gewesen. Er war ein perfektes Exemplar. Ein würdiger Erbe. Zumindest wäre er das gewesen, wenn die Vega-Hure nicht in seinem verdammten Bett gelegen hätte. Ich denke oft daran, was aus ihm hätte werden können, und bedaure, dass ich nicht mehr getan habe, um ihn dazu zu machen. Aber nein, ich trauere weder um ihn, noch bereue ich, was ich getan habe. Er war verdorben. Ein Fehlschlag. Glaube also nicht, dass ich das Ding, das in dir heranwächst, nicht auf ähnliche Weise zerstören werde, wenn es mich ebenfalls enttäuscht.«

Ich lächelte ihn an, obwohl sein Griff schmerzhaft war. Meine Hand wanderte zu seinem erschöpften und schlaffen Schwanz, um ihn zu einer Reaktion zu bewegen.

»Willst du noch mal?«, schnurrte ich und zwang die Schattenfinger, sich so weit zu entspannen, dass ich sprechen konnte, bevor ich ihn meine Kehle erneut mit seiner Hand zerquetschen ließ. Und ich fragte mich, ob ich dieses Mal vielleicht meine Erlösung finden würde.

»Ich bin kein Hochleistungshund«, schnauzte er. »Mein Schwanz wird frühestens morgen wieder einsatzbereit sein. Das weißt du genau.«

Ich schmollte, und seine Augen blitzten wütend auf, als mir meine

Enttäuschung über seine Leistung deutlich ins Gesicht geschrieben stand.

»Dann sollte ich mich wohl darauf konzentrieren, dir den Erben zu schenken, den du dir so verzweifelt wünschst«, sagte ich, blinzelte die Schattenhand an und grinste, als sie von meinem Hals flog und in seinem Gesicht landete.

Lionel stieß ein wütendes Brüllen aus, aber ich war schon weg und verwandelte mich in einen Schatten, um unter der Tür hindurch und in Richtung Nordturm zu schweben. Ich verwandelte mich zurück in meine physische Gestalt, hielt mich an der nächstgelegenen Wand fest und kletterte an ihr hinauf, während sich die Schatten von meiner Haut lösten, als ich begann, ins oberste Stockwerk zu krabbeln.

Mein Bauch wurde mit jedem Moment dicker, das Leben in mir wuchs schnell und eine Klaue kratzte in ekstatischer Agonie an meinen Eingeweiden.

Ich bewegte mich schneller und kroch über die Decke, die sich spiralförmig über der Treppe nach oben schraubte, bis ich schließlich die Tür zu den Gemächern erreichte, die ich an diesem höchsten Punkt des Palastes für mich beansprucht hatte.

Ich wurde wieder zu einem Schatten, schlüpfte unter der Tür hindurch und trat in die runde Kammer dahinter ein, wo mein Nest der Harmonie auf mich wartete.

Ich hatte es schon vor Monaten gebaut, denn ich hatte gewusst, dass ich seine Kraft brauchen würde, um dem Schattenkind die Macht zu geben, die seinem Geschwisterchen versagt geblieben war. Dieses Kind würde nicht so leicht zu töten sein wie sein Bruder. Es würde in Blut, Zerstörung und unvorstellbarer Macht geboren werden.

Das Nest war aus den Knochen meiner Feinde errichtet worden, mit dunklen Artefakten, in die uralte Runen geritzt und die in die dunkelsten meiner Schatten gehüllt waren.

Vier auf Stöcken aufgespießte Fae-Köpfe blickten nach innen, um dieser Geburt beizuwohnen. Die Seelen der Toten waren in ihnen gefangen, unfähig, sich zu rühren, während sie gezwungen waren, jeden Moment zu beobachten. Sie schrien, als ich in der Mitte des Raumes auf die Knie fiel. Meine Hüfte knackte, als das Kind in mir so heftig strampelte, dass es mir die Knochen brach. Die Qualen und das verzweifelte Flehen der Köpfe, in die Welt entlassen zu werden, beruhigten mich, während ich die Schäden an meinem Körper versorgte und mich zwischen die verrottenden Köpfe kauerte.

Das Schattenkind kämpfte darum, sich aus meinem Schoß zu befreien, aber ich widerstand dem Drang, zu pressen, und griff stattdessen fluchend nach einem Malachit-Splitter, dessen grün-schwarze Farbe von der Essenz der Dunkelheit durchdrungen war. Ich hatte sie in Vorbereitung auf diesen Tag in ihn hineingepresst. Der Kristall diente der Manifestation, der Veränderung und der Ermächtigung, also all den Dingen, die mein Kind brauchen würde, bevor es in diese Welt eintrat.

Ich legte den Kopf in den Nacken und begann, die Schatten zu beschwören und sie zu mir zu ziehen, während das Leben in mir um Freiheit kämpfte. Ich hüllte meine Arme und Hände in die Kraft der Schatten und drückte so viel wie möglich in den Kristallsplitter.

Als meine Finger angesichts der Macht, die ich beherrschte, brannten, drehte ich den Splitter in meiner Hand und stieß ihn in meinen Bauch. Ich durchbrach die Wand aus Fleisch, Blut und Schatten und trieb sie in die Kreatur, die ich immer noch wachsen ließ.

Das Baby brüllte, und die Köpfe, die seiner Entstehung beiwohnten, schrien. Es war in der Tat ein albtraumhaftes Geräusch, das da aus der Öffnung zwischen meinen Schenkeln drang.

Ich begegnete dem entsetzten Blick des nächstgelegenen Kopfes, dem Fae, der in seiner lebenden Form Feuer gewirkt hatte und nun in einem verwesenden Schädel gefangen war.

Er würde der Erste sein.

Ich lächelte ihn an – ein verruchtes, sündiges Lächeln. Und meine Zähne wuchsen in Erwartung des nächsten Teils zu scharfen Spitzen. Denn er würde nicht jenseits des Schleiers Erlösung finden. Nein, er würde sich mit dem neuen Leben in mir vereinen, ein Teil von ihm werden und ihm sein Element leihen. Er würde also fortan in meinem lieben Kind weiterschreien müssen.

Da waren noch drei weitere Köpfe, die ich verschlingen musste, sobald ich mit seinem fertig war, und unzählige Splitter der Dunkelheit, die meine Haut und die meines Babys durchbohren würden.

Die Nacht würde für jeden von uns, die wir in dieser Kammer gefangen waren, lang und mit endlosen Schmerzen verbunden sein. Aber mit der Morgendämmerung würde ich das stärkste Geschöpf gebären, das die Welt je gesehen hatte. Und alle würden sich vor ihm verneigen, wenn es seinen Hunger auf sie richtete.

Gemini
Scorpio
Virgo
Cancer
Aries
Leo
Sagittarius
Taurus
Capricorn
Aquarius
Libra
Pisces

GERALDINE

KAPITEL 41

Es war ein schmatzig-schnabbeliger Stachelbeerenabend, als die untergehende Sonne trüb durch die nebligen Wolken schimmerte – ein Frost lag in der Luft, der sich bis tief in meine Unterhose, zu meiner süßen Petunie und darüber hinaus fraß. »Welch ein Tag, um einen König zu stürzen«, sagte ich feierlich und blickte mit wilden Augen zwischen diesen schelmischen Lausbuben hin und her.

Sie alle waren bereit und gierten nach einem Kampf. Ich hatte lange und unermüdlich mit meiner Königin über die Möglichkeiten diskutiert, und schließlich hatten wir uns auf diese Bande von ungestümen Halbstarken geeinigt.

Dies war nicht der Moment, eine Armee in die Schlacht zu führen. Nein, das konnten wir nicht riskieren, solange sich der unverfrorene Gabe, die liebe Darcy und ihr Orry-Mann im Pfad der Gewalt befanden. Also waren nur meine Königin, ich, die drei größtenteils unbedeutenden Erben – die absolut nichts zu erben hatten –, der süße flügellose Xavier mit dem gebrochenen Herzen und der teuflische Sturmdrache mit seiner Familie von Unholden anwesend. Wir mussten sowohl schnell als auch subtil in unserer Mission, eine Tyrannei zu stürzen, vorgehen, deshalb waren wir nur eine kleine Schar fröhlicher Fae. Was für ein Spaß. »Haben wir alle den Plan verstanden?«

»Wir müssen nur noch bestätigen, wer sich worum kümmert«, antwortete Seth mit einer hündischen Aufregung in den Augen, die ich selbst nur zu gut kannte.

»Darüber haben wir viel gegrübelt«, stimmte ich mit einem ernsthaften Nicken zu.

»Wann?«, fragte Max, meine arme schwimmfähige Seeforelle, die immer noch glaubte, dass er trotz seiner niedrigen Position am Rande des königlichen Hofes bei allen Kriegsratssitzungen anwesend sein sollte.

»Beuge das Knie, lieber Salamander. Vielleicht wirst du dann zum nächsten Treffen derjenigen mit der höchsten Sicherheitsfreigabe eingeladen«, sagte ich achselzuckend, und Tory presste ihre Lippen aufeinander, um ihre Belustigung angesichts seines finsteren Blickes zu verbergen.

»Wer zum Teufel war dann bei diesem Treffen, wenn es nur aus A. N. U. S.-Mitgliedern bestand?«, entgegnete Maxy-Boy.

»Ich habe natürlich den Vorsitz geführt. Tory war als die einzige Königin, die derzeit anwesend ist, dabei. Außerdem haben der dynamische Dante, der lustige Leon und der Rest ihrer engsten *famiglia* …«

»Moment mal, wann haben sich denn der Drache und seine Konsorten vor Tory verbeugt?« Seth schnaubte, und ich seufzte schwer und kniff mir in die Nase.

»Wir konnten uns ja schlecht vor Lame Lionel verbeugen. Oder, Hundekumpel?«, erwiderte Leon lachend.

»Lionel Acrux hat mich schon einmal durch Tricks und Erpressung gezwungen, mich ihm zu unterwerfen«, sagte Dante, dessen faetalienischer Akzent wie immer herrlich dekadent war, während seine Elektrizität die Luft auf skandalöse Weise zum Knistern brachte. »Ich dachte mir, es ist an der Zeit, dass ich mir meine eigenen Monarchen aussuche.«

»Also habt ihr einfach vergessen, dass wir drei nach wie vor zwischen den Vegas und dem Thron stehen? Auch dann, wenn Lionel heute stirbt?«, knurrte Max und deutete auf sich selbst, Caleb und Seth. Ich musste zugeben, dass mir das Wasser im Munde zusammenlief, wenn er so aufbrauste, aber wir hatten im Moment keine Zeit für sein Gezeter.

»Wir haben kurz darüber gesprochen«, meinte Leon achselzuckend. »Und wir haben beschlossen, auf die grausamen Pferde zu setzen. Ihr kommt mir etwas schlaff vor, seit euer vierter Mann gestorben ist. Nichts für ungut, aber ihr scheint mir nicht die richtige Wahl zu sein.«

»Sein Name war Darius«, knurrte Caleb, und Spannung breitete sich aus, aber das würde ich nicht zulassen.

»Genug!«, bellte ich, wobei meine Zerberusform dem Wort Nachdruck verlieh und viele von ihnen zusammenzucken ließ. »Kommen wir zum Punkt: Dies ist unsere letzte Besprechung des Plans – da ist keine Zeit für Krimskrams oder Larifari. Lasst uns unseren Plan festzurren!«

»Ich habe heute Morgen eine Nachricht erhalten«, unterbrach Dante. »Von der Frau, mit der Lionel mich zwingen wollte, Sturmdrachen zu zeugen.«

»Wie in Dreiteufelsnamen hat so eine Nachricht den Weg bis hierher gefunden?« Ich schnappte nach Luft, mein Kopf ein wildes Durcheinander aus klappernden Luken, die verzweifelt nach einem Riegel schrien, während ich fieberhaft grübelte, wo dieses verflixte Leck sein könnte. Wir konnten uns keine Patzer erlauben – am allerwenigsten konnten wir zulassen, dass jemand dem Feind auf die Nase band, wohin unser kleiner Zirkus zog.

»Beruhige dich, *bella*, es gibt keinen Grund zur Sorge. Diese Nachricht kam über meine *famiglia*, die noch auf dem Festland ist und sich vor den Augen des falschen Königs versteckt. Juniper hat es geschafft, meinen Cousin Fabrizio zu benachrichtigen, und er hat Rosalie über einen ihrer Omegas eine Botschaft zukommen lassen. Es gibt keine undichten Stellen in deiner Sicherheitsstruktur.«

»Puh, das war ein Tänzchen auf der Rasierklinge!« Ich setzte mich hin und atmete erleichtert aus, während ich versuchte, mich von der sinnlosen Panik zu erholen, die mich fast ergriffen hatte.

»Was hat Juniper denn gesagt?«, fragte Tory, stützte sich mit den Unterarmen auf den Tisch und schaute zu Dante. Wir alle waren gespannt wie Flitzebögen, was er darauf zu sagen hatte.

»Dass die drei Jungen, die sie zur Welt gebracht hat, gerade erstmals ihre Formgebungen gezeigt haben«, antwortete Dante mit dunklen Augen.

»Und sagen wir mal so … es sind keine kleinen Drachenbabys«, schnaubte Leon. Dante funkelte ihn böse an, woraufhin Leon sofort eine neutrale Miene aufsetzte.

»Nein, das sind sie nicht«, fuhr er fort. »Und wenn Lionel davon erfährt, könnte er die drei hinrichten lassen. Zumindest ist das Junipers Sorge. Sie hat um meine Hilfe gebeten, um das zu vermeiden. Sie will sie da rausschaffen und bietet uns im Gegenzug Informationen über Lionel und die Drachengilde an.«

»Inwiefern betrifft das unseren heutigen Plan?«, fragte Tory.

»Sie wurde für heute zum Palast der Seelen gerufen – inklusive ihrer drei kleinen Arschschnüffler«, sagte Leon. »Wir dachten, wir könnten sie da rausholen, bevor wir den Laden hochgehen lassen.«

Tory nickte nachdenklich, während die drei mutmaßlichen Erben alle auf einmal losquasselten, als hätten ihre Zungen einen Wettlauf mit den Wolken gestartet.

»Bist du in der Lage, Lionel anzugreifen, während du sie rettest?«, fragte meine Königin, indem sie ihr Gezeter übertönte. »Kannst du seine Schilde mit deinen Blitzen zerschlagen und ihm ein Ende bereiten, während wir anderen uns um Darcy, Gabriel und Orion kümmern?«

»Ich möchte derjenige sein, der meinen Vater angreift«, sagte Xavier plötzlich, und wir sahen nun alle in seine Richtung. Er hatte bisher kein Wort gesagt. »Du hast gesagt, du würdest diese Bitte in Betracht ziehen.«

»Und das habe ich getan«, antwortete Tory. »Genauso wie ich in Betracht gezogen habe, es selbst zu tun. Ich würde ihm so gern selbst seinen verdammten Kopf von den Schultern reißen und dann zusehen, wie seine Augäpfel unter der Kraft meines Phönixfeuers schmelzen. Aber Geraldine hat mir von beidem abgeraten …«

»Und es zerreißt mir fast das Herz, mein edelster Bruder.« Ich reichte ihm über den Tisch hinweg meine Hand, trotz seiner wütenden Miene, und versuchte, mich zu erklären. »Aber sie haben Gabriel in ihrer Gewalt. Und außerdem diesen abscheulichen Vard an ihrer Seite. Jeder zu konkrete Plan, vor allem von jenen unter euch, von dem sie ein Attentat auf den monströsen Monarchen am ehesten erwarten, wird vermutlich *gesehen*. Sie werden ihre Adleraugen gezielt auf euch richten.«

Xavier stieß ein Pferdeschnauben aus, nickte aber schließlich. »Ich schätze, es geht darum, dass er stirbt. Es ist nicht wirklich wichtig, wer ihn tötet.«

Ich nickte mitfühlend, ließ einen kleinen Bund Möhren in meiner Hand wachsen und legte sie ihm als Zeichen meiner Zuneigung auf den Tisch.

Xavier runzelte die Stirn, als wüsste er, dass ich ihn mit der Leckerei nur beschwichtigen wollte, aber er schnappte sie sich trotzdem und mampfte wütend drauflos.

»Gabriel wird in unsere Richtung schauen«, stimmte Dante zu. »Aber wenn die Vorhersage, die er uns gesandt hat, tatsächlich eintritt, wird das nicht ausreichen, um Lionel vor dem Tod zu bewahren. Allerdings wird er durch unsere Anwesenheit abgelenkt und hoffentlich nicht in der Lage sein, zu *sehen*, wie ihr Orion und Darcy zu befreien versucht.«

»Als ich Darcy während meiner Seelenwanderung lokalisiert habe, waren die beiden in einem Käfig im Thronsaal eingesperrt«, sagte Tory, obwohl sie uns das bereits erzählt hatte. Ach, wie oft ich in mein Kissen geweint und an diese Tragödie gedacht hatte ... »Wir vermuten, dass sie immer noch dort sind. Gabriel ist höchstwahrscheinlich in der Königlichen Seherkammer. Wenn weder er noch die anderen beiden dort sind, wo wir sie aktuell vermuten, dann wette ich, dass sie im Nordturm eingesperrt sind – dort hat Lionel mich gern festgehalten, als ich unter seiner Kontrolle war.«

»Zwei Gruppen also?«, schlug Caleb vor. »Eine für Orion und Darcy, die andere für Gabriel.«

»Maxy-Boy?«, fragte ich, und der Schurke von einem Seelöwen schaute mit gerunzelter Stirn in meine Richtung. »Wenn ich in Lebensgefahr wäre, würdest du alles riskieren, um mich zu retten, dich zwischen den Tod und mich werfen und alles aufgeben, um mein Überleben zu sichern?«

»Natürlich würde ich das, Gerry«, sagte er, und seine Augen wurden weich wie die eines nassen Bücklings. Genau, wie ich es vermutet hatte.

»Danke, dass du diese lähmende Schwäche zugibst«, erwiderte ich. »Wir werden also in verschiedenen Gruppen sein. Die Mission hat Vorrang vor allem anderen, und nichts wird wegen meiner wertlosen Existenz riskiert.«

»Hey, Moment mal ...« Max versuchte, mich zu unterbrechen, aber ich wirkte eine Stillekuppel um ihn, die so subtil war, dass er es nicht einmal bemerkte und seine unsinnige Tirade darin gefangen war, sodass wir anderen unseren Plan zu Ende bringen konnten.

»Wir werden die königlichen Tunnel benutzen, um in den Palast zu gelangen«, sagte Tory und verteilte die Ringe, die sie für jedes Mitglied unserer kleinen Chaostruppe angefertigt hatte, damit wir die Gänge benutzen konnten.

Max bemerkte schließlich die Stillekuppel und begann, sich gegen meine Magie zu wehren, aber ich verstärkte meinen Griff und überzog die Kuppel mit Eis, damit uns der Anblick seines wütenden Gesichts erspart blieb. Tory fuhr derweil mit ihren Ausführungen fort.

»Sobald wir drinnen sind, gehen Xavier, Max und ich in den Thronsaal und suchen nach Darcy und Orion. Geraldine, Caleb und Seth werden Gabriel aufspüren«, beschloss Tory, und ein Gefühl der Vorfreude durchzuckte mich. Wir würden endlich handeln.

»Du sagst uns also einfach, was wir tun sollen?«, entgegnete Seth knurrend, während Max gegen die Eiskuppel hämmerte. Ich hielt ihn mit aller Kraft zurück, damit wir diese Mätzchen hinter uns bringen und aufbrechen konnten.

»Du hättest an der Sitzung teilnehmen können, in der diese Dinge besprochen wurden, wenn du dich vor Tory verbeugt hättest«, sagte ich und verdrehte die Augen. Bei den Sternen, dieser Welpe war wirklich lästig.

Seth sah aus, als würde gleich eine Ader in seinem Hundegesicht platzen, aber Caleb legte eine Hand auf seine und schüttelte den Kopf.

»Der Plan klingt solide, und je länger wir warten, desto mehr Zeit hat Lionel, diese Entscheidungen zu *sehen*. Lasst uns einfach loslegen!«, drängte er, und Seth kniff die Augen zusammen.

»Sicher, wir folgen alle brav Torys Plan. Sie ist so hübsch und hat so perfekte Haare und magische Titten, die …«

»Alter, bist du in die Witwe deines toten besten Freundes verliebt?«, zischte Leon so laut, dass selbst die Muscheln im fernen Meer ihn hören konnten. »Das wäre nämlich echt abgefuckt.«

»Nein«, erwiderte Seth und sah geradezu entsetzt aus, während Tory ihre königliche Nase über diesen Vorschlag rümpfte.

»Können wir uns nicht einfach auf den Plan einigen und uns auf den Weg machen?«, fragte Tory und richtete sich auf. Ich hätte beinahe meinen Stuhl umgeworfen, als ich mich beeilte, mit ihr aufzustehen.

»Ich bin einverstanden«, sagte Caleb und verpasste Seth einen kräftigen Schubs, woraufhin dieser ebenfalls zustimmte.

Auch die anderen nickten, und schließlich verließen alle den Raum, um nach draußen zu gehen. Wir hatten ein gemeinsames Ziel: der Palast der Seelen, inklusive des großen Schicksals, das uns dort erwartete.

Ein lautes Klirren wie von zerschellendem Eis ertönte, als ich gerade über die Schwelle trat. Ich drehte mich um und entdeckte ein ziemlich zerzaustes und mürrisch aussehendes Krustentier, das mich finster anfunkelte.

»Was zum Teufel, Gerry?«, fragte Max, als er merkte, dass alle anderen schon weg waren.

»Hopp, hopp, Maxy-Boy!«, rief ich, während ich mich von ihm und seinem unsinnigen Geschwätz entfernte. »Sonst bleibst du auf dem Trockenen sitzen.«

Gemini
Scorpio
Virgo
Aries
Cancer
Leo
Sagittarius
Taurus
Capricorn
Aquarius
Libra
Pisces

MILDRED

KAPITEL 42

Der heutige Tag war von außerordentlicher Signifikanz. Ganz Solaria würde von diesem Ereignis erfahren und bei dem Gedanken erschaudern, was diese wichtigen und großartigen Neuigkeiten für alle bedeuteten. Besonders für mich. Vor allem für mich.

Seitdem unser mächtiger und furchterregender Herrscher seinen rechtmäßigen Platz auf dem Thron eingenommen hatte, war kein Moment vergangen, der nicht von enormer Bedeutung für mich gewesen wäre. Und auch heute, wenn erneut die Macht der Drachen über alle Maßen gefeiert werden sollte, würde ich, die reinrassigste Frau meiner Generation, eine zentrale Rolle spielen.

Ich war ein Vorbild für alle, die nach mir kamen, ein perfektes Beispiel dafür, was ein Drache sein sollte. Jungfräulich, robust und mit einer feinen Behaarung auf Brustwarzen und Oberlippe, um die Macht zu beweisen, die in meiner Abstammung steckt. Wie meine Mutter immer gesagt hatte: *Ein keimendes Haar auf Brust oder Kinn ist ein Zeichen des Drachen, der im Innern lauert.*

Ich war mehr als bereit, meinen Geist, meine Seele und meinen Körper der Größe unseres Königs zu opfern, und ich konnte es kaum erwarten, ihm jedes Vergnügen zu bereiten, das er im Rahmen meiner Hingabe an ihn von mir verlangte. Er konnte mich nehmen, benutzen, verderben, und ich würde immer bereit sein, mich seinen Bedürfnissen zu beugen.

Ich schaute in den Spiegel, glättete die üppigen Falten meines Kleides, das in jungfräulichem Weiß gehalten war, und nahm mir einen Moment, um meinen Schnurrbart zu kämmen. Meine Finger zuckten vor Verlangen, und ich gab meinem Laster nach, öffnete die kleine Schublade des Schminktisches und enthüllte die hochwertigen Faeroids, die darin auf mich warteten.

Ich leckte über meine Lippen und holte eine Spritze aus der kleinen Tasche, die ich für die Dosis bereithielt, die ich mir zweimal täglich gönnte. Ich versuchte, meine Atmung zu beruhigen, während ich mir meinen abendlichen

Genuss zusammenstellte. Mit einem leisen Stöhnen stieß ich die Nadel in meinen Oberschenkel. Meine Augen rollten in meinem Kopf zurück, als ich den Kolben langsam hinunterdrückte und das Gefühl der Droge genoss, als diese sich in mir ausbreitete.

Ich rollte meine breiten Schultern zurück und lächelte, wobei mein furchterregender Unterkiefer prächtig zum Vorschein kam. Ja, ich war innerlich und äußerlich eine ziemliche Bestie. Und das würde die Welt heute deutlicher denn je zu sehen bekommen, wenn ich unter meinen Brüdern wandelte, um meine Bestimmung zu erfüllen.

Noch niemand – nicht mal eine Drachenkönigin – hatte es geschafft, seine Fae-Gestalt der eigenen Formgebung so anzupassen, wie es mir gelungen war. Ich war exquisit. Und vor den Augen der gesamten Drachengilde würde ich mich König Acrux auf jede erdenkliche Weise hingeben und ihm erlauben, jede Region meines Wesens zu beanspruchen. Und ich würde zu so viel mehr werden, als ich es bereits war.

Ich warf die verbrauchte Nadel in den Müll und verließ die Kammer, in der ich mich zurechtgemacht und die mir mein lieber Onkel Lionel geschenkt hatte, damit ich sie während meiner Anwesenheit bei Hofe benutzen konnte. Mit federndem Schritt trat ich auf den großen Korridor hinaus.

»Na, wenn das nicht die Biestfrau höchstpersönlich ist«, nuschelte eine wehleidige Stimme, und ich kniff die Augen zusammen, als ich den abscheulichen Zyklopen Vard entdeckte. Die Gesellschaft sämtlicher Leute, die nicht zur Formgebung der Drachen gehörten, war immer schwer zu ertragen, und dieser Schwächling von einer Kreatur war besonders unangenehm.

»Tritt beiseite, ich werde anderswo gebraucht. Und zwar dort, wo die Anwesenheit eines Zyklopen nicht nötig ist«, erklärte ich spöttisch, rempelte ihn im Vorbeigehen mit der Schulter an und stieß ihn gegen die Wand.

Er fiel fast zu Boden, schaffte es aber fluchend, sich zu stabilisieren, während ich stolz meinem Schicksal entgegenmarschierte. Die Sterne hatten es für mich bereitgelegt. Die Freigiebigkeit des Drachenkönigs würde mir zugutekommen. Ich war bereit, mich für ihn zu öffnen und ihn tief in mir aufzunehmen. Ich war schon immer sein Geschöpf gewesen, das, was einer Drachenkönigin in diesem Land am nächsten kam. Und ich war mehr als willens, als Gefäß für seine Großzügigkeit zu dienen, sobald er bereit war, diese mit der Wucht seiner Macht in mich hineinzustoßen.

Es handelte sich um eine exklusive Veranstaltung; die Drachengilde war dicht gedrängt versammelt, um dieses Ereignis mitzuerleben.

Ich schwebte auf einer Wolke der Überlegenheit und war definitiv nicht in der Stimmung, mich mit den Worten eines schreienden Zyklopen aufzuhalten, der mich uneingeladen aufgehalten hatte.

»Weißt du, ich habe an einer Kreatur gearbeitet, die dir nicht unähnlich ist. Halb Turnianisches Mastschwein, halb Eidechse, aber im Kern Fae«, zischte Vard, der schnellen Schrittes an meine Seite trat. Seine schütteren Haare klebten an seiner Wange.

»Wenn mich die Worte eines niederen Wesens kümmerten, würde ich mir die Zeit nehmen, dich in meinem Drachenfeuer zu rösten und herauszufinden, wie dir der Geschmack deines eigenen zerschmolzenen Gesichts gefällt. Aber ich habe Wichtigeres zu tun, als deinem Geplapper zuzuhören«, sagte ich barsch.

Ich wandte mich von ihm und seinen abstoßenden Gesichtszügen ab und folgte einem langen Korridor, der mich auf einem Umweg durch den Palast führte, um den Südflügel zu umgehen, der irgendwie versiegelt war. Ich hatte meinem König angeboten, ein Loch in den Bereich zu sprengen, aber er hatte mich mit der Begründung abgewiesen, das würde nicht funktionieren. Es war verwirrend, aber ich musste annehmen, dass es sich um einen alten Trick der Vegas handelte. Ihre gerissenen Pläne kannten keine Grenzen, aber mein König würde zweifellos schon bald alle verbleibenden Reste dieser unwürdigen Flammen vernichten.

»Ich habe in den Gedanken des sogenannten ›größten Sehers unserer Zeit‹ etwas über dich *gesehen*«, fauchte Vard, dessen Stummelbeine trotz meiner Versuche, ihn abzuschütteln, irgendwie mit meinem breiten und imposanten Schritt mithalten konnten. »Da war etwas in seinen Erinnerungen, der Morgen deiner Hochzeit … Oder sollte ich sagen, der Morgen, an dem du unerklärlicherweise gefesselt in einem Schrank gelandet bist und der Mann, der dich hätte heiraten sollen, dem Schicksal des Schreckens entkommen ist, das zwischen deinen schuppigen Schenkeln lauert.«

Ich wirbelte auf ihn zu, eine Wolke Drachenrauch quoll zwischen meinen Lippen hervor und glitt in seine ungleichen Nasenlöcher. Im nächsten Moment packte ich ihn an seinem Hemd und schleuderte ihn gegen die Wand. Ein Knurren entrang sich mir, und ich hob ihn hoch, bis seine Zehen den Boden nicht länger berührten und er mit mir auf Augenhöhe war.

»Raus damit!«, knurrte ich, und er grinste mich an, während er sich verwandelte. Sein zerstörtes Auge verschmolz mit dem anderen, um das lädierte Zyklopenauge in der Mitte seines Gesichts zu bilden. Ein hässliches kleines Ding war er. Ganz sehnig und ohne Fleisch auf den Knochen. Ein einziger Biss in meiner verwandelten Form hätte ihn direkt in meinen Bauch befördert. Ich mochte gar nicht an die Verdauungsstörungen denken, die ich erleiden würde, wenn ich diesem Drang nachgeben sollte.

»Ich kann es dir zeigen«, meinte er. Er versuchte bereits, zu meinem Geist durchzudringen – das erkannte ich an dem schmierigen Gefühl, das mich überzog.

Ich hatte einen eisernen Willen und mentale Schilde, die undurchdringlicher waren als meine streng bewachte Vagina, die nur für einen Drachen von reinstem Blut und höchster Ehre bestimmt war. Bisher hatte noch niemand versucht, sie zu durchbrechen, aber ich war darauf vorbereitet. Und immer auf der Hut. Denn eine Vagina wie die meine war in der Tat von hohem Wert. Zweifellos hatte mein Schatzipuh Tag und Nacht davon geträumt, bevor er gestorben war. *Ach, Schatzipuh … wenn du nur ein Minimum an Loyalität in deinem dekadenten Schädel gehabt hättest, wäre aus uns beiden etwas wirklich Magisches geworden. Aber diese Vega-Hure hat dich um den Verstand gebracht, und so ist alles anders gekommen als gedacht.*

»Es dauert nur einen Moment«, säuselte Vard. Und bei der Liebe der Sterne – ich spürte, wie mein Wille ins Wanken geriet.

Jener Tag war für mich ein schwarzes Loch aus Nichts, über das ich auf der Suche nach Antworten immer wieder nachgedacht hatte. Es quälte mich, zu wissen, dass mir diese Zeit fehlte. Und ich hatte das starke Bedürfnis, zu erfahren, was passiert war, um mich in diesem Schrank statt in meinem Ehebett wiederzufinden.

»Zeig es mir«, raunte ich, während meine mentalen Schilde gerade so weit nachgaben, dass er wie ein Wurm in den Raum dazwischen kriechen konnte.

Ich stand mir selbst gegenüber, als ich auf ein Klopfen hin an die Tür gegangen war und sie aufgerissen hatte. Die Tür des Raumes, der mir als Hochzeitssuite geschenkt worden war. Meine Augen weiteten sich vor Überraschung, als mich ein Luftmagiestoß frontal gegen die Brust traf. Meine Füße flogen über meinen Kopf, während sich mein Hochzeitskleid um mich herum aufplusterte.

Gabriel Nox spazierte in den Raum – mit nackter Brust und schwarzen Flügeln, die er eng an sich drückte, um durch die Tür zu kommen. Und er hatte ein durch und durch teuflisches Grinsen aufgesetzt.

Ich schleuderte Feuermagie nach ihm, und ein Brüllen entrang sich mir, als ich aus dem voluminösen Kleid auftauchte wie ein Baby aus dem Mutterleib. Aber er hatte meinen Schlag schon *gesehen*, bevor ich ihn überhaupt ausgeführt hatte, und er lachte laut, während er meine Flammen mit Erdmagie erstickte. Ein Klumpen Dreck klatschte mir ins Gesicht, als ich einen weiteren Angriffsversuch unternahm, dann schlangen sich Ranken um meine Arme und machten mich bewegungsunfähig.

Es war ungeheuerlich demütigend, als ich mitansehen musste, wie ich an dieser aufgeplusterten, halb gerupften Taube scheiterte, und ich versuchte, mich von der Erinnerung loszureißen.

Aber Vard hielt meinen Verstand fest. Die hakenförmigen Tentakel seiner Macht gruben sich tief in meine Erinnerungen ein, stahlen meine Magie und hielten mich in der Hölle dieser Horror-Erinnerung gefangen.

Mit einer einzelnen Ranke, die sich um meinen Fußknöchel geschlungen hatte, hob Gabriel mich in die Luft. Er trat die Tür hinter sich zu, während ich mich in einem langsamen Kreis drehte, wobei mein Kleid über mein Gesicht fiel. Festgehalten in der Erinnerung, die eigentlich Gabriel gehört hatte, konnte ich seine Emotionen spüren, während ich das Schauspiel beobachtete – dunkle Belustigung, Selbstgefälligkeit und Verachtung, trotz meiner klaren Überlegenheit gegenüber seiner halb verwandelten Art.

Seine Hände berührten meine Wirbelsäule, und dann öffnete er den Reißverschluss meines Kleides, das daraufhin wie Konfetti zu Boden fiel. Ich baumelte immer noch langsam kreisend an der Ranke hängend, mein Schlüpfer in voller Pracht zur Schau gestellt.

»Wenn mein Schatzipuh davon erfährt, wird er dich kastrieren. Wie kannst du es wagen, seine Braut anzufassen?«, brüllte ich.

Gabriel lachte lauf auf. »Es ist weitaus wahrscheinlicher, dass Darius mich hierfür küsst, als mich zu töten. Schließlich rette ich ihn vor dieser Hochzeit«, spöttelte er. »Glaub mir – ich habe alle Möglichkeiten *gesehen*, wie diese Zukunft verlaufen könnte, und keine einzige davon beinhaltet, dass er sich darüber aufregt, dass ich ihn vor der höllischen Verbindung mit dir bewahrt habe. Aber das ist okay. Ich habe vor, ihn ein bisschen leiden zu lassen, bevor ich mich zeige. Das hat er verdient, nachdem er meiner Schwester so viel Mist angetan hat.«

Meine Lippen teilten sich, um ihn mit einer Flut von perfekt abgestimmten Beschimpfungen zu konfrontieren, aber er sprach über mich hinweg, als würde er meine Überlegenheit als reinblütige Drachin nicht einmal anerkennen.

»Entferne alle Schutzzauber, die andere davor bewahren, sich als dich auszugeben!«, dröhnte er, und seine Manipulation war so stark, dass er es in meinem enteherten und verstörten Zustand schaffte, meine mentalen Barrieren zu durchbrechen und mir seinen Willen aufzuzwingen.

Ich keuchte, als ich mir dabei zusah, wie ich seinem Befehl Folge leistete und ihm die Möglichkeit gab, sich als mich auszugeben.

»Nein!«, heulte ich im Hier und Jetzt, während ich entsetzt zusah, wie er sich in mich verwandelte. Er nahm mein Brautkleid vom Boden und tauschte es gegen seine Jeans aus, nahm sich die Zeit, meinen speziell ausgesuchten rotbraunen Lippenstift auf seine eigenen Lippen aufzutragen und sie schmatzen zu lassen, bevor er sich grinsend zu mir umdrehte.

»Keine Sorge. Ich lasse ihn seine Hochzeit genießen, bevor ich ihm die Nachricht überbringe«, sagte er, wobei meine eigene Stimme den Platz seiner einnahm. Als er einen Schritt auf mich zumachte, leuchteten seine Augen bedrohlich. *»Und jetzt sei eine brave Hexe, mach den Mund auf und schluck diesen Erinnerungstrank!«*

Seine Manipulation traf mich erneut, und ich brüllte, als ich dabei zusah, wie er den Trank zwischen meine Lippen träufelte. Jene Lippen, die dazu bestimmt gewesen waren, meinen Schatzipuh vor dem Altar zu küssen. Diese Wendung des Schicksals hatte mir Darius entrissen und ihn in die hinterhältigen Arme der Vega-Hure gebracht. Ich würde sie für seinen Tod töten. Dafür, dass sie ihn bis zur Unkenntlichkeit verdorben und meinen König gezwungen hatte, ihn wie einen Verräter zu behandeln, anstatt wie einen Sohn.

Meine Augen brannten, während ich beobachtete, wie mein damaliges Ich mit leeren Augen in den Raum starrte und alles vergaß, was passiert war. Gabriel ließ mich zu Boden fallen, fesselte mich und verpasste mir einen Tritt, um mich in diesen sternverdammten Schrank zu rollen.

Die Erinnerung verblasste, aber Vards Gedanken blieben mit den meinen verbunden. Ich ertappte mich dabei, an die Wand zu starren, an die ich ihn eben noch gedrückt hatte – aber da war nichts als meine eigene Faust und von ihm keine Spur.

»Die anderen Drachen der Gilde haben diese kleine Erinnerung sehr genossen, als ich sie gestern Abend beim Abendessen zur Unterhaltung vorgestellt habe.« Seine Stimme schallte durch meinen Schädel, während sich seine schlüpfrige Präsenz nach wie vor an mich klammerte. Körperlich hatte er sich bereits in sichere Entfernung begeben. »Nur falls du dich fragst, warum heute alle so laut lachen werden.«

Er befreite mich aus seinem Griff, und ich wirbelte herum. Ich stieß einen Schrei aus und rammte meine Faust so fest gegen die Wand, dass meine Fingerknöchel brachen.

Wenn ich nicht eine sehr wichtige Aufgabe für meinen König zu erfüllen hätte, wäre ich ihm nachgejagt und hätte ihn lebendig geröstet. Aber so hatte das Ungeziefer Glück und ich war gezwungen, mich abzuwenden und zu dem großen Ereignis zu marschieren, das mich erwartete.

Eines Tages würde ich diese wehleidige Ratte fangen und ihr die Ehre erweisen, herauszufinden, wie viele Bisse ich brauchen würde, um sie zu verschlingen.

Gemini
Scorpio
Virgo
Cancer
Taurus
Leo
Taurus
Sagittarius
Capricorn
Aquarius
Libra
Pisces

SETH

KAPITEL 43

Ich taumelte durch ein Meer aus Sternenstaub und schwebte an flauschigen farbenfrohen Nebeln vorbei, die größer waren, als mein Verstand es jemals wirklich würde erfassen können. Schließlich stand ich in einem nebligen Wald. Das Mondlicht fiel schräg durch die Bäume.

Ich krümmte meine Finger in meinen Feuerhandschuhen; das Klirren des Metalls und die Hitze der Flammen in ihnen weckten in mir den Wunsch nach einem Kampf.

Caleb drehte seine Dolche, bevor er sie wegsteckte, einen an jeder Hüfte, und sich mit den Fingern durch seine goldenen Locken fuhr – wie ein Filmstar, bereit für seinen großen Auftritt. Gleich hinter ihm strich Max mit der Hand über den Metallbogen auf seinem Rücken und verschränkte dann die Arme vor der Brust, wobei sich die bläuliche Färbung seiner Schuppen bemerkbar machte. Er hatte ein arrogantes Lächeln aufgesetzt, das auch aus mehreren Metern Entfernung Höschen zum Schmelzen hätte bringen können. Ich drehte mein Gesicht in den Wind und ließ ihn meine halb geflochtenen Haare zerzausen, während ich entschlossen in die Ferne blickte. Ich war bereit, es mit der verdammten Welt aufzunehmen – und zu gewinnen.

»Habt ihr jetzt genug davon, euch wie eine Horde Pfauen auf einer Teeparty zu benehmen?«, schnauzte Geraldine und musterte uns mit zusammengekniffenen Augen.

Xavier und Tory grinsten auf unsere Kosten, und ich schnaubte.

»Wir können nichts für unsere natürliche Attraktivität«, sagte ich.

»Eure natürliche Arroganz, meinst du«, korrigierte mich Tory und zog eine Augenbraue hoch. Sie hatte eine Lederhose übergezogen und einen finsteren Blick aufgesetzt. Und der war nicht nur finster genug, um körperlichen Schaden zufügen zu können, sondern sah auch echt knallhart aus. Sie brauchte lediglich eine charakteristische Pose, dann wäre sie startklar. Ich konnte sie schon auf der Titelseite eines Magazins sehen: Bitchy Flame Eyes im Biest-Modus.

»Das auch«, stimmte ich mit einem schiefen Grinsen zu, woraufhin sie fast gelächelt hätte. Fast.

Ups, Xavier brauchte auch einen Teamnamen. Ich sah ihn mir an, von seiner athletischen Statur bis hin zu den dunklen welligen Haaren, die lilafarben schimmerten, und hatte sofort meine Antwort: Twinkle Stud.

»Du posierst immer noch wie das letzte Gänseblümchen auf der Wiese zu Beginn eines gnadenlosen Winters, du hässlicher Hund.« Geraldine machte einen Schritt auf mich zu und schlug mich aufs Ohr, woraufhin ich wie ein gescholtener Welpe kläffte und sie anbellte. Sie bellte zurück, und ich richtete mich zu meiner vollen Größe auf, bereit für eine Schlägerei, aber Caleb zog mich an der Schulter zurück.

»Genug! Wir müssen gehen«, sagte er entschlossen, und ich verfiel dem Bann dieser herrlich dominanten Stimme, die er in letzter Zeit immer wieder bei mir einsetzte. Vielleicht lag es aber auch nur daran, dass mein Schwanz ihm dieser Tage mehr Aufmerksamkeit schenkte. Früher hätte ich ihm die Brust entgegengestreckt und einen auf Alphawolf gemacht, aber jetzt … Verdammt, ich hatte immer gedacht, im Schlafzimmer ein unerschütterlicher Dom zu sein, aber wenn es um ihn ging, konnte ich auch mal Sub spielen. Obwohl die Vorstellung, Cal unter mir zu haben und ihm zu zeigen, wie viel Spaß zwei Jungs zusammen haben konnten, auch sehr reizvoll war.

Bei den Sternen … Ich bin ein Switch. Mal Bottom, mal Top – absolut unentschieden.

»Aber sie macht schon wieder dieses Ding mit ihren Worten«, brummte ich.

»Ich liebe dieses Ding«, sagte Max und trat grinsend vor.

Er beugte sich vor, um Geraldine zu küssen, aber sie wich ihm aus und wirbelte wie eine Wilde herum, um sich seinem Griff zu entziehen. Sie war die Einzige von uns, die sich für diese Mission für eine volle Rüstung entschieden hatte, und die scharfen Metallspitzen, die ihre Titten zierten, stachen Xavier fast das Auge aus, als sie weiter herumtänzelte. Sie holte ihren Flegel heraus und richtete ihn auf Max.

»Lenk mich nicht ab, du lümmeliger Kabeljau! Wir haben eine Pflicht gegenüber unserer lieben, süßen Königin Darcy, ihrem edlen Bruder und ihrem edlen Orry-Mann zu erfüllen. Wir können hier nicht länger zaudern und zappeln. Jetzt kommt und tippelt los!« Sie drehte sich um und marschierte in den dichten Wald. Tory holte sie schnell ein, und auch wir anderen setzten uns in Bewegung.

Xavier wirkte angespannt, und ich ließ mich zu ihm nach hinten fallen, weil ich merkte, dass er sich nicht wohlfühlte und ein paar Seth-Knuddels brauchte. Ich legte meinen Arm um seine Schultern, aber er schüttelte mich ab. Seine Abweisung entlockte mir ein Wimmern.

»Lass das«, murmelte er.

»Aber du bist traurig oder wütend, oder vielleicht beides. Warte, ich werde Max fragen.« Ich öffnete den Mund, um meinem Freund zuzurufen, aber Xavier rammte mir seinen Ellbogen in die Rippen, und ich fluchte.

»Wir werden Lionel heute so nah kommen«, sagte er düster. »Wie soll ich mich da von ihm fernhalten? Ich will ihn umbringen, Seth. Ich will, dass er dafür bezahlt, dass er meine Mutter und Darius aus dieser Welt gerissen hat.« Seine Hände zitterten und Ranken kringelten sich um sie, sein Erdelement sprudelte in seiner Wut aus ihm heraus.

Ich nickte ernst und mein Herz sank für ihn. »Dante wird den Scheißkerl ordentlich braten. Er wird ihn grillen wie knusprigen Tofu, und später können wir einen Zyklopen dazu bringen, seine Erinnerungen herauszuziehen, damit wir uns das Ganze in Zeitlupe mit einer Tüte Popcorn auf dem Schoß ansehen können. Aber zuerst müssen wir unsere Freunde retten, damit wir nicht noch mehr Leute verlieren.«

Er sah mich an. Die Wut in seinen Augen schmolz wie heißes Kerzenwachs und verwandelte sich stattdessen in Entschlossenheit. »Du hast recht. Wir müssen sie da rausholen.«

»Das ist die richtige Einstellung, Twinkle Stud.«

»Wie hast du mich gerade genannt?«

Ich lächelte nur, denn ich wusste, dass er es gehört hatte und der Name ihm bestimmt gefiel. *Gern geschehen, Twinkle Stud.*

Wir folgten den anderen zu einem uralten Baum in der Mitte einer Lichtung, dessen Rinde knorrig und verknotet war. Riesige Wurzeln breiteten sich unter ihm aus. In die Rinde des Baumes war ein Symbol in Form einer Hydra geätzt, und die kleine Gestalt sah geradezu erfreut aus, uns im Mondlicht zu sehen.

Tory legte ihre Hand auf das Symbol, um eine Geheimtür zu öffnen, und Adrenalin schoss durch meine Adern. Der dunkle Tunnel lockte uns an, und ich könnte schwören, dass ich tief unter der Erde eine Kriegstrommel hörte, die uns anspornte. Vielleicht war es aber auch nur das hektische Klopfen meines Herzens.

Ein letztes Mal blickte ich zwischen den dichten Bäumen zum Himmel hinauf. Ein Meteorit hatte genau diesen Moment gewählt, um an uns vorbeizusausen und das Ereignis anzukündigen, das uns hierhergeführt hatte. Der Hydriden-Meteoritenschauer nahm kontinuierlich an Intensität zu, und meine Lippen spitzten sich vor Ehrfurcht angesichts der Schönheit der Meteoriten, die in einem Feuerwerk aus himmlischem Licht explodierten.

Wir kletterten in den Gang hinunter, wirkten Fae-Lichter, um etwas sehen zu können, und folgten Tory in die Tiefen der geheimen Tunnel des Grausamen Königs.

Als wir auf eine Weggabelung stießen, drehte sich Tory zu uns um. Sie hatte ihr Schwert in der Hand und ihre Augen funkelten mit Phönixfeuer. »Wir halten uns jetzt links, und ihr geht nach rechts. Kommt wieder hierher zurück, sobald ihr Gabriel habt. Denkt daran, den Tod unserer Feinde nicht zu planen, auch wenn es noch so verlockend ist. Wir können nicht zulassen, dass sie Gabriel benutzen, um uns kommen zu sehen.«

»Natürlich, Mylady. Ich werde nicht darüber nachdenken, dass ich diese schreckliche Dragoner-Kröte Mildred auf dem spitzesten Stock aufspießen will, den ich beschwören kann.« Sie schlug sich selbst fest auf den Kopf. »Verflixt, jetzt denke ich schon wieder daran. Nun, jetzt ist es weg, ich versichere dir, ich habe nicht vor, irgendetwas davon in die Tat umzusetzen. Zumindest nicht heute. Eines Tages werde ich meine liebe Angelica rächen. Doch leider ist dieser Tag noch nicht gekommen.«

»Seid vorsichtig«, sagte Max zu uns, wobei sein Blick auf Geraldine verweilte.

»Wir werden die vorsichtigsten aller Raupen sein, durch Lionels Hintertürchen kriechen und unsere tapferen Freunde aus seinen Fängen holen«, sagte Geraldine mit einem entschlossenen Nicken.

»Viel Glück«, sagte Caleb. Wir blieben alle noch einen Moment in einvernehmlichem Stillschweigen stehen, um uns zu verabschieden. Denn wir wussten, dass die Chance bestand, dass wir diesen Abend nicht alle überleben würden. Aber wir würden diese Befürchtungen nicht aussprechen, falls die Sterne uns belauschten und beschlossen, mit unseren Seelen zu spielen.

Max, Xavier und Tory gingen nach links in den dunklen Tunnel, während Geraldine, Caleb und ich nach rechts abbogen.

Wir beschleunigten unser Tempo, und ich atmete die feuchte Luft ein, rückte näher an Caleb heran und zuckte zusammen, als sich unsere Hände berührten. Sein kleiner Finger wickelte sich für eine kleine Ewigkeit um meinen, und ich vergaß, wie man atmete. Aber dann trennten sich unsere Hände wieder, und ich war mir nicht sicher, ob es überhaupt passiert war.

Das Fae-Licht, das über Geraldine schwebte, warf nicht viel Licht auf uns, und als ich einen Blick auf Caleb warf, um seinen Gesichtsausdruck zu untersuchen, stellte ich fest, dass er mich bereits ansah. Seine Gesichtszüge waren dunkel, und ich war mir nicht sicher, was ich denken sollte, als sich unsere Blicke trafen und mein Herz einen Satz machte. Früher hatte ich ihn regelmäßig so berührt, meine Arme um ihn geschlungen und meine Nase an sein Gesicht und seinen Hals gedrückt. Und das, ohne weiter darüber nachzudenken. So war ich eben. So war ich mit all meinen Freunden. Aber jetzt fühlte es sich jedes Mal, wenn meine Haut die seine berührte, verboten an. Als würde ich eine Grenze überschreiten, von der ich nicht wusste, wofür sie stand.

Alles hatte sich verändert, und irgendwie wusste ich immer noch nicht, woran ich war. Ich lebte in einem quälenden Paradoxon: Einerseits konnte ich den emotionalen Schmerz nicht ertragen, den ich mit mir trug, seitdem unsere Beziehung zu einer Freundschaft mit gewissen Vorzügen geworden war. Andererseits wollte ich, dass Caleb mich nach Belieben ausnutzte. Ich labte mich geradezu an den kleinen Fünkchen Aufmerksamkeit, die er mir schenkte.

Ich hatte noch nie etwas so Heißes erlebt, wie Caleb Altair dabei zuzusehen, wie er für mich in den Abgrund stürzte. Und ich war noch nie so hart gekommen wie mit seiner Hand auf meinem Schwanz. Ich war süchtig nach ihm. Es gab keine Hoffnung mehr. Wenn er wieder zu mir kommen sollte, würde ich nicht Nein sagen. Ich hätte mehr Stolz haben, mein Herz in Würde halten und mich vor der unausweichlichen Zerstörung schützen sollen, die deswegen auf mich zukommen würde. Aber ich war ein williges Opfer, das ohne zu zögern in den Tempel der unerwiderten Liebe spazierte und ihm ein Messer reichte, damit er den pochenden Muskel in meiner Brust herausschneiden und ihn in Gänze verschlingen konnte. Ich konnte mir kein besseres Ende für mein Herz vorstellen.

»Achtung!«, zischte Geraldine, und ich wäre fast mit ihr zusammengestoßen, als sie plötzlich stehen blieb. »Wir haben das Innere des Palastes erreicht. Ein Tor tut sich auf – ich fühle es tief in meinem großen Zeh.« Sie fuhr mit den Händen über die Steinmauer vor ihr und ein knirschendes Geräusch ertönte, als sie sich zu öffnen begann.

Ich spannte mich an, bereit für einen Angriff, während Geraldine ihren Flegel hob und Caleb einen Dolch zur Hand nahm. Aber es war nur ein leerer Flur, der still hinter der verborgenen Tür wartete. Er war mit einem marineblauen Teppich ausgelegt und an seinen Wänden hingen riesige silberne Spiegel.

Geraldine trat in den Palast und wir folgten ihr, wobei wir dicht beieinanderblieben. Ich hob eine Hand, um eine Stillekuppel sowie einen Luftschild um uns zu legen.

»Großer Gugelhupf!«, flüsterte Geraldine voller Ehrfurcht. »Meine Augen sind der Schönheit, die diese Hallen beherbergen, nicht würdig. Ich werde sie mit Seetang und Salz schrubben, wenn ich in unseren sicheren Heimathafen zurückkehre.«

»Wo geht es zur Seherkammer?«, fragte ich.

»Dort entlang!«, rief sie und trabte los, worauf Caleb und ich ihr hinterherschossen.

Sie war verdammt schnell, bewegte sich wie eine Straßenkatze, die von einem wilden Hund verfolgt wurde, und sprintete in den nächsten Korridor, bevor sie nach rechts abbog und uns durch ein Labyrinth aus luxuriösen Lounges und Teestuben führte. Schließlich blieb sie vor einer großen Holztür stehen und presste ihr Ohr dagegen.

Wir versammelten uns dicht hinter ihr, und Geraldine packte Calebs Shirt und zog ihn so nah zu sich, dass seine Nase die ihre berührte.

»Schärfe deine echolotischen Flatterohren und entfalte deine klangliche Begabung, um jegliches Unheil jenseits dieser finsteren Pforte zu erlauschen, werter Geselle!«, befahl sie, griff nach seinem Ohr und zog daran, um es näher an die Tür zu bringen.

»Argh. Hör auf damit!« Caleb stieß sie weg, rieb sich das Ohr und machte einen Schritt auf die Tür zu, um ihrer Aufforderung Folge zu leisten.

Geraldine beugte sich vor und presste ihr Ohr an Calebs anderes Ohr, das nicht an der Tür lag.

»Vielleicht kann ich dich als Hörtrompete benutzen«, flüsterte sie vor sich hin, und ich musste leise lachen.

»Die Luft ist rein«, verkündete Caleb, trat zurück und öffnete die Tür, wobei er Geraldine von sich wegstieß.

Mein Herz schlug so schnell, dass es fast aus meiner Brust gesprungen wäre, als wir Stella hinter der Tür erblickten, die alarmiert die Augen aufriss.

»Für die wahren Königinnen!«, rief Geraldine, machte einen Satz nach vorn und schwang ihren Flegel ohne zu zögern in Richtung Stellas Kopf.

Stella schrie auf, aber ihre Stimme erreichte uns nicht, denn sie war ebenfalls von einer Stillekuppel umgeben. In der nächsten Sekunde schoss sie mit ihrer Vampirgeschwindigkeit mehrere Meter nach hinten und wich somit dem brutalen Schlag von Geraldines Waffe aus.

Caleb bewegte sich blitzschnell und eilte ihr nach, bevor sie mit einem Impuls ihrer Vampirgeschwindigkeit verschwinden konnte. Aber Stella versuchte nicht einmal, zu fliehen, sondern ließ zu, dass Caleb ihren Arm nahm. Sie hob sogar ihren anderen Arm zur Kapitulation.

Ich erweiterte meine Stillekuppel, um sie ebenfalls einzuschließen, und sie ließ ihre platzen, damit wir sie hören konnten.

Geraldine stürzte sich erneut nach vorn, schwang dabei den Flegel wie eine Besessene und ließ gleichzeitig die Hüften kreisen.

»Warte!«, keuchte Stella und ihre Reißzähne blitzten mich aus ihrem Mund an. »Ich kann euch helfen.«

Caleb warf einen Arm hoch, um Geraldines Schlag abzublocken. Die

Kette des Flegels wickelte sich fest um seinen Arm, und er knurrte durch den Schmerz hindurch.

»Beim Mond, Cal, geht es dir gut?« Ich stürzte auf ihn zu, befreite ihn von dem Flegel und heilte die Wunden.

»Wie kannst du es wagen?«, rief Geraldine und hielt sich – völlig schockiert über Calebs Tat – eine Hand vor die Brust. »Mein Flegel war dazu bestimmt, diesem Weib den Schädel zu zertrümmern. Sie ist eine kaltherzige Kakerlake, eine hinterhältige Hornisse, eine …«

»Rücksichtslose Raupe?«, schlug ich vor.

»Ganz genau!«, rief sie. »Und ich werde sie heute im Namen ihres tapferen und furchtlosen Sohnes erschlagen. Denn er hat uns gelehrt, dass selbst eine geächtete Kreatur wie er im Namen der Liebe, der Tugend und der Ehre in die Gesellschaft zurückkehren kann.«

»Sie hat uns schon einmal geholfen«, sagte Caleb, und ich vermutete, dass er recht hatte, obwohl Geraldine definitiv auch gute Argumente vorgebracht hatte. Ich war geneigt, Stella allein wegen ihrer Einstellung Orion gegenüber zu erledigen. Er war schließlich mein Mondfreund, und was wäre ich für ein Mondfreund, wenn ich seine verräterische, kaltherzige Mutter nicht töten würde, jetzt, da sich die Gelegenheit bot?

»Ich weiß nicht, Cal. Ich glaube, ihr Gesicht würde besser zu ihr passen, wenn sie es auf der Rückseite ihres Schädels tragen würde«, sagte ich düster und trat an Geraldines Seite. »Ich hätte aber gern die Ehre.«

Calebs Kehlkopf wippte, als er meine Worte auf sich wirken ließ, und Stella sah mich entsetzt an.

»Ich kann euch helfen«, sagte sie schnell. »Sagt mir, was ihr braucht!«

»Wir sind hier, um unsere Freunde zu retten«, sagte ich.

»Hund, stopf dir deinen Brüllknochen in den Rachen und schweig!«, schnauzte Geraldine. »Verrate dieser Kloake von einem Krustentier nicht unsere Pläne!«

»Ach, das ist nicht weiter schlimm. Sie ist sowieso gleich tot.« Ich umkreiste Stella langsam, wie ein Wolf, der nach Beute gierte, und sie drehte den Kopf, um mich zu beobachten, wobei ihre Augen ängstlich funkelten.

Ich liebte die Macht, die dieses Spiel mir verlieh, und ich spürte, wie Caleb in Versuchung geriet, mitzuspielen. Er wollte mir dabei zusehen. Er würde jede Sekunde genießen. Denn wir lebten zwar in einer zivilisierten Gesellschaft, aber in unserem Innersten waren wir Tiere. Und die Verheißung des Todes ließ unsere innere Natur zutage treten.

Caleb blitzte mich mit seinen Reißzähnen an – eine Warnung an mich, zu warten –, und ich lächelte dämonisch. *Vielleicht, vielleicht aber auch nicht.*

»Sie könnte nützlich sein. Wie beim letzten Mal«, sagte Caleb, als wollte er mir gut zureden. Aber ich leckte mir nur über die Lippen.

»Dieses Mal brauchen wir keine Hilfe«, sagte ich. »Wir haben einen Plan. Was kann sie uns wirklich bieten?«

»Der Welpe hat recht«, stimmte Geraldine zu. »Lasst uns dieses Miststück aus der Welt schaffen, bevor wir hier herumlungern wie ein Topf mit Begonien auf einer Fußmatte.«

»Hört mir zu!«, knurrte Stella. »Ihr könnt die anderen mitnehmen, aber mein Sohn kann hier nicht weg. Er …«

»Schweig, du alte Hexe!« Geraldine streckte eine Hand aus und warf Stella ein Stück Erde in den Mund, sodass sie würgte und spuckte.

Ich fletschte die Zähne an Stellas Ohr, und sie wich so heftig zurück, dass sie fast umfiel und nur durch Calebs Griff aufrecht stehen blieb. Ich lachte und Geraldine presste ihre Lippen aufeinander, um ihr eigenes Lachen zu unterdrücken, fasste sich aber schnell wieder.

»Wir müssen unserem lieben Professor gegenüber ehrenhaft handeln«, sagte Geraldine und blähte ihre Brust auf. »Wir müssen seine Mutter umbringen.«

»Niemand ist so scharf auf ihren Tod wie ich«, sagte Caleb und zeigte mit seinen Reißzähnen, dass er jedes Wort ernst meinte. »Aber sie war damals nützlich, als wir im Acrux-Anwesen ihre Hilfe gebraucht haben. Für Orion mag sie eine verachtenswerte Mutter sein, aber irgendetwas verrät mir, dass sie kalte Füße bekommen hat, was ihr dämonisches Schlampengeschäft angeht.«

»Ich weiß nicht, Cal«, sagte ich zweifelnd. »Sie hält uns wahrscheinlich nur hin, damit Lionel Zeit hat, sie zu finden.«

Stella kratzte sich den letzten Rest Erde von der Zunge, zischte wütend und blickte zwischen uns hin und her.

»Hört mir zu, Lance hat die Last auf sich genommen, Darcy Vegas Fluch zu brechen«, sagte sie mit zitternder Stimme, als ob sie sich wirklich um ihren Sohn scherte. »Er hat einen Pakt mit der Schattenprinzessin geschlossen. Ihr könnt ihn nicht von hier wegbringen.«

»Und warum sollten wir dir glauben?«, knurrte ich. »Du willst deinen Sohn nur hierbehalten, damit du wieder versuchen kannst, ihn zu verderben. Aber wir haben ihn zuerst verdorben. Er gehört *uns*. Du kannst ihn nicht haben.«

Ihre Unterlippe zitterte. »Ja, ich weiß, dass ich ihn vor langer Zeit verloren habe, aber ich versuche, ihn jetzt zu beschützen. Er hat einen Todesschwur mit ihr abgelegt.«

»Einen Todesschwur?« Geraldine schnappte nach Luft und schlug eine Hand auf ihr Herz. »Nein, das kann nicht sein. Nicht die Sauerkirsche meiner Königin! Nicht ihr geliebter Orry-Mann!«

»Sie lügt«, bellte ich, und Stella zuckte wieder zusammen. »Gib sie mir, Cal! Ich bringe sie dazu, uns die Wahrheit zu sagen.«

»Wir verschwenden zu viel Zeit«, sagte Caleb mit zusammengezogenen Augenbrauen.

Er hob die Hand, drückte seine Handfläche auf Stellas Stirn und belegte sie mit einem Schlafzauber, bevor sie ihn aufhalten konnte. Sie sackte zu einem Haufen vor seinen Füßen zusammen und Geraldine schrie auf.

»Ich will ihr nicht das Gesicht einschlagen, während sie schlummert! Ich will sie wie eine Fae bekämpfen, wie die glorreiche Gadrivelle im Krieg der sieben Wahrsager! Wecke sie sofort auf!«, befahl Geraldine und hob drohend ihren Flegel.

»Nein«, sagte Caleb, beugte sich mit seiner Vampirgeschwindigkeit vor und hob Stella auf. In der nächsten Sekunde war er verschwunden und kehrte mit leeren Händen aus der Richtung zurück, aus der wir gekommen waren, bevor wir mehr tun konnten, als herumzuwirbeln und uns nach ihm umzusehen.

»Wo ist sie?«, fragte ich.

»Sie schläft auf einem Stuhl irgendwo weit weg von uns. Wir lassen sie am Leben, ihr Tod gehört Orion. Außerdem bringen wir keine Frau um, die sich uns ergeben hat«, sagte Caleb mit einem Hauch von Autorität in seiner Stimme.

»Aber sie ist fürchterlich«, stieß ich hervor, während ich mich auf ihn stürzte und meine Brust gegen seine knallte. »Du hattest kein Recht, diese Entscheidung zu treffen. Du trägst nicht die Verantwortung.«

Caleb fletschte die Zähne, seine Augen funkelten herausfordernd, und Hitze strömte durch meine Adern. Er wollte einen Kampf? Ich würde ihm einen verdammten Kampf liefern.

»Wir haben einen Plan, und wir müssen uns daran halten. Wenn wir sie töten, könnte Vard das sehen. Was glaubst du, wie lange wir dann noch haben, bis wir gefunden werden?«

»Das kannst du nicht einfach so entscheiden. Du bist ein Erbe, kein König«, zischte ich, stieß meine Stirn gegen seine und knurrte tief in meiner Kehle. Dank meiner Instinkte fühlte ich mich ganz und gar wölfisch, und Caleb begegnete der Bestie in mir mit seiner eigenen.

»Du scheinst gerade darum zu betteln, in die Schranken gewiesen zu werden, Kleiner. Willst wohl unbedingt wissen, wo dein Platz ist, was?«, knurrte er.

»Und wo ist mein Platz? Soweit ich weiß, ist er an deiner Seite, nicht unter dir.«

»So habe ich das nicht in Erinnerung«, sagte er mit einem Grinsen auf den Lippen – offensichtlich machte er sich über das lustig, was wir im Geheimen getan hatten.

Das traf mich wie ein Blitzschlag in die Brust und ich heulte vor Wut, bäumte mich auf und schlug ihm meine Faust ins Gesicht. Er stolperte fluchend davon, aber als ich wieder auf ihn zuging, bewegte er sich mit seiner vampirischen Geschwindigkeit hinter mich, legte seinen muskulösen Unterarm um meinen Hals und drückte mich zurück.

»Unterwirf dich, braver Welpe!«, brummte er an meinem Ohr, was meinem Schwanz sehr gefiel, meinem Wolf aber nicht.

Ich stieß meinen Ellbogen hart genug zurück, um ihm dazu zu bringen, nach Luft zu schnappen, und er schoss wieder davon, als ich mich umdrehte, um ihn zu packen.

»IHR IDIOTEN!«, krähte Geraldine, sprang zwischen uns und schlug jedem von uns eine Hand auf die Stirn, als Caleb von vorn auf mich loszugehen versuchte. Mit gefletschten Zähnen und wilden Augen schaute sie von mir zu ihm. »Ihr zwei habt lange genug den Tanz der vierbeinigen Monster vollführt. Es ist so klar wie ein sommerlicher Dienstagmorgen, dass ihr wie zwei Tauben vor einem Schwarm von Tausenden von Fae-Fliegen turtelt. Meine Augen mögen offen sein, aber selbst wenn sie mit Sonnenstahl versiegelt wären, würde mir das so wenig entgehen wie ein buttriger Bagel. Seth Capella, du siehst aus wie ein aufgeblasener Kaga-Frosch, wenn du das zähnefletschende Monster vor dir anstarrst. Und Caleb Altair, es scheint, als würde dein Unterkiefer aus den Ecken deines Gesichts fallen und auf den Fliesen zerschellen, wenn du deinen fröhlichen Köter ansiehst. Hört also auf mit diesem unerträglichen Foxtrott und legt eure Wahrheiten auf der Stelle in den Schoß des anderen!«

Wir sahen Geraldine entgeistert an, und ich dachte über die verrückten Worte nach, die sie uns gerade entgegengeschleudert hatte. Mein Gehirn hing noch beim vierbeinigen Monstertanz fest, und ich konnte nicht entschlüsseln, was ihr Punkt gewesen war. Ich schaute Caleb an und fragte mich, ob er sie besser verstand als ich, aber er schüttelte den Kopf und bestätigte, dass auch er keine Ahnung hatte.

»Ähm, was?« Ich starrte sie mit offenem Mund an.

Geraldine warf frustriert den Kopf zurück und schlug sich eine Hand vor die Stirn. »Ich könnte nicht klarer sein, wenn ich euch beiden einen Jotsom-Schal stricken und euch in den Fluss Meul werfen würde. Leider kann ich keinen einzigen Schritt mehr in diesem Sumpf wagen. Es ist an der Zeit, dass wir unsere Aufmerksamkeit auf unseren geliebten Gabriel richten und mit ihm im Schlepptau schnellstmöglich zu unseren Freunden zurückkehren. Wenn an Stellas Geschwätz etwas Wahres dran ist, müssen wir uns beeilen und herausfinden, was man in Bezug auf Darcys Orry-Mann tun kann. Aber die Zeit rinnt uns bereits durch die Finger, Burschen, also müssen wir die Gunst der Stunde nutzen und weitermachen.«

Sie verschwand in rasantem Tempo, und ich tauschte einen Blick mit Caleb aus, der mir sagte, dass wir diesen Streit vorerst vergessen würden. Geraldine hatte recht, wir mussten uns beeilen, aber ich hatte die Absicht, die Auseinandersetzung mit ihm später zu beenden.

Wir liefen ihr nach und folgten ihr durch einen Flur, in dem glänzende Schwerter an den Wänden hingen. Schließlich blieb sie abrupt vor einer gravierten Holztür stehen und zeigte dramatisch mit ihrem Flegel darauf.

»Die Königliche Seherkammer«, hauchte sie bedrohlich, und ich zog unsere Stillekuppel fester um uns herum. »In welchem Elend werden wir unseren Gabriel finden? Was dort liegt, kann nie ungesehen sein.«

Ich wollte die Tür öffnen, aber Geraldine schlug meine Hand mit einem Karateschlag weg.

»Au!«, fluchte ich und kniff die Augen zusammen. »War das wirklich nötig?«

»Deine unwürdigen Pfoten verfügen nicht über die Feinheiten, eine solche Tür zu öffnen.« Geraldine hob eine Hand in einer theatralischen Bewegung, legte sie auf den Griff und öffnete die Tür. Wie eine ganz normale verdammte Tür eben.

»Inwiefern waren hier Feinheiten nötig?«, fragte ich frustriert, aber Geraldine war schon weg und marschierte mit hocherhobenem Flegel in den Raum.

Ich folgte ihr zusammen mit Caleb und betrachtete den wunderschönen Raum, in dem Porträts längst verstorbener Fae von den Wänden auf uns herabstarrten. Mein Blick fiel auf den gläsernen Thron in der Mitte der Kammer. Er war atemberaubend, ein Kunstwerk für sich, mit silbernen Edelsteinen besetzt, die die Konstellationen darstellten. Am anderen Ende des Raumes hing ein Porträt von Merissa Vega, deren Gesicht dem Nachthimmel zugewandt und deren Schönheit der ihrer Töchter so ähnlich war.

Mein Herz sank wie ein Stein in einem Brunnen. Der Raum war leer, nichts außer den Ketten am Thron deutete darauf hin, dass Gabriel hier gewesen war.

»Krackelstinks!«, fluchte Geraldine, lief zu dem Thron und beugte sich vor, um mit den Händen über die Sitzfläche zu streichen. »Es ist so kalt wie an einem Winterabend. Von der Wärme seines knackigen Hinterns ist nichts mehr zu spüren. Er ist schon seit einiger Zeit weg. Vielleicht war er aber auch gar nicht hier.«

»Lasst uns zum Turm gehen«, sagte Caleb entschlossen.

»Ja, ich gehe voran«, sagte ich und warf ihm einen Blick zu, der »Hör auf, ein überhebliches Arschloch zu sein!« signalisieren sollte.

»Wie wäre es, wenn ich euch beide trage, damit es schneller geht?«, schlug Caleb mit funkelnden Augen vor.

»Ich kann ganz gut laufen«, sagte ich stur.

»Blödsinn, du Einfaltspinsel.« Geraldine verpasste mir einen Klaps auf den Hinterkopf. »Wir reiten auf unserem zahnigen Ross und beschleunigen diese Eskapade ein wenig. Lass uns sofort losreiten!« Sie sprang auf Calebs Rücken und schlang Arme und Beine um ihn, während Caleb seine Arme für mich öffnete.

»Hey, wieso muss ich in deinen Armen reiten wie ein Baby? Ich nehme deinen Rücken. Runter, Geraldine!« Ich machte einen Schritt nach vorn und packte ihr Bein, aber sie strampelte wie ein neugeborenes Fohlen und rammte ihren Stiefel gegen meinen Schwanz.

»Heilige Scheiße!« Ich brach mit einem Schmerzensschrei zusammen, und Caleb nutzte die Gelegenheit, um mich in seine Arme zu heben und durch den Palast zu schießen. Ich wurde keineswegs wie ein Baby gehalten – ich war eine verdammte Handtasche, die schlaff unter dem Arm eines alten Großmütterchens hing.

»Links, rechts, links«, rief Geraldine ihm zu und zerrte an seinen Ohren, um ihn wie ein Rennpferd anzutreiben, während ich meinen Hals reckte, um sie beide böse anzufunkeln.

»Hör auf damit!«, zischte Caleb, aber Geraldine ignorierte ihn und lenkte seinen Kopf in die eine oder andere Richtung, ohne dass er etwas dagegen tun konnte, solange er seine Arme fest um mich geschlungen hatte.

Bald hatten wir den Turm erreicht und stiegen die dunkle Wendeltreppe so schnell hinauf, dass mir schwindelig wurde.

»Pass auf!«, brüllte Geraldine, und Caleb kam oben im Turm, direkt vor einer Tür, ins Schleudern.

Wir befanden uns auf einem dunklen Treppenabsatz mit schwarzen Ziegelwänden und einem abgenutzten Holzboden. Das einzige Fenster hoch über uns ließ nur wenig Mondlicht herein, und ich hielt es nicht für sinnvoll, ein Fae-Licht zu werfen, um keine Aufmerksamkeit zu erregen.

Ich befreite mich aus Calebs Armen und Geraldine sprang ebenfalls ab, um die Umgebung nach Verteidigungszaubern abzusuchen.

»Verflixt, hier ist eine Schutzbarriere. Ich werde versuchen, sie auszuschalten. Komm, Caleb, leih mir deine Kraft!« Sie nahm seine Hand, und ich schürzte die Lippen, als er ihr seine Kraft anbot und die beiden sich gemeinsam an die Arbeit machten.

»Na schön, dann stehe ich eben hier wie eine ungewollte Mandel«, sagte ich laut, aber sie ignorierten mich. »Niemand mag Mandeln.«

Sie drehten mir nach wie vor den Rücken zu. Knurrend bewegte ich mich weiter an der Wand entlang, die uns den Weg in den Raum versperrte, und strich sogar mit der Hand, in der ich Torys Ring hielt, darüber. Vielleicht gab es ja einen Geheimgang, durch den wir eindringen konnten. Dann hätte ich definitiv die Kuh vom Eis geholt.

»Nicht einmal Mandeln mögen Mandeln. Sie sind die Auberginen der Nusswelt«, murmelte ich. »Tatsächlich glaube ich nicht, dass sie überhaupt zu den Nüssen gehören. Ich bin mir ziemlich sicher, dass sie Samen sind, die sich als Nüsse ausgeben. Verdammte Undercover-Samenbastarde!«

Ich ließ sie mit ihrer Stillekuppel zurück, während ich mich weiter entfernte, mich selbst in eine eigene Stillekuppel hüllte und weiter in den dunklen Gang vordrang.

Ein knirschendes Geräusch ließ mich innehalten und ich drehte mich um, in der Hoffnung, eine Türöffnung in der Wand gefunden zu haben. Aber stattdessen rutschte nur ein einzelner Stein zur Seite und gab den Blick in den dahinter liegenden Raum frei. Ich schob mich dicht an die Wand heran, spähte hindurch und hielt hoffnungsvoll nach Gabriel, Orion und Darcy Ausschau, bis mir fast das Herz zersprang.

Es war dunkel da drinnen und es roch nach Asche und Tod, was meine Instinkte in Alarmbereitschaft versetzte. Meine Kehle wurde eng und ich blinzelte angestrengt, um durch die Dunkelheit zu spähen. Schließlich hob ich sogar eine Hand, um meine Augen mit einem Verstärkungszauber zu belegen. Der Raum wurde klarer, und ich erstarrte beim Anblick dessen, was ich dort drinnen erblickte. Lavinia krümmte sich in einem Nest aus Schatten und kaute auf einem abgetrennten Kopf, dessen Augen so lebendig waren, dass ich hätte schwören können, dass er irgendwie wusste, was mit ihm geschah.

Ein Brechreiz erfasste mich, als sich Lavinia plötzlich auf den Rücken rollte, ihre Beine weit spreizte und ein klaffendes schwarzes Loch offenbarte, wo eigentlich ihre Vagina hätte sein sollen.

Ich schrie auf, aber das Geräusch war in meiner eigenen Stillekuppel gefangen und prallte dreifach an meine Ohren zurück. Ein Ding, ein schreckliches, riesiges Ding kroch aus dem Loch, Schatten und schwärzliches Blut überall, als sich diese monströse Dämonenkreatur ihren Weg aus ihrem Körper in diese Welt bahnte.

»Nein, nein, nein, nein, nein«, sagte ich entsetzt und wich zurück. Am liebsten hätte ich mir die Augen aus dem Gesicht gerissen, um das Gesehene ungesehen zu machen. Aber ich konnte es nicht ungesehen machen, ganz und gar nicht. »Du bist nicht Darcy. Überhaupt nicht Darcy.«

Lavinia beugte sich nach hinten, als wäre sie aus Gummi, spreizte die Beine noch weiter und stieß einen furchtbaren Singsang aus, während sie ein Monster zur Welt brachte. Die Macht in diesem Raum war unvorstellbar, der Druck ließ meine Ohren dröhnen und die Magie in meinen Adern brodeln. Es war zu viel. Wir konnten nicht dagegen ankämpfen, konnten uns nicht nähern, ohne den schrecklichen Schatten zum Opfer zu fallen, die aus ihrem Nest hervorsickerten. Sie schwebten in diese Richtung, schlängelten sich wie Tentakel auf mich zu, um mich zu packen und in eine Grube der Verwüstung zu ziehen. Oder noch schlimmer: in Lavinias Vagina.

Ich zwang meinen Verstand, sich zusammenzureißen, und zuckte zurück, wobei ich meine Hand von der Wand nahm, damit der Stein wieder an seinen Platz rutschte. Mein Herz klopfte wie wild und ich wusste nur, dass wir gehen mussten. So weit wie möglich. Und nie, nie, nie zurückschauen.

Ich sprintete zu den anderen und keuchte, während ich meine Stillekuppel mit ihrer verschmolz.

»Ich habe durch die Wand gesehen«, platzte ich heraus, und sie drehten sich zu mir um.

»Bei den Sternen, geht es dir gut?«, fragte Caleb und kam besorgt näher. »Du siehst ganz schön blass aus.«

»Ja, gut, prima, wunderbar. Aber lasst uns gehen. Ich habe etwas gesehen. Etwas wirklich Ungutes. Gabriel ist nicht hier. Es ist niemand hier. Na ja, jemand ist hier. Aber nicht unsere Freunde. Wir müssen einfach … einfach gehen. Denn ich habe etwas gesehen und … und …«

»Meine Güte, er ist ja völlig durch den Wind«, murmelte Geraldine zu Caleb.

»Was hast du gesehen?«, drängte Caleb, aber ich schüttelte den Kopf und schwor bei jedem Tropfen Liebe, den ich in meinem Herzen für ihn hegte, dass ich ihn nicht wissen lassen würde, was ich gesehen hatte. Ich würde ihnen alles über das verrückte Schattenbaby erzählen, sobald ich dazu in der Lage war, aber jetzt war nicht der richtige Zeitpunkt.

»Wir müssen einfach gehen. Bitte, vertraut mir!« Ich schluckte den Kloß in meinem Hals hinunter und Caleb runzelte die Stirn und nickte zustimmend.

»Okay, lass uns wieder nach unten gehen und die anderen suchen«, sagte er. »Vielleicht haben sie mehr Glück als wir.«

Geraldine sprang auf seinen Rücken und ich ließ zu, dass Caleb mich in seine Arme hob. Ich schmiegte mich sogar an ihn und drückte mein Gesicht in sein Shirt. Es würde vermutlich kein Tag mehr vergehen, an dem ich nicht daran dachte. Ich war verändert, für immer verändert.

Die Sterne mögen mich vor der unheiligen Dämonenvagina retten!

Wir erreichten das Erdgeschoss und Caleb kam ruckartig zum Stehen, sodass ich fast aus seinem Griff flog. Als hätte es einen Auffahrunfall gegeben oder so. Zum Glück legte sich sein Arm wie ein Sicherheitsgurt um mich und drückte mich wieder fest an seine Seite. Ich blickte stirnrunzelnd auf den Korridor vor uns, wo schwere Schritte in diese Richtung polterten, aber Caleb bewegte sich bereits in die Richtung zurück, aus der wir gekommen waren.

»Verdammt, hier sind überall Nymphen«, fluchte er, da er sie mit seinem vampirischen Gehör deutlich wahrgenommen hatte. Er flüchtete in einen Schrank, bevor die Nymphen in unsere Richtung kamen, und unsere Stillekuppel schloss sich enger um uns drei.

»Beim Donnerwetter, wir können hier nicht bleiben«, flüsterte Geraldine.

»Wir können auch nicht rausgehen. Es sind einfach zu viele. Sieh selbst!« Caleb deutete auf das Schlüsselloch und ich löste mich aus seinen Armen, bückte mich, um hindurchzuspähen, und entdeckte die Reihen von Nymphen, die an der Tür vorbei in eine offene Lounge auf der anderen Seite des Flurs spazierten. Jupp. Das war die Tür des Todes, und der Tod stand davor, spielte mit dem Schlüssel und lockte uns mit seinen Pfiffen an.

Einige der Nymphen waren in ihrer verwandelten Form, während andere in ihrer Fae-Gestalt Tee schlürften, als gäbe es bald keinen mehr. Sie hatten es offensichtlich nicht eilig, weiterzugehen.

»Tüddelfrösche!«, schimpfte Geraldine. »Wir warten besser hier, bis sie weiterziehen. Selbst mit meinem Flegel, deinen Dolchen und den Klauen des Köters würden wir zu viel Aufsehen erregen, wenn wir sie angreifen. Wir dürfen den niederträchtigen Dragoner nicht auf uns aufmerksam machen, bevor unser lieber Dante die Gelegenheit hatte, einen Todessturm auf seine Birne niedergehen zu lassen.«

Seufzend ließ ich mich auf den Hintern fallen und vergrub mein Gesicht in den Knien, bis ich nur noch eine Dämonenvagina sah, die mich aus der Dunkelheit anstarrte. Ich erschauderte, aber als Caleb sich neben mich setzte, fand seine Hand in der Dunkelheit meine und Wärme breitete sich auf meinem Arm und tief in meinem Herzen aus.

Na gut, vielleicht war es gar nicht so schlecht, sich hier in einem Schrank zu verstecken. Ich hoffte nur, dass Max, Tory und Xavier mehr Glück hatten als wir.

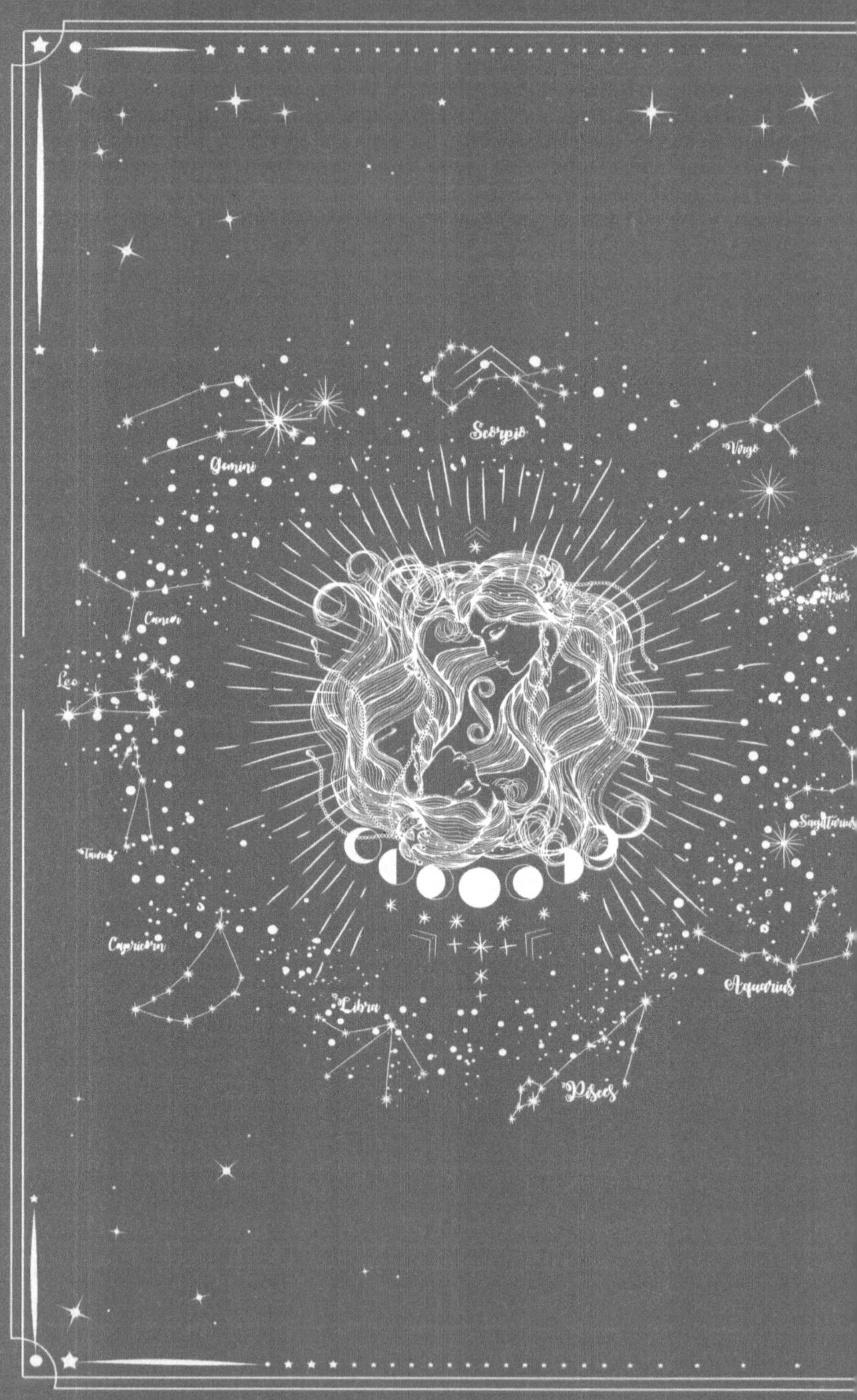

Gemini
Scorpio
Virgo
Cancer
Aries
Leo
Sagittarius
Taurus
Capricorn
Aquarius
Libra
Pisces

TORY

KAPITEL 44

Ich stieß eine versteckte Tür auf, die uns in einen Korridor führte, der nicht weit von der Küche entfernt war, und mein Blick huschte zwischen Max und Xavier hin und her, als diese sich neben mich stellten.

»Und?«, fragte ich Max, während unsere Stillekuppel meine Stimme daran hinderte, nach draußen zu dringen.

»Es ist niemand in der Nähe«, bestätigte er, während ich den Wandteppich zurechtrückte, hinter dem wir uns versteckt hatten, und meine Augen über den grünen Drachen schweiften, der dort eingestickt war. »Aber da ist etwas anderes …«

Ich schaute ihn an, als er sich tiefer in seinen Gaben verlor und dabei die Stirn runzelte.

»Was ist es?«, fragte Xavier mit einem vorsichtigen Unterton in der Stimme und ich wusste, dass die Aussicht auf eine Begegnung mit Lionel an ihm nagen musste. Er hatte viel zu lange unter der Tyrannei dieses Arschlochs gelitten und dadurch zu viel verloren, als dass ihm das nicht zu schaffen machen würde.

»Es ist eine Art Masse aus Schmerz und Angst …« Max drehte sich um und entfernte sich von uns, um in die Richtung zu gehen, die dem Thronsaal entgegengesetzt war.

»Hey!«, zischte ich. »Du gehst in die falsche Richtung. Darcy und Orion werden dort hinten festgehalten.«

Ich reckte mein Kinn den Korridor hinunter, der zum Thronsaal führte, aber Max ignorierte mich und beschleunigte sein Tempo und ging auf ein Fenster zu, das sich weiter hinten auf dem breiten Korridor befand.

Ich tauschte einen Blick mit Xavier aus und eilte ihm hinterher, bis ich das Fenster erreicht hatte, von dem aus man einen Blick auf das neblige Gelände und das im fahlen Mondlicht erleuchtete Amphitheater in der Ferne erhaschen konnte.

»Scheiße«, murmelte Max, der seinen Blick auf den Ort des Krieges und der Zerstörung gerichtet hatte.

»Zeig es mir!«, forderte ich und nahm seine Hand. Max zögerte nur kurz, bevor er mir das, was er fühlte, entgegenschob.

Erinnerungsfetzen tanzten hinter meinen Augenlidern, schreiende Fae, kalte Steinböden, Eisengitter, Folter.

»Fuck!«, zischte ich und riss meine Hand wieder weg, während Xavier pferdeartig schnaubte.

»Was ist los?«, fragte er.

»Gefangene«, antwortete ich.

Max stand immer noch da und verlor sich in der Woge von Elend und Angst, die aus dem Amphitheater drang.

»Wir müssen Dante warnen, bevor er seine Blitze zündet«, sagte Max mit einem leisen Knurren und seine Augen blitzten vor Sorge um diejenigen, die in der Schusslinie stehen würden, wenn Dante seine Macht so entfesselte, wie wir es geplant hatten.

»Bin schon dabei«, sagte ich, holte meinen Atlas aus der Tasche und rief Leon an, der immer noch in seiner Fae-Gestalt sein sollte, wenn sie sich an ihren Plan gehalten hatten.

Er ging nach dem dritten Klingeln dran. »Heyyy«, krächzte Leon und ich atmete erleichtert auf. Ich wollte gerade dazu ansetzen, die Situation mit den Gefangenen zu erklären, wurde aber unterbrochen, als er weitersprach. »Ich weiß, ich weiß, es ist verständlich, ein bisschen schüchtern zu sein, wenn man eine lebende Legende anruft. Aber keine Sorge, selbst ich bin manchmal von mir selbst eingeschüchtert – das ist eine Charisma-Sache. Also, atme tief durch, entspanne dich und denke daran, dass ich viel zu beschäftigt bin, um meine Zeit mit dem Abhören meiner Voicemail zu verschwenden. Und deshalb ist das hier auch keine. PS: Wenn du meinen Merch-Shop kontaktieren willst, rufe die 38317-071-355134 an. Wir nehmen jetzt Vorbestellungen für den Kalender *Winzige Schlangen in winzigen Hüten* für das nächste Jahr entgegen. Ciaoooo.«

Der Anruf wurde unterbrochen und ich blinzelte einige Sekunden lang auf meinen Atlas, bevor ich fluchte und stattdessen Dante anrief, in der Hoffnung, dass der Sturmdrache wie durch ein Wunder noch nicht in der Luft war und wir noch Zeit hatten, die Sache aufzuhalten.

»Heyyy«, antwortete Leon nach dem vierten Klingeln und Erleichterung durchströmte mich.

»Leon, du musst Dante dazu bringen …«

»Wie nennt man einen Fae, der beeindruckender ist als ein Sturmdrache?«

»Was?«, fragte ich, aber Leon redete einfach weiter.

»Leon Night!«

»Leon, ich habe keine Zeit für …«

»Fanpost kann an mein Postfach weitergeleitet werden – bitte hört auf, meine Freunde zu belästigen und zu versuchen, mich zu erreichen. Ciao.«

Der Anruf wurde unterbrochen, ohne dass es eine Option dafür gegeben hätte, eine Nachricht zu hinterlassen, und ich verfluchte diesen verdammten Löwenwandler und seinen Unsinn, als ich eine dunkle Wolke am Horizont entdeckte, in deren Herzen Blitze zuckten.

»Ich kann sie nicht erreichen«, hauchte ich, denn das Herannahen der Wolke war wie ein Totengeläut, das das Ende der im Amphitheater gefangenen Rebellen einläutete. »Ihr beide müsst die Gefangenen befreien.«

»Wir lassen dich nicht hier!«, protestierte Xavier und stampfte mit dem

Fuß auf, aber ich schüttelte nur den Kopf, ging zurück zum Wandteppich und riss ihn beiseite, damit sie wieder in die Tunnel hinabsteigen konnten.

»Ihr wisst, dass ich hier nicht ohne Darcy und Orion weggehen kann. Und ich weiß, dass ihr nicht zulassen werdet, dass all die Leute da draußen sterben. Wir können nicht alle an zwei Orten gleichzeitig sein, und ich werde diesen Palast nicht ohne meine Zwillingsschwester verlassen. Eher sterbe ich hier, als dass ich sie im Stich lasse. Also müsst ihr gehen, und zwar sofort. Es hat keinen Sinn, mit mir darüber zu streiten«, sagte ich entschlossen und öffnete die Tür mit einem Druck meiner Hand.

Xavier schien protestieren zu wollen, aber Max hielt seinen Arm fest und schüttelte den Kopf.

»Sie wird ihre Meinung nicht ändern, Kumpel. Und diese Leute da draußen brauchen uns. Ich vertraue ihr, du nicht auch?«

Xavier sah nicht so aus, als würde er mir vertrauen, und um ehrlich zu sein, hätte ich das auch nicht getan. Ich war nicht mehr in der Lage, mich selbst zu kontrollieren, um die Fae, die ich liebte, zu schützen, und ich wusste, dass ich meine Seele mit allen möglichen Sünden beflecken würde, wenn das hieße, heute Abend meine Schwester zu befreien.

»Tory«, begann Xavier, aber ich unterbrach ihn, indem ich meine Arme um ihn schlang.

»Ich liebe dich dafür, dass du bleiben willst«, hauchte ich und drückte ihn fest an mich. »Aber du musst meine Entscheidung akzeptieren und gehen.«

Ich stieß ihn zurück und er warf mir einen herzzerreißenden Blick zu, bevor er nickte und Max in den Gang folgte.

»Pass auf dich auf, kleine Vega!«, knurrte Max, während er mir mit seinen Fähigkeiten Mut und Entschlossenheit einflößte. Ich nahm die Gefühle mit einem grimmigen Lächeln an.

»Wenn ihr Lionel seht, schlagt ihm für mich den Kopf ab!«, erwiderte ich düster, ließ die Steintür zwischen uns zufallen und brachte den Wandteppich an seinen Platz, während ich allein an diesem Ort zurückblieb, der mein Zuhause hätte sein sollen.

Ich zog mein Schwert und rannte los, wobei meine Schritte in meiner Stillekuppel verborgen blieben und das Phönixfeuer in meinen Adern brodelte.

Ich hatte genug Zeit an diesem Ort verbracht, um alle Abkürzungen und versteckten Korridore zu kennen, und so sprintete ich ohne zu zögern einen langen Gang entlang.

Eine Tür zu meiner Linken flog auf und mein Herz machte einen panischen Satz, bevor ich merkte, dass niemand da war. Ich senkte mein Schwert wieder, als ich die Route betrachtete, die mir der Palast anbot, die schwachen, silbern schimmernden Fußabdrücke auf dem Boden.

Ich mochte die Sterne verachten, aber dieser Ort, das Erbe, das meine Eltern mir hier hinterlassen hatten, war anders.

Ich wandte mich von meinem eigentlichen Weg ab und huschte durch die Tür, bevor sie sich hinter mir schloss und das Geräusch mehrerer männlicher Stimmen in dem Korridor widerhallte, aus dem ich gerade entkommen war.

Eine weitere Tür schwang leise vor mir auf und ich rannte darauf zu. Ich folgte den silbernen Fußspuren und vertraute darauf, dass sie mich auf dem etwas längeren Weg zu meinem Ziel beschützen würden.

Es dauerte nicht lange, bis ich den Eingang zum Thronsaal erreichte, und dank der Hilfe des Palastes selbst begegnete ich keiner Fae-Seele auf dem Weg.

Ich strich mit den Fingern über das geschnitzte Holz und prüfte den Eingang auf magische Erkennungszauber und Schlösser, von denen ich gleich mehrere entdeckte. Aber ich hatte meine Zeit nicht vergeudet, während ich auf diese Gelegenheit gewartet hatte, und ich bezweifelte, dass es auf der Welt noch einen solchen Zauber gab, den ich jetzt nicht entschärfen könnte.

Das Schloss klickte leise, als ich es entriegelte, und ich stieß die Tür weit auf, sodass sie gegen die Wand schlug, während ich den riesigen Raum dahinter betrachtete. Ich erweiterte meine Stillekuppel, bis sie die den gesamten Thronsaal einhüllte, und wirbelte zu dem schockiert dreinblickenden Fae herum, der an der Seite des Raumes stand.

Ein hochgewachsener Wächter keuchte erschrocken auf, als er mich wahrnahm, und verschluckte sich an dem Rauch, der aus seinen Lippen quoll und ihn als Drachen entlarvte. Er errichtete einen Schild aus Luftmagie um sich herum, aber ich zerschmetterte ihn mit einem Geschoss aus blauen und roten Flügeln.

Ich stürzte mich auf ihn, noch bevor sich der Rauch verzogen hatte, und er streckte einen Arm aus, um einen weiteren Zauber zu wirken. Einen Augenblick später durchtrennte mein Schwert Fleisch und Knochen des besagten Armes. Ein herrlicher Bogen aus rotem Blut spritzte mir entgegen.

Sein Schrei verstummte abrupt, als mein Schwert seine Kehle durchtrennte, und ich wich seiner Leiche aus, die mit einem dumpfen Aufprall zu Boden stürzte.

Ich würdigte ihn keines weiteren Blickes, sondern wandte mich dem Käfig auf der anderen Seite des riesigen Hydra-Throns zu. Mein Herz raste und schmerzte, als ich dort meine Schwester entdeckte, die von Schatten umgeben neben Orion stand. Sie klammerten sich beide an die Gitterstäbe, ihre Augen vor Überraschung weit aufgerissen.

»Tory«, stieß Darcy hervor, und es war, als hätte ich bis zu diesem Moment nicht atmen können. Als wäre mein Herz wochenlang eingefroren gewesen, seit sich unsere Blicke das letzte Mal getroffen hatten und unsere Seelen am selben Ort gewesen waren.

Ich rannte zu ihr, steckte mein Schwert zurück in die Scheide und warf meine Arme durch die Gitterstäbe des Käfigs um sie.

»Dem Teufel sei Dank habe ich dich gefunden«, stieß ich aus und die Gitterstäbe bohrten sich in mich, als ich mich weigerte, auch nur einen Zentimeter Platz zwischen uns zu lassen. »Wir müssen gehen.«

Ich zwang mich, sie loszulassen, und richtete meine Aufmerksamkeit auf das Schloss der Käfigtür. Mein Blick fiel auf Orion. Unsere Trauer über Darius schwappte zwischen uns hin und her, und mein Herz verkrampfte sich für einen Moment qualvoll.

»Ich habe dich auch vermisst, Arschloch«, sagte ich und drückte meine Kraft in das Schloss, das doppelt so stark geschützt war wie die Tür.

Ein gewaltiges Geräusch ließ uns alle zusammenzucken, als der Hydra-Thron hinter mir zu brüllen begann. Ich wirbelte vor Schreck herum und wirkte einen Dolch in meiner Hand, während ich das Ding anstarrte, dessen Magie – angestachelt durch den Meteoritenschauer – die Wände zum Zittern brachte. Ich hob den Blick zu den Fenstern im Dach hoch über uns und mein Atem stockte beim Anblick der Meteoriten, die durch den immer dunkler werdenden Himmel zogen und die Ankunft des von Gabriel prophezeiten Moments ankündigten.

»Gabriel hat mir auf dem Schlachtfeld eine Prophezeiung geschickt«, erklärte ich, als ich mich wieder dem Käfig zuwandte. »Die Hydra brüllt in einem heimtückischen Palast. Dante wird die Gelegenheit nutzen, die Gabriel uns geboten hat, um den verdammten König zu töten. Aber ich bin euretwegen hier.«

»Er hat Lionel sterben *sehen*?« Orion schnappte nach Luft.

»Wollen wir es hoffen.«

Ich griff erneut nach dem Schloss und beschwor meine Magie, als der Lärm vom Thron wieder verstummte. Seine Magie erzeugte ein Kribbeln auf meiner Haut und ich hätte schwören können, dass sich die Luft selbst durch die Anwesenheit unserer Eltern bewegte, als würden sie diesen Moment beobachten und mich anspornen.

Darcy griff nach meinem Handgelenk, drückte es fest und nahm meine Hand von dem Schloss, um mich zu zwingen, sie anzusehen.

»Tory, du musst uns hierlassen«, sagte sie, ihre Augen waren voller Schmerz und Kummer. »Lance hat einen Todesschwur mit Lavinia geschlossen, um den Fluch zu brechen, der auf mir lastet. Er kann erst in zwei Monaten gehen, wenn ihr Deal ausläuft, und bis dahin kann man mir inmitten der Rebellen nicht trauen ...«

Ich blinzelte sie verwirrt an, die Worte wirbelten in meinem Kopf herum, bevor sie sich schließlich zu einer erschreckenden Wahrheit zusammenfügten.

»Du verdammter Idiot!«, schnauzte ich Orion an, als ich verstand, was sie gesagt hatte, und rammte ihm meine Faust direkt in die Eier.

Orion krümmte sich fluchend, stolperte vom Gitter weg und stieß ein gehauchtes »Warum?« aus, aber ich starrte ihn nur an.

»Was soll dieser selbstaufopfernde Scheiß, den ihr Männer uns ständig auftischt? Wir sind verdammte Prinzessinnen der mächtigsten Blutlinie in ganz Solaria, die ersten Phönixe seit tausend Jahren, und wir haben alle vier verdammten Elemente für uns beansprucht, nur als kleines Sahnehäubchen. Wir sind keine Jungfrauen in Not, wir haben euch nicht um diesen Scheiß gebeten und ich habe es so satt, den Schlamassel aufzuräumen, den eure Ritter-in-glänzender-Rüstung-Routinen verursachen!«, schrie ich, schlug gegen die Gitterstäbe, die uns trennten, und ließ ihn mit einem Blick wissen, dass ich ihm wieder in die Eier geboxt hätte, wenn er näher gewesen wäre.

»Scheiße, Tor, du hast mir so gefehlt«, sagte Darcy, halb lachend, halb schluchzend, während sie ihren Griff um mein Handgelenk auf meine Finger verlagerte und sie fest drückte.

»Sag das nicht!«, schnauzte ich, riss meine Hand aus ihrer und widmete meine Aufmerksamkeit wieder dem Schloss zu.

»Warum nicht?«, fragte sie stirnrunzelnd.

»Du sagst zwar, dass du mich vermisst hast, aber in Wirklichkeit sagst du Lebewohl. Und das kannst du dir in den Arsch stecken, Darcy. Orion hat also einen Todesschwur geschlossen, okay, prima. Das klingt, als säße er hier fest, aber du nicht, oder?«

Darcy holte scharf Luft und bewegte sich auf Orion zu, was ich als Weigerung verstand, ihn zu verlassen. Aber ich ignorierte sie. Meine Konzentration war durch ihre weltverändernde Ankündigung zu zerstreut, um das magische Schloss zu knacken, also brachte ich einfach Phönixfeuer in meine Fingerspitzen und schmolz das ganze Ding, warf den Klumpen geschmolzenen Metalls beiseite und riss die Tür auf, damit sie rauskommen konnte.

»Ich komme nicht mit, Tory«, sagte Darcy verbissen, aber ich konnte mit einem Blick erkennen, dass sie weder auf ihre Magie noch auf ihren Phönix zugreifen konnte. Und das bedeutete, dass sie nichts tun könnte, um mich davon abzuhalten, sie mitzunehmen. Ich war zu kaputt ohne sie, und ich wollte sie nicht Lavinia und Lionel überlassen, damit sie mit ihr anstellen konnten, was sie wollten. Es war ein Wunder, dass sie überhaupt noch atmete.

Ich sah Orion an, denn ich wusste ohne zu fragen, dass er mir in dieser Sache zustimmen würde, und er nickte.

»Blue, hör auf sie! Du musst von hier verschwinden. Es sind nur noch zwei Monate. Die schaffe ich auch noch. Ich nehme sie gern als Bezahlung für deine Freiheit von …«

Darcy gab ihm eine so harte Ohrfeige, dass sein Kopf zur Seite schnellte, und ich wölbte eine Augenbraue, als sie ihn anknurrte und direkt auf ihn zupreschte.

»Tory hatte recht, was den Selbstaufopferungs-Mist angeht, Lance«, zischte sie. »Wenn du einen Todesschwur eingehen kannst, um mich zu retten, dann kann ich auch mit dir in diesem Käfig bleiben, wenn ich das will. Ihr beide könnt diese Entscheidung nicht für mich treffen. Du brauchst mich hier.«

»Tory braucht dich auch«, erwiderte er mit einem Knurren, und es war wie ein Schlag in mein Herz, als sie sich mit schmerzverzerrten Augen zu mir umdrehte. Sie wusste um die Wahrheit dieser Worte, auch wenn ich versuchte, meinen Schmerz zu verbergen. Ich brauchte sie wirklich. Ich brauchte sie wie die Luft in meiner Lunge, und ich zerbrach mit jedem Tag, den ich ohne sie auskommen musste, ein bisschen mehr. Sie war mein Fels, mein Verstand, das Einzige, für das ich immer bis zum Tod und darüber hinaus gekämpft hatte und immer kämpfen würde. Ohne sie war ich nur noch eine traurige Hülle des Mädchens, das sie liebte.

»Tor …« Darcy schüttelte hoffnungslos den Kopf, und ich schluckte schwer, weil das kleine erbärmliche Mädchen in mir sie anflehen wollte, sich jetzt nicht von mir abzuwenden, wo ich doch so weit für sie gekommen war. Wo ich schon so viel verloren hatte. Ich wusste nicht, wie ich es verkraften würde, diesen Ort ohne sie verlassen zu müssen. Ich hatte nicht einmal an die Möglichkeit gedacht oder daran, was mit den letzten Resten meiner Seele geschehen würde, die nur noch durch meine Liebe zu ihr zusammengehalten wurden.

Ein Gebrüll von irgendwo jenseits der Palastmauern veranlasste mich, den Blick abzuwenden. Es war feige, aber ich wollte nicht mit ansehen müssen, wie sie die Entscheidung traf, die ich nie treffen würde. Ich würde sie niemals allein lassen. Aber die Angst, die sich in meiner Brust aufbaute, verriet mir, dass sie mich wieder der Dunkelheit überlassen würde. Sie würde ihn mir vorziehen.

»Wir müssen ihr geben, was wir gefunden haben«, sagte Orion eindringlich und ging zur Rückseite des Käfigs, wo die Gitterstäbe an die Wand des Thronsaals geschweißt worden waren. Darcy bewegte sich an seine Seite und öffnete eine geheime Tür in der Wand.

Ich blinzelte überrascht, als eine kleine weiße Ratte ihre Nase aus der

Öffnung steckte und hinter ihr ein winziges Nest mit etwas Glitzerndem darin zum Vorschein kam.

»Das ist Eugene Dipper, und wir haben einen weiteren Garde-Stein gefunden. Außerdem haben wir dieses Buch über die Herrschaft von Königin Avalon entdeckt und hier ist ein Memoriae-Kristall voller Phönix-Erinnerungen«, sagte Orion.

»Scheiße, ihr wart ja fleißig«, sagte ich überrascht..

»Außerdem haben wir einen Ring mit den Erinnerungen von Francesca Sky«, fügte Orion hinzu und seine Stimme wurde bei den letzten Worten etwas rauer, während er die Gegenstände in ein Bündel marineblauen Stoffs mit winzigen jadegrünen Drachen einwickelte.

»Du musst die Sachen hier rausbringen«, sagte Darcy ernst. »Frans Erinnerungen müssen der Presse gezeigt werden, und du musst all diese Dinge über Phönixe erfahren, Tor. Es ist wichtig.«

Ich nahm das kleine Päckchen automatisch entgegen und beäugte dann wieder meine andere Hälfte, während ich die Sachen in meine Tasche steckte.

»Vergiss Eugene nicht!«, sagte sie, hob die Ratte aus dem Loch in der Wand und reichte sie mir.

Das große Nagetier sprang aus ihren Handflächen, landete auf meiner Schulter und knabberte zur Begrüßung an meiner Wange, bevor es über mein Schlüsselbein huschte und den Stoff meines Shirts beiseiteschob, um zu versuchen, sich an meine Titten zu schmiegen.

»Hör auf damit!«, schnauzte ich, packte den Rattenwandler an seinem Schwanz und hielt ihn vor mein Gesicht, wo er wütend quiekte und sich langsam im Kreis drehte. »Ich nehme an, du willst nicht, dass ich dir deine hübschen weißen Haare abfackle und dich in eine Nacktmull-Ratte verwandle, also schlage ich vor, dass du dich wie eine brave Ratte in meine Tasche setzt und nicht wieder versuchst, dich in meinem verdammten Ausschnitt zu vergraben.«

Eugene stieß ein Quietschen aus, und ich hätte schwören können, dass er sich entschuldigte. Ich rollte mit den Augen und ließ ihn in meine Tasche fallen, bevor ich mich wieder Orion und meiner Schwester zuwandte.

»Wir können nicht länger hier rumstehen«, sagte ich fest, während ich mich nach wie vor weigerte, die Antwort zu akzeptieren, die in den Augen meiner Zwillingsschwester aufleuchtete. Die Hydra hatte bereits gebrüllt, die Räder des Schicksals drehten sich, und ich wollte es nicht noch einmal in Versuchung führen. »Caleb, Seth und Geraldine befreien Gabriel, und Dante will Lionel angreifen. Wie schon gesagt, hat mir Gabriel am Ende der Schlacht, bevor er entführt wurde, eine Prophezeiung zukommen lassen. Er hat gesagt, dass der König heute fallen kann. Wir werden das alles zu Ende bringen, aber wir können nicht hierbleiben. Es ist nicht sicher. Aber wenn Lionel wirklich fällt, dann können wir als Nächstes Lavinia suchen, sie töten und den Todesschwur brechen, um anschließend Orion zu holen.«

Ich warf Orion einen entschuldigenden Blick zu, während ich Darcy am Arm packte und sie in Richtung Käfigtür zog, aber sie blieb hartnäckig.

»Tory, ich kann nicht!«, schrie sie, als klar wurde, dass ich ihre Versuche, mich abzuschütteln, ignorieren würde.

»Geh mit ihr, Blue!«, knurrte Orion und gab mir Rückendeckung, und ausnahmsweise war ich mit der Selbstaufopferung einverstanden. Denn sie musste einsehen, dass sie nicht bleiben konnte. »Du weißt, dass Lavinia nicht zulassen wird, dass mir etwas zustößt, solange unser Deal gilt. Es sind nur noch zwei Monate und dann …«

»Was dann?«, fauchte sie, riss ihren Arm aus meinem Griff und wirbelte zu ihm herum. »Du glaubst doch nicht ernsthaft, dass sie dir einfach die Hand schütteln und dich hier rausgehen lassen wird, oder? Sie könnte dich stattdessen von Lionel einsperren lassen und würde ihren Teil der Abmachung trotzdem einhalten, solange sie dich zuerst gehen lässt. Was glaubst du, wie lange er dich am Leben lassen wird, wenn Lavinia ihn nicht aufhält?«

»Ich werde mir bis dahin einen Plan ausdenken. Aber inwiefern wäre es besser, wenn du ebenfalls hier bist, wenn es dazu kommt, hm?«, schoss er zurück.

»Wir müssen gehen«, beharrte ich und kam ihnen wieder näher, aber Darcy peitschte zu mir herum. Ihr trotziger Blick war eindeutig: Sie hatte nicht vor, mit mir zu kommen, und etwas in mir zerbrach, als ich diese Entscheidung, diese Ablehnung verstand. Ich verstand es, sie liebte ihn. Aber ich hatte noch nie irgendjemanden über meine Liebe zu ihr gestellt und würde es auch nie tun. Das letzte Stück des Mädchens, das ich gewesen war, zerschellte, als ich mich völlig allein auf der Welt wiederfand und niemanden hatte, an dem ich mich festhalten konnte. Ich schluckte gegen den Schmerz an, und ich wusste, dass sie das sehen konnte. Tränen sammelten sich in ihren Augen, aber sie würde ihre Meinung auch nicht ändern. Sie hatte sich entschieden, und sie hatte nicht mich gewählt.

»Du hast den Stern gefunden«, murmelte Darcy und ihr Blick fiel auf die Halskette, die ich trug, seit ich sie auf dem Schlachtfeld entdeckt hatte. Mein Rubin hing daneben und wurde warm, als wollte er den Schmerz lindern, der mich durchströmte, während ich darum kämpfte, unter dem Gewicht der Hoffnungslosigkeit, die auf mich eindrang, aufrecht stehen zu bleiben.

»Ja«, grunzte ich, weil ich wusste, dass das wichtig war. Aber in diesem Moment war es mir scheißegal. »Ich habe ihn für dich aufbewahrt. Wenn wir hier rauskommen, kannst du …«

»Bleib stehen, Tor, und hör mir zu! Du musst das gebrochene Versprechen einhalten. Ich weiß immer noch nicht, was das bedeutet, aber es hat mit dem Imperialen Stern zu tun. Er wurde mit dem Tod selbst erworben – und zwar für einen Preis, der schon vor langer Zeit dafür hätte bezahlt werden müssen. Ich kann das jetzt nicht alles erklären, aber es ist ein Fluch, Tory. Wenn du dir die Erinnerungen im Kristall ansiehst, kannst du vielleicht mehr darüber herausfinden, aber es ist wichtig. Unsere Blutlinie ist verflucht, und ich fürchte, dass wir diesen Krieg nicht gewinnen können, solange der Fluch nicht gebrochen ist …«

»Wovon sprichst du?«, fragte ich. Mein Kopf fühlte sich an, als wäre er gegen eine Windschutzscheibe geknallt, während er versuchte, zu verstehen, was sie gerade runterratterte. »Willst du damit sagen, dass alles, was uns passiert ist, irgendwie mit diesem Ding zusammenhängt?« Ich deutete auf den Imperialen Stern, und sie nickte ängstlich, als sie ihn ebenfalls ansah.

»Ja. Unsere Vorfahrin hat einen Pakt mit einem gefallenen Stern geschlossen, um ihn für sich zu beanspruchen. Aber sie hat einen Teil der Abmachung gebrochen, ein Versprechen, das sie einhalten musste und nicht eingehalten hat. Die Erinnerungen haben mir nicht gezeigt, worum genau es dabei geht. Das Vermächtnis seiner Macht wurde über Generationen weitergegeben, und mit jedem neuen Besitzer, der das Versprechen nicht eingehalten hat, wurde der Fluch stärker. Seinetwegen ist das Leben aller Vegas von Leid geprägt. Ich weiß nicht, wie das Versprechen lautet, aber du musst es herausfinden, Tor. Du musst das in Ordnung bringen, damit wir den Kreislauf beenden und von dieser Plage befreit werden können«, sagte Darcy verzweifelt und ich nickte zustimmend und ohne zu zögern. Denn für sie würde ich alles tun. Auch wenn es sich verrückt anhörte, was sie gerade von sich gegeben hatte.

»Du kannst mir dabei helfen, Darcy. Bitte, komm mit mir! Wir werden einen Weg finden, den Schwur zu brechen, den Orion sich selbst auferlegt hat, und ihn zurückholen«, versprach ich, aber sie schüttelte den Kopf. Ich hatte diese Entscheidung bereits in ihren Augen gesehen, wusste, dass sie nicht vorhatte, mit mir zu kommen, selbst nach allem, was wir riskiert hatten, um sie zu retten.

»Geh einfach, Blue!«, forderte Orion und stellte sich hinter sie, aber sie wehrte sich immer noch.

Mein Herz pochte bei dem Gedanken, diesen Ort ohne sie zu verlassen, und rebellierte gegen die Vorstellung, schon so bald wieder von meiner anderen Hälfte getrennt zu sein. Ich konnte sie nicht hierlassen. Das würde ich nicht tun.

»Ich bin gefährlich«, hauchte sie. »Die Bestie in mir ist unberechenbar, und ich kann mich nicht immer beherrschen. Ich bin weder für dich noch für die Rebellen von Nutzen, ich würde euch nur in Gefahr bringen.«

»Scheiß auf die Gefahr!«, knurrte ich und kam näher an sie heran. »Alles, was ich will, bist du.«

Ich schaute Orion verzweifelt an, denn mir war klar, dass sie nicht zur Vernunft kommen würde. Er nickte mir zustimmend zu, denn wir wussten beide, dass wir diese Antwort nicht akzeptieren konnten.

Sie würde uns dafür hassen, aber das war okay. Ich konnte ihren Hass ertragen, solange sie in Sicherheit war und so weit weg von Lionel und Lavinia wie möglich.

»Du musst gehen, Tory«, sagte Darcy wieder, aber als sie gerade zu weiteren Worten ansetzen wollte – Worte, von denen ich wusste, dass ich sie nicht hören wollte –, holte Orion aus und versetzte ihr einen Schlag gegen die Schläfe.

Er fing sie auf, als sie mit vor Enttäuschung großen Augen zu Boden sackte, wo sie schließlich das Bewusstsein verlor. Ein erstickter Schluchzer entrang sich mir, als ich auf die Knie sank und ihr die schattenhaften Haarsträhnen aus dem Gesicht strich.

»Ich werde sie beschützen«, schwor ich ihm und drückte seine Hand fest, als ich den Schmerz spürte, den es ihm bereitet hatte, ihr das anzutun. Aber ihm war keine andere Wahl geblieben. Und die hatte ich auch nicht.

»Ich werde dich beim Wort nehmen«, knurrte Orion. Als ich dem Blick in seinen dunklen Augen begegnete, sah ich die Drohung darin, und ich warf meine Arme um seinen Hals, während Darcy unbeholfen zwischen uns feststeckte.

»Es tut mir leid«, hauchte ich und hasste mich dafür, dass ich ihn hier im Stich lassen würde. Er schlang seine muskulösen Arme fest um mich.

»Das muss es nicht«, antwortete er. »Es muss dir nicht leidtun, dass du sie beschützt. Das ist etwas, das wir beide immer über alles andere stellen werden.«

Ich nickte und eine Träne tropfte gegen seinen Hals, während ich gegen das

Gefühl der Ablehnung ankämpfte, ihn hier zurückzulassen. Aber ich hatte keine andere Möglichkeit und die Zeit lief mir davon.

Ich ließ ihn los und griff nach meiner Zwillingsschwester, während ich meine Magie sammelte, um sie von hier wegzubringen. Doch bevor ich sie in der Luft, die ich heraufbeschworen hatte, wiegen konnte, spaltete sich ihr Körper zwischen uns. Wolken aus Schatten strömten aus ihr heraus und wurden immer größer.

»Lauf!«, brüllte Orion mir zu, aber es war bereits zu spät. Meine Augen weiteten sich vor Entsetzen, als die riesige Schattenbestie, die im Körper meiner Schwester gelauert hatte, die vollständige Kontrolle über sie übernahm. Spiralförmige Stränge aus Dunkelheit strömten aus ihrer Haut, schlugen auf Orion ein und fesselten ihn an die Rückwand des Käfigs. Er schrie mich erneut an, zu fliehen, aber ohne meine Schwester würde ich nirgendwo hingehen.

Und dann stand Darcy vor mir – als riesige Kreatur mit dunklem Fell, die mich mit geifernden Reißzähnen bedrohte. Mit einem mörderischen Funkeln in den Augen stürzte sie sich auf mich.

Meine Schwester war verloren. Und ein Monster hatte ihren Platz eingenommen.

605

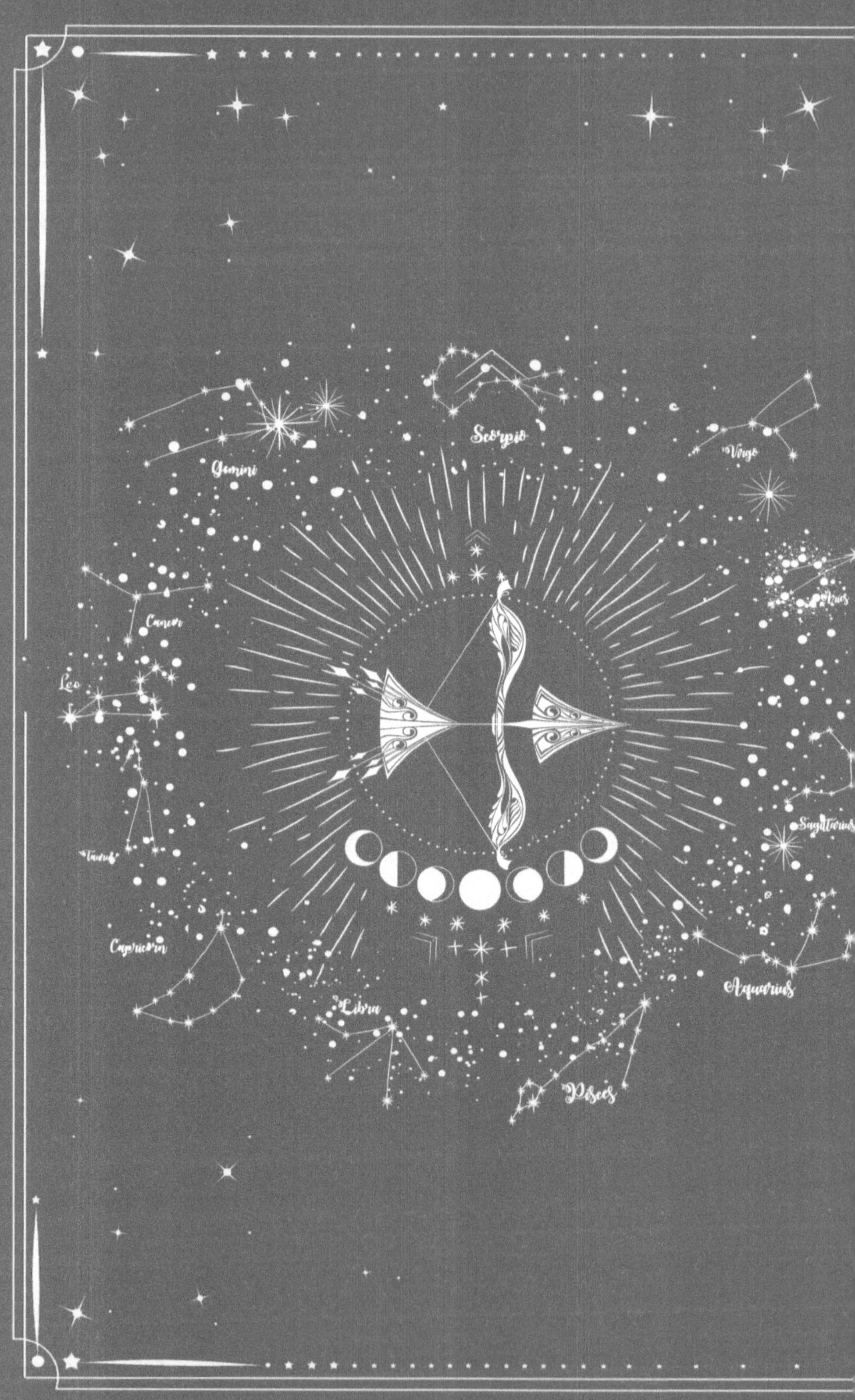

Gemini
Scorpio
Virgo
Cancer
Aries
Leo
Taurus
Sagittarius
Capricorn
Aquarius
Libra
Pisces

XAVIER

KAPITEL 45

»Hier entlang«, sagte Max, und ich blieb dicht hinter ihm. Er verströmte ein Gefühl des Mutes, das mein Herz in Stahl hüllte und all meine Ängste verdrängte, aber ich wusste, dass ich diesen Weg ohnehin gehen würde, ob ich mich nun mutig fühlte oder nicht.

»Was fühlst du gerade von den Gefangenen?«, fragte ich. Wir waren gerade um eine Ecke gebogen und passierten nun große Fenster, über denen schwere weiße Vorhänge hingen.

»Angst«, murmelte er und ich bemerkte, dass Schuppen seinen Hals bedeckten und seine dunkle Haut blau leuchten ließen. »Und Verzweiflung.«

»Was glaubst du, wie viele es sind?«

»Genug. Es wird eine Herausforderung sein, sie zu befreien. Aber wenn wir schnell sind und die Sterne mitspielen …« Er beendete den Satz nicht. Wann hatten die Sterne in letzter Zeit mitgespielt?

Wir verließen uns auf eine Prophezeiung, die wir missinterpretiert haben könnten, aber wir hatten auch Karten gelegt und uns vergewissert, dass die Sterne uns gute Omen gaben. Alles wies darauf hin, dass es klappen könnte. Aber andererseits waren unsere astrologischen Ressourcen immer noch begrenzt, und die einzigen Horoskope, die wir bekamen, stammten aus Washers Fantasie. Mir schauderte es, als ich an das Horoskop des heutigen Tages dachte.

Funkel, funkel, kleiner Fae, die Sterne haben deinen Tag vorausgesagt! Schütze, sei bereit, denn der lange glatte Schaft des Schicksals begibt sich in Stellung, dich von hinten zu beanspruchen. Du wirst ihn nicht kommen sehen, aber wenn du aufmerksam bist, spürst du vielleicht, wie er dich kitzelt, bevor er tief in dich eindringt und dich in einen unheilvollen Strudel zieht.
Halte dich an den feurigen Geist des Mars, denn er wird deine Rakete in Flammen aufgehen lassen, bereit, ihre Ladung in den Himmel zu schießen und dich vor dem schwingenden Schwert des Schicksals zu retten.

Jemand musste ihm diese Aufgabe wegnehmen, und zwar schnell. Ich wollte meine Tage wirklich nicht mit diesem verstörenden Scheiß beginnen, aber Tyler fand die Texte urkomisch und las sie mir immer vor. Auch wenn ich versuchte, ihnen aus dem Weg zu gehen.

Max wurde langsamer, als er sich einer Tür mit einem filigranen Glasfenster näherte, das in Form von zwei Flügeln in das Holz eingelassen war. Er spähte vorsichtig hindurch, bevor er die Tür öffnete, wobei er unsere Stillekuppel auf die Scharniere ausweitete, für den Fall, dass sie knarrten.

Die Nachtluft wehte herein, und wir eilten nach draußen und folgten eilig dem Weg, der über das Gelände führte. Ich galoppierte an Max' Seite, während ich ihn immer wieder ansah, und stellte fest, dass seine Stirn vor Konzentration in Falten lag. Oder vielleicht war es Unbehagen. Ich konnte mir nicht vorstellen, wie es war, zu spüren, was andere um einen herum fühlten, vor allem, wenn diese Gefühle schlecht waren. Er musste auf der P. O.-Insel echt gelitten haben, umgeben von Rebellen, die um die Gefallenen trauerten. Er bekam zu jeder Tages- und Nachtzeit sämtliche Ängste zu spüren.

Wie hielt er das aus? Ich hatte gesehen, wie er zwischen den Fae umhergegangen war, ihnen Trost gespendet und auch etwas von ihrem Schmerz genommen hatte. Aber was ein Akt der Freundlichkeit für alle anderen war, bedeutete für ihn, ihre Sorgen und Bürden auf sich zu nehmen. Das klang grauenvoll.

Das Amphitheater tauchte vor uns in der Dunkelheit auf, umrahmt von dem Meteoritenschauer, der wunderschöne Lichtstreifen auf die dunkle Leinwand des Himmels malte.

Der Anblick dieser himmlischen Felsbrocken, die sich in einem Lichtspiel über den Himmel bewegten, gab mir Hoffnung, und ich hielt mich mit aller Kraft daran fest. Dank dieser Hoffnung und der Zuversicht, die Max mir einflößte, schwankte ich nicht, als wir uns dem ominösen Gebäude näherten, in dem so viele Lebewesen ums Leben gekommen waren.

Es war kaum zu glauben, dass eine meiner besten Erinnerungen auf diesem dunklen Gelände stattgefunden hatte, weit draußen in den Gärten, wo die Erben, die Vegas und ich bei einer Schneeballschlacht einen Moment des Friedens gefunden hatten. Dieser Tag erschien mir jetzt so unwirklich, als wäre er nur ein süßer Traum gewesen, aus dem ich aufgewacht war und in den ich nur allzu gern zurückgekehrt wäre. Würden wir jemals wieder solche Momente erleben? Oder war die Zukunft eine dunkle, trostlose Angelegenheit, in der nichts Gutes mehr gedeihen konnte?

Max drückte sich an die gebogene Wand des Amphitheaters und folgte ihr, während wir nach einem Eingang suchten. Ich ließ meine Hand über das Mauerwerk gleiten, spitzte die Ohren und lauschte auf jedes Geräusch – sowohl innerhalb als auch außerhalb des Amphitheaters –, aber alles war gespenstisch still.

»Hier«, zischte Max und verschwand durch einen Torbogen, und ich trottete ihm ein paar Steinstufen hinunter in einen dunklen Gang hinterher. Ein kalter Wind pfiff an uns vorbei und erzeugte ein ächzendes Geräusch, das mir die Härchen im Nacken zu Berge stehen ließ.

Wir verharrten im Dunkeln und zündeten keine Fae-Lichter, um nicht aufzufallen. Ich war froh über meine Vorliebe für Karotten, denn sie half mir jetzt definitiv, in der Dunkelheit zu sehen. Zumindest hatte mir das meine Mom immer versichert. Bei dem Gedanken an sie brach mein Herz entzwei und Max, der meinen Schmerz gespürt haben musste, drehte sich zu mir um.

»Alles okay?«

»Ja, alles bestens«, stieß ich hervor und versuchte, ihn mit einem mentalen Schild abzublocken. Aber ich hatte verdammt viel Unterricht verpasst, seit ich die Zodiac Academy verlassen hatte. Und jetzt, da auch Orion nicht mehr da war, wusste ich, dass ich bei einigen grundlegenden Fähigkeiten ins Hintertreffen geraten war.

Wenn ich Magie trainierte, konzentrierte ich mich darauf, meine Elemente zu nutzen und Zauber zu wirken, die mir im Kampf helfen könnten. Ich fing an, einfache Zauber wie diese Schilde zu vernachlässigen, aber ich verschob sie schnell an die Spitze meiner Liste, denn wenn ich jemals in die Fänge des Feindes geriet, mussten meine mentalen Barrieren unzerbrechlich sein.

Ein dröhnendes Gebrüll, das mich in Kindheitserinnerungen – und die allgegenwärtige Angst vor dem Nachhausekommen meines Vaters – zurückversetzte, ließ mich erstarren. Ich neigte den Kopf nach hinten, als könnte ich durch die Decke über meinem Kopf in das Amphitheater darüber sehen.

»Er ist da oben«, hauchte ich. Das Wissen, dass ich dem Monster, das mir alles Gute in meinem Leben gestohlen hatte, so nahe war, lähmte mich. Am liebsten hätte ich mich umgedreht und wäre weggerannt, aber gleichzeitig durchströmte mich das Verlangen, dort hochzurennen und ihm den Kopf von den Schultern zu reißen.

»Atme!«, befahl Max, seine Hand landete auf meiner Schulter, die Gaben seiner Formgebung sanken unter meine Haut wie heißes Öl, besänftigten die Wucht meiner eigenen Gefühle und verschafften mir einen Moment der Klarheit. »Wir wussten, dass er irgendwo dort oben ist. Und wir wissen auch, dass er mit etwas Glück noch vor Ende der Nacht von einem Blitz geschmort wird.«

Ich nickte entschlossen, zügelte mein Verlangen nach Rache und versuchte, mich daran zu erinnern, warum wir hier waren: die gefangenen Rebellen, die sterben würden, wenn wir sie nicht befreiten.

»Bist du bereit?«, fragte Max, dessen Verbindung zu meinen ruhigeren Gefühlen ihm eindeutig die Antwort darauf verriet. Aber bevor ich antworten konnte, ertönte die Stimme meines Vaters aus dem Amphitheater. Er schien eine Art Rede anzustimmen.

Wir tauschten einen Blick aus, und Max sprach schnell einen Verstärkungszauber, damit wir seine Worte hören konnten. Ich zuckte zusammen, als Lionels Stimme plötzlich direkt neben uns erklang.

»… eine große Ehre für jeden Einzelnen von euch«, rief er aus. »Meine treuesten Untertanen, die mit mir auf eine Weise verbunden sind, die allen anderen weit überlegen ist – so wie auch unsere große und edle Formgebung allen anderen überlegen ist. Ich könnte mir keine besseren Fae vorstellen als die Mitglieder der geschätzten Drachengilde, um heute hier mit mir zusammen diese begehrte Auszeichnung entgegenzunehmen und mich dabei zu unterstützen, die eiserne Faust, mit der ich regiere, noch einmal zu stärken.«

»Bei den Sternen, dein Vater ist ein Arschloch«, murmelte Max und löste die Magie auf, die es uns ermöglichte, Lionels Worten zu lauschen, sodass wir nur noch das ferne Grollen seiner Stimme vernahmen, während wir weiter in die Tiefen des Gebäudes vordrangen.

»Wem sagst du das«, antwortete ich zustimmend.

»Die Gefangenen sind ganz in der Nähe«, sagte Max und führte mich einen schmalen Gang hinunter. Kleine Feuer loderten in Fackeln an der Wand. »Hier wurde eine Stillekuppel errichtet«, fügte er hinzu und hielt inne, um eine Hand zu heben und seine Finger in einem verschlungenen Muster zu bewegen. Die Magie löste sich unter seiner Berührung auf und das Geräusch von stöhnenden und schluchzenden Fae erreichte uns.

Ich wollte schon losrennen und unsere Leute befreien, aber Max' Hand landete auf meiner Brust und hielt mich zurück.

»Warte!«, sagte er. »Dort wurde ein Gas zur Formgebungsunterdrückung versprüht.«

»Woher weißt du das?«, fragte ich, aber in der nächsten Sekunde war es offensichtlich, denn ich verlor den Zugriff zu meiner Formgebung. Mein Pegasus war plötzlich nicht mehr als ein schlafendes Wesen in meiner Brust, das ich nicht wecken konnte.

»Weil deine Flügel weg sind«, sagte er mit einem neckischen Unterton in seiner Stimme.

»Sehr witzig«, knurrte ich.

»Zu früh?«, fragte er und stupste mich an. Ich bemerkte, wie sich seine Schuppen zurückzogen, weil auch seine Sirene stillgelegt worden war.

»Viel zu früh«, zischte ich, nahm das silberne Pegasushorn aus meiner Tasche, das ich von den Zwillingen geschenkt bekommen hatte, und umklammerte es wie einen Dolch. »Los, befreien wir sie, damit wir von hier verschwinden können!«

Wir rannten los, bogen um eine Ecke und fanden uns in einem Kerker voller vergitterter Zellen wieder, in denen Rebellen mit magischen Handschellen gefesselt waren und halb verhungert aussahen.

Meine Atemzüge wurden schwerer und meine Gedanken kreisten um Mom, Darius und Hamish. Ich bekam nicht genug Luft, als mein Blick auf die Gefangenen vor mir fiel und ich die ganze verdammte Ungerechtigkeit, die Lionel Acrux ihnen allen angetan hatte, wahrnahm.

Ich stieß ein Gebrüll aus, das dem Drachen würdig war, zu dem ich hätte werden sollen, und mein Horn rammte das Schloss eines der schmutzigen Metallkäfige, sodass die Rebellen darin überrascht zurückwichen. Ich spürte, wie Max unsere Stillekuppel um sie alle herum ausdehnte und mir die Freiheit gab, so viel Lärm zu machen, wie ich wollte.

Ich schwang herum und schlug mit meinem Horn auf das Schloss des Käfigs hinter mir ein, woraufhin rote und blaue Flammen aufloderten.

Das Blut pochte in meinen Ohren und der Kummer, den ich in mir trug, entlud sich in meinen Bewegungen. Die Rebellen jubelten, aber es war ein Geräusch, das ich kaum wahrnahm, während ich mit wütenden Hieben meines Metallhorns weitere Schlösser durchtrennte. Bei jedem Schlag stellte ich mir Lionels Gesicht vor und wünschte mir, ich könnte ihm den Kopf abschlagen.

Dann kamen die guten Erinnerungen hoch, und sie waren irgendwie schmerzhafter als der einfache quälende Gedanke an den Tod.

Ich flog neben meiner Mutter, meine Flügel weit ausgebreitet. Glitzer rieselte über meinen Rücken und funkelte im Mondlicht, während wir über das Acrux-Anwesen flogen und uns einen Moment der Freiheit am Himmel gönnten. Mom schwebte in ihrer silbernen Drachenform über mir, ein tierisches Lächeln auf ihrem Gesicht, während ihre Augen auf mich gerichtet blieben. Ich wieherte vor Freude, strampelte mit den Beinen, flog über ihren Rücken und drehte mich um sie, wobei meine Flügelspitzen ihre Schuppen berührten. Sie stieß einen warmen Atemzug aus und ich flog durch ihn hindurch, wobei ich den wachsamen Blick des Mädchens auf uns spürte, das uns diesen Moment geschenkt hatte.

Ich warf einen Blick zurück zum Herrenhaus, wo Tory im Fenster stand, und fragte mich, ob sie jemals verstehen würde, wie dankbar ich war, meine Mutter wiederzuhaben, nachdem ich sie so viele Jahre vermisst hatte. Manchmal hatte ich mir selbst die Schuld für ihren Rückzug gegeben, manchmal hatte ich mich sogar gefragt, ob ich mir die Mutter meiner Kindheit nur eingebildet hatte.

Wir waren so lange Gefangene dieses Hauses gewesen – und des Mannes, der es beherrschte. Die ganze Zeit über hätten wir einander haben können, aber Vater hatte dafür gesorgt, dass uns auch das geraubt worden war. Er hatte uns isoliert. Es lag eine wahre Macht darin, jemandem das Gefühl zu geben, er sei allein auf der Welt, und nachdem Darius auf die Zodiac Academy gegangen war, hatte ich das auf erschreckend reale Weise gespürt. Ich hatte mir keine Zukunft vorstellen können, in der ich wieder Freude oder Kameradschaft erfahren würde. Aber jetzt, da Mom zurück war, fühlte es sich an, als wären mit ihr neue Möglichkeiten erwacht. Eine Chance für etwas Gutes.

Dann dachte ich an meine Zeit im Burrows zurück. Eine Erinnerung war mir besonders im Gedächtnis geblieben.

Nach einer Nacht mit Sofia und Tyler war ich auf dem Weg zu einem der Tunnel. Meine Brust war so voller Liebe und Licht, dass meine Haut glühte. Eine Weile versuchte ich, es zu verbergen, doch dann fiel mir ein, dass ich nichts mehr zu verbergen hatte. Ich war frei und niemand hier würde mich dafür verurteilen, dass ich so war, wie ich war.

Ich ließ das Sternenlicht, das aufgrund meines Pegasus in meiner Haut zu leben schien, leuchten und bewunderte, wie meine Hände glitzerten. Ich hatte so lange gegen die Instinkte meiner Formgebung angekämpft, als ich im Acrux-Anwesen gefangen gewesen war. Und nun durfte ich sie zum ersten Mal richtig ausleben. Ich spürte, wie eine weitere Fessel meiner Vergangenheit von mir abfiel. Es überraschte mich, dass meine Seele nach wie vor in ihrer Freiheit begrenzt war. Aber niemand hatte gesagt, dass es einfach sein würde, ein Leben der Unterdrückung mühelos abzuschütteln.

»Hey, Xavier«, sagte Darius, und ich drehte mich zu ihm um. Wir waren allein auf dem Korridor, nur wir beide, und ich lächelte meinen älteren Bruder an – obwohl meine Wangen bei dem Gedanken heiß wurden, dass er mich so sehen würde, funkelnd wie ein verdammter Stern mitten auf dem Korridor.

Ich öffnete den Mund, um mich zu erklären, aber er legte seine Hand auf meinen Arm, bevor ich es tun konnte – ein Grinsen auf den Lippen.

»Du bist glücklich«, stellte er fest und ich konnte seine Erleichterung in diesen Worten spüren.

»Es läuft gut. Unglaublicherweise«, sagte ich und er nickte, wobei sein

Lächeln noch breiter wurde, als er meine glänzende Haut weiter untersuchte. »Was meinst du?«

Aus irgendeinem Grund spürte ich, wie sich ein Knoten in meiner Brust bildete, weil ich plötzlich befürchtete, er würde einen Witz über mein Leuchten machen. Darius hatte mich immer unterstützt, aber wir hatten einander auch oft geneckt. In diesem Fall allerdings war es wichtig, dass ich nicht zur Zielscheibe eines Witzes wurde.

Er ließ meinen Arm los, seine dunklen Augen trafen auf meine und sein Lächeln verschwand, bevor sich ein feuriger, intensiver Ausdruck auf sein Gesicht legte. »Es steht dir, glücklich zu sein, Xavier. Und ich denke, wenn Sofia und Tyler dich so glücklich machen, dann solltest du sie so gut festhalten, wie du nur kannst.«

»Ich habe auch dich festgehalten, aber offensichtlich nicht fest genug«, knurrte ich durch die Zähne, als ich in die Realität zurückkehrte und das Horn in ein weiteres Schloss schlug, während immer mehr Rebellen um mich herum davonliefen. »Du hast mich immer zum Leuchten gebracht. Aber jetzt bist du weg, und du hast mein ganzes Licht mitgenommen.«

Ich durchbrach das letzte Schloss und ließ mich gegen die Eisenstangen sinken, wobei mir das Horn aus den Fingern fiel und auf den Steinboden klapperte. Ich stemmte meinen Arm gegen das Metall und drückte mein Gesicht dagegen, denn ich hasste die Welt. Aber vor allem hasste ich Lionel.

Um mich herum brach besorgtes Gemurmel aus, und eine Hand landete auf meinem Rücken, als Max zu mir kam. Er hatte zwar nicht seine Sirenengaben, aber seine Aura half mir trotzdem, meine unregelmäßige Atmung zu beruhigen.

»Xavier«, sagte er sanft. »Das hast du gut gemacht. Wir können das gemeinsam zu Ende bringen, aber ich brauche dich, okay?«

Ich schluckte den rasiermesserscharfen Zorn hinunter, der in meiner Kehle zu schlummern schien, und zwang meine bitteren trostlosen Gefühle weg. Ich musste einen kühlen Kopf bewahren. Max hatte recht. Die Sache war noch nicht ausgestanden und wir mussten die Rebellen hier rausbringen, bevor Dantes Blitz einschlug. Er könnte jeden Moment hier eintreffen. Wir mussten uns beeilen.

Ich holte tief Luft und stieß mich vom Käfig ab. Max hielt mir mein Horn entgegen und ich nickte ihm zum Dank zu, als ich es nahm. Die Rebellen wurden unruhig, und als ich mich auf das konzentrierte, was sie sagten, wurde mir klar, dass wir ein Problem hatten. Max hatte ihnen die Handschellen abgenommen, die ihre Magie blockiert hatten, und einige von ihnen hatten eindeutig genug Kraft, um etwas zu wirken. Sie krümmten ihre Finger, während Rachsucht in ihren Augen schimmerte.

»Der König ist oben im Amphitheater. Ich habe gehört, wie sein Diener über das Ereignis heute Nachmittag gesprochen hat«, rief eine Frau.

Ein Mann stampfte mit dem Fuß auf, bevor er losmuhte. »Wir müssen da hoch und für sein Ende sorgen!«

»Nein«, schnauzte Max, und sein grimmiger Tonfall ließ alle zusammenzucken und zu ihm schauen. Aber da seine Sirene durch das Unterdrückungsgas außer Gefecht gesetzt war, konnte er seine Gaben nicht einsetzen, um sie zu beruhigen. Sein autoritärer Ton war die einzige Waffe, die ihm noch zur Verfügung stand. Ich hoffte nur, dass das reichen würde. »Wir müssen gehen, wir müssen …«

»Wir können nicht gehen«, rief eine andere Frau. »Wir müssen ihn vernichten. Es sind genug von uns hier. Ich für meinen Teil habe kein Problem damit, mich den Grundsätzen der Fae zu widersetzen und mich mit anderen zusammenzutun, um das Monster zu vernichten, das uns eingesperrt hat. Wer ist dabei?«

Zustimmende Rufe ertönten und ich teilte einen entsetzten Blick mit Max. Bevor wir sie aufhalten konnten, stürmten die Rebellen aus dem Kerker in Richtung Arena.

»Wartet!«, rief ich, als sie in einem anderen Gang verschwanden.

»Fuck«, fluchte Max und wir rannten ihnen eine Reihe von Stufen hinauf hinterher.

Die Minotauren unter ihnen muhten wie wild, eine Stampede brach aus und trieb die Rebellen immer schneller voran.

»Ich werde versuchen, sie zu überholen«, sagte Max, beförderte sich mit einem Luftzug in die Höhe und schoss auf einer Windböe davon.

Ein Donnerschlag ertönte irgendwo hoch oben am Himmel und jagte mir einen Schauer über den Rücken. Dante war hier.

Ich bog um die nächste Ecke und entdeckte Max, der versuchte, sich einen Weg durch eine Wand aus Ranken zu bahnen, die ihm jemand in den Weg geworfen hatte. Ich beschleunigte mein Tempo, um zu ihm zu gelangen und ihm zu helfen. Mit meinem Horn hackte ich auf das Gestrüpp ein.

Wir durchbrachen die Barriere – und stellten fest, dass die Rebellen es bis zu einer Tür am Ende des Korridors geschafft hatten.

Mit lautem Kampfgeschrei rannten sie auf ein Sandbett hinaus, und mein Herz schlug mir bis zum Hals, als Max und ich gezwungen waren, weiterzugehen und zu versuchen, sie aufzuhalten, bevor es zu spät war. Doch als ich den Eingang erreichte, sah ich eine Schar von etwa zweihundert Drachen um Lionel herum im Sand stehen. Sie waren alle in ihren Fae-Gestalten und trugen die Umhänge der Drachengilde – wie ein verdammter Kult, der sich um seine Gottheit versammelt hatte.

Der Himmel hatte sich bedrohlich verdunkelt und der Meteoritenschauer wurde von einer riesigen heranrollenden Gewitterwolke verdrängt.

Die Augen meines Vaters weiteten sich vor Überraschung, als er die Rebellen entdeckte, die in seine Richtung stürmten. Die Zeit schien sich zu verlangsamen, als alle zweihundert Drachen, die ihn umgaben, sich umdrehten, um ihn zu schützen. Sie trugen dunkelblaue Roben, während Lionel einen grünen Umhang trug. Alle Drachen hatten den rechten Ärmel ihrer Robe hochgekrempelt – und enthüllten dort ein rotes Widderzeichen auf ihrer Haut. Lionels Unterarm war mit allen zwölf Sternzeichensymbolen bedeckt, die in dicken dunkelroten Linien eingebrannt waren und ihn mit jedem einzelnen Drachen verbanden, der zwischen uns und ihm stand.

Entsetzen machte sich in meinem Bauch breit, als ich verstand, was er getan hatte, was er gerade zwischen sich und die Welt gestellt hatte. Eine Mauer aus purer Muskelkraft. Er hatte sie zu seinen Wächtern gemacht. Jeden einzelnen von ihnen.

Ich blieb abrupt stehen, genau wie Max auch. Er nahm einen Pfeil aus dem Köcher auf seinem Rücken, spannte ihn und zielte auf Lionel, wobei sich seine Lippen zu einem Knurren verzogen.

Er ließ den von Phönixfeuer umhüllten Pfeil fliegen, bereit, jeden Schild zu durchschlagen, den Lionel errichtet haben könnte, bevor er uns entdeckte. Doch ein großer Drache mit dunklen Haaren und noch dunkleren Augen stellte sich ihm in letzter Sekunde in den Weg. Das Band, dem er jetzt unterworfen war, trieb ihn dazu, sich selbst zu opfern, bevor seinem König Schaden zugefügt werden konnte.

Der Pfeil bohrte sich tief in seine Brust, bevor er tot zu Lionels Füßen fiel, mit einem Ausdruck purer Verzückung, der noch schrecklicher war als das Blutvergießen selbst.

Lionels Blick fiel auf uns, als die Rebellen mit der Armee der Wächter-Drachen zusammenstießen. Mir wurde die Sicht auf ihn geraubt, aber ich hörte den Beginn einer Schlacht.

Ich hob mein Horn und vergaß alles außer meinem Hunger nach dem Tod meines Vaters. Der Krieg lockte mich zu sich.

»Lauft!« Gabriel Nox' Stimme dröhnte durch meinen Schädel, und die Schärfe seines Tons schaffte es, meinen Blick auf ihn zu lenken. Er kniete auf der Tribüne neben Vard und war in Ketten gefesselt. »Fürchtet die geknechteten Männer! Ihr könnt nicht gewinnen! Der Tod ist im Anmarsch! Die Prophezeiung hat sich geändert!«

Vard schlug ihm eine Hand auf den Mund und zerrte ihn durch eine Tür hinter sich. Im selben Moment öffnete Lionel den Mund und brüllte seinen Befehl: »Verbrennt jeden Einzelnen von ihnen!«

615

Zodiac Academy - Schmerz und Sternenlicht

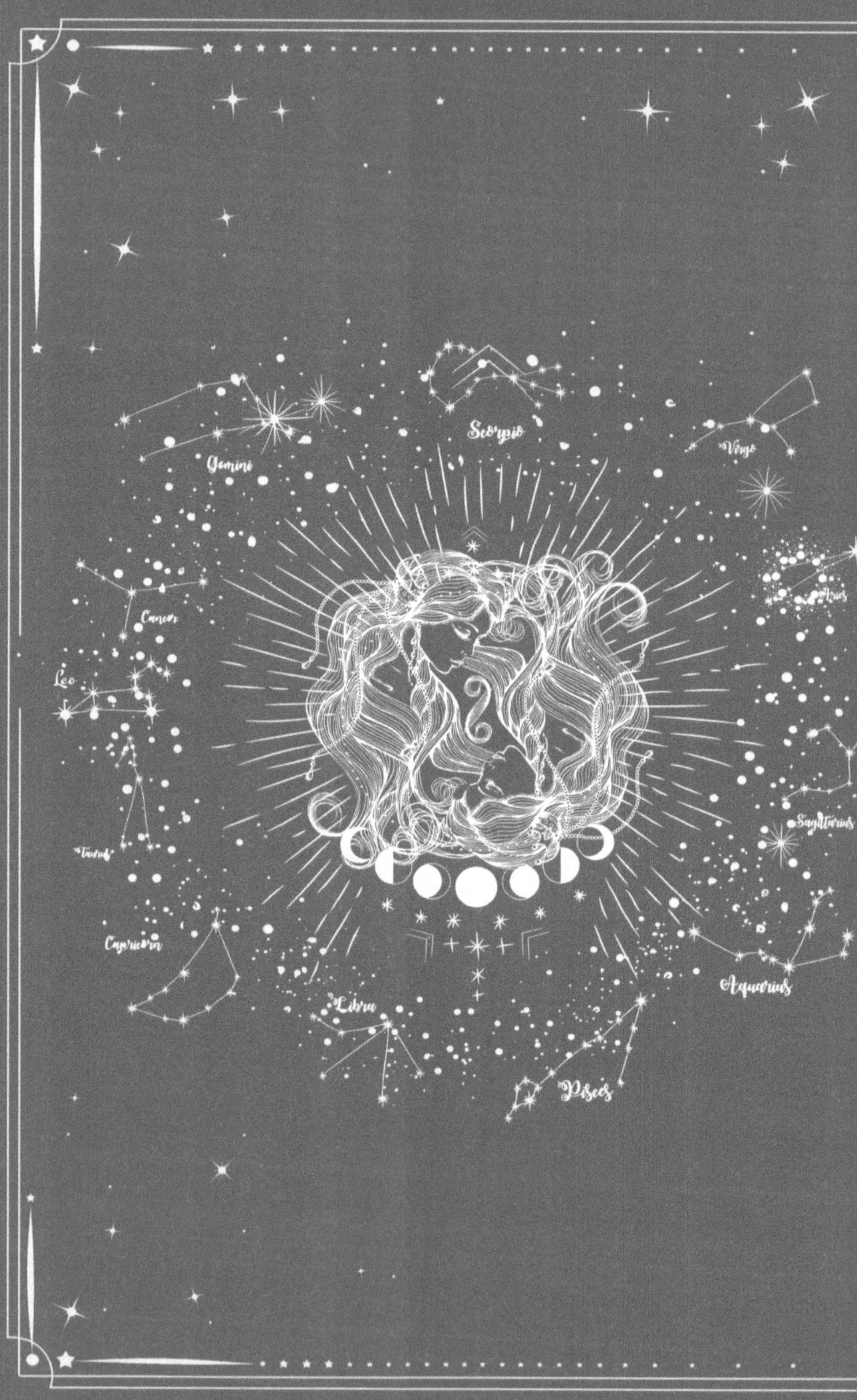

Gemini
Scorpio
Virgo
Cancer
Aries
Leo
Taurus
Sagittarius
Capricorn
Aquarius
Libra
Pisces

DANTE

KAPITEL 46

Ich befand mich bereits im Sturzflug, die Augen auf Gabriel gerichtet, der von Vard durch eine Tür geschleift wurde. Elektrizität knisterte in meinem ganzen Körper. Ich war beim Fliegen ein bisschen zu aufgeregt gewesen und hatte Leon versehentlich einen Stromschlag in den Hintern verpasst und all unsere Atlasse zerstört. Jetzt waren wir also auf uns allein gestellt, aber solange sich alle an den Plan hielten, war das egal.

Leon klammerte sich an mich, während ich meine Sturmkräfte zurückhielt, um ihn nicht wieder zu verletzen. Ich hatte all meine Kraft aufgestaut und war bereit, zu explodieren. Aber zuerst musste ich Gabriel, Juniper und die Kinder erreichen.

Ich setzte meinen Sturm frei und schickte ihn in Richtung der Schutzbarrieren, die den Palast umgaben. Ein gewaltiger Blitz löste sich aus meinem Maul und ein Donnerschlag durchzuckte die Luft, als der Blitz wie geplant einschlug und die Magie zerstörte. Die Kraft der Schutzwälle verpuffte und lenkte alle Blicke unter uns direkt auf mich.

Ich stürzte so schnell ich konnte in die Tiefe und konzentrierte mich ganz auf Gabriel.

Wir kommen, Falco!

»Gabe!«, brüllte Leon und sprang in dem Moment von meinem Rücken, in dem wir uns der Tribüne näherten, wobei er eine Faust voller Flammen in Vards einzelnes Auge rammte.

Vards Kopf fiel zurück und er knallte gegen die Wand, aber das Arschloch wehrte sich. Er schien Leons nächsten Schlag kommen *gesehen* zu haben und schoss Feuerwirbel auf ihn zurück. Leon kämpfte darum, die Flammen des Sehers zu bändigen, und die beiden lieferten sich ein erbittertes Duell.

Ich landete ungeschickt, grub meine Krallen in die steinernen Sitze, und Mauerstücke purzelten unter mir weg. Es war nicht unbedingt einfach, meine Position zu halten, und ich grunzte Gabriel ein Kommando zu, aufzustehen.

Er rappelte sich auf, die Augen weit aufgerissen. Er schien in einer Vision gefangen zu sein und erstarrte, bevor er es zu mir schaffte. Ich kletterte die Steinsitze höher, um näher an ihn heranzukommen, und streckte verzweifelt meine Flügel aus.

Mach schon, Falco!

Unten in der Arena prallten die Rebellen auf die Drachen. Riesige Feuerwellen schlugen auf sie ein und verzehrten unsere Leute. Schreie durchdrangen die Luft, aber ich konnte nicht hinsehen, denn ich musste mich auf den Mann vor mir konzentrieren.

Dalle stelle! Die Angelegenheit wurde schnell unangenehm. Aber ich hatte Gabriel direkt vor mir – und ich würde nicht ohne ihn gehen.

Mein Flügel fing Feuer, und ich riss ihn zurück, als Mildred Canopus mit gefletschten Zähnen und schwingenden Fäusten die Treppe hinaufkam. Das Feuer umgab Gabriel wie ein Ring und schnitt mich von ihm ab. Ich brüllte meine Wut heraus und drehte mich zu ihr um, bereit, diese *brutta cagna* zu töten.

Sie sprang in dem Moment in die Luft, in dem ich einen Blitz in ihre Richtung spuckte. Das Trampeltier von einem Mädchen verwandelte sich und zerfetzte dabei ihre Klamotten, sodass ich einen Blick auf eine sehr behaarte, sehr nackte Mildred erhaschen konnte. Dann gewann ihr Drache die Oberhand und sie feuerte ein gewaltiges Höllenfeuer aus ihrem Maul ab.

Ich war gezwungen, mich zu bewegen, hob ab und schleuderte Blitze auf sie. Ein Jaulen ertönte, als einige der Blitze ihre braunen Schuppen trafen und über ihren Körper prasselten.

»Du musst verschwinden!«, schrie Gabriel aus dem Feuerring heraus, und ich richtete meinen Blick auf ihn, während ich die spitzen Stacheln meines Schwanzes in Mildreds Gesicht schwang. »Es gibt heute keine Hoffnung für mich.«

Ich antwortete mit einem Brüllen, weil ich diese Worte ganz sicherlich nicht akzeptieren würde. Genauso wenig wie Leon. Er packte Vard am Hals und schlug ihn gegen die Wand. Der Zyklop war geliefert. Leon würde ihn in der nächsten Sekunde töten, dann würde er die Flammen kontrollieren, die Gabriel umgaben, und wir würden ihn von hier wegbringen. Ich konnte dieses Schicksal förmlich vor mir sehen, aber dann kamen weitere Drachenwandler die Steintreppe hinaufgerannt und mein Herz schlug schneller.

Mildred schnappte nach meinem Schwanz und zwang mich, höher zu fliegen, woraufhin ich vor Wut brüllte und einen weiteren Blitz über meinen Rücken zu ihr schickte.

Sie tauchte ab, um meinem Angriff auszuweichen, und fegte dabei über die Menge der Rebellen unter ihr hinweg, wobei sie eine Feuerexplosion auslöste, die mehrere Fae auf der Stelle tötete. Der Rest meiner Familie stürzte sich in den Kampf und mähte die Drachen nieder, die versuchten, Lionel zu erreichen. Rosalie heulte ihrem Wolfsrudel zu, aber Lionel stand innerhalb eines Schutzschildes aus endlosen Fae, die alle bereit zu sein schienen, für ihn zu sterben.

Ich knurrte vor Wut und hätte am liebsten das ganze Amphitheater in die Luft gesprengt, aber ich musste durchhalten, bis ich alle, die ich liebte, von hier wegbringen konnte.

Leon war gezwungen, gegen die Drachen zu kämpfen, die sich ihm näherten, und Vard nutzte die Gelegenheit, um sich Gabriel zu schnappen, ihn durch eine Tür zu zerren und aus dem Blickfeld zu verschwinden. Ich brüllte laut und flog zurück in ihre Richtung, aber Mildred tauchte auf und versperrte mir erneut den Weg.

Ich stürzte mich auf sie und zielte auf ihren Nacken, während meine Flügel immer schneller schlugen. Über mir donnerte es und Regen prasselte auf meine Schuppen nieder, als sich mein Sturm entlud. Ich stieß mit ihr zusammen, bohrte meine Zähne in ihre Seite und ließ meine Krallen über ihren Bauch kratzen. Sie stieß mich zurück, bevor ich genug Schaden anrichten konnte, um die Sache zu beenden, aber ich ließ einen Blitz los, der darauf abzielte, sie zu töten.

Mildred brüllte auf, als der Blitz in ihrer Brust einschlug und sie aus dem Himmel beförderte. Sie landete mit einem lauten Krachen auf den steinernen Sitzen unter ihr und zerschmetterte sie mit ihrem Gewicht. Sie zuckte noch immer und ich fluchte innerlich, weil ich sie nicht getötet hatte, aber ich hatte keinen voll ausgewachsenen Blitz auf sie abfeuern können, sonst hätte er alle anderen im Amphitheater verbrannt.

Da die Rebellen jetzt involviert waren, kam das nicht mehr infrage.

Ein Schrei lenkte meinen Blick von Mildred ab und ich sah Juniper mit ihren drei Kindern vor sich die Treppe hochlaufen und verzweifelt mit den Armen winken.

Ich legte meine Flügel an, visierte sie an und stürzte mich in die Tiefe, um sie einzusammeln. Eines der Kinder schrie alarmiert auf, als es mich kommen sah, und alle drei verloren die Kontrolle über ihre Formgebungen und verwandelten sich in drei kleine untersetzte Greifen, die aussahen, als würden sie gleich abhauen.

Lionel schrie wütend auf, als seine Aufmerksamkeit auf uns fiel, und ich knurrte Juniper eine Warnung zu, als er einen Schwall Drachenfeuer in unsere Richtung schleuderte. Juniper schrie panisch auf und errichtete einen Luftschild um sich und die drei Jungen. Seine Kraft hielt dem Gewicht von Lionels Flammen gerade so stand. Ihr Ärmel war zurückgerutscht, als sie den Schild gewirkt hatte, und Erleichterung durchströmte mich, als ich die nackte Haut ihres Arms sah. Sie hatte nicht an der Wächterband-Zeremonie teilgenommen, war also nach wie vor frei von Lionels Kontrolle.

Ein Schwarm von Rebellen stürzte sich auf Lionel – ein Angriff, der den Werten der Fae zwar widersprach, aber durchaus gerechtfertigt war –, und er war gezwungen, seine Aufmerksamkeit auf sie zu richten. Dadurch gelang es mir, neben Juniper zu landen.

»Danke«, hauchte sie und strich mit ihrer Hand über meine Schnauze.

Ich fing ihren Blick auf – ihr Gesicht war tränenüberströmt –, und ich nickte einmal und ließ meinen Flügel zu ihnen auf die Stufen sinken. Sie schaffte es, zwei der drei Kinder davon zu überzeugen, sich wieder in ihre Fae-Gestalt zu verwandeln, und hob das kleinste in ihre Arme, als klar wurde, dass es zu aufgewühlt war, um irgendetwas zu tun. Es vergrub seinen Adlerkopf an ihrem Hals, während es seine Flügel dicht an seine Wirbelsäule drückte. Alle vier kletterten auf meinen Rücken und ließen sich dort nieder, und mein Herzklopfen beruhigte sich ein wenig, weil ich wusste, dass sie in Sicherheit waren.

Ich hob ab, als Feuer aus allen Richtungen auf mich einprasselte, und flog schnell zu Leon, der von drei *stronzos* in die Enge getrieben wurde. Ihre dunkelblauen Umhänge wogten um sie herum, als sie ihn bekämpften.

Ich stieß die Drachenwandler mit meinen Krallen die Steintreppe hinunter, bohrte meine Klauen tief in Schultern und Hälse und richtete so viel Schaden an, wie ich konnte, bevor ich vorsichtig nach Leon griff.

Er klammerte sich an meinem Fuß fest, als ich eine harte Kurve flog und in den dunklen Himmel aufstieg, sodass er Zeit hatte, mein Bein zu erklimmen und auf meinen Rücken zu steigen.

»Vard hat Gabe mitgenommen«, sagte Leon wütend und ich grunzte eine traurige Bestätigung.

Aber es war noch nicht vorbei. Es war noch Zeit, den falschen König zu erledigen.

Ich richtete meinen Blick auf den blonden Schweinehund in seinem Schutzring unter uns, und er wandte seinen Blick zu mir, wobei ein Grinsen über sein Gesicht huschte.

Er öffnete den Mund zu einem Befehl, den ich nicht verstehen konnte, aber in den nächsten Sekunden verwandelten sich vier seiner Drachengildenmitglieder und kamen von unten auf mich zu. Feuer strömte aus ihren riesigen Mäulern.

»Los!«, schrie Leon.

Ich brüllte frustriert auf, drehte mich um und flog in die Wolken, wobei ich einen Blitzstrahl von meinem Schwanz auf sie niedergehen ließ. Aber ihr Gebrüll verfolgte uns weiter, und die Kinder auf meinem Rücken schrien in Panik, als die riesigen Biester uns einholten.

Ich wusste, dass dieser Tag gelaufen war. Um ehrlich zu sein, hatte ich es in dem Moment gewusst, in dem Gabriel seine Stimme erhoben hatte. Er hatte bereits *gesehen*, wie das Ganze ablaufen würde. Das Schicksal hatte sich geändert, unsere einzige Chance war verloren. Jetzt konnten wir uns nur noch zurückziehen und dabei hoffentlich so viele Fae mit uns nehmen, wie wir konnten. Mit diesem Gedanken im Hinterkopf wirkte ich Sturmwolken um mich herum und setzte alles daran, meine Verfolger im Nebel zu verlieren. Die Niederlage drückte schwer auf mein Herz.

Wir kommen wieder, Falco. A morte e ritorno.

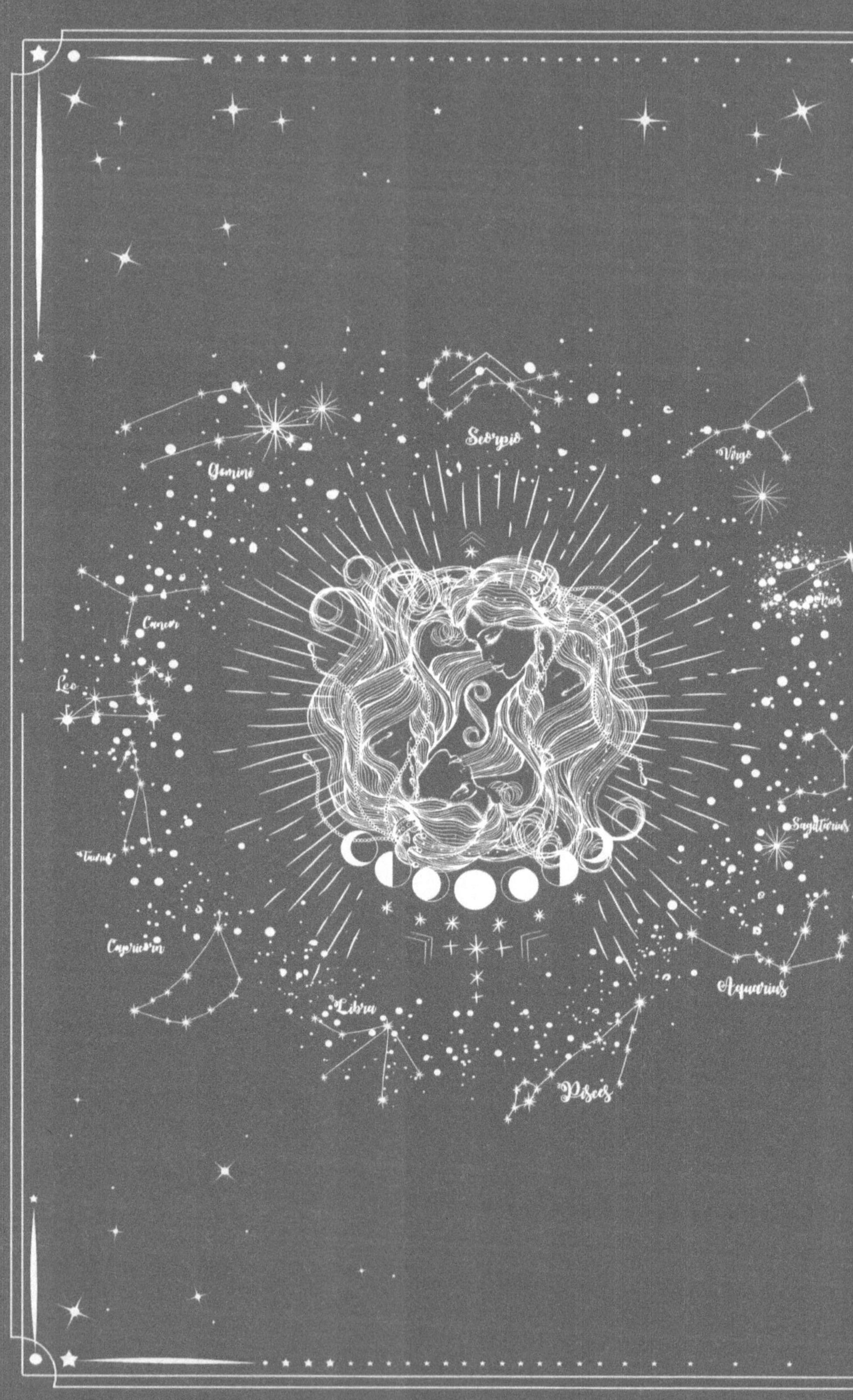

Gemini
Scorpio
Virgo
Cancer
Aries
Leo
Sagittarius
Taurus
Capricorn
Aquarius
Libra
Pisces

TORY

KAPITEL 47

Darcy stürzte sich mit einer ihrer riesigen Pranken auf mich. Ihre Krallen krachten so heftig gegen meinen Luftschild, dass ich gezwungen war, den Schlag zu absorbieren und mich von ihr bewegen zu lassen, um ihn nicht zu zerstören. Ich wurde quer durch den Raum geschleudert, und die Luft, die ich gewirkt hatte, hüllte mich in einen selbst entworfenen Wirbel, der mich hinter dem Thron abstellte.

»Darcy!«, schrie ich, als würde ich mit einem ungezogenen Haustier schimpfen. »Du kennst mich, du haariges Arschloch.«

Darcy brüllte, wirbelte herum und stürmte wieder auf mich zu, sodass ich abermals zurückweichen musste, um den riesigen Steinstuhl zwischen uns zu halten.

»Ich glaube nicht, dass es hilfreich ist, sie zu beleidigen«, rief Orion von seiner Position im Käfig aus. Schatten ketteten ihn nach wie vor an die Wand, und ich zeigte ihm den Mittelfinger, während ich dem Angriff meiner Bestienschwester auswich.

Mit einem Luftstoß erhob ich mich über Darcy, als sie sich wieder auf mich zu stürzen versuchte. Sie hatte ihre tödlich scharfen Krallen ausgefahren wie eine Katze, die versuchte, ein Plüschtier zu schlagen. Aber sie war eine Katze, die auf Mord aus war – ihre leckere kleine Belohnung dafür, mich zu erwischen.

Ich war gezwungen, erneut von ihr wegzuschießen und mich mit meiner Luftmagie quer durch den Raum zu befördern, um etwas Platz zu gewinnen.

Sobald ich hinter ihr gelandet war, schleuderte ich ihr Erdmagie entgegen. Die Ranken wuchsen mit unglaublicher Geschwindigkeit um sie herum und banden sie fest, während sie vor Wut brüllte und mit ihren Kiefern versuchte, das Schlingzeug wegzubeißen.

»Sieh mich an!«, forderte ich und stellte mich so hin, dass sie mich sehen konnte. Mein Herz klopfte, als sich etwas im Blick der wilden Kreatur veränderte. Ich hätte schwören können, dass meine andere Hälfte mich aus diesen bestialischen Augen ansah.

In dem Moment, in dem ich meine Deckung senkte, löste sich die Bestie in Schatten auf. Meine Ranken fielen schlaff und nutzlos auf den Steinboden.

Ich fluchte, als der Rauch in meine Richtung wehte, hob eine Hand und schleuderte Luft auf ihn, um ihn von mir wegzublasen.

Die Schatten kämpften wütend gegen meine Luftmagie an, und ich stöhnte vor Anstrengung. Ich presste meine Füße fest auf den Boden, während ich noch mehr Energie darauf verwendete, ihre dunkle Macht in Schach zu halten.

»Tory, hinter dir!«, rief Orion und ich schaute einen Herzschlag zu spät über meine Schulter, denn eine Schattenranke schoss bereits auf mich zu.

Die Wucht des Schlags war viel stärker, als sie es hätte sein sollen. Mein Schild knackte durch den Aufprall und meine Knie knickten ein, sodass ich nach vorn taumelte, während ich mich darauf konzentrierte, ihn aufrechtzuerhalten.

Ein weiterer Schlag traf mich von vorn, dann von der Seite, von oben, von unten … Schattenpeitschen prasselten mit ungeheurer Wucht auf mich ein und suchten nach einer Schwachstelle in meiner Verteidigung.

Ich biss die Zähne zusammen, während ich meine ganze Kraft in den Schild warf. Meine Kuppel aus Luftmagie begann rot und golden zu leuchten, als sich mein Feuer auch in sie ergoss.

»Hier!«, rief Orion von der anderen Seite des Thronsaals und schlug eine leere Futterschüssel gegen die Gitterstäbe, um ihre Aufmerksamkeit auf sich zu lenken. »Komm und hol mich!«

Die Schattenbestie schleuderte ihm ebenfalls Stränge der Dunkelheit entgegen, und mein Herz schlug mir bis zum Hals, als ich sah, wie er dem sicheren Tod ins Auge blickte. Er hatte keine Magie, keine Möglichkeit, sich zu bewegen, und keine Chance gegen die Grausamkeit dieses Angriffs.

»Stopp!«, brüllte ich, und mein eigener Schild verschwand, während ich alles, was ich hatte, quer durch den Raum auf das durchdringende Stückchen Dunkelheit warf.

Einen Augenblick später war mein Schild wieder in Position – dieses Mal aber, um Orion zu schützen. Ich hatte ihn gerade noch rechtzeitig um ihn errichtet, um ihn vor der Kollision mit den Schatten zu schützen. Die Wucht ihres Angriffs erschütterte mich bis ins Mark. Ich konnte nicht zulassen, dass sie ihn verletzte, dass sie das gleiche Schicksal ereilte wie mich, als ich Darius verloren hatte.

Denn ich würde nicht riskieren, dass sie den Mann verlor, der für sie bestimmt war, nach allem, was sie überlebt hatten, um an diesen Punkt zu gelangen.

Die Schattenbestie materialisierte sich vor mir und mein Herz blieb stehen, als ich zu ihr hinaufstarrte. Das Monstrum war doppelt so groß wie ein Werwolf, hatte ein dichtes schwarzes Fell, spitze Ohren und ein Gesicht, das dem eines Bären ähnelte.

»Darcy«, sagte ich ruhig und breitete meine Arme vor mir aus. »Du kannst das kontrollieren. Ich weiß, dass du das kannst. Du warst immer die Starke, diejenige, die mit allem auf ihre eigene ruhige und unzerstörbare Art und Weise umgehen konnte. Ich weiß, du kannst …«

Sie kam so schnell auf mich zu, dass ich nur aus Instinkt handelte. Ein metallisches Klirren ertönte, als ich mein Schwert zog und es hochschwang, um ihre scharfen Klauen gerade noch rechtzeitig zu erwischen, bevor sie mir damit den Kopf abhacken konnte.

»Fick dich!«, knurrte ich. Das Geräusch der rasiermesserscharfen Klauen, die an meiner Klinge entlangschrammten, ließ mich frösteln.

Darcy fauchte und schnappte erneut nach mir, sodass ich über ihre andere Pfote springen musste, bevor ich von hinten dagegen trat und sie hart genug schlug, um ihr Schmerzen zu bereiten.

»Hör auf!«, knurrte ich, riss mein Schwert zur Seite und schüttelte ihre Krallen davon ab, bevor ich ihren schnappenden Kiefern auswich. »Das ist wie damals, weißt du noch? Als ich mir das kleine Schwarze geliehen habe, das du zum Schulball tragen wolltest, und es in der Motorradwerkstatt total versaut habe? Damals hast du auch versucht, mir den Kopf abzubeißen – wenn auch nicht so wörtlich. Muss ich dich dieses Mal auch ins Kino schmuggeln, damit du dir einen abgedroschenen Frauenfilm ansehen kannst? Oder ...«

Sie kam so schnell auf mich zu, dass ihre Klauen mich fast in Stücke gerissen hätten. Aber ich hechtete zur Seite und machte einen Purzelbaum, bevor ich mich wieder aufrichtete und mein Schwert abwehrend hob. Ich würde sie nicht angreifen. Nicht ein einziges Mal. Aber ich war auch nicht bereit, mich von ihr auffressen zu lassen.

»Sie ist der Bestie verfallen, Tory«, rief Orion aus dem Käfig, aber ich ignorierte ihn. Das war eine Sache zwischen ihr und mir. Egal, wie weit wir beide schon gefallen waren, es hatte nie eine Zeit gegeben, in der die eine es nicht geschafft hatte, die andere zurückzuholen.

Sie war mein Anker, genau wie ich ihrer war. Diese eine unverrückbare Sache. Die Verbindung zum Hier und Jetzt.

Darcy drehte sich noch einmal zu mir um und kam mit gefletschten Zähnen auf mich zu. In den dunklen Tiefen ihrer seelenlosen Augen schimmerte nichts als die Lust auf ein Gemetzel. Aber sie war da. Ich wusste es. Und sie würde mir niemals wehtun.

Ich schluckte, ließ mein Schwert sinken und steckte es weg. Ich hielt Augenkontakt mit ihr und hob mein Kinn, während ich meine Hand vom Griff entfernte.

Nicht ein Fünkchen Magie umgab mich oder regte sich wartend in meinem Blut.

Es gab nichts zwischen uns, außer der Wahrheit, wer wir waren. Zwillingsschwestern vom Sternzeichen der Zwillinge. Eine Einheit.

Die Schattenbestie kam näher und bewegte sich dabei so langsam auf mich zu, dass ich die pochenden Schläge meines Herzens zwischen jedem Schritt zählen konnte.

»Nur du und ich, Darcy«, meinte ich und trat selbst einen Schritt näher, während sich mein Puls verlangsamte und unsere Blicke sich trafen.

Orion rief mir eine Warnung zu, aber ich ignorierte ihn. Sie war da drin und sie würde mir nie etwas antun. Sie würde zu mir zurückkommen.

Darcy hielt nur wenige Zentimeter von mir entfernt inne. Ihr heißer Atem strich über mein Gesicht, während sich ihre Lippen zu einem Knurren verzogen, das jeden scharfen Zahn in diesem furchterregenden Maul offenbarte.

Für eine kurze, allzu törichte Sekunde fragte ich mich, ob es der Versuch eines Lächelns war. Dann entrang sich mir ein Schrei, als ich zu Boden geschleudert wurde. Ihre Krallen schlitzten mir die Brust auf und bohrten sich in meinen Hals. Mein Blut spritzte heiß über die Steinplatten.

Ich versuchte, mich zu wehren, vergrub meine Hände in ihrem weichen Fell, während ich unter ihrem enormen Gewicht um mich schlug und trat. Aber ihre Krallen schnitten so tief, dass ich vor Schmerz fast geblendet war.

Stärke strömte durch mein Blut und ich flehte sie an, mich zu retten. Mein Phönix sang wehmütig, während seine Kraft in meinem Inneren aufblühte. Aber ihre scharfen Zähne, die sich tief in meine Schulter bohrten, brachten alles zum Schweigen.

Ihre Schatten drangen in mich ein, und ich schrie auf, als sich die Peitschen der Dunkelheit, die ich so hart aus meinem Kopf verbannt hatte, tief in meine Brust bohrten und sich an der Essenz meiner Magie festhielten.

Meine Kraft bahnte sich ihren Weg aus mir heraus und die Schattenbestie verschlang sie. Erde, Feuer, Luft, Wasser – alles wurde von meiner Seele in den Rachen dieser schrecklichen Bestie geschleudert, die meine Schwester so vollständig in ihre Gewalt gebracht hatte.

Ich war eine verdammte Idiotin gewesen, zu glauben, sie könnte sich dagegen wehren. Jetzt, da ich die gewaltige Kraft des Dings spürte, wusste ich, dass man etwas so Unermessliches nicht aufhalten konnte. Ich konnte Lavinias Kontrolle spüren, die unendliche Macht der Schatten, die diesen Fluch nährte und ihn unaufhaltsam machte.

Mein Phönix schrie auf, als auch er mir gestohlen wurde und die Schatten sich ihren Weg durch jeden einzelnen Teil meines Wesens bahnten. Alles wurde weggerissen, bis es war, als hätte es nie existiert.

Das Gewicht dieser schrecklichen Macht saugte alles aus mir heraus, und ich hörte auf, mich zu wehren. Meine Sicht verschwamm – entweder durch den Verlust meiner Magie oder meines Blutes.

Meine Finger tasteten träge nach meiner Tasche und dem scharfen Tigerauge-Kristall, den braune Streifen zierten und in dem die Kraft summte, mit der ich ihn vor meinem Aufbruch zu dieser Mission aufgeladen hatte. Meine eigene Magie umhüllte die Kraft des Kristalls und verstärkte seine natürlichen Schutzfunktionen, seine Macht und seine Entschlossenheit, sodass ich jetzt die Lebensenergie aus der Laguz-Rune schöpfen konnte, die in seine Seite geritzt war.

Ich war dem Tod schon nahe genug gekommen, um zu wissen, dass ich seinen Geruch nicht mochte. Und trotz der Liebe, von der ich wusste, dass sie mich jenseits des Schleiers erwartete, hatte ich nicht vor, mein Leben so schnell aufzugeben. Darcy brauchte mich, also würde ich hierbleiben.

Orion schrie Darcy an, aufzuhören und sich zu besinnen, bevor es zu spät war. Aber ich war mir fast sicher, dass es schon viel zu spät war, um das alles rückgängig zu machen.

Schließlich fand ich ihn, den kleinen scharfen Kristall. Und ich nahm meine letzte Kraft zusammen, bevor ich ihn in meine Seite stieß, meine Haut durchbohrte und ihn mit einem schmerzhaften Stöhnen in die Wunde drückte.

»Vivere!«, stieß ich hervor, und Äther wirbelte die Luft um mich herum auf, als ich ihn mit diesem letzten verzweifelten Flehen um mein erbärmliches Leben anrief. Es hatte seinen Preis, ihn zu benutzen, und ich gab ihm, was er wollte, indem ich der Magie Erinnerungen an den Herzschmerz meiner Kindheit zum Fraß vorwarf. Aber es war nicht der Tod, gegen den ich kämpfte. Es ging darum, was mein Ende für das Mädchen bedeuten würde, das in der Kreatur gefangen war, die es für sich beanspruchen wollte. Sie konnte diese Last nicht tragen. Das würde ich nicht zulassen.

Meine Sicht verschwamm wieder, und ich war mir nicht sicher, ob ich genug getan hatte, um meine jämmerliche Seele zu retten. Meine Glieder wurden schlaff und ich wandte meinen Kopf dem Thron zu, auf dem mein Vater einst gesessen und Gräueltaten angeordnet hatte. Alles wegen Lionel Acrux.

Entsetzen durchfuhr mich und meine gefühllosen Finger fanden die Kraft, nach meiner Kehle zu greifen, während sich die Zähne der Schattenbestie tiefer in meine Schulter bohrten, um den letzten Rest meiner Magie zu verschlingen.

Die Rubinhalskette, die Darius mir geschenkt hatte, war warm auf meiner Haut, wie immer. Das Gefühl seiner schwieligen Hand auf meiner überwältigte mich fast, als ich den blutroten Stein umklammerte, und das Gefühl, dass er mich ansah und nur ein paar Schritte von mir entfernt auf mich wartete, reichte aus, um mir ein Schluchzen zu entlocken.

Ich hätte schwören können, dass die Wärme des Drachenfeuers von dem rubinroten Anhänger in meine Adern sickerte, als würde Darius versuchen, mir auch seine Kraft zu geben. Aber es nützte nichts. Ich hatte nichts mehr. Und als die Schattenbestie mein Fleisch in ihren mächtigen Kiefern zermalmte, eine Pfote auf meine Brust drückte und ihre Klauen immer tiefer in mir versenkte, verlor ich den Bezug zur Welt, zu meiner Schwester und zu allem anderen. Dann stürzte ich ins Nichts.

Gemini
Scorpio
Virgo
Cancer
Aries
Leo
Sagittarius
Taurus
Capricorn
Aquarius
Libra
Pisces

ORION

KAPITEL 48

Ich zerrte mit aller Kraft, die ich aufbringen konnte, an den Schattenfesseln, die mich zurückhielten, und nutzte jedes Quäntchen Vampirkraft, das ich hatte, um zu Tory zu gelangen.

»Blue!«, brüllte ich, und meine verzweifelte Stimme hallte durch den gesamten Thronsaal. Aber sie war nicht mehr da, kein Funken von ihr in dieser tollwütigen Bestie, als sie ihre Zwillingsschwester zerfetzte.

Das würde sie zerstören. Sie würde sich nie wieder davon erholen, wenn sie ihre andere Hälfte tötete. Und außerdem war Tory auch zu meiner Familie geworden. Ich konnte sie nicht sterben sehen. Ich hatte Darius geschworen, sie zu beschützen, und wo auch immer mein Freund jetzt war, ich wusste, dass er diesen Moment beobachtete, dass er meinen Namen in den Himmel brüllte und mich aufforderte, sie zu retten.

Aber ich konnte mich nicht aus den verdammten Schatten befreien. Jede Fessel, die ich durchbrach, wurde durch eine andere ersetzt, die mich jedes Mal zurückzog, wenn es mir gelungen war, einen Schritt nach vorn zu machen.

Die Schattenbestie schleuderte Tory wie eine zerbrochene Puppe auf mich zu. Und dann lag sie schlaff und blutig hinter dem Käfig. So nah und doch so verdammt weit weg. Ihr Gesicht war blass, leblos, und ich hatte die schreckliche Befürchtung, dass die Bestie sie getötet hatte.

Die bärenähnliche Kreatur pirschte sich heran, mit blutiger Schnauze und einem Hunger in den Augen. Sie wollte töten. Und ihr Blick war auf mich gerichtet.

»Darcy Vega, kämpfe dich zu uns zurück!«, befahl ich, aber diese Augen waren pechschwarz. Meine Gefährtin war nicht mehr da. Alles, was ich sehen konnte, war Lavinias Einfluss, ein kaltes, böses Ding, das für nichts auf dieser Welt Liebe empfand. Am allerwenigsten für uns.

Die Schattenbestie brüllte, sprang auf mich zu und riss den Käfig in Stücke, als sie nach mir griff. Die Schatten zerrten mich zurück an die Wand. Ich war ihr ausgeliefert.

Mein Blick fiel wieder auf Tory, aus deren Wunden Blut strömte und die immer mehr Leben zu verlieren schien.

Nein. Das werde ich nicht zulassen. Ich verweigere dieses Schicksal.

Panik stieg in mir auf, gefolgt von einer Wut, die so ätzend war, dass sie in Form eines Brüllens aus meiner Brust hervorbrach. Meine Reißzähne fuhren aus und mein Blut pulsierte. Es war ein absolut fremdes Gefühl, wie ich es noch nie zuvor erlebt hatte. Meine Formgebung war präsenter als je zuvor, mein Verstand arbeitete auf Hochtouren, meine Sehkraft so stark geschärft, dass ich die Herzschläge der Schattenbestie und auch Torys deutlich sehen konnte. Ich sah rot – und das Tier in mir rief nach seinem Bruder, meinem *Sanguis Frater*.

Mit einem Gefühl, als würde ich wachgerüttelt, veränderte sich meine Sicht plötzlich und ich konnte einen völlig anderen Ort sehen. Ich spürte, wie mein Geist mit einem anderen verschmolz, und wusste, ohne fragen zu müssen, dass es mein Zirkelbruder war, mit dem ich durch diese unmögliche Magie verbunden war.

Ich befand mich in einem dunklen Korridor, eilte mit der Geschwindigkeit meiner Formgebung voran und trug jemanden auf meinem Rücken, während Seth unter meinem Arm eingeklemmt war. Als ich mich umdrehte, um über meine Schulter zu schauen, entdeckte ich eine Reihe von Nymphen, die alle in die entgegengesetzte Richtung eilten und Lionel zuriefen, ihm zu Hilfe zu kommen. Ich schoss auf einen Wandteppich zu, riss ihn beiseite und öffnete eine verborgene Tür in der Wand. Als wir in den sicheren Gängen des Grausamen Königs waren, stellte ich Seth und die andere Person ab.

»Caleb?!«, fragte ich laut, aber das Wort hallte in seinem Kopf wider, und ich spürte, wie er vor Überraschung einen Schritt zurückwich.

»Orion?«, keuchte er. »Was sehe ich da? Ist das Tory?«

»Komm in den Thronsaal – sofort!«, brüllte ich, ohne das, was hier gerade geschah, infrage zu stellen. Caleb war längst auf dem Weg.

Die Tunnel schossen an ihm vorbei, gefolgt von den extravaganten Korridoren des Palastes der Seelen. Er nahm eine Abzweigung nach der anderen, und alles führte ihn näher zu mir. Meine Reißzähne kribbelten vor Blutlust, und mein Verlangen, an seiner Seite zu kämpfen, verzehrte mich.

Ich sah den Moment, in dem er den Thronsaal erreichte, sah mich selbst durch seine Augen und beobachtete ihn im selben Moment. Und irgendwie war mein Verstand in der Lage, mit diesen beiden Realitäten Schritt zu halten. Die Schattenbestie bog die verdrehten Gitterstäbe des Käfigs weiter auseinander, um näher an mich heranzukommen, und schlug ihre Pranke quer über meine Brust, wobei sich ihre Krallen in meine Haut bohrten. Ein unglaublicher Schmerz durchzuckte mich und die Verbindung zwischen Caleb und mir riss ab, unsere Gedanken wurden voneinander getrennt.

Caleb stürzte sich auf den Rücken der Schattenbestie und zerrte so heftig an ihrem Fell, dass sie aufjaulte und sich von mir abwandte.

»Befreie mich!«, rief ich, als die Schattenbestie versuchte, ihn abzuschütteln, während er Mühe hatte, sich festzuhalten.

Er schwang sich um ihre Kehle und nutzte seine Vampirkraft, um das Tier umzuwerfen und auf die Seite zu schleudern, wobei er eine Erdkuppel über sie warf, um sie festzuhalten. Aber das würde nicht lange halten.

Er schoss blitzschnell auf mich zu, zog einen seiner Dolche und durchtrennte die Schatten, die mich fesselten, mit einer wütenden Bewegung, die mich im Handumdrehen befreite.

Ich taumelte in seine Arme und befleckte ihn mit meinem Blut, aber im nächsten Moment schob ich ihn in Torys Richtung.

»Bring sie von hier weg!«, knurrte ich, während uns unser Zirkelband anflehte, zusammenzubleiben und gemeinsam zu jagen. Aber das stand nicht auf dem Programm für heute.

»Verdammte Scheiße!«, fluchte er, als er sich auf das Mädchen stürzte, das verblutend auf dem Boden lag, mit grausamen Wunden am Körper und einer fürchterlich fahlen Hautfarbe. Nur der schwach flackernde Puls an ihrer Kehle bestätigte mir, dass sie noch lebte, und ich hatte keine verdammte Ahnung, wie das überhaupt möglich sein sollte.

Caleb hob sie in seine Arme und ließ Heilmagie in ihren Körper einströmen, wobei er konzentriert die Augenbrauen zusammenzog, während er mit den Schattenwunden kämpfte.

»Lauf, Caleb!«, drängte ich. »Bitte, du kannst nicht bleiben. Und ich werde Darcy nicht verlassen.« Ich blickte auf die Erdkuppel, die meine Gefährtin umschloss, als diese erzitterte. Erste Risse waren zu sehen – ihre Kraft hatte sie schon fast durchbrochen.

»Ich verlasse dich nicht«, sagte er ängstlich, und sein Blick war von hartnäckiger Ablehnung, obwohl er nach wie vor darum kämpfte, die Wunden des Mädchens in seinen Armen zu heilen. »Du bist mein *sanguis frater*. Jetzt, da ich dich gefunden habe, kann ich dich nicht verlassen.«

»Ich habe einen Todesschwur mit Lavinia geschlossen, Caleb«, verriet ich mit leiser Stimme, und er schüttelte sofort den Kopf, um der Ehrlichkeit in meinen Augen zu trotzen. Aber dann sang unser Band eine Melodie in meinem Kopf, und ein Gefühl des Verständnisses breitete sich zwischen uns aus, als würden wir für einen Moment die Welt mit den Augen des anderen sehen können.

»Nein«, bettelte er, als könnte er die Wahrheit allein durch seinen Willen verändern. Schließlich gab er nach, denn er hatte die Realität meiner Situation gespürt und konnte sie nicht leugnen.

»Es tut mir leid. Du musst gehen«, drängte ich. »Bring Tory von hier weg und wecke sie nicht, bevor du nicht aus dem Palast bist. Vertrau mir!«

Caleb stand auf, Torys Wunden waren so weit verheilt, dass die Blutung gestillt war. Er schaute mich unschlüssig an, lenkte dann aber ein. »Also gut. Ich vertraue dir, Bruder.«

Er drückte Tory mit einem Arm an sich, griff mit der anderen Hand nach der magischen Manschette an meinem rechten Handgelenk, konzentrierte sich auf das Metall und zwang das Schloss zum Schmelzen. Es fiel mit einem Klirren zu Boden, bevor das erhitzte Metall mich verbrennen konnte. Schnell löste er auch die andere Manschette, ergriff meine Hand und schickte eine Welle heilender Magie in meinen Körper.

Unsere Blicke trafen sich – ein unausgesprochenes Versprechen, dass wir bald wieder zueinanderfinden würden. Wir mussten nichts sagen. Uns nicht verabschieden. Denn ob in diesem oder im nächsten Leben, wir würden uns jetzt immer wiederfinden.

Er war blitzschnell verschwunden, meine letzte Hoffnung, Darcy von diesem Ort zu retten, raste mit ihm davon. Und im selben Moment durchbrach die Schattenbestie die Erdkuppel, die sie eingeschlossen hatte, und kam auf mich zu.

Ich hob meine Hände, und die Magie, die mich jetzt durchströmte, war geradezu berauschend. Zu selten hatte ich sie in letzter Zeit benutzen können. Gerade als sich die Schattenbestie auf mich stürzte, schleuderte ich mich mit einem Luftmagiestoß nach oben und wich einem weiteren bösartigen Hieb ihrer Klauen aus. Ich wandte meinen Blick zur Tür, versiegelte die Griffe mit Eis und fixierte sie mit einem starken Zauber, der mich in meinem Entschluss bestärkte.

Ich würde hierbleiben, bis Blue zu mir zurückkam. Wie lange das auch dauern würde.

Scorpio
Virgo
Gemini
Aries
Cancer
Leo
Sagittarius
Taurus
Capricorn
Aquarius
Libra
Pisces

CALEB

KAPITEL 49

Heilende Magie strömte von mir in Torys blutenden Körper, während ich sie eng an meine Brust drückte. Ihr Kopf klopfte gegen meine Schulter, während ich die Gänge des Palastes entlangschoss – so schnell, dass wir für jeden, der in unsere Richtung blicken sollte, kaum mehr als ein verschwommener Fleck wären.

Ich dachte daran, wie furchtbar schief alles gelaufen war, und drohte in Panik zu geraten. Wir hatten versagt. Darcy und Orion waren immer noch in dieser Hölle gefangen, Gabriel hatten wir gar nicht erst gefunden, und die Schreie, die über das Gelände des Palastes hallten, deuteten darauf hin, dass auch im Amphitheater etwas absolut Beschissenes vor sich ging.

Ich schoss auf ein Gemälde zu, von dem ich wusste, dass es eine Tür zu den Geheimgängen verbarg. Ich musste nicht einmal den Ring benutzen, den Tory mir gegeben hatte, um den Eingang zu öffnen, denn ihr Blut wirkte schon, bevor ich überhaupt dort ankam – so blutgetränkt waren ihr Körper und ihre Klamotten.

Die Wunden, die die Schattenbestie ihr zugefügt hatte, heilten nicht richtig. Das Gift darin bekämpfte meine Magie, egal, wie viel ich in sie hineinpresste, und ihre Haut nahm einen immer blasseren und kränklicheren Farbton an.

Ich durfte nicht daran denken, wie langsam ihr Herzschlag geworden war, dessen leises Pochen viel zu selten an meine Ohren drang.

Fuck. Wie war das nur passiert? Was hatte sich verändert? Warum war das Schicksal, das Gabriel für diesen Abend *gesehen* hatte, nicht einmal annähernd so eingetroffen?

Aber diese Fragen spielten jetzt keine Rolle. Nichts davon machte auch nur den geringsten Unterschied. Nur das Schicksal des Mädchens in meinen Armen war von Wichtigkeit.

Einst hätten die anderen Erben und ich ihren Tod vielleicht als Segen betrachtet. Aber jetzt konnte ich mir kaum ein schlimmeres Schicksal für uns selbst – für ganz Solaria, wenn ich ehrlich war – vorstellen, als den Tod einer Vega-Prinzessin, während Lionel Acrux an der Macht war.

Ich rannte die dunklen Gänge entlang, und meine verbesserte Sehkraft reichte aus, um mich die Stufen hinunter und durch enge Kurven zu lotsen, bis ich schließlich zwischen den anderen zum Stillstand kam.

»Rostige Rosinenkleie!«, rief Geraldine, als sie die Wunden an Torys Schulter und Brust entdeckte. Die Schatten hafteten an ihnen, während sie nach wie vor blutete.

»Was zum Teufel ist passiert?«, fragte Seth alarmiert, griff nach ihrem Handgelenk und ließ Heilmagie in ihren Körper fließen.

Die Wunden versuchten erneut, sich zu schließen, aber sie rissen wieder auf, sobald er sie losließ.

»Es ist das Gift der Schattenbestie«, sagte ich und sah zwischen meinen blutverschmierten, zerschlagenen Freunden hin und her. »Darcy hat die Kontrolle über sie völlig verloren. Und Orion ist einen Todesschwur mit Lavinia eingegangen – er kann also nicht weg von hier. Wir können im Moment nichts für die beiden tun. Und Tory hört einfach nicht auf, zu bluten ...«

»Lüfte ihre Tunika! Ich werde mich um diese schnörkeligen Schlingen des Verderbens kümmern«, meinte Geraldine, und als wir beide ihr einen leeren Blick zuwarfen, stieß sie Seth einfach beiseite und riss Torys Shirt auf, um die Wunden vollständig freizulegen. »Diese Tunnel sind verdammt eng für meine königliche Formgebung«, fluchte sie. Sie verwandelte sich trotzdem, aber nur die Hälfte ihres Gesichts, sodass ihre Kiefer zu denen eines Hundes wurden. Sabber tropfte von den giftigen, tödlichen Zähnen ihres Zerberus.

Geraldine wirkte ein Gingkoblatt in ihre Handfläche, fing damit den Sabber auf und zerdrückte es in ihrer Faust. Sie verwandelte sich zurück, sobald sie den Breiumschlag fertiggestellt hatte, und stopfte die schleimige grüne Mischung in die Bisswunden an Torys Schulter.

Tory krümmte sich in meinen Armen. Ein Schmerzenslaut entwich ihr und ich belegte sie eilig mit einem Schlafzauber, wobei ich mich dafür verfluchte. Aber ich wusste, dass es unsere einzige Chance war. Sie würde nicht freiwillig ohne Darcy von hier weggehen, aber im Moment war es keine Option, ihre Schwester zu retten.

»Das wird das heimtückische Gift zurückhalten«, sagte Geraldine energisch. »Aber wir müssen uns beeilen. Wir brauchen das heilende Gift eines Basilisken – und zwar schnell!«

Ich stöhnte, als sie auf meinen Rücken sprang und mir auf den Hintern klopfte, als wäre ich eine Stute, unwillig, loszugaloppieren.

»Lauf los!«, sagte ich zu Seth, und mein Herz schlug mir bis zum Hals bei dem Gedanken, ihn hier unten zurückzulassen, auch wenn es nur für einen Moment sein würde. »Ich bin gleich wieder bei dir.«

Seth nickte, drehte sich um und begann, den Tunnel entlangzusprinten. Ich schoss an ihm vorbei, bevor er mehr als ein paar Schritte gemacht hatte.

Geraldine erwürgte mich fast, als sie einen Arm um meinen Hals legte, um sich abzustützen, aber innerhalb weniger Sekunden erreichten wir den hintersten Teil der Gänge und sie sprang wieder ab.

Ich drehte mich zu ihr um und übergab die bewusstlose Tory in ihre Obhut, und Geraldine stimmte eine Art klagendes Lied an, während sie Tory festhielt.

Ich schoss ohne ein weiteres Wort davon, fand Seth und hob ihn auf meinen Rücken, bevor ich zurück zu den anderen eilte.

»Wo sind Max und Xavier?«, fragte ich und sah mich ängstlich um, da ich sie nirgends entdecken konnte.

»Hinterlasse ihnen eine Nachricht!«, forderte Geraldine, die Tory unbeirrt festhielt. Aber ich sah den Schmerz in ihren Augen. Es zerriss ihr das Herz, auch nur daran zu denken, die beiden hier zurückzulassen. »Wir haben keine Zeit zum Trödeln. Die Königin braucht sofort Hilfe.«

Ein Blick auf Torys blasses Gesicht und ihre blutverschmierte Haut ließ keinen Raum für Zweifel. Und dann war da auch noch ihr immer schwächer werdender Pulsschlag … Ich sträubte mich trotzdem gegen die Idee, ohne die anderen zu gehen, und Seths Lippen verzogen sich zu einem Knurren, als wir tatsächlich in Betracht zogen, sie hier im Stich zu lassen.

»Geh du!«, sagte ich zu Geraldine, während ich einen Blick zurück in den Gang warf und mein begnadetes Gehör nutzte, um nach Anzeichen für meine Brüder zu lauschen. »Rette sie! Wir retten die anderen.«

»Oder sterben bei dem Versuch«, fügte Seth grimmig hinzu, obwohl er diese Möglichkeit ohne zu zögern akzeptierte.

Geraldine sah aus, als wollte sie widersprechen, aber stattdessen hob sie ihr Kinn. »Ihr seid zwei tapfere und mutige Seelen. Bringt mir meinen lüsternen Lachs zurück und ich werde für immer in eurer Schuld stehen.«

Ich nickte ihr zu und drückte meine Hand an die Wand. Der Ring, den Tory für mich angefertigt hatte, öffnete die dort verborgene Geheimtür.

Geraldine trat mit Tory im Arm in die klare Nachtluft. In dem Moment, in dem sie hinter die Mauern traten, verschwanden sie in einem Blitz aus Sternenstaub.

Ich tauschte einen Blick mit Seth, als das Knirschen von Stein das erneute Schließen der Tür ankündigte, und forderte ihn mit einem Nicken auf, aufzuspringen.

»Was ist schon ein weiterer Kampf?«, stichelte ich, während das ferne Donnergrollen die Mauern um uns herum mit dem Versprechen des Todes erzittern ließ.

»Ich mochte dich schon immer blutig und gewalttätig«, antwortete er und kletterte auf meinen Rücken, während seine Worte mein Herz höherschlagen ließen.

»Dito«, erwiderte ich, und wir schossen zum gefühlt hundertsten Mal gemeinsam dem Tod entgegen.

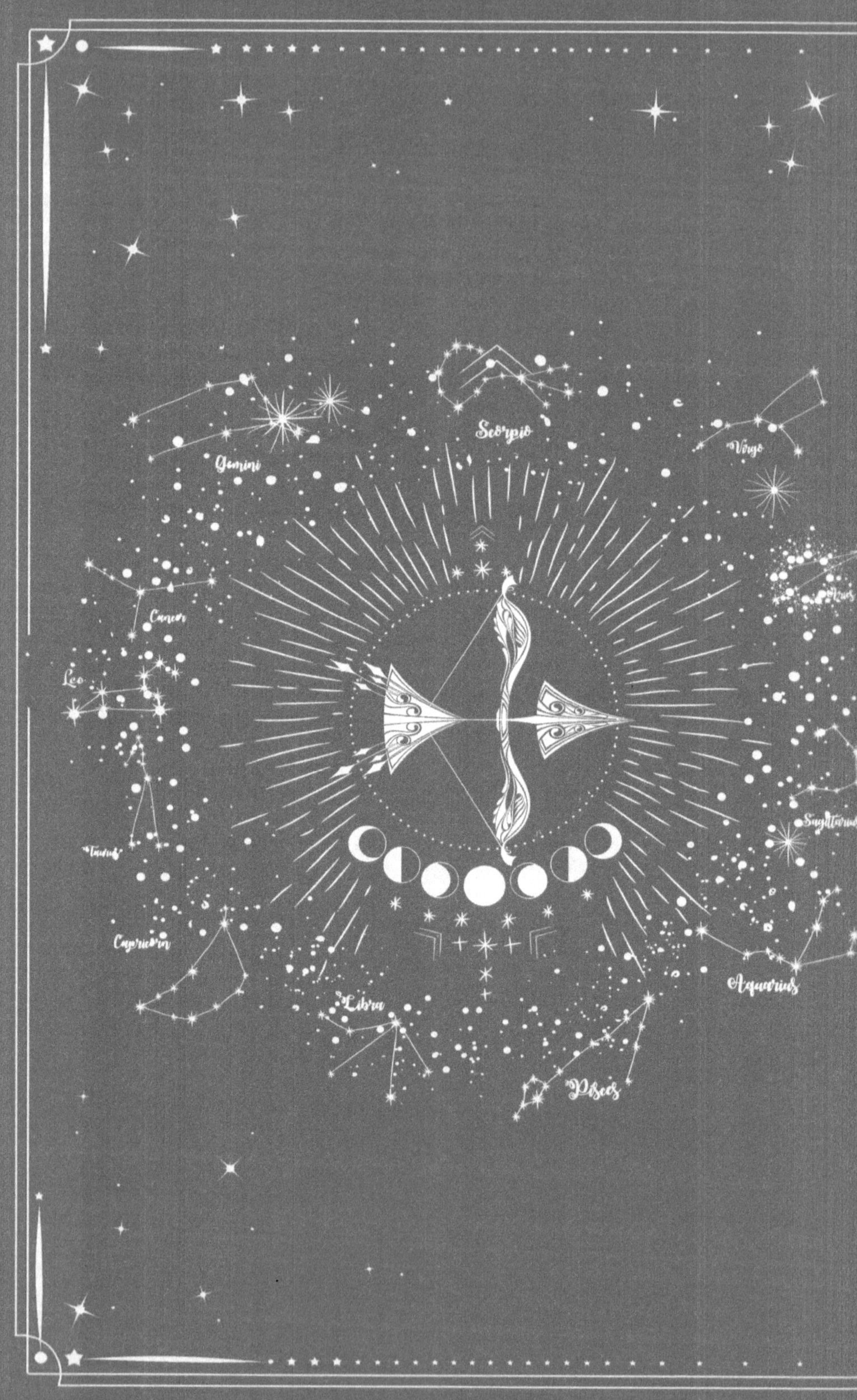

Gemini
Scorpio
Virgo
Cancer
Aries
Leo
Taurus
Sagittarius
Capricorn
Aquarius
Libra
Pisces

XAVIER

KAPITEL 50

Ich hatte einen robusten Schild aus Metall gewirkt, um mich zu schützen. Als Drachenfeuer auf mich herabzuregnen begann, hob ich ihn über mich und hüllte ihn in Eis, damit das Feuer an ihm erstickte.

Das Drachenarschloch, gegen das ich kämpfte, war groß, muskulös, hatte einen dicken grauen Bart und böse Augen. Ich kannte ihn gut. Es war Lionels Freund – Cyril. Oder Onkel Cyril, wie man mich ermutigt hatte, ihn zu nennen. Mein Vater hatte versucht, die Bande zwischen den Drachen zu festigen, indem er den Anschein einer großen engen Familie erweckt hatte. Er hatte Darius und mir befohlen, seine Freunde als Tanten, Onkel, Brüder und Schwestern zu bezeichnen, als wären wir eine Art inzestuöser Drachenkult. In gewisser Weise waren wir das wohl auch.

Ich hasste Cyril und seine unheimliche Aura schon immer. Genau wie die Tatsache, dass er so tat, als wäre er besser als alle anderen. Jetzt war er an der Leitung der Nebula-Inquisitionszentren beteiligt und ich hatte keinen Zweifel daran, dass er für unzählige Gräueltaten in diesem Krieg verantwortlich war.

»Du beschmutzt den Namen deines Vaters. Du solltest dich schämen, du Kümmerling«, zischte er und schoss wieder Feuer aus seinen Händen, aber ich antwortete mit meiner eigenen Feuermagie. »Er hätte dich schon bei deiner Geburt ertränken sollen.«

Max stand auf einer Luftsäule und schoss seine Phönixfeuer-Pfeile auf jeden, der ihm zu nahe kam, während er daran arbeitete, sich auf Lionel zuzubewegen. Ich betete, dass er eine Chance bekommen würde, ihn zu erledigen, aber die Chancen standen hier eindeutig gegen uns. Die Oscura-Wölfe hatten sich dem Kampf angeschlossen, aber wir waren immer noch nicht genug, und ich konnte sehen, wie sich diese Schlacht entwickelte. Wenn die Rebellen nicht bald die Flucht ergriffen, würden sie fallen.

Mein Feuer wickelte sich um Cyrils Kopf und blendete ihn, und ich schoss auf ihn zu, während er versuchte, die Flammen einzudämmen. Mit zitternder

Hand riss ich mein Metallhorn aus der Tasche. Ich zögerte, die Wut kochte in meiner Brust, aber ich hielt mich für den Bruchteil eines Augenblicks zurück, weil ich nicht sicher war, ob ich das wirklich tun konnte. Aber dann dachte ich an all die Fae, die unter Männern wie Cyril gelitten hatten. Die Monster, aus denen meine sogenannte Familie bestand, waren eine Seuche für diese Welt. Und bevor er meinen Flammen entkommen konnte, traf ich die Entscheidung und stieß das Horn in seine Brust, wobei mich ein Schrei der Anstrengung verließ. Mein Arm vibrierte, als ich durch den Knochen schnitt.

Ich war überrascht, wie gut sich das anfühlte. Eine verkorkste Art von Gerechtigkeit erfüllte mich und mein Herz pochte angesichts seines nahenden Todes.

Er röchelte und Blut spritzte aus seinem Mund auf mich. Sein Feuer erlosch und er fing meinen Blick auf.

»Ich bin kein Kümmerling«, knurrte ich und drehte das Horn, als er versuchte, sein Element zu ergreifen. Aber sein Tod kam immer schneller. Ich hatte schon so oft mit diesem Mann an einem Tisch gesessen und ihm zugehört, wie er über die »höheren Formgebungen« und die Notwendigkeit von mehr Gesetzen zur »Kontrolle der Anzahl der niederen« schwadroniert hatte. Er wollte, dass Ehen zwischen verschiedenen Formgebungen verboten wurden, und hatte sogar davon gesprochen, dass man Formgebungen wie die meine daran hindern müsste, sich fortzupflanzen.

Er war ein monströses Nichts, und es bereitete mir ein perverses Vergnügen, mitanzusehen, wie das Leben aus seinen Augen schwand. Man hatte mich an den Abgrund gedrängt, mir meine Familie gestohlen – und jetzt würde ich mich dafür rächen. Er war zwar nicht der Fae, der sie getötet hatte, aber er war sicher derjenige, der sie gequält hatte. Darius hatte ihn genauso gehasst wie ich, und Mom war gezwungen gewesen, so zu tun, als würde sie ihn mögen, obwohl sie innerlich wahrscheinlich geschrien hatte.

»Das ist für sie«, zischte ich, und das Gift meines Kummers strömte aus mir heraus in diesen verdorbenen Fae. »Und du wirst nicht der Letzte sein.«

Ich riss mein Metallhorn aus seiner Brust, setzte seinen Körper in Brand und sah zu, wie er in meinen Flammen zu Staub zerfiel.

In einer letzten Beleidigung drehte ich ihm den Rücken zu. Das Adrenalin machte mich schwindelig, als ich losrannte, um einen weiteren Feind anzugreifen. Ich war auf den Geschmack gekommen. Diese Seite von mir hatte ich noch nie erlebt, aber ich würde sie nicht zügeln. Mit diesem Pfad der zerstörerischen Rache hatte ich endlich ein Ventil für all den Schmerz gefunden, der mich Tag für Tag verzehrt hatte.

Ich suchte Dante am Himmel, aber außer den Blitzen weit oben in den Wolken war nichts von ihm zu sehen. Auch meine Suche nach Gabriel blieb erfolglos.

Gabriels Familie zog sich aus dem Kampf zurück, während die Drachen unsere Zahl immer weiter dezimierten. Die Oscura-Wölfe heulten wild auf, während Rosalie den Rückzug anführte; nur noch ein paar Rebellen standen und ein ganzes Heer von Drachen tötete jeden, der auch nur in Lionels Richtung schaute.

Der Blick meines Vaters traf den meinen und ein höhnisches Grinsen legte sich auf meine Lippen, als er mich entdeckte.

Noch bevor ich über die Konsequenzen nachdenken konnte, sprang ich über Leichen. Ich hob mein Horn, während ich nach wie vor meinen Schild in die Höhe streckte. Ich musste ihn töten, ihm seinen wertlosen Kopf von den Schultern reißen und das befriedigende Geräusch hören, wenn er auf dem Boden aufschlug. Für Mom, für Hamish, für Darius.

Ein entschlossenes Brüllen entrang sich meinen Lippen, als Lionel seinen geknechteten Drachen befahl, ihre Aufmerksamkeit auf mich zu richten. Ich spürte keine Angst, als ich weiterlief. Jeder Muskel in meinem Körper arbeitete für die Mission, mich dem Mann näher zu bringen, der mir so viel gestohlen hatte.

Ich wusste, dass dies mein Ende sein würde. Aber das war mir egal, solange ich ihn mit mir zu Fall brachte. Wenn ich meinen Freunden dadurch Frieden verschaffte und dafür sorgte, dass Tyler und Sofia ein für alle Mal in Sicherheit waren. Sie hatten einander. Sie würden um mich trauern, aber sie wären zusammen. Ich würde sie nicht allein lassen.

Als Feuer und Tod in meine Richtung geschleudert wurden, drängte ich den Boden, sich zu erheben, blockierte ihre Magie mit Erde und behielt meine Standfestigkeit. Der Sand bebte unter der vereinten Kraft der Drachen, die versuchten, die Welt zu zerreißen, um ihren falschen König zu verteidigen. Der Mann, an den sie jetzt gebunden waren und für dessen Schutz sie alles tun würden. Aber in mir brannten drei Elemente und ein ganzes Leben voller Hass. Und irgendwie schaffte ich es, den Schlägen auszuweichen, die auf mich gerichtet waren – was ich vor allem dem sich um mich herum erhebenden Boden und dem Schild über meinem Kopf zu verdanken hatte.

Lionel hob die Hände und fügte dem Kampf seine eigene Magie hinzu. Der Boden verwandelte sich zu meinen Füßen in Lava und rot glühendes Magma sprudelte aus den Miniaturvulkanen, die zu beiden Seiten von mir aus dem Sand aufstiegen. Tief in meinem Inneren wusste ich, dass ich es wahrscheinlich nicht bis zu ihm schaffen würde. Aber ich rannte trotzdem weiter, vertraute auf die Sterne und betete, dass sie mir eine winzige Chance gewähren würden, ihn zu erledigen.

Ich war fast am Rande seines Luftschildes, als um Lionel herum Feuer ausbrach und ich ihn in den Flammen aus den Augen verlor. Wohin ich auch sah, wütete Feuer, meine Stiefel schmolzen in dem Sand, der sich unter der Intensität des Feuers immer weiter verflüssigte. Die Hitze war überwältigend und verschlang jeglichen Sauerstoff, und sogar mein Schild begann, aufzuweichen, als das Feuer von oben auf mich niederging.

Ich befand mich in einem Schmelztiegel, in dem ich bei lebendigem Leib gekocht werden sollte. Und wofür? Ich war nicht mal in seine Nähe gekommen, hatte meinem Vater keinen einzigen Schlag versetzt. Und jetzt würde ich in diesem Ofen sterben, ohne etwas vorzuweisen zu haben. Der einzige Trost, den ich hatte, war, dass Darius und Mom da sein würden, um mich jenseits des Schleiers willkommen zu heißen.

Ich war noch nicht bereit, zu sterben. Ich hatte nur ein kleines Stückchen Freiheit gekostet und sehnte mich nach so viel mehr, als mir geboten worden war. Mein Leben war klein, vielleicht sogar unbedeutend, aber es gehörte mir. Und ich hatte es gerade erst zurückerobert.

Hitze loderte in meinem Rücken und meine Kleidung brannte, mein Adrenalinspiegel war hoch, aber nicht hoch genug, um den Schmerz zu vertreiben, der mich jetzt durchfuhr.

Instinktiv suchte ich nach den Sternen über mir, aber alles, was ich sehen konnte, war Feuer, so hell und hungrig, als würde es für immer brennen.

Ein Schatten senkte sich von oben auf mich herab und eine Hand, die mir nicht unbekannt war, griff nach meiner, nahm sie und drückte sie fest. Mein Herz brach, als ich darauf wartete, dass der Schmerz aufhörte und meine Seele ins Jenseits geführt wurde. Darius war gekommen. Seine große Hand schloss sich um meine, und die Art, wie er mich kraftvoll an sich zog, fühlte sich so unglaublich vertraut an.

»Es tut mir leid, dass ich versagt habe«, sagte ich zu ihm, schlang meine Arme um seinen Hals und hatte das Gefühl zu fliegen, als ich meinen Körper in der brennenden Grube zurückließ.

Er hielt mich fester und ich vergrub mein Gesicht an seiner Schulter. Ich hasste mich für dieses Versagen und wünschte mir, ich könnte das Schicksal, das mir diese Nacht beschert hatte, noch einmal umschreiben. Aber wenigstens war ich wieder bei meinem Bruder. Meine Mutter würde hier sein, und ich könnte die Ewigkeit mit ihren Seelen verbringen. Wir waren frei, auch wenn wir verloren waren.

Plötzlich wurde ich auf den Hintern geworfen und mit eiskaltem Wasser übergossen. Die Flammen an meinen Klamotten erloschen mit einem Zischen.

»Xavier!«, keuchte Max, kniete sich über mich und drückte seine Hände auf meine Brust, die nun nackt war, da die Fetzen meines Shirts im Wasser zu Asche zerfallen waren.

Heilmagie durchströmte mich, und ich blinzelte meinen Retter schockiert an. Es war gar nicht Darius, der mich hielt. Es war Max, der in eine Rüstung aus Eis gehüllt war, während mich ein Wirbelwind aus Luftmagie umgab. Er war in die Flammen gesprungen, um mich zu retten, und hatte alles riskiert, nur, um mich da rauszuholen.

»Ich habe uns an den Rand des Palastgeländes geflogen, aber wir müssen zu den Tunneln des Grausamen Königs gelangen. Alle Rebellen sind tot. Dante und die Oscuras sind auf der Flucht, aber die Drachen waren ihnen dicht auf den Fersen. Kannst du dich bewegen?«

Die Trauer über so viel Tod erfüllte mich und ein röchelnder Atemzug verließ mich, als ich seine Worte zu verarbeiten versuchte. Alle, die wir zu retten gehofft hatten, waren gefallen. Wir hatten sie im Stich gelassen.

»Ich kann mich bewegen«, sagte ich, sprang auf und schlang meine Arme um ihn. »Danke.«

»Heb dir das für den Fall auf, dass wir tatsächlich hier rauskommen«, sagte er fest und schob mich von sich weg. Meine Hose war halb weggebrannt, aber Fetzen von Jeansstoff klebten noch an meinem Schritt und an den Oberschenkeln. Der Windhauch, der meine Arschbacken umspielte, verriet mir, dass die Rückseite der Hose nicht so gut davongekommen war. *Tja.*

Ich warf einen Blick zurück auf das Amphitheater und sah, wie die Oscura-Wölfe aus dem Amphitheater strömten, während ein Mädchen mit lilafarbenen Haaren den Rückzug anführte. Sie rannten zu den Schutzwällen, wo sie sich zweifellos mittels Sternenstaub in Sicherheit bringen würden.

Wir waren wohl auf uns allein gestellt, und als ich eine Gruppe von Drachen entdeckte, die über den frostigen Boden auf uns zustürmte, wusste ich, dass uns auch die Zeit davonlief.

Ich riss die nächstgelegene Tür auf und rannte in den Palast, während das Gebrüll der Drachen in beängstigendem Tempo näher kam.

Max und ich sprinteten den gepflegten Korridor entlang, unsere Hände tasteten die Wände ab, während wir nach einem Weg in die Tunnel suchten.

Keine Geheimtür öffnete sich, und mein Herz raste, während wir weiterliefen und uns immer schneller durch den Palast bewegten.

Ich schob mich durch eine geschnitzte Holztür und Max stürmte hinter mir her in den riesigen Speisesaal. Ein Tisch erstreckte sich über die gesamte Länge des Raumes, an dem über hundert Fae Platz finden könnten. Er war mit goldenen Tellern und Besteck eingedeckt – auf die Drachen draußen schien ein regelrechtes Festmahl zu warten.

Am anderen Ende des Tisches stand ein goldener Thron mit rotem Samtbezug und zwei Drachenköpfen als Armlehnen. Eine billige Verhöhnung des echten solarischen Throns, der einst Hail Vega gehört hatte. Aber das war es nicht, was meine Aufmerksamkeit auf sich zog. Hinter dem Thron, wie eine kranke Trophäe, hingen meine Flügel an der Wand. Sie glitzerten lilafarben und hatten einen regenbogenfarbenen Schimmer, als wären die Federn in Öl getränkt worden. Mein Herz schlug höher und ich bewegte mich instinktiv auf sie zu.

»Komm schon, such weiter nach einem Eingang zu den Tunneln!«, rief Max, der nicht bemerkte, was ich gesehen hatte, während er die Wände nach einem Ausweg absuchte.

Ich schnappte mir einen Stuhl vom Tisch, trug ihn zur Wand und kletterte darauf, aber meine Finger streiften nur die Federspitzen.

»Hilf mir!«, rief ich Max zu. »Ich brauche deine Luftmagie.«

»Was?« Max drehte sich um und sah mich an. Erst dann fiel sein Blick auf meine Flügel.

»Bitte!«, drängte ich, denn ich wusste, dass das angesichts des Chaos heute Abend nicht wirklich wichtig war, aber mir bedeutete es alles.

Er rannte auf mich zu. Seine Augen leuchteten vor Entschlossenheit, als er seine Hände hob und seine Gaben dazu nutzte, die Flügel von den Haken zu nehmen, an denen sie hingen. Er faltete sie sorgfältig und legte sie in meine Arme, wobei mich ihr schweres Gewicht aufstöhnen ließ.

Ich sprang vom Stuhl, hielt sie fest umklammert und dankte ihm mit meinem nächsten Atemzug.

Lionels Gebrüll erschütterte den ganzen Palast und erinnerte uns daran, dass wir noch nicht außer Gefahr waren. Das Geräusch war so nah, dass mein Herz hämmerte. Sie waren gleich hinter der Tür, die schweren Schritte seiner geknechteten Drachen. Sie würden uns in die Enge treiben, und da sie uns sicher keinen Fae-würdigen Zweikampf anbieten würden, hatten wir überhaupt keine Chance.

»Such weiter nach einem Ausweg!«, befahl Max und ich nickte.

Eine dicke Eisschicht bildete sich um Max' Hände und die Temperatur sank, als er seine Finger krümmte. Er sammelte seine ganze Magie in ihnen, bevor er den Zorn des Winters in seine Handflächen rief.

Ich rannte zur nächstgelegenen Wand, strich mit den Händen darüber und suchte nach einem Ausgang. Dabei versuchte ich nicht einmal, die Sterne um Hilfe zu bitten.

Unsere Flucht hing von uns selbst ab. Ich hatte dem Tod heute Abend schon einmal ein Schnippchen geschlagen und nicht vor, ihm ganz zum Opfer zu fallen.

Gemini
Scorpio
Virgo
Cancer
Leo
Taurus
Mars
Capricorn
Sagittarius
Libra
Aquarius
Pisces

MAX

KAPITEL 51

Eis sprang von meinen Fingerspitzen, schoss über den Boden, kroch das Mauerwerk hinauf und über die schwere Holztür, die in diesen Raum führte. Ich ließ es wachsen und dicker werden, damit es eine undurchdringliche Barriere zwischen uns und den Drachen bildete, die mit jedem Schritt näher kamen. Ich verankerte das Eis im Mörtel der Backsteine und ließ meine Magie immer weiter in sie eindringen. Dann tastete ich mich den Gang entlang, während ich die Wände, den Boden und die Decke mit einem tödlichen Frost beschichtete.

Meine Magie sehnte sich nach dieser Befreiung, denn durch den Schmerz und das Grauen, das mich bei der Vernichtung der Rebellen überflutet hatte, waren meine Reserven auf ein Maximum angewachsen.

Ich war einer der mächtigsten Fae in ganz Solaria. Sollten die Drachen doch kommen, wenn sie glaubten, mich besiegen zu können.

Meine Haut kribbelte, als ich versuchte, meine Formgebung anzurufen und sie aus den Tiefen meines Körpers zu locken. Ich spürte, wie sie sich regte, als das Formgebungsunterdrückungsmittel auf meiner Haut zu schwinden begann, aber es war noch nicht genug, um sie zu befreien.

In dem Moment, in dem ich das Gas mit dem Formgebungsunterdrückungsmittel in der Luft bemerkt hatte, war ich dazu übergegangen, meinen eigenen Sauerstoff zu erzeugen. Ich hatte eine magische Maske auf mein Gesicht gewirkt, um das Gas keine Sekunde länger einzuatmen. Es sollten nur etwa ein oder zwei Atemzüge des Gases in meine Lunge gelangt sein, und ich wusste, dass es in dieser verdünnten Form nicht mehr lange auf mich einwirken würde.

Ich spürte die Vibration, als die Drachen durch den Korridor und über die Eisschicht stapften, die ich gewirkt hatte. Ich bezweifelte, dass sie sie in ihrer Eile, uns einzuholen, überhaupt bemerkten, und ich ließ meine Kraft wachsen, während ich sie durchzählte.

Sechzehn. Verdammt schlechte Chancen, aber andererseits war keiner der Drachen ich.

Meine Finger zitterten, als sich immer mehr Kraft in ihnen sammelte, und ich sehnte mich nach dem Rausch der Befreiung, während sich Eiskristalle auf meiner Haut bildeten und eine Gänsehaut verursachten. Mein Atem stieg in einem Nebel vor mir auf, und meine Magie veränderte die Umgebung selbst in ihrem verzweifelten Bedürfnis nach einem Ventil.

Ich schloss die Augen und konzentrierte mich auf die sechzehn Fußpaare, die über meine Magie polterten, während die Temperatur um sie herum weiter sank, während sie sich uns näherten.

»Ich glaube, hier könnte etwas sein«, sagte Xavier hinter mir, aber ich wandte mich nicht ab, um nachzusehen.

»Sag mir, wenn du etwas gefunden hast. Nicht, wenn du glaubst, etwas gefunden zu haben«, grunzte ich, während die Anstrengung, mich zurückzuhalten, meinen ganzen Körper erbeben ließ.

Eine Feuerwalze sprengte das Eis auf der anderen Seite der Tür, und die Kraft des Angriffs hallte in mir wider.

Ich nahm das als mein Signal und eröffnete den Kampf.

Meine Magie löste sich in einer so gewaltigen und brutalen Welle aus mir, dass ich nach vorn taumelte. Das Eis auf dem Korridor draußen zerbarst wie splitterndes Glas, während rasiermesserscharfe Speere aus allen Wänden, dem Boden und der Decke gleichzeitig schossen.

Drachen wurden aufgespießt, Gliedmaßen abgetrennt und Organe durchbohrt. Ihre Schreie erfüllten den Raum hinter der Tür, während meine Macht durch den ganzen Palast dröhnte.

Ihr Schmerz traf meinen Kopf wie ein Amboss. Die rohen Qualen füllten mich aus und luden meine Magie wieder auf, während ich sie in mich aufsaugte wie ein Wasserstrudel, der nach neuen Seelen hungerte.

Xavier fluchte laut, die Ehrfurcht in seiner Stimme berührte mich kaum. Ich kämpfte gegen das Gefühl an, dass mein eigener Körper in Einzelteile zerrissen wurde, denn der Schmerz der Drachen war so stark, dass ich ihn schmecken konnte.

Ein Stöhnen entrang sich meinen Lippen, als ich meine Kraft erneut beschwor. Ich trennte ihre Emotionen von meinen eigenen, während ich nach wie vor alles in mich aufnahm, was ich konnte, bereit, sie ein zweites Mal auf sie loszulassen.

Marineblaue Schuppen bedeckten meinen Körper, als das Gewicht all dieser Emotionen schließlich das Formgebungsunterdrückungsmittel in mir auflöste. Ich grinste böse, während ich mich gerade hinstellte und meine Gedanken auf jeden einzelnen der verbliebenen Drachen richtete.

Meine Entschlossenheit zerschmetterte ihre mentalen Schilde, so wie mein Eis ihre Körper zerschmettert hatte.

Elf von ihnen atmeten noch, ihr Geist war meinem Willen unterworfen, als ich die volle Kraft meiner Sirenenform beschwor und ein Lied anstimmte, das ich mich nie zuvor zu singen getraut hatte.

Dies war nicht der Lockruf, den ich einmal im Monat erschallen ließ, es war keine Quelle von Geheimnissen oder Entdeckungen, sondern ein brutales, gnadenloses Horrorlied, das einzig und allein dazu bestimmt war, jedem, der es hörte, den Verstand zu rauben.

Ich hob eine Hand in Richtung Xavier und spürte, wie seine mentalen

Schilde bröckelten, obwohl ich keine meiner Gaben absichtlich auf ihn gerichtet hatte. Und ich wirkte eine Stillekuppel um ihn, die so dicht war, dass nicht einmal ein Atemzug frischer Luft sie durchdringen könnte, um ihn vor der schrecklichsten Gabe meiner Art zu beschützen.

Die Drachen jenseits der Tür schrien vor Schmerz, der weitaus stärker war als die Qualen ihres Verstandes, als mein Lied sich seinen Weg in sie bahnte und sie zwang, die schlimmsten Momente ihres Lebens noch einmal zu erleben. Jeder Albtraum, den sie je durchlitten hatten, wurde in ihren Köpfen lebendig.

Sie waren dort gefangen, und ihr Schrecken fachte meine Macht an, bis ich vor Magie nur so strotzte, überwältigt von der Kraft, die ich ihnen raubte. Ihr Geist bebte und zitterte in meinem Griff.

Eine magische Berührung an meinem Arm veranlasste mich, die Augen zu öffnen und zu Xavier zu blicken, der auf einen versteckten Schrank mit unbezahlbarem Schnaps deutete. Aber ein Durchgang war nirgends zu sehen.

»Hier ist nichts«, murmelte er aus seiner Stillekuppel und ich nickte verstehend. Wir waren in einer Sackgasse gelandet, was bedeutete, dass unser einziger Weg nach draußen durch unsere Feinde führte.

Ich schaute wieder zur Tür, während das Lied aus der Tiefe meiner Brust durch die Köpfe der bewegungsunfähigen Drachen jenseits der Tür schallte. Ich konnte spüren, wie sich uns immer mehr Drachen näherten. Es waren zu viele, als dass der Schwall an Magie, der in mir brodelte, sie hätte bewältigen können.

Ich konnte mein Lied nicht unterbrechen, um zu sprechen, und Xavier hätte mich in seiner Stillekuppel sowieso nicht hören können, also bedeutete ich ihm, mir zu folgen, bevor ich die Türen mit einem tornadogleichen Luftstoß aufsprengte.

Eis und Holz splitterten und die Bruchstücke fielen auf die gebrochenen, blutenden Körper der Drachen hinter der Tür und fügten ihnen noch mehr Schmerzen zu.

Die Drachen starrten mich mit wilden, verängstigten Augen an, während sie ihre Wunden aufkratzten. Einige von ihnen bluteten aus der Nase, den Ohren und den Augen, während mein Horrorlied ihren Verstand in Stücke schnitt.

Xavier murmelte etwas hinter mir, als ich in das Gemetzel hineintrat und meine Hand ausstreckte, um das blutige Eis beiseitezuschieben, als wäre es nichts. Dabei ignorierte ich die schlaffen und blutenden Körper.

Ein Drache zu meiner Rechten versuchte, seine Hand nach mir auszustrecken, und ein verzweifeltes Flehen trat in seine Augen, als er meinen Blick auffing. Aber ich konnte sehen, was er durchlebte, die Gräueltaten, die er begangen hatte und die sich nun in seinem eigenen Kopf abspielten. Und ich hatte kein Mitleid mit ihm. Stattdessen sang ich noch lauter, um die Blutgefäße im Weiß seiner Augen platzen zu sehen. Das Blut lief ihm die Wangen hinunter, und er kippte um, zuckte und strampelte gegen schattenhafte Dämonen, die niemand außer ihm sehen konnte.

Ich trat über ihn hinweg und warf einen Blick auf Xavier, der vorsichtig seine riesigen Pegasusflügel trug. Ihr Gewicht schien ihn etwas aus dem Gleichgewicht zu bringen. Aber es stand außer Frage, sie hierzulassen – ungeachtet der Konsequenzen.

Ein Knall ertönte zu unserer Linken und ich wirbelte herum, als eine Tür aufflog, aber in dem Raum dahinter war nichts und niemand zu sehen.

Ich war mir nicht sicher, ob es Intuition oder Wahnsinn war, dem neu geschaffenen Weg zu folgen, aber ich rannte los, als ich spürte, wie die anderen Drachen näher kamen. Ihr wütendes Gebrüll hallte durch die Korridore des Palastes.

Xavier rannte ebenfalls los und meine Brust schmerzte, als die Drachen, die in meinem Lied gefangen waren, wie die anderen zu kollabieren begannen. Ihre Seelen zerbrachen und sie waren für immer in ihren eigenen Albträumen gefangen. Keine Magie konnte reparieren, was ich in ihnen zerbrochen hatte, und sie würden ihre eigenen abscheulichen Schrecken durchleiden, bis jemand es für angebracht hielt, sie mit dem Tod von ihrem Elend zu erlösen.

Wir sprinteten in den Raum, den die Tür für uns geöffnet hatte, und traten in einen riesigen und vor allem leeren Ballsaal, der, wie ich gehört hatte, für Lionel verschlossen war, seit er den Palast in Besitz genommen hatte. Offenbar hatte er sich für uns geöffnet, um uns zu helfen.

Das Gebrüll der Drachen kam näher, aber in dem Moment, in dem wir die Schwelle überquerten, schlug die Tür in unserem Rücken erneut zu. Das Geräusch hallte um uns herum wider und mein Atem stockte.

Mein Horrorlied wurde leiser, dann verstummte es ganz und die letzten Gemüter, die ich mit ihm in Schach gehalten hatte, zerbrachen. Ich schnappte mir einen von Xaviers Flügeln und befreite auch ihn aus der Stillekuppel.

»Wir müssen hier raus!«, rief er.

Wir rannten durch den riesigen Ballsaal, und die atemberaubenden Gemälde aller erdenklichen Formgebungen, die die Wände schmückten, schienen sich zu uns umzudrehen. Als würden sie beobachten, wie wir um unser Leben rannten.

»Ich werde eure Köpfe an meinen Toren aufspießen, wenn ich euch in Stücke gerissen habe, ihr Verräter!« Lionels Stimme dröhnte durch die Luft, ein Zauber ließ sie im ganzen Palast und darüber hinaus widerhallen.

Wir erreichten die andere Seite des Ballsaals, wo sich eine riesige Doppeltür für uns öffnete. Silberne Fußabdrücke tauchten mittig im Parkett vor uns auf und mündeten in einen kleinen Durchgang, den ich sonst nicht bemerkt hätte.

Vor uns erschien eine schmale Treppe, die sich außer Sichtweite nach unten schlängelte und mit den kostbaren Pegasusflügeln kaum zu navigieren war.

Das Geräusch von zersplitterndem Glas erreichte uns aus dem Ballsaal. Dann folgte das Brüllen eines Drachen. Die Jagd auf uns hatte begonnen, und sie schienen bereit, den ganzen Palast dafür zu zerstören.

»Folge meinem Beispiel!«, befahl Xavier, stieß mich zur Seite und warf einen seiner prächtigen Flügel auf die Treppe vor ihm, bevor er darauf sprang und sich abstieß.

Er rutschte los und der irisierende Schimmer, der auf den regenbogenfarbenen Federn funkelte, schien das gesamte Treppenhaus zu erleuchten. Er nahm schnell Fahrt auf und verschwand mit einem Wiehern, das entweder von Angst oder Aufregung herrührte.

Ich hatte keine Zeit, seine Logik infrage zu stellen, warf den Flügel, den ich bei mir trug, ebenfalls auf die Stufen, sprang darauf und rutschte los.

Dank einer Windböe von hinten bewegten wir uns noch schneller, und die Wendeltreppe sauste so schnell an uns vorbei, dass wir es mit einem Vampir hätten aufnehmen können. Wir rasten in die Tiefen des Palastes, und trotz der erschreckenden Realität unserer Situation jauchzte ich auf.

Ich rutschte von der untersten Stufe, während ich mich nach wie vor mit weißen Knöcheln an den knochigen Rand von Xaviers abgetrenntem Flügel klammerte. Mein Herz raste vor Adrenalin, als ich schließlich stehen blieb.

Xavier war bereits auf den Beinen, wieherte mir aufmunternd zu und zeigte auf weitere silberne Fußspuren, die in die Dunkelheit führten, während er mit seinem Flügel, den er wieder unbeholfen in den Armen hielt, davonlief.

Ich schnappte mir den anderen Flügel und rannte ihm nach. Ich hoffte, dass wir nicht völlig bescheuert waren, irgendwelchen Fußspuren zu folgen, aber es war so ziemlich die einzige Möglichkeit, die uns zu diesem Zeitpunkt blieb, also war ich dabei.

Das Geräusch von Stein, der über Stein rieb, drang durch den schummrigen Gang, und Xavier stieß einen triumphierenden Schrei aus, als er hinter dem verdunkelten Eingang die verborgenen Tunnel des Palastes entdeckte.

»Eure Herzen sind rein und voller Mut. Hier sollt ihr sicher passieren können«, flüsterte eine weibliche Stimme, als ich die Schwelle überschritt, und ich fröstelte bis auf die Knochen. Der Geist derjenigen, die uns geholfen hatte, verschwand wieder und die Tür schloss sich hinter uns.

Xavier wirkte ein Fae-Licht, und ich schrie fast erschrocken auf, als sich ganz plötzlich etwas in unsere Richtung bewegte. Aber noch bevor ich meine Magie einsetzen konnte, kam Caleb vor uns zum Stehen, Seth sprang von seinem Rücken und schlang seine Arme um mich.

»Wir haben gesehen, wie das Amphitheater eingestürzt ist«, stieß er hervor und drückte mich fest. »Und wir haben einen Moment lang geglaubt, dass ihr vielleicht …«

Er wurde von Caleb unterbrochen, der ebenfalls seine Arme um uns warf, Xavier in das Erben-Sandwich zog und vor Erleichterung fluchte. Liebe und Angst überfluteten mich gleichermaßen.

»Ich liebe euch Arschlöcher auch«, würgte ich hervor. »Aber wir müssen von hier verschwinden.«

»Ganz meine Meinung.« Caleb ließ uns los, streckte die Hände aus und wirkte einen Schlitten aus Holz und Ranken, zusammen mit einem Gurt, den er sich selbst um die Brust schnallte, um uns alle ziehen zu können. »Kommt schon! Heute bleiben wir zusammen.«

Wir stimmten dem freudig zu, und Seth und Xavier luden die ramponierten Pegasusflügel auf den Schlitten, bevor auch wir drei aufsprangen.

Caleb sprintete mit seinen Gaben los, und ich schrie auf und klammerte mich an den Rand des Schlittens, weil das verdammte Ding so rasant um die Kurven schwang, dass wir bei jeder Wendung Gefahr liefen, mit dem Kopf gegen die Wände zu knallen.

Aber er wurde nicht langsamer und die brüllenden Drachen gaben uns die nötige Motivation, so schnell wie möglich von hier zu verschwinden.

Plötzlich brachen wir aus dem Ende des Ganges hervor und stürzten in die frostige Luft jenseits der äußeren Schutzwälle, die uns davor bewahrt hatten, mit Sternenstaub zu fliehen.

Seth warf eine Ladung Sternenstaub über unsere Köpfe, und wir wurden in die Umarmung des Himmels gepeitscht, um den Klauen des falschen Königs ein weiteres Mal zu entkommen. Dabei wurden wir von dem Gefühl des völligen Versagens geplagt.

Gemini
Scorpio
Virgo
Cancer
Leo
Taurus
Capricorn
Libra
Pisces
Aquarius
Sagittarius

DARCY

KAPITEL 52

Die Dunkelheit war überall und drängte mich in einen Fluss aus Schatten, der versuchte, auszulöschen, wer ich wirklich war. Aber ich kämpfte darum, zu bleiben, und weigerte mich, aufzugeben, denn in dem Moment, in dem ich das tat, würde ich nie wieder zurückkommen. Das wäre mein Ende. Die Schattenbestie würde die Macht übernehmen und die Fragmente meiner Seele würden von ihrer Macht verschlungen werden.

Jedes Mal, wenn ich mich zurück an die Oberfläche kämpfte, prallte der Wille der Schattenbestie auf den meinen und zwang mich nach unten. Vielleicht war es aber auch Lavinias Wille oder die Macht des Fluchs. Ich wusste es nicht mehr. Ich wusste nur, dass die Schattenbestie jeden Zentimeter, den ich mir erkämpfte, dreifach zurückforderte.

Ich konnte mich nicht freikämpfen. Ich konnte nicht einmal mehr den Weg sehen, der mich zu mir selbst zurückführen könnte.

Der schwere Geruch von Blut drang an meine Nase, und wieder einmal war ich verloren und jagte einem dunkelhaarigen Mann hinterher, der über mir durch die Luft flog und mir Worte zurief, die ich nicht verstehen konnte.

Ich sehnte mich danach, ihn zu töten, als wäre es mir in die Seele geritzt. Er würde in meinen Fängen sterben und die Wut in mir würde endlich gestillt sein. Sie war unendlich, diese Qual. Und das Einzige, was sie lindern konnte, war der Tod.

Meine Gedanken kreisten um das blutverschmierte Mädchen, das noch vor wenigen Augenblicken unter mir gelegen hatte, und etwas in meinem Kopf zerbrach, sodass ich für eine einzige Sekunde wieder klar sehen konnte.

Tory.

Ich brüllte die Schattenbestie in meinem Kopf an, weigerte mich, nachzugeben, und hielt mich an dem kleinen Rest von Kontrolle fest, den ich noch hatte. Dieses Monster hatte meinen eigenen Körper gegen meine Schwester gerichtet, und ich würde es zwingen, sich meiner Macht zu beugen.

denn ich würde mich nicht unterwerfen. Ich würde nicht wieder vergessen, wer ich war. Ich würde nicht aufgeben.

Ich kämpfte mit Händen und Füßen, um die Kontrolle wiederzuerlangen, und mein Blick fiel auf Orion, der in der Luft über mir stand und mich anflehte, zu ihm zurückzukommen.

Ich bin hier.

Aber ich konnte nicht zu ihm gelangen. Sosehr ich auch versuchte, der Schattenbestie zu entkommen, sie wollte mich nicht loslassen.

»Beruhige dich, kleine Bestie!«, ertönte Lavinias Stimme in meinem Kopf. *»Ruh dich aus!«*

Der Griff der Schattenbestie löste sich, und die Verwandlung prallte so abrupt auf mich ein, dass ich nach Luft schnappte. Meine Knie knallten auf den Boden, als ich in meine Fae-Gestalt zurückkehrte, mein Mund war feucht von Torys Blut und das Entsetzen über das, was geschehen war, durchströmte mich.

Die Schatten schlängelten sich dicht um mich herum und umarmten meinen Körper, selbst als ich versuchte, sie zu verbannen. Ihre Berührung schwächte mich so sehr, dass mir schwindelig wurde. Wenn ich überhaupt noch Magie in mir hatte, dann nur noch in Form von Glut, und ich spürte nichts mehr davon.

»Ich bin bei dir, Blue.« Im nächsten Herzschlag war Orion an meiner Seite und zog mich an sich, obwohl ich versuchte, ihn wegzuschieben.

»Ich habe ihr wehgetan«, sagte ich, während der Schmerz einen Pfahl in mein Herz trieb. Ich zitterte, die Panik blendete, verschlang, verzehrte und verschluckte mich, als ich wieder ganz ich selbst wurde.

»Ich habe ihr wehgetan«, wiederholte ich, ihr Blut in meinem Mund, auf meinen Händen, überall. Es war überall. Ich war wie erstarrt vor Schock. Der pure Horror fesselte meine Glieder, als ich an die schreckliche Möglichkeit dachte, dass sie tot sein könnte. Dass ich sie aus dieser Welt gerissen hatte und dass nichts das jemals ungeschehen machen könnte. Wenn das der Fall wäre, würde ich mich nie wieder erholen. Ich konnte – und würde – ohne meine Zwillingsschwester nicht leben.

Orion nahm meinen Kopf in seine Hände und ich starrte ihn an, unfähig zu blinzeln oder irgendetwas anderes zu tun, als zu zittern, wenn ich daran dachte, was ich getan hatte. Mein Zwilling. Meine wilde, einzigartige Schwester, die öfter meine Heldin gewesen war, als ich zählen konnte. Sie war Leidenschaft, Widerstandskraft und ein loderndes Feuer. Sie war mein Licht – und ich hatte ihre Flamme vielleicht gerade für immer ausgelöscht.

»Sie lebt«, sagte Orion langsam und bedächtig zu mir, um mich zu zwingen, seine Worte auch wirklich zu hören. »Caleb hat sie mitgenommen. Er wird sie heilen, das verspreche ich dir, Blue.«

»Ich habe ihr wehgetan«, hauchte ich erneut, während mein Verstand an dieser einen Realität festhielt. Die Erinnerungen stürmten auf mich ein. Ich hatte sie zu Boden gedrückt, meine Klauen in ihren Körper gebohrt, sie gebissen und mein Gift in sie eindringen lassen.

»Das bist nicht du, wie oft muss ich dir das noch sagen?« Er schüttelte mich ein wenig und ich studierte die Ehrlichkeit in seinen Augen.

»Wenn ich stärker wäre, hätte ich die Bestie abwehren können. Ich habe es schon früher geschafft, sie abzuwehren. Warum nicht dieses Mal?«, krächzte ich, sobald ich die Worte dafür fand. Aber sie waren wie Waffen, die mich aufschlitzten, als ich mich dieser schrecklichen Realität stellte. Dass ich für Torys Beinahe-Tod verantwortlich war. Alles, was ich jetzt noch hatte, war die Hoffnung, dass Caleb sie gerettet hatte. Aber was, wenn er dazu nicht in der Lage gewesen war?

»Es ist ein Schattenfluch«, knurrte Orion. »Und ich fange an, zu glauben, dass die Gesamtheit der Schatten diese Macht antreibt. Ich dachte, dein Phönix könnte ihn ausbrennen, aber vielleicht kann der Fluch nicht allein durch Willenskraft zerstört werden. Vielleicht kann er nur durch die Bedingungen gebrochen werden, die ihm auferlegt wurden. Du kannst mit der ganzen Macht der Sterne in deinen Adern kämpfen und es wird trotzdem nicht genug sein. Ich glaube, es gibt nur eine Antwort auf diese Frage: Ich muss Lavinias Schwur erfüllen.«

»Was ist, wenn das alles nur ein Spiel ist?«, sprach ich leise meine verzweifeltste Angst aus. »Was, wenn Lavinia weiß, dass der Fluch mich vor Ablauf der drei Mondzyklen verzehren wird? Das würde ihren Deal – ihre Bedingungen – nicht brechen.«

Er nahm meine Hände und zog mich näher an sich heran. Die Farbe seiner Augen war so kräftig, wie ich sie noch nie zuvor gesehen hatte. Als würde sich der Nachthimmel selbst darin befinden.

»Ich werde diesen Fluch brechen, komme, was wolle. Hörst du mich, Blue? Das ist eine Tatsache, so gewiss wie der Himmel über uns und der Boden unter uns ist.«

Ich öffnete den Mund, um darauf zu antworten, um meiner ständigen Wut darüber Ausdruck zu verleihen, dass er sich diesem Fluch ausgeliefert hatte. Ich hasste es, dass er durch die Hölle gehen musste, damit er ihn brechen konnte. Aber dann verriet mir ein Ziehen in der Brust, dass Lavinia mich rief, und mein Körper verwandelte sich in Rauch, bevor ich überhaupt versuchen konnte, mich zu wehren.

Orion fluchte und stand auf. Denn wenn Lavinia an den Fesseln meiner Seele zog, war ich gezwungen, ihrem Ruf zu folgen und durch die Luft zu einem Lüftungsschacht in der Wand zu fliegen.

»Darcy!«, rief Orion mir nach und beseitigte das Eis, das die Türen bedeckte, bevor ich durch den Schlitz schlüpfen konnte. Ich wies die Schattenbestie an, stattdessen den Weg durch die Türen zu nehmen. Ich eilte in die entsprechende Richtung und Orion schoss mit seiner Vampirgeschwindigkeit an meine Seite und folgte dem dunklen Nebel, in dem ich mich verloren hatte, während ich durch die Gänge flog.

Als ich Lavinia erreichte und sie mich zur Verwandlung zwang, entrang sich mir ein Brüllen, das den Kronleuchter über mir erzittern ließ. Und wieder übernahm die Schattenbestie die Kontrolle.

Ich hatte noch meinen Verstand, aber für wie lange?

Lionel zuckte nicht mit der Wimper. Dreißig oder mehr Drachenwandler in ihren Fae-Gestalten umgaben ihn, dunkelblaue Roben hingen von ihren Schultern.

Orion kam an meiner Seite zum Stehen und drückte seine Hand auf meine Schulter. Seine Finger schob er in mein Fell, und ich konzentrierte mich auf seine Anwesenheit, um die Wut in mir zu besänftigen.

»Das hast du nicht mit mir abgesprochen!«, kreischte Lavinia Lionel an und trat näher an mich heran.

Die Schatten in ihren Händen tanzten bedrohlich und mir wurde klar, dass dies eine Art Stand off war. Die Drachen standen nicht nur in Lionels Nähe, sondern umgaben ihn schützend. Das Geknurre, das aus der offenen Tür in seinem Rücken drang, verriet mir, dass sich noch weitere Drachen in seiner Nähe befanden.

War er gekommen? Der Moment, in dem Lionel und Lavinias unheilige Allianz zerbrach? Hatte sie mich herbestellt, um für sie zu kämpfen?

Ich bemühte mich, einen kühlen Kopf zu bewahren, aber wenn sie wollte, dass ich Lionel angriff, hätte ich wohl kaum etwas dagegen einzuwenden. Ich würde die Gelegenheit ausnutzen. Aber noch versuchte die Schattenbestie nicht, mich ganz zu verzehren.

»Ich bin der König«, sagte Lionel ruhig. »Ich muss niemanden zu meinen Plänen befragen, und ich sehe auch keinen Grund, warum du etwas dagegen haben solltest.«

Lavinia knirschte mit den Zähnen, während sie sich einem von Lionels Drachenkumpanen näherte, und er hob sein Kinn, ein Flackern der Angst in seinen Augen, aber er wich nicht zurück.

In diesem Moment bemerkte ich das Widderzeichen, das auf seinem linken Arm in der Nähe seiner Ellbogenbeuge eingebrannt war. Meine Augen schweifen zum nächsten Drachen, dann zum nächsten, und ich erkannte mit einem flauen und unheilvollen Gefühl in der Brust, was Lionel getan hatte. *Nein.*

Schließlich fiel mein Blick auf Lionels Arm, und er drehte ihn nach außen, als würde er die Inspektion begrüßen. Ein Lächeln huschte über sein Gesicht, während sowohl Lavinia als auch ich auf die Sternzeichen starrten, die sich nun über den gesamten inneren Unterarm erstreckten. Alle zwölf Symbole – einige dicker und dunkler als andere, was bedeutete, dass mehr Seelen mit diesem Sternzeichen an ihn gebunden waren. Heilige Scheiße, wie viele Drachen hatte er zu seinen Wächtern gemacht? Wie viele von ihnen würden sich jetzt zwischen ihn und den Tod werfen, wenn dieser seinen Namen rufen sollte?

Orions Finger krallten sich fester in mein Fell, als er ebenfalls verstand, und ich spürte das scharfe Kribbeln seiner Magie an meiner Seite, das mich daran erinnerte, dass er frei von seinen Fesseln war.

»Ich habe dafür gesorgt, vor all meinen Feinden sicher zu sein«, sagte Lionel selbstgefällig. »Ich bin quasi unantastbar.«

Lavinia schnippte mit dem Finger und Lionels Schattenhand hob sich und schloss sich fest um seine eigene Kehle. Sofort eilten ihm mehrere Drachen zu Hilfe, zerrten mit vereinten Kräften die Schattenhand von seinem Hals und befreiten ihn aus Lavinias Kontrolle.

Sie kreischte wie eine Straßenkatze, erhob sich auf einem Sockel aus Schatten und heulte wütend.

»Du wagst es, das in der Nacht zu tun, in der ich so unermüdlich gearbeitet habe, um dir einen würdigen Erben zu gebären?«, fauchte sie.

Ich bewegte meine Pfoten, sah zu Orion und stellte fest, dass er angesichts dieser Nachricht seine Reißzähne entblößte. Konnte diese Nacht noch schlimmer werden?

»Und wo ist dieser Erbe?«, fragte Lionel. »Bring ihn sofort zu mir, meine Königin. Wenn du denn dein Versprechen gehalten hast.« Ich hätte schwören können, dass der Titel, mit dem er sie adressierte, einen Hauch von Spott enthielt. Aber ich konnte nicht sicher sein.

Lavinia stieß einen hohen Ton aus, der mich dazu brachte, die Ohren anzulegen und vor Unbehagen zu knurren. Ein dumpfer Schlag ertönte im Raum über uns und die Decke zitterte unter dem Gewicht dessen, was gerade darauf gelandet war.

Lionel runzelte die Stirn und hob den Blick zur Decke, während über uns schwere Schritte zu hören waren.

»Er hat wahrscheinlich die Leichen gefunden, die deine kleine Party gefordert hat, und will sie jetzt verschlingen«, sagte Lavinia bitter und ich betete, dass diese Leichen zu niemandem gehörten, den ich liebte.

»Party?«, fauchte Lionel. »Ein ganzer Flügel des Palastes wurde nahezu ausgelöscht, ich habe etwa dreißig Drachen verloren, und das Amphitheater liegt in Trümmern. Ich mag zwar als Sieger aus dieser Nacht hervorgegangen sein, aber die Rebellen werden für ihre Unverschämtheit, den König von Solaria ermorden zu wollen, bezahlen.«

»Ich liebe es, wenn du blutrünstig wirst, Daddy«, krächzte Lavinia und ihre Stimme wurde so honigsüß, als wäre sie eben noch nicht auf seinen Tod aus gewesen.

Meine Nackenhaare sträubten sich, als Lionels neue Wächter mich begutachteten. Mildred stolzierte nach vorn, hob ihr haariges Kinn und musterte mich mit ihren Knopfaugen.

Das dumpfe Geräusch war jetzt von der Treppe hinter dem Raum zu hören, und ich drehte mich um, um in die Richtung zu schauen, während auch alle anderen Anwesenden ihren Blick auf die Tür richteten. Sie schwang langsam auf und ließ niemanden erkennen, aber meine Sinne warnten mich, auf der Hut zu sein.

Eine groteske Kreatur erschien. Sie krabbelte über die Decke, ihre Züge zeichneten sich scharf gegen die Schatten ab, aus denen sie offensichtlich gemacht war. Das Ding, das so groß war wie ein Drachenwandler, fiel plötzlich von der Decke und landete krachend an Lavinias Seite.

Ich kämpfte gegen den Drang an, zurückzuweichen, als sich die Schatten in die Haut des Dings fraßen und langsam ein Mann aus der Dunkelheit auftauchte, dessen Gesicht ein Bild von attraktiver Grausamkeit war. Ein dämonisches Lächeln umspielte seine Lippen und eine unheimliche Leere lag in seinem Blick. Er war nackt, sein kräftiger Körper war mit Narben aus Schatten gezeichnet, die wie lebendige Adern auf seiner gebräunten Haut zu pulsieren schienen.

»Hallo, Vater«, säuselte er, seine Stimme war eine verruchte Verlockung.

Jeder Muskel in meinem Körper spannte sich an, denn ich wusste genau, dass soeben ein Raubtier unter uns erschienen war, dessen Appetit auf Blut unstillbar sein würde.

Die Drachen schoben sich schützend vor Lionel und schlossen ihre Reihen, während sie diesen neuen monströsen Ankömmling musterten.

»Ich habe ihn Tharix genannt«, gurrte Lavinia und strich mit den Fingerspitzen über seinen Unterkiefer. Als ich zwischen den beiden hin und her schaute, konnte ich Ähnlichkeiten erkennen: Seine Wangenknochen waren genauso geneigt wie ihre, und die grausame Wölbung ihrer Lippen spiegelte sich in seinen. Wie zum Teufel sie diesen ausgewachsenen Mann vor ein paar Stunden zur Welt gebracht hatte, war mir ein Rätsel. »In der alten Sprache bedeutet das Prinz. Ist er nicht perfekt? Komm näher, Daddy, begrüße deinen Sohn.«

Lionel hob den Kopf und beäugte das Monster mit Vorsicht, aber auch mit einem Hauch von Neugier. »Er scheint ein mächtiges Exemplar zu sein«, stellte er fest, während er seinen Blick anerkennend über jeden Zentimeter von Tharix' Körper wandern ließ. Ich bemerkte auch einige Ähnlichkeiten zwischen ihnen. Dieser Tharix war eine unmögliche Vereinigung ihrer DNS – und bereit, für sie zu kämpfen.

»Aber ist er ein Drache?«, fügte Lionel skeptisch hinzu.

»Er ist vom Samen seines Vaters«, antwortete Lavinia stolz. »Er ist genauso reinblütig wie du, mein König, und er ist mit allen vier Elementen gesegnet. Allerdings muss ich zugeben, dass er auch die Gabe der Schatten besitzt.«

Die schreckliche Realität verdichtete sich, die unermessliche Macht ihres Sprösslings war unvorstellbar.

»Beweise es!«, befahl Lionel, und Lavinia nickte Tharix knapp zu und schob Orion und mich zurück, um Platz für ihn zu machen.

Tharix blieb ganz ruhig, während wir uns zurückzogen. Die Drachenwächter verkrampften sich um Lionel, bereit für einen Angriff, aber es kam keiner.

Stattdessen sprang Tharix mit einem katzenhaften Sprung nach vorn, der so abrupt in eine Verwandlung überging, dass mein Herz einen Satz machte.

Ein Drache erschien vor unseren Augen – genau, wie Lavinia es versprochen hatte. Seine Schuppen waren von einem matten Obsidianton, der das gesamte Licht des Raumes in sich aufzusaugen schien, sodass es fast unmöglich war, außer seiner enormen Größe und den spitzen Flügeln weitere Details zu erkennen.

Die Wächter drängten sich dichter an Lionel, und Magie flackerte durch die Luft, als sie ihre Schilde in Position brachten.

»Wow!«, keuchte Mildred und fächelte sich aufgeregt Luft zu.

Tharix bäumte sich auf und zeigte seine ganze Größe. Und schweren Herzens erkannte ich, dass er mindestens so groß war wie Lionel in seiner verwandelten Form, vielleicht sogar so groß wie Darius. Das Gebrüll, das von ihm ausging, war albtraumhaft. Überall im Palast ertönten Schreie, als Bedienstete und Wachen durch den Lärm, der von ihm ausging, in Angst und Schrecken versetzt wurden. Und das war nichts im Vergleich zu den Schatten, die von seinem tödlichen Maul ausgingen und in hungrigen Salven über seine Lippen sprudelten, die jedem Fae, der das Pech hatte, in seine Nähe zu kommen, die Haut von den Knochen schälen würden.

»Das reicht, Sweet Pea«, säuselte Lavinia, rückte näher an die riesige Kreatur heran und fuhr mit einer Hand an seiner Flanke entlang.

Tharix gehorchte sofort und verwandelte sich wieder in seine Fae-Gestalt. Das verruchte Grinsen war zurück, und jetzt, da ich wusste, was in ihm lauerte, konnte ich die Dunkelheit in seinen Augen erkennen. Er war ein fleischgewordener Albtraum.

»Prachtvoll«, hauchte Lionel und machte einen Schritt nach vorn. Seine Wächter traten beiseite, um ihn gewähren zu lassen. »Wird er tun, was ich ihm sage?«

»Er ist ganz und gar gehorsam deinen Launen gegenüber, mein König«, versprach Lavinia. »Probiere es aus!«

»Brich dem Vampir drei Rippen!«, befahl Lionel, und ich brüllte auf, als Tharix auf Orion zukam, während mein treuer Gefährte keinen einzigen Schritt zurückwich.

»Wehre dich nicht, wenn er dir die Rippen bricht, Hündchen!«, befahl Lavinia sanft, während Orion sich anspannte, um das Monster anzugreifen, das auf ihn zuging. »Das wird als Teil meiner Folter gewertet.«

Orion knurrte und ich wirbelte auf ihn zu und machte ein paar Schritt nach vorn, um ihn zu schützen, indem ich meinen Körper zwischen ihm und Tharix platzierte.

Die schreckliche Kreatur ging in die Hocke, kroch unter mir hindurch und sprang so schnell hinter mir auf die Füße, dass ich nichts weiter tun konnte, als mich umzudrehen und in seine Richtung zu schnappen. Bevor ich mich auf ihn stürzen konnte, legte Lavinia mir eine Leine um den Hals und riss mich zurück.

Orion starrte den schrecklichen neuen Erben an, als dieser sich ihm näherte. Tharix bewegte sich gemächlich auf ihn zu, bevor er nach den Seiten meines Gefährten griff und seine dunklen Augen vor Erregung leuchteten.

Ich stemmte mich gegen die Leine und versuchte, zu Lance zu gelangen, und Lavinia lachte, als würden wir ein Spiel spielen. Erneut zog sie mich zurück, dieses Mal, als Tharix zudrückte und Orions Rippen brachen.

Orion zischte vor Schmerz und fletschte seine Reißzähne. In dem Moment, in dem Tharix ihn losließ, formte er eine Klinge aus Eis in seiner Hand und schlug sie mit einem trotzigen Brüllen in die Schläfe des Monsters.

Tharix stürzte mit einem dumpfen Schlag zu Boden und schwärzliches Blut floss aus der Wunde. Lavinia schrie vor Wut, aber Orion hatte ihren Befehl befolgt, sich von Tharix die Rippen brechen zu lassen. Sie hatte nichts davon gesagt, sich zurückzuhalten, nachdem es geschehen war.

»Wer hat dich von deinen Fesseln befreit?«, schrie Lavinia. »Komm sofort her! Und wehe du wirkst noch einen einzigen Zauber – denn dann werde ich deiner hübschen kleinen Vega heute Nacht Finger und Zehen abschneiden.«

Orion stakste auf sie zu. Seine Augen funkelten dunkel, während er Lavinia trotzig anstarrte.

Ich zuckte erschrocken zusammen, als sich Tharix plötzlich zu bewegen begann. Irgendwie hatte der Tod ihn verschont, denn er richtete sich langsam wieder auf und zog die Eisklinge mit einem Ruck aus seiner Schläfe, bevor er sie auf den Boden warf.

Die Drachen warfen einander verwirrte Blicke zu, aber Mildred klatschte begeistert.

»Oh, er ist perfekt, nicht wahr, Onkel Lionel?«, gurrte Mildred. »Was für einen großen, strammen Sohn du hast. Er ist auch ein ziemlicher Fang.« Sie klimperte mit den Wimpern und warf einen Blick auf Tharix, der von ihrer Existenz nichts mitzubekommen schien. Stattdessen beäugte er Lionel wie ein wilder Hund, der auf einen Knochen wartete.

»Er hat noch nicht meine volle Zustimmung«, sagte Lionel und musterte die Kreatur genau, bevor sein Blick zu Lavinia wanderte. »Aber gut gemacht, meine Königin. Ich freue mich darauf, seine Fähigkeiten im Kampf zu sehen.«

»Du wirst seine Grausamkeit genießen, mein König. Er giert regelrecht nach Blut.« Sie lächelte breit und ließ ihren Blick über die Drachen um Lionel schweifen, bevor sie ihr Haupt unterwürfig neigte. »Ich wünsche dir eine gute Nacht. Ich muss meinem Hündchen ein paar neue magische Fesseln besorgen, bevor ich ihn dafür bestrafe, dass er meinem armen Baby wehgetan hat.«

»Wenn du damit fertig bist, komme ich in deine Kammer«, sagte Lionel und ließ seinen Blick anerkennend über sie schweifen, und ich kämpfte gegen den Drang an, zu würgen, als sich ihre seltsame Beziehung erneut von Grund auf veränderte.

Lavinia schien sich über seine Aufmerksamkeit zu freuen. Sie schob geistesabwesend ihre Finger in Orions Haare, dann zog sie die Leine um meinen Hals fest, sodass ich vor Wut mit den Zähnen knirschte.

Ich war gezwungen, ihr aus dem Raum zu folgen und Lionel und seine bestialischen neuen Wächter zurückzulassen, während Tharix direkt hinter mir blieb, seine Augen zwei schwarze Löcher, in denen keine Seele war.

»Heile dich selbst, Hündchen«, flüsterte Lavinia Orion zu, und er hob eine Hand, um seine Rippen wieder zusammenzufügen, aber als er seine Hand fallen ließ, fing Lavinia sie auf und schob ihre Finger zwischen die seinen, was mich zur Weißglut brachte.

Wir wurden zurück in den Thronsaal gebracht, und die Tore der Hölle schienen sich hinter uns zu schließen. Diese Nacht war wirklich von Hoffnungslosigkeit geprägt, und ich konnte mich ihr nicht entziehen.

Ich dachte an Tory und warf den Kopf zurück, ein trauriges Heulen entrang sich meiner Kehle und färbte die Luft so schwarz, wie dieser trostlose Abend es gewesen war. Meine Zwillingsschwester brauchte mich, und ich konnte sie nicht erreichen. Wir waren eine Einheit, die in zwei Teile gerissen und auf die gegenüberliegenden Seiten eines unüberwindbaren Flusses geworfen worden war. Ich musste zu ihr zurückkehren, irgendwie. Denn ohne sie konnte sich das Schicksal nicht ändern. Das wusste ich im tiefsten Inneren meines Wesens.

Aber solange ich die Schattenbestie nicht aus mir herausschneiden und ein für alle Mal töten konnte, durfte ich ihr nicht zu nahe kommen. Nicht jetzt, wo ich eine ihrer größten Bedrohungen war.

659

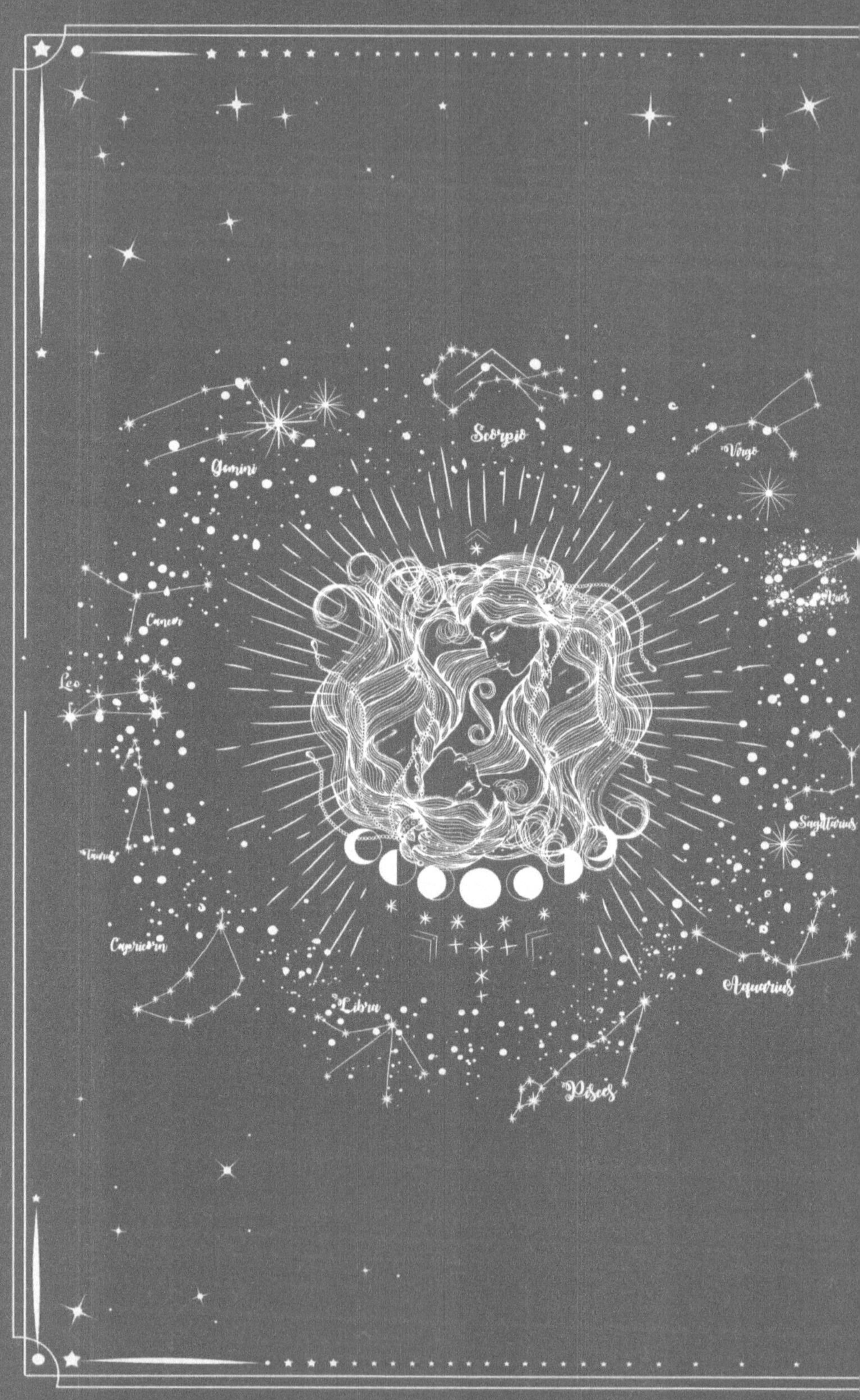

Gemini
Scorpio
Virgo
Aries
Cancer
Leo
Taurus
Sagittarius
Capricorn
Aquarius
Libra
Pisces

TORY

KAPITEL 53

Es war laut an dem runden Tisch, den wir für diese sogenannten Kriegsratssitzungen zu benutzen pflegten. Das Stimmengewirr schien nicht aufhören zu wollen und stattdessen sogar noch lauter zu werden, und mein Kopf hämmerte wie wild.

Vielleicht waren die Kopfschmerzen aber auch eine Nachwirkung des Gifts, mit dem mich meine Schwester gestern Abend hatte töten wollen.

Meine Seite brannte dort, wo der Tigerauge-Kristall nach wie vor unter meiner Haut saß. Niemand hatte ihn bemerkt, als sie mich von meiner anderen Hälfte weggezerrt hatten, um wieder einmal vor Lionel Acrux zu fliehen.

Ich hatte ihn nicht entfernt. Trotz des Brennens, das er verursachte, spürte ich, wie seine Kraft durch meine Adern pulsierte und mich mit Stärke erfüllte, während mein Körper nach Ruhe zu schreien schien.

Aber es gab keine Ruhe für mich. Nicht, seit ich hier aufgewacht war, meine Wunden mit dem Gift des Basilisken geheilt. Unzählige Stunden waren vergangen, während sie mich zusammengeflickt hatten. Nicht, dass ich davon etwas mitbekommen hätte. Sie hatten kontinuierlich Schlafzauber auf mich gewirkt, um mich unter Kontrolle zu halten. Ihre Angst vor meinem Zorn war so groß gewesen, dass sie es nicht gewagt hatten, mich zu wecken, bevor es vollbracht war.

Vor mir auf dem Tisch stand ein Berg von Essen, unberührt und ignoriert, während Geraldine mir ständig besorgte Blicke zuwarf.

Aber ich ignorierte auch sie.

Ich war zu wütend auf sie alle, um irgendetwas anderes zu tun, als schweigend hier zu sitzen und die Tatsache zu verarbeiten, dass wieder einmal alles furchtbar schiefgelaufen war.

Der einzige Lichtblick der ganzen Tortur war die Tatsache, dass es Xavier gelungen war, seine Flügel zurückzubekommen. Sofia und Tyler waren jetzt bei ihm, zusammen mit den besten Heilern, die die Rebellen zu bieten hatten, um herauszufinden, ob sie wieder angefügt werden konnten. Und ich hoffte inständig, dass sie einen Weg finden würden.

Die Erben und ihre Eltern stritten sich so laut, dass mir der Kopf schwirrte, und Geraldines Schreie der unerbittlichen Empörung schnitten wie ein Messer durch den herrschsüchtigen Bullshit, während sie alle über die nächsten Schritte diskutierten und jedes Problem sezierten, mit dem wir jetzt konfrontiert waren.

Eine riesige Gruppe rebellischer Gefangener war letzte Nacht gestorben, als eine der Königinnen, denen sie zu folgen geschworen hatten, aufgetaucht war und sie im Stich gelassen hatte. Gabriels Prophezeiung hatte sich in die Hölle auf Erden verwandelt. Ich musste annehmen, dass entweder Lionel die Nachricht, die mein Bruder mir auf dem Schlachtfeld geschickt hatte, aus seinem Gedächtnis gerissen und gegen uns gerichtet hatte oder dass die Sterne sich zusammengetan hatten, um unser Schicksal aufs Neue zu zerstören.

Wenn das, was Darcy behauptet hatte, stimmte, dann waren beide Optionen gleichermaßen wahrscheinlich. Denn unsere Blutlinie war verflucht – und das Versprechen, das ich halten musste, um den Fluch zu beenden, ein großes Rätsel.

Während sie alle weiter debattierten und über mögliche Angriffe oder Wege, unsere Streitkräfte zu sammeln, sprachen, wusste ich, dass uns nichts davon weiterhelfen würde. Die Rebellen unserer Armee waren dezimiert, auf der Flucht und verloren rasant jegliche Hoffnung, an die sie sich noch geklammert hatten. Und nun trieben sie mit einem Haufen zänkischer Fae über den Ozean und warteten darauf, dass wir ein verdammtes Wunder bewirkten, das keiner von uns finden konnte.

Geraldine drängte darauf, dass wir etwas Großes unternehmen sollten, das nicht nur die Geschichte dieses Krieges zu unseren Gunsten wenden, sondern auch mehr Rebellen dazu bringen würde, für uns zu kämpfen. Wir hatten Gruppen ausgesandt, um die Nebula-Inquisitionszentren zu zerstören und die dort gefangen gehaltenen Fae zu befreien, aber wir mussten etwas noch Größeres tun. Sie hatte die Idee vorgebracht, den Gerichtshof von Solaria anzugreifen, Max' böse Stiefmutter und den neu gegründeten Ausschuss auszuschalten, dessen Vorsitz Lionel ihr übertragen hatte, und vielleicht auch noch andere wichtige Mitglieder seines Regimes zu beseitigen.

Das klang gar nicht so übel, aber ich konnte mich im Moment nicht auf den Krieg als Ganzes konzentrieren. Meine Gedanken waren zu sehr mit meinen eigenen Prioritäten beschäftigt, und ich konnte nicht die nötige Energie aufbringen, um mich auf die ständigen Auseinandersetzungen in diesem Raum einzulassen.

Etwas bewegte sich in meiner Tasche und ich zuckte zusammen, bevor ich mich an die Tiberianische Ratte erinnerte, die Darcy mir zur Rettung gegeben hatte. Ein einsamer Überlebender inmitten des Gemetzels, dem wir entkommen waren.

Ich holte ihn heraus und setzte ihn auf den Tisch – zusammen mit den anderen Sachen, die sie mir gegeben hatten.

»Darcy wollte, dass wir die hier haben«, sagte ich, stand auf und ließ die Gegenstände dort liegen, während die kleine Ratte zwischen ihnen zitterte. Ich wusste, dass all diese Objekte wichtig waren, aber keines würde mir die Lösung bieten, die ich brauchte. Und ich brachte es einfach nicht über mich, noch eine Minute länger an diesem verdammten Tisch zu sitzen.

Ich drehte mich um, ging zur Tür und ignorierte die Rufe hinter mir, als gegen mein Gehen protestiert wurde. Aber in diesen Mauern gab es nichts für mich. Ich musste etwas tun, konnte nicht länger rumsitzen und darüber reden, wie gründlich wir mal wieder versagt hatten.

Ich riss die Tür auf und sah mich Dante Oscura gegenüber. Blitze knisterten über seinen kräftigen Körper. Er trug kein Shirt, war blutverschmiert und seine Augen wurden dunkel, als er mich sah.

»Ich sehe meinen Bruder nicht bei dir«, knurrte ich leise und mein Rücken kribbelte dort, wo meine Flügel ruhten, als sehnten sie sich danach, der Enge meines Körpers zu entkommen.

Rosalie, die hinter ihm stand, stieß ein leises, aber schroffes Knurren aus. Gemeinsam mit Leon trat sie näher, um ihn zu flankieren, während ich vor ihnen verharrte. Nur ich gegen eine Meute von Höllenhunden.

»Und ich sehe deine Schwester nicht bei dir, *piccolo regina*«, erwiderte Dante finster, während seine Haut weiter Funken ausstieß.

»Das reicht!«, dröhnte Tiberius Rigel hinter mir, aber ich drehte mich nicht zu ihm um. Mein Verlangen nach einem Ventil für meine Wut trieb mich zur Rücksichtslosigkeit.

»Ich habe nicht nach der Meinung eines Mannes gefragt, der zu Hause bei den Kindern geblieben ist, während wir anderen in den Krieg gezogen sind«, höhnte ich, meinen Blick immer noch auf Dante gerichtet. Aber meine Worte galten den Ex-Ratsmitgliedern, die so hartnäckig zu glauben schienen, sie hätten ein Mitspracherecht in diesem Krieg, in dem sie noch keine wirkliche Rolle gespielt hatten.

»Du weißt ganz genau, dass ihr diesen hirnrissigen Plan ohne unser Wissen oder unsere Zustimmung ausgeheckt habt«, zischte Tiberius. »Wahrscheinlich, weil du in deiner Arroganz begriffen hast, dass eine Armee von arroganten Kindern, die Verkleiden spielen, niemals erfolgreich sein kann, wenn es darum geht, den Drachenkönig zu stürzen und …«

Ich wirbelte herum, um mich Tiberius zuzuwenden, aber Max war mir zuvorgekommen und rammte seine Brust gegen die seines Vaters und funkelte ihn dann böse an.

»Die sogenannten Kinder in diesem Raum haben für diesen Krieg gekämpft und geblutet«, knurrte Max. »Wir haben Tod und Zerstörung gesehen, wie ihr sie in euren bequemen Bürojobs noch nie erlebt habt. Wir haben an der Seite von Freund und Feind gekämpft und dabei mehr als nur die verloren, die wir geliebt haben. Mit jeder abscheulichen Tat, die wir im Namen des Kampfes gegen Lionels Tyrannei und Unterdrückung begehen mussten, haben wir unsere Seelen geopfert. Und immer ist ein bisschen mehr von uns zerbrochen. In der Zwischenzeit habt ihr drei Jahre damit verbracht, ihm an den Tischen gegenüberzusitzen und alle Anzeichen dafür zu ignorieren, was er hinter verschlossenen Türen geplant hat. Er hat diese Gelegenheit nicht erst ergriffen, als die Schattenprinzessin in unser Reich übergetreten ist – er hat das schon seit Jahren vorbereitet. Er hat euren verdammten König, den Mann, dem ihr alle zu dienen und zu beschützen geschworen habt, mit Dunkler Manipulation belegt. Und ihr habt es nicht einmal bemerkt. Spart euch eure herablassenden Worte Roxanya Vega gegenüber! Sie steht blutverschmiert und gebrochen vor euch, denn eure Versäumnisse haben ihr alles genommen. Ihr solltet sie auf Knien um Vergebung bitten.«

Antonia Capella atmete scharf ein, als Max vorschlug, dass sie sich mir zu Füßen werfen sollten – auch wenn Max damit natürlich nicht die Anerkennung meines Status als ihre Königin gemeint hatte. Dann warf ich einen Blick auf Melinda Altair, weil ich dort eine ähnliche Empörung erwartete, aber stattdessen fand ich etwas viel Sanfteres. In ihren Augen glitzerte aufrichtiges Bedauern.

»Wir wissen, dass wir euch alle im Stich gelassen haben, was Lionel betrifft«, sagte Melinda leise. Ihr Blick traf den meinen und mein Herz zog sich schmerzhaft zusammen, als ich mich gezwungen sah, sie anzuhören. »Wir hätten früher reagieren müssen, wir hätten …« Sie schüttelte den Kopf und seufzte. »Mit Reue und Was-wäre-wenn-Spielchen tun wir uns jetzt keinen Gefallen. Aber ich kann euch versichern, dass ich viele Nächte wach in meinem Bett verbracht und gegrübelt habe. Welche Signale hätte ich sehen müssen? Wann wurde ich manipuliert, ohne es zu bemerken? Ich hasse mich für mein Versagen in Bezug auf dieses verlogene Stück Scheiße. Anfangs habe ich ihn wohl mit zu viel Nachsicht behandelt, bin davon ausgegangen, dass er den Tod seines älteren Bruders betrauert hat. Meine Liebe zu Radcliff hat mich dazu veranlasst … Ich weiß es nicht einmal. Ich nehme an, ich wollte einfach an die Macht des Feuererben und Ratsmitglieds glauben. Denn ohne ihn wäre das Gleichgewicht, das für den Erhalt unseres Königreichs notwendig ist, verloren gegangen.«

»Unsere vier Familien sind seit Generationen ebenbürtig, was unsere Macht angeht«, erklärte Antonia. »Nur die Familie Vega ist noch mächtiger. Dann waren deine Eltern plötzlich tot, und wir sind davon ausgegangen, dass du und deine Schwester mit ihnen getötet wurdet. Wir mussten uns darauf konzentrieren, zu regieren und herauszufinden, wie wir ohne einen herrschenden König zurechtkommen. Und glaub mir, wir haben viele Veränderungen vorgenommen, die unserem Volk gerechter dienten, als es die eiserne Faust des Grausamen Königs jemals zu tun vermocht hatte …«

»Aber es war nicht der Grausame König, der mit Hass regiert und all diese Gräueltaten begangen hat, richtig?« Ich schnaubte.

»Nein, das war er nicht«, sagte Tiberius leise. Er ließ die Schultern sinken, die Spannung zwischen ihm und seinem Sohn ließ nach und er setzte sich wieder. »Und ich wünschte, wir hätten das früher erkannt.«

Caleb trommelte mit den Fingern auf den Tisch, schaute von den beschämten Ex-Ratsmitgliedern zu mir und wölbte schließlich eine Augenbraue, als würde er fragen: *Was jetzt?*

Meine Brust schmerzte dort, wo Darcys Ablehnung ein Stück aus meinem Herzen gerissen hatte. Ich konnte zwar die Gründe für ihr Bleiben verstehen, während ich hierher zurückgeschleppt worden war, aber das machte es nicht weniger schmerzhaft. Sie war meine andere Hälfte. Aber ich war mir nicht einmal sicher, ob ich ohne sie überhaupt noch ein halbes Mädchen war.

»Wir brauchen eine größere Armee«, sagte Seth leise, und sein Blick wanderte zu der Karte Solarias, die in der Mitte des Tisches lag und uns geradezu zu verhöhnen schien – als enthielte sie alle Antworten. Aber sie weigerte sich, diese mit uns zu teilen.

»Vielleicht auch ein paar Waffen«, pflichtete Caleb bei, aber als der Lärm wieder einsetzte, wandte ich mich vom Raum ab. Nichts von dem, was sie da drinnen planten, würde irgendeinen unmittelbaren Unterschied machen. Und ich hatte es satt, am Tisch zu sitzen und zu reden. Ich wollte handeln, und es war mir scheißegal, was die anderen davon hielten.

Dante und seine Familie versperrten mir immer noch den Weg nach draußen, aber ich blieb nicht stehen, sondern rempelte den riesigen Drachenwandler lediglich mit der Schulter an. Mein Arm pochte dort, wo ich ihn getroffen hatte. Aber ich schob ihn beiseite und schlüpfte an ihnen vorbei, während Rosalie warnend die Zähne in meine Richtung fletschte.

Ich verließ den Raum, ignorierte Geraldine, als diese versuchte, mich zurückzurufen, und ging die zwei Stockwerke zu meinem Quartier hinauf.

Leise Schritte ertönten hinter mir, aber ich beachtete sie nicht, sondern ging weiter in mein luxuriöses Schlafzimmer. Die Tür ließ ich weit offen stehen.

Meine Klamotten waren zerstört und schmutzig, mein eigenes Blut befleckte sie mehr als das des Feindes, und ich zog mich achtlos aus. Ich benutzte meine Wassermagie, um das Blut von meiner Haut, meiner Kleidung und meinem Schwert zu saugen und es in eine Glaskaraffe auf meinem Schreibtisch zu leiten, dann reinigte ich mich mit einem Schwall eiskalten Wassers und trocknete mich mit Luftmagie ab.

Ich schnappte mir ein übergroßes Shirt aus dem Schrank und zog es an. Der schwarze Stoff umarmte mich und erinnerte mich an Darius, obwohl das Kleidungsstück nie ihm gehört hatte. Mir war nicht viel von ihm geblieben. Nur sein Schatz, die Tätowierung auf meinem Oberschenkel und die Halskette, die von Zeit zu Zeit mit seiner Gegenwart zu pulsieren schien.

Ich kratzte an der pochenden Wunde, wo der Tigerauge-Kristall noch immer eingebettet war. Die dunkle Magie brannte sich erneut in meinen Körper und ich fröstelte.

Ich hatte den Kristall nur als letzten Ausweg mitgenommen, denn meine Studien über die Magie, auf die er sich stützte, hatten mich mehr als misstrauisch gemacht. Aber jetzt, da ich gezwungen gewesen war, ihn zu benutzen, und überlebt hatte, verspürte ich nicht den Wunsch, ihn herauszuziehen. Das Ding hatte mir geholfen, mich an mein armseliges Leben zu klammern, als das Schicksal versucht hatte, es mir zu nehmen. Und ich war noch nicht fertig damit, Ärger zu machen.

Der Kristall war mit einer Form der Nekromantie durchdrungen, und allein der Gedanke daran machte mich nervös. Im Grunde durchdrang er meine Haut mit der Kraft einer längst verstorbenen Seele und verankerte mich auf dieser Seite des Schleiers. Er bot mir keine Unsterblichkeit, aber vermutlich das Nächstbeste. Natürlich hatte diese Magie ihren Preis, aber Kindheitserinnerungen waren nichts, was ich wertschätzte. Einige der schrecklichsten Dinge, die Darcy und ich durchgemacht hatten, noch einmal zu erleben, schien ein akzeptabler Preis für diese Macht.

Ich hatte es in der Dunkelheit gespürt, bevor ich an diesem Ort aufgewacht war. Als das Basiliskengift durch meine Adern geflossen war und meine Wunden geheilt hatte.

Der Tod hatte in den Momenten, bevor wir es hierher zurückgeschafft hatten, nach mir gerufen, und ich wäre ihm gefolgt, wenn der Kristall mich nicht an diese Ebene gebunden hätte. Ich hatte den Sog wahrgenommen, das schimmernde Licht des Schleiers gesehen und sogar den Drang verspürt, diesem Ruf zu folgen. Darius hätte dort auf mich gewartet, jenseits des Lichtschleiers.

Er wäre dort gewesen, und ich hätte mich mit ihm vereinen können, weit weg von all der Fäulnis, dem Ruin und der Qual dieses Lebens, an das ich mich klammerte.

Aber das war nicht mein Weg. Ich würde nicht zulassen, dass mich die Sterne so einfach in meine Verdammnis führten.

»Dante liebt Gabriel auch wie einen Bruder, weißt du«, sagte Rosalie Oscura, als diese in mein Zimmer stapfte, ohne um Erlaubnis zu fragen oder zu erklären, wie sie an den Wachen am Fuß der Treppe vorbeigekommen war. »Er hätte sein Leben gegeben, wenn das nötig gewesen wäre, um ihn aus den Klauen dieses *pezzo di merda*, Lionel Acrux, zu befreien.«

»Jeder, der letzte Nacht gekämpft hat, war bereit, sein Leben zu verlieren«, grunzte ich und nahm das Buch Äther aus dem Regal, in das Geraldine es beim Aufräumen gelegt hatte. Ich ließ mich auf mein Bett fallen, in der Absicht, es zu lesen und selbst Antworten zu finden.

»Du bist definitiv arrogant genug, um Königin zu sein«, kommentierte Rosalie leichtfertig, ignorierte meinen abweisenden Ton und kam näher. Sie bewegte sich wölfisch, und ihre dunklen Augen schimmerten im Mondlicht, als sich das Raubtier in ihr an die Ränder ihrer Haut drückte. Ich bezweifelte, dass sie sich jemals weit von dem Tier in ihr entfernte.

»Wolltest du etwas Bestimmtes?«, fragte ich und blätterte eine Seite nach der anderen um, auf der Suche nach etwas, irgendetwas.

Ich wusste nicht einmal, wonach ich suchte. Aber ich wusste, dass ich es leid war, hier auf etwas zu warten.

Ich hatte mich für Darcy zusammengerissen, aber sie hatte ihre Wahl getroffen und sich gegen mich entschieden. Es tat weh. Es tat so verdammt weh, dass ich kaum atmen konnte, aber es war so. Ich hatte nicht vor, mich deswegen selbst zu bemitleiden, auch wenn der Gedanke daran verlockend war. Aber ich würde jetzt ebenfalls egoistisch sein. Die Wintersonnenwende stand vor der Tür, und ich hatte es satt, darauf zu warten, mein Versprechen einzulösen.

»Ich nehme an, du weißt nicht viel über Mondwölfe«, sagte Rosalie mit ihrem faetalienischen Akzent, während sie mein Zimmer durchstöberte und ihre Finger über Darius' Schatz gleiten ließ. Ich hätte am liebsten die Zähne gebleckt.

Sie schenkte mir ein wissendes Grinsen und ließ die Goldmünze fallen, die sie aufgehoben hatte, bevor sie sich meinem Bücherregal zuwandte.

»Ich weiß, dass *du* ein Mondwolf bist, falls du das meinst«, sagte ich und beobachtete sie dabei, wie sie das uralte Buch über Erdmagie aus dem Regal nahm und eine beliebige Seite öffnete. »Seth hat neulich, nachdem er zu viel von meinem Tequila getrunken hatte, unablässig darüber geschimpft. Er scheint der Meinung zu sein, der Mond hätte ihn auch bevorzugen sollen.«

Rosalie schnaubte und hob die Hand, um mit ihrer Erdmagie einen blassen Steinmond in ihre Handfläche zu wirken. Jeder Krater und jede Erhebung seiner Oberfläche sah unheimlich genau aus, als sie ihn in ihrer Hand kreisen ließ und dann einen Schwebezauber auf ihn wirkte, damit er zur Decke trieb.

»Der Welpe verbringt zu viel Zeit damit, über die Dinge nachzudenken, die er nicht haben kann, anstatt die Dinge einzufordern, die er haben kann«, sagte sie und verdrehte die Augen.

»Wenn er hören würde, dass du ihn einen Welpen nennst, würde er dich wahrscheinlich zu einem weiteren Kampf herausfordern – ich habe gehört, dass der letzte ziemlich hässlich war«, sagte ich schlicht, aber Rosalie grinste nur.

»Das war lustig. Vor allem, als er geweint hat, weil er der Ansicht war, mich umgebracht zu haben.«

Ich stieß ein lautes Lachen aus, als ich die Verschlagenheit in ihren dunklen Augen sah, und ich ertappte mich dabei, dass mich ihr kleiner Besuch neugierig machte. Ich hatte bisher noch nicht viel Zeit mit Rosalie Oscura verbracht, aber vermutete, dass sie ein Mädchen ganz nach meinem Geschmack war. Besonders wenn es darum ging, schlechte Entscheidungen aus den besten Gründen zu treffen.

»Wenn du ihn nicht ausgetrickst hättest, wäre er wohl als Sieger hervorgegangen«, sagte ich, und wieder blitzte diese unerschütterliche Wildheit in ihren Augen auf.

»Er ist der einzige Wolf, den ich je getroffen habe, der es möglicherweise schaffen könnte. Aber ich glaube, ich hätte eine gute Chance, zu gewinnen, wenn es wirklich darauf ankäme«, antwortete sie großspurig, und ich betrachtete die Tätowierung, die seitlich an ihrem Nacken hochkroch. Es waren Rosenranken, die ihren Namen widerspiegelten, aber ich hatte das Gefühl, dass mehr dahintersteckte.

»Warum?«, fragte ich neugierig.

»Weil ich unfair kämpfe«, antwortete sie mit einem wilden Grinsen. »Und trotz seines Alpha-Gehabes ist Seth Capella ein anständiger reicher Junge, wenn man genau hinsieht. Das sind sie alle. Sogar Darius war unter seinem rauen und vollgekritzelten Äußeren ein solcher Typ.«

Mein Herz schmerzte, als ich seinen Namen hörte, aber ich ließ mich nicht davon abhalten, an ihn zu denken. Ich weigerte mich, vor dem Schmerz der Erinnerung an ihn zurückzuschrecken und zu riskieren, ihn ganz zu verlieren. »Oh, ich weiß. Ich habe ihn dafür gnadenlos fertiggemacht.«

»Eine Frau nach meinem Geschmack«, lobte Rosalie und setzte sich neben mich aufs Bett, wobei ihr Knie meinen Oberschenkel streifte, während sie die Beine übereinanderschlug und das Buch in ihren Schoß legte. »Aber ich glaube, ich bleibe lieber bei den echten Schurken als bei den kaputten Heldentypen, wenn es dir nichts ausmacht.«

»Warum kämpfst du in einem Krieg, wenn du dich nicht für Heldentaten interessierst?«, fragte ich.

»Ich sage nie Nein zu einem Kampf. Außerdem ist mein Groll auf Lionel Acrux schon lange ein persönlicher. Das war er bereits, bevor er mir den zusätzlichen Grund geliefert hat, ihn töten zu wollen, weil er ein tyrannischer *stronzo* mit einem Kleiner-Schwanz-Komplex ist.«

»Wie persönlich?«, fragte ich neugierig, und sie schürzte die Lippen. Es schien zunächst, als wollte sie darauf nicht antworten, doch dann entschied sie sich, es doch zu tun.

»Vor ein paar Jahren habe ich zusammen mit Leon Night und seinem Bruder Roary versucht, etwas aus Lionels Herrenhaus zu stehlen«, gab sie zu. Ihr Unterkiefer zuckte, als sie den Namen von Leons Bruder aussprach, und sie schien ihre Emotionen auf eine Art und Weise zu verbannen, die meiner natürlichen Abwehrhaltung so ähnlich war, dass ich sie sofort erkannte. »Es … ist schiefgegangen. Der Drachen*stronzo* hat uns entdeckt, bevor wir entkommen konnten. Roary hat mich gerettet, aber damit sein eigenes Schicksal besiegelt. Er wurde gefangen genommen und sitzt seither in Darkmore.«

»Rosalie«, flüsterte ich und streckte mitfühlend die Hand aus. Ich wusste, wie sehr Darcy gelitten hatte, als Orion für ein paar Monate dort gefangen gewesen war. Und Roary war nun schon seit Jahren dort. Obwohl sie sich bemühte, es zu verstecken, spürte ich, dass die Anführerin der Wölfe den Mann liebte, der ihr weggenommen worden war. »Wart ihr zusammen?«

Rosalie schnaubte abfällig, lehnte sich in meine Berührung und zog sich dann aber sofort wieder zurück, um den Kopf zu schütteln.

»Roary ist zehn Jahre älter als ich. Er hält mich für einen dummen Welpen, also nein, wir waren nie … irgendetwas. Oder zumindest war ich nie etwas für ihn.«

»Wenn ich jemals in der Lage bin, ihn zu befreien …«, begann ich, denn wenn Darcy und ich den Thron besteigen würden, hätten wir sicher die Macht, Fae aus dem Gefängnis zu holen. Aber Rosalie schüttelte traurig den Kopf.

»Er hat einen Todesschwur mit Lionel Acrux geleistet. Einen, der nicht gebrochen werden kann. Die einzige Möglichkeit, den Schwur zu umgehen, wäre, auszubrechen«, sagte sie bitter und blätterte in dem Buch auf ihrem Schoß. Aber sie schien lediglich eine Beschäftigung für ihre Hände zu brauchen. »Oder von jemandem ausgebrochen zu werden …«

»Hat das schon mal jemand geschafft?«, fragte ich und wölbte die Augenbrauen bei dem Gedanken an die vielen Sicherheitsvorkehrungen, die es dort gab.

»Nein.« Rosalie lachte dumpf. »Das Gefängnis befindet sich tief unter der Erde und ist von allen möglichen magischen, physischen und sogar lebenden Barrieren umgeben, die eine Flucht verhindern. Niemand hat es je auch nur annähernd geschafft. Wer versucht, aus dieser Hölle zu entkommen, nimmt den Tod in Kauf.«

»Warum habe ich dann das Gefühl, dass du vorhast, ihn da rauszuholen?«, fragte ich, und sie lehnte sich verschwörerisch näher. War sie nicht bei klarem Verstand?

»Vielleicht … weil ich das tue.«

Bevor ich etwas darauf erwidern konnte, schob Rosalie das Erdbuch auf das Buch Äther und legte ihren Finger auf einen Zauber, den ich bis jetzt noch nicht beachtet hatte.

»Mondwölfe haben die Gabe der Voraussicht und der Intuition. Sie werden dabei nicht von den Sternen gesteuert, denn der Mond selbst ist ein himmlisches Wesen von ganz eigener Art«, erklärte Rosalie und fuhr mit dem fort, worüber sie zu Beginn dieses Gesprächs gesprochen hatte. »Mir werden noch viele andere Gaben nachgesagt, von denen sich einige als wahr oder falsch erwiesen haben. Andere werde ich vielleicht noch entdecken, das ist schwer zu sagen. Aber ich kann immer erkennen, wenn zwei Seelen füreinander bestimmt sind. Oder manchmal sogar mehr als zwei.«

»Was meinst du?«

»Ich habe noch nie etwas Vergleichbares wie die Verbindung zwischen dir und Darius Acrux gespürt«, hauchte sie und rückte näher an mich heran, sodass ich nur noch die Schönheit ihrer Gesichtszüge sehen konnte, die vollen Lippen, die wie geschaffen für die Verführung zu sein schienen, und das listige

Glitzern in ihren braunen Augen, das mich wissen ließ, dass ihr nichts entgehen konnte. »Die Macht eurer Liebe und eures Hasses hat heißer gebrannt als die Sonne selbst. Es war ein ständiges Ziehen und Zerren, ein nicht endender Krieg und eine unnachgiebige Leidenschaft. Ihr wart zwei Sterne, immer im Begriff, miteinander zu kollidieren und die Welt in Brand zu setzen – ungeachtet aller Konsequenzen.«

»Warum erzählst du mir das jetzt?«, fragte ich mit brüchiger Stimme, denn sein Verlust überwältigte mich und die Erinnerung an die Liebe, die wir empfunden hatten, hallte in allen leeren Winkeln meiner Seele wider und ließ sie vor Sehnsucht schmerzen. Die Rubinhalskette, die ich trug, schien sich bei ihren Worten ebenfalls zu erwärmen, das Echo seiner Hand in meinen Haaren war eine Erinnerung, die sich irgendwie greifbar anfühlte. Als würde sich sein Geist herabbeugen und zuhören.

»Weil das Feuer noch nicht erloschen ist«, meinte Rosalie, nahm eine Strähne meiner ebenholzschwarzen Haare und wickelte sie fest um ihren Finger. Als hätte sie gewusst, dass ich mir seine Berührung genau dort vorgestellt hatte. »Ich spüre, wie sich ein einzelner Faden bemüht, an seinem Platz zu bleiben. Und ich denke, es ist an der Zeit, dass du daran ziehst.«

Sie zog unsanft an meinen Haaren und lächelte amüsiert, als ich scharf einatmete. Im nächsten Moment war sie auf den Beinen und ging zurück in Richtung Tür.

»Das war's?«, fragte ich und runzelte verwirrt die Stirn.

»*Segui il fuoco*«, antwortete sie, als ob ich eine Ahnung hätte, was das bedeutete. »Ich bin geil und mein Rudel bettelt schon seit einer ganzen Woche darum, mich zu ficken. Normalerweise bevorzuge ich die Bemühungen eines echten Alphas, aber die sind hier leider Mangelware. Ich würde dich ja bitten, aber dein Herz wird immer bei ihm sein und ich will nicht Teil einer fremden Liebesgeschichte sein.«

Ich wölbte eine Augenbraue und fragte mich, ob ich auf ihr Angebot eingegangen wäre, wenn Darius mich nicht schon längst für alle anderen Fae verdorben hätte.

»Ich dachte, in der Armee wimmelt es von Alphas?«, fragte ich, denn ich hatte in den Kasernen und auf den Trainingsplätzen jede Menge Aufschneiderei mitbekommen, wann immer ich in ihrer Nähe gewesen war.

»Viele Betas halten sich gern für Alphas, *amica*. Aber es ist eine traurige Tatsache, dass viel zu viele von ihnen versagen, wenn sie auf die Probe gestellt werden.« Rosalie seufzte enttäuscht.

»Also veranstaltest du einfach eine Rudelorgie und hoffst auf das Beste?«, neckte ich sie und sie grinste.

»Ich kann mich jederzeit selbst befriedigen, wenn es sein muss. Aber Jessibel will unbedingt zwischen meine Schenkel und Andre schickt mir schon seit zwei Wochen Schwanzfotos. Also werde ich ihnen eine Chance geben. Wer weiß, vielleicht gefällt es mir ja.«

»Viel Spaß«, rief ich, als sie davonschlenderte, als regierte sie die verdammte Welt. Und wenn ich es nicht besser wüsste, würde ich vielleicht glauben, dass es genau so war.

Ich betrachtete das Buch in meinen Händen, musterte skeptisch den Zauber, den sie mir gezeigt hatte, und hob dann den Kopf, um ihr nachzurufen. Aber alles, was ich als Antwort bekam, waren ein entferntes Lachen und ein »Gern geschehen!«

Ich starrte auf die Seite und fragte mich, wie zum Teufel ich etwas so Offensichtliches übersehen hatte.

Die Bäume der Verdammten

Überrascht las ich die Worte darunter. Die verdammten Bäume konnten wie ein lebendiger Fluch gezüchtet werden, wobei das Herz des Opfers an den Baum gebunden wurde und die gesamte Familienlinie an seine Existenz.

Sobald das Blut des Betreffenden dem Samen hinzugefügt wurde, muss die Essenz der Seele des Wirkenden an den Wurzeln befestigt werden. Das Licht des Mondes hilft, die Schatten zu erheben, um das Wachstum des Setzlings zu unterstützen. Je länger der Knochengesang andauert, desto größer und mächtiger wird der Baum selbst werden.

Ich sah mir grausame Bilder von Aderlässen und Opferungen kleiner Kinder an, aber soweit ich das beurteilen konnte, brauchte man für das Wachstum des Baumes einfach das Blut des Familienmitglieds, das man verfluchen wollte. Nicht jeden Tropfen, nur genug, um den Samen zu tränken.

Das Ernten des Samens war eine einzige Shitshow, an der ich absolut kein Interesse hatte, zumal der einzige Wichser, den ich verfluchen wollte, Lionel Acrux hieß und ich nicht vorhatte, Xavier in die Bestrafung zu verwickeln, die für diesen Hurensohn vorgesehen war.

Aber der Teil, auf den es ankam, befand sich am Ende der Seite – die Wegbeschreibung zum Verdammten Wald, in dem alle verfluchten Bäume wuchsen. Ihre Wurzeln ließen den Boden unter ihnen verfaulen, während ihre Blätter die Luft unter ihren Baumkronen mit giftigen Pollen füllten, die alles Leben vernichteten.

Um den Verdammten Wald zu erreichen, musst du eine Dosis Eisenhut gemischt mit Rittersporn aus einem Kelch trinken, der mit den Runen Halgalaz und Raido beschriftet ist, und den Namen deiner tiefsten Sehnsucht in deine Haut ritzen, um dann dem Schmerz deines Herzens zu folgen, bevor es das Leben selbst aufgibt.

Ich musste mich also nur mit einem Becher voller Runen, die für Prüfungen und Reisen standen, vergiften, mich aufschneiden und hoffen, dass der Wind mir die verdammten Antworten zuflüsterte. Immerhin klang es nicht vollkommen verrückt.

Fuck.

Aber ich wusste bereits, dass ich es tun würde, denn mein Schicksal war in dem Moment besiegelt gewesen, in dem ich das Buch in die Hände bekommen hatte. Nein. Mein Schicksal war schon lange vorher besiegelt gewesen. Durch die Waffe, die den Mann, den ich liebte, aus dieser Welt gerissen und mich hier allein und leidend zurückgelassen hatte.

Ich schritt durch den Raum und begann, ein Bündel zusammenzustellen.

Das Buch Äther beobachtete mich schweigend vom Bett aus, während ich über alles nachdachte, was ich aus diesen Büchern gelernt hatte, seit wir sie zu unseren eigenen gemacht hatten.

Ich hatte einen Plan. Einen Plan, der zugegebenermaßen Löcher hatte und vielleicht sogar Selbstmord war. Aber ich hoffte, dass er trotzdem funktionieren würde. Ich hatte damit gewartet, ihn auszuprobieren, in der Hoffnung, auf diesen alten Seiten etwas anderes zu finden, das mir helfen würde, aber ich war es leid. Ich war es leid, zu warten, mein Bestes für alle anderen zu geben und nach dem Unmöglichen zu lechzen, während mein Fluch auf die Sterne unbeantwortet blieb.

Die Wintersonnenwende stand vor der Tür. Die längste Nacht des Jahres hatte ihre eigene Kraft, die mir helfen würde, wenn der Raum zwischen den Welten dünner wurde. Ich hatte unermüdlich studiert und alles über die Magie gelernt, die vor der Beteiligung der Sterne existiert hatte. Und ich wusste, wie gefährlich mein Vorhaben sein konnte. Aber ich hatte in diesem Kampf schon alles gegeben, was ich konnte, und wenn ich mich jetzt nicht meinem Schwur widmete, würde ich sterben, bevor ich überhaupt die Chance dazu bekam.

Opfer, Blut, Schmerz. Das war mir egal. Ich würde bereitwillig alles opfern und mich auf den Scheiterhaufen meiner eigenen Verdammnis werfen, wenn das nicht reichen sollte. Denn die Welt war ohne ihn nicht das, was sie sein musste.

Wenn das also nötig war, um dieses Unrecht wiedergutzumachen, dann würde ich es tun. Darcy hatte mich im Stich gelassen, wir waren im Begriff, den Krieg zu verlieren, und es blieb mir nichts anderes als diese verzweifelte, törichte Hoffnung. Und es sah so aus, als würde ich alles für diese Chance aufgeben. Denn ohne sie war ich sowieso verloren.

Gemini
Scorpio
Virgo
Cancer
Aries
Leo
Taurus
Sagittarius
Capricorn
Aquarius
Libra
Pisces

SETH

KAPITEL 54

Der Kriegsrat zog sich in die Länge. Ich hatte meine Meinung schon fünfzig Mal geäußert, aber niemand hörte mir zu, weil sich alle stritten. Und so saß ich jetzt mit dem Gesicht in den Händen am Tisch und heilte meine nagenden Kopfschmerzen.

»Den Gerichtshof von Solaria könnten wir womöglich mit unseren magischen Signaturen betreten«, sagte Melinda. »Es könnte sein, dass Lionel nicht daran gedacht hat, uns den Zugang zu verwehren.«

»Primitive Präriehunde an einem geistlosen Morgen!«, klagte Geraldine und schlug sich eine Hand an die Stirn. »Natürlich wird er daran gedacht haben. Er ist ein verschlagener Dragoner, und wir dürfen ihn nicht unterschätzen. Nein, ich sage, wir greifen mit der ganzen Kraft unserer Armee an, zünden ein grandioses Feuerwerk und vernichten seinen Hof mit einem mächtigen Arschtritt.«

»Das ist Selbstmord«, höhnte meine Mutter. »Hast du eine Ahnung, wie viele Schutzzauber und -barrieren wir durchbrechen müssten, bevor wir überhaupt jemanden erreichen würden?«

»Wir haben einen legendären Vega-Phönix an unserer Seite. Sie kann jeden Schutzzauber überwinden.« Geraldine lachte schallend und schlug mit der Faust auf den Tisch.

»Du meinst den Vega-Phönix, der an der Schwelle des Todes aus einem Kampf zurückgekehrt ist, an dem ihr uns nicht beteiligen wolltet?«, knurrte Tiberius.

Geraldine öffnete den Mund, um zu antworten, aber in dem Moment stand ich auf. »Haltet die Klappe!«, bellte ich, sodass alle im Raum zusammenzuckten. Sie sahen mich neugierig an, aber mehr hatte ich nicht zu sagen.

Ich wollte nur, dass sie die Klappe hielten. Dieser Streit brachte uns nicht weiter. Doch sobald sie merkten, dass ich nichts hinzuzufügen hatte, zankten sie weiter, und ich knurrte frustriert. Geraldine verkündete einen weiteren verwegenen Plan, den Gerichtshof von Solaria anzugreifen, der eine Unmenge an entflammbarem Faesin und eine gefährliche Dosis Feuer beinhaltete, und meine Mutter fing an, ihr einen Vortrag über ihre Leichtfertigkeit zu halten.

Mein Blick fiel auf die kleine weiße Tiberianische Ratte, die zitternd auf dem Tisch saß und ihren Körper schützend über die Gegenstände legte, die Tory von Darcy und Orion bekommen hatte. Ich griff nach der Ratte, aber sie quiekte und hob eine winzige Vorderpfote, um mich abzuwehren.

»Schon gut, Kleiner«, sagte ich, und er gab nach und ließ sich von mir sanft in die Hand nehmen. »Du musst dich verwandeln und uns sagen, was das für ein Zeug ist. Kannst du das?«

Er nickte und ich setzte ihn auf einen Stuhl, wo er sich in einen blasshäutigen Mann mit weißen Haaren verwandelte. Ich schnippte mit dem Finger und flocht ihm eine Hose aus Blättern, woraufhin er mir ein dankbares Lächeln schenkte.

Er räusperte sich leise, um die Aufmerksamkeit der anderen zu erregen, aber niemand im Raum hatte ihn überhaupt bemerkt.

»Hey! Der Rattenmann hat etwas zu sagen«, schnauzte ich, und alle schauten wieder zu mir, aber ich zeigte auf den Typen auf dem Stuhl.

»Ähm, hallo, hi«, stammelte er und winkte unbeholfen, woraufhin Tiberius ungeduldig die Hände in die Hüften stemmte. »Ich bin Eugene Dipper. Und ich wurde von Königin Darcy geschickt, um euch diese Gegenstände zu überreichen.« Er griff zuerst nach dem Kristall. »Das ist ein Memoriae-Kristall. Ich glaube, er hat etwas mit, ähm, den Phönixen zu tun. Vielleicht? Und dieses gefiederte Buch, na ja, hat auch etwas mit Phönixen zu tun, glaube ich. Dann ist da noch – oh, das ist nur ein Fetzen einer Unterhose – aber das, ja, das ist ein Ring. Ein besonderer Ring. Auch mit einigen Erinnerungen versehen, glaube ich. Ähm, Erinnerungen, die vielleicht helfen könnten. Und Dingen, die in der Zeitung gedruckt werden sollten.«

Geraldine kam herbeigeeilt und schnappte sich das Buch, den Kristall und schließlich den Opal, während sie wie ein Delfin kreischte. »Das ist ein Garde-Stein!«, rief sie und hielt den Opal gegen das Licht. »Unsere großartige und großmütige Darcy hat sich einen weiteren Stein gesichert. Ich werde ihn sofort zu den anderen Steinen bringen und mit meinem wertlosen Leben beschützen.«

»Es ist nicht wertlos«, schnauzte Max, aber sie ignorierte ihn und schob die Gegenstände in ihr Dekolleté. Ja, auch das verdammte Buch.

»Was ist ein Garde-Stein?«, fragte Melinda.

»Moment mal, lass mich die Sachen sehen!« Tiberius stürzte auf Geraldine zu und griff nach ihren Titten, woraufhin sie eine Augenbraue hob und er seine Hände wieder zurückzog.

»Ich gebiete dir, mir die Gegenstände zu zeigen«, brummte er.

»Wer bist du, einer Dame des königlichen Hofes Befehle zu erteilen? Ich gehorche keiner Seidenmotte und werde es auch nie tun«, sagte Geraldine und zeigte auf den Ring, der auf dem Tisch lag. »Seth Capella, ich beauftrage dich damit, unserem edlen Tyler Corbin diesen Ring zu präsentieren. Kannst du eine so wichtige Mission bewältigen?«

»Du meinst, dass ich den Ring zu Tyler bringen soll, richtig?«, fragte ich trocken.

»Du hast recht«, seufzte sie. »Das ist viel zu viel für deinen einfachen Verstand.« Sie griff nach dem Ring, und ich schlug ihre Handfläche mit einem Knurren weg, um den Ring selbst einzustecken.

»Ich komme schon klar. Und mein Verstand ist übrigens sehr komplex.«

Sie kicherte, und ich warf ihr einen bösen Blick zu.

»Wir sollten uns die Sachen zuerst ansehen. Lass mich den Ring sehen, mein Kleiner«, sagte meine Mutter und trat näher an mich heran. Aber Geraldine versperrte ihr den Weg und breitete ihre Arme zu beiden Seiten aus.

»Nein! Wir haben das im Griff«, beharrte sie.

»Habt ihr nicht. Ihr habt absolut gar nichts im Griff«, schimpfte Tiberius.

Sofort brach ein erneuter Streit aus, der ihre Aufmerksamkeit von mir und dem Ring ablenkte, und ich seufzte und warf Eugene einen entschuldigenden Blick zu.

»Wir werden dafür sorgen, dass all diese Gegenstände in Sicherheit sind«, sagte ich. »Warum holst du dir nicht etwas zu essen? Und halte nach Washer Ausschau, er wird dir ein Zimmer zuweisen und dir auch ein paar Klamotten besorgen.«

»O-okay«, stammelte er und stand auf, hielt aber inne, bevor er ging. »Diese Gegenstände sind sehr wertvoll, Seth Capella. Ich weiß, ich habe es nicht gut erklärt, aber … Darcy hat ihr Leben riskiert, um mich zu retten, und ich habe versprochen, diese Sachen zu beschützen und sie in die Hände der Rebellen zu bringen. Du wirst dafür sorgen, dass sie ordentlich untersucht werden, nicht wahr?«

»Ja, versprochen, Alter«, sagte ich und klopfte ihm auf die Schulter. Er entspannte sich, jetzt, da er seine Pflicht erfüllt sah, und verließ den Raum.

Ich war völlig ausgelaugt, erschöpft bis auf die Knochen, egal, wie viele Energiezauber ich auf mich gewirkt hatte. Letzte Nacht hatte ich kaum geschlafen, weil ich über Tory gewacht und befürchtet hatte, dass sie es nicht schaffen würde. Aber selbst jetzt wollte ich nicht schlafen. Ich musste einfach über etwas nachdenken, das nichts mit der miserablen Realität zu tun hatte, mit der wir ständig konfrontiert wurden.

Ich lehnte mich nach vorn und stützte meine Stirn auf das kühle Holz des Tisches, um die Welt auszublenden und einen Ort in meinem Kopf zu finden, der nicht voller Chaos war.

Ich hörte, wie jemand neben mir Platz nahm und sich aus der hitzigen Debatte zwischen Geraldine und den Ex-Ratsmitgliedern zurückzog.

»Alles klar?«, fragte Max und legte mir eine Hand auf die Schulter, um etwas von meinem Stress wegzuwischen.

»Halbwegs.« Ich ließ meine Mauern fallen und seufzte, als seine Sirenengaben in mich eindrangen.

Max wirkte eine Stillekuppel um den Streit und endlich kehrte Ruhe in mich ein. Die grässliche Erinnerung an Lavinias Nest schlich sich in meinen Kopf und ich zuckte zurück, mein Stuhl flog nach hinten und ich ruderte hilflos mit den Armen. Bevor ich meine Luftmagie wirken konnte, um mich aufzufangen, packte Max die Lehne des Stuhls und stellte ihn wieder auf alle vier Beine, wobei er mich mit einem Stirnrunzeln beobachtete.

»Was zum Teufel war das?«, fragte er leise. »Ich habe Angst, Abscheu und Entsetzen gespürt. Was ist passiert?«

Ich schluckte schwer und lehnte mich mit einem Wimmern an sein Schlüsselbein, woraufhin er mich in eine Umarmung zog.

»Seth?«, drängte er.

»Da war eine Dämonenvagina«, flüsterte ich an seinem Shirt, und sein sauberer vertrauter Duft beruhigte mein rasendes Herzklopfen.

»Was hast du gerade gesagt?«, fragte er und versuchte, mich zurückzudrängen, damit er mich besser hören konnte. Aber ich vergrub mich noch tiefer in dem Stoff und klammerte mich an ihn wie ein neugeborener Welpe.

Er fuhr fort, mich mit seinen Sirenengaben zu beruhigen, und ich schloss erneut die Augen, hielt mich an einem meiner liebsten Freunde auf der ganzen Welt fest und ließ mich von ihm trösten.

»Hast du das Wort Vagina gesagt?«, versuchte Max es erneut.

Fuck, ich musste ihnen von dem Monsterbaby erzählen. Es war eine wichtige Neuigkeit. Eine große beängstigende Schattenneuigkeit. Aber jedes Mal, wenn ich versuchte, die Worte auszusprechen, sah ich das klaffende schwarze Loch zwischen Lavinias Schenkeln, beobachtete, wie sie einen Fae-Kopf hineinschob, während irgendetwas in ihr … daran knabberte.

»Max«, krächzte ich. »Ich glaube, ich werde nie wieder derselbe sein.«

»Sag mir, was dich so zugerichtet hat«, sagte er sanft und versuchte, mich von sich zu lösen, damit er besser mit mir reden konnte.

Ich kroch ganz in seine Arme und er stöhnte angesichts meines Gewichts auf, als ich mich auf seinen Schoß fallen ließ und ihn so fest umarmte, dass ich ihn würgte. Ein freundliches Würgen, keine Sorge.

»Seth«, raunte er, und seine Sirenengaben drangen noch tiefer in mich ein, damit ich mich entspannte.

Ich ließ mich gegen ihn sinken, schloss die Augen und fragte mich, ob es das Schlimmste auf der Welt wäre, hier ein Nickerchen zu machen. Leon Night tat genau das auf der anderen Seite des Tisches; sein Kopf ruhte auf einem Arm und er stieß mit jedem Atemzug ein tiefes Schnurren aus. Er sah so wohlig aus. Ich wollte es auch wohlig haben. Und ich wollte sicher und für immer frei von Dämonenvaginas sein.

Max schubste mich zurück und mein Hintern knallte auf die Sitzfläche meines eigenen Stuhls, sodass ich wie ein gescholtenes Hündchen aufjaulte.

»Erzähl!«, forderte Max mich auf, und ich seufzte ergeben. Ich musste ihnen zumindest von dem Monsterbaby erzählen.

Max löste die Stillekuppel auf, und Geraldines Stimme erfüllte erneut den Raum.

»… könnt von der Rebellenarmee der wahren Königinnen nichts dergleichen verlangen. Es ist ihr Geburtsrecht, zu herrschen! Und ihr könnt nicht in unsere Sümpfe stapfen und euch als Anführer aufspielen, wenn ihr nicht einmal an unserer Seite gekämpft habt. Ihr wart nicht dabei, als das Burrows überrannt wurde. Ihr habt euch nicht dem gestellt, was wir als vereinte Front durchgestanden haben.«

»Das hätten wir, wenn wir dabei gewesen wären«, sagte Tiberius verärgert. »Es spielt keine Rolle, ob wir in dieser Schlacht gekämpft haben oder nicht. Wir sind jetzt hier und behaupten uns als Anführer. Wir sind die rechtmäßigen Herrscher von Solaria und das schon seit Jahren.«

»Die Vegas haben keine Erfahrung im Krieg«, fügte meine Mutter hinzu.

»Ach, aber du?« Geraldine schnaubte und fuchtelte abweisend mit den Händen. »Die Vega-Königinnen haben Seite an Seite mit ihrem Volk gekämpft. Das ist weit mehr, als man von euch behaupten kann.«

»Ich bin bestens mit den Methoden der Kriegsführung vertraut«, erklärte Mom knurrend. »Du vergisst, dass ich während der Herrschaft des Grausamen Königs gedient habe. Ich habe viel mehr Blutvergießen gesehen, als du es je erleben wirst, und ich habe unzählige Male gegen Aufständische gekämpft. Und vergessen wir nicht unsere jahrelange Vorbereitung. Die Vegas haben kaum eine formale Ausbildung genossen. Wie kannst du von ihnen erwarten, dass sie diese Armee zum Sieg führen, solange sie keine fortgeschrittenen Zauber gelernt haben?«

»Oh, aber das haben sie, Ratsherrin Krümelchen von der Beerenfront«, sagte Geraldine mit süffisantem Blick und Caleb warf einen Blick in meine Richtung. Ein Lächeln huschte über sein Gesicht und ich erwiderte es. Ich konnte Geraldine in dieser Hinsicht nicht wirklich widersprechen.

Früher hätte ich in dieser Sache fest auf der Seite meiner Mutter und der anderen Ex-Ratsmitglieder gestanden, aber jetzt war ich wie eine Katze auf dem Zaun, die auf die streitenden Nachbarn auf beiden Seiten hinunterschaute und nicht wusste, in welche Richtung sie springen sollte. Sicher, ich wollte meinen Sitz im Rat beanspruchen, aber ich konnte nicht leugnen, wie sehr ich die Vegas für alles bewunderte, was sie in diesem Krieg getan hatten.

Danach zu urteilen, wie die Schlacht damals verlaufen war, bevor Darcy zur Bestie geworden war und Lionel die Oberhand gewonnen hatte, waren sie eine zerstörerische Naturgewalt gewesen. Ich wollte nicht behaupten, dass wir vielleicht gewonnen hätten, wenn die anderen Erben und ich dort gewesen wären. Aber ja, ich hätte mit Sicherheit ein paar Leute fertiggemacht. Ich hasste es, dass ich nicht an der Seite der Rebellen hatte kämpfen können, als es am wichtigsten gewesen war. Dass ich nicht für Darius hatte da sein können, als …

Ein Wimmern entrang sich mir und Max nahm mir etwas von meinem Schmerz. Ein schwerer Seufzer verließ ihn, der von unserer gemeinsamen Trauer sprach.

»Die hatten doch glatt ein Ass im Ärmel«, bemerkte Geraldine.

»Ein Ass?«, wiederholte Melinda und verschränkte die Arme vor der Brust.

»Ja, ein Ass. Professor Lance Azriel Orion.« Geraldine reckte ihr Kinn in die Luft. »Er hat ihnen während unserer Zeit im Burrows so viel beigebracht, wie er konnte. Sie haben viel mehr gelernt, als ihr in euren Köpfen begreifen könnt.«

»Er ist nur ein Lehrer«, sagte Tiberius abschätzig.

»Der sie zusammen mit dem tapferen Gabriel Nox und dem schlüpfrigen, aber loyalen Brian Washer unterrichtet hat«, krähte Geraldine und schmiss einen Stuhl zur Seite, der gegen Leons Bein knallte, aber er wachte trotzdem nicht auf. »Außerdem ist Lance Orion nicht *irgendwer*, du grantiger Gockel! Er ist gerecht und aufrichtig. Aber lass mich euch etwas über meinen Reißzahnritter vom Sternzeichen Waage erzählen. Seine Launen mögen so düster sein wie ein stürmischer Tag, wenn er uns mit seinem weisen und grenzenlosen Wissen gesegnet hat. Aber er ist der beste Professor, den ich je kennenlernen durfte. Und ich will verdammt sein, wenn ich zulasse, dass ihr seinen Namen beschmutzt und ihn anprangert, als stünde er vor Gericht. Es vergeht kein Tag, an dem eure kräftigen Erben oder ich nicht die Zauber wirken, die uns der Mann beigebracht hat, der nach dem markanten Sternbild benannt ist, das auf dem Himmelsäquator ruht. Der Jäger. Orion. Ja, er mag attraktiv und mannhaft sein …«

»Was hat das mit der Sache zu tun?«, rief Max ihr zu, aber sie fuhr fort, ohne ihn zu beachten.

»Und ja, seine Pobacken sind fest genug, um Blicke aus allen Richtungen auf sich zu ziehen …«

»Gerry!«, bellte Max.

»Aber ich habe gelernt, Lady Petunias Pochen im Unterricht auszublenden und stattdessen seinen Lehren zuzuhören, was – ich bin mir sicher, dem stimmen wir alle zu – eine Herausforderung war.« Sie warf Caleb, Max und mir einen Blick zu, damit wir das bestätigten, und ich nickte mehrmals zustimmend, bevor mir Max einen Tritt verpasste und ich stattdessen den Kopf schüttelte.

Tiberius kniff sich in den Nasenrücken. »Wir sind vom Thema abgekommen. Wir müssen uns auf unsere nächsten Schritte konzentrieren, und ehrlich gesagt, Geraldine, werde ich keinen weiteren Atemzug darauf verschwenden, über die Vorzüge und Fehler der Vegas zu diskutieren. Sie sind derzeit nicht präsent. Und deshalb müssen wir ohne sie weitermachen.«

»Ich habe etwas zu sagen«, sagte ich, und alle richteten ihre Aufmerksamkeit auf mich.

Dante stieß sich von der hinteren Wand ab, wo er wie eine bedrohliche Kreatur der Dunkelheit gelauert hatte. Er dehnte seine Finger und lenkte meinen Blick auf die klobigen Goldringe, die sie zierten. Unser faetalienischer Drachenfreund sah heute besonders ganovenhaft aus, und dieser Hauch von Gefahr, der ihn umgab, verriet, wozu er fähig war.

»Was ist los, *amico*?«, fragte er in gebieterischem Tonfall.

»Ich habe … etwas gesehen«, sagte ich und richtete mich auf.

»Na, bravo, du junger Hüpfer. Deine lebendige Beschreibung treibt mir die Tränen in die Augen«, sagte Geraldine trocken.

»Gib ihm einen Moment«, drängte Max, und Geraldine nickte geduldig und richtete ihren Blick wieder auf mich.

»Dann schieß mal los, Sportsfreund«, ermutigte sie mich.

Ich räusperte mich, schloss kurz die Augen und zuckte zusammen, als ich feststellte, dass ich in den Lauf einer geladenen Vagina starrte. Meine Augen flogen wieder auf und ich setzte schnell einen gespielten Blick der Sorglosigkeit auf, weil ich spürte, dass Caleb mich genau beobachtete.

»Lavinia hat Lionel einen Erben geschenkt. Ein Monster. Keinen Fae.«

Ich unterdrückte ein Schaudern und ballte meine Hand zu einer Faust. »Ich glaube, dass die Kreatur unglaublich mächtig ist, aber ich habe keine Ahnung, wozu sie wirklich fähig sein könnte. Ich habe nur einen kurzen Blick auf sie erhascht.«

»Im Nordturm?«, fragte Caleb mit leiser Stimme, und ich nickte kurz.

»Bei den Sternen«, hauchte Melinda und zog an der silbernen Halskette um ihren Hals.

»Danke, Seth.« Tiberius neigte den Kopf in meine Richtung. »Sonst noch was?«

»Es … ähm … nein«, entschied ich und verdrängte das Bild vor meinen Augen.

Es war keine richtige Vagina gewesen. Vaginas waren prima. Aber Lavinia hatte … eine Anti-Vagina.

Ich ließ mich zurück auf meinen Platz fallen und die Diskussion ging weiter und artete schon bald wieder in Streit aus.

Als sie zu Ende war, hatte ich drei Wachzauber ausgesprochen und mich durch vier Donuts gefuttert, die Geraldine aus dem Nichts besorgt hatte. Ein paar besonders schöne Exemplare hatte sie für Tory aufbewahrt. Sie zwinkerten mir regelrecht zu und ich hatte fest vor, mich später auf die Jagd nach ihnen zu machen, wenn sie versuchte, sie mir vor der Nase wegzuschnappen.

Caleb sah angespannt aus, als die Ratsmitglieder den Raum verließen. Dante verpasste Leon einen elektrischen Schlag gegen den Hintern, um ihn aufzuwecken.

»Neeeeein. Es gab Donuts?«, jammerte Leon, als sein Blick auf das Gebäckstück in Dantes Hand fiel.

»Du hättest auch welche haben können, wenn du wach gewesen wärst, Leone.« Dante grinste, und Leon stürzte sich auf den Donut in seiner Hand.

»Gib her!«, knurrte er, und Dante überließ ihn ihm. Er lachte über den Löwenwandler, der ihn verschlang, als wäre es der einzige verbliebene Donut auf der ganzen Welt.

Geraldine schob die schicken Vega-Donuts auf einen glänzenden Teller mit einer eigenen beschissenen Cloche, bevor er sie sehen konnte. Aber ich hatte sie gesehen. Ich wusste Bescheid. Und ich würde sie in Torys Zimmer aufspüren, sobald sie sie für mich versteckt hatte.

Leon und Dante winkten zum Abschied und verließen den Raum. Ich richtete mich auf, während Max an Geraldine Seite trat. Ich blieb allein bei Caleb zurück und wollte etwas sagen, aber er kam mir zuvor.

»Bis nachher«, sagte er und schoss mit vampirischer Geschwindigkeit aus dem Zimmer, wobei meine langen Haare in der Brise flatterten, die er erzeugte.

Geraldine küsste Max, krallte sich an seinen Armen fest und murmelte etwas davon, dass er ein Verbrecher von einem Fisch sei und ihre Seehöhle dringend geplündert werden müsste.

»Wir sehen uns später«, rief ich Max zu, aber er antwortete nicht, weil er in Geraldines Geschnulze vertieft war. »Bis später!«, rief ich noch lauter.

Nichts.

Verärgert trat ich aus dem Raum, ohne zu wissen, wohin ich gehen sollte. Ich dachte daran, zu Tyler zu gehen, um ihm den Ring zu geben, aber ich wusste, dass er gerade bei Xavier war und Twinkle Stud ihn brauchte, während er versuchte, seine Flügel wieder anbringen zu lassen. Ich hoffte inständig, dass sie eine Lösung finden würden, und beschloss, dass der Ring bis zum Morgen warten konnte.

Im Moment wollte ich Gesellschaft. Nein, ich brauchte sie. Und es gab nur eine Person, deren Gesellschaft ich im Moment begehrte. Obwohl ich wusste, dass ich ihm seinen Freiraum lassen und die vampirischen Bedürfnisse nach Einsamkeit respektieren sollte, ertappte ich mich dabei, mich auf den Weg zu unserem geheimen Versteck in unserer eigenen Ecke der Insel zu machen. Ich fragte mich, ob er auch dorthin gegangen war. Ich hoffte es. Und ich betete, dass er mich nicht wegschicken würde.

Als ich mich dem Baumhaus näherte, das Caleb in der Eiche am Rande der Insel errichtet hatte, verlangsamte ich mein Tempo. Er stand auf der Veranda, die ich an der Seite des Hauses angebracht hatte.

Seine Haare waren nass – offensichtlich hatte er geduscht –, und er hielt eine Tasse Kaffee in der Hand. Dampf stieg auf und wurde vom Wind weggeweht, und Caleb starrte einfach nur auf den Horizont, als wäre er mit seinen Gedanken ganz woanders. Er glich einem Gemälde. Seine ausgeprägten Wangenknochen waren wie die Pinselstriche eines Künstlers, und der feste Griff seiner Finger um die Tasse ließ die Muskeln in seinen Armen anschwellen. Sein Gesichtsausdruck war paradox. Er runzelte die Stirn, doch seine Lippen waren leicht nach oben gezogen, als würde ihm das, woran er gerade dachte, sowohl unermesslichen Schmerz als auch unendliche Freude bereiten.

Ich rührte mich nicht von der Stelle, denn ich wusste, dass sein Gehör meine Annäherung früh genug bemerken würde. Und dann wäre dieser bezaubernde Moment für immer verloren, so wie zwischen meinen Finger rieselnder Sand.

Ich prägte mir dieses Bild ein, speicherte es mit der Kraft meiner Magie in meinem Kopf ab und malte es in mein Gedächtnis, um es für immer zu bewahren. Ich wollte ihn so in Erinnerung behalten, abgelenkt, ohne zu versuchen, etwas anderes zu sein als genau das, was er war. Ein wunderschönes Geschöpf mit einem Herz aus Eisen und einer Seele, die von Sünde befallen war.

Ich hätte jeden Preis bezahlt, um in diesem Moment einen Blick in seinen Geist zu werfen, aber mein bester Freund blieb ein Geheimnis. Etwas, das in letzter Zeit wesentlich häufiger vorkam, als es mir lieb gewesen wäre. Es hatte eine Zeit gegeben, in der ich seine Gedanken gekannt hatte, bevor er dazu gekommen war, sie auszusprechen. Wir waren immer seltsam synchron gewesen. Aber diese Tage wurden immer seltener und ich fürchtete, was das langfristig für uns bedeutete. Würden wir jemals wieder auf einer Wellenlänge sein, oder waren wir dazu bestimmt, auf verschiedenen Tiefen desselben Gewässers zu leben? Vielleicht würden wir eines Tages sogar ganz voneinander weggeschwemmt. Möglicherweise sogar in verschiedene Meere?

»Gesellst du dich zu mir oder bleibst du da stehen, bis das Gras hoch genug ist, um dich zu verschlucken?«, rief er, hob den Kopf und drehte sich mit einem verschmitzten Blick zu mir um, der mir verriet, dass er mich schon seit meiner Ankunft hier bemerkt hatte.

Sofort zeigte ich ein gesteigertes Interesse an dem Gras, das er erwähnt hatte, ging in die Hocke und tätschelte es, um zu vertuschen, dass ich wie bestellt und nicht abgeholt rumgelungert hatte. *Fuck, was jetzt?*

»Ich habe etwas verloren«, sagte ich und machte mir nicht die Mühe, meine Stimme zu erheben, denn ich war mir sicher, dass seine Vampirohren alles aufschnappen würden.

»Ach ja?«, rief er. »Was denn?«

Mein Herz. An dich.

»Mein …« *Denk nach, verdammt!* »Meine Mondnüsse.«

Jupp. Mondnüsse. Eine solide Ausrede.

»Deine was?«, rief er.

»Meine Mondnüsse!«, bellte ich, stand auf, ging zum Baumstamm und strich mit den Fingern darüber. Die neue Magie, die ich hinzugefügt hatte, ließ niemanden außer Cal, Max und mir hinein. Keiner von uns beiden hatte Max von diesem Ort erzählt, obwohl er in einem schmuddeligen Zimmer im neuen Palast schlief. Aus irgendeinem Grund hielten wir dieses Baumhaus streng geheim und kehrten jeden Abend spät hierher zurück, als würden wir es vor allen anderen verstecken wollen.

Caleb war immer da, wenn ich ankam, und ich rollte mich wortlos in seine Arme und schlief ein. Das war's. Ich wusste, dass er es aufgrund meiner Formgebungsbedürfnisse tat. Aber ich kam immer wieder zurück, weil mich mein trauriges, erbärmliches kleines Herz geradezu anbettelte, es zu tun. Und ich gab diesem Muskelklumpen immer nach und ließ mich von ihm in mein Verderben und darüber hinaus führen.

Die Erleichterung, die ich jedes Mal verspürte, wenn ich zu ihm ins Bett schlüpfte, war euphorisch. Den ganzen Tag über sammelten sich die Spannungen in meinen Muskeln, bis schließlich alles wehtat. Und dieser Schmerz löste sich erst dann auf, wenn ich mich zu ihm legte. Es war, als würde ich Nacht für Nacht ein süß schmeckendes Gift trinken, von dem ich wusste, dass es eines Tages meine Eingeweide schmelzen würde. Aber ich war süchtig nach seinem Geschmack.

Ranken schlängelten sich von oben herab, wickelten sich um den Baumstamm und bildeten eine Leiter, und ich kletterte auf den Balkon, ließ mich auf den moosbewachsenen Schaukelsitz fallen und schob meine Finger in Calebs Haare, um sie mit meiner Luftmagie zu trocknen. Es war eine instinktive Handlung, eine, die ich schon unzählige Male für ihn getan hatte. Aber seinem Blick nach zu urteilen, hätte ich es vermutlich nicht tun sollen.

Ich hatte die Grenze wieder überschritten. Meine Absichten waren nicht mehr rein. Ich wollte ihn. Verdammt, ich musste es verbergen, meine Fassung wahren und die Festung, die ich um meine Gefühle gebaut hatte, verstärken, bevor er die Wahrheit sah. Ich war schon immer sehr gefühlvoll mit den Erben umgegangen, das lag in meiner Natur. Aber jetzt fühlte sich jede Berührung, die ich Caleb anbot, wie ein Geheimnis an, dem wir keine Stimme geben durften.

Er hat mir nie befohlen, aufzuhören, aber gleichzeitig hat er mir auch nie vorgeschlagen, weiterzumachen. Außer in den Momenten, in denen er selbst ein Ventil brauchte. Einen Moment der Schwäche, einen heißen Körper an seinem. Aber dafür hatte er jetzt Tory.

Er hatte schon so lange nichts mehr in diese Richtung initiiert, dass ich mir ziemlich sicher war, dass wir nie wieder dorthin zurückkehren würden. Hatte er sich wieder in sie verliebt? Hatte er sie jemals wirklich abgeschrieben?

»Danke«, murmelte er, als ich meine Hand fallen ließ und ihm ein lässiges Lächeln schenkte. Nicht der Rede wert. Aber ihn so zu berühren, war heutzutage alles wert.

»Der Kaffee riecht gut«, sagte ich, hauptsächlich, um irgendetwas zu sagen. In einer Geschwindigkeit, die geradezu schwindelerregend war, verschwand er nach drinnen und kam einen Augenblick später wieder zurück und drückte mir meine eigene Kaffeetasse in die Hand, ohne auch nur einen Tropfen zu verschütten.

Ich nahm einen Schluck von dem milchigen, zuckerhaltigen Gebräu, das genau nach meinem Geschmack zubereitet war, und schlürfte gierig das Koffein hinunter. Der Kriegsrat hatte so lange getagt, dass mein Kopf pochte und die Müdigkeit meine Knochen quälte. Der Kaffee machte mich wieder etwas munterer.

»Ich hatte noch keine Gelegenheit, dir davon zu erzählen, und ich wollte es auch nicht im Kriegsrat erwähnen, denn ich bin mir ziemlich sicher, dass unsere Eltern ausgerastet wären – vor allem meine Mutter. Aber im Palast ist etwas passiert. Zwischen Orion und mir«, sagte Caleb.

»Was meinst du?«, fragte ich.

»Unsere Gedanken haben sich irgendwie verbunden«, sagte er mit einem Stirnrunzeln. »Ich habe seine Stimme in meinem Kopf gehört und konnte durch seine Augen sehen.«

»Fuck«, hauchte ich. »Du meinst, er hat deine Gedanken gehört?«

»Ja, ich glaube schon«, sagte er und ich schaute finster drein. Ich war grün vor Neid – obwohl dieses Gefühl angesichts dieser Neuigkeit vermutlich keine Priorität haben sollte.

»Kannst du das wiederholen?«, fragte ich.

»Ich habe es versucht«, seufzte er. »Ich weiß nicht, wie ich es anstellen soll.«

»Kannst du es an mir ausprobieren? Oder ist das eine Zirkelsache?«, fragte ich, wobei ich den Neid in meiner Stimme unterdrückte.

Wie kam es, dass jeder hier ausgefallene Bande und funkelnde Markierungen erhielt? Ich hatte noch nie etwas Derartiges bekommen, und ich war schon auf dem Mond gewesen. Dafür hatte ich nicht einmal einen kleinen Ring im Auge oder eine Mondsichel hinter meinem Ohr erhalten. *Oh, ein Mondgefährte zu sein ... Davon konnte ein Wolf nur träumen.*

»Es ist eine Zirkelsache. Glaube ich«, sagte er, und ich nickte und blickte auf das Meer hinaus, wo die Sonne langsam unterging. Ein weiterer Tag war vorbei. Eine weitere Schlacht verloren. Befanden sich auf diesem schwimmenden Felsen die letzten Überreste einer sterbenden Rebellengruppe? Wenn wir alle ausgelöscht waren, würde Lionels Herrschaft dann immer weitergehen? Oder würden sich eines Tages andere gegen ihn erheben?

Mir gefiel der Gedanke nicht, dass wir die Einzigen waren, die kämpften. Nicht, wenn die Niederlage immer wieder an unsere Tür klopfte.

»Wir sollten uns etwas ausruhen«, sagte Caleb und mein Blick flackerte zu ihm zurück. Er sah mich aufmerksam an und seine marineblauen Augen schienen direkt in den Hohlraum meiner Brust zu blicken, wo mein Herz seinen Namen rief. Im Geiste legte ich eine Hand auf sein verräterisches kleines Mundwerk, aber es verriet mich trotzdem, denn es pochte wie wild, was er sicherlich hörte. Sein Knie stieß gegen meins und seine Finger streiften mein Bein, als er seine Hand zwischen uns fallen ließ. Und das Verlangen, das ich für ihn empfand, wurde stärker.

Er schien mir näher zu sein als zuvor, der Abstand zwischen unseren Mündern verringerte sich, und ich war mir nicht sicher, ob es an mir oder an ihm lag, dass wir uns zueinander neigten. Wahrscheinlich an mir.

Meine hoffnungslose Sehnsucht nach ihm machte mich immer schwach, und wenn es eine Chance gäbe, erneut die Rauheit seines Mundes auf meinem zu spüren, würde ich sie hier und jetzt ergreifen, meine quälenden Fragen an der Tür zurücklassen und bereitwillig in mein Verderben gehen.

»Huhuuuuu, wer wohnt denn in dieser borkigen Behausung?« Washers Stimme ließ mich auffahren, als hätte er mir einen heißen Schürhaken in den Arsch geschoben, und ich zog meine mentalen Mauern hoch, bevor seine Sirenengaben mich auch nur annähernd berühren konnten.

Caleb saß plötzlich am anderen Ende der Schaukel, fuhr mit der Hand durch seine Haare und sah aus, als wäre er mir nie auch nur einen Zentimeter näher gewesen. Aber ich konnte die anhaltende Hitze seines Atems auf meinen

Lippen spüren. Meine Fantasie war ein ziemlich verrücktes Ding, aber das war echt gewesen … oder nicht?

»Entschuldigt, dass ich in eure kleine Wohlfühloase geblubbert bin«, rief Washer und machte ein paar Ausfallschritte auf dem Rasen unterhalb des Baumhauses. Er trug eine hautenge Yogahose – der Teufel wusste, woher er die hatte –, und seine Brust war nackt. Die hellblauen Schuppen seiner Formgebung umspielten seine sonnenverbrannte Haut. »Einige der Rebellen versammeln sich unten am Nordstrand zu einem kleinen himmlischen Spektakel. Wir haben Vollmond – welcher im Dezember auch als kalter Mond bezeichnet wird. Und was noch besser ist: Venus wird rückläufig. Die sinnliche Planeten-Lady wird etwas von ihrer Soße tief in unsere Spalten schieben. Und obwohl wir gerade alle ein bisschen niedergeschlagen sind, sollte es Venus gelingen, unsere Geister wieder geschmeidig, warm und beweglich zu machen. Wie hört sich das an, Jungs?«

»Ich weiß nicht … Du hast etwas Großartiges als absolut abstoßend dargestellt.« Ich schnitt eine Grimasse.

Mir war total entgangen, dass heute Nacht Vollmond war. Kein Wunder, dass ich mich heute besonders zu Caleb hingezogen fühlte – meine Instinkte waren verdammt geschärft.

»Sei kein albernes Würstchen, Capella! Wir müssen weiterpumpen und die Vorteile nutzen, die der Himmel uns bietet. Heute Nacht können wir in die Ritzen unseres Verstandes eindringen, um die Antworten zu finden, die uns helfen werden, diesen Krieg zu gewinnen«, erklärte Washer. »Die rückläufige Venus bietet außerdem die perfekte Gelegenheit, über die Liebe der Vergangenheit und die Fehler, die wir in unseren Beziehungen gemacht haben, nachzudenken. Wir alle werden heute Nacht die Chance für einen Neuanfang bekommen. Auch in Herzensangelegenheiten. Als zusätzlichen Bonus werden wir alle ein bisschen geil sein.«

Er lachte laut und ließ sich tiefer sinken, wobei die Hose in seinem Schritt noch enger wurde, sodass wir die klaren Umrisse seines Schwanzes und seiner Eier sehen konnten.

»Bei den Sternen!« Caleb stand auf und sah auf mich herab. »Betrink dich mit mir!«

Ich nickte bereits, und in meiner Brust pochte es vor Aufregung, denn verdammt, nach allem, was passiert war, wollte ich nur noch abtauchen und alle unsere Probleme vergessen.

»Ja, ja, ja!« Ich sprang auf, leckte ihm die Wange und bellte.

Er zerzauste meine Haare und grinste mich an. »Braver Junge«, stichelte er und entweder spielte Venus bereits mit mir oder ich war einfach viel zu heiß auf meinen besten Freund, denn mein Schwanz führte einen Freudentanz in meiner Hose auf.

»Trag mich!« Ich sprang auf seinen Rücken, und er schlang meine Beine um seine Taille, bevor er direkt über das Balkongeländer sprang.

Wir rauschten auf den Boden zu und ich streckte meine Handfläche aus, um Luft unter Calebs Füße zu wirken, sodass er über Washers Kopf hinwegsegelte. Er johlte vor Freude, als wir unseren widerlichen Professor hinter uns ließen.

Wir bewegten uns schnell über die Insel, flogen über die Köpfe einer Gruppe von Rebellen hinweg, die in der Trainingsarena kämpften, und passierten dann das riesige falkenförmige Nest, das Leon und seine Familie gebaut hatten und das dazu beitragen sollte, Gabriels Gedanken auf diese Zweige – und diese Zweige allein – zu lenken. Wobei der Begriff Zweige stark untertrieben war. Es war ein Nest, das über alle anderen Nester erhaben war, und ich vermutete, dass so etwas für eine Harpyie im Grunde genommen ein Porno sein musste. Also, yay, Gabriel!

Doch dann musste ich an Lavinia in ihrem schrecklichen Schattennest denken, wo sie diese abscheuliche Schattenbrut in die Welt gesetzt hatte. Die Schattenbrut, die damit beschäftigt gewesen war, am Kopf irgendeines armen Arschlochs zu knabbern. Sofort wurde mir flau im Magen.

Ich klammerte mich noch fester an Caleb und versuchte, die Erinnerungen zu vertreiben, aber sie verfolgten mich – genau wie diese Dämonenvagina. Sie hatte mich in sich aufsaugen wollen, um mich nie wieder loszulassen, dessen war ich mir sicher. Es war, als hätte sie mich für ihre nächste Mahlzeit markiert. Dieses klaffende Ding dachte sicher auch jetzt noch darüber nach, mich zu verschlingen.

Nein, nein, nein, ich kann nicht einfach so in den Fängen einer Monstervagina sterben.

»Seth, du erwürgst mich!«, stieß Caleb hervor, und ich merkte, dass mein Arm fest um seinen Hals gelegt war.

Ich lockerte meinen Griff und konzentrierte mich auf den Alkohol, auf den wir zusteuerten. Wie viel würde ich wohl trinken müssen, um Lavinias Horrorloch zu vergessen?

Als wir am Strand ankamen, wo die Party bereits voll im Gange war, sprang ich von Calebs Rücken, lief los und schnappte mir eine Flasche Rum aus einer Holzkiste, die jemand dort abgestellt hatte. Wahrscheinlich derjenige, der »Hey!« rief, als ich mit seinem Rum davonlief. Aber so spielte das Leben nun mal.

Ich entdeckte Geraldine im Wasser, nackt und mit dem Gesicht zum Horizont, während sie einen seltsamen Tanz aufführte, den eine Gruppe von Rebellen, darunter auch Justin Masters, mit ihr veranstaltete.

»Das wird Max nicht gefallen«, sagte ich und zeigte mit der Rumflasche auf sie, als ich zu Caleb zurückkehrte.

»Sieht nicht so aus, als wäre er schon da.« Caleb schaute sich um und ich schnippte den Deckel vom Rum und fragte mich, wo Max abgeblieben war. Als ich ihn zuletzt gesehen hatte, war es zwischen ihm und Geraldine heiß hergegangen, aber jetzt war sie splitterfasernackt – und er nirgends zu sehen.

Ich nahm einen großen – einen wirklich großen – Schluck von meinem gestohlenen Schnaps und bettelte im Stillen darum, dass er den Strudel aus Liebeskummer, Dämonenvagina und Trauer beruhigte, der meinen Verstand verstopfte. Das Zeug brannte wie Sau und ich hatte bereits die Hälfte der Flasche geleert, als Caleb sich umdrehte und sie mir entriss.

»Mach mal langsam, Arschloch«, sagte er und nahm selbst einen Schluck. Mein Kopf schwirrte bereits.

»Hey, Hadley!«, rief Caleb, der seinen Bruder am Feuer entdeckt hatte, wo er mit den Flammen spielte und mit seiner Magie verschiedene Formen erzeugte. Mein kleiner Bruder Grayson und meine Schwester Athena saßen ihm gegenüber.

Calebs Bruder stand auf, verließ das Feuer und kam auf uns zu. Er strich sich eine dunkle Haarsträhne aus den Augen und sah so angepisst aus, als hätte er eine Mistgabel im Hintern stecken.

»Was ist denn mit dir los?«, fragte Caleb.

»Athena ist eine echte Bitch. Aber das ist ja nichts Neues«, sagte er.

»Pass auf, was du sagst, sonst reiße ich dir die Zunge raus!«, knurrte ich und stellte mich ihm entgegen.

Hadley schnaubte und sah aus, als würde er es wirklich mit mir aufnehmen wollen. Und obwohl ich Cals kleinen Bruder nicht verprügeln wollte, wäre ich mehr als bereit dazu, wenn er nicht aufhörte, meiner Schwester gegenüber ein Arschloch zu sein.

»Schön«, sagte Hadley trocken. »Athena ist eine Hündin.«

»Schon besser.« Ich trat vor, um seinen Kopf zu streicheln, aber er schlug meine Hand mit einem Knurren weg. Wütender kleiner Vampir. Er hatte nicht Calebs lockeres Auftreten, sondern war immer so fürchterlich angespannt, als würde er gleich zubeißen wollen. »Sei nett, oder du darfst überhaupt nicht mit ihr spielen.«

Hadley verdrehte die Augen, sagte aber nichts mehr, und ich fegte an ihm vorbei, ließ ihn mit Caleb stehen und rannte auf meinen Bruder und meine Schwester zu. Ich stieß sie von dem Baumstamm, auf dem sie saßen, und drückte sie gegen meine Brust.

»Argh, Seth!«, knurrte Athena und versuchte, sich loszureißen, aber Grayson lachte und schmiegte sich an mich. Im Ernst, Athena war die unwölfischste Person meiner Familie. Die Hälfte der Zeit musste man sie zum Kuscheln zwingen, aber am Ende ließ sie sich immer erweichen. Sie kämpfte gegen ihr Bedürfnis nach Knuddels an, aber jeder brauchte Knuddels.

Ich kraulte ihre Köpfe, drückte sie fest an mich und erinnerte sie daran, dass ich ihr großer Bruder und Alpha war. Wenn ich also eine Umarmung wollte, dann bekam ich auch eine.

Als ich endlich losließ, schmollte Athena und sah sich um, als hätte sie Angst, dass ich ihren guten Ruf beschädigt hatte.

»Was ist los, Kleines?« Ich klopfte ihr mit den Fingerknöcheln gegen die Wange, und sie schlug meine Hand weg.

»Sie ist sauer auf Hadley«, erklärte mir Grayson. »Weil sie in ihn verliiiiiebt ist.«

»Halt die Klappe!« Athena schlug mit einer Faust auf den Arm ihres Zwillings und knurrte dabei. »Ich liebe ihn nicht, ich verachte ihn. Er ist wie ein Floh, der nicht sterben will.«

»Athena!«, schnauzte ich. »Sag so etwas nicht. Du willst nicht, dass Hadley stirbt.«

Sie schürzte die Lippen. »Vielleicht will ich das eben doch.«

»Was ist passiert?«, fragte ich besorgt und drehte mich zu ihr um.

Grayson wimmerte und versuchte, Athena zu streicheln, aber sie schob ihn weg und schaute auf das Feuer, anstatt auf uns beide.

»Hadley hat die Postkarte gefunden, die Athena von ihrem Freund Levi bekommen hat«, flüsterte Grayson mir zu, als könnte Athena ihn nicht hören. Mein Herz wurde schwer, als ich mich an den Jungen erinnerte, mit dem Athena zur Highschool gegangen war. Sie waren jahrelang beste Freunde gewesen, aber dann war Levi bei einem Familienbesuch in Alestria bei einem Autounfall mit Fahrerflucht ums Leben gekommen. Athena war nie darüber hinweggekommen. Am Tag vor seinem Tod hatte er Athena eine Postkarte geschickt, um ihr von seinem Trip zu erzählen. Aber noch schlimmer war, dass er ihr in dieser Nachricht seine Gefühle für sie offenbart hatte. Und sie hatte nie einen Schlussstrich unter die Sache ziehen können, weil er getötet worden war, bevor sie noch einmal mit ihm hatte sprechen können.

»Halt die Klappe, Gray!«, knurrte sie, aber er fuhr fort, senkte seine Stimme noch mehr und rückte näher an mich heran. Als würde das etwas ändern.

»Hadley hat ein Foto davon gemacht, es auf FaeBook veröffentlicht und Athenas ›geheimnisvollen Liebhaber‹ aufgefordert, sich zu melden. Levi hat schließlich nicht einmal seinen Namen daruntergesetzt. Aber Hadley weiß nicht, dass er tot ist, und Athena will es ihm nicht sagen«, flüsterte er.

»Wer ist tot?« Hadley schoss blitzschnell zu uns zurück und sah auf Athena hinunter, die ihre Kiefer aufeinanderpresste, als würde sie ihre Zähne zu Staub verwandeln.

»Niemand. Verpiss dich!«, schnauzte sie ihn an und stand auf. Er war größer als sie, aber sie sah genauso knallhart aus, als sie die Schultern zurückrollte und sich auf einen Kampf vorbereitete.

»Was ist dein Problem?«, zischte er. »Kannst du es nicht ertragen, dass ich deine geheime kleine Beziehung geoutet habe? Wen kümmert das schon? Was hat er zu verbergen? Ist er ein Anhänger des falschen Königs?« Hadley schnaubte.

Athena streckte eine Hand aus und schleuderte Hadley mit einem Stoß ihrer Luftmagie in Richtung Feuer.

Er fluchte und griff mit seinen eigenen Gaben nach dem Element. Sobald er wieder stand, sammelte er die Flammen zu einem Ball und schleuderte ihn auf sie. Sie sprang zur Seite, um auszuweichen, aber die Flammen versengten ihre Haarspitzen und sie keuchte und klopfte auf die Strähnen, bevor sie Feuer fangen konnten.

»Warum kannst du dich nicht einfach aus meinem Leben raushalten, Parasit?«, bellte sie.

»Es ist eine kleine Insel, Love, wo soll ich denn hin?«, entgegnete Hadley.

Sie fletschte die Zähne, der Wolf in ihr bäumte sich auf und ich fragte mich, ob das Ganze in einen Kampf ausarten würde.

»Wie wäre es mit dem Meer? Schwimm auf den Grund des Ozeans und versuch, eine Stunde lang die Luft anzuhalten!«, sagte Athena kalt.

Hadley atmete geräuschvoll durch die Nase aus, obwohl ich in seinen Augen sah, dass ihn diese Worte verletzt hatten, bevor er die Welt wieder ausschloss und sein Gesicht zu einer eisigen Maske des Hasses wurde. Er ging direkt auf sie zu, stieß aber ein paar Zentimeter vor ihrem Körper gegen einen Luftschild, woraufhin sie ihn herausfordernd anfunkelte.

»Warum verschwindest du nicht und suchst deinen Loverboy?«, höhnte er. »Wirst du ihm erzählen, wie du neulich die Beine für mich breitgemacht und meinen Namen gestöhnt hast, als wäre er dein liebster Stern am Himmel?«

Athena wurde blass, und ich sprang mit einem Knurren auf die Füße.

»Du hast versprochen, das niemandem zu sagen«, flüsterte Athena entsetzt angesichts seines Verrats, und Hadleys Unterkiefer zuckte.

»Für wen schämst du dich mehr? Für mich oder deinen geheimen Freund?«, fragte er gehässig. »Denn vielleicht sollten wir es sein, die sich für unsere Schwäche für dich schämen.«

»Das reicht!«, schnauzte ich und ging auf sie zu, aber Athena schüttelte den Kopf, drehte sich um und rannte in die Menge.

Ich erwischte die Kapuze von Hadleys Pullover mit meiner Faust, bevor auch er in die Ferne schießen konnte, und er knurrte, als er mich ansah. *»Was?«*

»Erstens: Wenn du noch einmal so mit ihr redest, reiße ich dir die Eier ab und lasse sie dich einzeln schlucken. Zweitens: Sie hat keinen geheimen Freund. Die Postkarte stammt von einem Jungen, der vor Jahren gestorben ist. Er war ihr bester Freund in der Highschool und mehr werde ich dazu nicht sagen, denn es ist nicht meine Aufgabe, dich zu erleuchten. Aber wenn Athena dir jemals diesen Schlamassel verzeiht, dann wird sie es dir vielleicht erzählen. Ich vermute aber, dass das nicht der Fall ist. Und wenn du dich nicht bis zum Morgengrauen bei ihr entschuldigst, werde ich mit meiner Drohung ernst machen. Dann breche ich dir vielleicht auch die Beine. Und vielleicht reiße ich dir die Ohren ab und verfüttere sie an einen hungrigen Delfin. Dein Körper besteht aus einer Vielzahl an Einzelteilen, Hadley, und da draußen schwimmen eine Menge Delfine durch die Gegend.« Ich drehte seinen Kopf zum Meer und klopfte ihm dann kräftig auf den Rücken, sodass er in Richtung meiner Schwester davon stolperte.

Er schaute über seine Schulter zu mir zurück, der Schock war ihm anzusehen.

»Er ist tot?«, röchelte er.

»Ja«, bestätigte ich. »Und sie konnte sich nie von ihm verabschieden. Also, wer ist jetzt die Bitch?«

»Fuck.« Er raufte sich die Haare und schoss dann wie ein Blitz von uns weg, wobei er den Namen meiner Schwester rief. Ich fragte mich, ob er sie wirklich finden würde, denn sie war wirklich gut darin, sich zu verstecken, wenn sie es wollte. Aber andererseits war Hadley ein Vampir mit einer offensichtlichen Vorliebe für ihr Blut, also hatte er wahrscheinlich eine halbwegs gute Chance.

Ich drehte mich zu Grayson um, der an einem Bier nippte und vom Baumstamm zu mir aufschaute. Er machte sich nichts aus Dramen, sondern war eher der Typ, der mit dem Strom schwamm. »Die beiden müssen einfach mal miteinander reden.«

»Ich weiß nicht. Athena verzeiht nicht so einfach«, sagte ich. »Mit einer Entschuldigung wird es nicht getan sein.«

»Ja ...« Grayson stand auf und schaute an mir vorbei. Ich drehte mich um und meine Aufmerksamkeit fiel auf Max, der in einem eng anliegenden schwarzen Shirt und Jeans den Strand entlangmarschierte. Er wirkte angespannt, und sein Blick galt der nackten Geraldine im Wasser.

»Gerry!«, rief er, aber wenn sie ihn hörte, zeigte sie das zumindest nicht. Sie hüpfte weiter mit erhobenen Armen im Wasser herum, während die A. N. U. S.-Mitglieder um sie herum ihre Bewegungen nachahmten. »Zieh dir wenigstens einen Bikini an!«

Sie warf einen Blick über die Schulter, ihre karmesinroten Haare klebten auf ihrem Rücken und ihr Blick wurde scharf, als er voll bekleidet auf sie zuwatete. »Wie sollen dann meine süßen Blumen die erotische Kraft der Venus aufnehmen, wenn sie sich in ihre glorreiche Rückläufigkeit begibt, du alberner Seebär?«

Geraldine sprang in die Luft, drehte sich um die eigene Achse und landete vor ihm, wobei ihre riesigen Titten wippten und fast sein Gesicht trafen.

Justin stand ganz in der Nähe – mit offenem Mund, als er das Wippen von Geraldines Brüsten im Wasser beobachtete. Max stürzte sich mit einem wilden Knurren auf ihn, zog Justin in eine Welle und verschwand mit ihm unter Wasser. Vermutlich, um diesem ein nasses Ende zu bereiten oder so.

Ich lachte leise, während Geraldine den Kopf schüttelte und zu ihrem Tanz zurückkehrte.

Justins Kopf schnellte über die Wasseroberfläche, aber im nächsten Moment wurde er wieder nach unten gerissen. Sein Schrei wurde erstickt, als Max ihn in die Tiefen des Meeres entführte.

Mann, ich liebte diesen Kerl.

Calebs Hand landete auf meinem Rücken und ich zuckte zusammen. Ich wusste, dass er es war, noch bevor ich einen Blick in seine Richtung wagte und ihn dabei ertappte, sich noch mehr Rum zu Gemüte zu führen. Ich riss ihm die Flasche aus der Hand und spritzte ihm dabei eine ganze Ladung Rum ins Gesicht. Er fluchte laut, während ich meine Lippen um den Flaschenhals schloss und die Flasche leerte.

Meine Gedanken waren zwischenzeitlich ernsthaft verworren, und ich lächelte ihn dümmlich an, während ich die Flasche aus meinen Fingern gleiten ließ. Mein Blick fiel auf den Mond, der gerade hinter seinem Kopf aufging und ihn in seinem silbernen Licht erstrahlen ließ.

»Bleib genau so stehen«, flüsterte ich und holte meinen neuen Atlas aus der Tasche. Ich streckte meine Hand aus, verstrubbelte seine Haare ein wenig und arrangierte eine goldene Locke so, dass sie ihm in die Augen fiel.

»Was machst du da?«, fragte er grinsend.

»Ssschh, ich bin noch nicht fertig«, hauchte ich. »Und hör auf zu grinsen.«

Ich berührte seine Lippen und seine Augen leuchteten auf, als ich sie ein wenig nach unten zog, was ihm gerade genug Intensität verlieh, aber auch einen Look von purem Sex-Appeal. Ich hatte ihn schon öfter für Zeitschriften in Pose gesetzt, also war das hier nichts Besonderes. Nur, dass dieses Foto vielleicht für mich war.

Ich hob den Atlas, öffnete die Kamera-App und streckte dann erneut die Hand aus, um seinen Kopf einen Zentimeter nach links zu neigen, sodass seine Augen im Schatten lagen und sich das Licht hinter ihm intensivierte.

»Perfekt«, sagte ich, schoss das Foto und grinste, als ich ihm das Ergebnis zeigte.

»Du hast ein gutes Auge«, sagte er, nahm mir den Atlas aus der Hand und öffnete FaeBook.

»Nein, warte«, beschwerte ich mich, weil ich das Bild für mich hatte behalten wollen, aber er war schon dabei, es hochzuladen.

Er legte seinen Arm um meine Schultern, zog mich an sich und schoss ein Foto von uns beiden. In letzter Sekunde setzte ich ein wölfisches Lächeln auf, damit ich auf dem Bild nicht schmollte. Er fügte es dem Post hinzu und fing an, etwas zu tippen, wobei er sich von mir entfernte, damit ich es nicht sehen konnte.

»Was machst du da, Cal? Erklärst du deine unsterbliche Liebe für mich?«, fragte ich scherzhaft und ein kleiner Teil von mir wimmerte innerlich, als ich mich an meinen eigenen Worten schnitt.

Er schnaubte. »In deinen Träumen«, sagte er.

»Meine Träume sind für interessante Szenarien reserviert«, sagte ich leichthin und tat so, als wäre mir das alles scheißegal. Dabei waren mir so viele Dinge nicht egal.

Er schickte den Post ab und warf mir meinen Atlas zurück, den ich aus der Luft auffing. In der nächsten Sekunde stand Caleb hinter mir, wirkte eine Stillekuppel um uns herum und sprach mit leiser Stimme dicht an meinem Ohr: »Wie zum Beispiel den Sex mit einem deiner besten Freunde?«

Meine Kehle wurde eng, und ich drehte mich mit einem Knurren zu ihm um. Er stakste um mich herum und begegnete meinem Blick mit einer dunklen Emotion in seinen Augen.

»Wenn wir ficken würden, würdest du dich in mich verlieben«, meinte ich lachend – und absolut unecht. »Ich weiß, wie man fickt, ohne dem Ganzen eine Bedeutung zu geben.«

Warum sagte ich solche Sachen? Um ihm zu versichern, dass er mich haben konnte und ich unsere Beziehung nicht unangenehm machen würde? Bei den Sternen, ich war erbärmlich. Aber der Rum sagte: »Ja«, und Venus sagte: »Doppeltes Ja«, und mein Schwanz befand sich in der unendlichen »Ja«-Region. Und deshalb stand ich hier und versprach, mich nicht in einen Mann zu verlieben, den ich liebte, seitdem er mir ein Ticket zum Mond gekauft hatte. Ich war ihm verfallen und konnte nichts dagegen tun.

»Dessen bin ich mir bewusst«, sagte er kühl, und ich war mir nicht sicher, womit ich ihn verärgert hatte, aber es schien immer so zu sein, wenn wir miteinander schliefen. Vielleicht lag es aber auch nur daran, dass Tory nicht hier war und er etwas Schnelles und Einfaches wollte, während sie außer Sichtweite war. Es schien eine dumme Idee zu sein, aber andererseits war Venus heute Abend aktiv und es war nicht so einfach, den himmlischen Trieben zu widerstehen.

»Du lässt dich auf niemanden richtig ein, was, Seth?«, drängte er. »Ich bin nur eine Nummer in einer langen Reihe von Eroberungen. Aber der Unterschied ist, dass ich kein alberner Beta oder Omega bin, sondern ein Alpha.«

Ich griff nach seiner Kehle. Für alle anderen um uns herum sah es sicherlich so aus, als würden wir mitten in einem Kampf stecken. Aber es war mehr als das. Es war ein Kräftemessen, und die ganze wütende sexuelle Dominanz zwischen uns prallte in der Luft aufeinander.

»Du hast keine Ahnung, wie man einen Mann befriedigt. Du hattest vielleicht schon viele Mädchen in deinem Bett und hast sie auf Kommando zum Orgasmus gebracht, aber in diesem Bereich bist du noch Jungfrau. Und das macht mich in dieser Situation zum Leitwolf. Wenn du lernen willst, dann bringe ich es dir bei, Cal, aber du musst dich mir hingeben, und ich glaube nicht, dass du den Mut dazu hast.«

Ich schob ihn von mir weg, stolzierte an ihm vorbei und ließ unsere Stillekuppel platzen. Ich ließ ihn zurück, ohne mich umzudrehen, aber ich zeigte dem ersten Kerl, den ich sah, das Peace-Zeichen, für den Fall, dass Cal mich beobachtete. Wie sich herausstellte, handelte es sich um einen Nemeischen

Löwen, der gerade dabei war, zu demonstrieren, wie er sich selbst den Arsch lecken konnte. Großartig. Einfach nur großartig.

Mein Blut war in Wallung, und der Einfluss der Venus wurde immer stärker, je später es wurde.

Ich warf einen Blick auf meinen Atlas und sah mir den Beitrag an, den er auf FaeBook gepostet hatte. Das Foto von uns beiden dominierte den Beitrag, während er unsere Fangirls aufforderte, ihre Kommentare abzugeben.

Seth Capella:
Wo seid ihr, meine Moonbitches? Und was ist mit Calebs Chicks? Sagt uns: Wer sieht heute Abend heißer aus?
#dieheißeseitedeskrieges #lamelionelhatnichtsolchewangenknochen

In der Vergangenheit hatten die Zeitschriften alle möglichen Umfragen zu diesem Thema für uns vier durchgeführt, aber die Antworten waren immer unterschiedlich ausgefallen, je nachdem, um welche Zeitschrift es sich gehandelt hatte. *Elemental Weekly* hatte Abonnenten aus all unseren Fandoms, und bei der letzten Umfrage, an die ich mich erinnern konnte, waren Max' Minions in der Überzahl gewesen. Aber im Monat davor hatten Darius' Diven uns alle plattgemacht. Caleb und ich hatten einen Monat lang Kopf an Kopf gelegen, bis er mir den Sieg in letzter Minute weggeschnappt hatte. Letztes Jahr hatte ich jedoch zwei Monate in Folge gewonnen, und hatte ich das vergessen? Nein, niemals.

Mein Ego lockte meine Augen zu den Kommentaren unter dem FaeBook-Post und ich zählte im Geiste nach, wer bisher in Führung lag.

Kommentare
Kathleen Goodwin: *Ich scheine eine Brücke zwischen zwei Türmen zu sein. Denn hier entscheide ich mich auf keinen Fall für nur einen von beiden! #meinwegdeinefahrt #zweibahnstraße #brückenbros #zweierbeneinweg #überfahrtgratis #teambrücke*
Sophie Ruddock: *ICH WÜRDE STERBEN, WENN ICH CALEB ALTAIR SO NAH KOMMEN DÜRFTE. #heißestererbe #ichstehebenaufreißzähne #meinaltairspieltkeinerolle #altairschwedeistderheiß*
Melanie Sivulovic: *Sethhhhhh! Ahhhhhhh, bitte, bitte, bitte antworte auf meinen Kommentar!!!!! BEI DEN STERNEN, natürlich bist du heißer! Du bist so heiß, dass ich heulen muss. Awoooo! #ichheulefürseth #oberalpha #dubistmeinmond*
Robyn Johnson: *Niemand wird jemals mit Darius mithalten können. Ich wette, sogar seine Leiche ist heiß #totaberturntmichan #knochenzumanbeißen #sexyselbstimsarg*
Mandi Atkinson: *DAS IST NICHT WITZIG! WAGE ES NICHT, NOCH EINMAL SO ÜBER IHN ZU SPRECHEN!! ICH MACH DICH FERTIG, VERDAMMT NOCH MAL! MEINE ADRESSE IST SOLIUM DRIVE 112 – KOMM VORBEI, WENN DU DICH TRAUST!*
Eve McGaughey: *Der Geist von Darius hat mich tatsächlich besucht. Ich habe noch niemandem davon erzählt, weil er mir gesagt hat, dass ich es nicht erzählen soll. Es war eine wilde Erfahrung. Er ist mitten in der Nacht in mein Bett gekommen und hat sein riesiges Drachenfleisch in meinem Fae-Flan*

versenkt #geisterkommenhart #totundtrotzdemunaufhaltsam #geistmitgröße
Ashley Mathews: *Ich betreibe einen Kink-Laden namens Kinky Farm und das Geschäft boomt, seitdem wir eine neue Reihe von Pegasex-Puppen eingeführt haben, zu denen auch ein aufblasbarer Caleb Altair gehört. Außerdem ist unser Calegasus-Glitzer-Gleitgel immer ausverkauft. Es ist wunderbar, was er für die Kink Community getan hat #schämteuchnichtfürformgebungssex #pegasexpuppenjetztimsale #scharfecalebaltairkunstgibtsgratisdazu*
Nat Lenny: *BDS!!! Seth du siehst SO gut aus. Unglaublich, dass du dir die Zeit nimmst, mit uns niederen Ameisen zu sprechen, während ihr alle damit beschäftigt seid, in diesem Scheißkrieg zu kämpfen! #dubistsomutig #ichwürdesofortandeinerseitekämpfen #wiewärsmiteinembündnis*
Lucy Burfoot: *Ich gehöre zur Gruppe #stutenfüraltair und ich bin stolz darauf! #sattelnundabgehts #auchstutenkönnenbluten #wiewärsmiteinemgebissvergleich #kommholdaslassoraus*
Hannah Maye: *Ich würde mich von dir verschlingen lassen, wenn du mich im Wald aufsammeln würdest, Seth! #großerböserwolf #rothäppchen*

Die Zahl der Kommentare nahm zu, und ich steckte meinen Atlas weg, während ich zum Wasser hinunterging. Die ganze Aufmerksamkeit hatte meine Stimmung ein klitzekleines bisschen gehoben. Ich zog mein Shirt aus, um mich Geraldine bei ihrem wilden Tanz anzuschließen, denn ich wollte mehr über den erotischen Nippelsaft erfahren, den sie erwähnt hatte. Doch bevor ich in die schäumende Flut trat, flog Justin aus dem Wasser und schleppte sich den Strand hinauf. Fünfzig Seesterne klammerten sich an seinen Körper und hinterließen blutige Striemen auf seiner Haut.

»Sie fressen mich!«, jammerte er, als Max hinter ihm aus dem Wasser stieg. Er wirkte wie ein heißer mystischer Wassermann auf Rachefeldzug. Seine Sirenengaben quollen regelrecht über, und mein Magen knurrte vor Hunger, als mich die Magie traf, die er den Seesternen einpflanzte.

»Schnapp ihn dir, Max«, ermutigte ich ihn, und er warf mir einen wilden Blick zu, bevor er Justin an den Knöcheln packte und ihn zurück in die Wellen schleuderte. Max stürzte sich auf ihn wie ein Killerwal, der eine kleine schwabbelige Robbe jagte, und Justins Robbsters Chancen standen nicht gut.

Ich watete hinaus zu Geraldine, zog auch den Rest meiner Klamotten aus und warf sie mit meiner Luftmagie zurück an den Strand. Bald stand ich in der Reihe der Arschlöcher, um meine innere Verrücktheit auszuleben, und tanzte im Takt mit ihnen, während wir in den Himmel blickten, wo Venus uns zuzwinkerte.

»Wartet auf mich, Venuslinge!«, rief Washer und rannte auf uns zu, um sich der Parade anzuschließen. Er gab mir einen Klaps auf den Hintern, sobald er in der Nähe war.

Ich schickte ihn mit einem Knurren und einem Luftzauber von mir weg, tanzte aber weiter, überließ dem Rum die Zügel und spürte, wie mein Schwanz unter Venus' Macht kribbelte. Auch meine Brustwarzen prickelten und heilige Scheiße, Geraldine hatte recht. Diese nackte Ozean-Rumba hatte es wirklich in sich.

»Gewähre uns deine amourösen Dienste, Mylady Venus! Sie mögen uns im Morgengrauen Klarheit verschaffen und uns dabei helfen, den nächsten Schritt in diesem Krieg zu erkennen!«, krähte Geraldine, wobei ihre Arme über ihr hin und her flogen. »Wir werden unter dem mondbeschienenen Himmel herumtollen, uns ausgiebig austoben und uns dann von dir zu den kristallklaren Wassern unseres Geistes führen lassen.«

»Komm für mich, Venus!«, brüllte Washer, rieb seine nackte Brust und zwickte sich in die Brustwarzen.

Ich rümpfte die Nase. Übelkeit bereitete sich in mir aus, als er anfing, seine Hüften zu einem Rhythmus nach vorn zu stoßen, der nur in seinem Kopf stattfand. Das nasse Klatschen seines Schwanzes auf die Wellen drang an meine Ohren, bis ich nichts anderes mehr hören konnte.

Nope, ich bin raus.

Mein Schwanz war stark genug – auch ohne die Kraft der Venus.

Ich wandte mich wieder dem Strand zu und suchte automatisch nach Caleb, aber ich konnte ihn in der Masse nicht finden. Mein Blick fiel stattdessen auf Leons Freund Carson, der mit seiner Tätowier-Ausrüstung neben ihm auf einem Baumstamm saß. Ein Fae-Licht schwebte über dem Arm des Typen, den er gerade tätowierte. Und plötzlich wusste ich genau, was zu tun war. Ich ging auf den langhaarigen Kerl mit den Faesney-Tattoos und dem mürrischen Gesicht zu und schubste den Fae, den er gerade tätowierte, auf den Boden.

»Ich bin dran«, forderte ich, wobei meine Worte etwas undeutlich waren, aber Carson hatte das bestimmt nicht bemerkt, denn er sah mich kühl an.

»Hey!«, rief der Kerl auf dem Boden, und ich sah zu ihm hinunter und knurrte ihn tief und bedrohlich an.

»Problem?«, zischte ich, und er erkannte, wer ich war. Er wurde blass, schüttelte den Kopf und huschte mit dem halb fertigen Venus-Tattoo auf seinem Arm davon.

»Ich will ein Tattoo«, sagte ich zu Carson.

»Kein Scheiß«, sagte er. »Aber der Laden ist geschlossen. Du hast mich gerade um einen guten Kunden gebracht, Arschloch.«

»Seine Tattoo-Idee war so langweilig wie eine Banane auf einer Brücke. Jeder kann sich die Venus stechen lassen, das macht ihn auch nicht heißer«, sagte ich.

»Es geht nicht darum, was er wollte, sondern darum, wo er es sich stechen lassen wollte. Weißt du, wie schmerzhaft ein Tattoo am Handgelenk ist?«, knurrte er, und ich runzelte die Stirn angesichts dieser seltsamen Bemerkung.

»Du stichst also gern an Stellen, die wehtun?«, fragte ich.

»Ja, aber ein zimperlicher Kerl wie du will sich bestimmt die Sterne auf die Brust tätowieren lassen, so wie jedes andere arrogante Arschloch und seine Oma. Oder vielleicht das Sternzeichen deiner Mommy?«

»Ich bin kein arrogantes Arschloch.« Ich packte sein Shirt mit der Faust, und er sah mich überrascht an. »Ich will ein Tattoo zwischen meinen Schulterblättern, direkt über meiner Wirbelsäule. Ist das schmerzhaft genug für dich?«

Ein langsames psychotisches Lächeln breitete sich auf seinen Lippen aus, und ich spürte, dass dieser Kerl unter seinen Faesney-Tattoos eine ernsthafte Bedrohung verbarg.

»Ich sag dir was, Erbe«, säuselte er mit dunklen tödlichen Augen, während er meine Hand an seinem Shirt festhielt. »Ich mache dein Tattoo, aber ich kann dir jederzeit einen Knochen in der Hand brechen, wenn ich Lust dazu habe. Und du kannst ihn erst wieder heilen, wenn ich mit dem Tätowieren fertig bin.«

Meine Lippen teilten sich vor Überraschung, und er stieß einen belustigten Atemzug aus, während er meine Hand von seinem Shirt schob.

»Dachte ich mir schon.« Er trat an mir vorbei, aber ich schlug ihm eine Handfläche auf die Brust, um ihn zu stoppen, denn meine Entscheidung stand fest.

»Abgemacht«, sagte ich fest. Wer brauchte schon Finger? Ich hatte nicht vor, Flöte spielen zu lernen. Es sei denn … Nein. Wenn ich heute Abend Flöte spielen würde, wäre meine Anziehungskraft zu groß und ich würde jeden Wichser an diesem Strand direkt in mein Schlafzimmer locken wie der Rattenficker höchstpersönlich. Oder hieß er Rattenfummler? Nein, das war es auch nicht … Jedenfalls konnte ich das Risiko nicht eingehen. Kein Flötenspiel für mich heute Abend. Nicht, solange der kalte Mond am Himmel stand und Venus bei der Arbeit war. Meine Haare sahen zu gut aus, das Risiko war zu hoch.

»Entweder bist du ein dummes Arschloch oder nicht so zimperlich wie deine Ex-Ratsmitglied-Mommy. Na, dann komm schon. Dafür brauchen wir ordentliches Licht.« Er schnappte sich seine Tattoo-Ausrüstung und führte mich den Strand hinauf.

Ich folgte ihm und fragte mich, ob ich es vielleicht bereuen würde. Aber ich wusste, dass es den Schmerz wert sein würde, wenn das Tattoo so rauskam, wie ich es mir vorstellte. Ein paar gebrochene Finger schienen also ein fairer Preis für den brutalen Tätowierer zu sein.

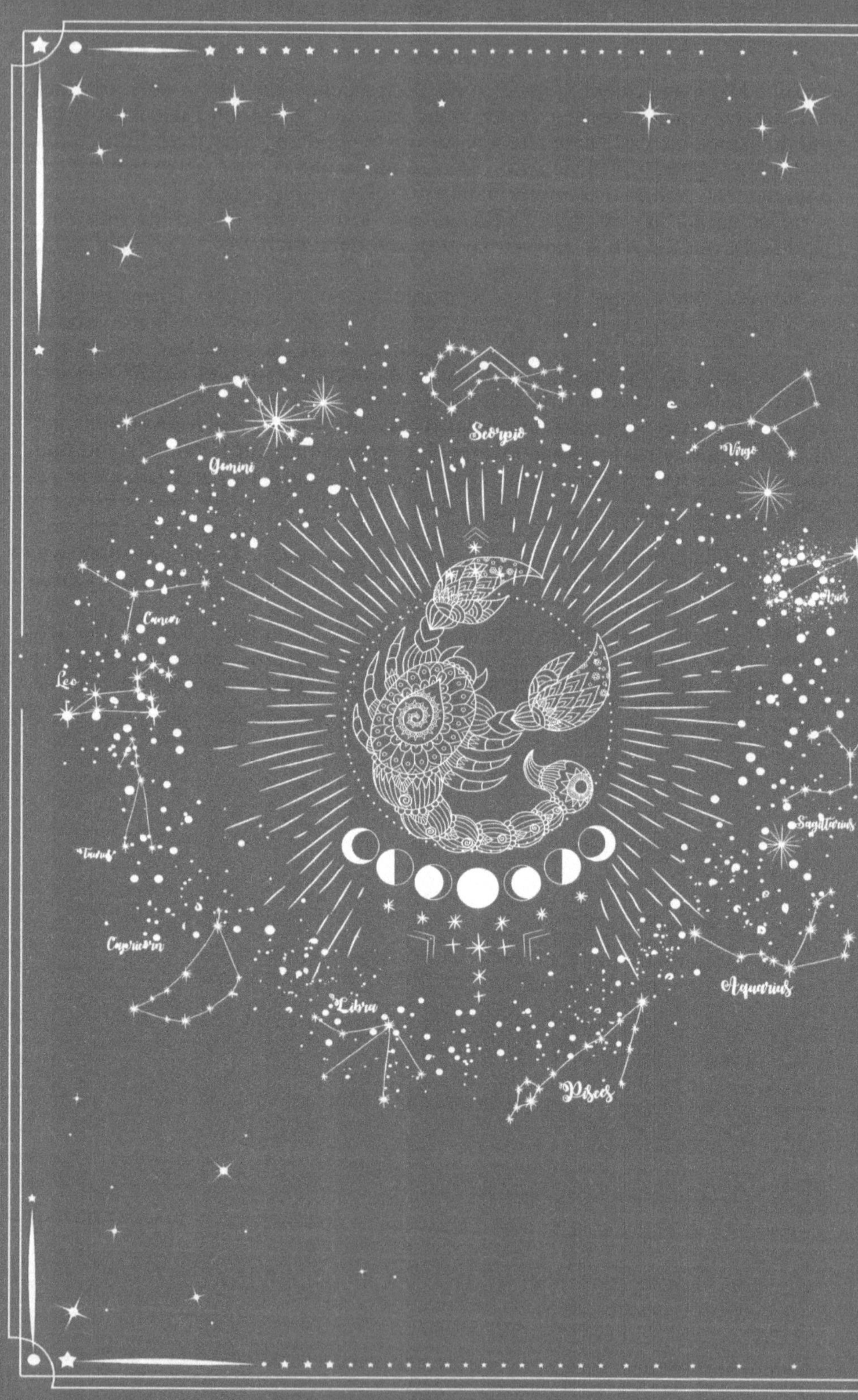

Scorpio
Gemini
Virgo
Aries
Cancer
Leo
Sagittarius
Taurus
Capricorn
Aquarius
Libra
Pisces

GERALDINE

KAPITEL 55

Ich warf den Kopf zurück und starrte auf den hell schimmernden Planeten am Himmel, während ich meine Hüften kreisen ließ und zur Venus sang, die über dem Vollmond schwebte, der in einem Bogen über den Himmel zog.

Ich spürte, wie jeder Funken ihrer vereinten Kraft in mich eindrang. Mein Innerstes wurde durch das betörende Gewicht der beiden himmlischen Wesen in einen regelrechten Rausch versetzt, während sich mein Kern immer geschmeidiger anfühlte.

Justins gelegentliche Schreie brachten auch meinen Docht zum Flackern, und ich biss mir auf die Unterlippe, während ich eine schimmernde Pegasus-Herde am Nachthimmel vorbeischweben sah.

Ich schritt weiter hinaus. Das Meer selbst schien zu pulsieren, und mein Blick fiel auf einen glitzernden Felsen, der das schillernde Licht des Mondes reflektierte.

Ich war eine Sklavin der Triebe meiner süßen Lady Petunia. Meine Hände wanderten wild umher, als das Nachtfieber mich in seinen Bann zog und meine fleischlichen Bedürfnisse alles andere auslöschten.

Wir brauchten das nach dieser erneuten Niederlage gegen diesen heimtückischen Dragoner. Das taten wir alle. Aber ich würde nicht zulassen, dass unser Versagen mein Licht verdunkelte. O nein. Die schwierigsten Aufgaben waren auch immer die würdigsten. Nur ihnen wurden ganze Lieder gewidmet. Und ich glaubte daran, dass wir unseren Sieg noch dem Mond vorsingen würden, der jetzt über uns aufging.

Der Mond wartete auf uns und bot uns diese Nacht der Hemmungslosigkeit an – voller Verständnis für unser Bedürfnis nach Ausgelassenheit und Erleichterung nach so viel Verlust.

Unsere Trauer, unsere Ängste und unser Kummer vereinten sich unter dem Licht des kalten Mondes und der Sterne, während uns diese kurze Atempause geboten wurde. Eine Möglichkeit, all das zu verarbeiten und dann nach vorn zu schauen, bevor die Sorgen von morgen wieder ihre hässlichen Zähne zeigten.

Ich erreichte den Felsen, und ein verschmitztes Lächeln huschte über mein Gesicht, als ich den glatten Stein streichelte, der eines sündigen Seebären würdig war.

Nur die Crème de la Crème der Sirenen würde es wagen, einen solchen Felsen zu besteigen, und das in einer Nacht, in der das Mondlicht und die Schatten so stark waren. Nur er … und seine wahre Lady.

Ich rief meine Magie an, sobald ich auf dem Felsen thronte, richtete meine langen Haarsträhnen so aus, dass sie meine prallen Brüste bedeckten, und schlug meine Beine übereinander. Als wäre ich ein sittsames Mädchen, unberührt, scheinheilig und nur darauf wartend, dass ein Halunke vorbeikam, um ihre Seehöhle zu plündern.

Ich strich mit einer Hand über die Rundung meines Oberschenkels und belegte mich mit einer Illusion: Ein Regenbogen aus Sirenenschuppen erschien auf meiner Haut und glitzerte im Mondlicht, während ich mich auf meinen Felsen lehnte.

»Oh, sinnlicher Seelachs!«, rief ich und legte eine Hand um meinen Mund, um die Aufmerksamkeit meines Fischmannes auf mich und das, was ich ihm anbot, zu lenken.

Maxy-Boy behielt eine Hand auf Justins Kopf, um ihn unter die Wellen zu drücken. Justins strampelnde Gliedmaßen dümpelten auf und ab, während das Wasser über ihm zusammenschlug und er ziellos herumzappelte.

Aber ich schenkte den Bemühungen einer ertrinkenden Libelle wenig Aufmerksamkeit, denn mein betörender Blick war auf die faszinierende Forelle gerichtet, die ich mit meinem Netz fangen wollte.

»Ich brauche deine männlichen Fähigkeiten, du Schurke von einem Seepferdchen«, säuselte ich, wobei meine Stimme fast in den Wellen unterging. Aber der dunkle Blick in den Augen meines Maxy-Boys verriet mir, dass er mich gehört hatte.

Unsere Blicke trafen sich und er stürmte auf mich zu. Justin war vergessen, und Max ließ ihn wie einen verirrten Korken auf der Wasseroberfläche treiben, hustend und stotternd, während er immer wieder um frische Luft kämpfte.

Als Max sich mir näherte, biss ich mir auf die Unterlippe und spreizte meine Schenkel, um ihm meinen üppigen Garten zu zeigen.

»Erinnerst du dich an die Nacht, in der wir zum ersten Mal so verkehrt haben?«, fragte ich und beobachtete, wie sich die marineblauen Schuppen über seinen angespannten Bauchmuskeln kräuselten. Dort, wo sein Shirt bei der Schlägerei zerrissen worden war. Seine dunkle Haut schien mit jedem Schritt, den er näher kam, lauter um die Berührung meiner Zunge zu betteln.

»Du weißt, dass es mich wahnsinnig macht, wenn du deinen Körper der ganzen Welt zeigst, Gerry«, knurrte Max, und die Lust in seinem Ausdruck war von einer Wut durchdrungen, die ich bis ins Innerste meiner Herzmuscheln spüren wollte.

»Und du weißt ganz genau, dass ich dem Himmel die Fülle meines Fleisches anbieten muss, wenn er es von mir verlangt«, antwortete ich fest und unnachgiebig wie immer.

Max' Unterkiefer zuckte, als er am Fuße meines perfekten Felsens stehen blieb. Die animalischen Paarungsgeräusche des Oscura-Wolfsrudels erfüllten für einen Moment die Luft, während Venus uns anzuflehen schien, sich ihrem Rumpeltumpel anzuschließen.

»Ich glaube, es turnt dich an, mich zu provozieren«, grummelte Max und sein Blick wanderte von meinem nackten Körper zum Wasser und zum Strand dahinter, wo unzählige Fae unter den Sternen tanzten und schäkerten. Sie wären alle in der Lage, uns zu hier draußen im Wasser zu sehen, wenn sie in unsere Richtung schauen sollten.

»Und ich glaube, du bist ein dickköpfiger Barrakuda, der manchmal den Strand vor lauter Sand nicht sehen kann«, fauchte ich und fuhr mit einer Hand langsam an meiner Seite entlang, um ihn zu ködern. So wie seine Art so viele andere köderte.

»Was soll das heißen?«, fragte er und trat einen Schritt näher an mich heran, wobei sein kräftiger Körper eine Energie ausstrahlte, die mir ein lustvolles Stöhnen entlockte. Ich wusste, was ich in dieser Nacht von ihm brauchte. Und noch besser, ich wusste auch, was das eifersüchtige Tier in seiner Brust verlangte.

»Dass du dich über die Zurschaustellung meiner kurvenreichen Form echauffierst, weil du fürchtest, ein anderer Schurke könnte sich das holen, was du als dein Eigentum markieren willst.«

»Und warum sollte ich das auch nicht denken?«, entgegnete er. Wut beherrschte seine Lust, und das mit einer solchen Wucht, dass ich mich auf quälendste Weise gepeitscht fühlte, als er seinen Gaben freien Lauf ließ und versuchte, auch mich in Rage zu bringen. »Kein Fae auf dieser Insel sieht einen Sinn in unserer Beziehung. Jeder Wichser deines Arschlochclubs lacht hinter meinem Rücken und flüstert, dass du mich benutzt, bevor du jemanden findest, der besser geeignet ist. In ihren Augen bin ich etwas rein Temporäres, eine Phase, eine süße Ablenkung, aber keine Bedrohung. Sie sehen uns nicht in einer langfristigen Beziehung, weil du eine Royalistin bist und ich ein Erbe bin. Und sie umkreisen dich wie verdammte Geier, in der Hoffnung, in dem Moment zuzuschlagen, in dem du dich entscheidest, mich loszuwerden.«

Ich seufzte im Angesicht seines dramatischen Ausbruchs und ließ meine Finger erneut über die Seite meines Körpers gleiten, um die Illusion der Schuppen zu verbannen. Und dann war ich nur noch ich – ein wildes Tier mit einem Hundeherzen, das nur für das Herz dieses Bücklings schlug. Egal, wie ungeeignet wir auch zu sein schienen.

»Anstatt zu schmollen und alberne Libellen zu ertränken, solltest du ihnen vielleicht zeigen, dass das nicht so ist«, erklärte ich. Und mein Wasser kribbelte auf köstlichste Weise, als ich mich auf die Ellbogen stützte und ihm einen spöttischen Blick zuwarf. »Genau hier an diesem Strand, vor der ganzen Welt. Warum zeigst du ihnen nicht, wie gründlich du mein wollüstiges Herz erobert und wie tief du in meiner treuen Seele Wurzeln geschlagen hast? Warum zeigst du ihnen eine vor Eifersucht herumflatternde Qualle? Zeig ihnen den Hai, der das Blut beansprucht, das er sich mit roher Gewalt und männlicher List verdient hat.«

»Willst du … dass ich dich hier draußen ficke? Wo uns jeder sehen kann?«, fragte Max und ich hätte schwören können, dass sich seine Röte in den Wellen widergespiegelt hätte, wenn der Mond nur ein bisschen heller gewesen wäre.

»Bei den Sternen, sei nicht so plump!«, keuchte ich, und er entspannte sich ein wenig, bevor mich mein verruchtes Grinsen verriet. Auf Händen und Knien bewegte ich mich auf ihn zu, um mich ihm in meiner ganzen Pracht zu präsentieren, während ich einen Blick zurück über meine Schulter warf. »Ich schlage nur vor, dass du diesen schlüpfrigen Seelachs freilässt, der gerade äußerst hartnäckig versucht, deinen Reißverschluss zu sprengen. Und dass du mich dann wie einen blühenden Garten auf diesem höchst nixenartigen Felsen nimmst und der ganzen Welt zeigst, wie mein Sirenenmann diesen Zerberus zum Heulen bringen kann.«

Max starrte mich mehrere Sekunden lang an und ich wölbte meine Wirbelsäule, weil ich wusste, dass Venus ihre Zustimmung gab, als ich den Hauch ihres Lichts auf meiner Haut spürte. Und ich ließ meine mentalen Barrieren fallen und gewährte ihm einen Blick auf meine Gefühle.

Ich ließ ihn sich selbst sehen, so wie ich ihn sah – ein mächtiges, wunderbares Seeungeheuer, das gekommen war, um meine Felsenpools zu erobern und die Perlen aus meiner Auster zu ernten. Ich ließ ihn die Kraft meiner Liebe zu ihm spüren und den Schmerz in meinem Herzen, wenn er nicht in meiner Nähe war. Ich gab ihm mein Verlangen, mein Bedürfnis und mein Herz, und er stöhnte auf, als er die Reinheit seiner Liebe und seines Verlangens nach mir auch aus sich herausprudeln ließ, bis ich es tiefer als alles andere fühlen konnte.

Er pirschte sich an mich heran wie die Bestie, die ich gewohnt war, und ich stöhnte unwillkürlich auf, als seine Hände meinen üppigen Hintern umschlossen. Max fluchte ungehobelt, aber er gab endlich nach, öffnete seine Hose und schob sie nach unten. Und er presste seinen samtweichen Schaft in einem Begrüßungskuss an Petunia.

»Ja«, seufzte ich und wölbte mich gegen ihn. Er knurrte meinen Namen, als er tief in mich eindrang, und das Gefühl, von ihm geplündert zu werden, war genauso wohltuend, wie ich es erwartet hatte.

»Das ist Wahnsinn«, fluchte Max, während er sich in mir zu bewegen begann. Seine und meine Lust vermischten sich in der Luft mit unserer Liebe füreinander, und ich konnte spüren, wie diese kombinierten Emotionen aus ihm herausprudelten, als er die Kontrolle verlor und mich tief und hart nahm. Schließlich war er eine überaus wilde Kreatur.

Unzählige Blicke fielen auf uns, als sich seine Kraft entlud. Stöhngeräusche entrangen sich den Lippen derer, die es spürten, und die sich windenden Körper am Strand wurden immer zahlreicher. Immer mehr Fae verfielen der Macht der Sirene, die mich so gekonnt nahm. Und sie alle suchten sich ihre eigenen Partner, um sich uns in unserer Vereinigung anzuschließen.

»Oh, große galoppierende Narwale!«, schrie ich, als er erneut tief und hart in mich eindrang, mich besaß, beanspruchte und vor allen anderen markierte, während wir sicherstellten, dass jeder wusste, dass ich ihm gehörte und er mir.

Venus säuselte ihren Enthusiasmus durch meine Adern, als ich mit einem Freudenschrei über den Abgrund stürzte, und er pumpte schneller, um auch seine Erlösung zu finden. Und er vergaß die Fae, die uns beobachteten, vergaß seine Zweifel und Unsicherheiten und dachte nur noch an uns. Unter dem Licht des Mondes als Einheit. Jetzt und in alle Ewigkeit.

Scorpio
Gemini
Virgo
Cancer
Aries
Leo
Sagittarius
Taurus
Capricorn
Aquarius
Libra
Pisces

CALEB

KAPITEL 56

Ich hatte mich weit vom überfüllten Strand entfernt und spazierte jetzt an der Küste entlang in die Nacht hinein – mit der Hoffnung, einen Hauch von Frieden und Ruhe zu finden.

Ich warf mit all meiner Kraft einen Stein ins Meer und sah zu, wie er zwölfmal über die Wellen sprang, bevor er außer Sichtweite in den Tiefen des Ozeans versank.

Der Mond beobachtete und verhöhnte mich, indem er Seths Spott immer und immer wieder abspielte, während ich alles und jeden verächtlich anfunkelte.

Wer zum Teufel war er, mich eine verdammte Jungfrau zu nennen? Und warum machten mich seine Worte so verdammt wütend, wenn sie so wenig Wahrheit enthielten, wie ich mir einzureden versuchte?

»O nein!« Eine männliche Stimme lenkte meine Aufmerksamkeit auf sich und ich hob den Blick. Eine Pegasus-Herde galoppierte am Strand entlang. Einige waren verwandelt, andere splitternackt und mit Glitzer bedeckt. »Caleb Altair hat uns gefunden! Er ist spitz auf unsere Hörner!«

Ich kniff die Augen zusammen, während Gelächter und Gewieher durch die Luft schallten. Ein paar Mitglieder der Herde starrten mich an, als hofften sie, dass an dem Gerücht etwas dran sei, während andere von einem Huf auf den anderen traten und zur Flucht bereit schienen.

»Verpisst euch!«, schnauzte ich, schritt auf sie zu und ließ sie meine Reißzähne sehen. Das Lachen verstummte und ein paar wieherten nervös. »Und gib mir die!« Ich schnappte dem Kerl, der mir am nächsten stand, die Ginflasche aus der Hand. Mit einem Blick forderte ich ihn auf, sich zu wehren, aber er hob nur die Hände, um sich zu ergeben.

»War doch nur ein Scherz, Alter«, sagte der Typ, der den ganzen Scheiß angefangen hatte, als ich ihm näher kam. »Aber, äh …« Er warf einen Blick auf einige Mitglieder der Herde um ihn herum und hob sein Kinn, um sich zu behaupten. Offenbar war er der Dom dieser Herde. »Um ganz ehrlich zu sein …

Unter uns sind einige, die nichts dagegen hätten, wenn du auf Glitzer stehst. Und wenn dem so wäre, dann könntest du dich uns auf jeden Fall anschließen, um ...«

»Ich habe kein Interesse daran, mir die nächsten zwei Wochen Glitzer vom Schwanz zu waschen«, knurrte ich und rempelte ihn im Vorbeigehen an – eine wortlose Erinnerung an sein Glück, dass ich nicht in der Stimmung für einen Kampf war.

»Wenn du es dir anders überlegst, wir sind unten in der Bucht«, rief ein Mädchen hoffnungsvoll, und ich schenkte ihr kurz meine Aufmerksamkeit. Sie war heiß. Ihre Lippen waren voll und verführerisch, ihre Titten rund und ihre dunklen Brustwarzen hart, als sie mit einer Hand über ihre Brust fuhr, um mit ihnen zu spielen, was ein sehr verlockendes Angebot hätte sein müssen. Vor allem, als eine ihrer Freundinnen näher kam und sie ebenfalls zu berühren begann.

Aber ich fühlte keine Neigung, meine Meinung zu ändern, obwohl ich wusste, dass es viel einfacher wäre, diese sinnlose Verliebtheit Seth gegenüber zu vergessen und sie zu benutzen, um darüber hinwegzukommen. Sie waren nicht das, was ich wollte. Aber er wollte mich nur, wenn es ihm passte. Die ganze Situation war völlig abgefuckt.

Ich schüttelte verneinend den Kopf und wandte mich ab, als sie anfingen, miteinander rumzumachen. Ich stapfte durch den Sand, wobei ich die Anziehungskraft von Venus und Mond immer weniger ignorieren konnte. Die himmlischen Wesen ließen meinen Schwanz mit einem sinnlosen Verlangen pochen.

Ich sprintete los und stolperte nur ein wenig, als ich mit Höchstgeschwindigkeit um die Insel raste, wobei die Welt erst verschwamm und sich dann drehte. Der Alkohol, den ich getrunken hatte, setzte mir ganz schön zu.

Aus dem Nichts tauchte eine Baumwurzel auf und ich fluchte, als ich in den Dreck fiel und mich mehrmals überschlug, bevor ich gegen einen Baum krachte und mir mindestens ein paar Rippen brach.

»Au!«, keuchte ich und starrte in den Himmel über mir. Eine tief hängende Wolke schien mich zu beobachten, ihre Form veränderte sich, je länger ich hinschaute, bis ich mir fast sicher war, dass ich ein Paar ausgestreckte Flügel und ein knurrendes Maul sehen konnte. »Natürlich lässt du dich rechtzeitig blicken, um mich auf meinen Arsch fallen zu sehen«, grunzte ich Darius an. Oder die Wolke. Wie auch immer.

Ich drückte eine Hand auf meine Seite und runzelte konzentriert die Stirn, während ich mich heilte. Ich ließ die Magie über meine Rippen hinaus wirken, um die Auswirkungen des Alkohols abzuschwächen. Ja, okay. Ich hatte zu viel getrunken.

Während ich wieder aufstand, fuhr ich mit einer Hand durch meine blonden Locken, um die toten Blätter und Zweige zu entfernen, die sich darin verfangen hatten, und benutzte dann meine Erdmagie, um den Schmutz von meiner Kleidung zu entfernen. Die Ginflasche war weg, vom Wind oder vom Himmel verweht ... oder wahrscheinlich einfach in einen Busch gerollt.

Ich war ein verdammter Idiot, der nun mit einem Halbständer in den Tiefen des Waldes herumirrte – vielen Dank auch, Venus und Mond. Meine Gedanken landeten bei meinem besten Freund und das Wort »Jungfrau« hallte immer wieder durch meinen Schädel.

Fuck!

Ich zwang meine Gedanken von ihm weg und wandte mich dem Herzen der Insel zu, um an etwas anderes zu denken, dem ich meine Aufmerksamkeit widmen konnte. Unser Angriff auf den Palast war gründlich in die Hose gegangen, und seit ich den Kriegsrat verlassen hatte, war ich nicht mehr gewillt gewesen, auch nur daran zu denken. Aber ich wusste, dass ich ein schlechter Freund war, indem ich hier draußen herumrannte und mich betrank, während Tory allein und mit abermals gebrochenem Herzen in ihrem Zimmer saß.

Ich konzentrierte mich auf sie, verdrängte die Erinnerung an Seths Mund auf meinem und rannte wieder los. Venus hatte mir heute nichts mehr zu sagen. Tatsächlich war ich mir ziemlich sicher, dass sie mir nie wieder etwas zu sagen haben würde. Zumindest nicht, was Seth Capella betraf.

Die ganze Sache mit ihm war dumm und leichtsinnig gewesen. Und ich war jedes Mal fix und fertig, wenn ich ihn dabei erwischte, wie er mit zufälligen Wölfen hier Peace-Zeichen austauschte.

Vielleicht sollte ich einfach mit der Pegasus-Herde rummachen. Damit wir quitt sind.

Aber trotz dieses völlig rationalen Gedankens wich ich nicht von meinem Weg ab und steuerte stattdessen direkt auf das P. O.-Schloss in der Mitte der Insel zu.

Ich schoss über die Zugbrücke und blieb stehen, als ich einen Schrei aus den Räumen hörte, die Geraldine für die Familien der Erben eingerichtet hatte.

»Mom?«, keuchte ich und stürzte so schnell in die entsprechende Richtung, dass ich kaum etwas um mich herum wahrnahm, bis ich die Tür zu ihrem und Dads Privatgemach mit einem Feuerzauber zertrümmert hatte und in der Mitte des Raumes ins Schleudern geriet.

Meine Mom schrie wieder und dieses Mal war es wirklich ein Schrei des Entsetzens. Und nicht wie beim letzten Mal ein Schrei, von dem ich nicht bemerkt hatte, dass es ein Ausdruck der Lust gewesen war.

Mein Mund blieb vor Schreck offen stehen, als ich sie und meinen Vater entdeckte. Sie waren mit Blut bedeckt – vermutlich hatten sie sich eine ganze Tasse über ihre nackten Körper geschüttet – und schienen es mit Vampirgeschwindigkeit auf einer Art Sexschaukel zu treiben. Es war ein absolut verstörender Anblick.

»Bei den Sternen«, würgte ich, drehte mich um und schoss aus dem Zimmer, während ich den Drang bekämpfte, selbst zu schreien. Ihre wütenden Rufe verfolgten mich durch den Flur und ich erschauderte.

Dad schrie mir nach, die verdammte Tür zu reparieren, aber nein. Verdammt, nein. Ich würde nie wieder in die Nähe dieses Zimmers gehen. Und ich bezweifelte auch, dass ich jemals wieder in die Nähe meiner Eltern kommen würde. Sie waren nicht befugt, Sex zu haben. Sie hatten es nur so oft getan, wie es nötig gewesen war, um meine Geschwister und mich zu zeugen. Und jeden Moment gehasst. Das war die Lüge, von der ich mich immer selbst zu überzeugen versucht hatte. Aber ich bezweifelte, dass ich in Zukunft damit Erfolg haben würde, jetzt, da ich ihren Vampir-Kink bezeugt hatte. *Verficktes Leben.*

Verfickte Venus. Verfickter Mond.

Ich raste die Treppe hinauf, prallte gegen das Geländer und wäre fast darüber geflogen, bevor ich mich fangen und weiter nach oben rennen konnte. Ja, ich war immer noch ein bisschen betrunken.

Vor den Wachen, die am Fuße der Treppe zu den königlichen Gemächern Wache standen, hielt ich nur kurz inne, damit sie mein Gesicht sehen und bestätigen konnten, dass ich passieren durfte. Es ärgerte mich immer noch, dass ich mir diesen Mist antun musste, aber ich hatte mich damit abgefunden, dass die Rebellen überwiegend royalistisch gesinnt waren, und in unserer derzeitigen Situation schien das unser kleinstes Problem zu sein.

Ich machte mir nicht die Mühe, zu klopfen, da ich wusste, dass Tory mir wahrscheinlich sowieso nicht antworten würde.

»Ich verstehe ja, dass du dich beschissen fühlst, aber ich brauche Hilfe beim Bleichen meiner Augen. Und ich brauche jemanden, der mich für eine ganze Stunde sämtliche Gründe aufzählen lässt, warum man Eltern den Sex verbieten sollte. Wenn wir uns also ein bisschen auf mich konzentrieren können …« Ich stockte und schaute mich verwirrt in dem leeren Zimmer um, bevor ich das Bad und den Kleiderschrank überprüfte, um sicherzugehen, dass sie wirklich nicht hier war.

Wo zum Teufel war sie dann?

Ich bewegte mich zum Bett, wo ich einen Zettel entdeckte. Das Papier war gefaltet und die Worte *Hey, Arschloch* standen in Torys nüchterner Schrift obendrauf.

Ich klappte den Zettel auf und runzelte die Stirn, als ich die Nachricht las.

Ich habe die Nase voll von diesem Scheiß, also hole ich mir mein Schicksal von den Sternen zurück. Gerry, ich liebe dich – führe die Rebellen gegen den Gerichtshof von Solaria an, wie du es vorgeschlagen hast. Lass den schuppigen Bastard bezahlen! Ihr anderen – versucht, nicht zu viel zu weinen, wenn ich es nicht zurückschaffe. Ich bin sowieso eine miese Schlampe. x

»Scheiße.« Ich ließ den Zettel fallen, setzte mich auf ihr Bett und griff nach der Nachttischschublade, von der ich wusste, dass sie dort ihren Tequila aufbewahrte. Das war übel. Geraldine würde ihren verdammten Verstand verlieren. Die Rebellen könnten den Grund verlieren, weiterzukämpfen, vor allem, wenn wir keinen Weg fanden, Darcy hierher zurückzubringen. Wie lange würde Tory weg sein? Was zum Teufel sollten wir jetzt tun?

Es entging mir nicht, dass ich jetzt wegen einer verschwundenen Vega ausflippte, aber zu diesem Zeitpunkt waren unsere Schicksale so verflochten, dass ich in letzter Zeit kaum noch an die Frage nach der möglichen Führung von Solaria gedacht hatte. Das Einzige, was im Moment wirklich zählte, war, dass unser Königreich nicht von Lionel oder seiner Schattenschlampe regiert wurde. Der Rest würde sich erst ergeben, sobald wir sichergestellt hatten, dass dies der Fall war – im Augenblick spielte es also absolut keine Rolle.

Meine Gedanken schweiften zu Orion, und ich sehnte mich mit einer neuen Art von Wehmut nach meinem Zirkelbruder. Egal, wie sehr ich mich bemühte, ich schaffte es nicht, die geistige Verbindung zu ihm wiederherzustellen, und das war einfach nur … zum Kotzen.

Meine Fingerknöchel berührten den Rand einer Schachtel, statt der Flasche

Alkohol, die ich gesucht hatte, und ich richtete meinen Blick auf die Schublade, die ich gerade durchwühlte. Überrascht hob ich die Augenbrauen, als ich einen funkelnagelneuen Vibrator entdeckte. Ein durchsichtiges Plastikfenster gab den Blick auf das goldene schuppige Sexspielzeug frei. Ich musste fast lachen, als ich die Schachtel aus der Schublade holte. Auf dem unlizenzierten Big-D-Merchandise war ein altes Foto von Darius aufgedruckt – inklusive seines heißesten Blickes. Ich las die Produktinformation und unterdrückte ein Lächeln.

Im Lieferumfang enthalten ist ein ultradicker Big-D-Fae-Schwanz in Rotbraun – komplett mit Expansions-Technologie und Mega-Vibe-Tiefenpenetration. Erreiche Stellen, von denen du nicht wusstest, dass du sie hast, während der Feuer-Erbe deinen Körper in Brand setzt!
Für die wirklich Vernarrten gibt es den Glitzer-Drachen-Schwanz in XL. Dieser Vibrator in Mega-Größe ist anatomisch perfektioniert, um der Silhouette, den Schuppen und dem goldenen Schimmer der verwandelten Form des Feuer-Erben zu entsprechen. Geformt aus glitzerndem Glas, wird dich dieser von innen beheizte Vibrator zum Schreien bringen, als würdest du direkt im Schlafzimmer aufgespalten werden – und vielleicht wirst du das auch. Außerdem ist ein verdammt heißes Big-D-Gleitmittel dabei. Um dich so feucht zu machen, wie es sonst nur er kann.

»Wow«, murmelte ich und fragte mich, warum zum Teufel Tory dieses Ding gekauft hatte. Dann überlegte ich, ob sie tatsächlich ein Interesse daran hatte, seinen verwandelten Mega-Schwanz zu ficken. Der Gedanke ließ mich erschaudern, und ich stellte fest, dass ich das gar nicht wissen wollte. Hoffentlich hatten sie das nie ausprobiert ... Ich meine, das muss jeder für sich selbst entscheiden, aber ein verwandelter Darius wog ungefähr fünfzehn Tonnen, und ich wollte nicht wissen, wie viel davon sein Schwanz war. Sicherlich hatten sie nicht ...

Ich drehte die große Schachtel um und las die Rückseite mit einer Mischung aus Belustigung und Irritation. Darius hätte es wahrscheinlich einfach nur lustig gefunden, und ich wäre gezwungen gewesen, meine Anwälte einzuschalten, um den Verkauf zu unterbinden, zusammen mit dem Rest des Sortiments, das auf der Rückseite der Schachtel aufgeführt war.

Ich hob die Schachtel ins Licht, um die Miniaturbilder ähnlicher Sets zu sehen, die für Seth, Max und mich erhältlich waren. Max' Version enthielt einen Vibrator, der Wasser spritzte und sich selbst gleitfähig machte, sowie ein schuppiges blaues Exemplar, das Sirenenlieder abspielte und in achtzehn verschiedenen Rhythmen pulsierte. Seths Set enthielt eine selbstdrosselnde Leine, die sich wie von Zauberhand um den Hals des Benutzers schloss und sich erst dann löste, wenn er ... nun ja, losließ. Sein verwandelter Vibrator sah ziemlich haarig aus und enthielt einen riesigen Lippenstift, der beim Höhepunkt aufheulte. Das Gleitmittel in seinem Set wurde in einem Spender in Form einer Wolfszunge geliefert, was eine gelungene Idee war.

Fast hätte ich den Inhalt meines eigenen Sets gar nicht gelesen, aber es war ein bisschen so wie ein Autounfall. Und ich konnte mich nicht ganz dazu durchringen, wegzuschauen.

Lass dich von der Kollektion des Erd-Erben verwöhnen! Der XL-Vibrator verfügt über die ultraschnelle Vampir-Pulsationstechnologie und enorme Tiefenwirkung. Außerdem ist ein Satz bissiger Vampirzähne enthalten, die mit einem Hauch von Duneberry-Öl angereichert sind, um dein Vergnügen noch zu steigern. Und wenn du bereit bist, dich Big Cs Fetischen hinzugeben, findest du in diesem Set einen Pegasushorn-Glitzer-XXL-Dildo und einen Butt-Plug mit Regenbogenhorn sowie ein funkelndes Gleitgel. Und als zusätzlichen Bonus haben wir noch einen Satz Rankenfesseln beigelegt, die von unseren einheimischen Erdelementaren hier bei Kinky Farm biologisch angebaut werden.

»Verdammt noch mal«, knurrte ich und versuchte, mir nicht vorzustellen, wie sich irgendwelche Fae einen runterholten, während sie an mich dachten und gleichzeitig einen Pegasushorn-Dildo dorthin rammten, wo die Sonne nicht schien.

Ich drehte die Schachtel um und entdeckte eine Notiz an der Seite, die noch nicht geöffnet worden war. Torys Name war auf die Vorderseite gekritzelt, und ich fragte mich, ob sie überhaupt von der Existenz dieser Schachtel wusste. Aber wer könnte in ihr Zimmer gekommen sein, um es für sie zu hinterlassen? Ich bezweifelte ernsthaft, dass Geraldine ihr das gekauft hätte.

Die Neugier übermannte mich, und ich öffnete den Zettel und beschloss, dass ich Venus dafür verantwortlich machen würde, wenn Tory deswegen sauer wäre.

Meine liebe Königin!
Selbstfürsorge ist in Zeiten der Trauer besonders wichtig, deshalb habe ich dir dieses Geschenk besorgt, um das Überwinden des Sturms zu erleichtern. Ein bisschen Vergnügen kann viel bewirken, wenn man voller Schmerz ist, und ich hoffe, dass dieses winzige bisschen Erleichterung durch die dunklen und einsamen Nächte hilft.
Ich stehe natürlich auch jederzeit zur Verfügung, wenn es um das Entblößen von Kummer geht, und werde darauf warten, mich darauf zu stürzen und sämtliche Ritzen und Spalten davon zu befreien.
Zu Diensten
Brian Washer

Ich hätte es verdammt noch mal wissen müssen.

Ein Knall ertönte jenseits der Tür und ich ließ das Darius-Sexspielzeug-Set fallen, als hätte es mich verbrannt. Die Schachtel landete mit dem Gesicht nach unten auf dem Boden, gerade als die Tür aufgerissen wurde und Rosalie Oscura Seth quasi in den Raum schleuderte.

»Hier ist das, wonach du gesucht hast, *cucciolo sciocco*«, knurrte sie und warf ihre ebenholzschwarzen Haare über eine Schulter zurück, während Seth gegen die Wand stolperte und sie finster anschaute. Er hatte kein Shirt an, seine noch vorhandenen Haare waren zerzaust und hingen ihm so ins Gesicht, dass ich sie am liebsten zurückgestrichen hätte, um die Wärme seiner braunen Augen besser sehen zu können.

»Ich sollte dich wegen dieses Scheiß herausfordern«, knurrte er und schien mich kaum zu bemerken. »Ich sollte dich herausfordern und dein Rudel zu meinem machen, dann müssten sie alle auf meine wunderbaren Ratschläge hören und sich nicht mehr von deinen hinterhältigen Methoden bremsen lassen.«

Rosalie knurrte und ihre Augen blitzten silbern, als sie auf ihn zustapfte, und ich sprang auf und stellte mich ihr in den Weg.

»Was ist denn los?«, fragte ich.

Sie blieb stehen und ihr Jägerblick streifte mich, als würde sie mir an die Gurgel gehen wollen, bevor sie sich entspannte und mit den Schultern zuckte – das Bild der Unschuld, aber in Sünde verpackt. Dieses Mädchen bedeutete richtig Ärger, und ich begann, zu glauben, dass weder Seth noch ich wussten, wie wir mit ihr umgehen sollten, geschweige denn, was sie als Nächstes tun würde.

»Dein Junge hat beschlossen, sich selbst zu der Orgie einzuladen, die mein Rudel unten am Strand feiert«, sagte sie und wickelte einen Finger um eine ebenholzschwarze Haarsträhne, während sie sich gegen den Türrahmen lehnte.

»Er … hat was?«, fragte ich und meine Kehle wurde eng, während sich etwas Scharfes in meiner Brust regte.

»Sie haben mich gebraucht«, schnauzte Seth hinter mir, aber ich konnte es nicht ertragen, ihn anzusehen. Ich knirschte mit den Zähnen, während ich versuchte, meine Gefühle zu verbergen, selbst als sie in seiner Faust zerquetscht und von einem Wind, der so grausam war wie er, im Raum verstreut wurden. »Ich kann nichts dafür, dass Venus meine Beteiligung verlangt hat.«

Rosalie schnaubte laut. »Sie hätten deine Beteiligung begrüßt, *stronzo*, aber du hast ihnen nicht deinen Schwanz angeboten, oder?«

»Was zum Teufel hat er ihnen dann angeboten?«, fragte ich und schrie fast schon, obwohl ich versuchte, mich zurückzuhalten.

»Ratschläge«, höhnte Rosalie und musterte Seth mit zusammengekniffenen Augen über meine Schulter hinweg. Dieser stöhnte genervt auf.

»Sie hatten es nötig«, bellte er. »Sie haben sich nicht im Rhythmus bewegt, und ich habe nur einen Typen gesehen, der mehr als eine andere Person berührt hat – man kann es nicht Orgie nennen, wenn lediglich mehrere Pärchen am Ficken sind. Man braucht ein gewisses Maß an Überschneidungen, das sie nicht erreicht haben. Ich wollte einen Schwanz im Arsch eines Kerls sehen, dessen Schwanz wiederum zwanzig Zentimeter tief in einem dritten Kerl steckt, während sein Mund auf einem Mädchen liegt, das in zwei Löchern zeitgleich gefickt wird. Ich wollte zwei Mädchen beim Fingerfick sehen, während sie nebenbei mit ein paar Eiern spielen. Aber das … das war ein Desaster!«

Rosalie warf mir einen flachen Blick zu, der zu sagen schien, dass er mein Problem war, und ich drehte mich schließlich zu Seth um.

»Du … hast also nicht mitgespielt? Du hast nur versucht, sie zu lenken?«, fragte ich, nachdem ich seine Aussage entschlüsselt hatte.

»Ja, ich habe versucht, ein Orgiendirigent zu sein, habe mit einem Stock gewedelt und alles Mögliche getan, um es ihnen leichter zu machen, meinen Anweisungen zu folgen. Und sie hätten es vielleicht auch geschafft, wenn sie nicht alle gemeckert und geheult und schließlich ihren Alpha zu Hilfe gerufen hätten. Ich habe ihnen geholfen, Cal! Sie haben mich gebraucht. Ihr Alpha hat nicht einmal mitgemacht. Angeblich hätte sie schon alles bekommen, was sie von ihnen gewollt hatte. Aber welcher echte Alpha bleibt nicht bis zum letzten

Orgasmus bei seiner Gruppe, Caleb? Der Alpha sollte der Erste und der Letzte sein, der kommt, mit unzähligen weiteren Orgasmen dazwischen, und nicht irgendeine Vorspeise, die sich nach sechs mickrigen Orgasmen wegduckt.«

Rosalie atmete scharf aus und warf mir einen spitzen Blick zu.

»Er hat meinen Rudelmitgliedern gesagt, dass ich nicht mitspiele, weil sie nicht die nötige Leistung bringen«, erklärte sie trocken. »Ich habe echt keine Lust auf den Ärger, mein ganzes Rudel trösten zu müssen, während sie alle in dem sinnlosen Versuch, mich zu befriedigen, ultra-sub sind. Aber das ist genau das, was er mir gegeben hat – ich werde mich monatelang mit den Folgen herumschlagen müssen.«

»Dabei hast du nur an Alphas Interesse«, murmelte ich. Die Erinnerung an Seth und mich, wie wir zusammen ihren Körper in Besitz genommen haben, schoss mir durch den Kopf und sie grinste mich an, als würde sie sich auch daran erinnern.

»Hast du mich deshalb hierhergebracht und meinen verdammten Suff weggeheilt?«, fragte Seth plötzlich. »Weil du eine weitere Runde mit ihm und mir drehen willst? Willst du das auch, Cal? Eine Veränderung herbeiführen? Eine Frau im Mix?«

»Verdammt, nein!«, sagte Rosalie, bevor ich auch nur ein Wort sagen konnte. »Ich hatte meinen Spaß mit euch Jungs, aber *non sono il terzo incomodo*. Heute sind ein paar neue Rebellen vom Festland gekommen und unter ihnen war ein Mantikor, der so aussieht, als wollte er die ganze Welt angreifen. Ich will herausfinden, ob er so gut fickt, wie er kämpft. Ich musste lediglich diesen *stronzo* abliefern, bevor ich auf die Jagd gehe.« Sie stieß sich vom Türpfosten ab und schenkte uns beiden ein verruchtes Lächeln, als sie ging. *»Divertiti.«*

Rosalie schloss die Tür hinter sich und ließ mich und Seth in der peinlichen Stille zurück, die ihrem Abgang folgte. Ich räusperte mich, entfernte mich von ihm und raufte mir die Haare, um meine Gedanken wieder zu ordnen.

Beim Gedanken, er könnte ihr Rudel gefickt haben, war ich kurz davor gewesen, den Verstand zu verlieren. Ich war bereit gewesen, die Welt in Stücke zu reißen – ohne Rücksicht auf die Konsequenzen. Denn ich hatte mich auf eine Weise verraten gefühlt, die mir nicht zustand. Er gehörte nicht mir und ich gehörte nicht ihm. Diese ganze Sache war einfach nur ... verkorkst.

»Ich hätte wissen müssen, dass du hier bist«, murmelte Seth hinter mir. »Macht sie sich sauber oder versteckt sie sich nur unter der Decke?«

»Wovon redest du?« Ich runzelte die Stirn.

Seth stolzierte durch den Raum zu dem zerwühlten Bett und riss mit einem »Aha!« die Decke weg, bevor er mit ausdruckslosem Gesicht auf die leeren Laken starrte.

»Wo ist sie?«

»Wer?«, fragte ich.

»Tory, natürlich«, knurrte er. »Cremt sie gerade ihre perfekten Titten ein? Befeuchtet sie ihre Vagina? Oder macht sie etwas ähnlich Feminines?«

»Sie ist weg«, sagte ich. Warum redete er in letzter Zeit so oft über ihre Titten? »Ich weiß nicht, wann sie zurückkommt.«

Ich fand den Zettel, den sie uns hinterlassen hatte, und hielt ihn ihm hin. Er entriss ihn mir, ließ seinen Blick über die Nachricht schweifen und blickte dann noch mürrischer drein.

»Sie kann nicht einfach abhauen«, knurrte er, zerknüllte den Zettel in seiner Faust und warf ihn zur Seite.

»Wer kann sie aufhalten?«, fragte ich, und er sah mich an, während diese aufgeladene Frage zwischen uns stand. Einst hätte jeder von uns sie aufhalten können, wenn wir es gewollt hätten. Aber jetzt …

Seths Augen wurden schmal und plötzlich schüttelte er den Kopf. »Ich muss gehen«, murmelte er und stürmte an mir vorbei. Dabei stieß er mit der Schulter gegen meine, um mich aus dem Weg zu schieben. Mein Arm schrie protestierend auf.

Ich wirbelte herum, wobei sich automatisch ein Knurren in meiner Kehle bildete, das aber stecken blieb, als ich die dunklen Striche des neuen Tattoos auf seiner Haut entdeckte, das perfekt zwischen seinen Schulterblättern saß – genau wie wir es vor etlichen Wochen besprochen hatten. Es war eine Mondsichel mit einem Wolf auf der Rundung an der Basis. Eine Fledermaus hing darüber, ihre Gesichter waren einander zwar zugewandt, aber sie befanden sich knapp außerhalb der Reichweite des jeweils anderen. Im Inneren des Mondes befand sich eine Uhr ohne Zeiger, nur mit einem Ring aus Zahlen und zerbrochenen Zahnrädern, die in einem wunderschönen Muster darunter hervorlugten.

»Du hast dir das Tattoo machen lassen«, sagte ich dümmlich, weil er das offensichtlich schon wusste. Aber er blieb stehen und blickte über seine Schulter zu mir, während er eine Hand auf den Türknauf legte.

»Ja«, stöhnte er.

»Du hast Sachen hinzugefügt«, sagte ich.

»Ja.«

»Was bedeuten sie?«

Er zuckte mit den Achseln, seine Lippen waren schmal und seine Augen voller Geheimnisse.

Ich schoss auf ihn zu und kam direkt hinter ihm zum Stehen. Ich war so nah, dass sein Duft mich einhüllte. Meine Lunge dehnte sich aus, und der Knoten in meinem Herzen löste sich ein bisschen, als ich die Hand ausstreckte, um die Linien nachzuzeichnen.

Seth fröstelte unter der Berührung. Seine Schultern rollten zurück, die Muskeln spannten sich an und wirkten definierter, als er langsam ausatmete.

»Es ist wunderschön«, murmelte ich und mein Puls pochte unregelmäßig, während ich das Muster nachzeichnete. Ich konnte einfach nicht anders, als ihn zu berühren.

»Hör auf!«, knurrte Seth, und die Drohung in seinem Ton zwang mich, innezuhalten, aber meine Finger blieben auf seiner Haut.

»Warum?«, fragte ich, wobei ich den Alkohol als Vorwand für mein gewagtes Verhalten benutzte. Dabei hatte ich die meisten Auswirkungen längst geheilt. Ich wollte meine Hand wieder bewegen, aber Seth wirbelte herum, griff nach meinem Handgelenk und stieß mich mit dem Rücken gegen die Wand, wo er mich mit einem wilden Knurren festhielt.

»Ich habe gesagt, dass du aufhören sollst.«

Ich hob mein Kinn und sah ihm in die Augen. Seine wölfischen Augen waren von Silber und Braun durchzogen, die Wut in ihm war berauschend, auch wenn ich wusste, dass sie furchterregend sein sollte. »Und ich habe gefragt, warum.«

Seine Finger krümmten sich dort, wo er immer noch mein Handgelenk festhielt, sein Unterkiefer zuckte, und ein Geräusch, das irgendwo zwischen einem Wimmern und Knurren lag, entrang sich seiner Kehle.

»Du warst heute Abend ein ziemliches Arschloch«, sagte ich und meine Muskeln spannten sich an, als ich mich an seine Worte erinnerte und daran, wie sie sich seither in meinem Schädel festgesetzt hatten.

»Ich bin jeden Abend ein Arschloch, Cal, du vergisst das nur gern, wenn dir mein Verhalten ganz gut in den Kram passt oder nicht in deine Richtung zielt«, widersprach er.

»Bringen dich Mond und Venus dazu, dich für eine Art Sex-Guru zu halten?«, stieß ich hervor. »Du hast mir nämlich mit enorm viel Begeisterung erzählt, wie viel besser du deiner Meinung nach ficken kannst als ich. Und dann hast du versucht, andere davon zu überzeugen, wie toll du doch bist. Wolltest du dich Rosalies Rudel anschließen, nachdem du ihnen gesagt hast, wie sie ficken sollen?«

»Und wenn schon?« Er zuckte mit den Schultern und ließ mein Handgelenk los, bevor er sich von mir wegdrückte. Dann drehte er mir den Rücken zu und schlich wie ein Tier durch den Raum, wobei das Licht des flackernden Feuers Schatten über sein neues Tattoo tanzen ließ. Mein Mund wurde trocken, als ich ihm dabei zusah, wie er sich von mir entfernte. Sein beleidigendes und arrogantes Benehmen weckte das Monster in mir.

»Die Herausforderung, die ich dir geboten habe, schien dir nicht zu liegen. Warum sollte ich mir meine Kicks dann nicht anderswo holen?«, sagte er weiter.

Mein Blut pumpte heiß und wütend durch meine Adern. Die Andeutung in seiner Frage brachte mich dazu, ihn schlagen und ihm das Gegenteil beweisen zu wollen. Mit einem Knurren schoss ich auf ihn zu und fuhr meine Reißzähne aus, um ihn daran zu erinnern, wen er da gerade zu ködern versuchte.

Doch statt mit der harten Masse seines Körpers zu kollidieren, prallte ich gegen ein Luftschild und brach mir durch die Wucht des Zusammenstoßes meine verdammte Nase. Ich stolperte fluchend zurück.

Eine Ranke schlang sich um meinen Knöchel, wodurch ich das Gleichgewicht verlor und mit blutendem Gesicht aufs Bett fiel.

Ich heilte meine Nase mit einem magischen Strahl, aber Seth schien mit seiner kleinen Machtdemonstration noch nicht fertig zu sein und stürzte sich wie eine Bestie knurrend auf mich. Er packte meine Handgelenke und hielt sie über meinem Kopf fest, während er sich rittlings auf mich setzte und seine Hüften gegen meine presste. Dabei nutzte er sein Gewicht, um mich unter sich zu fixieren.

»Du siehst gut aus da unten, Caleb«, stichelte er. »Willst du wissen, wie gut es sich anfühlen kann, mein Sub zu sein?«

Ich fletschte die Zähne, während ich versuchte, ihn von mir zu stoßen. Mein Herz raste in meiner Brust. Ich war gefangen zwischen Wut und dem Nervenkitzel dieses Spiels, von dem ich wusste, dass keiner von uns beiden es freiwillig verlieren würde.

»Ich glaube, zu *dir* passt das Sub-sein besser«, zischte ich und zerrte an meinen Armen, aber sie wurden sowohl von der Ranke als auch von seinen Händen festgehalten, sodass ich mich nicht befreien konnte. »Du bist praktisch für mich geschmolzen, als ich dich einen braven Jungen genannt habe.«

Seth schnaubte wütend und seine Augen blitzten.

»Nein, das habe ich dich nur denken lassen. Ich wollte, dass du dich in deiner Rolle als großer böser Vampir wohlfühlst, aber im Grunde bist du nur ein verängstigter kleiner Junge, nicht wahr, Caleb? Du wolltest mit dem Wolf spielen, um herauszufinden, ob es dir gefällt, aber jetzt bist du überfordert und fragst dich, ob es nicht sicherer wäre, zu deiner Ex und ihren Titten zurückzukriechen und ...«

»Warum zum Teufel bist du so besessen von Torys Titten?«, fragte ich, und er knurrte mich an.

»Weil ich es nicht mag, als Ablenkung missbraucht zu werden«, antwortete er barsch und seine Bauchmuskeln zuckten, als er sein Gewicht noch fester auf mich drückte, um mich unter sich zu halten. »Und genau das bin ich für dich, nicht wahr? Ein kleines Experiment. Ein Abenteuer. Etwas, das dich erregt, weil es neu ist, nachdem du jahrelang den gleichen Vanilla-Scheiß erlebt hast. Aber tief im Inneren bist du Vanilla, Caleb, und ich bin ein verdammter Regenbogen-Eisbecher, von dem du nur hin und wieder lecken kannst, denn mit mehr kommst du nicht klar.«

»Ich komme mit wesentlich mehr klar, als du es tust, Arschloch«, knurrte ich, riss an den Ranken, mit denen er mich gefesselt hatte, und zerstörte sie mit einem Schub meiner Vampirstärke.

Ich drehte uns um, drückte Seth unter mir aufs Bett und bäumte mich auf, wobei mein Blick zu seinem Hals wanderte. Doch bevor ich mich auf ihn stürzen konnte, drehte er uns wieder um. Seine Hand landete auf meinem Hals, und er drückte meinen Kopf zurück, bevor seine Lippen die meinen in einem brutalen und regelrecht strafenden Kuss eroberten.

Ich öffnete mich für ihn, meine Wirbelsäule wölbte sich gegen die Matratze, als seine Zunge in meinen Mund eindrang und mein Herz sich in meiner Brust überschlug. Wut verwandelte sich urplötzlich in Lust, und mein Verstand wurde von der Wandlung überrascht.

»Beweise es!«, brummte er gegen meinen Mund, seine Zähne bohrten sich in meine Unterlippe, und ich stöhnte auf, während ich meine Hüften unter ihm anwinkelte.

Die Worte, die er mir am Strand an den Kopf geworfen hatte, spukten wieder durch meine Gedanken. Er hatte mich mit dem Thema verhöhnt, das mich verfolgte, seit ich erkannt hatte, wie sehr ich ihn wollte. Er hatte mich an die Tatsache erinnert, wie wenig Ahnung ich in Bezug auf das hatte, was ich tat, wenn es um uns beide ging. Und mir klargemacht, dass er das ganz genau wusste. Ich hatte noch nie mit einem Mann geschlafen und meine Angst davor – und vor der schieren Zahl derjenigen, mit denen er mich vergleichen könnte – hatte mich wochenlang zurückgehalten.

Aber er hatte mich auch herausgefordert, mich von ihm unterrichten zu lassen. Er hatte angekündigt, dass er das tun würde, und als ich jetzt das Gewicht seines Körpers auf mir spürte und fühlte, wie mein Schwanz pochte, als ich mich an ihm rieb, wollte ich das mehr denn je.

Mein Herz raste vor Vorfreude und Erregung, und als sich die Wolken hinter dem Fenster verschoben, flutete Mondlicht über uns und vermischte sich mit Venus' Kraft, die hoch über dem Mond am Himmel hing. Ich spürte, wie das Verlangen, das die beiden befehligten, in mir anschwoll. Mein Bedürfnis nach ihm übertraf meine Ängste und Unsicherheiten, und ich entschied, mich einfach auf das verzweifelte Flehen meines Körpers einzulassen.

Fuck, ich wollte das. Ich hatte es so satt, meine eigene Hand zu ficken, während ich es mir vorstellte. Hatte es satt, ihn verstohlen zu beobachten und nach den richtigen Worten zu suchen, um ihn darum zu bitten. Und in diesem Moment verstand ich, dass ich keine Worte brauchte. Er hatte mir klargemacht, was ich tun musste, um diese Erfahrung mit ihm zu machen. Und egal, wie flüchtig die Bedeutung dieser Begegnung für ihn sein mochte – ich wusste, dass ich sie trotzdem wollte.

Ich unterbrach unseren Kuss, neigte den Kopf zurück und fing seinen Blick auf. Sein Geschmack vermischte sich mit dem Blut, das über meinen Mund gelaufen war, als ich mir über die Lippen leckte. Als seine Augen argwöhnisch wurden und sein Griff um mich nachzulassen drohte, gab ich mir einen Ruck und hob mein Kinn.

Ich ließ meinen Kopf zurück in die Kissen fallen, wandte den Blick von ihm ab und konzentrierte mich stattdessen auf das Kopfteil. Sein scharfes Einatmen war die einzige Bestätigung dafür, dass er wusste, was ich tat und was ich ihm bot. Ich bot ihm unterwürfig meinen Hals an, genau wie er es vorausgesagt hatte.

Ich schluckte schwer, als er unbeweglich auf mir lag, und es fühlte sich an, als würde er seinen Blick urteilend über meinen Körper schweifen lassen. Eine Abwägung des Angebots, das ich ihm gemacht hatte.

Noch nie in meinem Leben hatte ich mich auf diese Weise unterworfen. Niemandem. In keiner Weise. Niemandem außer ihm.

Als sein Mund schließlich meine Kehle berührte, war das Erregung und Sünde zugleich. Ein verruchtes Vergnügen durchströmte mich, als seine Bartstoppeln über meine Haut strichen und seine Lippen diese empfindliche Stelle erreichten.

Das Gefühl seines Mundes auf meiner Haut und das Wissen, dass er mir mit Leichtigkeit die Kehle herausreißen könnte, ließ mich frösteln. In diesem Moment gehörte ich ihm, ganz und gar und unbestreitbar.

Plötzlich bewegte sich Seth. Der Wolf in ihm übernahm das Kommando, und als er seine scharfen Zähne in meine Haut bohrte, stockte mein Atem. Gleichzeitig wölbte ich mich gegen ihn.

Er knurrte, als er mich biss, während sich der Vampir in mir gegen diese Unmöglichkeit wehrte. Noch nie hatte mich jemand so gebissen. Nicht ein einziges Mal. Verdammt, außer Orion hatte mich noch nie jemand gebissen – aber diese Situation hätte nicht weiter von dieser Realität entfernt sein können.

Fluchend presste ich meine Hüften nach oben. Mein Schwanz pochte vor Verlangen, als ich meinen Schritt an seinem rieb. Er drückte sich ebenfalls an mich, woraufhin ich seine eigene Erektion durch seine Jeans spüren konnte.

Seth ließ mein Handgelenk los, schob dann seine Hand vorn an meinem Hemd nach unten und öffnete die Knöpfe so mühelos, als wären sie nie da gewesen. Er schob seine Finger zwischen den Stoff und erkundete meinen Körper, während er seine Zähne immer tiefer in meinem Hals versenkte.

»Fuck«, zischte ich, mein Schwanz pulsierte vor Verzweiflung, meine Hüften bockten gegen seine, und das Bedürfnis in mir ließ mich nach ihm keuchen, während er die vollständige Kontrolle über mich übernahm.

Seth öffnete den Reißverschluss meiner Hose, umfasste meinen Schwanz und gab schließlich ein leises Knurren von sich, während er sich auch seiner Jeans entledigte. Die Vibrationen hallten in meinem ganzen Körper wider. Er bewegte seine Hand in perfekten Bahnen auf und ab und sein Daumen verteilte meinen Sehnsuchtstropfen über die gesamte Spitze meines Schwanzes, während er von mir Besitz ergriff.

»Warte«, keuchte ich, aber er ignorierte mich und pumpte härter, während er meinen Hals mit seiner Zunge umspielte und wieder dieses Knurren von sich gab.

Ich war so erregt, dass ich nur noch Wachs in seinen Händen war und seinem Verlangen völlig erlag. Als er noch fester zubiss, war seine Macht nicht zu leugnen und mein ganzer Körper wölbte sich vom Bett, als ich für ihn kam und meinen Samen in den Raum zwischen uns spritzte, während er mich durch diesen glückseligen Moment streichelte.

Seth zog seine Zähne aus meinem Nacken, lehnte sich zurück und schenkte mir ein raubtierhaftes Grinsen, wobei seine Zähne noch immer mit meinem Blut befleckt waren. Und ich lag immer noch unter ihm und keuchte einfach nur.

»Braver Junge«, säuselte er und verspottete mich mit diesem verdammten Lächeln. Seine Finger sammelten mein Sperma auf, bevor er sie in seinen Mund schob und sie sauber saugte. »Aber glaube nicht, dass ich schon mit dir fertig bin. Du willst von dem großen bösen Wolf lernen? Dann werde ich dafür sorgen, dass du eine wirklich gründliche Lektion erhältst.«

»Seth!«, knurrte ich warnend, aber seine Augen waren dunkel und hart, als wäre er gleichzeitig hier und nicht hier.

»Willst du diese Lektion oder nicht, Schönling?«, höhnte er und schob seine Hand in meine Haare. Er riss meinen Kopf zurück, und seine Augen blitzten bedrohlich auf, als er die Bisswunde an meinem Hals betrachtete, die er hinterlassen hatte.

Ich blinzelte ihn an und fragte mich, welcher Wahnsinn von uns beiden Besitz ergriffen hatte, als der Mann, der mein bester Freund und mein größtes Verlangen war, auf mich herabblickte, als wäre ich beides und doch irgendwie gar nichts für ihn. Er schien wütend auf mich zu sein, obwohl die Lust zwischen uns die Luft so dickflüssig machte, dass ich sie regelrecht schmecken konnte.

»Du siehst aus, als wolltest du mir wehtun«, sagte ich mit rauer Stimme, und er legte den Kopf zur Seite, wobei er mit seiner kräftigen Schulter zuckte. »Wirst du mir sagen, warum du so wütend auf mich bist? Oder willst du dir einfach nur den Hass aus dem Leib vögeln?«

In der dunklen Aura, die er ausstrahlte, flackerte etwas. Ein Anflug von Schmerz durchdrang seinen Blick wie das erste Licht der Morgendämmerung, bevor er so schnell wieder verblasste, dass ich nicht sagen konnte, ob ich ihn mir nur eingebildet hatte.

»Ich könnte dich niemals hassen, Cal«, murmelte er und rutschte zurück, als wollte er gehen. Aber ich hielt sein Handgelenk fest, um ihn aufzuhalten, obwohl sein Gesichtsausdruck mir eindeutig zu verstehen gab, dass er mir nicht sagen würde, was mit ihm los war.

»Ich bin auch wütend«, sagte ich, riss den Kopf zur Seite und zwang ihn, seinen Griff um meine Haare zu lösen. »Wütend auf die ganze verdammte Welt.

Auf Lionel, auf unser Schicksal, auf unser beschissenes Pech. Auf Darius. Auf alles. Aber ich fühle mich nicht so, wenn ich mit dir zusammen bin. Du lässt mich vergessen, auch wenn es nur für eine kurze Zeit ist.«

»Du lässt mich auch vergessen«, sagte er und seine Augen wurden dunkler, als wir unseren Schmerz miteinander teilten.

Ich stützte mich auf meine Ellbogen und kam ihm dabei so nahe, dass ich seine Luft einatmete. Unsere Münder berührten einander, ohne den Abstand, der uns trennte, ganz zu schließen.

»Gut«, sagte ich gegen seine Lippen und er stöhnte leise auf. Sein Blick brannte sich in meinen, als wollte er die intimsten Aspekte in mir finden und sie für sich beanspruchen.

Ich küsste ihn. Und es war keiner dieser brutalen, fordernden Küsse, die wir bisher geteilt hatten, sondern eher eine Frage und eine Bitte. Ich bot ihm meine Seele an, und seine erhob sich, um sie zu berühren.

Das Mondlicht strömte nach wie vor durchs Fenster herein, und ich stöhnte auf, als sich unser Kuss vertiefte. Ich streichelte die rasierte Seite seines Kopfes, bevor ich meine Hand in den längeren Haaren vergrub. Er war so mächtig, ein dominantes wildes Wesen, das aus einem Traum entsprungen und gekommen war, um mich aus der Realität zu reißen, die ich einst gekannt hatte. Ich hatte noch nie so viel Lust empfunden. Die Intensität raubte mir den Atem und das Verlangen nach mehr überwältigte mich.

Ich schob mich ein Stück nach vorn, und er ließ zu, dass ich ihn so bewegte, bis er über mir kniete und mir Zugang zum Rest seines Körpers verschaffte. Und dann begann ich, seinen Unterkiefer und die Seite seines Halses zu küssen.

Seth schob mir mein Hemd von den Schultern und ich half ihm, indem ich meine Arme zurückdrehte, als der Stoff von meinem Körper rutschte. Er fluchte, als er mich dabei beobachtete, wie ich seinen kräftigen Körper küsste und die Linien seiner Brust- und Bauchmuskeln leckte, bis ich seinen Schwanz in die Hand nahm und anfing, ihn zu pumpen.

Ich zögerte, als er sich hinkniete, was es mir erleichterte, meinen Mund tiefer sinken zu lassen, denn sein Schwanz glänzte vor Sperma, als ich meinen Blick darauf richtete. Die Worte, die er mir vorhin entgegengeschleudert hatte, erhoben sich in meinem Kopf und mischten sich mit den Zweifeln und Ängsten, die ich jedes Mal bekämpfte, wenn ich darüber nachdachte, auf diese Weise mit ihm zusammen zu sein.

Doch als ich meinen Blick hob, um den seinen zu treffen, nahm Seth mein Gesicht in die Hand und ließ ein lustvolles Knurren erklingen, das meinen Schwanz vor Verlangen nach mehr pulsieren ließ.

»Zeig mir, wie du es magst«, sagte ich mit stockender Stimme, als ich die Worte herauspresste. Meine Haut brannte vor Verlegenheit – obwohl ich mich weigerte, das zuzugeben – und aus Angst, die ganze Sache zu versauen. In dem Moment verwandelte sich das warme Braun seiner Augen in Magma und sein Lächeln wurde wilder.

»Mach dir darüber keine Sorgen«, erklärte er, und seine Hüften bewegten sich, als er auf mich herabblickte. Das Verlangen in seinem Blick stärkte mein Selbstvertrauen, und ich wandte meine Aufmerksamkeit abermals seinem Schwanz zu.

Es war ja nicht so, dass ich meinen Mund noch nie an jemandem eingesetzt hätte. Ich konnte mit meiner Zunge Dinge anstellen, die Mädchen innerhalb von Sekunden zum Schreien brachten. Und ja, das hier war anders, aber vielleicht war es auch gar nicht so anders. Vielleicht würde ich einige dieser Moves auch bei ihm zum Einsatz bringen können. Denn die Vorstellung, dass Seth Capella meinen Namen in Ekstase keuchte, brachte mein Blut so heftig in Wallung, dass mein Zögern dahinschmolz und mein Verlangen nach ihm jeden Zweifel überwältigte.

Ich beugte mich vor und führte seine Länge an meine Lippen. Meine Zunge zog einen Kreis um seine glitzernde Spitze, während ich ihn schmeckte, und der Fluch, der als Reaktion darauf seinen Mund verließ, spornte mich an.

Ich leckte ihn erneut, dann nahm ich seinen Schwanz in meinen Mund und umkreiste ihn mit meiner Zunge.

»Fuck!«, keuchte Seth, schob seine Hand in meine Haare und krallte sich in meinen Locken fest. »Mehr!« Er schob seine Hüften langsam vor, und ich stöhnte zustimmend auf, als ich ihn tiefer in den Mund nahm und meine Kehle entspannte, um so viel wie möglich von ihm aufzunehmen.

Sein Geschmack versetzte meinen ganzen Körper in eine Art Rausch und die Geräusche, die er von sich gab, weckten ein gewaltiges Verlangen in mir, als ich ihn zunächst zurückzog und dann erneut nach vorn schob.

Fuck, er war riesig. Meine Faust pumpte den Ansatz seines Schwanzes im Takt mit den Bewegungen meines Mundes, während ich weiter saugte und leckte. Seth fluchte, während er versuchte, sich zurückzuhalten.

Ich nahm ihn immer wieder in den Mund, mein Kopf wippte, als ich mich an das Gefühl gewöhnte, und meine Zunge erforschte jedes Mal die Spitze seines Schwanzes, wenn ich mich zurückzog.

Seth begann zu zittern, während ich mit ihm spielte, und er zog so fest an meinen Haaren, dass es fast schon wehtat.

»Scheiße, Caleb, ich kann mich nicht länger zurückhalten«, keuchte er und seine Hüften verkrampften sich mit dem Verlangen, noch mehr von mir zu nehmen, sich schneller und härter zu bewegen.

Meine Reißzähne kribbelten, als ich seine Lust hörte, und ich ließ die schärfer werdenden Spitzen meiner Zähne an seiner Länge entlanggleiten, bevor ich mich ganz zurückzog.

»Dann hör auf, dich zurückzuhalten!«, befahl ich und leckte seine Spitze, während ich seinen Blick festhielt. Das Mondlicht beleuchtete seinen kräftigen Körper, mit dem er immer noch über mir kniete, und mein Schwanz versteifte sich bei seinem Anblick und verlangte bereits nach mehr.

Seth knurrte zustimmend und mit einem kräftigen Stoß seiner Hüften schob er seinen Schwanz in meinen Mund, bis ich an ihm zu ersticken drohte und meine Augen brannten. Er zog sich halb zurück, dann drang er wieder in mich ein und knurrte vor Vergnügen, als ich meine Zunge trotz der Brutalität seines Anspruchs an ihm hinaufrollen ließ.

Er packte meine Haare mit beiden Fäusten und drückte mein Gesicht an sich, während er meinen Mund fickte. Etwas in mir explodierte, als mich das Gefühl, seine Lust zu besitzen, so sehr erregte, dass ich es kaum aushalten konnte.

Ich bewegte mich unter ihm, griff mit einer Hand nach dem festen Muskel seines Arsches und trieb ihn an, weiterzumachen, während ich mit der anderen Hand meinen eigenen Schwanz massierte, um die Qualen meines Verlangens nach ihm zu lindern.

Seth zog seine Hüften zurück und ich beschwor meine Gaben, indem ich meine Zunge so schnell gegen ihn schnalzen ließ, dass er erneut fluchte. Mein Name verließ seine Lippen, bevor er sich erneut in meinen Rachen stieß.

Das war die einzige Ermutigung, die ich brauchte, und als er sich zurückzog, tat ich es noch einmal. Meine Zunge schnippte und wirbelte um ihn herum, während ich an seinem Schwanz saugte, ihn dazu drängte, sich mir hinzugeben. Und ich stöhnte meine eigene Lust heraus, als er mit einem hallenden Heulen in meinem Mund explodierte, das seine Befreiung markierte.

Ich schluckte gierig, sein Geschmack war berauschend und ich nahm jeden Tropfen in mich auf und pumpte meinen eigenen Schwanz noch härter, als ich spürte, dass eine zweite Erlösung auf mich zukam. Mein Körper schmerzte vor Verlangen danach.

»Stopp!«, keuchte Seth, während er sich zurücklehnte. Seine Hand landete auf meinem Bizeps und zwang mich, meinen Schwanz loszulassen. »Ich bin der Einzige, der dich heute Abend zum Kommen bringt. Also behalte deine verdammten Hände bei dir oder leg sie auf mich!«

Der Alpha-Charakter seiner Stimme lockte meine Reißzähne ganz hervor, und ich stürzte mich auf ihn, warf ihn unter mir aufs Bett und versenkte meine Zähne in der pulsierenden Ader in seinem Hals. Der Geschmack von Mondlicht und Erde umspülte meine Zunge, als ich von ihm trank und meine Hüften gegen ihn drückte, sodass ich die Hitze seines Körpers an der pochenden Spitze meines Schwanzes spüren konnte. Ich brauchte mehr. Verdammt, ich glaubte nicht, dass ich jemals genug von ihm bekommen würde, und ich war mir auch nicht sicher, ob ich das wollte.

»Bei den Sternen, wo ist das Gleitmittel, wenn wir es brauchen?«, zischte Seth.

Ich zwang meine Zähne aus seiner Kehle und sah ihn überrascht an, denn mein Körper verlangte mehr nach dem, was er andeutete, als ich es in Worte fassen konnte.

»Hier ist welches«, sagte ich und ließ meinen Blick von ihm zu der Schachtel mit unlizenzierten Sexspielzeugen schweifen, die ich vorhin gefunden hatte und die immer noch auf dem Boden stand.

»Woher weißt du das?«, knurrte Seth und sein Wolf zeigte sich in seiner Miene.

»Weil ich das hier vorhin gefunden habe.« Ich beugte mich hinunter, nahm die schwere Schachtel vom Boden und riss sie auf, während Seth ein überraschtes Lachen ausstieß.

Ein riesiger goldener Drachenschwanzdildo fiel heraus und landete auf seiner Brust, was mich ebenfalls zum Lachen brachte, bevor ich ihn beiseite warf und die Schachtel schüttelte, um den Rest des Inhalts auf das Bett neben uns zu leeren.

Ich beäugte die Gleitgelflasche, ohne mir die anderen Dinge anzusehen, die um sie herum lagen, und mein Mund wurde trocken bei dem Gedanken, was wir damit machen könnten.

»Oooh, Überraschungstüte!«, gurrte Seth und schnappte sich einen versiegelten silbernen Beutel neben dem Vibrator, der mit Darius als Modell entworfen worden war.

Ich stieß den Vibrator vom Bett, während Seth die Tüte mit seinen Zähnen aufriss. Sein Gesichtsausdruck wandelte sich von dem eines aufgeregten Welpen zu dem eines unersättlichen Alphas, als er einen goldenen Butt-Plug aus der Tüte nahm und ihn zwischen seinen Fingern rollte.

»Wie Vanilla fühlst du dich, Altair?«, säuselte er und fuhr mit seiner Zunge an der Seite des Sexspielzeugs entlang, woraufhin mein Herz in meiner Brust pochte.

»Sag du es mir!«, sagte ich und die Vorfreude in mir wuchs, als ich ihm dabei zusah, wie er den Plug in seinen Mund nahm, bevor er ihn wieder losließ.

Seth antwortete mir nicht, sondern beugte sich vor, um meinen Mund zu erobern, bevor irgendwelche Ängste oder Zweifel in mir aufsteigen und das Ganze ruinieren konnten. Er entledigte sich unter mir seiner Jeans und Boxershorts, und ich folgte seinem Beispiel und schob auch meine Hose ganz nach unten, bevor ich mich wieder auf ihn fallen ließ, um den Kuss zu erwidern.

Ich küsste ihn hart und tief, meine Finger wanderten von seiner Kniekehle bis zu seiner Seite, während seine nackte Haut mein Blut vor Verlangen pulsieren ließ, wie ich es noch nie bei einer anderen Person erlebt hatte. Ich wollte ihn mit diesem Kuss in Besitz nehmen und ihn zwingen, sich meinem Anspruch auf seine Seele zu beugen. Aber natürlich würde er es mir nicht so einfach machen.

Seth drängte mich zurück, bis ich gezwungen war, aufzustehen. Er erhob sich mit mir und drängte mich zurück zur Wand, wobei sein Mund die ganze Zeit auf meinem lag und wir uns mit einem verzweifelten, endlosen Bedürfnis küssten, das einfach nicht gestillt werden konnte.

Meine Wirbelsäule prallte gegen die kalten Mauersteine, und ein paar der Blumen an der Decke lösten sich und fielen um uns herum, als Seth den warmen Metallpfropfen an meinem Oberschenkel hinaufführte. Ich knurrte zustimmend, als seine andere Hand meinen Hintern umfasste. Seine Finger waren glitschig vom Gleitmittel, das ich ihn nicht einmal öffnen gesehen hatte.

Er küsste mich inniger, während er seine Finger zwischen meine Pobacken schob. Meine Muskeln verkrampften sich zunächst und entspannten sich dann wieder, als ich mich zwang, ihm nachzugeben und seiner Führung zu folgen, und er begann, das Gleitmittel in meine Haut einzumassieren.

Er schob erst einen Finger in mich hinein, dann einen zweiten und grinste an meinem Mund, als das ungewohnte Gefühl mir ein Keuchen entlockte. Ein tiefes Knurren bildete sich in meiner Brust, als er meine inneren Wände massierte.

»Ich werde so viel Spaß dabei haben, dir all die Dinge beizubringen, die du verpasst hast, Cal«, neckte er, während seine Finger tiefer in mich eindrangen und mir den Atem raubten, sodass ich keine Chance hatte, zu antworten.

Ich griff nach meinem Schwanz, als das Verlangen in ihm zu einem verzweifelten Bedürfnis wurde, aber Seth drückte sich gegen mich und verweigerte mir das mit einem warnenden Knurren. Gleichzeitig erreichte der Butt-Plug meinen Arsch.

Seth zog seine Finger zurück, und ich fluchte angesichts des leeren Gefühls, das sie hinterließen. Dann küsste er mich, seine Zunge vermischte sich mit meiner, unsere Herzschläge fielen in einen glückseligen Rhythmus und ich stöhnte in seinen Mund, als er den mit Gleitmittel benetzten Plug in meinen Arsch schob.

Das Spielzeug dehnte und füllte mich aus, und der Drang, es wieder herauszuziehen, wurde immer stärker, bis er es noch ein Stückchen weiter hineinschob. Mit einem Keuchen riss ich meinen Mund von seinem.

»Verdammte Scheiße«, hauchte ich angesichts der exquisiten Ausfüllung, und mein Verstand schaltete für einige Sekunden ab, als ich mich einfach an die Wand lehnte und mich daran gewöhnte.

Seth bewegte sich von mir weg, als ich keuchend dastand und nach Erlösung lechzte, während mein Schwanz wie ein steifes Leuchtfeuer meine Bedürfnisse verkündete.

Er ließ sich zurück aufs Bett fallen, spritzte mehr Gleitmittel auf seine Hand und ließ mich zusehen, wie er seinen festen Schwanz damit einschmierte, bevor er auch seinen Arsch damit bedeckte.

»Komm schon, Caleb. Trau dich!«, stichelte er. Er schien die Unsicherheit in meinem Gesicht zu lesen und verspottete mich nun mit seinem eigenen Selbstvertrauen.

Ich hob mein Kinn, als ich den Blick in seinen Augen sah – den wissenden Blick, der mir sagte, dass er hier in seinem Element und ich ihm ausgeliefert war. Scheiß drauf! Er mochte schon etliche Männer vor mir gefickt haben. Aber noch nie mich.

Ich schoss so schnell auf ihn zu, dass er nicht einmal blinzeln konnte, bis ich auch schon auf ihm lag, ihn mit meinem Gewicht auf die Matratze drückte und meinen Mund wieder auf den seinen presste.

Ich legte seinen kräftigen Oberschenkel über meinen Arm und drückte meine Hüften nach vorn. Mein Schwanz glitt durch das Gleitmittel, das ihn umhüllte, bevor ich mir mehr davon nahm und jeden Zentimeter meiner Länge damit bedeckte. Es war zwar mein erstes Mal mit einem Mann, aber es war nicht mein erster Analsex, und wenn Seth erwartete, mich durch jede Sekunde zu coachen, dann irrte er sich gehörig.

Ich schob sein Bein weiter meinen Arm hinauf und küsste ihn noch inniger, während ich seine Hüfte positionierte und die Spitze meines Schwanzes schließlich gegen seine Öffnung stieß.

Seth grinste gegen meine Lippen, als wüsste er genau, wie das hier ablaufen würde, und ich knurrte trotzig, schob mich vor und versank mit einem kraftvollen Stöhnen in ihm. Er gehörte mir.

»Scheiße!«, zischte Seth, als ich anfing, ihn zu ficken, denn ich wusste aus den unzähligen Geschichten, die er mir im Laufe der Jahre erzählt hatte, wie er es mochte. Er war kein zartes Blümchen, das zärtlich genommen werden wollte. Er war ein Alpha und er fickte gern hart und schnell.

Ich zog mich zurück und stieß dann noch tiefer in ihn hinein. Die perfekte Enge seines Arsches ließ mir den Kopf schwirren, während sein Körper meinen Schwanz mit überwältigender Intensität umklammerte.

Ich fixierte ihn unter mir, stieß in ihn hinein und wieder heraus, aber er lehnte sich nicht einfach zurück und nahm, sondern hob seine Hüften, um mir entgegenzukommen, und grub seine Fingernägel in meine Arschbacken, um mich noch tiefer zu treiben.

»Bei den Sternen, du bist so verdammt groß!«, fluchte er, bevor er heulend den Kopf nach hinten neigte. Und ich stieß, nahm, gab und verlor mich völlig, als die Kraft der Venus und des Mondes aufeinandertrafen und das Feuer des Verlangens zwischen uns zu neuen unaufhaltsamen Höhen anfachten.

Seth drehte uns so plötzlich um, dass ich nur verdutzt aus der Wäsche schauen konnte. Und dann saß er auf mir, legte seine Hand um den Umfang seines Schafts und begann, mich zu reiten, indem er meinen Schwanz nach unten drückte, während er die Kontrolle über die Bewegungen übernahm und mich noch härter fickte.

Mein Atem stockte, als die neue Position den Plug noch weiter in mich hineintrieb, und ich keuchte seinen Namen, weil ich so unglaublich voll war.

Ich streckte die Hand nach ihm aus und fing seinen Blick auf, während ich mit meinen Hüften jedem Stoß entgegenkam und beobachtete, wie er seinen eigenen Schwanz mit einem wilden Verlangen nach mir pumpte, das mich so nah an den Abgrund brachte, dass ich mir auf die Zunge beißen musste, um mich zurückzuhalten.

Ich wollte nicht, dass es aufhörte, wollte meinen Körper nie wieder von seinem lösen oder etwas anderes spüren als die perfekte Enge seines Arsches, der meinen Schwanz umschloss.

Ich brauchte mehr, alles, und ich nahm seine Hand, bevor ich meine Zähne in seinem Handgelenk versenkte.

Seth heulte erneut auf, als ich von ihm zu trinken begann, und ich schlang meine freie Hand um seine Hüfte, um seine Bewegungen zu lenken.

Mein Körper zitterte vor Lust, und das Bedürfnis nach Erlösung war geradezu schwindelerregend. Ich stieß immer wieder in ihn, bis ich schließlich so heftig kam, dass mein ganzer Körper zitterte. Er kam gleichzeitig mit mir, und sein heißes Sperma ergoss sich über meine Brust. Als er meinen Namen keuchte, war ich wie elektrisiert.

Ich riss meine Reißzähne aus seinem Handgelenk und küsste seinen Mund. Wir beide waren schweißgebadet und keuchten schwer – unsere Welten waren unwiederbringlich zerstört.

Ich zog mich aus ihm zurück und er rollte sich neben mich aufs Bett. Wir beide starrten an die Decke, während sich unsere aufgewühlten Herzen nach diesem atemberaubenden Akt beruhigten.

Die Stille dehnte sich aus, während wir einfach so dalagen. Aus bequem wurde schließlich angespannt, ohne dass einer von uns beiden auch nur einen Muskel bewegt hatte.

»Richtig«, begann Seth, aber ich unterbrach ihn.

»Können wir das einfach … auf sich beruhen lassen?«, fragte ich, während ich meinen Blick flüchtig über ihn schweifen ließ. »Ich will kein Peace-Zeichen. Und ich will nicht, dass du gehst.«

»Ich hatte weder das eine noch das andere vor«, antwortete er und ich drehte stirnrunzelnd den Kopf in seine Richtung. Er musterte mein Gesicht und räusperte sich dann. »Ich meine, das Peace-Zeichen ist nur für Blowjobs. Und wir haben richtig gefickt, also müsste ich auch noch das Okay-Zeichen hinzufügen – du weißt schon, weil man dazu ein Loch mit dem Finger und dem Daumen macht, also …«

»Seth?« Ich seufzte, ignorierte das Ziehen in meiner Brust wegen seines flapsigen Geschwätzes und rollte mich auf die Seite, um ihn anzusehen.

»Ja?«, fragte er und seine Augen wurden weicher. Als würde er sich schlecht fühlen oder so. Als könnte er all die Worte sehen, die in meiner Brust darum kämpften, freigelassen zu werden. Als würde er mich dafür bemitleiden.

Ich atmete aus und gab ihm einen Stoß, sodass er sich von mir wegrollen musste. »Lass uns einfach schlafen, ja?«

Seth sagte mehrere Sekunden lang nichts. Sein kräftiger Körper war angespannt, als er sich mit dem Rücken zu mir positionierte, und ich starrte auf das neue Tattoo, das seine Haut zierte. Ich strich mit meinen Fingern über die Tinte, woraufhin er einen langen Atemzug ausstieß, sich in den Kissen entspannte und mir erlaubte, näher an ihn heranzurücken.

Ich zog die Decke über uns und schloss die Augen, während ich meinen Arm um ihn legte und ihn zu meinem kleinen Löffel machte.

Ich hätte schwören können, Venus und den Mond kichern zu hören, als ich mit Seth in meinen Armen einschlief. Und ein kleines Lächeln umspielte meine Lippen.

Gemini
Scorpio
Virgo
Cancer
Leo
Taurus
Capricorn
Libra
Aquarius
Sagittarius
Pisces

SETH

KAPITEL 57

Wach. Ich war hellwach.

Ich konnte einfach nicht schlafen.

Ich blinzelte kaum, als ich aus dem Fenster zum kühlen Mond starrte, der mit Venus am Himmel tanzte.

Ich hatte diesen Mond gefickt, diesen wunderschönen mystischen Mond mit all seinem Charme und seinen Reizen. Aber nichts – NIIIIIIIIIIICHTS – war mit dem vergleichbar, was ich beim Ficken von Caleb Altair gefühlt hatte. Mondkrater hin oder her, ich hatte etwas Transzendentes erlebt, aber verdammt, es fühlte sich vergänglich an.

Cal schlief, oder vielleicht tat er nur so, als würde er schlafen, so wie ich. Aber ich traute mich nicht, zu fragen, während ich dalag und alles noch einmal in meinem Kopf durchspielte. Derweil kam das Morgengrauen immer näher.

Solange es Nacht war, fühlte ich mich wie von einem Zauber umgeben, der meine wildesten Träume zum Leben erweckt hatte. Aber ich wusste, dass die über den Horizont ragende Sonne den Bann brechen würde. Caleb würde aufwachen und Venus' Kraft vergangen sein. Im Morgenlicht würden wir mit den nackten Wahrheiten konfrontiert werden. Warum war alles so viel einfacher im Dunkeln?

Sex, Storys, Snacks – sie alle waren gegen Mitternacht am besten.

Aber die Morgendämmerung kam immer, und ich konnte sie auch jetzt nicht aufhalten, selbst wenn ich mich noch so sehr anstrengte.

Also schmiegte ich mich an das Gewicht seines Armes, den er fest um mich gelegt hatte, voller Angst, den Zauber dieses Moments zu brechen. Schließlich konnte ich Venus und den Mond nicht mehr zusammen spielen sehen, und die Sterne glitzerten nur noch schwach, als der Himmel blasser wurde. Schließlich stahlen sie sich davon und lachten über mich, als sie verschwanden.

Ich bewegte mich ein wenig und überlegte, ob es nicht besser wäre, zu verschwinden, bevor Caleb aufwachte. Dann könnte ich, wenn ich ihn das nächste Mal sah, einfach so tun, als hätte sich nichts verändert. Aber verdammt, alles *hatte* sich verändert. Es wäre ein beschissener Move, aber ich wusste einfach nicht, wie ich mit den ernsten Gesprächen umgehen sollte, die geführt werden mussten. Ich konnte sehen, wo die Grenzen gezogen worden waren. Sollte ich ihm jetzt mein Herz ausschütten und ihm sagen, dass ich schon verdammt lange in ihn verliebt war? Oder würde ihn das in die Flucht schlagen?

Vielleicht sollte ich es ruhig angehen lassen, hier und da mit ihm schlafen, nie zu lange mit dem Feuer spielen und somit vermeiden, mich zu sehr zu verbrennen. *Oder* ich könnte mich so oft wie möglich mit ihm einlassen und mich dem Inferno aussetzen, das mich verschlingen würde, wenn die Realität über uns hereinbrach.

Das Problem all dieser Optionen war, dass keine von ihnen mit einem Happy End verbunden war. Ich musste mich für ein Schicksal entscheiden, das unweigerlich dazu führen würde, dass mein Herz zerstört wurde. Und ja, Caleb war den Herzschmerz wert, aber bei den Sternen, warum gab es nicht auch eine Option D, bei der alles gut ging?

Oder eine Option P ... *Wofür das P steht, ist logisch, oder?*

Caleb schlang seine Arme enger um mich und zog mich fester an seinen Körper. Ich gab nach und schmiegte mich wieder an ihn, während der Wolf in mir zufrieden mit dem Schwanz wedelte. Das hier war der Grund, warum ich mir eine Uhr ohne Zeiger auf den Rücken hatte tätowieren lassen. Ich wollte, dass die Zeit stehen blieb, wenn ich mit ihm zusammen war, ohne das Tick-Tick-Tick der unvermeidlich vergehenden Zeit, die zur Trennung führen würde.

Was, wenn du ihm sagst, dass du ihn liebst, und er sagt, dass er dich auch liebt?

Eine schelmische Stimme meldete sich in meinem Hinterkopf zu Wort — und sie hörte sich sehr nach Darcy an.

Verdammt, ich vermisste meine kleine Phoen Dream. Aber die winzige Version in meinem Kopf verzapfte nur Mist. Caleb erforschte seine neuen Triebe in einem sicheren Umfeld, also bei mir. Und vielleicht *war* da etwas zwischen uns, aber ich konnte mir nicht vorstellen, dass es von seiner Seite aus Liebe war. Niemals — wenn ich ehrlich zu mir selbst war. Ich war sein Bro. Und darüber hinaus waren wir beide an gewisse Pflichten gebunden, unabhängig davon, was wir füreinander empfanden.

Wenn wir eines Tages die Posten unserer Eltern im Celestia-Rat einnehmen würden, müssten wir selbst für Erben sorgen, die die lange Linie der ausgeglichenen Macht aufrechterhielten. Wir mussten mit verschiedenen Partnern verschiedene Erben zeugen, die unsere Blutlinien weiterführten. Und sie mussten unabhängig voneinander erzogen werden, ihre eigene Meinung haben und mit den anderen Erben ihrer Generation in gegenseitiger Liebe und gegenseitigem Respekt verbunden sein, während sie als Vertreter der einzelnen Häuser ihre Unabhängigkeit voneinander bewahrten.

Vor Hunderten von Jahren hatte es Dutzende von Blutlinien gegeben, die genauso mächtig gewesen waren wie die unseren, aber durch Eheschließungen untereinander — und durch die Auslöschung einiger Familien durch ihre Rivalen — waren die meisten der mächtigen Familien verloren gegangen. Als unsere Vorfahren erkannt hatten, dass unsere Neigung zu Mischehen zwischen unseren Familien die Zahl der Blutlinien, die noch über unsere Macht verfügten, langsam verringerte, war es zu spät gewesen, um den Rückgang der Zahl aufzuhalten. Es wurden Gesetze erlassen, um Ehen zwischen den mächtigsten Blutlinien Solarias zu verhindern. Zu diesem Zeitpunkt hatte es nur noch acht lebensfähige Blutlinien gegeben, und dann war es zu einem Krieg gekommen, in dem weitere vier ausgelöscht worden waren.

Zu unserem Glück waren die Capellas, die Altairs, die Rigels und die Acruxes auf der Gewinnerseite dieses Krieges gewesen, aber zu meinem Pech bestand jetzt keine Chance, dass wir jemals so zusammen sein konnten. Die Regeln waren klar, die Gesetze so eindeutig, dass es keinen Weg gab, sie zu umgehen, und unsere Verantwortung für unser Königreich war unausweichlich. Verdammt, ich hatte mir nie im Leben gewünscht, meinen Titel und die Macht, die ich besaß, loszuwerden, aber für ihn wünschte ich mir fast, ich könnte das alles aufgeben.

Mein Verstand arbeitete auf Hochtouren, um Lösungen zu finden, während Mini-Darcy mich anfeuerte. Und ich verlor mich in dem Reiz, an eine Zukunft zu denken, in der Caleb mich genug liebte, um bei mir zu bleiben.

Ich nahm an, dass wir unsere Position als Erben an ein Geschwisterkind abgeben könnten. Aber wir befanden uns mitten im Krieg und Hadley, Athena und Grayson hatten nicht annähernd genug Training, um diese Rollen zu übernehmen. Xavier könnte vielleicht aufholen, wenn er davon überzeugt werden könnte, die Position des Feuerlords zu übernehmen – und ehrlich gesagt, würde er am Ende wahrscheinlich keine andere Wahl haben.

Aber dass Cal und ich unsere Positionen in dieser Zeit des königreichweiten Konflikts aufgaben, nachdem wir bereits Darius verloren hatten, wäre verdammt egoistisch. Und mehr noch: Es könnte die Grundfesten all dessen erschüttern, womit wir unser ganzes Leben lang beschäftigt gewesen waren – die Gunst des Volkes zu erwerben und uns auf die Herrschaft vorzubereiten.

Schon bald würden wir uns an genau diese Fae wenden müssen, um sie öffentlich für unsere Armee zu gewinnen. Wir zögerten lediglich den Zeitpunkt hinaus, bis wir diesen Aufruf offiziell machten. Wir warteten, bis wir im Königreich wirklich Fuß gefasst hatten, damit wir einen Ort hatten, an dem wir sie alle versammeln konnten. Es gab Tausende von Solariern, die uns unterstützten, die seit Jahren voll und ganz in unseren Aufstieg zur Macht investiert hatten und die uns zweifellos zu Hilfe kommen würden, wenn wir ihnen Schutz vor Lionels Tyrannei bieten könnten.

Nein, abdanken war keine Option. Und von Caleb würde ich das sowieso nicht verlangen, selbst wenn ich das Glück hätte, dass er mich so sehr wollte wie ich ihn.

Wir waren ein garantiertes Desaster, aber in diesem Moment lagen wir noch nebeneinander in diesem Bett. *Also haltet endlich diese verdammten Uhren an!*

Caleb regte sich und gab ein leises Brummen von sich, ein Geräusch, das mir ein solch nachhaltiges Gefühl von Sicherheit gab, dass ich es am liebsten für den Rest meines Lebens gehört hätte. Die Sonne war noch nicht da, wir hatten noch ein paar Momente der Dunkelheit vor uns.

Vielleicht nur noch eine Minute. Und es fühlte sich wirklich so an, als würde die Apokalypse kommen, sobald die Dämmerung einsetzte.

»Morgen«, sagte Caleb rau und seine Lippen streiften meinen Nacken, während er meine Haare zur Seite schob.

Die Berührung seines Mundes löste ein Feuerwerk in meiner Brust aus, und ich tanzte im Geiste unter dem Funkenregen.

»Weißt du noch, mit wem du im Bett liegst?«, fragte ich mit einem neckischen Unterton in der Stimme, und seine Hände glitten zu meinen Brustmuskeln hinauf, umfassten und drückten sie.

»Bessy, nicht wahr?« Ich spürte sein Grinsen auf meiner Haut, als er mich erneut küsste, und das entlockte mir ebenfalls ein Lächeln.

»Das ist meine Schwester, du Trottel«, keuchte ich und täuschte eine Kränkung vor. Aber er gluckste nur und ließ seine Hand über meine Bauchmuskeln gleiten, bevor er sich tiefer und zu meinem bereits harten Schwanz bewegte.

»Cal«, sagte ich atemlos, während das Licht am Himmel höher kroch wie eine geladene Waffe, die direkt zwischen meine Augen zielte.

Er rieb sich von hinten an meinem Hintern und zeigte mir damit, wie hart er bereits war und dass die letzte Nacht nicht nur ein Traum auf einem Regenbogen gewesen war.

Er beugte sich vor, seine Reißzähne schabten an meinem Ohr, und ich erschauderte, als seine Faust begann, in langsamen, trägen Bewegungen an meiner Länge auf und ab zu gleiten.

»Bereust du irgendetwas?«, fragte ich ihn schroff und griff nach seinen Locken, woraufhin er in die Schwellung meines Bizeps kniff, mich auf den Rücken zog und sich auf mich setzte.

»Ja, da wäre eine Sache«, murmelte er.

»Ach ja?«, fragte ich lässig, während mein Herz schmerzhaft hämmerte.

»Ich habe den Butt-Plug drin gelassen«, schnaubte er und ich musste lachen.

»Alter.« Ich schubste ihn von mir runter, drehte ihn auf den Bauch und streckte die Hand aus, um ihn herauszuziehen und ihn zwischen die Laken zu werfen.

Er blieb auf dem Bauch liegen, einen muskulösen Arm unter seinem Gesicht, während er mich von der Seite anschaute. Ich zog die Decke von seinem nackten Körper und bewunderte die feste seidenglatte Haut. Er war blasser als ich, seine Haut war wie sonnengetränktes Mondlicht, was auch immer das heißen mochte. Aber es stimmte.

Ich fuhr mit meinen Fingern über seine Wirbelsäule und seine breiten Schultern und er sah mir dabei zu, wie ich ihn bewunderte, wobei seine dunkelblauen Augen auf mein Gesicht fixiert waren. Ich hatte seinen Körper schon unzählige Male gesehen, aber noch nie so, völlig entspannt, nach dem Sex, in einer Umgebung, in der ich ihn einfach nur betrachten konnte.

Meine Hand erreichte den Ansatz seiner Wirbelsäule und ich fuhr mit der Handfläche über die festen Muskeln seines Hinterns, knetete seine Pobacken und hob schließlich den Blick, um seine Reaktion zu überprüfen.

»Das mit uns ... ist eine schlechte Idee«, äußerte ich einen Teil meiner Befürchtungen. In dem Moment spürte ich, wie die aufgehende Sonne meinen Rücken vergoldete.

»Die schlimmste«, stimmte er zu und ein scharfer Kloß bildete sich in meiner Kehle. »Jetzt komm her und küss mich, Capella!«

Ich drückte meine Zunge in meine Wange und sprang dann auf seinen Rücken, worauf er aufkeuchte. Ich hatte nicht einmal versucht, ihn vor der

Wucht meines Gewichts zu schützen. Mit meinen Knien drückte ich seine Beine weiter auseinander und richtete mich über ihm auf, wobei sich mein Schwanz zwischen seine Arschbacken drückte und seine Schultern steif wurden.

Ich griff nach seinen Haaren, riss seinen Kopf herum, um ihm einen Kuss auf den Mund zu drücken, und rieb mich fest an ihm. »Willst du herausfinden, wie es ist, unten zu sein, Cal?«

Er versuchte, sich auf die Knie zu zwingen, aber ich drückte mein Gewicht nach unten, um ihn unter mir zu fixieren, und er knurrte mit gefletschten Reißzähnen, woraufhin ich ihn mit einem spöttischen Grinsen sanft küsste.

Ich wich ein wenig zurück, um seinen Gesichtsausdruck zu sehen und herauszufinden, ob er vielleicht in Versuchung war, während das Sonnenlicht zwischen uns fiel und mich dazu brachte, seine Haare loszulassen. Er sah himmlisch aus, wie ein Wesen aus einer anderen Welt, das von den Sternen erschaffen worden war. Seine Locken verwandelten sich im Licht in flüssiges Gold, und seine Augen wurden zu zwei Wasserbecken mit dem intensivsten Blau, das ich je gesehen hatte.

Die Worte kamen unaufgefordert, aber ich biss sie zurück, denn das »Ich liebe dich« lag mir auf die Zunge und verlangte, freigelassen zu werden. Aber was würde er sagen? Er würde wahrscheinlich weglaufen. Es wäre zu viel für ihn und die zerbrechliche Beziehung zwischen uns. Trotzdem wollte ich diese Wahrheit loslassen. Sie war wie ein Vogel im Käfig, der nie seine Flügel ausgebreitet hatte und dazu verdammt war, in einen Himmel zu starren, den er nie wirklich berühren konnte.

Sag es!

Nein, Mini-Darcy – das würde alles kaputtmachen!

Aber die Worte kamen, meine Lippen teilten sich und meine Zunge bewegte sich in die entsprechende Position, während sich das »Ich« in meiner Kehle festkrallte.

»Seth?« Cal runzelte die Stirn, als könnte er spüren, was da gleich auf ihn zukam.

Ich war ein Auto, das auf dem Eis ins Schleudern geriet, und er war ein herumtollendes Rehkitz, das auf die Straße gestolpert war und gleich von einer rasenden Blechkiste überfahren werden würde. Ich konnte es nicht aufhalten. Es geschah einfach. Ich hatte es nicht mehr unter Kontrolle.

Die Tür flog auf und ich schaute mich erschrocken um – denn der Crash ereignete sich stattdessen in meinem Körper. Mein Herz hämmerte so heftig, dass mein Brustkorb zu explodieren schien.

Mein schlimmster Albtraum wurde wahr, als zwei Leute den Raum betraten und ich voller Entsetzen meine Mutter anstarrte, die von Calebs Mom begleitet wurde.

»Tory Vega, wir müssen wirklich …«, begann meine Mutter, aber ihr Mund blieb mitten im Satz offen stehen und Melinda stieß einen schrillen Schrei aus, als sie ihren Sohn unter mir entdeckte.

»Raus hier!«, schrie ich und Caleb rutschte zurück und warf mich von sich, woraufhin ich neben ihm auf dem Bett landete. Im nächsten Moment packte er die Bettdecke und zog sie über uns.

Aber sie verließen den Raum nicht, o nein, sie kamen näher, mit großen Augen, gerunzelten Augenbrauen und strengen Blicken.

»Seth Capella!«, schnauzte Mom und griff nach dem Kragen ihrer blauen Bluse.

»Was in Solaria tut ihr da?«, raunte Melinda Caleb zu.

Caleb setzte sich im Bett auf und drückte die Bettdecke fest an seinen Bauch – dabei hielt er sie hoch genug, um seinen Ständer zu verstecken. Meiner sank, als wäre er ein Boot, das gegen einen Felsen geprallt war und auf den Grund des Ozeans zusteuerte, um nie wieder zurückzukehren.

»Habt ihr eine Ahnung, was für einen Skandal das auslösen könnte?«, bellte Mom, und der Alpha in ihr kam zum Vorschein. Ich zuckte zusammen. »Wie viele Leute wissen davon? Ist Tory auch hier? Habt ihr drei euch zusammen eurer Fleischeslust hingegeben?«

»Tory ist nicht hier«, schnauzte ich. »Und niemand spricht heutzutage noch von Fleischeslust! Argh!«

»Niemand weiß davon«, antwortete Caleb schnell, und ich nickte zustimmend, aber Mom fixierte mich mit ihrem skeptischen Blick und zeigte direkt auf mein Gesicht.

»Lüg mich bloß nicht an, Kleiner! Du kannst deinen Mund in keinerlei Hinsicht halten. Oder ist das das erste Mal, dass das passiert? Hattest du noch keine Gelegenheit, darüber zu plappern? Bei den Sternen, bitte sag mir, dass es das erste Mal war!«

»Ja«, sagte Melinda hoffnungsvoll. »Venus und der Mond haben euch zueinander geführt, richtig? Das ist in Ordnung. Das passiert den Besten von uns. Erinnerst du dich an die Mondfinsternis damals an der Zodiac Academy? Als wir – Tiberius, Radcliff, du und ich – uns von Hail Vega haben dominieren lassen?«

»O ja«, gluckste meine Mutter. »Das war eine lustige Nacht.«

Mir fiel die Kinnlade herunter, als sie diese Bombe fallen und in unseren Gesichtern explodieren ließen.

»Du hast Tory und Darcys Vater gefickt?«, hauchte ich.

»Und einander?« Caleb schnappte nach Luft – denn vermutlich sollte dieser Aspekt der schockierendste sein.

Melinda wirkte schnell eine Stillekuppel um uns und schloss die Tür mit etlichen Ranken, die sie in die entsprechende Richtung schleuderte. Sie setzte sich aufs Bettende, und ich versank tiefer in den Kissen, als meine Mutter beschloss, sich direkt neben sie zu setzen. Aufs Bett. Auf die Matratze, auf der Cal und ich gefickt hatten.

Bei den Sternen, das kann doch alles nicht wahr sein.

»Wir alle haben Triebe«, sagte Melinda verständnisvoll und schaute mit einem liebevollen Lächeln zwischen uns beiden hin und her, als wäre das hier nicht völlig verrückt. »Und es hat etwas unheimlich Verlockendes, den Akt mit den anderen Erben zu vollziehen, wo es doch so tabu ist, so skandalös …«

»Den Akt zu vollziehen?« Caleb erbleichte, während ich das Bett anflehte, mich ganz zu verschlingen.

»Es ist nichts Seltsames daran, sich zu der Art von Macht hingezogen zu fühlen, die nur unsere vier Familien und die Vegas ausüben. Ganz und gar nicht. Solange es sich nur um gelegentliche Orgasmen handelt und das Ganze vertraulich bleibt, ist das in Ordnung«, sagte Melinda beruhigend und tätschelte Calebs Hand, aber er zog sie zurück, als würde er sich daran erinnern, dass sie vor dreißig Sekunden noch um meinen Schwanz gewickelt gewesen war.

»Mein Seth konnte die Launen seines Lümmels noch nie kontrollieren.« Mom lachte und mir wurde unglaublich heiß.

Ich konnte Caleb nicht ansehen. Würde es möglicherweise nie wieder können.

Warum hat sie auch Lümmel gesagt?

»Also, war es nur eine Nacht?«, drängte Mom und sah mir direkt in die Augen. Ich konnte mich nicht gegen die göttliche Kraft wehren, die hinter ihrem Blick arbeitete, und schüttelte den Kopf.

»*Seth!*«, schnauzte Caleb und schlug mir auf den Arm.

»Es tut mir leid«, hauchte ich, während ich nach wie vor nicht in der Lage war, den Blick von dem besorgten Gesicht meiner Mutter abzuwenden, als diese sich Melinda widmete.

»Das ist nicht gut«, flüsterte Mom ihr zu, als wären wir nicht mehr Teil des Gesprächs. »Es war eine Sache, als Caleb mit Tory herumgealbert hat. Da wusste jeder, dass sie die Krone nie annehmen würde und dass es nichts Ernstes war. Aber die Zeiten sind jetzt anders. Wir können nicht mehr zulassen, dass die Welt euch als Partyboys sieht, die ihre Schwänzchen in jeden Honigtopf tauchen, der ihnen über den Weg läuft.«

»Töte mich!«, hauchte ich. »Bitte, töte mich einfach!«

»Antonia hat recht, Cally«, stimmte Melinda zu. »Das Königreich muss euch Jungs jetzt mehr denn je ernst nehmen. Sie müssen euch als unzerbrechliche Säulen der Stärke sehen, sie müssen sicher sein können, dass ihr euch um Anstand und unsere Gesetze kümmert. Eine Tändelei untereinander würde gegenwärtig ein furchtbar schlechtes Bild abgeben. Jeder hat Bedürfnisse, die er erfüllt sehen will, aber ihr seid die zukünftigen Anführer eurer Blutlinien. Ihr kennt das Gesetz. Diese Sache hier hat keine Zukunft, und es würde nicht gut aussehen, wenn herauskäme, dass du dich zwischen den Schlachten in einem anderen Erben vergraben hast. Verstehst du das, Cally?«

»Bitte nenn mich jetzt nicht Cally«, sagte Caleb und vergrub das Gesicht in seinen Händen, woraufhin Melinda ein Lachen ausstieß.

»Nachdem du letzte Nacht bei deinem Vater und mir reingeplatzt bist, hätte ich gedacht, dass du dein eigenes Sexleben etwas weniger streng behandeln würdest«, sagte sie und ich hätte fast danach gefragt. Gerade noch rechtzeitig wurde mir klar, dass ich die Antwort gar nicht wissen wollte.

»Nach den gestrigen Eskapaden haben wir schon einen Skandal am Hals, aber ich glaube, Tiberius spinnt bereits eine Geschichte, um den Schaden zu begrenzen«, sagte meine Mutter nachdenklich.

»Was für Eskapaden?«, fragte ich und bereute es sofort, weil es das Gespräch nur noch weiter in die Länge zog.

»Oh, Max hat das Grus-Mädchen gestern Abend vor den Augen des gesamten Rebellenlagers über einen Stein gebeugt und sie ordentlich durchgevögelt«, erklärte Mom. »Die Aufnahmen sind natürlich überall in den sozialen Medien, aber sie ist eine sehr lautstarke Verfechterin der Vegas und war vor einem Erben auf allen vieren, also … Es war ein Leichtes, die Geschichte so zu drehen, dass er gut dasteht. Zumindest so gut, wie es nach einem öffentlichen Stöpselspiel eben aussehen kann.«

»Bei den Sternen«, stöhnte Caleb zwischen seinen Fingern, und ich ahnte schon, dass Geraldine diesen Artikel lesen und sich tausendfach rächen würde. Armer Max. Aber auch armes Ich und armer Ständer, denn der war so gut wie tot.

»In Ordnung, wir müssen Schadensbegrenzung betreiben. Erstens: Wer weiß davon? Wir brauchen eine Liste mit Namen.« Melinda schaltete in den Politikermodus, und ich war mir ziemlich sicher, dass mein Schwanz zwischenzeitlich so schlaff war, dass er auf Nimmerwiedersehen in mich hineinkroch.

»Seth!«, knurrte Mom. »Mach den Mund auf!«

»Niemand weiß davon«, log ich und spürte Calebs Blick auf mir. Es war, als würde er sich fragen, ob ich wirklich niemandem davon erzählt hatte.

»*Kleiner*«, drängte Mom, eine Warnung in ihrer Stimme. »Ich werde von drei runterzählen, und wenn ich bei null ankomme und du es mir nicht gesagt hast, werde ich dir eine Woche lang verbieten, mit meinem Rudel zu laufen. Und ich werde dem attraktiven Oscura-Drachen sagen, dass er dich auch nicht mit dem Oscura-Rudel laufen lassen soll.«

»Mom!«, jammerte ich. »Das ist nicht fair, ich habe keine anderen Wölfe, mit denen ich laufen kann.«

»Daran hättest du denken sollen, bevor du deinen Freund geknallt hast«, sagte Mom streng.

»Sag nicht knallen!«, flehte ich.

»Drei«, begann sie. »Zwei.«

Ich presste meine Lippen zusammen, denn ich weigerte mich, diese Antwort zu geben.

»Eins«, knurrte Mom und zog eine Augenbraue hoch. »Oh, du bist ein frecher kleiner Welpe. Du wirst mir die Liste geben, und wenn ich einen Zyklopen holen muss, um sie aus deinem Kopf zu ziehen.«

»Es gibt keine Liste«, beteuerte ich, aber ich war mir nicht sicher, ob mir jemand im Raum glaubte.

Melinda entdeckte etwas auf dem Boden und schoss darauf zu, um es aufzuheben. Ich hätte nicht gedacht, dass dieser Morgen noch demütigender werden könnte, aber das wurde er tatsächlich, als sie den XL-Darius-Drachen-Vibrator aufhob und schockiert zu meiner Mutter schaute.

»Bei den Sternen – sie trauern um ihren Freund!« Sie sah uns mitleidig an. »Habt ihr früher alle zusammen im King's Hollow getobt? Wolltet ihr etwas von der Magie wieder aufleben lassen?«

»Nein!«, rief ich, aber Melinda schien nicht überzeugt zu sein und legte den riesigen schuppigen goldenen Dildo aufs Bettende, als wäre er eine Art heiliges Opfer für uns.

»Okay«, sagte Mom fest. »Ihr beide müsst aufstehen, euch anziehen und getrennte Wege gehen. Damit ist jetzt Schluss. Stellt euch den Skandal vor! Das darf nicht nach außen dringen. Die Fae sind bereits durch die neue Macht in Solaria erschüttert, wir können nicht zulassen, dass sie denken, dass die Blutlinien bedroht sind. Wenn ihr zwei Trostsex braucht, dann findet ihn woanders.«

»Das war kein Trostsex«, platzte ich heraus. Ich weigerte mich, sie das Thema einfach abtun zu lassen, obwohl ich vor Scham am liebsten gar nichts gesagt hätte. Ich spürte Calebs Blicke auf mir, als sich die Augenbrauen meiner Mutter senkten und ein gefährlicher Angstschimmer in ihren Iriden aufblitzte.

»Was war es dann?«, zischte sie.

Ich öffnete und schloss meinen Mund – wie ein dummer Fisch, der aus dem Wasser gezogen worden war und an Land zu sterben drohte. Ich konnte nicht sprechen. So hätte das alles nicht ablaufen sollen. Es hätte noch nicht zu Ende sein sollen.

»Es war nichts«, schaltete sich Caleb ein. »Wir haben nur herumgealbert.«

»Ja«, murmelte ich. Seine Worte trafen mich wie ein Schlag ins Herz, rissen es heraus und servierten es mir auf einem Silbertablett mit einem Korianderzweig als Garnitur. »Nichts.«

Dieses Wort hallte in meinem Schädel wider und sowohl meine Mutter als auch Melinda sahen ernsthaft erleichtert aus.

»Na, das macht die Sache wesentlich einfacher«, sagte Mom, wischte sich eine metaphorische Schweißperle von der Stirn und lachte auf. Sie tätschelte mein Bein durch die Bettdecke hindurch und ich zuckte innerlich zusammen. »Wir hatten alle unseren Spaß in unserer Jugend, und es ist ganz natürlich, dass wir verschiedene Dinge ausprobieren wollen. Nachdem ihr so lange mit weniger mächtigen Fae zusammen wart, kann es aufregend sein, mit einem anderen Alpha auf eurem Niveau zu pimpern. Aber wir müssen vorsichtig sein. Da draußen gibt es andere Alphas, die fast so mächtig sind wie ihr, also müsst ihr diese Erfahrung nicht beieinander suchen. Besonders jetzt, wo euer öffentliches Image so wichtig ist. Okay, Kleiner?«

»Wie auch immer. Und ich bin nicht klein«, murmelte ich, obwohl ich mich in diesem Moment absolut klein fühlte.

»Okay, Cally?«, fragte Melinda Caleb.

»Ja«, murmelte Caleb.

»Hey, warum vergnügst du dich nicht mit dem Jungen von Jerry Bodkin?«, schlug Melinda Caleb aufgeregt vor. »Er hat schon vor Wochen ein Auge auf dich geworfen.«

»Oh, das klingt reizend«, ermutigte meine Mutter und drehte sich zu mir um. »Und wie wäre es für dich mit einem flotten Dreier? Mit Timothy, dem Sohn von Mr. Berrick, und seinem Freund … Wie heißt er noch gleich, Melinda?« Sie schnippte mit den Fingern, als ich sie entsetzt über ihre Bemühungen, uns mit den Kindern ihrer Freunde zu verkuppeln, anstarrte.

»Egbert?«, fragte Melinda.

»Genau der!« Mom lächelte.

»Nein«, knurrte ich. »Es ist mir egal, wer Egbert und Timothy sind. Ich will nichts mit ihnen zu tun haben.«

Mom schnaubte, als wäre ich unvernünftig. »Wenn du auf Tabus stehst … Mr. Berrick selbst ist Single und ein echter Hingucker. Stehst du auf einen gewissen Altersunterschied, Kleiner? Du hast schließlich auch immer Professor Orion als schneidig bezeichnet, oder nicht?«

»Ich habe ihn nicht schneidig genannt«, wehrte ich ab. »Wer zum Teufel benutzt dieses Wort?«

»Ich bin mir sicher, dass du das Wort verwendet hast. Oder vielleicht war es distinguiert?«, fuhr Mom fort, während ich die Kissen dazu aufforderte, zu Mündern zu werden und mich zu verschlucken.

»Distinguiert?«, hauchte ich und schüttelte ablehnend den Kopf. »Dieses Wort habe ich noch nie gehört, geschweige denn benutzt.«

»Und wo ist Tory, wenn sie nicht an diesem Spektakel teilgenommen hat? Wir müssen mit ihr sprechen«, erklärte Melinda und schaute sich im Raum um, als wäre sie gar nicht überrascht, wenn Tory doch irgendwie in diese Sache verwickelt gewesen war.

»Sie ist weg«, sagte Cal düster. »Sie hat Geraldine die Verantwortung überlassen.«

»Weg wohin?« Melinda runzelte die Stirn.

»Sie hat etwas zu erledigen. Mehr hat sie auf dem Zettel nicht erklärt, den sie hinterlassen hat. Ich weiß nicht, für wie lange, also wird euer Gespräch mit ihr warten müssen.«

»Dieses Mädchen!« Mom schnaubte. »Sie kann nicht einfach losziehen, wann immer ihr danach ist, und anderen Leuten die Verantwortung übertragen, als hätte sie das Recht, das zu tun. Wir sind die Ratsmitglieder, und es wird Zeit, dass sich alle daran erinnern.«

Caleb murmelte etwas, das sich sehr nach »Ex« anhörte, aber unsere Mütter hörten ihn entweder nicht oder ignorierten es.

»Viel Glück dabei, die Rebellen davon zu überzeugen«, sagte ich, und Mom schnalzte mit der Zunge.

»Du solltest da draußen sein, um ihre Gunst zu gewinnen, Kleiner. Darin warst du doch immer so gut. Komm nachher zu mir, dann stärken wir gemeinsam die Moral auf der Insel. Was hältst du davon?«

Ich zuckte unschlüssig mit den Schultern.

»In Ordnung, dann lassen wir euch jetzt allein, damit ihr euch anziehen könnt«, sagte Melinda fröhlich.

»Was dein Vater wohl dazu sagen wird …« Mom schmunzelte.

»Sag Dad nichts davon!«, flehte ich, aber sie winkte ab, als hätte ich einen Scherz gemacht, und ging mit Melinda aus dem Zimmer, während sich die Tür hinter ihnen schloss. Ich war mir fast sicher, dass ich den Namen Hail Vega und die Worte »uns gefesselt hat« gehört hatte, aber ich hielt mir die Ohren zu, um nicht noch mehr zu erfahren. Auf diese dauerhafte mentale Narbe hatte ich wirklich keine Lust.

Caleb und ich schwiegen. Keiner von uns rührte sich, während wir im Fallout der Atombombe saßen.

»Okay«, sagte ich schließlich, schob mich aus dem Bett, schnappte mir meine Boxershorts vom Boden und zog sie an. »Ich werde mich mit kochend heißem Wasser duschen und herausfinden, ob mein Schwanz jemals wieder aus seinem Versteck kommt.«

»Ich auch«, murmelte Cal und ich sah ihn an. Er stand und war vollständig angezogen, nachdem er seine Vampirgeschwindigkeit dazu genutzt hatte. »Aber, ähm, nicht mit dir. In einer separaten Dusche. Irgendwo … anders.«

Ich nickte steif und sein Mund zuckte, als wollte er noch etwas hinzufügen. Aber dann war er weg, im Gang verschwunden, und ich blieb mit seinem Geruch auf meiner Haut zurück.

Eine schreckliche Gewissheit überkam mich: Wir würden nie wieder zusammen sein. Und so stand ich im verzweifelten Licht des Sonnenaufgangs, der die letzten Reste dieser perfekten Nacht verschlang.

Die Zeit war nicht stehen geblieben. Das tat sie nie.

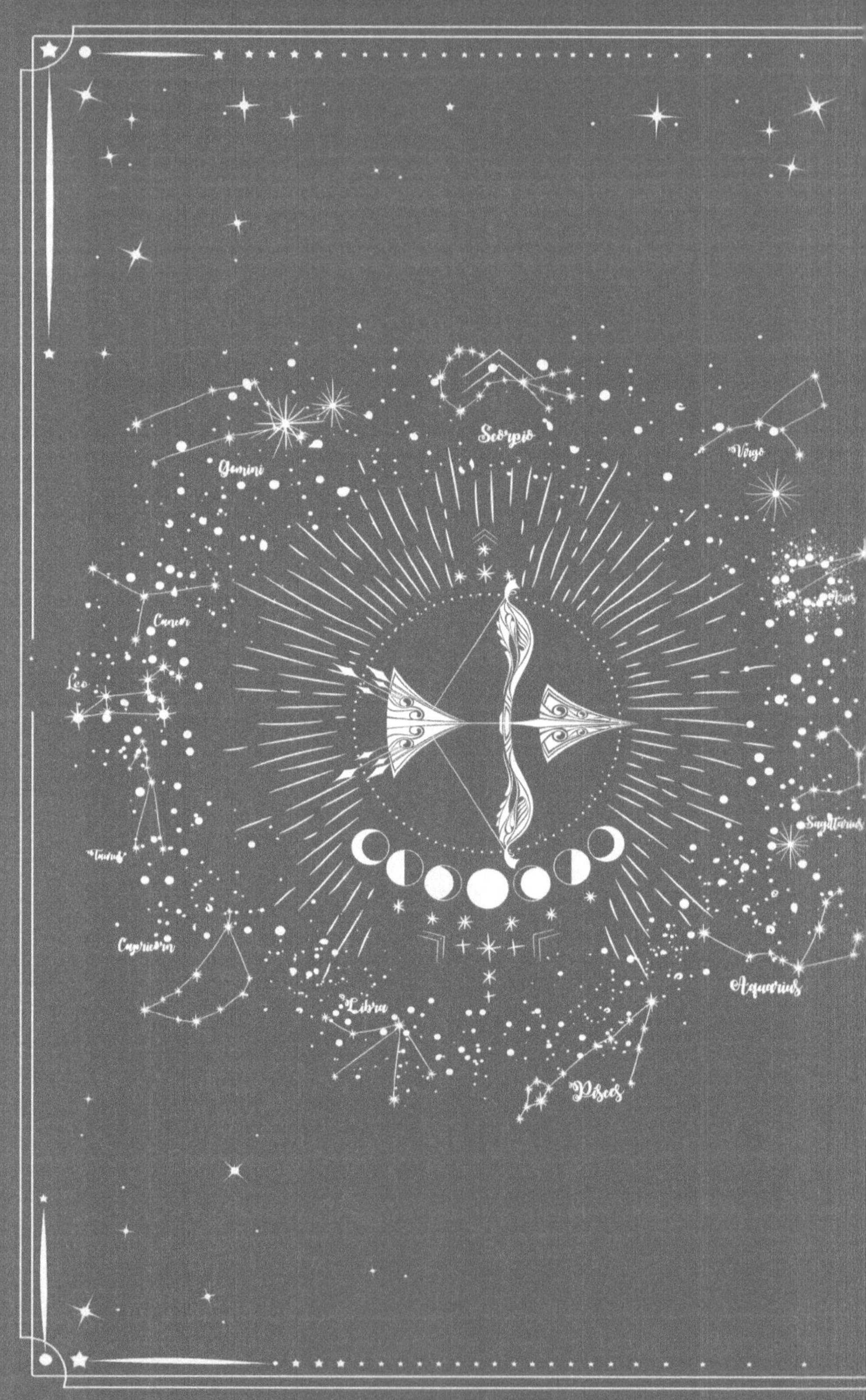

Scorpio
Virgo
Gemini
Cancer
Taurus
Leo
Sagittarius
Capricorn
Aquarius
Libra
Pisces

XAVIER

KAPITEL 58

Ich stand in meiner Formgebung in einem Glastank, der gerade groß genug war, um mich zu umschließen. Mein Kopf ragte aus einem Loch an der Oberseite. Der Tank war mit einem grellen pinkfarbenen Sud gefüllt, der sich über Nacht zu einer matschigen Lösung aufgebläht hatte, die an einen riesigen Marshmallow erinnerte. Ich fühlte mich, als würde ich in einer Wolke schweben, und meine Haut kribbelte dort, wo die Flüssigkeit in sie eingedrungen war. Angeblich sollte das den Heilungsprozess unterstützen, wenn es an der Zeit war, meine Flügel wieder anzubringen, aber nach den ersten paar fehlgeschlagenen Versuchen mit verschiedenen Methoden schwand meine Hoffnung stetig.

Meine Flügel hingen an einem Gurt von der Decke, ein magischer Wind bewegte sie auf und ab und die knochigen abgetrennten Ränder waren mit dem gleichen glibberigen Zeug bedeckt, in dem ich badete. Der Raum, in dem ich mich befand, war ziemlich groß und in den Ecken standen ein paar Arbeitstische. Das Ganze gehörte zu dem schlichten Holzgebäude, das den Heilern zur Verfügung stand.

Tyler und Sofia schliefen auf Moosdecken auf dem Boden, nackt nach einer Nacht, die sie im Venus-Mond-Rausch verbracht hatten. Sie hatten mich hier rausholen wollen, damit ich mich zu ihnen gesellen konnte, und auch ich war ernsthaft in Versuchung gewesen. Aber ich hatte keinen der beiden mehr gefickt, seit ich gescheitert war, meine eigene Erlösung zu finden. Es gefiel mir, sie zusammen zu sehen. Ihre Leidenschaft füreinander verschaffte mir auf eine andere Art und Weise Erleichterung.

Ich wollte sie nicht enttäuschen, und solange ich keinen klaren Kopf hatte, um sie richtig zu ficken, würde ich nicht noch einmal in ihre Nähe kommen.

Ich brauchte sie, wie die Erde ihre Rotation brauchte. Aber ich musste ein ausreichend guter Hengst sein, würdig, unsere Herde anzuführen. Und seit der Schlacht hatte ich nicht das Gefühl, dieser Hengst zu sein. Ich hatte nicht nur meine Flügel, Darius und meine Mutter verloren, sondern auch etwas anderes auf diesem Feld der Zerstörung. Etwas Wesentliches, das mich im Stich gelassen hatte und ohne das ich nichts mehr wert war. Mein Selbstvertrauen. Oder vielleicht sogar etwas Tieferes. Einen Teil von mir, der nicht wiederhergestellt werden konnte.

»Ah, guten Morgen!« Iris Ganderfield, die Heilerin, betrat den Raum. Ihre kastanienbraunen Haare waren nicht gebürstet und ein paar Blätter ragten heraus. Eine ihrer Titten hatte sich aus ihrem Tanktop befreit und offenbarte eine schimmernde Nippelquaste mit einem Skorpionschwanz darauf, und die Quaddeln um ihre Brust herum zeigten, wie oft sie gestochen worden war.

Ich stieß ein pferdeartiges Schnauben aus, während ich zuerst das Ding beäugte – und dann versuchte, meinen Blick bloß nicht wieder in diese Richtung wandern zu lassen.

»Oh, beim Mond!«, kreischte Iris, womit sie Tyler und Sofia aufweckte. Sie wirbelte herum, um sich zu bedecken, zupfte den Skorpionschwanz ab und warf ihn in einen Mülleimer.

Iris drehte sich wieder zu mir um, dieses Mal mit geröteten Wangen. »Tut mir leid, die letzte Nacht war ein bisschen wild. Sollen wir loslegen?«

Ich nickte, und Tyler und Sofia schlüpften aus dem Zimmer, um sich anzuziehen, während Iris mit ihrer Wassermagie den Zaubertrank abspülte, der mich bedeckte. Meine Haut prickelte jetzt noch heftiger. Als sie fertig und der Trank neben meinen Hufen in den Abfluss geflossen war, öffnete sie eine Tür an der Vorderseite des Tanks und ich trottete heraus und sah sie erwartungsvoll an.

»Okay, wie auch zuvor, werde ich in deine Schulterblätter schneiden und versuchen, die Flügel wieder anzunähen. Ich werde den Bereich betäuben, damit du nichts davon spürst.«

Ich schnaubte zustimmend, und sie stellte sich auf eine Trittleiter neben mich, während sie die Flügel mit einem Schwebezauber herabließ. »Da wären wir, entspann dich bitte.«

Ich gehorchte, und sie ließ ihre Finger über meine Schulterblätter gleiten, um den ganzen Bereich zu betäuben, bevor sie mit der Arbeit begann.

Meine Augen waren geschlossen, und ich dachte an den Himmel und stellte mir vor, wie ich wieder durch die Wolken schwebte. Ich sehnte mich so sehr danach, dass ich mich auf das Sternbild Pegasus konzentrierte, die Sterne darin benannte und mir von jedem von ihnen wünschte, mir diese Realität zu ermöglichen.

Als Iris fertig war, kamen Tyler und Sofia wieder zurück, vollständig angezogen und mit hoffnungsvollem Blick.

Sofia streichelte meine Nase. »Es sieht gut aus«, sagte sie aufmunternd.

»Sie sind ein bisschen angesengt«, murmelte Tyler und ich stampfte verärgert mit dem Fuß auf. »Aber die toten Federn werden ausfallen und dir werden neue wachsen«, fügte er grinsend hinzu und klopfte mir auf die Schulter.

»Okay, ich werde den Betäubungszauber jetzt aufheben«, erklärte Iris. »Sag mir, ob du deine Flügel spüren kannst.«

Ich hielt den Atem an und spürte, wie Sofia das Gleiche tat. Sie starrte ohne zu blinzeln auf meine Federn, und mein Herz zog sich zusammen, als ich sah, wie sehr sie sich das für mich wünschte. Ich schmiegte mich an ihr Gesicht und sagte ihr mit meinem Blick, dass es okay war, wenn es nicht funktionierte. Dass wir darauf vorbereitet sein mussten. Aber sie gab ein pferdeartiges Schnauben von sich, das mir verriet, dass sie im Moment keine negativen Gedanken zulassen würde. Also folgte ich dem Beispiel meiner wunderschönen Sub und zerrte an den letzten Bändern der Hoffnung in meiner Brust. Mein Blick wanderte zu meinen Schulterblättern, wo meine Flügel nun wieder mit dem Knochen verbunden waren, aber nach wie vor von dem Gurt gehalten wurden, das von der Decke hing.

»Okay, was fühlst du?«, fragte Iris, sobald sie ihre Magie zurückgezogen hatte und das Taubheitsgefühl verschwunden war.

Mein Herz schlug schneller, als ich meine Schultern anspannte und versuchte, meine Flügel zu fühlen. Und sie bewegten sich tatsächlich, während das Gefühl in ihnen zurückkehrte. Es geschah ganz langsam, und sie fühlten sich unglaublich schwer an, als ich erneut versuchte, sie zu bewegen, aber sie waren wirklich da.

Ich wieherte vor Freude über die Wiedervereinigung mit ihnen und wippte aufgeregt mit dem Kopf. Sofia warf die Arme um meinen Hals, während Tyler einen Freudenschrei ausstieß.

»Wenn der Eingriff erfolgreich war, sollte das volle Gefühl innerhalb einer Stunde zurückkehren. Wenn du das Ganze beschleunigen willst, schlage ich vor, dass du nach draußen gehst und deine Flügelbewegungen übst. Das Fliegen wird anfangs etwas holprig vonstattengehen, deshalb sollten dich deine Subs am besten begleiten. Idealerweise solltest du einen Luftelementar am Boden positionieren, der dich auffangen kann, falls die Flügel versagen.«

Ich wieherte, während ich mich in dem Glauben wiegte, dass es endlich funktioniert hatte, und bäumte mich vor Freude auf.

»Verwandle dich erst wieder in deine Fae-Gestalt, wenn du einen erfolgreichen Flug hinter dich gebracht hast«, warnte Iris. »Du musst sicherstellen, dass sie vollständig reaktiviert sind, sonst riskierst du, dass sie dir bei der Verwandlung gleich wieder abreißen.«

Ich schnaubte zustimmend, faltete meine Flügel sorgfältig auf meinem Rücken zusammen und trabte zur Tür. Sofia rannte los, um sie zu öffnen, und ich galoppierte mit ihr und Tyler an meiner Seite aus dem Gebäude, um meine Flügel auszubreiten und mich für den Flug zu wappnen.

Ich galoppierte auf die Kuppe des Hügels vor mir zu und breitete meine Flügel aus. Ihr Gewicht wurde erträglicher, als sich meine Muskeln wieder an sie gewöhnten und immer mehr Gefühl zurückkehrte.

»Na, das ist ja ein Ding!« Washer sprang in einer winzigen Badehose vom Boden zu meiner Linken auf, wo das Gras etwas höher war – und sich drei sehr nackte, sehr zufrieden aussehende Fae in den Grashalmen aneinanderschmiegten. »Deine mächtigen Flügel sind wiederhergestellt!«

»Er braucht Ruhe, um sich auf seinen Flug vorzubereiten«, sagte Tyler – und das in einem Ton, der eindeutig *Verpiss dich!* ausdrücken sollte.

»Oh, sag nichts weiter, mein Junge«, sagte Washer und stellte sich vor mich – eindeutig, ohne die Botschaft zu verstehen. »Folge meinen Armbewegungen mit deinen Flügeln, junger Xavier! Ich bin ein Experte in Sachen Körperbeweglichkeit. Etwas Beugen und Wackeln sollte sie in Schuss bringen.«

Er ging in die Hocke, streckte die Arme zu beiden Seiten aus und flatterte damit bei jeder Kniebeuge wie ein Vogel. »Hoch, runter. Hoch, runter.«

Er zog die Aufmerksamkeit einer Gruppe von Rebellen am Fuße des Hügels auf sich und ein ganzes Publikum formierte sich, als sich herumsprach, dass meine Flügel wieder in Position waren.

»Los, Xavier!«, rief mir ein junges Mädchen mit leuchtenden Augen zu. Seine Mom nahm es auf den Arm, damit es besser sehen konnte.

Aufmunternde Rufe ertönten, und meine Wangen wurden rot angesichts der ganzen Aufmerksamkeit, während mein Blick wieder zu Washer wanderte. Tja, es sah nicht so aus, als würden die Leute so bald verschwinden. Also ... scheiß drauf.

Ich fing an, mit den Flügeln zu schlagen und Washers Bewegungen nachzuahmen. Sofia und Tyler gaben nach, gesellten sich zu ihm ins Gras, machten Kniebeugen, bewegten ihre Arme wie Flügel und grinsten dabei dümmlich.

Ich wieherte und lachte, woraufhin Glitzer von meiner Mähne purzelte. Meine Flügel blitzten im Sonnenlicht.

Ein »Ooh« ertönte aus der Menge. Der Jubel wurde lauter und immer mehr Leute schlossen sich uns an. So hatte ich mir das nicht vorgestellt. Wenn meine Flügel mich beim Abheben im Stich ließen, würde ich den Hügel hinunterpurzeln – und sie würden alle dabei zusehen. Und in Anbetracht meiner Erfolgsbilanz war das ein viel wahrscheinlicheres Szenario, als dass ich majestätisch in den Himmel schweben würde.

Tyler zückte seinen Atlas, richtete ihn auf mich und startete die Aufnahme. »Xavier Acrux hat heute seine Flügel zurückbekommen, nachdem ihm diese brutal vom Rücken gerissen wurden – und das von niemand Geringerem als seinem grausamen Vater, dem Arschlochkönig. Lame Lionel hatte die Flügel als eine Art Trophäe an die Wand gehängt, aber Xavier hat sie sich in einer waghalsigen Aktion zurückgeholt. Ihr dürft gespannt sein, denn in der nächsten Ausgabe des *Daily Solaria* werde ich seine Erinnerungen an diese wilde Nacht teilen. Lang leben die Vega-Königinnen!« Er hob einen Daumen nach oben, und ich bewegte meinen Vorderhuf übers Gras und machte mich bereit zum Abflug. Unmengen an Adrenalin pumpten durch meinen Körper.

»Ich fange dich auf, wenn du fällst, Bro!« Seth Capella drängte sich an die Front der Menge, und ich sah, wie Max und Geraldine sich ebenfalls ihren Weg zu mir bahnten.

»Mein lieber Pego-Bruder!«, quietschte Geraldine. »Flieg zu den Wolken und darüber hinaus! Hinterlasse eine fröhliche Farbspur am Himmel und wiehere so laut, dass es deine Ahnen jenseits des Schleiers aufrüttelt!« Sie wischte sich eine Träne aus dem Auge, und ich hob mein Kinn. Die ermutigenden Rufe stärkten mein Selbstvertrauen.

»Du kannst das«, flüsterte Sofia und küsste meine Nüstern. »Ich glaube an dich.« Sie lächelte, dann trat sie zur Seite, und meine Nervosität nahm zu.

Bitte, bitte, bitte lass nicht zu, dass ich mich zum Idioten mache!

Die Ex-Ratsmitglieder mischten sich unter die Massen, genau wie Caleb, Athena, Hadley und Grayson. Wenn das hier schiefgehen sollte, dann würden es fast alle, die ich kannte, bezeugen. Die Sterne lachten sich wahrscheinlich den Arsch ab. Und vermutlich würden sie dafür sorgen, dass ich mich zum Affen machte. Aber ich konnte jetzt nicht kneifen.

Antonia Capella heulte laut auf, und das Geräusch wurde von ihrem Rudel aufgegriffen. Seth brüllte und auch die anderen Anwesenden schlossen sich dem Lärm an – ob durch Schnauben, Grunzen oder Jubelrufe.

»Yah!«, rief Washer und klopfte mir auf den Hintern. Ich wieherte erschrocken und rannte mit hoher Geschwindigkeit den Hügel hinunter.

Fuck, fuck, fuck.

Versau das bloß nicht!

Fall nicht auf den Arsch!

Mach dich nicht lächerlich!

Komm schon – das ist dein Moment.

Ich schlug mit den Flügeln, und als ich spürte, wie sie reagierten, stieß ich ein wildes freudiges Wiehern aus. Der Wind fegte unter ihnen hindurch – ein Angebot, mich in seine Arme zu haben. Angst überrollte mich, aber davon würde ich mich nicht unterkriegen lassen. Ich legte mein Schicksal in die Hände des Sterns, der an diesem Morgen über mich wachte, indem ich mich vom Boden abstieß und mein Gesicht der fernen Wärme der Wintersonne zuwandte.

Mein Herz machte einen Satz, während ich mit den Flügeln flatterte und immer höher stieg. Unendlich hoch. Meine Hufe kickten Luft, mein Schweif wehte im Wind und ich nahm immer schneller an Höhe zu.

Meine Flügel spannten sich erneut, um meinem Willen zu gehorchen, und ich wieherte ausgelassen, wobei mich das Glück wie reinstes Sonnenlicht durchströmte. Ich schaffte es bis zu den Wolken, legte dann meine Flügel an, drehte mich und ließ mich zurück auf die Erde fallen, wo die Menge brüllte und Tyler jede meiner Bewegungen aufzeichnete.

Seth hob die Hände, bereit, mich mit seiner Luftmagie aufzufangen, aber meine Flügel schnellten hervor und ich fing mich ab, wobei meine Hufe fast die Köpfe der Menge streiften und ihr Gejohle mich innerlich erleuchtete.

Ich fing an zu glühen, von Kopf bis Fuß, als wäre ich aus verdammtem Sternenlicht gemacht, und Sofia rannte den Hügel hinunter, zog sich dabei aus und ließ Freudentränen über ihre Wangen laufen. Schließlich verwandelte sie sich ebenfalls und beeilte sich, mir in die Lüfte zu folgen.

Tyler sprang auf und ab. Washer zog ihn in eine Umarmung und drückte sein Gesicht für eine Sekunde auf seine gewachste Brust, bevor er ihn losließ. Tyler stolperte und fiel in seiner Eile, zu entkommen, auf den Hintern.

Ich wieherte ein Lachen, legte meine Flügel an, umkreiste Sofia und ritt im Wind, während sie mich im Kreis jagte.

Tyler warf sein Handy beiseite, zog sich selbst aus und verwandelte sich während eines Vorwärtssprungs in seine wunderschöne silberne Hengstform, bevor er sich uns ebenfalls anschloss. Unsere Nasen berührten einander, und wir flogen zu dritt in die Wolken. Mein Herz fühlte sich zehnmal so groß an wie sonst – denn ich durfte endlich wieder fliegen.

Wir tanzten durch die Lüfte, drehten uns in Spiralen und tauchten untereinander hindurch, wobei wir glitzernde Spuren hinterließen und den Zuschauern unter uns ein Feuerwerk aus Licht und Farben boten. Als ich zu einem Schwarm flauschiger Wolken aufstieg und durch sie hindurchflog, lud sich meine Magie wieder auf. Ich wieherte vor lauter Freude und das Geräusch hallte durch den Himmel um mich herum.

Die Wolken bewegten sich und ich hörte das schwere Schlagen riesiger Flügel, woraufhin ich mich instinktiv umdrehte. Meine Ohren zuckten, denn dieses Geräusch war mir so unglaublich vertraut. Mein Herz schlug schneller und ein goldener Schimmer lockte mich an. Ich suchte meinen Bruder in den Wolken, atmete den Geruch von Rauch ein und war mir sicher, dass er hier war. Vielleicht nicht in körperlicher Form, aber sein Geist war präsent – ich konnte ihn überall spüren.

Ich stieß ein Wiehern aus, um ihn zu begrüßen, und ich hätte schwören können, dass irgendwo in der Ferne das Brüllen eines Drachen zu hören war. In einem anderen Reich, das ich nie erreichen würde, bis der Tag meiner Abrechnung gekommen war. Aber so schmerzhaft es auch war, ihn wieder zu spüren, so glücklich machte es mich auch, diesen Moment mit ihm zu teilen.

Als ich schließlich atemlos und voller Wärme landete, kamen Athena und Grayson auf mich zugerannt und legten ihre Arme um meinen Hals.

»Ich freue mich so für dich, Kumpel«, sagte Grayson und drückte sich an meine Schulter.

Athena trat einen Schritt zurück, tätschelte die weiche Stelle zwischen meinen Augen und lächelte mich breit an. Hadley schoss an ihre Seite und sie warf ihm einen flüchtigen Blick zu – als würden sie ein Geheimnis austauschen, das gar kein Geheimnis war. Vor allem, als sich ihre Hände berührten und ihre Finger sich nicht voneinander trennten.

»Schau dich an«, sagte Hadley mit einem schiefen Grinsen. »Der Dom aller Doms.«

Melinda Altair schob sich an ihm vorbei, Antonia und Tiberius dicht auf den Fersen. Calebs Mutter war den Tränen nahe, als sie mit ihren Fingern über meine Nase strich. »Deine Mutter wäre so stolz auf dich.«

Meine Kehle wurde eng, und ein kleines Wiehern entwich mir, als sie mich umarmte und mir einen Kuss aufs Ohr drückte. »Wir sind alle für dich da, Xavier. Jeder Altair zählt jetzt zu deiner Familie. Okay? Wenn du jemals etwas brauchst, musst du nur fragen.« Sie trat zurück und ich sah, dass Antonia mich mit einem Hauch von Traurigkeit in ihrem sonst so stolzen Blick ansah.

»Catalina und Darius beobachten dich in genau diesem Moment. Das weiß ich«, sagte sie und ich stieß einen leisen Ruf der Traurigkeit aus, weil ich spürte, dass sie recht hatte. Ich konnte Darius immer noch irgendwo in der Nähe spüren, mit seinen leuchtenden Augen und seinem Lächeln auf mich gerichtet, und auch die Anwesenheit meiner Mutter war für einen kurzen Moment bemerkbar, als ihre Hand meine Wange streifte. Aber sie waren nicht wirklich hier. Nicht auf die Art und Weise, wie ich sie brauchte.

Die Menge begann, sich auf mich zuzubewegen, um mir zu gratulieren. Einige von ihnen berührten meine Flügel und murmelten Gebete zu den Sternen, als wäre ich eine Art begnadete Kreatur, deren Flügel sie jetzt segnen könnten. Und so seltsam es auch sein mochte – ich erlaubte den Rebellen, sich einen Hauch von Hoffnung bei mir zu holen. Denn meine eigenen Reserven quollen geradezu über. Denn vielleicht hatten sie recht.

Das Schicksal hatte mir eine Chance gegeben. Jetzt musste ich die Sterne nur noch davon überzeugen, gleichzuziehen.

Tyler und Sofia tauchten in ihrer Fae-Gestalt neben mir auf. Sie zogen sich an und Sofia hielt auch mir eine Jogginghose hin.

»Fühlst du dich bereit, dich zu verwandeln?«, fragte sie und ich zögerte, bevor ich nickte.

Ich konzentrierte mich auf die Verwandlung und ließ sie dann in einem Rutsch über mich ergehen, wobei mein Herz unsicher hämmerte. Aber es fühlte sich alles ganz natürlich an, und als ich meine Formgebung fallen ließ, verschwanden meine Flügel einfach mit ihr.

Ich atmete erleichtert auf, während sich ein weiterer Jubel aus der Menge erhob und ein Mann in der letzten Reihe rief: »Donnerwetter! Schaut euch dieses schillernde Prachtstück an!«, als er meine Schwanzpiercings entdeckte. Ich nahm Sofia die Jogginghose aus der Hand und zog sie an.

Die Menge begann sich aufzulösen, aber Seth kam auf uns zu, und die dunklen Ringe unter seinen Augen verrieten mir, dass er nicht viel Schlaf bekommen hatte.

»Hey«, sagte er, als er ankam, bevor er eine Hand auf meine Schulter legte, dann auch Tylers Schulter ergriff und Sofia zunickte. »Ich muss mit euch allen unter vier Augen sprechen. Ich habe ein Geheimnis in meiner Tasche, das ihr alle sehen müsst.«

»Ihh, baggerst du uns etwa an?« Sofia rümpfte die Nase.

»Bei den Sternen, nein!«, wehrte Seth ab. »Ich bin verliebt in …«, er verschluckte sich halb an den Worten, »… den Mond.«

Tja, das schien tatsächlich plausibel.

»Kommt schon.« Er nickte in Richtung P. O.-Schloss. »Gehen wir!«

Auf dem Weg zum Schloss beantwortete er keine einzige Frage zu dem Geheimnis, das er in seiner Tasche versteckt hatte, obwohl ich eine Stillekuppel errichtet hatte und ihm versicherte, dass niemand uns belauschen würde.

»Das ist streng geheim«, sagte er immer wieder. »Sehr wichtig. Die wichtigste Aufgabe überhaupt, könnte man sagen.«

Endlich erreichten wir unser Zimmer, und ich öffnete mit meiner magischen Signatur die Tür und führte die anderen hinein.

»Also, was ist los, Alter?«, fragte Tyler, aber der Wolf rannte durch den Raum, schloss die Vorhänge und drehte das Licht runter, bis es fast ganz aus war.

»Was machst du da?«, fragte Sofia verwirrt, als Seth an ihr vorbei zur Tür eilte und dreimal prüfte, ob sie auch wirklich verschlossen war, bevor er sie mit Ranken und einer Luftwand versiegelte.

»Ich glaube, er übertreibt«, sagte ich mit einem amüsierten Schnauben.

Seth sprang aufs Bett, schob eine Hand in seine Tasche und winkte uns näher heran.

»Sind wir hundertprozentig sicher, dass er nicht gleich seinen Schwanz rausholen wird?«, flüsterte Sofia.

»Bei Seth kann man sich nie hundertprozentig sicher sein«, gab ich zu. »Aber vielleicht zu … achtzig Prozent?«

Seth holte seine Hand aus der Tasche. Seine Faust umschloss etwas und er wirkte ein Fae-Licht über uns, das sich violett färbte und den Raum in ein unheimliches Glühen tauchte.

»Xavier Acrux, Tyler Corbin und Sofia Cygnus«, sagte Seth geheimnisvoll und wedelte mit der freien Hand über seiner Faust, als würde er gleich einen Zaubertrick vorführen. »Ich werde euch eine Aufgabe übertragen, die das Schicksal dieses Krieges verändern könnte. Es ist das Wichtigste, was ihr je tun werdet. Wenn ihr sie erledigt habt, wird euch vielleicht nie wieder etwas im Leben wirklich befriedigen können. Nicht einmal ihr selbst.«

»Alter!« Tyler lachte, und Seth streckte die Hand aus und kniff ihm in die Wangen, woraufhin sich Tylers Lippen merkwürdig schürzten.

»Ich bin nicht dein Alter. Ich bin Meister und Weber des Schicksals«, hauchte er. »Was in diesem Raum passiert, wird für immer in die Geschichte eingehen.«

»Er wird definitiv seinen Schwanz rausholen«, flüsterte Sofia und ein weiteres Schnauben entwich mir.

»Schweig, Stute!«, krähte Seth, ließ Tyler los und zeigte mit dem Finger auf Sofia. »Zerstöre diesen Moment nicht mit deinem Schwanzgeflüster!«

Meine Belustigung mündete in einem wiehernden Lachen und Seth fuchtelte mit der Hand und holte mit seiner Luftmagie einen Bagel aus dem Korb, den Geraldine heute Morgen für uns hinterlassen hatte. Er schlug mich damit, und ich öffnete den Mund, um ihn zu beschimpfen, aber er schob mir den Bagel hinein, um mich zum Schweigen zu bringen. Verdammt, der Bagel war verdammt butterig. Oooh, und hatte sie etwas geriebene Karotte dazugegeben?

»Ihr nehmt das alles nicht ernst genug. Ich will, dass ihr ein ernstes Gesicht aufsetzt, sonst zeige ich euch nicht, was in meiner Hose auf euch gewartet hat.«

Sofia warf mir einen Blick zu, der verriet, dass sie immer noch davon überzeugt war, dass Seth gleich seinen Schwanz in einer Art eigenartigem Streich herausholen würde, aber ich schüttelte den Kopf. Er würde doch nicht ernsthaft hierherkommen und sich vor dem kleinen Bruder seines toten besten Freundes entblößen … oder?

Ich schluckte ein Stück Bagel hinunter und nahm den Rest aus dem Mund, während Seth unsere Mienen musterte.

»Ernsthafter«, verlangte Seth und bewegte einen Finger, sodass noch mehr Bagels in unsere Richtung flogen und an unseren Köpfen abprallten, während wir versuchten, immer finsterere Mienen aufzusetzen. Ich spielte nur noch aus reiner Neugierde mit, und ich war mir ziemlich sicher, dass die anderen auch so dachten.

»Okay, das genügt«, sagte Seth schließlich und hielt seine Faust näher an uns heran. »Seht her … ein Geschenk von Darion.«

»Wer ist Darion?«, flüsterte ich, und Seth richtete sich auf und entriss uns seine Faust mit einem Schnauben.

»Beim Mond, du bist völlig ahnungslos, oder? Darion. Darcy und Orion. Dar-ion. Das ist ihr Pärchenname. Ihr wärt … Xavylia. Und Tory und Darius sind Torius …« Sein Blick wurde dunkler, aber er fuhr fort: »Geraldine und Max sind Maxaldine. Und natürlich sind wir kein Paar und werden es auch nie sein, aber nur so zum Spaß, weil wir die Einzigen sind, die übrig bleiben: Caleb und ich wären Saleb. Seid ihr jetzt up to date?«, fragte er frustriert, und wir nickten alle.

Er streckte seine Faust aus, seine Gesichtszüge verkrampften sich und er blickte grüblerisch drein.

»Schmollst du etwa?«, stichelte Sofia und Seth zog seine Faust wieder zurück, was Tyler ungeduldig aufstöhnen ließ.

»Ich schmolle nicht. Ich bin intensiv und interessant, Sofia«, sagte Seth. »Ich mache den Moment mystischer.«

»Warum zeigst du uns nicht einfach, was du da in der Hand hast?«, fragte ich.

»Du ruinierst den Zauber des Ganzen«, beschwerte sich Seth. »Unterbrich mich dieses Mal nicht!«

Wir schwiegen einvernehmlich – denn wir alle wünschten, dass er endlich zum Punkt kam und uns zeigte, was er zu zeigen hatte.

»Ich präsentiere euch das zauberhafteste, weltveränderndste Ding, das ihr je gesehen habt«, begann Seth.

Fuck, vielleicht würde er *doch* seinen Schwanz rausholen.

»Seht her! Der Ring des Schicksals.« Er öffnete seine Hand und enthüllte einen schlichten silbernen Metallring in der Mitte seiner Handfläche, der unscheinbar und völlig uninteressant aussah.

»Das ist alles?« Ich runzelte die Stirn und Sofia streckte die Hand aus, um ihn anzustupsen, aber er reagierte nicht auf ihre Berührung.

Seth riss den Ring wieder zurück und schüttelte den Kopf. »Ihr versteht nicht, was das für ein Ausmaß hat. Ich habe den Ring heute Morgen unter der Dusche angezogen und ihr habt keine Ahnung – absolut keine Ahnung – was er enthält.«

»Das liegt daran, dass du es uns nicht gesagt hast«, sagte Tyler kichernd.

»Du!« Seth stürzte sich auf ihn und zeigte mit dem Finger direkt auf Tyler. »Du wirst fortan als Botschafter der Wahrheit bekannt sein. Du brauchst ein Gewand, einen Stab und eine Art schicken Hut. Am besten lässt du dir einen Bart wachsen und sorgst dafür, dass der Bart grau und lang genug ist, um ihn in deinen Gürtel zu stecken. Und du wirst der ganzen Welt von dem tapferen und gut aussehenden Werwolf erzählen, der dir diesen Ring überbracht hat, halb tot, weil er auf gebrochenen Beinen und mit nur einem Arm durch das Land gekrochen ist ...«

»Ich dachte, ich wäre der Botschafter der Wahrheit? Warum sollte ich also lügen?« Tyler verschränkte die Arme vor der Brust.

»Die Details können wir später ausarbeiten.« Seth winkte ab. »Hier.« Er ergriff Tylers Hand, sprang vom Bett und übergab ihm den Ring. »Zieh ihn an! Es ist eine Erinnerungsschleife, die Francesca Sky gehört hat.«

»Orions FIB-Lover?« Ich erinnerte mich nur vage an sie.

»Sie war nicht sein Lover, Xavier. Sie war seine Blowjob-Kumpeline.« Er hob die Hand zum Peace-Zeichen, als würde das irgendetwas erklären, und fuhr fort: »Wie auch immer, leider ist sie gestorben. Lionel hat sie ermordet, aber sie hat all diese Erinnerungen aus ihrer Zeit beim FIB gesammelt.« Er machte ein trauriges Gesicht. »Es ist furchtbar. Und verdammt gruselig, um ehrlich zu sein. Aber die Welt muss diese Erinnerungen zu Gesicht bekommen. Sie ist in Lionels Kopf eingedrungen und hat unglaublich viel von dem gesehen, was er über Jahre hinweg abgezogen hat. Sie hat all die Dinge gesehen, die er vor der Welt verbergen will. Und sie sind genau hier.«

Mir fiel die Kinnlade hinunter, als mir klar wurde, dass Seth uns nicht auf den Arm nehmen wollte. Alles, was er gesagt hatte, war sein völliger Ernst. Dieser Ring könnte das Schicksal des Krieges wirklich verändern.

»Bei den Sternen!«, stieß Tyler aus und drehte den Ring in seiner Hand um.

Seth legte seine Hand auf Tylers Wange und zwang ihn, ihn anzusehen. »Trage all das in die Welt hinaus! Lass alle sehen, wer er wirklich ist, Tyler!«

Tyler nickte, seine Augen leuchteten und ein hoffnungsvolles Lächeln umspielte seine Lippen. »Ich kümmere mich darum. Ich werde die Erinnerungen sofort auf meinen Atlas hochladen.«

Seth zog uns alle in eine Gruppenumarmung und ein rebellisches Wiehern verließ mich, das von meinen Subs widerhallte, während der Wolf ein Heulen ausstieß.

Als wir schließlich schwiegen, grinste Seth dämonisch von einem Ohr zum anderen und sah zwischen uns allen hin und her. »Lasst uns diese Granate in den Arsch des falschen Königs schieben und den Bolzen ziehen!«

* * *

Erschreckende Beweise nach brutalem Mord an heldenhafter FIB-Agentin aufgetaucht!

Die Tage der Spekulationen sind vorbei. Die Wahrheit kommt immer ans Licht – und dieser Zeitpunkt ist nun gekommen. Der Daily Solaria kam vor Kurzem in den Besitz einer Erinnerungsschleife, die der talentierten FIB-Agentin Francesca Sky gehörte, die vom falschen König getötet wurde. Die Erinnerungen, die in dem Ring gefunden wurden, den sie mittels ihrer Fähigkeiten als Zyklopin während ihrer Zeit als Dienerin des Königs mit Informationen fütterte, zeichnen ein Bild von Kühnheit und Mut, das seinesgleichen sucht.

Sky bewahrte nicht nur über achtundsiebzig Fae davor, in Nebula-Inquisitionszentren geschickt zu werden, sondern konnte auch Geheimnisse hinter den Mauern dieser Zentren aufdecken. Und das ist nichts für schwache Nerven – klickt hier, um einen Blick in die Zentren zu werfen, die Sky während der Herrschaft des Königs besucht hat.

Darüber hinaus sind mittels gestohlener Erinnerungen des Königs selbst schockierende Enthüllungen zutage getreten. In Skys letzten Momenten nutzte sie ihre Zyklopengabe, um in seinen Geist einzudringen und die Wahrheit für alle sichtbar zu machen …

Die Abgründe von Lionel Acrux' Intrigen kennen seit vielen Jahren keine Grenzen, und die Wahrheit, die wir gleich enthüllen werden, wird die Geschichte selbst neu schreiben.

Durch Lionel Acrux' Augen selbst sehen wir in unzähligen Erinnerungen, von welcher Abscheulichkeit dieser Mann wirklich ist. Etwa, wenn er eine verbotene Magie namens Dunkle Manipulation auf den Grausamen König selbst, Hail Vega, anwendet. Es scheint, dass der Grausame König gar nicht grausam war, sondern ein Opfer von Lionel Acrux' Manipulation, der die dunkle Magie missbrauchte, um andere Fae an seinen Willen zu binden. Hail Vega war nicht das erste Opfer des falschen Königs – und auch nicht das letzte. Die Erinnerungen in Lionels Geist haben neue Wahrheiten ans Licht gebracht, die die Grundfesten seiner Herrschaft erschüttern werden.

Es ist nun bekannt, dass Lionel für den Tod seines älteren Bruders Radcliff verantwortlich ist, einem Erben, der zu Großem bestimmt war und in einem gefühllosen Akt von unFaeiger Feigheit ermordet wurde. In einer erschütternden Erinnerung bekommen wir zu sehen, wie Lionel eine Norian-Wespe an Radcliffs schlafenden Körper hielt, während er seinen Bruder mit Luftmagie fesselte, bis dieser den tödlichen Auswirkungen des Wespenstachels erlag.

Es war Lionels erster Mord, aber nicht sein letzter. Mehr über seine Brutalität wird hier offenbart, ebenso eine Liste seiner Opfer. Unser tiefes Beileid gilt deren Familien – wir hoffen, dass die Wahrheit ihnen zumindest etwas Frieden bringt. Die Erinnerungen sind mit Umsicht zu behandeln. Um sicherzustellen, dass nichts von der Wahrheit unentdeckt bleibt, wurden sie nicht zensiert, was das Anschauen zu einer teils schwierigen Angelegenheit macht.

Es muss außerdem erwähnt werden, dass die Erinnerungsschleife nur dank zweier tapferer Seelen in unseren Besitz gelangen konnte. Zwei tapfere Seelen, die derzeit Gefangene des falschen Königs sind. Skys Aufzeichnungen zeigen Darcy Vega und ihren Elysischen Gefährten Lance Orion in einem Käfig aus Nachteisen im Thronsaal des Palastes der Seelen. Der gequälte Blick in ihren Augen verrät, was sie während ihrer Gefangenschaft bereits durchgemacht haben. Wir beten zu den Sternen, dass sie in Sicherheit sind und bald einen Weg aus der Gefangenschaft des falschen Königs finden werden.

Angesichts der schieren Anzahl an Erinnerungen, die es zu durchforsten gilt – es handelt sich um Tausende –, wird das Team vom Daily Solaria wahrscheinlich noch weitere Geheimnisse lüften. Und unsere Leser werden natürlich die Ersten sein, die davon erfahren. Wir entschuldigen uns für die Unannehmlichkeiten, die dieser Artikel verursacht, aber es ist unsere Pflicht, die Wahrheit aufzudecken, und wir werden nicht ruhen, bis der falsche König gestürzt ist.

Es ist Zeit, sich zu erheben, Solaria! Für das Wohl unseres Königreichs.

Lang leben die Vega-Königinnen!
-Tyler Corbin

Gemini
Scorpio
Virgo
Cancer
Leo
Taurus
Sagittarius
Capricorn
Aquarius
Libra
Pisces

LIONEL

KAPITEL 59

»Wie schlimm ist es, Vard?«, knurrte ich, als ich vor den roten Türen stand, die mich auf den Balkon mit Blick auf die Menge führen würden, die sich vor dem Gerichtshof von Solaria versammelt hatten. Der Raum, in dem ich mich befand, war riesig – groß genug, um mich mindestens dreimal in meiner Drachenform zu beherbergen. An den Wänden hingen prächtige Gemälde, die meinen Aufstieg zur Größe darstellten. Der Raum war mit Holzdielen ausgelegt, auf denen opulente weiße Sofas standen und goldene Statuen meiner Art, die ich hierhergeschafft hatte.

»Ähm« … Vard zögerte und machte einen Schritt nach vorn, um meine Krawatte zurechtzurücken. Ich schlug seine Hände weg, packte sein Hemd mit der Faust und zog ihn näher an mich heran. Rauch quoll zwischen meinen gebleckten Zähnen hervor.

»Wie. Schlimm. Ist. Es?«, fauchte ich.

»Wollt Ihr, dass ich die Situation beschönige?«, stammelte er, sein gesundes Auge voller Angst.

»Nein. Ich will nicht, dass du irgendetwas beschönigst, du Narr. Ich will die Wahrheit. Die kalte, harte verdammte Wahrheit. Und wenn du sie mir nicht in den nächsten drei Sekunden preisgibst, werde ich dich zerstückeln und an Lavinia verfüttern.«

»N-natürlich, Hoheit«, antwortete er stotternd, ließ sich auf die Knie fallen und senkte unterwürfig den Kopf. »Das Königreich ist in Aufruhr. Die Fae verlieren das Vertrauen in Euch. Sie wollen Antworten. Sie können die Wahrheit, die ihnen in Francesca Skys Erinnerungen präsentiert wurde, nicht einfach ignorieren.«

Ein Grollen entrang sich mir, und ich unterdrückte den Drang, meinem wehleidigen Seher ein paar Knochen zu brechen. Zumindest bis ich heute Abend in den Palast zurückkam.

Diese Schlampe hatte mir mehr Ärger bereitet, als ich es je für möglich gehalten hätte, und das Vega-Mädchen, das ich gefangen hielt, hatte dieses Schicksal sichergestellt. Sie musste die Erinnerungsschleife während des Angriffs aus meinem Palast bekommen und an ihre widerlichen Verbündeten weitergegeben haben.

Ich schäumte vor Wut, und meine Abscheu war wie ein kalter dunkler Winter, der niemals enden würde.

Doch ich glättete meine Haare und setzte einen besorgten Gesichtsausdruck auf – das Gesicht eines Mannes, der nicht so leicht des Mordes beschuldigt werden würde.

»Öffne die Türen!«, befahl ich und Vard krabbelte in die entsprechende Richtung und zog sie für mich weit auf.

Ich hob mein Kinn und trat auf den Balkon hinaus, woraufhin ein Tumult von wütenden Rufen auf mich einprasselte. Die Menge wurde von Fae-Lichtern angestrahlt, und auch die Presse war da und richtete ihre Kameras auf mich, um jeden Moment festzuhalten.

Ich hob die Hände und bat um Ruhe, woraufhin sich die Menge beruhigte. Mein Herz klopfte unruhig in meiner Brust, aber das ließ ich mir nicht anmerken. Ich musste ehrwürdig wirken und ihr Vertrauen zurückgewinnen, sonst könnte meine Herrschaft in Gefahr geraten.

»Freunde«, rief ich und verstärkte meine Stimme mit einem Zauber, woraufhin eine Reihe von Buhrufen ertönte und mich verunsicherte. Ich machte einen Schritt nach vorn, stemmte meine Hände auf das Geländer und behielt meine perfekte Maske aufrecht. »Hört zu! Schuldet ihr eurem bescheidenen König nicht die Möglichkeit, auf die abscheulichen Lügen zu antworten, die über ihn verbreitet wurden?«

Die Leute runzelten die Stirn und tauschten Blicke aus, während sich die Presse auf meine Worte stürzte. Einer der Kameramänner leckte sich sogar die Lippen, während die Kameraobjektive näher an mich heranzoomten.

»Ja, wir müssen unserem König die Möglichkeit geben, sich zu erklären«, sagte Gus Vulpecula, der sich nach vorn in den abgesperrten Bereich begeben hatte, wo viele meiner Drachen positioniert waren, um die Menge zurückzuhalten. »Er wird unsere Ängste zerstreuen. Lasst ihn sprechen!«

»Ja, lasst ihn sprechen!«, rief noch jemand, und das Gemurmel verstummte wieder.

Ich befeuchtete meine Lippen und bereitete mich darauf vor, die Rede zu halten, an der ich arbeitete, seit ich erfahren hatte, was der dreckige kleine Pegasus im *Daily Solaria* über mich geschrieben hatte. Es war ein Schluckauf, nichts weiter. Damit kam ich klar. Ich *würde* das Problem aus der Welt schaffen.

Schweiß sammelte sich auf meiner Stirn, und ich versuchte, die Krawatte an meinem Hals etwas zu lockern. Die Stille lastete schwer auf mir, während alle darauf warteten, dass ich zu sprechen begann.

»Die Rebellen haben dieses Manöver schon seit einiger Zeit geplant. Francesca Sky war eine von ihnen, und ja, ich war es, der sie getötet hat, als ich ihren Verrat entdeckt habe. Um unser Königreich zu schützen.«

»Mörder!«, schrie jemand und Feuer glimmte ganz hinten in meiner Kehle. Aber ich ließ einfach traurig den Kopf hängen, bevor ich weitersprach, und tat so, als würde diese Bürde schwer auf meinen Schultern lasten. Das tat sie natürlich auch, aber nicht aus den Gründen, die ich alle glauben machen wollte.

»Francesca Sky war eine sehr mächtige Zyklopin, die in der Lage war, Erinnerungen zu fälschen und sie an ihre rebellischen Komplizen weiterzugeben. Sie hat mich als grausamen Abschaum hingestellt, um zu versuchen, mein Königreich gegen mich aufzubringen. Aber sie ist zu weit gegangen, versteht ihr? Denn diese Erinnerungen sind, wenn man sie genau betrachtet, einfach nur absurd – egal, ob es darum geht, dass ich meinen eigenen geliebten Bruder rücksichtslos umgebracht habe, oder darum, dass ich irgendwie für all die Gräueltaten verantwortlich bin, die Hail Vega während seiner Herrschaft begangen hat. Sie hat dieses Hirngespinst ausgeheckt und versucht, euch alle dazu zu bringen, ihr zu glauben. Aber welcher Fae in diesem Reich könnte zu so vielen Gräueltaten fähig sein?« Ich schnaubte und einige der Gesichter in der Menge wurden nachdenklich. Schafe, alle miteinander. Sie ließen sich so mühelos zur Schlachtbank führen, und genau das würde ich jetzt tun. Denn ich war ein lächelnder Schlachter, der ihnen die grünen Weiden meiner Gesellschaft versprach. »Bin ich für jedes Verbrechen in der Geschichte verantwortlich? Soll ich wirklich dafür verantwortlich gemacht werden, dass ganze Städte dem Erdboden gleichgemacht wurden? Indem ich den Grausamen König als meine Marionette benutzt habe?«

»Wir haben es gesehen. Ihr habt Dunkle Manipulation auf Hail Vega ausgeübt!«, schrie mich eine kleine Hure an und zeigte mit dem Finger auf mich.

Ich drückte schockiert eine Hand auf mein Herz. »Wie könnte ein einziger Fae einen Mann wie ihn kontrollieren? Er war der mächtigste Fae seiner Zeit. Und ich habe ihm pflichtbewusst gedient, Jahr für Jahr. Ich habe getan, was ich konnte, um seine Tyrannei zu beenden, ich habe versucht, seine Wut zu zügeln. Aber was sollte ich tun? Wenn ich seinen Thron hätte besteigen wollen, hätte ich ihn herausfordern können. Das wäre sicher ein viel einfacherer Weg gewesen, um die Macht zu ergreifen, anstatt seinen Geist zu kontrollieren oder irgendeinen anderen Unsinn zu veranstalten.« Ich schüttelte den Kopf.

»Ihr hättet den Kampf verloren, deshalb habt Ihr verbotene Magie benutzt, um ihn zu kontrollieren!«, brüllte ein Mann, und ich kniff die Augen zusammen.

»Ihr müsst euch schon entscheiden. Bin ich so mächtig, dass ich den Grausamen König unter meiner Kontrolle hatte? Oder nicht mächtig genug, um ihn herauszufordern? Wenn ich in der Lage gewesen wäre, ihn so zu manipulieren, hätte ich doch der Mächtigere von uns beiden sein müssen. Und wenn das so gewesen wäre, warum habe ich die Herausforderung dann nicht ausgesprochen?« Meine Worte wickelten sich um ihre Zweifel und fesselten sie in ihrer eigenen Verwirrung. Manche mochten mich für meine Manipulation Hail Vega gegenüber als mächtiger einschätzen, und ich würde dem vielleicht sogar zustimmen. Aber das war nicht die Geschichte, die sie brauchten. Also war es auch nicht die, die sie bekommen würden. Zumindest nicht für den Moment.

»Was ist mit den Nebula-Inquisitionszentren?«, rief ein anderer Mann. »Meine Schwester wurde in eine dieser Einrichtungen gebracht, und seitdem habe ich nichts mehr von ihr gehört. Ihr ermordet Fae in diesen Zentren. Wenn Ihr nichts zu verbergen habt, dann lasst uns hineinschauen!«

Jubel wurde laut und ich nickte – darauf war ich vorbereitet.

»Natürlich werde ich der Öffentlichkeit erlauben, die Zentren zu besuchen. Es gibt zwei in dieser Stadt, deren Türen ich morgen öffnen werde. Ihr werdet sehen, dass es sich um einfache Verhörzentren handelt, mit dem Ziel, Terroristen zu finden und davon abzuhalten, sich unter uns zu mischen und unserem Volk zu schaden.«

Mehrere meiner loyalsten Mitarbeiter arbeiteten bereits daran. Linda Rigel leitete die Abteilung, um sicherzustellen, dass die Zentren einwandfrei waren. Es würde keine Spuren von Grausamkeit geben, kein einziger Tropfen Blut würde zu sehen sein, wenn morgen die Türen geöffnet würden. Und ich hatte dafür gesorgt, dass eine neue Gruppe von Sphinxen und Minotauren zusammengetrommelt worden war, von denen keiner jemals zuvor eines dieser Zentren betreten hatte. Sie würden gut behandelt und ihre Geschichten sofort an die Presse weitergegeben werden, um zu beweisen, dass die Rebellen mit ihren Feststellungen falschlagen. Es war mühsam, aber notwendig. Manchmal wussten die Leute nicht, was das Beste für sie war. Es war die Bürde der Massen, unwissend zu bleiben, und die Bürde der Mächtigen, dies zu ihrem eigenen Wohl zu gewährleisten.

Ich würde jetzt unermüdlich daran arbeiten müssen, mein Image wiederherzustellen. Und diese verdammten Rebellen trugen die Schuld daran. Wenn ich ihre neue Festung gefunden hatte, würde ich dafür sorgen, dass jeder Einzelne von ihnen langsam in Stücke gehauen wurde und jedes Quäntchen Schmerz, das diese Welt zu bieten hatte, zu spüren bekam, bevor ich ihr wertloses Leben auslöschte.

Irgendwo in der Menge erklang Musik, und ein kalter Schauer lief mir über den Rücken, als ich den verdammten Song erkannte, der im Orb der Zodiac Academy gespielt worden war. Meine eigene Stimme verhöhnte mich, als meine Worte zu einer rebellischen Provokation verdreht wurden.

»Macht das aus!«, brüllte ich. Für einen Moment verlor ich die Fassung, und die Menge schaute sich nach dem Verursacher um, aber niemand reagierte.

Also machte ich mich selbst auf die Suche nach der Quelle und meine Drachen drängten sich in die Massen, um sie aufzuspüren. In dem Moment realisierte ich, dass sie vom Boden selbst kam, die Musik dröhnte unterhalb der Straße und wurde von Sekunde zu Sekunde lauter.

Ich hatte den ganzen Gerichtshof mit Schutzbarrieren abgesichert, aber plötzlich wurde mir klar, dass ich nicht daran gedacht hatte, die Abwasserkanäle zu kontrollieren.

Mildred Canopus trat auf einen Gullydeckel und schoss einen Augenblick später in die Luft, als das ganze Ding durch eine Druckwelle von unten in die Luft geschleudert wurde. Ein Schrei des absoluten Entsetzens verließ sie, als sie von einer Scheiß-Fontäne begleitet wurde. Ein weiterer Gully explodierte und noch mehr Fäkalien flogen in die Höhe. Die Menge zerstreute sich im Nu, während immer mehr Schreie ertönten. Es war das reinste Chaos. Die Musik dröhnte nach wie vor aus der Kanalisation und ich wandte mich ab, um ins Gebäude zu fliehen, während sich meine Drachenwächter verwandelten, um mich vor den Schauern aus Scheiße zu schützen.

Doch bevor ich es ins Innere schaffte, schoss ein Greif aus einem der Abflüsse – auf dem Rücken ein lilahaariges Mädchen, das eine vogelähnliche Maske im Gesicht trug. Die Rebellin richtete eine Hand auf mich und sandte mithilfe ihrer Luftmagie jeden Scheißklumpen in meine Richtung, bis sich eine Art Vortex gebildet hatte.

Ich wirkte einen Luftschild hinter mich, rannte nach drinnen und stieß mit Vard zusammen. Der nutzlose Seher *sah* mich nicht einmal kommen, als wir beide zu Boden gingen. Ein flaues Gefühl machte sich in meiner Brust breit und ich keuchte erschrocken auf, als der Zugang zu meiner Magie versperrt wurde.

»Was ist passiert?!«, brüllte ich und Vard zuckte zusammen, als mir die Spucke aus dem Mund flog.

»Ich habe das FIB gebeten, Antimagie-Zauber zu sprechen, um Euch vor den Rebellen zu schützen«, murmelte er.

In der nächsten Sekunde regnete Scheiße auf uns herab, benetzte meinen ganzen Körper und klatschte in Vards hässliches Gesicht unter mir. Ich brüllte vor Wut und stand torkelnd auf, aber die Wucht des Regens wurde immer stärker, sodass ich kopfüber durch den Raum stürzte, über eine Couch flog und gegen eine Wand prallte.

Mildreds riesige Drachenform erhob sich, um die Kacke abzublocken, woraufhin ihre Brust und ihr Gesicht alles abbekamen, als sie ihre Flügel ausbreitete, um mich zu retten. Aber der Schaden war angerichtet.

Ich schrie auf, als die mit dem Kanalisationswasser vermischte Greifenkacke in meine Augen gelangte und so heftig brannte, dass mich der Schmerz fast blind machte.

Ich wischte mir die Scheiße aus den Augen und blinzelte, als ich zwei meiner Drachenwächter sah, die zu meinem Schutz in den Raum rannten, mich flankierten und die Hände hoben.

»Ihr habt hier drin keinen Zugriff auf eure verdammte Magie!«, blaffte ich und die beiden nahmen das als Befehl, sich zu verwandeln. Sie nahmen ihre riesigen Drachenformen an und zerquetschten mich zwischen ihren Körpern. Und nicht einfach irgendwo, nein, genau zwischen ihren nackten Arschlöchern, eins auf jeder Seite meines Gesichts, während ihre Schwänze durch den Raum über mir fegten.

»BEWEGT EUCH, SOFORT!«, brüllte ich, wobei meine Stimme durch ihre schuppigen Hinterteile gedämpft wurde. Sie reagierten beide so schnell, dass ich abermals in einen Scheißhaufen flog.

»Mein König!«, heulte Vard und versuchte, der nicht enden wollenden Fäkalienflut zu entkommen, wobei er im Dreck ausrutschte, als er versuchte, zu mir zu gelangen.

Ich rutschte auf meinen Knien weiter und kroch aus dem Raum, während ich lautstark fluchte. Der Gestank machte das Atmen fast unerträglich.

»Findet diejenigen, die dahinterstecken!«, brüllte ich. »Und bringt sie sofort zu mir!«

Sobald ich die Scheißexplosionszone hinter mir gelassen hatte, stand ich auf und schlich mich in die Tiefen des Gerichtshofes auf der Suche nach einer Dusche. Ich würde hier warten müssen, bis sich meine Wächter um das Chaos draußen gekümmert hatten. Aber bis das lilahaarige Mädchen zu mir gebracht worden war, um Stück für Stück verschlungen zu werden, würde ich verdammt noch mal nicht ruhen.

Scorpio
Gemini
Virgo
Cancer
Leo
Taurus
Sagittarius
Capricorn
Libra
Aquarius
Pisces

ORION

KAPITEL 60

Ein neuer Käfig aus Nachteisen stand nun im Thronsaal, nachdem der letzte zerstört worden war, und ich hatte außerdem ein Paar schicke neue magische Handschellen an meinen Handgelenken. Ach, die Freuden des Gefangenseins!

Darcy lief wie eine Tigerin im Käfig vor den Gitterstäben auf und ab, ihre Finger streiften sie ab und zu, und ihre Augen waren glasig, während ihr Gehirn auf Hochtouren zu laufen schien.

»Ich bin mir sicher, dass es Tory gut geht«, beruhigte ich sie, denn ich war überzeugt davon, dass es das Schicksal ihrer Zwillingsschwester war, das ihre Aufmerksamkeit hatte.

Sie nickte kurz, sagte aber nichts und ging weiter auf und ab. Es war nicht angenehm, dass wir auf diese Weise festgehalten wurden, und ich hatte sogar in Darkmore mehr Freiheiten bekommen. Wenigstens hatte ich hier Zugang zu meiner Formgebung und musste nicht auf kurze Aufenthalte im Formgebungs-Hof warten, um sie zu erreichen.

Die ständigen Zusammenstöße mit den verschiedenen kriminellen Arschlöchern und der Kampf um einen Zentimeter mehr Platz in den Gemeinschaftsduschen fehlten mir nicht. Und immerhin war ich hier an der Seite meiner Gefährtin.

Fuck – versuche ich gerade wirklich, das Positive an meiner Situation zu finden? Denn da gibt es nichts. Ich vergleiche ein beschissenes Schicksal mit einem noch beschisseneren.

»Blue.« Ich versuchte, ihre Aufmerksamkeit zu erregen, aber sie ignorierte mich. Wut zierte ihre Züge. »Blue ...«, sagte ich erneut, dieses Mal mit mehr Nachdruck, aber sie schien nur noch wütender zu werden.

Plötzlich wirbelte sie herum und ich trat von der Wand weg, an der ich gestanden hatte, und öffnete meine Arme, um sie näher an mich heranzuziehen. Stattdessen verpasste sie mir einen Schlag gegen die Brust. Überrascht über die Wucht dieses wilden Angriffs hob ich die Augenbrauen und sie fluchte, schüttelte ihre Hand aus und zeigte mit der anderen auf mich.

»Du.«

»Ich?«, erwiderte ich ruhig, obwohl sie immer wütender wurde.

»Du hast mich mit einem Vampir-Ninja-Trick ausgeknockt, als Tory hier war«, beschuldigte sie mich. »Du wolltest zulassen, dass sie mich mitnimmt.«

»Ja, das wollte ich«, antwortete ich knapp.

»Du bist ein solcher Heuchler«, schnauzte sie. »Du würdest mich nie verlassen, wenn die Situation andersherum wäre.«

»Schuldig«, stimmte ich zu.

Sie knurrte, ging wieder auf mich los und ich ließ zu, dass sie mich als Sandsack benutzte, während sie ausrastete. Es war tatsächlich verdammt niedlich, auch wenn sie mit ihren Treffern bewies, wie verdammt wild sie sein konnte.

Sie war knallrot im Gesicht, als sie fertig war, und ich musterte sie prüfend. »Bist du fertig?«

»Weißt du was, Lance?«

»Was, meine Schöne?«, fragte ich.

»Manchmal bist du ein echtes Arschloch.«

»Hey, verkauf mich nicht unter Wert. Ich bin die ganze Zeit ein Arschloch.«

Sie knurrte und ihre Augen blitzten wütend auf, weil sie nicht zu hören bekam, was sie von mir hören wollte. Aber ich war versiert darin, von Leuten beleidigt zu werden. Schließlich war ich Lehrer.

»Warum bist du so ruhig?«, fauchte sie.

»Warum bist du so wütend?«, konterte ich.

»Weil das Leben Mist ist. Und weil du so dastehst … als würde dich das alles kein bisschen stören.«

»Glaub mir, mich stört so einiges. Aber blinde Wut ist nicht produktiv.«

»Dann bin ich eben unproduktiv«, murmelte sie, bevor sie wieder zu ihrem Tigergang zurückkehrte. Ein Lächeln stahl sich auf meine Lippen.

Stella war in der Nacht zu mir zurückgekehrt und hatte die Dunkelheit, die Lavinia in mir hinterlassen hatte, vertrieben. Sie hatte mir sogar einen widerlich schmeckenden Trank gegeben, um eine Barriere zwischen mir und den Schatten zu errichten, wenn Lavinia mich das nächste Mal in ihre Folterkammer entführte. Ich war mir nicht sicher, was ich von all dem halten sollte, aber ich war definitiv nicht zu stolz, um ihre Hilfe anzunehmen. Ich würde das Wenige, was ich von ihr bekommen konnte, in Anspruch nehmen, und sie könnte damit ihre Schuldgefühle mir gegenüber lindern – oder auch nicht. Es war mir egal. Meine Vergebung würde sie sich damit jedenfalls nicht verdienen.

Ich richtete meinen Blick auf die Gitterstäbe über mir und zog mein Shirt aus – ein besonders amüsantes Exemplar von Lionel Acrux' Merchandise. In der Mitte des Shirts prangte das Wort M. O. E. S. E. N. über einem grünen Metalldrachen.

Ich sprang in die Luft, ergriff die Stangen und fing an, Klimmzüge zu machen. Hier gab es kaum etwas anderes zu tun als zu trainieren, und der Versuch, meine persönliche Bestleistung von fünfhundert zu übertreffen, gab mir etwas, worauf ich mich konzentrieren konnte. Als ich die Hundert erreicht hatte, warf Darcy einen Blick in meine Richtung, dann fluchte sie und wandte schnell den Blick ab, um weiter auf und ab zu gehen.

Ihr Blick glitt noch ein paar Mal in meine Richtung. Und ja, vielleicht wollte ich jetzt ihre Aufmerksamkeit erregen. Ich hatte zwischenzeitlich die dreihundert erreicht, meine Haut war nassgeschwitzt und meine Muskulatur hart.

Sie biss sich auf die Lippe und richtete ihren Blick wieder auf mich. Als ich vierhundertneunzig Klimmzüge gemacht hatte, begann ich die letzten zehn herunterzuzählen. Meine Arme und Schultern brannten. Darcy hielt inne, um zu beobachten, wie ich mein Ziel um weitere zehn Züge übertraf. Schwer atmend ließ ich mich zu Boden fallen, nahm das M. O. E. S. E. N.-Shirt und wischte mir damit das Gesicht. Als ich den Blick hob, sah ich Blue regungslos vor mir stehen, ihr Blick schweifte über meine Bauchmuskeln.

»Kann ich dir helfen, meine Schöne?«, fragte ich schmunzelnd, woraufhin sie mit den Augen rollte und sich abwandte.

Sie konzentrierte sich auf ihr eigenes Training, streckte und beugte sich, wobei die Schatten ihre Nacktheit kaum verdeckten. Mich ignorierte sie dabei gänzlich. Ich beobachtete gebannt, wie sie den herabschauenden Hund absolvierte, und neigte den Kopf zur Seite, um ihren Hintern zu betrachten. Mein Schwanz zuckte freudig.

Als sie wieder auf den Beinen war und eine der Wasserflaschen aufhob, die wir heute Morgen bekommen hatten, hob sie eine Augenbraue.

»Kann ich dir helfen, meine Schöne?«, äffte sie mich nach und ich presste meine Zunge in meine Wange.

»Ja, das kannst du tatsächlich.« Ich winkte sie näher heran, aber sie warf ihre Haare nach hinten und stellte ihre Flasche ab, bevor sie sich in einen Handstand begab.

Ich stellte mich hinter sie und sie stützte ihre Füße gegen meine Brust, bevor sie sich mit einem kräftigen Tritt wieder aufrichtete. Bevor sie erneut entkommen konnte, machte ich einen Schritt nach vorn, umfasste ihre Taille und drückte sie an mich, woraufhin sich mein Puls beschleunigte. Die Schatten wichen von ihrem Körper und ich lächelte, als ich ihre warme, weiche Haut an der meinen spürte.

»Wie wäre es, wenn du ein braves Mädchen bist, dich hinlegst und diese hübschen Schenkel für mich spreizt? Dann könnte ich so lange meine Zunge benutzen, bis du mich wieder magst«, meinte ich.

»Wie wäre es, wenn du dich verpisst?«, erwiderte sie, und ich knurrte, während sich mein Griff um sie verstärkte.

»Pass auf, was du sagst, sonst höre ich auf, nett zu sein.«

»Vielleicht will ich gar nicht, dass du nett bist«, sagte sie und ihre Augen funkelten wütend. »Vielleicht habe ich deinen überfürsorglichen Bullshit satt.«

»Dir hat heute wirklich jemand ins Müsli gepinkelt, was?«, knurrte ich.

»Die Sterne pissen in mein Müsli, seit ich in Solaria aufgetaucht bin. Ich dachte einst, hier gäbe es nur Magie und Regenbögen, aber das stimmt nicht, oder? Tory hatte immer recht. All das war Bullshit.«

»Und was willst du jetzt machen? Zurück ins Reich der Sterblichen gehen?«, fragte ich trocken.

»Vielleicht.« Sie wartete offensichtlich auf eine Reaktion von mir. Und die würde sie jetzt auch bekommen, obwohl sie mich gerade verdammt scharf machte.

»Du bist ein freches Luder«, warnte ich sie.

»Und was willst du dagegen tun?«, entgegnete sie, und ich drehte sie um und schubste sie nach vorn, sodass sie sich an den Gitterstäben festhalten musste, um nicht auf die Knie zu fallen. In dem Moment, in dem sie sich vor mir bückte, verpasste ich ihr einen so harten Schlag gegen den Arsch, dass das Klatschen im ganzen Thronsaal widerhallte.

»Ah!«, keuchte sie, und Lust und Begierde vermischten sich in diesem Geräusch. Ich brauchte ein Ventil. Sie machte mich wütend und ich sie offensichtlich auch. Wenn es also das war, was sie wollte, war ich mehr als bereit, mitzuspielen.

Ich drückte mich gegen ihren Arsch, ließ sie die Schwellung meines Schwanzes spüren und fuhr mit meiner Hand an ihrem Rückgrat entlang. »Schau, was du mit mir machst. Du machst mich verrückt.« Ich griff energisch nach ihren Hüften und ließ meine Hände über ihre Taille gleiten. Dann bewegte ich mich noch höher, bis ich ihre Brüste erreicht hatte, die ich grob quetschte.

Sie drückte sich mit einem berauschenden Stöhnen gegen mich. »Fick dich!«

Ich zupfte hart an ihren Nippeln und rieb sie zwischen Zeigefinger und Daumen beider Hände.

»Bist du sicher, dass du damit umgehen kannst, kleine Sterbliche?«, stichelte ich, um sie zu reizen. Sie versuchte, sich aufzurichten, aber ich war schneller. Eine Hand schob ich in ihre Haare, mit der anderen zwang ich sie, unten zu bleiben, indem ich meine Handfläche auf ihren Rücken drückte.

»Ich bin keine Sterbliche«, knurrte sie.

»Bist du sicher? Du siehst nämlich gerade wie eine sehr wütende kleine Sterbliche aus.«

»Arschloch.« Sie krümmte sich ruckartig und versuchte, sich zu befreien, aber ich zerrte an ihren Haaren und hielt sie fest, während ich hämisch lachte.

»Sollst du nicht auf deinen dreckigen kleinen Mund aufpassen?« Ich versohlte ihr so hart die Arschbacke, dass sich ihr Rückgrat krümmte und eine Reihe von Flüchen von ihren Lippen kam. Aber das brachte ihr lediglich einen weiteren Schlag ein. »Manieren, Blue.«

»Ich hasse dich«, zischte sie und das Feuer in ihr brannte nur noch heißer. Sie war heute wirklich ein wildes Ding.

»Bist du sicher?«, fragte ich und schob meine Finger langsam zwischen ihre Beine. »Denn ich wette fünfzig Auren, dass du klatschnass für mich bist, meine Schöne.«

»Ich bin trockener als dein Humor«, sagte sie.

»Lügnerin.« Ich ließ meine Finger über ihre nasse Pussy gleiten und grinste über meinen Sieg. »Du schuldest mir fünfzig Auren. Ich nehme aber auch andere Zahlungsmittel an, da du gerade kein Bargeld hast. Warum gehst du nicht auf die Knie und öffnest deine seidigen Lippen für mich?«

»Ich habe gehört, dass Sterbliche beschissene Blowjobs geben. Ich könnte dir versehentlich den Schwanz abbeißen«, sagte sie und ich brach in Gelächter aus und versohlte ihr erneut den Hintern, sodass sie vor Lust und Schmerz aufschrie.

»Das Risiko gehe ich ein.«

»Nein, danke«, sagte sie leichthin. Fuck, sie war heute wirklich schwierig.

Ich fuhr mit meinen Fingern über ihre Klit, um diese mit ihrer Erregung zu benetzen, und sie keuchte, ihr Rücken wurde weicher und ihre Schenkel spreizten sich weiter.

»So ist es gut. Halt still!«, befahl ich, ließ ihre Haare los und griff nach meiner Hose, um sie hinunterzuschieben, aber sie nutzte die Gelegenheit, um sich aufzurichten und von mir wegzulaufen, während die Schatten erneut über ihre Haut huschten.

Ich verschränkte die Arme vor der Brust und knirschte mit den Zähnen, als sie mit ihrem trotzigen Spiel weitermachte. »Du weißt, dass ich dich innerhalb eines Wimpernschlags erwischen könnte«, erinnerte ich sie, und sie beschloss, dass das die perfekte Gelegenheit war, mir den Mittelfinger zu zeigen.

Meine Augen wurden schmal. »Du bist also auf Ärger aus.«

»Und doch bin ich hier, völlig frei von Ärger.« Sie zuckte mit den Schultern. »Vielleicht bist du nicht mehr so geschickt wie einst. Oder hast du Angst, dass du die zerbrechliche kleine Sterbliche verletzen könntest?« In ihrem Tonfall lag Bitterkeit, aber auch eine Herausforderung, eine Entschlossenheit, mir zu beweisen, dass sie – eine Fae! – mit allem umgehen konnte.

Ich schoss nach vorn, mein Entschluss war gefasst – und er bedeutete Ärger. Ich hob sie hoch und drehte sie auf den Kopf, woraufhin sie ein erschrockenes Quieken ausstieß.

Ich führte ihre Beine durch die Gitterstäbe über uns und klemmte sie zwischen den waagerechten Stangen, sodass sie vor mir daran hing und ihr Mund genau auf meinen Schwanz ausgerichtet war.

Ich schob meine Hose nach unten, befreite meinen pulsierenden Schwanz und drückte ihn zwischen ihre Lippen. Sie wehrte sich nicht, sondern klammerte sich an mich, um sich zu stützen, und saugte an meinem Schwanz. Ich knurrte vor Lust.

Ich zwang ihre Knie auseinander, packte ihren Arsch mit beiden Händen, ließ meinen Mund auf ihre Pussy fallen, leckte an ihrer Klit und brachte sie dazu, um meinen Schwanz herum zu stöhnen. Ich stieß zwischen ihre Lippen, spielte mit ihr und ließ sie selbst herausfinden, was sie aushalten konnte, während ich mich im Gegenzug an ihr labte.

Ihre Fingernägel gruben sich in meinen Arsch, und ich grunzte – dieses Mädchen und seine wilde Natur waren regelrecht berauschend. Wir waren voller aufgestauter Energie und hatten hundert Gründe, die Welt zu hassen, aber ineinander fanden wir wie immer eine Antwort.

Sie nahm mich noch einmal ganz in ihre Kehle, ließ ihre Zunge dann über meinen Schaft gleiten – und machte mich wahnsinnig. Ich schob mich tiefer in sie hinein, ihre Lippen waren samtweich und wie für mich gemacht. Aber ich gab ihrer Macht noch nicht nach.

Sie würgte an meinem Schwanz und ich zog meine Hüften zurück, aber sie krallte ihre Nägel in meine Haut und zwang mich wieder näher, um zu beweisen, dass sie es aushalten konnte. Ich war mehr als froh, dass sie das tat, und als die Spitze meines Schwanzes in ihren Rachen glitt und sie erneut daran saugte, wäre ich fast explodiert. Nur mit schierer Willenskraft hielt ich durch, während ich ihre Klit leckte, immer schneller und schneller, bis ich sogar meine Vampirgeschwindigkeit nutzte, um sie zum Abgrund zu treiben.

Sie stöhnte, ihre Kehle vibrierte gegen die Spitze meines Schwanzes und ich knurrte gegen ihre Pussy. Die Ekstase rief meinen Namen, flehte mich regelrecht an, in sie einzutauchen. Aber sie würde zuerst fallen. Meine Zunge glitt noch einmal blitzschnell über ihre Klit, und dann kam sie. Es war wunderschön. Ihre Schenkel verkrampften sich an meinen Ohren und hielten mich fest, während ich ihr Vergnügen mit langen und langsamen Zungenschlägen verlängerte.

Darcy hob eine Hand, um meine Eier zu streicheln, und ich verlor fast den Verstand, als ich ihren Mund fickte und mich voll und ganz auf sie konzentrierte. Nach zwei weiteren Stößen kam ich mit einem lustvollen Brüllen zum Abschluss, und sie stöhnte auf, wodurch sie meinen Schwanz noch fester zusammendrückte.

Ich erstarrte in ihr, und sie schluckte mich hinunter, ihre Lippen umschlossen mich fest und ihre Hand drückte und massierte meine Eier, bis mir verdammt schwindelig wurde.

Als ich völlig verbraucht war, glitt ich aus ihrem Mund, löste ihre Beine von den Gitterstäben, packte sie an den Knöcheln, bevor sie mit dem Kopf auf dem Boden aufschlug, und hob sie in meine Arme.

Ihre Lippen waren rot, ihre Haare völlig durcheinander und ihre Augen tränten. Mit ihrer freien Hand zog sie meine Hose hoch und sah dabei so zufrieden aus, dass ich davon ausging, dass wir unsere Probleme soeben aus der Welt geschafft hatten.

»Perfekt.« Ich presste meine Lippen auf ihre und sie verschmolz mit mir, indem sie ihre Arme um meinen Hals schlang.

Sie schmiegte sich an mich wie eine Katze, und ich grinste sie dümmlich an und kraulte ihren Rücken, als wäre ich Mitglied einer der Kuschel-Formgebungen. Aber nur für sie. Und, na gut, vielleicht damals auch für Darius.

»Glücklich?«, fragte ich.

»Glücklich«, sagte sie mit einem süßen Lächeln und ihre Augen blitzten grün auf, als sie zu mir aufblickte. Die silbernen Ringe ihrer Iriden leuchteten hell, ein Zeichen ihrer Verbundenheit mit mir.

»Darcy«, keuchte ich, aber dann wurden sie wieder dunkel und sie runzelte die Stirn, als sie meine Niedergeschlagenheit sah.

»Was ist los?«

»Deine Augen.« Ich strich mit dem Daumen über ihren Unterkiefer und küsste sie sanft. »Sie waren wieder da. Nur für eine Sekunde, aber deine Ringe waren da.«

»Wirklich?«, fragte sie, endlich voller Hoffnung und Leichtigkeit, als hätte ich die Wildheit in ihr gebändigt. Zumindest für den Moment.

»Wirklich.«

Sie schlüpfte aus meinen Armen, die Schatten überzogen ihre Haut erneut und legten sich um ihren Körper wie ein Kleid aus Schatten. Darcy bewegte sich zum Rand des Käfigs und prüfte ihre Augen in den glänzenden Gitterstäbe, um sich selbst ein Urteil zu bilden, und mein Herz stotterte, weil ich wusste, dass sie enttäuscht werden würde.

Mein Kopf schnellte hoch, als ich schwere Schritte hörte, und ich schoss näher an Darcy heran und starrte auf die Tür.

Darcy richtete sich auf, ihre Instinkte durch meine Reaktion alarmiert. Wie Wachhunde, die auf einen Einbrecher warteten, standen wir da.

Von allen Fae, die ich zu sehen gefürchtet hatte, war meine Mutter die geringste Sorge. Und ich warf Stella einen finsteren Blick zu, als diese in den Raum huschte und sich dabei nervös umsah.

»Was willst du?«, blaffte ich und hörte, wie Darcys Herz einen Satz machte.

Sie starrte meine Mutter an, die sich uns in einer Stillekuppel näherte, und ich klammerte mich an die Gitterstäbe, während sich meine Nackenhaare aufstellten. Die Gefahr kam immer näher.

»Es tut mir leid, Lance«, krächzte Stella. Sie sah völlig niedergeschlagen aus, als sie in ihrem tiefschwarzen Gewand, das bis zu ihren nackten Füßen reichte, vor uns stehen blieb. Sie deutete mit ihrer angewinkelten Hand auf Darcy und eine mächtige Welle des Schlummers brach über sie herein, bevor ich etwas dagegen tun konnte. Darcy klammerte sich an die Gitterstäbe des Käfigs, um sich aufrecht zu halten, und ich hielt sie fluchend fest, während ihre Glieder schlaff wurden, bis sie schließlich in meinen Armen zusammensackte.

»Hör auf! Was machst du da?«, fragte ich Stella verzweifelt, aber dann gaben auch meine Knie nach, und der gleiche Fluch überwältigte auch mich. Wir beide klammerten uns fest aneinander, bevor wir in einem Gewirr von Gliedmaßen auf den Boden fielen.

Ich war mir halb bewusst, dass Stella noch näher kam. Ihr Schatten fiel auf uns, als sie die Käfigtür öffnete.

Panik überkam mich.

Ich versuchte, aufzustehen, versuchte, zu kämpfen. Aber der Zauber riss mich in die Tiefe, und ich konnte nichts tun, als sie sich über uns beugte, Darcys Arm ergriff und flüsterte: »Ich wollte nie, dass es dazu kommt.«

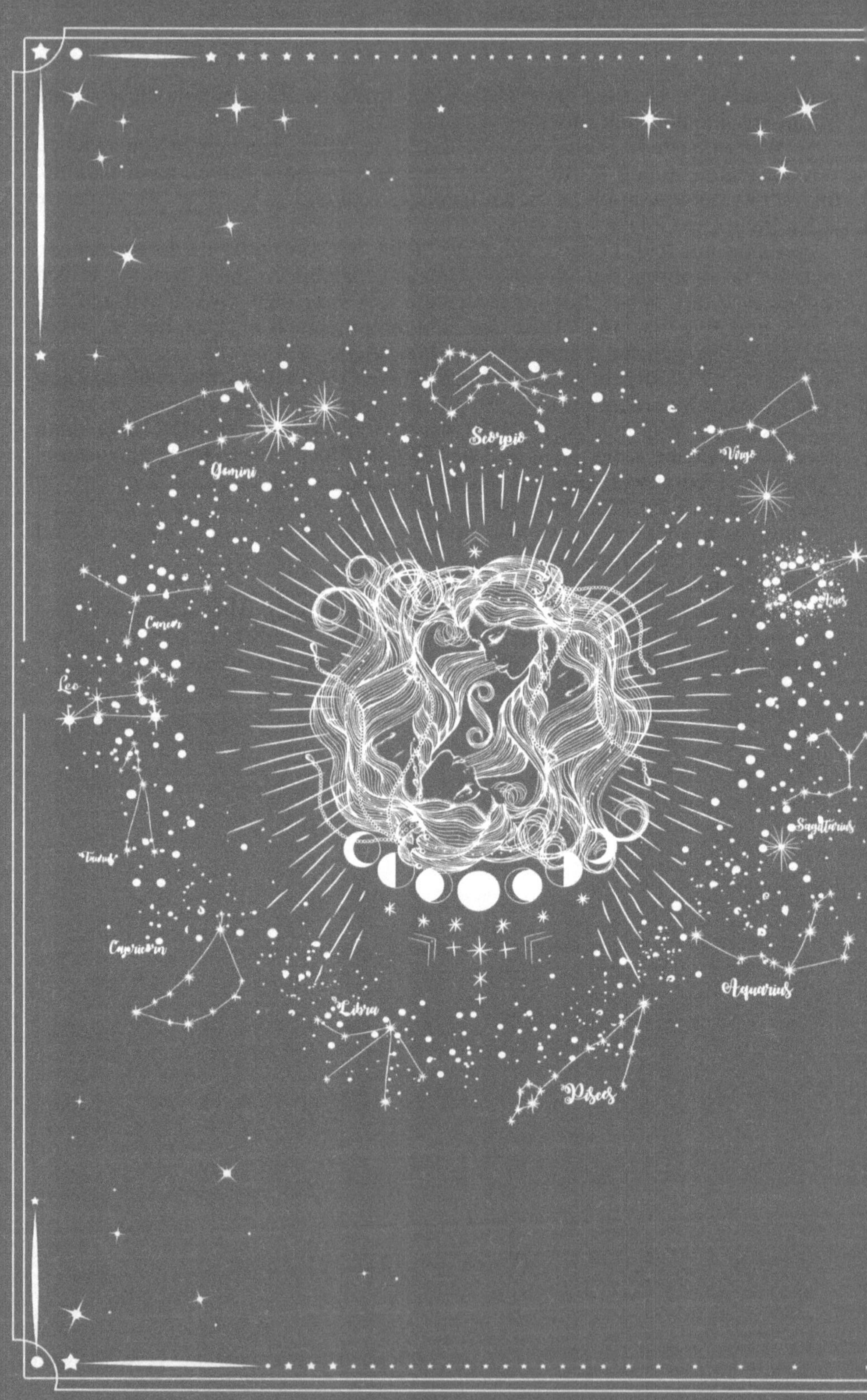

Gemini
Scorpio
Virgo
Cancer
Aries
Leo
Sagittarius
Taurus
Capricorn
Aquarius
Libra
Pisces

TORY

KAPITEL 61

Ich kniete am Rand jener Klippe, auf der Darius' zur letzten Ruhe gebettet worden war, und ließ meinen Blick über die Welt schweifen. Der Drachenbaum wachte über ihn – ein unsterbliches Wesen, das ihn für alle Zeiten beschützen sollte.

Bei meiner Ankunft hier war ich am Boden zerstört gewesen. Das hatte ich erwartet und mir auch erlaubt. Denn nur so würde ich hoffentlich die Kraft aufbringen, den Rest durchzustehen.

Ich war mir nicht sicher, wie lange ich mittlerweile hier war. Die Sonne war unter- und wieder aufgegangen. Der Himmel war jetzt in Rosa- und Orangetönen gefärbt, als sie erneut auf den Horizont zusteuerte.

Ich nahm den Rucksack, den ich mitgebracht hatte, vom Boden, wo ich ihn abgestellt hatte, und holte vorsichtig die Dinge heraus, die ich brauchen würde, wenn ich das hier durchziehen wollte.

Um den Verdammten Wald zu erreichen, musst du eine Dosis Eisenhut gemischt mit Rittersporn aus einem Kelch trinken, der mit den Runen Halgalaz und Raido beschriftet ist, und den Namen deiner tiefsten Sehnsucht in deine Haut ritzen, um dann dem Schmerz deines Herzens zu folgen, bevor es das Leben selbst aufgibt.

Ich hatte mich nicht wie eine Kriegerkönigin gekleidet, bevor ich mich auf den Weg gemacht hatte, sondern mich stattdessen für schwarze Jeans und ein rotes bauchfreies Top entschieden, das hinten offen war, damit ich meine Flügel ausbreiten konnte. Außerdem hatte ich mir eine Lederjacke übergeworfen. Es war jetzt Dezember, und obwohl mein Feuer mich warm hielt, wollte ich es den Elementen nicht zu leicht machen, mich auszukühlen. Darius hatte sich zuerst in meine nichtroyalen Eigenschaften verliebt – lange, bevor er meine Abstammung akzeptiert hatte. Für ihn war ich Roxy. Das Mädchen, das sich wehrte, das ihn in die Knie zwang und ihn schon einmal dazu gebracht hatte, die Sterne selbst herauszufordern. Damals hatten wir gewonnen. Also standen unsere Chancen vielleicht gar nicht so schlecht.

Ich strich mit den Fingern über den Rubin, den ich immer trug, aber ausnahmsweise fühlte sich der Edelstein fast kühl an. Anders als sonst, wenn ich das Gefühl hatte, Darius selbst darin zu spüren. Ich fröstelte vor Unbehagen, und für einen Moment glaubte ich, seine Stimme im Wind zu hören – eine Warnung, dieses Risiko nicht einzugehen. Nicht für ihn.

Ich warf einen flüchtigen Blick auf seinen Körper in dem gefrorenen Sarg, kniff die Augen zusammen, als ich sein regungsloses Gesicht sah, und schüttelte den Kopf.

»Netter Versuch, Arschloch«, murmelte ich. »Aber du hast dich auch nie von der Gefahr aufhalten lassen.«

Ich stellte den silbernen Kelch, den ich aus seinem Schatzhaufen genommen hatte, auf einen flachen Felsen vor mir und platzierte eine halb leere Flasche Tequila daneben, gefolgt von der zarten lilafarbenen Blüte der Eisenhutpflanze. Es war eine wunderschöne Blume, die so unschuldig aussah. Vor allem, wenn man in Betracht zog, dass es sich um die Königin der Gifte handelte.

Die Wurzeln waren am giftigsten, und daran hatte ich bei der Auswahl der Pflanze kurz nachgedacht. Aber im Buch waren nicht ausdrücklich Wurzeln verlangt worden, also hatte ich beschlossen, meinen Trank aus den viel appetitlicher aussehenden Blütenblättern zu brauen.

Als Nächstes holte ich den Rittersporn aus meinem Rucksack. Auch die weißen Blütenblätter, die ich ausgewählt hatte, wirkten so unglaublich harmlos – der Tod in Schönheit getarnt. Ich musste zugeben, dass mir ihr Stil gefiel.

Ich nahm einen Dolch von meinem Gürtel, schnitt mir in die Fingerspitze und nahm dann den Kelch zur Hand. In der Anleitung war nicht ausdrücklich von Blut die Rede gewesen, aber ich hatte genug im Buch Äther gelesen, um zu wissen, wie mächtig Blutmagie sein konnte. Ich würde alles tun, um sicherzustellen, dass dieser Zauber funktionierte.

Konzentriert zeichnete ich die erste Rune auf die Seite des Kelches. Halgalaz sah aus wie ein großes H, wobei der mittlere Strich auf der rechten Seite diagonal nach unten verlief. In dem Moment, in dem mein blutiger Finger auf das Silber des Kelches traf, spürte ich, wie mich die Kraft dieser uralten Rune durchströmte und eine uralte Macht in meinem Innersten zum Schwingen brachte. Fast so, als wollte sie sie wecken.

Halgalaz für Prüfungen, Tests und den Zorn der Natur. Zweifellos würde ich auf die Probe gestellt werden, wohin auch immer mich dieser Zauber führen würde. Aber ich war bereit dafür. Bereit, mein Versprechen an die Sterne einzulösen. Und als würde das Blut in meinen Adern zustimmen, schien die Blitz-Narbe auf meiner Handfläche zu kribbeln, als würde auch sie aufwachen.

Als ich die Rune vollendet hatte, keuchte ich. Die Hand, in der ich nach wie vor den Kelch hielt, zitterte und meine Sicht war verschwommen. Aber ich drehte den Kelch herum und begann, die zweite Rune an die entsprechende Stelle zu malen.

Raido für Reisen und Umsiedlungen. Die Rune ähnelte einem großen R mit spitzen Enden. Es kostete mich einiges an Anstrengung, sie auf das kalte Metall zu kritzeln, und ich hätte fast das Bewusstsein verloren. In letzter Zeit hatte ich viel mit Runen gearbeitet, sie gewirkt, um einen Blick in meine Zukunft zu werfen, der nicht allzu sehr von der Macht der Sterne beeinflusst war, und sie als Schutz gegen das Böse in den Zimmern meiner Freunde angebracht. Aber ich hatte noch nie die Magie gespürt, die sich jetzt in ihnen regte. Ich war auch noch nie so nah dran gewesen, unter ihrer Kraft zu zerbrechen.

Ich stellte den Kelch wieder auf den Felsen und lenkte meine zitternden Hände ab, indem ich nach der Tequilaflasche griff und den Deckel abschraubte.

Ich nahm einen großen Schluck, genoss das Brennen, das sich seinen Weg durch meinen Körper bahnte und sich schließlich in meinem Bauch festsetzte, während ich wieder zu Atem kam.

»Auf uns, Ehemann!«, erklärte ich, klopfte mit der Flasche gegen den Sarg neben mir. Als ich keine Reaktion auf meinen Toast bekam, nahm ich noch einen Schluck und goss dann eine ordentliche Portion in den Kelch.

Die Beschwörungsformel verlangte eine Dosis Eisenhut, gemischt mit Rittersporn, aber von der Flüssigkeit, die man für die Zubereitung am besten verwenden sollte, war keine Rede gewesen. Wasser war die naheliegende Wahl. Aber Tequila war schon immer mein bevorzugter Drink gewesen.

Ich zerkleinerte die Blütenblätter der beiden Blumen, ließ sie in den Kelch fallen und rührte die tödliche Mischung mit einem Finger um. Jede dieser Pflanzen könnte tödlich sein. Die Kombination aus beiden würde mich mit noch größerer Wahrscheinlichkeit jenseits des Schleiers zerren. Wenn sie denn ein Wörtchen mitzureden hätten.

Der Tigerauge-Kristall, der immer noch unter meiner Haut summte, versicherte mir, dass das nicht passieren würde. Die hungernde Seele, die ich an ihn gebunden hatte, durchkämmte noch immer in aller Ruhe meine schmerzhaftesten Erinnerungen – die Bezahlung für den Anker, den er mir zu diesem Reich bot. Es war kein Geist im eigentlichen Sinne, eher ein verfluchtes Wesen, das aus unbekannten Gründen nicht in die andere Welt hinüberwechseln konnte. Die Zauber, die ich benutzt hatte, um es zu lokalisieren, hatten mich davor gewarnt, herauszufinden, was das Wesen getan hatte, um ein solches Schicksal zu verdienen. Es war mir aber auch egal. Es spielte keine Rolle, was für eine abscheuliche Kreatur es im Leben gewesen war. Alles, was zählte, war, dass es meine Seele weiterhin in meinem Körper festhielt und mir einen Faden gab, an dem ich ziehen konnte, wenn ich das Pech hatte, erneut dem Tod zu nahe zu kommen.

Und als ich in den Kelch mit dem giftigen Drink starrte, den ich gleich trinken würde, kam ich nicht umhin, zu vermuten, dass das doch ziemlich wahrscheinlich war.

»Scheiß drauf!« Ich hob den Kelch an und kippte den Inhalt hinunter, wobei die Blütenblätter auf einem Fluss aus Alkohol meine Kehle hinunterglitten, bereit, mich zu töten, wenn sie die Chance dazu bekämen.

Ich nahm den Dolch in die Hand, wohl wissend, dass die Uhr bereits tickte. Die in den Pflanzen enthaltenen Giftstoffe begannen, sich in mein System einzuschleichen. Der Rittersporn würde mich am schnellsten ins Verderben stürzen, wenn er mich in die Finger bekäme. Die Lähmung, die er verursachen könnte, würde mich wahrscheinlich davon abhalten, diesen Weg weiterzugehen, wenn sie zu schnell einsetzte. Ich hoffte also, dass ich davon verschont bleiben würde.

Der Eisenhut war der Mistkerl, der es bereits geschafft hatte, mein Herz in meiner Brust erzittern und meine Zunge kribbeln zu lassen. Seine Wirkung war bereits entfaltet. Der Rittersporn würde mich bewegungsunfähig machen, und dann würde der Eisenhut mein Herz zum Stillstand bringen. Ein echtes Dream-Team.

Mir blieb nicht viel Zeit.

Ich legte meinen linken Unterarm über meinen Schoß und biss die Zähne zusammen, um den letzten Teil des Zaubers auszuführen und den Namen meines größten Verlangens in meine Haut zu ritzen.

Ich atmete scharf ein, als der Dolch meine Haut durchbohrte. Der Schmerz schärfte meine Gedanken, während der Tequila mir einen Ausweg in Form von Benommenheit zu bieten versuchte. Es tat verdammt weh, aber ich redete mir ein, dass es schlimmer hätte kommen können, während ich seinen Namen weiter in meine Haut ritzte. Schließlich hätte er einen längeren Namen haben können – wie Bartholomäus oder Constantine. Gott, er wäre absolut unerträglich gewesen, wenn er Constantine geheißen hätte. Ich konnte den Snobismus regelrecht schmecken. Ich könnte wetten, er hätte darauf bestanden, dass ihn jeder mit seinem vollen Namen ansprach. Aber um fair zu sein, bot sich Constantine auch nicht gerade für einen Spitznamen an. Ich hätte mich wahrscheinlich für Conny entschieden, einfach weil ich wusste, dass ihn das in den Wahnsinn getrieben hätte.

»Zum Glück warst du ein Darius«, presste ich zwischen den Zähnen hervor, während ich das verdammte S in meinen Arm ritzte und das Messer fast fallen ließ, weil meine Muskeln vor Schwäche zitterten.

Mein Puls hallte in meinen Ohren wider, während ich langsam blinzelte. Es war, als würde ein Vorhang zugeschoben, als das Gift seine Wirkung auf mich entfaltete, und ich fluchte, während ich darum kämpfte, mich auf das zu konzentrieren, was ich zu tun hatte.

Dem Schmerz meines Herzens zu folgen, bevor sich dieses vom Leben verabschiedete. Ganz einfach.

Ich stand auf, schlang meine Finger um den Riemen meines Rucksacks und ließ ihn dann wieder los, als meine Kraft nachließ. Ich brauchte die Bücher und Utensilien in diesem Rucksack. Ich brauchte sie und doch …

Meine Finger tasteten wieder nach dem Riemen, mein Puls wurde schwächer, während ich zu taumeln begann. Ich betrachtete die Tasche, der Schwindel, den ich verspürte, ging weit über das hinaus, was mir ein paar Gläser Tequila beschert hätten. Im Nachhinein betrachtet war der Alkohol wahrscheinlich nicht die beste Wahl gewesen. Jetzt kämpfte mein Körper an drei Fronten. Scheiße.

Ich ging auf die Knie – nicht ganz absichtlich – und schob meine Finger in die Seitentasche des Rucksacks. Meine Zunge fühlte sich bleiern an und ich holte zitternd Luft. Okay, eine Vergiftung war offiziell beschissen. Aber ich war mir sicher, dass es klappen würde. Zu fünfundsechzig Prozent jedenfalls.

Der Samtbeutel, nach dem ich gesucht hatte, streifte meine Finger, und ich zog ihn aus der Tasche, stand auf und schaffte es außerdem, den Rucksack über meinen Arm zu hängen.

Ich konnte das Ziehen in meinem Herzen spüren und hob den Blick zum östlichen Horizont. Mein Bauchgefühl verriet mir, dass mein Schicksal dort auf mich wartete.

Der Drang, mich zu verwandeln, wurde immer stärker. Mein Instinkt wollte mich dazu bringen, zu fliegen, aber ich unterdrückte den Impuls. Fliegen würde zu lange dauern. So viel war mir klar. Aber Sternenstaub …

Ehrlich gesagt hätte ich nicht einmal in Erwägung ziehen dürfen, mittels Sternenstaub an einen unbekannten Ort zu reisen. Ich war mir der Risiken bewusst, die mit dem Versuch verbunden waren, ein Ziel anzuvisieren, das ich weder besucht hatte noch auf einer Karte ausmachen könnte. Ich könnte mich im Dazwischen verlieren, wenn ich kein Ziel vor Augen hätte, das mich aus dem Griff der Sterne selbst lösen könnte.

Aber dieses Risiko musste ich eingehen. Ich hatte auch einen Plan, um sicherzustellen, dass ich auf der anderen Seite mit nichts kollidierte. Also schloss ich die Augen und konzentrierte mich auf das Ziehen in meinem Herzen. Den Ruf meiner einzig wahren Liebe … Fuck, dieses Gift machte mich ganz romantisch.

Ich stolperte einen Schritt, stabilisierte mich aber wieder. Auch meine Sicht verschwamm und klärte sich abwechselnd. Der Sternenstaub schien mich auf unmögliche Weise zu beschweren, der kleine Beutel war wie ein Bleigewicht in meiner Handfläche, aber ich weigerte mich, loszulassen.

Mein langsam schlagendes Herz zog mich zu ihm hin. Er wartete darauf, dass ich handelte.

Der Rubin, den ich trug, erwärmte sich auf meiner Haut, und endlich spürte ich seine Anwesenheit wieder – seine Lippen auf meinen, eine stille Bitte, mich zu beeilen.

Ich warf den Sternenstaub und konzentrierte mich voll und ganz auf dieses Ziehen in meiner Brust, mit einer kleinen Abweichung, als ich den Sternen befahl, mich weit oberhalb meines geplanten Landeplatzes in den Himmel zu entlassen.

Die Welt um mich herum schien sich aufzulösen, das Flüstern der Sterne war unglaublich laut in meinen Ohren, als sie beobachteten, wie ich sie passierte. Und natürlich hob ich den Mittelfinger zum Gruß.

Ich hörte ihr wütendes und empörtes Zischen, dann stießen sie mich aus ihrer Umarmung. Wer zuletzt lacht, lacht am besten, richtig? Denn jetzt befand ich mich weitaus höher, als ich es beabsichtigt hatte. Meine Arme wirbelten durch die Luft, als ich über einem endlosen Wald aus geschwärzten Bäumen durch die Lüfte schoss, mein Rucksack drehte sich unter mir davon.

Ein Schrei entrang sich meiner Kehle. Die trostlose Landschaft, die diesen Ort umgab, schien mich zu verhöhnen, während ich in alarmierendem Tempo dem Tod entgegentaumelte. Der Wind peitschte heftig um mich herum und versuchte, den Nebel aus meinem Kopf zu vertreiben, der sich um ihn schloss.

Mein Phönix war zu benommen, um auf meinen Hilferuf zu reagieren, also streckte ich stattdessen meine Hände vor mir aus und ließ meine Luftmagie spiralförmig aus meinen Handflächen schießen. Ich fing mich gerade noch rechtzeitig in einem unsichtbaren Netz auf, bevor ich die Wipfel der höchsten Bäume erreichte.

Mein Blick fiel auf die geschwärzten Blätter und die knochenweißen Äste darunter, die so unwirklich aussahen, dass ich blinzeln musste, um sicherzugehen, dass ich nicht halluzinierte. Ein beklemmendes Gefühl schien von diesem Ort auszugehen, der Verdammte Wald unter mir ein Meer aus Fäulnis.

Ich streckte die Hand nach einem der geschwärzten Blätter aus, doch ein stechender Schmerz durchzuckte meinen Körper und ich schrie auf, als ich die Kontrolle über meine Magie verlor und vom Himmel stürzte.

Zweige klatschten auf meine Haut, meine Gliedmaßen krachten gegen dichtes Laub und die steinharten Äste darunter, bis ich das Gefühl hatte, zu Tode geprügelt zu werden.

Der Nebel in meinem Kopf war zu dicht und die Panik meines Sturzes zu intensiv, als dass ich meine Kraft hätte aufbringen können, um mich zu retten.

Das Grauen durchfuhr mich, denn der Boden kam immer näher.

In letzter Sekunde schoss eine Welle der Kraft aus mir heraus, Erdmagie brach aus meinen Handflächen hervor, gerade noch rechtzeitig, um den Aufprall abzumildern. Aber meine Landung war dennoch viel zu hart. Mein Arm brach hörbar, als ich auf ihm landete, und ein Schrei der Qual entfuhr mir, das Tigerauge in meiner Seite loderte auf, als der Tod mich erneut zu sich rief.

»Fuck!«, schrie ich, mein Puls geriet aus dem Takt.

Mein Herz schwächelte unter der Macht des Giftes, und ich rollte mich auf die Seite und übergab mich auf den Boden, bis mein Magen sich angesichts der Leere verkrampfte und ich keuchend über einer Pfütze meines eigenen Erbrochenen liegen blieb.

Meine Finger suchten nach meiner Jackentasche, während der zu langsame Schlag meines Herzens in meinem Schädel widerhallte. Mein linker Arm hing schlaff an meiner Seite und die Buchstaben von Darius' Namen bluteten auf den Dreck neben mir.

Er lachte. Dieses Arschloch beobachtete mich irgendwo und lachte sich einen ab, während ich viel zu nah dran war, mit meinem Gesicht in meiner eigenen Kotze zu landen.

Meine Finger zuckten, anstatt das kleine Fläschchen zu ergreifen, das Rosalie Oscura auf meinem Bett zurückgelassen hatte, als sie gestern Abend in meinem Zimmer gewesen war. Auf diesem Fläschchen befand sich ein Etikett. Ein Deal, von dem ich wusste, dass ich ihn eines Tages leicht bereuen könnte. Aber indem ich das Geschenk trotzdem angenommen hatte, war ich diese Abmachung mit ihr eingegangen.

Eine Dosis vom Gift des Basilisken im Austausch dafür, dass die wahren Königinnen von Zeit zu Zeit ein Auge zudrücken, was Alestria angeht, sobald wir diesen Krieg gewonnen haben. XOXO

Ja, wenn ich diesen Krieg überlebte und irgendwie auf einem Thron landete, dann würde sich unser Königreich allen möglichen Oscura-Clan-Scheiß gefallen lassen müssen. Denn ich wäre gezwungen, ihren Bullshit zu ignorieren. Aber wenn das der Preis für diese Hilfe war – und mehr als das, ihre Hilfe im Kampf gegen diesen Krieg –, dann war es einer, den ich zu zahlen bereit war. Zweifellos könnten wir uns einigen und zumindest ein paar Grenzen ziehen. Hoffentlich.

Mit einem Fluchen gelang es mir, das Fläschchen aus meiner Tasche zu ziehen, nur um es sofort auf den Boden fallen zu lassen. Die klare Flüssigkeit im Glas schien mir zuzuzwinkern, als es wegrollte und knapp außerhalb meiner Reichweite liegen blieb.

Mein Körper reagierte nicht mehr auf meine Befehle, die Lähmung des Rittersporns hatte eingesetzt. Ich würde also jeden qualvollen Moment meines Todes zu spüren bekommen.

Nein. Verdammt, nein. Ich war nicht so weit gekommen, um hier in diesem Wald zu sterben. Ich hatte all diesen Scheiß nicht hinter mich gebracht, um bei der ersten echten Hürde zu scheitern.

Ich rollte mich auf den Bauch. Ein Schrei kam über meine Lippen, dem eine Reihe von Flüchen folgte, als ich mich mit der geringen Kontrolle, die ich noch über meinen Körper hatte, auf die Phiole zubewegte, die ein Stück weiter im Dreck lag.

Meine Arme hatten völlig den Geist aufgegeben, aber das linderte die Schmerzen meines gebrochenen Armes nicht, als ich diesen durch den Dreck schleifte, meinen Blick auf das kleine Fläschchen geheftet. Ich hatte noch ein bisschen Kontrolle über meinen rechten Fuß und meine Bauchmuskeln. Perfekt.

Langsam kam ich dem Fläschchen mit dem Gift des Basilisken näher. Das unregelmäßige langsame Pochen meines Herzens hallte durch jeden Zentimeter meines Körpers, während meine Sicht verschwamm und ich heftig blinzelte, um sie wieder klar zu bekommen.

Nur noch ein kleines Stück. Ein paar Zentimeter.

Mein Nacken gab auf, bevor ich es schaffte. Ich landete mit dem Gesicht zuerst im Dreck, und mein Mund füllte sich mit Erde, die ich wütend ausspuckte.

Nicht so. Ich war nicht bereit, hier mitten im Nirgendwo zu sterben, ohne irgendetwas von dem erreicht zu haben, was ich den Sternen gegenüber geschworen hatte. Ich hatte Rache zu üben und ein Versprechen gegenüber dem Mann, den ich liebte, einzulösen. Ich lehnte das Schicksal ab, das meinen Namen rief, und bohrte meine Schuhspitzen in den Boden, um mich ein Stück weiter vorwärtszuschieben.

Das Tigerauge in meiner Seite brannte so heiß, dass der Schmerz fast stärker war als der in meinem Arm, und der Geist, den ich daran gebunden hatte, schrie auf, als mein Tod drohte. Er bot keine Unsterblichkeit. Er hatte keine wirkliche Macht über Leben und Tod. Er war lediglich ein Fuß, der die Tür aufhielt – gerade so weit, dass ich zurückrutschen könnte, wenn ich für einen Moment auf die andere Seite gezwungen würde. Aber die Tür drückte jetzt auf diesen Fuß, die Seele heulte vor Angst, als der Druck zu stark wurde. Sie würde zerbrechen, sie würde versagen.

Meine Augen schlossen sich ohne meine Erlaubnis und ich verlor mich in der Leere des Raums zwischen meinen zu langsamen Herzschlägen. Sekunden vergingen, während ich dort hängen blieb, bis ein weiterer dumpfer Schlag mich daran erinnerte, dass ich noch nicht ganz am Ende war. Und das Kribbeln in meiner Handfläche schien mich zurück zu meinem Ziel zu drängen.

Ich grub meine Schuhspitzen erneut in den Boden, bewegte mich dann noch ein paar Zentimeter vorwärts – und endlich berührte das kühle Glas der Phiole meine Lippen.

Ich dachte nicht nach, zögerte nicht, packte das Mistding einfach zwischen die Zähne und biss so fest auf das Glas, dass es zersprang.

Das Gift ergoss sich schwallartig über meine Zunge, Glassplitter schnitten mir in Lippen und Zunge, als ich diese wieder ausspuckte.

Ich fragte mich, ob es zu spät gewesen war, denn das Feuer in meinem

Kristall brannte immer heißer. Meine Seite war inzwischen ein Inferno, das mich zu verschlingen drohte.

Die daran gebundene Seele schrie, als sie plötzlich durch diese Tür gerissen wurde, und ich erhaschte einen Blick auf goldene Augen, die mich aus der Dunkelheit heraus anstarrten. Dann schlug die Tür vor meinem Gesicht zu und ich wurde weggeschleudert – zurück zu meinem geschundenen Körper.

Das Gift des Basilisken neutralisierte das Gift, das mich zu töten versucht hatte, und ich holte tief Luft. Schnell gewann ich die Kontrolle über meinen Körper zurück und die Symptome ließen nach. *Danke, Rosalie.*

Ich umklammerte meinen gebrochenen Arm mit meiner gesunden Hand und biss die Zähne zusammen, während ich ihn heilte. Um mich herum verbreitete sich grünes Licht, das zuerst den Knochen festigte und dann das verletzte Fleisch heilte, das Darius' Namen dargestellt hatte. Gut so. Ja, ich hatte mir ein Tattoo stechen lassen, um meine Liebe zu ihm auszudrücken, aber ich brauchte wirklich keine grausige Narbe, die mich als sein Eigentum brandmarkte.

Das Tigerauge fiel neben mir auf den Boden, als ich mich heilte, mein Körper verbannte den nun nutzlosen Kristall, und ich stieß einen tiefen Seufzer aus. Zum ersten Mal seit Tagen war ich schmerzfrei.

»Herrlich«, murmelte ich vor mich hin und fragte mich, warum zum Teufel irgendjemand jemals auf die Idee gekommen war, an diesen Ort zu kommen. Aber als ich mich aufrichtete, merkte ich schnell, dass vor langer Zeit viele Fae einen Weg hierher gefunden hatten.

Ich klopfte mir den Dreck von der Kleidung und reckte meinen Hals, um zu den riesigen Bäumen hinaufzuschauen, die den Verdammten Wald darstellten. Die Bäume selbst waren monströse Gebilde, deren unheimlich weiße Rinde in starkem Kontrast zum pechschwarzen Laub stand. An einigen von ihnen war Harz die Stämme hinuntergelaufen, das ebenso dunkel war und wie Blutspuren oder vielleicht Tränen anmutete, die sich ihren Weg durch den Wald bahnten.

Keine Blätter bedeckten den Boden, und die Erde, auf der ich stand, war unfruchtbar, leer. Nicht einmal ein Unkraut wuchs darauf. Nichts hier schien lebendig zu sein, und in den Ästen regte sich kein Vogel. Dieser Ort war jenseits von Leben und Tod, etwas ganz und gar Bösartiges.

Stille.

Endlose, hoffnungslose Stille empfing mich von allen Seiten.

Die Ruhe hier war beständig, jenseits der Ruhe, die einen Wald durchdrang, wenn sich ein Raubtier näherte, jenseits der gespenstischen Leere der schwärzesten aller Nächte. Diese Lautlosigkeit war so intensiv, dass ich meine eigenen Sinne infrage stellte. Aber ich traute mich auch nicht, einen weiteren eigenen Laut von mir zu geben, um sie zu brechen und zu testen.

Ich schaute mich um, die Dunkelheit drängte sich zwischen die Baumstämme, während die Sonne ihren Untergang irgendwo weit weg von hier fortsetzte – in einer anderen Zeit und an einem anderen Ort. Die längste Nacht überhaupt stand bevor. Ich konnte mir nicht vorstellen, wie ein solcher Ort in Solaria überhaupt existieren konnte, wie er einfach hier sein konnte, ungestört und unveränderlich seit ... Jahrtausenden, wenn ich raten müsste. Dieser Wald hatte eine so lange Geschichte, dass ich nur schwer glauben konnte, dass es jemals eine Zeit gegeben hatte, in der er nicht hier gewesen war.

Ich drehte mich langsam im Kreis, unsicher, wie ich die Gewässer der Tiefe und Reinheit oder den Rest finden sollte.

Ich schloss die Augen, hob die Hände, rief meine Wassermagie an, streckte die Hand nach der Welt um mich herum aus und suchte nach einer Wasserquelle. Zwischen den leblosen Bäumen hielt ich Ausschau nach einem Hinweis auf die Richtung, in die ich gehen sollte.

Nichts.

Aber ich war nicht unvorbereitet hierhergekommen.

Ich gab die Suche nach einer Wasserquelle auf, schaute mich stattdessen nach meinem Rucksack um und entdeckte ihn zwischen zwei hoch aufragenden Baumstämmen weiter im Wald.

In der Hoffnung, dass die Schutzzauber, die ich auf ihn gewirkt hatte, stark genug gewesen waren, um alles darin während des Sturzes zu schützen, ging ich darauf zu. Ein erleichtertes Seufzen entrang sich mir, als ich den Inhalt intakt vorfand, und ich zog schließlich das Erdbuch zwischen den anderen Wälzern hervor.

Ich nahm außerdem eine Handvoll runengeschnitzter Knochen aus einer Seitentasche und malte dann mit der Schuhspitze ein Pentagramm in den Boden.

Als ich fertig war, ließ ich das Buch in meinen Schoß fallen, hob meine Hand darüber und sortierte meine Gedanken, während ich darauf wartete, dass die Tinte und das Pergament mir ihren Willen überließen.

Das Buch gehorchte, die schwere Kraft, die es enthielt, verschob sich, als ich meine Magie mit ihm verband und es still bat, sich für mich zu öffnen.

Die Seiten flogen nur so an mir vorbei, und meine Augen weiteten sich gebannt. Meine Magie lenkte sie, damit sie mir gaben, was ich brauchte, um von diesem Ort aus weiterzukommen.

Das Buch öffnete sich auf einer Seite mit dem Titel: *Eine Brücke ins Jenseits bauen*. Ich überflog die Worte und fragte mich, ob das, was sie vorschlugen, funktionieren könnte, bevor ich die kleinen Knochen aus dem Beutel in meine Hand fallen ließ. Ich schüttelte sie, ließ meine Kraft um sie herum kreisen, bevor ich sie auf das Buch warf und beobachtete, wie sie fielen.

Ich hatte mich in die Materie eingelesen, sie unermüdlich studiert und sichergestellt, dass ich sie mit so wenig Schwierigkeiten wie möglich interpretieren konnte. Aber wie sich herausstellte, brauchte ich kein überragendes Verständnis der möglichen Bedeutungen, die die Runen haben könnten. Die Runen fielen nicht dorthin, wohin ich sie gelenkt hatte, sondern bis auf eine fielen sie alle aus dem Buch und landeten neben mir auf dem Boden, obwohl ich sie sorgfältig auf die Seiten gerichtet hatte.

Ich beugte mich vor, um mir die eine anzusehen, die übrig geblieben war. Dagaz bestand aus zwei Dreiecken, die an einer Ecke verbunden waren – und lag genau auf einem Wort: *Vorsicht*.

Meine Haut kribbelte. Die Bedeutung der Rune – Bewusstsein – hallte in mir wider, und plötzlich hatte ich das Gefühl, in diesem Wald alles andere als allein zu sein.

Ich las mir noch einmal die Anweisungen zum Bau einer Brücke durch, bei der Äther mit Erdmagie kombiniert wurde, um einen Baum in einen mächtigen Übergang zwischen zwei Punkten zu verwandeln. Es wurde empfohlen, einen Baum mit viel angeborener Kraft – wie Eiche oder Esche – auszuwählen, aber da meine einzigen Optionen die verdammten Bäume waren, die mich umgaben, würde ich mich für einen von ihnen entscheiden und auf das Beste hoffen müssen.

Ich stand abrupt auf, packte meine Sachen wieder in meinen Rucksack und warf verstohlen einen Blick in meine Umgebung. Nichts. Aber das trug wenig dazu bei, mein Bauchgefühl zu beruhigen, das mir sagte, dass etwas in der Nähe lauerte. Etwas Hungriges und verzweifelt Einsames.

Ich hob mein Kinn und ging auf den nächsten der verdammten Bäume zu, wobei ein Feuer an meiner Fingerspitze aufflammte und eine Kerbe direkt in die Rinde ritzte, bevor ich mit dem Zauber begann, der für die Erschaffung einer Brücke erforderlich war.

Ein heulender Schrei löste sich aus dem Stamm, und ich zuckte zusammen und drehte mich um. Etwas hatte sich bewegt – *oder?*

Ich beäugte den Stamm, von dem ich schwören könnte, dass er jemanden versteckte. Vorsichtig zog ich mein Schwert.

Meine Schritte waren lautlos, als ich mich ihm näherte. Die weiße Rinde vor mir glitzerte fast, mein glänzendes Schwert wirkte an diesem Ort von ruhiger, furchterregender Schönheit irgendwie vulgär, aber ich steckte es nicht wieder weg.

Mit einem Schrei sprang ich um den Baum herum, mein Schwert erhoben, aber meine Klinge traf nur auf eisweiße Rinde, als ich ausholte, und ich enthauptete einen tief hängenden Ast statt eines wartenden Angreifers.

Auch dieser Baum stieß einen Schrei aus, der wie ein Bote des Grauens klang, ein Todesschrei von etwas, das nur aus Fäulnis und Hass bestand.

Ich warf einen erneuten Blick auf die Umgebung, steckte dann mein Schwert weg und beeilte mich, die Magie zu wirken, die ich brauchte, um diese Brücke zu erschaffen. Ich wollte verdammt noch mal von diesem Ort verschwinden. Wieder entzündete ich ein Feuer an meiner Fingerspitze und brannte ein weiteres Mal ein Zeichen in den Stamm, während sich meine Brust zusammenzog, als ich meine Kraft weckte und mich auf das konzentrierte, was das Erdbuch mich gelehrt hatte.

Doch als ich mich darauf vorbereitete, in den Abgrund des Äthers zu stürzen, den ich in mir spüren konnte, erklang eine sanfte Stimme. Ich verharrte und lauschte.

Es war ein Kind. Ein Mädchen. Und es sang.

Ich drehte mich nach links und runzelte die Stirn, als ich feststellte, dass das Licht dort dunkler war als im Rest des Waldes. Am Fuße dieser hoch aufragenden verfluchten Bäume breitete sich eine wirbelnde Nebelschicht über dem Boden aus.

Das Lied war eine Aufforderung, eine einsame, erschütternde Melodie, von der ich wusste, dass ich mich vor ihr zurückziehen sollte. Aber als ich einen Schritt davon weg machte, wand sich eine Nebelschwade um mich herum und ich atmete sie ein.

Das Lied verstummte. Eine endlose Stille breitete sich zwischen den Bäumen aus, bis ein durchdringender Schrei die Nacht zerriss und mein Herz vor Angst rasen ließ.

Im nächsten Moment rannte ich durch den Nebel in die Schatten zwischen den Bäumen. Und ich dachte an nichts anderes als an die Sicherheit dieses Kindes und die ewige Dunkelheit, die mich verschlingen wollte.

Es war irgendwo da drin, das kleine Mädchen, das nach meiner Hilfe rief. Seine Stimme war mir so vertraut und so schmerzhaft verängstigt, dass ich keine andere Wahl hatte, als ihr zu folgen. Weg von meinem eigentlichen Ziel, weg von allem, was ich mitgebracht hatte, und weg von dem Rubin-Anhänger, der mir vom Hals gerutscht war.

Scorpio
Gemini
Virgo
Cancer
Aries
Leo
Sagittarius
Taurus
Capricorn
Aquarius
Libra
Pisces

ORION

KAPITEL 62

Das Klirren von Ketten und das kalte Metall auf meiner Haut halfen mir, mich zu konzentrieren, als der Schlafzauber so gewaltsam durchbrochen wurde, dass ich knurrte.

Ich riss die Augen auf und sah, wie sich Stella in einer mir unbekannten Steinkammer von mir wegbewegte. In der Mitte des abgedunkelten Raumes stand ein riesiges zylindrisches Glasgefäß mit Blut. Es thronte auf einem filigranen silbernen Sockel, der zwei vogelähnliche Krallen bildete, die die Seiten des Glases umklammerten. Angesichts der vorhandenen Patina ging ich davon aus, dass es alt war.

Ich war an ein senkrecht stehendes Metallgestell gekettet, meine Arme waren über mir festgezogen und auch meine Fußknöchel waren gefesselt.

Mein Puls pochte einen dunklen Rhythmus in meinen Ohren und ich warf einen Blick nach rechts, wo ich Darcy auf einem eigenen Gestell entdeckte, den Kopf vornüber hängend, während sie schlief. Ihre Haare waren dunkel und wirbelten um ihren Kopf, während die Schatten wie Schlangen ihren Körper einhüllten.

Ich zerrte an den Ketten, die mich festhielten, und spürte, dass ich immer noch Zugang zu meiner Formgebung hatte. Aber die Ketten waren aus Sonnenstahl und ich konnte sie trotz meiner Kraft nicht durchbrechen.

»Was ist das hier?«, krächzte ich, während mein Herz in meiner Brust einen Krieg begann und Schlachtrufe durch mein Innerstes schickte.

Meine Mutter ging auf Darcy zu und Panik breitete sich in mir aus. Pures Entsetzen lähmte meine Glieder.

»Halt dich verdammt noch mal von ihr fern!«, schrie ich. Das Tier in mir erhob sich, während mein Puls noch lauter trommelte. Ich konnte nichts an dieser Situation kontrollieren, konnte meine Gefährtin nicht beschützen – und das machte mich wahnsinnig.

Stella hob eine Hand in Richtung eines Tisches, auf dem ein dampfender

Kessel neben einer Reihe von Flaschen und einem gebogenen silbernen Dolch in Form eines Vampirzahns stand. Sie wirkte Luftmagie, und der Dolch flog ihr entgegen, woraufhin sie ihre Finger fest darum schloss. Diese Waffe hatte etwas an sich, was meine Formgebung anrief. Meine Reißzähne kribbelten und meine Instinkte regten sich.

»Fass sie nicht an!«, brüllte ich. Die Angst schnürte mir die Kehle zu, als diese Schlampe ihre Waffe auf Blue richtete. »Halt dich verdammt noch mal von ihr fern! Sonst wirst du dafür bezahlen. Ich werde jedes Organ aus deinem wertlosen Körper reißen und dich so lange am Leben lassen, bis ich auch das letzte beansprucht habe.«

»Königliches Blut ist so mächtig«, flüsterte Stella, während sie mich komplett ignorierte. Sie schlitzte Darcys Unterarm, der über ihrem Körper fixiert war, auf.

»Nein!«, schrie ich und stemmte mich noch energischer gegen meine Fesseln.

Stella hob ihre andere Hand, rief ein leeres Fläschchen vom Tisch herbei und fing jeden Tropfen von Darcys Blut darin auf, bevor sie sich dem Glasgefäß zuwandte. Mein Mädchen rührte sich nicht und ich schleuderte etliche Beleidigungen in Stellas Richtung, die weiterhin so tat, als könnte sie mich nicht hören.

Meine Mutter wirkte Luft unter ihre Füße, bis sie hoch genug schwebte, um in das riesige Blutgefäß hinabzuschauen, und schüttete dann den Inhalt des Fläschchens in seine Tiefen. Das Blut zischte und brodelte mit einer unbekannten Magie. Die Luft wurde irgendwie kälter, mein Atem bildete eine Dampfwolke vor mir, als die Magie in dieser Kammer Wurzeln schlug. Sie war dunkel, verboten und traf mich und meine Formgebung bis ins Mark. Es war eine uralte, nicht greifbare Macht, die mir den Tod ins Herz zu flüstern schien.

»Ich habe so lange gebraucht, um dieses Blut zu sammeln, Lance«, sagte meine Mutter feierlich. »Ich hätte es früher getan, wenn ich gekonnt hätte.«

Stella ließ den schwarzen Umhang von ihrem Körper gleiten, ihren nackten Rücken mir zugewandt, bevor sie sich langsam in das Gefäß sinken ließ. Die tiefrote Flüssigkeit im Glasbehälter bildete einen Strudel um ihren Körper herum.

»Das Blut von hundert versündigten Fae«, säuselte sie und ihre Reißzähne blitzten auf, bis sie schließlich vollständig untergetaucht war.

»Blue!«, rief ich Darcy zu. Meine Muskeln verkrampften sich, während ich erneut versuchte, mich zu befreien. »Wach auf!«

Aber sie wachte nicht auf, war nach wie vor gefangen in Stellas Magie, und ich fluchte und schlug vergeblich gegen die Ketten.

Stella tauchte mit nach hinten geneigtem Kopf wieder auf. Sie stöhnte vor Entzücken, als sie einen Schluck davon nahm. Jeder Zentimeter ihres Körpers war purpurrot und die Flüssigkeit tropfte von ihren Füßen, als sie sich mit ihrer Luftmagie nach oben tragen ließ.

Sie ließ sich auf den Boden sinken, durchtränkt vom Blut von hundert Fae, und richtete ihren Blick auf mich. Magie knisterte in der Luft um sie herum und mein Herz schlug mit einer Wut, die sicherlich dessen Ende bedeuten würde.

Meine Mutter hob eine Hand, schnippte mit einem Finger Richtung Tisch, nahm mit ihrer Luftmagie eine Phiole und tauchte sie in den Trank. Sie füllte sie bis zum Rand, bevor sie sie auf einer Brise zu mir schweben ließ. Die Flüssigkeit war von einem intensiven Magenta und glitzerte mit der Kraft, die in ihr gefangen war.

Stella schoss in einer verschwommenen Bewegung auf mich zu und hob schließlich ihre andere Hand, um mein Kinn zu umfassen und meinen Kopf nach hinten zu drücken.

»Trink!«, befahl sie, aber ich presste meine Lippen fest aufeinander und versuchte, dies durch reine Willenskraft zu verhindern. Aber ohne meine Magie – oder meine Arme – hatte ich keine Chance, sie aufzuhalten.

Sie riss meine Kiefer mit ihrer Vampirstärke auseinander, sodass der Trank direkt in meinen Mund floss. Ich würgte, als ich versuchte, mich vom Schlucken abzuhalten. Aber Stella schloss meinen Mund und drückte mir die Nase zu, sodass meine Reflexe zum Einsatz kamen und ich schlucken musste. Das Blut brannte in meinem Inneren und hinterließ einen scharfen Geschmack auf meiner Zunge, der an Verwesung und sicheren Tod erinnerte.

»Fick. Dich!«, keuchte ich, als sie mich losließ.

Sie starrte mich mit blutverschmiertem Gesicht an. »Es ist der einzige Weg.«

»Der einzige Weg wofür?«, erwiderte ich.

Sie schleuderte das Fläschchen weg und es krachte gegen die Wand, bevor sie näher an mich herantrat.

»Vor langer Zeit hat unsere Art die Welt beherrscht«, hauchte sie. »Blut birgt eine unermessliche Macht, Lance. Aber diese Kräfte können nicht vollständig entfesselt werden, es sei denn, wir nehmen die vampirischen Gewohnheiten unserer Vorfahren wieder an.«

»Nimm deine verdammte Dreckshand von mir!«, zischte ich, aber in diesem Moment überkam mich ein heftiges Durstgefühl. Ich zuckte zusammen. Die Wirkung des Tranks setzte ein und das Brennen in meiner Kehle wurde immer stärker. Meine Gedanken begannen zu schweifen und meine Augen schärften sich, bis ich nur noch eines sehen konnte: Blut.

»Hier, Baby.« Stella hob ihr Handgelenk und hielt es mir vor den Mund, woraufhin meine Reißzähne zum Vorschein kamen.

Irgendeine Stimme in meinem Hinterkopf warnte mich davor, es zu tun, aber der Trank hatte mein Inneres ausgehöhlt. Und ich hatte einen unglaublichen Durst. Der Geruch von Blut trieb mich in den Wahnsinn, und ich verlor die wenigen Reste an Selbstbeherrschung, die mir die Magie in diesem Gebräu noch gelassen hatte. Also stürzte ich mich auf sie und versenkte meine Reißzähne in ihrem Handgelenk.

»Ja«, keuchte sie und streckte die Hand aus, um meinen Nacken zu umfassen, während ihr Blut in meinen Mund schoss und ich gierig schluckte.

Ich konnte auch das Blut auf ihrer Haut schmecken, als wäre es irgendwie ein Teil von ihr, und ich erkannte meine Gefährtin darin, diese berauschende Mischung aus Sonnenschein und Feuer.

Ich spürte, wie ich den Punkt der Sättigung erreichte. Meine magischen Reserven schwollen an und gaben mir ein ungewolltes Hochgefühl. Aber als ich versuchte, meine Reißzähne zurückzuziehen, konnte ich es nicht. Ich war gezwungen, weiterzutrinken, während Stella meinen Arm packte, zu sich hinabzog und plötzlich ihre eigenen Reißzähne in mein Handgelenk trieb.

Nein!

Ich brüllte in meinem Kopf, versuchte, aufzuhören, da ich wusste, wohin das führen würde. Es widersprach allem, was mich der Vampirkodex gelehrt hatte, und mehr noch, ich hatte es schon einmal getan. Ich hatte mich an Caleb Altair gebunden und mit ihm einen Zirkel gegründet. Einen Zirkel, an den sich Stella nun ebenfalls binden wollte.

Ich versuchte verzweifelt, meine Zähne aus ihrem Handgelenk zu lösen, aber ich trank trotz meiner eigenen inneren Forderungen weiter. Und Stella trank ihrerseits von mir. Wir formten einen Zirkel und übertrugen etwas Wesentliches aufeinander. Ich konnte fühlen, wie ihre Magie in mich floss und meine direkt in sie zurückströmte.

Die Kraft, die sich zwischen uns entwickelte, war wie ein lebendiges, sich windendes Wesen, das heulend nach mehr verlangte. Ich konnte nicht aufhören. Ich konnte mich nicht losreißen, als dieses verhängnisvolle Schicksal wie ein Dolchstoß in meine Seele fuhr.

Das Band entstand, meine Feindseligkeit ihr gegenüber ließ nach und verschwand immer mehr, bis ich völlig frei davon war. Aber das bedeutete nicht, dass ich sie liebte, keine Macht der Welt könnte das bewirken. Wenn es ihre Absicht gewesen war, eine Form der Verbindung zu mir herzustellen, dann konnte sie mich mal. Ich würde sie nie so akzeptieren, wie ich Caleb akzeptiert hatte.

Die Magie hallte mit einer Endgültigkeit in meiner Brust wider, die versprach, dass sie niemals gebrochen werden könnte. Endlich nahm Stella ihr Handgelenk von meinem Mund und befreite mich im selben Moment von ihren eigenen Reißzähnen.

»Warum?«, flehte ich sie an. »Du hattest kein Recht dazu«, flüsterte ich, als sie mich traurig anlächelte.

»Ich liebe dich so sehr«, sagte sie mit tränenerstickter Stimme. »Vertrau mir, Baby, es ist zu deinem Besten.«

Sie drückte eine Handfläche auf die nackte Haut über meinem Herzen, hinterließ dort einen blutigen Handabdruck und spürte das rasende Pochen des Muskels unter meinen Rippen.

»Nichts, was du je getan hast, war zu meinem Besten«, sagte ich mit schwerer Stimme, während ich in Gedanken jede Sünde Revue passieren ließ, die sie gegen mich und die Fae, die ich liebte, begangen hatte.

»Wach auf!«, befahl sie an Darcy gewandt und löste damit endlich ihren Schlafzauber auf.

»Lance?« Darcy schnappte nach Luft, während sie nach mir suchte. Ihre Augen wurden groß, als sie die blutige nackte Gestalt meiner Mutter entdeckte. Und dann begegnete sie mir und dem Kummer in meinen Augen. »Was hat sie dir angetan?«

»Mich in einen Vampirzirkel gezwungen«, fauchte ich.

»Was?« Darcys Gesicht verzerrte sich vor Entsetzen und ihr Blick wurde rachsüchtig, als sie meine Mutter ansah.

Stella wich zurück und ging auf meine Gefährtin zu. Ich war froh, dass das Vampirzirkel-Band keinen Einfluss darauf hatte, wie wild entschlossen ich Darcy vor dem Vorstoß meiner Mutter schützen wollte.

»Tritt. Zurück!«, befahl ich, aber Stella richtete ihren Blick weiterhin auf Darcy und leckte sich dabei etwas Blut von den eigenen Lippen.

»Ein Liebesversprechen, in feierlicher Stille gegeben«, murmelte meine Mutter vor sich hin, als würde sie eine Art Anleitung rezitieren. Dann hüllte sie sich und Darcy in eine Stillekuppel, sodass ich ihre nächsten Worte nicht hören konnte. Ich fluchte vor Wut und Hass.

Darcy riss die Augen auf und ihr Blick schoss zu mir, ein wissender Ausdruck legte sich auf ihr Gesicht, der eine Welle des Schreckens durch mich schickte. Was zum Teufel hatte Stella zu ihr gesagt?

»Hör nicht auf sie!«, rief ich. »Sie ist eine Lügnerin, eine verdammte Manipulatorin. Alles, was aus ihrem Mund kommt, ist schmutzig.«

Stella packte Darcys Gesicht und zwang sie, sie anzusehen. Ihr Mund bewegte sich, aber mittels einer Illusion hielt sie mich davon ab, die Bewegungen ihrer Lippen zu lesen.

Ich knurrte erneut, zog kräftig an den Ketten, die mich festhielten, und schimpfte auf die Schlampe, die mich auf diese Welt gebracht hatte.

Endlich ließ Stella die Stillekuppel fallen. Im nächsten Augenblick befreite sie Darcy von ihren Ketten.

»Was hat sie zu dir gesagt?«, schrie ich, aber Darcy sah mich nicht an, ihre Lippen waren fest aufeinandergepresst. Sie wirkte entschlossen. Als hätte sie eine Entscheidung getroffen.

Mein Mädchen nickte Stella zu, woraufhin meine Mutter lächelte und erleichtert die Schultern fallen ließ. Offensichtlich waren sie sich in irgendeiner Sache einig geworden.

»Hör auf!«, flehte ich, während mir Angst und Bange wurde, als Stella Darcy zum Blutbehälter zog. »Tu nichts, was sie sagt, Blue! Was auch immer sie dir versprochen hat – sie lügt.«

Darcy warf mir einen flüchtigen Blick zu. Angst leuchtete in ihren Augen, bevor Stella sie mit Luftmagie in die Höhe hob und sie in das Blutbad hinabließ.

»Ich liebe dich«, hauchte Darcy, und ich schüttelte den Kopf, um mich dieser Situation zu verweigern, als sie in die trüben Tiefen des dunkelsten Rots sank.

»Blue!«

Stella schnellte in die Luft, stieß ein zufriedenes Geräusch aus und benutzte ihr Erdelement, um eine silberne Abdeckung über den Tank zu werfen und ihn zu verschließen.

»Nein!«, schrie ich. Mein Herz raste und Panik machte sich in mir breit.

Ich konnte nichts tun. Ich konnte mich nicht befreien. Ich konnte nicht zu meiner Elysischen Gefährtin gelangen, während sie in diesem Gefäß des Todes ertrank.

»Ich tue alles, Stella – alles, was du willst! Aber lass sie gehen! Tu ihr nicht weh! Bitte tu ihr nicht weh.«

Stella stellte sich auf den versiegelten Tank, als Darcy es bis zum Rand des Glases schaffte. Sie drückte ihre Hände dagegen, während ihre Augen alarmiert funkelten. Sie begann, mit der Faust gegen das Glas zu schlagen, und meine Gedanken wanderten in eine dunkle Ecke, in der nur Grausamkeit existierte.

Der Todesschwur erhob sich, mein Herz hämmerte gegen die Wände meiner Brust, während es seiner Vernichtung entgegenschlug. Ihr Tod war gleichbedeutend mit meinem, aufgrund des Paktes, den ich mit Lavinia geschlossen hatte. Darcy kam ihm immer näher, obgleich sie immer heftiger gegen das Glas schlug. Schatten ergossen sich von ihrer Haut und drückten ebenfalls auf das Glas ein. Aber sie brachte nicht einmal einen Riss zustande. Sie war dort eingesperrt und Stellas Gesichtsausdruck verriet mir, dass sie sie nicht herauslassen würde.

Ich wehrte mich mit all meiner verbleibenden Kraft. Meine Adern wölbten sich entlang meiner Muskeln, aber das Metall gab kein bisschen nach.

»Der Tod wird dich erlösen«, flüsterte meine Mutter mit liebevollem Blick. Ich brüllte vor Schmerz.

Das Elysische-Gefährten-Band war weitaus stärker als jedes Zirkelband. Es war aus der Magie des Himmels geschaffen, gewebt aus Sternenlicht und der unendlichen, zerstörerischen Kraft der Liebe. Dafür würde ich Stella töten. Ich würde ihre Seele in meiner Faust zerquetschen und zu Staub verwandeln, bevor sie durch den Schleier entweichen könnte. Sie würde nicht weiterziehen. Das würde ich nicht zulassen.

Stella kam auf einer Windböe auf mich zu, schnitt sich die Handfläche auf und schlug sie gegen meine rechte Hand, während uralte Worte von ihren Lippen drangen.

»*Matrem consanguinitate religatam et ultra. Filii mei vinculis mortis suscipio*«, flüsterte sie.

Ihre Magie prallte auf mich ein, verband sich mit dem Schrecken, meine Gefährtin zu verlieren, und beschleunigte das Wirken des Todesschwurs. Sie brannte sich durch meinen Körper und riss eine Linie von meiner Seele bis zu der Stelle, an der meine Handfläche mit der meiner Mutter verbunden war.

»Ich bin sein Blut, seine Familie, sein Zirkel!« Sie neigte den Kopf zurück, während die Worte aus ihr heraus in den Raum strömten und diesen mit einer allmächtigen Kraft erfüllten. »*Eius vinculum meum est!*«

Ein donnerndes Geräusch zerriss die Luft und auf einmal wurde es dunkel. Ich war mir sicher, dass der Tod mich holen würde, als Stellas brutale Magie mich in ihre Gewalt brachte, und ich rief in meinen letzten Momenten auf dieser Ebene nach Blue. Aber ich bekam keine Antwort.

»*Ab ipso peto nunc et semper* – sein Band ist mein«, keuchte Stella, und ein roter Lichtblitz explodierte zwischen unseren Handflächen und schleuderte sie von mir weg, während etwas von mir in ihren Körper strömte.

Die Explosion war so kraftvoll, dass das Glasgefäß zersprang und Darcy in einer Blutwelle herausgespült wurde. Sie hustete und prustete, drückte sich auf Hände und Knie und eine verzweifelte Erleichterung durchströmte mich, als ich sah, dass sie lebte.

Stella fing sich mit Luftmagie auf, bevor sie auf dem Boden aufschlagen konnte, und erhob sich über mich, während ihr ganzer Körper im purpurroten Licht des Todesschwurs zu glühen begann. Aber er war nicht länger an mich gebunden – diese allmächtige böse Kraft wohnte aus unerfindlichen Gründen nicht mehr in meinem Körper. Und irgendwie, tief in meinem Inneren, wusste ich, dass Stella sie mir genommen und stattdessen an sich selbst gebunden hatte. Aber ich konnte nicht verstehen, warum sie so etwas tun sollte.

Sie hob eine Hand, Tränen liefen über ihre Wangen und zogen Linien durch das Blut, das ihr Gesicht befleckte. Sie schnippte mit den Fingern und brachte den vampirzahnartigen Dolch dazu, quer durch den Raum auf sie zuzufliegen, um ihn schließlich aufzufangen.

»Warum?«, keuchte ich, als sie ihn auf ihr eigenes Herz richtete.

»Weil ich deine Mutter bin. Ich liebe dich mehr als das Leben selbst«, hauchte sie, rammte sich dann den Dolch in die Brust. Schreiend nutzte sie die Kraft ihrer Formgebung, um sich das Herz aus der Rippenhöhle zu schneiden. Sie riss es aus ihrem eigenen Körper und hielt es auf dem Dolch aufgespießt vor sich hin.

Ein einziger Moment des Lebens schimmerte noch in ihren Augen, und diesen Moment schenkte sie mir. Mit einem Fingerschnippen befreite sie mich von dem Gestell und ich fiel zu Boden.

In der nächsten Sekunde war sie tot. Sie fiel in das Blut, ihr Körper gebrochen und der blutige Dolch aufrecht neben ihr in dem noch zuckenden Herz gefangen.

Darcy kroch an meine Seite und schlang ihre Arme um mich. Ich kniete geschockt da, unsicher, was ich denken, was ich tun sollte. Mein Herz schmerzte auf eine Weise, die ich im Zusammenhang des Todes meiner Mutter nie erwartet hätte. Ich wusste nicht, ob es das Zirkelband war, das sie mir aufgezwungen hatte, oder eine längst verlorene Liebe zu ihr, die in meinen Knochen brodelte. Tief im Inneren wusste ich, dass Zirkelbande keine so starken Gefühle erzeugen konnten, und ich hasste dieses Gefühlschaos, diese Verwirrung in meinem Geist. Ich spürte, wie sich das Halsband aus Schatten um meinen Hals auflöste und mich ein für alle Mal von der Kontrolle der Schattenprinzessin befreite. Das Opfer meiner Mutter hatte mich befreit.

»Es tut mir leid«, sagte Darcy. »Ich hatte keine andere Wahl. Sie meinte, der Todesschwur müsste verstärkt werden, damit der Zauber wirken kann. Sie hat versprochen, dich zu retten, und gesagt, dass es am besten wäre, wenn du aufrichtig Angst davor hättest, mich zu verlieren. Ich musste es einfach riskieren, denn obwohl ich sie hasse, habe ich in den letzten Wochen ihre Liebe zu dir gesehen, Lance. Und ich habe auf die Intensität dieser Liebe vertraut. Sie hat gesagt, dass wir heute Abend die Chance haben, zu fliehen, weil Lionel mit seiner Drachengilde am Gerichtshof von Solaria ist.«

Ich schaffte es, sie anzusehen. Meine Kehle brannte, aber die Worte auf meinen Lippen lösten sich in Luft auf, als ich die silbernen Ringe in ihren grünen, grünen Augen sah.

»Darcy«, keuchte ich und schaute auf ihren Körper hinunter. Die Schatten waren verschwunden. Sie war nackt, blutüberströmt – aber ganz und gar Fae.

Doch plötzlich stieß sie einen verdammt schrecklichen Schrei aus, umklammerte ihre Brust und brach unter mir zusammen. Schatten strömten aus ihrer Haut und umklammerten ihre Gliedmaßen. Sie krümmte sich auf dem blutbedeckten Boden und schien mich nicht einmal ansehen zu können, während ein schrecklicher Schmerz von ihr Besitz zu ergreifen schien.

Ich konnte nur ihre Schreie hören. Ihre Qual war das Einzige, was existierte. Und ich konnte nichts dagegen tun.

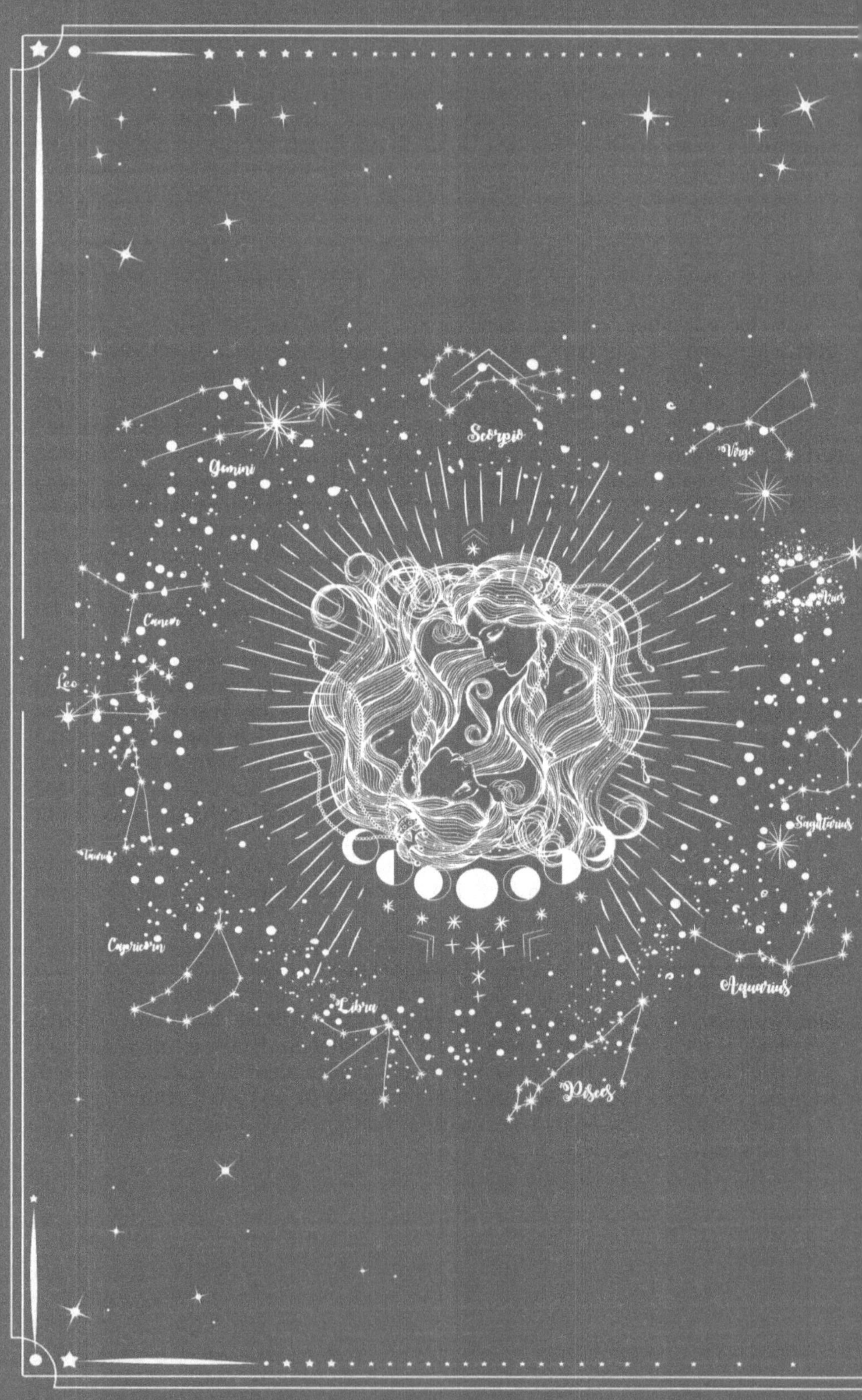

Gemini
Cancer
Leo
Taurus
Capricorn
Libra
Scorpio
Virgo
Aries
Sagittarius
Aquarius
Pisces

TORY

KAPITEL 63

Der Nebel erhob sich um mich herum, während ich weiterlief. Jedes noch verbliebende Licht der untergehenden Sonne weit über dem Blätterdach aus schwarzen Blättern verschwand, bis ich von einem Meer dieser knochenweißen Stämme umgeben war, um die sich graue Ranken wanden.

Die längste Nacht brach über mich herein. Die Wintersonnenwende zeigte ihre volle Wirkung.

Ich keuchte vor Anstrengung, unsicher, wie lange ich diesen Schreien schon nachjagte, aber erschöpft von meiner verzweifelten Jagd.

Ich sprang zwischen zwei der verfluchten Stämme hindurch und kam auf der weichen Erde zum Stehen, als ich dort eine Steinhütte entdeckte, deren Wände gedrungen und grau waren und aus deren Schornstein sich der Nebel in einer unheimlichen Imitation von Rauch kräuselte.

Die Holztür stand weit offen, und die Schreie des Mädchens kamen von drinnen.

Mein Atem stockte, und ich zog mein Schwert und näherte mich langsam der Schwelle. Die Angst zerrte an jeder Faser meines Körpers, als ich mich der Dunkelheit im Inneren des Gebäudes näherte. Eine Stimme tief in meiner Seele sagte mir, dass mir nicht gefallen würde, was ich dort vorfinden würde.

Aber das Mädchen weinte jetzt, ihr Schluchzen durchdrang mich mit einer Schwere, die mir unerklärlich war. Als wäre ihr Schmerz mein eigener, als wäre sie für immer zerstört, und als gäbe es nichts auf dieser Welt, was sie von ihrem Leiden befreien könnte.

Phönixfeuer erhellte die gesamte Länge meines Schwerts, und ich rollte meine Schultern nach hinten, während ich gegen den Drang ankämpfte, mich zu verwandeln. Ich wusste, dass in diesem winzigen Gebäude kein Platz für meine Flügel sein würde.

»Näher«, schien der Nebel zu flüstern. »Hilf ihr!«

Diese Ermutigung trug nicht gerade dazu bei, mein Misstrauen zu zerstreuen, und ich schluckte, denn ich wusste, dass dies eine sehr gut gestellte Falle war. Eine Falle, die jene Fae anlocken sollte, die dumm genug waren, einen Fuß in diesen Wald der Flüche und des Bösen zu setzen. Aber das bedeutete nicht, dass das Mädchen nicht real war. Ich konnte ihren Schmerz spüren. Und ich konnte sie diesem Schicksal nicht überlassen.

Ich schwang mein Schwert, als ich die Tür erreichte, und das spröde Holz fing sofort Feuer. Rote und blaue Flammen verschlangen es und verhinderten, dass mich jemand einsperren konnte, sobald ich über die Schwelle trat.

Das Licht in der Hütte war schummrig, aber dieses Problem löste ich mit einem Fingerschnippen. Ich schleuderte Flammen in jede Ecke und enthüllte damit alle Geheimnisse, die die Schatten vielleicht verborgen hielten. Aber da war nichts. Nur ein schluchzendes Mädchen mit ebenholzschwarzen Haaren, das in der Mitte des Raumes saß und das Gesicht gegen die Knie drückte.

»Was ist los?«, fragte ich. Mir standen die Haare an den Armen zu Berge, als das Unrecht in dieser Hütte auf mich eindrang.

Ich trat weiter in den Raum hinein und ließ meinen Blick noch einmal über die kahlen Wände schweifen, die uns umgaben, nur für den Fall, dass ich etwas übersehen hatte.

»Ich bin ganz allein«, schluchzte das Mädchen, und ein Schauer durchzuckte seinen kleinen Körper. »Ganz allein. Und es ist alles meine Schuld.«

»Warum ist es deine Schuld?«, fragte ich leise und ging auf ein Knie, während ich mein Schwert weiterhin fest umklammerte.

»Weil ich nicht genug war. Ich habe nicht genug gegeben, konnte sie nicht beschützen. Sie haben mich alle verlassen, weil ich toxisch bin, Gift, die letzte Wahl.«

Ich schluckte den Kloß hinunter, der sich bei diesen Worten in meiner Kehle bildete. Diese Wahrheit brachte einen lange verborgenen Teil von mir zum Schwingen. Wie oft hatte ich mich als Kind so gefühlt? Als niemand uns jemals hatte behalten wollen? Als ich gewusst hatte, dass ich der Grund dafür war, warum auch niemand Darcy gewollt hatte?

»Du hast überhaupt niemanden?«, murmelte ich und griff nach seinem Arm, wobei die Berührung seiner eiskalten Haut auch in mir eine Gänsehaut auslöste.

»Ich hatte eine Schwester«, hauchte das Mädchen. »Aber sie hat sich auch gegen mich entschieden. Weil sie es weiß. Weil sie es sieht.«

»Was sieht sie?«, drängte ich und legte den Kopf schief, um sein Gesicht zu sehen, aber es hielt es weiter an seine Knie gedrückt. Die ebenholzschwarzen Haare waren wie ein Vorhang, der über den zu schmalen Körper des Mädchens fiel.

»Wie leer ich bin. Wie wertlos.«

Das Mädchen hob den Kopf, und ich unterdrückte einen Schrei, während ich zurückstolperte. Es war mein Gesicht, das mich hier anstarrte – mein Gesicht vor etwa zehn Jahren. Doch statt des sturen, eigensinnigen Kindes, das ich oft im Spiegel gesehen hatte, zeigte diese Version meines früheren Ichs die Wunden ihrer Seele auch nach außen hin. Die Narben, die jede Ablehnung hinterlassen hatte, entstellten ihr Gesicht. Es waren zerklüftete Linien, die bis auf die Knochen reichten, als wäre alles, was sie verdeckt hatte, eine Maske gewesen.

»Niemand wird mich jemals wirklich wählen«, zischte sie. »Sie können meine scharfen Kanten sehen. Sie können meine einfachen Lügen schmecken. Sie durchschauen mich, wenn sie mich ansehen, egal, wie sehr ich mich bemühe, die Wahrheit zu verbergen.«

»Welche Wahrheit?«, erwiderte ich. Die Hand, mit der ich mein Schwert umklammerte, zitterte. Und mein angeschlagenes Herz brach mit jedem Wort, das mir entgegengeschleudert wurde, ein bisschen mehr.

»Dass ich des Vertrauens, das sie in mich setzen wollen, nicht würdig bin. Dass ich ein selbstsüchtiges, stures Geschöpf bin, das die Bedürfnisse anderer niemals über seine eigenen stellen kann und will. Ich habe jeden davon abgehalten, sich für meine Schwester zu entscheiden, bis meine Schwester gezwungen war, sich ebenfalls gegen mich zu entscheiden. Sie musste es tun, um frei zu sein.«

»Frei?«, hauchte ich, mit dem Rücken gegen die Wand gelehnt, während ich dieses Mädchen anstarrte, das ich und gleichzeitig überhaupt nicht ich war. »Du denkst, ich lähme sie?«

Ich wusste, dass das Mädchen das dachte. Schließlich tat ich das auch. Darcy war diejenige, zu der sich alle hingezogen fühlten, sie war diejenige, die so mühelos Stärke und Mut aufbringen konnte, während ich zu abgestumpft war, zu sehr damit beschäftigt, die Welt abzuwehren, um jemals wirklich jemanden hinter meine Mauern zu lassen.

»Tust du das denn nicht?«, fragte das Mädchen mit mitleidigem und gleichzeitig vorwurfsvollem Blick.

Ich öffnete den Mund, um es zu leugnen – aber wie könnte ich das? Ich war ihr unser ganzes Leben lang zur Last gefallen, ich hatte es ihr erschwert, Freunde zu finden und Jungs kennenzulernen. Mein mangelndes Vertrauen in die Welt hatte sie dazu gezwungen, sich ebenfalls zurückzuziehen. Und als wir hierhergekommen waren, in das Land, das uns hätte gehören sollen, hatte ich sie weiterhin zurückgehalten. Ich hatte sie von der Welt abgeschirmt, wann immer ich es gekonnt hatte, und sie abgewehrt, wann immer ich es gemusst hatte. Hätte sie nur halb so viel durchgemacht, wenn ich die Erben nicht ständig verärgert hätte? Oder hätte sie viel früher ihren Frieden gefunden?

»Sie hat ihre Wahl getroffen«, krähte das vernarbte Mädchen, von dem ich nicht wahrhaben wollte, dass ich es war. Es stand auf und watschelte auf mich zu, wobei das dünne Nachthemd noch mehr Narben an Armen und Beinen enthüllte. Sie waren brutal, vulgär – und meine Wahrheit. »Und die warst nicht du, richtig?«

Ein harter kalter Klumpen bildete sich in meinem Hals, als ich gegen den Schmerz ankämpfte, den diese Worte in mir auslösten. Ich sträubte mich gegen meine Erinnerungen – jene in diesem Thronsaal, als Darcy mich zurückgewiesen hatte. Und das, nachdem ich alles riskiert hatte, um uns wieder zu vereinen. Ich hatte die Wochen seit der Schlacht damit verbracht, um sie zu kämpfen, verzweifelt versucht, sie zu retten, nur um herauszufinden, dass sie meine Rettung nicht brauchte oder wollte. Sie hatte ihre Entscheidung getroffen, war ihren eigenen Weg gegangen. Und trotz der Brutalität dieses Weges hatte sie sich entschieden, daran festzuhalten, anstatt zu mir zurückzukehren.

»Würdest du ihr das Silber aus den Augen schneiden?«, säuselte das vernarbte Ich, und ich konnte die Emotionen spüren, die es aus mir herauslocken wollte, die Eifersucht, die es zu schüren versuchte. »Würdest du im Dunkeln ein Messer zwischen die Rippen ihres Gefährten gleiten lassen?«

»Natürlich nicht«, zischte ich und umklammerte mein Schwert fester, als das Mädchen noch näher kam.

»Du hast es vorher nicht wahrgenommen, oder? Als du deinen eigenen Gefährten hattest, der dich abgelenkt hat. Du hast so sehr versucht, es zu ignorieren, aber es war immer da, nicht wahr? Die Entscheidung, die sie getroffen hatte. Sie hat dich belogen und betrogen, dich monatelang allein gelassen und zugesehen, wie du zerbrochen bist, anstatt ihre Wahrheit zuzugeben. Sie hat sich auch damals für ihn entschieden. Und du wurdest in der Realität dessen, was du bist, was du immer gewesen bist, zurückgelassen.«

»Und was ist das?«, flüsterte ich, während mir eine Träne über die Wange kullerte. Die Worte schnitten mich dort auf, wo Narben die Haut des Mädchens bedeckten, und bahnten sich ihren Weg unter meine Knochen.

»Eine Last. Unerwünscht. Egoistisch. Allein.«

Ich wäre bei dieser Einschätzung dessen, was ich war, *wer* ich im Innersten war, fast zusammengebrochen. Aber als ich spürte, wie sich der Nebel um meine Beine wickelte und die Feuer, die ich entfacht hatte, um mich herum erloschen, hallte eine Stimme in meinem Kopf wider. Eine Seele versuchte, sich durch Liebe, Tod, Trauer und Hoffnung mit meiner zu verbinden. Sie war meine andere Hälfte. Mein Grund, so hart zu kämpfen, wie ich es tat.

»Du und ich, Tor. Egal, was passiert. Egal, wo wir sind.«

Es war der Schwur, den sie mir gegenüber geleistet hatte, als ich in jenem Alter gewesen war, das das Ding, das mein Gesicht trug, vorzugeben versuchte. Das Versprechen, dass sie nichts und niemanden dringender brauchte als mich. Es war unser Fundament – seelentief und unzerstörbar. Und ich würde nicht zulassen, dass dieses Lügenwesen meine eigenen Unsicherheiten zu meinem Untergang machte.

»Es gibt da ein Problem mit der Taktik, die du hier anzuwenden versuchst«, knurrte ich, während ich all diese Verzweiflung, diesen Selbsthass und diesen Herzschmerz von mir abschüttelte und das Feuer in mir mit jener Wut schürte, die ich so verdammt lange in mir getragen hatte, dass ich bereit war, daran zu verbrennen.

»Ach ja?«, fragte das Mädchen und legte den Kopf schief, als würde es an mir zweifeln. Aber seine Tricks würden nicht mehr funktionieren. Sie waren nichts, substanzlos, die launischen Unsicherheiten eines Kindes und nicht einmal annähernd die Wahrheit der Frau, zu der ich geworden war.

»Du gehst davon aus, dass ich zu sterben und mich in ihrem Namen zu opfern bereit bin, um sie von der Last meiner Person zu befreien.«

»Würdest du das nicht?«, säuselte das Mädchen, und etwas Unheiliges flackerte in ihren Augen auf, als seine nackten Füße näher kamen. »Würdest du dich nicht hier hinlegen, um sie zu befreien? Oder wird dein Egoismus immer weiterwachsen, bis er euch beide verzehrt? Wirst du sie noch mehr verfluchen, als sie bereits verflucht wurde?«

»Meine Liebe zu ihr *ist* selbstsüchtig«, knurrte ich zustimmend. »Und ich bin keine Heldin. Wenn ich eine wäre, *würde* ich mich vielleicht hier und jetzt opfern, mein Leben hingeben, in der Hoffnung, dass ihr das die Freiheit erkaufen könnte, von der du sprichst. Wenn sie dadurch in der Lage wäre, ohne mich zu herrschen, ohne mich zu lieben, einfach ohne mich zu *sein*. Aber mein Tod wäre die Zerstörung der Schönheit in ihrer Seele. Mein Ende wäre der Untergang allen Lichts in ihrer Welt. Also nein, ich werde mich nicht opfern, damit die Welt mehr von ihr haben kann. Ich würde lieber die Welt selbst opfern, damit ich da sein kann. Damit ich sicherstellen kann, sie zu sehen, wenn sie sich erhebt, um die Welt für sich zu beanspruchen. An ihrer Seite, wo ich hingehöre. Zwei Hälften eines verdammten Ganzen. Und wenn du das nicht über mich weißt, dann bist du überhaupt nicht ich.«

Das Mädchen schrie erneut, als ich mein Schwert nach ihm schwang. Meine Klinge schnitt durch seinen Hals und der Widerstand brachte meine Knochen zum Klappern, während sein Blut mich benetzte.

Aber ich wusste, dass es nicht so einfach sein würde. Der Schrei des Mädchens ebbte nicht ab und hallte durch den stillen Wald, wie ein Aufruf an jeden Ast und jeden Zweig in diesem verfluchten Wald, seine Aufmerksamkeit auf mich zu richten. Um mich in ihrer Dunkelheit einzusperren, damit dieses vernarbte Mädchen mich zerstören konnte.

Ich wartete nicht ab, um herauszufinden, ob der Schlag ausgereicht hatte, um das seltsame Wesen zu töten, sondern drehte mich einfach um und floh. Mein Herz pochte, meine Muskeln zitterten und Phönixfeuer brach überall dort aus, wo meine Füße den Boden berührten. Die ganze Welt ging hinter mir in Flammen auf. Und ich ließ alles brennen.

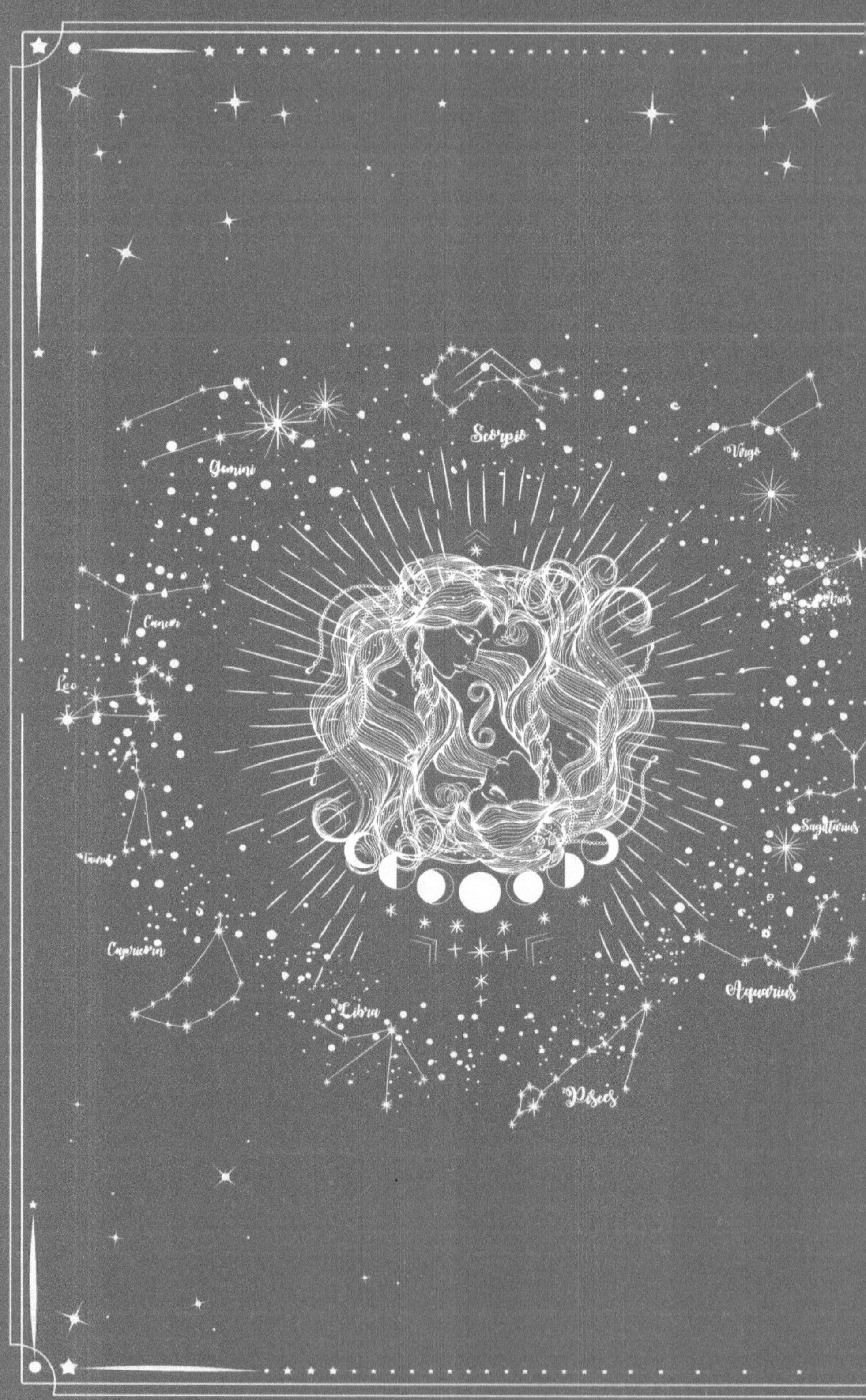

Gemini
Scorpio
Virgo
Aries
Cancer
Leo
Sagittarius
Taurus
Capricorn
Aquarius
Libra
Pisces

DARCY

KAPITEL 64

Die Schatten waren dicht und wanden sich in einem Strudel um meinen Kopf. Die Schattenbestie brüllte ohrenbetäubend laut in meinem Schädel.

Ich hielt mir die Ohren zu, um den Lärm zu ersticken. Mir war bewusst, dass ich schrie, aber ich konnte meine eigene Stimme nicht hören – so laut war das Brüllen der Bestie. Etwas schien mich mittig entzweizureißen. Eine Magie teilte mich und trieb eine Axt ins Zentrum meines Wesens.

Das würde mich töten. Dessen war ich mir sicher. Es war unmöglich, einen so heftigen Schmerz zu überleben. Dieser Schmerz … Er war in allem verankert, was ich war und jemals sein könnte. Und ich könnte schwören, dass die Schattenbestie ihn auch spürte.

In meinem Kopf wurde geflüstert, die Schatten waren hektisch, geradezu aufgebracht und rauschten durch mich hindurch wie Geister, um in den Raum zwischen meiner Seele und meines physischen Wesens zu huschen. Sie bissen, kratzten und versuchten, einen Weg aus diesem Körper zu finden, weil er gleich in zwei Teile zerrissen werden würde.

Und alles, woran ich denken konnte, war Tory und dass ich mich nie von ihr verabschieden würde können. Ich dachte daran, wie sehr ich das Feuer in ihren Augen vermisste. Jedes Atom, das sie ausmachte, war ein Antwortruf an die Atome, die mich bildeten. Wir waren nicht dazu bestimmt, auseinandergerissen zu werden. Das war unnatürlich. Und ich hatte solche Angst, mich nicht aus dieser Dunkelheit befreien und den Weg zu ihr zurückfinden zu können. Ich wollte sie nicht im Stich lassen – hier auf dieser verfluchten Erde allein. Wir gehörten zusammen, konnten nicht ohne die andere, und es war meine Pflicht, zu ihr zurückzukehren. Es war mein verzweifelter, tiefster Wunsch.

Endlich hörte ich meine eigenen Schreie. Das Gebrüll der Schattenbestie, das nach wie vor durch den Raum hallte, schien plötzlich von mir losgelöst zu sein.

Gewaltsam wurde ich rückwärts gegen die Wand geschleudert, als ein dichter schwärzlicher Rauch aus meiner Brust strömte. Mit weit aufgerissenen Augen schnappte ich nach Luft, als ich dieser qualvollen Folter zum Opfer fiel.

Orion stand vor mir und rief meinen Namen. Seine magischen Fesseln lagen zerbrochen zu seinen Füßen, und ein Fae-Licht schwebte über uns, um die dunkle Kammer zu erhellen.

Er versuchte, zu mir zu gelangen, aber die Kraft, die von meiner Haut ausging, war wie ein wütender Orkan, der durch den Raum fegte und ihn immer wieder zurückstieß.

Das heulende Geräusch steigerte sich zu einem Crescendo, und ich hätte schwören können, dass meine Seele sauber von meinem Körper abgetrennt wurde, als ein heftiges Soggefühl an meiner Brust zerrte. Die Schatten stoben in einem schwarzen Tornado von mir weg. Und dort, wo sie landeten, begann sich die Schattenbestie zu formen.

Ich konnte mich nicht bewegen, war an dieser Steinmauer fixiert, während die Schattenbestie sich irgendwie ohne mich materialisierte. Meine Haut war meine eigene, während die Bestie als eigenes knurrendes Wesen vor uns stand.

Jedes noch so kleine Schattenfragment verließ meinen Körper und ich fiel unsanft auf den Boden, brach dort zusammen und blickte zu dem Monster auf, das nicht mehr eins mit mir war. Was passierte hier?

Die Schattenbestie schien für einen Moment wie benommen, schnüffelte an der Luft und verschaffte sich einen Überblick, während ich mich auf die Knie drückte. Orion schoss auf mich zu und musterte mich besorgt.

»Ihr Blut war mein Blut«, erklärte er. »Sie hat den Preis für deinen Fluch mit ihrem Tod bezahlt. Du bist frei.«

Bevor ich das auch nur ansatzweise begreifen konnte, kollidierte die Schattenbestie mit uns und schleuderte Orion von mir weg. Er taumelte fluchend über den Boden, während er sich beeilte, Luftmagie zu wirken. Aber die Schattenbestie rammte mich, bevor er etwas tun konnte. Sie schwang eine Pfote nach meinem Kopf, und ich duckte mich tief, sodass ihre Krallen stattdessen die Wand hinter mir aufschlitzten.

Wir flogen durch die Mauersteine in eine andere dunkle Kammer und ich kroch von dem Monster weg und huschte unter einen Holztisch, um mich zu verstecken. Ich war nackt, zerschunden und voller Blut und Staub. Wahrscheinlich sah ich aus wie eine Art wilde Kreatur, die gerade aus den Tiefen der Hölle gekrochen war. Mein Körper schmerzte von meinem Zusammenstoß mit der Mauer, aber als ich meine Verletzungen mental untersuchte, stellte ich fest, dass ich auf wundersame Weise alles Lebensgefährliche vermieden hatte.

Die Schattenbestie entfernte sich schnüffelnd von mir, und ich hob meine Finger, um sie mit Magie zu füllen, aber die Quelle in meiner Brust war genauso leer wie zuvor.

Panik überkam mich, als ich darüber nachdachte, was das bedeutete. Waren meine Magie und meine Formgebung für immer verloren, obwohl ich von der Bestie befreit worden war? Ich spannte meine Hände an und fühlte mich so stark wie seit Wochen nicht mehr, und das bedeutete, dass ich kämpfen konnte, wenn auch nur mit meinen verdammten Fäusten.

Orion erschien, als Silhouette in dem Loch in der Wand, während sein Fae-Licht ihm folgte, sein Gesichtsausdruck von Sorge gezeichnet.

»Blue?«, zischte er.

Sein Fae-Licht ermöglichte mir einen besseren Blick in den Raum und ich spähte aus meinem Versteck. Der längliche Raum war eine Waffenkammer, in der sich Reihen von Schilden und Waffen über die gesamte Länge erstreckten, aufgehängt an Regalen an den Wänden zwischen wunderschönen Wappen und Rüstungen. Die Schattenbestie befand sich am anderen Ende und hob die Schnauze in die Luft, um nach mir zu suchen.

»Ich bin hier«, flüsterte ich und winkte, um Orions Aufmerksamkeit zu erregen, und Erleichterung überkam ihn.

»Bleib, wo du bist!« Er schoss in einem Geschwindigkeitsblitz an mir vorbei und die Schattenbestie brüllte und wirbelte herum, um ihn abzufangen. Ich knirschte mit den Zähnen angesichts seiner Aufforderung.

»Das ist *mein* verdammter Kill«, knurrte ich, während Orion versuchte, die Schattenbestie in eine Luftsphäre am anderen Ende des Raumes zu sperren.

Ich schlüpfte unter dem Tisch hervor und nutzte die Zeit, die Orion mir verschaffte, um mir einen Brustpanzer mit zwei glänzenden silbernen Harpyienflügeln darauf zu schnappen, den ich zusammen mit einer Trainingshose und ein paar Stiefeln anzog.

Außerdem waren da Waffen – wunderschöne glänzende Waffen, die alle an der Wand vor mir hingen. Mein Blick fiel sofort auf ein leuchtend weißes Schwert, auf dessen Klinge die Sternenkonstellation des Adlers abgebildet war, und ich hätte schwören können, dass es mit der Formgebung der Harpyien in Verbindung stand.

Ich legte meine Hand um den Griff und hatte das sichere Gefühl, dass dieses Schwert einst meiner Mutter gehört hatte. Es lag eine erwartungsvolle Energie darin, als hätte es schon sehr lange auf mich gewartet, und ein heißes Gefühl machte sich in meiner Brust breit. Es war, als stünde sie direkt hinter mir, eine Hand auf meiner Schulter und ihre Liebe in meinem Herzen.

Ich fokussierte meinen Blick auf die Schattenbestie, die Orion einzudämmen versuchte, und mein Puls verlangsamte sich zu einem gleichmäßigen Pochen, als das Schicksal meinen Namen flüsterte.

»Geh zur Seite!«, rief ich Orion zu, und er blickte über seine Schulter zu mir zurück, wobei sich seine Brauen überrascht hoben, als er mich kampfbereit vorfand. »Das ist mein Kampf.«

»Wir können ihn gemeinsam führen«, erklärte er bestimmt.

»Nein«, erwiderte ich.

»Du hast keine Magie«, sagte er, und seine Augen funkelten beschützerisch, aber ich gab nicht nach.

Die Schattenbestie und ich hatten eine Rechnung offen, und ich würde sie für das Leid bezahlen lassen, das sie meinem Gefährten und mir zugefügt hatte. Ich würde mich dafür rächen, dass sie Geraldine aus dieser Welt gerissen und so viele Rebellen getötet hatte.

»Ich brauche keine Magie. Ich habe meinen Zorn und das Schwert meiner Mutter.« Ich setzte mich in Bewegung und hob mein Schwert, um auf die Bestie in der Hülle aus Luftmagie zu zeigen, die Orion geschaffen hatte. Ihre riesigen Klauen kratzten an der Barriere, während sie versuchte, sie zu durchbrechen.

Ich fühlte mich schrecklich sterblich, und Tatsache war, dass ich vielleicht nie wieder einen Tropfen Magie durch mein Blut fließen spüren würde. Diese

Kreatur hatte mir das genommen, und es war mir egal, dass ich mein Leben um der Rache willen riskieren würde. Ich musste das tun. Ich musste diese Bestie töten, die mir den entscheidenden Teil gestohlen hatte, der mich zur Fae machte. Meine Formgebung, meine Macht. Aber sie hatte mir nicht die Fähigkeit zu kämpfen genommen. Und solange ich noch Luft in meiner Lunge hatte, würde ich dies mit jeder mir zur Verfügung stehenden Energie tun.

»Ich kann dich das nicht tun lassen«, sagte Orion, als ich mich an seine Seite bewegte.

»Ich bitte nicht darum«, erklärte ich dunkel. »Ich befehle es dir.«

Unsere Blicke trafen sich und ein starkes energetisches Summen ging zwischen uns hindurch. Sein Wunsch, mich zu beschützen, kollidierte mit seinem Bedürfnis, seiner Königin zu gehorchen. Seine Gesichtszüge waren angespannt von der Anstrengung, die Schattenbestie zurückzuhalten, und ich wusste, dass sie seinen Schild jeden Moment durchbrechen würde.

»Glaubst du an mich, Lance Orion?«, fragte ich und sein Kehlkopf wippte.

»Mein Glaube an dich ist grenzenlos«, sagte er schwer. »Aber ...«

»Warum würdest du mir dann die Chance nehmen, gegen die Kreatur zu kämpfen, die mich gequält, mir meinen Willen geraubt und dich gezwungen hat, für meinen Fluch zu bluten?«, zischte ich. »Würdest du mir diesen Kill wirklich verweigern?«

Er öffnete und schloss den Mund. Angst und Liebe wechselten sich in seinen Augen ab, aber dann gab er nach und neigte den Kopf.

»Natürlich nicht, meine Königin.« Er trat zurück und ich nickte ihm zu, um ihn zu ermutigen, seinen Luftschild aufzulösen.

Ich hob mein neu beanspruchtes Schwert, und mein Muskelgedächtnis flammte auf, als ich wie eine Kriegerin vor dem Schatten stand, der mich versklavt hatte. Ich war bereit, ihm frontal entgegenzutreten.

Orion ließ den Luftschild los, und ein Schrei reinster Wut entrang sich mir, während ich mit gezücktem Schwert vorstürmte, bereit, der Schattenbestie den Kopf abzuschlagen. Ich mochte zwar nur noch eine Hülle einer Fae sein, und ja, möglicherweise war dies mein letzter Kampf, den ich in dieser Welt verkorkster Schicksale, herzloser Sterne und außergewöhnlicher Magie je führen würde. Aber ich würde mein Bestes geben. Ich würde meine Zwillingsschwester stolz machen und alles dafür tun, um denen Gerechtigkeit widerfahren zu lassen, die diesem Monster zum Opfer gefallen waren.

Ich sprang auf einen Tisch voller tödlicher Klingen und rannte über sie hinweg, während die Schattenbestie auf mich zusprang. Dabei stieß ich einen Kampfschrei aus, der von all dem Kummer in meinem Herzen angetrieben wurde. Ich hüpfte vom Ende des Tisches, und das weiße Schwert glitzerte vor Kraft, als ich es in Richtung meines Ziels schwang. Aber die Schattenbestie wich zur Seite aus, um meinen Schlag zu parieren, sodass die Klinge nur ihre Schulter aufschlitzte, anstatt ihr Herz zu durchbohren. Schwärzliches Blut floss aus der Wunde.

Sie heulte vor Schmerz, als ich neben ihr landete, und das Tier schlug mit einer Pranke nach mir, die meinen Bauch traf und mich gegen eine Rüstung schleuderte. Diese fiel scheppernd zu Boden, und ich rollte mich von dem schweren Metall weg, stand auf und rannte los, um die Bestie erneut anzugreifen.

Ihr bärenähnliches Maul öffnete sich knurrend, als die Schattenbestie sich auf mich stürzte und mit ihren tödlichen Zähnen knirschte, während ich mein Schwert in einem ebenso tödlichen Bogen schwang, einen tiefen Schnitt in ihre Schnauze riss und sie zum Rückzug zwang.

Ich nutzte meinen Vorteil, aber die Schattenbestie verwandelte sich vor meinen Augen in Rauch. Mein Schwert durchbohrte lediglich dunklen Dunst, und ich fluchte frustriert.

Ich behielt den höllischen Schatten im Auge, der herumwirbelte und versuchte, hinter mich zu gelangen, und hielt mein Schwert hoch, bereit zum Angriff, sobald er sich wieder materialisierte.

»Komm schon!«, ermutigte ich die Bestie. »Hör auf, dich zu verstecken, und kämpfe!«

Der Schatten stürmte vorwärts, packte mich an den Knöcheln und schleifte mich mit hoher Geschwindigkeit über den Boden, bevor er mich gegen die Wand schleuderte. Ich prallte dagegen und mein Griff um mein Schwert lockerte sich, als meine Knie auf dem Boden aufschlugen und mein Atem stockte.

Ich umklammerte den Griff meiner Waffe fester, aber der Schatten schleuderte mich in die Luft, in Richtung der hohen gewölbten Decke, und ich schrie auf, gezwungen, meine Waffe loszulassen, während ich verzweifelt versuchte, mich an irgendetwas festzuhalten. Meine Hände erreichten einen großen hölzernen Kronleuchter, der von der Decke hing, und ich hielt mich mit aller Kraft daran fest, während die Lampe in wilden Schwüngen über die Kammer schaukelte.

Die Schattenbestie nahm wieder ihre tierische Gestalt an, sprang auf und schnappte nach meinen Knöcheln. Ich keuchte, legte mein Bein um einen Arm des Kronleuchters und festigte meinen Griff. Mein Magen rebellierte, als ich oberhalb meines sicheren Todes schwang.

Ein Krabbeln erregte meine Aufmerksamkeit und das pure Grauen durchfuhr mich, als ich mich umdrehte, um in die Richtung zu schauen, aus der das Geräusch gekommen war. Mein Blick fiel auf die monströse Gestalt von Tharix, der kopfüber an der Decke hing und direkt auf mich zukroch – mit einem bösartigen Lächeln auf seinem hübschen Gesicht. Das Weiß seiner Augen war zu sehen und seine schwarzen Pupillen waren auf mich gerichtet, während er sich mir mit heraushängender Zunge näherte.

Die Angst fraß sich in meine Brust und ich starrte von einem möglichen Tod zum nächsten, während ich herauszufinden versuchte, welcher mich wahrscheinlich zuerst erreichen würde.

Orion erschien auf einer magischen Windböe, ein Säbel in seiner Hand, den er in Tharix' Bauch rammte und ihn gewaltsam durch ihn hindurch in die Decke trieb.

Tharix schrie wie eine Todesfee und schlug nach Orion, der den Schlag abwehrte, bevor er höher stieg und Lavinias Sohn mit Eisklingen durchbohrte, immer wieder und überall dort, wo er einen Treffer landen konnte.

Schwarzes Blut ergoss sich über Orion und aus jedem Loch, das in Tharix klaffte, strömten Schatten, die sich eng um meinen Gefährten schlangen und ihn einschlossen wie eine Spinne, die eine Fliege jagte.

Orion ließ Eissplitter aus seiner Haut schießen, die die Schatten, die ihn festhielten, sauber durchtrennten, und er schoss von Tharix weg, bevor ihn Lionels neuer Sohn erwischen konnte.

In dem Moment erwischte die Schattenbestie meinen Stiefel, und ich schrie auf, als ich vom Kronleuchter gerissen wurde und durch die Luft taumelte, bevor ich kopfüber aus dem Maul des Monsters hing. Mein Fuß rutschte aus meinem Stiefel und ich stürzte zu Boden, kroch unter seinen pelzigen Bauch und suchte hastig nach einer Waffe. Das weiße Schwert lag direkt hinter der Bestie und ich stürzte mich darauf, wobei meine Knie ungeschickt auf den Steinboden aufschlugen, als ich die Waffe an mich nahm.

Die Schattenbestie drehte sich um, bevor ich das grausame Schwert in ihren Bauch stoßen konnte, und ich sprang auf, gezwungen, zu rennen, als sie nach meinen Fersen schnappte. Ich hatte nicht den nötigen Raum, um den Angriff zu kontern. Ich musste Abstand zwischen uns bringen, aber ich konnte ihren heißen Atem in meinem Nacken spüren und wusste, dass ein einziges Stolpern meinen Tod bedeuten würde.

Ich konnte mich nicht umdrehen, um nach Orion zu suchen. Ich konnte nur rennen und hoffen, dass er einen Weg fand, Tharix zu töten, während ich die Kraft in mir suchte, die nötig war, um meinen eigenen Gegner zu töten.

Die Mauern des Palastes bebten und die Steine unter meinen Füßen vibrierten, als würde das Gebäude zum Leben erwachen. Die Geister dieses königlichen Ortes waren erwacht, längst verlorene Magie regte sich in den Wänden und schrie nach Rache.

Ich würde dem Ruf des Namens Vega heute verdammt noch mal gerecht werden und beweisen, warum ich Königin des Feuers und Herrscherin des Todes war. Die Schatten hatten mich zu lange heimgesucht und unterdrückt, wo ich mich doch wie ein Phönix hätte erheben sollen. Ich mochte jetzt vielleicht tief in der Asche stecken, ohne Magie oder Formgebung. Aber die Glut in meiner Seele war noch nicht erloschen, und es spielte keine Rolle, dass ich praktisch sterblich war. Ich war nach wie vor eine Vega-Königin – und noch nicht einmal annähernd fertig.

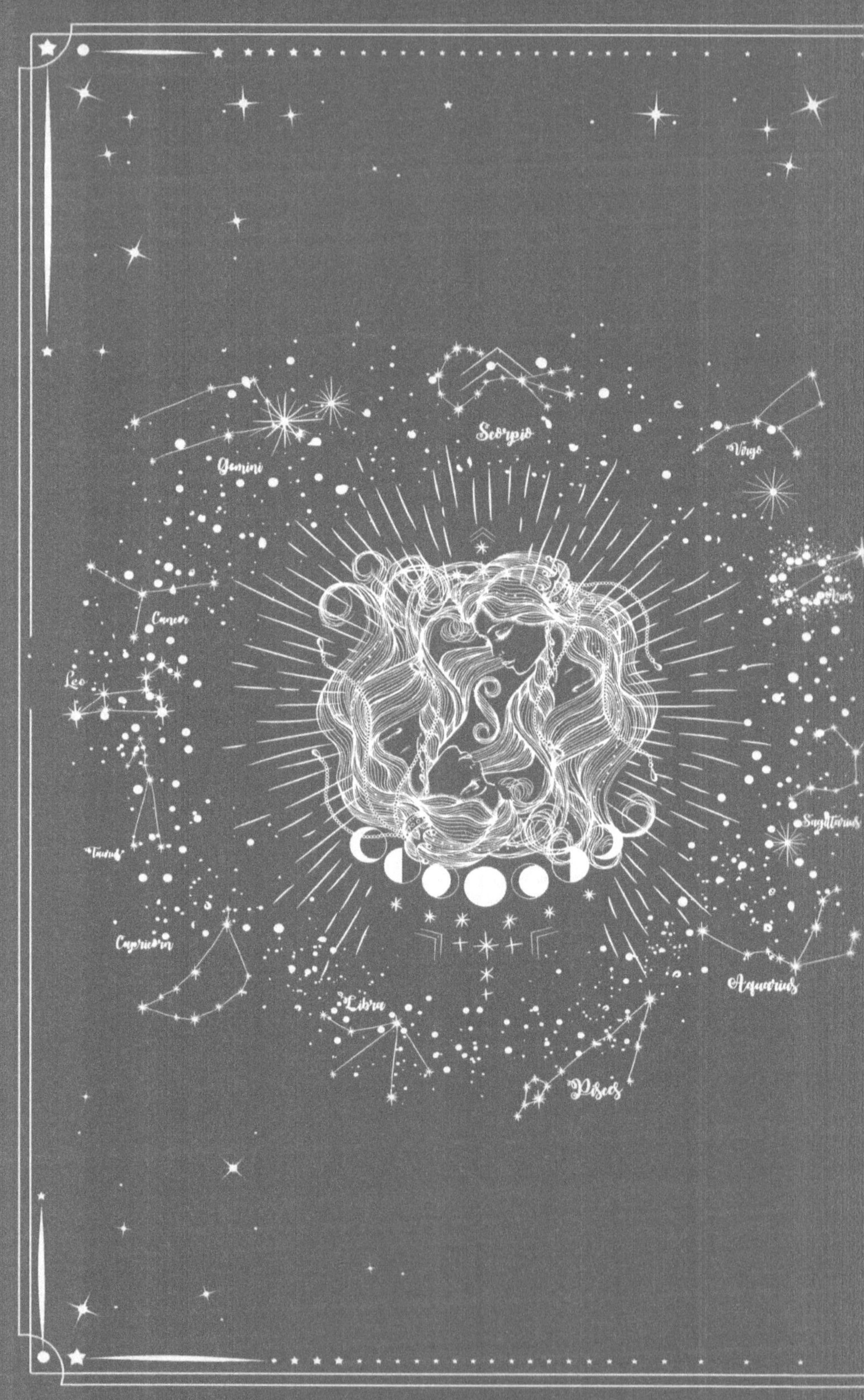

Gemini
Scorpio
Virgo
Cancer
Aries
Leo
Sagittarius
Taurus
Capricorn
Aquarius
Libra
Pisces

TORY

KAPITEL 65

Meine Beine brannten vom Rennen durch den Wald. Mein Herz pochte wie wild, als ich mich immer weiter von dieser Hütte und diesem Mädchen entfernte – dieser verblassenden Version meiner selbst, die ich so lange in den tiefsten Tiefen meines Geistes gefürchtet und gehasst hatte. Ich hatte mich dem Schlimmsten in mir gestellt und war aus der Verzweiflung herausgekommen, die mich zu ertränken versucht hatte. Und dadurch fühlte ich mich leichter. Als hätte der Blick in das Gesicht der Wahrheit, vor der ich mich so lange gescheut hatte, mich von einem Teil davon befreit.

Ich konnte die Lügen erkennen, die mit den Ängsten vermischt worden waren, von denen ich mich so lange selbst überzeugt hatte. Es war schwer gewesen, sie zu durchschauen. Aber sie von außen zu betrachten, hatte das irgendwie einfacher gemacht. Und obwohl ich keinesfalls behaupten konnte, von meinen Unsicherheiten und den Gründen, warum ich so war, wie ich war, geheilt zu sein, konnte ich mir einiges davon verzeihen. Ich konnte sehen, dass bestimmte Dinge, für die ich mich selbst verantwortlich gemacht hatte, tatsächlich nie meine Schuld gewesen waren.

Ich hatte mich während meiner gesamten Kindheit von den Sterblichen in unserer Nähe distanziert gefühlt und immer heimlich auf eine Liebe gehofft, die meine Probleme überwinden und darüber hinaussehen könnte. Aber wir hätten dort nie hingepasst, selbst wenn ich mich mehr bemüht hätte, nett zu sein, mehr gelächelt oder versucht hätte, mich mit Menschen anzufreunden, die mich nicht verstanden. Denn unser Zuhause war hier, in Solaria. Und hier hätte ich endlich meinen Platz gefunden, mit Darcy an meiner Seite.

Ich musste meinen Rucksack finden, musste die Arbeit an der Brücke beenden und dann hoffen, dass ich es schaffen würde, herauszufinden, wo sich die Gewässer der Tiefe und Reinheit befanden.

Die Dunkelheit lastete schwer auf den Bäumen, aber die unheimliche knochenweiße Farbe ihrer Stämme ermöglichte es mir, einen Pfad zwischen ihnen zu erkennen.

Ich wollte kein Licht riskieren. Nicht, solange dieses Ding noch da draußen war. Das Wissen, dass es mich jagte, war tief in meiner Seele verankert.

Ein roter Schimmer in der Dunkelheit erregte meine Aufmerksamkeit, und ein ersticktes Schluchzen entrang sich meiner Kehle, als ich mich darauf stürzte, den Rubin-Anhänger vom Boden aufhob und spürte, wie die Hitze meine Haut erreichte.

Ich beeilte mich, ihn wieder um meinen Hals zu legen, das Gewicht war eine Erleichterung, die mich bis ins Mark traf.

Der Wind intensivierte sich, Finger glitten über meinen Arm, und ich schloss die Augen, während ich versuchte, seine fiktive Berührung auszukosten.

Aber die Berührung war anders als sonst. Es war vielmehr ein Ziehen als eine Liebkosung, und eine Dringlichkeit erfüllte mich, als seine Anwesenheit intensiver zu werden schien. Ich hätte schwören können, dass er mir zuraunte, wegzurennen.

Ich riss die Augen auf, wirbelte herum und zog mein Schwert erneut aus der Scheide. Die junge Version meiner selbst stand zwischen zwei der hoch aufragenden Baumstämme, eine neue Narbe an ihrer Kehle, wo meine Klinge sie aufgeschlitzt hatte. Blut tropfte an ihr hinunter und befleckte ihr weißes Nachthemd.

»Du hast ihn getötet«, knurrte sie, und ihre Worte trafen mich wie eine Kugel in den Bauch. »Du bist der Grund, warum er in dieser Schlacht gekämpft hat. Du bist der Grund, warum er seinen Vater unbedingt besiegen wollte. Er hatte schon lange zuvor geplant, ihn herauszufordern. Lange bevor du hier angekommen und sein Leben auf den Kopf gestellt hast. Er wollte warten, bis er bereit war, zu gewinnen. Aber du hast ihn zu früh zum Angriff gezwungen. Du. Hast. Ihn. Getötet.«

Ihre Worte brannten wie Feuer auf meiner Haut. Diese vernichtenden Anschuldigungen, an die ich mich tagsüber nie zu denken getraut hatte, schienen mich aufreißen und zu ihren Füßen zerstören zu wollen. Denn diese Worte waren Nacht für Nacht wie ein konstantes Flüstern in meinem Kopf gewesen, hatten mich Stunde um Stunde wach gehalten und mich an all den Schmerz erinnert, den ich ihm zugefügt hatte. Damals, als ich mich unter den Sternen geweigert hatte, ihn zu lieben. Ich hätte erkennen müssen, was Lionel ihm angetan hatte, lange bevor ich es getan habe. Ich hätte es sehen und die rettende Hand sein sollen, die er so dringend gebraucht hatte. Aber stattdessen war ich zu einem Gewicht auf seinen Schultern geworden, das ihn unter die Oberfläche gedrückt hatte. Ich hatte seinen Schmerz und seine Last nur noch vergrößert und ihm in der kurzen Zeit, die ihm in diesem Leben geschenkt worden war, so viel mehr Grund zum Leiden gegeben.

Meine Verzweiflung zeigte ihr hässliches Gesicht, als das Mädchen einen weiteren Schritt auf mich zumachte, und ich wusste nicht, ob es seine Macht oder meine Wahrheit war, die mich zerstören wollte. Aber das war auch egal.

Verzweiflung mochte eine verlockende Fluchtmöglichkeit darstellen, eine einfache Ausrede für meine Situation, aber ich war noch nie jemand gewesen, der in seinem Kummer verweilte.

»Ich habe ihn nicht getötet«, sagte ich mit leiser Stimme und hob mein Schwert, während ich mich darauf vorbereitete, mir selbst gegenüberzutreten. »Aber ich werde mein Versprechen halten, ihn zu rächen.«

Nein, Trauer und Verzweiflung waren noch nie mein Ding gewesen. Aber Rache? Zorn? Wut? Gewalt? Mit diesen Gefühlen kannte ich mich ganz wunderbar aus.

Die Augen des Mädchens weiteten sich, als ich auf es zustürmte. Es streckte die Arme aus, als würde es sich darauf vorbereiten, eine schreckliche Kraft auf mich loszulassen, aber das tat es nicht. Es tat überhaupt nichts, um mich aufzuhalten, und mein Schwert durchbohrte sein Herz aus Angst und Albträumen. Ein Knacken hallte durch den gesamten Wald, als sein Körper zersplitterte und auseinanderfiel.

Ich zog mein Schwert zurück und beobachtete, wie die Narben auf seiner Haut von einem inneren Licht erleuchtet wurden. Und als die vertrauten grünen Augen dieses Mädchens auf meine trafen, lächelte es.

Ich hob eine Hand, um mein Gesicht abzuschirmen, als das Mädchen in einem Lichtblitz explodierte. Goldene Flammen schossen aus ihm heraus, bevor sie sich aufspalteten und zerstreuten, im Angesicht meiner Wut zu nichts verblassten und mich wieder allein in der Stille des Waldes zurückließen.

Ich keuchte, zitterte, hatte überall Schmerzen und wusste, dass ich mit diesem Ort noch lange nicht fertig war. Doch als ich ein Fae-Licht über meinen Kopf wirkte und mich erneut auf die Suche nach meinem Rucksack machte, fand ich die Kraft, weiterzumachen, in dem Versprechen, das in meine Handfläche eingraviert war.

Meine Füße schienen ihren eigenen Weg zu gehen, und schon nach kurzer Zeit entdeckte ich meinen Rucksack. Ich steckte mein Schwert wieder in die Scheide, zog den Rucksack an und wandte meine Aufmerksamkeit dem riesigen Baumstamm zu, den ich mit Brückenmagie zu belegen begonnen hatte.

Ich stieß einen tiefen Atemzug aus, und die Wut, die das Mädchen in mir geweckt hatte, stieg in mir auf, als ich meine Faust um die Narbe schloss, die mich an mein Versprechen band.

»Ich komme«, sagte ich, wissend, dass er in der Nähe war und meine Schritte verfolgte, während ich zum Stamm schritt und erneut ein Feuer an meiner Fingerspitze entfachte.

Ich musste mich nicht annähernd so stark konzentrieren wie zu Beginn. Die Bewegungen gingen mir leicht von der Hand, als ich das Elementsymbol für Wasser in die Rinde des Baumes brannte. Seine Schreie konnten mich jetzt nicht mehr aufhalten. Als Nächstes ritzte ich die Wahrheit meines Herzens in das Holz. Die Flamme und der Drache. Alles, was ich in dieser Welt und in jeder anderen brauchte.

Unter meinen Füßen begann der Boden zu grollen, als ich die Narbe auf meiner Handfläche mit meinem Dolch aufschlitzte. Blut tropfte zwischen meinen Fingern hindurch, während ich in diese Quelle alter Magie eintauchte, die in der Welt verborgen war.

Ich konnte spüren, wie sie sich in der Luft um mich herum regte, im Zentrum der verdammten Bäume selbst summte und schnurrte, als sie mit der Kraft meiner Wut in Berührung kam.

Die Kraft des Äthers wogte wie eine Welle um mich herum, als ich sie beschwor, meinem Befehl zu gehorchen, und ihr das Blut meines Schwurs darbrachte, bis ich spürte, wie sie mich von den Füßen hob – bereit, sich über die Erde um mich herum zu ergießen.

Ich schlug mit meiner blutigen Handfläche auf den knochenweißen Stamm des immer noch schreienden Baumes ein, und die Kraft, die aus mir herausbrach, sandte eine Schockwelle in den Wald, als der Baum aus dem Boden gerissen wurde.

Wurzeln brachen aus dem Boden unter mir hervor, Erde stürzte ringsum herab, während der riesige Baum lauter schrie. Aber sein Schicksal war bereits besiegelt, und ein Stöhnen, das laut genug war, um kilometerweit gehört zu werden, erfüllte die Luft, bevor das widerhallende Krachen, mit dem er auf den Waldboden krachte, alles andere verschlang.

Das Schreien des Baumes verstummte abrupt und ich warf meine Arme hoch, um mein Gesicht zu schützen, als ich spürte, wie der Fluch, der an ihn gebunden war, zerbrach und der Äther von der Kraft seines Endes vibrierte. Und ich fragte mich, ob irgendwo auf der Welt, jenseits dieses Ortes des Verderbens und der Verdammnis, die Vorfahren der Fae, für die dieser Fluch bestimmt gewesen war, plötzlich einen Wandel ihres Schicksals erleben würden.

Die Kraft, die ich beschworen hatte, schwand und ich torkelte, wobei ich fast auf der glatten Rinde des umgestürzten Baumstamms ausrutschte. Und hier war sie – meine Brücke ins Jenseits.

Magie knisterte in der sie umgebenden Luft, der Wald verschwamm zu beiden Seiten, als würden diese Bäume nicht mehr dazugehören. Als hätten sie einen Durchgang durch das Gewebe der Welt selbst geschaffen. Dies war einst die Methode des magischen Reisens gewesen, bevor Sternenstaub für diesen Zweck kultiviert worden war. Sie war instabil und kurzlebig, aber solange ich die Brücke überqueren könnte, bevor ihre Magie nachließ, würde sie mich an mein gewünschtes Ziel bringen.

Ohne zu zögern, lief ich los. Ein Hauch von Magie heilte den Schnitt an meiner Handfläche und eine Flamme entzündete sich an meiner Seite, um die Kraft, die ich verbraucht hatte, wieder aufzuladen.

Ich hielt meinen Blick starr nach vorn gerichtet, während Stimmen von beiden Seiten der Brücke versuchten, mich anzulocken. Und ich erinnerte mich an die Warnungen im Buch Erde und weigerte mich in ihre Richtung zu schauen. Wenn ich der Versuchung nachgab, nach links oder rechts zu schauen, würde ich den Dingen zum Opfer fallen, die zwischen den Reichen lauerten. Und nichts von mir würde jemals wieder gefunden werden.

Ich setzte einen Fuß vor den anderen, das verschwommene weiße Licht zu meinen Seiten flackerte in meinem peripheren Sichtfeld, aber ich schaute nicht hin. Nicht ein einziges Mal.

Hinter mir spürte ich eine Präsenz. Da waren Schritte, die die meinen verfolgten. Aber ich drehte mich nicht um. Denn ich wusste, wer mich in die Dunkelheit verfolgte, und seine spezielle Art von Gewalt hatte mir schon immer am besten gefallen.

Scorpio
Virgo
Gemini
Cancer
Leo
Taurus
Capricorn
Libra
Sagittarius
Aquarius
Pisces

ORION

KAPITEL 66

Tharix heilte viel zu schnell für meinen Geschmack – und jetzt jagte er mich von der Decke der Waffenkammer aus, während ich auf einer Luftsäule balancierte und mit der vollen Grausamkeit meiner Vampirstärke Eisklingen auf ihn warf.

Bei jedem Schlag, den ich landete, zuckte Tharix zusammen und hielt nur lange genug inne, um sich meine Waffe aus dem Leib zu reißen und sich selbst zu heilen. Schatten wickelten sich um seinen Körper und gaben ihm die Kraft, die er zur Regeneration benötigte. Er war ein gnadenloser Gegner, der mit allen vier Elementen sowie den Schatten gesegnet war, und es kostete mich alles, was ich hatte, seine Angriffe abzuwehren.

Ich versuchte, einen Blick auf Darcy unter mir zu erhaschen, während das Gebrüll der Schattenbestie vom anderen Ende des Raumes zu mir drang und die Wände zittern ließ. Gelegentliche Schlachtrufe seitens Darcy verrieten mir, dass sie zumindest noch atmete.

»Komm schon, meine Schöne. Mach dieses verdammte Mistvieh fertig«, raunte ich. Vielleicht war ich ein verdammter Idiot gewesen, als ich zur Seite getreten war und ihr diesen Kampf überlassen hatte, obwohl sie keine Magie wirken konnte. Aber wenn ich eines über Darcy gelernt hatte, dann, dass sie alles tun konnte, was sie sich in den Kopf setzte. Und ich würde ihr nicht im Weg stehen, wo ich doch sehen konnte, wie sehr sie diesen Sieg brauchte. Es war der Instinkt der Fae, die eigenen Feinde niederzumähen, und ich vertraute auf ihre Fähigkeit, dies zu tun.

Ich formte einen Speer aus Eis in meiner Handfläche, während Tharix kopfüber über die Decke krabbelte. Er bewegte sich fast so schnell, wie ich es mit meiner Vampirschnelligkeit konnte. Sein Gesicht passte nicht zu der schrecklichen, gefühllosen Aura, die sein Körper ausstrahlte, seine Züge waren zu schön, um die eines Monsters zu sein, das aus den beiden abscheulichsten Fae überhaupt entsprungen war.

Ich wartete, nutzte mich selbst als Köder und holte tief Luft, während ich auf den perfekten Moment wartete.

»Hier drüben, du hirnloser Vollidiot«, ermutigte ich ihn, den Arm hinter dem Rücken, bereit, den Speer direkt zwischen Tharix' Augen zu schleudern.

Der Rausch des Kampfes ließ mein Blut pulsieren und Adrenalin durch meine Adern strömen. Die Möglichkeit, endlich wieder meine ganze Kraft entfesseln zu können, erfüllte mich mit unstillbarer Gier nach Blut und ich sehnte mich mit einer Unersättlichkeit nach dem Tod meiner Feinde, wie ich sie schon lange nicht mehr verspürt hatte. Ich war frei, Darcys Fluch gebrochen und Lavinias Todesschwur durch Stellas Tod hinfällig. Wir waren zwar noch nicht ganz aus diesem Scheißloch raus, aber wir hatten die Mauern halb erklommen und streckten die Hände nach dem Himmel aus.

Tharix näherte sich mir mit einem Kreischen. Seine Augen wirkten leer, nur der Wunsch nach meinem Tod funkelte darin. Aber ich würde verdammt sein, wenn ich an dem Tag aus dieser Welt scheiden würde, an dem meine Gefährtin und ich von unseren Ketten befreit worden waren.

Ich schleuderte den Speer mit einem Aufschrei der Anstrengung von mir, und die tödliche Waffe schnitt mit solcher Kraft durch die Luft, dass sie praktisch sang, während sie flog.

Er landete genau zwischen Tharix' Augen. Sein Schrei verstummte, seine Deckenhaftung ließ nach und sein muskulöser Körper stürzte nach unten, wo er auf den Steinboden aufschlug. Er mochte mit den vier Elementen gesegnet sein, aber er hatte noch keine Ausbildung erhalten, sie zu nutzen, und seine Eltern hatten ihm offensichtlich nicht beigebracht, wie man sich mit Luft auffing.

Ein kleines Lächeln legte sich auf meine Lippen, während ich die Luft unter meinen Füßen freigab, blitzschnell zu Boden fiel und mit einem dumpfen Geräusch auf seiner Brust landete. Sein Körper zuckte unter meinen Füßen. Ich ließ den Speer in seinem Schädel stecken, hob eine Hand und benutzte meine Luftmagie, um eine doppelköpfige Axt von einem Ständer an der Wand zu holen und sie in meine Faust zu beschwören. Schließlich lag sie schwer und kalt in meiner Handfläche, eine absolut tödliche Waffe – und absolut geeignet, Tharix' Kopf von seinen Schultern zu trennen.

Ich stieg von ihm hinunter, ging in die Hocke und positionierte mich neben seinem Nacken. Mit einer perversen Art der Zufriedenheit hob ich die Axt über meinen Kopf, bevor ich sie mit all meiner Kraft auf ihn niedersausen ließ.

Doch bevor die Klinge in seine Haut eindringen konnte, schoss Tharix' Hand hervor. Mächtige Ranken wuchsen aus seinen Handflächen, die den Griff direkt über meinen Händen umklammerten – eine Sekunde, bevor ich ihn erledigen konnte.

Ich biss die Zähne zusammen und drückte mein Gewicht nach unten, um zu versuchen, seine Umklammerung zu sprengen, aber er begann, sich zu wehren. Seine Kraft war unvorstellbar und weitere Ranken schlangen sich um mich, um mich von ihm loszureißen. Meine Muskeln zitterten unter der Anstrengung, die Axt nach unten zu drücken, und sein eigener Arm wackelte ebenfalls, als er mich mit seiner Magie und seiner unglaublichen Kraft in Schach hielt. Seine Augen waren immer noch geschlossen, der Speer steckte nach wie vor tief in seinem Kopf, aber irgendwie verhielt er sich so, als könnte er mich trotzdem sehen.

Sein anderer Arm schoss mit ausgestreckten Fingern nach oben, Schatten strömten aus ihnen heraus, prallten auf mich und krachten nur wenige Zentimeter von meiner Haut entfernt in meinen Luftschild. Ich wurde durch den Aufprall zurückgeworfen, wobei ich den Halt an der Axt verlor. Tharix schleuderte die Waffe quer durch den Raum, wo sie irgendwo außer Sichtweite auf dem Boden aufschlug.

Ich stieß einen Fluch aus, befreite mich von den Ranken, die sich um meine Arme gewunden hatten, machte auf dem Absatz kehrt und schoss auf das nächste Waffenregal zu. Ich schnappte mir eine Waffe nach der anderen und schleuderte sie auf Tharix, der sich aufzurichten begann und nach dem Speer in seinem verdammten Gesicht griff. Schattenpeitschen und Schübe von Elementarmagie schlugen meine Waffen der Reihe nach fort, und ich erhöhte mein Tempo, warf zwei, drei, fünf auf einmal und zwang ihn, sich mehr anzustrengen, um meine Schläge abzuwehren.

Aber das Arschloch schaffte es, kam wieder auf die Beine und riss sich den Eisspeer achtlos aus dem Schädel. Für eine Sekunde lief schwärzliches Blut über sein Gesicht, bevor sich die Schatten auf das Loch stürzten und es für ihn heilten.

Seine dunklen Augen fixierten mich und er schritt langsam und bedächtig auf mich zu. Psychokiller-Style.

Ich blieb stehen und nutzte meine Luftmagie, um jede Waffe an den Wänden zu ergreifen, bis sie alle über uns schwebten und die scharfen Spitzen auf meinen Feind gerichtet waren.

Ich grinste, als er stehen blieb und die Dutzenden von Waffen, die in der Luft um uns herum hingen, neugierig betrachtete. Dann feuerte ich sie mit aller Kraft auf ihn ab, sodass sie mit erschreckender Geschwindigkeit auf ihn zustürzten und ihn von überall gleichzeitig angriffen. Er schickte Schattenpeitschen los und schlug so viele davon weg, wie er konnte, aber es reichte nicht. Es würde nie reichen.

Mein Herz machte einen freudigen Hüpfer, aber Tharix verwandelte sich in Rauch und die Waffen krachten mit einem lauten Klappern dort, wo er eben noch gestanden hatte, auf den Boden, bevor sie in alle Richtungen abprallten.

»Verdammt!«, brummte ich und drehte mich um, als die Schattenbestie links von mir brüllte.

Darcy kletterte gerade auf die Regale, um den mächtigen Kiefern der zähneschnappenden Kreatur zu entkommen. Sie sprang vom Regal, griff nach einem Dolch und rammte ihn der Schattenbestie in den Rücken, während ihre Füße deren Schultern berührten, wobei sie einen Schrei des Trotzes ausstieß.

Die Kreatur ächzte und mein Schwanz wurde definitiv hart – unangemessen, schon klar –, als ich sah, was mein Mädchen da machte. Die Schattenbestie bäumte sich auf und warf Darcy von sich, bevor diese sie töten konnte, und der Dolch blieb tief in ihrem Rücken stecken, während Darcy über den Boden rollte.

Ich verlor sie aus den Augen, als eine Schattenwolke auf mich einschlug und gegen meinen Luftschild prallte, um einen Weg durch mich hindurch zu finden, bis ich an eine Wand gedrückt stand und nicht weiter konnte. Ich sprengte die Schattenform Tharix' mit einem Luftstrom von mir weg und er nahm wieder seine körperliche Gestalt an, bevor ich einen Luftschacht aufgespürt hatte, in den ich ihn hätte hineinstopfen können. Seine Füße landeten auf einem Holztisch auf der anderen Seite des Raumes und ich gab es auf, meine Energie darauf zu verschwenden, ihn wegzusprengen.

Ich nahm das nächstbeste Schwert zur Hand und schwang es, wobei das pechschwarze Metall einen hellen Klang von sich gab. Ich entdeckte die Konstellation der Hydra auf der Oberfläche, und als ich mit dem Daumen darüberstrich, entflammte ein lilafarbenes Feuer auf der Klinge. Meine Lippen teilten sich vor Überraschung, bevor sie sich zu einem finsteren Lächeln verzogen.

Heilige Scheiße, ich glaube, ich habe gerade das Schwert des Grausamen Königs in die Finger bekommen.

Ich grüßte Hail Vega im Geiste, während ich mich meinem Feind in der Waffenkammer des alten Königs stellte, seine Waffe hob und spürte, wie die Wände um mich herum zitterten. Ich fragte mich, ob er von jenseits des Schleiers in meine Richtung schaute, und bei dem Gedanken schwoll mir die Brust.

»Schaut gut zu, Hoheit! Denn dieser Kampf gilt den Vegas.«

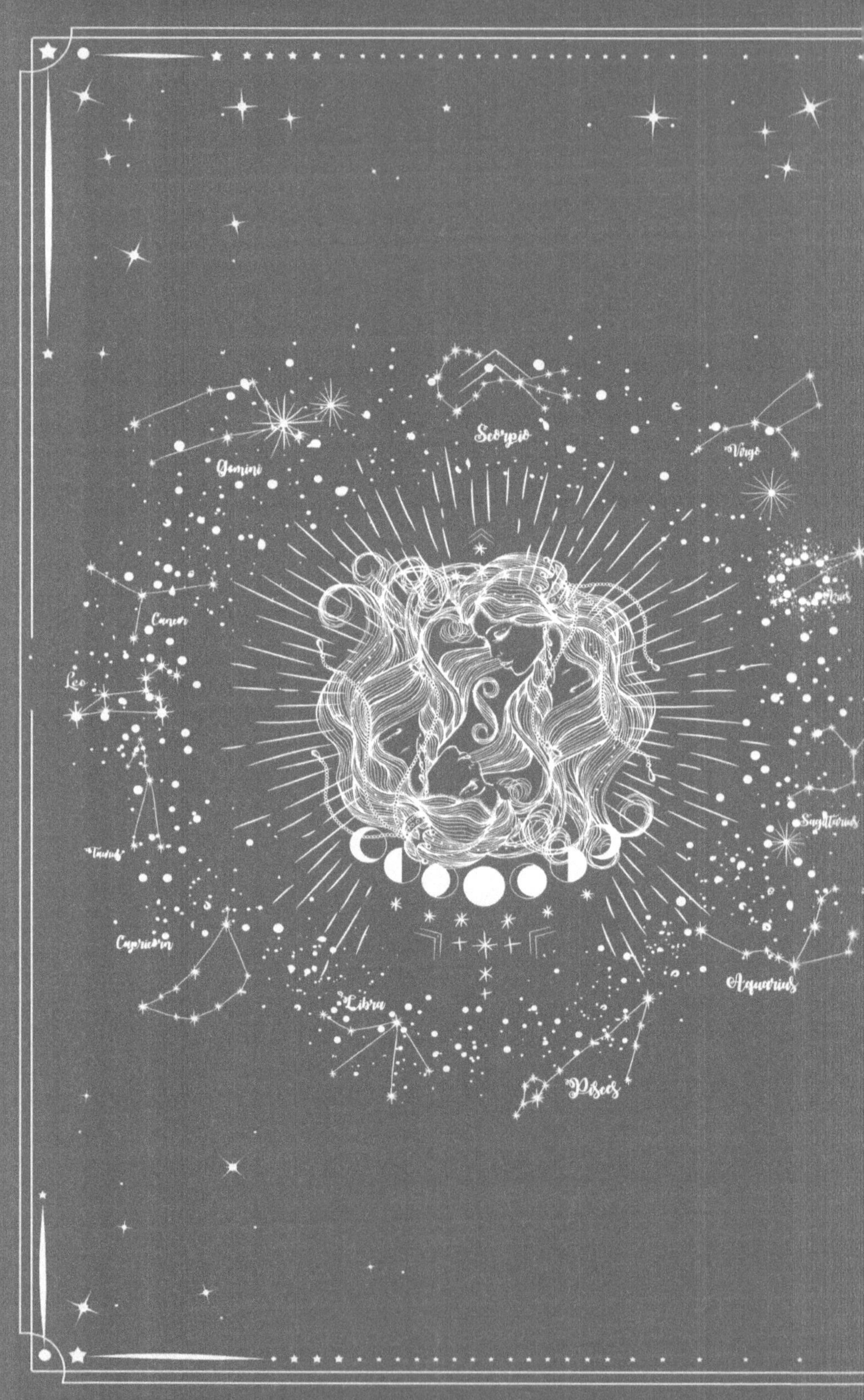

Gemini
Scorpio
Virgo
Cancer
Leo
Taurus
Capricorn
Sagittarius
Aquarius
Libra
Pisces

TORY

KAPITEL 67

Die Welt um mich herum hatte sich gekrümmt und verschoben, während ich mithilfe dieser Brücke eine Schwelle überquert hatte, jenseits derer nichts und niemand existierte. Aber ich ging weiter und balancierte auf dem dicken knochenweißen Stamm.

Es ähnelte dem Reisen mittels Sternenstaub, aber statt der funkelnden Augen, die mich vorbeiziehen sahen, wartete jenseits der Seiten der Brücken nur der endlose Fall in eine lichtlose Leere, die von Kreaturen der Bosheit und Gier bevölkert war.

Ich wusste, dass ich nie wieder hierher zurückkehren würde, wenn ich ausrutschte. Diese Dunkelheit dort unten würde mich Stück für Stück verschlingen.

Als das Ende der Brücke vor mir sichtbar wurde, war ich mehr als bereit, sie zu verlassen, und sprang mit einem Seufzer der Erleichterung vom Baumstamm auf den grauen Sand.

Ich befand mich immer noch im Verdammten Wald, die weißen Bäume umzingelten mich in alle Richtungen. In alle bis auf eine.

Direkt vor mir erstreckte sich ein Gewässer, das so still war, dass es eher wie Glas wirkte und den Himmel darüber perfekt widerspiegelte. Und als ich darauf zuschritt, war es fast, als würde ich auf den Himmel selbst zugehen.

Mit hocherhobenem Kinn und dem jenseitigen Gefühl, dass er noch immer in meiner Nähe war, setzte ich einen Fuß vor den anderen.

Es würde funktionieren. Was auch immer nötig war, ich würde die Antworten, die ich hier suchte, für mich beanspruchen und meinen Eid ihm und den Sternen gegenüber einhalten.

Ich hielt am Rand des Wassers inne und blickte über die endlose Weite bis zum Horizont. Wie sollte ich etwas so Unermessliches überwinden? Ich hätte das Wasser als Ozean bezeichnet, wenn es nicht so vollkommen still gewesen wäre.

Ich nahm das Wasserbuch aus meinem Rucksack, schlug es auf und blätterte die Seiten um, während ich nach einer Passage suchte, an die ich mich nur vage erinnerte. Aber ich wusste, dass es um das Überqueren eines großen Meeres gegangen war. Ich hatte die Magie als irrelevant abgetan, aber vielleicht steckte doch mehr dahinter, etwas, das mir helfen könnte.

Ich blätterte Seite für Seite um, bis eine Geisterhand das Buch auf eine bestimmte Seite zu schlagen schien. Mein Herz sprang mir fast aus der Brust und ich fluchte laut auf.

Um ein großes Meer zu überqueren, muss man einfach den Fährmann bezahlen.

Okay. Das klang verdächtig nach einer Reise ins Reich des Todes. Und wenn ich aus einem anderen Grund hier gewesen wäre, hätte ich wahrscheinlich schreiend das Weite gesucht. Aber ich war an einem Punkt angelangt, an dem es kein Zurück mehr gab. Ich war nicht den ganzen Weg gekommen, um mich zu verpissen, ohne mein Gelübde zu erfüllen, und ich weigerte mich, jetzt noch einen Rückzieher zu machen.

Mein Blick schweifte über das Bild, das die vage Anweisung begleitete. Es zeigte ein weinendes Mädchen, das eine Goldmünze in einen Fluss warf und dabei den Fährmann um Hilfe bat.

Das kam mir ... verdächtig einfach vor.

Ich legte das Wasserbuch zurück in meinen Rucksack und nahm das kleine Portemonnaie heraus, suchte mir drei antike goldene Auren zusammen und hielt sie fest in meiner Faust. Ich hatte sie mir aus Darius' Schatz geliehen, denn meine Nachforschungen zu den fünf gestohlenen Büchern aus der Bibliothek der Verlorenen hatten mich auf die Verwendung von Gold und Edelsteinen vorbereitet. Aus diesem Grund hatte ich beschlossen, für alle Fälle von beidem etwas mitzunehmen.

Ich trat näher ans Ufer, achtete aber darauf, die schimmernde Flüssigkeitsschicht nicht einmal mit der Stiefelspitze zu berühren.

Dann hob ich meine Faust über das Wasser, schob meine Kraft in die Magie der Welt, überwand die Stille mit meiner Stimme und hoffte, dass dies kein Akt des Wahnsinns war.

»Ich brauche eine Überfahrt durch den Fährmann!«, rief ich. Die drei Münzen, die ich ins Wasser fallen ließ, spritzten laut, und die Wellen, die sie verursachten, breiteten sich in einem unheilvollen Bogen über die Oberfläche aus – wie ein Signal, das jedem Tier und Monster im Wasser genau verriet, wo ich mich befand.

Mehrere Minuten lang begrüßte mich nichts als diese schleichende Stille, aber dann hörte ich es.

Ein leises Plätschern erregte meine Aufmerksamkeit und ich wandte den Blick nach rechts, wo ich eine in Dunkelheit gehüllte Gestalt sah, die ein Floß am Wasserufer entlang auf mich zusteuerte.

Die Flamme an meiner Seite brannte heißer, meine Kraft wuchs in mir, als die Hitze mich erwärmte und mir den Mut gab, meine Frau zu stehen, während das Floß immer näher kam.

Es rumpelte auf dem Sand vor mir, und ich versuchte, nicht zusammenzuzucken, als die Gestalt, die darauf stand, ihre Kapuze senkte.

Mein Vater stand vor mir, sein Blick ausdruckslos und hart, die Maske des Grausamen Königs prägte seine Gesichtszüge und nichts als Verachtung quoll aus ihm heraus, während er darauf wartete, dass ich an Bord seines Gefährts kam.

»Was soll das sein?«, zischte ich und starrte unnachgiebig die Kreatur an, von der ich wusste, dass sie nicht wirklich mit mir verwandt sein konnte.

»Deine Chance, überzusetzen«, antwortete Hail ernst und deutete mit der Hand auf den kleinen Platz neben ihm auf dem Floß. »Wenn du die Kosten für die Überfahrt tragen kannst.«

Ein goldenes Glitzern erregte meine Aufmerksamkeit, und als ich den Blick senkte, entdeckte ich die drei Münzen aus Darius' Schatz. Sie lagen immer noch am Grund des Gewässers – ignoriert und unerwünscht von diesem Ding, das die Gestalt meines Vaters angenommen hatte.

Er wartete nicht darauf, dass ich darüber nachdachte, sondern ließ seine Stange ins Wasser sinken, stieß sich ab, entfernte sich vom Ufer und ließ mich zurück. Und plötzlich war ich mir sicher, dass dies meine einzige Chance war, übers Wasser zu kommen. Ich könnte versuchen, zu fliegen, aber ich bezweifelte, dass das funktionieren würde. Die Magie hier wäre mehr als fähig, diese Reise endlos zu machen, wenn ich ihre Anforderungen für die Überfahrt nicht erfüllte.

»Fuck«, murmelte ich.

Ich trat einen Schritt zurück, immer noch nicht bereit, auch nur einen Tropfen dieses Wassers zu berühren, und sprang stattdessen mit Anlauf vom Ufer. Ich landete unsanft auf dem Floß, das wie wild schaukelte, aber Hail sah mich kaum an und drückte uns lediglich mit seiner Stange weiter ins Wasser.

»Warum trägst du das Gesicht meines Vaters?«, brummte ich, als ein verdammt gruseliger Nebel in den Bäumen hinter uns aufstieg und sich über die Wasseroberfläche schob.

»Ich trage das Gesicht deines Feindes«, antwortete der Typ schlicht, seine Stimme grausam und unnahbar.

»Tja, es tut mir leid, dich enttäuschen zu müssen, aber mein Vater ist nicht mein Feind. Lionel Acrux steht nämlich ganz oben auf dieser elend langen Liste«, erklärte ich und verschränkte die Arme vor der Brust, um mich gegen die Kälte zu schützen.

Der Nebel um uns herum wurde immer dichter, bis wir völlig darin gefangen waren. Nur das leise Plätschern der Stange des Fährmanns war zu hören, während sich die Stille zwischen uns immer unangenehmer anfühlte.

»Lionel Acrux hat mich nicht zu dem Monster gemacht, das dein Königreich mehr als alles andere gefürchtet hat«, säuselte Hail leise. »Er hat meine Natur nur auf diejenigen gerichtet, die er verletzt sehen wollte.«

»Was soll das denn bitte bedeuten?«, fragte ich.

Anstatt zu antworten, hob der Fährmann die Hand, und als ich auf die Stelle im Wasser blickte, auf die er gezeigt hatte, sah ich etwas, von dem ich annehmen musste, dass es eine vergangene Erinnerung war.

Mein Vater war in seiner verwandelten Form, die vielköpfige Hydra, die mit ihren schwarzen Schuppen und ihrem reptilienartigen Körper einem Drachen ähnelte, obwohl das Feuer, das aus einem ihrer Münder schoss, nicht rot, sondern giftig lilafarben war.

Ich zwang mich, zuzusehen, wie Hail auf eine kleine Armee von Fae zuraste. Es waren etwa hunderte Leute, die aus ihrem Dorf strömten, um gegen ihn zu kämpfen. Ihre Schreie erfüllten die Luft, als er sie ohne zu zögern niedermetzelte. Ihre Bitten um Gnade verfolgten mich, als ich sah, wie er diejenigen verbrannte, die flohen, und Körper entzweiriss. Er brüllte seine Wut in die Welt hinaus und wandte sich dann mit einem erschreckenden Tempo dem Dorf zu, was weiteres Gemetzel verhieß.

Meine Lippen teilten sich, um die Erinnerung zu stoppen, aber sie verschwand ohnehin und verwandelte sich in eine neue Vision. Anstatt zu beobachten, wie mein Vater unzählige Fae niederstreckte, als wäre es für ihn kaum mehr als ein Spiel, sah ich mich selbst in der Schlacht. Ich befand mich in meiner verwandelten Form, meine Feinde wandten sich ab und flohen, während Phönixfeuer aus mir herausbrach. Rote und blaue Flügel lösten sich aus meiner ausgestreckten Faust, um sie zu jagen.

»So war es nicht«, zischte ich, während ich zusah, wie ich mich durch Nymphen und Fae kämpfte, mit einem Knurren auf den Lippen und blutdürstigen Augen.

»Leugnest du die Wahrheit deiner Natur?«, fragte der Fährmann milde. »Kannst du nicht dem ins Auge sehen, was du tief in deinem Inneren bist?«

»Das bin ich nicht«, leugnete ich. »Ich wollte nie etwas davon tun. Ich hatte keine Wahl. Ich musste diejenigen beschützen, die …«

Ich wurde unterbrochen, als die Vision im Wasser erneut meinen Vater zeigte. Sein Gesicht war von Selbsthass gezeichnet, als er die Hand durch seine dunklen Haare schob und vor meiner Mutter auf und ab ging.

»Ich hatte keine Wahl«, sagte er fast schon flehend, während Merissa ihn ansah, als würde sie ihn überhaupt nicht kennen. »Sie haben unser Königreich bedroht. Sie wollten den Fae wehtun, die zu beschützen ich geschworen habe. Sie haben geplant, dir wehzutun.«

Ich riss den Blick vom Wasser los und funkelte den Fährmann an.

»Lionel Acrux hat ihn diese Lügen glauben lassen«, sagte ich.

»Und was ist deine Entschuldigung?«, fragte er.

Ich zuckte angesichts der Andeutung in seinen Worten zusammen und schüttelte den Kopf, um sie zurückzuweisen, während sich weitere Momente der Schlacht im Wasser vor mir abspielten. Ich war blutgetränkt, wütend, grausam, unaufhaltsam.

Ein Monster.

Ich hatte mich noch nie zuvor so gesehen, aber jetzt war es da. Das, was absolut untrennbar zu mir gehörte und das zu Zerstörung, Schmerz und Tod fähig war …

»Was ist selbstlos und egoistisch? Freundlich und grausam? Endlos und unbeständig? Unbezahlbar und kostenlos? Der Vorbote des Krieges und das Einzige, das ihn ebenso sicher beenden kann?«, fragte der Fährmann. Seine Worte waren spöttisch, als er sein Rätsel vortrug und ich nur den Kopf schüttelte, da ich keine Ahnung hatte, was er meinte. »Was ist Entschuldigung und Vernunft? Bestätigung und Gewalt? Bedürfnis und Forderung?«

»Ich weiß es nicht«, antwortete ich, und sein Lachen war grausam und kalt.

»Doch, das tust du.«

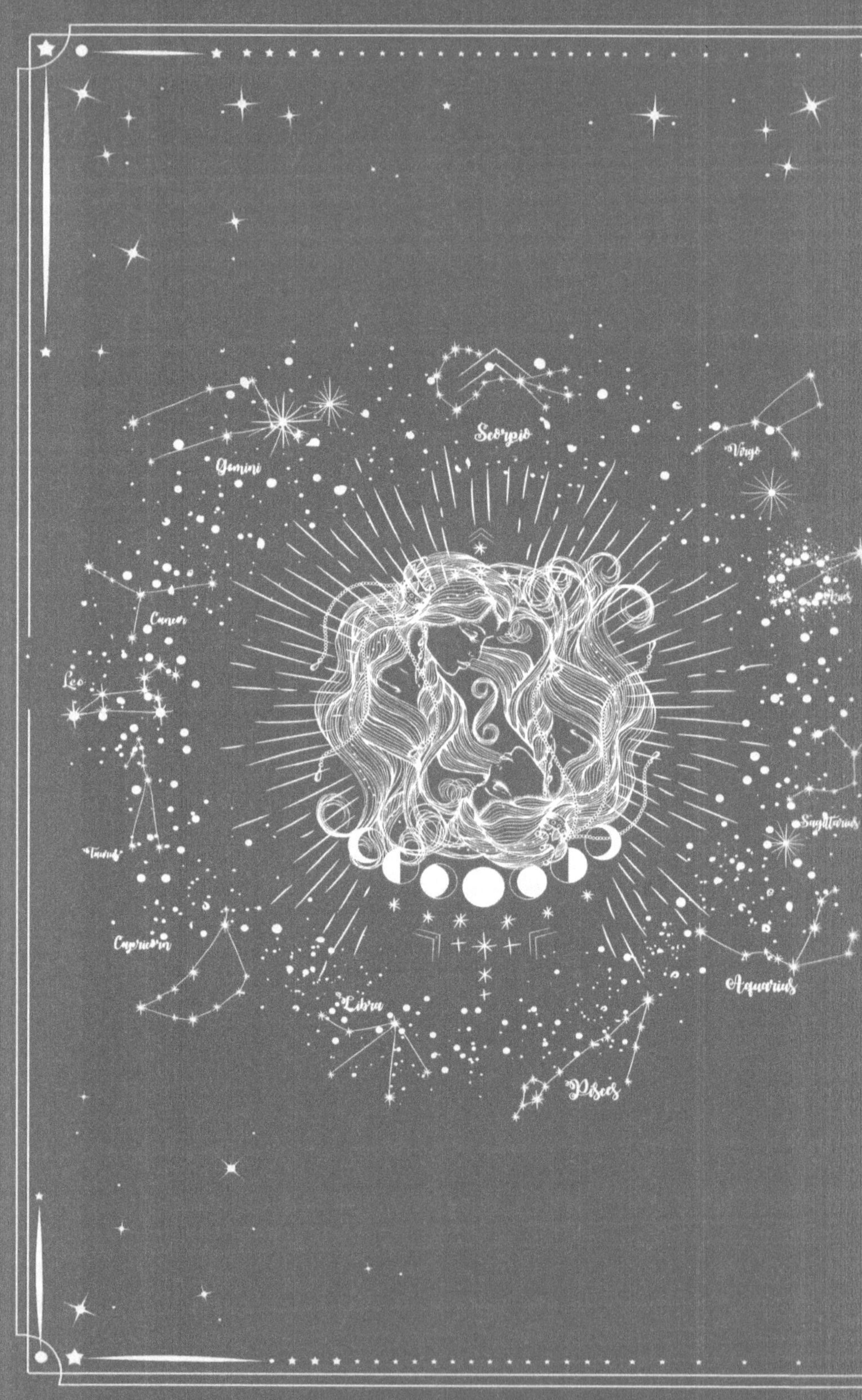

Gemini
Scorpio
Virgo
Cancer
Aries
Leo
Sagittarius
Taurus
Capricorn
Aquarius
Libra
Pisces

DARCY

KAPITEL 68

Auf einer Skala von eins bis zehn – total im Arsch – befand ich mich aktuell bei acht Komma fünf. Ich lauerte unter einem Tisch; die Schattenbestie versuchte, mich mit ihrer Nase zu finden und sich an mich heranzupirschen, während ich durchatmete und mich gleichzeitig an das weiße Schwert klammerte, das während unseres Kampfes auf den Boden geflogen war.

Ich konnte hören, dass Orion immer noch gegen Tharix kämpfte, und ich schickte ihm ein paar gute Gedanken, während ich mich darauf konzentrierte, was zum Teufel mein nächster Zug sein könnte.

Ohne meine Magie war ich allein auf meine körperliche Stärke angewiesen, und ich wusste, dass ich so nicht ewig weitermachen könnte. Die Armwunde, die Stella mir zugefügt hatte, brannte, obwohl kein Blut mehr floss, aber zwischenzeitlich hatte ich eine Reihe von Prellungen und Schürfwunden davongetragen, darunter einen Schnitt quer über meine Stirn und eine tiefe Wunde an meinem Schienbein. Die hatte ich den Klauen der Bestie zu verdanken.

Ich hatte meinen anderen Stiefel verloren, war also auch barfuß, und mein Brustpanzer war stark verbeult und drückte ein wenig zu fest gegen meine Brust. Ganz zu schweigen von dem Blut, das nach dem netten kleinen Bad, das Stella mir verpasst hatte, jeden Zentimeter meiner Haut verkrustet hatte.

Alles in allem war ich nicht unbedingt in bester Verfassung, aber auch nicht in schlechtester. Ich brauchte nur einen Plan, um die Sache hier zu beenden, bevor ich einen Fehler machte, der es der Schattenbestie ermöglichte, ihre giftigen Zähne in mich zu schlagen.

Die Bestie ließ den Kopf sinken und schnüffelte intensiv. Sie war mir so nah gekommen, dass sie den Geruch von Blut, den ich verströmte, einfach riechen musste. Und das tat sie auch. Mit einem lauten Brüllen stürzte sie sich auf den Tisch und schleuderte ihn in die Luft, woraufhin ich zum Vorschein kam.

Das Monster holte zu einem Schlag auf mich aus, aber ich hob mein

Schwert mit einem gellenden Schrei und schlug auf seine riesige Pranke ein. Die Schattenbestie heulte vor Schmerz auf, stolperte torkelnd zurück, während Blut aus der tiefen Wunde floss, die ich in die Vorderpfote des Tiers gerissen hatte.

Ich rappelte mich auf, nutzte meinen Vorteil und stürzte mich auf die ungeschützte Kehle der Bestie. Mein Puls hämmerte laut, während mich Hoffnung durchströmte. Meine Klinge donnerte auf sie hinab, prallte dann mit einem Zittern ab, das sich über die gesamte Länge der Bestie zog.

»Was zum Teufel …?«, keuchte ich und stolperte einen Schritt zurück. Erst dann erinnerte ich mich dann an das Schattenhalsband, das um ihren Hals lag.

Die Schattenbestie stürzte sich mit gefletschten Zähnen auf mich, und ich duckte mich und entging nur knapp einem tödlichen Biss. Ich war gezwungen, zwischen ihren Vorderpfoten hindurchzurennen, dann sprang ich auf, griff nach ihrem Fell und kletterte über ihre Schulter. Die Schattenbestie wirbelte herum und jaulte vor Wut, während sie versuchte, mich abzuschütteln, aber ich klammerte mich fest und kletterte höher, bis ich rittlings auf ihrem Rücken saß.

Ich schwang das Schwert meiner Mutter über meinen Kopf, aber die Schattenbestie rannte mit einem wütenden Heulen, das mir die Nackenhaare aufstellte, durch die gesamte Waffenkammer. Sie bewegte sich so schnell, dass ich mich festhalten musste, um nicht herunterzufallen. Also wartete ich mit dem Schwert in der Hand auf meine nächste Chance, das Ding unter mir zu töten.

Wir krachten durch die hintere Wand und ich duckte mich hinter den Kopf des Ungeheuers und presste mich keuchend an seinen Körper, während es durch einen anderen Raum raste, auf den ich mich nicht konzentrieren konnte, bevor es schließlich gegen eine Mauer prallte. Staub und Trümmer prasselten auf mich ein. Irgendwie gelang es mir, den herabfallenden Steinen auszuweichen, und ich krallte mich noch fester an das Schattenungeheuer, als es ein Treppenhaus betrat und mit hoher Geschwindigkeit die Stufen hinaufrannte.

Wir erreichten einen breiten Korridor. Kronleuchter hingen über uns, und die Schattenbestie verlangsamte ihr Tempo ein wenig, sodass ich die Chance hatte, zu handeln. Ich setzte mich schnell auf, hob mein Schwert und rammte es brutal in den fleischigen Teil zwischen ihren Schulterblättern. Die Bestie schrie vor Schmerz, stolperte nach vorn und stürzte auf den weißen Teppich unter uns.

Ich sprang von ihrem Rücken, bevor ich zerquetscht wurde, und landete zwischen ihren Pfoten. Schwärzliches Blut sickerte aus der Wunde auf den Boden.

Ich rammte ihr das Schwert mit einem brutalen Schlag in die Brust, der der Schattenbestie einen gellenden Schrei entlockte. Dann strömte Licht aus der Wunde. Ein herrliches gleißend blaues Licht, das mich zwang, eine Hand zu heben, um meine Augen abzuschirmen. Verwirrung durchzuckte mich, und ich bewegte mich ein Stück nach vorn, bereit, die Bestie ein für alle Mal zu erledigen. Aber als dieses Licht meine Haut streichelte, stieß ich einen erstickten Laut aus. Die Berührung war so vertraut, dass es mir innerlich wehtat, und ein Schmerzenslaut entrang sich mir, als ich verzweifelt danach griff. Magie. Und nicht irgendeine Magie. Es war *meine.*

Meine Finger tauchten tiefer in das Licht ein, und es strömte flutartig aus der Schattenbestie heraus und traf mit solcher Wucht auf meine Brust, dass ich neben dem Monster zu Boden stürzte. Das Licht flutete meinen ganzen Körper, als würde es mich zur Begrüßung küssen, und verschwand dann tief in meiner Brust.

Ich atmete scharf ein, mein Rücken wölbte sich vom Boden, während ein Stöhnen der Freude mich verließ. Die Kraft des Wassers floss durch meine Adern wie ein Strom aus wirbelnden Flüssen und aufgewühlten Ozeanen, die alle zeitgleich in mir lebten. Als Nächstes ergoss sich ein grünes Licht aus der Schattenbestie und krachte in mich hinein. Die Kraft der Erde dröhnte in mir wie ein Erdbeben, das vor Aufregung darüber grollte, seinen Weg nach Hause gefunden zu haben.

Ranken wanden sich an meinen Armen entlang und umschlangen meinen Körper. Ich konnte nur noch schluchzen, so gut tat es, diese Kraft wieder zu spüren. Ein tiefrotes Leuchten sprang von der Schattenbestie auf mich über, und die Hitze meines Feuerelements kehrte zurück, erwärmte mich bis ins Innerste und versprach mir, dass mir nie wieder kalt sein würde. Nie wieder würden mir eiskalte Bodenplatten die Wärme aus den Knochen ziehen. Mein Feuer würde immer da sein, um meine Haut zu wärmen, als trüge ich meine eigene Sonne in mir.

Schließlich kam die Kraft der Luft in einem gleißenden Bogen aus weißem Licht auf mich zugestürzt. Meine blauen Haare wirbelten in einem Sturm um mich herum, bevor die Magie in mich hineinglitt, und ein Lachen reinster Freude brach aus meiner Lunge hervor. Ein wilder und herrlicher Wirbelsturm der Kraft tobte in mir und ließ meine Haut vor Energie vibrieren. Es war das Leben selbst, ein Sommersturm und der erfrischende Wind, der durch die höchsten Wipfel der größten Bäume peitschte.

Und dann lag ich da, mit all meinen Elementen, und fühlte, wie sie sich vereinten und wieder zu ihrem Gleichgewicht zurückkehrten, während sich all diese Kraft genau dort in mir niederließ, wo sie hingehörte.

Aber die Tatsache, dass etwas Entscheidendes fehlte, bereitete mir körperliche Schmerzen, und als ich mich umdrehte, um danach zu suchen, kam es zu mir. Ein wunderschöner Phönix flog aus der klaffenden Wunde in der Brust der Schattenbestie. Rot und blau glühende Flügel stoben aus seinem Inneren hervor und kreisten über mir, während ein herzzerreißender Schrei aus seinem langen Schnabel drang.

Dann flog er auf mich zu und ich breitete meine Arme aus, um ihn zu umarmen. Der Vogel tauchte in die tiefsten Regionen meiner Brust ein und vereinte sich wieder mit meiner Seele.

Tränen des Glücks liefen über meine Wangen, als meine Formgebung wieder mit dem Kern dessen verschmolz, was ich war. Feuer explodierte entlang meiner Arme und eroberte endlich meine Haut. Ich wand meine Finger in ihrer liebevollen Wärme, mein Kopf fiel zurück auf den weichen Teppich, als ein Seufzer der reinen Verzückung mich verließ.

Ich war wieder ich selbst. Ganz und ungebrochen. Und von diesem Tag an bis zu meinem letzten würde kein Schatten mehr seinen Weg in meinen Körper finden.

Aber so verlockend es auch war, mich der Großartigkeit dessen, was mir zurückgegeben worden war, hinzugeben, konnte ich mich nicht länger hier aufhalten. Orion stand nach wie vor Tharix gegenüber. Ich musste handeln.

Ich stand auf und trat auf die Schattenbestie zu, um das Schwert meiner Mutter zu bergen. Und während ich es aufhob, betrachtete ich das Monster vor mir. Es atmete noch, aber nur noch ganz schwach.

Ich hob das blutige Schwert höher, während sich Dunkelheit in mir regte, als ich auf diese Kreatur hinabblickte, die mir meinen Willen geraubt und mich gezwungen hatte, immer wieder zu töten. Jetzt, da sie nicht mehr in mir war, fiel es mir leicht, sie als etwas Eigenständiges zu betrachten. Orion hatte recht gehabt. Ich war nicht für den Schrecken verantwortlich, den dieses Tier verursacht hatte. Es hatte mich mit seiner Grausamkeit infiziert, aber es war nie mein Wille gewesen, diese Morde zu begeben, obwohl ich mir nicht sicher war, ob ich die Schuld jemals wirklich loslassen können würde. Oder meine Wut über die Ungerechtigkeit des Fluchs.

Ich fletschte die Zähne und ich trat um das Tier herum, sodass es mich sehen konnte, befreit von seinen Fesseln, bereit, es für das, was es getan hatte, bezahlen zu lassen. Die Schattenbestie versuchte nicht, sich zu erheben. Sie war dem Tod bereits zu nahe und in ihren schmerzverzerrten Augen schimmerte Akzeptanz.

Ich nahm mir einen Moment, um meine Hände in ihr Fell zu drücken, und tastete nach dem Halsband. Sobald ich meine Finger darum geschlungen hatte, schob ich das Fell beiseite und runzelte die Stirn angesichts der dunklen und abweisenden Kraft, die das Halsband ausstrahlte. Und die mir genau verriet, wer es der Bestie angelegt hatte.

»Lavinia«, zischte ich, und mein Stirnrunzeln intensivierte sich, als ich in die dunklen Augen des Tieres blickte und mir ein Gedanke durch den Kopf schoss, der mich innerlich erschaudern ließ. »Bist du auch eine Gefangene?«

Ich rief meinen Phönix an und spürte, wie er sich erhob. Ein Stöhnen entrang sich meiner Kehle, als ich diese tief in mir verankerte Kraft einsetzte; rote und blaue Flammen tanzten in meiner Hand und erfüllten mich mit der ausgelassensten Art von Freude. Ich drückte sie gegen das Halsband, trieb sie tief hinein und verbrannte die Kraft, die es dort festhielt. Mit einem zischenden Geräusch zerbrach das Halsband unter der Intensität meiner Flammen und fiel neben der Schattenbestie zu Boden, wo es sich in Asche auflöste.

Die Schattenbestie winselte, und der Klang war so herzzerreißend, dass er mein Herz berührte. Denn ich teilte ihre Trauer, ihre Reue und ihren Schmerz und kannte diese Gefühle nur allzu genau.

Ich bewegte mich vorsichtig vor das Tier und stellte fest, dass sich seine teuflischen schwarzen Augen veränderten, bis sie stattdessen den wunderschönen Farbton gebrannter Umbra annahmen.

Meine Lippen teilten sich und das Quäntchen Mitleid, das ich empfand, wurde zu einem bleiernen Gewicht in mir, das ich nicht ignorieren konnte. Ich traf eine Entscheidung, wohl wissend, dass ich sie bereuen könnte. Aber dieses Risiko musste ich eingehen, denn wenn diese Kreatur durch Lavinias Macht gebunden gewesen war, dann war sie in dieser Angelegenheit genauso unschuldig wie ich. Wenn es nicht so wäre, würde ich hiermit allerdings einen extrem schwerwiegenden Fehler begehen.

»Ich hoffe, dass jemand das Risiko auf sich nehmen würde, wenn es um mich ginge«, flüsterte ich, streckte die Hand aus und drückte meine Handfläche auf die weiche Stelle zwischen den faszinierenden Augen des Tieres, ohne mich davon abbringen zu lassen. Es war mein Instinkt, der mich dazu antrieb – und ich musste ihm vertrauen.

Ich sandte eine Welle heilender Magie in den Körper des Tieres, ohne zu wissen, ob es überhaupt in der Lage war, auf diese Weise zu heilen. Aber ich fand eine mir völlig fremdartige Magie in der Kreatur, und irgendwie klammerte ich mich daran, förderte ihre Heilungsfähigkeit und ließ sie den Rest der Arbeit erledigen. Schatten schlangen sich aus seinen Gliedmaßen, wie ich es noch nie zuvor gesehen hatte. Das Tier war blassgrau und schimmerte in einem irisierenden Licht, das es von innen heraus zu erleuchten schien.

Die Schattenbestie wimmerte kläglich, aber nach ein paar Augenblicken stieß sie ein Bellen aus, das mich zurückweichen und defensiv die Hände heben ließ. Ein Dumm-Dumm-Dumm ertönte, und ich trat vorsichtig – und jeden Moment mit einem Angriff rechnend – zur Seite. In dem Moment hob das Tier den Kopf. Sein flauschiger Schwanz wedelte und schlug auf den Teppich wie der eines Hundes, der sich freute, sein Frauchen zu sehen.

»Heilige Scheiße!«, stieß ich aus.

Die Schattenbestie richtete sich auf und ich schirmte mich mit einem festen Luftschild ab, bereit, mich notfalls erneut mit ihr anzulegen. Aber als sie mit einem glücklichen Grunzen auf mich zulief, sich vorbeugte und den soliden Schild leckte, der mich umgab, war ich starr vor Schock.

»Blue, komm zurück!«, brüllte Orion, der hinter mir im Treppenhaus aufgetaucht war. Jenes Treppenhaus, das das Monster, das mich jetzt leckte, fast völlig zerfetzt hatte.

»Alles in Ordnung«, sagte ich schnell und war schmerzlich erleichtert, dass es meinem Gefährten gut ging.

Er trug ein schwarzes Metallschwert in der Hand, an dessen Klinge violettfarbenes Feuer züngelte. Es sah aus wie eine Schwester des weißen Schwertes, das ich erbeutet hatte.

»Was meinst du mit ›alles in Ordnung‹?«, fragte er und trat einen Schritt vor, den Blick fest auf die Bestie geheftet. Die riesige Schattenkreatur setzte sich vor uns hin und wedelte noch aufgeregter mit dem Schwanz, wobei ihr die Zunge aus dem Maul hing.

»Sie war eine Gefangene«, platzte ich heraus. »So wie ich. Aber ich habe meine Magie und meine Formgebung von ihr zurückbekommen und ...«

»Wirklich?«, keuchte er und eilte mit hoffnungsvoll leuchtenden Augen an meine Seite.

»Ja.« Ich lächelte breit, wirkte eine Flamme in meine Handfläche als Beweis und freute mich darüber, wie meine magischen Reserven als Reaktion darauf anschwollen.

»Der Sonne sei Dank!«, sagte er. Und trotz all der Dunkelheit, die uns noch immer umgab, wurde sein Gesicht von Glück erhellt.

»Und, ähm, die Schattenbestie ist jetzt auch frei und ... ich glaube, sie kommt mit uns«, fügte ich schnell hinzu.

»Was?«, knurrte Orion, sein Gesichtsausdruck wurde sofort wieder ernst.

Ein schriller Schrei ertönte hinter ihm, und er drehte sich fluchend um, hob seine freie Hand und blockierte das Treppenhaus mit einer dicken Eiswand, die jede Lücke schloss, bevor er sich wieder zu mir umdrehte. »Wir müssen von hier weg. Meine Magie wird ihn eine Weile aufhalten, aber ...«

Tharix brach durch das Eis, und ich hob meine Hand und wirkte eine riesige undurchdringliche Wand aus Phönixfeuer über die gesamte Breite des Korridors, um ihn zu stoppen.

»Ich kann ihn besiegen«, knurrte ich entschlossen. »Geh zu Gabriel und hol ihn da raus!«

»Nein, Blue. Tharix kann nicht sterben. Ich glaube, er wird von der Macht seiner Mutter genährt«, sagte Orion ernst und ergriff mein Handgelenk. »Wir müssen hier raus. Meine Magie geht zur Neige, und es ist nur eine Frage der Zeit, bis Lionel mit der vollen Streitmacht seiner Drachenwächter zurückkehrt.«

Ich stieß einen scharfen frustrierten Atemzug aus, fing seinen Blick auf und sah die Wahrheit in seinen Augen. Tharix schrie hinter meiner Feuerwand, während er versuchte, sie zu durchbrechen, aber scheiterte. Fürs Erste würde das wohl reichen müssen. Wir konnten keine Zeit damit verschwenden, ein unsterbliches Wesen zu töten.

»Na, dann komm schon.« Ich drehte mich um und rannte den Flur hinunter, aber Orion stieß mit mir zusammen, hob mich in die Arme und schoss mit mir an der Schattenbestie vorbei durch den Palast, während ich das Schwert meiner Mutter an meine Brust drückte. Ich schuf mit meinem Erdelement Ummantelungen für unsere beiden neu beanspruchten Schwerter und band sie um unsere Hüften. Verdammt, es fühlte sich gut an, endlich wieder Magie wirken zu können. Es war, als wären die Wurzeln meiner selbst wiederhergestellt worden. Und sie blühten in mir und dehnten sich aus, um alle leeren Räume zu füllen.

»Wie genau hast du deine Kräfte zurückerlangt?«, fragte Orion voller Ehrfurcht und blickte auf mich herab, während ich mich an seinem Arm festhielt.

»Ich habe die Brust der Schattenbestie aufgeschlitzt und sie dabei übrigens fast getötet. Und plötzlich sind all meine Elemente zusammen mit meiner Formgebung aus ihr herausgeströmt.«

Ein Lächeln huschte über sein Gesicht und seine Augen strahlten vor Freude. »Verdammt, ich wünschte, ich hätte das gesehen.«

»Ich werde dir alles genau erzählen, wenn wir hier rauskommen«, sagte ich.

»Darauf baue ich.« Er blieb so abrupt stehen, dass ich unsanft gegen seinen Oberkörper knallte. Dann erkannte ich, dass wir uns außerhalb der Königlichen Seherkammer befanden.

Ich sprang aus Orions Armen, sprengte die Tür mit meiner Luftmagie aus den Angeln, sodass sie durch den Raum flog und gegen die Wand prallte. Ich rannte zu Gabriel, der bewusstlos und mit Schürfwunden im Gesicht auf dem Glasthron in der Mitte des Zimmers zusammengesackt war. Mein Herz zog sich zusammen, und ich spürte ein intensives Verlangen nach Rache gegenüber jenen Arschlöchern, die es gewagt hatten, meinem Bruder das anzutun.

Ich weckte ihn mit einer magischen Berührung seiner Schläfe und flößte ihm heilende Magie ein, um seine Verletzungen zu beseitigen.

Gabriel erwachte keuchend und mit glasigen Augen, und Orion griff nach seinen Ketten und zerriss sie mit der Kraft seiner Formgebung.

Mein Bruder streckte die Hand aus und umfasste meine Wange, ein Lächeln umspielte seine Lippen und sein Blick war voller Wissen. »Du hast es geschafft.«

»Ich habe es geschafft«, bestätigte ich grinsend und zog ihn auf die Beine. »Und jetzt müssen wir gehen.«

Mein Herz machte einen Satz, als die Schattenbestie eintraf, zur Begrüßung grunzte und auf uns zuhüpfte. Aber sie griff nicht an, sondern schien nur froh zu sein, uns wiedergefunden zu haben. Und darüber war ich auch ziemlich froh.

»Bei den verdammten Sternen«, flüsterte Gabriel, als Orion sich daran machte, ihn aus seinen magischen Handschellen zu befreien.

»Schon gut. Sie ist jetzt auf unserer Seite. Glaube ich jedenfalls«, sagte ich. »Vielleicht ist es auch ein Junge. Das weiß ich tatsächlich gar nicht.«

»Das Ding kommt nicht mit uns«, murmelte Orion, und ich zog eine Augenbraue hoch.

»Doch«, entgegnete ich schlicht.

»Nein«, beharrte er. »Und wer sagt, dass es sich nicht gegen uns alle wendet, sobald es Hunger bekommt?«

»Es ist jetzt frei. Es wird uns nichts tun«, sagte ich bestimmt und hoffte, dass ich damit recht hatte. Denn keinesfalls konnte ich es wieder Lavinias Gewalt überlassen. Letztendlich war es eine Waffe, die wieder gegen uns eingesetzt werden könnte.

»Selbst wenn das stimmt, wie sollen wir ein riesiges Todesmonster hier unauffällig rausschmuggeln?«, hakte Orion nach.

Auf seine Worte hin verwandelte sich die Schattenbestie in Rauch, allerdings jetzt in dieser blassgrauen Farbe anstelle der dunklen eiternden Farbe der Fäulnis, die sie unter Lavinias Kommando besessen hatte. Sie schwebte an meine Schulter, als hätte sie ihn verstanden. Ich schnaubte und Orion warf mir einen trockenen Blick zu.

»Nein«, knurrte er.

»Doch«, erwiderte ich, und Gabriel stand auf und stellte sich zwischen uns.

»Das ist wirklich nicht der richtige Zeitpunkt für Ehestreitigkeiten«, warnte er.

»Es ist keine Ehestreitigkeit, wenn wir nicht verheiratet sind«, gab ich zu bedenken.

»Wir werden heiraten«, meinte Orion knurrend.

»Sagt wer?«, widersprach ich.

»Ich«, blaffte er. »Ich werde dich heiraten, sobald dieser Krieg vorbei ist.«

»Ach, wirst du das?« Ich kniff die Augen zusammen. »Wir sind bereits Gefährten, warum sollten wir auch noch heiraten?«

»Noch einmal«, unterbrach Gabriel. »Das ist wirklich nicht der richtige Zeitpunkt. Wir müssen gehen.«

»Kannst du den sichersten Weg nach draußen *sehen*?«, fragte ich meinen Bruder, und er nahm sich einen Moment, um in die Zukunft zu schauen, bevor er nickte und uns bedeutete, ihm zu folgen.

»Es ist besser, wenn wir uns vorerst ohne die Fähigkeiten unserer Formgebungen bewegen. Vor dem Palast stehen Wachen, aber sie werden bald auf neue Posten wechseln. Wir müssen das genau richtig timen«, sagte Gabriel geheimnisvoll.

»Warte!«, sagte ich und packte ihn am Arm, bevor er die Kammer verlassen konnte. »Uns hatten sie mit Ortungszaubern belegt. Was, wenn sie dir auch einen implantiert haben?«

»Ich bezweifle es. Schließlich hätte ihnen klar sein müssen, dass ich ein solches Schicksal *gesehen* hätte. Aber ich werde sichergehen.« Gabriel warf einen Blick in seine Zukunft und kam dann mit einem ermutigenden Lächeln zu mir zurück. »Nichts.«

»Gut«, seufzte ich, und er trat vor mir aus dem Raum.

Ich eilte mit Orion an meiner Seite den Korridor entlang, und er beugte sich zu mir herunter, um an meinem Ohr zu flüstern: »Du wirst mich heiraten.«

»Weißt du, normalerweise fragt man jemanden, ob er einen heiraten will, und befiehlt es nicht einfach«, flüsterte ich.

»Du bist bereits durch die Sterne mit mir verbunden, was gibt es da noch zu fragen?«

»Nur, weil wir verbunden sind, heißt das nicht, dass du einen Antrag einfach so überspringen kannst.« Ich warf ihm einen scharfen Blick zu. »Also frag lieber wirklich, wirklich nett, wenn du das Thema das nächste Mal ansprichst. Und ich verspreche nicht, dass ich Ja sagen werde.«

»Oder dass ich dem zustimmen werde«, warf Gabriel über seine Schulter zurück.

»Und seit wann muss ich dich um Erlaubnis bitten?«, fragte Orion schockiert.

»Das würde ich auch gern wissen«, rief ich ihm zu.

»Da ich dein Bruder bin, ist es meine Pflicht, auf dich aufzupassen«, antwortete Gabriel, bog scharf nach links in einen kurzen Flur ab und wir eilten ihm hinterher.

Ich schnaubte, aber Orion runzelte die Stirn und sah aus, als würde er die Worte seines Freundes sehr ernst nehmen. Was lächerlich war, denn obwohl ich Gabriel liebte, würde ich ganz sicher nicht auf seine Erlaubnis warten, um Orion zu heiraten. Sollte ich das denn wollen.

»Darius hat dich nicht um Erlaubnis gebeten, Tory zu heiraten«, sagte Orion.

»Ich weiß. Und ich werde das mit ihm jenseits des Schleiers besprechen. Aber da wir uns derzeit auf zwei verschiedenen Ebenen befinden und ich nicht vorhabe, in nächster Zeit zu sterben, wird er auf die Abreibung warten müssen, die ich ihm im Jenseits verpassen werde. Du hingegen kannst mir nicht durch den Tod entkommen, also solltest du besser verdammt nett zu mir sein, wenn du entschlossen bist, meine Schwester zu heiraten.« Gabriel schoss nach rechts, verlangsamte dann seinen Schritt und drückte sich mit starrem Blick, der auf eine Vision hindeutete, an eine Wand.

Orion und ich scharten uns schützend um ihn, die Schwerter erhoben und Magie in unseren freien Händen knisternd.

»Ich liebe dich.« Orion zwinkerte mir zu und ich schmolz für ihn. Wie immer.

»Ich liebe dich auch. Lass uns nach Hause gehen.«

»Wo ist das heutzutage?«

»Dort, wo unsere Familie ist«, sagte ich mit einem Kloß im Hals, weil ich sie alle so sehr vermisste. Wir mussten hier raus und den Weg zu ihnen zurückfinden.

»Und wer zählt außer uns dreien, Tory, Xavier und Caleb noch dazu?«, fragte er.

»Max. Und Sofia und Tyler. Und tu nicht so, als würdest du dich nicht nach ein paar Seth-Knuddels sehnen«, sagte ich grinsend.

»Ich glaube, ich gehe lieber wieder in den Käfig«, sagte er mit ausdrucksloser Miene.

Ich schüttelte den Kopf, aber dann dachte ich an das Mädchen, das fehlte. Geraldines Verlust brach mir das Herz. Die Welt würde ohne sie nie mehr die gleiche sein.

»Hier entlang.« Gabriel sprang auf und eilte wieder vor uns her.

Ich verdrängte meine Trauer und konzentrierte mich auf das, was jetzt zu tun war. Wir durften keinen Fehler machen. Wir mussten hier raus. Wenn wir von Lionel und seinen Drachenwächtern geschnappt würden, gäbe es für Lavinia keinen Grund mehr, ihn davon abzuhalten, uns zu töten.

Wir durchquerten einen Rauchsalon und schlüpften durch eine Tür in einen riesigen Flur mit imposanten Drachengemälden und einer silberumrandeten Glastür, die zu einem breiten Steinbalkon führte. Gabriel blieb im Schein des Mondlichts stehen, und ich trat an seine Seite, schaute stirnrunzelnd zu ihm auf und sah, dass seine Augen glasig waren und sich eine besorgte Falte auf seiner Stirn gebildet hatte.

»Was ist los?«, fragte ich flüsternd, als er zu uns zurückkam.

»Der Weg ist frei, aber ... ich habe das schreckliche Gefühl, dass etwas Unheilvolles in der Luft liegt.«

»Können wir uns jetzt mit der Geschwindigkeit unserer Formgebungen fortbewegen?« Orion schoss an seine Seite. »Ich renne, während ihr beide fliegt.«

»Ja, es ist Zeit.« Gabriel zog sein Shirt aus, warf es beiseite und enthüllte die symbolischen Tattoos, die seinen Körper zierten. Seine schwarzen Flügel brachen aus seinem Rücken hervor, und er drehte sich zu der Balkontür, die er weit aufstieß. »Klettere hier runter, wir bleiben über dir, Orio. Wir fliegen direkt auf den Wald hinter dem Gelände zu. Sobald wir die Barrieren durchbrochen haben, wird Lionel zurückkehren, aber solange wir in Bewegung bleiben, sollten wir längst weg sein, bevor er uns einholen kann. Und danach kann ich meine Gabe nutzen, um ihm auszuweichen.«

Er spannte seine Flügel, und ich atmete die saubere frische Winterluft ein, die mir durch die Haare peitschte. Die Freiheit flehte mich an, sie einzufordern, und verlangte von mir, einen Weg zurück nach Hause zu finden. Zu meiner Schwester und meinen Freunden. Ich war auf dem Weg zu ihnen. Endlich entfaltete sich ein neues Schicksal. Für eine Sekunde lastete das Gewicht von Stellas Opfer auf mir, und Dankbarkeit für das, was sie getan hatte, durchströmte mich. Sie mochte eine toxische Frau gewesen sein, die einen Weg der Zerstörung und der üblen Taten beschritten hatte, aber am Ende hatte sie sich entschieden, ihr Leben für ihren Sohn und mich zu opfern. Und das Gute daran war unbestreitbar.

Da nur der Brustpanzer meinen Oberkörper bedeckte, konnten sich meine Flügel frei entfalten, und als ich sie anrief, durchströmte mich ein erwartungsvolles Kribbeln.

Ich stöhnte fast, als sie zu mir kamen. Meine leuchtenden bronzefarbenen Federn bedeckten meinen Rücken und mein Phönix sang.

Orions Augen leuchteten auf, als er mich beobachtete. »Fühlt sich das gut an, meine Schöne?«

»So gut«, hauchte ich.

»Kommt schon«, drängte Gabriel und hüpfte auf das geschwungene

Steingeländer des Balkons, von wo aus er seinen Blick über den Boden schweifen ließ – wie ein Raubvogel auf der Jagd. »Wir werden tief fliegen und die Deckung dieser Bäume nutzen, um uns fortzubewegen.« Er zeigte auf einen Pfad, der durch ein Waldstück zum Rand des weitläufigen Geländes führte.

Ich nickte, schob mich hinter ihn und konnte es kaum erwarten, wieder zu fliegen. Meine Flügel peitschten auf meinem Rücken – bereit, mich in den Himmel zu tragen.

In dem Moment verdunkelte ein Schatten den Mond, und wir hoben alle den Blick. Ich warf einen Luftschild um uns, und Orion ergriff meine Hand. Seine Kraft verschmolz mit meiner, um sie weiter zu stärken.

Lavinia erschien, schwebte über uns, fast nicht sichtbar vor dem Hintergrund des dunklen Himmels, der zwischen den Sternen lag.

Sie senkte sich wie das Omen des sicheren Todes zu uns herab. Riesige Schattenpeitschen lösten sich aus ihren Händen und trafen mit schrecklicher Kraft auf die Kuppel der Macht, die uns umgab. Wir taumelten zurück, während wir versuchten, den Schild aufrechtzuerhalten.

Gabriel sprang fluchend zurück auf den Balkon und blickte zum Himmel, wo Lavinia wütend und feindselig über uns schwebte. Schatten wanden sich um ihren Körper und ihr Gesicht zuckte vor Zorn.

»Was hast du getan?!« Sie zeigte wütend auf Orion und ich ließ Phönixfeuer über meine Flügel strömen, um ihre Aufmerksamkeit auf mich zu lenken, was sie vor Entsetzen aufschreien ließ. »Nein!«, schrie sie. »Wie ist das möglich?!«

»Der Fluch ist gebrochen«, fauchte ich. »Wir sind nicht mehr an dich gebunden.«

»Wo ist meine Bestie?«, knurrte sie. »Komm zu mir. Reiß diese Verräter in Stücke!«

Die Schattenbestie schwebte in ihrer rauchigen Form näher zu mir, folgte ihrem Ruf jedoch nicht. Sie war nicht mehr ihre Gefangene, und ich würde ihr in dieser Nacht die Chance auf wahre Befreiung bieten. Ich war meiner Flucht so nahe gekommen, und ich würde mit meinem Gefolge im Schlepptau das Weite suchen, das war verdammt noch mal sicher.

»Niemand wird dir zu Hilfe kommen, Lavinia!«, schrie ich und warf mehr Kraft in unseren Schild, während ich meinen Blick entschlossen von den dicken Ranken abwandte, die Gabriel vom Boden unter ihr heraufbeschwor und die sich hinter der Schattenschlampe gen Himmel schlängelten.

Gabriel fügte den Ranken rasiermesserscharfe Dornen hinzu und webte ein Netz, um sie zu fangen. Alles, was wir brauchten, war eine einzige Chance. Aber als ich an den Imperialen Stern und den Fluch dachte, der meine Blutlinie plagte, wusste ich, dass ich die Stärke jedes Phönix, der vor mir gekommen war, aufbringen musste, um das Schicksal zu unseren Gunsten zu wenden. Aber dann sollte es eben so sein.

Lavinia knurrte, und die Luft erzitterte unter dem kehligen Geräusch. »Bist du dir da sicher, kleine Prinzessin?«, zischte sie, und auf eine Bewegung ihres Kopfes hin krochen Nymphen aus dem Wald. Sie waren alle so gut mit den Bäumen verschmolzen gewesen, dass wir sie nicht hatten kommen sehen. Es waren Dutzende von ihnen, vielleicht Hunderte, die sich dort draußen im Dunkeln versteckten. Aber selbst diese neue Herausforderung brachte mich nicht ins Wanken.

Ich war aus dem Kerker des Palastes aufgestiegen, hatte im Blut von hundert Fae gebadet, gegen ein Monster gekämpft und das zurückerlangt, was mir verloren gegangen war. Jetzt standen wir am Rande der Erlösung und bei den Sternen, der Sonne und dem Mond – wir würden heute Nacht gemeinsam von hier verschwinden.

Lavinia ließ ihre Peitschen erneut gegen unseren Schild schnappen, und Orion und ich stemmten uns mit aller Kraft dagegen, als die Kuppel aus Luftmagie einen Schritt zurückgedrängt wurde.

Eine Nymphe stieß einen schrecklichen Schrei aus und zeigte mit ihren langen Fühlern auf das Netz. Gabriel schleuderte es auf Lavinia, bevor diese etwas tun konnte, um es aufzuhalten. Das Netz schlug über ihr zusammen, wickelte sie ein, schnürte sie fest und bohrte seine Dornen so tief in sie, dass sie blutete.

»Los!«, befahl ich und wir rannten zum Rand des Balkons, während Lavinia sich aus dem Netz zu befreien versuchte.

Gabriel warf mir einen Blick zu und ich ließ meinen Plan in meinem Kopf Gestalt annehmen. Seine Augen wurden für eine Sekunde glasig, als er sah, was ich von ihm wollte, und er nickte zustimmend. Er stürzte sich auf Orion, packte seine rechte Hand und fuhr mit seiner Handfläche daran entlang. Wassermagie floss zwischen seinen Fingern und er benutzte sie, um Stellas Blut zu sammeln und in einem roten Eiskristall einzufangen.

»Was machst du da …«, begann Orion, aber noch während Gabriel mir den Blutkristall zuwarf, packte er Orion und sprang vom Rand des Balkons, wobei er seine Flügel ausbreitete und sich von der Brise davontragen ließ.

Orion schrie meinen Namen und rang darum, sich zu befreien. Aber die beiden verschwanden unter den Bäumen aus meinem Blickfeld, wo eine Armee von Nymphen auf sie wartete. Ich konnte mich nicht von diesem beängstigenden Gedanken ablenken lassen, da ich wusste, dass ich bei dieser Flucht meine eigene Rolle zu spielen hatte, und darauf vertraute, dass sie sich einen Weg durch unsere Feinde hindurch bahnen würden.

Ich band den Kristall mit einem aus Blättern geformten Beutel an mein Handgelenk, sprang dann von der Brüstung und flog in Richtung Lavinia. Meine Flügel hinterließen eine leuchtende Spur in der Luft, als ich sie mit meinen Augen fixierte. Sie zappelte immer noch in ihrem Netz und versuchte, sich zu befreien, und ich machte mich zum Angriff bereit. Mein Puls raste und der Drang nach Rache war geradezu überwältigend.

Phönixfeuer brach aus mir hervor, und ich stieß ein Brüllen aus, das von all dem Zorn und Schmerz angetrieben wurde, den diese Hexe Orion und mir zugefügt hatte.

Ihre Schatten durchschnitten das Netz, das sie gefangen hielt, aber sie war immer noch zu abgelenkt, um den Feuerball des Todes zu bemerken, der auf sie zukam. Er kollidierte in einem Schauer tödlicher Funken mit ihr und fegte sie vom Himmel. Sie schrie vor Entsetzen, während sie auf die Bäume zuraste.

Ich sprang ihr nach, und die Rasseln der Nymphen dröhnten in meinem Schädel und blockierten meine Magie. Aber ich brauchte keine Magie, solange ich meine Formgebung und einen Plan hatte, Lavinia ein für alle Mal zu vernichten.

Lavinia hob die Hände, bevor sie gegen die Bäume prallte. Ihr Gesicht war eine Maske der Rache, als sie Schattenschlangen auf mich schleuderte, die sich um meine Flügel wanden und sie fixierten.

Ich verlor die Kontrolle und stieß einen Schrei aus, bevor ich auf dem Blätterdach aufschlug und auf den Boden stürzte, wo ich auf einer Grasfläche landete. Lavinia hatte nicht so viel Glück gehabt, ihr Körper schwelte in einem Krater, ihr Rückgrat war über die glühende Rinde eines Baumstamms nach hinten gebogen.

Mein Phönixfeuer loderte auf und brannte durch die Schatten, die versuchten, meine Flügel festzuhalten, und Lavinias dunkle Macht löste sich unter der Intensität meines Feuers in nichts auf.

Kampfgeräusche in der Ferne verrieten mir, dass Orion und Gabriel mit ihren eigenen Feinden zu kämpfen hatten, aber ich konnte mich jetzt nicht um sie kümmern. Ein Rachefeldzug wartete auf mich, eine Chance, all jene zu rächen, die Lavinias Bosheit zum Opfer gefallen waren.

Ich rannte auf meine Feindin zu, Phönixfeuer schoss aus meinen Fingern und stürzte sich auf sie, während sie sich mühsam aufrappelte. Ihre Schatten heilten bereits die Verbrennungen und Knochenbrüche, die ich ihr mit meinem Angriff zugefügt hatte.

Schatten explodierten aus ihr heraus, prallten auf mein Feuer und hielten es zurück, während meine Phönixflammen sich ebenso unbarmherzig durch ihre dunkle Macht fraßen.

Ich schrie ihr meinen Hass entgegen, und all die Ungerechtigkeit dessen, was sie Orion angetan hatte, klaffte wie ein Riss in meiner Brust. Ich wollte, dass sie dafür bezahlte. Wollte, dass sie litt. Und ich würde es genießen, sie sterben zu sehen. Aber ich konnte sie noch nicht in den Tod schicken. Zuerst musste ich den Zauber auf sie wirken, den mich das Buch aus der Schatzkammer gelehrt hatte. Wenn mir der gelingen würde, wäre sie nicht mehr in der Lage, die Schatten anzurufen, um sich selbst zu heilen. Und da ich nun einen Eiskristall hatte, der das Blut eines willigen Opfers enthielt, verfügte ich über genau das, was ich brauchte, um den Zauber wirken zu können.

Stellas Tod hatte uns befreit – und er war auch die Antwort auf das Verderben dieser Schattenschlampe. Trotz ihrer Fehler hatte ich Orions Mutter doch einiges zu verdanken.

Ich schuf eine Kuppel aus Phönixfeuer über dem Krater und schloss Lavinia darin ein, während sie mit der ganzen Kraft ihrer Schatten dagegen anfocht. Ich konnte sie nicht ewig festhalten, und die Anstrengung, sie dort in Schach zu halten, zehrte an meinen Kräften.

Mit einem Knurren hob ich meine Hände und bewegte sie in dem komplizierten Muster, das mir Königin Avalon beigebracht hatte. Laut und deutlich sprach ich den Zauber, damit sie ihn hören konnte. »Ich binde die Schatten im Inneren. Ich schließe die Türen deiner Haut.« Ich wiederholte die Worte in der alten Sprache und Lavinia kreischte, während sie immer heftiger zappelte, um sich zu befreien. *»Umbras constringo intus. Pellem tuam claudo fores!«*

Der Boden explodierte, ihre Kraft strömte in ihn hinein und die Schatten entwurzelten alle Bäume um mich herum. Ich war gezwungen, zu fliegen, Äste schlugen in den Boden, während ich nach links und rechts schoss, um ihnen auszuweichen. Meine Konzentration ließ nach und Lavinia gelang es, sich durch die Erde zu bohren und meinen Flammen zu entkommen.

Ich verbannte frustriert mein Feuer, und Lavinia flog mit einem aus Schatten geformten Schwert auf mich zu. Ich flog immer höher, die Sterne beobachteten uns glitzernd und ihre Intrige in diesem Kampf webte sich durch die Luft. Und ausnahmsweise war ich mehr als glücklich, ihnen eine Show bieten zu können.

Ich spürte, wie Lavinia mir hinterherjagte, sich mir von hinten näherte, und riss das weiße Schwert aus der Scheide, hob es und drehte mich zu ihr um. Ihr Schattenschwert krachte mit einem Geräusch, das auch einer explodierenden Bombe hätte entstammen können, gegen meine Waffe, und der Aufprall hallte durch meinen Körper.

Mit zusammengebissenen Zähnen zwang ich meine Flügel, sich schneller zu bewegen. Lavinia drückte ihr Schwert fest gegen meines, und mein Arm zitterte unter der Anstrengung, sie auf Abstand zu halten. Aber als sie näher kam, zwang ihre Kraft mein Schwert fast bis an meine Brust, der Druck ihrer Klinge wurde immer stärker. Ihre Stimmung hob sich augenblicklich, ihre obsidianschwarzen Augen funkelten triumphierend, und die Schatten wanden sich unter ihrer fast durchsichtigen Haut. Aber das war noch nicht das Ende.

Ich hob meine Füße, trat ihr direkt in die Brust, verschaffte mir so einen Zentimeter Platz und schlug kräftig mit den Flügeln, um mit enormer Geschwindigkeit noch höher in den Himmel zu fliegen. Sie war mir sofort auf den Fersen, ihre Beine waren nichts als Schatten, während sie sich mit ausgestreckten Armen darauf vorbereitete, mich auf ihrem Schwert aufzuspießen.

Ich ließ Phönixfeuer aus meinen Flügeln strömen, über meinen Rücken und über meine nackten Füße. Sie schrie auf, gezwungen, nach links und rechts auszuweichen, um der Hitze meiner Flammen zu entkommen. Ich machte eine Rückwärtsrolle, legte meine Flügel wieder an und ließ mich mit meinem eigenen Schwert in der Hand auf sie hinabfallen. Die Sterne schienen jetzt heller zu leuchten, regelrecht blendend und immer wachsam.

Meine Klinge glitt durch Lavinias Rücken; Fleisch, Knochen und Schatten wurden unter dem glänzenden Schwert meiner Mutter zerfetzt und Lavinia stieß einen Schrei aus, als ihr ganzer Körper zu einem schwarzen Schatten wurde.

Ich wirbelte herum, meine brennenden Federn schnitten eine Schneise durch den geisterhaften Schatten meiner Feindin und Lavinias Schreie hallten in dieser Wolke wider. Sie schoss so weit wie möglich von mir weg und ließ sich von der Nacht verschlucken, bis ich sie überhaupt nicht mehr sehen konnte.

Ich suchte nach ihr, ließ meinen Blick durch die Lüfte schweifen, mein Schwert bereit für jeden möglichen Angriff. Aber ich sah sie nicht, und mir wurde klar, dass auch die Schattenbestie mich irgendwann verlassen hatte und nicht länger hinter mir schwebte.

Ich justierte den Griff um mein Schwert, das schwere Rasseln der Nymphen drang immer noch von unten zu mir herauf und die Geräusche des Kampfes, den Orion und Gabriel gerade führten, erreichten mich.

»Lavinia!«, brüllte ich. »Kämpfe wie eine Fae!«

Sie materialisierte sich auf einer grasbewachsenen Böschung vor dem Palast, geheilt und abermals unversehrt. Ich nahm sie ins Visier, und meine Entschlossenheit und mein Kampfgeist beflügelten meine Bewegungen. Ich steckte mein Schwert weg und bediente mich stattdessen meines Feuers, als ich auf sie zuflog, um sie am Boden zu treffen.

»Der König kommt nach Hause!«, rief sie mir mit einem freudigen Lachen zu. »Bald werdet ihr wieder wie Bienen in einem Glas gefangen sein. Dieses Mal werde ich ihm erlauben, euch ausbluten zu lassen. Und wenn er fertig ist, werde ich eure Seelen in euren Knochen einsperren, damit ich mich noch tagelang an euch allen laben kann.«

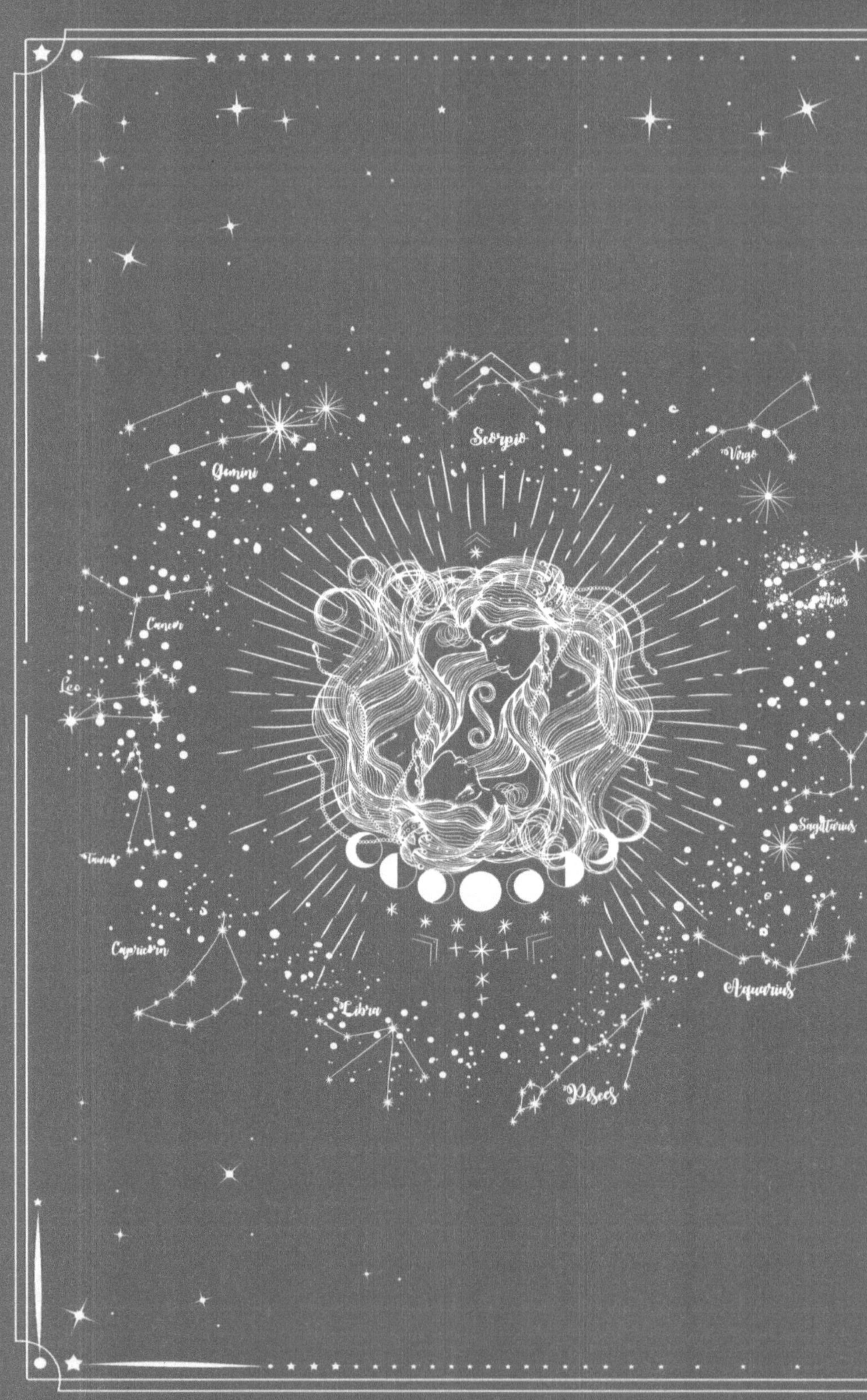

Gemini
Scorpio
Virgo
Cancer
Aries
Leo
Sagittarius
Taurus
Capricorn
Aquarius
Libra
Pisces

TORY

KAPITEL 69

Ich war auf meinen Knien, Galle stieg mir die Kehle hinauf, während ich nach wie vor die Vision des Kampfes fixierte. Die gnadenlose Kreatur, die unter der Oberfläche meiner Haut lebte und so bereitwillig unzählige Leben ausgelöscht hatte.

Ich war mir nicht sicher, wie lange ich dort gefangen war und mich selbst anstarrte. Tränen liefen meine Wangen hinunter, während ich das Blutbad beobachtete, das ich ohne mit der Wimper zu zucken angerichtet hatte. Ausschnitte aus der schrecklichen Herrschaft meines Vaters waren in das, was ich sah, eingebettet. Ich hörte mir seine Rechtfertigungen und Ausreden an. Die Worte, die er sprach, hallten in mir wider. Aber er hatte eine Entschuldigung für das, was er getan hatte. Lionel war der Grund für seine Brutalität gewesen. Meine Handlungen waren ganz und gar meine eigenen.

Ich konnte mich nicht daran erinnern, warum ich überhaupt an diesen Ort gekommen war. Die Wahrheit dessen, was ich tief in meinem Inneren war, verzehrte mich, bis nichts weiter übrig blieb als das Relikt jenes Mädchens, das ich einst gewesen war. Ich kniete vor meiner eigenen Wahrheit und schluchzte angesichts der Realität meiner Person.

Wie konnte irgendjemand glauben, dass eine Person, die zu solcher Gewalt fähig war, einer Krone würdig sein könnte? Wie konnte irgendjemand glauben, dass ein Monster, das aus solch bösartiger Wut bestand, Liebe verdiente?

Ich verschluckte mich an diesem Wort, als es in meinem Kopf widerhallte und mich unter seinem Gewicht lähmte. Und ich fühlte, wie mich goldene Augen irgendwo jenseits meiner eigenen Realität beobachteten.

»*Steh auf!*«, schien der Wind in einem so vertrauten Ton zu knurren, dass mein Puls auf seinen Befehl hin lauter pochte. Aber ich blieb, wo ich war, und sah zu, wie sich meine eigene Zerstörung abspielte.

Ich war das, wovor die Fae dieses Königreichs Angst haben sollten, die wahre Erbin des Monarchen, den sie alle als maßlos grausam bezeichneten. Ich war gnadenlos, rachsüchtig, wütend. Und diese Eigenschaften waren seit dieser Schlacht nur noch schlimmer geworden. Jegliche Sanftheit, die ich einst für mich beansprucht hatte, war von den Flammen, die meinen Körper an jenem Tag bedeckt hatten, verbrannt worden. Als ich ihn verloren hatte …

Ich hob meinen Kopf, als der Hauch einer Berührung meine Wange streifte. Ich zitterte am ganzen Körper, während ich zu Füßen einer Kreatur kniete, die das Gesicht meines Vaters trug.

»Steh auf, Roxy!«, knurrte der Wind, und als ich diesen Namen hörte, hob ich mein Kinn noch höher. Dieser verdammte Name.

Ich sah, wie der Fährmann mich mit nichts als böswilliger Absicht in seinem abscheulichen Blick anlächelte.

»Nur wenige können sich den Schrecken ihres eigenen Selbst stellen und zu ihnen stehen«, säuselte er mit der fürsorglichen Stimme eines Vaters, den ich nie gekannt hatte. »Vor allem diejenigen, die sich der Taten schuldig gemacht haben, die du begangen hast. Was ist unzerbrechlich und doch so leicht zu zerschmettern? Was ist gerissen und ehrlich, brutal und verletzlich, rein und befleckt?«

Mein Blick schweifte erneut zum Wasser und für den kürzesten Moment sah ich etwas, das über meine eigene Gestalt hinausging und sich gnadenlos und zerstörerisch seinen Weg über das Schlachtfeld bahnte. Ich sah einen goldenen Drachen am Himmel. Feuer schoss aus seinem Maul, während das Licht auf seinen metallischen Schuppen glitzerte und mein Herz in meiner Brust höherschlagen ließ.

»Was ist größer als alle Furcht?«, zischte ich dem Fährmann zu, als ich erneut seinem Blick begegnete. Die Tränen auf meinen Wangen trockneten, während ich meine letzte Kraft aufbrachte und mich auf meine Fersen zurücklehnte. »Was ist mächtiger als Selbstsucht und brutaler als Hass?«

»Du darfst nur einmal antworten«, schnurrte der Fährmann, und dieses Mal schwang ein Knistern in seiner Stimme mit. Ein kehliges Knurren zerstörte das perfekte Antlitz meines Vaters, als könnte er die Wahrheit in mir genauso deutlich sehen, wie ich sie allmählich auch zu sehen begann. Und diese Wahrheit ließ ich nicht so leicht zerstören.

»Was wird endlos kämpfen und gnadenlos vernichten?«, fragte ich und sammelte meine Kräfte, um mich aufzurappeln und dem Dämon, der mich heimsuchte, ins Gesicht zu blicken.

»Schau erneut in die Tiefen des Wassers!«, krähte er. »Sieh die Wahrheit dessen, was du bist!«

»Ich habe hineingeschaut«, antwortete ich mit brüchiger, gequälter Stimme, während ich über alles nachdachte, was ich von mir selbst gesehen hatte – die Grausamkeit, die endlose gewaltige Kraft und die Wut, die ich auf meine Feinde gerichtet hatte. »Und ich habe etwas gesehen, von dem du gehofft hattest, dass ich es vergessen würde.«

»Und das wäre?«, fragte der Fährmann, während das Wasser unter uns zu brodeln begann und die Fähre gefährlich schaukelte. Mein Herz machte einen Satz, während ich mühsam versuchte, das Gleichgewicht zu halten.

»Ich habe den Grund gesehen. Das, was mich zu dieser Kreatur gemacht hat.« Ich zeigte auf das brennende Monster, das über das Schlachtfeld wütete, ohne mich noch einmal umzudrehen, um es anzusehen. Denn ich hatte bereits hingesehen, ich hatte bereits gesehen, und ich hatte keine Angst mehr. »Liebe.«

Der Fährmann fauchte wie eine Wildkatze, als ich seine Rätsel mit diesem einen Wort beantwortete. Meine Haut ging in Flammen auf, als sich meine Flügel von meinem Rücken lösten und meine Jacke zerfetzten. Mein Rucksack fiel auf das Floß, während ich ihn die Kreatur der Albträume sehen ließ, die in meiner Seele wohnte.

»Es ist die Liebe, die mich zu einem Monster macht«, fuhr ich fort und trat auf ihn zu, wobei sich der Abdruck meiner Stiefel in das Holz der Fähre brannte, die zischend und stotternd nutzlosen Protest anmeldete. »Ich habe die Tiefen der Liebe gekostet, die aus der Glut des Hasses geboren wurde, und habe jede Emotion dazwischen durchlebt. Ich habe geweint, gewütet, gebettelt und die Sterne selbst verflucht, aber nichts davon hat auch nur den geringsten Unterschied gemacht. Also habe ich diese Liebe in Rache verwandelt, ich habe sie in mir eitern und lodern lassen, und ich habe einen Weg gefunden, den Sternen selbst zu trotzen. Du versperrst diesen Weg, was bedeutet, dass du gehofft haben musst, diesem Monster selbst zu begegnen.«

»Liebe ist rein«, widersprach der Fährmann und trat einen Schritt zurück, als ich näher kam. »Liebe ist Aufopferung.«

»Oh, ich *habe* geopfert!«, rief ich und die Flammen, die meinen Körper erhellten, loderten wie ein unübersehbares Leuchtfeuer. »Ich habe alles, was ich war, und alles, was ich bin, diesem Kampf gewidmet. Ich habe getrauert und getobt und den Himmel angefleht, uns nur *einmal* zu begünstigen. Aber stattdessen haben die Sterne uns ihre Spiele aufgezwungen und alles genommen, was ich zu bieten hatte. Ich habe nie zugesagt, ihnen irgendetwas davon zu geben. Ich habe dem Preis, den sie gewählt haben, nie zugestimmt. Also ja, soll meine Liebe doch unzerbrechlich, brutal, grausam und endlos sein, der Vorbote des Krieges und der Beschwörer der Gewalt. Soll sie all diese Dinge und noch mehr sein, denn ich bin es leid, mich für die Sterne und ihre Unterhaltung zu opfern. Ich bin es leid, eine Marionette in ihren Stücken zu sein. Sie haben mir zu oft zu viel genommen und jetzt werden sie sich dem Monster stellen müssen, das sie mit ihrer Hetze gegen mich erschaffen haben, denn ich habe genug. *Genug!*«

Mit diesem letzten Wort stampfte ich auf der Fähre auf. Meine Kraft brach aus mir heraus, während das Holzfloß unter meinen Füßen wild hin und her wippte, und der Fährmann schrie, als er von ihm geworfen wurde. Das aufgewühlte Wasser zischte und spritzte, als er hineinstürzte.

Die Welt schien zu beben, als er in den Wellen verschwand, und das Echo seines Todes strahlte von diesem Ort aus, als hätte sich mit seiner Niederlage das Gleichgewicht der Elemente selbst verschoben.

Aber als das Floß übers Wasser geschleudert wurde und sich meine Flügel ausbreiteten, um mir zu helfen, das Gleichgewicht zu halten, entdeckte ich den Abgrund dieses ewigen Gewässers, das Ende meines Treibens, und ich richtete meinen Blick darauf. Ich mochte ein Monster sein, aber ich hatte auch nie etwas anderes behauptet.

Der Wind nahm zu, als ich mich der Kante näherte. Die Welt selbst schien ins Nichts dahinter zu stürzen, und das Floß, auf dem ich saß, gewann an Geschwindigkeit, als ich darauf zuraste.

Die Luft pulsierte und die Welt vibrierte, ausgelöst durch den Tod des

Fährmanns. Und es würde erst enden, wenn ich das, wofür ich gekommen war, erledigt hatte. Oder wenn ich bei dem Versuch starb.

Die Fähre schaukelte und schwankte unter mir, aber mit jedem Atemzug kam der Abgrund näher. Als ich darüber schoss, erhob ich mich in den Himmel, meinen Rucksack in der Hand, während ich heftig mit den Flügeln schlug, um einen Aufwind zu erwischen.

Rauchschwaden waberten über den Abgrund unter mir, als das Floß verschwand. Kein Geräusch markierte seinen Aufprall, nichts deutete darauf hin, dass es überhaupt irgendwo unten aufgeschlagen war.

Der Wind wirbelte mich herum, sodass ich mich auf der Stelle drehte, und meine Flammen flackerten auf, als er sie küsste – Begrüßung und Vorstellung zugleich.

In diesem Wind hörte ich Stimmen. Hauchende Bitten und innige Gebete. Meine Brust schmerzte, als ich die unzähligen Stimmen hörte, die die Sterne anflehten, sie zu retten. Aber es kam keine Antwort. Nur Stille. Ich hörte meine eigene Stimme, spürte das Schluchzen, das mich erschüttert hatte, als ich Darius auf diesem Schlachtfeld gefunden hatte, seinen Körper kalt und leer, seine Seele fort und die meine in Stücke gerissen.

Für einen Moment war ich wie gelähmt, gefangen in dieser Erinnerung, in dem Schmerz, der an jenem Tag ein Stück von mir herausgeschnitten hatte. In gewisser Weise war ich immer noch dort, auf diesem Schlachtfeld, hielt seine kalte Hand in meiner und flehte das Schicksal an, seine Meinung zu ändern.

Ich hatte ihn nicht verlassen. Nicht einen Moment lang. Ich hatte seine Hand nicht freigegeben, selbst als ich den Dolch, der für seinen Tod verantwortlich gewesen war, genommen und mir damit meine eigene Haut aufgeschlitzt hatte. Ich hatte nicht losgelassen. Und als diese Narbe an meiner Handfläche kribbelte, der Geruch von Rauch und Zedernholz um mich herum zu wabern schien und mein eigenes Gelübde an ihn durch die Luft summte, wusste ich, dass ich es nie tun würde.

Er war meine Zerstörung. Der Ruin des Mädchens, das ich einmal gewesen war, und der Schöpfer der Frau, zu der ich geworden war. Er war meine einzige wahre Liebe, ohne jegliche Hilfe oder Behinderung durch die Sterne. Er war mehr als mein Elysischer Gefährte, mir mehr als ebenbürtig. Er war mein Ende. Und ich war bereit, das Versprechen zu halten, das ich ihm vor Wochen gegeben hatte.

Die Wechselhaften Winde von Himmel und Geist flüsterten mir weiterhin zu, aber ich war nicht mehr in der Lage, ihnen zuzuhören.

Ich neigte den Kopf, um in den Rauch unter mir zu blicken, betrachtete den endlosen Abgrund und wusste, dass ich nicht ewig fallen würde, wenn ich mich ihm hingab. Eine Seele, die sich bei der Erfüllung ihrer Wünsche auf die Sterne verließ, wäre vielleicht ewig gefallen. Aber ich war eine Königin, gekommen, um meine eigenen Gebete Wirklichkeit werden zu lassen, und es gab keine Macht in diesem oder dem nächsten Reich, die mir dies verweigern konnte.

Mein Phönix erlosch in einem Feuerblitz, der sich in den Himmel schraubte, meine Flügel verschwanden und die Hitze verflüchtigte sich, als ich in die Tiefe stürzte und in den Rauch schoss, der das Flüstern meiner unerfüllten Versprechen umklammerte.

Gemini
Scorpio
Virgo
Cancer
Aries
Leo
Taurus
Sagittarius
Capricorn
Libra
Aquarius
Pisces

GABRIEL

KAPITEL 70

Ich hatte es geschafft, eine grob gehauene Metallklinge zu wirken, bevor die Nymphen mir meine Magie gestohlen hatten, und flog jetzt durch das Blätterdach über ihnen, wobei ich so viele wie möglich niedermetzelte. Aber die Schar war riesig, Lavinias gesamte Nymphenarmee strömte auf das Gelände, nachdem sie sie zu ihrer Hilfe herbeigerufen hatte. Ihre baumartigen Gestalten drehten sich mit verzerrten Gesichtern in meine Richtung, Hass durchzog ihre höllischen Augen. Das Rasseln so vieler lastete auf uns, meine Magie war unerreichbar, da die Nymphen sie unterdrückten.

Orion schoss mit seiner Vampirgeschwindigkeit zwischen ihnen hindurch, erstach und enthauptete, während er den tödlichen Hieben ihrer Fühler auswich. Seine Bewegungen waren ungestüm, als er die Nymphen in die Knie zwang – angetrieben von der Stärke seiner Formgebung und dem Groll in seinem Herzen.

Eine Vision blitzte vor meinem inneren Auge auf – das schwarze Schwert in seinem Griff leuchtete in violettfarbenem Feuer auf, und ich wusste sofort, dass es Hails Waffe gewesen war. Ich tauchte tiefer in meine Gabe ein und sah, wie ich eine unabsichtliche Bewegung mit dem Schwert machte, die Hydrafeuer in einem tödlichen Inferno ausbrechen ließ.

Ich spürte eine Veränderung in der Luft, als ich mich beeilte, Orion einzuholen, und ihm so schnell ich konnte durch die Bäume hinterherflog. Es war fast so, als wäre eine andere Präsenz bei mir, und ein Blick in die Vergangenheit stahl sich in meinen Geist. Ich sah, wie ich als Kind im warmen Sommerwasser des Sees auf dem Palastgelände planschte, während Hail mir das Schwimmen beibrachte.

»Los, Gabriel!«, jubelte er.

Diese Worte schienen im Jetzt statt in der Vergangenheit widerzuhallen und gaben mir einen Energieschub. Diese Erinnerung war mir verloren gegangen. Die mächtigen Blockaden auf meinem Geist, als Ling Astrum mich vor der Welt versteckt hatte, waren zwar vor Jahren durchbrochen worden, aber sie hatten bleibende Auswirkungen hinterlassen. Wie diese Lücken in meiner Kindheit. Aber ich hoffte, mit der Zeit all die kostbaren Momente, die ich verloren hatte, wiederzufinden.

»Orio!«, rief ich, und er blickte zu mir auf, während er sein Tempo verlangsamte, um sein Schwert zwischen die Schulterblätter einer Nymphe zu stoßen.

Die Kreatur zerfiel vor ihm zu Asche und ich landete an seiner Seite, holte tief Luft und stützte meine Hand auf seiner Schulter ab. Aber obwohl wir nur kurz dort verweilten, waren wir in Sekundenschnelle umzingelt. Unzählige Nymphen traten mit Rasselgeräuschen in der Brust durch die Bäume, näherten sich uns mit erhobenen Fühlern und tödlichen Blicken.

»Gib mir das!« Ich riss Orion das Schwert aus der Hand, und er fletschte die Zähne, wandte sich unseren Feinden zu und machte sich bereit, ihnen mit seinen Fangzähnen allein die Kehlen herauszureißen.

»Bleib in meiner Nähe!«, warnte ich ihn, und obwohl die Nymphen immer näher kamen, wusste er, dass er mir gehorchen und meinen Visionen vertrauen musste. Diese Lektion hatte er schon vor langer Zeit gelernt.

Ich konnte zwar die Bewegungen der Nymphen nicht voraussagen, aber ich hatte dieses Feuer und sein Potenzial *gesehen*. Wenn ich nur das Schwert auf die richtige Weise bewegen und diese Flammen entfachen könnte …

»Noxy«, drängte Orion. »Wie lautet der Plan? Denn obwohl ich echt gern mit dir im Wald herumtolle, glaube ich, dass wir so am Arsch sind wie Goldlöckchen, als sie in das Haus der drei Bären eingebrochen ist und zum Frühstück verspeist wurde.«

Eine Nymphe stürmte auf ihn zu, ein magisches Rasseln ertönte aus ihrer Brust, und Orion bückte sich, packte sie an den Beinen und warf sie mit einem Schrei auf den Rücken, sodass der Boden bebte, als sie dort aufschlug. Ein scharfer und brutaler Tritt gegen den Kopf beendete das Leben der Kreatur, und Orion hob den Leichnam auf und schleuderte ihn auf die Reihe der Nymphen, um sie zurückzudrängen.

»Noxy!«, brüllte er und legte einen Sprint in Vampirgeschwindigkeit hin, um hinter mich zu gelangen. Ich hörte Grunzen und Schreien, als er versuchte, sie in Schach zu halten.

»Nur eine Sekunde.« Ich schwang das Schwert erneut und rief die Erinnerung, die ich *gesehen* hatte, erneut an, aber sie kam nicht wieder.

»Beeil dich, verdammt noch mal!« Orion wirbelte im Kreis um mich herum und schlug alle Nymphen zurück, die versuchten, zu uns zu gelangen. Eine Falte der Anspannung zierte seine Stirn.

Ich führte das Schwert locker durch die Luft – und lilafarbenes Feuer schoss spiralförmig aus ihm heraus, was mir ein freudiges Grinsen entlockte.

»Ich hab's geschafft«, verkündete ich, als Orion über meinen Kopf hinwegflog, nachdem ihn eine hochgewachsene Nymphe mit einem höhnischen Gesichtsausdruck von sich geschleudert hatte. Er prallte an einem Baumstamm zu meiner Rechten ab und schlug mit einem Stöhnen auf dem Boden auf.

»Das ist toll, Noxy«, sagte er ins Gras, richtete sich auf und schoss zu mir zurück, wobei Blut aus einer Wunde an seinem Haaransatz tropfte, aber ansonsten war er zum Glück unverletzt.

Ich schwang die Waffe meines Vaters, als unsere Gegner erneut auf uns zustürmten, und starrte sie drohend an. Na gut, er war nicht mein leiblicher Vater gewesen. Aber ich hatte genug von unserer Beziehung *gesehen*, um zu wissen, dass er mich von ganzem Herzen geliebt hatte. Und ich war geneigt, das Gleiche auch für ihn zu empfinden.

Das lilafarbene Feuer explodierte in alle Richtungen von uns weg, und ich zog Orion an meine Seite, um sicherzustellen, dass ihn kein einziger Funke berührte. Der Tornado aus wilden Flammen schnitt durch unsere Feinde, als wären sie aus Papier, und verwandelte die ersten Reihen in Ruß, während die anderen um ihr Leben rannten und überall um uns herum Schreie des Schreckens in die Luft stiegen.

»Ha!«, rief ich lachend und schaute zu Orion.

»Ganz schön knapp, findest du nicht auch?« Er zog mein provisorisches Erdschwert aus seiner Scheide, um sich zu bewaffnen, dann wandte er seinen Blick dem Himmel zu. »Wo ist sie?«

»Du solltest das nehmen.« Ich hielt ihm das schwarze Schwert hin, wohl wissend, dass es ihn weitaus besser schützen würde als meine grob gehauene Waffe.

»Nein«, sagte er bestimmt. »Es ist ein Familienerbstück und gehört somit dir, Noxy.«

Ich hatte keine Zeit, mit ihm zu streiten, also nickte ich, blickte wieder in die Zukunft und suchte nach einem Weg für uns.

»Lass uns in die Luft gehen, damit wir besser sehen können!« Ich stellte mich hinter ihn, hakte meine Arme unter seine und zog ihn fest an meine Brust.

»Ist das unser Titanic-Moment?«, murmelte er, und ich lachte leise, bevor ich vom Boden abhob und ihn hoch über die Baumgrenze trug.

Mein Blick fiel auf Darcy, die über einer Sphäre aus rotem und blauem Phönixfeuer schwebte, das am Hang in der Nähe des Palastes wirbelte, und ich nahm an, dass die Schattenschlampe darin eingeschlossen war.

»Wow«, hauchte Orion.

»Krieg keinen Ständer wegen meiner Schwester, während ich dich berühre«, warnte ich ihn.

»Zu spät«, murmelte er, und ich fluchte und flog so schnell ich konnte auf Darcy zu.

Ein Brüllen erregte meine Aufmerksamkeit, bevor ich sie erreichte, und ich drehte mich in die Richtung, aus der das Geräusch gekommen war. Eine ganze Drachenschar materialisierte sich jenseits der goldenen Tore. Einige waren noch in ihrer Fae-Gestalt, ein Regiment von Lionels Verbündeten in ihren marineblauen Roben, die entschlossen voranschritten und wütende Rufe ausstießen, als sie die Schlacht entdeckten, die hier tobte.

»Ergreift sie!«, donnerte Lionel, der sich an die Front der Masse der Wächter schob, die er an sich gebunden hatte.

Diejenigen unter ihnen, die sich noch nicht verwandelt hatten, taten es und stiegen in den Himmel auf, darunter auch Lionel, der in seiner gigantischen jadegrünen Drachenform direkt auf uns zusteuerte.

»Verdammt!«, zischte ich, wandte dann meinen Blick in Richtung der Wolken und flog schnell auf sie zu. »Darcy – beweg dich!«, rief ich, und ihr Kopf schnellte herum, Feuer züngelte von ihrer Haut und eine wilde Wut brannte in ihrem Blick. Sie entdeckte die Drachen, die auf uns zurasten, nickte mir zu und ich schoss in Richtung der Wolken, um Deckung zu suchen und ihr den Weg zu weisen.

Sobald wir hoch genug waren, löste sich die Macht der Nymphen von uns und Magie knisterte erneut durch meine Adern. Ich ließ Orion los und er trat in die Luft hinaus und nutzte sein wiederhergestelltes Element, um sich am Himmel zu halten.

Meine Schwester war immer noch nicht aufgetaucht und beim Anblick der fast zweihundert brüllenden Drachen unter uns überkam mich die Angst.

Mach keine Dummheiten, Darcy!

»Ich hole sie zurück«, knurrte Orion, der bereits zum Sinkflug angesetzt hatte. Ich folgte ihm nickend, während ich mich dafür wappnete, was nötig sein würde, um uns hier wegzuschaffen.

Ein riesiges Maul durchbrach die Wolken unter uns, so breit, dass Orion dem Untergang geweiht war, bevor er überhaupt versuchen konnte, zu entkommen. Scharfe Zähne schlossen sich um ihn, Blut strömte und ein Schrei entriss sich meiner Kehle, der meine Position verriet. Sogleich brach ein weiteres Maul aus den Wolken – dieses war grün und glänzend. Sie mussten uns im Wind gewittert haben. Und selbst als ich Eisklingen in meine Hand wirkte und in Lionel Acrux' Maul stieß, wusste ich, dass ich verloren war. Seine Kiefer schlossen sich, Zähne durchbohrten meine Haut …

Ich riss mich mit einem entsetzten Schrei aus der Vision und sah, wie Orion meinen Arm packte und mich angsterfüllt musterte.

»Was ist los?«, fragte er.

Ich brauchte einen Moment, um mich zu vergewissern, dass keiner von uns tot war. Der Schmerz und die Trauer dieser Erfahrung hafteten an mir, als ich nach dem Arm meines Freundes griff und mich an ihm festhielt. Der Gedanke, ihn auch noch zu verlieren, war unerträglich. Wir befanden uns immer noch im Wald, unsere Füße fest auf dem Boden. Noch war uns kein Unheil widerfahren. Aber die Nymphen sammelten sich bereits und kehrten zu uns zurück, während die Flammen des Hydra-Schwertes dort, wo sie die Bäume um uns herum versengt hatten, langsam erloschen.

»Die Drachen kommen«, krächzte ich, während mir eine Reihe von Visionen durch den Kopf schossen, als ich allen Pfaden des Schicksals folgte und versuchte, einen Weg zu finden, diese Nacht zu überleben. Aber wenn sie auftauchten, würden wir ihnen nicht entgegentreten können. Es waren einfach zu viele und wir würden mit Sicherheit getötet werden. »Wenn die Drachen eintreffen, sind wir so gut wie tot. Unsere einzige Chance besteht darin, uns an den Nymphen vorbei zu kämpfen und dann zu fliehen, bevor Lionel beschließt, nach Hause zu kommen.«

»Dann lass uns Blue finden und von hier verschwinden!«, sagte er entschlossen, aber ein schreckliches Brüllen erfüllte die Luft und mein Herz machte einen gewaltigen Satz. War meine Vision zu spät gekommen? Waren die Drachen schon hier? Ich hatte das Gefühl, dass sich die eisernen Stäbe des Schicksals bereits um uns schlossen und uns in ein blutiges Ende schickten.

Aber als ich mich umdrehte, um die Quelle des Geräusches auszumachen, entdeckte ich dort nicht Lionel, sondern Tharix, den barbarischen Sohn, den Lavinia dem falschen König geboren hatte.

Er rannte auf allen vieren über den Boden, sein Gesicht zu einem Knurren verzerrt. Blutdurst vergoldete seine schwarzen Augen. Er war eine Kreatur, die dazu bestimmt war, Tod auf diese Welt zu bringen, und ich konnte keine einzige seiner Handlungen *voraussehen*, da sein Kern aus Schatten bestand.

Das Rasseln der Nymphen erfüllte noch immer die Luft, und weitere von ihnen kehrten bereits zurück, während das lilafarbene Feuer von Hails Schwert an den verkohlten Baumstämmen erlosch, die uns umgaben.

»Ich werde mich über ihm positionieren«, beschloss ich und spannte meine Flügel. »Ich werde ihn von oben mit Hails Schwert angreifen, während du ihn am Boden ablenkst. Wenigstens kann das Miststück nicht fliegen.«

Tharix sprang in die Luft und eine Verwandlung durchzog seinen Körper, die mich vor Schreck einen Schritt zurückweichen ließ. Ein riesiger schwarzer Drache löste sich aus seiner Haut und erhob sich mit ledrigen Schwingen, die das Licht des Mondes stahlen, in die Lüfte.

»Ach ja, Noxy, Tharix kann sich übrigens in einen Schattendrachen verwandeln«, sagte Orion mit ausdrucksloser Miene, schoss dann auf mich zu und stieß mich in die einzige Richtung, die uns zwischen den Baumstämmen zur Verfügung stand.

Ich flog an seiner Seite, während wir beide die Geschwindigkeit unserer Formgebungen nutzten, um so viel Abstand wie möglich zwischen uns und den aus Schatten geborenen Drachen zu bringen, der uns bereits verfolgte.

»Besteht die Möglichkeit, dass du diese tolle Tornado-Feuer-Sache noch einmal machen kannst?«, rief Orion und raste im Zickzack durch die Bäume.

»Das Ding braucht Zeit, um sich wieder aufzuladen«, keuchte ich, als sich diese Tatsache vor mir *ausbreitete*.

»Prima. Hast du noch mehr gute Nachrichten für mich oder war das alles? Ich nehme an, meine Zahlen sind diese Woche auch nicht in der Lotterie gezogen worden?«, fragte Orion trocken, während links von uns ein Geräusch ertönte, das mir verriet, dass die Nymphen in unsere Richtung durch die Bäume krachten. Wir waren also echt beschissen dran.

Ich beobachtete Tharix, der über den Baumkronen auf der Jagd nach uns durch die Luft fegte, seine Flügel spreizte und sein tödliches Maul öffnete, um einen Tornado aus Schatten aus seinem Mund wirbeln zu lassen. Seine tödlich schwarzen Augen trafen auf meine und ich stieß Orion so fest ich konnte zur Seite, woraufhin wir beide zu Boden stürzten. Die Schattenwelle, die aus Tharix' Maul strömte, verfehlte uns nur knapp, als wir einen steilen Hügel hinunterrollten.

Der Wald hinter uns war durch Tharix' immense Kraft dezimiert worden. Rinde, Erde und Trümmer wurden überall dort aufgewirbelt, wo er vorbeiflog.

»Ich habe gehört, dass der Schleier zu dieser Jahreszeit wunderschön sein soll«, sagte ich, sprang auf und zog Orion mit mir, ohne den widerhallenden Schmerz in meiner Seite zu beachten. Dann setzten wir erneut zum Sprint durch den Wald an.

»Fick dich!«, keuchte Orion, dann brachte er mich so abrupt zum Stehen, dass ich fast ein Schleudertrauma davongetragen hätte. Er zerrte mich in einen riesigen ausgehöhlten Baumstamm, und ich duckte mich, damit wir uns Seite an Seite hineinkauern konnten.

»Nymphen«, knurrte Orion. »Direkt vor uns. Ich werde mein Gehör nutzen und versuchen, einen freien Weg auszumachen.«

Tharix' Brüllen über uns versetzte mein Blut in Wallung, und Orion legte den Kopf schief und lauschte konzentriert auf die Schritte der Nymphen.

Die Zeit wurde knapp. Lionel und seine Drachenarmee würden jeden Moment eintreffen, und der Tod schien immer näher zu rücken.

»Und?«, zischte ich leise, denn ich hörte die Nymphen, die nach uns suchten, und das Geräusch ließ mich frösteln.

Er sah durch die Dunkelheit zu mir auf, und ich spürte das Gewicht seines Blicks. Aber es war eine Antwort, die ich nicht hören wollte. Es gab keinen Ausweg. Und meine Gabe konnte uns nicht helfen.

»Also ... versuchen wir, durch die Reihen der Nymphen zu rennen? Oder nehmen wir es am Himmel mit dem Schattendrachen auf?«, fragte ich, wobei ich einen lockeren Tonfall anschlug, um die schreckliche Angst, die in mir aufstieg, nicht zu verraten.

»Wenn wir es hoch genug schaffen, bekommen wir unsere Magie zurück«, fügte Orion hinzu, und ich nickte zustimmend.

»Ich werde uns so schnell wie möglich nach oben befördern«, versprach ich.

»Ohne mich würdest du schneller vorankommen«, sagte Orion düster, als wollte er einen neuen Plan schmieden. Einen, der beinhaltete, dass ich ihn zurückließ.

»Es gibt keine Zukunft, in der ich dich hierlasse«, entgegnete ich, bevor er es wagen konnte, diesen Gedanken auch nur auszusprechen.

Er seufzte. »Na gut. Nehmen wir es mit dem unbesiegbaren Arschloch auf«, sagte er.

»Ich liebe dich, Orio«, murmelte ich.

»Ich dich auch, Noxy«, antwortete er. Wir stürmten gleichzeitig aus dem Baumstamm, und etwa fünfzig Nymphen kreischten, als sie uns entdeckten. Sie schossen auf uns zu, ihre Fühler nach uns ausgestreckt, die Augen auf ihre Beute gerichtet.

Ich schnappte mir Orion, schlug heftig mit den Flügeln und hob mit der geballten Schnelligkeit meiner Formgebung ab. Wir bewegten uns schnell, durchbrachen das Blätterdach, und Tharix brüllte, als er uns entdeckte, bevor er mit seinen mitternachtsschwarzen Flügeln in unsere Richtung lenkte.

Ich hielt meinen Blick auf ein Wolkenfeld über uns gerichtet und schlug wie wild mit den Flügeln. Mein Herz hämmerte in meiner Brust, und ich wusste, dass es seine letzten Schläge überhaupt sein könnten.

Ich sehnte mich danach, das Rauschen meiner Magie wiederzufinden, bettelte darum, sie zu ergreifen, aber die Luft donnerte hinter mir. Ein Schattenwirbel, der direkt aus Tharix' Lunge gekommen zu sein schien, prallte auf meinen Rücken.

Ich schrie auf, als mein rechter Flügel brach, aber dann kribbelte Magie in meinen Fingern und wir segelten höher, angetrieben von der Druckwelle. Ich wedelte mit einer Hand und wirkte eine Illusion, von der ich hoffte, dass sie uns zumindest eine Chance geben würde. Die Imitation unserer Körper löste sich von uns und schoss über den Himmel, während ich den echten Orion und mich in Schatten hüllte.

Tharix fiel auf meinen Köder herein und flog brüllend hinter meinem falschen Ich her. Doch das kleine Hochgefühl, das ich angesichts dieses minimalen Sieges verspürte, wurde verschluckt, als ich an Momentum verlor und zu fallen begann. Meine Magie versagte erneut und mein gebrochener Flügel ließ mich in meiner Not im Stich.

Orion wirkte eilig Luft, mit dem, was ihm noch an Kraft geblieben war. Er schaffte es, unseren Abstieg etwas zu verlangsamen, und so trieben wir aneinandergeklammert in Richtung des wartenden Bodens. Als wir die Baumgrenze erreichten, wurde ihm seine Magie gänzlich gestohlen, und die Hungerschreie der Nymphen unter uns wurden durch ihr tödliches Rasseln gedämpft.

Orion erwischte einen Ast und hielt sich daran fest, während er nach wie vor meine Hand umklammert hielt. Mit seiner Vampirkraft – und einem angestrengten Grunzen – gelang es ihm, mich zu sich hochzuziehen. Die Nymphen unter uns schrien vor Wut, sprangen in die Höhe und versuchten, uns zu erreichen, wobei ihre Fühler den Ast streiften, auf dem wir ruhten.

Ich war nicht bereit, zu sterben. Meine Familie wartete auf mich, und der Gedanke, sie nie wiederzusehen, brach mir das Herz. Ich hatte Visionen erhalten, die das Heranwachsen meines Sohnes und das Leben, das er führen würde, zeigten, und sogar den Tag *gesehen*, an dem er seine perfekte Partnerin traf. Aber ich wollte das alles selbst erleben. Ich wollte dabei sein, wenn sein Erwachen stattfand, und ihn anfeuern, wenn er seinen Abschluss machte. Seine Zukunft war voller Möglichkeiten, aber da waren auch Momente des Glücks, die er nur dann für sich beanspruchen konnte, wenn wir einen Weg durch die Dunkelheit fanden. Ich musste für ihn da sein.

Ich zuckte zusammen, als ich versuchte, meinen gebrochenen Flügel zu bewegen, aber er hing schlaff nach unten – wie ein Versprechen, dass ich in nächster Zeit nicht wieder fliegen würde.

Der Ast knackte laut, und Orion und ich tauschten einen Blick aus. Wir wussten, was gleich passieren würde. Und dieses Wissen war voller Schmerz. Wenigstens war mein bester Freund hier bei mir, wenn ich schon würde sterben müssen. Aber ich würde nicht aufgeben, bis sich die letzte Tür des Schicksals fest vor mir schloss.

Der Ast gab nach, und wir beide zogen unsere Schwerter, als wir fielen und zwischen den Monstern hart auf dem Boden aufschlugen.

Die erste Nymphe packte mich, und ich schwang meine Waffe mit einem animalischen kehligen Laut. Meine Entschlossenheit, meine Familie wiederzusehen, durchdrang mein gesamtes Wesen.

Ich verwandelte meinen ersten Feind in Asche und hörte, wie Orion hinter mir mit einer weiteren Nymphe zusammenstieß. Aber ich konnte mich nicht umdrehen, um in seine Richtung zu sehen, und ich betete, dass ich ihn wiedersehen würde.

Die nächste Nymphe erreichte mich, und ich trennte mit einem entschlossenen Schrei ihre Fühler von ihrem Handgelenk. Sie gab einen Schmerzenslaut von sich, der sich sehr nach dem Wort Gabe anhörte, und ich rammte ihr knurrend mein Schwert ins Herz.

»Nenn. Mich. Nicht. Gabe!« Ich zog das Schwert zurück, und die Nymphe wurde zu Asche, bevor drei weitere ihren Platz einnahmen.

Im Nu war ich umzingelt und wurde zwischen ihnen auf den moosigen Boden geschleudert. Eine von ihnen stampfte auf meinen gebrochenen Flügel, während eine andere ihre scharfen Fühler um meine Kehle schloss, um den Schmerzensschrei zu ersticken, der aus meiner Brust drang.

Mit einem kräftigen Hieb meiner Klinge trennte ich ihren Arm ab. Ein dumpfer Schlag ertönte, als dieser auf dem Boden aufschlug und die Nymphe sich vor Schmerzen aufbäumte. Eine andere Nymphe stürzte sich auf mich, riss mir das Schwert aus der Hand und schleuderte es weg.

Orio schrie laut auf – ein Echo meines eigenen Schreiens –, und ich wand mich wie verrückt. Meine Muskeln spannten sich an, als ich versuchte, aufzustehen. Doch die größte der drei Nymphen griff nach meiner Brust, bohrte ihre Fühler durch meine Haut und entlockte mir ein Heulen. Mein Herz pochte, als die Fühler tiefer wanderten, um nach meiner Magie und meiner Lebenskraft zu suchen.

Ich war tot, am Boden und ihrer Gnade ausgeliefert. Und als ich hörte, wie Orion ebenfalls niedergeschlagen wurde, durchströmte mich eine Welle der Verzweiflung. Es war vorbei. Unser Kampf war verloren.

Ich suchte zwischen den hässlichen gehörnten Köpfen der Nymphen, die sich über mich beugten, nach dem Nachthimmel und betrauerte meinen Tod, bevor er mich geholt hatte. Ich hatte noch so viel erleben wollen. So viel Liebe mit denjenigen teilen wollen, die ich liebte. Das Leben war eine flüchtige, kostbare Sache, und es hatte gerade erst begonnen. *Gebt uns doch noch ein bisschen mehr davon!*

Ein wütendes Brüllen durchzog die Luft. Der Boden erzitterte, und mein erster Gedanke galt Lionel, dessen Ankunft unsere Schicksale definitiv besiegeln würde. Doch dann stürzte sich die Schattenbestie auf die drei Nymphen über mir, riss sie zu Boden und drückte sie unter ihren riesigen Pranken fest. Sie riss ihnen die Köpfe ab, und schwarzes Blut ergoss sich auf mir, bevor die Schattenbestie über meinen Kopf hinwegsprang und die Nymphen anknurrte, die in unsere Richtung kamen. Wie ein Kampfhund stellte sie sich zwischen uns.

Die Nymphen zögerten und wichen angesichts der mächtigen Kreatur zurück, und ich griff nach ihrem Fell und zog mich daran hoch, wobei mein rechter Flügel unbeholfen an meinem Rücken hing und mein ganzer Körper vor Schmerz zuckte.

»Heilige Scheiße«, hauchte ich, und die Schattenbestie wandte sich in meine Richtung und grunzte mich liebevoll an.

»Orio?« Ich drehte mich um und fand ihn hinter mir, die Lippe aufgeplatzt und das linke Bein blutüberströmt, aber ich war erleichtert, dass er noch lebte. Ich machte einen Schritt nach vorn, um Hails Schwert aufzuheben, während Orion mit Erschöpfung in den Augen in meine Richtung humpelte. Als er die Schattenbestie entdeckte, verwandelte sich sein Gesichtsausdruck in puren Schock.

Die Schattenbestie drängte sich vor, schmiegte sich an meinen Arm und grunzte dann wieder, als wollte sie, dass ich etwas tat. Ich brauchte noch ein paar Sekunden, bis ich begriff, dass sie mich dazu aufforderte, auf ihren Rücken zu klettern. Und da ich sowieso völlig aufgeschmissen war, tat ich genau das, zog mich an ihrer Seite hoch und schwang ein Bein über ihre Schulterblätter.

Orion starrte mich einfach nur an, als ich rittlings auf der Schattenbestie saß. Er zögerte. Aber als ich ihm energisch zunickte, schoss er auf uns zu und kletterte hinter mich. Wir hatten keine große Auswahl, was Verbündete anging, und dieses Tier hatte sich gerade zwischen uns und den sicheren Tod gestellt.

»Bist du dir sicher?«, fragte er.

»Es hat uns das Leben gerettet«, sagte ich achselzuckend und schob meine Finger tiefer in das Fell der Schattenbestie. »Bring uns zu Darcy!«, befahl ich dem Tier und hoffte, dass es uns verstand. Das schien es zu tun, denn es rannte los, warf die Nymphen wie Bowlingkegel um und preschte durch den Wald davon.

Tharix brüllte über uns, und ich reckte den Hals. Er hatte uns entdeckt – und ließ sich nun nicht länger von meiner Illusion täuschen. Er änderte seine Richtung, um uns zu verfolgen, aber die Schattenbestie war ihm weit voraus und bewegte sich rasch auf ihren mächtigen Pfoten fort.

Die Zeit drängte, und wenn wir Darcy nicht erreichten und zusammen mit ihr flohen, bevor die Drachen eintrafen, würde diese Angelegenheit nur auf eine Art und Weise ausgehen können. Und die wäre blutig und qualvoll.

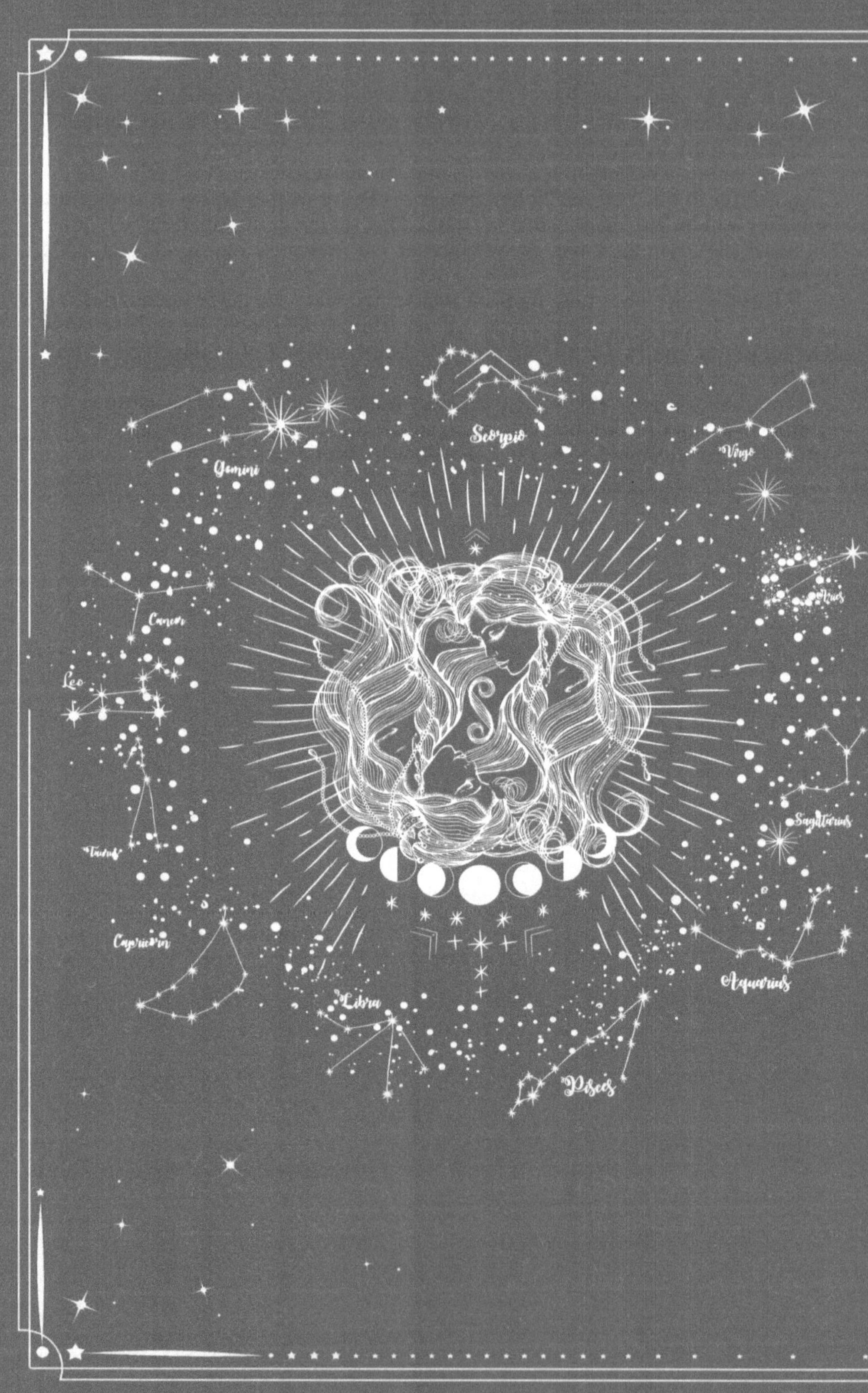

Gemini
Scorpio
Virgo
Cancer
Aries
Leo
Sagittarius
Taurus
Aquarius
Capricorn
Libra
Pisces

TORY

KAPITEL 71

Mein Sturz endete abrupt, und der Boden riss bei meiner Landung unter meinen Füßen. Der Rauch, durch den ich gefallen war, waberte überall um mich herum. Aber meine Ankunft rüttelte ihn auf und er verflüchtigte sich, sodass ich wieder etwas sehen konnte.

Sogar die Luft hier schien zu wissen, warum ich gekommen war.

Die Welt um mich herum bestand aus nichts und allem zugleich. Wohin ich auch blickte, sah ich nur karge Einöde, und doch blitzte das Leben selbst am Rande meiner Wahrnehmung auf. Als würde es verschwinden, wenn man es direkt anstarrte. Dennoch ließ es sich nicht komplett verbannen.

Ich wusste, womit ich es hier zu tun haben würde, und als hätten meine Gedanken allein sie heraufbeschworen, loderten Flammen vor mir auf, in deren Mitte eine Tür erschien, deren Öffnung von Dunkelheit verschleiert war.

Die Feuer des Abgrunds.

Das Tor zwischen den Reichen.

Ich ging darauf zu. Mein Rucksack fühlte sich immer schwerer an, je näher ich der Hitze der Flammen kam. Und ausnahmsweise spürte ich nicht, wie die Kraft des Feuers in meine Haut einsank und meinen Phönix nährte. Das waren keine normalen Flammen. Und ich hatte das Gefühl, dass selbst die Gaben meiner Formgebung nicht ausreichen würden, um mich vor ihnen zu schützen.

Ich ließ meinen Rucksack fallen und zog wie in Trance das Feuerbuch heraus. Meine Hände schienen zu wissen, was zu tun war, noch bevor mein Verstand überhaupt darüber nachgedacht hatte.

Ich überflog die Seiten und hielt schließlich bei einer inne. Mein Finger glitt über das Bild eines Mannes, der auf einem brennenden Scheiterhaufen lag, dann fiel mein Blick auf den Text daneben.

Nur ein Geist, der von seinem Körper getrennt wurde, kann das brennende Tor passieren. So wurde es von den Sternen selbst geschrieben. Aber es wird schon lange darüber spekuliert, dass auch ein Geist, der noch an sein sterbliches Fleisch gebunden ist, unbemerkt auf dem Rücken eines anderen hindurchschlüpfen könnte, wenn dieser andere vor seinem wahren Übergang steht.

Ich las die Worte zweimal und fragte mich, ob ich ein Opfer beschwören müsste – irgendein niederes Mitglied von Lionel Acrux' Armee, das ich im Namen meiner Mission ohne Weiteres töten würde. Ich war mir nicht sicher, was es über mich aussagte, dass ich bereit war, das überhaupt in Betracht zu ziehen. Aber ich war zu weit auf diesem Weg gegangen, um jetzt umzukehren, und ich glaubte nicht, dass es viele Opfer gab, die ich nicht bringen würde.

Aber als ich die Worte noch einmal las, fragte ich mich, ob sie vielleicht ein Hinweis auf den nächsten Teil meines Plans waren als eine Anleitung hierfür. Ich entledigte mich der Fetzen meiner Lederjacke, die übrig geblieben waren, nachdem meine Flügel sie durchstoßen hatten, und warf sie beiseite.

Schließlich wusste ich bereits, wie ich möglicherweise durch das brennende Tor kommen könnte.

Mein Puls beschleunigte sich, als diese Gedanken durch meinen Kopf wirbelten, und ich schlug das Buch zu, bevor ich es wieder in meinen Rucksack steckte und stattdessen den Behälter mit dem Blut meiner Feinde herausnahm.

Ich stellte ihn auf den Boden und nahm dann als Nächstes den Beutel mit dem Steinsalz heraus, gefolgt von den fünf Glaskristallen, die ich für diesen Zweck ausgewählt hatte.

Außerdem zog ich einen Strauß getrockneten Thymians aus meiner Tasche und legte ihn neben den Rest.

Das brennende Tor flammte auf, als wüsste es bereits, was ich vorhatte, und die Hitze der Flammen erreichte meine Haut und ließ mein Fleisch vor Intensität prickeln.

Ich nahm den Beutel mit Steinsalz und verteilte es in Form eines Pentagramms auf dem Boden, dessen Mitte groß genug war, um meinen Körper einzuschließen. Ich murmelte Worte in der alten Sprache der Runen, während mein Finger die Symbole zeichnete, und versah die Luft mit Flammen, die zu Boden fielen und die Runen in den Stein am äußeren Rand des Pentagramms brannten.

Als das erledigt war, sammelte ich die fünf Kristalle ein, nahm sie einen nach dem anderen in meine Faust und drückte meine Kraft in jeden von ihnen, bevor ich sie an den Eckpunkten des Pentagramms platzierte. Einer war mit wirbelnder blauer Wassermagie gefüllt, der nächste mit grüner Erdmagie, zwei weitere mit loderndem Feuer und reinster Luft. Zuletzt tauchte ich in den unermesslichen Kraftbrunnen in den Tiefen meiner Seele ein und beschwor Äther herauf.

Er erhob sich in mir wie eine Welle klarer Energie. Mein Atem stockte und meine Organe versagten für mehrere schmerzhafte Momente, während ich den Äther in den Kristall leitete und ihn an die Spitze des Pentagramms setzte. Er glühte wie die anderen, aber sein Kern war tiefschwarz, eher wie eine Leere aus Licht als irgendeine Farbe, die meine Augen wahrnehmen könnten.

Meine Finger zitterten ein wenig, als ich den Kristall positionierte, und ich zwang sie zur Ruhe, da ich wusste, dass ich noch viel mehr Kraft brauchen würde, bevor dies erledigt war.

Ich hatte mich meinen Ängsten und meiner Wahrheit gestellt, und nun musste ich mich dem Preis widmen, den diese Magie von mir verlangte.

Das Licht, das den Rauch durchdrungen hatte, um mich am Boden dieses Abgrunds zu finden, flackerte, während ich arbeitete. Ein Geräusch hallte laut durch die Welt, eine Forderung, die die Erde erzittern ließ. Und es war, als würden die Sterne mich anschreien. Als würden sie erkennen, was ich tat.

»Ich habe euch verflucht«, knurrte ich und hob die Hand zum Himmel. Äther strömte aus mir heraus, als ich ihnen meine vernarbte Handfläche zeigte und den Himmel durch die entfesselte Macht erzittern ließ. »Ich habe euch ein Versprechen gegeben. Und es ist an der Zeit, es einzulösen.«

Ich bewegte mich in die Mitte des Pentagramms, bündelte mit jeder meiner Bewegungen meine Magie und nahm schließlich den gebundenen Thymian in meine Hand, bevor ich mir mit jenem Dolch, der den Mann, den ich liebte, aus dieser Welt gerissen hatte, den Arm aufschnitt.

Mein Blut floss heiß und schnell, Äther perlte in jeden roten Tropfen, als ich diese über die getrockneten Kräuter laufen ließ. Thymian für die Kommunikation mit den Toten. Für einen sich auftuenden Pfad, der gerade lange genug offen bleiben würde.

Als die getrockneten Kräuter mit meinem Blut bespritzt waren, warf ich den Strauß in das Herz dieses Tores. Der Eingang brüllte vor Wut, als ich meine Kraft durch ihn hindurch peitschte und ihm damit meinen Willen aufzwang.

Es war nicht als Durchgang gedacht, sondern lediglich als das Herz der Flammen in dieser Welt, eine Verbindung zu jeder Flamme in jedem Fae, der dieses Element besaß. Aber das war mir egal. Ich interessierte mich nicht für das von den Sternen festgelegte Design oder für irgendetwas anderes, und als ich das Tor an meinen Willen band, spürte ich, wie das Fundament der Erde selbst von einem Riss erschüttert wurde.

»Ergib dich mir!«, zischte ich und grub meine Fersen in den Boden, während der Äther in mir brodelte und versuchte, mich anstelle des Tors an die Leine zu legen.

Ich streckte meine Hände aus, um Elementarmagie auszustoßen, die sogleich an den vier ihnen gewidmeten Punkten des Pentagramms explodierte.

Neben dem Feuerkristall entzündete sich ein Feuer, eine rotierende Wasserkugel bildete sich am entsprechenden Punkt des Pentagramms, eine wirbelnde Sphäre aus Luftmagie und eine blühende Schneise aus grünem Gras folgten. Zwischen dem Tor und mir befand sich nun nur noch der mit Äther gefüllte Kristall, und als ich mich in den Tiefen meiner Kraft festkrallte und das Herz dieser uralten Magie beschwor, brach ein Mädchen aus reinem Licht aus ihm hervor.

Ich fiel auf die Knie, als mir die Kraft, die ich für ihre Beschwörung gebraucht hatte, entrissen wurde. Keuchend blickte ich zu der Gestalt auf, deren Züge von diesem blendenden Licht völlig verdeckt waren. Sie stellte sich vor mich, als meine Verbindung zum Tor erneut an mir zu ziehen versuchte, und ich bleckte die Zähne zu einem grimmigen Lächeln, als sie einen Stab aus goldener Energie zückte und eine Ranke aus dunklem Äther direkt auf die Flammen warf.

Ich wurde auf meinen Hintern zurückgeworfen, als der Sog des Tors plötzlich nachließ. Mein Griff wurde eisern und mein Wille zu seinem Willen.

Ein Lächeln huschte über mein Gesicht, als mir klar wurde, was ich erreicht hatte.

Mein Atem ging nur noch stoßweise und die Schnittwunde an meinem Arm pochte schmerzhaft, aber ich war noch nicht fertig und konnte mir keinen Moment zum Ausruhen gönnen.

Ich kroch zu dem Blutgefäß, betrachtete das tiefdunkle Rot der Flüssigkeit, die daran wirbelte, und erinnerte mich daran, wie ich es mir selbst abgeschöpft hatte, nachdem ich in meinem Zimmer aufgewacht war. Das Blut meiner Feinde, das meinen Körper bedeckt hatte, war nun eine Waffe.

Ich nahm den Deckel vom Gefäß und tauchte zwei Finger in das Blut, während ich tief einatmete. Ich stellte mich genau in die Mitte des Pentagramms und konzentrierte mich auf die Magie, die auf meinen Ruf hin zu wachsen begann.

Ich malte Runen auf meine eigene Haut, während ich den Äther in mich hineinzog und meinen Körper damit füllte, als wäre ich selbst ein Gefäß und nichts weiter.

Als der Äther auf die Runen traf, die ich auf meine Haut gezeichnet hatte, griff er danach. Seine Kraft brannte sich durch sie hindurch, und ich presste die Zähne aufeinander, als sie eine nach der anderen meinen Körper brandmarkten.

Ich fluchte, als der Schmerz unerbittlich wurde. Die Magie brannte sich bis in meine Knochen, schnitt sich durch meinen Körper und ging über mich hinweg, als hätte Fleisch wenig Bedeutung für sie. Als suchte sie den wahren Preis: meine Seele.

Der Schrei, der aus mir herausbrach, als ich zu Boden fiel, war verdammt noch mal unendlich und entsprach dabei nicht annähernd der Realität des Schmerzes, der mich jetzt durchzog, als meine Seele angesichts dieser Macht in Flammen aufging.

Alles wurde mir entrissen. Mein Phönix schrie auf, als meine Verbindung zu ihm abbrach, und mein Griff um meine Macht schwand, als sie meiner Kontrolle entzogen wurde. Ich fiel in die Tiefen der Magie, die ich zu wirken begonnen hatte und nun nicht länger kontrollierte.

Der Zauber war wie ein Lebewesen. Seine eigenen Wünsche und Bedürfnisse waren ein schrecklicher Anblick, da es die Welt mit einem Hunger betrachtete, der von keinem anderen übertroffen wurde. Und es wollte mich benutzen, um zu zerstören, auszulöschen, zu verschlingen.

Mein Einfluss auf mich selbst flackerte, als sein Hunger mich fast verzehrte, aber als ich von der Flut seiner katastrophalen Begierden mitgerissen wurde, rief mich ein Schimmer meiner eigenen Bedürfnisse – die goldenen Augen meiner Verdammnis und der Grund für all das. Der Mann, den ich für mich selbst gewählt hatte, trotz aller Gründe, ihn abzulehnen, trotz der Sterne, die an uns zogen und zerrten, trotz des Schleiers, der sich zwischen uns geschlossen hatte. Er gehörte mir und ich gehörte ihm und ich war hierhergekommen, um ihn an meine Seite zurückzubringen.

Mit dem Funken Macht, der aus den letzten Winkeln meines Wesens hervorschoss, riss ich die Kontrolle über den Äther wieder an mich und zwang ihn, sich meinem Willen zu fügen.

»Mach einen Weg frei!«, zischte ich mit geballten Fäusten. Blut quoll zwischen meinen Fingern hervor und meine Wirbelsäule wölbte sich gegen den Steinboden unter mir.

Das Universum lehnte sich gegen meine Forderung auf, aber ich weigerte mich, nachzugeben. Mit jedem Impuls meiner Macht, jedem Stück, das ich beanspruchen und der Welt um mich herum stehlen konnte, zwang ich ihm meinen Willen auf.

Ich war hierhergekommen, um ihn zu sehen, und ich weigerte mich, dem Tod nachzugeben, bevor ich das erreicht hatte.

Alles um mich herum bebte und wogte. Die Naturgesetze selbst arbeiteten daran, mir diese eine Bitte zu verweigern, aber ich presste noch mehr Kraft in meinen Befehl, rief noch mehr Äther an und band ihn an meinen Willen, bis ein ohrenbetäubender Knall die Luft erfüllte und die Welt um mich herum wie Öl schimmerte.

Die Kraft verebbte, befreite mich von der Qual, sie zu nutzen, und erlaubte mir, mich auf den Bauch zu rollen, während ich versuchte, den quälenden Schmerz in meiner Seele zu stoppen.

Ich stand auf, meine Glieder zitterten vor Anstrengung und mein Atem war flach, als ich die Kluft zwischen den Reichen wahrnahm, die ich erzwungen hatte. Und da hing sie, eingeschlossen im Tor aus Flammen.

Meine Füße stolperten übereinander, als ich mich darauf zubewegte, und der Rest der Welt schien zu verschmelzen, bis nichts mehr übrig war als diese Kluft im Gewebe des Universums selbst. Das ätherische Licht blendete mich so stark, dass ich nicht sehen konnte, was jenseits davon lauerte.

Ich hielt nicht inne, als ich darauf zutaumelte. Mein Herz donnerte und bewies mir und allen, die es hören konnten, dass ich noch lebte. Selbst als ich diesen letzten Schritt machte und in den Tod selbst wandelte.

Gemini
Scorpio
Virgo
Cancer
Aries
Leo
Sagittarius
Taurus
Capricorn
Aquarius
Libra
Pisces

DARCY

KAPITEL 72

Meine Arme zitterten angesichts der Kraft, die aus mir strömte und die Kugel aus Phönixfeuer nährte, in der ich Lavinia gefangen hielt. Dieses Mal war jede Richtung versperrt, sodass sie nicht wieder entkommen konnte. Während sie sich unter Schmerzensschreien in die Flammen warf, ließ ich den Zauber aus meinem Körper in die Luft strömen.

Meine brennenden Flügel züngelten an meinem Rücken, während ich von oben auf meine Beute hinabblickte. Die von mir ausgehende Hitze ließ die Luft flimmern. Sogar der Palast hinter mir wurde von meinen Flammen erleuchtet, seine hoch aufragenden Mauern färbten sich in rotem und blauem Licht.

»*Adiuro te. Fores claudo. Adiuro te. Fores claudo*«, rezitierte ich die Worte, die ich in dem mit Federn verzierten Buch gefunden hatte, das Orion und ich entdeckt hatten. Eine ungeheure Kraft schnitt durch die Atmosphäre und brachte Lavinia zum Wimmern. »Ich binde dich. Ich schließe die Türen!«

Ich zog den Eiskristall mit Stellas Blut aus dem Beutel an meinem Handgelenk. Das Adrenalin ließ meinen Puls schneller schlagen.

Die Nymphen waren weit genug von mir entfernt – ihre Rasseln konnten mich hier nicht erreichen, um mir meine Magie zu stehlen. Und so formte ich eine Windböe in meiner Hand, übergab ihr den Kristall und lenkte ihn über die Kugel aus Phönixfeuer, in der ich Lavinia gefangen hielt. Ich befahl den Flammen, sich zu teilen, gerade genug, um den Kristall durchzulassen, und ließ ihn dann auf die Schattenschlampe fallen, wobei ich meinem Feuer erlaubte, ihn zu schmelzen. Einen Augenblick später benetzte sie brennend heißes Blut.

»Ahhhh!«, schrie sie gequält, und ein perverses Vergnügen erfüllte mich bei diesem Klang. Sie hatte Orion gefoltert, und ich war mehr als bereit, den Gefallen zu erwidern und zuzusehen, wie meine Flammen ihren Körper so langsam zerfraßen, dass sie jeden Biss spürte.

Ihre Hand schoss durch das Loch, das ich in die Flammen geschnitten hatte, und ich befahl dem Feuer, sich zu schließen. Sie krümmte die Finger und Schatten tanzten in ihrer Handfläche, aber die Gaben meiner Formgebung erstickten diese, und sie riss ihre Hand mit einem Wehklagen zurück.

»Adiuro te. Fores claudo. Adiuro te. Fores claudo«, sprach ich schneller. Die Kraft um mich herum wuchs und meine blauen Haare tanzten im Wind.

Die Magie, die aus meinem Körper strömte, war gewaltig. Die Atmosphäre dröhnte angesichts der Energie, die ich verbreitete. Ich hielt fast die Gesamtheit aller Schatten in dieser Feuersphäre gefangen, versperrte ihr den Zugang zu ihnen, kratzte sie aus ihrer Seele und warf sie zurück in das Schattenreich, wo sie sie nie wieder würde erreichen können. Es war eine Kraft wie keine andere, und die Flammen waren so heiß, dass sie mit dem geschmolzenen Erdkern konkurrierten und die Erde zu einer Grube werden ließen.

Von einem Moment auf den anderen schnappte der Zauber zu. Ihr Wesen war gebunden. Der Wind legte sich, und ein schwerer Atemzug verließ meine Lunge, als das gesamte Universum angesichts dieser Macht zu verstummen schien.

»Nein«, schluchzte sie, und das Gefühl, endlich einmal gewonnen zu haben, durchflutete mich.

Sie konnte die Schatten nicht länger beschwören, hatte nur noch Zugriff zu denen, die ich in ihrem Körper gefangen hatte. Sie war so geschwächt, dass sie getötet werden konnte. Und tötbare Kreaturen konnten brennen.

Das Schreien der Nymphen in der Ferne hallte durch den Wald, ihr Schmerz war auch Lavinias Schmerz. Aber zwischen ihren Schreien war noch ein anderes Geräusch zu hören – schrille Töne, die fast fröhlich klangen. Aber ich wusste nicht, warum.

Ich flog ein wenig näher an Lavinia heran, schloss das Feuer um sie herum und hörte das süße Knistern ihrer Haut, als diese in meinen Flammen zu brennen begann. Sie mochte nicht sterblich sein, aber der Zauber sollte ihre Fähigkeit zur Heilung und Verjüngung verlangsamt haben. Die Magie meines Phönix sollte also ausreichen, um sie zu erledigen, und ich ergötzte mich an dieser Gelegenheit.

In der Ferne ertönte das Gebrüll eines Drachen und mir lief es kalt den Rücken hinunter, aber ich wandte meinen Blick nicht von meiner Falle und Lavinia ab. Nichts würde mich von dieser Aufgabe ablenken. Ihr Tod war der meine – das hatte ich angekündigt und endlich löste ich dieses Versprechen ein. Sie würde mit jedem Tropfen Schmerz, den ich aus ihrem Körper pressen konnte, für ihre Taten bezahlen.

Ich war so nah dran, ich hatte sie, und dieses Mal würde ich sie nicht loslassen. Das Feuer brannte so heiß auf meiner Haut, dass das Gras verdorrte und meine Kraft die Luft wie die läutenden Glocken der Zerstörung zum Klingen brachte.

»Darcy!« Orions Stimme durchbrach die dunkle Wolke der Rache in meinem Kopf.

Ich drehte mich um und sah, wie die Schattenbestie mit Orion und Gabriel auf ihrem Rücken den Hügel hinaufsprang. Überrascht starrte ich sie an.

Ich schnappte nach Luft, als Tharix in seiner Drachenform hinter ihnen angeschossen kam. Sein Maul war weit aufgerissen und Schatten quollen aus seinem Mund. Ich hob trotzig eine Hand, und die feurigen Atome in meinem Blut wurden von Beschützerinstinkt erfüllt. Mit meinen Flammen schuf ich die Gestalt eines Phönixvogels und schickte ihn los. Er flog mit einem herzzerreißenden Schrei über die Schattenbestie hinweg und steuerte direkt auf Tharix zu.

Der Vogel kollidierte mit den Schatten, die aus dem Maul des Drachen strömten, und zerschlug sie, bevor sie auf Orion und Gabriel hinabstürzen konnten, und gab ihnen damit die Chance, zu mir zu gelangen, während ich Lavinia weiterhin in meiner Sphäre der Macht gefangen hielt.

Tharix brüllte zum Himmel und drehte sich um, um den Flammen zu entkommen, die ich ihm auf den Hals gehetzt hatte, um ihn so lange wie irgendwie möglich in Schach zu halten. Doch er erhob sich über meine Flammen und wirbelte erneut auf uns zu.

Schatten strömten aus seinem Maul, und ich fluchte und erzeugte überall Flammen, um sie aufzuhalten. Ich wirkte einen Schild aus Phönixfeuer über die Schattenbestie, um Orion und Gabriel zu schützen, während die Bestie sie zu mir trug, bis ich über ihnen in der Luft schwebte.

Eine Linie aus Schatten schoss durch den Himmel, und ich schirmte mich ab, wobei ich zu spät erkannte, dass der Angriff nicht mir galt. Die dunkle Schwade krachte in die Feuersphäre, in der Lavinia gefangen war, und ich fokussierte mich sofort wieder auf sie, um sie in Position zu halten. Aber die Schatten schafften es, ein Loch in meine Flammen zu schneiden, und Tharix stürzte von oben herab, holte Lavinias schwelenden Körper mit seinen Krallen heraus und flog in den Himmel davon.

»Nein!«, schrie ich und schickte ihm Flammen hinterher, die ich mit all meiner Leidenschaft und all meinem Hass fütterte.

Ich löschte jedes andere Feuer, das um mich herum brannte, und setzte meine ganze Kraft ein, um einen riesigen Phönixvogel zu formen, der nur darauf wartete, den Tod auf sie herabregnen zu lassen. Aber Tharix stieg immer höher und floh so schnell er konnte davon, um seine abscheuliche Mutter zu retten. Er entkam mir, aber ich bleckte die Zähne und streckte meine Flügel aus, während ich höher stieg, um sie selbst zu verfolgen.

»Darcy!«, rief Gabriel, und ich drehte mich mit klopfendem Herzen zu ihm um. »Wir müssen gehen. Das Schicksal wendet sich gegen uns. Keiner von uns wird diese Nacht überleben, wenn wir nicht sofort aufbrechen.«

Diese Erkenntnis schmerzte mich in der Seele, und ich warf einen Blick zurück in die Richtung, in die Tharix verschwunden war, seine dunklen Schuppen verschwanden am Himmel. Mein flammender Phönixvogel kreiste über ihnen, auf der Suche nach ihm, fand aber keine Spur, der er folgen konnte.

Ich musste ihm zur Hilfe kommen, musste das Monster erledigen, das meinen Gefährten gefoltert und mich gezwungen hatte, dabei zuzusehen.

»Geht!«, rief ich ihnen zu, und Orions Augen verdunkelten sich.

Gabriel schüttelte den Kopf – auch er würde nicht gehen. Und plötzlich sah ich der schrecklichen Möglichkeit ins Auge, dass die beiden sterben könnten. Wenn ich blieb, würden sie bleiben. Und die Vorhersage meines Bruders würde sich bewahrheiten. Das konnte ich nicht zulassen, und so unerträglich es auch war, mich von diesem Kampf abzuwenden, wusste ich, dass ich keine andere Wahl hatte. Wir hatten die Chance, zu entkommen. Und Gabriel und Orion brauchten diesen Ausweg dringender als Rache.

Ein Kreischen lenkte meinen Blick zu den Bäumen, wo ich die Nymphen auf uns zurennen sah, obwohl viele von ihnen in ihrem Vorstoß langsamer zu werden schienen. Ich runzelte verwirrt die Stirn, als ich bemerkte, dass sich Schatten von ihren Körpern lösten, sich zusammenrollten und im Himmel verschwanden, als wäre ein schwerer Bann gebrochen worden.

Diese Nymphen wandten sich gegen ihre Artgenossen, stachen mit ihren Fühlern auf sie ein, und ein Kampf brach aus, der den ganzen Hügel erschütterte.

Ich landete vor meinem Bruder auf der Schattenbestie, und diese brüllte aufgeregt und sprintete auf den Palast zu.

»Was ist los?«, fragte ich mit einem Blick auf die Nymphen, und es war Orion, der antwortete.

»Was auch immer du Lavinia angetan hast, muss das verursacht haben«, sagte er.

»Einige von ihnen waren unfreiwillig unter ihrer Kontrolle«, hauchte ich, als mir das klar wurde. Ich dachte an Diego und daran, wie er seine Mütze hatte benutzen müssen, um den Willen der Schatten zu bekämpfen. »Mein Zauber muss ihre Macht über sie gebrochen haben.« Ein Satz aus der Prophezeiung kreiste in meinem Kopf und ich fragte mich, ob dies seine Bedeutung sein könnte. *Befreit die Versklavten.*

»Die Drachen sind hier«, keuchte Gabriel und sein Griff um meine Taille wurde fester. »Geh!«

Ein Schimmer erregte meine Aufmerksamkeit, und ich entdeckte den Dolch, den Lavinia an sich genommen hatte, in der schwelenden Grube, in der ich sie gefangen gehalten hatte. Ich holte ihn mit einem Windstoß zu mir. Mein Daumen berührte den purpurroten Granat in seinem Griff, als ich ihn in meinen Hosenbund steckte und ein Loch in meine Shorts schnitt, damit die Klinge hindurchpasste.

»Dreh die Schattenbestie um! Wir müssen zur Grenze«, forderte Orion.

»Keine Zeit«, sagte ich entschlossen, aber mit einem soliden Plan im Kopf, während die Schattenbestie auf den Palast zustürmte, wo zwei verzierte silberne Türen auf uns warteten.

Sie öffneten sich für uns, ohne dass ich einen einzigen Tropfen Magie wirken musste, und sobald wir drinnen waren, schlugen sie hinter uns zu und rasteten ein.

Wir stürmten die Gänge entlang und die Fensterläden der Fenster schlossen sich, sperrten das Licht aus und verriegelten sich, um unsere Feinde auf Abstand zu halten. Der Palast ächzte, das Geräusch von sich schließenden Türen, Fensterläden und Fenstern dröhnte durch das gesamte Gebäude, und die Magie des Ortes vibrierte tief in meinen Adern.

Gabriel hielt mich fest, während ich am Fell der Schattenbestie zog, um es durch die Korridore zu führen. Dabei nahmen wir den schnellsten Weg zu Lionels Schlafgemach, der mir einfiel.

Wir hatten das Rasseln der Nymphen mittlerweile hinter uns gelassen, und ich warf einen Blick zurück und sah, wie Gabriel und Orion die letzten ihrer Verletzungen heilten. Gabriels Flügel knackte, als er ihn wieder in Position brachte, und ich zuckte zusammen. Als Nächstes bot mein Bruder auch mir eine Flut heilender Magie an und suchte nach jeder Verletzung, die sich auf meiner Haut befinden könnte. Ich war zu aufgedreht, um mit Sicherheit sagen zu können, ob es überhaupt welche gab. Dankend drückte ich seine Hand. Ich würde ihn und Orion hier rausschaffen, so viel war sicher.

»Du hast einen Plan, oder?«, rief Orion.

»Sie hat einen guten«, antwortete Gabriel, der den Weg, den ich eingeschlagen hatte, deutlich vor Augen hatte.

Ein lautes Drachenbrüllen ertönte außerhalb des Gebäudes, und die Tatsache, dass sie bereits so nah waren, machte mich nervös. Wir eilten eine mit silbernem Teppich ausgelegte Treppe hinauf, und als wir den Treppenabsatz erreichten, veranlasste mich der Anblick grüner Schuppen hinter dem riesigen Fenster vor uns dazu, einen Luftschild um uns herum zu errichten. Ich hatte es gerade in Position gebracht, als Lionels scharfe grüne Krallen bereits gegen das Glas krachten. Scherben regneten herab, die Vorhänge waren in Fetzen gerissen und Trümmer prallten von meinem Schild ab.

Auch die Fensterläden schlossen sich, bevor er hineingelangen konnte, und ich streckte eine Hand aus und warf Ranken, um sie zu fixieren, während Orion und Gabriel die restlichen Fensterläden entlang des Flurs einfroren.

Wir bogen ab, nahmen die Treppe zu einem anderen Stockwerk und trieben die Schattenbestie weiter an. Als wir eine weitere Fensterwand passierten, starrte uns ein grünes Drachenauge an, jagte uns nach und schwang seinen riesigen Kopf gegen das Glas. Es zerbrach in tausend tödliche Scherben und Drachenfeuer loderte aus Lionels Rachen.

Ich hob meine Hände, um ihn anzugreifen, aber die Fensterläden des Palastes knallten ihm ins Gesicht, bevor ich es konnte, und wir alle drei spritzten Wasser darüber, das wir in solides Eis verwandelten, um die Flammen zu löschen.

Die Schattenbestie rutschte weiter, als ich an ihrem Fell zog, um sie in einen anderen Flur zu drängen. Die Türen zu Lionels Quartier lagen direkt vor uns – die Türknäufe waren durch goldene Drachenköpfe ersetzt worden. Ich fletschte die Zähne angesichts der geschmacklosen, egoistischen Dekorationen, die er in das Haus meiner Familie gebracht hatte.

Der Palast öffnete uns sämtliche Türen, und die Schattenbestie bewegte sich so schnell, dass sie in Lionels Himmelbett krachte, wobei das Holz zerbrach, während wir alle vom Rücken des Tieres stürzten. Ich stieß Luftmagie aus, um die Trümmer von uns wegzutreiben und unseren Sturz abzufedern, und richtete mich schließlich mit heftig klopfendem Herzen auf.

Ich riss Lionels Schubladen auf und suchte in hektischen Bewegungen nach dem, was wir brauchten, und zerlegte dabei den Raum.

»Sternenstaub«, rief ich den anderen zu, und Orion nickte, schoss mit seiner Geschwindigkeit durchs Zimmer und zog jede Schublade heraus, bis er vor mir stehen blieb, mit einem Beutel in der Hand und einem Grinsen auf den Lippen.

»Warum hast du das nicht früher gesagt, meine Schöne?«

Ich musste lachen, aber das Lachen verging mir, als Lionel mit der Seite des Gebäudes kollidierte. Seine Krallen rissen durch die Steinmauer und das gesamte Gebäude erbebte.

Ich hob meine Hände, um einen Luftschild zu erzeugen, der die fallenden Steine aufhielt, und setzte dann meine Kraft ein, um jedes Loch zu versiegeln, das er in das Gebäude geschlagen hatte. Dies war Torys und mein Zuhause – und ich würde nicht zulassen, dass er es zerstörte. Der Schaden war nicht dauerhaft, er konnte behoben werden, zumindest redete ich mir das immer wieder ein.

Weitere Drachen warfen sich gegen die Mauern, um einzudringen, und ein flüchtiger Blick aus dem Fenster zeigte, wie Lionels Diener und Gefangene durch die Magie des Palastes überall aus den Fenstern geworfen wurden. Die Gefangenen rannten um ihr Leben, einige von ihnen hielten lange genug inne, um gegen Lionels Anhänger zu kämpfen, während andere einfach in Richtung Freiheit stürmten.

»Hier!«, rief Gabriel, und ich drehte mich um und sah, dass er auf die Wand zeigte. »Dort ist ein versteckter Durchgang, der uns aufs Dach führen wird«, sagte er, während ihm eine schwarze Haarlocke in die Augen wehte. »Wir haben die Chance, zu den oberen Stockwerken zu gelangen. Aber wir müssen jetzt gehen.«

Ich rannte los, Orion dicht auf den Fersen, öffnete den Durchgang, den Gabriel dort *gesehen* hatte, und warf einen Blick zurück auf die Schattenbestie.

»Komm schon, Beastie. Mach dein Rauchding!« Ich schaute auf die riesige Kreatur, die auf dem Wrack von Lionels Bett saß und sich durch Lionels teure Anzüge aus einem umgestürzten Kleiderschrank kaute.

Das Tier grunzte fröhlich, verwandelte sich in einen Schatten, und Orion und ich rannten meinem Bruder hinterher, während uns die geisterhafte Gestalt der Bestie folgte.

Wir kletterten eine enge Treppe hinauf, und als Gabriel eine Luke in der Decke über uns erreichte, schwang er sie weit auf. Ein heftiger Wind wehte herein. Im nächsten Moment tauchte ein riesiges zähnefletschendes grünes Drachengesicht auf und verdunkelte das Mondlicht, und Gabriel stieß einen Wasserstrahl aus, der so groß war, dass er Lionel wie eine Eidechse im Schleudergang einer Waschmaschine von uns wegschleuderte. Gabriel gefror das Wasser zu Eis, wodurch auch Lionels Flügel erstarrten, sodass er wie ein Stein vom Himmel fiel. Sein Gebrüll erstickte in seiner Kehle.

Er schlug hart auf dem Boden auf, das Eis zersplitterte um ihn herum, als er versuchte aufzustehen, und er schrie die anderen Drachen an, die herbeieilten, um ihn zu rächen.

»Flieg!«, schrie ich.

Gabriel packte Orion, flog los und raste auf den Mond zu. Ich folgte ihnen, immer höher und höher, während wir versuchten, die Schutzzauber zu durchbrechen. Mein Blick fiel auf die fliehenden Rebellen weit unter mir und auf die Nymphen und Drachen, die sich in Bewegung setzten, um zu versuchen, sie abzufangen. Es war das reinste Chaos.

Ich wirkte eine silberne Klinge in meine Hand, schnitt mir in die Handfläche und schickte das Blut mit einem wilden Wind von mir weg. Ich lenkte es zu jedem mir bekannten geheimen Eingang auf dem Gelände, und der Palast erhörte meine Bitte und öffnete die Türen für die fliehenden Rebellen, nur um sie vor den Augen ihrer Feinde wieder zuzuschlagen.

Ein fröhliches Lachen verließ mich, aber es war noch nicht vorbei. Eine Horde Drachen kam auf uns zu – mit dem verzweifelten Bestreben, uns zu fangen.

Der Wind trieb mir die Tränen in die Augen, und ich hob meine Hand über mich, verzweifelt darauf hoffend, den Kuss der Schutzzauber zu spüren. Das Feuer meines Phönix züngelte an meinen Fingerspitzen für den Fall, dass wir auf irgendeine Art von Widerstand stießen.

Eine von enormer Kraft durchdrungene Magie prickelte plötzlich auf meinen Händen, aber sie war meiner Formgebung nicht annähernd gewachsen.

Ich raste durch die Schutzzauber, und ein ohrenbetäubender Knall ertönte. Orion warf den Sternenstaub über unsere Köpfe – keine Ahnung, woran er dabei dachte –, während Lionel unter uns vor lauter Wut brüllte.

Kurz bevor die Sterne uns entführten, sah ich, wie sich der Palast ein für alle Mal fest verschloss, und ich wirkte einen flammenden Phönixvogel aus meinem Feuer, schickte ihn über den Palast, um unseren Sieg zu verkünden, und befahl ihm, sich auf dem Dach niederzulassen, um unseren Trotz zu zeigen.

Dann wurde alles dunkel, und ich verlor mich in einer Galaxie aus wirbelndem Licht, während ich spürte, wie sich die Seelen meines Bruders und meines Gefährten eng an mich schmiegten.

Gemini
Scorpio
Virgo
Cancer
Aries
Leo
Sagittarius
Taurus
Capricorn
Aquarius
Libra
Pisces

DARIUS

KAPITEL 73

Meine Seele zitterte, als meine wunderschöne, kraftvolle und unaufhaltsame Gefährtin durch die Barriere zwischen Leben und Tod trat, als wäre es eine ganz normale Tür. Eine Tür, von der sie sich weigerte, sie geschlossen zu lassen.

Sie war hier.

Ich streckte die Hand in Richtung Tisch aus und eine Flasche Bourbon erschien zwischen meinen Fingern – einfach, weil ich daran gedacht hatte –, kurz bevor ich mir ein Glas einschenkte. Meine Hand zitterte. Ich konnte jeden Schritt spüren, den sie an diesem Ort machte. Als wären sie Wellen in einem Teich, die allen, die hier lebten, signalisierten, dass etwas kommen würde. Etwas, das nicht hierhergehörte.

Ich hatte ihr den Weg frei gemacht, indem ich die Macht, die ich nach wie vor beanspruchte, aus mir herausgepresst hatte. Hatte den Weg geebnet und alle anderen Seelen von ihrem Pfad ferngehalten, während ihre Eltern, meine Mutter, Hamish Grus, Azriel Orion und viele andere darum gekämpft hatten, sie ebenfalls in Schach zu halten, um uns diese Zeit zu erkaufen.

Der Tod war endlos. Die Schönheit des ewigen Palastes, in dem ich mich derzeit befand, war unvergleichlich, die vergoldeten Straßen davor waren mit unzähligen Schätzen gefüllt. Aber die zerfurchten Tore dahinter markierten den Weg zu unsterblichem Schmerz.

Alle Fae, die einst gelebt hatten, kamen auf ihrer Reise in den Tod an diesen Ort und konnten hier im Zwischenreich so lange verweilen, wie sie es wünschten. Ich hatte Geister getroffen, die seit Jahrtausenden hier waren, und ich hatte gerade verstorbene Fae beobachtet, die direkt am Palast vorbei zu den flackernden Toren des Jenseits gegangen waren, ohne auch nur zur Seite zu schauen.

Im Tod war alles möglich für diejenigen, die es sich mit ihrer Zeit auf der Erde verdient hatten. Alle Wünsche wurden denen erfüllt, die im Palast und in den umliegenden Ländern untergebracht waren. Und für diejenigen, die sich Verdammnis zugezogen hatten … Nun, die Schreie, die jenseits der gequälten Tore zu hören waren, verrieten, dass auch ihre Ewigkeit mit genau dem gefüllt war, was sie verdienten. Ich hatte gehört, dass auch sie durch ein eigenes flackerndes Tor treten konnten, aber die Schrecken, die auf jener Seite des Todes lauerten, reichten aus, um die meisten von ihnen in Qualen auf dieser Seite verweilen zu lassen.

Für mich kam es nicht infrage, von diesem Ort wegzugehen. Ich war in den Ewigen Palast gestolpert und hatte in meinen ersten Wochen hier versucht, auf die andere Seite zurückzukehren, um mein Versprechen an die Frau zu halten, die jetzt zu mir gekommen war. Dann hatte ich um das Leben getrauert, das ich verloren hatte, ich hatte meine Mutter fest an mich gedrückt und die Wahrheit über diesen Ort und was er jetzt für mich bedeutete, akzeptiert.

Denn der Tod war ewig. Und es gab kein Zurück.

Ihre Schritte kamen näher, das Band zwischen uns spannte sich und zog sie zu mir. Jeder Schritt ihrer Stiefel auf dem Marmorboden war wie das Echo eines Herzschlags, der durch meine stille Brust donnerte.

Der Raum, den ich hier geschenkt bekommen hatte, war wunderschön, reich verziert und perfekt. Und doch gab es wenig, das wirklich von mir sprach. Nicht so, wie es die Räume anderer hier taten. Ich wusste, warum. Nichts von dem, was mir am meisten bedeutete, war hier. Nichts, was mir das Gefühl gab, lebendig zu sein, befand sich an diesem Ort, und kein Ersatz für die Realität, die ich verloren hatte, würde jemals ausreichen.

Ich nahm einen großen Schluck Bourbon, dessen Geschmack so sehr an Orion erinnerte, dass ich ihn fast vor mir stehen sehen konnte, eine Augenbraue hochgezogen, als wollte er sagen: »Willst du nicht aufstehen?«

Aber ich stand nicht auf. Ich konnte nicht. Das Unmögliche war geschehen und sie schritt direkt auf mich zu, während ich hier wie ein Feigling wartete, wissend, dass ich ihr nie das würde geben können, was sie brauchte. Dass ich nie die Sehnsucht in ihrem gebrochenen Herzen würde stillen können.

Ich hatte alles gesehen, jeden Moment des Leidens und des Kummers, den sie ertragen hatte. Ich hatte zugesehen, wie sie zu dem Wesen geworden war, das sie sein musste, um diese Reise zu unternehmen, hatte zugesehen, wie sie für jedes Opfer geblutet hatte, und die Qualen gespürt, die sie für diese sinnlose Jagd auf sich genommen hatte.

Aber ich war im Raum des Wissens gewesen und hatte durch die Augen der Sterne selbst auf die Welt geblickt. Ich kannte die Wahrheit. Und dieses Verständnis hatte mich zerstört. Es hatte die letzten Hoffnungsschimmer zunichtegemacht, die ich für eine Lösung unserer Situation gehegt hatte. Aber ich wusste, dass das, was mir bevorstand, mich noch mehr zerstören würde. Einen Moment in ihren Armen zu verbringen, sie festzuhalten – und zu wissen, wie flüchtig diese Zeit mit ihr sein würde. Weil sie nicht hierbleiben konnte, egal, wie egoistisch ich in Bezug auf diesen Wunsch auch sein wollte. Es war nicht möglich. Auf sie wartete eine ganze Welt und ein so großes Schicksal, dass selbst die Sterne sich dessen noch nicht sicher waren. Sie war geboren, um Berge zu versetzen und die Sterne zum Beben zu bringen. Sie war geboren, um zu zerstören und sich zu erheben.

Ich blickte auf die schimmernde Wand hinter mir, mein ganz persönlicher Blick auf all jene, die ich liebte und die unter den Lebenden verblieben waren.

Ich hatte alles von diesem Ort aus beobachtet und ihn nur selten verlassen. Meine Aufmerksamkeit war hier verankert, obwohl ich wusste, dass das zum Wahnsinn führen könnte. Aber ich war nicht bereit, meinen Blick vom Schicksal der Lebenden abzuwenden. Ich konnte mich nicht auf mein Leben nach dem Tod konzentrieren, während so viele Fae, die mir wichtig waren, in Gefahr schwebten und gegen alle Widrigkeiten ankämpften, um den Zorn meines Vaters zu überleben.

Es war eigentlich nichts weiter als ein Fenster, aber wenn ich Angst oder Liebe empfand, die über das hinausgingen, was ich ertragen konnte, dann war ich in der Lage, hindurchzutreten. Ich konnte diese Barriere durchbrechen und mich zu meinen Liebsten stellen, ohne dass sie mich sahen. Ich konnte nichts wirklich beeinflussen, aber manchmal, wenn ich sie berührte oder eine Warnung brüllte, spürten sie mich doch. Es war nicht viel, nur der Hauch meiner Seele, der um sie herum tanzte, aber ich wusste, dass sie mich trotzdem fühlten. Es war nicht genug. Und gleichzeitig musste es genug sein.

Ihre Schritte kamen so gleichmäßig näher wie das Ticken einer Uhr, und ich schluckte den Kloß in meinem Hals hinunter. Und dann stand ich doch auf und machte einen Schritt auf die hohen Flügeltüren zu, wo ich innehielt.

Sie war hier. Und das bedeutete, dass ich mich endlich den Konsequenzen meines Versagens in vollem Umfang würde stellen müssen.

Ich konnte mich nicht dazu bringen, mich von der Stelle zu bewegen. Die Sonne schien durch die Fenster und tauchte eine Seite meines Gesichts in Licht, während die andere im Schatten lag. Wie die beiden Teile meiner Seele. Der Mann, der ich war, als ich ihr gehörte, war hell, heiß und voller Leben. Und der, der ich in all den Jahren zuvor gewesen war, voller Rachedurst, ertrinkend in seinem eigenen Versagen.

Ich war mir nicht sicher, zu welchem dieser Männer ich letztendlich geworden war, obwohl ich davon ausging, dass ich immer eine Mischung aus beiden sein würde.

Die Türen flogen auf, als sie sie erreichte. Sie schlugen gegen die Wände zu beiden Seiten des Rahmens, und dann standen wir einfach nur da und starrten einander an. Spannung knisterte in dem Raum, der uns trennte, wie sie es immer getan hatte.

Und natürlich gab es kein Lächeln, natürlich war sie nicht erfreut, mich in dieser märchenhaften Perfektion zu sehen, wie es sich die meisten Fae für dieses Szenario erträumt hätten. Sie war die personifizierte Wut. Ihre grünen Augen blitzten vor tiefem und durchdringendem Zorn, und ihre vollen Lippen waren geschürzt, als sie mich erblickte, wie ich vor einem Stuhl stand, der ein Thron hätte sein können, und darauf wartete, dass sie zu mir kam.

»Hallo, Roxy«, sagte ich mit rauer Stimme, während ich sie genau musterte. Sie war blutverschmiert und übel zugerichtet, der Preis für ihre Reise an diesen Ort lastete schwer auf ihren Schultern, und die Runen, die sie auf ihre Haut gemalt hatte, leuchteten leicht, als würden sie den Druck des Todes abwehren, der sich danach sehnte, von ihr zu kosten.

Ihre Lippen teilten sich, tausend Küsse brannten sich durch meine Erinnerung, als ich sie beobachtete, wartete und mich fragte, ob sie mich nach all dem immer noch als würdig erachten würde.

Sie sagte kein Wort, nicht ein einziges, und darüber hätte ich fast gelächelt.

Roxanya Vega war sprachlos, hatte kein Gift zum Spucken mehr übrig, keine Wut mehr, die aus ihr herausbrechen konnte. Ich hatte gedacht, diesen Tag würde ich nie erleben. Und das hatte ich wohl auch nicht.

Sie machte einen Schritt auf mich zu, dann noch einen. Mit jedem Zentimeter, den sie näher kam, erwachte in mir dieses verzweifelte Verlangen nach ihr. Sie gehörte mir, sie war mein einziges Glück, die Hüterin meines Herzens und die Fessel, die meine Seele umschloss.

Ich war an ihrem Kummer um mich zerbrochen. Ich war daran zugrunde gegangen, sie so leiden zu sehen. Und doch war sie hier. Sie hatte die Schranken des Todes selbst durchquert, um zu mir zu kommen. Sie. Immer nur sie.

Roxy ließ ihren Blick langsam über mich gleiten. Die Türen hinter ihr schlugen zu, während sie immer weiter auf mich zukam und den schimmernden Glanz meines Shirts und des goldenen Umhangs, der über meine Schultern gelegt war, auf sich wirken ließ. Ich war im Moment meiner Ankunft hier als wahrer Krieger gefeiert worden. Man hatte mir zu Ehren des Opfers, das ich im Kampf für die, die ich liebte, gebracht hatte, sogar einen Kranz auf den Kopf gelegt. Ich mochte zwar äußerlich ein Krieger sein, aber unter ihrem durchdringenden Blick fühlte ich mich alles andere als tapfer.

Die Luft zwischen uns wurde dünn, als ich sie in mich aufnahm – meine wunderschöne gebrochene Königin.

Roxanya Vega blieb schließlich stehen, weniger als einen Schritt von mir entfernt und ihr Gesicht zu mir gewandt. Ihre Augen verrieten mir, dass sie befürchtete, dies sei ein Trick, dass ich jeden Moment wieder verschwinden könnte, um ihr die letzte Hoffnung zu rauben und das bisschen an Kraft zu zerstören, an das sie sich geklammert hatte.

Ich wollte nach ihr greifen, sie küssen, ihr all das sagen, was Worte niemals ausdrücken könnten. Aber es gab etwas, das ich für sie tun musste, bevor ich irgendetwas davon versuchen konnte.

Ich zog das schimmernde Schwert in einer fließenden Bewegung von meiner Seite, bevor ich seine Spitze zwischen uns auf den Boden senkte und vor ihr auf ein Knie fiel. Ein Zittern erschütterte den Schleier, als mein Knie den Boden berührte, und ich umklammerte den Knauf meines Schwertes, während ich meinen Kopf vor ihr neigte. Mein ganzer Körper vibrierte angesichts der Größe dieser Tat, angesichts dessen, was ich schon lange hätte zugeben sollen.

»Ich verspreche mich selbst und alles, was ich bin, dir, meine Königin«, hauchte ich. Die Emotionen überwältigten mich, als diese Worte endlich aus mir heraussprudelten. Mein Platz in dieser Welt schien irgendwie festgeschrieben zu sein, als hätte ich die Wahrheit über mein eigenes Schicksal und alles, was ich jemals sein musste, gefunden. »Ich wäre dein Schwert, um deine Feinde zu bekämpfen, dein Schild, um dein Volk zu schützen, dein Monster, über das du herrschen und das du einsetzen könntest. Ich würde dir gehören, auf jede erdenkliche Weise, und das hätte ich dir schon vor langer, langer Zeit sagen sollen. Ich bin dein Geschöpf, dein Diener ... dein.«

Auf meine Worte folgte Stille, und ich wagte nicht, mich zu bewegen, wagte nicht, sie anzusehen. Ich wollte nicht wissen, wie dieses Versprechen aufgenommen worden war, denn ich wusste, dass es viel zu spät gekommen war, um jetzt noch eine Rolle zu spielen.

»Du hast einmal gesagt, dass du dich niemals vor mir verbeugen würdest«, sagte sie und ihre Finger streiften meinen Unterkiefer so sanft, dass ein Frösteln meinen ganzen Körper durchlief. »Du hast gesagt, dass ich dich brechen müsste, so wie du einmal versucht hast, mich zu brechen. Du hast über die Vorstellung gelacht.«

Meine Lippen teilten sich, um etwas zu sagen, aber mir fehlten die Worte. Wir hatten einander einst versprochen, uns für die Zeit, die wir hinter uns hatten, nicht mehr zu entschuldigen. Aber ich hatte jeden Tag mit diesem Schwur zu kämpfen, seit ich ihn geleistet hatte. Die Erinnerungen daran, wie ich sie verletzt hatte, quälten mich immer, und als hätten meine bloßen Gedanken zu diesem Thema sie heraufbeschworen, hörte ich mein eigenes grausames Lachen hinter mir. Die Wand, die ich benutzt hatte, um meine Liebsten zu beobachten, die noch im Reich der Lebenden kämpften, spielte auch Erinnerungen ab, wenn sie dazu aufgefordert wurde. Und offenbar dachte sie, dass es jetzt an der Zeit war, uns beide an all den Schaden zu erinnern, den ich angerichtet hatte, als wir uns kennengelernt hatten.

Ich wagte es, zu ihr aufzuschauen, denn ich musste wissen, musste sehen, welche Narben noch immer ihre schönen Züge zierten, als ihr noch einmal das Schlimmste von mir präsentiert wurde. Als sie an all das erinnert wurde, was ich ihr angetan hatte.

Aber sie schaute nicht zur Wand. Ihre grünen Augen waren einzig und allein auf mich gerichtet. Und da war so viel Liebe, dass es mich innerlich zerriss, sie anzusehen. Denn ich wusste, wie unwürdig ich dieser Liebe war.

»Mein Vater«, krächzte ich, aber sie schüttelte den Kopf. Ihre ebenholzschwarzen Haare fielen bei der Bewegung über eine Schulter und nahmen damit dem Gesicht der Kriegerin die Schärfe, sodass ich das Mädchen sehen konnte, das sie darunter war. Mein Mädchen.

»Er hat hier keinen Platz«, sagte sie bestimmt. »Und er ist nicht dein Vater. Er trägt keine Verantwortung für den Mann, zu dem du trotz ihm geworden bist. Dafür gebührt ihm nicht ein einziges Quäntchen Anerkennung. Er bekommt nicht einmal mehr deinen Namen.«

»Meinen Namen?«, fragte ich mit gerunzelter Stirn. Sie nickte, während sie mit dem Handrücken über meine Wange strich. Das Metall ihres Eherings berührte meine Haut, und meine Brust füllte sich mit mehr Stolz und Liebe, als ich je für möglich gehalten hätte.

»Du bist jetzt Darius Vega. Und du bist nicht dafür geschaffen, dich vor irgendjemandem zu verbeugen.«

Die Worte, die ich einst zu ihr gesprochen hatte, hallten in mir wider, als sie mein Shirt mit der Faust umklammerte und mich auf die Füße zog.

Das Schwert fiel mir aus der Hand, als ich mich für sie erhob, und ihr Mund eroberte den meinen, sobald sie mich zu sich gezogen hatte.

Ich legte meine Hände um ihre Taille, während sich meine Lippen für sie öffneten, und ich zog ihren Körper fest an mich. Die Welt verblasste zu weniger als nichts, als sie mich hier für sich beanspruchte – im Herzen des Todes, als würde es überhaupt nichts bedeuten, dass sie sich den Weg hierher gebahnt hatte, um mich zu holen.

Sie ließ mich nicht los, als sie mich küsste, als würde alles, was das Universum ausmachte, mit uns beiden beginnen und enden.

Dieser Kuss war ein Hallo und ein Auf Wiedersehen, eine bittersüße

Wiedervereinigung und ein Versprechen auf alles, was wir hätten haben sollen. Er war ein Hauch von Leben in der stillen Höhle meiner Brust, eine wortlose Bitte an mich, zu ihr zurückzukehren, damit die Welt wieder einen Sinn ergeben konnte, nur weil wir zusammen waren.

Aber es war eine Lüge.

Selbst als ich die Wärme ihrer Haut auf meiner spürte, war die Kälte, die von mir ausging, nicht zu leugnen. Selbst als meine Lippen die ihren verschlangen und sie einen Laut von sich gab, der so voller Liebe und Schmerz war, dass er mich verbrannte, trennte uns immer noch etwas. Ich atmete ihre Luft ein und sie verschlang meine Seele, aber diese Grenze blieb bestehen. Sie blieb bestehen und wurde größer, bis unser Kuss auseinanderbrach und wir einander nur noch anstarrten. Und schließlich blieb uns nichts mehr übrig, als der Realität ins Auge zu sehen.

Ich öffnete meinen Mund, um die Worte auszusprechen, aber sie schüttelte vehement den Kopf. Tränen vergoldeten ihre atemberaubenden Augen, als sie mich durchschauten. Als hätten sie mich schon immer durchschaut.

Ich schwieg. Nur noch ein bisschen länger. Denn ich konnte sehen, dass sie es bereits wusste. Sie hatte diese Kluft gespürt, hatte erkannt, was uns noch trennte, selbst als sie sich durch die Türen des Todes gekämpft hatte, um mich zu erreichen. Weil ich nicht ins Leben zurückkehren konnte. Es gab für mich keinen Weg dorthin zurück.

Mit einem einzigen Gedanken ließ ich *Until I Found You* von Stephen Sanchez erklingen und bot ihr meine Hand an. Noch ein Lied. Der Hochzeitstanz, den wir hätten tanzen sollen. Der Anfang, der uns verwehrt worden war.

Roxy zögerte, als sie auf meine Hand schaute, und ich wusste, dass sie es wusste. Ein Lied. Ein paar gestohlene Minuten, bevor es vorbei sein würde. Bevor wir uns diesem Abschied stellen mussten und ich wieder auf sie warten würde, während sie in das Leben zurückkehrte, das sie noch zu leben hatte.

Sie schluckte schwer und ihre Hand glitt in meine, als sie mich diesen Moment stehlen ließ, als könnte sie sich nicht dazu durchringen, mir diese eine Bitte abzuschlagen.

»Roxy«, krächzte ich, denn sie fühlte sich unheimlich perfekt an, als ich sie in meine Arme zog. Die Wärme ihres Feuers hauchte meiner Lunge das Echo des Lebens ein, als wäre es real, als stünden wir wirklich am Abgrund einer gemeinsamen Zukunft.

»Ich hasse es, wenn du mich so nennst«, flüsterte sie und schaute zu mir auf, als ich sie an meine Brust zog und die Welt um uns herum verschwamm.

Rosenblätter fielen von oben, landeten auf ihrer Haut und bedeckten sie, bis sie vollständig darin eingehüllt war. Blutrot. Ihr Hochzeitskleid erschien auf ihr, als ich diese unwirkliche Erinnerung zurückbekam. Die Erinnerung an den Moment, in dem sie sich mir völlig hingegeben hatte, jenseits aller Vernunft, ganz mein, egal, wie wenig ich es verdient hatte.

»Tust du nicht«, knurrte ich und spürte das Zittern in meinem Körper, bevor es in ihren überging. Unsere Seelen verbanden sich, verwoben sich, webten sich wieder zusammen, als wären wir nie auseinandergerissen worden. »Als ich dich zum ersten Mal so genannt habe, hast du mich angesehen und mich gekannt. Du hast dich selbst gekannt. Wir haben nur zu lange gelogen, was die Wahrheit über dieses Schicksal angeht.«

»Ich bin fertig mit dem Schicksal«, zischte sie. Das Licht um uns herum flackerte, als ihre Kraft aufflammte und sich mit ihrer rohen Magie gegen den Willen der Sterne selbst stemmte. Das Fundament dieses Ortes und alles, was jenseits von uns lag, erzitterte, als sie den Himmel für diesen gestohlenen Moment erschütterte. Und ich fragte mich, wie ich jemals hatte versuchen können, ihre Stärke zu leugnen.

Das Lied lief weiter, und wir wussten beide, dass sein Ende auch das Ende von all dem hier sein würde. Wir konnten nicht weiterhin Zeit stehlen, die nie für uns bestimmt gewesen war.

»Du hättest nicht herkommen sollen«, flüsterte ich, obwohl ich es nicht so meinte, nicht wirklich. Nicht, während sie in meinen Armen lag, echt, unverfälscht und wunderschön. Ihr Herz pochte vor Leben. Ein Leben, das wir zusammen hätten führen sollen. Das Schlagen ihres Herzens gegen meine hohle Brust erweckte in mir fast das Gefühl, als würde mein eigenes Herz noch in mir schlagen, so wie es immer für sie geschlagen hatte. »Du weißt, dass ich diesen Ort nicht verlassen kann.«

»Das kannst du«, sagte sie mit Nachdruck und versuchte, sich zurückzuziehen, aber ich hielt sie fest und weigerte mich, loszulassen. Unsere Momente vergingen wie im Flug, und ich wusste genauso gut wie sie, dass es kein Danach geben würde. Das Lied würde enden und damit auch das hier. Wir beide würden auseinanderdriften wie Sandkörner in einem Ozean. Es gab keine Macht auf Erden – nicht einmal eine Macht, sie so groß war wie ihre –, die sich diesem Gesetz entgegensetzen könnte.

»Verdammt, ich wünschte, ich könnte es«, schwor ich, zog sie fest an mich und atmete den Duft von Sommer und Winter ein. Sie war alles und nichts zugleich. Diese Essenz unermesslicher Macht, die vor Fülle nur so summte. Ich war kaum mehr als ein Sterblicher, der vor einer Göttin kniete. »Ich wünschte, ich könnte mit dir zurückkehren, mehr als sich irgendein Mann in der Geschichte der Welt je irgendetwas gewünscht hat. Ich gehöre dir, Roxy, mit Herz und Seele und allem, was darüber hinausgeht. Ich gehöre dir. Aber selbst das kann mich nicht von diesem Ort befreien. Was ich verloren habe, kann nicht zurückgegeben werden. Es gibt keine Heilung für den Körper, den ich einst besessen habe, und es gibt keine Rückkehr durch den Schleier, jetzt, da er sich hinter mir geschlossen hat.«

Die Wände erzitterten erneut. Die Wahrheit, die sie leugnen wollte, kam mit dem Fortschreiten des Liedes immer näher. Ich schaute in ihre grünen Augen und versuchte, ihr zu zeigen, was sie mir bedeutete. Was sie für mich gewesen war. Meine Rettung. Ich wäre tausend Tode gestorben, um diesen Moment in ihren Armen zu erleben, um diese perfekte Schöpfung zu betrachten und zu sehen, wie viel Liebe für mich in ihr brannte. Sie hatte versucht, den Tod selbst für mich zu leugnen.

Es gab nur sie.

Es war keine leere Versprechung gewesen. Sie war mein Licht gewesen, als ich mich in der Dunkelheit verirrt hatte. Sie war der Spiegel gewesen, in den sie mich hatte blicken lassen, die Wahrheit, die ich hatte sehen müssen. Und dennoch hatte sie mich geliebt. Sie war die Einzige, die jemals die ganze Dunkelheit in mir hätte durchschauen können, die über das, was ich getan hatte, hätte hinwegsehen und darin etwas Liebenswertes finden können. Sie war für mich geschaffen worden. Und zwar von etwas viel Mächtigerem als dem Schicksal selbst. Und das Einzige, was ich im Tod bedauerte, war, dass ich ihr das Herz gebrochen hatte. Ich hatte mein Versprechen nicht halten können. Und obwohl ich es versucht hatte, obwohl ich seit meiner Ankunft hier mit aller Kraft darum gekämpft hatte, zu ihr zurückzukehren, wusste ich, dass es kein Zurück mehr gab.

Dies war ein Abschied.

Und das Lied ging zu Ende.

»Ich liebe dich, Roxanya Vega. Und ich wünschte, ich wäre deiner würdig gewesen.«

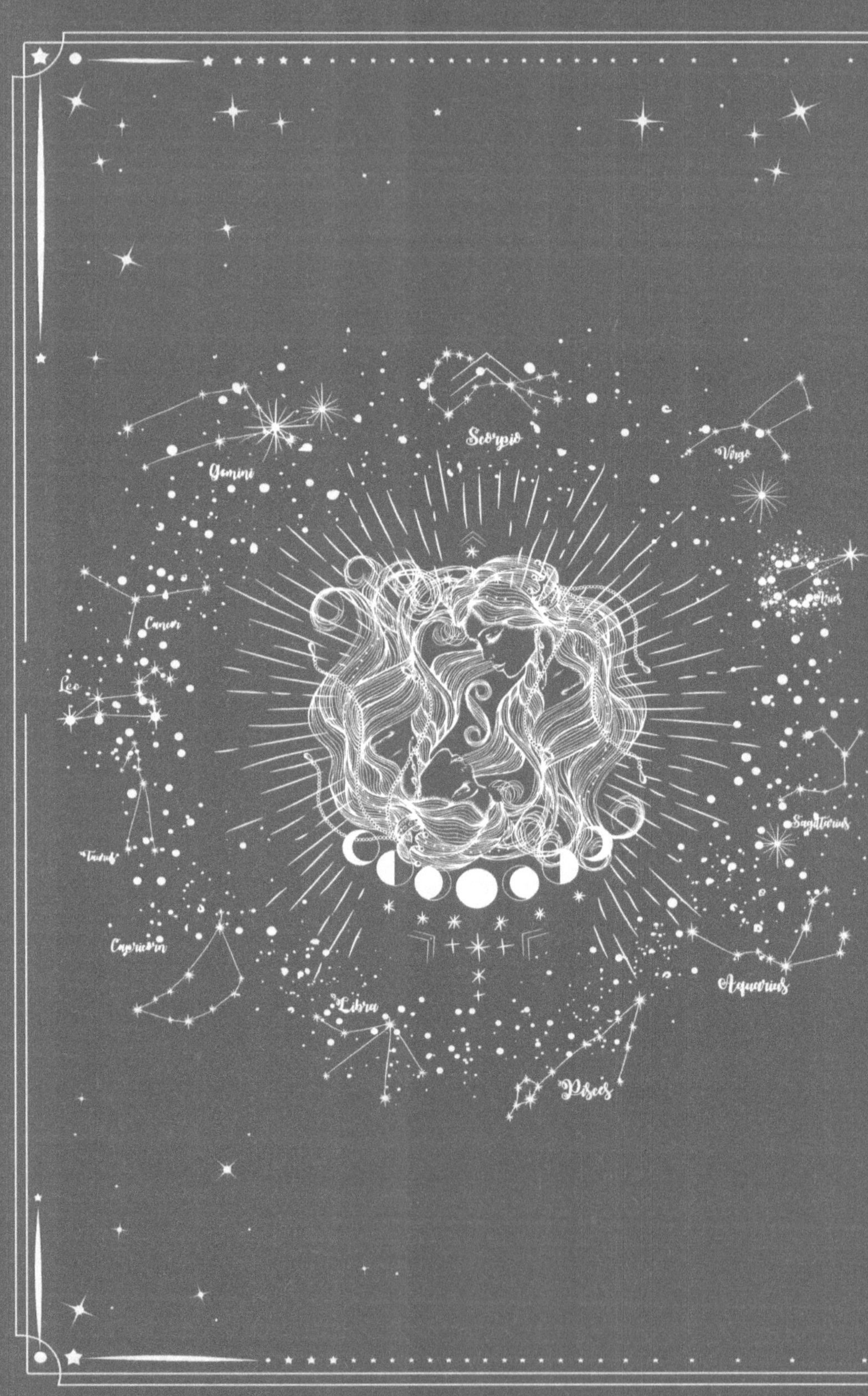

Gemini
Scorpio
Virgo
Cancer
Leo
Taurus
Capricorn
Libra
Sagittarius
Aquarius
Pisces

TORY

KAPITEL 74

Die Stille, die auf das Lied folgte, war wie ein Blitz in meinem Herzen. Ein ohrenbetäubender Knall brachte das Fundament des Schleiers zum Beben und ich stolperte einen Schritt zurück.

Darius ergriff meine Hand, seine Augen voller Sehnsucht, als er versuchte, mich festzuhalten, trotz der Kraft, die mich zurückzutreiben versuchte. Zurück in die Welt, in der er nicht da war. In der ich so verzweifelt und allein war.

»Nein!«, keuchte ich und umklammerte seine Finger, während die Welt vor meinen Augen flimmerte und verschwamm. Seine Hand in meiner verlor an Substanz, bevor sie sich wieder materialisierte.

»Ich werde auf dich warten«, versprach er mir. »Genau hier. Ich werde so lange auf dich warten, wie es nötig ist. Und ich werde über dich wachen, Roxy. Ich werde da sein, auch wenn du mich nicht sehen kannst. Ich werde dich nie wirklich verlassen. Ich schwöre es. Ich werde auf dich warten, auch wenn die Ewigkeit an mir vorbeizieht, während ich das tue. Ich werde dich nie verlassen.«

»Das reicht nicht«, presste ich hervor. Meine Sicht wurde trüb, als ich spürte, wie die Ungeheuerlichkeit meiner Trauer wieder auf mich zusteuerte – wie ein Maul voller scharfer Zähne, die darauf warteten, mich Stück für Stück zu zerreißen. »Ich werde nicht ohne dich gehen.«

Meine Worte waren entschlossen, wütend, und doch waren sie leer, das wussten wir beide. Ich konnte fühlen, wie er mir entglitt. Er hatte nichts, wohin er zurückkehren könnte, kein Herz, das für ihn schlug, keine Möglichkeit, sich zu erholen. Es war nicht so, dass er gerade erst hinter den Schleier geschlüpft war und am Rande des Todes schwebte. Es war Wochen her. Und der Tod hatte nun Blut geleckt, seine Krallen steckten tief in seiner Brust.

Die Wände bildeten Risse, als ich mich weigerte, ihn loszulassen. Der Schmerz in seinen Augen spiegelte meinen eigenen wider, während wir beide versuchten, aneinander festzuhalten.

»Roxy«, begann er, aber das war das einzige Wort, das ich hören konnte. Seine Lippen bewegten sich, aber seine Worte wurden ihm entrissen, als der Schleier erneut Druck auf mich ausübte und mich drängte, zu gehen.

Ich schüttelte energisch den Kopf und zog den Dolch, der an meiner Hüfte geblieben war, selbst, als ich mich in meinem Hochzeitskleid wiedergefunden hatte. Der Griff war kalt und die Klinge genauso tödlich wie an dem Tag, an dem sie ihn mir genommen hatte. Der Dolch aus Sonnenstahl, der dafür verantwortlich gewesen war, sein Herz zu durchbohren.

»Nicht!«, brüllte er, als er die Waffe und die Absicht in meinen Augen sah. Aber ich hatte nicht vor, mich meiner Trauer hinzugeben. Ich würde mich nicht auf die eine Chance stürzen, mit ihm zusammenzubleiben, weil ich meine andere Hälfte nicht allein in der Welt der Lebenden zurücklassen wollte. Der Tod konnte mich nicht haben. Aber ihn eben auch nicht.

Mein Griff um seine Hand wurde wieder substanzlos, aber ich weigerte mich, loszulassen, und klammerte mich stattdessen an den Faden, der unsere Seelen verband, an diese unzerbrechliche Verbindung zwischen uns, die nichts auseinanderreißen konnte. Meine Kraft erwachte in mir und ich verankerte mich an diesem Faden.

Der Himmel hinter den Fenstern leuchtete in Violett- und Orangetönen auf, ein Sturm aus purer Magie, der gegen die Grenzen des Schleiers peitschte. Meine Anwesenheit hier bedrohte die Stabilität des Ganzen, und in der Ferne konnte ich das Aufeinandertreffen von Klingen hören, ein Gebrüll erhobener Stimmen, als würde jemand hinter diesen Mauern kämpfen, aber dafür hatte ich gerade keine Kapazitäten.

»Lass nicht los!«, knurrte ich Darius an, und seine dunklen Augen blitzten golden auf, als er die Kraft spürte, die in meinen Worten lag.

Er nickte, als er merkte, dass ich mich diesem Schicksal nicht ergeben würde, dass ich den Sternen nicht erlauben würde, mich von diesem Pfad abzubringen. Er kannte mich. Und er wusste, dass ich – genau wie er – nicht dazu geboren war, aufzugeben.

»Du wirst dagegen ankämpfen!«, befahl ich ihm. »Du wirst mit aller Kraft dagegen ankämpfen, und wenn der Preis für diesen Kampf unser beider Ende ist, dann nehme ich das lieber in Kauf als den Tod oder das Leben ohne dich.«

Darius' Unterkiefer zuckte, als er diesen Befehl entgegennahm, und der Krieger, den ich so gut kannte, flammte in seinem Gesichtsausdruck auf. Er nickte zustimmend, während sich seine Finger fester um meine schlossen.

»Ich werde dir alles geben, was ich habe«, schwor er, und ich nickte.

Es würde reichen. Es musste reichen.

Seine Finger gruben sich in meine, während sich eine Magie in ihm aufbaute. Ein Brüllen, das stark genug war, um die Sterne am Himmel zum Beben zu bringen, brach aus seiner Brust. Und dann riss sich sein Drache einen Weg in die Freiheit – er krallte sich aus Darius' Fae-Gestalt heraus, anstatt diese zu verwandeln, und trennte sich von ihr, während Darius' Finger mit meinen verschränkt blieben. Keuchend beobachtete ich den Moment, bis der Mann, den ich liebte, keuchend vor mir stand. Die Bestie aus Feuer und Klauen schlug mit ihren goldenen Flügeln und begann, uns schützend zu umkreisen.

Ich starrte voller Staunen auf die unglaubliche Macht seiner Drachenform. Das Tier war noch größer, als ich es in Erinnerung hatte, und seine Wut war eine mächtige Sache, die dem Tod einen Moment abverlangte und sich diesen auch nahm, ohne auf eine Antwort zu warten.

Mein Phönix schrie in den Tiefen meiner Seele, um sich ihm anzuschließen, und ein schaudernder Atem entwich mir, als ich in Flammen aufging. Bronzefarbene Flügel trennten sich von meinem Rücken, schlugen einmal auf und erhoben sich dann. Meine Fae-Gestalt blieb zurück, als ein Vogel aus Flammen und Wut davonschoss, um sich dem Drachen anzuschließen.

Wir waren von unseren Bestien umgeben, den Kreaturen, die an der Seite unserer Seelen lebten, bekämpften für uns die Gesetze der Magie. Und hier standen wir nun, in einer Kugel aus mächtiger Kraft, unsere Hände immer noch zu einer Einheit verschränkt, während ein wilder Wind an unseren Kleidern und Haaren zerrte und uns fast von den Füßen riss.

Das Dach des Palastes zersplitterte über uns, bevor es davonflog, als wäre es in der Faust eines Riesen gefangen, und ich blickte zu den gehässigen Sternen auf, die mich ebenfalls anstarrten. Ihre allmächtige Kraft durchflutete uns. Sie versprachen uns ihren absoluten Zorn, wenn ich das Ganze nicht sofort beendete.

Ich lächelte sie an, während ich mir den Arm aufschlitzte. Das Blut einer wahren Königin floss aus der Wunde.

Ich griff nach Darius, packte sein Shirt genau an der Stelle, an der sein Herz hätte sein sollen, und riss den Stoff auf, um die tätowierte Haut dort zu enthüllen.

»Roxy«, knurrte er und packte mein Handgelenk, als ich zwei blutbefleckte Finger hob. »Was wird dich das kosten?«

»Kein Preis ist so hoch wie dein Verlust«, antwortete ich, als die Welt ein Zischen ausstieß und das ätzende Flüstern der Sterne näher kam.

Lebensräuber.

Schicksalsverdreher.

Bedenke die Kosten.

Wende dich von diesem Pfad ab.

Halte inne, bevor du die Waage aus dem Gleichgewicht bringst.

Sein Aufstieg wird einen Preis haben.

»Mir egal«, knurrte ich, und die Aufrichtigkeit meiner Worte brachte sie zum Schweigen. Denn die Ehrlichkeit, die ich ausstrahlte, war schärfer als jede Klinge. Sollten sie mich doch holen kommen. Was könnten sie mir denn jetzt noch nehmen?

Darius' Augen spiegelten die Flammen unserer Formgebungen wider, als unsere Bestien, die sich an diesem Ort irgendwie von uns gelöst hatten, uns brüllend umkreisten und die Macht von Leben und Tod bekämpften, während sie uns die Zeit verschafften, die wir brauchten.

Er ließ mein Handgelenk los und ich stürzte mich in die dunkle Macht des Äthers, die ich beschworen hatte. Erde, Luft, Flammen und ferner Regen – alles strömte auf mich zu und folgte meinem Ruf, ohne auch nur einen Hauch von Sternenlicht in ihrer Mitte.

Die Magie wand sich in mir wie eine Schlange, die sich zum Schlag bereit machte. Und als sie unerträglich wurde, ließ ich sie wie eine Peitsche los, schleuderte sie in den Himmel und zerschmetterte die Sterne selbst mit einem Mehrfachschlag.

Sie schrien, als der Äther in sie eindrang, und ich lächelte grimmig. Endlich hatte ich die Möglichkeit bekommen, den Fluch zu erfüllen, mit dem ich sie verdammt hatte.

Die Klauen des Äthers gruben sich in ihre Macht, und mit einer Woge meines Willens raubte ich jedem von ihnen ein Stück Magie. Ich nahm mir, was sie mir nicht freiwillig geben wollten, und ergötzte mich an den entsetzten Schreien, die den Himmel selbst erzittern ließen, als ich ihren Willen meinem eigenen unterwarf und sie zwang, diese Magie in mir zu schüren.

Meine Beine gaben nach, aber Darius fing mich auf und hielt mich aufrecht, damit ich weitermachen konnte. Damit ich mein Versprechen an ihn und meinen Fluch an die Sterne erfüllen konnte.

Ich zischte angesichts des Schmerzes in meiner eigenen Brust, als ich begann, eine Rune auf die Stelle zu malen, an der sein Herz hätte sein sollen. Aber ich hielt nicht inne.

»Meine Seele gehört ihm«, sagte ich, und meine Worte waren von Magie durchdrungen. Die Erklärung wurde zu einer unbestreitbaren Wahrheit, als wäre sie in das Gewebe der Welt eingraviert, wie jedes andere Naturgesetz auch. »Mein Herz gehört ihm.«

Darius keuchte, als auch er das Gewicht dieser Macht spürte. Seine Knie gaben fast nach, als er auf mich zustolperte, aber ich war da und wartete darauf, ihn aufzufangen. Und er fing mich auch auf, seine Hände umklammerten mein Gesicht und seine Stirn berührte die meine, während wir einander stützten.

»Lass sie als eins schlagen«, presste ich hervor. Die Macht, die ich ausübte, schnürte mir die Kehle zu, die Worte brannten auf meiner Zunge, während mein Körper darum kämpfte, diese Magie zu bändigen. »Lass sie eins sein«, forderte ich und malte eine weitere Linie auf seine Haut. Die Rune, die ich versteckt im Buch Äther gefunden hatte, war so alt und so mächtig, dass sie nicht einmal einen Namen hatte. Sie war nicht einmal in einem Stück gezeichnet worden, jede Linie einzeln mit Anweisungen, wie sie kombiniert werden sollten, und klaren Warnungen, es niemals zu versuchen. Denn die Macht, die sie in sich barg, war eine Kraft, die jede, die unsere Welt je gekannt hatte, in den Schatten stellte.

Aber ich war jetzt jenseits unserer Welt. Ich befand mich im Würgegriff des Todes und klammerte mich mit eiserner Faust an die Liebe. Und ich hatte den Sternen geschworen, sie für ihren Fluch auf unsere Liebe bezahlen zu lassen. Es war also an der Zeit, ihnen zu zeigen, wie ernst es mir damit gewesen war.

»Mein Leben ist an seins gebunden. Sein Tod an meinen. Ein Herz …« Ich keuchte schwer, meine Beine gaben nach und nur Darius' Griff hielt mich aufrecht. »Ein Leben …« Ich brach zusammen, als mich die Kraft von innen heraus zerriss. Aber er war da, hielt mich und umklammerte mich, wobei er selbst vor Anstrengung zitterte. Er war da. Und ich würde nie wieder ohne ihn sein.

»Ein Weg. Zusammen«, zischte ich und vollendete die Rune mit einem Fingerstreich. Ein Schrei entfuhr meinen Lippen, als der Schmerz mein Herz in einer unermesslichen Welle durchbohrte.

»Nein!«, brüllte Darius, seine Augen lösten sich von meinem Gesicht und zwangen mich, auf die Sonnenstahlklinge hinabzublicken, die nun meine Brust durchbohrte und die Wunde widerspiegelte, die ihn mir geraubt hatte. Der

Schmerz riss an den Ankern meiner Seele, als er versuchte, auch mich in den Tod zu reißen.

Ich wäre dem Schmerz fast erlegen, aber als meine Augen zufielen, sah ich nichts als Blau hinter ihnen. Meine andere Hälfte verblasste, als ich von ihr weggezogen wurde. Und jedes Fragment dieser Möglichkeit ließ meine Seele rebellieren und aufbegehren.

Ich wusste nicht einmal, woher ich noch mehr Kraft schöpfte, aber ich zog sie in mich hinein. Meine Augen öffneten sich wieder und trafen auf seine, als Entsetzen seinen Blick erfüllte, und ich schüttelte verneinend den Kopf.

Nein. Ich hatte uns nicht im Tod gebunden. Ich hatte uns im Leben gebunden. Und diese Arschlöcher wussten das ganz genau.

Die Macht, die ich beschworen hatte, explodierte aus mir heraus, die Zeit verzerrte und verschob sich um uns herum, als ich ihren neuesten Versuch, mir in die Quere zu kommen, vereitelte.

Der letzte Versuch der Sterne, dieses Spiel gegen mich zu gewinnen, scheiterte, als ich wieder auf meine Brust hinunterblickte – und dort nichts fand. Die Waffe aus Sonnenstahl war immer noch in meiner Faust, wo sie die ganze Zeit gewesen war.

Die Hitze meines Phönix strömte durch meine Finger und die Klinge schmolz, eine silberne Pfütze tropfte auf den Boden zwischen uns, als sie zerstört wurde, und die Macht unseres Bandes kam zum Tragen.

Mein Herz donnerte in meiner Brust wie eine dröhnende Kriegstrommel, die eine Antwort verlangte.

Ich packte Darius an den Unterarmen, wo er mich nach wie vor festhielt, und sah ihm in die Augen, in denen sich Angst und Staunen spiegelten.

»Es gibt nur ihn«, schwor ich und mit diesem Schwur verließ mich meine Kraft. Sie brach aus mir heraus, durch ihn hindurch und direkt ins Herz des Todes.

Natürlich hatte es einen Preis. Einen Preis, von dem ich wusste, dass ich ihn würde zahlen müssen. Aber nichts konnte mein Bedürfnis nach ihm übertreffen. Nur er. Immer nur er.

Und als ich aus den Klauen des Todes zurück in die Welt der Lebenden geschleudert wurde, trug ich eine Seele bei mir, genau wie es das Buch beschrieben hatte. Ein einziger Ton drang an meine Ohren und erfüllte den einzigen Wunsch, den ich jemals wirklich für mich selbst gehegt hatte. Jemanden, der jede meiner gebrochenen scharfen Kanten gesehen hatte und mich für jeden Schnitt liebte, den ich ihm zufügte.

Darius' Herz schlug im perfekten Einklang mit meinem eigenen, denn es war mein eigenes. Ein Herz. Ein Leben. Nie wieder zu trennen.

Gemini
Scorpio
Virgo
Cancer
Aries
Leo
Sagittarius
Taurus
Capricorn
Aquarius
Libra
Pisces

DARCY

KAPITEL 75

Wir landeten auf moosigem Boden, und ich schaffte es, das Gleichgewicht zu halten, stieß aber trotzdem mit dem Kopf voran gegen Orions Brust, woraufhin ein Lachen durch ihn hindurchdrang.

Er packte meinen Arm, um mich zu stützen. Seine Augen glitzerten, als wir diesen Moment teilten, der unserer ersten gemeinsamen Reise mit Sternenstaub so unglaublich ähnlich war.

»Aufpassen, Vega«, neckte er mich, ein Echo einer Zeit, die uns jetzt verloren war.

Ich fiel in seine Arme, packte Gabriels Arm und zog ihn ebenfalls an uns, während wir schwer atmeten. Alle zerbrochenen Teile meines Herzens fanden nach so langer Gefangenschaft wieder zusammen, und es war mir egal, wo wir waren. Wichtig war nur, dass wir nicht mehr unter Lavinias Kontrolle standen und Lionel weit, weit weg war.

»Wir haben es geschafft!«, rief ich. Wärme flutete meine Brust und ich hätte fast geschluchzt. Ich schaute mich in dem nebligen Sumpf um, in dem wir angekommen waren. Zu unserer Rechten stand eine große Steinhütte, die schon lange verlassen aussah, aber ich verlor sie aus den Augen, als Orion mich hochhob und mich so schnell herumwirbelte, dass es sich anfühlte, als wäre ich in einem Tornado.

Als wir aufhörten, uns zu drehen, küsste er mich leidenschaftlich, presste seinen Mund immer wieder auf meinen und sprach zwischen jeder Berührung unserer Münder. »Du. Phänomenales. Verdammtes. Mädchen.«

Gabriel riss mich aus Orions Armen, nahm mich in den Schwitzkasten und rieb seine Knöchel an meinen Haaren. »Du kleiner Teufel«, rief er lachend.

Ich versuchte knurrend, mich zu befreien, aber als er mich losließ, stieß ich ihm nur spielerisch gegen die Brust, unfähig, mit dem Lächeln aufzuhören.

»Was ist mit euch beiden? Ihr seid auf der verdammten Schattenbestie den Hügel hinaufgeritten«, sagte ich und schuttelte den Kopf über sie. Der gespenstisch graue Schatten hinter mir tanzte um meine Schultern und strahlte eine Aura der Aufregung aus.

»Noxys Idee.« Orion verschränkte die Arme und Gabriel lachte leise.

»Wir hatten keine Alternative, wenn man bedenkt, dass die Nymphen uns verdammt noch mal auslöschen wollten«, sagte Gabriel, packte Orion grob am Arm und klopfte ihm auf die Schulter, während sie einander umarmten.

Ich schaute zwischen ihnen hin und her, mit einem dümmlichen Grinsen im Gesicht und dem Gefühl, als würde ein Adler durch meine Mitte schweben. Ja, es war wirklich, als hätte mein Herz Flügel bekommen und wäre losgeflogen.

»Was ist das für ein Ort?« Ich schaute mich erneut um, der Nebel über dem Sumpf wurde immer dichter.

»Der ist mir als Erstes in den Sinn gekommen«, sagte Orion. »Mein Vater hat mich manchmal hierhergebracht, um alte Knochen zu sammeln. Es ist der Ort einer längst vergessenen Schlacht, daher werden die Knochen nicht bewacht. Aber glaub mir, sie sind tief im Moor versunken und größtenteils verloren.«

»Du und dein Vater ... Ihr hattet echt gruseligen Spaß zusammen, was?«, fragte ich mit einem neckischen Grinsen.

»Den hatten wir wirklich«, sagte Orion wehmütig. »Wir können für eine Weile hier Schutz suchen.« Er zeigte auf die Hütte, und ich ging voran und entzündete ein Feuer in der geräumigen Feuerstelle. Gras war zwischen den Ritzen im Boden emporgeschossen, und die verkohlten Wände zeugten von dem Krieg, der hier vor langer Zeit stattgefunden hatte. Aber jetzt war es ein Zufluchtsort für uns.

Irgendwo oben in den Dachsparren schrie eine Eule entrüstet, sichtlich verärgert darüber, dass wir hierhergekommen waren und ihren Nistplatz gestört hatten.

Ich benutzte Erdmagie, um eine Holzbank zu zaubern, die ich mit einem weichen Moosbett polsterte, und ließ mich mit einem Seufzer der Erleichterung darauf fallen. Orion setzte sich neben mich, aber Gabriel schien von etwas abgelenkt zu sein. Er hob einen Stock auf, der an der Wand neben dem Kamin lag.

»Oh, schaut euch das an«, gurrte er und legte den Kopf schief, während er den Stock untersuchte. »Das ist ein wirklich schönes Exemplar. Die Maserung ist einfach perfekt. Und seht euch diese Knötchen an ...« Er fuhr mit den Fingern darüber und steckte das Ding dann besitzergreifend in seinen Hosenbund, bevor er sich auf meine andere Seite setzte.

»Hast dir einen hübschen kleinen Stock ergattert, was?«, fragte ich neckisch.

»Ja, und ich werde ihn meiner Frau schenken, wenn wir zu den Rebellen zurückkehren«, verkündete er und blähte seine Brust auf.

»Er wird ihr gefallen, Bruder«, sagte Orion ermutigend, wobei keiner von ihnen Gabriels Stock amüsant zu finden schien. Oder süß. Und das Ganze war definitiv süß.

Die Schattenbestie materialisierte sich und nahm den Rest des Raumes in der Hütte ein. Sie legte sich hin, faltete die Vorderpfoten zusammen, hechelte heftig und ließ heiße Luft über uns strömen.

»Das hast du toll gemacht, mein Mädchen«, lobte ich. »Oder ... mein Junge.«

Die Schattenbestie stand auf, ging nach draußen und hob ein Bein, um an einen Baum zu pinkeln, während Orion sie stirnrunzelnd ansah.

»Definitiv ein Junge«, sagte ich. »Und er ist stubenrein – juhu!«

Ich lächelte Orion an, der mich kühl ansah.

»Du bist jetzt frei«, sagte er und verscheuchte die Schattenbestie, die wieder ins Haus zurücktappte. »Du kannst gehen.«

Ich stieß Orion in die Rippen. »Er bleibt.«

»Tut er nicht«, beharrte er.

»Still, ich muss mich konzentrieren. Ich werde versuchen, einen Weg zu finden, unsere Familie zu erreichen«, sagte Gabriel, und wir verstummten und sahen ihn aufmerksam an, während seine Augen glasig wurden. Aber selbst nach einigen Minuten war er noch nicht wieder zurück, und ich ahnte, dass es nicht einfach werden würde. Vielleicht war es nicht einmal möglich. Die Rebellen mussten ihre Bewegungen gut verbergen, sonst hätte Lionel sie schon vor langer Zeit gefunden, aber ich vertraute darauf, dass Gabriel irgendwie einen Weg finden würde.

Ich legte eine Stillekuppel um Orion und mich, um Gabriel etwas Ruhe zu verschaffen, und badete in der Hitze meines Feuers, während sich meine Magie auflud. Das Gefühl, dies nach so langer Zeit ohne Zugang zu meiner Kraft überhaupt tun zu können, war geradezu berauschend. Alles an dieser Nacht war unmöglich, und doch war es irgendwie real. Und mein Verstand konnte diese Realität, zu der wir unseren Weg gefunden hatten, nicht ganz erfassen.

Orion schob seine Finger zwischen meine, führte meine Hand zu seinem Mund und küsste ihren Rücken. »Wir haben es wirklich geschafft, Blue.«

Ich lächelte ihn breit an, und die Emotionen in meiner Brust waren fast überwältigend. »Jetzt müssen wir nur noch die anderen finden.«

Die Schattenbestie kam näher und hob ihre wunderschönen dunklen Augen zu meinen. Ihr bärenhaftes Gesicht war irgendwie bezaubernd, jetzt, da sie nicht mehr knurrte.

»Hey du ...« Ich beugte mich vor und streckte meine Hand aus, um die Bestie zu streicheln, ließ sie aber zuerst auf mich zukommen.

»Blue«, warnte Orion, aber ich ignorierte ihn, als das Tier den Kopf hob und sein Gesicht ermutigend an meine Hand drückte.

Mein Herz schlug etwas schneller, als ich mit den Fingern durch das Fell strich, das jetzt gräulich statt tiefschwarz war.

»Du bist einfach nur ein großer Teddybär, was?«, sagte ich und das Tier stieß ein leises genüssliches Brummen aus, als ich eines seiner Ohren kraulte.

»Es ist eine gefährliche blutrünstige Kreatur, und wir sollten es hier in diesem Sumpf zurücklassen, sobald wir eine Route haben, der wir folgen können«, sagte Orion und packte mein Handgelenk, um zu versuchen, meine Hand wegzuziehen.

Ich warf ihm einen Blick zu, der Eisen hätte schmelzen können, und sein Unterkiefer zuckte, als er meinen Blick festhielt, seine Finger immer noch fest um mein Handgelenk geschlossen. »Darcy Vega ...«

»Lance Orion«, konterte ich. »Ich behalte ihn, und du wirst mich nicht vom Gegenteil überzeugen.«

»Du bist verrückt. Dieses Ding hat unzählige Fae getötet. Es hätte beinahe Tory getötet«, sagte er, schüttelte den Kopf und blickte auf das riesige Tier, das in diesem Krieg so viel Blutvergießen verursacht hatte. Mein Herz zog sich zusammen, als ich an Tory dachte, die gebrochen und sterbend unter mir gelegen hatte. Schuldgefühle fluteten die Höhle unter meinen Rippen und raubten mir den Atem.

»Gibst du mir auch die Schuld dafür?«, flüsterte ich, obwohl ich wusste, dass er das nicht tat. Aber genau deshalb war er ein Heuchler, wenn er glaubte, dass ich unschuldig war und die Schattenbestie nicht.

»Natürlich nicht«, sagte er leidenschaftlich. »Aber wir kennen die Absichten dieses Wesens nicht. Es könnte für Lavinia arbeiten und ihr in diesem Moment unseren Standort mitteilen.«

»Warum hat er uns dann bei der Flucht geholfen?«, fragte ich wütend. »Das hätte er nicht getan, wenn er für sie arbeiten würde. Und als ich ihm das Halsband abgenommen habe, ist diese Verbindung zerbrochen, das habe ich genau gespürt. Ich habe sie mit meinem Phönix weggebrannt. Sie hat keinen Einfluss mehr auf ihn.«

Das Tier leckte meine Hand und warf Orion einen Seitenblick zu, der zu signalisieren schien, dass er genau verstand, was hier vor sich ging.

»Und wie willst du dieses Ding zu den Rebellen zurückbringen? Sie werden es fürchten. Sie werden es hassen für das, was es in der Schlacht getan hat«, sagte Orion, und mein Lächeln verschwand.

»Sie werden Zeit brauchen, um sich mit ihm anzufreunden. Aber fürs Erste … kann ich ihn vielleicht verstecken.« Ich überlegte, wie ich das anstellen könnte, und befahl meinem Erdelement schließlich, einen silbernen Ring in meiner Handfläche zu formen. Ich war hin und weg davon, diese Macht wieder ausüben zu können, und ließ zwei wunderschöne schwarze Metall-Schattenbestie-Köpfe zu beiden Seiten eines großen klaren Edelsteins wachsen, den ich mit dem silbernen Ring verband. Er war hohl und in seiner Mitte prangte ein winziges Loch.

»Glaubst du, dass du in deiner Rauchform hier reinpasst?«, fragte ich die Bestie, deren Augen vor Verständnis aufleuchteten.

Er verwandelte sich in Rauch und huschte in den Raum, den ich für ihn geschaffen hatte, wodurch der klare Edelstein innen grau wurde. Triumphierend drehte ich mich zu Orion um, der mich mit einem trockenen Blick ansah. Offensichtlich war er nicht erfreut darüber, dass ich gerade eine Lösung für ein Problem gefunden hatte, das er nicht von mir gelöst haben wollte.

»Sieht ganz so aus, als würde er mit uns kommen«, sagte ich fröhlich.

»Juhu«, erwiderte Orion sarkastisch.

Ich rückte näher an ihn heran und stieß einen Zischlaut aus, als sich der Dolch, den ich durch den Stoff meiner Shorts geschoben hatte, in mich bohrte. Ich zog ihn heraus, betrachtete ihn im Feuerschein und strich mit meinem Daumen über den purpurroten Granatstein in seinem Griff. Ich fragte mich, ob die Hand meiner Mutter oder meines Vaters diesen Dolch einst gehalten und genau diesen Stein, der ihn schmückte, bewundert hatte. Eine Kraft schien in dem schönen Stein zu vibrieren, und ich biss mir auf die Lippe, während in mir Hoffnung aufflackerte.

»Was denkst du?«, flüsterte ich und hielt ihn Orion hin. Er hob seinen rechten Arm, als er ahnte, was ich wissen wollte. Das Garde-Zeichen auf seinem Unterarm erwachte zum Leben, das filigrane Design des Schwertes glitzerte und alle Sternbilder des Tierkreises leuchteten wie Sternenlicht darauf auf.

»Granat für Steinbock«, verkündete er mit einem Lächeln, dann nahm er den Dolch, legte ihn neben sich an die Wand und zog mich näher an sich heran, indem er mich am Oberschenkel packte und mein Knie über seine Beine hakte. »Jetzt lass mich dich ansehen.«

Er ergriff mein Kinn und drehte mein Gesicht zu seinem, während er mir tief in die Augen blickte und sie mit einem Ausdruck der Euphorie studierte. Ich musste nicht nachfragen, denn ich wusste genau, dass er meine silbernen Ringe betrachtete, die mich als seine Elysische Gefährtin kennzeichneten. Und ich badete in dem Gefühl der Glückseligkeit, das von ihm ausging. Er war blutverschmiert vom Kampf, seine Klamotten waren zerrissen und seine Muskeln noch angespannt. Damit sah er aus wie ein Krieger aus einem alten Märchen, der zum Leben erweckt worden war.

Aber er war kein Ritter, der sich durch tugendhafte Taten auszeichnete. Er war mein ergebener, gnadenloser Vampir. Und er war endlich in Sicherheit. Endlich frei.

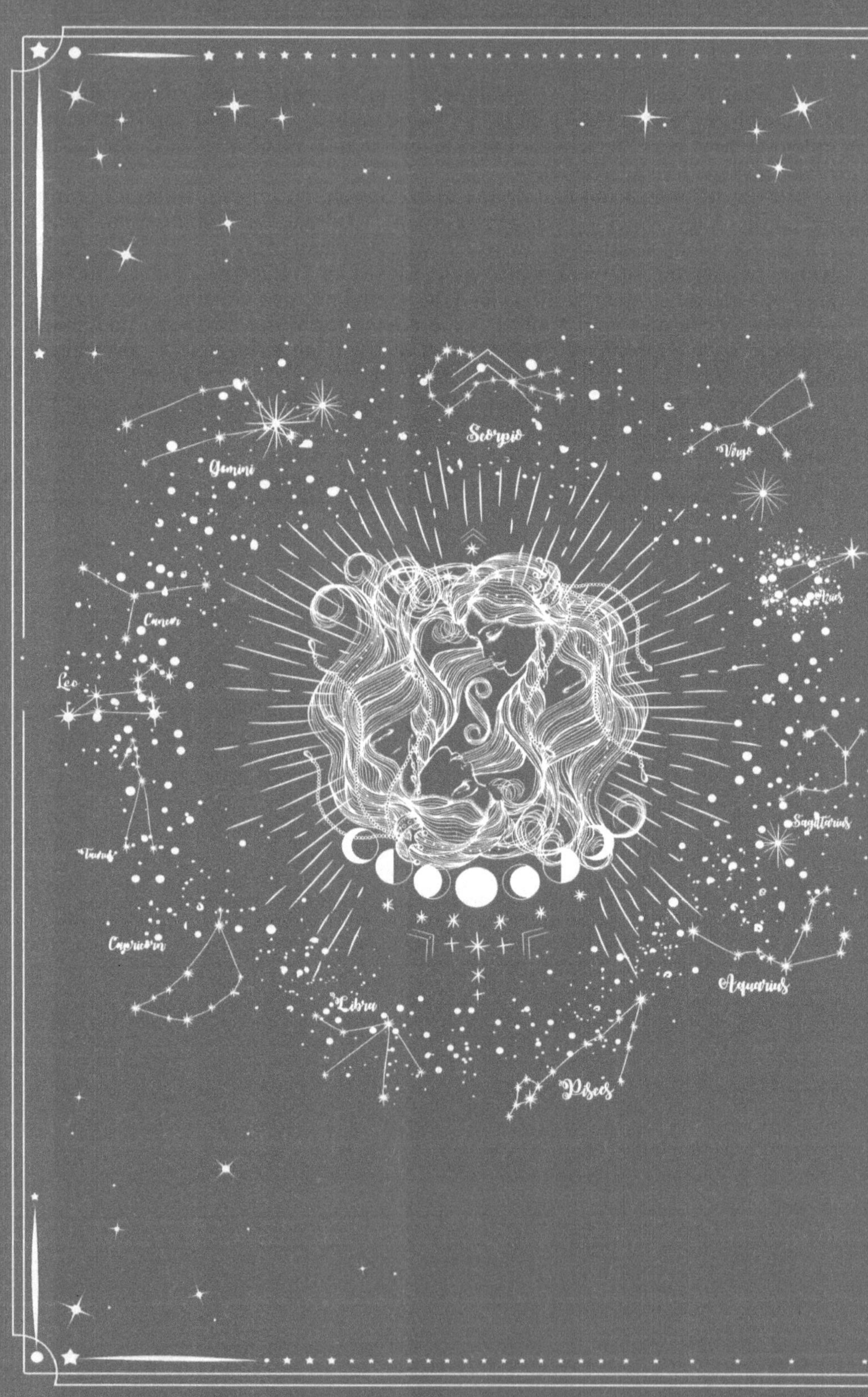
Gemini
Scorpio
Virgo
Cancer
Aries
Leo
Sagittarius
Taurus
Capricorn
Aquarius
Libra
Pisces

TORY

KAPITEL 76

Mit einem Keuchen wachte ich auf. Mein Herz schlug alarmiert, als ich mich auf einem Moosbett in einer Steinkammer unter der Erde wiederfand, ein Feuer brannte neben mir und das rote Hochzeitskleid, in das ich gehüllt worden war, hing immer noch an meinem Körper.

Real.

Aber wo …

Ich richtete mich auf und zitterte trotz der Wärme des Feuers. Ich sah mich in der dunklen Höhle um und runzelte die Stirn angesichts der Leere.

Es war unmöglich zu sagen, wie viel Zeit vergangen war, seit mich diese Kraft fast verzehrt hatte. Aber mein Körper war schwer vom Schlaf, und meine Magie grollte zufrieden in mir, aufgefüllt durch das Feuer an meiner Seite.

Mein Phönix regte sich in meiner Brust, und die Wärme seiner Flammen durchflutete meinen Körper und wärmte mich von innen heraus. Er war dort, wo er hingehörte, als hätte ich mir die Erinnerung an seine Trennung von meinem Körper nur eingebildet, um bei dieser dunklen Magie jenseits des Schleiers zu helfen.

Ich strich mit den Fingern über die Spitze meines Kleides und bewunderte die Details. Es war eine perfekte Nachbildung des Kleides, das ich bei der Hochzeit mit dem Mann getragen hatte, für den ich in den Tod gezogen war. Es war, als wäre ich in der Zeit zurückgereist, zu einem Moment, den man uns mit dem Beginn des Krieges und dem schlimmsten aller Ereignisse geraubt hatte.

Aber wenn dies mein Hochzeitstag war – wo war dann mein Bräutigam?

Ich ging barfuß zum steinernen Eingang, meine Stiefel waren zusammen mit allem anderen, was ich bei mir getragen hatte, verschwunden, und ich fragte mich, ob all diese Dinge für immer verloren waren. Das Buch Äther allein war eine unschätzbare Waffe, und ich würde um seinen Verlust trauern, wenn es weg wäre.

Ich betrat einen Steinkorridor und stellte fest, dass ich ihn trotz der

Dunkelheit meiner Umgebung wiedererkannte. Ich streckte meine Finger aus, um über die verwitterten Inschriften an der Wand der Ruinen zu streichen, in denen wir nach der Flucht vom Schlachtfeld damals Zuflucht gesucht hatten.

Ich folgte dem vertrauten Pfad zum Ausgang, obwohl die Dunkelheit es fast unmöglich machte, ihn zu sehen. Mein Magen flatterte vor Nervosität, als wäre ich eine errötende Braut, die auf ihre Hochzeitsnacht wartete.

Ich öffnete den Mund, um nach ihm zu rufen, aber mir fehlten die Worte. Was könnte ich nach dieser schicksalhaften Wiedervereinigung sagen? Ich hatte Angst davor, was er jetzt fühlen oder ob er sich durch seine Zeit fernab der Lebenden verändert haben könnte.

Weiches Gras berührte meine Zehen, als ich auf den Berghang trat, und ich schaute zum Himmel hinauf, wo die Sterne schwach leuchteten. Es war, als versuchten sie, meiner Aufmerksamkeit auszuweichen. Vermutlich leckten sie ihre Wunden nach allem, was ich ihnen angetan hatte, und erinnerten sich daran, dass ich noch mehr tun könnte, wenn ich dazu gezwungen wäre.

Ich wandte meinen Blick von ihnen ab und begann, zu klettern und den Berg hinauf zu jenem wunderschönen Ort zu steigen, an dem Darius neben seiner Mutter und Hamish zur letzten Ruhe gebettet worden war. Dorthin, wo seine besten Freunde den Drachenbaum gefertigt hatten.

Ich betrat die kleine Lichtung, wo die Trauerbezeugungen und Opfergaben der Rebellen die Särge noch immer umgaben. Auch die Magie, die die Blumen blühen ließ, die Immerflammen und die funkelnden Eisskulpturen waren nach wie vor dort.

Die beiden Särge standen stumm da, der größere näher bei mir, und als ich durch das Eis auf die reglosen Körper darin blickte, deren Hände in einem letzten Akt der Liebe gefaltet waren, schmerzte mein Herz. Ich hatte sie nicht hinter dem Schleier gesehen. Ich hatte überhaupt niemanden gesehen, außer ihm, und ich wusste nicht, was ich davon halten sollte. Es gab so viele Fae, zu denen ich gern Kontakt aufgenommen hätte.

Ich trat an Darius' Sarg heran und atmete scharf ein, als ich den gezackten Riss wahrnahm, der durch die Mitte des Sarges ging. Das Eis war weggeschmolzen und der Platz, an dem sein Körper gelegen hatte, leer.

Ich hatte es erwartet, aber das minderte nicht den Schock, den ich angesichts der Brutalität dieser Wahrheit verspürte.

Wo war er?

Ich drehte mich langsam um, ließ meinen Blick durch die Dunkelheit vor mir schweifen und lächelte, als ich einen riesigen Schatten entdeckte, der am Mond vorbeiraste. Ein Schatten mit einer Flügelspannweite, die es mit einem Flugzeug aufnehmen könnte, und einem Maul, das Höllenfeuer in den Himmel spie, als wollte er der ganzen Welt seine Rückkehr verkünden und jeden herausfordern, dies zu leugnen, wenn sie es wagten.

Er machte eine scharfe Kurve und flog wieder auf den Berg zu, und ich rannte los, um die kleine Lichtung zu verlassen, auf der die Särge standen. Ich rannte zu dem weiter unten am Hang gelegenen Platz, der groß genug für die Landung eines Drachen war.

Meine Füße rutschten auf den gefrorenen Grashalmen aus, als er auf mich zustürzte, Feuer über meinen Kopf spie und mein Blut schneller pumpen ließ. Aber ich blieb stehen.

Darius landete mit einem gewaltigen Knall vor mir, der den Schnee von der Spitze des Berges zu fegen drohte, und ich lächelte zu ihm auf, während ich die Hand ausstreckte, um seine goldene Nase zu streicheln.

Er senkte bereitwillig den Kopf, und meine Hand glitt zwischen seinen Augen, während er seine Stirn gegen meine Brust drückte und eine Rauchwolke ausspie, die mich vollständig einhüllte.

Er verwandelte sich darin, und meine Handfläche fiel auf seine Brust, direkt über sein Herz, als er vor mir erschien.

Mein Ein und Alles.

»Hallo Ehefrau«, schnurrte er, wobei sich die Mundwinkel seines sündigen Mundes nach oben zogen.

Sein Anblick ließ mein Herz höherschlagen und ich keuchte vor Überraschung, als ich spürte, wie seines im Einklang mit meinem unter meiner Handfläche hüpfte. Jetzt der wahre Zwilling meines eigenen Herzens, verbunden durch die Magie von Äther und Sternenlicht gleichermaßen.

»Du weißt, dass ich dich nur geheiratet habe, weil du dem Tod so nahe warst«, antwortete ich, unfähig, mich zu beherrschen, während meine Finger die Narbe auf seiner Brust streichelten. Sie erinnerte an die Klinge, die ihn getötet hatte, und war auch jetzt noch zu sehen. Eine Erinnerung und ein Segen zugleich.

»Lügnerin«, knurrte er und trat auf mich zu, sodass ich zurückweichen musste.

Ich ließ mich von ihm bewegen, Schritt für Schritt, meine Hand auf seiner Brust. Sein Körper überragte meinen, während ich in seinen Schatten glitt. Es gefiel mir viel zu gut in der Dunkelheit.

»Wie viel Zeit ist vergangen, seit …« Ich verstummte, weil ich nicht wusste, wie ich beschreiben sollte, was uns widerfahren war. Aber er wusste, was ich meinte.

»Ein Tag und eine Nacht. Die Morgendämmerung ist höchstens noch eine Stunde entfernt«, antwortete er und schob mich immer noch weiter, wobei die Intensität seines Blicks fast lähmend war.

»Bist du in dem Sarg aufgewacht?«, hauchte ich, und der Gedanke daran ließ mich erschaudern, aber Darius zuckte nicht einmal zusammen.

»Die Rückkehr meiner Magie in meinen Körper hatte ihn dahinschmelzen lassen, bevor ich zu mir gekommen bin«, erklärte er. »Die Kraft, die uns verbindet, dein Herzschlag … All das war bereits da.«

Ich schluckte schwer und nickte, während ich seine Worte verarbeitete. Meine Füße bewegten sich von Gras auf Stein, als er mich zurück in die Ruinen führte. Seine Schritte waren sicher, seine Intensität war unerschütterlich, als er seinen Blick von Kopf bis Fuß über mich schweifen ließ, als wäre er ein ausgehungerter Mann und ich eine frisch zubereitete Mahlzeit.

»Du hast also die anderen dort gesehen. Deine Mutter und Hamish?«, fragte ich leise, und seine Augen trafen meine durch die Dunkelheit, als er für einen Moment still wurde. Ihr Tod lastete schwer auf uns beiden.

»Ich habe sie hinter dem Schleier getroffen«, gab er zu. »Ich habe meinen Frieden mit ihrem Tod gemacht und ich …«

Ich konnte ihn in der Dunkelheit kaum sehen, aber ich spürte, wie seine Augen mich abschätzend und zögernd musterten. Aber er hielt sich nicht zurück, nicht jetzt und auch sonst nie wieder. All das lag jetzt hinter uns.

»Ich habe auch deine Mutter und deinen Vater gesehen.«

»Hast du mit ihnen gesprochen?«, hauchte ich, mein Puls beschleunigte sich und seiner passte sich an, während ich immer noch meine Hand auf seinem Herzen hielt. Er nickte.

»Sie sind so unglaublich stolz auf dich, Roxy«, murmelte er, und der Geschmack dieser Worte in der Luft löste etwas in mir. »Sie haben gesehen, was du getan hast, was du vorhattest, und sie ... Meine Mutter, Hamish, Azriel und auch viele andere haben dir den Weg geebnet. Sie haben die Armee der Toten abgewehrt, die versucht hätte, sich durch die Kluft zu zwängen, die du geschaffen hast. Sie haben es dir überhaupt erst ermöglicht, mich zu erreichen.«

»Sie ... haben das für uns getan?«, fragte ich erstaunt, unfähig, die Vorstellung zu begreifen, dass im Tod selbst ein Kampf um die Magie geführt worden war, die ich benutzt hatte, um dorthin zu gelangen.

Das Buch Äther war aus genau diesem Grund voller Warnungen vor Nekromantie gewesen. Der Druck der toten Seelen, die immer verzweifelt versuchen, durch den Schleier zurückzukehren, war groß. Aber ich hatte die Warnungen ignoriert und sie dann völlig vergessen, als ich ihn endlich gefunden hatte.

»Das haben sie«, stimmte er zu. »Weil sie gesehen haben, was ich erst nach so langer Zeit akzeptieren konnte. Sie haben dich und Darcy lange beobachtet, gewartet und gehofft, dass ihr euch erhebt. Und sie wollen auch Teil eurer Armee sein. Und wenn es nur im Geiste ist.«

Seine Worte weckten eine Erinnerung in mir, die ein Lächeln auf meine Lippen zauberte, als ich meinen Kopf in den Nacken legte und versuchte, seine Augen im Dunkeln zu suchen.

»Du hast dich vor mir verbeugt«, sagte ich, und die Worte kamen mir unwirklich vor, so unwahrscheinlich war es. So unvorstellbar.

Darius knurrte und Rauch quoll aus seinen Lippen. Sein Geruch und der Duft des Zedernholzes, das seine Haut so unglaublich perfekt umhüllte, ließen mich aufstöhnen.

Er setzte seinen Weg fort und ich hielt meine Handfläche weiterhin auf sein Herz gedrückt, immer noch erstaunt über die perfekte Synchronität unserer Herzschläge, das ewige Band, das uns nun zu einer Einheit verknüpfte.

Ich ging rückwärts und mein Atem wurde flacher, als die Absicht in seinen Schritten klar wurde. Er schob mich in den Raum, in dem ich bereits bei meinem ersten Besuch hier aufgewacht war.

In den Ecken des steinernen Raumes flammten Feuer auf, und das matte orangefarbene Licht gab mir endlich freie Sicht auf mein Biest, als dieses sich über mich beugte.

Ich warf einen Blick auf das Steinbett, das immer noch mit Moos gepolstert war, aber er ignorierte es und schob mich an die Wand, bis ich zwischen ihm und der Wand gefangen war. Nur meine Hand auf seiner Brust hielt den Abstand zwischen uns aufrecht.

Er legte seine Handflächen zu beiden Seiten meines Kopfes auf die Mauer, umschloss mich wie ein Käfig und beugte sich näher, bis die Lücke zwischen uns geschlossen war. Nur mein Hochzeitskleid trennte unsere Körper noch voneinander.

Ich starrte ihn an, diesen Mann im Körper eines Gottes, auferstanden von den Toten und von so vielen Dämonen heimgesucht. Er war eine atemberaubende Kreatur, sein Körper war durchtrainiert, seine bronzefarbene Haut mit prächtigen Tätowierungen bedeckt und in seinen Augen wirbelte immer diese innere Dunkelheit, die ich viel zu sehr liebte, als dass es gut für mich gewesen wäre.

Wir starrten einander einfach nur an, während die Sekunden verstrichen. Die Versprechen, die zwischen unseren Körpern hin und her huschten, durchströmten mich mit Hitze und mein Atem wurde flach.

»Was schaust du so?«, hauchte ich, als er so verharrte und seinen Blick über meine Züge schweifen ließ. Sein Körper war so schmerzhaft nah und gleichzeitig nicht nah genug.

»Ich schaue auf die Frau, die für mich in den Tod gegangen ist«, antwortete er mit rauer Stimme und einer Ehrfurcht, die ich nicht verdiente. »Auf die Frau, deren Herz dazu fähig war, mich zu lieben, obwohl ich dessen niemals würdig sein könnte. Du hast die Sterne selbst für mich verflucht und sie gezwungen, sich deinem Willen zu beugen. Du hast dunkle Magie und den Tod riskiert, um deinen Eid zu erfüllen, und dein eigenes Herz an meines gebunden, damit du mich hierher zu dir zurückholen konntest.«

»Du und ich … Wir waren noch nicht fertig. Unsere Geschichte war noch nicht fertig«, sagte ich. Meine Hand glitt von seiner Brust, an seinem Hals vorbei und landete schließlich auf seinem Unterkiefer. Seine Bartstoppeln kratzten an der Narbe auf meiner Handfläche, während ich in das brodelnde Gold seiner Augen blickte. Sein Drache, der sich unter seinem Fleisch bewegte, beobachtete und taxierte mich.

»Ich habe mein ganzes Leben in dem Wissen verbracht, dass ich nie der edle Ritter sein würde, den unser Königreich braucht«, sagte er langsam. »Die anderen Erben waren immer viel besser dazu geeignet. Ich war derjenige, der in die Dunkelheit abgerutscht ist, der Bösewicht, der gebraucht wurde, um die Schandflecken zu tilgen, die mein Vater auf seinem Weg hinterlassen hat. Und mit jeder Entscheidung, die ich getroffen habe, um diesem Weg zu folgen, habe ich akzeptiert, dass mich niemand jemals so lieben würde, wie du mich unmöglicherweise liebst. Ich hatte die Hoffnung aufgegeben, dass es auch nur annähernd so etwas gibt. Ich hatte die Idee der Liebe überhaupt aufgegeben. Bis du gekommen bist. Meine wunderschöne brennende Retterin …«

»Tu das nicht!«, unterbrach ich ihn mit strengem Blick. »Stell mich nicht auf ein unmögliches Podest und mach mich nicht zur Heldin in deiner Geschichte. Das bin ich nicht, Darius. Ich werde einen Preis dafür zahlen müssen, dass ich dich zurückgebracht habe, und das Universum weiß, dass ich nicht mit unserem Fleisch bezahlen werde. Aber das bedeutet nur, dass er stattdessen aus etwas anderem gewonnen werden wird. Und das ist mir egal. Ich bin egoistisch genug, um mir darüber keine Gedanken zu machen, solange ich dich hier bei mir habe. Ich bin egoistisch genug, um dein Herz an meines zu binden. Denn das bedeutet, dass ich dich nie wieder verlieren werde. Unsere Leben sind miteinander verwoben und so sind auch unsere Seelen miteinander verbunden. Wenn der Tod einen von uns zu sich nimmt, holt er uns beide zu sich. Und damit kann ich leben.«

»Du bist nicht nur meine Heldin, Roxy«, sagte er, während er seine Hand vom Stein neben mir nahm, meinen Unterkiefer umfasste und seinen Daumen über meine Lippen gleiten ließ, bevor er seinen Griff an meine Kehle verlagerte. »Du bist auch mein Bösewicht.«

Ein Lächeln huschte über meine Lippen, bevor sein Mund den meinen in einem atemberaubenden Kuss eroberte. Meine Seele stieg an die Ränder meiner Haut und suchte nach einem Weg, der seinen näher zu kommen.

Ich schob meine Finger in seine dunklen Haare und zog ihn an mich, während ich mich für ihn öffnete. Seine Zunge betörte die meine, während sein Griff um meinen Hals fester wurde und er mich immer fester gegen die Wand drückte.

Ich stöhnte in seinen Mund, die Ekstase dieser Realität verschlang mich, und ich musste gegen die Tränen ankämpfen, die sich aus meinen Augen zu lösen versuchten. Aber ich wollte nicht weinen. Ich wollte lachen und jubeln und vor Freude zum verdammten Mond und zurück singen. Über das hier, über ihn, meine ganz persönliche Dunkelheit, meinen brutalen Peiniger, meinen furchtlosen Retter, meinen zerstörerischen Teufel. Ganz mein, für jetzt und immer.

Meine Zähne gruben sich in seine Unterlippe, und Darius knurrte. Die Stimmung unseres Wiedersehens verwandelte sich von der reinen Glückseligkeit unserer Liebe zueinander zu dem wilden Verlangen nach Leidenschaft. Einer Leidenschaft, sie immer so unglaublich heiß zwischen uns brannte.

Er ließ seine Hände auf meine Schenkel sinken und hob mich in seine Arme, wobei seine Länge durch den Stoff meines Hochzeitskleides gegen mich drückte, während sich seine Finger in meine Haut bohrten.

Sein Mund löste sich von meinem, seine Lippen bahnten sich ihren Weg von meinem Mundwinkel zu meinem Unterkiefer und dann tiefer. Er ließ seine Zähne über meine Haut schaben, und ich stöhnte vor Lust auf, während ich meine Fingernägel in seine kräftigen Schultern grub.

»Soll ich erneut vor dir auf die Knie gehen, meine Königin?«, fragte er auf meiner Haut, während er den Stoff meines Kleides in seiner Faust zerknüllte.

»Ja«, keuchte ich. Seine Worte brachten mein Herz zum Rasen, und ich wusste, dass seines auch raste. Unsere Pulse vereinten sich in diesem stürmischen Galopp, der deutlich machte, wie sehr wir das brauchten.

Darius gehorchte meinem Befehl, und ich atmete scharf ein, als er sich vor mich fallen ließ. Er hielt nach wie vor meine Schenkel fest, um mich an der Wand zu fixieren, bis er meine Beine über seine breiten Schultern legen konnte.

Ich zerrte an dem Stoff meines Kleides, und Flammen züngelten an meinen Fingerspitzen, als ich mich dazu entschied, es zu verbrennen. Aber er packte mein Handgelenk und hielt mich mit seinem rücksichtslosen Blick fest.

»Nicht!«, knurrte er, und selbst auf den Knien, mit meinen Beinen um seinen Hals geschlungen, wirkte er irgendwie dominant. Ich biss mir auf die Lippe, als ich zu ihm hinunterblickte.

»Warum nicht?«

»Weil mich dieses Kleid an den Tag erinnert, an dem du dich mir ganz hingegeben hast. Es erinnert mich an den Tag, an dem ich bei dem Versuch, für dich zu kämpfen, gestorben bin und du die Sterne selbst verflucht und geschworen hast, dieses Unrecht wiedergutzumachen. Dies ist das Kleid der Königin, der mein Herz und meine Seele gehören, und ich möchte dich so oft wie möglich darin sehen können. Ich möchte es dir an- und dann wieder ausziehen, um dich mit meiner Zunge, meinen Händen und meinem Schwanz zu erobern.«

»Wer hätte gedacht, dass der große böse Drachenerbe auf Hochzeitsrollenspiele steht?«, neckte ich ihn, und er grinste mich an. Und es war dieses wilde, verruchte Grinsen, das versprach, jenen Rest von Tugend, den ich vielleicht noch besessen hatte, zu zerstören.

»Oh, Roxy. Du hast ja keine Ahnung.«

Darius fand den Saum meines Rocks und schob ihn so plötzlich hoch, dass mein Atem stockte, als er mich für ihn entblößte. Ein verdammtes Wimmern entrang sich meiner Kehle, als sein Mund auf die Innenseite meines rechten Oberschenkels fiel und seine Zunge den Umriss des Tattoos streifte, das ich mir dort für ihn hatte stechen lassen. Und diese Worte waren noch nie so wahr gewesen. Es gab nur ihn. Jetzt und für immer. Bis unsere Herzen aufhörten, zu schlagen, und wir erneut den Schleier passierten.

Er drückte meine Knie weiter auseinander, während er begann, seinen Mund an der Innenseite meines Oberschenkels entlangzubewegen. Ich lehnte mich unbeholfen an die Felswand, aber seine Hände waren da, bevor ich abrutschen konnte, packten meinen Hintern und zogen mich zu sich heran, während sein Mund gnadenlos auf mich niederging.

»Fuck!«, keuchte ich, als er mit seiner Zunge direkt über meine Klit fuhr, seine Lippen sich um mich schlossen und seine Stoppeln sich in die weiche Haut meiner Schenkel bohrten.

Er benutzte seinen Griff um meinen Hintern, um mich besser in Position zu bringen, und ich konnte nichts anderes tun, als die schweren Falten meines Kleides zu greifen, damit ich zusehen konnte, wie er mich mit diesem sündigen Mund verschlang.

Darius verzehrte mich, als hätte er nach mir gehungert. Seine Finger gruben sich in meinen Hintern, während er seinen Mund gegen mich presste und leckte und saugte, bis ich mich gegen ihn wand und um Erlösung bettelte.

Diese verweigerte er mir natürlich sofort, ließ seinen Mund tiefer sinken und versenkte seine Zunge in mir. Er leckte und schmeckte, während ich vor Verlangen pochte, und ich verfluchte seinen Namen.

»Bring mich zum Kommen!«, knurrte ich ihn an. Es gelang mir, seine Haare zu ergreifen und ihn nach oben zu ziehen, und sein dunkles Lachen ließ mich wissen, dass er genau das bekam, was er von mir wollte.

»Ist das ein Befehl meiner Königin?«, neckte er mich, das tiefe Grollen seiner Stimme an meinem Kern brachte mich fast um den Verstand. »Der erste, den sie mir je gegeben hat. Was werden die Bürger ihres Königreichs davon halten?«

»Sie werden sich fragen, warum du nicht in der Lage warst, das auch ohne Befehl hinzubekommen«, fauchte ich ihn an und schrie dann auf, als er meine Schenkel noch weiter auseinanderdrückte und sich auf mich stürzte, um diese Herausforderung anzunehmen.

Seine Zunge war ein Geschenk des Himmels. Seine meisterhaften Berührungen machten mich willenlos, sobald er nachgab, und ich zerbrach für ihn, schrie und pries seinen Namen, während meine Hüften gegen sein Gesicht schaukelten. Und ich nahm und nahm von ihm.

Ich sackte gegen die Wand, und er war sofort auf den Beinen, stellte mich auf zitternden Beinen ab und drehte mich um, sodass ich mit dem Rücken zu ihm stand.

Ich stemmte meine Hände gegen die Wand und zitterte, als sein Mund meinen Nacken berührte und er meine Haare über meine Schulter strich, um mehr von meiner Haut freizulegen.

Noch während ich versuchte, wieder zu Atem zu kommen, küsste er mich dort, ließ seine Finger meinen Rücken hinuntergleiten und öffnete Knopf für Knopf meines Kleides. Dabei machte mich die Berührung seiner Finger fast verrückt.

Das Kleid fiel in einem roten Schwall von mir, und für einen Moment sah ich nur Blut, als ich darauf hinunterblickte. Vermutlich die Konsequenz dafür, dass wir auf unserer Reise von so verdammt viel Tod begleitet worden waren.

»Ich würde tausend Feinde töten, wenn es mich hierherbringen würde«, brummte Darius an meinem Ohr, als könnte er meine Gedanken lesen, ohne dass ich sie aussprechen müsste. »Ich würde mich mit Blut beschmieren und meine Seele irreparabel beflecken. Alles, um an diesen Punkt zu gelangen, alles, um dich so in meinen Armen zu halten.«

»Ich auch«, antwortete ich und schaute über meine Schulter zu ihm. Und als sich unsere Blicke trafen, wusste ich, dass wir das Gleiche dachten. Dass das falsch war. Dass wir nicht so willens sein sollten, die Welt dafür zu opfern. Aber das änderte nichts an der Wahrheit. Darius und ich waren seit dem ersten Moment eine schlechte Kombination. Wir waren giftig, hasserfüllt und grenzenlos. Aber wir waren immer noch hier, und wir würden uns niemals wieder voneinander abwenden.

Vielleicht hätten wir uns mehr Sorgen um unsere bösartige Natur machen sollen, aber als Darius mein Kinn ergriff und mich küsste, wusste ich, dass es mich nicht kümmerte. Ich wollte nicht, dass es mich kümmerte. Ich wollte nur ihn.

Seine Zunge versank in meinem Mund und sein Schwanz drückte gegen meinen Arsch. Ein Stöhnen entfuhr mir, als ich spürte, wie groß er war, und meine Wirbelsäule krümmte sich mit dem Verlangen nach mehr.

Seine Hand wanderte um meine Taille herum und bewegte sich dann weiter nach unten, um mich zu erkunden. Sein zustimmendes Knurren hallte bis in mein Innerstes, als er feststellte, dass ich triefend nass war. Und er versenkte sofort drei Finger in mir.

Mein Stöhnen unterbrach unseren Kuss und er grinste mich an, bevor er sich vorbeugte, meinen Kopf zur Seite neigte und an meinem Ohrläppchen knabberte, während er mich mit seiner Hand fickte, mich ausfüllte und dehnte. Sein Handballen rieb dabei meine Klit und brachte meinen Kopf zum Schwirren. Ich befand mich im freien Fall. Jedes meiner Nervenenden summte bei seiner Berührung, und als er seine Zähne in die Seite meines Nackens rammte, kam ich erneut. Meine Fingernägel gruben sich in die Felswand vor mir, während sich meine Pussy fest um seine Finger schloss und die pure Lust durch jeden Zentimeter meines Wesens schoss.

Seine Zähne bohrten sich tiefer, und ein wildes Knurren entfuhr ihm, als der Schmerz des Bisses in Lust überging, die durch meinen gesamten Körper hallte. Ich konnte nichts anderes tun, als mich an der Wand festzuhalten, als er seine Finger zurückzog, seine Knie benutzte, um meine Beine zu spreizen, und dann seinen Schwanz von hinten in mich hineintrieb.

»O Gott!«, keuchte ich, und er nahm seine Zähne aus meiner Haut und ersetzte sie durch seine Zunge, während er härter zustieß, mich mit seiner enormen Länge füllte und mich fest an die Wand drückte.

Er bewegte seine Hände zu meinen Hüften, als er begann, mich zu ficken, und ich konnte kaum mehr tun, als seinen Namen zu stöhnen, während er mich auf diese wilde und ungezähmte Weise nahm. Sein Mund beanspruchte mich, sein Körper beherrschte mich und ich gab jeder seiner Forderungen nach.

Es lag etwas Wildes und Animalisches in der Art, wie er mich eroberte, als wäre er im Grunde seines Wesens eine Kreatur, die mich nur als ihr Eigentum markieren musste. Es war ein ganz eigenes Gefährtenband, das wir hier knüpften. Eines, das von niemandem außer uns selbst gebilligt werden musste, das an keine Bedingungen geknüpft war – außer unserer ewigen Hingabe zueinander.

Er war so groß. Sein Körper dominierte den meinen völlig, seine dicke Länge füllte mich ganz aus und drang tief in mich ein, sodass mein Innerstes angesichts des Versprechens auf noch mehr Glückseligkeit erbebte.

Seine Finger fanden meine Klit, während ich zwischen ihm und der Wand eingequetscht war, und ich krümmte mich gegen ihn, während er mich hart und rau fickte. Das Bedürfnis zwischen uns ließ keinen Raum für Schönes oder Süßes. Das waren nicht wir. Das hier schon. Brutal, strafend, wild und ungestüm.

Ich griff über meine Schulter hinweg nach seinen Haaren, während er in mich hineinstieß. Der Fels kratzte an meinen Brüsten, und mein Körper schaffte es, sogar darin Vergnügen zu finden, schließlich bot der raue Stein etwas Linderung für meine verlangenden Nippel.

Er saugte so fest an meinem Hals, dass er Spuren hinterließ. Dann leckte und küsste er die Stelle, die er zweifellos verletzt hatte, und ich stöhnte laut, als ich mich erneut dem Höhepunkt näherte.

»Ich werde dieses Geräusch von jetzt an bis ans Ende der Zeit jeden verdammten Tag hören«, versprach er, seinen Schwanz so tief in mir, dass ich kaum noch Luft bekam. »Und wenn du für mich kommst, wenn ich deinen Körper besitze und beanspruche, wirst du bis ins Mark wissen, wem du gehörst, nicht wahr, Roxy?«

»Ja«, keuchte ich. Die Zeit für Spott und Neckereien war längst vorbei, als er mich tief und hart fickte und seine Finger gekonnt über meine Mitte gleiten ließ. »Ich gehöre dir. Für immer«, schwor ich, und er knurrte zustimmend.

»Mir«, stimmte er zu, ein dunkles Versprechen, während sein Griff um meine Hüfte immer fester wurde und er tief in mich stieß. »Für immer.«

Er versenkte seine Zähne erneut in meinem Nacken. Lust und Schmerz prallten aufeinander, als ein Knurren von ihm ausging, das ganz und gar Bestie war. Ich schrie auf, als ich kam, meine Sinne überwältigt von allem. Von *ihm*.

Darius stieß gnadenlos in mich hinein. Blut floss, als er noch fester zubiss, und mit einem wilden Brüllen fand schließlich auch er seine Erlösung. Er zwang meinen Körper, sich seinem anzupassen, als er in mir anschwoll und pulsierte und mich mit seinem Samen füllte.

Meine Pussy pochte und umklammerte fest seine dicke Länge. Ich keuchte, als seine Finger weiter meine Klit massierten und mir das letzte bisschen Vergnügen entlockten, während er seine Zähne von meinem Hals nahm.

Sein Körper lastete schwer auf meinem, während wir keuchend so verharrten, der Schlag seines Herzens auf meinem Rücken im perfekten Rhythmus mit meinem eigenen.

»Bevor die Sterne ihre Meinung kundgetan haben, hätte ich dich mir übrigens auch selbst ausgesucht«, sagte er seine Worte durchsetzt mit Küssen auf meine Wange, meinen Unterkiefer und meinen Hals. »Meine Besessenheit von dir hat mich vom ersten Moment an gequält und wird mich für die Ewigkeit quälen. Ich kann nicht genug bekommen, werde nie genug bekommen.«

»Der Tod hat dich sentimental gemacht«, keuchte ich und reckte meinen Hals, um über meine Schulter zu ihm zu schauen. Ich sah, dass er mich mit einer Intensität ansah, die mir den Atem raubte.

»Ich liebe dich, Roxanya Vega«, knurrte er und ließ seine Hände an meinen Seiten nach oben wandern, während er sich weit genug zurückzog, um unsere Körper voneinander zu trennen. Sofort vermisste ich das Gefühl, ihn in mir zu spüren. »Ich liebe diese Sommersprosse hier …« Sein Mund wanderte zu meiner Schulter, wo er einen leichten Kuss platzierte, und ich stieß ein Lachen aus. »Und ich liebe diese hier, genau hier …« Er bewegte seinen Mund tiefer und drückte ihn auf mein Schulterblatt, wo mein Flügel aus meiner Haut springen würde, wenn ich mich verwandelte. Die empfindliche Haut dort kribbelte vor Vergnügen.

»Was liebst du noch?«, neckte ich ihn und er packte mich plötzlich, warf mich über seine Schulter und schlug mir so fest auf den Hintern, dass ich fluchte.

»Ich liebe diesen schmutzigen Mund«, gab er zu, bevor er mich auf das moosige Bett warf.

Meine Haare fielen mir ins Gesicht, und ich schaute ihn finster an, während ich mich auf meine Ellbogen stützte. Aber das schien ihn nur noch mehr anzustacheln.

»Ich liebe es, wie du mich Arschloch nennst«, sagte er und kam mir zuvor, bevor ich das Wort aussprechen konnte.

»Tja, das ist praktisch, denn ich werde gezwungen, das verdammt oft zu tun«, witzelte ich, und er grinste und kam näher.

»Ich liebe es, wie du gerade aussiehst, frisch gefickt, wütend, völlig befriedigt und doch nach mehr lechzend.«

»Du hast eine echt hohe Meinung von dir selbst«, sagte ich, aber sein Grinsen wurde nur noch breiter, als er seine Hände auf beiden Seiten meiner Füße auf das Bett legte und sich darauf kniete.

»Ich liebe diese kleinen Zehen«, erklärte er, küsste meine Knöchel und packte sie dann, als ich versuchte, mich wegzudrehen.

»Das kitzelt«, protestierte ich, aber er tat es einfach noch einmal.

»Schau dir diese Füße an«, schnurrte er, knabberte an meinem Fußrücken und brachte mich zum Stöhnen, als er dort irgendeinen unbekannten Nerv traf, der einen Energieschub direkt in mein Innerstes sandte. »Wie können sie so laut und wütend durch das Königreich stapfen, wo sie doch so klein sind?«

»Meine Füße sind von absolut durchschnittlicher Größe«, protestierte ich, obwohl sie im Vergleich zu seinen Drachenfüßen vermutlich tatsächlich ziemlich klein waren. Aber das zählte nicht.

»Mmm …« Darius schien darüber nachzudenken, bevor er mich weiter inspizierte, und ich konnte nicht anders, als die Dicke seines Schwanzes zu bemerken, der bereits wieder hart wurde, als er meinem Körper so viel Aufmerksamkeit schenkte.

Es hätte unangenehm sein sollen, so von ihm angesehen zu werden, ich hätte mich bloßgestellt oder unsicher oder zumindest verletzlich fühlen sollen. Aber es fühlte sich einfach nur … richtig an. Ich hatte mich ihm völlig hingegeben, und das schloss alles von mir ein, auch meine Fehler und Unsicherheiten.

»Hm, ich habe womöglich meine Lieblingssommersprosse gefunden«, erklärte er, gab mir einen Kuss auf die Seite meines linken Knies und hob dann den Blick zu dem Tattoo auf meinem rechten Oberschenkel daneben. »Aber der Preis für mein liebstes Mal auf deiner sündhaft verlockenden Haut geht an das hier.«

»Erwartest du von mir, dass ich dir eine ähnliche Bewertung gebe, wenn du mit mir fertig bist?«, stichelte ich und seine Augen blitzten wieder golden.

»Nun, das ist ein Problem, Roxy, denn ich werde nie mit dir fertig sein«, versprach er. Und verdammt noch mal – ich wurde tatsächlich rot.

Darius grinste sein Arschlochgrinsen, und ich schlug ihm auf die Schulter, wobei ich das Flammen-Tattoo dort berührte, das bis zu dem Drachen und dem Phönix auf seinem Rücken reichte.

»Behauptest du immer noch, dass dein Tattoo nichts mit mir zu tun hat?«, fragte ich, als er sich weiter an meinem Körper nach oben arbeitete, jede Sommersprosse küsste, die er fand, und mir einen köstlichen Anblick seines muskulösen Rückens bot, der mit mehr Tinte übersät war, als ich mich erinnern konnte.

»Du meinst das, das ich an deinem Geburtstag im Sommer vor deiner Ankunft an der Academy habe stechen lassen?«, fragte er beiläufig, und ich starrte ihn entgeistert an.

»Du hast dir das an meinem Geburtstag stechen lassen?«, zischte ich und schlug ihn erneut, weil er mir das nie zuvor erzählt hatte. Er lachte leise an meinem Bauch, bevor er mich seitlich auf die Rippen küsste.

»Jupp. Es gab jedes Jahr eine verdammt langweilige Gedenkfeier, bei der das Königreich über Babyfotos von euch beiden geheult und das Alter, das ihr an dem Tag hättet erreichen sollen, gefeiert hat.«

»Langweilig?«, zischte ich und er lachte erneut. Dieses Mal bewegte er sich zu meiner Brustwarze und saugte fest daran. Seine Hand wanderte zu meiner anderen Brust und ein Stöhnen entrang sich meiner Kehle.

»Diese hier liebe ich ganz besonders«, knurrte Darius an meiner Haut, bevor er seinen Mund zu meiner anderen Brustwarze bewegte und meine Wirbelsäule dazu zwang, sich zu krümmen, während ich lauter stöhnte und meine Schenkel sich vor Verlangen spreizten. »Sie sind einfach so …«

»Du wolltest mir von dem Tattoo erzählen, das du dir an meinem Geburtstag hast stechen lassen«, stieß ich hervor, obwohl es wirklich verlockend war, ihn mit seiner Beurteilung meiner Brüste fortfahren zu lassen, anstatt diese Antworten zu erhalten.

»Richtig …« Darius bewegte seinen Mund zu meinem Schlüsselbein, was meine Brustwarzen hart und empfindlich werden ließ. Seine Worte waren von Küssen durchsetzt, als er fortfuhr: »Also, da war diese langweilige Gedenkfeier – sorry, Roxy, aber ich habe mein ganzes Leben lang an solchen bescheuerten Veranstaltungen teilgenommen, und obwohl es traurig war und so, kannte ich dich nicht und euer vermeintlicher Tod war achtzehn Jahre her, also …«

»Schon kapiert, Arschloch. Zwei tote Babys waren dir egal.«

»Ich habe nicht gesagt, dass sie mir egal waren«, erwiderte er bestimmt. »Ich habe meine Anteilnahme nur lieber gezeigt, indem ich in meiner Freizeit Nymphen getötet habe. Ist das nicht ein besseres Zeugnis meiner Trauer, als Jahr für Jahr bei einer sich wiederholenden Gedenkfeier herumzustehen und leere Worte zum Besten zu geben?«

»Oh, du willst mich also mit deiner Blutlust bezirzen?«

»Tu nicht so, als würde dich das nicht anturnen.«

»Erzähl mir von dem Tattoo, sonst erfährst du heute nicht mehr, was mich anturnt«, beharrte ich. Er schnaubte, beugte sich über mich, verlagerte sein Gewicht auf seinen Unterarm und strich mir mit seiner freien Hand ein paar Haarsträhnen aus dem Gesicht.

»Ich bin an jenem Morgen ziemlich früh aufgewacht und wusste einfach, dass ich es wollte. Ich bin kein Künstler, aber ich habe es selbst gezeichnet, genau so, wie es jetzt ist, als hätte sich das Design in mir festgesetzt – mit dem dringenden Wunsch, freigelassen zu werden. Ich bin losgezogen, ohne jemandem zu sagen, wohin ich gehe, und erst am Abend zurückgekommen. Inklusive Tattoo. Ich habe erwartet, Vaters Zorn zu spüren zu bekommen, wegen der verpassten Gedenkfeier und so. Aber als ich zurückkam, war alles in Aufruhr, weil gerade zwei unglaublich mächtige magische Signaturen im Reich der Sterblichen entdeckt worden waren. Und wie sich herausgestellt hat, wart ihr beide von den Toten zurückgekehrt.«

Ich lächelte belustigt und ließ meine Finger über seinen Unterkiefer gleiten. »Wie gelangweilt du gewesen sein musst, bevor ich aufgetaucht bin, um dich zu quälen.«

»Nur ein bisschen«, stimmte er zu. »Wie gesagt: Das Tattoo hatte nichts mit dir zu tun. Also sei nicht so anmaßend, zu denken, dass sich mein ganzes Leben um dich dreht.«

Ich schlug ihm auf den Arm und er versetzte mir als Antwort einen Klaps auf den Hintern, was mich unerwartet aufstöhnen ließ. Sofort verdunkelten sich seine Augen vor Lust.

»Du willst also einfach bei deiner Überzeugung bleiben, dass es rein gar nichts mit mir zu tun hatte, dass du *an meinem Geburtstag* aufgewacht bist und dir ohne jegliche Vorplanung dein größtes Tattoo überhaupt hast stechen lassen? Obwohl es unsere beiden Formgebungen in einem Tanz darstellt, der nur einen Schritt von Gewalt und einen weiteren von Liebe entfernt zu sein scheint?«, entgegnete ich.

»Reiner Zufall«, stimmte er zu, zuckte genervt mit den Schultern und ich funkelte ihn böse an.

»Ich hasse dich wieder«, murmelte ich, und er grinste mich an.

»Nein, Baby, du hast es nie ganz geschafft, mich zu hassen.«

»Arschloch«, fuhr ich ihn an, und das nervtötende Lächeln wurde durch die Beleidigung nur noch breiter.

»Also, wo war ich?«, fragte er langsam, während er seine Finger durch meine Haare gleiten ließ. »O ja, ich liebe es, wie sich deine Haare anfühlen, wenn ich sie fest um meine Faust wickle.«

»Und lass mich raten, du liebst es, wie sich meine Lippen anfühlen, wenn sie sich fest um deinen Schwanz wickeln?«, neckte ich ihn und entlockte ihm ein Knurren, während sein Blick über meinen Mund wanderte.

»Zweifellos«, stimmte er zu, und sein Mund landete auf meinem, wobei er einen überraschend süßen Kuss von mir verlangte.

Ich seufzte zufrieden, als ich den Druck seiner Lippen auf meinen spürte, seine Hand träge meine Seite hinunterglitt, um sanft meine Haut zu streicheln, bevor sie sich zwischen meine Schenkel bewegte.

Er senkte seinen Mund auf mein Ohr, während er sich über mich schob, und mein Puls hämmerte wieder, als er das Versprechen erkannte, das sich zwischen uns aufbaute.

Seine Finger liebkosten meine Klit, dann glitten sie tiefer und spürten die Beweise seiner vorherigen Beanspruchung, vermischt mit meiner Feuchtigkeit. Ich stöhnte vor Verlangen nach mehr, als er mich neckte und die dicke Länge seines Schwanzes gegen meinen Oberschenkel drückte.

»Und ich liebe es wirklich, deine hübsche Pussy mit meinem Sperma zu füllen und dich meinen Namen schreien zu lassen, bis du heiser bist«, knurrte er.

Mein Keuchen wurde von einem Stöhnen unterbrochen, als er sich auf mich rollte und seinen Schwanz mit einem einzigen harten Stoß in mich trieb.

Sein Mund eroberte erneut den meinen, und er packte meine Handgelenke und hielt sie über mir fest, um sich zu nehmen, was er wollte. Dann fickte er mich, während das Feuer der Hölle in seinen Augen brannte und das Monster in ihm bei jedem brutalen Stoß zum Vorschein kam.

Meine Hüften trafen bei jeder Bewegung auf seine, meine Schreie der Lust hallten vom Höhlendach wider, während er mich in meinen Grundfesten erschütterte und gleichzeitig wieder aufbaute. Er besaß mich ganz und gar und füllte meinen Körper mit Glückseligkeit, während ich immer wieder über den Abgrund stürzte. Denn ich war seine Gefangene, seine Obsession, seine Königin.

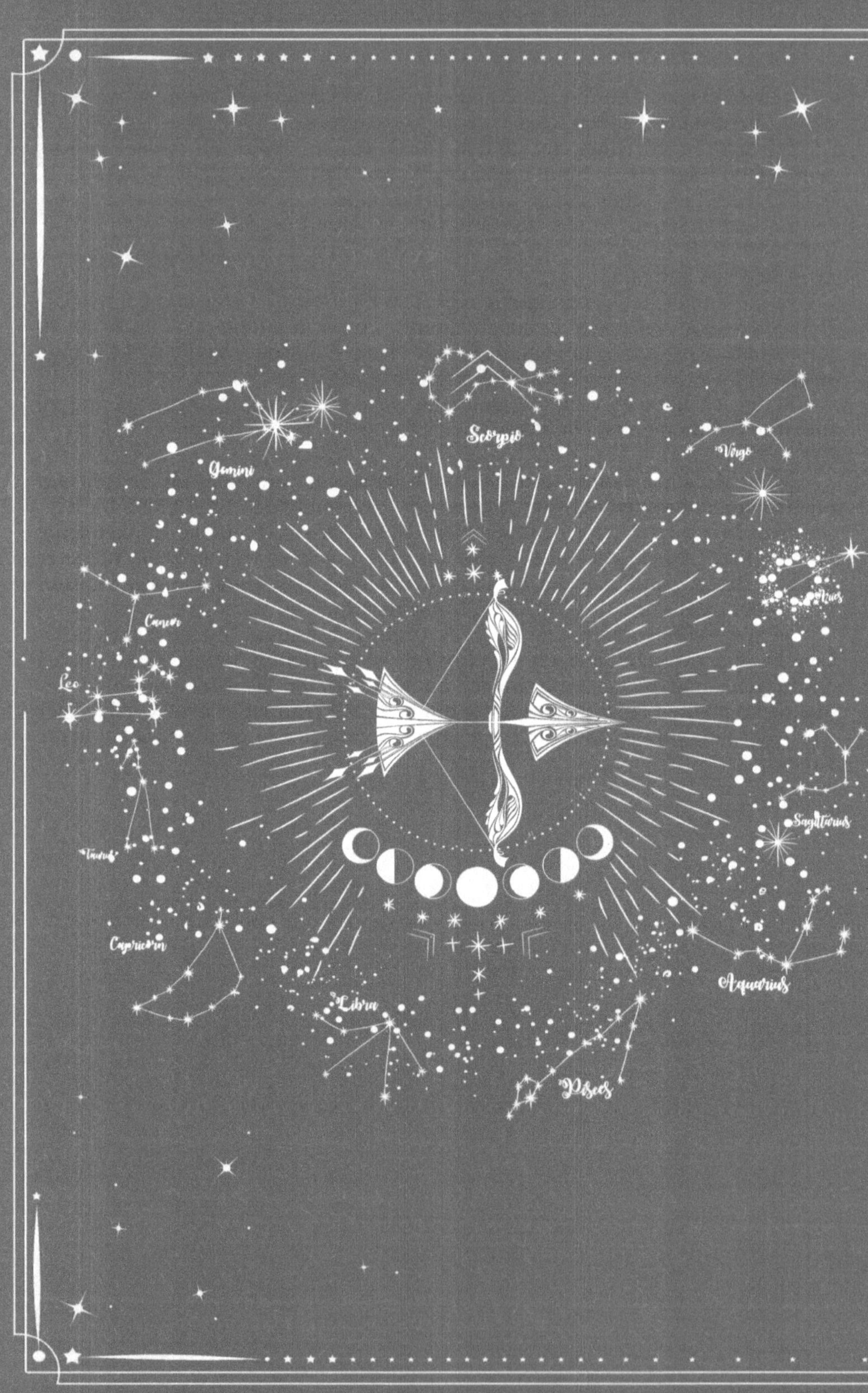

Gemini
Scorpio
Virgo
Cancer
Aries
Leo
Sagittarius
Taurus
Capricorn
Aquarius
Libra
Pisces

MILTON

KAPITEL 77

Die Suche nach uns wurde immer engmaschiger – und kam uns dabei verdammt nahe. Die M. O. E. S. E. N. waren überall und Nova analysierte alles.

Gary war fort. Höchstwahrscheinlich tot. Gegen ihn waren belastende Beweise gefunden worden, bevor einer von uns auch nur irgendetwas hätte tun können.

Ich hatte seit einer Woche nicht wirklich geschlafen. Damals hatten wir alle mitten in der Nacht zu fliehen versucht, aber leider festgestellt, dass die Schutzbarrieren rund um die Academy über alle Maßen verstärkt worden waren. Es gab kein Durchkommen, keine Fluchtmöglichkeit außer durch den Haupteingang – und der wurde »zu unserem Schutz« streng bewacht. Den Studenten war es verboten worden, das Gelände der Academy zu verlassen, während umfassende Suchaktionen durchgeführt wurden, um die Rebellen unter uns aufzuspüren.

Es war dieser verdammte Song.

Die Wut, die das Lied in dem Mann, der unser König zu sein behauptete, hervorgerufen hatte, war größer, als ich es je hätte vorhersehen können. Und seine Vergeltung kam schnell und brutal.

Seit jenem Tag im Orb war die Academy unter dem Vorwand, uns vor den ruchlosen Rebellen schützen zu müssen, die sich angeblich eingeschlichen hatten, um ihn zu sabotieren, vollständig abgeriegelt worden.

Absoluter Bullshit, der darauf abzielte, unsere Eltern und alle anderen da draußen zu beschwichtigen.

Seither waren die M. O. E. S. E. N. in voller Stärke unterwegs. Nymphen und Mitglieder der Drachengilde kamen und gingen, um bei der Jagd zu helfen. Sogar das FIB war damit beauftragt worden, herauszufinden, wer dahintersteckte.

Die Software, alle anderen Werkzeuge zum Mixen des Songs sowie die originalen Stimmen waren auf Garys Atlas gewesen.

Wir hatten geglaubt, das Problem gelöst zu haben, als wir das Gerät zerschlagen und in die Tiefen des Sees geworfen hatten. Aber entgegen aller Wahrscheinlichkeit hatte irgendeine der M. O. E. S. E. N.-Sirenen ihn entdeckt. Das Erste, was wir von dieser schrecklichen Wendung des Schicksals mitbekommen hatten, war das dumpfe Aufschlagen von Stiefeln im Korridor der Jupiter Hall gewesen. Fünf Sekunden bevor die Türen fast aus ihren Angeln gesprengt worden waren und ein FIB-Trupp unsere *Grundlagen-der-Magie-*Stunde gestürmt hatte.

Honey Highspell hatte gelacht, als sie sich auf Gary gestürzt hatten. Und nur Bernice' Hand auf meiner hatte mich davor bewahrt, sein Schicksal zu teilen, als ich aufgesprungen war und Magie in meine Fingerspitzen gebracht hatte. Ich hatte irgendwie gedacht, ihn retten zu können.

Es schmerzte mich noch immer, wenn ich daran dachte, wie ich dem Flehen in ihren wunderschönen Augen nachgegeben, meine Flammen erstickt und mich mit unseren Kommilitonen in den hinteren Teil des Raumes zurückgezogen hatte, während Gary geschlagen und aus dem Raum gezerrt worden war.

»Lang leben die wahren Königinnen!«, hatte er gebrüllt, als er aus unserem Blickfeld verschwunden war. Und nichts als Blutflecken hatten daran erinnert, wo er noch kurz vor ihrer Ankunft gesessen hatte.

Diese Worte waren mir im Gedächtnis geblieben und ich musste immer wieder an sie denken, seit er sie in diesem letzten Akt des Trotzes geschrien hatte. Waren es seine letzten Worte überhaupt gewesen? Lag die Schuld an seinem Tod bei mir? Und war ich ein absoluter Scheißkerl, weil ich halb hoffte, dass es tatsächlich seine letzten Worte gewesen waren?

Denn wenn nicht, wenn er zum Verhör von hier weggebracht worden war, dann würde es nicht lange dauern, bis sie auch den Rest von uns holen würden. Dessen war ich mir sicher. Er kannte unsere Namen, unsere Gesichter, unsere Verbrechen. Alles. Und obwohl ich wusste, dass er diese Geheimnisse mit allen Mitteln hüten würde, wusste ich auch um die Brutalität, mit der das FIB Informationen zutage förderte. Niemand konnte sich ewig gegen ihre Methoden wehren.

Deshalb brauchten wir einen Weg nach draußen. Aber bisher war jeder Versuch, den wir unternommen hatten, vereitelt worden. Die Schutzzauber waren zu stark, die Patrouillen zu regelmäßig.

Wir würden hier sterben.

Der Gedanke hatte mich Nacht für Nacht vom Schlafen abgehalten. Selbst der Moment der Schwäche, dem ich vor wenigen Stunden nachgegeben hatte, war nicht genug gewesen, um diese peitschenden Ängste zu beruhigen.

Ich drückte Bernice fester an mich und versuchte, mich darauf zu konzentrieren, wie es sich angefühlt hatte, dem Verlangen zwischen uns endlich nachzugeben. Ich hatte ihr eine Glocke angeboten und ihr das Halsband angelegt, an dem die Glocke hing. Die Tränen in ihren Augen hatten mir gezeigt, dass sie wusste, dass sie sie nicht lange tragen würde. Dass die Zukunft, auf die wir gehofft hatten, jetzt nicht eintreten würde.

Die Reinheit, die ich zwischen ihren Schenkeln gefunden hatte, als ich in sie eingedrungen war, hatte meine Seele ein wenig erleichtert. Ich hatte mich in dem Gefühl ihres Körpers verloren, als die Glocke, die sie trug, bei jedem Stoß meiner Hüften geläutet und allen gezeigt hatte, dass sie endlich beansprucht worden war. Und die Art, wie sie gemuht hatte, als sie für mich gekommen war, als sie jeden Zentimeter meines Körpers geliebt hatte, war ausreichend gewesen, um mich selbst mit einem eigenen brüllenden Muhen zur Erlösung zu führen. Sie war jetzt meine Kuh. Sie war das erste Mitglied meiner Herde, und selbst jetzt, als sie satt und schlafend in meinen Armen lag, konnte ich nicht anders, als mich deswegen schuldig zu fühlen.

Ein Bulle sollte seine Kühe beschützen. Aber meine Hörner fühlten sich gestutzt an, meine Hufe an diesem Ort in Fesseln gelegt.

Wir hatten der Tyrannei, die in diesem Königreich herrschte, einen Schlag versetzt, aber das reichte nicht aus. Ich wollte kämpfen, wirklich kämpfen – und zwar in der Armee der Vega-Königinnen. Ich wollte dabei sein, wenn sie die Macht an sich rissen, und zusehen, wie sie Lionel Acrux niedermetzelten.

Ich wusste, dass die Zukunft ungewiss war. Aber ich träumte seit Monaten jede Nacht davon und sehnte mich danach, zu erleben, wie der Kopf dieses Dreckskerls von seinen Schultern zu ihren Füßen in den Dreck fiel.

Ein schrilles Geräusch in der Ferne ließ mich in meinem Bett in Haus Ignis hochschrecken. Bernice stöhnte leise, als ich sie losließ.

Ich schob mich aus dem Bett. Mein Puls pochte, als ich barfuß auf mein Fenster zuging, und ein Gefühl des Unbehagens überkam mich.

Die Dämmerung nahte, aber als ich hinausblickte, war der Himmel fast völlig dunkel. Die steinige Ebene des Feuer-Territoriums erstreckte sich unter mir in Richtung Nordcampus und wurde nur von einem schwachen Schimmer des abnehmenden Mondes erhellt.

Ich suchte den Boden und den Himmel ab, in der Gewissheit, dass ich etwas gehört hatte, und öffnete mein Fenster einen Spalt, um besser sehen zu können.

Die kühle Brise enthielt einen Geruch, den ich tief einatmete. Und ich runzelte die Stirn, als ich die Mischung aus etwas fast Ölartigem und Rauch erkannte. Ich war inzwischen an die seltsamen Gerüche gewöhnt, die die Luft der Academy färbten, und erkannte die meisten von ihnen – von Kräutern über Formgebungen bis hin zum Geruch mächtiger Magie. Aber dieser Geruch kam mir nicht bekannt vor.

Eine flüchtige Bewegung zwischen zwei herausragenden Felsen in der Landschaft unten erregte meine Aufmerksamkeit. Und ich atmete scharf ein, als ich acht riesige Beine erblickte, deren Knie sich nach innen drehten, während eine riesige Bestie aus Zähnen und Albträumen auf das Haus zuschoss.

»Bernice?«, zischte ich und wich vom Fenster zurück, während mein Herz in meiner Brust zu donnern begann. Schnell schnappte ich mir ein paar Klamotten und schlüpfte hinein. »Bernice, wach auf!«, sagte ich eindringlicher und riss ihr die Decke weg, sodass ihr nackter Körper für mich sichtbar wurde. Sie zuckte angesichts der kühlen Luft zusammen.

Mein Herz schmerzte, als ich die Glocke an ihrem Hals betrachtete, und sie blinzelte mich überrascht an. »Was ist los?«

»Ich habe keine Ahnung. Aber ich glaube, unsere Zeit ist abgelaufen.« Ich schluckte schwer und griff dann nach meinem Atlas. Undercover-A. N. U. S. hatte sich nur auf einen einzigen Plan vollends einigen können. Wir wussten, dass unsere Tage gezählt waren. Es gab keinen Weg hier raus, und es war nur eine Frage der Zeit, bis die M. O. E. S. E. N., das FIB oder jemand anderes uns holen würde.

Wir würden kämpfen, aber wir wussten, dass wir nicht gewinnen konnten. Also würden wir der Welt stattdessen die Wahrheit über unseren letzten Widerstand bieten. Jeder von uns hatte immer einen Brustgurt dabei, um unsere Atlasse an unseren Körper zu fixieren, damit wir über Social Media live streamen konnten, was auch immer mit uns geschah.

Ich wollte nicht sterben. Aber wenn unser Tod uns ereilen sollte, dann wollte ich, dass er einen Sinn hatte. Ich wollte, dass die Welt sah, was Lionel Acrux denen antat, die nicht bereit waren, ihm zu gehorchen und blind zu folgen.

Ich eilte zurück zum Fenster, während ich den Livestream auf FaeBook startete und mir meinen Atlas umschnallte.

»Mein Name ist Milton Hubert«, sagte ich in das Mikrofon, während Bernice sich hinter mir anzog und ich die Dunkelheit erneut nach einem Zeichen dieses Ungeheuers absuchte. »Und ich befinde mich derzeit auf dem Campus der Zodiac Academy.«

Ich sagte nichts weiter, da ich mich nicht in irgendwelche Rebellenaktivitäten involvieren wollte, nur für den Fall, dass ich mich irrte und sie noch nicht gekommen waren. Doch als das Geräusch von zerbrechendem Glas durch das Gebäude unter mir hallte und die Schreie meiner Kommilitonen in die Luft getragen wurden, war ich mir sicher, dass dem so war.

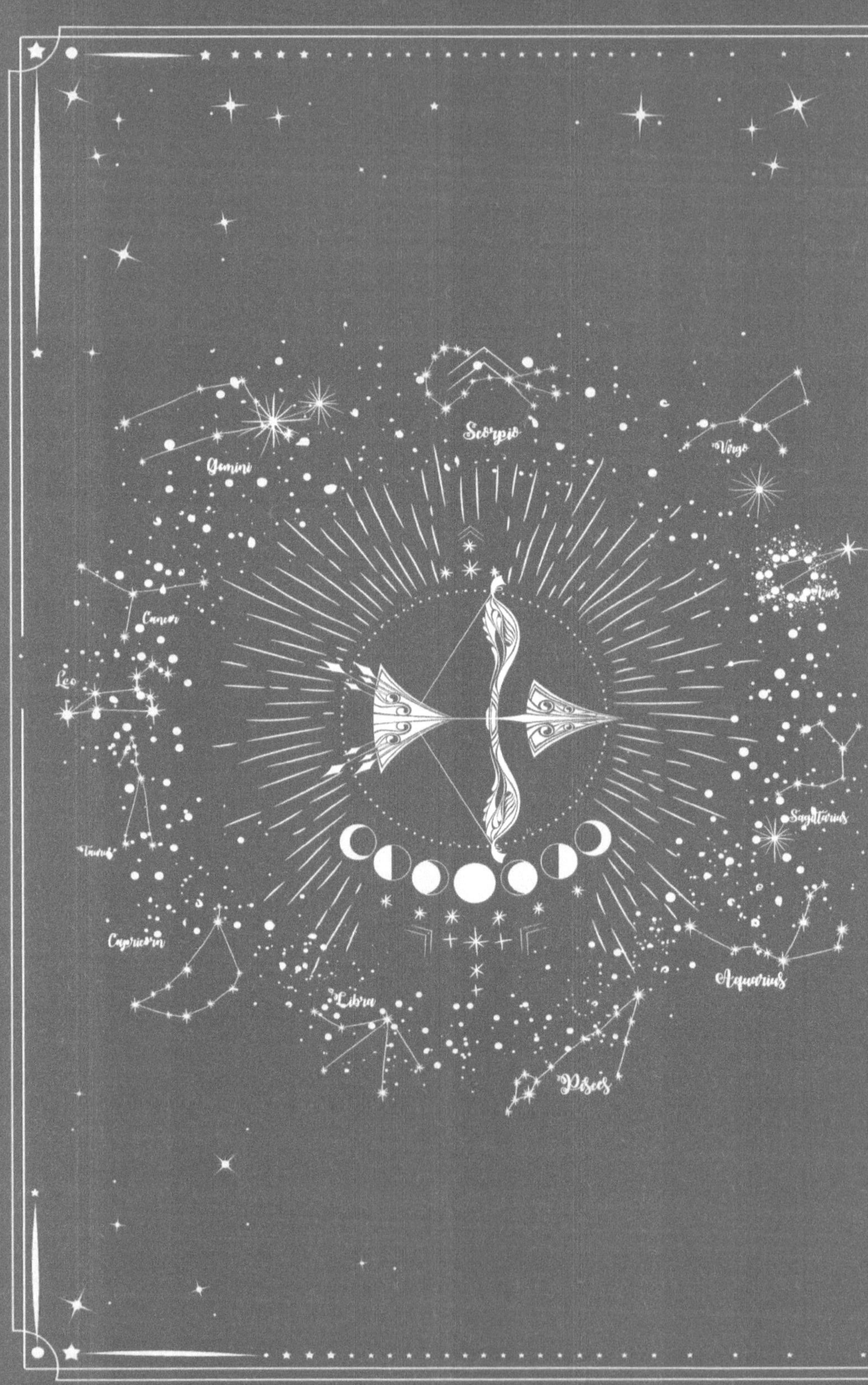

Scorpio
Gemini
Virgo
Cancer
Leo
Taurus
Sagittarius
Capricorn
Aquarius
Libra
Pisces

XAVIER

KAPITEL 78

Tyler Corbin:

Leuuuute: Ihr habt keine Ahnung, auf welchem Snack-Level ich mich gerade befinde. Ich hatte Heißhunger, nachdem ich bei Sonnenuntergang durch einen Regenbogen geflogen bin, aber ich sage euch, diese Fressattacke war echt unnatürlich ...

Es hat mit einem kleinen Chip angefangen, aber bei den Sternen, dieser Chip hat zum zweiten geführt und der zweite zu einem dritten. Und schwupps steckte ich knietief in Chips in fünfzig Geschmacksrichtungen. Etliche Tüten waren aufgerissen und die Krümel erreichten Regionen meines Körpers, von denen ich nicht wusste, dass sie existieren. Aber es war ein trockenes Unterfangen. Eine öde Chip-Wüste. Also habe ich mir Dips besorgt. Leute, ich hatte so viele Dips. Zaziki. Hummus. Taramasalata. Sour Cream mit Schnittlauch. Ich habe die Chips gestapelt, die Aromen gemischt und gedippt, was das Zeug hält. Aber mein Salzhaushalt war zu diesem Zeitpunkt echt überlastet. Es war, als würde ich das Sperma von Onkel Jimbob schlucken, nachdem er einen Eimer Salz gegessen und sein Gehänge ins Meer getaucht hat.

Konsequenz: Ich bin durstiger als ein Fisch in einem Eimer Sand. Aber irgendeine sternverdammte Heptianische Kröte hat sich in den Wasserrohren im P. O.-Schloss verfangen, sodass das Wasser abgestellt werden musste, damit sie gerettet werden kann.

Deshalb bin ich jetzt auf der Insel unterwegs, um Wasser zu finden. Und ich muss ganz ehrlich sagen, ich bin nackt wie ein #geilervampir auf der Suche nach einer #pegavagina. Ich habe mich beim Essen dieser Chips schamlos ausgezogen und mich auch darin gewälzt. Irgendetwas macht mich heute wild. Leute, ist da gerade eine Art himmlische Kraft am Werk, die mich in ein Chips-fressendes Phantom verwandelt hat? Oder hat der Regenbogen mich verrückt gemacht und meinen Verstand durcheinandergebracht?

Randbemerkung: Ich darf meine Bauchmuskeln nicht verlieren, Leute. Ich habe mir dafür den Arsch aufgerissen. Aber jetzt treibe ich auf dem Rücken im Meer, während ich das hier schreibe. Mein Schwanz und meine Eier schwimmen an der Oberfläche und grüßen den Mond, aber ich kann an nichts anderes denken als an das Chips-Nest, das in meinem Zimmer auf mich wartet. Ich will mich kopfüber hineinstürzen und mir meinen Weg zum Ruhm freiknuspern.
#snacktusinterruptus #snackocalypse #dipdiphooray #fressfail #chipswalkofshame #knusperkarma #snackshame

Kommentare
Justine Irving: *Ich habe gehört, dass es im Moment Sonneneruptionen gibt. Meine Tante Grundig hat gesagt, dass Sonneneruptionen Heißhungerattacken auslösen. Wahrscheinlich ist es das, Tyler! #snacksturm #galaktischerheißhunger*
Ameira Elias: *Moment mal – es gibt Chips??? Oh, ich habe echt die Nase voll von der sich hier bildenden Hierarchie. Ich habe meinen Freund Karl angefleht, mir mit seinem Erdelement ein paar Chips zu machen, und er hat mir gesagt, dass für die Rebellen nur »gesundes« Essen zubereitet wird. #wosinddiesnacks*
Melissa Lewis: *Ich habe Karl neulich beim Chipsfuttern gesehen. Du weißt, dass jeder eine Chip-Ration bekommt, oder? Und er hat ordentlich gefuttert. Genug für zwei Personen ...*
Ameira Elias: *Moment ... was???? @KarlLagoon WTF???????*
Anna Parker: *Ich bin gerade über den Ozean geflogen und habe mich gefragt, was da unten glitzert und mich wie ein Diamant anblinzelt. Das müssen dein #glitzerndermegapegapenis und dein #glänzenderpodex gewesen sein!*

Ich stieß ein belustigtes Schnauben aus, scrollte zum nächsten Beitrag und runzelte dann die Stirn, als mir einfiel, dass Tylers Zimmer mein Zimmer war – und das bedeutete, dass heute Nacht jede Menge Krümel in unserem Bett liegen würden. Verdammt, Tyler!

Es war spät, aber ich konnte nicht schlafen, also hatte ich mich für einen Spaziergang um die Insel entschieden, wo mir die winterliche Nachtluft über den Rücken strich. Ich wollte mit meinem Feuerelement Wärme in meine Adern bringen, um die Kälte in Schach zu halten, aber eine andere Art von Kälte ergriff mich, als ich auf einen Livestream auf FaeBook stieß.

»Der Campus wird von Monstern überrannt! Sie jagen uns!« Miltons Stimme ertönte aus dem Lautsprecher meines Atlas, und im Stream sah ich, wie er eine schmale Treppe hinunterlief, während Schreie zu hören waren.

Eine schreckliche Kreatur tauchte auf, wie ein riesiger Mehlwurm mit Stacheln um sein breites Maul und einem scharfen nadelartigen Panzer am ganzen Körper. Milton wirkte Feuer, die Flammen strömten aus ihm heraus, aber das Ding schien dagegen immun zu sein. Es kroch die Treppe hinauf auf ihn zu und zwang ihn zum Rückzug.

Das Ding erwischte ihn, bevor er sich entfernen konnte, und hinter ihm ertönte der Schrei eines Mädchens. »Milton!«, schrie sie vor Angst.

»Braune Kuh down, braune Kuh down!« Miltons Live-Feed brach ab, als das Monster auf seine Brust knallte. Ein statisches Rauschen flimmerte über den Bildschirm und das pure Entsetzen vernebelte meinen Verstand.

Beim Scrollen fand ich weitere Feeds. Auf dem ganzen Campus zeigten Studenten ihre Kämpfe, die in allen Elementarhäusern ausgebrochen waren.

Ich rannte zurück zum P. O.-Schloss, Panik durchzuckte mich, während ich eine Nachricht an den Gruppenchat schickte und feststellte, dass jemand all unsere Namen in irgendwelche dummen Spitznamen geändert hatte. Zweifellos Seth.

Twinkle Stud:
Die Zodiac Academy wird angegriffen!

Batty Betty:
Bei meinen buttrigen Bagels! Wir müssen uns versammeln – treffen wir uns in den Eingeweiden des mächtigen P. O.!

Twinkle Stud:
Wo sind die Eingeweide???

Batty Betty:
Die Eingangshalle, du Armleuchter!

Bitey C:
Bin unterwegs.

Wolfman:
Ich auch. Komme aus den Tiefen des Arschschlosses.

Fish Fury:
Gerry, ich weiß wirklich nicht, wie du diesen Bagel an meinen Schwanz geklebt hast, aber, fuck ...
diese Nachricht wurde gelöscht

Wolfman:
BEI DEN STERNEN! Habt ihr das auch gesehen???!!!

Twinkle Stud:
Wir müssen los!!

Bitey C:
Ich habe alles gesehen. Und ich bin schon seit Ewigkeiten in der Eingangshalle.
Wo seid ihr alle? Soll ich herumzoomen und alle einsammeln?

Twinkle Stud:
Ich bin fast da!

Batty Betty:
Ich rutsche gerade das Treppengeländer hinunter, du edler Vampir, mit dem Flegel des unendlichen kosmischen Karmas auf meiner Schulter, bereit, den sicheren Untergang auf die Schädel unserer Feinde herabzubringen!

Bitey C:
Hat jemand etwas von Tory gehört?

Wolfman:
Ich habe etwas gehört ...

Bitey C:
Was hast du gehört??

Wolfman:
*Ich habe gehört, dass sie einen Brustverkleinerungszauber anwenden wird, um ihre Titten schrumpfen zu lassen. Stört das irgendjemanden?? **Augen-Emoji***

Batty Betty:
LÜGEN! Die Brüste der wahren Königinnen werden niemals geschrumpft!

Wolfman:
Okay, SCHÖN, es war eine Lüge. Aber würde es irgendjemanden stören, wenn sie ihre Titten tatsächlich schrumpfen lassen würde???

Bitey C:
Was auch immer sie glücklich macht.

Wolfman:
Oh, ich verstehe. Jetzt ergibt aaaaalles einen Sinn.

Bitey C:
Was denn? Und kommt ihr irgendwann auch mal noch? Ich hätte inzwischen schon fünfzig Runden um die Insel laufen können.

Wolfman:
Pfannkuchen-Emoji** **Wolf-Emoji

Botschafter der Wahrheit:
Sorry – ich habe das eben erst gesehen! Ich wecke Sofia. Dieses Mal kommen wir mit, damit ich alles so schnell wie möglich an den Daily Solaria melden kann.

Ich steckte gerade meinen Atlas weg, als ich die Zugbrückte erreichte. Nachdem ich sie überquert und das Schloss betreten hatte, entdeckte ich auch schon Caleb, der dort auf uns zu warten schien und dabei mit einem seiner Messer herumfuchtelte.

Geraldine kam in voller Rüstung das Geländer heruntergerutscht und jodelte dabei. Als sie unten ankam, sprang sie ab und machte eine Rolle vorwärts über den Boden, bevor sie sich aufrichtete und die Hände in die Hüften stemmte. »Was geht, lieber Pego-Bruder?«

»Äh, nichts geht. Ich warte nur darauf, loszulegen«, sagte ich, und sie schlug mir so fest auf die Schulter, dass ich zur Seite stolperte.

Seth trat durch eine Tür zu meiner Rechten und strich unschuldig mit den Fingern durch seine Haare.

»Hallo«, sagte er dramatisch und warf Caleb einen Seitenblick zu, der ihn finster ansah.

Max kam mit angespanntem Gesichtsausdruck die Treppe heruntergerannt, während er seinen Bogen über die Schulter hängte. »Gerry, ich muss mit dir sprechen«, zischte er.

»Sprich hundert Worte, Maxy-Boy. Ich werde deine sinnlichen Lippen nicht zum Schweigen bringen«, sagte sie und bedeutete ihm mit einer Handbewegung, in die Mitte unserer Gruppe zu kommen.

»Unter vier Augen«, sagte er mit zusammengebissenen Zähnen.

»Ist da wirklich ein Bagel an deinem Schwanz?« Seth ging auf Max zu und legte sein Kinn auf seine Schulter.

Max schlug ihn weg und warf einen Blick um sich, als wünschte er sich wirklich, wir wären nicht alle hier, um das mitanzusehen.

»Blubbernde Beuteldachse!« Geraldine lachte. »Wirst du etwa rot, du süßer Salamander? Es gibt nichts, wofür du dich schämen müsstest, Maxy-Boy. Wir sind ein abenteuerlustiges Duo, du und ich. Und Spaß mit einem Bagel zu haben ist für einen orgienbegeisterten Wolf wie Seth Capella kaum ein Schock. Und wir alle wissen, dass Caleb Altair gern öffentliches Pegarammeln betreibt ...«

»Das tue ich nicht!«, knurrte Caleb mit vor Wut blitzenden Augen.

»Wir müssen los«, sagte ich besorgt und dachte an Milton.

Washer kam in Unterhose, die hinten weit und vorn viel zu eng war, die Treppe heruntergerannt.

»Du hast meinen Dongle gedingelt, Geraldine?«, meinte er und rieb sich den Schlaf aus den Augen.

»Ich habe nichts dergleichen getan«, widersprach Geraldine. »Aber ich habe dir eine dringende Nachricht geschickt, Brian, denn es ist an der Zeit, dass du die Rebellen zum Handeln aufrufst. Versammle die Truppen! Rüste die Leute! Mobilisiere die Armee und bringe sie zur Zodiac Academy! Wir werden voranschreiten und die Schlacht beginnen, während wir auf die Ankunft der Armee warten.«

»Was ist passiert?«, fragte Washer erschrocken und zupfte an seiner Unterhose, um sie zurechtzurücken, und ich rümpfte die Nase.

»Die Academy wird angegriffen«, sagte ich, und Washer schnappte nach Luft.

»Ich werde die ganze Legion mit meiner Sirenengabe aufwecken, mich tief in ihre Träume begeben und an den Schäften ihrer Seelen ziehen, drücken und zerren, bis sie bereit sind, zu explodieren und unsere Feinde mit dem Samen der Rebellion zu besprühen«, schwor er.

Ich verzog das Gesicht und Caleb trat einen Schritt von Washer weg, bevor unser ehemaliger Professor sich umdrehte und die Treppe hinaufrannte.

»Nun, er wird den Job erledigen. Wenn auch auf beunruhigende Art und Weise«, murmelte Geraldine.

Tyler erschien mit Sofia auf der Treppe. Händchen haltend gesellten sie sich zu uns, woraufhin sie mir mein metallenes Horn in die Hand drückte. Ich setzte es auf und schnallte es unter meinem Kinn fest, bereit, für die Rebellen in den Krieg zu ziehen. Sofia wieherte auf und schien ebenfalls kampfbereit zu sein.

»Ich werde die Schutzbarrieren öffnen, damit wir Sternenstaub verwenden können«, sagte Caleb und zog einen Beutel aus seiner Tasche.

»Warte!«, sagte Max eindringlich. »Ich kann noch nicht gehen. Ich …« Er sah Geraldine verzweifelt an.

»Wir haben keine Zeit, mein lieber Delfin. Ignoriere die Krümel an deinem Schwertwal und ich befreie dich aus dem Griff des Bagels, wenn der Kampf vorbei ist«, sagte Geraldine und rannte zur Tür.

»Gerry!«, fuhr er sie an, und Seth warf ihm einen mitleidigen Blick zu.

»Kannst du ihn nicht einfach abbrechen?«, flüsterte er, aber wir hörten ihn alle.

»Nein, sie hat etwas damit gemacht. Er fühlt sich weich wie Butter an, ist aber hart wie Stein, wenn ich versuche, ihn zu zerbrechen«, zischte Max.

»Lass mich mal sehen!« Seth griff nach Max' Hose, aber er schlug seine Hand weg.

»Nein«, knurrte Max. »Lass es einfach!«

»Was ist los?«, fragte Tyler neugierig und Max richtete sich auf.

»Nichts. Lass uns gehen.« Max marschierte zur Tür, ein wenig unbeholfen, und wenn ich mir nicht solche Sorgen um den Angriff auf die Academy gemacht hätte, wäre ich in Gelächter ausgebrochen.

»Du kannst nicht mit einem Bagel auf deinem Schwanz in den Krieg ziehen. Als dein bester Freund kann ich das nicht zulassen.« Seth rannte auf Max zu, riss ihn zu Boden und schob seine Hand in seine Hose.

»Seth!«, schrie Max. Eine Welle der Wut griff von ihm auf uns alle über, und ich stampfte mit dem Fuß auf, als mich die Emotion packte.

Seth vollführte eine seltsame Drehbewegung in Max' Hose und hob dann den Bagel mit einem selbstgefälligen Gesichtsausdruck über seinen Kopf.

»Wie hast du das gemacht?« Max keuchte vor Erleichterung.

»Glaub es oder glaub es nicht – aber das ist nicht das seltsamste Objekt, das ich je von einem Schwanz eines Typen habe runterholen müssen, Max«, sagte Seth, stand auf und zog Max hinter sich her. »Du würdest nicht glauben, in was für Dinge manche Fae ihre Schwänze stecken. Buntstiftpackungen, Blumentöpfe, Kuchen, Pegasex-Puppen.« Er warf Caleb einen Blick zu, dessen Gesichtsausdruck vulkanische Dimensionen annahm.

»Fick dich!« Er stürmte hinter Geraldine nach draußen, und Seth unterdrückte ein Wimmern und setzte eine kühle Maske auf.

»Was ist zwischen euch beiden los?«, fragte ich und Seth knurrte mich an.

»Dieser Mist wird immer übler.« Tyler trat vor und zeigte uns den Bildschirm seines Atlas, und Seth runzelte die Stirn, während er den Livestream auf FaeBook verfolgte.

»Lame Lionel hat dieses Monster geschickt, um uns zu ermorden!«, schrie

Frank in die Kamera und zeigte eine riesige käferähnliche Kreatur, die durch den Gemeinschaftsraum von Haus Aer wütete. »Bitte helft uns!«

Seth heulte vor Verzweiflung und rannte nach draußen, während wir anderen ihm eilig folgten. Caleb schoss mit einem Geschwindigkeitsschub vor Geraldine, hob die Hände zum Himmel und schnitt mit einer Welle aus Kraft ein Loch in die Schutzzauber, um uns nach draußen zu lassen.

Wir scharten uns dicht um ihn und er warf eine Handvoll Sternenstaub in die Luft. Die Sterne rissen uns mit sich und die Insel verschwand in der Dunkelheit. Wir wurden hin und her geworfen, die Sterne schienen in turbulenter Stimmung zu sein, bevor sie uns ausspuckten und wir unsanft auf dem Boden landeten.

»Verdammte Scheiße, wer hat in den Haferbrei der Sterne gepisst?«, fluchte Seth, richtete sich auf und zog Caleb mit sich.

»Hier geht echt seltsame Scheiße ab. Ich habe einen solchen Hunger, Alter«, sagte Tyler. »Sogar du siehst gerade appetitlich aus.«

»Hört!«, rief Geraldine, um unsere Aufmerksamkeit zu erregen. Wir wandten uns ihr und dem hohen Zaun zu, der die Zodiac Academy umgab. »Wir müssen heute Nacht zusammenbleiben, unseren Weg gemeinsam beschreiten und jeden Feind niedermachen, der uns in die Quere kommt. Diese Academy gehört den Fae von Solaria, den neu Erwachten, den Kindern von Kraft und Stärke, und sie gehört auch jedem Einzelnen von uns. Sie war für viele ein Zuhause, ein Ort des Trostes und der Sicherheit. Aber jetzt schleicht sich eine Dunkelheit zwischen ihre Hallen, und es ist an der Zeit, sie endgültig zu vertreiben. Wir müssen dieses Gelände zurückerobern, denn es gehört uns!«

Ich wieherte eine Antwort, während Rufe und Geheul von den anderen ertönten. Als ich einen Schritt nach vorn machte, spürte ich die Kraft der Schutzzauber auf meiner Haut, die mich warnte, mich zurückzuhalten.

»Wir müssen diese Barriere durchbrechen«, sagte ich. »Ich denke, wir sollten unsere Kräfte vereinen.«

Ich warf einen Blick über die Schulter auf die anderen und Geraldine trat vor und legte ihre Hand in meine. »Wir sind durch und durch Freunde, und wir müssen einander jetzt vertrauen, unsere Kraft ineinanderfließen lassen und ein gewaltiges Instrument erschaffen, das diesen Wall hier durchschneiden und entzweien kann.«

Sie reichte Sofia ihre Hand, die wiederum Tylers Hand ergriff. Die Erben gesellten sich dazu, und wir alle reihten uns in einer Linie auf.

»Lasst uns unsere Kraft in unseren lieben Xavier fließen!«, sagte Geraldine, und ihre Magie strömte gegen meine Handfläche, und ich konzentrierte mich, ließ meine Schutzschilde fallen und ließ sie herein.

Ich keuchte auf, als ihre Magie mit meiner verschmolz. Ihre Wildheit verwandelte sich in mir in eine grollende, wirbelnde Kraft. Alle anderen lösten ihre Barrieren ebenfalls auf und plötzlich prallte ihre gesamte Kraft auf einmal auf mich ein, was mich vor Überraschung wiehern ließ. Der Schock ließ mein Herz im Galopp schlagen.

Eis und Feuer und Erde wirbelten in mir und verlangten nach einem Ventil. Ich kanalisierte die Kraft in Richtung der Schutzzauber, und sie schlug in sie ein wie ein Blitz der Wut. Ein roter Lichtblitz stieg auf und entfernte sich von uns, bewegte sich entlang der Schutzwälle und brachte sie in einem kaskadenartigen Lichtregen zum Einsturz.

Geraldine ließ meine Hände los, und ich wieherte vor Aufregung. Ich war wie benommen von so viel Kraft und stolperte ein wenig.

Seth kam näher. Er schien es kaum erwarten zu können, in Bewegung zu bleiben, und benutzte seine Luftmagie, um eine Lücke in den Zaun zu reißen. Ich folgte ihm auf den Campus, wo Schreie und die schrecklichen Geräusche eines perversen Monsters zu uns herüberwehten. Ich stählte mich, als mein Blick auf den Aer-Turm fiel, der in der Ferne aufragte. Die Turbine drehte sich gewaltsam im Wind.

Schmerzensschreie drangen aus dem Inneren, und Seth heulte zur Antwort, wobei der Klang von Angst durchzogen war. Er lief wortlos los und wir alle folgten ihm in Richtung Chaos, bereit, mit all der Leidenschaft in unseren Herzen zu kämpfen.

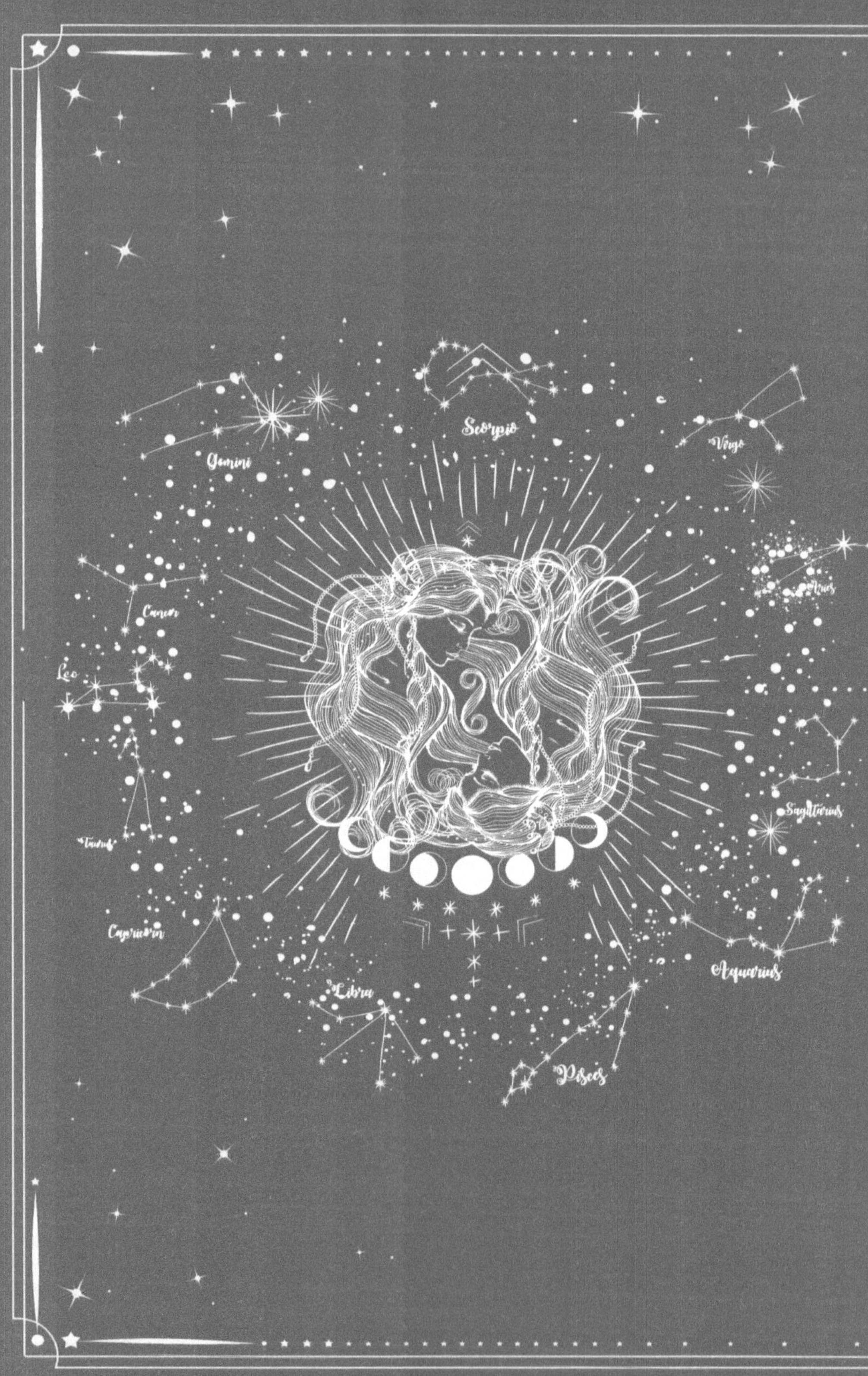

Gemini
Scorpio
Virgo
Aries
Cancer
Leo
Taurus
Sagittarius
Capricorn
Aquarius
Libra
Pisces

DARCY

KAPITEL 79

Orion war eingeschlafen, den Kopf auf meinem Schoß, und ich strich gedankenverloren mit den Fingern durch seine Haare. Mein Blick war auf die tanzenden Flammen im Kamin gerichtet. Ich war wie in Trance, verloren in der Hitze dieses faszinierenden Feuers, während meine magischen Reserven durch das lange Sitzen davor praktisch überliefen.

Gabriel war seit unserer Ankunft hier fast ohne Unterbrechung in seinen Visionen versunken gewesen und bei Tagesanbruch nur kurz nach draußen gegangen, um seine Magie aufzuladen. Mit dem vagen Gemurmel darüber, noch etwas Greifbares finden zu müssen, war er zurückgekehrt. Ich hatte es geschafft, ihn dazu zu bringen, etwas Obst zu essen, das ich mit Erdmagie gezogen hatte, bevor er sich wieder von seinen Visionen hatte mitreißen lassen. Seine Erschöpfung war offensichtlich. Aber er war entschlossen, einen Weg zurück zu den anderen zu finden, einen festen Pfad oder Hinweis, der uns zu ihrer Tür führen würde.

Orion hatte erneut versucht, eine Verbindung zu Calebs Geist herzustellen, und sich stundenlang darauf konzentriert, dieses bisher einmalige Ereignis zu replizieren. Bislang ohne Erfolg.

Es war wieder Nacht geworden und Gabriel lag auf einem der Betten, die wir gemacht hatten, die alte Steinhütte war wieder zu etwas viel Bewohnbarerem geworden. Obwohl wir wahrscheinlich morgen weiterziehen würden, wenn Gabriel bis zum Morgengrauen keine Anhaltspunkte gefunden hatte. Wir mussten in Bewegung bleiben, falls Vard es schaffen sollte, uns zu sehen, aber mir gefiel der Gedanke nicht, ziellos durchs Königreich zu reisen, in der Hoffnung, eines Tages das Glück zu haben, unsere Freunde in einer Vision zu sehen. Es musste einen Weg geben, sie zu finden, eine Möglichkeit, ihnen eine Nachricht zu überbringen …

Gabriel, offensichtlich aus den Tiefen seiner Vision erwacht, rieb sich die Augen und stand auf. Er trug neue Jeans, aber kein Shirt, um seinen Flügeln absolute Freiheit zu gewähren. Orion war gestern mit einer Prise Sternenstaub verschwunden, um uns Klamotten zu besorgen, und ich trug jetzt einen eng anliegenden schwarzen Jumpsuit und Stiefel, während er Jeans und ein weißes T-Shirt trug. Es war eine so unbedeutende kleine Sache, und doch fühlte es sich wirklich gut an, wieder meine eigene Kleidung zu tragen. Aber der Reiz des Essens, das ich mit meiner Erdmagie mühelos anbauen konnte, ließ nach. Ich wollte Schokolade, verdammt noch mal.

»Und?«, fragte ich, als Gabriel auf mich zukam, aber er schüttelte niedergeschlagen den Kopf.

»Tut mir leid«, seufzte er. »Sie haben sich zu gut versteckt.«

»Das ist gut. Wenn der bedeutendste lebende Seher sie nicht finden kann, bedeutet das zumindest, dass Lionel auch kein Glück haben wird«, sagte ich ermutigend und er legte den Kopf schief und musterte den schlafenden Orion.

Mein Blick folgte seinem und ich zog die Augenbrauen zusammen, während ich einen kleinen Kreis über Orions Schläfe malte.

»Ich werde ihm nie vergelten können, was er für mich getan hat«, flüsterte ich, während sich mein Herz zusammenzog.

Gabriel kam näher, und ich blickte zu ihm auf. Er hatte die Arme vor der Brust verschränkt und wirkte … irgendwie intensiv. Die Tattoos auf seiner nackten Brust leuchteten im Feuerschein, als wären sie von einer Macht erfüllt, die ich nicht verstand.

»Das wirst du«, sagte er mit völliger Gewissheit. »Du würdest für ihn zur Sonne und zurück gehen. Deine Seite ist der Ort, an dem er sein möchte. Nur du hast die Macht, ihn über alle Maßen glücklich zu machen.«

»Aber was, wenn der Fluch dieses gebrochenen Versprechens für immer an mir haften bleibt? Was, wenn wir nicht herausfinden können, worum es dabei geht? Dann werden wir nie von der Dunkelheit befreit sein, die mich auf Schritt und Tritt zu verfolgen scheint.«

Gabriels Augen wurden plötzlich glasig, und ich hielt den Atem an – in der Hoffnung, dass er etwas sah, das uns helfen könnte.

Blinzelnd kam er zu mir zurück, und als ich erneut seinem Blick begegnete, tobte ein Krieg in seinen Augen. Aber dieser Anflug von Dunkelheit in ihm wich einem Freudenschrei, der mein Herz höherschlagen ließ.

Orion sprang mit einem Schub Vampirgeschwindigkeit auf die Füße, fletschte die Reißzähne und wirbelte herum, bevor er überhaupt einen Feind zum Angreifen gefunden hatte.

Gabriel hatte Orions Bewegungen *vorausgesehen*, wich ihm mit Leichtigkeit aus und drehte sich dann mit einem breiten Lächeln zu uns um.

Ich sprang auf die Couch, mein Herz raste und das Adrenalin rauschte in meinen Adern. »Was ist? Hast du sie *gesehen*?«

»Ich habe die Erben *gesehen*«, sagte Gabriel aufgeregt, und ich quietschte vor Freude, stürzte mich auf den Beutel mit Sternenstaub, den ich auf der Couch liegen gelassen hatte, und suchte nach unseren Waffen. »Nicht so schnell, kleine Kriegerin.« Gabriel packte mich am Arm, als ich an ihm vorbei zu unserer Ausrüstung rennen wollte, und Orion kam näher.

»Was ist los, Noxy?«, fragte Orion und sein Gesichtsausdruck wurde ernst.

Auch Gabriels Lächeln verschwand. »Ich habe *gesehen*, wie sie an der Zodiac Academy im Aer-Turm gegen ein Monster gekämpft haben.«

»Was?« Ich schüttelte mich aus seinem Griff und rannte wieder zu den Waffen, um mir das Harpyen-Schwert meiner Mutter an die Hüfte zu schnallen. Ein Blick zu den anderen verriet mir, dass Gabriel gerade das Hydra-Schwert an seinem Gürtel befestigte und Orion lässig den Granat-Edelstein-Dolch in seiner Hand herumwirbelte. Er schien auf mich zu warten. *Diese schnellen Mistkerle!*

»Bist du endlich so weit, Blue?«, fragte Orion mit einem neckischen Grinsen.

»Ich muss nur eben meinen Schattenbestien-Ring überprüfen.« Ich drehte ihn auf meinem Mittelfinger und hob diesen dann in Orions Richtung, während ich mich ihnen anschloss. »Jepp. Alles in Ordnung.«

»Dafür wirst du Ärger bekommen«, knurrte Orion an meinem Ohr, während Gabriel eine Prise Sternenstaub aus dem Beutel nahm.

»Bereit?«, fragte Gabriel und Phönixfeuer floss durch meine Adern, dessen Hitze mein Herz zum Singen brachte. Ich fand immer mehr Gefallen am Kämpfen, was eine absolut Fae-würdige Eigenschaft zu sein schien. Oh, ich liebte es, für Freiheit, Gerechtigkeit und Rache zu kämpfen. Es war die süßeste Form des Chaos.

»Bereit«, bestätigten Orion und ich, und Gabriel warf den Sternenstaub in die Luft.

Ein Kribbeln erfasste mich bei dem Gedanken, die Erben wiederzusehen, und vermischte sich mit meiner Verwirrung und Angst darüber, warum an der Zodiac Academy ein Monster sein Unwesen trieb.

Die Sterne leuchteten um uns herum und flüsterten in einer Sprache, die ich nicht verstehen konnte. Es war mir fast so, als würden sie sich verschwören, und mir gefiel nicht, wie sich ihre Blicke in mich bohrten, als wäre ich das Herzstück ihrer Pläne. Und als würde ein unmittelbar bevorstehendes Schicksal auf mich warten.

Meine Füße berührten festen Boden und wir drei tauschten einen intensiven Blick, um einander zu bestätigen, dass wir alle die Veränderung der Sterne gespürt hatten. Aber wir hatten keine Zeit zu verlieren. Die Erben könnten unsere Hilfe brauchen. Oder vielleicht war ihr Kampf auch bereits vorbei und sie im Begriff, mittels Sternenstaub zu verschwinden.

Orion trat näher an den Zaun heran und fand eine Stelle, an der zwei Stäbe auseinandergebogen worden waren. »Die Schutzzauber sind deaktiviert. Sie waren hier.«

Er duckte sich unter dem Zaun hindurch auf den Campus und ich folgte ihm, mein Bruder hinter mir. Schreie durchdrangen die Nacht. Ich atmete langsam aus, und eine Nebelwolke bildete sich vor mir. Mein Feuerelement breitete sich in meinen Adern aus, um die Kälte zu vertreiben.

»Wir werden fliegen. Orion, du rennst!«, wies ich ihn an und entfaltete meine Flügel, wobei die weichen bronzefarbenen Federn meine Haut streiften.

Auch Gabriel breitete seine Flügel aus und wir hoben ab, während Orion unter uns blieb und durch das Luft-Territorium schoss. Die weite Ebene erstreckte sich um uns herum bis zu den Meeresklippen.

Gabriel hinter mir, während ich mit Blick auf den Aer-Turm weiterflog. Er schimmerte im Mondlicht, und beim Anblick meines alten Hauses durchströmten mich glückliche Erinnerungen. Dies war der einzige Ort, der sich für mich jemals wie ein Zuhause angefühlt hatte, und jetzt, da er angegriffen wurde, würde ich verdammt noch mal dafür kämpfen.

Seeluft umwehte mich und brachte den Geschmack von Salz auf meine Zunge. Ich legte meine Flügel an und ließ mich wie eine Kugel vom Himmel fallen.

Als ich vor der Tür landete, wartete Orion bereits auf uns – mit gezücktem Dolch und gefährlich funkelnden Augen. Gabriel kam hinter mir an, seine Augen wurden für eine Sekunde glasig, bevor er wieder zu uns zurückkehrte.

»Sie sind im Gemeinschaftsraum«, sagte er, und ich hob eine Hand und wirkte Luft auf das dreieckige Elementsymbol über der Tür. Wir mussten in Bewegung bleiben.

Das Haus öffnete sich für uns, und ich drängte mich hinein und rannte zur Treppe. Ein kehliges Heulen durchschnitt die Luft irgendwo über uns, und Magie kribbelte in meinen Handflächen, während wir drei zusammen die spiralförmige Steintreppe hinaufrannten, um dem Kampf im Gemeinschaftsraum ein Ende zu bereiten.

Meine Stiefel donnerten über den Boden, und Funken sprühten auf meiner Haut, als mein Phönix nach draußen drängte. Mein Atem wurde schwerer, aber ich verlor nicht an Geschwindigkeit. Ich rannte sogar noch schneller, als ich an meine Freunde dachte, die oben warteten. Ich würde sie gleich wiedersehen, wenn auch mitten in einem Kampf.

Wir schafften es bis zum oberen Treppenabsatz und mein Herz fühlte sich an, als würde es zerspringen, als ich die Tür zum Gemeinschaftsraum aufstieß und in der Mitte eine riesige Kreatur vorfand. Sie war käferartig mit harten Platten aus gelbem Panzer auf dem gekrümmten Rücken. Ihre sechs Beine mündeten in Krallenfüßen.

Max schwebte auf einer Luftsäule, seinen Bogen im Anschlag, und alle seine Pfeile bis auf einen steckten bereits tief im Panzer des Wesens, was bewies, wie schwer dieses schreckliche Wesen zu töten war. Er zielte und schoss seinen letzten Pfeil ab, der direkt zwischen die Augen des Monsters traf, woraufhin dieses tot zusammenbrach.

Caleb und Seth kamen zum Vorschein, keuchend vom Kampf, Calebs Dolche blutverschmiert, genau wie Seths Metallklauen.

Ich kam taumelnd zum Stehen. Mein Atem stockte und mein Herz drohte beim Anblick der beiden fast aus der Brust zu springen.

Seth entdeckte mich zuerst, während Gabriel und Orion sich mir von hinten näherten. Er stand mit offenem Mund da und griff nach Calebs Ärmel, um eindringlich daran zu zupfen.

»Unmöglich«, sagte Max, als er uns entdeckte, und Caleb hob ebenfalls den Blick in unsere Richtung.

»Es ist Darcy«, keuchte Seth. »Schau nur! Es ist Darcy!«

»Das sehe ich.« Caleb lachte, und Seth rannte los, sprang über das tote Monster und prallte so heftig gegen mich, dass ich auf den Hintern fiel. Er heulte vor Freude und leckte mein Gesicht. Lachend umarmte ich ihn, woraufhin sein erdiger Geruch mich umhüllte.

»Du bist hier! Aber wie? Was ist mit dem Fluch?«, wimmerte er.

»Er ist gebrochen. Ich bin frei«, sagte ich aufrichtig, und er heulte, während alles Glück auf der Welt durch diesen einzigen Laut vibrierte. Verdammt, ich hatte ihn vermisst. Ich hatte sie alle vermisst.

Ich blickte durch den Vorhang aus Seths Haaren, der über mich gefallen war, und sah, wie Caleb mit voller Vampirgeschwindigkeit mit Orion zusammenstieß und ihn so hart gegen eine Wand schleuderte, dass ein Riss darin entstand.

»Was ist mit dem Todesschwur?«, fragte Caleb flehentlich, Nase an Nase mit meinem Gefährten.

»Fort, Bruder«, sagte Orion mit Erleichterung in der Stimme. »Ich werde dir alles erzählen.«

Max kam angerannt, die reinste Freude verließ seinen Körper und ließ mein Glück immer größer werden. Es fühlte sich nicht real an, aber ich würde diesen Moment verdammt noch mal für mich beanspruchen und ihn in meinem Inneren einbrennen.

Seth heulte erneut auf, sprang auf die Füße und gab damit Max die Gelegenheit, sich auf mich zu stürzen. Dieser hob mich in seine starken Arme und meine Füße berührten nicht einmal mehr den Boden, als er mich so fest umarmte, dass er meine Knochen hätte brechen können.

»Wie?«, fragte er.

»Lange Geschichte«, keuchte ich. Es störte mich nicht, dass es sich anfühlte, als würden meine Rippen gleich zerspringen. Es war so, so schön, ihn wiederzusehen.

Als er mich losließ, sah ich, dass Caleb Gabriel umarmte. Orion versuchte derweil, Seth zu entkommen, der mit ausgestreckten Armen auf ihn zurannte.

»Mein Mondfreund!«, rief er, und Orion wollte ihm ausweichen, aber Seth stieß mit ihm zusammen und leckte seine Stirn.

Seth winselte wie ein Hund, der sein Herrchen ein Jahr lang nicht gesehen hatte, und schließlich gab Orion nach. Er erlaubte Seth, sich wie eine Klette an ihn zu klammern und ihn fest zu umarmen, während Orion ihm grinsend auf die Schulter klopfte.

»Ist ja schon gut.« Orion schubste ihn schließlich weg und Seth kam wieder auf mich zugeschossen.

»Bei den Sternen!«, schrie er, aber anstatt in mich hineinzurennen, flog er an mir vorbei und umkreiste uns dann so schnell er konnte. »Beim Mond – awoooooooo!«

»Was macht er denn da?«, fragte ich lachend.

»Ich glaube, er hat Zoomies«, sagte Caleb grinsend, und Seth raste weiter um uns herum, bis er keuchend an Gabriels Brust fiel.

»Oh, ich habe dich so vermisst, Gabriel«, sagte Seth mit ersticktem Schluchzen.

»Wir haben eigentlich noch nie wirklich Zeit miteinander verbracht«, sagte Gabriel und klopfte ihm auf die Schulter.

»Das werden wir«, sagte Seth, ließ ihn los und warf ihm einen entschlossenen Blick zu. »Jeden Tag. Morgens, mittags und abends.«

»O-kay«, sagte Gabriel mit einem leisen Lachen, während Seth erneut versuchte, Orion zu umarmen. Aber dieser schoss davon, um sich kein zweites Mal in eine Umarmung ziehen zu lassen.

»Wie habt ihr euch befreit?«, fragte Max und Gabriel begann zu antworten. Für mich hingegen existierte plötzlich nichts mehr als der Klang eines trällernden Jodlers im Stockwerk unter uns.

Ich rannte ohne nachzudenken los, sprintete ins Treppenhaus und nahm immer zwei Stufen auf einmal. Es war unmöglich. Es konnte nicht real sein, verdammt noch mal. Aber ich kannte diese Stimme. Ich erkannte sie aus meinen nächtlichen verzweifelten Träumen – und ich vermisste sie von ganzem Herzen.

Ich rannte, als wären mir die Höllenhunde auf den Fersen, bog in den ersten Gang neben der Treppe ab und fand Geraldine dort in all ihrer gepanzerten Pracht, wie sie wie eine Verrückte ihren Flegel schwang. Ein Junge mit einem M. O. E. S. E. N.-Abzeichen am Hemd rannte mit ersticktem Schrei vor ihr davon.

Er taumelte an mir vorbei und rannte die Treppe hinunter, bevor ich überhaupt daran denken konnte, ihn aufzuhalten. Mein Verstand konnte sich einfach nicht von dieser unglaublichen Realität lösen, die sich direkt vor mir abspielte.

»Komm zurück, du Schlingel!«, schrie sie, bevor sie sich mir zuwandte – und ich erstarrte.

»Geraldine?«, krächzte ich und schüttelte den Kopf. Denn die Sterne spielten mir gewiss einen Streich. Ich hatte sie getötet, gespürt, wie ihre Rüstung unter den Klauen der Schattenbestie zerbrochen war. Ich hatte sie blutüberströmt und zerfetzt am Boden liegen sehen, so blass, dass das Leben nicht in ihr weitergelebt haben konnte. Und doch war sie hier, in voller Kampfmontur und in ihrer ganzen Erhabenheit.

Ein Geräusch verließ sie, das einer Mischung aus dem Gurgeln eines Waschbeckens und dem Schrei eines Delfinbabys ähnelte. Dann fiel sie auf die Knie, warf ihren Flegel beiseite und kroch schluchzend auf mich zu, während sie Worte hervorwürgte: »Meine Augen täuschen mich! Es kann nicht sein, denn ich habe bei abnehmendem Mond – und auch allen Phasen davor und danach – gewünscht, dass genau dieser Traum Wirklichkeit werden möge. Ich bin in Stücke zersprungen wie ein Kiesel in einer Steinsäge. Ich kann einfach nicht glauben, was ich da vor mir sehe!« Sie schaffte es zu mir, packte kreischend meinen Stiefel, rollte sich auf den Rücken und starrte mich mit großen Augen an. »Nein! Die Sterne spielen meinen Augäpfeln einen Streich! Meine liebe Lady Darcy liegt in Ketten im Palast der Seelen, eine Gefangene der Schattendeppin und ihres lahmen Dragoners! Nein! Nein!«

Ich beugte mich zu ihr hinunter, packte ihre Arme und zog sie hoch. Mit tränenüberströmtem Gesicht sah sie mich an. Ich bemerkte, dass auch mir die Tränen über die Wangen liefen. Mein Herz schwebte regelrecht in meiner Brust. »Ich bin es. Ich bin entkommen und mein Fluch ist gebrochen. Ich habe dich so sehr vermisst.«

Geraldine streckte zwei zitternde Hände in meine Richtung, befühlte mein Gesicht und warf dann den Kopf mit einem gewaltigen Wehklagen zurück. »Sterne, Planeten, Sonne und Mond! Meine Bitte wurde erhört, Mylady mit den blauesten Haaren und dem flammenden Herzen ist zurückgekehrt!« Sie brach in heftiges Schluchzen aus und ich umarmte sie so fest ich konnte und vergrub mein Gesicht an ihrer Schulter. Heftiger Schluckauf unterbrach ihr Schluchzen.

»Das«, *hick*, »ist«, *hick*, »un…«, *hick*, »…möglich!« Sie zitterte in meinen. Die Wunde, sie verloren zu haben, heilte endlich.

»Ich dachte, ich hätte dich getötet«, sagte ich voller Entsetzen, als wir uns endlich wieder ansehen konnten. »Ich dachte, die Schattenbestie …«

»Nein«, krächzte sie. »Das hat sie nicht. Ich bin auferstanden wie ein Löwenzahn in einem Steinbruch des Verderbens. Aber mach dir keine Sorgen über eine so lange zurückliegende Tat. Keine Schuld lastet auf deiner Seele, meine Königin.« Sie kniete sich hin, um den Kopf vor mir zu senken, und ich packte sie an den Schultern und zog sie wieder hoch.

»Tu das nicht«, bat ich, während ich ihre Wangen hielt und durch meine Tränen blinzelte. »Ich bin so froh, dass es dir gut geht. Und es tut mir so leid, was ich getan habe.«

Mein Herz schmerzte unter dem Gewicht der Schuld, die ich wegen ihres Todes mit mir herumgetragen hatte. Jetzt, da ich sie lebend vor mir sah, wurde es endlich leichter. Ich konnte es immer noch nicht glauben.

»Verheddere deine Zunge nicht in solchen Worten, liebe Darcy«, sagte sie und schniefte heftig. »Ich gebe dir nicht die Schuld für die Launen dieser Bestie. Genauso wenig wie ich dem Mond die Schuld dafür gebe, dass er der Sonne hinterherjagt. Es war nicht dein Werk. Eine Kraft, die außerhalb von dir und deiner tugendhaften Seele liegt, trägt die Verantwortung dafür.«

Ich nickte, denn ich brauchte diese Worte wie die Luft zum Atmen. Die Tür zu einem der Räume hinter ihr ging auf und Xavier, Tyler und Sofia traten heraus. Sie hatten ein paar bewusstlose M. O. E. S. E. N. im Schlepptau, die sie nun zu Boden warfen.

Meine Lippen teilten sich und Sofia wieherte wild, als sie mich entdeckte, auf mich zustürmte und mit mir kollidierte.

»O mein Gott, es ist so schön, dich zu sehen!«, keuchte ich und drückte sie fest an mich. Als Nächstes drängte sich Tyler an mich, und meine Beine gaben fast unter dem Gewicht nach, das sie auf mich ausübten.

»Wo zum Teufel kommst du denn her?«, rief Tyler.

»Ich bin entkommen«, sagte ich. »Ich werde euch alles erklären.«

»Wir sind auch entkommen«, erklang Gabriels Stimme in meinem Rücken.

»Schaut, es sind Orion und Gabriel!«, rief Seth, als sie alle im Treppenhaus auftauchten. Geraldine stieß einen weiteren Schrei aus, der mir fast das Trommelfell zerriss.

»Dein Orry-Mann und dein geflügelter Bruder«, kreischte Geraldine, stieß mit ihnen zusammen und zog sie beide brutal unter ihre Arme, wobei ihre Köpfe aneinanderstießen, als sie ihrer rohen Zuneigung nachgaben.

Sofia und Tyler ließen mich los, und mein Blick fiel auf Xavier. Der Hauch von Dunkelheit in seinen Augen sandte einen Stich durch meine Brust. Ich ging auf ihn zu und schüttelte den Kopf, da mir die Worte fehlten und meine Beine sich bleiern anfühlten. Darius, seine Mutter ... Er hatte so viel mitgemacht.

»Ich weiß«, sagte er, bevor ich etwas sagen konnte, und mir stiegen erneut die Tränen in die Augen. »Du musst nichts sagen.«

Ich nickte, schluckte den Kloß in meinem Hals hinunter und zog ihn einfach fest in meine Arme, während ich an all das dachte, was ihm genommen worden war.

»Ich bin so froh, dass es dir gut geht«, sagte ich.

»Gleichfalls«, stimmte er zu, und als ich ihn losließ, schenkte er mir ein schiefes Lächeln, das seine Augen nicht ganz erreichte.

»Wo ist Tory?« Ich sah mich um. Ich sehnte mich plötzlich mit der gleißenden Intensität jedes Sterns am Himmel nach meiner Zwillingsschwester und fragte mich, ob sie vielleicht in einem dieser Räume war oder ... oder ...

»Sie ist nicht hier«, antwortete Caleb und machte meine Hoffnung zunichte.

»Sie ist vor ein paar Tagen aufgebrochen und hat niemandem gesagt, wohin sie geht.«

Bei dieser Nachricht zog sich mein Herz zusammen und Traurigkeit überkam mich.

»Sie kommt zurück. Sie kommt immer zurück«, sagte Seth ermutigend. »Manchmal ist sie noch mürrischer, wenn sie zurückkommt, und manchmal macht sie verrückte Sachen, wie ihre Seele aus ihrem Körper zu befreien, aber ...«

»Was?« Allein der Gedanke entlockte mir ein entsetztes Keuchen.

Seth stieß Caleb mit dem Ellbogen an. »Sag es ihr, Cal! Sag ihr, dass Tory jetzt seltsame dunkle Magie praktiziert! Und dass das in Ordnung geht, weil ihre Seele auch das eine Mal zurückgekommen ist. Und wenn sie wieder Seelenwanderung betreibt, ist das wahrscheinlich überhaupt nicht schlimm, weil ... weil ...« Er verlor den Faden in seinem Gedankengang und stieß Caleb erneut an.

»Ich bin mir sicher, es geht ihr gut«, versicherte Caleb uns.

Seth schaute über meine Schulter und ich drehte mich um und sah Frank und ein paar weitere aus seinem Rudel aus einem Raum am anderen Ende des Korridors herausspähen. »Ist es jetzt sicher, Alpha?«, fragte er.

»Bleibt dort und verriegelt die Tür, bis es vorbei ist! Ich werde dafür sorgen, dass der Turm sicher ist«, sagte Seth mit Bestimmtheit und Frank nickte, während sein Blick auf mich fiel.

»Bei den Sternen!«, keuchte er, bevor er die Tür schloss. Lautes Geschnatter brach dahinter aus.

»Wir sollten weiter«, sagte Max und zuckte zusammen, als Schreie über den Campus hallten.

Ich zog erneut mein Schwert, als meine Freunde sich um mich scharten, bereit, sich ins Getümmel zu stürzen.

»Was ist hier los?«, fragte ich, um meinen Fokus der aktuellen Situation zuzuwenden. »Was sind das für Monster? Und warum sind sie hier?«

»Es scheint, als hätte der falsche König sie geschickt, Mylady. Sie sind auf einer grausamen Mission, um die Rebellen zu jagen, die von innerhalb dieser feinen Mauern gegen ihn gearbeitet haben«, erklärte Geraldine.

»Sie töten diejenigen, die sich ihm widersetzt haben?« Ich erstarrte vor Entsetzen und die anderen nickten bestätigend. »Dann müssen wir ihnen helfen.«

»Jawohl! Es ist Zeit, sich als Legion der Gerechtigkeit zu vereinen!«, rief Geraldine, wischte sich die feuchten Wangen und trat näher. »Zeig mir deine Feinde, Mylady. Denn ich bin deine Waffe, geformt aus Verwüstung und Bestrafung. Wir werden noch in dieser Nacht tausend Monstern die Köpfe abhacken. Die ganze Welt wird angesichts der Rückkehr ihrer Königin erzittern. Denn die Nacht ist tief und der Morgen naht. Und zwischen dem Jetzt und der aufgehenden Sonne muss Blut vergossen und unser Feind getötet werden. Wir sind die Ritter des Vega-Hofes und stehen zu deinen Diensten.« Sie drehte sich auf dem Absatz um und wandte sich den anderen zu. »Hört gut zu! Die Sterne haben uns unsere Königin zurückgegeben. Es ist unsere Pflicht, wie die Soldaten von Perrypot zu kämpfen und die Ganderghule zu töten, die gekommen sind, um in den kostbaren Ländern unserer Academy Gefahr zu verbreiten. Es ist an der Zeit, zu den Waffen zu greifen und unseren Gesang des Gemetzels und des Elends in die flatternden Ohren unserer Angreifer zu singen! Bis zum Morgengrauen soll es in Solaria keine einzige Seele geben, die nicht von unserem Sieg weiß! Lang leben die wahren Königinnen!«

Gemini
Scorpio
Virgo
Cancer
Mars
Leo
Taurus
Sagittarius
Capricorn
Aquarius
Libra
Pisces

DARIUS

KAPITEL 80

Wir hatten nicht geschlafen. Unser unstillbares Bedürfnis nacheinander und das endlose Zurückerobern dessen, was wir verloren hatten, beschäftigten uns Stunde um Stunde. Ich gab all dem hoffnungslosen Verlangen nach, das mich in den letzten Monaten verzehrt hatte, und tauchte in die Obsession ein, die mich während so vieler Gräuel bei Verstand gehalten hatte.

Hier, an diesem Ort, hatten wir der Welt ihre Zeit gestohlen. Der Tag wurde erneut zur Nacht, während wir uns Lust, Gier und Leidenschaft hingaben und langsam den Schmerz heilten, der unsere Seelen vernarbt hatte, während wir durch den Schleier getrennt gewesen waren.

Ich war mir nicht sicher, ob ich mich jetzt anders fühlen sollte, unwohl in meiner Haut oder wütend auf das Schicksal, meinen Vater, auf alles. Aber alles, was ich fühlte, was Zufriedenheit.

Die Welt wartete hinter diesen Mauern, aber als ich auf dem Rücken lag und mich an meinem Mädchen weidete, während sie mein Gesicht fickte, konnte ich mich einfach nicht dafür interessieren.

Ich packte ihren runden Arsch, während ich sie verschlang, knurrte gegen ihre Klit und lächelte mein Arschlochlächeln, als sie vor Lust aufschrie und für mich kam.

Roxy ließ sich neben mir aufs Bett fallen und boxte meinen Bizeps, während ich sie nach wie vor angrinste.

»Wir hatten gesagt, dass wir direkt am Morgen aufbrechen würden«, murmelte sie mit vor Lust belegter Stimme. Mein Lächeln wurde noch breiter, als ich mich auf den Ellbogen stützte und mir ansah, was ich mit ihr gemacht hatte.

»Wir haben gesagt, dass wir gleich nach dem Aufwachen gehen würden. Aber wir haben nicht geschlafen, also …« Ich griff nach ihrem Oberschenkel, aber sie schlug meine Hand mit einem Kopfschütteln weg.

»Wir befinden uns mitten in einem Krieg«, erinnerte sie mich. Als ob ich das vergessen könnte.

»Wir waren auch mitten in etwas anderem ...«

»Wir müssen gehen«, sagte sie bestimmt, nicht zum ersten Mal. Aber ihre Augen funkelten auf eine Art und Weise, die mir verriet, dass sie es dieses Mal wirklich so meinte. »Wir können so nicht weitermachen. Nicht ... nicht jetzt. Später. Nachdem du zu den anderen zurückgekehrt bist und sie dich gesehen haben. Ich kann dich nicht einfach für immer in dieser Ruine verstecken. Sie trauern auch.«

Ich seufzte, als ich ihrer Forderung nachgab, leckte ihren Geschmack von meinen Lippen, drehte mich um und stand auf.

»Dann ziehe ich mich wohl besser an«, sagte ich, obwohl ich keine wirkliche Enttäuschung über die Aussicht empfinden konnte, nach so langer Zeit wieder mit den anderen vereint zu sein. Ich sehnte mich so sehr danach, sie zu sehen – wie ein Kind am Morgen seines Geburtstages, das es kaum erwarten kann, seine Geschenke auszupacken.

Ich warf Roxy einen Blick zu, als ich mich zum Ausgang bewegte, um die Kleidung aus meinem Sarg zu holen, in der sie mich begraben hatten.

Als ich an diesem Ort aufgewacht war, hatte mich sofort das verzweifelte Bedürfnis gepackt, meine Flügel auszubreiten. Nachdem ich Roxy neben mir im Gras liegen gesehen und sie ins Bett in den Ruinen gebracht hatte, war ich wieder nach draußen gegangen, hatte mich ausgezogen und war losgeflogen.

Mein Drache hatte endlose Flammen in den Himmel geschleudert – schließlich war auch er wieder in die Welt der Lebenden entlassen worden. Ich konnte den Drang nicht abschütteln, mich erneut zu verwandeln, als ich mit Roxy an meiner Seite nach draußen in die kalte Luft trat. Sie trug wieder ihr Hochzeitskleid und ich lächelte.

Ich streckte ihr eine Hand entgegen und sie nahm sie. Die einfache Berührung ließ Elektrizität durch meinen Körper strömen, als ich die Narbe auf ihrer Handfläche streichelte.

»Ich weiß tatsächlich gar nicht, wie ich die anderen finden soll«, gab sie zu, als wir den Hügel hinaufstiegen. Ich schaute auf sie hinab. Ein Strahl aus Mondlicht ließ ihre schwarzen Haare silbern glitzern. »Ich habe meinen Rucksack inklusive Atlas verloren, als wir vom Reich der Toten zurückgekommen sind, und ...«

»Dein Rucksack lag neben meinem Sarg, als ich aufgewacht bin«, erklärte ich, und sie starrte mich entgeistert an, bevor sie versuchte, mich erneut zu schlagen.

Ich fing ihre Faust auf und zog sie näher zu mir heran. »Vorsicht, Baby, sonst komm ich noch auf dumme Gedanken«, säuselte ich, aber sie rollte nur mit den Augen, als sie ihre Faust wieder aus meinem Griff zog.

»Warum hast du das nicht schon früher erwähnt?«

»Weil ich mehr daran interessiert war, dich zu ficken, als dein Gepäck zu überprüfen«, antwortete ich und entlockte ihr ein schnaubendes Lachen.

Ich drehte mich zu ihr um, legte meine Hand an ihre Wange und sah die Freude in ihren Augen, als sie mich musterte. Es fühlte sich unwirklich an. Als könnten wir das nach allem, was wir geopfert hatten, unmöglich verdienen. Und doch standen wir da, wiedervereint und stärker als je zuvor.

»Was?«, fragte sie und blinzelte mich an, während ich sie weiter studierte. Ich zuckte mit den Schultern und zwang mich, sie wieder loszulassen.

»Nur du, Roxy. Immer nur du.«

»Werd mir jetzt bloß nicht weich«, brummte sie, wandte sich ab und ging weiter den Hügel hinauf zu der abgelegenen Klippe, wo sie mich einst zur Ruhe gebettet hatte.

Ich blieb neben dem Sarg meiner Mutter stehen, strich mit den Fingern über das Eis, während ich sie und Hamish ansah. Sie war endlich frei von Lionel, an einem Ort, wo er sie niemals finden würde. Denn seine Seele war zu verdorben und verrottet, um jemals Zugang zu ihrer Seite des Jenseits zu erhalten.

Roxy fand ihren Rucksack und zog sich schnell ihr Hochzeitskleid aus, um es gegen Jeans und ein schwarzes bauchfreies Top einzutauschen.

Ich gesellte mich zu ihr, nahm meine eigenen zurückgelassenen Kleider und hüllte mich in die Rüstung, in der ich gestorben war, wobei sich der rostbraune Blutfleck, der das Loch darin umgab, von der schwarzen Farbe des Rests abhob.

Roxy hatte ihn auch bemerkt, und sie hob eine Hand, um ihn verschwinden zu lassen, aber ich hielt ihre Finger in meinen fest, um sie aufzuhalten.

»Nicht«, sagte ich und klang dabei regelrecht amüsiert. »Lass alle die Erinnerung an die Wunde sehen, die mich getötet hat, wenn sie mir auf dem Schlachtfeld begegnen. Lass meine Feinde daran denken, dass selbst der Tod mich nicht besiegen kann, wenn ich ihnen nachstelle.«

Roxy rollte mit den Augen, gab aber nach, nahm meine Streitaxt aus den Überresten meines Sarges und warf sie mir zu.

»Ich werde Geraldine anrufen«, sagte sie, kramte ihren Atlas aus ihrem Rucksack und schaltete ihn ein. Ich sah die endlose Reihe verpasster Anrufe und Nachrichten, die sie erhalten hatte, während er ausgeschaltet gewesen war. Aber sie ignorierte sie alle und wählte Geraldines Nummer, anstatt sich die Mühe zu machen, auch nur eine der Nachrichten zu lesen.

Ich trat näher an sie heran, um zu lauschen, und beim dritten Klingeln antwortete Geraldine keuchend.

»Mylady!«, rief sie. »Bist du bereit, in den Schoß deiner liebsten Kampfgefährten zurückzukehren?«

»Ja, ich …«

»Es ist Unheil im Gange«, unterbrach Geraldine sie – und fuck, ich hatte diese Verrückte wirklich vermisst. »Schurken und Gurkenliebhaber versammeln sich in diesem Moment auf dem Gelände unserer einst geliebten Academy. Wir haben mithilfe videobasierter Erkenntnisse das Licht der Wahrheit gesehen, und es ist wahr! Wir sind auf dem Weg, diese Schweine zu besiegen, und würden uns über deine wohlwollende und wunderbare Hilfe bei diesem Abenteuer freuen.«

»Lionel greift die Zodiac Academy an?«, fragte Roxy alarmiert, und ich hatte keine Ahnung, wie sie aufgrund des Unsinns, den Geraldine gerade von sich gegeben hatte, zu diesem Schluss gekommen war. Aber sie schien richtig zu liegen.

»In der Tat! Er hat Höllenhunde des Todes auf die Jagd innerhalb der edlen Mauern geschickt und wir sind hier, um sie aus dieser Welt zu verbannen. Auch deine liebe und anmutige Schw…« Geraldine heulte auf und ein monströser Schrei dröhnte aus dem Lautsprecher, bevor die Verbindung abrupt unterbrochen wurde.

»Scheiße!«, fluchte Roxy, ließ den Atlas in ihre Tasche fallen und griff stattdessen nach einem Beutel Sternenstaub. »Lass uns gehen!«

Ich nahm ihren Schwertgürtel und schnallte ihn ihr fest um die Taille, während sie sich außerdem einen Dolch aus dem Rucksack schnappte. Die anderen Sachen ließen wir hier – es war sicherer, später dafür zurückzukommen.

Sie begegnete meinem Blick mit wilden grünen Augen und warf den Sternenstaub ohne ein weiteres Wort über unsere Köpfe.

Die Welt krümmte und wölbte sich um uns herum, die Sterne flüsterten verfluchte Verwünschungen, da ihre eigenen Regeln sie zwangen, uns reisen zu lassen. Und ich konnte nicht anders, als über sie zu lachen, bevor sie uns kurzerhand vor den Toren der Academy abwarfen.

Ich hörte die Schreie, bevor ich etwas sehen konnte. Roxy zog ihr Schwert und sprintete zum Eingang, während eine Welle reiner Energie von ihr ausging, die die Tore vor ihr zerbersten ließ. Die Schutzzauber waren bereits außer Kraft gesetzt, was ein Beweis für das Chaos war, das sich hier abspielte.

Mein Herz pochte vor Adrenalin, mein Griff um meine Streitaxt wurde eiserner, als ich das darin enthaltene Phönixfeuer zum Leben erweckte. Ein Kriegsschrei entrang sich mir.

Ich wollte unsere Feinde jagen und ein Blutbad über sie bringen. Mein Bedürfnis nach Blutvergießen tobte stärker durch meinen Körper als je zuvor, und meine Gewaltbereitschaft stieg ins Unermessliche. Ich fletschte die Zähne und knurrte, während ich nach einem Opfer Ausschau hielt, das durch den Schwung meiner Axt fallen würde.

Roxy sah genauso wild aus, wie ich mich fühlte, als sie ihr flammendes Schwert in einem Bogen vor sich führte. Sein Licht spiegelte sich in ihren grünen Augen wider.

Der Wind trug Schreie aus dem Herzen der Academy mit sich, und ich nutzte meine Axt, um den Weg zu weisen, bevor ich mit meinem Mädchen an meiner Seite in einen Sprint überging.

Wir rannten, als wären uns Höllenfeuer höchstpersönlich auf den Fersen, und verschwanden schließlich in der Dunkelheit des Wimmernden Waldes. Mein Blut pulsierte heißer und schneller, das Verlangen nach Tod und Brutalität war ein unbändiges Verlangen, das alles andere auslöschte.

»Spürst du das auch?«, fragte Roxy und ihr Blick flackerte vor Aufregung, als sie mich ansah. Und ich könnte schwören, dass mein eigenes Verlangen nach Gewalt bei ihrem Anblick noch heftiger pulsierte.

»Ja.« Ich war ein geborener Krieger, hatte keine Angst vor Tod oder Grausamkeit, aber noch nie hatte mich eine Schlacht so stark in ihren Bann gezogen. Meine Glieder drängten mich gerade, mich dem Kampf anzuschließen.

Vielleicht war es meine Rückkehr ins Leben, die mich mit solcher Inbrunst nach einem Mord lechzen ließ. Was auch immer es war, ich hatte keine Zeit, es infrage zu stellen. Wir rannten weiter über den Campus und nahmen dann den Hauptweg, der durch den Wimmernden Wald zum Orb und zu den anderen Gebäuden im Herzen des Campus führte.

»Da drüben«, sagte Roxy und zeigte mit ihrem Schwert in die Dunkelheit unter den Bäumen. Ich schaute ebenfalls in diese Richtung, denn ich spürte es auch: Schmerz, Blutvergießen, Kampf.

Mein Puls raste, mein Wissen um all dies war unbestreitbar, und doch hatte ich keine Ahnung, wie wir uns einer solchen Sache so sicher sein konnten.

Ein sich wiederholendes Klickgeräusch drang aus den Bäumen zu unserer

Rechten, und ich drehte mich in die entsprechende Richtung, gerade als ein höllenartiges Wesen vom hohen Ast einer Esche sprang.

Ich schwang meine Axt, und meine Klinge trennte einen seiner vier Arme ab, bevor ich überhaupt einen ordentlichen Blick darauf werfen konnte.

Das Ding kreischte. Ein Blitz aus blassbläulicher Haut und riesigen Scheren ließ mich zurückschrecken, und Roxy fluchte, während sie ebenfalls ihr Schwert schwang.

Die Kreatur war etwa doppelt so groß wie ich, sah – abgesehen von Brust und Kopf, die beunruhigend Fae-artig anmuteten – wie ein Insekt aus. Das Maul des Wesens weitete sich zu einem wütenden Schrei.

Das Geräusch, das aus ihm herausbrach, klang wie keine Stimme, die ich je zuvor gehört hatte. Es war schrill, voller Furcht und breitete sich um uns herum aus, bis es in meinen Ohren dröhnte.

Ich duckte mich tief, als es mit schnappenden Scheren auf mich zustürzte. Feuer explodierte auf seiner Brust, als ich meine Kraft darauf warf, aber meine Magie traf einen Schild dicht auf seiner Haut und erlosch wieder.

Roxy sprang zurück, als das Biest herumwirbelte, und ich pfiff scharf, um seine Aufmerksamkeit zu erregen. Mein Herz sehnte sich nach diesem Kill.

Das Ding setzte zum Sprung an, aber anstatt mich zurückzuziehen, warf ich mich darauf, schwang meine Axt in einem beidhändigen Angriff, rutschte zur Seite und rammte ihm die Waffe direkt in den Rücken.

Einer seiner Arme traf mich und schleuderte mich weg, während meine Axt in seinem Rückgrat stecken blieb. Das Wesen schrie erneut auf. Blut strömte aus ihm heraus. Aber es erholte sich schnell und rannte erneut auf mich zu.

Ich wich zur Seite aus, als es sich auf mich stürzte. Seine Scheren trafen das Stück Boden, auf dem ich gerade noch gestanden hatte, und Roxy nutzte die Gelegenheit, um ihrerseits anzugreifen. Ihr Schwert durchbohrte die Seite seines Halses und ließ es vor Schmerz aufheulen.

Blut spritzte auf mich, und mein Herz pochte, als ein Gefühl der Euphorie durch meine Adern strömte. Meine Glieder sangen angesichts der Energie des Kampfes, und in mir regte sich ein Hunger nach noch mehr Tod.

Die Kreatur fiel heulend und um sich schlagend zu Boden und ich stürzte mich auf sie, zog einen Dolch aus meinem Gürtel und stach immer wieder auf sie ein. Die Wut in meinem Körper verlangte nach mehr, selbst als das Wesen unter mir erstarrte, und ich spürte, wie sein Tod eine Welle der Ekstase in mir auslöste.

Roxy enthauptete das Ding mit einem mühsamen Schnauben und das Band zwischen uns schien sich zu festigen. Es zerrte an meiner Seele, als dieser gemeinsame Moment des Tötens uns noch näher zusammenbrachte.

Ich stand auf, riss meine Axt aus dem Leichnam der Kreatur und stapfte dann auf sie zu. Roxys Augen wurden von einer wilden Energie erleuchtet, die meine eigene widerspiegelte.

Ich packte sie an den Haaren, riss ihren Kopf zurück und stahl ihr einen Kuss. Das Blut, das ihren Körper bedeckte, machte sie noch begehrenswerter, während sich eine Macht, die nicht die unsere war, an dem Tod ergötzte, den wir gebracht hatten.

Sie stöhnte in meinen Mund, als sie den Kuss erwiderte, und ich wusste, dass sie es auch spürte, dieses unheilige Verlangen nach Gewalt, das unsere vereinten Herzen vor Aufregung höherschlagen ließ.

Entfernte Schreie rissen uns auseinander und ich wandte mich dem Pfad zu. Ein dunkles Grinsen legte sich auf meine Lippen. Der Kampf ging weiter.

Das Verlangen nach Tod und Vernichtung erfüllte meine Seele. Das gleiche endlose Begehren spiegelte sich in ihren Augen wider, während die Welt förmlich zu summen schien.

Wir hatten keine Zeit, dieses seltsame, süchtig machende Gefühl zu hinterfragen, und ich rannte los.

Roxys Flügel explodierten von ihrem Rücken und sie erhob sich in die Lüfte, eine kriegerische Königin auf der Jagd, die zwischen den Bäumen des Wimmernden Waldes hindurchschoss.

Ich rannte unter ihr, die Luft knisterte vor Energie, während sich in ihrer freien Faust Magie aufbaute, bevor wir die Gebäude erreichten, die das Herzstück des Campus bildeten.

Studenten rannten, schrien vor Angst und eilten zwischen den Gebäuden hin und her, während wir innehielten, um zu begreifen, was vor sich ging. Als Roxy entdeckt wurde, verwandelten sich ihre Schreie in erleichterte Jubelrufe.

»Die wahren Königinnen sind gekommen!«

»Wir sind gerettet!«

»Es ist im Inneren des Erd-Observatoriums!«

Ihre leuchtenden Flügel hüllten mich in Schatten, aber während sie sie jubelnd begrüßten und Roxy innehielt, um ihnen zuzuhören, nahm ich diese Information zur Kenntnis und rannte auf die Schreie zu, die aus dem Observatorium zu hören waren.

Mein Blut pochte gnadenlos in meinen Adern, während das Verlangen nach mehr Tod mich verzehrte. Meine Muskeln brannten, als ich mit immer höherer Geschwindigkeit durch die Schatten hinter den Gebäuden rannte.

Ich erreichte die Rückseite des Observatoriums gerade noch rechtzeitig, als ein gewaltiger Knall die Luft zerriss und ein Fenster weit über mir zersprang.

Ich wirkte einen Hitzeschild um meinen Körper, als die Glassplitter herabregneten, und sie zerfielen zu geschmolzenen Kügelchen, ohne meine Haut auch nur zu berühren.

Tarotkarten flatterten aus dem zerbrochenen Fenster, als ich begann, auf das zuzuklettern, was diese angsterfüllten Schreie im Inneren des Gebäudes verursachte. Meine Zehen und Finger fanden Halt zwischen dem Mauerwerk, während ich meine Axt wieder auf dem Rücken verstaute.

Ich richtete meine Aufmerksamkeit auf die Öffnung über mir und bemerkte kaum, wie einige der Karten herabflatterten und mich streiften. Der Ruf des Schicksals hing zwischen ihnen in der Luft.

Aber als eine meine Wange berührte, fing ich sie auf und blickte in das Gesicht des *Ritters der Schwerter*, bevor die Karte zu Boden stürzte. Der Tod war nah.

Dem würde ich nicht widersprechen.

Ich kletterte durch das zerbrochene Fenster in das Gebäude, während Feuer aus meinen Fingerspitzen schoss, als ich den dunklen Raum betrachtete. Sechs Studenten befanden sich in einem Luftschild in der Mitte des Raumes, ihre Hände waren verbunden, um gemeinsam Energie zu erzeugen und zwei der deformierten Monster aufzuhalten, die versuchten, sich zu ihnen durchzukämpfen.

Der Schrecken in ihren Augen trieb mich zum Sprint, während ich erneut meine Axt zog. Dabei landete mein Stiefel auf der Karte *Der Tod*, und es war, als würde sie mich im Kampf willkommen heißen.

»Du wirst mit Blut und Verderben bezahlen«, zischte eine Stimme im Wind, und ich hatte das Gefühl, dass die Sterne dieses Schauspiel mit großer Aufmerksamkeit verfolgten.

Aber als ich mich wieder in den Tanz der Schlacht stürzte, war mir das scheißegal. Denn meine Axt zu schwingen fühlte sich verdammt gut an.

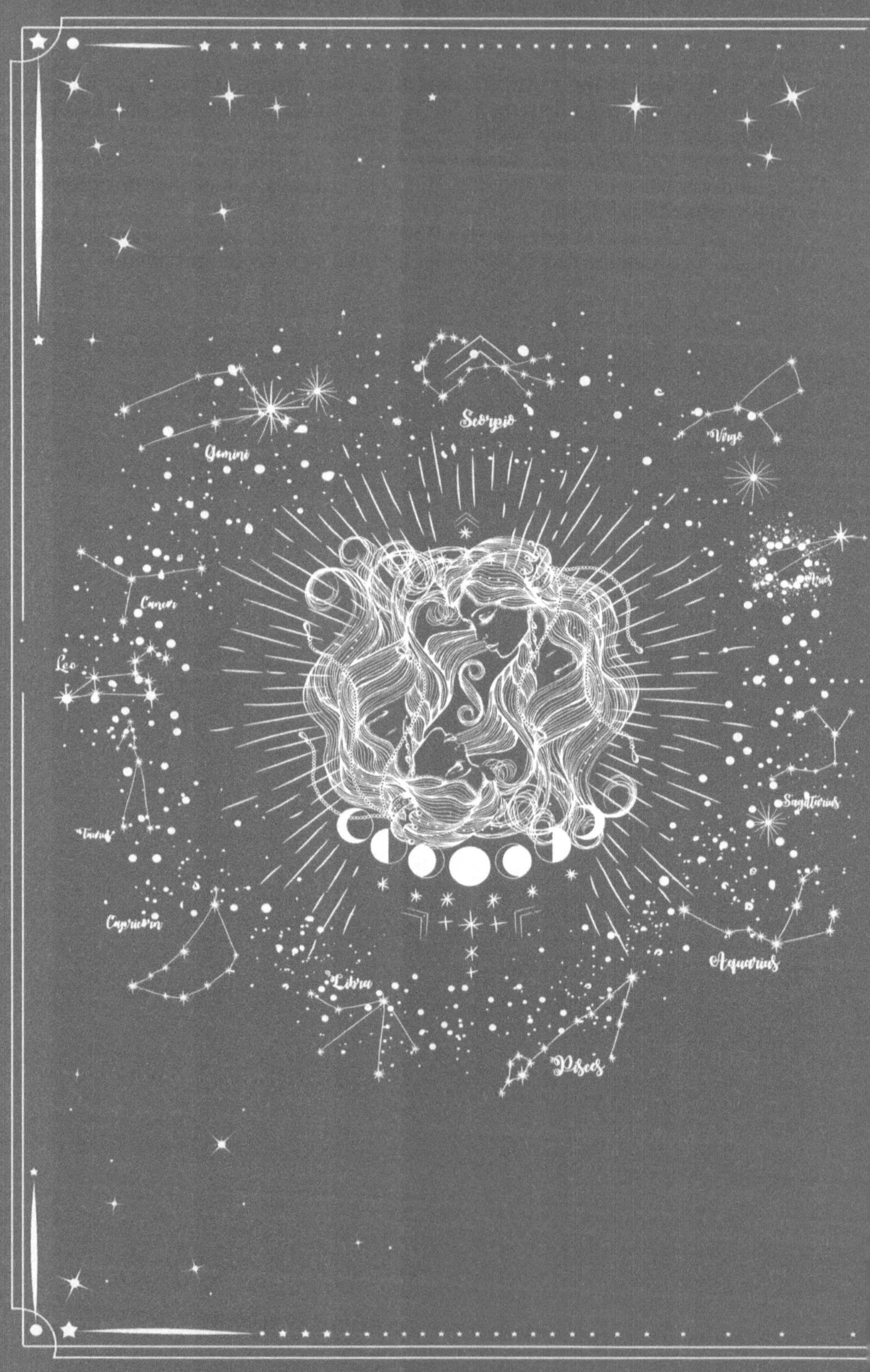

Gemini
Scorpio
Virgo
Aries
Cancer
Leo
Taurus
Sagittarius
Capricorn
Aquarius
Libra
Pisces

TORY

KAPITEL 81

Ich rannte den Weg hinunter zu Haus Ignis, wo Feuer aus den zerbrochenen Glasfenstern loderte. Die Studenten des Elements schienen gegen ein weiteres Monster irgendwo im Inneren des Gebäudes zu kämpfen.

Darius lief ein paar Schritte hinter mir, seine Schritte warfen einen Schatten auf meine, wie es in der Vergangenheit so oft der Fall gewesen war, als wir genau diesen Weg entlanggelaufen waren. Allerdings noch nie blutüberströmt, mit Waffen in den Händen und nach Tod lechzend.

Mein ganzer Körper brannte vor Verlangen danach. Mein Puls schien nur für den nächsten Hieb mit meiner Waffe zu schlagen. Für eine Gelegenheit, Blut zu vergießen oder die Luft mit Schreien zu erfüllen.

Ein Feuerstrahl schoss aus einem Fenster hoch über uns. Das Glasgebäude zitterte unter dem Kampf, der im Inneren stattfand. Ich grinste Darius an, sprang dann in die Luft und flog direkt darauf zu.

Mein Ehemann knurrte, als ich ihn zurückließ, und stürmte auf die Türen zu, anstatt sich zu verwandeln und seine Klamotten zu zerfetzen – zweifellos, weil seine große schuppige Drachenform ohnehin keine Chance hätte, durch dieses Loch zu passen. Und ich vermutete, dass er nicht nackt kämpfen wollte.

Hitze flammte auf meiner Haut auf, als ich auf die Öffnung zusteuerte, die das zerbrochene Fenster geschaffen hatte. Ich wirkte Luftmagie und verbannte meine Flügel im letzten Moment. Meine Stiefel landeten auf dem Boden des Gemeinschaftsraums, und ich rutschte auf dem zerbrochenen Glas aus, das den Boden bedeckte, während ich die Szene vor mir musterte.

Feuer brannte überall in dem runden Raum, und die versammelten Studenten schleuderten es auf die monströse Kreatur in ihrer Mitte.

Das Ding kreischte, als es sich auf einen Jungen auf der anderen Raumseite stürzte, den ich als Senior erkannte, und dieser schleuderte ihm mit angsterfülltem Schrei eine Feuerwelle entgegen.

Das Ungeheuer zuckte nicht einmal zusammen, sprang durch die Flammen, die harmlos an seinem Alabasterkörper züngelten, und stürzte sich mit einem siegreichen Brüllen auf seine Beute.

Schreie hallten durch den Raum, als sich sein gezacktes Maul in die Brust des Kerls bohrte, und ich rannte los und schwang meine Waffe, während ich einen Kampfschrei ausstieß.

Das Monster hatte einen langen Körper mit acht spindeldürren Beinen, die sich an den Knien nach hinten bogen – wie eine Kreuzung aus einer Larve und einer Spinne, aber fünfmal so fies.

Mein Stiefel landete auf seinem dicken Schwanz, und ich rannte direkt auf seinen Rücken hinauf, wobei ich mein Schwert bogenförmig schwang, bevor ich es geradewegs durch seinen Rücken stieß, in der Hoffnung, ein lebenswichtiges Organ zu treffen.

»Tory?« Milton Huberts Stimme überraschte mich und ich blickte von meiner Position auf dem Rücken des Monsters auf.

Die Kreatur bockte unter mir, ließ den Kerl los, an dem sie sich gelabt hatte, und schickte ihn mit einem nassen Knall gegen die Wand. Er stöhnte vor Schmerz und einige der anderen Studenten rannten los, um ihm zu helfen, während ich mit der wilden Kreatur Rodeo spielte und versuchte, ihre Aufmerksamkeit von ihnen abzulenken.

Ich verlor Milton aus den Augen, weil ich Mühe hatte, mein Schwert festzuhalten, und das Biest bäumte sich auf und schwang nach hinten. Sein Körper rollte sich auf sich selbst zusammen, und die Höhle seines Mauls, die von endlosen Zahnreihen begleitet wurde, suchte nach mir. Ich war gezwungen, wegzuspringen, als die knirschenden Kiefer nach meinem Gesicht schnappten.

Ich schlug auf dem Boden auf und rollte durch die Trümmer des Gemeinschaftsraums, wobei sich Teile von Stühlen und Tischen in mich bohrten, bevor ich mich wieder aufrappelte und einen Speer aus Erdmagie erschuf.

»Hast du unsere Livestreams gesehen?«, fragte Milton, der keuchend neben mir stand, einen zerbrochenen Atlas an seine Brust geschnallt. Seine Klamotten waren blutdurchtränkt.

»Ich habe mit Geraldine telefoniert. Sie meinte, wir würden gebraucht«, antwortete ich mit einem Achselzucken, bevor ich den Speer warf. Er flog zielgenau auf die Bestie und durchbohrte sie.

Das schien das Ding ziemlich zu verärgern, und ich wirkte einen Luftschild vor uns, als es sich umdrehte und auf uns zurannte.

Studenten schrien, sprinten auf uns zu und flüchteten hinter den Schutz meines Schildes. Ich grub meine Fersen in den Boden und grunzte, als der Körper des Monsters mit dem Schild kollidierte.

»Feuer kann ihm nichts anhaben. Wir haben gekämpft und gekämpft, aber kaum einer von uns hat mehr als ein Element. Und das Ding weiß genau, wer seine Feinde sind«, meinte Milton ängstlich.

»Ihr habt rebelliert?«, fragte ich, und er nickte stolz. Mit einer Hand umklammerte er die Finger des Mädchens hinter ihm, und ich stellte überrascht fest, dass es sich um Bernice handelte.

»Das ist nicht dein Haus«, platzte ich heraus, und sie sah Milton mit einem kleinen Lächeln an.

»Ich habe hier übernachtet. Aber seit dieses Ding aufgetaucht ist, versuchen wir nur noch, zu überleben. Feuer scheint es nur noch wütender zu machen, und mein Wasser bringt auch nicht viel. Die M. O. E. S. E. N. haben den Ausgang verbarrikadiert.«

»Tja, das würde erklären, warum Dari…«

Die Türen auf der anderen Seite des Gemeinschaftsraums flogen auf. Flammen umgaben die riesige Gestalt, die über die Schwelle schritt. Seine arrogante Selbstgefälligkeit kannte keine Grenzen, als er lässig seine Axt in einer Faust schwang. Sein dunkler Blick machte mich mit Leichtigkeit im Chaos aus.

»Heilige Scheiße, ich dachte, er wäre tot«, keuchte Milton alarmiert.

Ich spannte meine Finger an und verstärkte den Griff um meine Luftmagie, bevor ich das Monster damit umhüllte und das Ding durch den Raum in Richtung meines Mannes schleuderte.

»War er auch«, gab ich zu, und ein Lachen brach aus mir heraus, als ich losrannte. Ich schlüpfte durch den Luftschild, bevor ich ihn hinter mir schloss, wo sich die Ignis-Studenten Schutz suchend versammelt hatten.

Zwei weitere Speere formten sich in meinen Händen und Darius schwang seine Axt mit tödlicher Hingabe und trennte eines der Beine des Dings ab, sodass es zur Seite kippte.

Ich schleuderte meine Speere auf das Monster, als der Wunsch, zu töten, immer unnachgiebiger wurde. Blut bespritzte die Wände, als Darius ein weiteres Bein abtrennte, während das Monster heftig um sich schlug.

»Feuer wirkt nicht …«, wollte ich gerade sagen, aber Darius schien selbst dahinterzukommen, als er eine Flammenwalze auf das Monster schleuderte, das sich jedoch direkt in die Flammen stürzte und ihn zu Boden riss.

Ich sprang erneut auf den Rücken des Wesens, packte den Griff meines Schwertes und befreite es, während Darius es von unten mit Hieben bekämpfte.

Die Bestie bockte und ich wurde fast abgeworfen, aber ich schaffte es, meine Position auf ihrem Rücken zu halten, meine Hand zu heben und ein Bataillon messerscharfer Eiszapfen in der Luft um uns herum zu formen.

Mit einer einzigen Bewegung meiner Hand zischten die Eiszapfen auf die Bestie zu, wichen Darius und mir aus und bohrten sich mit brutaler Effizienz in das Fleisch des Monsters.

Es schrie vor Schmerz, als mein Angriff endlich etwas Wesentliches traf, und Darius schaffte es, sich unter ihm hervorzurollen. Gerade noch rechtzeitig, bevor es sich erneut aufbäumte.

Ich sprang zur Seite, als es versuchte, nach mir zu schnappen, und in dem Moment, in dem sein sehniger Hals gestreckt war, schwang Darius seine Axt über seinen Kopf und durchtrennte ihn.

Eine Blutfontäne färbte die Wände rot, und ich entfernte mich von dem enthaupteten Körper. Das Hochgefühl des Tötens brachte mich dazu, auf den Fußballen zu wippen.

»Mehr«, keuchte ich, als Darius auf mich zukam. Der dunkle Blick in seinen Augen verriet mir, dass er mich verschlingen wollte. Sollte die ganze Welt doch dabei zusehen.

Die Ignis-Studenten jubelten, schluchzten und riefen uns ihren ewigen Dank zu, aber ich konnte meinen Blick nicht von der dunklen Seele abwenden, die ein perfekter Spiegel meiner eigenen war. Mein Verlangen nach ihm war alles verzehrend und unsere Liebe zueinander eine Kraft, die zerstörerisch genug war, um dem Tod selbst zu trotzen.

Das gleichzeitige Hämmern unserer Herzen ließ ein Zittern durch meinen Kern laufen, aber bevor er diese Distanz schließen konnte, erregte ein Schrei vom Gelände draußen meine Aufmerksamkeit.

Ich drehte mich so schnell um, dass ich fast den Halt verlor. Mein Blick fiel sofort auf die Gestalt auf der Heulenden Wiese, die sich über zwei weitere der grausamen Monster erhob, die ausgesandt worden waren, um die Rebellen der Academy anzugreifen. Sie war vollständig verwandelt, Feuer umhüllte ihren Körper, während ihr Phönix den Himmel erleuchtete – ein Leuchtfeuer der Hoffnung für alle, die sie sehen konnten.

»Darcy!« Ich keuchte erstaunt auf, während mein Gehirn versuchte, die Wahrheit dessen, was ich da sah, zu begreifen. Meine Schwester streckte ihre Hände aus und sprengte das Monster unter ihr mit einem Blitz aus Wassermagie, der so mächtig war, dass ich die Nachbeben durch den Raum, der uns trennte, spürte.

Darius erschien an meiner Seite, seine blutverschmierten Finger umklammerten meine für einen halben Herzschlag, bevor er mich losließ.

»Geh!«, befahl er, und ich erwiderte seinen Blick für einen viel zu kurzen Moment, bevor ich losrannte und mich kopfüber aus dem zerbrochenen Fenster stürzte.

Meine Flügel lösten sich von meinem Rücken, sobald ich Platz dafür hatte, und ich ließ mich vom Feuer verschlingen, verwandelte mich vollständig in meine Formgebung und schoss über den Campus, um mich zu ihr zu gesellen. Um mich endlich wieder mit ihr zu vereinen. Meiner anderen Hälfte. Meiner ewigen Liebe.

Die Sonne erhellte den Himmel, als sie sich langsam über den Horizont schob, aber ihr Licht verblasste im Vergleich zu den beiden Phönixen, die den Himmel beherrschten. Sogar die Sterne wurden bedeutungslos, als alle Augen auf uns gerichtet waren.

»Die wahren Königinnen läuten den neuen Morgen ein!«, rief Geraldine so laut, dass der gesamte Campus ihre magisch verstärkte Stimme hören konnte. Jubelschreie hallten über das Gelände.

Ich stürzte mich in den Kampf, der zwischen unseren Freunden und dem Monster tobte, das brüllend zwischen ihnen stand. Magie knisterte in meinen Fingerspitzen. Sie waren alle da – Geraldine, die Erben, Xavier, Sofia und Tyler, sogar Orion und Gabriel. Unsere Familie war endlich wieder vereint. Ich wusste nicht, wie sie entkommen waren, wie Darcy ihre Macht und ihre Formgebung zurückerlangt hatte, ohne Orions Leben zu opfern, aber das war auch egal. Es zählte nur, dass sie hier und wir endlich wieder vereint waren.

Bevor ich die Magie, die ich gesammelt hatte, freisetzen konnte, zog ein Lichtschimmer meinen Blick auf sich. Und ich hob den Blick, als hätte eine geisterhafte Hand mein Kinn gepackt und meinen Kopf gezwungen, sich zu heben.

In der Ferne, gleich hinter dem Zaun der Academy, schien sich die ganze Landschaft zu bewegen. Monster wie die in unserer Mitte kamen in erschreckender Zahl näher.

»Darcy!«, schrie ich und lenkte ihre Aufmerksamkeit auf mich, als sie gerade eine Faust aus Eis auf die Monster unter uns schleuderte und das nächste vor Schmerz aufschrie.

»Tor!«, keuchte sie und schlug kräftig mit den Flügeln, während sie auf mich zuflog. Unser Wiedersehen zauberte ein Lächeln der reinsten Freude auf ihr feuergeküsstes Gesicht.

Ich zeigte auf etwas hinter ihr, als sie näher kam, und lenkte ihre Aufmerksamkeit auf Lionels neueste Waffen, die mit jedem Moment näher kamen.

»Heilige Scheiße«, murmelte sie, und die Geräusche der Schlacht unter uns schienen zu verblassen, als ich das Gewicht des Schicksals auf uns zukommen spürte.

Die Sterne schimmerten heller am Himmel, als hätten sie wieder etwas Zuversicht gefunden. Als freuten sie sich darauf, dieses Schicksal eintreten zu sehen.

»Lionel wird jeden Studenten der Academy töten lassen, um uns auszuschalten«, knurrte ich, sobald mir die feige Taktik dieses schuppigen Bastards klarwurde. Zweifellos hatte er darauf gehofft, als er diesen Ort gestürmt hatte. Als er Fae angegriffen hatte, die wir persönlich kannten. Er hatte ihre Livestreams nicht geblockt, sondern ihnen erlaubt, sie auf der ganzen Welt zu verbreiten, um uns hierherzulocken. Es war eine Falle. Aber die würde nicht funktionieren.

»Wir sollten eine solide Einheit bilden und sie gemeinsam angreifen«, begann Darcy, aber ich schüttelte den Kopf.

»Das wird nicht funktionieren. Wir brauchen etwas Mächtigeres. Wir müssen unsere Magie gegen sie bündeln«, sagte ich entschlossen, während mir unzählige Zauber und Beschwörungen aus den Büchern über Äther und dunkle Magie durch den Kopf gingen.

»Du meinst, wir sollen unsere Kräfte teilen?«, fragte Darcy und reichte mir sofort ihre Hand.

»Wir müssen mehr tun als das«, antwortete ich unheilvoll und zog einen Dolch aus meinem Gürtel, bevor ich ihrem Blick begegnete. »Vertraust du mir?«

»Immer«, antwortete sie ohne zu zögern, und wir warfen uns einen grimmigen Blick zu, bevor ich ihre Hand ergriff und mich daran machte, ein Zeichen in ihre Handfläche zu ritzen.

Darcy zischte, als sie den Schmerz des Schnitts spürte, versuchte aber nicht, mich aufzuhalten, als ich die zerklüftete S-Form von Eihwaz in ihre Haut kratzte – die Rune für Verteidigung und Schutz. Als Nächstes schnitt ich mir selbst in die Handfläche und ritzte ein blutiges seitwärts gerichtetes W in mein Fleisch. Sowulo für Sieg.

»Gib alles!«, sagte ich bestimmt.

Ich nahm ihre Hand in meine, unser Blut vermischte sich und die Kraft der Runen durchströmte uns so heftig, dass wir fast auseinandergerissen wurden. Darcy fluchte, ihr Griff um mich wurde fester, während sie mich ansah und auf eine Erklärung wartete, die ich ihr im Moment einfach nicht geben konnte.

Caleb und Orion spannten eine Kette aus Eis unter uns, und während ich zusah, rasten sie in entgegengesetzte Richtungen um das kleinere der beiden monströsen Wesen herum, fesselten es mit der Kette und zogen diese dann so fest, dass das Ding entzweigerissen wurde.

Ich wartete nicht einmal, bis das Monster ganz tot war – der Nervenkitzel seines Todes war einfach überwältigend. Ich schickte einen magischen Luftstoß in seine Richtung und stahl einen Knochensplitter aus seinem Kadaver, bevor ich ihn hochhielt und den Äther anrief, ihn als Opfergabe anzunehmen.

Ich begann einen Sprechgesang, den ich im Buch des Feuers gelesen hatte, und die Worte brannten auf ihrem Weg aus meiner Kehle. Darcy keuchte, als sich der Äther auch um sie herum zu bilden begann.

»Lass ihn rein!«, zischte ich, während ich sie beobachtete.

Ich fuhr fort, diesen uralten bösen Zauber zu beschwören. Meine Zunge bildete Blasen, als ich die Worte aus meinem Mund zwang.

In dem Moment, in dem Darcy sich dem Äther hingab, war es, als würde eine Explosion den Kern der Erde zum Beben bringen. Die Kraft, die zwischen uns floss, war so groß, dass wir beide zu zittern begannen.

Der Schmerz des Sprechgesangs ließ nach, als sie die Hälfte der Last auf sich nahm, und ich schaute ihr in die Augen, während das letzte Wort von meinen Lippen drang.

Darcys Pupillen weiteten sich, als die Kraft zwischen uns ins Unermessliche wuchs und drohte, uns völlig zu verschlingen, sollten wir sie nicht loslassen. Als Einheit erhoben wir unsere freien Hände und ließen sie explodieren.

Es war, als hätte man ein Streichholz in einen Topf mit Faesin geworfen. Die Welt selbst erzitterte unter dem Nachbeben der Explosion, als sich diese aus unseren Körpern löste, unsere Phönixflammen mit dieser Welle der Macht verschmolzen und zusammen mit allem anderen von uns wegflogen.

Eine Welle purer Energie spaltete sich von uns ab, als wären wir ein Stein, der in einen stillen Teich geworfen worden war und irgendwie einen Tsunami ausgelöst hatte.

Die Feuerwand, die von uns ausgehend entstand, ließ überall um uns herum Schreie ertönen, aber die Einzigen, die sie verbrannte, waren die Monster, die sich uns in den Weg gestellt hatten.

Ich spürte, wie das Ungeheuer, gegen den unsere Freunde gekämpft hatten, zuerst starb. Seine Existenz erlosch wie eine Kerze in einem starken Wind. Die Kraft, die es zu Lebzeiten besessen hatte, strömte durch mich hindurch und erzeugte ein euphorisches Gefühl unter meiner Haut.

Eine Kreatur nach der anderen wurde von unseren Flammen verzehrt. Jeder Tod war schöner als der letzte, und ein Stöhnen der Freude bildete sich in meiner Kehle, als ich in der exquisiten Kraft badete, die mir durch ihr Ende zuteilwurde.

Mein Blick traf auf Darcys. Wir schwebten in der Luft, gehalten von der Kraft unserer eigenen Macht, die unsere Feinde einen nach dem anderen durchbohrte. Aber statt der reinen Glückseligkeit, die ich angesichts so vieler Tode empfand, fand ich in ihren Augen nur Angst und Unsicherheit.

Schließlich kehrte der Wind in die Welt zurück. Mein Magen machte einen Satz, als wir vom Himmel stürzten, und unsere Flügel schlugen instinktiv aus, um uns bei der Rückkehr zum Boden aufzufangen. Wir landeten in einem riesigen Kreis, den unsere Freunde, die Studenten und das Personal der Academy gebildet hatten.

Sie starrten uns mit einer Ehrfurcht an, die sich in ihren Gesichtszügen widerspiegelte, und Geraldines Mund stand offen, während die Stille andauerte.

Bis Schritte sie durchbrachen.

Schwere Stiefel stapften durch die versammelte Menge, und mein Puls schnellte in die Höhe, als Darius zwischen den Versammelten auftauchte. Angst, Unglauben und völlige Verwirrung breiteten sich um ihn herum aus.

»Es leben die wahren Königinnen«, knurrte Darius mit leiser, aber kräftiger Stimme, die von einem magischen Knall begleitet wurde, der den Bann zu brechen schien, der über alle hereingebrochen war, die uns immer noch ehrfürchtig anstarrten.

Darcy atmete scharf ein, fassungslos angesichts des Anblicks seiner Rückkehr. Im nächsten Moment stieß Geraldine ein Kreischen aus; ihre Stimme schallte durch die Menge. Dann schrien die Erben und Orion alle gleichzeitig vor Schock, Freude und Unglauben. Unzählige andere Stimmen brachen ebenfalls zu ihm durch, aber seine Aufmerksamkeit verließ mich für keinen einzigen Moment.

Ich sah in die Augen meines Mannes, der vor uns auf ein Knie fiel, seine Axt kopfüber auf den Boden stellte und den Kopf vor uns senkte.

»Ich verpflichte mich, mein Leben in euren Dienst zu stellen.«

Seine Worte waren wie eine Beschwörung – und plötzlich waren sie alle da. Caleb fiel an Darius' Seite auf die Knie, seine marineblauen Augen weit vor Erstaunen, als er zuerst zu seinem verlorenen Bruder blickte, dann zu Darcy und mir. Geschockt standen wir Hand in Hand da. Die gewaltige Macht, die wir gerade beschworen hatten, um uns alle zu retten, hallte noch immer in uns nach.

»Ich verpflichte mich, mein Leben in euren Dienst zu stellen«, sagte Caleb laut, und wieder herrschte Stille, während die Menge immer größer zu werden schien und von allen Seiten auf uns drängte, als sich dieser bedeutsame Akt vor ihnen entfaltete.

»Ich verpflichte mich, mein Leben in euren Dienst zu stellen«, wiederholte Max und fiel mit gesenktem Kopf auf Darius' anderer Seite auf die Knie. Das überwältigende Gefühl von Liebe und Respekt, das von ihm ausströmte, hätte mich fast umgehauen.

Darcy umklammerte meine Hand fester. Wir beide waren zu fassungslos, um mehr zu tun, als nur auf den letzten Erben zu starren, als dieser vortrat. Sein Blick flog zwischen uns und Darius hin und her – zu unmöglich war dessen Rückkehr –, bevor er schließlich auf Calebs anderer Seite auf die Knie fiel.

»Ich verpflichte mich, mein Leben in euren Dienst zu stellen«, flüsterte Seth fast ehrfürchtig, und ich atmete scharf ein, als sich eine ungeheure Hitze in meiner Brust breitmachte.

Die Sterne flammten trotzig über uns auf, als das Gefühl dieser Macht wuchs. Geraldine fiel mit einem Schrei ihrer Hingabe auf die Knie, gefolgt von Orion, der wissend grinste. Gabriel, Xavier, Tyler, Sofia und die gesamte Academy folgten ihrem Beispiel. Sie alle fielen vor uns auf die Knie.

Erst dann entdeckte ich unsere Armee, die gekommen war, um an unserer Seite zu kämpfen. Ihre Reihen erstreckten sich weit in den Wimmernden Wald und über den gesamten Campus. Und auch sie fielen auf die Knie. Die ehemaligen Ratsmitglieder waren ebenfalls unter ihnen und zögerten nur den Bruchteil einer Sekunde, bevor sie einen Blick der Ehrfurcht austauschten und sich geschlossen auf die Knie fallen ließen.

»Lang leben die wahren Königinnen!«, bellte Geraldine.

Ihre Worte wurden von allen wiederholt. In dem Moment erklomm die Sonne den Horizont und hüllte uns in ihr Licht.

Die uns umgebende Kraft wurde noch stärker, und ich keuchte, als ich spürte, wie Hände meine Wange berührten. Als ich mich zu Darcy umdrehte, sah ich, wie eine Krone aus blauen Flammen auf ihrem Kopf erschien.

Die Reflexion in ihren grünen Augen verriet mir, dass für mich eine passende rote Krone erschienen war. Wir starrten einander an, als uns die Wahrheit über unseren Aufstieg bewusst wurde, und die Anwesenheit unserer Eltern schien uns näher als je zuvor. Als wären sie diejenigen gewesen, die uns gekrönt hatten.

Ein Donnern hallte durch meine Brust, und plötzlich fiel Darcys Blick auf meinen Hals. Sie streckte die Hand aus, um den Imperialen Stern zu berühren, der nun mit unermesslicher Kraft leuchtete.

»Wir können ihn benutzen«, hauchte ich, und meine Augen weiteten sich angesichts dessen, was diese unmögliche Macht uns bieten könnte.

Darcy starrte geschockt auf das Amulett, bevor sie ihren Blick wieder zu meinem hob. Das Lächeln, das wir austauschten, war berauschend und wunderschön und verwandelte sich schnell in ein schallendes Gelächter. Das endlose Meer unseres Volkes verharrte überall um uns herum auf den Knien, und unsere Herrschaft begann mit dem ersten Licht der Morgendämmerung. Die Sterne wurden durch unsere Verleugnung des Schicksals, auf das sie sich verlassen hatten, buchstäblich verbannt.

Wir blickten auf die Fae, die uns gerade ihr Leben versprochen hatten, und bereiteten uns darauf vor, sie aufzufordern, aufzustehen. Aber noch bevor eine von uns auch nur ein einziges Wort herausbringen konnte, flammte ein blendender Lichtblitz am Himmel auf.

Ein Ruck in meiner Magengegend riss mich vom Boden los, und als sich mir ein Schrei entrang, war die Hand meiner Schwester das Einzige, woran ich mich festhalten konnte.

Gemini
Scorpio
Virgo
Cancer
Aries
Leo
Sagittarius
Taurus
Capricorn
Aquarius
Libra
Pisces

DARCY

KAPITEL 82

Der Himmel schien zu bersten und zog Tory und mich in einen dunklen Abgrund, der uns gierig zu verschlingen und die Sünden auf unseren Knochen zu schmecken schien.

Ich konnte nichts sehen. Oder vielleicht war ich nichts. Denn der Abgrund, in dem ich stand, schien ein unendlicher Teil von mir zu sein. Ich konnte die Finger meiner Schwester nicht mehr fühlen. Ich versuchte, meinen Körper zu spüren, und griff nach Tory, sicher, dass sie hier war, aber gleichzeitig überhaupt nicht.

»Alles, was du jemals wirklich besessen hast, liegt jetzt hier bei dir«, flüsterten die Sterne, ihre Worte wie Regentropfen, die schwer auf mich herabfielen, jeden Zentimeter meines Körpers trafen und dann in die Ewigkeit verschwanden. *»Haut, Knochen und schlagendes Herz – all das hat hier, jenseits der Grenzen deiner Welt, keinen Wert. Du bist das Feuer, das schon brannte, lange bevor du von deiner eigenen Existenz wusstest. Eine gespaltene Seele, hell und dunkel, das perfekte Gleichgewicht. Aber wo Gleichgewicht herrscht, entsteht auch Ungleichgewicht ...«*

Ich versuchte, der Stimme zu antworten, die weder ein Geschlecht noch irgendeine wahre Identität zu besitzen schien. Aber meine eigene Stimme war verloren, ihre Fragmente in der grenzenlosen Leere um mich herum verteilt. Ich war eins mit allem, und als ich danach griff, konnte ich jedes Lebewesen auf der Erde spüren, als würden ihre Leben in diesem Raum funkeln, mit einem hungrigen, fast arroganten Bedürfnis, zu existieren. Dahinter steckte ein Zweck, den ich nicht ganz begreifen konnte, und als ich danach tastete, sprach die Stimme erneut.

»Vorsicht, Tochter der Flammen. Wissen wie dieses kann nicht vergessen werden.«

Ich konzentrierte mich darauf, Worte zu formen, und drückte sie schließlich in die Leere hinaus: »Wo ist meine Schwester?«

»Ich bin hier«, antwortete sie, und die Dunkelheit wich dem Gefühl ihrer

Präsenz, als würde sich ihr Körper an meiner Seite neu formen. Aber ich konnte sie immer noch nicht fühlen.

»Schicksalswandlerin«, zischten die Sterne ihr zu. »*Ein zu tragender Preis, eine zu bewältigende Bürde. Wird Reue die Grundfesten deiner blutsgebundenen Entscheidung erschüttern?*«

»Ich werde es nie bereuen, Darius zurückgebracht zu haben. Ihr habt ihn vor seiner Zeit gestohlen, und ich werde jeden Preis dafür zahlen, den ich zahlen muss«, fauchte Tory, und ihr Zorn erfüllte die Luft.

Zu wissen, dass sie Darius irgendwie von den Toten auferweckt hatte, erfüllte mich einerseits mit Freude, andererseits hatte ich Angst davor, was sie dafür getan hatte. Aber ich konnte sie jetzt vor den starrenden Augen der Sterne nicht danach fragen.

»Was wollt ihr?«, fragte ich, denn ihre Absicht schwebte in der Luft wie Motten um eine Flamme.

»*Wir haben etwas anzubieten*«, flüsterten die Sterne und einer nach dem anderen tauchte aus der Dunkelheit auf, wie zarte Juwelen vor einem schwarzen Tuch. Das Licht, das sie ausstrahlten, war von Macht durchdrungen, von einer Magie, die keine Grenzen kannte. Ein einziger Tropfen konnte Leben schenken oder es nehmen. »*Vor langer Zeit gab es unter uns einen Stern, der die Fae vergöttert hat. Clydinius vom Siebten Haus.*«

Ich runzelte die Stirn, als mir klar wurde, dass dies der Name des gefallenen Sterns war, mit dem die erste Phönixkönigin gesprochen hatte. Derjenige, der ihr den Imperialen Stern geschenkt hatte.

»*Er sah sie aufsteigen, er sah sie fallen, er sah ihre Liebe, ihren Zorn, hörte ihr Lachen und ihre Trauerrufe. Aber mit jedem Jahrhundert wurde dieser Stern dessen überdrüssiger. Und in ihm wuchs ein verbotener Wunsch, ein schrecklicher Wunsch, der einem Stern nicht gebührt.*«

»Welcher Wunsch?«, hauchte ich, und jedes Wort pulsierte durch die Luft.

»*Clydinius glaubte, dass die Fae der Größe, die wir ihnen verliehen hatten, nicht würdig waren. Sie wurde in den Händen euresgleichen verschwendet und verdorben. Jedes Imperium, das aufstieg, fiel unweigerlich wieder. Also begab sich Clydinius an den Hof von Caelestina, wo das Schicksal Faden für Faden gewebt wird und das Los von einer eisernen Münze abhängt. Dort sprach er verräterische Worte und brachte jenen Wunsch zum Ausdruck, der das Fundament der Welt ins Wanken bringen könnte. Clydinius wünschte sich, dass wir alle vom Himmel herabsteigen, einen Platz auf der Erde beanspruchen und als Götter unter den Fae wandeln. Als Reaktion auf diese Erklärung stieß Arcturus aus dem Sechsten Haus Clydinius vom Himmel, wodurch ihn nur ein Schicksal ereilen konnte. So dachten wir zumindest. Denn wir wurden getäuscht ... Clydinius' Plan war aufgegangen, und anstatt seine Kräfte beim Aufprall auf die Erde freizusetzen, schloss Clydinius einen Pakt mit einer Fae, brach alle altehrwürdigen Gesetze und verunglimpfte die Lehren des Ursprungs.*«

»Des Ursprungs?«, fragte Tory.

»*Der Ursprung ist der Anfang und das Ende aller Dinge. Er hat das Leben, das Schicksal und die gesamte Realität gegeben. Sie ist der älteste Stern in unserem Universum, Schöpferin und Zerstörerin zugleich. Sie hat die Gesetze der Realität selbst festgelegt.*«

»Aber solltet ihr nicht eigentlich bei jedem Schicksal, das ihr anbietet, neutral sein?«, warf ich ein.

»Sie sind nicht neutral. Sie tun, was sie wollen. Hauptsache, sie fühlen sich gut unterhalten«, knurrte Tory.

»Wir streben nach Harmonie in allen Dingen. Wir richten die Waagschale aus und suchen immer nach einem Punkt der Zufriedenheit. Wir haben weder das Bedürfnis noch den Nutzen für Gefühle oder Empfindungen. Für richtig oder falsch. Ein Stern sollte niemals korrumpiert werden, das sollte in keinem Reich möglich sein. Aber Clydinius war die Ausnahme.«

»Bullshit!«, zischte Tory. »Ihr seid alle gleich. Wenn es euch um Fairness ginge, dann hätten wir das alles nicht durchmachen müssen.«

»Nicht wir haben euch so verflucht«, flüsterten die Sterne, und ich spürte, wie die Wahrheit dieser Worte in meinem Innersten widerhallte, als hätte ich es die ganze Zeit gewusst. Und doch war ich bis jetzt nie in der Lage gewesen, dieses Wissen zu begreifen.

»Clydinius. Er hat uns verflucht«, sagte ich, als mir die wahre Bedeutung dieser Worte klar wurde. Die Wahrheit ging über diese Sterne hinaus und machte alle Pläne zunichte, die sie für uns geschmiedet hatten. Ich konnte die ungreifbare Macht in der Luft spüren und fast die Fesseln des Fluchs fühlen, der meine Seele an den einen Stern band, der ihn auf unsere Blutlinie gelegt hatte. Wir waren Gefangene von Clydinius' Rache, und nichts, was wir in diesem Krieg taten, würde langfristig Erfolg haben. Es sei denn, wir könnten einen Weg finden, uns davon zu befreien.

»Was ist das gebrochene Versprechen?«, fragte ich verzweifelt. »Wenn wir es halten, brechen wir den Fluch, richtig? Dann können wir das Gleichgewicht wiederherstellen.«

»Ja, Tochter der Flammen«, antworteten sie. *»Gekrönte Königinnen, ein Königreich zu euren Füßen. Jetzt liegt die Entscheidung in euren Händen.«*

»Welche Entscheidung?«, fragte Tory.

Die Dunkelheit veränderte sich und breitete sich wie Tinte um mich herum aus, bevor ich mich in einer alten Erinnerung wiederfand. Ich erkannte Elvia Vega, die erste Phönixkönigin, auf den Knien vor dem Stern Clydinius.

»Die Version dieser Erinnerung, die ihr im Memoriae-Kristall gesehen habt, wurde Generationen nach jener Nacht von Königin Avalon Vega verändert«, verrieten die Sterne. *»Sie wollte sicherstellen, dass kein Phönix jemals das Versprechen gegenüber dem gefallenen Stern einhält. Sie wollte die Macht des Imperialen Sterns über die Vega-Linie weitergeben, um ihre Position als königliche Familie für immer zu sichern. Dies, Tochter der Flammen, ist der Splitter der Erinnerung, der zerstört wurde ...«*

Ich wurde in Königin Elvias Gedanken katapultiert, sah alles noch einmal durch ihre Augen und spürte, wie sich Torys Seele zu meiner gesellte.

Meine Handfläche kribbelte schmerzhaft, wo sie noch immer auf der glänzenden Oberfläche des gefallenen Sterns lag. Die Helligkeit ließ mich zusammenzucken, meine Augen schmerzten und das Klingeln in meinen Ohren wurde immer lauter. Ich schrie und flehte darum, verschont zu werden, unsicher, ob ich den Stern irgendwie verärgert hatte. Aber dann löste sich ein Teil des Sterns in meiner Handfläche, eine gewaltige magische Explosion schnitt ihn sauber vom Stern selbst ab. Das Licht wurde schwächer und ich hielt ein raues, unbearbeitetes Stück Stern in meiner Hand, das vor unvorstellbarer Kraft vibrierte und so schön war, dass es mir die Sprache verschlug.

»Nimm mein Herz und du wirst deinen Krieg gewinnen. Aber wenn du das getan hast, wirst du mir mein Herz zurückgeben und es für einen letzten Zauber verwenden. Einen Zauber, den nur ein Fae wirken kann.«

»Welchen Zauber?«, hauchte ich, während sich meine Brust vor Angst verkrampfte. Ein schreckliches Gefühl der Vorahnung überkam mich.

»Du wirst meinem Herzen Leben einhauchen, wenn du es mir zurückgibst. Du wirst mir die Macht verleihen, die Gestalt eines Fae anzunehmen und in der Welt zu wandeln.«

Bei dem Gedanken daran schnürte sich meine Kehle zusammen. Der Gedanke, dass ein Stern auf der Erde leben könnte, schien völlig unnatürlich. Aber die Macht kitzelte hungrig an meinen Fingern, und während das Herz des Sterns in meiner Faust lag, konnte ich der Versuchung nicht widerstehen. Ich könnte meinen Krieg gewinnen und dieses Geschenk an meine Kinder weitergeben.

»Wenn du mir mein Herz nicht zurückgibst, wird das schlimme Folgen haben«, warnte der Stern, und mein Körper zitterte angesichts des Omens der Verwüstung, das seine Worte begleitete.

»Wie lange?«, fragte ich. »Bis es zurückgegeben werden muss?«

»Hundert Jahre, nicht länger. Verschaffe dir und deinem Kind den Ruhm, nach dem du dich sehnst. Dann soll mir einer deiner Nachkommen das geben, wonach ich verlange.«

Ich nickte, erleichtert, dass ich diese Macht so lange für mich würde beanspruchen können.

»Ich werde dafür sorgen, dass es zurückgegeben wird. Dass das Versprechen gehalten wird«, schwor ich, und ein Machtblitz traf mich in der Brust, band meinen Körper und meine Seele an dieses Versprechen und raubte mir den Atem, als es in mein Blut überging.

»Dann ist es vollbracht«, zischte der Stern.

»Danke«, hauchte ich. Und als diese Worte meine Lippen verließen, bebte die Erde, und der Himmel sang.

Nein, er sang nicht. Dieses wunderschöne eindringliche Geräusch, das an der Schwelle meines Hörvermögens lag, ähnelte Schreien. Die Sterne über uns versuchten, sich dem zu widersetzen, was getan worden war, was dieser Stern mir angeboten hatte. Und was der Natur seiner Art und der meinen widersprach.

Tory und ich wurden aus der Erinnerung gerissen und Angst erfüllte den Abgrund um mich herum, während die Sterne alle traurig glitzerten.

»Ihr besitzt Clydinius' Herz«, flüsterten die Sterne besorgt. *»Der Imperiale Stern sehnt sich danach, zu ihm zurückzukehren. Aber wenn ihr das Versprechen haltet, werdet ihr eine Plage über die Erde bringen. Es wird keinen Frieden geben, nur Verderben und Tod. Wir fürchten, dass Clydinius danach streben wird, die ultimative Macht über eure Welt zu erlangen. Und solange er unten herrscht, können wir nicht oben herrschen. Alles wird verloren sein. Alles wird fallen.«*

»Aber wenn wir das Herz nicht zurückgeben, wenn wir das Versprechen nicht halten … Werden wir dann nicht für immer verflucht sein?«, fragte ich entsetzt.

»Der Vega-Fluch wird bestehen bleiben«, bestätigten die Sterne. *»Er wird sich verschlimmern, ihr werdet niemals Frieden erfahren, und alle, die ihr liebt, werden an eurer Seite leiden. Wir können nicht eingreifen. Die Entscheidung liegt in euren Händen. Trefft die richtige, Töchter der Flammen.«*

Die Dunkelheit wich und plötzlich stand ich meiner Schwester Auge in Auge gegenüber. Nur sie und ich, in einem Abgrund aus Schwarz schwebend, mit dieser Last des Wissens auf unseren Schultern. Wir hatten eine Entscheidung zu treffen, die unser Schicksal besiegeln würde.

»Wir waren die ganze Zeit verflucht. Und das wegen dieses verdammten Sterns«, sagte Tory wütend. »Ich sage, wir benutzen den Imperialen Stern, um Lionel, Lavinia und all ihre abgefuckten Anhänger zu töten. Wir werden keinen verrückten Stern auf der Welt herumlatschen lassen und ihm erlauben, irgendein verdammtes Chaos anzurichten.«

Ich schüttelte den Kopf. »Wir können den Imperialen Stern nicht benutzen. Sieh dir an, was mit unserem Vater passiert ist. Was mit all den Phönixen passiert ist, die versucht haben, ihn zu beherrschen. Es ist nie gut ausgegangen. Warum zerstören wir ihn nicht stattdessen?«

Tory hob die Hand zu dem rauen Stein, der in dem Amulett an ihrem Hals hing, während sie darüber nachdachte. Ich konnte sehen, wie groß ihre Versuchung war, ihn zu benutzen, um Lionel für alles, was er getan hatte, zu vernichten. Das wollte ich auch, unbedingt sogar, aber nicht so. Nicht mit einem Stück dieses verfluchten Sterns, der unserem Vater so viel Leid zugefügt hatte.

»Wir benutzen ihn zuerst und zerstören ihn dann«, sagte Tory.

»Ich denke nicht, dass wir ihn jemals benutzen sollten«, widersprach ich. »Das könnte alles noch viel schlimmer machen. Diese Erinnerungen im Kristall haben gezeigt, wie alle Phönixe getötet wurden. Sie wurden von ihren eigenen Flammen verzehrt und zu Asche verwandelt.«

»Das riskiere ich«, sagte Tory stur.

»Ich werde nicht riskieren, dass *dir* etwas zustößt«, antwortete ich bestimmt, und ihr Blick wurde weicher. Die Trauer, die sie erfahren hatte, spiegelte sich nur allzu deutlich in ihren Augen wider, und ich wusste, dass sie sich das nicht für mich wünschen würde.

»Ich nehme an, wenn wir diesen Felsbrocken benutzen würden, um Lionel zu töten, könnte es so aussehen, als wären wir ohne ihn nicht in der Lage, ihn zu vernichten«, gab sie zu und ließ das Amulett los. »Und ich freue mich wirklich darauf, sein Gesicht zu sehen, wenn ich ihm den Kopf abschlage und beweise, wie viel mächtiger ich bin als er.«

Ich schnaubte angesichts dieses wunderschönen Szenarios, und für einen Moment war ich so erleichtert, wieder mit meiner Zwillingsschwester vereint zu sein, dass ich nicht anders konnte, als sie anzulächeln.

»Wir könnten ihn zurückbringen, den Fluch brechen und Clydinius zerstören, sobald er sich materialisiert«, schlug ich vor, und ihre Augen weiteten sich.

»Einen Stern töten?«, murmelte sie und ein Grinsen huschte über ihre Lippen. Egal, wie verrückt es klang, ich war dabei. Es war die einzige Möglichkeit, unseren Fluch zu brechen.

»Wenn wir es schaffen, sind wir frei von dem Fluch, frei von diesem verdammten Clyde und ...«

»Und nichts wird uns mehr im Weg stehen, wenn wir Lionel und seine Armee angreifen«, beendete Tory meinen Satz.

Ich trat auf sie zu, spürte, wie sich unsere Entscheidung verfestigte, und wusste, dass dies vielleicht das Dümmste und Riskanteste war, was wir je getan hatten. Aber es war eine Antwort auf all unsere Probleme.

Die Sterne schrien, reagierten auf die Entscheidung, die wir getroffen hatten, als unser Entschluss bis an die Ränder des Universums nachhallte. Sie hatten keine andere Wahl, als sich unseren Wünschen zu beugen, waren absolut unfähig, dieses Schicksal zu beeinflussen. Es waren unser Wille und unsere Entscheidung.

Dunkelheit waberte um uns herum, bunte Flüsse ergossen sich in sie, bis wir durch eine Schneise aus Sternenlicht reisten.

Wir wurden aus ihrer Umarmung in die drückende Hitze eines Dschungels geworfen, den ich gut kannte, und der Duft von Mangos in der Luft verursachte mir Bauchschmerzen. Wir hatten viel zu viele davon gegessen, als wir hier im Palast der Flammen gewohnt hatten. Wir befanden uns nicht länger in unseren Formgebungen und es schwebten auch keine Feuerkronen über uns. Es gab nur uns, zwei Schwestern, nicht mehr und nicht weniger. Und das schien für diese Aufgabe genau richtig zu sein.

Tory stand auf, nahm meinen Arm und zog mich mit sich. Gemeinsam musterten wir den dunklen Eingang der Höhle vor uns. Über dem Felsvorsprung hingen Weinreben, und ein uralter bronzefarbener Pfad, der mit üppigem Laub und langem Gras bewachsen war, führte hinein. Das Licht der aufgehenden Sonne erhellte den Weg nach vorn, als wäre ihre Leuchtkraft ausschließlich auf diesen Ort und nicht auf den Rest der Welt gerichtet.

Eine starke Energie lag in der Luft und beschleunigte jeden meiner Herzschläge. Jeder Atemzug, den ich nahm, fühlte sich feucht in meiner Lunge an. Wir konnten nicht weit vom Palast der Flammen entfernt sein – ich konnte meine Nähe zu diesem Ort fast spüren.

»Endlich kehren die Vega-Nachfahren zurück«, hallte eine Stimme in meinem Kopf wider, die erst weiblich, dann männlich und dann irgendetwas dazwischen war. *»Seid ihr gekommen, um das gebrochene Versprechen zu erfüllen?«*

Tory und ich tauschten einen Blick aus, dann hob sie das Kinn und sprach laut und deutlich: »Das sind wir.«

Eine aufgeregte, geradezu erwartungsvolle Kraft summte über meine Hautoberfläche, lockte uns an und drängte uns, ihre Quelle zu finden. An der Höhlenwand entzündeten sich wunderschöne silberne Runen, die in der Dunkelheit verschwanden, um uns den Weg zu weisen.

Seite an Seite schritten Tory und ich in die Dunkelheit, wobei wir unser Zögern endgültig hinter uns ließen.

»Wir sollten uns nicht verwandeln. Hier habe ich all diese Phönixe in Flammen aufgehen sehen«, sagte ich vorsichtig, als ich einen alten Knochenhaufen unter einer Staubschicht entdeckte.

»Okay«, stimmte sie zu.

»Zwillinge«, schnurrte der Stern. *»Eine Seele, zwei Hälften.«*

Tory schnappte nach Luft und hob eine Hand zum Imperialen Stern, der an ihrem Hals hing. Das Leuchten, das von ihm ausgegangen war, seit sich die Erben vor uns verbeugt hatten, verwandelte sich in ein goldenes Licht, das sich von ihm aus ausbreitete.

»Es schlägt wie ein Herz«, sagte sie mit belegter Stimme.

»Das ist es wohl auch«, sagte ich, versucht, sie dazu zu bringen, die Kette abzunehmen. Ich wusste, wozu Clydinius mit seinem Fluch fähig war, und wollte nicht, dass sich dieses Ding gegen uns richtete.

»Jede von euch hat mein Herz um ihren Hals getragen. Ich habe zugesehen, gewartet. Ich habe viel von euch und euren Vorfahren gelernt«, sagte Clydinius mit einer Begeisterung in der Stimme, die ich noch nie bei anderen Sternen gehört hatte. *»Tretet näher ...«*

Wir gingen weiter und folgten den leuchtenden Runen an der Wand, und ich warf Tory einen Blick zu, während Angst meine Seele streifte. Das könnte unser Ende sein. Wir könnten dem Stern gegenüberstehen und scheitern. Möglicherweise würden wir nie wieder aus dieser dunklen Höhle herauskommen. Und die Realität dieser Tatsache setzte sich tief in mir fest.

Ich studierte ihr Gesicht und sah die Unterschiede in ihr. In ihren Augen lag eine Dunkelheit, die beim letzten Mal, als wir als freie Fae Seite an Seite gestanden hatten, noch nicht da gewesen war. Sie hatte sich in der Zeit seit der Schlacht verändert, und mein Herz brach, weil ich sie nicht mehr in vollem Umfang wiedererkannte. War ich so blind gewesen, dass ich nicht bemerkt hatte, dass wir an einem Scheideweg angekommen waren und unterschiedliche Wege eingeschlagen hatten?

Ich hätte mich nie absichtlich dafür entschieden, im Leben einen anderen Weg einzuschlagen als sie. Tatsächlich wünschte sich ein Teil von mir, wir könnten als Kinder in einer Zeit bleiben, in der wir nur einander gehabt hatten. Aber das Leben hatte seinen Lauf genommen, und jetzt schien es, als würden wir nie wieder diese kleinen Mädchen sein, die Hand in Hand die Welt betrachteten und alle anderen außen vor ließen. Diese Zeit lag hinter uns. Wie würde unser Leben in Zukunft aussehen, wenn wir diese Nacht überlebten?

Meine Finger berührten die ihren, aber sie zog sich zurück und schloss mich aus. Vielleicht merkte sie es nicht einmal.

»Tor, du weißt, dass ich dich liebe, oder?«, fragte ich, damit sie es wusste, falls es irgendwann zu spät sein sollte, es noch einmal zu sagen.

Sie runzelte die Stirn und suchte in meinen Augen nach etwas, das sie nicht zu finden schien.

»Ja, und ich liebe dich auch.« Sie ging weiter, einen halben Schritt vor mir, und in der Luft hingen unausgesprochene Worte.

»Du bist wütend auf mich«, stellte ich fest.

»Nicht jetzt«, sagte sie, aber ich konnte es nicht dabei belassen. Schließlich liefen wir möglicherweise geradewegs auf unseren Tod zu.

»Es muss jetzt sein«, sagte ich und packte ihren Arm, aber sie riss ihn aus meiner Umklammerung und wirbelte mit einem Blick, der wie Feuer brannte, auf mich zu. »Tory.«

»Na schön. Du willst wissen, warum ich sauer bin? Weil du Orion mir vorgezogen hast. Und ich verstehe das. Es ist nicht so, dass ich nicht verstehe, wie sehr du ihn liebst. Aber wir kamen füreinander immer an erster Stelle. Und als ich niemanden auf der Welt hatte, als ich gebrochen und verloren war und nur noch atmen konnte, weil ich wusste, dass ich für dich und deine Rettung durchhalten musste, hast du dich trotzdem für ihn entschieden.«

»Lavinia hat ihn gequält«, sagte ich und schüttelte wütend den Kopf. »Wie hätte ich ihn dort zurücklassen können, wo er doch alles für mich aufgegeben hat? Was für eine Gefährtin wäre ich denn dann?«

»Eine bessere Gefährtin als eine Schwester, schätze ich.« Sie drehte mir den Rücken zu und ein Knurren entrang sich meiner Kehle.

»Du bist anders. Irgendetwas ist mit dir passiert«, sagte ich wütend, nachdem ich sie eingeholt hatte. Ich würde nicht zulassen, dass sie einfach so abhaute.

»Es ist verdammt viel passiert, Darcy. Und vielleicht wüsstest du das, wenn du da gewesen wärst. Aber ich bin allein in die Brüche gegangen und habe Dinge getan, die ich nie wieder rückgängig machen kann, um mich wieder zusammenzuflicken. Um einen Weg ins Land der Toten zu finden und den Mann zurückzuholen, der mich als Wrack zurückgelassen hat.«

»Ich hasse es, dass du das durchgemacht hast, wirklich. Ich möchte alles wissen, was passiert ist, damit ich es verstehen kann. Aber im Moment musst du nur wissen, dass es mir leidtut, dass ich nicht da war. Wirklich, das tut es. Aber ich hatte meinen eigenen Scheiß zu bewältigen, Tor. Und abgesehen von allem anderen war ich eine Gefahr für dich. Ich konnte die Schattenbestie nicht kontrollieren.«

»Ich weiß«, presste sie hervor. Schließlich seufzte sie und blickte nach vorn. »Jetzt ist eben alles anders. Und vielleicht ist es auch besser so.«

»Was soll das denn heißen?«, fragte ich und packte sie am Handgelenk, als sie ihr Tempo beschleunigte.

Sie blickte nach unten, wo meine Hand sie festhielt, und runzelte die Stirn.

»Du und ich, wir sind verschieden. Wir haben verschiedene Wünsche, verschiedene Bedürfnisse. Ich werde dich immer lieben und du wirst immer meine Zwillingsschwester sein, aber ich bin mir nicht sicher, ob wir uns voneinander abhängig machen sollten, wie wir es früher getan haben. Zumindest sollte ich mich nicht so von dir abhängig machen … Wir müssen auf eigenen Beinen stehen. Vor allem, wenn wir eines Tages über Solaria herrschen wollen. Wir müssen unabhängig sein. Wir müssen unsere eigenen Stärken mit auf den Thron bringen.«

»Zusammen sind wir am stärksten«, sagte ich leidenschaftlich, und ihr Kehlkopf wippte.

»Ich weiß nicht, ob das noch stimmt. Du trägst diesen moralischen Kompass in dir, der dich immer auf den richtigen Weg führt. Aber meiner ist anders. Vor allem jetzt. Er führt mich auf eine dunkle Straße, und das ist eine Straße, der ich folgen will, weil ich glaube, dass ich ihr folgen muss, wenn wir diesen Krieg gewinnen wollen. Und es ist eine Straße, auf der du mir nicht folgen kannst.«

Tory ging weiter. Mein Widerstand brannte heiß in mir, ließ mein Innerstes schmelzen und verflüssigte es.

»Nein!«, knurrte ich. »Lauf nicht vor mir weg, Tory. Wir mögen unterschiedlich sein, aber wir sind gleich in den Dingen, auf die es ankommt. Wir haben immer ein Gleichgewicht gefunden, das Licht zum Dunkel und das Dunkel zum Licht der anderen, genau wie die Sterne es gesagt haben. Wir schaffen Platz füreinander und sind füreinander da, und wenn Gefahr droht, stehen wir auf und stellen uns dem Tod gemeinsam. Lass nicht zu, dass die Welt uns zerstört! Wir mögen verschiedene Bäume sein, aber wir wachsen Seite an Seite, unsere Äste sind für immer miteinander verflochten. Du unterstützt mich und ich unterstütze dich. So wird es immer sein. Denn darum geht es bei Schwestern.«

Tory drehte sich zu mir um, ihre Augen glühten förmlich. »Selbst wenn meine Seele in Blut und Verwüstung getaucht ist?«

»Ich werde dich immer so lieben, wie du jetzt bist, und ich weiß, dass du viel durchgemacht hast. Ich möchte dieses neue Du kennenlernen.«

»Wirklich?«, flüsterte sie, und ich erkannte den Kern der Seele meiner Schwester und begriff, wie zerbrechlich sie sein konnte, wenn sie sich selbst wie durch ein Vergrößerungsglas betrachtete. Denn dann sah sie ein gebrochenes Wesen, das etliche Sünden begangen und harte Entscheidungen getroffen hatte. Aber das war nicht das, was ich sah.

»Wirklich«, sagte ich bestimmt. »Wenn ich dich betrachte, sehe ich immer das Mädchen, das für mich die ganze Welt herausgefordert hat, selbst als wir dünne kleine Waisenkinder waren, die nichts hatten und vor allem niemanden, der uns liebte. Wir haben einander geliebt, und diese Art von Liebe ist größer als alles andere. Sie wird niemals sterben, egal, wer wir werden. Egal, wen wir außerdem noch lieben. Im Kern sind wir immer noch wir selbst.«

Sie kam auf mich zu und schloss mich in ihre Arme. Eine Umarmung von ihr bedeutete so viel mehr, als sie es je ahnen könnte. »Die Vergangenheit wird nicht wiederkehren, Darcy. Diese flüchtigen, zerbrechlichen Sekunden. Sie sind weg, wenn sie weg sind.«

»Dann lass uns so viele Sekunden wie möglich zusammen verbringen und so wenige wie möglich damit, wütend aufeinander zu sein. Ich weiß, dass dieser Krieg uns verändern wird, aber bitte … versprich mir, dass wir noch zusammen sind, wenn er vorbei ist.«

»Ich verspreche es«, sagte sie und schlang ihren kleinen Finger um meinen, als sie mich losließ.

Wir blieben so stehen, stahlen uns einen dieser flüchtigen Momente, der uns bereits wieder entzogen wurde. Aber wir versuchten, noch ein wenig mehr Zeit in der Gesellschaft der anderen zu erkaufen, indem wir die Millisekunden ausdehnten, bis wir uns trennen mussten. Und als wir in die Tiefen der Höhlen hinabstiegen, fanden unsere Hände zueinander und wir waren wieder nur zwei kleine Mädchen, die sich einem Feind stellen mussten, der viel größer war als sie. Aber gemeinsam würden wir einen Weg finden, ihn zu besiegen.

Wir folgten den glitzernden silbernen Runen in den Bauch des Höhlensystems, vorbei an Knochen, Gold und Schätzen, die unter Schichten von Staub und Spinnweben schimmerten.

Schließlich öffnete sich vor uns eine Höhle, und wir betraten sie. Die Macht des Sterns war hier unten noch schrecklicher, so stark, dass meine Haut kribbelte und meine Magie sich bis an die Grenzen meines Wesens drückte.

Auch hier waren die Wände mit Runen verziert, und überall wuchsen Pflanzen, obwohl kein Sonnenlicht an diesen Ort dringen konnte. Ranken kletterten bis zur Decke und überall blühten kleine Wildblumen. In der Mitte der Höhle, die sich immer noch vollständig unter der Erde befand, stand ein riesiger Baum, dessen Wurzeln den Erdboden um ihn herum bedeckten.

Die Runen zeigten auf eine runde Steintür auf der anderen Seite der Höhle, und wir schritten darauf zu und betrachteten das Zodiac-Rad, das sie einrahmte. Das Rad schimmerte im gleichen silbernen Licht wie die Runen und vibrierte gespannt, als würde es darauf warten, dass wir etwas taten.

Tory und ich bewegten uns wie eine Person und griffen nach der Mitte dieser Tür. Als unsere Finger sie berührten, leuchtete das Sternzeichen der Zwillinge auf und die Tür zitterte, bevor sie sich öffnete.

»Tretet ein, Töchter der Flammen, Zwillinge vom Sternzeichen der Zwillinge, Beherrscherinnen der vier Elemente. Ihr wurdet geboren, um dieses alte Unrecht zu korrigieren, und es ist an der Zeit, das Versprechen eurer Vorfahren zu halten.«

Ich biss die Zähne zusammen, als wir durch diese Tür traten. Goldenes Licht brach durch die Schatten und rief mich auf eine Weise, die sich tief in meine tiefsten Wünsche bohrte und fest daran zog.

Eine goldene Rune leuchtete unter uns auf, dann eine weitere und noch eine, während wir weitergingen.

»Wahrheit, Glück, Ehrlichkeit, Tugend«, murmelte Tory, die eindeutig ihre Bedeutungen kannte, und ich war mir ziemlich sicher, dass ich auch das Wort Tod in der Liste hörte, als sie fortfuhr. Herrlich. Einfach nur herrlich.

Der goldene Schein verdichtete sich zu einer riesigen Kugel vor uns, und mir wurde klar, dass wir beim Stern angekommen waren, dem riesigen Felsen, der irgendwie noch größer war, als er in Elvias Erinnerung gewirkt hatte.

Ein grobes Loch war in seine Oberfläche geschnitten und markierte die Heimat des Imperialen Sterns.

»Gebt mir mein Herz zurück«, flüsterte Clydinius eifrig, während das goldene Licht pulsierte und flackerte.

Die Kraft, die durch die Luft schallte, verursachte ein Knacken in meinen Ohren, als wir näher kamen, Tory die Kette von ihrem Hals nahm und den Imperialen Stern in ihrer Faust hielt. Sie löste ihn aus dem Amulett und entfernte auch die Verhüllungszauber, mit denen wir ihn belegt hatten. Dann ging sie auf das Loch zu, und die Spannung in der Luft sprang auf meine Haut über.

Ich legte meine Hand um Torys, trug diese Last mit ihr und sorgte dafür, dass dieser Akt unser gemeinsamer war.

»Bereit?«, flüsterte sie.

»Wie lautet das Motto der Oscuras? *A morte* …«

»E ritorno«, beendete sie den Satz, und wir stießen das Herz des Sterns in das Loch und brachten es wieder an seinen Platz zurück.

»Creatia«, sprach ich das Machtwort, das Orion im Tagebuch seines Vaters gefunden hatte, ein Wort, das dazu verwendet werden konnte, den Imperialen Stern zu lenken. Es bedeutete Schöpfung und war sicherlich das einzige Machtwort, das in der Lage war, diesem Wesen einen Körper zu geben.

Licht schoss aus dem Loch, floss zwischen unseren Fingern hindurch und beschleunigte meinen Puls. Jetzt gab es kein Zurück mehr. Wir hatten getan, was getan werden musste, das Versprechen war eingelöst.

In dem Moment, in dem die Macht in den Stern eindrang, durchfuhr uns eine Kraft, die uns rücklings zu Boden warf. Ich schirmte uns mit einem Luftschild ab, während Tory ihr Schwert zog. Kampfbereit rappelten wir uns auf.

Die Energie in der Luft veränderte sich. Der Stern pulsierte und dröhnte, während sein Licht durch den Raum tanzte. Es traf meinen Schild, durchschlug ihn und Tory schnitt mit ihrem Schwert durch das Licht, aber es machte keinen Unterschied.

»Wenn ihr euch verwandelt, werdet ihr verbrennen«, warnte Clydinius, und ich hielt meinen Phönix fest unter Verschluss, hob meine Hände und schleuderte mit aller Kraft Feuer auf ihn.

Die Flammen verloschen an seiner glänzenden Oberfläche, und Tory ergriff meine Hand, ihre Magie vereinte sich mit meiner und machte uns zusammen doppelt so mächtig. Sie hob ihre Handfläche und ließ den Stern erstarren, sobald ich meine Kraft auf sie übertragen hatte. Dann versuchte sie, ihn wie ein Ei mit einem Peitschenhieb einer riesigen Ranke zu knacken. Unsere Magie zeigte keine Wirkung, und plötzlich schwand alles dahin. Der Brunnen in meiner Brust leerte sich, während meine Magie in dieses allmächtige Wesen vor uns gesogen wurde.

»Es ist zu spät, um zu kämpfen«, sagte Clydinius mit amüsierter Stimme, die sich gefestigt hatte und nun weniger ätherisch klang. *»Das Versprechen ist erfüllt.«*

Tory fluchte und streckte ihre Hand vor sich aus. Für einen Moment erschien ein Pentagramm auf dem Boden, das aus loderndem Feuer gegossen worden war, aber ein Schwall Magie riss es auseinander, bevor ich auch nur blinzeln konnte.

Ich hörte, wie die Steintür hinter uns zuschlug, und die Wahrheit unserer Realität erschütterte mich. Unsere Magie war völlig erschöpft und unsere Hände trennten sich, als ich mein Schwert zog und mich diesem Feind stellte.

Ich rannte mit meiner Schwester an meiner Seite los, rammte meine Klinge in den Stern und entlockte ihm ein wütendes Kreischen. Torys Schwert schaffte es nicht einmal so weit. Wieder wurden wir von ihm weggeschleudert, prallten gegen die gegenüberliegende Wand und fielen zu Boden.

Der Stern leuchtete so hell, dass ich nichts anderes sehen konnte, und das durchdringende schrille Geräusch in meinem Kopf machte es mir unmöglich, mich zu bewegen.

Wir waren gezwungen, uns die Ohren zuzuhalten und uns eng aneinander zu kauern, während dieses schreckliche Geräusch jede Faser unseres Körpers erschütterte. Der Schmerz war lähmend, als würden tausend rostige Messer an meiner Haut entlangschaben.

Blitze der Zukunft jagten durch meinen Kopf und mir wurde klar, dass ich alles durch Clydinius' Augen sah. Es waren seine Pläne für die Welt. Er wollte Städte in Schutt und Asche legen, alle Schätze des Königreichs für sich beanspruchen und auf einem Berg aus Knochen sitzen, den er zu einem Thron geformt hatte.

Mit einer Plötzlichkeit, die den Kopf schwirren ließ, kam die Vision zu einem Ende.

Ich blinzelte, als das Licht verblasste, und sah zwei Mädchen in der Höhle stehen, das Ebenbild von Tory und mir, Flammen flackerten zwischen ihren Fingern.

»Ich bin Fae«, sprach mein falsches Ich ehrfürchtig, meine Stimme perfekt imitiert vom Stern.

»Die wahre Freiheit gehört mir«, fügte die falsche Tory hinzu, als würde dieses Ding jetzt in unseren Körper wohnen.

Wir sprangen auf, stürmten mit Schlachtrufen voran und zielten auf die Spiegel unserer selbst, während wir unsere Waffen in tödlichen Bögen schwangen.

Doch als unsere Schwerter auf ihre Körper zurasten, flimmerte die Luft, der Stern verschwand vor unseren Augen und ließ uns zurück. Die Realität holte uns ein und ich blickte auf die geschlossene Steintür, die Wände der Höhle und die darüberliegende Steindecke. Wir waren hier gefangen, ohne einen Tropfen Magie, unfähig, unsere Formgebungen anzurufen, sonst würden wir ein grausames Ende finden. Und nach Clydinius' Verschwinden erklang um uns herum die Stimme der Sterne – ein neues Schicksal, das als Reaktion auf das, was wir getan hatten, in die Existenz eingewoben wurde.

Wenn alle Hoffnung auf einem Versprechen beruht, das auf Lügen aufgebaut ist,
hütet euch vor den verwirrten Gedanken an Blut und Chaos.
Ungleiche Freunde und zerbrochene Bande können das Blatt wenden,
und die Mauern der Verlorenen in den Tiefen der unheiligen Nacht durchbrechen.
Entfesselt die Seelen, die in der verdorbenen Dunkelheit gefangen sind,
vereint die aufsteigenden Zwölf und lasst die Glocken des Schicksals läuten.

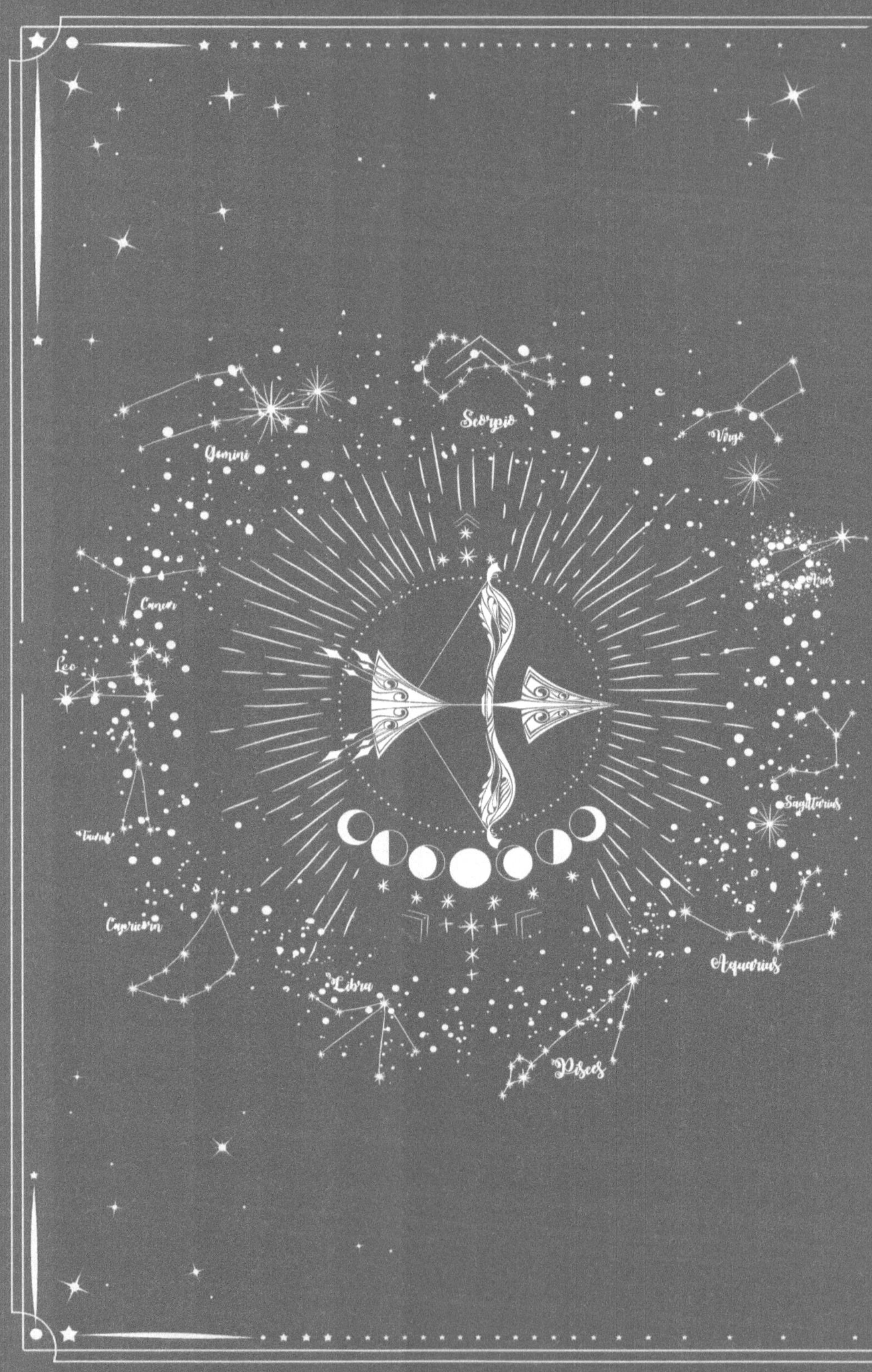

Gemini
Scorpio
Virgo
Cancer
Aries
Leo
Taurus
Sagittarius
Capricorn
Aquarius
Libra
Pisces

VARD

KAPITEL 83

Ich schritt durch den Palast aus jadegrünem Stein, den Lionel von seiner Armee hatte errichten lassen. Wir befanden uns in den Ausläufern der Bermanischen Berge im äußersten Osten des Königreichs. Seit seiner Vertreibung aus dem Palast der Seelen waren einige Tage vergangen.

Es war kalt hier. Kalt, grau und öde. Was mir sehr entgegenkam.

Ich hatte ein neues Labor für meine Experimente bekommen. Meine Trauer über den Verlust Brownmarys und der übrigen Mitglieder meiner wunderbaren Schöpfung nagte immer noch an mir, aber es gab vielversprechende Versuchspersonen unter denen, mit denen ich spielen durfte.

Ich zog mein Portemonnaie aus der Tasche, öffnete es und seufzte beim Anblick des Fotos, das ich dort von meinem lieben Ian Belor aufbewahrte. Der Höhepunkt meines Erfolgs bei diesen Versuchen. Er war ein so wunderschönes Monster gewesen, ein so perfektes Exemplar. Aber es war so schwer, diese Perfektion wiederherzustellen. Die unterschiedlichen Eigenschaften meiner Probanden waren unmöglich vorherzusagen. Ganz zu schweigen davon, dass ich einfach unglaublich gern an ihnen herumtüftelte. Die Veränderungen, die ich vornahm, waren immer ein wenig anders als die letzten.

Ich drückte meine Finger auf das Foto, schloss mein Portemonnaie wieder, steckte es in meine Tasche und begann, die endlosen Stufen aus grünem Stein zu erklimmen.

Die Räume, die den Geknechteten Männern geschenkt worden waren, nahmen die unteren drei Ebenen ein, und ich ging mit leisen Schritten an ihnen vorbei, da ich nicht mehr Zeit als nötig mit den einfältigen Drachen verbringen wollte.

Ich hasste sie. Jeden einzelnen. Ihre überhebliche Art verursachte mir jedes Mal, wenn ich sie ertragen musste, regelrechtes Unbehagen. Elitedenken in seiner reinsten Form. Und doch konnte keiner von ihnen das, was ich konnte. Keiner von ihnen kam auch nur annähernd an meine Fähigkeiten heran. Aber dennoch blieb ich unbemerkt, mein Name wurde geflüstert, statt dass man ihn mit Verehrung herausschrie.

Ich schaffte es bis in den opulenten oberen Teil des Palastes, wo der König und die Königin residierten. Es war still hier oben, zum Glück. Im Gegensatz zu dem letzten Mal, als ich hier oben gewesen war und ihnen beim Ficken hatte zuhören müssen. Sie waren durch und durch höllische Kreaturen. Immerhin dauerte es nie lange. Aber ich zog es trotzdem vor, nicht Zeuge ihrer Vereinigung zu werden.

»Majestät?«, rief ich, während ich zwischen der geschwungenen Treppe vor mir und dem gewölbten Thronsaal zu meiner Rechten hin und her blickte, unsicher, wo ich meinen König finden würde.

»Hier entlang«, hörte ich eine Stimme direkt hinter mir, und ich fuhr herum und sah den jämmerlichen Butler Horace dort stehen, seine Augen erwartungsvoll zusammengekniffen.

Ich war halb geneigt, seine mentale Abwehr zu durchbrechen und sein Gehirn wie ein frisch aufgeschlagenes Ei zu zermatschen.

Ich widerstand dem Drang und folgte ihm stattdessen. Meine graue Robe schleifte über den Boden aus Jadestein, während wir an hastig gefertigten Wandteppichen und Gemälden mit losen Fäden und nasser Farbe vorbeikamen, die alle den Drachenkönig und seine Schattenkönigin in ihrer ganzen Pracht darstellten. Es gab sogar einige Bilder ihres abscheulichen Nachkommen. Tharix' beunruhigender Blick schien mich bis ins Mark zu durchdringen, als ich an den Gemälden vorbeiging.

Der gesamte Ort roch nach frischer Magie und Verzweiflung. Lionel Acrux und diese verkorkste Schattenkreatur, die er zur Braut genommen hatte, spielten die Rolle der glücklichen Eheleute, jetzt, da sie einander wieder gebrauchen konnten.

Sie wollten, dass die Welt ihnen diese Lüge von ihrem neuen Palast abkaufte. Sie versuchten, alle glauben zu lassen, dass sie freiwillig hierhergekommen waren, um einen neuen Machtsitz im Königreich zu errichten. Sie wollten, dass die Fae von Solaria glaubten, dass sie sich von den Vega-Mädchen, die ihnen weiterhin trotzten, nicht aus der Ruhe bringen ließen. Niemals würden sie zugeben, dass sie jetzt keinen Zugang zum Palast der Seelen mehr hatten.

Aber ich wusste es besser. Ich sah alles.

Horace führte mich durch einen Korridor, der kleiner war als die anderen. Die Wände hier waren kahl und während der hastigen Renovierungsarbeiten noch nicht verkleidet worden. Mit jedem Schritt, den ich machte, wurde die Luft kühler und weniger einladend.

»Da durch«, sagte Horace abrupt und deutete auf einen Gang, während er stehen blieb. Seine angespannte Haltung verriet mir, dass er keinen Schritt weiter gehen würde.

Ich ignorierte ihn, als ich mich an ihm durchschob, mein Kinn hob und dem schmalen Korridor folgte, bevor ich auf eine offene Tür trat, die unmöglicherweise nach draußen führte. Dieser Palast war direkt an die Seite der Klippen gebaut worden, und ich befand mich nun tief im Inneren des Gebäudes, sicherlich tief im Felsen der Klippe und ganz sicher nicht in der Nähe des Himmels. Aber als ich heraustrat, stellte ich fest, dass es hier eine Lücke gab, die direkt in den Felsen gehauen worden war.

Ich erblickte den König vor mir, der vor einem großen Abgrund stand, Lavinia klammerte sich an seinen Arm und streichelte ihn besitzergreifend, während der Wind die Schatten ihres Kleides wild um ihren nackten Körper peitschte.

Ich befeuchtete meine Lippen, als ich ihre Brustwarze zwischen den sich wiegenden Schatten erspähte. Ihr Körper darunter war geschmeidig und biegsam, obwohl nur ein Narr seinen Schwanz in ihr würde versenken wollen.

Tharix ließ sich so plötzlich vor mir fallen, dass ich aufschrie, nach hinten stolperte und auf meinen Hintern fiel, als das zu hübsche Gesicht dieses Dämonenkindes über mir auftauchte.

»Hoppla«, höhnte er, und mein Herz stockte angesichts der verführerischen Stimme, die über seine Lippen kam.

»Du sprichst jetzt auch?«, murmelte ich, während ich aufstand und den Schrecken bekämpfte, den seine Anwesenheit in mir zu schüren versuchte.

»Mutter hat mir in vielen Dingen Unterricht erteilt«, säuselte er, und als ich Lavinia wieder ansah, bemerkte ich, dass sowohl sie als auch Lionel mich verächtlich musterten.

»Du bist spät dran«, zischte Lionel, der die Zähne bleckte, als er mich taxierte, und ich rückte meine Robe zurecht, während ich an Tharix vorbeiging.

»Ich bin sofort gekommen, als ich gerufen wurde, mein König«, versicherte ich ihm und verbeugte mich tief, während ich beobachtete, wie er den Hintern seiner Frau betatschte. Seit ihrer Flucht an diesen Ort waren sie unzertrennlich, beide so durchsichtig wie Glas in ihrem Bestreben, an der Macht des anderen festzuhalten.

Lavinia war immer noch das Grauen in Person, aber sie hatte sich verändert, seit Gwendalina Vega sie in ihren eigenen Schatten gefangen und Lavinia die anderen nicht mehr im Griff hatte. Sie war immer noch so schön wie zuvor, aber die Tiefe der Macht, die einst in ihren Augen gebrodelt hatte, war verschwunden, die dröhnende Präsenz, die sie einst beherrschte, nun gedämpft. Sie brauchte ihren Acrux-König mehr als je zuvor, und er brauchte sie auch. Daher dieses Eheglück.

»Dann trödle nicht länger. Ich möchte, dass du für mich in die Zukunft blickst. An diesem Ort liegt Macht, große und schreckliche Macht, die jetzt ganz uns gehört. Lass mich wissen, ob es genug ist!«, forderte Lionel und wies mich auf den Abgrund hin, wo eine stürmische Energie in ihrer Verzweiflung, auszubrechen, wütete.

Aber sie konnte sich nicht befreien. Sie war jetzt versklavt. Ein Geschenk, das die beiden gestohlen hatten und so lange missbrauchen würden, wie sie es für richtig hielten.

Ich schluckte den Kloß in meinem Hals hinunter, als ich mich dem endlosen Abgrund näherte, der vor ihnen lag, und in die Dunkelheit hinunterblickte, wo Lavinias Schatten sich wie eine Grube voller Vipern wanden.

Ich konnte das Wesen nicht sehen, das sie in diesen Schatten gefangen hielten, kein Anzeichen dafür, worum es sich handelte. Wie es hierhergekommen war. Aber ich wusste, was es war. Es gab nichts Schrecklicheres auf dieser Welt oder im Jenseits. Nichts, was damit vergleichbar wäre.

Ich holte tief Luft und rief meine Gabe an, hob die Hand über diesen großen Abgrund und versuchte, nicht zurückzuweichen. Der Wind heulte erneut durch die Schlucht und drohte, mich über den Rand zu stoßen. Ich hatte keine Lust, dem, was mich am Fuße dieses Abgrunds erwartete, auch nur ein Stückchen näher zu kommen.

Zunächst bot mir meine Gabe kaum mehr als ein paar Einblicke in eine Zukunft, die so ungewiss war, dass ich nicht einmal ein einziges Detail festhalten konnte. Meine Handflächen begannen zu schwitzen, als Tharix näher an mich herantrat.

»Warum lassen wir diesen wertlosen Untertan so nah an uns heran, Daddy?«, fragte Lavinia leise, ohne zu versuchen, ihre Worte vor mir geheim zu halten.

»Das frage ich mich auch oft, meine Liebe«, murmelte Lionel und ließ meinen Puls in die Höhe schnellen, während ich meine Gabe anstachelte und sie anflehte, mir etwas anzubieten, irgendetwas, das für sie von Nutzen sein könnte.

»Tharix ist hungrig«, fuhr Lavinia im gereizten Tonfall fort, während ihre Hand an Lionels Brust hinunter in Richtung seines Schritts glitt.

Ich schloss die Augen, um nicht darüber nachdenken zu müssen, wozu sie ihn überreden könnte, wenn ich ihn jetzt wieder im Stich ließe.

»Ausgehungert«, stimmte Tharix zu, sein Atem ein heißer Schwall an meinem Ohr, und ich biss die Zähne zusammen, um nicht zu wimmern, während ich die Sterne anflehte, nur dieses eine Mal zuzuhören.

Zuerst war da nichts, ein leeres ewiges Nichts, das mich in meiner Not zu verspotten schien. Ein Zittern durchlief mich, als ich nichts als den Tod in meiner Zukunft sah.

Doch dann, gerade als die Hoffnung mich verlassen wollte, bewegte sich Tharix auf meine andere Seite zu, und die Macht der Sterne erfasste mich wie ein Leuchtfeuer. Meine Lippen begannen sich zu bewegen, noch bevor ich die Worte verstehen konnte.

»Die Macht des Gefallenen ist erwacht, Gier und Ruhm brennen vereint.

Alle Schicksale hängen in der Schwebe, während die Flammen aus der Tiefe aufsteigen.

Aber der Drache kann weiterhin gedeihen, wenn die Wege des Feindes vereitelt werden.

Hütet euch vor dem, dessen Name Nox ist, und sucht nach den Schätzen des uralten Rings.

Nutzt das Gestohlene, verbündet euch mit der Macht eures Schöpfers.

Nicht alles Sternenlicht leuchtet.«

Lavinia keuchte aufgeregt, als die Macht der Prophezeiung mich freigab und ich zusammensackte und vom Rand des Abgrunds zurückstolperte.

»Die Sterne sind mir also weiterhin wohlgesonnen«, säuselte Lionel, und seine Hand landete auf meiner Schulter, während er selbstgefällig strahlte. Ich nickte, obwohl meine Interpretation nicht ganz so eindeutig gewesen war. »Der Drache wird gedeihen.« Er lachte vor sich hin, während er und Lavinia begannen, meine Worte zu analysieren. Ich wich zurück und blickte zu Boden.

Ich war nicht damit einverstanden, was er in den Sternen zu lesen glaubte, aber das war nicht wichtig. Er war ein Mittel zum Zweck, und solange ich in seiner Gunst stand, bot er mir alles, was ich für meine Experimente brauchte. Also stand ich schweigend da, während er die Worte, die die Sterne mir offenbart hatten, in seine eigenen Vorstellungen verwandelte.

Und ich malte ein Lächeln auf mein Gesicht. So wie ich es immer tat.

957

NACHRICHT DER AUTORINNEN

Dieses Buch.

Dieses. Verdammte. Buch.

Ich sage euch, wir haben eine echte Achterbahnfahrt hinter uns. Es ging bergab und bergab und bergab und … Moment, war es eigentlich nur eine verflucht lange Rutsche? Andererseits hat Leon einen willkürlichen Schädel umarmt, Washer um sein Leben gepfiffen, Xavier den Gurtflug der Schande absolviert, Max sich seine Seeigel streicheln lassen und Seth eine ungeplante Nippeltransplantation über sich ergehen lassen. Es gab also auch etliche Höhen.

Das Buch ist ein echtes Biest, das ist sicher. Wir wussten, dass es eine dicke Berta werden würde, aber mit 380.000 Wörtern hatten wir nicht gerechnet – deshalb waren die Wochen der Fertigstellung auch echt hektisch. Aber jetzt ist er da, der Wal unserer Sammlung, und ihr habt es gerade über ihren Buckel geschafft, vorbei an den Feldern des Todes, um von einer, wie ich finde, nicht ganz soooo brutalen Klippe zu stürzen.

Alles, worüber ihr euch fortan Sorgen machen musst, ist Clydes Plan – wie auch immer der aussieht. Verdammt, ihr habt endlich Clyde kennengelernt! Wir haben JAHRE darauf gewartet, ihn euch vorzustellen – und jetzt ist er endlich im besten Teil seines Lebens angekommen und bereit, Chaos anzurichten und unsagbare Gräueltaten zu begehen. Und natürlich ist auch nicht zu verachten, was Lionel und Lavinia künftig vorhaben und dass Tharix seine Stimme gefunden hat und eine Karriere in der Oper des Todes in Betracht zieht. Die Zwillinge sitzen zudem in dieser verfluchten Höhle fest – was zwar nicht davon inspiriert wurde, mich aber ein bisschen an das Treffen zwischen Moana und Maui erinnert, mit dem mein Sohn den Film jedes Mal beginnen will: „Ich will Maui sehen, aber nicht auf der Insel, sondern in der Höhle." Ein Kind ganz nach meinem Geschmack … Nicht, dass es ein praktisches kleines Schlupfloch für die Zwillinge geben wird, durch das sie entkommen können – nichts ist jemals so einfach in Solaria.

Aber ich schweife ab. Wir haben über die Dinge gesprochen, die euch im Hinblick auf Buch 9 Sorgen machen könnten. Ich denke, wir sollten außerdem die turbulente Beziehung der Zwillinge, die Kosten für Darius' Rückkehr und die ständigen Warnungen, die über Vampirzirkel im Umlauf sind, erwähnen. Also nicht viel.

Eine etwas ernstere Anmerkung: Da ihr es an diesen Punkt in der Serie geschafft habt, seid ihr offensichtlich gewillt, kopfüber in die verkorksten Fantasien unserer überaktiven Köpfe einzutauchen. Und wir können euch nicht sagen, wie viel uns das bedeutet. Dieses Leben war ein Traum, den wir uns nie zu träumen gewagt hatten. Trotzdem haben wir uns irgendwie in dieser wunderbaren Position wiedergefunden – und das verdanken wir all denen, die mit uns ein Risiko eingegangen sind, die sich in unsere moralisch verdorbenen Männer verliebt haben, die mit den Füßen voran in unsere Welten des Gemetzels und der Launenhaftigkeit gesprungen sind, die sich von den Slow Burns bei lebendigem Leibe haben auffressen lassen und die mit uns geweint, gewütet, geschrien und geliebt haben. Dafür können wir euch nie genug danken.

Das Schreiben dieses Buches und dieser Charaktere hat uns ein Stück unserer Seele gekostet – und wir können nur hoffen, dass ihr es genauso genießt, diese Story zu verschlingen, wie wir es genießen, in euren Tränen zu baden.

Wenn ihr unserer Lesergemeinschaft beitreten möchtet, in der ihr immer zuerst an Neuigkeiten rankommt, könnt ihr euch uns <u>hier</u>, <u>hier</u> und <u>hier</u> anschließen.

In Liebe
Susanne & Caroline
xoxo

IHR WOLLT MEHR?

Um mehr zu erfahren, kostenloses Lesefutter zu erhalten und unserer
Lesergruppe beizutreten, scannt einfach den QR-Code unten!